Der siebte Fall für Matthew Shardlake von Bestsellerautor C. J. Sansom

Als Matthew Shardlake die Leiche der toten Edith Boleyn sieht, ist er schockiert. Jemand muss diese Frau entsetzlich gehasst haben, um so etwas zu tun. Man hat sie mit dem Oberkörper in den Uferschlamm gerammt. Als man die Leiche herauszieht, bietet sich ihm ein noch schlimmeres Bild, denn jemand hat ihr mit einem Gegenstand die Schädeldecke gespalten.

Doch noch verwunderlicher ist, dass Edith Boleyn, dem Gesetze nach, bereits vor zwei Jahren verstorben ist. Für Matthew Shardlake wird diese Ermittlung zu einer der lebensbedrohlichsten überhaupt, denn zeitgleich erheben sich unter ihrem Anführer Robert Kett die aufständischen Rebellen und ein Flächenbrand entsteht, der das ganze Land erfasst.

»Shardlake ist eine großartige Figur, die mit jedem Buch an Substanz gewinnt … Ein wunderbares historisches Epos.« Stephanie Merrit, The Observer

CHRISTOPHER J. SANSOM, 1952 in Edinburgh geboren, studierte Geschichte und Jura, bevor er sich hauptberuflich dem Schreiben widmete. Seine Matthew-Shardlake-Serie ist preisgekrönt und ein internationaler Erfolg, weltweit wurden mehr als vier Millionen Bücher verkauft. Der Autor lebt in Brighton.

IRMENGARD GABLER war nach dem Studium der Anglistik und Romanistik in Eichstätt und London einige Jahre als wissenschaftliche Mitarbeiterin am Lehrstuhl für romanische Literaturwissenschaft an der Universität Eichstätt tätig. Seit 1993 übersetzt sie Belletristik und Sachbücher aus dem Englischen, Französischen und Italienischen (u. a. Cristina Campo, Serena Vitale, Philippe Blasband, Christopher J. Sansom, John Dickie, Adam Higginbotham). Die Übersetzerin lebt in München.

Weitere Informationen finden Sie auf www.fischerverlage.de

CHRISTOPHER J. SANSOM

DIE
GRÄBER
DER
VERDAMMTEN

Roman

Aus dem Englischen
von Irmengard Gabler

FISCHER Taschenbuch

Erschienen bei FISCHER Taschenbuch
Frankfurt am Main, September 2023

Die englische Originalausgabe erschien 2018 unter
dem Titel »Tombland« bei Macmillan,
an Imprint of PanMacmillan Ltd. London
Copyright © C. J. Sansom 2018

Für die deutsche Ausgabe:
© 2020 S. Fischer Verlag GmbH, Hedderichstr. 114,
D-60596 Frankfurt am Main

Redaktion: Claudia Jürgens
Satz: Dörlemann Satz, Lemförde
Druck und Bindung: GGP Media GmbH, Pößneck
Printed in Germany
ISBN 978-3-596-70495-8

Die Übersetzung des *Palästinaliedes* stammt aus Hermann Reichert,
Walther von der Vogelweide für Anfänger. 3., überarbeitete Auflage. Wien 2009

Ich tat gut daran, in Ketts Lager zu bleiben,
und dachte nur Gutes von Kett.
Er vertraute darauf,
dass eine neue Zeit anbrechen werde für Männer wie mich.

Ralph Claxton, Küster in Norfolk,
der für diese Worte verfolgt wurde, 1550

VORBEMERKUNG

Von den erschütternden Ereignissen der englischen Bauernaufstände des Jahres 1549 ist überraschend wenig überliefert; das vorliegende Buch basiert jedoch auf den bekannten Quellen, und das riesige Lager auf Mousehold Heath hat tatsächlich existiert. Einige Ereignisse, zum Beispiel im Zusammenhang mit den gefangenen Edelleuten in Teil sechs oder ein Vorfall in Kapitel 75, mögen abwegig erscheinen, entsprechen aber den Tatsachen. Weitere Informationen finden sich im geschichtlichen Essay unter www.fischerverlage.de/sansom_graeber_e-book

INHALT

PROLOG

Januar 1549

Ich befand mich in meiner Kanzlei in Lincoln's Inn, als Master Parry mir durch einen Boten mitteilen ließ, ihn eilig aufzusuchen. Ich fragte mich, was wohl auf mich zukäme. Parry war Lady Elizabeths Comptroller, ihm oblagen die Finanzangelegenheiten ihres Haushalts, und ich war unter seiner Ägide tätig, seit unsere Königin, Catherine Parr, mich vor zwei Jahren, nach dem Ableben ihres Gemahls Heinrichs VIII., ihrer Stieftochter Elizabeth empfohlen hatte. Der alte König hatte jeder seiner beiden Töchter eine gewaltige Apanage hinterlassen – 3000 Pfund im Jahr –, die sie seinem Wunsche gemäß in Landbesitz wandeln sollten. Lordprotektor Somerset hatte beschlossen, Lady Mary bei der Wahl der Ländereien, die zum Verkauf standen, den Vortritt zu lassen; obschon ihr konservativer Glaube ganz und gar nicht mit seinen radikalen protestantischen Überzeugungen harmonierte, würde Mary, als Heinrichs älteste Tochter, immerhin den Thron besteigen, sollte dem jungen König Edward ein Leid geschehen. Ihr Wohlergehen lag zudem auch ihrem Vetter Karl am Herzen, dem Kaiser des Heiligen Römischen Reiches, mit dem Somerset sich gut stellen musste. Elizabeth hingegen galt nicht viel. Doch da Mary inzwischen versorgt war und der Großteil ihrer Ländereien sich in Norfolk befand, sammelte Parry nun zusammenhängende Fluren für Elizabeth, die meisten davon in Hertfordshire. Wahrscheinlich war er auf ein vielversprechendes Stück Land aus ehemaligem Klosterbesitz gestoßen und erpicht darauf, dass ich es ihm schnellstens sichern sollte.

Wieder musste ich daran denken, wie viel ich doch jener liebenswerten Dame Catherine Parr zu verdanken hatte. Dass sie sich kurz nach König Heinrichs Tod mit Thomas Seymour vermählt hatte, dem Bruder des Protektors, einem ebenso charmanten und gutaussehenden wie skrupellosen und ruchlos ehrgeizigen Manne, hatte mich tief betrübt. Lady Elizabeth hatte weiterhin im Haushalt der beiden gelebt, ihn im vergangenen Mai jedoch unter einem dunklen Stern verlassen. Seymour habe sich dem erst vierzehnjährigen Mädchen in unziemlicher Absicht genähert, wurde gemunkelt. Und im vergangenen September war dann auch Catherine Parr verstorben, als sie Seymours Kind zur Welt brachte. Es war ein gewaltiger Schlag gewesen, und der Kummer darüber nagte noch immer an meinem Herzen.

Nachdem ich meinem Schreiber John Skelly mitgeteilt hatte, ich würde wohl eine Weile fortbleiben, begab ich mich zu Fuß zu Master Parrys Kanzlei unweit der Knightrider Street – er war kein Anwalt und somit auch kein Mitglied der Inns of Court. Es war ein frostig kalter Tag; noch immer säumte schmutziger Schnee die Straßen, und so achtete ich inmitten der geschäftigen Londoner Bürger sorgsam auf meine Schritte. Wie viele Bettler es neuerdings gab, bemerkte ich kopfschüttelnd. Eingemummt in allerlei Lumpen, die sie vor der Kälte schützen sollten, kauerten sie in den Hauseingängen.

Die zunehmende Verelendung war eine der vielen Veränderungen, die in den vergangenen zwei Jahren über das Land gekommen waren. Heinrich hatte die Macht an einen von ihm berufenen Thronrat übertragen, bis der elfjährige König Edward volljährig wäre. Dieser Thronrat hatte die Regierungsgewalt jedoch schnell an Edwards älteren Onkel abgegeben, Edward Seymour, Herzog von Somerset, der seitdem im Namen des Königs regierte. Vielleicht konnten sich die Mächtigen – nachdem das Land mit Heinrich VII. und Heinrich VIII. sechzig Jahre lang fest in der Hand eines monokratischen Herrschers gewesen war – die Regierungsgeschäfte nur in der Hand eines einzelnen Mannes denken.

Nach fünf Jahren Krieg gegen Frankreich und Schottland hatte Heinrich das Königreich bei seinem Tode im Frieden hinterlassen. Dieser war auch dringend vonnöten; Heinrichs Kriege hatten das

Land in den Bankrott getrieben und waren mit der Abwertung des Münzgeldes finanziert worden: Man hatte das Silber mit Kupfer gestreckt. Diese legierten Münzen wurden von den Händlern nicht mehr zum Nennwert entgegengenommen, und so hatten sich binnen zehn Jahren die Preise fast verdoppelt. Die Auswirkungen waren – insbesondere für die ärmeren Klassen – katastrophal, denn die Löhne blieben dieselben.

Doch Protektor Somerset hatte prompt einen erbitterten Krieg gegen Schottland losgetreten und darauf gehofft, von der wachsenden Zahl schottischer Protestanten unterstützt zu werden und durch die Vermählung der sechsjährigen Mary, Königin von Schottland, mit König Edward beide Königreiche zu vereinen. Er hatte in den schottischen Lowlands bis hinauf zum Fluss Tay eine Reihe von Festungen im italienischen Stil errichten lassen, die er für unbezwingbar hielt. Die Schotten jedoch hatten allenthalben erbitterten Widerstand geleistet und die Festungen, schlecht gebaut, eine nach der anderen eingenommen. Mary indes war nach Frankreich geschickt worden, das mit Schottland im Bunde war und dieses folglich mit Truppen unterstützte. Obschon dieser Krieg ein einziges Desaster war, wollte sich der Protektor partout nicht geschlagen geben. Und während seine Soldaten in den verbliebenen Festungen vergeblich auf ihren Sold warteten und in Scharen desertierten, plante er angeblich bereits einen weiteren Feldzug.

Wieder saß ein Bettler zitternd vor Kälte an eine Mauer gelehnt, und ich warf ihm eine Münze in den Hut. Dem Manne fehlte ein Bein, wahrscheinlich war er ein Kriegsveteran. Der Protektor beteuerte oft und gern, ein Freund der Armen zu sein, und schob die wirtschaftlichen Probleme auf die ungesetzlichen Einhegungen bäuerlicher Weideflächen durch die Grundherren, die ihre Pächter vertrieben, um den einträglicheren Schafen Platz zu machen. Im vergangenen Jahr hatten die Bauern in Hertfordshire aufbegehrt, worauf man ihnen Reformen versprochen hatte.

Ich ging den Hügel hinunter, bewunderte, wie sich der Glockenturm der St Paul's Cathedral vor dem eisblauen Himmel abzeichnete, und musste daran denken, wie bei der Entfernung des herrlichen Lettners aus der Kathedrale zwei Handwerker ihr Leben gelassen hatten. Traditionalisten hatten darin eine Strafe Gottes vermutet, denn ein religiöser Wandel, bei weitem größer als unter König Heinrich, erschütterte das Land. Unter dem Protektor hatten nun eindeutig die radikalen Protestanten den Sieg errungen. Bilder waren aus den Kirchen entfernt, Wandgemälde weiß übertüncht worden. Die sogenannten *Chantries*, Totenmesskapellen, waren abgeschafft und ihre Vermögen der Krone übertragen worden. Und bald schon würde es ein neues Gebetbuch in englischer Sprache geben. Angeblich sollte darin die Heilige Wandlung – mit dem Glauben, dass der Priester Brot und Wein in den Leib und das Blut Christi wandle – durch eine Kommunion ersetzt werden, die lediglich des Opfers Christi gedachte. Noch drei Jahre zuvor wäre diese Sichtweise mit dem Scheiterhaufen bestraft worden. Mich schauderte bei dem Gedanken an die Hinrichtung Anne Askews in Smithfield, der ich hatte beiwohnen müssen.

Ich betrat die Knightrider Street, erreichte Parrys Kanzlei und stampfte mir den Schnee von den Stiefeln, ehe ich das Gebäude betrat. Zu meiner Überraschung war die vordere Amtsstube leer. Ich durchschritt sie also und klopfte an Parrys Tür. Eine Stimme hieß mich eintreten. Ich tat es und blieb vor Staunen wie angewurzelt stehen. Der Stuhl hinter dem breiten Schreibpult war belegt, aber nicht von der kräftigen Gestalt Thomas Parrys, sondern durch einen mageren, grauhaarigen Mann in schwarzer Seidenrobe, mit der Goldkette des Lordkanzlers um den Hals. Lord Richard Rich, mein ältester Feind. Hinter ihm stand, wie ich mit fast ebenso großem Staunen zur Kenntnis nahm, die hagere, braunbärtige Gestalt William Cecils. Ich hatte drei Jahre zuvor mit Cecil zusammengearbeitet, als er in Catherine Parrs Diensten stand. Seitdem war er rasch aufgestiegen. Er war noch keine dreißig und einer der maßgeblichen Sekretäre des Protektors, schon jetzt ein mächtiger Mann. Als ich mit ihm zusammengearbeitet hatte, war er mir ein Freund gewesen, dabei wusste ich schon damals, dass er den eigenen Erfolg, und die protestantische Sache, über alles stellte. Und jetzt war er mit Rich im Bunde. Ich blickte ihn fragend an. Cecils hervortretende Augen bohrten sich in die meinen, aber er sagte nichts, während Rich mich wölfisch beäugte.

Ich blinzelte, gänzlich überrumpelt, und fragte: »Wo ist denn Master Parry?«

»Im Tower«, entgegnete Rich mit einer Stimme, so eisig wie das Wetter.

Ich starrte ihn an. In strengem, anklagendem Tone fuhr er fort, wobei er mich nicht aus den Augen ließ: »So wie Kat Ashley, die führende Hofdame von Lady Elizabeth, und etliche mehr. Sie stehen im Ruch, mit Thomas Seymour eine Verschwörung angezettelt zu haben. Lady Elizabeth selbst wird in Hatfield von Sir Robert Tyrwhit befragt.«

Das Herz schlug mir bis zum Hals. Mit zitternder Hand nach einem Stuhlrücken greifend, um nicht zu fallen, fragte ich: »Was wirft man Lord Seymour denn vor?«

Rich wandte sich lächelnd an Cecil. »Seht Ihr, Herr Sekretär, nun hat er die Klinge am Hals, da alles aufgedeckt ist.« Cecil maß mich weiterhin aus teilnahmslosen Augen. Rich beugte sich über Parrys Schreibpult und verschränkte die langen Finger ineinander. Seine Stimme wurde tief vor Entrüstung.

»Da fragt Ihr noch? Ihr solltet lieber fragen, wessen man ihn *nicht* beschuldigt. Als Lord Admiral machte er mit den Freibeutern gemeinsame Sache, um an ihrer Beute teilzuhaben, statt unsere Gewässer von ihnen zu befreien. Er hat das Oberhaupt des Münzamtes in Bristol bestochen, um Münzen zur freien Verfügung zu haben. Er hat sein Schloss in Sudeley mit Waffen angefüllt und geplant, den König zu entführen und an seines Bruders statt Protektor zu werden. Und zu guter Letzt hat er mit Master Parry und Mistress Ashley eine Verschwörung angezettelt, um sich ohne Zustimmung des Thronrates mit Lady Elizabeth zu vermählen. Reicht Euch das, Serjeant Shardlake? Vielleicht habt Ihr uns in Bälde noch mehr zu erzählen, doch vorerst möchten wir wissen, ob Ihr Kenntnis hattet von

Thomas Seymours Vorhaben, Lady Elizabeth zu ehelichen. Mistress Ashley hat bereits gestanden, mit ihm von einer Heirat gesprochen zu haben, und Master Parry erörterte Elizabeths Landkäufe mit ihm.«

Ich warf einen Blick auf Cecil. Er sagte ernst: »Es ist leider wahr.«

Ich wandte mich wieder Rich zu. »Ich weiß nichts darüber, Mylord.«

Rich tat so, als hätte ich nichts gesagt: »Master Parry hat Euch die Verantwortung für alle Belange übertragen, die mit Lady Elizabeths Ländereien in Verbindung stehen. Parry muss Euch konsultiert haben, um Seymours Fragen beantworten zu können. Sagt mir, was in dieser Angelegenheit zwischen Euch besprochen wurde.« Er hatte ein leeres Blatt Papier vor sich liegen, tunkte die Feder in das Tintenfass und hielt sie bereit.

»Nichts«, antwortete ich wahrheitsgemäß. »Master Parry hat mir nicht das Geringste über seine Unterredungen mit Lord Seymour erzählt, geschweige denn von dessen Heiratsplänen. Wie könnt Ihr dergleichen annehmen?«, fügte ich hinzu, wieder Mut fassend. »Ihr wisst doch ganz genau, dass ich Thomas Seymour aufgrund seiner tolldreisten Geschichten stets verachtet habe.« Ich wandte mich wieder Cecil zu. Diesmal ließ er sich zu einem angedeuteten Nicken herbei.

»Seymours verstorbene Gemahlin, unsere ehemalige Königin, habt Ihr dagegen nicht verachtet, wie?«, höhnte Rich. »Ich weiß, dass Ihr Catherine Parr sehr nahestandet. Euren derzeitigen Posten habt Ihr nur der Fürsprache dieser Dame zu verdanken. Was hat Euch Catherine Parr in den Monaten vor ihrem Tod über Elizabeth anvertraut?«

»Nicht das Mindeste, Mylord. Nach dem Hinscheiden des alten Königs und meiner Berufung in Lady Elizabeths Haushalt haben wir uns weder geschrieben noch gesehen.«

Rich schnaubte verächtlich. »Und das soll ich Euch glauben? Ihr wart doch ihr Vertrauter und Ratgeber.«

»Nicht nach dem Tode des Königs. Sie hatte sich bald darauf mit Seymour vermählt.«

»Ihr erwartet allen Ernstes von mir, Euch das zu glauben?«, sagte Rich im Ton gespielter Entrüstung, wie er im Gerichtssaal üblich war. »Trotz Eurer früheren Vertrautheit mit ihr und obwohl Ihr nun in Elizabeths Diensten steht? Sie hat Euch nichts darüber erzählt, was zwischen Elizabeth und Seymour vorgefallen war? Dass Seymour Elizabeth Avancen gemacht hat, während seine Frau der Niederkunft entgegensah?«

Ich holte tief Luft, um die Fassung zu bewahren. »Ich schwöre, dass ich bis zum heutigen Tage nichts von alledem gewusst habe, was Ihr da mutmaßt.«

»Keine Mutmaßung«, fauchte Rich. »Kat Ashley zwitschert wie ein Vögelchen. Sie hört gar nicht wieder auf davon, wie Seymour Elizabeth den Hof gemacht hat.«

»Ich weiß nicht das Geringste darüber.«

Rich lächelte. »Dasselbe hatte auch Master Parry behauptet. Bis man ihm die Folterwerkzeuge im Tower zeigte.«

Zorn und Verbitterung verscheuchten meine Furcht. »Ich habe sie auch gesehen, Lord Rich, dank Euch. Doch Ihr werdet mich nicht aufs Glatteis führen. Falls Thomas Seymour tatsächlich so töricht war, wie Ihr sagt, mag er erhalten, was ihm zusteht. Ihr sprecht von Unterredungen mit Parry und Mistress Ashley, doch von einer tatsächlichen Absprache, eine Ehe ohne die Zustimmung des Rates zu unterstützen, habt Ihr nichts gesagt. Und Lady Elizabeth hat wohl auch nichts dergleichen angedeutet, sonst hättet Ihr es mir berichtet. Ich wiederhole also: Ich weiß nichts darüber.«

Sir Richards bleiches Gesicht wurde rot vor Zorn. Cecil hinter ihm hob warnend die Hand und ließ sie sanft wieder sinken. Ein Zeichen, ich möge mich mäßigen.

Rich hatte gesehen, wie ich Cecil anblickte, nicht aber dessen Geste. Er wandte sich zu ihm um. »Der junge Master Cecil hier wird Master Parrys Kanzleiräume durchsuchen und all seine Schriftstücke prüfen. Ihr könnt ihm behilflich sein.« Nach kurzer Pause fuhr er fort: »Vielleicht möchtet Ihr uns ja einen Hinweis geben? Wenn Ihr uns jetzt aus freien Stücken helft, kann Euch das später zugutekommen.«

»Ich weiß von nichts.«

Rich grinste böse. »Anschließend lasse ich auch Eure Kanzlei durchsuchen, und Euer Haus dazu.«

»Dazu bedarf es allerdings einer richterlichen Verfügung, Lord Rich«, gab Cecil zu bedenken.

Rich runzelte die Stirn. »Das ist einfach, ich bin Lordkanzler.«

»Nur zu«, sagte ich ruhig, »sucht, so viel Ihr wollt, auch ohne Verfügung. Ich möchte Eure Ermittlungen nicht behindern.« Ich erkannte nun, dass Rich aufs Geratewohl sein Netz ausgeworfen hatte in der Hoffnung, ich möge mich darin verstricken.

Der Lordkanzler warf die Feder beiseite, dass die Tinte spritzte. »Die Durchsuchung findet statt, und Ihr gebt eine eidesstattliche Erklärung ab.«

»Wie Ihr wünscht, Mylord.«

Rich kniff die dünnen Lippen zusammen und erhob sich. »Ich werde im Tower benötigt. Seymour muss erneut befragt werden.« Er sah Cecil scharf an. »Durchsucht Parrys Amtsräume gründlich. Sein Haus lasse ich von anderen durchstöbern. Später nehmt Euch Shardlakes Räumlichkeiten vor.«

»Ja, Mylord.« Cecil verneigte sich, ich ebenso. Rich warf mir noch einen gehässigen Blick zu, ehe er in seidener Robe an mir vorbei zur Tür rauschte und diese hinter sich zuschlug – er hatte schon immer zu Wutausbrüchen geneigt. Cecil und ich blieben allein zurück. Er sagte nichts, bis auch die vordere Tür zugeschlagen war.

»Ihr wisst wirklich nichts?«, fragte er ruhig.

»Nicht das Mindeste, ich schwöre es.«

»Ich hatte es auch nicht vermutet. Master Parry weiß Dinge für sich zu behalten.« Er lächelte dünn. »Rich ist einer derjenigen, die für die Vernehmungen zuständig sind; als Euer Name fiel, bestand er darauf, Euch persönlich zu befragen. Der Protektor bat mich, ihn zu begleiten, um sicherzugehen, dass er sich nicht – hinreißen ließe.«

»Ich danke Euch, Master Cecil.«

Seine Miene wurde ernst. »Seymours Intrige ist allerdings eine erschütternd ernste Angelegenheit. Und sollte Lady Elizabeth in der Tat zugestimmt haben, ihn ohne die Einwilligung des Thronrates zu heiraten, die ihm niemals gewährt worden wäre, *ist* sie eine Verräterin.«

»Andernfalls ist sie unschuldig. Dies trifft auch auf Parry und Kat Ashley zu.«

»So ist es.« Cecils Haltung entspannte sich. »Parry und Ashley dürfte lediglich ihre allzu sorglose Plauderei vorzuwerfen sein, und Elizabeth trifft meiner Meinung nach überhaupt keine Schuld.«

Nach kurzem Zögern fragte ich: »Dann stimmt es also, dass Lord Seymour sich an Lady Elizabeth heranmachte?«

Ein Ausdruck von Abscheu huschte über sein mageres Gesicht. »Ich befürchte ja, wenn man Ashley glauben kann. Nachdem die verstorbene Königin Catherine die beiden überrascht hatte, wie sie einander in den Armen lagen, schickte sie Elizabeth fort.«

Ich schüttelte den Kopf. »Ich hätte nicht gedacht, dass Lady Elizabeth so – gedankenlos sein könnte.«

Er seufzte. »Junge Mädchen sind leicht zu beeindrucken, und Seymour ist ein charmanter Teufel.«

»Was die übrigen Vorwürfe gegen ihn anbelangt, sind die Beweise …«

»Unanfechtbar. Die Sache wird bald öffentlich gemacht. Er wollte sich des Königs bemächtigen. Ich glaube nicht, dass es noch eine Rettung für ihn gibt. Der Protektor muss wohl seinen eigenen Bruder hinrichten lassen.« Cecil schüttelte den Kopf. »Eine entsetzliche Pflicht.«

»Ja.« Ich seufzte. »Arme Königin Catherine. Arme Elizabeth.«

»›Armer Thomas Seymour‹ sagt Ihr nicht?«

»Wenn er schuldig ist, soll er erhalten, was ihm zusteht, wie ich schon sagte.«

»Das Schafott.«

Einen Augenblick waren wir still, dann rieb Cecil sich die schlanken Hände. »Ruft Ihr Parrys Diener? Rich hat sie fortgeschickt, sie werden sich in der Eingangshalle tummeln. Es ist kalt hier drin. Wir sollten sie bitten, den Kamin anzuheizen, wenn wir Master Parrys Papiere durchstöbern.«

❧

In den Dokumenten meines Brotherrn zu stöbern war mir eine unangenehme Pflicht. Master Parry und ich waren keine Freunde, aber ich achtete ihn. Zu meiner Erleichterung wurden wir nicht fündig. Anschließend, als wir unsere Mäntel anlegten und uns zum Gehen wandten, blickte Cecil versonnen aus dem Fenster. In einem Strahl Wintersonne schwebten feine Staubpartikel, von unserer Tätigkeit aufgewirbelt. »Master Shardlake«, sagte er leise, »ich glaube nicht, dass Lady Elizabeth wirklich Gefahr droht, aber sie hat in der Gunst des Protektors nie sonderlich hoch gestanden, und dieser Skandal wird sein Misstrauen gegen sie weiter schüren. Er ist kein …« – er hielt kurz inne und seufzte –, »kein vertrauensseliger Mensch, und der Verrat seines eigenen Bruders tut das seine dazu. Wenn Ihr Master Parry seht, sagt ihm, er möge Lady Elizabeth warnen, dass kein Hauch von Skandal sie mehr berühre.«

»Danke, Master Cecil. Das werde ich.« Dann fügte ich neugierig hinzu: »Warum wollt Ihr der Lady helfen?«

Er wiegte nachdenklich den Kopf, hob dann beide Hände und hielt sie im Gleichgewicht. »Der König hat zwei Schwestern – Mary eine Feindin der wahren Religion, Elizabeth eine Freundin. Vorerst genießt Lady Mary die Gunst des Protektors, aus politischen Gründen. Doch wenn Elizabeth älter wird, lässt sich mit ihr vielleicht das Gleichgewicht wiederherstellen.«

TEIL EINS

LONDON

KAPITEL EINS

Auf unserem Ritt nach Hatfield Palace regnete es unentwegt; starker, schwerer Regen, der von unseren Kappen tropfte und die Zügel glatt und glitschig machte. Gelegentlich trieb ein kalter Windstoß die Nässe schräg auf uns zu; selbst jetzt noch, zu Beginn des Juni, ließen Winterfröste und Frühjahrskälte das Land nur widerwillig aus ihren Krallen.

Wir waren im Morgengrauen zu sechst von London aufgebrochen: ich selbst, mein junger Assistent Nicholas und vier stämmige Männer im Dienste von Comptroller Parry mit Schwertern und Messern am Gürtel. Ihr Anführer, ein schweigsamer Mann mittleren Alters namens Fowberry, war am Morgen zuvor in Lincoln's Inn eingetroffen. Er hatte mir einen Brief seines Herrn vorgelegt, in dem dieser mich aufforderte, in einer ebenso dringlichen wie delikaten Angelegenheit nach Hatfield zu reiten und Lady Elizabeth aufzusuchen. Ich sollte in einer Herberge vor der Stadt nächtigen und tags darauf bei ihm, Parry, vorsprechen. Angesichts der Unruhen im Land nach den Aufständen im Mai werde er veranlassen, dass Fowberry und seine Männer uns auch auf dem Rückweg begleiteten. Die Knappheit des Schreibens sah dem zur Weitschweifigkeit neigenden Parry nicht ähnlich und verhieß daher nichts Gutes. Der Kauf und Verkauf von Ländereien, die Angelegenheiten, die ich Lady Elizabeths wegen in den vergangenen zwei Jahren für ihn erledigt hatte, erforderten gelegentlich Feingefühl, selten jedoch Eile.

Wir redeten wenig unterwegs; das Wetter ermunterte nicht zur Gesprächigkeit. Nicholas ritt neben mir, den langen, schmalen Körper vornübergebeugt, Fowberry ihm zur Linken und seine drei

Männer hinter uns. Der Verkehr strömte uns hauptsächlich entgegen, Fuhrwerke, die Vorräte nach London transportierten, und ein paar einsame Wanderer. Einmal jedoch kam hinter uns, in den leuchtenden Farben des Königs und begleitet von zwei bewaffneten Dienern, ein schneller Postreiter angaloppiert. Er stieß ins Horn und winkte uns aus dem Weg. Die Reiter preschten an uns vorüber und bespritzten uns dabei mit Schlamm von der Straße. Nicholas blinzelte unter den roten Haarsträhnen auf der Stirn hervor, aus denen ihm das Wasser in die Augen tropfte. »Wozu die Eile?«, fragte er. »Noch eine Proklamation von Lordprotektor Somerset?«

»Vielleicht. Worum es wohl diesmal geht?«

»Vielleicht verfügt er ja, dass Blinde sehen oder Fische durch die Luft fliegen sollen?«

Ich lachte, aber Fowberry blickte ihn etwas scheel an.

Der Abend nahte, und der graue Himmel wurde dämmerig. Ich wandte mich an Fowberry. »Wir müssten doch bald bei der Herberge sein, nicht?«

»Ja, weit kann es nicht mehr sein, Sir«, erwiderte er mit seiner tiefen Stimme und dem für sein Land so typischen Singsang. Genau wie Parry und viele andere in Elizabeths Diensten stammte er nämlich aus Wales. Er saß fest im Sattel, achtete nicht auf das Wetter – eine soldatische Haltung. Vielleicht hatte er wie viele seiner Landsmänner in den französischen Kriegen gekämpft.

Ich wagte ein Lächeln. »Eine gute Idee von Eurem Herrn, dass wir in dieser Herberge nächtigen. Anderenfalls müsste ich der Lady nass wie eine ersoffene Ratte und voller Dreck meine Aufwartung machen.«

»Nein, Sir, dergleichen würde sich nicht ziemen.« Sein Gesicht blieb ausdruckslos. Ich hatte gehofft, ihm den Grund zu entlocken, aus dem wir bestellt worden waren, aber wenn er etwas wusste, sagte er es nicht.

Nicholas zügelte sein Pferd und deutete nach rechts. In einiger Entfernung, hinter einem Gerstenfeld, war ein Licht zu sehen. »Master Fowberry«, sagte er. »Seht, könnte das die Herberge sein?«

Fowberry blieb stehen und bedeutete seinen Männern, es ihm gleichzutun. Er wischte sich den Regen aus den Augen und spähte in die zunehmende Dunkelheit. »Das ist sie nicht. Wir haben noch eine Meile vor uns.« Er beugte sich vor und kniff die Augen zusammen. »Es ist ein offenes Feuer, keine Kerze im Fenster. Ich glaube, es brennt in dem Gehölz hinter dem Feld.«

Einer der Männer legte die Hand an sein Schwert. »Hoffentlich nicht noch ein Lager aufständischer Bauern?«, fragte er.

»Angeblich hat es in Hampshire und Sussex noch mehr Unruhen gegeben«, erwiderte Fowberry leise.

Ich schüttelte den Kopf. »Das ist ein kleines Feuer. Wahrscheinlich nur ein paar herrenlose Knechte, die durch die Lande streunen.«

»Sie lauern vielleicht auf einsame Reiter, um sie auszurauben.« Fowberry spuckte zu Boden. »Der Protektor sollte die Schurken brandmarken und gemäß dem neuen Parlamentsgesetz zu Leibeigenen machen.« Er nickte. »Wir warnen den Wirt, er kann den Konstabler verständigen und die Stadtwache schicken.« Er wandte sich an mich. »Seid ihr einverstanden, Master Shardlake?«

Ich zögerte. Nicholas warf mir einen warnenden Blick zu. Er kannte meine Ansichten zu den derzeitigen Unruhen, doch war dies weder die richtige Zeit noch der richtige Ort für einen Streit. »Wie Ihr meint, Master Fowberry. Obwohl die Leute dort drüben auch ehrliche Absichten haben könnten.«

»Sicher ist sicher in diesen gefährlichen Zeiten. Außerdem ist Hatfield Palace nicht weit, und wir möchten die Lady vor Schaden bewahren.«

Ich nickte kurz. Wir nahmen die Zügel auf und ritten gemächlich weiter. Wer immer in diesem Wetter ein Lagerfeuer angezündet hatte, dachte ich, würde es noch bitter bereuen.

Die Herberge vor den Toren der kleinen Stadt Hatfield war eine schöne, behagliche Unterkunft. Wir stiegen im Hof von den Pferden und überließen sie der Obhut mehrerer Knechte, die sie in den Stall führten. Fowberrys Männer folgten ihnen, er selbst blieb bei Nicholas und mir. Ich war stocksteif nach dem Ritt und hundemüde. Mein Rücken schmerzte, wie es neuerdings nach längeren Ausritten immer häufiger der Fall war. Doch was konnte ich, ein alternder Buckliger von siebenundvierzig Jahren, auch anderes erwarten. Ein Knecht kam aus der Herberge, schulterte unsere Packtaschen und führte uns in das große, alte Gebäude. Im Inneren empfing uns Kerzenschein, denn mittlerweile war es vollständig dunkel geworden. Eine gepflasterte Eingangshalle führte in einen großen Schankraum, in dem uns einige Gäste, dem Anschein nach wohlhabende Kaufleute, neugierige Blicke zuwarfen. Ein beleibter, kahlköpfiger Mann mit einem Schurz über dem wollenen Wams unterbrach seine Unterhaltung und kam eilfertig auf uns zu.

»Master Fowberry«, sagte er fröhlich. »Wir haben Euch schon erwartet.« Er verneigte sich. »Und Ihr müsst der Rechtsgelehrte sein, den Master Parry konsultieren wollte«, sagte er und maß uns aus scharfen, wissbegierigen Äuglein.

Ich sagte: »Ich bin Serjeant Matthew Shardlake, Lincoln's Inn. Mein Assistent, Master Overton.«

Der Wirt nickte heiter und wandte sich wieder an Fowberry. »Ich freue mich, Euch zu sehen, Sir.« Er trat näher und sagte leise: »Ich wäre Euch sehr verbunden, Sir, wenn Master Parry die Spesen Eurer Gäste mit Goldmünzen begleichen könnte. Das Silbergeld ist doch nichts mehr wert …« Er schüttelte den Kopf.

»In Hatfield Palace bezahlen wir immer in Gold«, sagte Fowberry stolz.

Der Wirt, dankbar, verneigte sich erneut. »Es ist uns stets eine Ehre, mit den hohen Herrschaften Geschäfte zu machen …« Nach kurzer Pause setzte er hinzu: »Wir haben Euch eine Weile nicht gesehen, Sir. Lady Elizabeth ist hoffentlich wohlauf?«

Fowberry lächelte gezwungen. »In der Tat, mein guter Mann.«

»Und über ihren Kummer hinweg, hoffe ich?« Er blickte von einem zum anderen wie ein gieriger Rabe, erpicht darauf, ein Klatschbröcklein zu erhaschen. Im Schankraum war es still geworden.

Fowberry sprach kalt und gelassen. »Über die Belange meiner Herrschaft pflege ich nichts auszuplaudern, guter Mann.«

Der Wirt trat einen Schritt zurück. »Gewiss, Sir. Es ist nur, dass … die Geschäfte mit Hatfield Palace haben nachgelassen.«

»Sie werden gänzlich versiegen, wenn Ihr Eure Nase weiterhin in die Angelegenheiten der Lady steckt«, erwiderte Fowberry schroff. »Doch hier ist etwas, das Euch angeht. Eine Meile südlich von hier haben wir in den Feldern die Lichter eines Lagers gesehen. Links von der Straße. Ihr tätet gut daran, den Konstabler davon in Kenntnis zu setzen.«

»Wahrscheinlich nur ein paar Männer um ein Feuer«, erklärte ich.

Der Wirt jedoch wurde ernst. »Ich kümmere mich darum.«

»Tut das«, sagte Fowberry. »Und jetzt möchten wir warme Zimmer und Trockentücher, wir sind allesamt völlig durchnässt. Dann bringt den Herren etwas zu essen.«

»Wollt Ihr hier unten speisen?« Der Wirt wies in den Schankraum. »Gesellige Menschen, ein knisterndes Feuer bei dem Wetter …«

»Danke, aber wir speisen auf unseren Zimmern«, entgegnete ich.

Master Parry hatte keine Ausgaben gescheut und für jeden von uns ein Zimmer reservieren lassen. Er konnte es sich leisten, immerhin gehörte Lady Elizabeth zu den Reichsten im Land. In meinem Zimmer hatte man bereits das Feuer angefacht und Kerzen entzündet. Ich entledigte mich der nassen Kleider und legte sie zum Trocknen vor das Feuer. Meine Tasche hatte man mir heraufgebracht, und ich breitete meine Anwaltsrobe behutsam auf dem Bett aus.

Man brachte uns zu essen, dicken Hammeleintopf, Schinken mit Brot und Käse, dazu einen Krug Bier. Deftig, aber gut. Kurz darauf klopfte es an der Tür, und Nicholas kam herein. Er musste den Kopf einziehen, um durch die Tür zu passen. Auch er hatte sich umgezogen und sein rotblondes Haar getrocknet. Er trug ein grünes Wams mit Silberschnüren und einem modisch hohen Kragen, über dessen Saum sich das Hemd kräuselte.

»Setz dich, Junge«, sagte ich.

»Danke, Sir.«

Wir langten beide tüchtig zu. Als Nicholas den gröbsten Hunger gestillt hatte, zog er eine kleine Silbermünze aus dem Beutel und legte sie auf den Tisch. »Die hier habe ich gestern in London erhalten«, sagte er. »Der jüngste Schilling.«

Ich nahm die glänzende neue Münze in die Hand. Der Kopf unseres elfjährigen Königs war darauf eingeprägt, mit einem ernsten Gesichtsausdruck. Um den Rand war auf Lateinisch *Edward VI. von Gottes Gnaden* eingeprägt, dazu die Jahreszahl, 1549. Ich wog die Münze in der Hand. »Sie ist schwerer als die zu Beginn des Jahres. Hat man noch mehr Kupfer dareingemischt?«

»Ich glaube, schon.« Nicholas runzelte die Stirn. »Hält Protektor Somerset uns denn alle für Einfaltspinsel, dass er das Land seines Silbers beraubt? Dieses ständige Lavieren treibt die Preise doch nur weiter nach oben. Das Bier kostet schon wieder einen Viertelpenny mehr.«

»Er braucht von irgendwoher Silber, um den schottischen Krieg zu bezahlen.« Ich lächelte ironisch. »Dazu noch die jüngste Runde neuer Steuern, die das Parlament ihm zugesichert hat.« Ich schüttelte den Kopf. »Nach dem Ableben des alten Königs dachte ich, dass nun endlich Schluss wäre mit diesem Geldverschleudern für Kriege, die nicht zu gewinnen sind. Wie sollte man auch ahnen, dass alles nur noch schlimmer kommen könnte?«

Nicholas seufzte. »Glaubt Ihr, die dort oben werden uns niederringen?«

»Sieht ganz danach aus.«

»Es wäre eine große Schmach für England.«

Versonnen betrachtete ich die Münze. »Die Preise sind noch nie so schnell gestiegen wie in diesem Jahr. Als armer Handwerker …«

Ich schüttelte den Kopf. »Dann noch die gierigen Lehnsherren, die ihre Pachtzinsen erhöhen und das Weideland einhegen …«

Nicholas fiel mir ins Wort. »Was bleibt ihnen denn übrig? Sie müssen doch auch höhere Preise zahlen. Mein Vater zum Beispiel tat sich schwer, Gewinne zu erzielen, und deshalb …« Er verstummte, zuckte die Achseln, und eine Falte durchzog seine sommersprossige Stirn.

Ich sah ihn an. Drei Jahre zuvor, als er einundzwanzig war, hatten seine Eltern, Landadelige in Lincolnshire, ihn enterbt, weil er sich geweigert hatte, eine von ihnen arrangierte Ehe mit einer Frau einzugehen, die er nicht liebte. Ihre Zurückweisung war ein herber Schlag für ihn gewesen, der ihm nach wie vor zu schaffen machte, auch wenn ihm die Arbeit als mein Gehilfe durchaus gefiel und er sich freute, schon bald seine Gerichtszulassung zu erlangen. Er arbeitete fleißig und sorgfältig, obschon er sich nicht wie ich in seinem Alter mit ganzem Herzen der Juristerei verschrieben hatte und oft und gern mit anderen jungen Adeligen – er hielt nach wie vor viel auf seinen vornehmen Stand – zu zechen pflegte und nicht nur in den Londoner Schänken, sondern vermutlich auch den Freudenhäusern ein gerngesehener Gast war. Und ich ertappte mich zuweilen bei dem Gedanken, dass er heiraten sollte. Nicholas war zwar nicht im herkömmlichen Sinne gutaussehend, aber doch eine stattliche Erscheinung. Auch fehlte es ihm nicht an Selbstvertrauen. Allerdings, und dies wäre einschneidend, fehlte es ihm an Geld, da er auf seine begrenzten Einkünfte angewiesen war. Im Augenblick machte er Beatrice Kenzy den Hof, der Tochter eines Barristers. Ich war ihr einige Male begegnet – und mochte sie nicht leiden.

Das Thema wechselnd, fragte Nicholas: »Ist es denn möglich, dass ich Lady Elizabeth morgen zu Gesicht bekomme?«

»Wohl kaum. Ich sehe sie selbst nur sehr selten.«

Er lächelte. »Ihr habt mich mitgenommen, weil Ihr nicht ohne Diener vor sie treten könnt.«

»Du weißt ja, wie das ist. Außerdem gibt es vielleicht Dokumente zu kopieren. Doch wer Zugang hat zu Lady Elizabeth und wer nicht, wird von Master Parry und ihren Zofen streng kontrolliert.«

Nicholas beugte sich zu mir vor, und in seinen grünen Augen funkelte Interesse. »Wie sieht sie denn jetzt aus?«

»Ich habe sie seit acht Monaten nicht mehr gesehen«, entgegnete ich. »Seit ich ihr kondolierte nach – nach Königin Catherines Tod.« Ich stolperte leicht über die Worte, schluckte und fuhr fort: »Elizabeth ist fünfzehn, aber man kann mit ihr sprechen wie mit einer Erwachsenen. Sie hat keine behütete Kindheit erlebt.« Ich lächelte traurig. »Allerdings ist sie außerordentlich klug, wortgewandt und scharfzüngig. Als ich zum ersten Mal für Master Parry einen Auftrag übernahm, sagte sie zu mir, dass sie von ihrer Hundemeute absoluten Gehorsam erwarte. So ist es bis heute.«

Nach einigem Zögern fragte Nicholas: »Diese Angelegenheit hier – hat sie etwas mit jener anderen Sache im Januar zu tun – dieser Schererei?«

»Nein«, entgegnete ich mit Nachdruck. »Der Skandal wegen Thomas Seymour ist mit dem elenden Menschen gestorben. Das weiß ich gewiss.« Ich sah ihn entschieden an. »Der Protektor ließ immerhin öffentlich verkünden, dass Lady Elizabeth in keinerlei illegitime Ehepläne mit Seymour verwickelt war. Mehr kann ich dazu nicht sagen, Nicholas. Ich bin an meine Schweigepflicht gebunden.«

»Gewiss. Nur …«

»Nur hätte jedermann – von unserem Wirt hier bis hin zu den werten Kollegen unserer Anwaltskammer – allzu gern Näheres erfahren«, entgegnete ich schroff.

»Ach nein, Sir.« Er sah ein wenig unbehaglich drein. »Es ist nur, weil die Angelegenheit, die uns hierhergeführt hat, so dringlich und vertraulich ist, dass ich mich gefragt habe, ob es womöglich irgendeine Verbindung gibt. Ob …«

Ich nickte. »Ob vielleicht Politik im Spiel ist. Nein, ganz gewiss nicht. Und es tut mir leid, dass ich eben so schroff zu dir war, aber seit sich herumgesprochen hat, dass ich für Parry arbeite, will man mir in einem fort irgendwelche Klatschgeschichten entlocken.« Ich schüttelte den Kopf. »Manchmal ist es besser, Nicholas, man weiß so wenig wie möglich. Lass dir das von einem greisen Anwalt gesagt sein.«

Als Nicholas in sein Zimmer gegangen war, öffnete ich das Fenster. Es hatte aufgehört zu regnen, doch das Geräusch der Wassertropfen war in der stillen Nacht weithin zu hören. Der Halbmond warf einen matten Silberschein über die Felder rings um die Herberge. Die Ernte, munkelten die Leute, werde schlecht ausfallen, zum ersten Mal seit vier Jahren. Wenn zu allem Übel auch noch das Korn knapp wurde, was dann, fragte ich mich.

Ich trat vom Fenster weg. Eigentlich sollte ich vor dem Zubettgehen noch die Leibesübungen machen, die Guy mir verordnet hatte, doch ich war zu erschöpft. Ich machte mir Sorgen um den befreundeten Arzt. Er lag schon einen Monat lang darnieder mit einem leichten Fieber, das sich durch nichts vertreiben ließ – ein ernstes Problem für einen Mann Mitte sechzig. Ich würde ihn aufsuchen, sobald wir nach London zurückgekehrt wären. In Wahrheit befürchtete ich, er könnte sterben. In den vergangenen Jahren hatte ich so viele Menschen verloren, nicht nur Königin Catherine. Jack Barak, meinen früheren Assistenten und Freund, sah ich nur selten – zudem im Geheimen –, weil mir seine Frau Tamasin, die ich auch einmal zu meinen Freunden gezählt hatte, nicht vergeben wollte, dass ich ihn vor drei Jahren in eine Auseinandersetzung hineingezogen hatte, bei der er seine rechte Hand eingebüßt hatte und beinahe gestorben war. Ihr kleiner Sohn George, jetzt schon fast vier Jahre alt, war eigentlich mein Patenkind, doch Tamasin ließ nicht zu, dass ich ihn besuchen kam. Ihre Tochter hatte ich noch nicht ein einziges Mal gesehen. Mein früherer Küchenjunge, Timothy, ging in die Lehre, mein Küchenmädchen Josephine hatte geheiratet und lebte weit fort in Norfolk. Ihrem letzten Brief an mich hatte ich entnommen, dass sie und ihr Ehemann in Nöten waren. Ich hatte ihnen ein wenig

Geld geschickt und Josephine gebeten, mir bald wieder zu schreiben, da ich ja wusste, dass sie guter Hoffnung war. Doch sie hatte nicht geantwortet, was ihr so gar nicht ähnlich sah, und ich machte mir Sorgen.

Ich setzte mich auf das Bett, schwermütig geworden. Da traf mich die Erkenntnis wie ein Blitz: *Ich bin einsam.* Timothy und Josephine hatte ich fast als die Kinder angesehen, die ich nie gehabt hatte. Es war töricht, töricht. Außerdem war ich meiner Arbeit überdrüssig geworden – stets die gleichen Grundstücksübertragungen, die gleichen Verhandlungen zum Kauf von Bauernhöfen und Herrensitzen, Verhandlungen, die nicht selten im Sande verliefen. Ich war weitaus glücklicher gewesen in den Jahren, als ich am Court of Requests, dem Petitionsgericht, für arme Leute eintrat. Ich hatte mich schon darauf gefreut, Nicholas dazu zu bewegen, mir bei diesen Fällen zur Seite zu stehen, weil ich ihm ein paar seiner adeligen Vorurteile aus dem Kopfe zu treiben gedachte. Doch dann war vor zwei Jahren Rich zum Lordkanzler aufgestiegen und mein Posten anderweitig besetzt worden. Ich schüttelte traurig den Kopf.

Während ich mich anschickte, zu Bett zu gehen, kam mir erneut jener entsetzliche Tag im Januar in den Sinn. Man hatte Elizabeth von den Anschuldigungen gegen sie losgesprochen, ihr Gefolge ebenso; Parry durfte in ihre Dienste zurückkehren, Kat Ashley indes hielt man noch immer von ihr fern. Thomas Seymour war im März enthauptet worden. Die Hinrichtung des eigenen Bruders wegen Hochverrats hatte viel Gerede verursacht und den Protektor geschwächt. Rich hatte ich seither nicht mehr gesehen. Seine Männer hatten in der Tat meine Kanzlei durchsucht, vor allem wahrscheinlich, um mich zu ärgern. Nicholas und Skelly waren zugegen gewesen, als Richs Männer kamen, und ich musste ihnen erzählen, was vorgefallen war. Damals hatte ich die Angst in Nicholas' Augen gesehen und sie verstanden; er erinnerte sich an das letzte Mal, da ich in die erbarmungslose Welt höfischer Ränke verstrickt worden war, während der Intrige gegen Catherine Parr drei Jahre zuvor. Durch mich war auch Nicholas in ihre Schlinge geraten, obwohl er damals nur ein Junge vom Lande gewesen war. Wir hatten Schreckliches durchlebt.

Ich sah mein Spiegelbild im Fenster; das Licht der Kerze betonte die tiefen Falten in meinen Zügen, die zunehmende Krümmung meines buckligen Rückens, das immer noch dichte, aber schlohweiße Haar. In letzter Zeit betete ich nur selten, doch in dieser Nacht kniete ich nieder und bat Gott um Beistand für meinen kranken Freund Guy, für Josephine in ihrer Not, deren Ursache ich nicht kannte, für Lady Elizabeth und für jene Unbekannten draußen auf dem Feld, denen Fowberry die Stadtwache von Hatfield auf den Hals gehetzt hatte.

KAPITEL ZWEI

Am folgenden Morgen waren wir früh auf den Beinen und ritten nach dem Frühstück mit Fowberry und seinen Männern die kurze Wegstrecke nach Hatfield Palace. Es war wärmer geworden, mit einer leichten Brise und flauschigen Wolken hoch am Himmel. Nicholas trug seine kurze schwarze Robe, ich mein Barett über der weißen Serjeantenhaube und die dunkle Seidenrobe für den Sommer, mit deren Pelzbesatz der Wind spielte. Mein Pferd Genesis hatte sich am Morgen nur widerstrebend satteln lassen, und ich erkannte, dass er allmählich zu alt wurde für einen längeren Ritt wie diesen.

Hatfield Palace war modern und komfortabel, aus leuchtend rotem Backstein rings um einen zentralen Hof gebaut, mit einem Park dahinter, den hohe Mauern umschlossen. Das Gebäude war jetzt Elizabeths Residenz und bot Platz für ihren etwa einhundertfünfzig Personen umfassenden Haushalt. Im Haupteingang erwartete uns eine Frau mittleren Alters mit rundem Gesicht, wachen Augen und einer Miene selbstgewisser Strenge. Sie trug ein schwarzes Gewand und eine altmodische Giebelhaube. Ein großer Schlüsselbund hing an ihrer Taille. Ich war Blanche Parry bereits begegnet; sie stammte wie Thomas Parry aus Wales und hatte Elizabeth von frühester Kindheit an umsorgt. Jetzt oblag ihr die Kontrolle über die Haushaltsführung und den Zugang zu ihrer Herrin. Wir stiegen von den Pferden und verneigten uns vor ihr. Mit einem Nicken und einer Handbewegung entließ sie Fowberry und seine Männer, die unsere Pferde zu den Ställen führten. Sie sah Nicholas prüfend an, der einen Aktenordner bei sich trug, mit Papier für Notizen, und wandte sich dann mit einem knappen Lächeln mir zu.

»Gott zum Gruße, Serjeant Shardlake. Eure Reise gestern dürfte etwas nass gewesen sein.«

»In der Tat, Mistress, aber wir sind sicher angekommen.«

Sie nickte. »Gut. Master Parry erwartet Euch schon. Lady Elizabeth wird Euch später empfangen.«

Sie führte uns in das Gebäude. Es war mit Wandteppichen und soliden Möbeln ausgestattet, deren Nüchternheit sich doch sehr von der farbenprächtigen Schwülstigkeit unterschied, die der alte König in seinen Palästen bevorzugt hatte. Auch die Dienerschaft war schwarz und braun gekleidet; protestantische Sitten für eine protestantische Herrin.

Wir gelangten in einen Flur, den ich bereits kannte, und standen bald vor Master Parrys Amtsstube. Mistress Blanche drehte sich zu uns um und sagte leise: »Wie Master Parry bestätigen wird, bin ich in die Angelegenheit eingeweiht, über die er Euch ins Bild setzen wird. Niemand sonst hier weiß Bescheid, und nichts …« – wieder sah sie Nicholas scharf an –, »nichts davon darf nach außen dringen.« Nicholas nickte. Mistress Blanche klopfte an die Tür. Parrys tiefe Stimme bat uns hinein. Mistress Blanche zog die Tür hinter uns zu, und ich hörte das Klirren ihrer Schlüssel verklingen, während sie sich entfernte.

Thomas Parry war ein großgewachsener Mann Anfang der vierzig, dessen einst kraftvoller Leib allmählich Fett ansetzte. Sein rötliches Gesicht war von einer großen Nase und kleinen, durchdringenden blauen Augen beherrscht, das schwarze Haar nach der neuesten Mode kurz geschnitten. Elizabeths Comptroller, der die Finanzen für sie regelte. Wie viele Männer in Amtspositionen hatte er sein Handwerk unter Thomas Cromwell gelernt und ihm zehn Jahre zuvor dabei geholfen, die Klöster zur Auflösung zu nötigen. Er kam zu uns herüber, sein Umgangston rau und fröhlich wie immer.

»Matthew. Guten Morgen. Ich hoffe, Ihr verzeiht, dass ich Euch so unvermittelt hierherzitiert habe. Gut, dass Ihr frische Kleider mitgebracht habt bei diesem Schweinewetter. Gott allein weiß, wie die Ernte ausfallen wird, die Gerste ist um Wochen zurück.«

»Ich hatte gestern denselben Gedanken, Master Parry.«

»Fowberry sagt, ihr hättet ein paar Leute entdeckt, die nicht weit von hier lagerten. Wie sich herausstellte, war es nur eine Meute herrenloser Knechte. Schuster aus Northampton auf dem Weg nach London. Ihr Gewerbe hatte keine Zukunft mehr, wenn man ihrer Leidensgeschichte glauben darf. Sie hatten jedoch Knüppel und Messer bei sich, was mich stutzig macht. Wie auch immer, die Konstabler und Wachsoldaten von Hatfield haben sie mit Fußtritten aus dem Pfarrbezirk gejagt.«

»Soso.«

»Jetzt zieht kein böses Gesicht, Matthew. Ich weiß ja, dass Ihr als Befürworter des Gemeinwohlgedankens am liebsten alle Bettler mit Gold ausstatten würdet.« Er zwinkerte Nicholas zu.

»Zumindest mit Arbeit.«

»Ach, Matthew, hätte jedermann einen Arbeitsplatz, würden die Löhne steigen, die Preise noch mehr, und wo sollte das hinführen?« Parry lächelte wieder, der sachkundige Geschäftsmann, der sich mit Argumenten gegen den idealistischen Anwalt wendet. Während ich in sein rundliches, fröhliches Gesicht blickte, musste ich allerdings daran denken, was Rich im Januar über ihn gesagt hatte: Er habe beim Anblick der Folterwerkzeuge im Tower mit Freuden ausgeplaudert, was er über Thomas Seymour wusste. Nur, wer würde unter diesen Umständen nicht reden? Und mit seinem Geständnis hatte Parry seiner Herrin Elizabeth nicht geschadet. Er war durchtrieben, aber loyal.

Er wandte sich an Nicholas, der mich schon des Öfteren bei Besuchen in seiner Londoner Kanzlei begleitet hatte. »Was ist mit Euch, Junge, lest Ihr auch all die Pamphlete und Predigten gegen die raffgierigen Reichen?«

»Nein, Sir«, antwortete Nicholas. »Meiner Meinung nach bedrohen solche Reden die gesellschaftliche Ordnung.«

»Guter Junge.« Parry nickte beifällig. »Wie weit seid Ihr mit Euren Studien? Schon als Anwalt zugelassen?«

»Bald, so hoffe ich. Ich habe spät angefangen.«

»Tja, Eure Arbeit erschien mir stets gewissenhaft ausgeführt.« Plötzlich veränderte sich seine Miene, und wie Mistress Blanche maß er Nicholas mit einem strengen Blick. »Kann man Euch ein Geheimnis anvertrauen? Dessen verderbte, abstoßende Details reichlich Anlass geben für Klatsch und Tratsch?«

»Verderbt, Sir?« Nicholas' Augen weiteten sich. Das hatte er nicht erwartet. Ich ebenso wenig. Doch Parrys Gesicht blieb gefasst.

»Ja, geradezu widerwärtig.«

»Ich habe noch nie das Vertrauen eines Klienten enttäuscht, Master Parry.«

Der Comptroller wandte sich mir zu, seine Stimme plötzlich hart. »Kann man ihm voll und ganz vertrauen, Matthew? In jeder Hinsicht? Dieser Fall ist höchst ungewöhnlich.«

»Master Overton musste schon des Öfteren ein Geheimnis bewahren. Als ich für die verstorbene Königin tätig war.«

Parry nickte, lächelte, wieder die Gutmütigkeit in Person, und klopfte Nicholas auf die Schulter. »Ich musste Gewissheit haben.« Er ging an seinen Schreibtisch, setzte sich und wies uns die Stühle ihm gegenüber. »Dann sollten wir beginnen. Uns bleibt nicht mehr viel Zeit.« Er schob Nicholas ein Tintenfass zu. »Macht Euch Notizen, Overton, aber nur von Namen und Orten, und verwahrt sie gut. Was ich Euch jetzt offenbare, ist nur mir selbst, Mistress Blanche und Lady Elizabeth bekannt, die mich persönlich darum ersucht hat, Euch diese Untersuchung führen zu lassen.« Er runzelte die Stirn, als zweifelte er an ihrem Verstand, fuhr dann aber fort: »Sie wird anschließend mit Euch sprechen, Matthew. Doch behaltet die abscheulicheren Aspekte der Geschichte für Euch. Wir mussten sie ihr erzählen, aber sie sind ihr, wie ich fürchte, auf den Magen geschlagen.«

Nicholas und ich blickten einander an. Hier ging es tatsächlich nicht um Ländereien oder Grundstücke.

»Wart Ihr jemals in Norfolk?«, fragte Parry.

»Nein, Sir«, antwortete Nicholas. »Ich komme aus Lincolnshire, aber aus der Gegend am Trent.«

»Und ich war auch noch nie dort«, erwiderte ich. »Obwohl nicht wenige meiner Klienten, die ich am Court of Requests vertrat, aus dieser Grafschaft stammten.«

»Ah ja.« Parry lächelte spöttisch. »Angeblich ist das gemeine Volk dort das streitsüchtigste im ganzen Land. Unentwegt verklagen dort Pächter ihre Grundherren wegen des Pachtzinses und der Einhegung der Gemeindeflur. Wie geht doch dieser Spruch? ›In Norfolk trägt ein jeder Mann Sir Lytteltons Pachtbibel am Pflug.‹«

»Die Leute in Norfolk kennen ihre Rechte, das ist wahr. Und sind bereit, sich nötigenfalls zusammenzutun, um sich am Court of Requests vertreten zu lassen, wenn das *Common Law* ihnen nicht weiterhilft.«

»Habt Ihr viele Fälle gewonnen für diese unterdrückten Gemeinen aus Norfolk?«

»Einige schon. Obwohl die Mühlen des Gesetzes bekanntermaßen langsam mahlen und die Grundherren ihrerseits manch eine List kennen.«

Parry brummte. »Nun, die Leute in unserem Fall gehören der Gentry an, dem Landadel; sprecht daher so wenig wie möglich von Eurer Zeit am Petitionsgericht.«

»Der Landadel in Norfolk«, gab ich zu bedenken, »steht im Ruf, ebenso gern mit seinesgleichen wie mit seinen Pächtern zu streiten. Zumal seit der alte König die Howards zerschlagen und sie ihrer Ländereien beraubt hat. Sie waren dort früher die Herren.«

Parry nickte. »Ich weiß. Der alte Herzog von Norfolk führte ein hartes Regiment. Jetzt schmachtet er Jahr um Jahr als Verräter im Tower, ein Urteil, das der alte König sich ausgedacht hat. Der Protektor hat nicht den Mut, ihn aufs Schafott zu schicken. Er wartet lieber darauf, dass der Alte von sich aus stirbt. Das tut er aber nicht, aus schierer Sturheit, obwohl er schon über fünfundsiebzig ist.« Parry lachte barsch und hob dabei die Augenbrauen. »Wie Ihr wisst, sind seine Ländereien zum großen Teil an Lady Mary verkauft worden, die in East Anglia Grundbesitz anhäuft. Sie hat sich in Kenninghall niedergelassen, dem Palast des Herzogs von Norfolk. Ich glaube, dort hält sie sich gerade auf.«

»Wollte nicht auch Lady Elizabeth sich in Norfolk Ländereien kaufen?«

»Ich weiß dort von mehreren Kaufvorschlägen, die durchfielen«, sagte Nicholas. »Und wunderte mich über Lady Elizabeths Interesse an dieser Grafschaft.«

»Die Boleyns stammen aus Norfolk«, erklärte ich.

»Ich dachte, sie kämen aus Hever in Kent«, sagte Nicholas.

Parry schüttelte den Kopf. »Ursprünglich entstammen sie dem Landadel in Norfolk. Ich frage mich, ob Mary sich nur deshalb diese Nachbarschaft wählte, um ihre Schwester zu ärgern, die sie leidenschaftlich hasst. Sie glaubt allen Ernstes, Elizabeth sei überhaupt nicht Heinrichs Tochter, sondern entstamme der Verbindung zwischen Anne Boleyn und ihrem Liebhaber Mark Smeaton. *Pentwyr o cachu.*«

Nicholas sah verdutzt drein.

»Scheißhaufen«, übersetzte Parry.

Ich sah ihn überrascht an. »Diese Geschichte kenne ich gar nicht.«

Er lächelte nervös. »Oh, ich habe ein, zwei – nun ja, nennen wir sie Beobachter – in Marys Haushalt in Kenninghall, genau wie Lady Mary zweifellos hier bei uns.« Er beugte sich vor und faltete die dicken Hände. »Einer der Gründe, warum ich betont habe, wie wichtig es ist, diese Angelegenheit vertraulich zu behandeln. Ich weiß, wie erbost Lady Mary war, als Elizabeth im Januar der Anklage entging.« Wieder runzelte er die Stirn und schüttelte den Kopf. »Mary in Kenninghall zu wissen verkompliziert die Sache. Die Geschichte ist noch nicht an die Öffentlichkeit gelangt, aber das wird sich ändern, sobald die Sitzungen der Assisengerichte in Norfolk beginnen.« Er blickte mich eindringlich an. »Sie betrifft Mitglieder der Boleyn-Familie; entfernte Verwandte zwar, aber immerhin Verwandte von Lady Elizabeth. Deshalb ist die Sache so heikel.«

»Und verderbt …«

Parry lehnte sich zurück. »Die Boleyns gehören seit Menschengedenken zur niederen Gentry in Norfolk. Dort leben sie auf ihren Ländereien, kassieren den Pachtzins und schicken gelegentlich einen klugen Sohn nach London, damit er bei Hofe Karriere mache, wie Anne Boleyns Urgroßvater. Große Fische wurden sie erst, als der alte König sich in Lady Elizabeths Mutter vergaffte. Als Anne Boleyn und ihre nächsten Verwandten zu Fall kamen, hielten sich die Boleyns im entlegenen Norfolk mucksmäuschenstill und durften ihre Ländereien behalten. Der Familienname jedoch hatte fortan einen schlechten Ruf.«

»Ja«, pflichtete ich ihm bei, »den hat er nach wie vor.« Dreizehn Jahre nach Anne Boleyns Hinrichtung rümpfte manch einer, vor allem wenn er dem alten Glauben anhing, noch immer die Nase, wenn ihr Name fiel. Ich hatte Annes Hinrichtung beigewohnt, und einen Augenblick lang sah ich vor meinem geistigen Auge erneut jenen grauen Frühlingsmorgen, die schweigende Menge, das Schwert des Scharfrichters, das durch die Luft schnitt, und den blutigen Sprühnebel, als es der Königin den Kopf abhieb. Ich unterdrückte ein Schaudern.

Parry fuhr fort: »Aber Lady Elizabeth ist vermögend, und gelegentlich kommen Bittsteller hierher und behaupten, sie seien in Not geratene Verwandte aus Norfolk.«

»So ist es nun einmal, wenn Menschen zu Geld kommen und über einen großen Haushalt verfügen mit vielen Posten.«

»In der Tat. Mistress Blanche und ich haben solche Besucher stets abgewiesen. Wenn Lady Elizabeth den einen oder anderen dieser vermeintlichen Verwandten empfangen wollte, haben wir ihr stets davon abgeraten. Verbindungen mit den Boleyns gilt es tunlichst zu vermeiden, auch heute noch.« Er hob die buschigen Brauen. »Normalerweise sagen wir ihr nicht einmal, wenn jemand hier aufkreuzt und behauptet, ein entfernter Verwandter zu sein.« Er ließ ein kurzes, bellendes Lachen hören. »Einige Male erfuhr sie von der Dienerschaft, dass Bittsteller abgewiesen wurden. Dann bekommt Mistress Blanche ihre scharfe Zunge zu spüren. Und ich kriege bestenfalls das Tintenfass und schlimmstenfalls den Briefbeschwerer an den Kopf geschmissen.« Er betastete seinen Wangenknochen und sprach weiter. »Sobald die Leute fort sind, gehe ich der Sache nach, und fast immer erweisen sie sich als Betrüger. Ich beschäftige einen Anwalt, der in solchen Zusammenhängen für mich tätig wird, Aymeric Copuldyke. Er hat einen Gehilfen aus Norfolk, Toby Lockswood.«

»Ich bin Copuldyke im vergangenen Sommer in Eurer Kanzlei begegnet«, sagte ich. »Er hatte Euch aufgesucht. Wir haben nur ein paar Worte gewechselt.« Ich erinnerte mich an einen kleinen übellaunigen Dickwanst, dem die Hitze den Schweiß aus den Poren getrieben hatte.

Parry schnaubte verächtlich. »Toby Lockswood ist nützlicher als sein Herr. Ihr werdet mit beiden sprechen müssen, wenn Ihr wieder in London seid.«

»Es muss schwer sein für Lady Elizabeth so ganz allein, ohne Familie«, bemerkte Nicholas leise. Ich warf ihm einen Blick zu. Er wusste es besser als die meisten.

»In Lady Elizabeths Fall«, erwiderte Parry in scharfem Ton, »hat es politische Gründe, warum man die Boleyn-Verwandtschaft von ihr fernhält ...« Nach kurzem Zögern setzte er hinzu: »Mistress Blanche erzählte mir, Elizabeth trage ein Medaillon um den Hals, in dem sie das Bildnis ihrer Mutter aufbewahrt. Ihre Loyalität könnte von einem Betrüger ausgenutzt werden. Noch ein Skandal.« Parry seufzte tief, und mir wurde klar, dass er unter Druck stand. Nach kurzer Pause fuhr er fort: »Erst vor einem Monat, am 4. Mai, erzählte mir Mistress Blanche von einer Frau, die im Dienstbotenflur aufgetaucht sei. Sie sei eine angeheiratete Cousine der Lady Elizabeth, sagte sie, und nach dem Tod ihres Mannes in Not geraten, weil man ihr die Pacht gekündigt habe. Normalerweise hätte Mistress Blanche sie hinausgeworfen, doch irgendetwas an der Frau hatte sie dazu bewogen, sie auch mir vorzuführen.«

»Was denn?«, fragte ich.

»Erstens war sie um die fünfzig, während die meisten, die dergleichen versuchen, noch jung sind. Ihr blondes Haar war von Grau durchzogen und – vermutlich wegen der Läuse – kurz geschnitten. Und obwohl sie nur Lumpen am Leibe trug, sprach sie nicht dieses unverständliche Norfolker Bauerngenuschel, sondern vornehmes Englisch, was darauf hindeutete, dass sie aus gutem Hause kam. Mistress Blanche brachte sie daher zu mir.« Parry schüttelte den Kopf. »Bei Gott, sie sah erbärmlich und halb verhungert aus. Ihr mageres Gesicht war von Kälte und Hunger gezeichnet, das Haar unter der Haube schmutzig, und sie trug ein schäbiges Gewand aus gewalkter Wolle.«

»Eine vornehme Dame trüge doch gewiss Kleider aus feinem Tuch, wenn auch alt und abgenutzt«, gab Nicholas zu bedenken.

Parry nickte. »Gut erkannt.« Er hielt kurz inne und sagte dann: »Doch die Aussprache dieser Frau erschien mir echt. Und sie machte mir einen verhärmten, regelrecht verzweifelten Eindruck. Sie behellige uns nur ungern, sagte sie, sei nur eine entfernte, angeheiratete Verwandte, wisse aber nicht, wohin. Wer mit einem solchen Ansinnen hierherkommt, blickt üblicherweise voller Ehrfurcht oder doch mit Interesse auf das Haus, aber diese Frau schien kaum etwas von ihrer Umgebung wahrzunehmen. Sie solle sich setzen, sagte ich daher, und mir ihre Geschichte erzählen. Das tat sie, und alles klang auch recht plausibel. Anfangs«, fügte er grimmig hinzu.

»Sie heiße Mistress Edith Boleyn, sagte sie, und bis zum Tod ihres Mannes vergangenen November sei sie die Herrin eines stattlichen Gutes gewesen, nicht weit von Blickling, fünfzehn Meilen nördlich von Norwich. Anne Boleyns Familie stammt von dort, andere Boleyns sind über ganz Norfolk verstreut. Ich bat sie um Einzelheiten über das Gut, und sie sagte, es sei groß, die Pacht sei mit dem Tode ihres Gatten abgelaufen, und der Pachtherr habe sie nicht verlängert. Er halte jetzt Schafe auf ihrem Land. In drei Monaten müsse sie das Haus geräumt haben.« Er lächelte süffisant. »Just die Geschichte, gegen die Eure Freunde, die Gemeinwohlbefürworter, wettern, obwohl es die wohlhabenden Pächter ebenso treffen kann wie die ärmeren.«

»Hatte sie keine Kinder, keine Verwandten?«

»Sie sagte, Kinder habe sie keine und beide Eltern seien tot.« Ein Funken Mitleid huschte über sein plumpes Gesicht. Edith Boleyns Notlage hatte diesen harten Geschäftsmann offenbar doch bewegt. »Hätte ich damals schon Bescheid gewusst …«, sagte er leise und verfiel in ein untypisches Schweigen.

»Hat sie erwähnt, *wie* ihr verstorbener Mann mit Lady Elizabeth verwandt war?«, fragte ich.

Parry nickte. »Er teile einen gemeinsamen Ururahn mit Anne Boleyn, sagte sie.«

In meiner Tätigkeit war ich oft mit Familienstammbäumen befasst und stellte eine schnelle Rechnung auf. »Damit wäre er für Elizabeth wohl ein Vetter dritten Grades.«

»Sie hatte den Familienstammbaum auswendig gelernt und ihn mir auf ein Blatt Papier gekritzelt, zurück bis zu Geoffrey Boleyn, der in den 1420er-Jahren nach London gekommen und dort Lord Mayor geworden war. Das Schreiben bereitete ihr offensichtlich Schmerzen, ihre Finger waren verkrümmt und die Knöchel an beiden Händen entsetzlich geschwollen. Sie schrieb jedoch flüssig, woraus ich schloss, dass sie gebildet war. Ich fragte sie, warum sie keinen Ehering trage. Sie habe ihn entfernen lassen, sagte sie, weil er schmerzhaft in die Haut eingewachsen sei. Ich fing an, ihr zu glauben.« Parry zog erneut die buschigen Augenbrauen in die Höhe, und seine Stimme wurde hart. »Doch als ich weitere Einzelheiten von ihr forderte, begann ihre Geschichte zu bröckeln.«

»Inwiefern?«

»Als ich sie um den Namen des Grundherren bat, der sie enteignet hatte, um die Einzelheiten des Pachtvertrags, die Namen der nächstgelegenen Stadt und der dort ansässigen Familien, legte sie mir eine Liste bloßer Erfindungen vor. Sie hatte sie gut eingeübt, dabei aber nicht bedacht, dass ich dank eigener Erfahrungen in der Vergangenheit und der Hilfe Copuldykes über detaillierte geographische Kenntnisse verfüge, was Norfolk anbelangt. Als ich sie darauf ansprach, fing sie an zu stammeln und über ihre Worte zu stolpern. Mistress Blanche und ich maßen sie bereits mit prüfenden Blicken, und sie erkannte, dass sie in der Klemme saß. Am Ende stieß sie aus, dass ihr Ehemann wirklich ein Verwandter Elizabeths sei und sie nichts weiter erbitte als den bescheidensten Platz im Haushalt der Lady – als Dienstmagd, Küchenhilfe, was immer Lady Elizabeth ihr zu geben bereit sei. Mittlerweile war sie rot angelaufen. Ich bemerkte, dass ihre Finger nicht nur angeschwollen, sondern von Schwielen übersät waren. Diese Frau hatte schwere körperliche Arbeit geleistet.« Parry zuckte die breiten Schultern. »Nun, nachdem sie uns ein solches Ammenmärchen aufgetischt hatte, mussten wir sie fortjagen, nicht wahr? Wer immer sie ist, dachte ich, sie entstammt einer vornehmen Familie und ist in Not geraten. Doch dergleichen kann heutzutage jedermann geschehen und rechtfertigt keineswegs solche Lügen. Ich wies ihr also die Tür.«

»Ist sie gegangen?«

»Ich hatte erwartet, sie werde in Tränen ausbrechen, aber das tat sie nicht; sie sackte nur in sich zusammen. Ich bat Mistress Blanche, sie hinauszugeleiten. Als sie die Frau zur Tür brachte, griff ich in meinen Beutel – ich wollte ihr ein paar Münzen zustecken –, aber Mistress Blanche schüttelte den Kopf. Sie hatte recht, wir dürfen Lügner nicht auch noch ermutigen. Die Frau verließ das Haus, wie sie gekommen war, durch die Hintertür.« Er hielt inne und sah mich an. »Doch wie ich erkennen sollte, hatte Edith Boleyn zwar gelogen, was ihre persönlichen Umstände betraf, doch dass sie eine angeheiratete Verwandte unserer Lady Elizabeth war, stimmte. Und aus diesem Grunde, Master Shardlake, haben wir jetzt ein Problem.«

»Hat sie etwas angestellt?«, fragte ich.

Parry ließ ein freudloses Lachen hören. »So kann man es auch nennen! Sie hat sich auf bestialische Weise erschlagen lassen, aus purer Bosheit.«

»Ihr wollt also, dass ich einen Mord untersuche?«, fragte ich leise.

»Ich fürchte, ja.« Er sah mir in die Augen.

Hochgestellte Persönlichkeiten hatten sich schon mehrfach mit diesem Ansinnen an mich gewandt. Normalerweise wurde mir immer eng ums Herz vor Sorge. Doch dieses Mal, hier in Parrys Kanzlei in Hatfield Palace, befiel mich unversehens ein Gefühl freudiger Erregung. Ich warf einen Blick auf Nicholas. Auch in seiner Miene las ich lebhaftes Interesse.

»Was ist ihr denn zugestoßen?«, fragte ich.

Parry öffnete eine Schublade in seinem Schreibtisch, holte einen Ordner heraus und entnahm ihm ein Blatt Papier. Es war die eidesstattliche Erklärung eines Zeugen für ein Gerichtsverfahren. Er überflog sie. »Edith Boleyn – so hieß sie tatsächlich – kam wie gesagt am 4. Mai hierher. Elf Tage später, am frühen Morgen des 15. Mai, verließ ein Hirte namens Adrian Kempsley sein Haus im Pfarrbezirk Brikewell, südlich von Norwich, um die Schafe seines Herrn zu versorgen. Letzterer heißt Leonard Witherington und gehört zu denen, die auf ihrem Land Schafe halten und sich, nun ja, auch der Allmende bedienen. Er ist bei seinen Pächtern unbeliebt und auch bei seinem Nachbarn, der ebenfalls ein Stück Land besitzt.«

Ich nickte. »Ich sage es ja, wenn sie nicht mit ihren Pächtern streiten, bekriegen sich die Gentlemen in Norfolk gegenseitig.«

Parry fuhr fort. »Witherington und sein Nachbar hatten sich beide ein großes Stück Klosterland gesichert, als vor zehn Jahren die Abteien aufgelöst wurden. Offenbar waren die alten Klosterurkunden nicht eindeutig, was die Grenze anbelangte, und so erhebt Master Witherington neuerdings Anspruch auf ein Gutteil der Ländereien seines Nachbarn.« Er zog vielsagend die Augenbrauen in die Höhe. »Der Name dieses Nachbarn lautet Master John Boleyn. Er ist Ediths Ehemann und mitnichten tot, wie sie behauptet hat. Noch nicht, denn er könnte noch in diesem Monat in Norwich am Galgen baumeln.«

Nicholas' Augen weiteten sich. »Ihr Gemahl war am Leben! Warum kam sie dann hierher?«

Parry hob eine Hand. »Sachte, junger Freund, ich bin noch nicht fertig. Adrian Kempsley zufolge, dessen Aussage hier vor mir liegt, lässt er Witheringtons Schafe auf einer großen Wiese weiden, die schräg zu einem Fluss hin abfällt. Dieser bildet wohl die Grenze zwischen Witheringtons Grund und dem von John Boleyn, was aber, wie schon gesagt, umstritten ist.«

Ich sagte: »Seit Klosterland veräußert wurde, gibt es viele Fälle dieser Art, da die entsprechenden Urkunden oft jahrhundertealt sind und die Karten darin verblichen oder uneindeutig.«

»So ist es«, pflichte Parry mir bei. »In diesem Frühjahr hat es, wie Ihr wisst, viel geregnet. Der Flusspegel war hoch, der Uferbereich schlammig. Kempsley sah etwas Weißes aus dem Wasser ragen, und im frühen Morgenlicht dachte er zunächst, ein Schaf hätte sich im Morast verfangen. Als er jedoch näher herantrat, fuhr ihm der Schreck in alle Glieder.« Parry unterbrach die Erzählung und sagte: »Ich muss Euch warnen, denn was nun folgt, ist ebenso verderbt wie abstoßend. Was Kempsley aus dem Wasser ragen sah, war kein Schaf, sondern der nackte Leib einer Frau – Edith Boleyn. Sie war kopfüber in den Fluss gerammt worden. Ihr Kopf und die obere Körperhälfte steckten im Wasser und im Schlamm darunter fest. Die untere Hälfte dagegen ragte mit gespreizten Schenkeln in die Höhe, ihre Scham gen Himmel gereckt.«

Einen Augenblick lang herrschte Schweigen. »Jemand muss sie entsetzlich gehasst haben, um so etwas zu tun«, sagte ich schließlich. »Was war die Todesursache?«

»Sie ist eindeutig«, antwortete Parry. »Jemand schlug ihr mit einem schweren Gegenstand auf den Kopf. Kempsley sagt, ihre Schädeldecke sei auseinandergebrochen, als man die Leiche aus dem Wasser zog. Die Tote war wohl in der Nacht davor dort abgelegt worden. Dabei war Edith Boleyn, dem Gesetze nach, bereits zwei Jahre tot gewesen.«

Nicholas, auf dem Schoß ein Brett mit einem Bogen Papier darauf, hatte sich Notizen gemacht, nun aber fuhr seine Feder über die Seite, dass die Tinte spritzte. »*Was?*«

Parry lachte düster. »Ich habe genauso reagiert, als Anwalt Copuldyke es mir sagte.« Er entnahm dem Ordner eine zweite eidesstattliche Erklärung. »Laut Aussage John Boleyns ist seine Frau Edith, die Mutter seiner beiden Söhne vor neun Jahren, also 1540, spurlos verschwunden. Sie hätten sich nicht mehr vertragen, sagt er, dennoch sei ihr Verschwinden plötzlich und unerwartet gewesen. Eines Wintertages sei sie plötzlich auf und davon, nur mit den Kleidern, die sie am Leibe trug. John Boleyn erkundigte sich bei Ediths Familie – und sie *hat* eine Familie, auch wenn sie vor uns das Gegenteil behauptete –, dem Gesinde und den Nachbarn, aber niemand hatte sie gesehen oder konnte ihr Verschwinden erklären. Sie wurde nie mehr gesehen. Vor zwei Jahren dann – inzwischen waren sieben Jahre vergangen – ersuchte Master Boleyn den Leichenschauer, Edith vor dem Gesetz für tot erklären zu lassen. Dem Antrag wurde stattgegeben, und im vorigen Jahr heiratete er dann seine jetzige Frau, mit welcher er, sehr zur Entrüstung der ganzen Gemeinde, schon einige Jahre gelebt hatte.«

Ich überlegte. »Die Gerichte untersuchen das Verschwinden eines Ehegatten normalerweise doch sehr gründlich.«

»Auch in diesem Fall. Der dortige Leichenschauer ist offenbar ein rechtschaffener Mann. Er kam zu dem Schluss, dass Edith in der Tat von einem Tag auf den anderen spurlos verschwunden war. Keiner der Nachbarn hatte sie danach noch einmal gesehen, und alle beteuerten einhellig, sie sei eine überaus merkwürdige und mürrische Frau gewesen. Boleyn zufolge gab es Zeiten, in denen sie jede Nahrung verweigerte und entsetzlich abmagerte – sie wirkte auch halb verhungert, als sie hierherkam, obgleich mir dies der Tatsache geschuldet schien, dass sie völlig mittellos auf der Straße lebte.«

»Und in den neun Jahren, bevor sie hier aufkreuzte, hatte sie niemand gesehen?«

»Niemand. Offenbar hatte John Boleyn mit seiner jetzigen Frau schon vor Ediths Verschwinden angebändelt, und irgendein Klatschweib hatte Edith davon erzählt; in John Boleyns Aussage steht, sie sei vor ihrem Verschwinden voller Schwermut gewesen und habe wieder einmal nicht essen wollen.« Parry holte tief Luft. »Der Leichenschauer mutmaßte, dass Edith höchstwahrscheinlich in selbstmörderischer Absicht in den Fluss gegangen und ertrunken sei. Ihre Leiche sei alsdann ins Meer getrieben und aus diesem Grunde nie gefunden worden, so sein Fazit.«

Ich sagte: »Wenn John Boleyn sich vor neun Jahren mit einer anderen Frau traf und seine Ehefrau dahinterkam und ihn zur Rede stellte, hätte er durchaus ein Motiv gehabt, sie zu ermorden.«

Parry nickte zustimmend. »Das sagten die Leute 1540 auch. Doch es gab keinen Beweis, keine Leiche. John Boleyn wartete ein Jahr, ehe er seine Geliebte, eine gewisse« – Parry stockte und warf einen Blick in seine Unterlagen – »Isabella Heath, zu sich ins Haus holte, doch danach lebten die beiden ganz offen miteinander. Sie war eine Schankkellnerin, ist das zu glauben? Die Gutsherren in der Nachbarschaft waren entrüstet und raunten, dass von einem Boleyn schließlich nichts anderes zu erwarten sei. Und ständig schwelte der Verdacht gegen ihn, dass er sich seiner Frau entledigt hätte. In letzter Zeit waren Boleyn und sein Nachbar Witherington wegen der erworbenen Wiesen übrigens ernsthaft aneinandergeraten. Der Streit war sogar zu Tätlichkeiten ausgeartet. Außerdem geht das Gerücht, dass Boleyn in Geldnöten ist – er besitzt mehrere Gutshöfe, aber vor kurzem erstand er ein kostspieliges Haus in London.«

Nicholas sagte: »Demnach war seine Frau überhaupt nicht tot, sondern hatte ihn bloß verlassen?«

Parry breitete die Arme aus. »Es sieht ganz danach aus. Wo sie in den vergangenen neun Jahren gesteckt hat, weiß der Teufel. Wir wissen nur, dass sie knappe zwei Wochen nachdem sie dieses Haus hier aufgesucht hatte, auf grausame Weise zu Tode kam.«

»Dann hat Anwalt Copuldyke Euch von dem Mord berichtet?«, fragte ich.

»Er weiß es von Lockswood, seinem Kanzleigehilfen in Norwich. Da ich Erkundigungen über Edith eingezogen hatte, nachdem sie in Hatfield gewesen war, hielt Copuldyke es für angebracht, mich von ihrem Tod zu informieren.«

»Und John Boleyn ist verhaftet?«

»Ja. Edith wurde von ihrem Vater identifiziert, und tags darauf hat man John Boleyn in Gewahrsam genommen.«

»Das nenne ich schnell«, sagte Nicholas.

»Bei einer Mordermittlung geht man davon aus, dass der Mörder – oder ein glaubhafter Verdächtiger – binnen Tagen überführt werden muss, weil die Spur andernfalls erkaltet.« Ich wandte mich an Parry. »Auf welcher Grundlage hat man ihn verhaftet?«

»Triftige Argumente: Es gab Spuren im Morast rings um die Leiche, von großen, schweren, genagelten Stiefeln. John Boleyn ist ein kräftiger Mann, und als sein Haus durchsucht wurde, fand man ein solches Paar Stiefel, dreckverkrustet, im Pferdestall. Boleyn hält dort einen dermaßen unbändigen Gaul, dass niemand außer ihm selbst es wagt, sich ihm zu nähern. Daneben lag ein großer, schwerer Hammer, an welchem Blut und Haare klebten.«

Nicholas sah mich an. »Jemand hätte die Gegenstände auch eigens dort platzieren können, um Boleyn anzuschwärzen«, sagte er.

Parry holte ein weiteres Schriftstück heraus. »Dem amtlichen Bericht zufolge besaß neben dem Stallburschen, der offensichtlich nicht ganz bei Verstand ist, nur Boleyn einen Schlüssel zu diesem Stall. Aber er wird auf nicht schuldig plädieren, wenn er in diesem Monat in Norwich vor das Geschworenengericht tritt. Die Richter sind bereits aufgebrochen.«

»Ja«, sagte ich. »Einige von ihnen versuchten die Sommerrunde zu verschieben, wegen der Unruhen im vergangenen Monat, aber Lordkanzler Rich wollte davon nichts hören. Die Richter werden wie üblich in die Grafschaften reisen und bei den Assisengerichten ihre Macht demonstrieren.«

»Ist Barak mit dabei?«, fragte Nicholas.

»Ja, und diesmal ist er in Norfolk. Im vergangenen Jahr war es die Heimatrunde.«

»Wer ist Barak?«, fragte Parry.

»Mein ehemaliger Assistent. Er arbeitet jetzt als freier Rechtsberater und geht während der Sommer- und Winterprozesse in der Nähe von London den Richtern zur Hand.« Ich überlegte. »Auf dem Weg nach East Anglia werden die Richter wahrscheinlich auch Fälle in Buckinghamshire verhandeln.«

»Das Geschworenengericht in Norwich beginnt am 18. Juni. In knapp zwei Wochen. Könnte dieser Barak uns von Nutzen sein?«

Ich antwortete mit Bedacht. »Er könnte uns vielleicht Informationen beschaffen. Er hat viele Jahre für mich gearbeitet und ist unbedingt vertrauenswürdig.«

Parry überlegte. »Dann schlage ich vor, dass Ihr den Fall mit ihm besprecht. Aber sagt nicht, dass Edith Boleyn hier in Hatfield war.«

»Natürlich.« Ich dachte nach. »Ich sehe durchaus die Möglichkeit, dass Boleyn sich als unschuldig erweist. Falls seine verschollene Frau nach neun Jahren wieder bei ihm aufgetaucht war, als er sich bereits ein zweites Mal vermählt hatte, hätte er in der Tat ein Motiv gehabt, sie zu töten – aber in aller Stille und Heimlichkeit. Die Leiche auf diese Weise öffentlich zur Schau zu stellen und damit offenkundig zu machen, dass Edith am Tag zuvor noch gelebt hatte – dadurch würde seine neue Eheschließung doch sogleich ungültig werden, und es würde Ermittlungen nach sich ziehen, die ihn selbst als Hauptverdächtigen ins Spiel brächten. Warum sollte ein vernünftiger Mann dergleichen tun?«

Parry zuckte die Schultern. »Vielleicht kam sie zurück, und er geriet vor Wut und Hass dermaßen außer sich, dass er vorübergehend den Verstand verlor. Doch ich gebe Euch recht, es klingt eher danach, als hätte es jemand darauf abgesehen, Boleyn in Schwierigkeiten zu bringen. Wie schon gesagt, er ist bei den Nachbarn unbeliebt, und ich brauche Euch nicht zu sagen, dass dergleichen in einem Geschworenengericht schwer wiegt.«

»Was ist mit seiner Familie«, fragte ich, »seiner neuen Frau? Hat er Kinder aus seiner Verbindung mit Edith?«

»Soweit ich weiß, hat sich seine neue Frau in seinem Haus verschanzt. John Boleyn hatte Zwillinge mit Edith. Die Jungen müssten jetzt halbwüchsig sein.« Parry runzelte die Stirn. »Die Obrigkeit in Norfolk scheint der Überzeugung, dass Boleyn schuldig ist und sein Besitz daher dem König heimfallen muss. Aus diesem Grunde lassen *Feodary* und *Escheator*, die den Heimfall der Lehen überwachen, ihre Abgesandten bereits auf seinem Anwesen herumschnüffeln. Er ist reich, seine Ländereien wecken Begehrlichkeiten bei den königlichen Beamten. Ich habe Copuldyke dazu bestimmt, als Boleyns Anwalt aufzutreten und ihnen ins Gedächtnis zu rufen, dass der Fall noch *sub judice* sei: Der Angeklagte ist unschuldig, bis seine Schuld bewiesen ist, und seine Familie sollte in Frieden gelassen werden, bis er verurteilt wird.«

»In der Tat.«

Parry knurrte unwillig. »Escheator und Feodary, die für die Ländereien des Königs in Norfolk zuständigen Obrigkeiten, sind zum einen Henry Mynne, zum anderen Lady Mary persönlich. Beide delegieren ihre Pflichten an ortsansässige Ministerialen – Richard Southwell ist Verwalter vieler Güter Marys in Norfolk, während Mynnes Vertreter in jener Gegend Norfolks John Flowerdew ist. Ein übles Gespann. Vielleicht kennt Ihr Flowerdew? Er ist wie Ihr ein Serjeant-at-law, nur konzentriert er seine Bemühungen darauf, möglichst viel Land in Norfolk an sich zu raffen.«

»Nein, wir sind uns nie begegnet.«

»Was Southwell anbelangt, er ist Lady Marys Geschöpf.« Wieder zog er vielsagend die Augenbrauen in die Höhe. »Ja, dieser verfluchte Fall reicht bis zu ihr. Ich wäre nicht überrascht, wenn sie Southwell auf die Familie angesetzt hätte.«

Ich überlegte. »Dass Boleyn des Mordes verdächtigt wird, ist bereits öffentlich. Euren Worten entnehme ich, dass sich die Sache in Norwich bereits herumgesprochen hat?«

»In der Tat. Doch das ist nichts gegen den offenen Skandal, sollte Boleyn für schuldig befunden und gehenkt werden. Der Familienname, die widerwärtigen Einzelheiten des Verbrechens – die Pamphleteschreiber werden jubeln und ihre eigenen Versionen der Geschichte von London bis Northumberland verkaufen.« Parrys Stimme wurde dunkel vor Zorn. »Man möchte verzweifeln, wenn man liest, was derzeit aus den Druckerpressen strömt; Gemeinwohlbefürworter, die gegen die Reichen geifern, Calvinisten, die vor den Flammen der Hölle und dem Weltuntergang warnen, die wahnsinnigen Prophezeiungen und lüsternen Schriften, das Schmähen und Lästern. Ich wünschte, die verfluchte Druckerpresse wäre nie erfunden worden.«

Nicholas brach das betretene Schweigen, das diesem Ausbruch folgte, indem er ihn fragte: »Haltet Ihr Master Boleyn für schuldig, Sir?«

Parry sah ihn ärgerlich an. »Potz Pestilenz, Junge, woher soll ich das wissen? Ich habe keine Ahnung. Ich weiß nur, dass Copuldykes Gehilfe Lockwood ihn im Kerker von Norwich Castle aufgesucht und als elende Jammergestalt beschrieben hat.«

Ich blickte Parry in die Augen. »Weiß auch wirklich niemand, dass Edith Boleyn hier war? Bis auf Euch und Mistress Blanche?«

»Nein, niemand. Für die Dienerschaft war sie nur eine arme Bettlerin, die an die Tür kam. Niemand sonst kennt ihren Namen. Und das soll auch so bleiben«, setzte er mit Nachdruck hinzu. »Lady Elizabeth darf mit dieser Sache auf keinen Fall in Zusammenhang gebracht werden.«

Ich fragte: »Warum möchtet Ihr dann, dass wir nach Norfolk reiten?«

Parry stieß einen langen, tiefen Seufzer aus. »Meinethalben brauchtet Ihr nirgendwohin zu reiten. Doch ich musste Lady Elizabeth von dem Mord erzählen – sie hätte es zweifellos selbst herausgefunden, wenn die Sache vor den Richter kommt und das Gerede losgeht. Wir müssten den Obrigkeiten mitteilen, so ihre erste Reaktion, dass Edith Boleyn hier gewesen sei. So ließe sich ihr Weg zurückverfolgen, und man könne vielleicht herausfinden, wo sie sich in den vergangenen neun Jahren aufgehalten habe.«

»Lady Elizabeth hatte recht«, bemerkte ich leise. »Der Umstand, dass Ihr, und auch sie, von Edith Boleyns Besuch hier in Hatfield so kurz vor ihrer Ermordung wisst, aber es nicht preisgebt, könnte Euch, streng genommen, als Unterschlagung von Beweismitteln ausgelegt werden.«

Parry sah mich prüfend an. »Ich konnte Lady Elizabeth überzeugen, dass Mistress Edith nur eine weit entfernte Verwandte war und uns nichts angeht. Außerdem dürfe sie nach der Sache mit Seymour keinesfalls mit einem skandalösen Mord in Verbindung gebracht werden, sagte ich ihr. Mistress Blanche pflichtete mir bei. Gott sei Dank ist Lady Elizabeth tief im Herzen Realistin, und so war sie schließlich einverstanden, dass wir nichts sagen und der Gerechtigkeit ihren Lauf lassen sollten.« Er beugte sich zu uns vor und wählte seine Worte mit Bedacht. »Außerhalb dieses Zimmers hat Edith Boleyns Besuch in diesem Hause niemals stattgefunden. Vergesst das *niemals*.«

»Sehr wohl.« Ich war froh, dass Nicholas und ich als Rechtsanwälte in Lady Elizabeths Diensten das gesetzliche Privileg hatten, nichts von dem offenlegen zu müssen, was Parry uns erzählte.

»Allerdings« – Parry schüttelte den Kopf – »hat Lady Elizabeth zwei Bedingungen gestellt. Erstens möchte sie einen gesetzlichen Vertreter nach Norfolk schicken, der sich dort – behutsam – nach dem Stand der Dinge erkundigen soll. Es gelte lediglich sicherzustellen, dass John Boleyn Gerechtigkeit widerfährt. In Anbetracht Eurer – Erfahrung – mit dergleichen Fällen hat sie den ausdrücklichen Wunsch geäußert, dass Ihr dieser Vertreter sein sollt.«

Ich überlegte. »Da es sich um einen Kriminalfall handelt, hat Boleyn keinen Anspruch auf Rechtsbeistand, denn wenn die Beweislast keine berechtigten Zweifel an seiner Schuld zulässt, geht das Gesetz davon aus, dass die Faktenlage absolut klar sein muss und daher kein Anwalt vonnöten ist. Unsinn natürlich, aber so ist es nun einmal.«

»Vollkommener Unsinn«, pflichtete Nicholas mir bei. »Ich war entsetzt, als ich im Studium auf diesen Artikel stieß.«

Parry sah uns an. »Ich persönlich danke Gott dafür, sonst würde Lady Elizabeth Euch zu John Boleyns Rechtsbeistand vor Gericht ernennen. Aber wir kamen überein, dass Ihr in dem Fall nur Nachforschungen anstellen und relevante Beweise den Richtern vorlegen sollt. Dergleichen könne doch auch von Copuldyke und seinem Gehilfen übernommen werden, sagte ich, aber sie bestand auf Euch.«

»Und wenn ich Beweise finde, die John Boleyns Schuld bestätigen?«

»Dann muss das Gesetz seinen Lauf nehmen.« Parrys Augen wurden schmal. »Es wäre für alle Beteiligten das Beste, Master Shardlake, wenn Eure Ermittlungen im Sande verliefen. Wir wollen auf keinen Fall Staub aufwirbeln.«

Ich antwortete nicht direkt. »Ihr sagtet, die Lady habe noch eine zweite Bedingung gestellt.«

»Ja, und ich versuche noch immer, sie davon abzubringen. Ich hoffe sehr« – er schüttelte müde den Kopf –, »dass es dazu nicht kommt. Aber nun gut, falls Ihr Beweise findet, die für Boleyns Unschuld sprechen, und die Geschworenen verurteilen ihn trotzdem, will Lady Elizabeth dafür Sorge tragen, dass der König ihn begnadigt.«

Ich holte tief Luft. Der König hatte die Macht, sogar einen Schuldspruch wegen Mordes aufzuheben. Wenn sehr wohlhabende Personen eines Kapitalverbrechens für schuldig befunden wurden, folgten dem Urteil oftmals Schmiergelder an maßgebliche Personen im königlichen Haushalt, bis hinauf zum Herrscher. Doch heutzutage, in Anbetracht der Jugend Edwards, müsste die Begnadigung durch Protektor Somerset erfolgen, bei dem Elizabeth ohnehin in Verruf war.

»Ich kann gut verstehen, warum Ihr diesen Lauf der Dinge nicht sonderlich schätzen würdet, Master Parry.«

»Sie glaubt, dass der König, da das Gnadengesuch von ihr kommt, persönlich einschreiten werde. Doch Edward wird keinen Finger krumm machen. Er hat seine Schwester ansatzweise gern, aber mehr auch nicht. Er sieht sie nur alle heiligen Zeiten einmal und steht vollkommen unter dem Einfluss der Seymours, die immerhin die Boleyns ablösten, wenn Ihr Euch erinnert.« Er sah mich erneut scharf an. »Lady Elizabeth ist eine vernünftige junge Dame, und auch umsichtig, doch sobald ihre Mutter im Spiel ist, siegt ihr Herz über den Verstand. Immerhin ist sie erst fünfzehn, vergesst das nicht. Helft mir, diese Sache zu begraben, Matthew. Ihr zuliebe. Soll man Boleyn für schuldig oder unschuldig erklären, wie Beweislage und Politik vor Ort es vorgeben. Ich will kein Gnadengesuch.«

»Verstehe«, sagte ich langsam. »Euer Mann Copuldyke und sein Gehilfe werden mich vor Ort mit Informationen versorgen?«

»Ja. Beide sind jetzt in London, Ihr könnt nach Eurer Rückkehr mit ihnen sprechen. Ihr werdet in Copuldykes Namen agieren, und sein Gehilfe soll Euch nach Norfolk begleiten. Nehmt den Jungen hier mit« – er wies auf Nicholas –, »aber seid vorsichtig, wenn Ihr mit Eurem Freund Barak sprecht. Nehmt Euch ein Zimmer in Norwich. Boleyns Anwesen ist nur ein Dutzend Meilen von der Stadt entfernt.«

Ich stellte eine schnelle Rechnung auf. Heute hatten wir den

6. Juni. Ich würde nach London zurückreiten, mit Copuldyke und Lockswood sprechen und eilige Vorkehrungen für den Ritt nach Norfolk treffen, eine Reise von drei oder vier Tagen. Es war ärgerlich, dass ich nach London zurückreiten musste, denn Hatfield lag auf dem Weg nach Norfolk. Ich sagte zu Parry: »Bis ich dort ankomme, ist eine Woche vergangen. Dann bleiben uns nur wenige Tage bis zum Beginn der Assisen.«

Parry neigte den Kopf zur Seite. »Ihr gebt Euer Bestes, mehr könnt Ihr in der kurzen Zeit nicht tun«, sagte er mit leicht ausweichendem Unterton. Ich fragte mich, ob er Elizabeth absichtlich erst jetzt von Ediths Ermordung erzählt hatte. Auf diese Weise sank die Wahrscheinlichkeit, dass ich unangenehme Wahrheiten ans Licht brachte.

Ich fragte: »Erhalte ich Abschriften von Euren Dokumenten? Dann bleibt mir die Mühe erspart, das Gericht in Norwich darum zu bitten.«

»Wie Ihr wünscht. Euer Gehilfe kann Kopien der Fallakte anfertigen, während Ihr bei Lady Elizabeth vorsprecht. Sie wird Euch schon erwarten. Ich gebe Mistress Blanche Bescheid, damit sie Euch begleitet.« Er griff nach der Glocke auf seinem Tisch und läutete. Ein Diener kam und wurde zu Mistress Blanche geschickt. »Den Flur entlang steht eine Bank, dort wartet, bis sie kommt. Ich lasse die Papiere in ein Amtszimmer bringen, damit Master Overton dort Abschriften fertigen kann.« Er erhob sich, kam zu mir und drückte mir die Hand, sein Blick ernster denn je. »Vergesst es nicht, Matthew, Lady Elizabeth ist noch sehr jung, sie lernt Sorgfalt und Umsicht in der harten Schule des Lebens, vermag aber noch nicht immer zu erkennen, was für sie das Beste ist. Stürzt Euch nicht zu tief in diesen Fall, Matthew. Sprecht mit Leuten, möglichst diskret, wohnt den Assisen bei. Haltet mich auf dem Laufenden. Aber überanstrengt Euch nicht!«

KAPITEL DREI

Wir fanden die Bank, auf die Parry verwiesen hatte, gegenüber einem Fenster mit Blick auf einen kompliziert angelegten Knotengarten. Einige Narzissen blühten noch in den Beeten, ungewöhnlich spät.

»Narzissen sind ein Emblem der Waliser, nicht wahr?«, bemerkte Nicholas. »Gewiss erwärmen sie Master Parrys Herz.«

Ich sprach leise, falls ein Diener vorüberginge. »Das ist in der letzten Zeit auch bitter nötig, möchte ich meinen. Zuerst Seymours Ränkespiel, jetzt dieser Mord.«

»Wir sollen nur sicherstellen, dass alles seine Richtigkeit hat, nicht wahr?«

»Parry würde sich lieber ganz aus der Angelegenheit heraushalten. Und ich verstehe auch, warum.«

»Sollte nicht Recht geschehen?«

»Natürlich. Nur wissen wir beide, dass dies reine – Glückssache ist.«

»Lady Elizabeth möchte, dass wir unser Bestes tun.«

Ich sah ihn an. »Du magst Master Parry nicht sonderlich, hab ich recht?«

»Er ist mir zu sehr Politiker.«

»Er ist loyal. Das habe ich stets respektiert. Und trotz ihrer Jugend hat hier Elizabeth das Sagen. Er muss ihr gehorchen, sie aber auch beschützen.«

»Und wenn wir in Norfolk herausfinden, dass John Boleyn unschuldig ist? Was dann?«

»Wir werden es den Verantwortlichen sagen. Aber wir wollen den Ereignissen nicht vorgreifen. Im Augenblick wissen wir so gut wie nichts über den Fall.«

Nicholas lächelte. »Eine willkommene Abwechslung nach all den Liegenschaftssachen, nicht wahr?«

»Oh ja, ganz gewiss.« Ich lächelte ebenfalls. »Wie ich sehe, bist du schon Feuer und Flamme.«

»Ich freue mich, eine Weile aus London fortzukommen.«

Ich seufzte. »Ich bin es auch leid in letzter Zeit. Und ich muss gestehen, diese Angelegenheit ist – spannend. Und sie sollte keine Gefahr für uns darstellen. Zumindest hoffe ich das«, fügte ich hinzu. Mir kamen die Schrecken in den Sinn, die ich in der Vergangenheit durch meine Verstrickung in die Belange der Herrschenden erlebt hatte, ich kam aber zu dem Schluss, dass diese Sache mit Politik nichts zu tun hatte. Und da ich ein aufrichtiges Bedürfnis nach einer Veränderung verspürte, sagte ich zu Nicholas: »Wie schon gesagt, uns bleibt nicht allzu viel Zeit. Der Weg nach Norwich ist weit.«

»Wenigstens sind die lokalen Unruhen vorüber.«

»Von Sonntag an muss in allen Gottesdiensten das neue englische Gebetbuch verwendet werden, vergiss es nicht. Vielen Leuten wird das nicht gefallen.«

Nicholas sah mich an. »Ihr habt doch eine Ausgabe, nicht wahr?«

»Ja, seit seinem Erscheinen im März.« Nach kurzem Schweigen fügte ich hinzu: »Endlich haben wir die Gebete und Psalmen auf Englisch vorliegen. Und Cranmers Übersetzung aus dem Lateinischen ist wunderschön.«

»Heißt es neuerdings wirklich, dass Brot und Wein in der heiligen Wandlung nicht zu Fleisch und Blut Christi werden?«

Ich schüttelte den Kopf. »Nein, so weit geht das Gebetbuch nicht. Es bleibt absichtlich vage. Cranmer und Protektor Somerset sind meines Wissens zwar tatsächlich der Überzeugung, dass die Kommunion nur an das Opfer Christi erinnern soll. Doch das wagen sie nicht öffentlich zu sagen – noch nicht. Das Gebetbuch ist ein Kompromiss, von dem sie hoffen, dass alle ihn akzeptieren werden.«

»Etwas, das jeder für sich deuten kann?«

»Genau. Den Traditionalisten wird es trotzdem nicht gefallen. Sie wollen die alte Messe zurück, in lateinischer Sprache.«

»Dann könnte es erneut zu Tumulten kommen, diesmal wegen Glaubensfragen?«

»In den vergangenen zwei Jahren haben sich die Menschen mit Dingen abgefunden, die ich einmal für unmöglich gehalten hätte – das Entfernen aller Bilder und Buntglasfenster, das Schließen der Totenmesskapellen. Doch dieses Gebetbuch geht für einige vermutlich einen Schritt zu weit.«

Wir saßen eine Weile still da. Nicholas hatte, was den Glauben anbelangte, tolerante Ansichten, was ich an ihm bewunderte, weil sich so viele junge Menschen an Extreme klammerten. Was mich selbst anging, einst ein glühender Verfechter der Reform, so wusste ich schon seit geraumer Zeit nicht mehr, woran ich eigentlich glaubte.

Nicholas fragte: »Ob Thomas Seymour bei Lady Elizabeth – nun ja – bis zum Äußersten ging?«

»Nicht einmal er wäre so töricht gewesen, was mir ein kleiner Trost ist. Aber still jetzt, wir sollten hier nicht darüber reden.« Ich hatte das Klirren von Schlüsseln gehört, und gleich darauf kam Mistress Blanche um die Ecke, die Hände vor der Brust gefaltet. Sie führte Nicholas zu einem Schreibzimmer, in dem er seine Kopierarbeit erledigen konnte, und wies mich an, ihr zu folgen.

Lady Elizabeth saß an einem breiten Schreibtisch voller Bücher und Schriften. Im Gegensatz zu ihrem Bruder, dem König, oder dessen Thronerbin, ihrer großen Schwester Mary, saß sie nicht unter einem Staatsbaldachin. Sie trug ein schwarzes Kleid, und unter der französischen Haube fiel ihr als ein Zeichen der Jungfräulichkeit das lange, rötliche Haar offen auf die Schultern. Ich fragte mich, ob sie noch immer Catherine Parrs wegen Schwarz trug oder ob dies, genau wie die Nüchternheit der Möbel in Hatfield, eher auf ihren Hang zu protestantischer Bescheidenheit verwies. Ihr Gesicht, oval wie das ihrer Mutter, aber mit dem hohen Nasenrücken und dem kleinen Mund ihres Vaters, machte sie bemerkenswert, wenn nicht gar schön. Der eckige Ausschnitt ihres Gewands zeigte die vollen Brüste eines fast schon zur Frau erblühten Mädchens, doch ansonsten war sie dünn und blass, mit dunklen Schatten unter den braunen Augen. Sie war in ein Schriftstück vertieft, als ich eintrat, und ihre langen Finger spielten nervös mit einem Federhalter. »Serjeant Shardlake, Mylady«, verkündete Blanche, und ich verneigte mich tief, während sie neben Elizabeth Stellung bezog. Blanche ließ mich nicht aus den Augen; zweifellos würde sie alles, was wir sagten, Parry zutragen.

Lady Elizabeth sah mich eine Weile prüfend an und sagte dann mit ihrer klaren Stimme: »Serjeant Shardlake, ich habe Euch seit Monaten nicht mehr gesehen.« Über ihr Gesicht huschte ein Schatten. »Seit Ihr mir zum Tode der Königinwitwe Euer Beileid ausgedrückt habt.«

»Ja, ein trauriger Tag.«

»Wohl wahr.« Sie legte die Feder nieder und sagte leise: »Ich weiß, dass Ihr der edlen Dame treu ergeben wart. Und ich liebte sie. Von Herzen – auch wenn manch einer das Gegenteil behauptet.« Sie holte tief Luft. »Ich weiß noch, als ich Euch zum ersten Mal begegnete, vor vier Jahren, nicht? Ihr wart gekommen, um mit der Königinwitwe einen Fall zu besprechen.«

»Das ist wahr, Mylady.«

Sie lächelte. »Ich fragte Euch damals, was Gerechtigkeit sei, wisst Ihr's noch? Und Ihr sagtet mir, dass sie allen Menschen zustünde, sogar den übelsten.«

»Ihr habt ein gutes Gedächtnis.«

Sie nickte erfreut. Es gefiel ihr, mit ihrem Gedächtnis, ihrer Klugheit zu glänzen. »Nun, Ihr seid beauftragt, das Vermögen, das mein Vater mir hinterlassen hat, in Grundbesitz anzulegen. Kommt Ihr gut voran?«

»Seit sich Eure Schwester ihre Ländereien ausgesucht hat, geht alles schneller.«

»Ah ja, Mary kommt immer als Erste. Ich bin gespannt, wie sie mit dem neuen Gebetbuch verfährt. Sie wird sich ihrer papistischen

Pfaffen entledigen müssen.« Elizabeth lächelte grimmig, tat die Angelegenheit mit einer Handbewegung ab und lehnte sich zurück. »Gerechtigkeit, Serjeant Shardlake, ich weiß, dass Ihr stets daran geglaubt und sie zuweilen an finsteren Orten gesucht habt. Die Prüfung der Dokumente zu meinen Ländereien ist im Vergleich dazu gewiss eine langweilige Pflicht.«

»Ich werde älter, Mylady, und bin zufrieden mit ruhigeren Aufgaben. Meistens«, setzte ich hinzu.

»Ich möchte aber, dass meinem Verwandten und seiner armen toten Frau Gerechtigkeit widerfährt und dass Ihr Euch der Sache annehmt. Master Parry hat Euch die grausamen Einzelheiten erzählt?«

»In der Tat. Und dass ich nach Norfolk reiten soll« – ich wählte meine Worte mit Bedacht –, »um die näheren Umstände zu untersuchen und mich davon zu überzeugen, dass Master John Boleyn Gerechtigkeit widerfährt.«

»So ist es. Blanche und Master Parry hätten die arme Frau niemals fortschicken dürfen.« Sie warf Blanche einen strafenden Blick zu, und ich sah mit Staunen, dass die resolute Dame errötete. Elizabeths Ton wurde milder. »Ich weiß ja, dass die beiden mich nur beschützen wollen. Sie fürchten den Skandal und die Lügen, die man dem Protektor über mich erzählt. Nichtsdestoweniger soll die Angelegenheit angemessen untersucht werden. Parry wird Euch von seinem Anwalt erzählt haben, Master Copuldyke.«

»Seine Augen und Ohren in jener Gegend, soweit ich weiß.«

»Parry schlug vor, dass ich ihn mit dem Fall betrauen sollte. Tja, ich halte aber nicht viel von Copuldyke. Ein aufgeblasener Trottel. Ihr könnt das besser.«

»Danke für Euer Vertrauen, Mylady.«

»Master Parry hat Euch gesagt, dass Ihr so bald wie möglich nach Norfolk aufbrechen müsst?«

»In der Tat.«

»Und dass er froh wäre, wenn Ihr mit leeren Händen zurückkämt, nicht?« Ihre Stimme wurde hart. »Wenn Ihr aber dennoch etwas findet, das den Ausgang der Sache beeinflussen könnte, Serjeant Shardlake, dann müsst Ihr die Richter in Norwich darüber in Kenntnis setzen. Und mich auch.« Elizabeth wandte sich wieder an Mistress Blanche. »Ich sage Master Parry, dass ich die gesamte Korrespondenz einzusehen wünsche.«

»Ich werde tun, was ich kann.« Nach kurzem Zögern fügte ich hinzu: »Master Boleyn könnte auch schuldig sein.«

»Dann muss die Gerechtigkeit ihren Lauf nehmen«, sagte sie. »Sofern seine Schuld erwiesen ist. Doch sollte Master Boleyn für schuldig befunden werden, und Ihr stoßt auf Beweise, die zeigen, dass er seine arme Frau nicht umgebracht hat, werde ich meinen Bruder ersuchen, ihn zu begnadigen. Bevor Ihr aufbrecht, gebe ich Euch eine Abschrift mit meinem Siegel, die Ihr nötigenfalls den Richtern vorlegen sollt.« Sie hielt Blanches Blick stand und fuhr fort: »Wie ich höre, soll Anwalt Copuldykes Gehilfe Euch begleiten. Er ist zwar ein Raubein, aber tüchtig. Auch der lange Bursche, der mit Euch hergekommen ist. Ich habe ihn vom Fenster aus gesehen. Er schien mir durchaus vertrauenswürdig.«

»Ich habe vollstes Vertrauen zu Master Overton.« Diese gespaltene Königsfamilie, dachte ich bei mir, wie sie Pläne schmieden und spekulieren und von Fenstern aus beobachten.

»Gut.« Elizabeth schloss einen Moment lang die Augen, und ich spürte, wie müde und erschöpft sie war. In ernstem Tone fuhr sie fort: »Master Parry soll Euch Kopien von allen Schriftstücken zu dem Fall geben.«

»Master Overton ist gerade dabei, Abschriften zu fertigen. Ich will alles tun, damit Recht geschieht – Ihr könnt auf mich zählen.«

Elizabeth nickte. Einen Augenblick lang saß sie nachdenklich da und sagte dann mit traurigem Lächeln: »Ihr habt nie geheiratet, nicht wahr, Serjeant Shardlake?«

»Nein, Mylady.«

»Wie kommt das?«, fragte sie mit aufrichtiger Neugier.

Ich zögerte. »Ich habe einen gewissen – Nachteil – auf dem Heiratsmarkt.«

»Ach Unsinn!«, sagte sie mit wegwerfender Geste. »Ich kenne

viele Bucklige, die geheiratet haben, und sie sind weitaus hässlicher als Ihr.«

Ich rang nach Luft. Niemand sonst hätte gewagt, diese Angelegenheit so schonungslos anzusprechen. Mistress Blanche hüstelte düpiert, aber Elizabeth winkte ab, die braunen Augen auf mich gerichtet.

Ich lachte unbehaglich. »Ich war vielleicht zu anspruchsvoll in Herzensangelegenheiten. Mehr als einmal habe ich Frauen bewundert, die – nun ja – über mir standen.« Ich bedauerte meine Worte sofort, da eine von ihnen Catherine Parr gewesen war. Ob Elizabeth dies ahnte?, fragte ich mich, aber ihr Blick war schwer zu deuten. »Und jetzt ist mein Haar weiß«, setzte ich lahm hinzu, »jetzt ist es zu spät.«

Ich hatte erwartet, dass sie mir erneut widersprechen würde, stattdessen nickte sie, und ihre Miene wurde hart. »Ich habe entschieden, dass ich niemals heiraten werde«, sagte sie.

»Mylady ...«, hob Mistress Blanche an.

Wieder winkte Elizabeth gebieterisch ab. »Ich sage es allen, damit sie meine Absichten kennen.«

»Und wenn Ihr Eure Meinung ändert ...«, wagte ich einzuwerfen.

»Niemals.« Elizabeths Stimme blieb ruhig, doch ihr Ton war eindringlich. »Alle sollen es wissen, damit es keine Intrigen mehr gibt. Kein Mann soll mich aus politischem Eigennutz zum Altar führen.« Sie sah mich weiter an. »Ich weiß, was eine Heirat bedeuten kann für Frauen königlichen Standes. Ich habe gesehen, was Catherine Parr widerfahren ist. Wie die Papisten Ränke schmiedeten, um die Gute bei meinem Vater anzuschwärzen, damit er sich ihrer entledige. Wie Ihr wohl wisst. Und dann ihre Ehe mit Thomas Seymour.« Ihre bleichen Wangen röteten sich, weil ihr das Blut ins Gesicht schoss. »Er heiratete sie ihrer Stellung wegen und benahm sich ehrlos, so dass sie ihn auf dem Sterbebett verfluchte.«

»Mylady!«

Blanches Stimme klang entschieden, aber Elizabeth ignorierte sie weiter und sagte: »Zuerst kommt die Liebe, dann die Vermählung, dann der Verrat und schließlich der Tod. Das ist Catherine Parr geschehen.« Leise fügte sie hinzu: »Und jemandem vor ihr.«

Ich senkte den Blick. Sie sprach von ihrer Mutter. Elizabeth durfte nicht so mit mir reden. Als hätte sie meine Gedanken erraten, lächelte sie traurig. »Ich weiß, dass ich Euch vertrauen kann, Serjeant Shardlake. Ich wusste es schon, als ich Euch das erste Mal begegnete. Es ist ein seltenes Gut. Und diesmal, dessen bin ich überzeugt, werdet Ihr dafür sorgen, dass einem Boleyn Gerechtigkeit widerfährt und dass der Mörder jener armen Frau bestraft wird, die hilfesuchend zu mir kam. Wer immer es sei.«

KAPITEL VIER

Während Nicholas Kopien anfertigte, durfte ich durch den Palastgarten spazieren. Unter blauem Himmel den Pfaden zwischen den Bäumen folgend, konnte ich glauben, dass nun endlich Sommer war. In einem Wäldchen bemerkte ich ein Reh, das die Blätter von einem tiefhängenden Zweig fraß. Neben ihm, auf wackeligen Beinen, standen zwei zierliche Kitze. Ich tat keinen Mucks, sah zu, wie die Ricke tiefer ins Unterholz eindrang und ihre Kitze unsicher hinter ihr dreinstaksten. Ich seufzte. Die Aussicht auf den langen Ritt zurück nach London gefiel mir nicht.

Es war früher Nachmittag, als wir aufbrachen. Auf halbem Wege nach London, in einer Herberge in Whetstone, hatte man zwei Zimmer zur Nacht für uns gerichtet. Parrys Diener Fowberry brachte uns die Pferde und verabschiedete uns. Als wir die Auffahrt entlangritten, blickte ich noch einmal zu den Fenstern zurück, die in der Sonne glänzten, und fragte mich, ob Lady Elizabeth uns erneut beobachtete.

Nach einigen Meilen taten mir schon Rücken und Beine weh. Ich dachte an die Reise nach Norfolk, die längste, die ich seit mehreren Jahren unternommen hatte. Ein beschwerlicher Ritt würde das werden. Ich wünschte, ich wäre in letzter Zeit weniger nachlässig gewesen mit den Leibesübungen, die Guy mir für meinen Rücken verordnet hatte, und hoffte, dass er sich inzwischen ein wenig erholt hatte. In den nächsten Tagen gäbe es viel zu erledigen, trotzdem nahm ich mir vor, ihn zu besuchen.

Die Straße nach London war ruhiger als auf dem Ritt nach Hatfield, und es waren keine anderen Reiter in Sicht, als Nicholas neben mir plötzlich leise sagte: »Oho, da vorne.« Vor uns trotteten, mit dem Rücken zu uns, etwa ein Dutzend zerlumpte Wanderer. Darunter waren auch eine Frau und zwei Kinder, doch die Mehrzahl waren Männer, der eine in einem abgerissenen Soldatenrock, auf dem Rücken das weiße Kreuz von England. Einige der Männer hatten Stöcke, doch bis auf die Messer, die alle Männer am Gürtel trugen, waren sie unbewaffnet.

Nicholas sagte: »Ich möchte zu gern wissen, ob es die Leute sind, die letzte Nacht um das Feuer saßen und die der Konstabler davonjagte.«

»Möglich. Neuerdings sind so viele unterwegs. Sie sehen nicht gefährlich aus.«

»Trotzdem, lasst uns schnell vorbeireiten. Sie sollten nicht mitten auf der Straße gehen.«

»Es sind doch Hecken an beiden Seiten«, protestierte ich, aber Nicholas rief: »He da, aus dem Weg!«, und gab dem Pferd die Sporen. Ich folgte ihm. Im Vorüberreiten erhaschte ich einen flüchtigen Blick auf die Gesichter, rot und wettergegerbt vom Leben im Freien, auf zerzauste Bärte und mürrische Mienen. Wir ließen sie hinter uns.

Die Herberge in Whetstone war wie die in Hatfield eine vielbesuchte Rast an der Great North Road, und auch hier waren wir gut untergebracht. Wir nahmen unser Nachtmahl in der Gaststube ein, wo auch einige andere Reisende speisten. Anders als in Hatfield waren wir hier wenigstens anonym. Wir saßen an einem Fenstertisch, und dank der langen Dämmerung im Juni erübrigte sich das Kerzenlicht. Ich hatte vor dem Essen eine Stunde damit zugebracht, die Dokumente durchzusehen, die Nicholas in seiner klaren Handschrift kopiert hatte, und wir erörterten sie bei Tisch, in verhaltenem Ton, beide darauf bedacht, Edith Boleyns Besuch in Hatfield auszusparen.

Die Informationen in den Dokumenten waren allenfalls skizzenhaft – die Feststellung der Todesursache durch den Leichenschauer, die Anklage gegen John Boleyn am 15. Mai, dem die Ermordung seiner Gemahlin Edith zur Last gelegt wurde, seine eidesstattliche Unschuldserklärung, das Ergebnis der Leichenschau und, potenziell fatal, die Aussage des örtlichen Konstablers, der in Boleyns Stall ein Paar schlammverkrustete Stiefel und einen schweren Hammer gefunden hatte, an dem Blut und Haare klebten. Außerdem gab es die Aussage des Schafhirten, der die Leiche gefunden hatte, und die Erklärung von Boleyns neuer Frau, ihr Mann sei ihres Wissens in der fraglichen Nacht zu Hause gewesen. Sie habe ihn jedoch nicht ununterbrochen um sich gehabt, weil er sich vor dem Zubettgehen noch für zwei Stunden in sein Kontor zurückgezogen und eigens darum gebeten habe, nicht gestört zu werden. Besorgt wegen des Streits mit seinem Nachbarn Witherington, habe er seine Grundstücksurkunden und andere Dokumente prüfen wollen.

»Ich frage mich, was es damit auf sich hat«, sagte ich nachdenklich. »Es war ein Grenzdisput. Und die Leiche wurde just in dem Wasserlauf gefunden, der die umstrittene Grenze bildet. Doch indem man die Tote in dem besagten Bachlauf beließ, lenkte man die Aufmerksamkeit der Leute nicht nur auf den Disput, sondern auch auf Boleyn. Warum hätte der Nachbar dergleichen tun sollen?« Ich schüttelte den Kopf. »Der Schlüssel zu diesem Fall ist der Umstand, dass die Leiche regelrecht zur Schau gestellt wurde. Er schmälert den Verdacht gegen Boleyn, da dieser doch gewiss dafür gesorgt hätte, dass die Leiche nach der Tat ordentlich vergraben wird. Der einzige Grund, die Tote an der besagten Stelle zu belassen, war doch, sie aufs Äußerste zu demütigen.«

Nicholas sagte: »Boleyns neue Gemahlin hätte gewiss Grund, die Frau zu hassen.«

»Sie ist nun nicht mehr seine Gemahlin. Dem Gesetze nach, zumal Edith zum Zeitpunkt der Eheschließung zwischen Boleyn und seiner neuen Frau noch am Leben war, ist die Todeserklärung ungültig und damit auch Boleyns zweite Vermählung. Aber wäre seine neue Frau in den Mord verwickelt, hätte sie die Leiche doch sicher gut verborgen.«

Nicholas überlegte einen Moment. »Wir haben keinerlei Aussagen von Boleyns Söhnen. Achtzehnjährige Zwillinge, nicht?«

»Ja. Vielleicht waren sie nicht zu Hause. Wie mögen sie das alles verkraftet haben? Zuerst lässt ihre Mutter sie im Stich, als sie noch klein waren, dann wird sie nach all den Jahren in diesem Zustand aufgefunden. Ich frage mich, wie Boleyns zweite Frau mit den Brüdern zurechtkam.« Ich lehnte mich zurück. »Tja, morgen sprechen wir mit Anwalt Copuldyke, dann erfahren wir mehr.«

»Wann reiten wir nach Norfolk?«

»Voraussichtlich am Montag.« Ich lächelte. »Keine Sorge, unsere Einladung am Samstag halten wir ein, dann siehst du Mistress Kenzy. Doch anschließend sind wir einige Wochen aus London fort. Ich muss Skelly noch instruieren, damit er auch alles unter Kontrolle hat.« Ich seufzte. »Ich freue mich nicht auf den Ritt. Und ich brauche ein anderes Pferd. Genesis wird langsam alt, genau wie sein Herr, ich sollte mir für diese Reise ein jüngeres Tier besorgen. Dein Pferd müsste es allerdings schaffen.«

Er lächelte. »Ja, Lancelot ist ein feines Tier.« Nicholas hatte sich den stämmigen jungen Wallach erst vor zwei Monaten gekauft und damit seine sämtlichen Ersparnisse aufgebraucht, wie ich vermutete. Er sah mich an und fragte nach kurzem Zögern: »Sir, ist es nur der lange Ritt, der Euch Sorgen macht?«

»Ja. Ich *will* diesen Auftrag. Ich brauche etwas, woran mein Geist sich« – unwillkürlich hatte ich die Faust geballt – »festbeißen kann. Auch wenn die Umstände abstoßend sind.«

»Wir bekommen es vielleicht mit einem Mörder zu tun.«

Ich nickte. »Mit John Boleyn müssen wir natürlich sprechen.«

»Und wenn ein anderer der Täter war?«

Ich lächelte. »Dann musst du dafür sorgen, dass mir niemand eins überbrät.« Ich sah ihn an und setzte, wieder ernst, hinzu: »Es sei denn, du möchtest mich lieber nicht begleiten.«

»Doch, doch. Solange es nicht um Politik geht. Mit den Herrschenden des Reiches ist nicht gut Kirschen essen. Ein Menschenleben ist ihnen nicht mehr wert als das einer Mücke.«

»Tja, und ich bedaure sehr, dass du dies durch mich erfahren musstest. Aber wir reiten nicht der Politik wegen nach Norfolk, wir suchen lediglich Elizabeths Anteil daran abzumildern. Auch wenn sie in den Ränkespielen der Mächtigen derzeit keine große Rolle spielt.«

Er dachte nach. »Wir sollten nicht vergessen, dass auch Landstreitigkeiten bösartig sein können.«

»Gewiss. Sie füllen uns Anwälten die Beutel. Und sie werden nicht immer durch das Gesetz geregelt. Parry sagte, zwischen Boleyn und seinem Nachbarn habe es eine heftige Schlägerei gegeben.«

Nicholas nahm ein Stück Brot von seinem Teller, zerkrümelte es zwischen den langen Fingern und sah plötzlich nachdenklich und traurig drein. »Mein Vater …« Er verstummte.

»Ja?«

»Vor fünf Jahren geriet er mit einem Nachbarn in Streit, der genau wie mein Vater das Recht hatte, sein Vieh auf den Gemeindefluren weiden zu lassen. Mein Vater – denn er begann den Unfrieden – hatte sich zu viele Tiere angeschafft. Das Gras reichte aber nur für eine kleinere Herde. Der Nachbar klagte vor dem Landgericht, aber mein Vater hatte dessen Vorsitzer bestochen, und so durfte er seine Tiere weiterhin grasen lassen.«

»Der Nachbar hätte sich an die höhere Instanz wenden, sein gutsherrliches Recht einklagen müssen …«

»Ihr wisst selbst, wie lange dergleichen dauern kann. Jahreszeiten vergehen, und Tiere müssen fressen. Der Nachbar tat sich mit den armen Pächtern des Dorfes zusammen, deren Weiderechte ebenfalls betroffen waren, und gemeinsam verjagten sie die Tiere meines Vaters und drohten ihm mit Schlägen, sollte er zurückkommen. Mein Vater brüllte zurück, er werde seinerseits Männer anheuern, doch der Friedensrichter vor Ort ging dazwischen, entschied gegen meinen Vater und sagte, er dulde keine raufenden Rüpelhorden in seinem Gerichtsbezirk.« Nicholas' Miene hatte sich verfinstert. »Mein Vater kann grimmig sein, aber es fehlt ihm an Mut, um sich mit der

Gerichtsbarkeit anzulegen.« Er wischte sich die restlichen Krumen von den Fingern.

Ich sah ihn an und fragte mich nicht zum ersten Mal, wie es sich anfühlen mochte, der einzige Sohn eines hartherzigen, ungerechten Mannes zu sein. Nicholas lächelte verlegen. »Mein Vater war fuchsteufelswild. Dass eine Horde Bauern ihn einschüchtern wolle, beschmutze seine Ehre, sagte er.«

»Seine gesellschaftliche Stellung zumindest«, sagte ich.

»Hier ging es nicht um Ehre. Ehre setzt rechtmäßiges Verhalten voraus, ehrenhafte Händel zwischen Edelmännern und die Anerkennung der gesellschaftlichen Ordnung. Er hatte zumindest insofern recht, als sein Nachbar sich nicht hätte dazu versteigen dürfen, das gemeine Volk gegen ihn aufzuhetzen.«

»Du sagtest doch, dass die Interessen der armen Pächter ebenfalls bedroht waren.«

»Sie haben ihre Rechte, aber auch ihren Platz.« Er senkte den Blick. »Nun, ich bin aus alledem heraus.«

»Die Angelegenheit gleicht jener in Norfolk.«

»Tja, aber dort kann ich wenigstens die unparteiische Sicht eines Anwalts einnehmen.« Er lachte – ein bitteres Lachen für jemanden, der noch so jung war. Er tauchte die Finger in die Schale mit Wasser, die man uns hingestellt hatte, und trocknete sie an seinem Mundtuch. »Ich gehe zu Bett. Es war ein langer Tag.«

»In der Tat. Aber seltsamerweise bin ich nicht müde. Ich habe wohl zu viel gegrübelt. Vielleicht hilft mir ein Spaziergang, einen klaren Kopf zu bekommen.«

Draußen war es noch hell, die Luft frisch und klar. Das Dorf Whetstone bestand nur aus wenigen Häusern entlang der Straße, die auf eine alte Kirche zuführte. Die Pforte stand offen, und ich schlenderte darauf zu. Ich ging durch das Friedhofstor und folgte dem Fußweg zwischen den Grabsteinen.

Im Inneren der Kirche war ein Handwerker damit beschäftigt, eine der Wände zu tünchen, er übermalte mit breiten Pinselstrichen eine Darstellung von Engeln in leuchtenden, fließenden Gewändern. Die anderen Wände waren bereits weiß. Auch die bunten Fenster waren verschwunden, ersetzt durch schlichtes Glas gemäß der Weisung Erzbischof Cranmers. Der Lettner war entfernt worden, der Altar offen einsehbar. Auf einer Wand standen nun in schwarzen gotischen Lettern die Zehn Gebote geschrieben – Bilderverehrung und Götzendienst der Vergangenheit ersetzt durch das Wort Gottes –, obgleich die meisten Pfarrkinder wahrscheinlich nicht lesen konnten.

Ich setzte mich auf einen der Stühle, die für ältere Mitglieder der Gemeinde aufgestellt worden waren, und sah dem Maler bei der Arbeit zu. Der Glaube frei von papistischem Zeremoniell und Ritual, dafür hatte ich als junger Mann einst erbittert gekämpft. Und doch musste ich auch daran denken, wie herrlich mich, den Knaben vom Lande, an den Sonntagen, zumal in den trostlosen Wintermonaten, die leuchtenden Farben der Kirche anmuteten, der Duft von Weihrauch, die Bilder; ein Fest für die Sinne, das den Verstand auf geistige Dinge einstimmte. Sogar der Mummenschanz der Lateinischen Messe pflegte mich einst mit einem angenehmen Schauder zu durchrieseln. Nun, ich hatte alldem abgeschworen. Und nun, da ich meinen Willen bekommen hatte, erschien mir das Ergebnis kalt, hart und kahl.

Der Maler hörte auf zu arbeiten und wusch den Pinsel in einem Eimer Wasser aus. Er erschrak, als er mich dort sitzen sah in meiner schwarzen Robe, nahm die Kappe vom Kopf, trat auf mich zu und verneigte sich.

»Verzeiht, Sir, ich hatte Euch nicht bemerkt.« Er war in den Fünfzigern, sein Gesicht mit Farbe bespritzt.

Ich lächelte. »Ihr arbeitet spät, mein Freund.«

»Ja. Und im ersten Morgenlicht fange ich wieder an. Unser neuer Vikar will, dass für den Gottesdienst am Sonntag, mit dem neuen Gebetbuch, alles fertig ist.«

»Ihr habt gründlich gearbeitet.«

»Ich werde gut dafür entlohnt, aber …« Der Mann verstummte und maß mich kühn aus hellblauen Augen – ungewöhnlich für einen Handwerker, der mit einem Gentleman sprach. »In gewisser Weise werde ich mit meinem eigenen Geld bezahlt und dem meiner Vorfahren.«

»Wie das?«

»Weil die Arbeit mit Kirchengeldern bezahlt wird, wir könnten sie uns nicht leisten, hätten wir nicht das viele alte Silber verkauft, das wir wegschaffen mussten. Auch ein wunderbar verzierter alter Kerzenhalter war darunter. Die Familie meines Urgroßvaters hat ihn einst gekauft, für eine ihm geweihte Kerze, die unablässig in der Kirche brannte.« Er blickte in eine der vielen leeren Nischen, schlug die Augen nieder und sagte schnell: »Ich weiß schon, wir müssen jetzt König Edward gehorchen wie ehedem König Heinrich. Wenn ich Euch beleidigt habe, tut es mir leid.«

»Veränderungen sind nicht immer leicht«, sagte ich leise.

»Hattet Ihr mit dem Vikar zu tun, Sir?« Er sah jetzt ängstlich drein, befürchtete wohl, zu viel gesagt zu haben.

»Nein, ich bin nur auf der Durchreise und zufällig hier.«

Er nickte erleichtert. »Ich muss jetzt für die Nacht abschließen.«

Ich verließ die Kirche. Die Tür erzeugte ein hohles Echo, als sie ins Schloss fiel.

Ich hatte keine Lust, sogleich zum Gasthaus zurückzukehren; neben der Kirche stand eine hölzerne Bank, auf die ich mich setzte, um den Sonnenuntergang zu betrachten. Ich überlegte, dass der alte König Heinrich wohl nicht gebilligt hätte, was hier geschah, doch jetzt hatten der Herzog von Somerset und Bischof Cranmer die Macht, England halb auf die Seite der radikalen Reformer wie Zwingli und Calvin zu ziehen. Es gab natürlich viele, die dies sehr begrüßten, vorzüglich in London, wo manch eine Kirche den Altar durch eine nüchterne Mensa ersetzt hatte. Und doch war alles von oben auferlegt worden, wie alle religiösen Neuerungen dieser vergangenen sechzehn Jahre, ob die Menschen es nun befürworteten oder nicht. Ich entsann mich der plötzlichen Furcht in den Augen des Malers, nachdem er den Kerzenhalter erwähnt hatte. Ich musste an Jack Baraks spöttische Haltung denken, an seine Verachtung für beide Seiten der Glaubenskluft. »Zum Henker damit!«, hatte er gesagt, als wir uns vor einigen Wochen in einer Schänke unweit des Towers auf ein Bier getroffen hatten. Dort liefen wir zumindest nicht Gefahr, dass seine Frau Tamasin davon Wind bekam.

Tamasin. Ich schüttelte traurig den Kopf. Ich war dabei gewesen, als Barak sie kennengelernt hatte, und beiden jahrelang ein guter Freund gewesen; nach dem Tod ihres ersten Kindes hatte ich ihre Trauer geteilt, nach der Geburt des zweiten ihre Freude. Doch nun war Tamasin seit drei Jahren meine erklärte Feindin. Ich musste an die schreckliche Nacht denken, in der sie erfahren hatte, dass Barak verstümmelt und dem Tode nahe war. Ich hatte ihn hinter ihrem Rücken darum gebeten, mir bei einem gefährlichen Unterfangen zur Seite zu stehen. Ich erinnerte mich noch gut an ihre geballten Fäuste, an die Wut in ihrem Gesicht, als sie ausrief: »Ihr werdet uns in Ruhe lassen, uns nie wieder behelligen!« Sie gab mir die Schuld an dem, was geschehen war, wie auch ich mir zum Teil die Schuld gab, auch wenn Barak mit Nachdruck darauf bestand, für seine Taten selbst die Verantwortung zu tragen.

Als Barak hinreichend genesen war, hatte Guy ihm eine passende Prothese für seine rechte Hand anfertigen lassen. Sie hatten sich auf ein Gerät geeinigt, das oberhalb des Ellenbogens an seinen Arm geschnallt wurde. Aus einem kleinen Metallstumpf am Ende ragte ein kurzes Messer. Darunter befand sich ein eiserner Haken, der es Barak ermöglichte, Gegenstände zu tragen und mit einiger Übung sogar die Zügel zu halten, während ihm das Messer bei Tisch oder zum Öffnen von Schlössern und Truhen von Nutzen war – und schlimmstenfalls in den gefährlichen Londoner Straßen als Waffe dienen konnte. Es sah unbeholfen aus, er aber wusste geschickt damit umzugehen. Und zu meinem Erstaunen hatte er inzwischen gelernt, mit der Linken zu schreiben. Das Resultat war nicht schön, aber durchaus lesbar.

Da Tamasin ihm verboten hatte, jemals wieder für mich zu arbeiten, hatte sich Barak bei den mehr oder minder achtbaren Juristen nach Arbeit umgesehen, die rund um die Inns of Court Aufträge für die Barrister erledigten. Da er sich als mein Gehilfe einen guten Ruf erworben hatte, fand er im Nu eine Anstellung. Im Augenblick arbeitete er für mehrere Anwälte, indem er Zeugen aufsuchte, ihre Aussagen zu Papier brachte, Beweismittel aufstöberte – zweifellos auch mittels Bestechung und gelegentlich unter Androhung von Gewalt. Zweimal im Jahr durfte er außerdem die Richter der Assisengerichte auf ihren üblichen Runden durch die Grafschaften begleiten, auf denen sie Zivil- und Strafsachen verhandelten und sicherstellten, dass die Anweisungen des Lordprotektors auch ordnungsgemäß ausgeführt wurden. Baraks Aufgabe bestand dabei darin, die Geschworenen einzuschätzen, unwillige Zeugen herbeizuschaffen, bei der Schreibarbeit zu helfen und in den Schänken die Stimmung vor Ort zu ergründen. Er arbeitete in zwei Gerichtsbezirken, den an London angrenzenden Grafschaften und der Norfolker Runde, von Buckinghamshire bis nach East Anglia. Jede Runde dauerte einen Monat, und obwohl er gut entlohnt wurde, hatte er es abgelehnt, in den entfernteren Bezirken zu arbeiten, da Tamasin es nicht gerne sah, wenn er zu lange von ihr und den Kindern fortblieb. Ich vermutete auch, dass ihm aufgrund seiner Einschränkung das Reiten zu entfernteren Bezirken zu beschwerlich wäre. Obwohl er nie darüber sprach, wenn wir uns trafen, konnte ich zuweilen sehen, dass sein Arm ihm Schmerzen bereitete.

Bei unserem letzten Treffen hatte er mir erzählt, dass er die Gerichtsrunden allmählich satthatte. Die Menschen in den Grafschaften fürchteten die Richter, die in ihren blutroten Roben, mit Pomp und Prunk, durch das Stadttor geritten kamen. »So ist das mit den Strafprozessen«, sagte er. »Die Richter ermutigen die Geschworenen nicht wie früher, bei Strafsachen zunächst von der Unschuld der

Angeklagten auszugehen, solange ihre Schuld nicht erwiesen ist. Von Mal zu Mal hängen mehr Leute am Galgen. Und die Anweisung dazu kommt von oben.«

»Von Lordkanzler Rich?«, fragte ich ihn.

»Wohl eher aus dem Umfeld des Protektors. Aus den Reihen der Calvinisten, welche die Sünde zu bestrafen und mit Stumpf und Stiel auszureißen trachten.«

»Und was ist mit dem Versprechen des Protektors, mehr Milde walten zu lassen, als er den alten Hochverratsparagraphen abschaffte?«

Barak spuckte in die Sägespäne auf dem Boden der Gaststube. »Mehr Milde für radikale Protestanten. Bischof Gardiner sitzt im Kerker, und das Predigen ohne Konzession ist grundsätzlich verboten. Merkwürdige Art von Milde.«

»Wer sind in diesem Sommer die Richter auf der Norfolk-Runde?«

»Reynberd und Gatchet.«

»Vor Reynberd sei auf der Hut«, sagte ich. »Man hält ihn für einen umgänglichen, verschlafenen alten Burschen, dabei ist er schlau und wachsam wie eine Katze.«

»Mit Gatchet war ich bereits einmal auf Tour«, sagte Barak. »Er ist klug, dabei aber kalt und hart wie Stein. Ein Anhänger Calvins. Der Henker hat bald viel zu tun.«

Die Sonne war nun fast versunken; ich stand auf und zuckte zusammen aufgrund der Steifheit in meinem Rücken und den Beinen. Auf dem Weg durch den Friedhof war kaum noch Licht. Wenn ich in Norfolk auf Barak stieße, wurde mir klar, und Tamasin davon erführe, würde sie dies als Verrat von seiner Seite auffassen. Und dann dachte ich mit jähem Zorn, dass uns das Schicksal zu denselben Assisen geführt hatte, nichts Ungewöhnliches in der kleinen Welt des Gesetzes, und wir einander nicht einfach ignorieren konnten. Und warum sollte ich ihn nicht um Hilfe ersuchen, wenn ich Informationen brauchte? Niemand konnte besser seine Ohren spitzen als Barak.

Ich stolperte über eine Baumwurzel und fluchte. Besser auf meine Tritte achtend, ging ich durch das Friedhofstor und wieder auf die Herberge zu, in deren Fenstern Kerzen flackerten und mir den Weg wiesen.

KAPITEL FÜNF

Obwohl wir das Dorf Whetstone am folgenden Morgen früh verließen, erreichten wir London erst nach dem Mittag, denn einige Meilen vor der Stadt kamen wir hinter einer Reihe mächtiger Fuhrwerke zu stehen, ein jedes von acht schweren Rössern gezogen und beladen mit frisch gebrannten Ziegelsteinen. Die Kutscher trugen das rot-gelbe Wappen des Lordprotektors, und wir folgten im Schneckentritt den rumpelnden Karren, die tiefe Furchen in die Straße zogen.

»Noch mehr Steine für Somerset House«, stellte Nicholas säuerlich fest.

»Tja, bis Edward Seymours Palast fertig ist, hat er halb London aufgefressen.« Seit er zum Protektor aufgestiegen war, hatte der Herzog von Somerset einen gewaltigen Palast am Strand in Auftrag gegeben, für dessen Errichtung ganze Reihen alter Behausungen weichen mussten. Sogar Teile des ehemaligen Beinhauses der St Paul's Cathedral wurden ausgegraben und die Knochen einstiger Londoner Würdenträger draußen bei den Finsbury Fields mit dem Abfall verscharrt.

Nicholas sagte: »Hat er nicht auch zwei Millionen Backsteine bestellt, um seinen baufälligen alten Familiensitz in Wiltshire wiederherzurichten – wie heißt er doch gleich, Wolf's Hole?«

»Wolf Hall. Und alles aus dem Staatssäckel, obschon er leer ist.«

Wir mussten vor dem Moorgate warten, bis die breiten Fuhrwerke es passiert hatten. Ich sah eine neue Proklamation im Namen des Königs daran haften: Fortan müsse das Tor bei Nacht geschlossen bleiben und in jedem Stadtteil ein tüchtiger Nachtwächter Wache halten.

»Erwarten sie denn Tumulte nach dem neuen Gottesdienst am

Sonntag?«, fragte Nicholas. »Der Großteil der Londoner ist doch protestantisch.«

»Nicht jedermann«, entgegnete ich. Im Frühjahr war die Stimmung in der Stadt angespannt gewesen, überall lagen Pamphlete gegen den Papst und die heilige Wandlung. Theaterstücke und Singspiele waren bereits verboten, Diener und junge Burschen angehalten, nach Einbruch der Dunkelheit die Straßen zu meiden. Die Maiunruhen auf dem Lande und das ungebührliche Gebaren der Soldaten aus den Lagern außerhalb der Stadt, in denen sie darauf warteten, gen Norden zu ziehen, in den Krieg gegen die Schotten, hatten die Sorgen der Stadtoberen noch vergrößert.

Gerade rumpelte das letzte Fuhrwerk durch das Stadttor und hätte um ein Haar einen der Wachsoldaten erdrückt, als es in einer tiefen Furche seitwärts kippte. Weiß vor Schreck, blickte der Mann ihm hinterdrein.

»Komm weiter«, sagte ich. »Der Durchgang ist frei.«

Wir ritten hinunter nach Cheapside, zu meinem Haus in der Chancery Lane. In der Stadt herrschte wie immer lärmende Betriebsamkeit. Lehrlinge in blauen Kitteln und Handwerker in Wämsern aus Leder oder gewalkter Wolle, Weiber in Bundhauben und Schürzen tummelten sich auf den Straßen, während sich vornehme Herren, bewaffnet mit Schwertern und Faustschilden, mit ihren Dienern einen Weg durch die Menge bahnten. Vom Sattel aus blickte man auf viele hohle Wangen und ängstliche Gesichter. Diese Jahreszeit war hart, denn allmählich gingen die Wintervorräte zur Neige, die frische Ernte käme frühestens in zwei Monaten, und die Preise spielten verrückt. Bettler in zerlumpten Decken kauerten in Toreinfahrten, umlagerten zuhauf das große Cheapside-Kreuz, schrien nach Almosen und suchten die Blicke der Passanten auf sich zu ziehen.

Ich sagte zu Nicholas: »Komm mit zu mir. Wir wechseln die Kleider und statten dann Copuldyke einen Besuch ab. Er hat seine Kanzlei in Lincoln's Inn, also zum Glück ganz in der Nähe. Anschließend kannst du nach Hause reiten.«

Wir ritten an der St Paul's Cathedral vorbei, dann unter dem Newgate hindurch zu meinem Haus an der Chancery Lane. Dort überließ ich meinem neuen Steward John Goodcole unsere Taschen, hieß ihn die Pferde versorgen und ein wenig Wasser für uns bereitstellen, damit wir uns waschen konnten. Alsdann begab ich mich in mein Schlafzimmer, um mich hinzulegen und meinem Rücken etwas Ruhe zu gönnen; von unten drangen die vertrauten Geräusche rühriger Betriebsamkeit zu mir herauf. Seit dem Tod meiner Haushälterin Joan vor vier Jahren hatte ich zwei Stewards in Folge wegen schwerwiegender Vergehen hinauswerfen müssen. Vor zwei Jahren waren dann John Goodcole, seine Ehefrau und ihre zwölfjährige Tochter in meine Dienste getreten. Ihr voriger Herr, auch er ein Lincoln's-Inn-Anwalt, war verstorben. Er hatte einen großen Haushalt geführt, und so hatte die Goodcole-Familie jetzt mit mir, einem Junggesellen, ein leichtes Auskommen. Doch die Leute verrichteten ihre Pflichten sorgfältig und waren ein gut eingespieltes Trio, einander zugetan und aufrichtig bemüht, gute Arbeit zu leisten. In Lincoln's Inn ging das Gerücht, dass sie der alten Religion anhingen, worüber ich nur allzu bereitwillig hinwegsah.

Es klopfte. Ich rappelte mich auf und bat John Goodcole herein, der mir die Waschschüssel brachte. Höchste Zeit, wieder vorzeigbar zu werden. Und ich musste ihn bitten, mir ein Pferd zu mieten, das mich am kommenden Montag nach Norfolk tragen würde.

Aymeric Copuldyke hatte seine Kanzlei an einer Ecke des Lincoln's Inn Square. Mit den meisten meiner Anwaltskollegen war ich mehr oder minder bekannt, aber Copuldyke hatte ich, wie ich Parry gesagt hatte, tatsächlich erst ein einziges Mal getroffen. Er praktizierte hauptsächlich in Norfolk und war häufig dort. Er schien nicht sonderlich erfreut, Nicholas und mich zu sehen, bat uns aber trotzdem hinein. Er war ein kleiner, feister Mann in den Fünfzigern mit einer Höckernase, einem schwabbeligen Doppelkinn und einer kleinlichen, unzufriedenen Miene. Während er uns bat, Platz zu nehmen, wies er beiläufig auf einen gutgebauten jungen Mann in einem ordentlichen grauen Wams, der an einem kleinen Schreibpult unter dem Fenster saß. »Mein Rechtsberater aus Norfolk, Toby Lockswood.« Lockswood erhob sich und verneigte sich knapp, ehe er sich wieder hinsetzte. Er hatte dichte schwarze Locken, einen ebenso dichten Bart und ein rundes, stupsnasiges Gesicht. Seine hellblauen Augen blickten scharf. Er war der Mann, der nach Parrys Worten klüger war als sein Herr.

Copuldyke lehnte sich in seinem Stuhl zurück und bemerkte im Tonfall mürrischer Verdrießlichkeit: »Da hat uns Master Parry ein übles Süpplein eingebrockt.« Er schüttelte den Kopf. »Ich wollte meinen Namen davon fernhalten, aber Master Parry – nun ja, seine Herrin hat Geld wie Heu, wie Ihr wisst.« Er warf mir einen berechnenden Blick zu. »Aber wenn Ihr die Sache in meinem Auftrag übernehmen wollt, Serjeant Shardlake, und ich hier in London bleiben kann, soll es mir recht sein. Ich habe keinen Anteil an den diesjährigen Sommer-Assisen«, fügte er hinzu. »Da ich selbst aus Norfolk stamme, weiß ich, wie unerfreulich Streitereien dort oben sein können, Serjeant Shardlake.« Er kniff die Augen zusammen. »Schon bald sollen ja die Kommissionen des Protektors aufbrechen, um sich mit den ungesetzlichen Einhegungen zu befassen, und die Norfolker Bauern werden allesamt frech mehr Land fordern und behaupten, der Knecht sei so gut wie sein Herr. Ich halte mich lieber von alledem fern. Ihr habt dagegen am Court of Requests praktiziert und somit zweifellos Erfahrung im Umgang mit solchen Schurken gesammelt«, bemerkte er spitz.

Ich wollte mich nicht streiten. Copuldyke war mir die Mühe nicht wert. Ich überging daher seine Bemerkung und sagte: »Ich habe mich bereit erklärt, Master Boleyn zu vertreten, also muss ich hinauf nach East Anglia. Ich benötige jedoch eine schriftliche Bevollmächtigung von Euch, Sir, da Ihr als Boleyns Rechtsbeistand in den Akten steht.«

»Ich habe sie schon vorbereiten lassen. Toby …« Herablassend winkte Copuldyke seinem Gehilfen, und der bärtige junge Mann reichte mir ein Schriftstück.

»Ich danke Euch«, sagte ich. »Das scheint mir in Ordnung, Bruder Copuldyke. Jetzt fehlt nur noch Eure Unterschrift.«

»Mit Freuden.« Copuldyke nahm das Schriftstück und setzte schwungvoll seinen Namen darunter. Mit einem Seufzer der Erleichterung schob er mir die Vollmacht über den Schreibtisch zu. Ich wandte mich wieder an Lockswood. »Ihr werdet uns begleiten, nicht?«

»So ist es, Sir«, sagte der junge Mann leise. Während Copuldykes Sprache nicht den Schatten einer dialektalen Färbung aufwies, redete Lockswood unverkennbar in der Mundart seiner ostanglischen Heimat.

»Master Parry sagte, Ihr hättet gute Ortskenntnisse.«

Bevor Lockswood antworten konnte, warf Copuldyke ein: »Oh, Toby kennt Norfolk wie seine Rocktasche. Verbringt mehr als die Hälfte seiner Zeit dort, weil er Aufträge für mich erledigt. Sein Vater ist ein freier Bauer, hat aber nicht genügend Land für alle Söhne, also habe ich Toby bei mir angestellt, als er sich für die Juristerei entschieden hatte.« Copuldyke sprach herablassend und wandte sich dann an Nicholas. »Und Ihr, junger Mann, Ihr reitet auch nach Norfolk?«

»In der Tat, Sir.«

»Noch kein Barrister, der kurzen Robe nach zu schließen?«

»Ich erwarte, demnächst zugelassen zu werden, Master Copuldyke«, entgegnete Nicholas mit leicht gereiztem Unterton.

»Am Montag brechen wir auf«, sagte ich. »Master Parry hat mir die grundlegenden Details erläutert. Aber vielleicht wisst Ihr ja noch mehr?« Ich wandte mich an den jungen Mann. »Ihr habt Master Boleyn im Kerker besucht?«

Lockswood warf seinem Herrn einen Blick zu, der zustimmend nickte, und sagte dann: »Ja, vorige Woche. Er bleibt bis zum Prozess im Burgverlies eingesperrt. Ein abscheulicher Ort, Sir. Master Boleyn war in einem beklagenswerten Zustand. Er schien schockiert von dem, was ihm widerfahren war, weil er unentwegt beberte ...«

»Toby!«, blaffte Copuldyke. »Kein Dialekt in dieser Kanzlei! Wie oft muss ich dir das noch sagen?«

»Es tut mir leid, Sir.« Trotz der Entschuldigung blitzte Zorn aus Lockswoods Augen. »Er hat gezittert, wollte ich sagen, schien vollkommen verstört. Er beteuerte unentwegt seine Unschuld. Und er sorgte sich um das Wohl seiner Frau. Der Comptroller der Lady Elizabeth werde sich seines Falles annehmen, sagte ich ihm, und einen Anwalt schicken, der in blutigen Angelegenheiten erfahren ist. Wenn ich eine Meinung äußern darf ...«

Ich warf Copuldyke einen Blick zu, und Copuldyke zuckte mit den Schultern und winkte Lockswood ermunternd zu. Er fuhr fort: »Ich dachte, Sir, dass der wahre Täter, nachdem er Edith Boleyn ermordet und zur Schau gestellt hatte, nicht dermaßen entsetzt darüber wäre, sich im Kerker wiederzufinden.«

»Es sei denn, er wäre ein versierter Schauspieler«, warf Nicholas ein.

»Das ist wahr, Sir.«

»Habt Ihr das Familiengut besucht?«, fragte ich.

»Ja, Sir, auf seine Bitte hin. Er besitzt ein schönes altes Herrenhaus, obschon der Großteil des Gesindes Haus und Hof verlassen hat, seit der Herr im Kerker sitzt. Master Boleyns zweite Frau war zugegen und auch seine Söhne aus erster Ehe. Die arme Mistress Boleyn war zu bedauern. Sie sagte, die Nachbarn würden sie meiden.«

»Sie ist nicht mehr Mistress Boleyn«, sagte Copuldyke. »Die Rückkehr von Edith Boleyn annulliert die nachfolgende Ehe. Wie lautet doch gleich ihr Mädchenname?«

»Heath«, antwortete Lockswood. »Isabella Heath.«

»Ehedem Wirtsmagd im White Hart Inn in Norwich«, sagte Copuldyke. Er stieß ein kurzes, bellendes Lachen aus. »Kein Wunder, dass die Leute sich das Maul zerrissen, als Boleyn sie nach dem Verschwinden seiner Frau zu sich ins Haus nahm, um sich später mit ihr zu vermählen. Sie soll ja ein dralles Weibsbild sein.«

Lockswood ließ die Bemerkung unkommentiert und fuhr in ruhigem Tone fort: »Einige fragen sich, ob vielleicht Isabella etwas mit Ediths Ermordung zu tun hat. Immerhin hatte sie, genau wie ihr Mann, ein Motiv, sie zu töten, als sie aus heiterem Himmel wieder auftauchte. Doch natürlich hätte auch sie keinen Grund gehabt, die Leiche so grotesk zur Schau zu stellen.«

»Wir dachten, dies würde eher auf einen Dritten verweisen, jemanden, der Edith hasste«, bemerkte Nicholas.

»Und vielleicht auch John Boleyn und Isabella«, fügte ich hinzu.

»Als ich Isabella sagte, dass sich ein Anwalt aus London des Falles annehmen werde, war sie voller Dankbarkeit«, sagte Lockswood. »Sie wüsste nicht mehr ein noch aus, sagte sie. Sie leidet gewiss schon seit Jahren wegen all der Trätscher – Verzeihung – Schandmäuler, die über ihren niederen Stand herziehen.« Ärger schwang in Lockwoods Stimme, den er eilig unterdrückte. Mit einem Blick auf Copuldyke fuhr er fort: »Wie ich höre, standen sie und ihr Mann sich sehr nah.«

»Und die Zwillinge?«, fragte ich. »Ediths Kinder?«

»Verdorbene Bälger, völlig verwildert«, fuhr Copuldyke unwirsch dazwischen. »Wegen ihrer derben Streiche konnte sich kein Hauslehrer halten. Als ich einmal an ihrem Gut vorüberritt, warfen sie mit Steinen nach meinem Pferd und schleuderten mir die Kappe vom Kopfe. Ungeratene Brut.« Er zog ein finsteres Gesicht. »Aber was will man auch von Kindern erwarten, die von ihrer Mutter verlassen und von einer Dienstmagd großgezogen wurden, nicht wahr?«

Lockswood ließ seinen Herrn zu Ende sprechen, ehe er mir Auskunft gab: »Sie heißen Gerald und Barnabas und waren wohl immer schon schwierig gewesen, schon bevor ihre Mutter den Haushalt verließ. Sie gleichen einander wie ein Ei dem anderen, nur dass Barnabas auf der einen Wange eine lange Narbe hat. Beide kommen nach ihr, sind hellhaarig und kräftig von Gestalt.«

»Wie kamen sie mit Isabella zurecht?«, fragte ich neugierig.

»Sie war einfach Luft für sie. Als ich kam, brachen sie gerade zu einer Reise auf. Sie fragten mich, ob ich es für wahrscheinlich hielte, dass ihr Vater freikäme, und als ich sagte, ich wüsste es nicht, wollten sie wissen, ob sein Besitz, sollte er gehenkt werden, dem König anheimfalle. Die Männer des Escheator und des Feodary hätten sich schon auf dem Gut umgesehen, erzählten sie. Ich musste ihnen sagen, dass der Besitz ihres Vaters verwirkt wäre, wenn das Gericht ihn für schuldig befände. Sie müssten die Angelegenheit mit ihrem Großvater besprechen, sagte daraufhin der eine zum anderen.«

»Wer ist das?«

»Der Vater ihrer Mutter Edith, Gawen Reynolds, ein wohlhabender Kaufmann und Ratsherr aus Norwich. John Boleyns Eltern sind längst tot; er hat ihren Besitz geerbt – nicht nur das Gut in North Brikewell, auf dem sie lebten, sondern auch zwei weitere Herrensitze in Norfolk. Er ist also ziemlich vermögend, weshalb Southwells Männer und jener Flowerdew dort herumgeschnüffelt haben. Es geht allerdings das Gerücht, dass es um seine Barschaften nicht zum Besten bestellt ist. Seine Pachteinkünfte sinken aufgrund der Inflation, und mit dem Kauf eines herrschaftlichen Anwesens in London vor ein paar Jahren hat er sich vermutlich übernommen.«

Ich überlegte. »Die Söhne scheinen mehr am Besitz interessiert als an ihrem Vater.«

»So ist es«, stimmte Lockswood mir zu. »Sie haben nicht einmal gefragt, ob ich ihn für schuldig hielte.«

»Gibt es Hinweise darauf, dass sie um ihre Mutter trauern?«

Lockswood schüttelte den Kopf. »Sie haben sie mit keinem Wort erwähnt. Ich weiß noch, dass Isabella in der Tür stand, als ich mit ihnen sprach, und dass sie die beiden mit einem merkwürdigen Blick bedachte – Abneigung las ich darin, aber auch Angst.«

»Habt Ihr Master Reynolds gesehen, den Großvater?«, fragte ich. »Für ihn und seine Frau war es doch gewiss ein Schock, als ihre Tochter, die sie jahrelang verschollen glaubten, vor wenigen Tagen tot aufgefunden wurde.«

Wieder schüttelte Lockswood den Kopf. »Sie aufzusuchen hätte wenig Sinn gehabt. Die Reynolds sind reiche Leute, sie würden einen einfachen Rechtsberater wie mich wohl kaum empfangen. Aber mit Euch werden sie sprechen, Sir. Reynolds und seine Frau haben sich offenbar zurückgezogen seit der Nachricht vom Tod ihrer Tochter. Der alte Mann hält angeblich John für den Schuldigen und will ihn am Galgen sehen.«

Ich tauschte einen Blick mit Nicholas. Als Edith nach Hatfield kam, hatte sie behauptet, ihre Eltern seien tot. Wenn sie in Not geraten war und nicht zu ihrem Ehemann zurückkehren wollte, hätte sie sich doch an ihre Eltern wenden können. Doch das hatte sie nicht getan. Ich konnte Ediths Besuch in Hatfield weder mit Copuldyke noch mit Lockswood erörtern, beschloss aber, möglichst bald mit Ediths Eltern zu sprechen.

»Natürlich kann man das Interesse der königlichen Beamten verstehen«, warf Copuldyke ein. »Das Gut war ursprünglich Klosterland. Boleyn erhielt es als Ritterlehen, als der alte König es verkaufte. Sollte Boleyn hingerichtet werden, würden seine Söhne zu Mündeln des Königs, und dieser – oder vielmehr Lady Mary als Feodary und damit oberste Lehnsherrin, hätte das Recht, sie zu verheiraten. Obschon sie dergleichen Pflichten an Sir Richard Southwell delegiert. Dabei dürften die Zwillinge nicht sonderlich gut zu verheiraten sein, zumal wenn die Boleyn-Ländereien an den König heimfallen.«

»Und der Vertreter des Escheator, dem die Verwaltung der heimgefallenen Ländereien obliegt, ist meines Wissens ein Mann namens John Flowerdew.«

Copuldyke gluckste vergnügt in sich hinein. »Flowerdew ist ein Serjeant wie Ihr, Bruder Shardlake. Ein umtriebiger, streitbarer Geselle. Steckt seine Nase überall hinein und ist stets auf seinen Profit aus. Hoffentlich lernt Ihr ihn kennen.« Er wurde wieder ernst. »Was Southwell angeht, ist Vorsicht geboten. Er ist jetzt einer der führenden Männer in Norfolk, hält zwanzigtausend Schafe und soll demnächst in den Thronrat aufgenommen werden.« Er rutschte unruhig auf seinem Stuhle hin und her. »Er ist ein gefährlicher Mensch und musste sich schon so manches Mal vor Gericht rechtfertigen – wegen Veruntreuung, wegen der Beteiligung an der Entführung einer reichen Erbin, wegen einer Falschaussage gegen seinen früheren Brotherrn, den Herzog von Norfolk, und sogar wegen einer Mordanklage, welcher er nur knapp entging.«

»Mord?«

»In der Tat, ja. Vor zwanzig Jahren war er mit einem Grundherren aus Norfolk in Streit geraten und hatte ihn bei einem Zweikampf in London niedergestochen. Es war eindeutig Mord, aber er ersuchte den alten König um eine Begnadigung, und erhielt sie auch.«

»Wie es bei sehr reichen Leuten üblich ist«, bemerkte Toby leise.

Copuldyke fuhr fort: »Macht ihn Euch lieber nicht zum Feind, Sir. Zumal er Lady Mary vertritt und Ihr Lady Elizabeth verpflichtet seid.« Seine Stimme klang besorgt. »Offiziell handelt Ihr in meinem Auftrag, vergesst es nicht. Ich will keinen Ärger mit Southwell.«

»Es ist nicht gut Kirschen essen mit ihm«, pflichtete Lockswood ihm bei.

Copuldyke sagte: »Sollte John Boleyn hingerichtet werden, will Lady Mary vielleicht seine Ländereien kaufen und ihren Besitz in Norfolk vergrößern. Sehr zum Verdruss ihrer Schwester.«

Ich antwortete: »Und doch erscheinen mir diese Besuche durch Vertreter von Southwell und Flowerdew sehr – verfrüht. John Boleyn ist noch nicht einmal verurteilt worden.«

»Die Allgemeinheit ist gegen ihn«, stellte Lockswood nüchtern fest. »Er ist nicht beliebt, schon gar nicht, seit er Isabella geheiratet hat. Dann ist da auch noch der Streit mit seinem Nachbarn.«

»Was könnt Ihr mir darüber sagen?«

Copuldyke stutzte, weil ich mich direkt an seinen Gehilfen wandte, statt an ihn. »Sag es ihm, Toby«, meinte er. »Lass Serjeant Shardlake an deinem großen Wissen über die Besitzrechte in Norfolk teilhaben.« Er wandte sich an mich. »Er hat sich sogar die Mühe gemacht, eine Landkarte für Euch zu skizzieren.«

Der gönnerhafte Ton seines Brotherrn ließ Lockswood erröten. »Wenn es Euch hilft, Sir …«

»Ganz gewiss sogar.«

Er holte einen Bogen Papier aus einer Schublade und legte ihn auf den Tisch. Wir beugten uns über die Karte. Es war kein genauer Plan, aber sorgfältig gezeichnet.

»Sehr gut, Lockswood«, sagte Nicholas anerkennend.

Lockswood runzelte leicht die Stirn; er war sechs Jahre älter als Nicholas und in rechtlichen Dingen wahrscheinlich weitaus erfahrener. Doch als Kanzleischreiber war sein Status niedriger als der von Nicholas. »Dies ist eine Karte von John Boleyns Gut North Brikewell«, erklärte Lockswood. »Er besitzt wie gesagt noch andere Ländereien, aber diese hier ist die größte, und sein Wohnsitz ist« – er deutete auf den entsprechenden Punkt auf der Karte – »das Herrenhaus hier, unweit des Dorfes, das ziemlich klein ist. Und hier unten, seht Ihr, verläuft der Bach Brikewell. Er scheidet das Land von South Brikewell, das Leonard Witherington gehört, dem Nachbarn der Boleyns. Beide Ländereien werden nach der üblichen Dreifelderwirtschaft beackert: Alle Jahre werden abwechselnd zwei Äcker mit Feldfrüchten bebaut, während der dritte brachliegt. Jedes Feld ist in Streifen geteilt, und jeder Pächter hat einen oder mehrere Streifen in jedem Feld.«

»Serjeant Shardlake ist auf Landrecht spezialisiert, Lockswood«, warf Copuldyke ein. »Er und auch sein junger Gehilfe werden wohl wissen, wie die Dreifelderwirtschaft funktioniert.«

Nicholas wies auf die Felder. »Es gibt etliche größere Flächen zwischen den Streifen. Haben Pächter hier etwa mehrere Streifen zusammengelegt und sie als eigenständige Hofstelle eingehegt?«

»Ja, das ist richtig.«

»Es gibt ein oder zwei Pächter, die dergleichen auf dem Anwesen meines Vaters getan haben, in Lincolnshire.«

»Wir in Norfolk haben mehr eingehegtes Land, oftmals gemeinfrei, als die meisten Grafschaften. Und wenn Ihr nach rechts unten blickt, werdet Ihr bemerken, dass Witherington einen Teil der Allmende für die Schafzucht eingehegt hat, seinem eigenen Landbesitz gegenüber. Und dieses eingehegte Weideland hier war früher Teil der Gemeindeflur von South Brikewell.«

»Wie konnte er es an sich bringen?«, fragte ich.

»Das weiß ich nicht«, antwortete Lockswood. »Wahrscheinlich argumentierte er, dass ihm als dem Grundherrn ein Anteil am gemeinschaftlichen Weideland zustünde, ging daran, es einzuhegen, und konnte seinen Willen durchsetzen.«

Ich lächelte ironisch. »Wie ein römischer Imperator, der schrittweise sein Territorium ausweitet. Wie viele Schafe hält Witherington auf seinem Land?«

»Vielleicht dreihundert. Bei den hohen Wollpreisen wird er in dieser Schurzeit einen ansehnlichen Gewinn einstreichen. Das ist weitaus profitabler als der Anbau von Feldfrüchten. So geht es überall in Norfolk zu«, bemerkte Lockswood ernst.

Copuldyke setzte sich zurecht. »Grundherren müssen Gewinne erwirtschaften, wenn sie ihrem Stande gemäß leben wollen«, sagte er gereizt. »Bei den gestiegenen Preisen bringt ein Pachtzins, der vor dreißig Jahren festgelegt wurde, kaum noch genügend ein.«

»Und deshalb gibt es heutzutage Grundherren, die das Land ihrer Pächter einhegen, sobald deren Pachtzeit ausgelaufen ist, oder die entgegen gutsherrlichem Recht auf einem Teil der Allmende Schafe halten.« Ich lächelte grimmig.

Copuldyke winkte ab. »Falls ein Pächter glaubt, dass etwas nicht den geltenden Gesetzen entspricht, soll er Klage erheben.«

»Was oft Jahre dauert und viel Geld verschlingt. Während ein armer Bauer sein Land Jahr und Tag beackern muss.«

»Ihr klingt ja wie ein Verfechter der Gemeinwohlbewegung«, stellte Copuldyke missbilligend fest. »Ich musste unseren Lockswood hier wegen seiner Äußerungen schon des Öfteren gehörig ausschelten.«

»Ich spreche nur aus meiner langjährigen Erfahrung am Court of Requests.« Um die Diskussion zu beenden, beugte ich mich wieder über den Plan. »Dies ist ein ungewöhnlicher Grundriss für ein Lehnsgut. Das Waldland, die gemeinschaftlichen Weiden und Brachen finden sich zwischen den Gütern, nicht rings um die Hauptfelder.«

»Weil der Bachlauf, der die Güter trennt, mitten hindurchführt«, erklärte Lockswood. »Das Land an beiden Ufern wird bei nasser Witterung sümpficht – schlammig –, obwohl man diesem Problem seit Jahren mit Abflussgräben beizukommen sucht. Der äußerste Osten besteht größtenteils aus Marschland, die gemeinschaftliche Brache der Dörfler, in der sie Schilfrohr schneiden und Wildgeflügel jagen. Und der Westen ist bewaldet.«

»Was hat das Kreuz hier zu bedeuten?«, fragte Nicholas. »Bezeichnet es die Stelle, an der Mistress Boleyn gefunden wurde?«

»So ist es.«

»Die Stelle ist nicht weit entfernt von der einzigen Brücke über den Bach«, sagte ich. »Ihr Mörder begegnete ihr vielleicht an der Brücke und tötete sie dort. Ansonsten hätte er sie ziemlich weit tragen müssen.«

Einen Augenblick herrschte Stille, dann sagte Copuldyke: »Die beiden Anwesen gleichen einander fast wie Spiegelbilder.«

»Nicht ganz, Sir«, wagte Lockswood einzuwenden. »North Brikewell ist ein Gutteil kleiner. Als die Benediktinerabtei, in deren Besitz es war, 1538 aufgelöst wurde, gehörten John Boleyn und Leonard Witherington zu den ortsansässigen Männern, die ihre Ländereien auszuweiten suchten, und so erstand jeder von ihnen ein Gut. Ursprünglich gab es nur ein Herrenhaus, die einstige Vogtei, die John Boleyn sich kaufte. Leonard Witherington ließ sich ein eigenes Haus bauen, wie Ihr seht. Wie John Boleyn besitzt er noch weitere Ländereien, und er ist der vermögendere von beiden.«

Ich besah mir die Karte erneut. »Richard Southwell verfügt über Land im Norden und im Osten.«

»Richtig«, meldete sich Copuldyke zu Wort. »Und hält Schafe auf beiden Anwesen. Sollte John Boleyn für schuldig befunden werden, will Southwell vielleicht North Brikewell kaufen und die beiden Grundstücke miteinander verbinden. Je mehr Schafe er hält, desto höher sein Gewinn. Er braucht womöglich nicht einmal einen zweiten Schafhirten.«

Nicholas sagte: »Er müsste die derzeitigen Pächter loswerden.«

Copuldyke winkte ab. »Das ist Zukunftsmusik und geht uns nichts an.«

»Wie groß sind im Durchschnitt die Hofstellen der Pächter?«, fragte ich.

»Klein, zehn bis fünfzehn Acker«, antwortete Lockswood. »Einige haben größere Höfe, wie die Pächter, die ihre Weideflächen einhegen konnten, doch es gibt auch viele kleine Kötter, die ihr Einkommen aufstocken, indem sie sich als Tagelöhner oder Handwerker verdingen. Doch seit Boleyns und auch Witheringtons Felder, die früher einmal beackert wurden, nun den Schafen als Weideflächen dienen, ist der Bedarf an Helfern nicht mehr so groß. North Brikewell ernährt etwa fünfundzwanzig Familien, South Brikewell etwas über dreißig.«

Ich deutete auf eine gepunktete Linie, die mitten durch das Waldland, die Weiden und Brachen von North Brikewell hindurchschnitt und mit *das alte Flussbett* beschriftet war. »Ist dies die Linie, von der Witherington behauptet, sie sei die eigentliche Grenze?«

»Ja«, antwortete Copuldyke. »In der ursprünglichen Schenkung an die Mönche – ein jahrhundertealtes Stück Pergament wie all die klösterlichen Besitzurkunden – ist die Grenze zwischen den Ländereien als ›Bachlauf Brikewell‹ beschrieben. Es gibt dort Hinweise auf ein altes Flussbett, aber im Laufe der vergangenen vierhundert Jahre hat es sich verschoben, keine Seltenheit in den sandigen Böden dort. Nun stellt sich ein interessantes juristisches Problem: Gilt das jetzige oder das einstige Flussbett als die eigentliche Grenze? Aus solchen Angelegenheiten lassen sich lange, einträgliche Rechtsfälle stricken, nicht wahr, Bruder?« Er rieb sich lächelnd die Hände.

Ich dachte nach. »Als Boleyn und Witherington die Güter vor zehn Jahren erwarben, einigten sie sich offensichtlich auf die jetzige Grenze.«

Copuldyke hob den Zeigefinger. »Aber Witherington behauptet, die alte Urkunde sei ihm erst nach dem Kauf vorgelegt worden. Sonst hätte er die Grenze in Zweifel gezogen. Ihr wisst ja, wie träge der Court of Augmentations in solchen Dingen ist.«

»Ein Gericht würde doch gewiss entscheiden, dass es Witherington Pflicht gewesen wäre, die Grenzen zu prüfen.«

Lockswood unterbrach mit leisem Hüsteln. »Der Sachverhalt hier ist mit Verlaub der folgende: Witheringtons Pächter beschweren sich, weil er einen Teil der gemeinschaftlichen Weideflächen für seine Schafe eingehegt hat. Sie sagen, sie hätten nicht mehr genügend Land zur Verfügung, um darauf ihre Tiere grasen zu lassen, die Pferde und Ochsen, die ihre Pflüge ziehen, die Kühe, die ihnen Milch geben …«

Wieder ließ Copuldyke ein bellendes Gelächter hören. »Und so weiter und so weiter, heutzutage zetern die Pächter doch schon, sobald sie auch nur einen Zoll ihrer Gemeindeflur verlieren. Doch Witherington hat seinen Pächtern eine Lösung vorgeschlagen – sollte er das Land zwischen dem neuen und dem alten Flussbett erlangen, werde er nur die Hälfte davon für seine Schafe behalten und die andere Hälfte den Pächtern als Weideland zur Verfügung stellen.«

»*Falls* er es erlangt«, warf ich ein.

Lockswood wandte sich mir zu. »Sollte Witherington den Streit gewinnen, würden die Pächter von North Brikewell ein Großteil ihrer Gemeindeflur verlieren. Es besteht nun ein gewisser Grad an Feindschaft zwischen den beiden Dörfern, obschon ein Teil der Pächter auf beiden Seiten den Grund dafür in Witheringtons Plänen sieht. Vor einigen Monaten, als Witherington versuchte, einige Schafe auf die Gemeindeflur von North Brikewell zu treiben, kam es zwischen den Pächtern der beiden Dörfer zu einer Rauferei. Ich glaube, die Boleyn-Söhne waren auch darin verwickelt.«

»Und doch hat Witherington die Angelegenheit nicht vor Gericht gebracht«, sagte ich. »Vielleicht hat ihm sein Anwalt abgeraten, weil er den Fall verlieren würde. Die Sache gibt ihm allerdings ein Motiv, John Boleyn aus dem Weg zu räumen. Er könnte North Brikewell aufkaufen, und die Sache wäre erledigt.«

Copuldyke sagte: »Falls aber Southwell Ansprüche erhebt, würde Witherington es gewiss nicht wagen, mit ihm zu streiten.« Er zuckte die Schultern. »Andererseits könnte er mit Southwell Ackerflächen tauschen.«

»Danke, Lockswood«, sagte ich abschließend. »Jetzt sehe ich die Situation vor Ort klarer. Und ich freue mich, dass Ihr uns begleitet.«

Lockswood verneigte sich knapp. »Ich helfe, so gut ich kann.«

Copuldyke seufzte ein wenig düpiert. »Ich kann Toby eigentlich kaum entbehren, aber Master Parry ist ein wichtiger Klient. Eines muss noch erledigt werden«, fügte er hinzu. »Als Toby John Boleyn im Gefängnis besuchte, bat ihn dieser, in seinem Haus in London nach dem Rechten zu sehen und dort die mit seinem Grundbesitz in Verbindung stehenden Dokumente zu holen. Boleyn bezahlt den Nachtwächter vor Ort, damit er ein Auge auf das Haus hat, wenn er selbst nicht in London weilt. Es steht nicht weit von hier, auf der Nordseite der Strand, gegenüber von Somerset House. Toby hat die Schlüssel.«

»Wir könnten jetzt sofort hingehen«, schlug ich vor. »Dann ist eines schon erledigt.«

»Nun gut. Aber komm unverzüglich zurück, Toby, du musst noch einige Botengänge für mich erledigen, bevor du nach Norfolk verschwindest.«

Ich stand auf und verneigte mich. »Habt recht vielen Dank für Eure Unterstützung, Bruder.«

Copuldyke sah mich müde an. »Haltet mir die Sache vom Leib, Serjeant Shardlake, mehr verlange ich nicht.«

Wir gingen hinaus. Und ich dachte bei mir: Was war von John Boleyns Behauptung zu halten, er habe in der Mordnacht zwei Stunden lang in seinem Kontor über Dokumenten gebrütet, die er in Wahrheit in London aufbewahrte?

KAPITEL SECHS

John Boleyns Stadthaus befand sich auf der nördlichen Seite der Strand, gegenüber der riesigen Baustelle von Somerset House. Während Nicholas, Lockswood und ich die Chancery Lane entlangschritten, sah ich mir den jungen Mann genauer an, der uns in Norfolk als Stadtführer zur Verfügung stehen würde. Die leichte Brise zauste sein schwarzes Haar und den Bart, aber sein rundes Gesicht war ohne Ausdruck.

»Arbeitet Ihr schon lange in Master Copuldykes Kanzlei?«, fragte ich.

»Seit fünf Jahren.«

»Und Ihr seid der Sohn eines Bauern? Mein Vater war ein Freibauer in Lichfield.«

»Gutes Ackerland, soweit ich weiß«, antwortete Lockswood unverbindlich. Der Hof seines Vaters war zu klein, um den Sohn zu ernähren, wusste ich von Copuldyke, also wechselte ich das Thema. »Haben die Dokumente in John Boleyns Haus etwas mit den Brikewell-Gütern zu tun?«

»Ich meine, schon. Er hatte sie nach London geholt, wie er mir sagte, um hier einen Anwalt zu konsultieren.«

»Tja«, überlegte ich, »vielleicht wollte Witherington doch vor Gericht klagen wegen der Flussgrenze.«

»Möglich. Vielleicht hoffte er ja, John Boleyn mit einem langen Streitfall durch die Instanzen auszubluten.«

Nicholas sagte: »Diesem Witherington ist offenbar daran gelegen, Boleyn hängen zu sehen.«

»Ich weiß es nicht. Aber während John Boleyn es zufrieden war, ein ruhiges Leben zu führen, auf seinem Landsitz und zuweilen in seinem Londoner Haus, häuft Master Witherington Ländereien und

Geld an und spekuliert darauf, zum Ritter geschlagen zu werden. Wie heißt es doch so schön«, fügte Lockswood traurig hinzu, »niemals zuvor gab es in England so viele Edelleute und so wenig edle Gesinnung.«

»Jetzt übertreibt Ihr aber«, sagte Nicholas in dem gönnerhaften Ton, den er Personen niederen Standes gegenüber zuweilen anschlug. »Es gibt gewiss viele ehrbare Edelleute in England.«

»Gewiss, Sir«, sagte Lockswood, seine Miene wieder ohne Ausdruck.

Wir bogen um die Ecke, auf die Strand, und schritten unter dem Torbogen des Temple Bar hindurch. Eine Staubwolke hing in der Luft, und ich musste husten. Zudem ertönte von der Südseite der Straße, wo Hunderte Männer am Bau von Somerset House zugange waren, lautes Sägen und Hämmern. Der riesige Palast mit seinen hohen Säulen entlang der Fassade war nahezu fertiggestellt, doch die Arbeiten an den vielen Nebengebäuden waren noch nicht abgeschlossen; Gräben wurden ausgehoben, Fundamente gelegt, Stämme zersägt, und Steinmetze in ihren Schürzen behauten große Blöcke. Als wir auf die andere Straßenseite wechselten, sagte Nicholas: »Wisst Ihr noch, wie sie voriges Jahr einen Teil des alten Beinhauses von St Paul's mit Schießpulver in die Luft jagten, so dass die Knochen altehrwürdiger Ratsherren quer durch die ganze Stadt flogen?«

»Oh ja, in der Tat. Ein alter Oberschenkelknochen, an dem noch ein Fetzen des Totenhemds hing, landete im Garten meines Nachbarn.«

Nicholas packte mich am Arm, dass ich stehen bleiben musste. »Seht doch!«, sagte er aufgeregt und deutete über die Straße. »Ist das nicht der Lordprotektor?«

Ich folgte seinem Blick und gewahrte einen großgewachsenen, hageren Mann mit einem langen, spitz zulaufenden hellen Bart und einem farbenfrohen Mantel. Drei Schwertwachen in Seymour-Tracht standen ihm zur Seite. Er beugte sich über einen Plan, der auf einer aufgebockten Tafel ausgebreitet lag, und ein Architekt im langen Mantel deutete mit einem Zeigestock auf einzelne Strukturen. Ich war Edward Seymour, Herzog von Somerset und Lordprotektor, schon einmal kurz begegnet, noch zu Lebzeiten des alten Königs, und wunderte mich, wie sehr er inzwischen gealtert war. Sein hageres Gesicht war hohlwangig, seine Miene ernst. Er strich sich nachdenklich den langen Bart, während er den Worten des Architekten lauschte.

»Ist er es wirklich?«, fragte Lockswood neugierig. »Der gute Herzog?« Er benutzte den Namen, den Somerset sich mit seiner erklärten Freundschaft zu den Armen erworben hatte.

»Gewiss.«

»Er sieht aus, als trüge er die gesamte Last der Welt auf seinen Schultern.«

»Zumindest die des Königreichs«, bemerkte Nicholas. »Ihr seht ihn wohl zum ersten Mal, Lockswood?«

»Ach nein, jetzt, da Ihr ihn mir gezeigt habt, weiß ich es wieder. Ich habe vor zwei Jahren bei der Prozession vor der Parlamentseröffnung zugesehen. Da ritt er an der Seite des Königs. Mein Augenmerk galt natürlich vor allem dem König, der ganz in Purpur und Gold gekleidet war, und den vielen Juwelen an seinem Gewand, die in der Sonne funkelten.« Er schüttelte nachdenklich den Kopf. »Solch ein kleiner Knabe. Obwohl er mittlerweile ja mächtig gewachsen sein soll.«

»Trotzdem, mündig ist er erst in sechs Jahren«, sagte ich.

Nicholas meinte: »Vielleicht steht bis dahin Somerset House.«

»Das mag sein. Kommt weiter«, sagte ich. »Wir sollten nicht hier stehen und gaffen, außerdem brennt mir der Staub in den Augen.«

Die Großen des Reiches hatten ihre Häuser an der Südseite der Strand. Ihre Gärten erstreckten sich bis hinunter zum Fluss, und zu Wasser gelangten sie angenehm nach London oder Westminster. Die Bauten an der Nordseite waren älter und weniger prächtig, und zwischen ihnen führten Pfade in die offene Landschaft. Am Ende eines dieser Pfade stand Boleyns Anwesen, ein weitläufiges Gebäude, welches rings um einen zentralen Hof angelegt war, wahrscheinlich ein ehemaliges Bauerngut. Ich bemerkte lose Kacheln und Farbe, die abblätterte. Lockswood holte einen Schlüssel aus dem Wams und öffnete die schwere Eingangstür. Wir folgten ihm hinein. Das Innere war erst zur Hälfte mit Möbeln ausgestattet, und überall lag Staub, der von der Baustelle des Protektors eingedrungen war. Außerdem roch es nach Moder.

»Bis daraus ein elegantes Stadtdomizil wird, ist noch viel Arbeit vonnöten, wie mir scheint«, stellte Nicholas fest.

»Vielleicht waren Boleyns Augen größer als sein Beutel.« Ich wandte mich an Lockswood. »Suchen wir nach den Dokumenten.«

»Master Boleyn sagte mir, sein Kontor befinde sich im oberen Stock. Wir suchen die Papiere heraus, sehen zu, dass alles sicher verwahrt ist, und dann gehe ich zum Konstabler. Master Copuldyke hat mir einen halben Sovereign gegeben, um ihn zu schmieren, damit er auch weiterhin ein Auge auf das Haus hat.« Lockswood lächelte schmal. »Zweifellos setzt er den Betrag auf seine Rechnung, um ihn von Master Parry zurückzufordern.«

Wir stiegen die Treppe hinauf. Vom Flur aus gingen mehrere Türen ab. Eine stand halb offen, sie führte in ein Kontor – ein Schreibtisch, einige Stühle und eine hölzerne Truhe. Die Wände waren kahl, bis auf das alte Bildnis eines streng dreinblickenden schwarzhaarigen Mannes in den roten Gewändern eines Londoner Ratsherrn. Auf dem Rahmen war ein Schild angebracht, *Geoffrey Boleyn, 1401–1463.*

»Anne Boleyns Urgroßvater«, sagte ich, »der in London sein Glück machte.«

»Er war der Bruder von John Boleyns Urgroßvater«, erklärte Lockswood.

»Ihr wisst über die Familie Bescheid?«

»Es gehört zu meinen Aufgaben, Norfolks Landadel zu kennen, Sir. Wann immer Prätendenten bei Lady Elizabeth vorsprechen, schickt mein Herr mich los, deren Vorfahren aufzuspüren.« Wieder bemerkte ich die Schärfe in Lockswoods blauen Augen, die nicht so recht zu seiner scheuen Miene passen wollte. Er trat an die Truhe und holte noch einen Schlüssel aus der Tasche. Er ließ sich nicht herumdrehen. Stirnrunzelnd versuchte er, den Deckel anzuheben. Er ließ sich öffnen, und Fächer, gefüllt mit Papier, Dokumenten und Schreibzeug wurden sichtbar. »Seltsam«, sagte er. »Master Boleyn meinte, ich würde den Schlüssel brauchen.« Er sah die Papiere durch und zog einen Ordner heraus, der eine alte Landkarte enthielt und einige Pergamente, beschrieben in Latein und Normannisch. »Das müsste es sein«, sagte er.

Ich nahm die Karte entgegen und rollte sie behutsam auf. Es war ein verblasstes, vergilbtes Pergament, viele hundert Jahre alt, mit einem kolorierten Plan von den Gütern North und South Brikewell. Die Grenze folgte dem alten Flusslauf. »Ja«, sagte ich. »Da ist es …«

Das Geräusch rennender Füße im Flur ließ mich innehalten. Ich blickte zur Tür, dann zum Fenster, wo ich eine Bewegung wahrgenommen hatte. Zu meinem Erstaunen sah ich dort einen verdreckten, barfüßigen, zerlumpten Jungen von etwa zehn Jahren über die Steinfliesen des Hinterhofs flitzen. Plötzlich schrie er auf, schlug hin, und durch sein schmutziges Leinenhemd sickerte Blut. Er rappelte sich auf, doch kaum stand er wieder, jaulte er erneut auf und fiel ein zweites Mal. Er hielt sich seinen Arm.

»Getroffen!«, rief eine Stimme.

»Ich auch! Eins zu eins!« Die Stimme, die geantwortet hatte, klang fast identisch, die Aussprache vornehm, aber mit etwas gedehnten Vokalen. Alsdann jagten zwei stämmige, hellhaarige Jünglinge an der Bürotür vorbei, ohne uns zu bemerken, und polterten die Treppe hinunter. Vom hinteren Teil des Hauses hatten sie uns nicht eintreten hören.

Nicholas und ich tauschten einen verdutzten Blick, und Nicholas' Hand wanderte zum Knauf seines Schwertes. »Was zum Henker …?«, rief ich aus.

Lockswood sah plötzlich grimmig drein. »Die Zwillinge.«

Wir sahen die blonden Burschen, beide in hochwertigen Wämsern, hinaus auf den Hof rennen. Sie waren identisch gebaut. Jeder hatte eine Schleuder bei sich; sie hatten sie vermutlich benutzt, um vom Fenster aus Steine auf den Knaben zu schießen. Der Kleine versuchte erneut, sich hochzurappeln. Einer der Zwillinge trat ihm in die Rippen, und er schrie auf vor Schmerz und Angst.

Lockswood rief: »Wir müssen dem ein Ende machen.« Er eilte zur Tür. Ich packte ihn am Arm.

»John Boleyns Söhne?«

»So ist es, Sir. Vermutlich sind sie hier, um nach Wertvollem zu stöbern. Wenn wir sie nicht aufhalten«, sagte er ernst und holte tief Luft, »bringen sie den Kleinen um.«

Wir hasteten die Stufen hinunter und traten hinaus in den Sonnenschein. Der zerlumpte Junge versuchte noch immer zu entkommen, doch ein jedes Mal stieß ihn ein gezielter Tritt wieder zu Boden. »Hast du gedacht, du kannst im Haus unseres Vaters campieren, du kleiner Dieb?«, fragte einer der Zwillinge.

»Was hast du gestohlen, hä?« Jetzt redete der andere. »Hoffentlich reicht es aus für den Galgen.« Ihre Stimmen klangen scherzhaft, spöttisch, nicht einmal laut.

»Master Gerald, Master Barnabas!«, rief Lockswood ihnen zu. »Lasst ab von dem Kind!«

Die beiden Burschen blickten auf. Ihre Gesichter waren vierschrötig, mit breiten, flachen Nasen, schmalen Lippen und kleinen blauen Augen. Der einzige Unterschied zwischen den beiden war die lange, schmale Narbe, die dem einen vom Mund bis zum Ohr reichte und sich blass von seinem sonnengebräunten Gesicht abhob. Sie starrten uns kalt an. Der verwundete Knabe indes lag weinend auf dem Kopfsteinpflaster.

Der mit der Narbe grinste, zeigte dabei seine quadratischen weißen Zähne. »Sieh nur, Gerald«, sagte er. »Es ist dieser neugierige Schreiber Lockswood. *Morn*, Toby Lockswood«, sagte er in übertriebener Norfolker Mundart. *»Was'n lous, Bur?«*

»Was willste dann, Toby?« Der andere tat es seinem Bruder gleich. »Hast'n paar Anwälte angeschleppt, hä? Der eine mit'm Buckel, der andere dürr wie'n Strohhalm.«

»Habt Ihr uns nicht hereinkommen hören?«, fragte Lockswood.

»Wir waren damit beschäftigt, uns einen Jux zu machen«, antwortete der Bursche ohne Narbe, jetzt wieder in gebildeter Sprache.

Lockswood errötete, sprach aber entschieden weiter. »Wir sind hier, um die Räumlichkeiten Eures Vaters abzusichern und einige Schriftstücke für ihn zu holen. Was tut Ihr mit dem armen Kind?«

»Armes Kind?«, entgegnete der ohne Narbe. »Er ist ein kleiner Dieb und Einbrecher. Auch wir wollten nach dem Rechten sehen; und als wir bereits wieder aufbrechen wollten, fanden wir den da in der Küche, den kleinen Schnüffler. Vermutlich auf Euer Geheiß.«

»Weiß Euer Vater, dass Ihr hier seid?«, fragte ich in scharfem Ton.

»Wer seid Ihr überhaupt, Meister Krummbuckel?«

Nicholas legte die Hand an den Schwertknauf. »Ihr werdet meinem Herrn Respekt bezeigen«, sagte er.

Die Burschen standen Schulter an Schulter und hielten seinem Blick unbeeindruckt stand. »Komm uns nicht so, du langer Pissstrahl.«

Nicholas tat einen Schritt auf die beiden zu, aber ich hielt ihn zurück und sagte, an die beiden gewandt: »Ich bin Serjeant Shardlake und vertrete im Auftrag von Master Copuldyke Euren Vater. Nächste Woche reite ich nach Norfolk, um dabei zu helfen, ihn von dem Vorwurf, Eure Mutter ermordet zu haben, reinzuwaschen.« Indem ich das Entsetzliche unverblümt zur Sprache brachte, das ihren Eltern widerfahren war, hoffte ich die beiden einzuschüchtern. Die aber zuckten einmütig mit den Schultern, als ließe sie das alles völlig kalt. Ich wies auf den kleinen Knaben am Boden. »Was wolltet Ihr mit dem Kind?«

Der Bursche ohne Narbe – Gerald laut Lockswood – antwortete mit eisiger Beiläufigkeit. »Uns war nach ein wenig Ertüchtigung zumute, also haben wir ihn durchs Haus gescheucht. Hier in London findet sich kein Wild.«

»Führt ihn dem Konstabler vor, wenn Euch das lieber ist«, sagte Barnabas. »Im Haus fehlt etliches Silber, genug, um den Hasen an den Galgen zu bringen.«

»Oder lasst ihn wenigstens nach dem neuen Gesetz brandmarken und in den Frondienst stellen«, sagte Gerald.

Der Knabe sah mich an. »Ich hab nichts gestohlen«, beteuerte er voller Furcht, »ich schwöre es beim Blute Jesu.«

Ich bemerkte, dass Barnabas und Gerald volle Beutel am Gürtel hängen hatten, und eingedenk der Vermutung Lockswoods, dass die beiden zum Stehlen gekommen waren, sah ich sie prüfend an. »Vielleicht habt Ihr die Güte, uns zu zeigen, was Ihr in Euren Beuteln habt?«, sagte ich mit einem flüchtigen Blick auf Nicholas, der die Hand noch immer am Schwertknauf hatte.

Die Zwillinge sahen einander an. Gerald, der vermutlich erkannte, dass die Chancen nicht gut standen, sagte: »Ach nein. Holen wir doch lieber die Pferde und reiten zurück nach Brikewell.«

Ich erwog, die beiden zum Öffnen der Beutel zu zwingen, ahnte aber, dass sie sich zur Wehr setzen würden, und wollte die Untersuchungen nicht damit beginnen, Nicholas und Lockswood in eine Rauferei mit Boleyns Söhnen hineinzuziehen. Allerdings fragte ich die Zwillinge: »Habt Ihr die Truhe im Kontor Eures Vaters aufgebrochen?«

»Jawohl!«, antwortete Gerald trotzig. »Warum auch nicht? Wenn sie ihn hängen, sind wir seine Erben. Wir wollten sehen, was für uns herausspringt, wurden aber nicht recht schlau aus dem lateinischen und französischen Gefasel in den Papieren.«

»Sollte Euer Vater gehenkt werden, fallen seine Güter dem König anheim, und Ihr werdet zu Mündeln des Königs«, sagte ich.

Geralds Augen wurden schmal. »Ich hab aber gehört, dass der König einem Erben, der noch nicht großjährig ist, zuweilen das Land zurückerstattet.«

»Und unser Lordprotektor fällt bekanntermaßen auf rührselige Geschichten herein«, setzte der Bruder hinzu.

»Ihr müsstet zuerst am Escheator vorbei«, sagte Lockswood. »John Flowerdew ist sein Vertreter vor Ort, er ist für das Land verantwortlich. Ihr habt gewiss schon von ihm gehört.«

Gerald zuckte die Schultern. »Tja, was auch geschieht, Isabella, diese Hure, geht auf jeden Fall leer aus. Komm, Barney, lass uns gehen, fort von diesen Blutsaugern.«

Die Brüder machten kehrt und gingen zurück ins Haus. Ich hörte die Tür zuschlagen. Der Kleine, den sie gejagt hatten, hatte sich hochgerappelt und stand mit dem Rücken zur Wand schlotternd da.

»Haben sie dir weh getan?«, fragte ich sanft.

»Sie haben mich an der Seite mit einem Stein erwischt, dann gegen die Rippen.«

Ich blickte zu Boden und sah ein paar kleine, spitze Kiesel. »Sie kamen ins Haus, und als ich wegrennen wollte, haben sie mich gejagt. Einer hat geschrien, dass der Erste, der mir den Schädel spalten würde, einen halben Souvereign bekäme.« Er fing wieder an zu weinen. »Ich hatte doch nur Schutz gesucht. Es war so kalt und nass die ganze Woche.«

Ich seufzte und steckte dem Jungen zwei Schillinge aus meinem Beutel zu. »Jetzt geh. Wir müssen das Haus verriegeln, und es ist wahrscheinlich sicherer, wenn du nicht wiederkommst.«

»Ich hab nichts gestohlen, Sir. Ganz ehrlich. Ich hab im Zimmer neben der Küche geschlafen und hörte das Scheppern von Metall. Wenn etwas fehlt, haben sie es genommen.«

»Na schön. Aber jetzt geh. Schnurstracks durchs Haus und zur Tür hinaus auf die Gasse.« Der Anblick des Knaben – spindeldürr, das schmutzige Hemd blutverschmiert, das Gesicht voller Pusteln und Schorf – tat mir weh. Als er davonhumpelte, fiel mir ein, dass ich ihn nicht einmal nach seinem Namen gefragt hatte.

Wir standen einen Moment lang schweigend auf dem sonnigen Hof. »Die beiden sind also John Boleyns Söhne«, sagte ich schließlich.

Lockswood nickte. »Ein übles Gespann. Sie hatten von klein auf einen schlechten Ruf.«

Nicholas sagte: »Dass ihr Vater im Kerker und die Mutter tot ist, schien sie nicht weiter zu kümmern.«

Ich sah Lockswood an. »Was meint Ihr, war es nur Prahlerei? Haben sie ihren Gleichmut nur vorgetäuscht?«

Er seufzte. »Ich weiß es nicht. Doch diese Hatz auf ein wehrloses Kind, wie auf ein Kaninchen – sie überrascht mich nicht.« Sein rundes Gesicht war ernst, wütend. Und in der Tat war von den Burschen eine Kälte ausgegangen, die frösteln machte. Er fuhr fort: »Vor einigen Monaten lieferten sie sich mit Witheringtons Männern eine Rauferei um die Grundstücksgrenzen. Sie haben eine Meute von adeligen Rüpeln um sich geschart, einige von ihnen in Sir Richard Southwells Diensten. Sie haben sich mehr als einmal bei Grundherren verdingt, die ihre Pächter loswerden wollten. Man munkelt von verstümmeltem Vieh, brennenden Heuschobern, verletzten Personen.«

Nicholas fragte: »Wie hat sich der eine – Barnabas, nicht wahr? – seine Narbe zugezogen?«

»Es gibt da eine Geschichte, die seit Jahren kursiert, obwohl keiner wirklich weiß, ob sie wahr ist.« Lockswood holte tief Luft. »Offenbar war Edith Boleyn, Gott hab sie selig, ihren Söhnen keine gute Mutter. Kaum waren sie geboren, überließ sie die Kleinen einer Amme und wollte nichts mehr mit ihnen zu schaffen haben. Als sie größer wurden, beachtete sie sie kaum, obwohl sie beide, hellhaarig und kräftig gewachsen, nach ihr kamen.« Parry hatte mir erzählt, die Frau, die Hatfield aufgesucht hatte, sei spindeldürr gewesen. Andererseits hatte Edith angeblich zuweilen gehungert. Lockswood fuhr fort: »Sie war ihren Kindern nie eine Mutter gewesen, obwohl sie geradezu nach ihrer Zuwendung gierten. Sie schalt die beiden, nörgelte immerzu an ihnen herum, und dass sie ihre Söhne nicht auseinanderzuhalten vermochte, brachte sie besonders gegen sie auf. Als sie sie eines Tages in der Küche sekkierten, riss ihr der Geduldsfaden. Sie würde alles geben, um sie auseinanderzuhalten, rief sie aufgebracht. So wüsste sie wenigstens, welcher von beiden zu bestrafen sei, wenn er sich einem Diener gegenüber unmanierlich gezeigt oder Äpfel gestohlen hatte. Die Zwillinge gingen angeblich hinaus in den Hof. Ein Diener sah, wie sie die Köpfe zusammensteckten. Dann nahm sich einer mehrere Strohhalme vom Boden auf und hielt sie dem anderen hin. Der zog sich einen, den kürzeren, wie sich herausstellte. Dann ein Blitzen von Metall und ein Schrei. Einen Augenblick später tauchten die Jungen wieder in der Küchentür auf, Seite an Seite, nur war Barnabas' Gesicht blutüberströmt, weil Gerald es mit einem Küchenmesser aufgeschlitzt hatte. Edith schrie auf, fragte, was sie jetzt wieder angestellt hätten, doch Gerald sagte nur: ›Wir haben es für dich getan. Jetzt kannst du uns auseinanderhalten.‹«

Nicholas lachte beklommen. Fassungslos fragte ich Lockswood: »Ist die Geschichte wahr?«

Er zuckte mit den Schultern. »Die Leute aus der Gegend behaupten es. Die Zwillinge verraten nicht, wie Barnabas zu seiner Narbe kam, und sie mögen es auch nicht, wenn man sie darauf anspricht. Vielleicht haben die Teufel das Gerücht selbst in die Welt gesetzt. Ich weiß nur, dass sie ihren Vater schier zur Verzweiflung brachten. Viele glauben, dass die beiden einmal am Galgen enden. Und doch sitzt nun ihr Vater im Kerker und ist des Mordes angeklagt.«

Nicholas und ich blickten einander an. Wenn ihre Kindheit tatsächlich so lieblos gewesen war, hatten die Zwillinge ein Motiv – ein ziemlich krankes – für den Mord an Edith Boleyn, und ich traute ihnen auch durchaus zu, die Leiche ihrer Mutter in einer demütigenden Pose zu hinterlassen. Und doch war mir bewusst, wie viel von dem Gehörten Klatsch und Tratsch war und wie eine Geschichte unverrückbar Fuß fassen konnte, obwohl sie allenfalls ein Körnchen Wahrheit enthielt.

Wir verriegelten das Haus, und Lockswood begab sich zum Konstabler, um ihn zu bitten, ein Auge auf das Anwesen zu haben. Am Montagmorgen würden wir uns am Moorgate treffen und dann gemeinsam nach Norwich reiten.

Nicholas und ich schlenderten zurück zum Temple Bar; er würde nach Hause gehen, während ich die Gelegenheit nutzen und Guy besuchen wollte. Der Aufenthalt in Boleyns Haus hatte uns beiden zu denken gegeben.

»Es gibt, scheint's, immer mehr Menschen mit einem Motiv, sie zu töten«, sagte Nicholas. »John Boleyn, seine zweite Frau Isabella Heath, sein Nachbar und jetzt diese beiden Burschen. Nur hätten sie allesamt besser daran getan, sie einfach zu begraben.«

Ich sagte: »Diese Zwillinge sind doch wohl kaum« – ich rang um das treffende Wort – »›normal‹.«

»Nein, gewiss nicht.«

»Wenn die Geschichte zutrifft, dass sie mit Strohhalmen entschieden, wer von beiden sich das Gesicht aufschlitzen lassen sollte, damit die Mutter sie unterscheiden konnte, haben sie außerordentliche Selbstbeherrschung bewiesen. War es eine Geste der Liebe?, frage ich mich. Oder war es Hass?«

Nicholas schüttelte den Kopf. »Sie betrachten sich selbst als Edelleute, benehmen sich aber wie Rüpel.«

»Was hältst du von Lockswood?«

»Ein loyaler Diener und ohne Scheu, diesen Burschen die Stirn zu bieten.«

»Und von seinem Brotherrn, Freund Copuldyke?«

Er lachte. »Ein feister Faulpelz.«

»Ich frage mich, wie es Lockswood mit ihm aushält«, sagte ich.

Nicholas zuckte die Schultern. »Copuldyke zahlt ihm seinen Lohn. Und Lockswood muss ihn erdulden. So ist das nun einmal.«

Ich lächelte. »Dann sollte ich vielleicht gegen dich denselben Ton anschlagen.«

»Tja, aber ich bin mehr als nur ein Schreiber«, versetzte er im selben spöttischen Ton.

»Auch du hast klein angefangen.«

»Vielleicht bringt Lockswood es noch einmal weit. Copuldykes Trägheit bedeutet, dass nicht er, sondern Lockswood über die notwendigen Kontakte verfügt und Einblicke erhält in Norfolker Belange, und mit diesem Pfund lässt sich wuchern.«

»Er ist uns gewiss von Nutzen. Je mehr ich über die Familie Boleyn und ihre Nachbarn erfahre, desto dankbarer bin ich, jemanden zu haben, der uns durch diese Senkgrube führt.« Ich schüttelte den

Kopf. »Was mag Edith in den neun Jahren nach ihrem Verschwinden bloß zugestoßen sein? Ich werde Lockswood fragen, was er davon hält. Uns sind die Hände gebunden, weil wir nicht erwähnen dürfen, dass sie kurz vor ihrem Tod in Hatfield aufgekreuzt war.«

»Das waren Parrys Bedingungen.«

»Ich frage mich, ob wir Lady Elizabeth gegenüber loyal bleiben und dennoch die Wahrheit ans Licht bringen können. Bei Gott, ich bete darum!«

KAPITEL SIEBEN

Wir erreichten den Temple Bar; Nicholas kehrte zu seiner Unterkunft zurück, während ich mich zu Guy aufmachte und die Cheapside hinunterging. Vor den geschäftigen Marktständen mit ihren gestreiften Markisen war das übliche hektische Gefeilsche zwischen den Standbetreibern und den weiß behaubten Weibern im Gange. Neuerdings war es jedoch nicht mehr das gutmütige Gezänk von ehedem, sondern ein verzweifeltes, wütendes Geschachere, bei dem die Käuferinnen die Ständeinhaber zu überreden suchten, ihre Waren für einen Gutteil des Nennwerts der neuen Schillinge herzugeben. Unter alten Kohlblättern, fauligen Äpfeln und anderen Abfällen entdeckte ich ein Pamphlet und hob es auf. Es war eine der vielen Streitschriften gegen die Einhegungen, die den König ermahnten:

… wahrhaft Gerechtigkeit zu üben, Wucher und Unterdrückung einzudämmen, Ackerbau und gute Landwirtschaft aufrechtzuerhalten, damit die Menschen überleben und sich mehren können. Euer göttlich Herz würde nicht wollen, dass wilde Tiere gedeihen, während die Leute darben, weil alles Land eingehegt ist, dass es Eurem Volke an Nahrung gebricht, dass ein einziger Mann sein Glück macht, indem er Wiesen und Weiden umzäunt, während Hunderte dadurch zugrunde gehen.

Ich steckte das Pamphlet in meinen Beutel.

Guy lebte in dem Gewirr von Gassen zwischen der Cheapside und dem Fluss, wo in den Apothekerläden ausgestopfte Eidechsen aus Indien und schneckenhausartig gedrehte Hörner zur Schau gestellt wurden, die angeblich von Einhörnern stammten. Guy war ein zugelassener Arzt und hätte sich eindrucksvollere Räumlichkeiten leisten können als den kleinen Laden mit den Zimmern darüber, doch er lebte nun schon seit Jahren dort und scheute sich wie viele alte Männer vor Veränderungen. Die Läden seiner Auslage waren geschlossen; in den vergangenen zwei Monaten, seit er krank geworden war, hatte Guy keine neuen Patienten mehr angenommen. Es war ein beunruhigendes Zeichen, denn sein Beruf war immer das Zentrum seines Lebens gewesen.

Ich klopfte an die Tür, und sofort öffnete mir Guys Gehilfe, Francis Sybrant. Er war wie Guy bereits Mitte sechzig und ein ehemaliger Mönch. Schon immer zur Rundlichkeit neigend, war er seit ein, zwei Jahren regelrecht fett geworden. Er hatte einen Ranzen über der Schulter hängen.

»Ah, Master Shardlake«, sagte er. »Gott zum Gruße. Wir haben Euch nicht erwartet.« Ich hatte ihn sichtlich in Verwirrung gebracht.

»Gott zum Gruße. Wie geht es Eurem Herrn?«

»Unverändert, Sir«, sagte er traurig. Er sah müde aus. »Unverändert. Wenn Ihr mich entschuldigen wollt, ich muss einige seiner Patienten mit Arzneien versorgen.«

»Ich dachte, er nimmt niemanden mehr an?«

»Ja schon, aber die alten behelligen uns noch immer, verlangen Arzneien und Heiltränke von uns, und ich mische sie nach Master Guys Anweisungen zusammen. Verzeiht, aber ich muss mich sputen, es ist noch so viel zu tun – geht doch zu ihm hinauf. Er ist wach.« Er ließ mich hinein und watschelte davon.

Ich stand einen Moment in Guys Behandlungszimmer und betrachtete die sorgfältig beschrifteten Gläser und Flaschen voller Kräuter auf den Regalen, ehe ich die Stufen zu Guys Schlafzimmer hinaufstieg. Mein alter Freund lag im Nachtgewand im Bett und las. Über seinem Kopf hing das große alte spanische Kruzifix mit dem geschnitzten Heiland. Solche Kreuze waren mittlerweile aus den Kirchen entfernt und verbrannt worden; sie zur Schau zu stellen konnte selbst in einem Privathaus Verdacht erregen, aber Guy blieb entschlossen katholisch.

Er blickte lächelnd zu mir auf. Seine Zähne waren noch immer weiß, ansonsten aber sah er übel aus. Er war immer schon hager gewesen, jetzt aber traten die Schläfenknochen und die lange, schmale Nase allzu deutlich hervor. Sogar seine maurisch braune Haut schien von kränklicher, gelblicher Färbung. Er war stets anfällig für Fieber gewesen, was er auf die schlechte Luft des Marschlandes zurückführte, in dem sein früheres Kloster gestanden hatte, doch neuerdings folgte ein Fieberschub dem anderen, mit nur kurzen Verschnaufpausen dazwischen, und es war ihm anzusehen, dass sie ihn auszehrten. Ich konnte nur hoffen, dass sie wieder vorübergingen.

»Gott zum Gruße, Guy«, sagte ich.

»Matthew. Ich habe dich gar nicht erwartet heute.« Er zögerte, als wollte er noch etwas hinzufügen, und warf einen flüchtigen Blick zur Tür. Doch dann lächelte er wieder.

»Ich komme gerade aus Hatfield zurück und wollte kurz nach dir sehen. Wie geht es dir?«

Er hob eine magere Hand und ließ sie wieder auf die Decke fallen. »Schwach und müde. Ich bin zwar Arzt, trotzdem habe ich keine Ahnung, was dagegen zu tun ist.« Er lächelte müde. »Ich habe das hier gelesen.« Er hielt das Buch in die Höhe. »Thomas Morus. *Trost im Leid*. Ich weiß, du magst ihn nicht, aber er war überaus belesen.«

»Und ließ doch zahlreiche Ketzer foltern und hinrichten.« Es war ein alter Streit zwischen uns. Ich nahm das Buch und warf einen Blick auf die Seite, die Guy gerade las. »›Die Substanz des reichen Mannes ist der Lebensquell des Armen‹, las ich vor. Ach ja, diese Theorie, der zufolge der Reichtum der Reichen, je wohlhabender sie werden, wie Sand auf die Armen herunterrieselt. Tja, ich praktiziere nun seit fünfundzwanzig Jahren als Anwalt und habe ihn immer nur nach oben rieseln sehen.« Ich entsann mich des Pamphlets, das ich aufgehoben hatte. »Sieh her«, sagte ich und reichte es ihm, »dieser Autor beklagt sich zu Recht.«

Guy überflog es. »Einhegungen sind seit Jahren gängige Praxis. Schon Thomas Morus hat sie in seinen Schriften verurteilt.«

»Und als Kardinal Wolsey gerichtlich dagegen vorgehen wollte, hat Morus gegen ihn gestimmt.«

Guy lachte leise. »Ah, du hast doch immer ein Argument parat, ein Anwalt durch und durch. Aber im Augenblick bin ich für solche Debatten zu müde.«

»Verzeih. Warst du heute schon auf den Beinen?«

»Nur auf dem Abort. Im Augenblick ermüdet mich sogar das Sitzen auf einem Stuhl. Nun, zumindest erwartet man nicht von mir, dass ich am Sonntag zum Gottesdienst gehe, um mir in einer kahlen Kirche Cranmers englische Messe anzuhören.« Er schüttelte den Kopf. »Ich hätte nie geglaubt, dass es so weit kommen würde in England.« Tränen traten ihm in die braunen Augen.

»Auf dem Weg von Hatfield habe ich eine weiß getünchte Kirche gesehen«, sagte ich leise. »Sie erschien mir – kalt, irgendwie herzlos, trotz der Bibelverse an den Wänden.«

»Dann bist auch du der Meinung«, sagte er sanft, »dass dies zu weit geht?«

»Ja, viel zu weit.«

»Was hattest du in Hatfield zu tun?«

»Ich hab Lady Elizabeth besucht.«

Er lächelte. »Ah, die protestantische Prinzessin. Ach nein, sie ist ja nur ›die Lady‹, genau wie ihre Schwester Mary. Die Ehen mit ihren Müttern wurden schließlich annulliert. Mit Jane Seymour war es anders. Ich frage mich, ob deren Bruder, der Protektor, den beiden aus Prinzip den Prinzessinnen-Status verweigert.«

»Das mag schon sein.«

»Bist du noch immer mit den Ländereien der Lady Elizabeth beschäftigt?«

»Ja. Ach ja, Guy, am Montag muss ich in ihrem Auftrag nach Norwich reisen.«

»Norwich?« Er klang überrascht. »Was gibt es dort zu tun?«

Ich zögerte, aber ich hatte Guys Einsichten stets geschätzt. »Die Sache ist ungewöhnlich. Ein entfernter Verwandter der Lady Elizabeth, aus der Boleyn-Linie, soll sich vor dem Geschworenengericht wegen Mordes verantworten. Ich soll der Sache nachgehen, in aller Stille, und sicherstellen, dass ihm Gerechtigkeit widerfährt.«

Guy sah mich scharf an. »Es ist eine Weile her, seit du dich zum letzten Mal mit dergleichen befasst hast. Seit Jack Barak seine Hand verlor.«

»Diesmal ist es anders. Die Sache betrifft nur die Norfolker Gentry, mit hoher Politik hat das nichts zu tun.«

»Nimmst du den jungen Nicholas mit?«

»Ja. Er freut sich darauf. Und um ehrlich zu sein, Guy, ich mich ebenso. Ich bin sie langsam leid, die Federfechterei. Und dieser Mann sieht sich vielleicht zu Unrecht dem Vorwurf ausgesetzt, seine Gemahlin ermordet zu haben, mehr weiß ich noch nicht.«

Ein Funken Neugier belebte seinen Blick. »Willst du mir die Geschichte nicht erzählen? Ich könnte etwas Zerstreuung gebrauchen.«

Ich freute mich über Guys Interesse und fasste kurz die Fakten zusammen. Edith Boleyns Besuch in Hatfield ließ ich aus. Als ich zu Ende gesprochen hatte, legte Guy sich zurück, und ich dachte schon, ich hätte ihn ermüdet, aber er hatte nur nachgedacht, denn schließlich sagte er leise: »Vielleicht wollten die Zwillinge als Kinder mit ihren derben Späßen die Liebe ihrer Mutter gewinnen oder zumindest ihre Aufmerksamkeit erregen. Dass sie auslosten, wer von ihnen den anderen entstellen sollte, war vielleicht ein letzter verzweifelter Versuch.«

»Verzweifelt in der Tat.«

»Und doch reagierte sie mit Zorn?«

»So wurde es mir erzählt. Allerdings weiß ich bislang alles nur aus zweiter und dritter Hand.«

»Wenn sich tatsächlich alles so abgespielt hat und sie nur mit Zorn auf die grausame Tat ihrer Söhne reagierte, wurden die Knaben vielleicht zu der Annahme verleitet, dass Blutvergießen eine Kleinigkeit ist.« Er überlegte. »Wie ist der Vater? Der Mann, der angeblich seine Frau ermordete?«

»Ich weiß es nicht. Nachdem seine Gemahlin verschwunden war, holte er sich eine Schankkellnerin ins Haus und stieß damit seine Nachbarn vor den Kopf. Einer von ihnen hat es auf sein Land abgesehen. Außerdem haftet dem Namen Boleyn noch immer ein Makel an. All dies könnte bei den Geschworenen vor Ort gegen ihn sprechen. Nächste Woche werde ich mehr erfahren.«

»Gib auf dich acht«, sagte Guy leise.

»Versprochen, und du werde wieder gesund.«

Er hob eine magere braune Hand und ließ sie wieder fallen. »Vielleicht ist ja meine irdische Pilgerfahrt bald vorbei. Ich bin immerhin schon sechsundsechzig.«

»Die Bibel gewährt dreimal zwanzig und zehn Jahre.«

»Nur wenige erreichen ein solches Alter, wie wir beide wissen. Wenn ich sehe, was aus England geworden ist, wie die Kirche, der ich mein Leben widmete, nun gänzlich zerstört wurde, ist es vielleicht an der Zeit.«

»Unsinn!«, tat ich seine Worte ab. »Du hast dich um deine Patienten zu kümmern. Ich habe meine Leibesübungen vernachlässigt, ich gebe es zu. Ich werde es bitter bereuen auf dem Ritt nach Norfolk und deiner Hilfe bedürfen, sobald ich zurück bin.«

Er sah mich an. »Denk daran, wenn du losreitest, hoch im Sattel zu sitzen, auf den Beckenknochen. Halte dich gerade und sieh nicht nach unten. Ich weiß zwar, dass dein Rücken dich dazu verleitet, aber trage den Kopf trotzdem hoch und blicke stolz nach vorn.«

»Ich will es versuchen.« Ich beugte mich zu ihm vor und ergriff seine Hände, die nur noch Haut und Knochen waren. Einen Augenblick war es still. Dann hörte ich ein Klopfen an der Tür. Guy warf mir einen flüchtigen Blick zu, in dem ich Besorgnis sah, rief aber dennoch: »Herein.«

Tamasin Barak trat ins Zimmer, einen vollen Korb in der einen Hand und einen kleinen, hellhaarigen Knaben an der anderen. Sie sagte: »Ich habe alles, worum Ihr mich gebeten …« Sie verstummte, als sie meiner ansichtig wurde. Ihr hübsches, blühendes Gesicht unter der weißen Haube, aus der sich blonde Strähnen gelöst hatten, wurde augenblicklich kalt wie Eis.

Ich hatte sie seit drei Jahren nicht gesehen. Sie war älter geworden, ich bemerkte kleine Falten um Mund und Augen. Ihr kleiner

George, jetzt beinahe vier, war offiziell mein Patensohn; er war vor dem Bruch zwischen uns geboren worden. Ihre Tochter hatte ich noch kein einziges Mal zu Gesicht bekommen. George blickte mich aus großen Augen neugierig an.

Ich sagte leise: »Gott zum Gruße, Tamasin.«

Als wäre ich gar nicht da, wandte sie sich an Guy und sagte mit harter, tonloser Stimme: »Ich bringe die Einkäufe in die Küche. Fleisch und Gemüse lege ich auf den Tisch, damit Francis eine dicke Suppe für Euch kochen kann, wenn er zurückkommt. Das Fleisch ist flachsig, die Preise sind wieder gestiegen, und ich hatte nicht genügend Geld für ein gutes Stück.«

»Matthew ist unangekündigt vorbeigekommen«, sagte Guy. »Ich habe ihm nicht erzählt, dass Ihr für mich Besorgungen macht. Ich dachte, wenn Ihr ihn wiederseht …«

Sie fuhr ihm ins Wort, und ihre Stimme bebte: »Ich muss nach Hause. Mistress Marris hütet Tilda …«

»Tamasin, Tamasin«, sagte Guy eindringlich. »Matthew wird demnächst nach Norfolk aufbrechen. Ihr würdet mir einen Herzenswunsch erfüllen, wenn ihr euch versöhntet, bevor er geht. Denke doch an Jesu Auftrag an uns, zu vergeben.«

Einen Augenblick herrschte Stille. Dann piepste George: »Wer ist dieser Mann?« Er deutete auf mich. »Sein Rücken ist ganz krumm. Ist das ein Buckel?«

»Still, George«, sagte Tamasin und zog das Kind zu sich heran. Dann wandte sie sich an mich, ihre Miene noch immer kalt, ihre Stimme leise, aber barsch. »Ich kann Euch niemals vergeben, was mein Mann durch Eure Schuld erlitten hat. Jeden Abend nehme ich ihm das elende Ding ab, das ihm die Hand ersetzt, und reibe ihm den grausamen Stumpf mit Öl ein. Ich sehe, wie oft er Schmerzen hat. Und dann denke ich zuweilen an Euch, aber nicht versöhnlich.« Ihre Stimme zitterte ein wenig.

»Jack trifft seine Entscheidungen selbst«, gab Guy zu bedenken.

»Ich habe ihn in Gefahr gebracht, das weiß ich«, sagte ich zu Tamasin. »Aber wir waren doch einmal Freunde. Kann es nicht wieder so sein – oder könnten wir uns nicht wenigstens mit Höflichkeit begegnen?«

»Würdet Ihr das wollen?«, fragte sie. »Höflichkeit, obwohl mein Herz nichts als Zorn empfindet?« Sie blickte Guy an. »Ihr hättet ihm sagen sollen, dass ich komme, und ihn bitten zu gehen.« Sie wandte sich wieder mir zu. »Ihr reitet nach Norfolk?«

»Ja. Ein Fall führt mich nach Norwich.«

»Mein Mann wird auch dort sein, bei den Assisengerichten. Lasst ihn ja in Ruhe! Ich werde ihn fragen, wenn er zurückkommt, ob er sich mit Euch getroffen hat, und wehe ihm, wenn dem so ist. Ich gehe jetzt in die Küche.« Sie machte kehrt, und während sie mit George das Zimmer verließ, drehte der Kleine den Kopf nach mir. Guy sackte resigniert zurück in die Kissen.

»Es tut mir leid«, sagte er. »Sie kauft für uns ein, die viele Arbeit wächst dem armen Francis sonst über den Kopf. Ich hoffte, wenn ich euch zusammenbringe …« Er schüttelte den Kopf. »Ich hätte Norfolk nicht erwähnen sollen, ich hatte vergessen, dass Jack auch dort ist.«

Ich seufzte. Innerlich brannte ich vor Scham und Schmerz, aber langsam regte sich auch Zorn.

»Tamasin konnte immer schon sehr störrisch sein«, sagte Guy.

»Ja«, pflichtete ich ihm bei, »das konnte sie.«

Er schüttelte nachdenklich den Kopf. »Und seit Jack dieses Unglück widerfahren ist, will sie ihn wie eine Glucke unentwegt beschützen. Ich habe das Gefühl, dass er es allmählich leid ist. Ich hätte dir sagen sollen, dass sie kommt, damit du die Möglichkeit hast zu gehen. Selbstsüchtig von mir.«

»Nein, du hast dein Bestes versucht.«

Er lächelte. »Ich weiß, dass du dich immer noch mit Jack triffst, aber er muss es im Geheimen tun.«

»Ja, und ich beabsichtige auch, ihn in Norfolk zu treffen.«

Er schaute mich ernst an. »Bring ihn nicht wieder in Gefahr.«

»Sicher nicht, aber wenn sich die Möglichkeit bietet, werde ich ihn treffen.«

Guy nickte. Ich sah, dass ihm vor Müdigkeit fast die Augen zufielen. »Ich sollte wohl besser gehen«, sagte ich. »In zwei, drei Wochen sehen wir uns wieder.«

»Ich freue mich darauf, Matthew.«

Ich wandte mich zum Gehen. Auf der Treppe hörte ich Geräusche aus der Küche. Leise, denn Tamasin hatte ihrem Temperament nie freien Lauf gelassen. Ich zögerte kurz, doch dann wandte ich mich ab und verließ das Haus.

KAPITEL ACHT

Am folgenden Morgen, dem Samstag, war ich schon früh auf
den Beinen. Es war ein herrlicher Junimorgen, aber ich hatte
wenig Muße, ihn zu genießen; ich musste in Lincoln's Inn großzügige Barrister finden, die sich in den zwei oder drei Wochen, welche
ich in Norfolk sein würde, meiner Fälle annähmen. Zum Glück
waren solche Vereinbarungen, vorzüglich während der Assisengerichte, durchaus üblich. Und ich musste mich vergewissern, dass
mein Schreiber John Skelly auch tatsächlich über alles Bescheid
wusste. Am Abend dann würde ich im Haus meines Freundes Philip
Coleswyn speisen.

Beim Morgenessen sagte mir John Goodcole, er habe vier gute
Pferde gemietet, die am Montag in der Frühe verfügbar wären, um
Nicholas, Lockswood, mich selbst und unser Gepäck nach Norwich
zu tragen. Ich dankte ihm. Er reichte mir auch einen Brief, den
soeben ein Reitbote aus Hatfield abgegeben hatte. Ich öffnete ihn.
Er war von Parry:

Master Shardlake, Gott zum Gruße.
Dieser Brief sollte Euch noch vor Eurer Abreise nach Norfolk erreichen. Ich
habe für Euch und Master Overton für zwei Wochen Zimmer reservieren
lassen, ab dem 13. Juni, denn früher werdet Ihr nicht dort ankommen. Das
Maid's Head Inn, neben der Kathedrale, gilt als eines der besten Gast-
häuser in Norwich und befindet sich im Viertel Tombland, nicht weit vom
Marktplatz entfernt. Gleich darunter sind das Burgverlies und die Shire
Hall, in welcher der Prozess geführt wird. Die meisten Anwälte werden in
den Herbergen am Marktplatz nächtigen, so seid Ihr nicht all dem Klatsch
und Tratsch ausgesetzt.
Gestern hatte ich Gelegenheit, mit Master William Cecil zu sprechen,

dem Sekretär des Protektors, mit dem auch Ihr bekannt seid. Er ist ein
entfernter Verwandter von mir und zuverlässig, wenn es um Angelegen-
heiten geht, die Lady Elizabeth betreffen. Ich erwähnte den Boleyn-Fall
und vergewisserte mich seiner Diskretion, für den Fall, dass ihn Gerüchte
erreichen sollten. Ich erwähnte auch, dass Ihr in Norfolk diskrete Ermitt-
lungen führen würdet.
Bitte schreibt mir, sobald Ihr sicher in Norwich angekommen seid.
Mit herzlichem Gruß, Euer Freund
Thomas Parry

Ich hatte nicht gewusst, dass Parry mit William Cecil verwandt war.
Vermutlich hatte er Cecil gebeten, dem Protektor die Gerüchte
über John Boleyn zu verheimlichen. Und er brachte mich in einem
Gasthaus unter, das in einiger Entfernung von den Unterkünften
der übrigen Anwälte gelegen war. Ich verstand seinen Wunsch nach
Diskretion. Nur wäre er kaum zu erfüllen, falls ich so gründlich
ermitteln sollte, wie Lady Elizabeth es verlangte. Ich dachte an das
versiegelte Gnadengesuch, das Elizabeth mir zum Abschied über-
reicht hatte und das ich nun sorgfältig in meinem Hause verwahrte.
Ich hoffte, es niemals gebrauchen zu müssen.

Ich verbrachte den Morgen in Lincoln's Inn, wo ich zum Glück
Amtsbrüder fand, die sich vorübergehend meiner Fälle annehmen
würden. Dann begab ich mich mit einer Liste von Instruktionen
für Skelly in meine Kanzlei. Nicholas war bereits dort und erledigte
eigene Angelegenheiten.

»Freust du dich auf heute Abend?«, fragte ich.

»Oh ja, Sir. Es war nett von Euch, Master Coleswyn zu bitten, die
Familie Kenzy einzuladen.«

»Nun, ich weiß ja, wie erpicht du darauf bist, die süße Beatrice
wiederzusehen.«

Nicholas errötete ein wenig, und Skelly senkte den Kopf, um ein

Lächeln zu verbergen. Und ich musste einmal mehr daran denken, dass Beatrice Kenzy irgendetwas an sich hatte, das ich nicht mochte. Doch lag es mir fern, meinem Gehilfen, der völlig hingerissen zu sein schien, Steine in den Weg zu legen.

»Wisst Ihr, wer außerdem kommt?«, fragte Nicholas.

»Ich glaube, es sind nur Philip Coleswyn und seine Gemahlin, wir und die Kenzys. Ach ja, und Philips alte Mutter, die jetzt bei ihnen lebt.«

»Hat er keine Dame eingeladen, die Euer Interesse weckt?«

»Nicht, dass ich wüsste. Die alte vielleicht, aber die ist über siebzig.«

Philip war ein guter Freund; ich war ihm begegnet, als wir in einem besonders unerfreulichen Fall Gegner waren, und er hatte sich als ein aufrichtiger, mitfühlender Mann erwiesen. Er war ein überzeugter Protestant, aber weltoffen genug, um auch andere Gesinnungen zuzulassen. Philip kannte Beatrice' Vater, einen Barrister, von der Arbeit und war so liebenswert gewesen, uns alle zum Abendessen einzuladen, damit Nicholas Beatrice den Hof machen konnte.

Die Einladung war für sechs Uhr abends angesetzt, und ich machte mich zu Fuß in die Little Britain Street auf, hinter Smithfield. Coleswyns Haus stand in einer Reihe alter Gebäude, deren vorspringende Dächer uns einen willkommenen Schutz vor der Sonne gewährten, die am späten Nachmittag noch immer heiß war. Der Sommer schien nun endlich gekommen.

Vor dem Aufbruch hatte ich für Norwich gepackt und den letzten Brief von meiner früheren Dienstmagd Josephine herausgesucht. Darin hatte sie mir geschrieben, dass sie ein Kind erwarte. Allerdings schienen sie und ihr Ehemann in Schwierigkeiten zu stecken, und so hatte ich ihnen etwas Geld geschickt. Seitdem waren sechs Monate vergangen. Als Wohnadresse hatte Josephine Pit Street, St Michael's Coslany in Norwich angegeben. Ich hatte keine Ahnung, wo das sein mochte. Pit Street, Tombland, dachte ich. Namen, die das Grabesdunkel beschworen.

Ich kam ein wenig zu spät, als Letzter. Unter meiner schwarzen Sommerrobe trug ich ein braunes Wams, dessen silberne Pinken an den Seidenschnüren die einzigen Farbtupfer waren. In einem protestantischen Haus, wusste ich, war maßvolle Kleidung erwünscht. Und in der Tat, als ich in die gute Stube geführt wurde und Philip mir entgegenkam, um mich zu begrüßen, trug er unter der Robe ein dunkles Wams. Den einzigen Kontrast bildete der weiße Hemdkragen. Den Bart hatte er sich lang wachsen lassen, wie es bei den Radikalen üblich war. Er ergriff meine Hand. »Matthew. Gott zum Gruße.«

»Verzeih, ich komme zu spät.«

»Nur ein wenig, keine Sorge.«

Seine Gemahlin Ethelreda trat auf mich zu und knickste. Sie war eine blonde, gutaussehende Frau, die wie ihr Mann auf die vierzig zuging. Sie trug ein braunes Kleid, das Haar unter dem blauen Reif einer französischen Haube streng geflochten. Wie sehr ihre Erscheinung heute sich doch von der ausgezehrten, ängstlichen Gestalt unterschied, dachte ich, der ich drei Jahre zuvor begegnet war, als die Jagd des alten Königs auf protestantische Ketzer in vollem Gange war.

»Ethelreda. Ihr seht prachtvoll aus. Wie geht es den Kindern?«

»Sie wachsen schnell. Aber wir haben einen guten Lehrer, der sie im Zaume hält.« Nicht wie die Boleyn-Zwillinge, dachte ich, bei denen kein Lehrer lange blieb. »Kommt«, fuhr sie fort. »Dies ist die Mutter meines Mannes.« Im Stuhl saß eine alte Frau mit weißem Haar unter einer Giebelhaube, einen unzufriedenen Ausdruck im plumpen, faltigen Gesicht. »Mutter«, sagte Ethelreda, »dies ist Serjeant Matthew Shardlake, ein guter Freund. Meine Schwiegermutter, Mistress Margaret Coleswyn.«

Die alte Dame richtete einen scharfen, frostigen Blick auf mich und verzog den Mund zu einem spöttischen Lächeln. »Wie ich sehe, seid Ihr wie ich ein alter Graukopf. Die jungen Leute stellen heutzutage nur allzu gern ihr Haar zur Schau, und auch die Kopfbedeckungen sind längst nicht mehr so bescheiden wie ehedem.«

Edward Kenzy trat auf mich zu. Er war in den Fünfzigern und ebenfalls ein Barrister in Lincoln's Inn. Er vertrat politisch wie religiös einen konservativen Standpunkt, war in seiner Haltung zu den Gesetzen und der Welt ein routinierter Zyniker, der seine Freude hatte an anregenden Gesprächen, köstlichen Speisen und gutem Wein. Ich war ihm beruflich schon mehrere Male begegnet, und ich mochte ihn, trotz unserer gegensätzlichen Ansichten. Unter seiner Anwaltsrobe trug er ein dunkelrotes Seidenwams; der Kragen seines Hemdes war mit kostbarer Schwarzstickerei verziert. Die alte Mistress Coleswyn, in deren Augen er zweifellos zu auffällig gekleidet war, runzelte missbilligend die Stirn. Kenzy sah vergnügt darüber hinweg und schüttelte mir die Hand. »Bruder Shardlake«, sagte er. »Wir haben Euch schon eine ganze Weile nicht mehr gesehen. Lady Elizabeth hält Euch wohl ziemlich auf Trab. Der junge Master Overton hat meiner Tochter erzählt, dass Ihr am Montag in ihrem Auftrag nach Norfolk aufbrecht.«

»Ja, in der Tat.« Ich schaute zu Nicholas hinüber, der sich mit Beatrice Kenzy unterhielt. Statt der Robe trug er ein neues Wams aus hellgrünem Satin und einen schwarzen Gürtel mit einer verzierten goldenen Spange an der Taille. Beides sah kostspielig aus. Beatrice trug ein blaues Gewand mit hohem Kragen und um den Hals einen mit Edelsteinen bestückten Anhänger. Sie war ein hübsches Mädchen, schwarzhaarig wie ihr Vater, die Haut weiß gepudert. Sie hing mit geweiteten Augen an Nicholas' Lippen, das Mündchen zu einem kleinen einfältigen Lächeln verzogen. Es war diese einfältige Miene, erkannte ich, die mich gegen sie einnahm, zu Unrecht vielleicht, da ich selbst stets die starken, klugen Frauen bevorzugt hatte. In Hörweite der beiden stand eine Frau mittleren Alters, die Beatrice so sehr glich, dass sie nur ihre Mutter sein konnte. Statt einer Haube trug sie ein modisches Hütchen auf dem ergrauenden Haar, dazu ein gelbes Kleid mit schwarzen Ärmeln.

Kenzy führte mich zu ihr. »Meine Gemahlin, Laura. Dies ist Serjeant Matthew Shardlake, meine Liebe, Nicholas' Dienstherr.«

Die angespannte Miene, mit der sie der Unterhaltung ihrer Tochter gelauscht hatte, löste sich zu einem Lächeln. Sie knickste. »Serjeant Shardlake, ich habe schon viel von Euch gehört«, sagte sie in überschwänglichem Ton. »Ihr habt für die verstorbene Königin Catherine gearbeitet, Gott hab sie selig, und jetzt für den Haushalt der Lady Elizabeth.«

»Ja, obschon ich auch für den Court of Requests tätig war.«

»Dergleichen Kontakte bringen Euch zweifellos lukrative Aufträge ein.« Sie blickte zu Nicholas und Beatrice hinüber. »Und gewiss kann auch der junge Nicholas, wenn er für Euch tätig ist, gute Verbindungen knüpfen.« Ihre blauen Augen blickten berechnend, und allmählich wurde mir klar, was mich zuvor verwirrt hatte – warum ein erfolgreicher, wohlhabender Barrister einen mittellosen jungen Mann wie Nicholas dazu ermutigen sollte, seiner einzigen Tochter den Hof zu machen. Geblendet von den illustren Namen meiner Gönner, hegte Mistress Kenzy – denn vermutlich hatte sie den Ausschlag gegeben – die Hoffnung, dass Nicholas schon bald mit den Höchsten im Lande Umgang pflegen würde. Ich betrachtete Beatrice, die noch immer hingerissen an Nicholas' Lippen hing, während er ihr von seinem Besuch in Hatfield Palace erzählte, und fragte mich, ob sie die Ambitionen ihrer Mutter teilte.

Ein Steward erschien in der Tür, und Philip klatschte in die Hände. »Kommt zu Tisch, wir wollen essen.« Wir begaben uns in das Speisezimmer, setzten uns an den mit Porzellan und kostbaren Gläsern festlich gedeckten Tisch und legten uns die Mundtücher um. Ich kam auf der einen Seite neben Laura Kenzy zu sitzen und auf der anderen neben Philip, der das Kopfende der Tafel einnahm. Mir gegenüber ließ sich mit Hilfe einer Bediensteten die alte Mistress Coleswyn nieder. Nach dem Tischgebet tranken wir »auf das Wohl des Königs, unseres kleinen Hirten«. Diener servierten als ersten Gang Salate, Eier und Käse, dazu feines Weizenbrot und Butter.

Philip sagte: »Dies ist das erste Abendessen in diesem Jahr, bei dem wir ohne Kerzen auskommen.« Und in der Tat fiel aus dem hübschen Garten draußen noch ausreichend Licht herein. »Das Wetter in diesem Frühjahr war ein Graus«, fuhr er fort, »es wird eine schlechte Ernte nach sich ziehen, befürchte ich, und viel Leid für die Armen.«

»Arme gibt es allzumal«, sagte Edward Kenzy. »Das war früher so und wird immer so sein.«

»Nur haben sie selten so viel gelitten wie heute«, entgegnete Philip. »Der Laib Brot zu einem Penny ist nur noch halb so groß wie vor zwei Jahren.« Philip war ein leidenschaftlicher Anhänger der christlichen Gemeinwohlbewegung, ein glühender Befürworter von Reformen in Gesellschaft und Religion; und er glaubte wie ich, dass es die Pflicht eines Staates sei, die Missstände zu beheben, die einen solchen Anstieg der Armut herbeigeführt hatten. Er wandte sich, Unterstützung suchend, an mich.

»Es stimmt«, pflichtete ich bei. »Die Preise schießen in die Höhe, aber die Löhne der Armen bleiben die gleichen.«

»Die Preise sind doch für uns alle gestiegen«, entgegnete in selbstgerechter Empörung Laura Kenzy. »Es ist nicht einfach für uns Frauen, die wir einen Haushalt zu führen haben. Oder für meinen Bruder, der in Bishopsgate Häuser besitzt. Seine Kosten steigen, der Mietzins aber wurde vor Jahren festgelegt. Ist das gerecht?« Sie wandte sich, leicht errötend, an mich. »Verzeiht, Serjeant Shardlake.«

»Nicht nötig, Madam. Ihr habt wie jeder hier das Recht auf eine Meinung.«

Um das Thema zu wechseln, fragte Ethelreda: »Erzbischof Cranmer predigt morgen in der St Paul's Cathedral aus dem neuen Gebetbuch. Geht jemand dorthin?«

»Meine Frau und meine Tochter besuchen den Gottesdienst in Lincoln's Inn Chapel, ich dagegen gehe in die Kathedrale«, antwortete Edward Kenzy unverbindlich. »Zumindest ist es doch ein historisches Ereignis.« Ich sah ihn an und erinnerte mich, dass er in Glaubensdingen als Traditionalist galt. Er bemerkte meinen Blick. »Und Ihr, Bruder Shardlake?«

»Ich werde hingehen. Wie Ihr sagt, ein historisches Ereignis.«

»Habt Ihr früher nicht auch für den Erzbischof gearbeitet?«, fragte

Laura Kenzy, und ihr Standesdünkel wischte die eigenen traditionalistischen Vorbehalte beiseite.

»Ja«, gab ich zu. »Unter dem alten König. Erzbischof Cranmer ist ohne jeden Zweifel ein aufrichtiger Mensch.«

Mit leuchtenden Augen meldete sich Ethelreda zu Wort: »Vorige Woche hat unsere Familie Master Latimer am Cathedral Cross predigen hören. Er sprach von der Krankheit im Staatskörper und von der Notwendigkeit, für das leibliche Wohl aller innerhalb eines Gemeinwesens Sorge zu tragen.«

»Was redest du denn da, Ethelreda, manchmal meine ich, du hast nicht mehr Hirn als ein Floh.« Die Stimme der alten Margaret Coleswyn krächzte vor Verachtung. »Ja, Master Latimer sprach tatsächlich von der notwendigen Reform im Gemeinwesen, doch war dies ein Exkurs von nur zehn Minuten in einer zweistündigen Predigt. Er sprach viel länger darüber, woran es in England wirklich krankt, nämlich an den Sünden des Fleisches, denen das Volk frönt, am Glücksspiel und der Hurerei und an den papistischen Relikten, die man hierzulande nicht zu tilgen vermag. Und er verdammte all jene, die sich im vorigen Monat gegen ihre Grundherren erhoben.« Die alte Frau blickte finster und streitsüchtig in die Runde.

Ethelreda wurde rot. »Mutter …«, mahnte Philip.

Edward Kenzy schmunzelte. »Ich möchte wetten, dass die Anhänger der Gemeinwohlbewegung und die Pamphleteschreiber nur notiert haben, was Latimer über die Landreform sagte, um es landauf, landab zu verbreiten. Hoffentlich wetterte er nicht gegen feine Speisen, sonst müssten wir alle im Höllenfeuer schmoren. Obschon er vermutlich ohnehin der Meinung ist, dass die meisten von uns dazu verdammt sind, und seine helle Freude daran hat. Diese Eiersoße schmeckt köstlich, Coleswyn.« Ein unbehagliches Kichern machte die Runde um den Tisch, nur die alte Mistress Coleswyn saß mit versteinerter Miene da.

»Latimer hatte zumindest recht, als er das Bauernvolk verurteilte, welches vorigen Monat gegen die Einhegungen rebellierte«, fuhr Kenzy in ernsterem Ton fort. »Auch in Wiltshire ging es hoch her.

Dort versuchten sie, die Zäune rings um Sir William Herberts neuen Park niederzureißen, und er musste zweihundert Männer zusammentrommeln, um sie in die Flucht zu schlagen, was nicht ohne Blutvergießen zu bewerkstelligen war, soweit ich weiß.« Er sah mich an. »Herberts Ehefrau ist die Schwester der verstorbenen Königin Catherine. Ist Euch darüber etwas zu Ohren gekommen?«

»Nein, ich bin den Herberts nur einmal begegnet«, sagte ich vorsichtig. »Man kann doch aber den Zorn von Herberts Pächtern verstehen, wenn riesige Flächen wertvollen Ackerlandes eingezäunt werden, nur damit die hohen Herrschaften nach Wildbret jagen können. Diese Vorliebe für Parklandschaften hat Konsequenzen für die Armen im Gemeinwesen.«

Kenzy sah mich ruhig an. »Was versteht Ihr unter Gemeinwesen?«

»Die gesamte Nation in ökonomischer Ausgewogenheit, mit Regeln, die gewährleisten, dass niemand darin darben muss.«

Philip fügte hinzu: »Der Protektor gab im April eine strenge Verlautbarung heraus gegen ungesetzliche Einhegungen, und soweit ich weiß, ließ er John Hales mehrere Kommissionen bilden, die noch in diesem Sommer durch ganz England reiten sollen, um alle widerrechtlichen Einhegungen seit 1485 rückgängig zu machen. Viele alte Ungerechtigkeiten werden auf diese Weise vielleicht behoben.«

Ich überlegte und sagte dann: »Es gibt in der Tat viel altes Unrecht, aber auch neues, seit das Gemeindeland für die Schafzucht eingezäunt wird.« Ich dachte an die Brikewell-Güter. »Um jedoch alle Einhegungen seit 1485 zu entflechten …« – ich schüttelte traurig den Kopf –, »dazu wären hundert Anwälte vonnöten, die jahrelang beschäftigt wären. Jede Landrückgabe an das einfache Volk wird von den Grundherren vor Gericht angefochten werden. Und Richter und Edelleute werden sich gegen die Bauern verbünden. Ich glaube nicht, dass der Protektor sich die Sache wohl überlegt hat. Er mag in der Tat ernsthafte Reformen wünschen, doch dazu bedarf es einer sorgfältigeren Planung.«

»So ist es«, sagte Kenzy. »Woher sollen die Kommissare wissen, welches Land vor fünfzig Jahren zur Gemeindeflur gehörte, wenn es keine Urkunden dafür gibt?«

Coleswyn erwiderte: »Dann müssen eben die Alten Auskunft geben, die damals schon gelebt haben ...«

»Wer 1485 bereits großjährig war, ist heute über achtzig, wenn er überhaupt noch lebt«, hielt Kenzy verächtlich dagegen.

»Sie haben es vielleicht ihren Kindern erzählt, die es bezeugen könnten.«

»Ach kommt, Philip«, sagte Kenzy unwirsch. »Ihr wisst genau, dass bloßes Hörensagen vor Gericht unzulässig ist. Und wer sind diese Leute, die von den Kommissaren befragt werden sollen? Pächter, Landbesetzer; sollen künftig *sie* entscheiden, wer in England welches Stück Land besitzen soll? Gegen den Willen der ortsansässigen Grundherren? Soll etwa der Fuß des Staatskörpers wider alle natürlichen und biblischen Gesetzmäßigkeiten über den Kopf herrschen? Ist es das, was der Lordprotektor will?«

»Er will nur Gerechtigkeit schaffen«, sagte Philip ernst.

»Er will sich bei den Armen seinen Ruf als ›guter Herzog‹ bewahren, das dürfte der Wahrheit näher kommen«, versetzte Kenzy. »Wie Serjeant Shardlake sagt, er hat die Sache nicht durchdacht. Und in Wirklichkeit hat Somerset nichts anderes im Sinn, als Schottland zu erobern.«

»Ich frage mich gelegentlich, ob es nicht sogar besser wäre, wenn der Fuß des Staatskörpers das Sagen hätte«, sagte ich kühn, »angesichts dessen, wie der Kopf den Fuß behandelt.«

Die alte Margaret Coleswyn war entsetzt. »Ihr würdet die von Gott gewollte gesellschaftliche Ordnung leugnen? Ihr klingt ja gerade wie diese Wiedertäufer, Sir, die das Volk zu Mord und Anarchie anstiften!«

Ich schenkte ihr ein frostiges Lächeln. »Ich erinnere mich, dass noch vor drei Jahren jeder Protestant bei religiösen Traditionalisten im Ruch stand, ein Wiedertäufer zu sein. Seltsam, wie bereitwillig jetzt die Reformer selbst das Wort ›Wiedertäufer‹ im Munde führen. Hat man nicht Mistress Joan Bocher als ketzerische Wiedertäuferin für schuldig befunden? Meines Wissens ist sie jetzt in der Obhut von Lordkanzler Rich, der schon Anne Askew foltern ließ. Vielleicht wird auch sie verbrannt. Seltsam, wie sich die Dinge ins Gegenteil verkehren.«

Die alte Frau entgegnete nichts, schaute mich nur entrüstet an. Die Gespräche am Tisch waren verstummt. Dann wurde, zu unser aller Erleichterung, der zweite Gang aufgetragen; eine Platte Roastbeef auf einem Bett aus Kräutern, dazu Hühnchen in Zitronensoße. Alle langten tüchtig zu.

»Ich beglückwünsche Euch zu dem köstlichen Mahl, Mistress Coleswyn«, sagte schließlich Edward Kenzy.

»Ich danke Euch. Die Zutaten aufzutreiben war nicht einfach, da sie entweder knapp sind oder teuer. Die Kaufleute horten ihre Waren einen Monat lang und verkaufen sie im nächsten, wenn die Preise wieder steigen.«

»Stimmt«, sagte Kenzy. »Wir sind uns gewiss alle einig, dass die Preissteigerung ein ernstes Problem darstellt, nicht wahr?« Er blickte in die Runde. »Doch wo liegt die Ursache? Bei den Kaufleuten, die ihre Waren zurückhalten, damit die Preise steigen? Gewiss, aber das eigentliche Problem ist doch die Abwertung der Münzen. Es ist kein Zufall, dass wir allein in diesem Jahr bereits zwei neue Prägungen hatten und dass die Preise schneller steigen denn je. Die Wurzel allen Übels ist die Geldverschwendung für diesen Krieg mit Schottland, den wir niemals gewinnen können. Die sechsjährige Mary, Königin von Schottland, weilt nun in Frankreich. Sie wird König Edward niemals heiraten, und jetzt sind auch noch französische Truppen in Schottland. Der Protektor ist an nichts anderem interessiert als an diesem aussichtslosen Krieg, zu Lasten von uns allen.«

Nun meldete sich Nicholas am Ende des Tisches zu Wort: »Aber, Sir, England muss sich doch schützen. Wann immer wir mit Frankreich Krieg führen, fallen uns die Schotten in den Rücken. Ist Schottland unter Kontrolle, haben wir die Hintertür abgesichert.«

»Aber die Feldzüge des Protektors sind doch verheerend«, entgegnete Kenzy gereizt. »Seine schottischen Festungen sind eine nach der anderen gefallen, die Unterstützung durch schottische Protestanten bleibt aus, und unsere Soldaten desertieren. Dies ist die Wurzel unserer Probleme, Master Overton. Silber, das den Münzen entzogen wird, um einen gescheiterten Krieg zu finanzieren. König Heinrich hat mit der Abwertung unseres Geldes begonnen, aber es war nichts im Vergleich zu dem, was der Protektor damit anstellt.«

»Ich glaube nicht, dass der Krieg gescheitert ist.« Nicholas blieb beharrlich. »Man plant doch bereits einen neuen Feldzug.«

Ethelreda sagte: »Letzte Woche habe ich eine Truppe Schweizer Söldner durch London reiten sehen mit Rüstungen und Arkebusen.«

»Ich habe sie auch gesehen, Madam.« Aus Nicholas' Augen leuchtete die Begeisterung der Jugend für den Krieg. »Ein bemerkenswerter Anblick.«

»Eher furchterregend«, erwiderte Ethelreda leise. »Und wenn sie sich gegen uns wenden?«

»Sie sind dem König verpflichtet.«

Ich sagte: »Sie verpflichten sich jedem, der sie bezahlt. In diesem Punkt stimme ich mit Master Kenzy überein.«

»Eine ehrenwerte Nation sollte den Krieg nicht scheuen«, sagte Nicholas bestimmt.

Ich blickte auf Beatrice, die ihm gegenübersaß. Bis vom Krieg die Rede war, hatte sie sich mit Ethelreda Coleswyn unterhalten und den Kopf weggedreht, um Nicholas' Versuche abzuwehren, sich dem Gespräch anzuschließen. Es wirkte auf mich wie eine weibliche List: Auf diese Weise wäre er dankbar, wenn sie wieder mit ihm zu plaudern geruhte. Ich fragte sie: »Mistress Beatrice, wie denkt Ihr über den Krieg? Stimmt Ihr mit Master Nicholas überein oder mit Eurem Herrn Vater?«

Beatrice schien verwirrt. Sie errötete und wandte sich hilfesuchend ihrer Mutter zu. Laura Kenzy lächelte. »Meine Tochter hat dazu keine Meinung. Sie ist angehalten, sich nur mit Dingen zu befassen, die einer jungen Dame gemäß sind.«

Beatrice war sichtlich erleichtert. »Da seht Ihr es, Nicholas«, sagte sie, »ich denke eben wie ein Mädchen.« Sie warf mir jäh einen wütenden Blick zu, bevor sie sich wieder an Nicholas wandte. »Wir wollen nicht mehr vom Krieg sprechen«, sagte sie leichthin. »Dabei zicht Ihr nächste Woche selbst gen Norden. Ich habe Angst um Euch.«

»Nur nach Norfolk, Mistress Beatrice, das ist sehr weit von Schottland«, beschwichtigte Nicholas sie, obschon Beatrice zweifellos wusste, dass Norfolk weit entfernt lag von Schottland. Nicholas berührte ihre Finger. Sie lächelte in die Runde, wie um zu sagen: Ach, wie bin ich doch dumm!

Aber das bist du ganz und gar nicht, dachte ich.

»Ich wünschte, Ihr würdet nicht gehen«, sagte sie zu Nicholas. »Wenn Ihr zurückkommt, sprecht Ihr vielleicht die dortige Mundart, und ich verstehe Euch nicht mehr.«

»Tja, wenigstens haben wir unserer Tochter beigebracht, ordentlich zu sprechen«, sagte Laura Kenzy. Ich sah sie an und erkannte, dass sie nicht einen Funken Humor besaß. Da begegnete ich dem Blick ihres Mannes, und er zwinkerte mir zu.

Ich sagte: »Die Menschen in Norfolk können so anders nicht sein. Norwich ist immerhin die zweitgrößte Stadt in England.«

»Und verfügt über einige seiner schönsten Bauwerke«, ergänzte Edward Kenzy. »Die herrliche Kathedrale, das wunderbare Rathaus.«

»Ihr seid schon dort gewesen?«, fragte ich.

»Ja. Ich hatte vor Jahren einen Fall, der mich nach Norwich führte. Mittlerweile soll aber die Wirtschaft dort im Argen liegen.«

Ehe ich antworten konnte, erinnerte uns Philip daran, dass bald Sperrstunde war. Nach zehn sollte niemand mehr auf den Straßen sein. Wir nahmen also Abschied, keiner von uns sonderlich traurig, die eher zänkische Runde zu verlassen. Es war nun fast dunkel geworden, und während des Essens hatte man Kerzen entzündet. Philip schickte seinen Steward nach ein paar Fackeljungen, die uns den Weg nach Hause leuchten sollten. Wir warteten draußen auf sie, in der lauen Abendluft. Ich stand neben Edward Kenzy. »Ein interessanter Abend, Bruder Shardlake«, sagte er. »Ich bin froh, dass wir uns in Bezug auf die Abwertung der Münzen einig sind, aber sagt einmal, wünscht Ihr Euch wirklich einen Umsturz der gesellschaftlichen Ordnung? Fürchtet Ihr nicht wie alle Gentlemen den Pöbel und fühlt Euch wohler, wenn Euer Gehilfe mit seinem Schwert Euch durch die Straßen begleitet? Wendet Ihr nicht voll Abscheu den Blick von den Bettlerhorden, wenn sie Euch die Hände entgegenrecken, um Beulen und Wunden zur Schau zu stellen, die oft nur aufgemalt sind?«

»Ich wende den Blick vor Scham, Bruder Kenzy, nicht voll Abscheu. Aber ja, ich blicke beiseite, also darf ich vielleicht gar nicht predigen. Dennoch wäre mir lieb, wenn man das Unrecht an den einfachen Leuten wiedergutmachen würde.«

Kenzy sagte darauf nichts, schaukelte nur ein wenig auf seinen Fußballen und blickte lächelnd zu Nicholas hinüber, der sich über Beatrice' Hand beugte und sich umständlich von ihr verabschiedete.

»Der junge Nicholas ist ein guter Junge, wenn auch ein wenig unbesonnen.« Er sah mich an, und seine scharfen Augen glitzerten im Kerzenlicht von Philips Fenster. »Meine Frau ist geblendet von der Bandbreite Eurer Kontakte bei Hofe. Ihr habt sogar einmal für Lord Cromwell gearbeitet, nicht?«

»Diese Kontakte waren niemals einfach, Master Kenzy. Mir ist nur Lady Elizabeth geblieben, und ich gehe auch nur Master Parry, ihrem Comptroller, zur Hand.«

»Für Laura ist das genug.« Er schmunzelte, und ich erkannte, dass Kenzy nicht wirklich daran interessiert war, ob die Beziehung zwischen Nicholas und Beatrice gedieh oder nicht, solange sie seine Frau davon abhielt, ihn zu behelligen. Ich betrachtete erneut das junge Paar. Laura Kenzy sagte gerade, sie hoffe, Nicholas würde nach seiner Rückkehr aus Norfolk mit der Familie zu Abend speisen. »Oh ja«, stimmte Beatrice ihr zu und blickte mit ihren großen Augen zu Nicholas auf. Ich sah eine Falschheit in ihrem liebevollen Blick, die er nicht zu bemerken schien. Aber wer sieht schon klar, wenn er verliebt ist?

KAPITEL NEUN

Tags darauf war Pfingstsonntag, der 9. Juni. Von diesem Tage an sollten sich alle Gottesdienste an das neue Gebetbuch halten. Ich legte meine Robe und die Serjeantenhaube an, nahm mein Gebetbuch und begab mich zur St Paul's Cathedral. Ich war allein, Nicholas mied Gottesdienste, wenn möglich, und John Goodcole und seine Familie, die ich gefragt hatte, ob sie sich mir anzuschließen wünschten, zogen es vor, ihre eigene Kirche zu besuchen. Ich wollte nicht in sie dringen. Was mich selbst anbelangte, würde ich mir das historische Ereignis nicht entgehen lassen.

Als ich unter dem Temple Bar hindurchging, überlegte ich, ob meine Meinung zu Beatrice Kenzy ungerecht war. Ich kannte das Mädchen kaum, und es stand mir nicht wirklich zu, Nicholas' Wahl zu missbilligen. Doch sollte sich in Norfolk die Gelegenheit ergeben, würde ich ihn vorsichtig auf das Thema ansprechen.

Ich ging durch das Ludgate und sah den hohen Glockenturm der Kathedrale vor mir aufragen. Vor den Toren lungerten die üblichen Bettler herum: Kinder streckten den Leuten steckendürre Arme entgegen, Männer, denen Glieder fehlten, riefen, sie seien Kriegsversehrte. Da ich mich an meine Diskussion mit Kenzy tags zuvor erinnerte, fasste ich in den Beutel und steckte einem ausgemergelten kleinen Mädchen einen Schilling zu. Im Weitergehen hörte ich andere rufen: »Sir, gebt auch uns etwas, wir sterben vor Hunger!« Ich beschleunigte meine Schritte, weil ich befürchtete, sie könnten mir folgen, und ich allein wäre hilflos.

⚜

Ich war zu früh für den Gottesdienst, aber die große Kathedrale war bereits brechend voll. Mitglieder der königlichen Leibgarde, die Yeomen of the Guard, säumten in Abständen die Wände. All die Großen der Stadt waren anwesend – Lord Mayor Amcoates und die Londoner Ratsherren in leuchtendem Rot, die Vorsteher der Zünfte in ihren farbenfrohen Schauben und etliche Mitglieder des Thronrats in pelzbesetzten Roben und glänzenden Goldketten – Lordkanzler Richard Rich war in seiner Amtstracht zugegen, das schmale Gesicht ernst, William Paget, kürzlich in den Adelsstand erhoben, mit seinen harten, kantigen Zügen und dem langen, gegabelten Bart, war mittlerweile feister geworden, Catherine Parrs Bruder, der Marquess von Northampton, ein schmalgesichtiger Mann in den Dreißigern mit einem rotbraunen Bart. Parr blätterte gedankenverloren durch die Seiten seines Gebetbuches. Ich dachte, wie sehr er sich doch von seiner verstorbenen Schwester unterschied. Er galt als ein Mann mit guten Manieren, aber wenig Fähigkeiten, sein Aufstieg zum Thronrat eine Folge seiner Verwandtschaft mit der verstorbenen Königin. Dann bemerkte ich das schmale Gesicht William Cecils, der die hervorstehenden Augen wachsam über die Menge gleiten ließ. Als sich unsere Blicke kreuzten, nickte er kurz. Ich nickte zurück, während mir jener kalte, furchterregende Tag im Januar wieder in den Sinn kam. Ich entdeckte Philip Coleswyn und die Seinen, aber sie waren auf der anderen Seite des Hauptschiffs, zwischen uns eine Menschenmenge.

Köpfe drehten sich, als eine Prozession von Geistlichen zur Hauptpforte hereinkam und den Mittelgang entlangschritt. An ihrer Spitze war Thomas Cranmer, Erzbischof von Canterbury, mit seinem langen weißen Bart und den großen, scharfen blauen Augen. Er hatte das neue Gebetbuch in Händen, und sein fahles Gesicht strahlte ruhige Autorität aus.

Er stieg hinauf zum Altar und hielt den Pfingstgottesdienst, mit seiner klaren, lauten Stimme jedes Wort in englischer Sprache deklamierend. In der neuen Liturgie fehlte die Heiligenanrufung. Die Leute blickten verstohlen umher, ob vielleicht jemand nach dem altvertrauten Latein rufen werde, doch es gab keine Störung, nur das Gefühl steigender Spannung, als sich Cranmer dem Höhepunkt der Messe näherte – »dem Abendmahl des Herrn, und der heiligen Kommunion, im Volksmund als heilige Wandlung bezeichnet«, wie es im neuen Gebetbuch vorsichtig hieß. Während der Vorgebete fehlten die damit einhergehenden alten Zeremonien – das Waschen der Hände, die Kreuzzeichen und Segnungen. Der Erzbischof hob Brot und Wein in die Höhe und sang, nicht auf Lateinisch, sondern in klarem Englisch: »Lass uns daher, gütiger Gott, bei diesem heiligen Mysterium das Fleisch deines lieben Sohnes Jesus Christus essen und sein Blut trinken, damit wir für immer in ihm wohnen wie er in uns.«

Und so ging es weiter, jedes Wort auf Englisch, bis zum Ende des Gottesdienstes. Ich sah, dass viele nahezu glückselig waren, andere traurig und finster, doch während Cranmer sprach, hätte man in diesem großen Kirchensaal eine Stecknadel fallen hören können. Nach dem Gottesdienst, da Cranmer von der Kanzel stieg, war allgemeines Aufatmen und Kleiderrascheln zu hören, und alle blickten um sich, um die Reaktionen der Glaubensbrüder einzuschätzen. Ich verbarg meine Gefühle, als ich mich mit der Menge entfernte.

Zwei Männer traten auf mich zu, beide wie ich in der Amtstracht der Anwälte. Der kleinere war Cecil, und hinter ihm schritt ein großer, stämmiger Mann Mitte vierzig mit glattrasiertem Gesicht, dessen Schönheit von dem hochmütigen Ausdruck in den braunen Augen mit den schweren Lidern und dem mürrischen Mund erheblich geschmälert wurde. Der Große hatte die Angewohnheit, auf andere hinabzublicken, als wären sie Bittsteller oder hätten ihn beleidigt und müssten Besserung geloben.

Cecil dagegen lächelte, als er mir einen guten Morgen wünschte. Die Wangen über dem dünnen Bart waren gerötet, und in den Augen des jungen Sekretärs funkelte Begeisterung. »Nun, Serjeant Shardlake, wie hat Euch der neue Gottesdienst gefallen?«

»Eine große Veränderung«, antwortete ich unverbindlich. Cecils Begleiter runzelte ein wenig die Stirn, und ich nahm an, dass sich sein Enthusiasmus in Grenzen hielt. Cecil, nunmehr forsch und nüchtern, stellte uns einander vor: »Serjeant Shardlake, dies ist Sir Richard Southwell. Er steht mit dem Thronrat in Verbindung und unterstützt Lady Mary bei ihren Pflichten als Lehnsherrin von Norfolk. Da Ihr meines Wissens morgen dorthin aufbrechen werdet, wünscht Ihr gewiss, Sir Richard kennenzulernen.«

Ich verneigte mich vor Southwell, der mir seinerseits äußerst knapp zunickte. Ich erinnerte mich an Parrys Worte, er habe mit Cecil gesprochen. Dieser musste demnach ein Motiv haben, mich Southwell vorzustellen.

Mit einer Stimme, so hochmütig wie seine Miene, sagte Southwell: »Ich nehme an, man hat Euch mit der Angelegenheit John Boleyn betraut. Dann dürfte Eure Reise vergeblich sein, denn es heißt, der Galgen sei ihm so gut wie gewiss.« Er hielt ein Paar Handschuhe in den großen, fleischigen Händen.

»Ich weiß noch sehr wenig, Sir Richard.« Nach kurzem Zögern fügte ich hinzu: »Grenzt Euer Land nicht an dasjenige Boleyns?«

»Ich glaube, schon.« Southwell machte eine wegwerfende Geste. »Aber ich besitze über dreißig Güter in Norfolk und kann sie nicht alle im Blick haben.«

Ich lächelte liebenswürdig, ehe ich antwortete: »Einige Eurer Beamten haben schon seine Frau aufgesucht, soweit ich weiß.«

Southwell runzelte die Stirn und maß mich kalt aus halb geschlossenen Augen. »So lauten die Instruktionen, wenn Lehen aufgrund der Hinrichtung des Grundherrn heimfallen. Und was auch immer dieses Frauenzimmer in seinem Hause sein mag, seine rechtmäßige Gemahlin ist sie jedenfalls nicht. Wohl eher seine Hure.« Er lachte barsch und zeigte dabei schlechte Zähne.

Cecil sagte: »Die Auffindung von Edith Boleyns Leichnam wirft zweifellos rechtliche Komplikationen auf.« Er wandte sich an Southwell. »Ich bin sicher, dass Bruder Shardlake dies versteht. Seine Untersuchungen sollen lediglich sicherstellen, dass auch wirklich Gerechtigkeit geübt wird.«

»Dazu gibt es Geschworene, Master Cecil. Und nun brauche ich frische Luft, Gentlemen. Vielleicht sehen wir uns in Norfolk, Master Shardlake.« Sein Tonfall war ein wenig bedrohlich. Er machte auf dem Absatz kehrt und ging davon.

Cecil zog die Augenbrauen in die Höhe und lächelte kurz, als wir uns zur Menge gesellten, die dem Ausgang zustrebte. Er sprach leise: »Ich entschuldige mich für Southwells Manieren, aber so ist er nun einmal. Ich dachte, Ihr solltet es wissen.«

»Comptroller Parrys Anwalt Copuldyke hat Angst vor ihm.«

Cecil senkte noch weiter die Stimme. »Southwell ist einer der reichsten und mächtigsten Männer in Norfolk und hält auf seinem Land etwa fünfzehntausend Schafe. Er war lange Zeit ein Anhänger des Herzogs von Norfolk, doch als der alte König die Familie vor drei Jahren loswerden wollte, leistete Southwell einen Meineid gegen sie. Seine Belohnung war eine Stellung als Gehilfe des Testamentsvollstreckers des alten Königs und ein Sitz im Thronrat, sollte eines der Mitglieder sterben. Nun, da Lady Mary das Land des Herzogs erworben hat und Lehnsherrin geworden ist, steht Southwell in ihren Diensten. Kurzum, er ist ein sehr mächtiger Mann.«

»Dann ist er wohl kein Freund der Lady Elizabeth und der Familie Boleyn.« Ich überlegte. »Ich hatte mich schon gefragt, ob er Pläne hat mit Boleyns Land.«

Cecil sah mich prüfend an. »Sollte Boleyn für schuldig befunden werden und Southwell sein Land kaufen wollen, dann lasst ihn gewähren. Seine Vorliebe für die alten religiösen Gepflogenheiten – und er verhehlt sie nicht – ließ ihn nicht so weit aufsteigen, wie er wollte, aber er genießt das Vertrauen des Lordprotektors. Lady Mary hat sich geweigert, den neuen Gottesdienst in ihrem Haushalt zuzulassen; man wird mit ihr verhandeln müssen, und Southwell könnte dabei wichtig sein.«

»Ich soll also niemanden vergrämen«, sagte ich verzagt.

»Es ist in Lady Elizabeths Interesse. Und in dem Euren, was Southwell betrifft.«

»Er soll schon einmal wegen Mordes verurteilt worden sein.«

Cecil blickte um sich, ehe er antwortete: »Ja. Vor siebzehn Jahren tötete er in Westminster bei einem Streit einen Grundherrn aus Norfolk. Soweit ich weiß, rammte er ihm das Messer in den Bauch. Um eine Begnadigung zu erlangen, zahlte er dem alten König viel Geld. Und im letzten Jahr tat er sich mit einem seiner Diener zusammen, der eine vierzehnjährige Erbin aus Norfolk entführte und sie gegen ihren Willen vor den Altar schleifte. Die Familie des Mädchens appellierte an den Protektor, und die Sache landete auf meinem Tisch. Die Erbin ging zurück zu ihrer Familie, und Southwell wurde von Protektor Somerset scharf gerügt.« Er sah mich an. »Er ist ein außergewöhnlich rauer und brutaler Mensch mit mächtigen Verbindungen. Also kommt ihm lieber nicht in die Quere.«

»Wenn er zu beiden Seiten Boleyns Land besitzt, ist er vielleicht auch in diesen Mord verwickelt«, entgegnete ich. »Und wenn er, wie Ihr sagt, zu solchen Taten fähig ist …«

Cecil schüttelte den Kopf. »Seit der Entführung im vorigen Jahr muss Southwell vorsichtig sein.« Er senkte wieder die Stimme. »Setzt um Himmels willen nicht solche Gerüchte in Umlauf.«

»Natürlich nicht. Ich werde alles daransetzen, ihm aus dem Weg zu gehen. Ich reite doch nicht nach Norfolk, um Streit zu suchen, Master Cecil.«

Cecil lächelte dünn. »Nur hat der Ärger leider die Angewohnheit, *Euch* zu finden.« Er verstummte und blickte sich nach der Kanzel um, von der aus Cranmer gesprochen hatte. »Das war ein großer Schritt für uns heute. Bald werden wir noch weiter gehen und eine Messe halten, aus der klar hervorgeht, dass Brot und Wein nur an das Opfer Christi erinnern sollen.«

»Möchte der Protektor das auch?«

Er blickte mich ernst an. »Der König möchte es so. Sie sind eines Sinnes.«

Wir hatten die Pforte erreicht. Cecil drehte sich zu mir und schüttelte mir die Hand. »Nehmt Euch die Zeit, Norwich zu genießen, Master Shardlake, die Stadt ist wunderschön. Und der Großteil ihrer Bürger bevorzugt den reformierten Glauben, Southwell und Lady

Mary zum Trotz. Und haltet Euch bedeckt, hört Ihr?« Er stieg die Stufen hinunter auf eine kleine Gruppe Diener zu, die auf ihn wartete. Ich trat hinaus in die Sonne. Philip Coleswyn kam zu mir herüber mit Ethelreda und den beiden Kindern. Wie Cecil strahlte auch er vor Begeisterung. »Jetzt ist es vollbracht«, sagte er.

»Cranmer ist zweifellos ein großartiger Prediger.«

»Es war schön, dass du gestern Abend bei uns warst«, sagte Philip. »Schade, dass die Unterhaltung ein wenig – nun ja – zänkisch wurde.«

Ich lächelte. »Damit ist dieser Tage wohl zu rechnen. Keine Sorge, das Essen war ausgezeichnet und die übrigen Gäste interessant. Danke, dass du die Kenzys eingeladen hast.«

»Edward Kenzy ist sehr reaktionär in seinen Ansichten, doch seltsamerweise mag ich ihn trotzdem.«

»Ich mag ihn auch. Er sagt offen, was er denkt.«

»Seine Frau jedoch …« Ethelreda verkniff sich ihre Meinung.

Philip zog die Augenbrauen in die Höhe. »Je weniger Worte über sie verschwendet werden, desto besser.« Wir lachten. »Sobald du aus Norfolk zurück bist, musst du wieder zu uns zum Essen kommen.«

»Das werde ich.«

Ich blickte ihnen nach, sie um ihr Familienglück beneidend, und ging davon. Da kamen mir plötzlich Edward und Josephine Brown in den Sinn. Ihr Kind musste mittlerweile auf der Welt sein. Ich würde sie ausfindig machen, wenn ich nach Norfolk kam.

Ich hatte nicht auf den Weg geachtet und sah mich am Eingang der Gasse, die zur Carter Lane führte, plötzlich einer Gruppe von Leuten gegenüber. In ihrer Mitte kniete ein Mann. Er hatte die Hände vors Gesicht geschlagen; Blut sickerte zwischen den Fingern hervor und sammelte sich als hellroter Fleck auf dem grauen Pflaster. Ein halbes Dutzend grinsender Soldaten in den weißen Waffenröcken mit dem Georgskreuz darauf umringte ihn. Ich erinnerte mich an die Boleyn-Zwillinge und den Bettlerjungen, den sie schikaniert hatten. Dies jedoch war schlimmer. Die schaulustige Menge, zum Großteil Lehrburschen, aber auch ein paar Handwerker und sogar Frauen, spendete Beifall, als einer der Soldaten dem Manne einen Tritt in die Seite versetzte. Der stöhnte auf und hielt sich, um nicht umzukippen, an der Mauer fest.

»Ich bin kein Spitzel«, sagte er mit einem ausgeprägten schottischen Akzent, »ich lebe seit zehn Jahren in London, leiste ehrliche Arbeit …«

»Wenn du Schotte bist, warum bist du dann nicht dort oben und kämpfst an der Seite deiner Landsleute?«, rief einer aus der Menge.

»Genau, hast du keine Ehre im Leib?« Der Soldat, der ihm den Tritt versetzt hatte – ein hochgewachsener Bursche, der offenbar das Kommando führte –, holte erneut aus. »Hände vom Gesicht, Spitzel! Wird's bald? Wenn ich mit dir fertig bin, erkennt deine Mutter dich nicht wieder!«

Da kam Bewegung in die Menge, und zu meiner Erleichterung sah ich die stämmige Gestalt von Lord Mayor Amcoates daherkommen, mit seiner roten Amtstracht und der dicken Goldkette, ihm zur Seite ein halbes Dutzend Konstabler mit Knüppeln. Er trat vor, das Gesicht über dem langen grauen Bart rot vor Wut. Neben ihm ging ein weiterer Soldat; etwa vierzig Jahre alt, groß und schlank, mit zerfurchtem Gesicht, einer Höckernase und einem kurzen braunen Bart. Er besaß Autorität, obschon er irritiert dreinblickte.

»Im Namen des Königs, Schluss mit der Pöbelei!«, rief der Bürgermeister den Soldaten zu. »Potz Pestilenz, sonst lasse ich Euch alle wegen Aufruhrs und Fahnenflucht hängen! Captain Drury, bringt Eure Männer zur Vernunft!«, schnauzte er den Soldaten neben sich an. Dieser bedachte den Bürgermeister mit einem schmaläugigen Blick, befahl dann aber seinen Männern, Haltung anzunehmen, was sie augenblicklich taten. Der Bürgermeister wandte sich der Meute zu, die sich bereits zerstreute. »Packt euch gefälligst!«, herrschte er sie an. »Sucht euch einen Hahnenkampf!« Der Schotte indes versuchte sich aufzurappeln, sank jedoch wieder zurück; seine Augen waren blau geschlagen, und er spie ein paar blutige Zähne aus. Als Captain Drury dies sah, legte er ein Grinsen an den Tag, das mich schaudern machte.

»Was soll dieser Tumult, Männer?«, fragte Drury die Soldaten in scherzhaftem Ton.

»Wir wollten uns doch nur ein wenig umsehen in der Stadt, Sir«, antwortete der Mann, der den Schotten getreten hatte. »Der Hund kam aus der Schänke und schalt uns englische Schweine! Er hat unsere Ehre beschmutzt, Sir.«

Der Mann hob sein zerschlagenes Gesicht, blickte den Bürgermeister an und mühte sich verzweifelt zu sprechen, seine Stimme gedämpft von dem vielen Blut, das ihm aus dem Mund tropfte. »Das hab ich nicht! Ich wollt mir von einem Hausierer ein Gebetbuch kaufen. Doch als die Soldaten mich sprechen hörten, fielen sie über mich her! Ich lebe seit zehn Jahren in London, und verdien mein Brot mit ehrbarer Arbeit …«

Mayor Amcoates blickte mit Abscheu auf ihn hinab. »Wie denn? Was arbeitest du?«

»Ich arbeite für einen Kornhändler, Sir. Master Jackson vom Three Cranes Wharf. Ich hole Korn vom Hafen, helfe im Lagerhaus – ich hab Frau und Kinder …«

Der Bürgermeister wandte sich an Captain Drury. »Eure Männer sollten im Lager sein und nicht in der Stadt herumzigeunern und Ärger machen.«

Drury sagte: »Dieser Mann hat sie beleidigt. Er ist vielleicht ein Spitzel.«

»Ein Spitzel würde sich unauffällig verhalten.« Der Bürgermeister hob die Stimme. »Potz Tod und Teufel, Drury, auch wenn Ihr die Erste Kompanie des Königs kommandiert, sorgt gefälligst dafür, dass die Soldaten sich ordentlich aufführen! Ich warne Euch, Protektor Somerset hat sie im Auge. Jetzt nehmt Eure Männer und packt euch zurück in euer Lager in Islington.«

Drury sah seine Männer an und wandte sich dann kühn an Amcoates. »Und was wird aus diesem schottischen Hund, Sir? Er hat die Soldaten Seiner Majestät beleidigt. Muss ihm nicht der Prozess gemacht werden?«

Amcoates sah ihn wütend an, aber Drury ließ sich nicht einschüchtern. Der Bürgermeister seufzte und nickte dann einem Konstabler zu. »Nehmt ihn mit in die Fleet Street, zur Befragung.«

Captain Drury zeigte wieder sein bösartiges Grinsen, verneigte sich und befahl seinen Männern, ihm zu folgen. Sie marschierten davon. Zwei Konstabler packten den Schotten unter den Armen und zerrten ihn fort. Seine Füße schleiften über die Pflastersteine, und von seinem Gesicht tropfte Blut. Ich dachte an meinen alten Freund, Captain George Leacon, der in den Franzosenkriegen mit der *Mary Rose* untergegangen war. Er hätte sich geschämt, wenn sich Männer unter seinem Kommando dermaßen aufgeführt hätten. Doch England befand sich schon so lange im Krieg, dass die Menschen inzwischen völlig verroht waren. Ich blickte auf das Blut auf den Steinen, das rot in der Sonne glänzte, und wünschte bei Gott, es möchte das letzte Mal sein in diesem Sommer, dass ich so etwas zu sehen bekam.

TEIL ZWEI

NORWICH

KAPITEL ZEHN

Wir sollten am frühen Nachmittag des 13. Juni in Norwich eintreffen, einem Donnerstag, fünf Tage vor Beginn der Assisengerichte. Es war ein langer Ritt, zunächst nach Norden, durch Middlesex und Hertfordshire, dann nach Nordosten bis Norfolk. Das Wetter blieb warm und sonnig, doch nach dem frostigen Winter und dem nassen Lenz waren die Straßen in einem beklagenswerten Zustand. Viele Male mussten die Pferde langsam durch den Schlamm stapfen. Wie ich es befürchtet hatte, wurde der Ritt für meinen Rücken zunehmend beschwerlich, und als wir Norfolk erreichten, hatte ich bereits ziemliche Schmerzen. Nicholas sorgte sich um mein Befinden, wogegen Toby Lockswood, erpicht darauf, möglichst schnell voranzukommen, nichts zu bemerken schien. Mein Stolz hinderte mich daran, ihn anzuweisen, er möge langsamer reiten, doch Nicholas hatte am zweiten Tag offenbar mit ihm gesprochen, weil er es danach sachter angehen ließ. Nur wenn wir Gruppen herrenloser Männer auf der Straße sahen, die in großer Zahl in Richtung Süden, nach London, unterwegs waren, trieben wir die Pferde an.

Ich hatte schon bemerkt, dass Toby und Nicholas, die sich in den Wirtshäusern, in denen wir nächtigten, ein Quartier teilen mussten, einander nicht sonderlich schätzten. Sie redeten kaum miteinander, obschon sich Toby mir gegenüber höflich und hilfsbereit zeigte. Er war ruhig, wenn auch verschlossen und etwas unterkühlt. Nicholas' Angewohnheit, Menschen unter seinem Stand mit Herablassung zu begegnen, selbst wenn er mit ihnen zusammenarbeiten musste, zeigte sich auch im Umgang mit Toby.

Wir erreichten Norfolk in Thetford, und zunächst schnitt der Weg durch Wälder und Wiesen, mit vielen kleinen Gehöften und

Weideflächen. Ein Großteil der Wälder bestand aus alten Eichen, war grün und blühend, doch wir hatten keine Zeit, uns an ihrem Anblick zu erfreuen, und trotteten stetig weiter. Kurz hinter Thetford deutete Toby nach rechts und sagte, Lady Marys Palast Kenninghall befinde sich nur wenige Meilen entfernt in jener Richtung.

Wir folgten der langen, geraden Straße durch Attleborough und hielten auf die größere Stadt Wymondham zu, Namen, die mir damals nichts bedeuteten. Als wir uns Wymondham näherten, sprach Toby von »Windham«, was mich verwirrte, da ich auf der Karte, die wir bei uns hatten, den längeren Namen gelesen hatte.

»Man schreibt aber doch ›Wymondham‹«, sagte ich.

»Eine Norfolker Eigenheit«, sagte er. »Bei allzu langen Wörtern wird einfach die mittlere Silbe fortgelassen. Der Bequemlichkeit halber.«

Ich lächelte über dieses seltene Zeichen von Humor.

Nach Wymondham änderte sich die Landschaft. Der Wald wich intensiv genutzten Ackerböden, die sich bis zum Horizont erstreckten. Vereinzelte Sandhügel waren übersät mit Vergissmeinnicht und Kaninchenbauen. Die Landschaft war, wie ich sie mir vorgestellt hatte, ein Flickenteppich aus Feldern, in Streifen unterteilt; dazwischen jedoch lagen, wie herausgestanzt, etliche eigenständige, umzäunte Gehöfte, einige von beachtlicher Größe. Was mich überraschte, waren die vielen Schafe, mehr, als ich jemals gesehen hatte. Merkwürdig aussehende Tiere waren es zudem; anders als das kurze Flies der Tiere rings um London kräuselte ihre Wolle sich in langen Flechten. Die Herden waren von starken, eineinhalb Meter hohen, mit metallenen Klammern verbundenen Hürden umpfercht, die sich zuweilen über eine Meile entlang der Straße erstreckten, an der Außenseite oftmals mit Gräben verstärkt. Auf den Feldern tummelten sich unzählige Menschen, das Unkraut zwischen den Feldfrüchten zu jäten, die nicht annähernd so hoch gewachsen waren, wie man es Mitte Juni erwarten würde. Auf den Schafweiden dagegen war niemand, bis auf einen Schäfer hie und da, mit einem Hütejungen oder einem Hund. Einmal lief ein Hund jenseits des Zauns eine

Weile neben uns her und verängstigte mit seinem wütenden Gebell die Schafe, so dass die dummen Tiere davonstoben und sich dann panisch blökend aneinanderdrückten.

Wir ritten durch mehrere Dörfer. Durch offene Fenster sah ich Männer an ihren Webstühlen arbeiten, und in den Eingängen standen Frauen und Kinder und spannen Wolle auf hölzernen Spindeln, die sie unermüdlich drehten. Viele Menschen maßen uns mit säuerlichen Mienen, und kaum einer lüpfte den Hut oder verneigte sich, wie es auf dem Lande Sitte war, wenn Höherstehende vorüberritten. In einem der Dörfer bog aus einem Gehöft ein Wagen voller Heu vor uns auf die Straße, gezogen von einem mageren Gaul, den ein Bauernknecht am Zügel führte. Das Fuhrwerk belegte die Mitte der Straße, hätte jedoch nach der Seite ausweichen können, um uns der Reihe nach vorbeizulassen. Vielleicht hatte der Mann uns nicht gesehen, dachte ich, und rief: »Seid so gut und gebt den Weg frei, guter Mann!«

Der Bursche reagierte nicht. Nicholas runzelte die Stirn und rief ärgerlich: »Aus dem Weg, du Flegel! Wir haben dringende Pflichten!« Der Mann straffte stur die Schultern und tat keinen Schritt zur Seite. Toby warf Nicholas einen kalten Blick zu. »Ungehobeltheit wird Euch hier nichts nützen, Master«, sagte er. Das letzte Wort sprach er mit ungewohnter Schärfe aus. Seinen Norfolker Akzent betonend, rief er dem Landmann vor uns zu: »Entschuldigt die Menkenke unseres Freundes hier, Gevatter. Seid so gut, gebt den Weg frei, wir müssen eilig nach Naaritch.«

Der Bauersmann blickte sich nach Toby um, nickte ihm zu und lenkte Pferd und Karren auf die Seite.

Am anderen Ende des Dorfes wollte Nicholas von Toby wissen: »Was ist denn eine Menkenke?«

»Euer hochmütiges Gehabe«, antwortete Toby kurz angebunden. »Ihr tätet beide gut daran, nicht in Amtstracht zu reiten. Anwälte sind dieser Tage nicht sonderlich beliebt in Norfolk.«

Wir blieben zur Nacht in einem Wirtshaus in Wymondham. Der Rücken tat mir inzwischen so weh, dass es mir schwerfiel, ohne den Stock zu gehen, den ich mitgebracht hatte. Als die Pferde weggeführt wurden, meinte Nicholas besorgt: »Ihr seht aus, als hättet Ihr Schmerzen, Sir.«

»Das wird schon wieder, wenn wir morgen in Norwich eintreffen und ich nicht mehr reiten muss.« Ich senkte die Stimme. »Du solltest ein wenig freundlicher zu Toby sein. Seine Ortskenntnisse sind wichtig für uns.«

Nicholas runzelte die Stirn. »Ich bemühe mich ja, aber er lässt mich sehr deutlich spüren, dass er mich nicht leiden mag. An den Abenden versucht er mich zu maßregeln, als wäre er meinesgleichen, und behauptet, sämtliche Übel im Land wären den habgierigen Edelleuten geschuldet. Es ist öde und dreist. Und gefährlich obendrein, da man doch von einem Aufstand im Südwesten munkelt.«

Das Gerede stimmte. In jedem Wirtshaus, in dem wir Rast machten, wurde von dem jähen Aufruhr in Devon gesprochen, der sich offenbar bis nach Cornwall ausgebreitet hatte. Auch in Hampshire, so ging das Gerücht, gebe es Unruhen. Niemand schien sicher zu sein, ob sich diese Proteste gegen das neue Gebetbuch, die Verstöße der Edelleute gegen geltendes Recht oder gegen beides richteten.

»Mit mir hat er noch nie so gesprochen«, sagte ich.

»Ihr bezahlt ja auch seinen Lohn. Jetzt verstehe ich, warum Copuldyke so rau mit ihm umspringt.«

»Nun ja, Nicholas«, sagte ich sanft, »du hast mir doch selbst erzählt, dass dein Vater auch nicht gerade ein Ausbund an vornehmer Zurückhaltung ist.«

»Ich will es besser machen, mich meines Standes würdig erweisen«, versetzte er stolz.

»Dann hab Geduld mit Toby. Ihr beide kommt besser miteinander aus, wenn du deine ›Menkenke‹, wie er es nennt, seinlässt«, sagte ich lächelnd.

Nicholas erwiderte mein Lächeln nicht, sondern sagte nur grimmig: »Ich will es versuchen.«

❧

Am Morgen darauf machten wir uns früh auf den Weg. Einige Meilen vor Norwich deutete Toby einen sandigen Weg hinauf. »Dort hinten liegen die Brikewell-Güter«, sagte er. Ich blickte in die Richtung und sah in der Ferne das Dach eines zweistöckigen Gebäudes, vielleicht das Gutshaus John Boleyns.

Um die Mittagszeit ritten wir über den Fluss Yare. Von hier aus sahen wir schon den hohen Glockenturm der Kathedrale von Norwich. Als wir näher kamen, gewahrten wir weitere Kirchtürme und die Befestigungsmauern, die sich über ein großes Gebiet erstreckten und nur die Stelle aussparten, wo der Fluss Wensum, braun und von Schilf gesäumt, die Stadt durchschnitt.

Die Straße war voller Fuhrwerke, die Waren in die Stadt transportierten, und als das größte und kunstreichste der in die Mauer gesetzten Torhäuser in Sicht kam, mit runden Türmen zu beiden Seiten eines weiten Torbogens, hielten wir die Pferde an. Der Durchgang bot nicht genügend Platz, um mehrere Fuhrwerke gleichzeitig passieren zu lassen, und vor uns warteten bereits mehrere Wagen auf die Durchfahrt. Wir kamen vor einer hölzernen Brücke über einen seichten Graben zu stehen, bis zur Hälfte mit stinkendem Unrat angefüllt wie die Gräben jenseits der London Wall. Dort stand auch ein Galgen, an dem in Ketten der halbverweste Leichnam eines Missetäters hing. Ein paar Saatkrähen hackten auf dem geschwärzten Fleisch herum. Ich drehte mich um und blickte die Mauer entlang. Sie bestand aus dunklem Feuerstein, gespickt mit vielen aufragenden Türmen. An einigen Stellen, fiel mir auf, war sie baufällig, halb eingestürzt. »Diese Mauer bietet aber keinen sicheren Schutz«, sagte ich zu Toby. »Und sie ist niedriger, als ich dachte, niedriger als in London oder York.«

Er nickte. »Sie wurde zum Stolz der Bürger errichtet, nicht zur

Verteidigung. Noch vor der Großen Pestilenz vor zweihundert Jahren. Damals war die Stadt größer.«

Wir ritten durch das Tor in die Stadt. Ich war überrascht, wie viel Grün sie barg – zu unserer Rechten war eine Wiese, auf der Zielscheiben aufgestellt waren für die sonntäglichen Übungen im Bogenschießen, während auf einem weitläufigen Gelände zur Linken gerade ein großes Gebäude zerschlagen wurde. »St Mary's«, sagte Toby. »Früher einmal eine große Klosteranlage, die an den König gefallen ist. Jetzt gehört sie den Spencers, einer der herrschaftlichen Familien in Norwich.«

Wir ritten weiter. Die Straße war nun von weiteren Bauwerken gesäumt, von Häusern und Läden, deren Hinterhöfe man erahnen konnte. Ein kleines, übelriechendes Rinnsal strömte die Mitte der Straße entlang. Viele Geschäfte verkauften Lederwaren, und so hing ein starker Geruch nach frisch gegerbten Häuten in der Luft. Die Straßen waren belebt, wenn auch nicht so gedrängt wie in London, mit demselben Gemenge aus Handwerkern in Leibröcken aus Leder oder gewalkter Wolle, Lehrburschen in blauen Kitteln, Hausfrauen mit ihren Hauben und dem ein oder anderen Edelmann mit verziertem Wams, Schamkapsel und Schwert. Die hohen Herren, fiel mir auf, wurden von einem umfangreichen Gefolge aus bewaffneten Dienern begleitet, wogegen viele der Einwohner arm aussahen: ohne Schuhe, die Kleider zerlumpt und schmutzig, die Wangen hohl. Bettler und Arbeitslose lehnten an den Mauern und beobachteten die Vorübergehenden. Manche warfen uns feindselige Blicke zu. Ich dachte an Josephine und ihren Ehemann und fragte mich, wie es ihnen wohl ergehen mochte.

Zu unserer Linken stand auf mehreren gestaffelt angelegten Grashügeln eine normannische Burg. Der gewaltige befestigte Steinkubus war im untersten Bereich mit Feuerstein verkleidet und bestand weiter oben aus Kalkstein, schmutzig geworden mit den Jahren. Wie alle normannischen Burgen war auch diese ein roher Ausdruck unbezwingbarer Macht. Die meisten dieser Bauwerke dienten heute als Kerker. Toby wies auf eines der kleineren Gebäude daneben. »Dort ist die Shire Hall, in der die Assisengerichte abgehalten werden.«

»Und Master Boleyn sitzt im Burgverlies.«

»Kein Entkommen möglich«, stellte Nicholas fest, während er das mächtige Gebäude betrachtete. »Der einzige Weg führt vor den Richter.«

»Und von dort«, ergänzte Toby, »in die Freiheit oder an den Galgen. Ihr habt recht, Master Overton, einen anderen Ausweg gibt es nicht.«

Ich entgegnete nichts, dachte vielmehr an das Gnadengesuch der Lady Elizabeth in meiner Tasche und hoffte inständig, keinen Gebrauch davon machen zu müssen.

Wir ritten weiter, auf den größten Marktplatz, den ich je gesehen hatte, rechteckig und zum Flusse hin abfallend. Wir ritten an einer herrlichen Kirche vorüber, und ich bemerkte, dass im Ostfenster das prächtige Buntglas noch am Platze war. »St Peter Mancroft«, sagte Toby. »Dort versammeln sich am Sonntag die reichen Stadtväter.«

Auf den grasigen Hügeln, die hinauf zum Schloss führten, traf man Vorbereitungen für einen Viehmarkt: die Tiere in Pferchen, Männer, die dazwischen einherschlenderten und sie in Augenschein nahmen. Der Marktplatz selbst, mit seinen fest installierten Buden und Läden am oberen und der gepflasterten Fläche am unteren Ende, war geschlossen; Männer in Lederschürzen kehrten Unrat von den Pflastersteinen. »Der Mittwoch und der Samstag sind Markttage«, sagte Toby. »An den Samstagen kommt man hier vor lauter Leuten kaum von der Stelle.«

Wir ritten über den Marktplatz. Im Zentrum stand, zwei Stockwerke hoch, ein riesiges verziertes Marktkreuz. Am oberen Ende des Platzes fiel mir ein eindrucksvolles Gebäude aus Feuer- und Kalkstein auf, dessen Fassade abwechselnd aus dunklen und aus hellen Steinen gestaltet war. »Die Guildhall«, sagte Toby, »hier werden die

Geschäfte der Stadt abgewickelt, die Abgaben zusammengetragen und die Versammlungen der Zunftgenossen abgehalten.« Vor dem Eingang bemerkte ich eine kleine Gruppe von Edelleuten in reichverzierten Roben und in Begleitung bewaffneter Diener, die über den Marktplatz blickten und miteinander tuschelten. »Die Ratsherren und Schultheiße der Stadt«, erklärte Toby. »Sie vertreten die bedeutenden Familien von Norwich. Die Stewards, die Anguishes und die Sothertons. Der kleine Dicke im roten Gewand ist Thomas Codd und fungiert in diesem Jahr als Bürgermeister.« Gleich neben der Guildhall stand ein zweiter Galgen, an dem jedoch kein Leichnam baumelte. Daneben befanden sich die Kornspeicher und ein überdachter Brunnen.

»Sagtet Ihr nicht, dass John Boleyns Schwiegervater ein Ratsherr sei?«

»Ja, Gawen Reynolds. Seit der Ermordung ihrer Tochter leben er und seine Frau zurückgezogen in ihrem Haus im Viertel Tombland. Reynolds gilt als ein hochmütiger alter Bursche mit bösartigem Naturell, doch wenn Ihr Eure Serjeantenrobe anlegt, wird er vielleicht mit Euch sprechen.« Toby lächelte spöttisch. »Er hat seine Tochter mit John Boleyn vermählt, als Anne Boleyn Königin werden sollte; er dachte, die Verbindung mit ihrem Namen käme seiner Stellung zugute. Doch natürlich hielt sie sich nicht lange.«

Ehe ich ihm antworten konnte, tauchte scheinbar aus dem Nichts eine Schar zerlumpter Kinder auf. Sie umringten unsere Pferde, streckten uns die mageren Arme entgegen und riefen: »Habt Mitleid, hohe Herren!«, »Wir sterben vor Hunger!«

Zu meiner Überraschung war es Toby, der sie fortscheuchte. »Packt euch! Wird's bald, aus dem Weg!«, rief er unwirsch. Wir ritten weiter, verfolgt von einer Flut von Flüchen. »Krummbuckel! Geizkrägen! Arschkappen!« Ich sah zu Toby hinüber. »Hier muss man bestimmt sein, Sir, mehr noch als in London«, sagte er still. »Hat man Euch erst einmal als mildtätig erkannt, lässt man Euch nicht mehr in Ruhe. Es ist schwer, denn viele von ihnen sind wirklich dem Hungertod nah. Die Stadt hat im vorigen Monat eine neue

Armensteuer erhoben, doch die Einnahmen daraus vermögen wenig zu helfen.« Seine Stimme bebte vor Zorn.

Am Ende des Marktplatzes, gleich oberhalb der Guildhall, gab es etliche Wirtshäuser. Kleine Gruppen von Menschen standen plaudernd davor. Hier würden also während der Assisengerichte die Anwälte nächtigen, dachte ich. Als wir näher kamen, löste sich aus einer Gruppe ein untersetzter Mann Ende dreißig und schritt uns entgegen. Er trug ein grünes Wams, schwarze Beinkleider und über dem braunen Haar eine breite rote Kappe. Was Toby auf ihn aufmerksam machte, war jedoch die Tatsache, dass ihm die rechte Hand fehlte. An ihrer statt befand sich an einer eisernen Prothese ein spitzes Messer in einer ledernen Scheide und darunter eine gebogene Stange, welche ihm als Haken für seine lederne Tasche diente.

»Jack!«, sagte ich und beugte mich vor, um seine ausgestreckte Linke zu ergreifen. »Ich hatte nicht erwartet, dich so bald schon in Norwich zu sehen!«

»Und ich hab überhaupt nicht mit Euch gerechnet! Doch als ich einen Gentleman sah, umringt von einer Schar heischender Bettler, da dachte ich sofort, dass Ihr das seid! Und Nicholas, wie geht es dir, Junge?«

»Recht gut.«

Toby schien sich über die Vertrautheit zwischen den beiden zu wundern, doch obwohl mein früherer Gehilfe sein Leben als Kind der Straße begonnen hatte, war er Nicholas' Ausbilder gewesen, und wir drei hatten die Ereignisse gemeinsam durchgestanden, an deren Ende Barak seine Rechte bei einem Schwertkampf verlor.

Ich wies auf Toby. »Dies ist Goodman Lockswood aus Norwich. Er ist uns bei der Angelegenheit behilflich, die uns hergeführt hat.« Sie schüttelten einander die Hände.

»Müsst Ihr einen Rechtsfall lösen?«, fragte Barak. »Bei den Assisengerichten?«

»Ja.«

»Eine Zivilsache? Ein Streit um Land?«

Ich zögerte. »Nicht ganz. Ich würde die Angelegenheit gern mit dir erörtern, wenn du Zeit hast. Aber warum bist du jetzt schon hier? Die Prozesse sollen doch erst nächste Woche beginnen?«

»Stimmt, die Richter sind noch in Cambridgeshire. Ich gehöre zu denen, die vorausgeschickt wurden, um die Lage in Norwich auszukundschaften, in Erfahrung zu bringen, welche der Proklamationen des Protektors auch brav beachtet werden – nämlich überhaupt keine –, wie das Volk auf das neue englische Gebetbuch reagiert, welche Leute sich als Geschworene eignen könnten.« Er wies mit dem Kopf auf die Gruppe, mit der er gesprochen hatte. »Das tue ich gerade.« Dann wurden seine Augen schmal. »Worum geht es denn bei Eurem Fall? Um eine Straftat? Ihr dürft die Beschuldigten nicht vertreten.«

»Später«, sagte ich leise. »Wo hast du dein Quartier?«

»Unten am Fluss. Im Blue Boar, dem Blauen Keiler. Am hinteren Ende der Holme Street. Es ist von hier aus ein ziemliches Stück zu laufen, aber meinesgleichen bringt man nicht in den besten Herbergen unter. Und wo seid Ihr?«

»Im Maid's Head, in Tombland.«

»Sehr schön. Ich geh daran vorbei auf dem Weg in die Stadt.« Er hielt inne und sah mich besorgt an. »Ihr seid recht blass, seid Ihr wohlauf?«

»Aber ja«, antwortete ich gereizt. »Mein Rücken schmerzt ein wenig. Treffen wir uns später auf ein Glas im Blue Boar? Um sieben?«

»Gut. Dann könnt Ihr mir sagen, welchen Ärger Ihr Euch jetzt wieder eingehandelt habt.« Barak zwinkerte Nicholas zu, salutierte vor Toby mit der künstlichen Hand, machte kehrt und ging zu seinen Kumpanen zurück.

Wir ritten weiter, in die belebten, verschlungenen Gassen des Stadtkerns und durch das lärmende Hämmern im Bezirk der Metallwerkstätten. Ich bemerkte, dass viele Gebäude neu aussahen. Toby sagte: »Vor vierzig Jahren hatten wir im Stadtzentrum von Norwich zwei große Feuersbrünste. Dergleichen könnte jederzeit wieder geschehen, die neuen Häuser bestehen zum Großteil aus Latten und Gipsputz. Überlebt haben fast nur Bauten aus Feuerstein, wie die Kirchen.«

»Die Stadt scheint voller Kirchen«, stellte Nicholas fest.

Toby entgegnete, ausnahmsweise lächelnd: »Norwich, sagt man, habe mehr Kirchen und Bierschänken als irgendeine andere Stadt in England.« Er wandte sich mir zu. »Das also war der Mann, der früher für Euch gearbeitet hat.«

»Ja, Jack Barak.«

Wir passierten ein großes, altes Steingebäude, in welches Arbeiter Tuchballen trugen. Es sei vor der Auflösung der Klöster eine große Dominikanerabtei gewesen, erzählte Toby. Der alte König Heinrich habe es dann an die Stadt verkauft. Wir bogen in eine Gasse mit neuen Häusern, Elm Hill, nach den Bränden errichtet, die meisten für wohlhabende Bürger. An ihrem Ende, unterhalb einer Kirche aus Feuerstein, kreuzte die Gasse eine breitere Straße. Unweit der Kreuzung führte eine Brücke über den braunen, schlammigen Fluss. Toby lenkte sein Pferd in die entgegengesetzte Richtung, hügelab-wärts. Nun rückte die riesige Kathedrale mit ihrem hohen, schmalen Glockenturm in unser Blickfeld. Dahinter sah ich in der Ferne eine weitläufige Heide, die überraschend hoch aufragte in der flachen Landschaft Norfolks und auf der zahlreiche Schafe weideten.

Wir ritten nach unten, auf die Kathedrale zu. Just an der Stelle, wo die Straße in einen breiten Platz mündete, vor dem ummauerten Kirchhof, hielt Toby sein Pferd an. »Dies ist Tombland«, sagte er.

»Weshalb der seltsame Name? Gehörte zur Kathedrale einst eine Begräbnisstätte?«

»Nein. Der Platz hieß immer schon Tombland, vielleicht schon zu Zeiten der alten Sachsen. Nur die Reichsten haben ihre Häuser hier.« Er wies nach links, wo in der Mauer eines großen Gebäudes ein breites Tor offen stand. »Dort ist der Eingang zu Eurer Herberge, dem Maid's Head.«

Der Torweg führte auf einen großen Stallhof. Ein feister Mann mittleren Alters in einem feinen schwarzen Wams erschien und schenkte uns ein freundliches Lächeln. Er langte zu mir herauf und ergriff meine Hand. »Willkommen im Maid's Head, Sir. Ich bin Augustus Theobald, Betreiber der vornehmsten Herberge in Norfolk.« Man schaffte einen Aufsitzblock für uns herbei. Ich hatte Schwierigkeiten, aus dem Sattel zu steigen und mich auf den Beinen zu halten – Nicholas musste mir den Stock reichen, der dem Packpferd auf den Rücken gebunden war. Ich lehnte mich an die Pumpe eines Brunnens, der sich auf dem Hofe befand, einen vernichtenden Schmerzknoten zwischen den Schulterblättern. Master Theobald sah besorgt drein. »Seid Ihr wohlauf, Sir?«

»Ja. Es ist nur ... der weite Ritt von London hierher. Ich muss mich nur ein wenig hinlegen.«

»Seid Ihr sicher?«, fragte Nicholas. Er hatte mich noch nie so angeschlagen gesehen.

»Aber ja doch!« Ich wandte mich an den Wirt. »Master Parry hat Zimmer für uns gebucht, für drei Personen.«

Der Wirt sah verlegen drein. »Ich fürchte, er hat nur für zwei gebucht.«

»Das ist richtig«, sagte Toby. »Ich habe mein Zimmer abbestellt. Der Hof meiner Eltern ist nur drei Meilen von hier, ich kann dort schlafen und trotzdem täglich hierherreiten, um Euch behilflich zu sein.«

»Wie Ihr wollt«, sagte ich und wandte mich wieder an Master Theobald. »Könntet Ihr unser Gepäck auf die Zimmer bringen lassen? Und ein Knecht soll die Pferde in den Stall führen und tüchtig abreiben.«

»Gewiss«, erwiderte der Wirt und verneigte sich.

»Bleib bei ihnen, Nicholas, und kümmere dich um alles. Ich muss kurz mit Toby sprechen. Master Theobald, ich habe mit Goodman Lockswood einiges zu bereden, wo ist das möglich?« Ich klammerte mich an meinen Stock. »Ich muss mich niedersetzen.«

Theobald führte uns in das Gebäude, wies auf den großen, komfortablen Speisesaal und andere Annehmlichkeiten hin und erwähnte, dass bereits Katharina von Aragon und Kardinal Wolsey bei ihm zu Gast gewesen seien. Dann verneigte er sich und ließ uns in einem hübsch ausgestatteten Gesellschaftszimmer allein. Ein Diener brachte uns zwei Becher Bier, dazu Brot und Käse, die uns sehr willkommen waren. Erleichtert ließ ich mich in einem Sessel nieder, der meinen Rücken von hinten stützte. Ich maß Toby mit strengem Blick.

»Ihr hättet uns sagen müssen, dass Ihr bei Euren Eltern nächtigen wollt. Wir haben viel zu tun und wenig Zeit und bedürfen Eurer Ortskenntnis.«

»Ich bitte um Verzeihung.« Er strich sich mit seiner großen Hand den gekräuselten schwarzen Bart und sah mich dann unverhohlen aus seinen scharfen blauen Augen an. »Aber meine Mutter ist krank und möchte mich sehen. Wenn ich am Morgen früh genug aufbreche, kann ich so zeitig hier sein, wie Ihr es wünscht.«

»Ist sie ernsthaft krank?«

»Sie ist nicht kräftig, und neuerdings raubt ihr die Arbeit auf dem Hof den Atem. Die Ernte in diesem Jahr wird nicht viel Gewinn einbringen, die Feldfrüchte sind zu klein.«

»Wohl wahr«, sagte ich.

»Ihr seid mir hoffentlich nicht gram, Sir«, setzte er hinzu.

Ich seufzte. »Nein, ich verstehe schon. Aber morgen brauche ich Euch in aller Frühe. Ich will zunächst John Boleyn im Burgverlies besuchen und anschließend bei Edith Boleyns Eltern vorsprechen. Tags darauf werde ich dann die Brikewell-Güter in Augenschein nehmen. Heute Abend treffe ich Barak, wie Ihr wisst, also könnt Ihr jetzt gleich zu Euren Eltern reiten. Wie weit ist es von hier zum Blue Boar Inn?«

»Ich zeichne Euch eine Karte.« Er sah mich zweifelnd an. »Könnt Ihr denn überhaupt so weit gehen?«

»Ja, mit meinem Stock.« Erneut vernahm ich diesen gereizten Unterton in meiner Stimme. »Außerdem lege ich mich zuvor ein wenig nieder.«

»Ihr solltet Euch von Master Nicholas begleiten lassen.«

»Ich wollte eigentlich allein gehen. Was ich mit Barak zu erörtern habe, ist persönlich.«

Lockswood maß mich mit ernstem Blick. »Ein fein angezogener Fremder mit einem Gehstock täte gut daran, am Abend nicht allein durch Norwich zu schlendern. In den Gassen lauern Räuber, mehr als in London.«

»Nun gut.« Ich zögerte. »Offenbar gibt es viel Armut hier, trotz der herrschaftlichen Gebäude.«

»Wohl wahr. Seit Jahren verlegen große Wollhändler die Webarbeit hinaus aufs Land, um die Zunftordnung zu umgehen. Auf diese Weise bringen sie auch die übrigen Herstellungsprozesse an sich. Oft schmuggeln sie das Tuch unerlaubterweise auf das europäische Festland, zu den Holländern. Die wohlhabenden Familien, die wir heute vor der Guildhall sahen, werden immer reicher. Für die Armen ist es anders, und jetzt, mit den vielen Landarbeitern, die, von ihren Höfen verjagt, in die Stadt drängen, und dem rasanten Anstieg der Preise, herrscht großer Unmut im Volk.« Toby redete leise, ruhig, aber erneut mit diesem zornigen Unterton.

»Vielleicht werden die Einhegungskommissionen, die Protektor Somerset aussenden will, die Gemüter beruhigen.«

»Glaubt Ihr das wirklich, Sir?«

Ich erinnerte mich an mein Gespräch mit Edward Kenzy vom vergangenen Samstag und antwortete mit Bedacht: »Nun, angesichts der kurzen Zeit, die den Kommissionen zugestanden wird, und des Widerstands der Grundherren könnte die Sache schwierig werden.«

Toby lehnte sich zurück. »Das sagen andere auch. Mein Vater verließ sich ganz und gar auf sein Recht, Kühe und Ochsen auf dem Gemeindeland grasen zu lassen, aber vor drei Jahren ließ der Grundherr einen Großteil der Gemeindeflur einzäunen. Als dem größten Landeigner stünde es ihm zu, wie er sagte. Für das Dorfvieh ist nicht mehr viel übrig. Dank der guten Ernte der letzten drei Jahre kam mein Vater über die Runden. Aber in diesem Jahr ...« Er schüttelte den Kopf.

»Das tut mir leid.«

»Ich erzähle Euch das nur, damit Ihr meine Sorge um die Familie versteht. Sagt bitte Master Copuldyke nichts davon, er würde mich nur verspotten.«

»Aber nein.«

»Dann dank ich Euch.«

»Als Gegenleistung könntet Ihr vielleicht etwas für mich tun.«

»Wenn es mir möglich ist.«

»Versucht doch, besser mit Nicholas auszukommen. Er ist allzu stolz auf seinen Stand, doch das hat Gründe. Ansonsten ist er ein anständiger Bursche, gewissenhaft, klug und – wie ich sicher weiß – auch tapfer.«

Lockswood rang sich ein säuerliches Lächeln ab. »Euch entgeht nicht viel, Sir.«

»Wie es einem Anwalt ansteht. Eines noch: Vielleicht könnt Ihr mir ein paar Informationen beschaffen.«

»Gewiss.«

»Als Erstes möchte ich mit dem Leichenschauer sprechen, der den Mord an Edith Boleyn untersucht hat. Wo kann ich ihn finden?«

»In der Guildhall. Die amtlichen Leichenschauer müssen sich wie die Richter für den Beginn der Assisen bereithalten.«

»Gut. Hört zu, vor zwei Jahren hatte ich in London eine Dienstmagd. Ihr Name ist Josephine. Sie hat sich mit einem jungen Mann namens Edward Brown vermählt, der bei einem betagten Barrister mit Namen Peter Henning im Dienst stand. Henning und seine Gemahlin zogen sich nach Norwich zurück, ihrer Vaterstadt, und nahmen Edward und Josephine als Bedienstete mit sich. Ich mochte Josephine sehr, hatte ihr einmal aus Schwierigkeiten heraushelfen können und sie bei der Hochzeit ihrem Bräutigam zugeführt. Sie hatte keine Verwandten, so wenig wie Edward.« Ich erzählte ihm von dem Brief, den ich erhalten hatte, dass ich Geld geschickt hätte und nun in Sorge sei, weil ich nichts mehr von den beiden gehört hätte. Schließlich nannte ich Lockswood ihre Wohnstatt.

»Cosny also. So spricht man hier oben ›Coslany‹ aus«, fügte er hinzu. Seine Miene wurde ernst. »Dort geht es rau zu. Ich glaube kaum, dass ein Barrister dort wohnen würde. Vielleicht ist der alte Mann gestorben?«

»Möglich. Sollten Edward und Josephine in Schwierigkeiten stecken, würde ich ihnen gern helfen.«

Lockswood nickte. »Ich kann mich umhören«, sagte er, und seine Augen wurden schmal. Seine Gedanken erahnend, sagte ich streng: »Josephine war eine Hausangestellte, weiter nichts.«

»Gewiss«, antwortete er lächelnd. »Wann soll ich morgen zurückkommen?«

»Um sechs Uhr früh? Ihr könnt mit uns frühstücken.«

»Dann wünsch ich einen guten Abend, Sir.« Er stand auf, verneigte sich und begab sich festen, zuversichtlichen Schrittes hinaus zu den Ställen. Ich griff seufzend nach meinem Stock und suchte jemanden, der mir den Weg zu meinem Zimmer weisen konnte. Dabei dachte ich mit Unbehagen an Tobys Worte, dass vornehme Herrschaften besser daran täten, nicht allein durch Norwich zu schlendern, nicht einmal an einem hellen Juniabend.

Der lange Ritt hatte mir mehr Schmerzen bereitet, als ich zugeben mochte, und so empfand ich es als große Erleichterung, mich auf den weichen Daunen des komfortablen Himmelbetts in meinem Zimmer auszustrecken. Ich lag auf dem Rücken und blickte aus dem Fenster, sah die Kirche an der Ecke von Elm Hill und eine Ulme mit blassgrünen Blättern. Liegend war mir schon viel wohler, aber die Reise hatte ihre Spuren hinterlassen. Die Stelle zwischen meinen Schulterblättern tat verteufelt weh.

Als ich mir vor einigen Jahren den Rücken gezerrt hatte, verordnete Guy mir eine Leibesübung: Ich musste mich auf eine eingerollte Decke legen, die unter die betroffene Stelle geschoben wurde, und die Arme über dem Kopf ausstrecken. Das Bett war etwas zu weich, also legte ich mich mit einiger Mühe auf den Boden, unter den

Schulterblättern ein fest eingerolltes Tuch, und hob unter unbehaglichem Ächzen zaghaft die Arme.

Einen Moment lang tat sich nichts, dann spürte ich ein gewaltiges Knacken. Erschrocken rollte ich mich auf die Seite und stand behutsam auf. Ich befürchtete schon, nun endgültig zum Krüppel geworden zu sein, aber weit gefehlt, mein Rücken schien entkrampft. »Was dich nicht umbringt, macht dich stärker«, murmelte ich und sandte, während ich mich sachte auf dem Bett ausstreckte, ein stilles »Vergelt's Gott« an meinen alten Freund. Ich döste eine Weile, bis der länger werdende Schatten der Ulme mir sagte, es sei nun an der Zeit, mich mit Barak zu treffen. Also rappelte ich mich auf, stützte mich fest auf meinen Stock und begab mich auf die Suche nach Nicholas.

KAPITEL ELF

Wir traten hinaus in den warmen Juniabend. Mit meinem Stock war ich ganz passabel zu Fuß, wenn auch mit ein wenig Bedacht. Wir schritten die Straße hinunter und betraten Tombland. Drei Seiten des weitläufigen Platzes waren von stattlichen Häusern gesäumt, die meisten dreistöckig, in unterschiedlichen leuchtenden Farben und mit umschlossenen Vorgärten. An der vierten Seite erhob sich die hohe Mauer um die Kathedrale, deren zwei massive Pforten, in herrlich bemalte und verzierte Torbögen gesetzt, für den Abend geschlossen waren. Jenseits der Mauer sahen wir die mächtige, altehrwürdige Kathedrale, wie die Burg aus weißem Kalkstein erbaut, und den hohen, spitzen, steinernen Glockenturm. Männer in Diener- und Kaufmannstracht gingen in den Häusern ein und aus und durch kleine Schlupfpforten in den Kirchentüren. An einer Ecke standen ein paar mit Knüppeln bewehrte Wachleute, auf deren Schauben das Stadtwappen prangte: ein roter Schild über einem Schloss und einem Löwen. Ein Metzgerkarren rumpelte vorüber und blieb vor einem der großen Häuser stehen. Zwei Männer, lederne Schurze umgebunden, öffneten das Hoftor und halfen dem Karrenlenker beim Ausladen einer blutigen Rinderhälfte und etlicher gerupfter Gänse.

»Jemand veranstaltet ein herrschaftliches Abendessen«, bemerkte Nicholas. »In Tombland lässt es sich offenbar gut leben.«

»Mit dem nötigen Geld«, entgegnete ich.

Lockswood hatte mir eine grob gezeichnete Karte gegeben, und wir durchquerten Tombland und schritten dann die im Plan als Holme Street bezeichnete größere Straße entlang, welche der hohen Mauer um den Kirchhof folgte. Noch waren eine Menge Fußgänger unterwegs, die meisten davon Händler, die Körbe voller Waren in die Stadt trugen, und gelegentlich auch ein Fuhrwerk, eines davon mit dem frisch geschorenen lockigen Flies der in diesem Landstrich üblichen Schafe. Wie überall in der Stadt waren auch hier viele arme Leute in Lumpen zu sehen, einer davon mit einem Eisenkragen, der ihn als illegalen Bettler brandmarkte; manch einer schielte nach unseren guten Kleidern, eh er Schwert und Faustschild bemerkte, die Nicholas umgeschnallt hatte, und sich abwendete.

»Wie steht es um Euren Rücken, Sir?«, fragte Nicholas vorsichtig.

»Besser nach der Rast.« Guys Leibesübung sei Dank, dachte ich. »Ich bin froh, wenn ich kein Pferd mehr zu sehen brauche.«

Wir erreichten einen weiteren freien Platz, den eine große Kirche beherrschte. Die Häuser hier waren zwar kleiner als in Tombland, aber immer noch stattlich, mit Gärten dahinter. Dann vollzog die Straße einen Bogen, und zu beiden Seiten ragten Mauern auf. Jenseits der Mauer gegenüber der Kirche erhob sich ein hoher, eckiger Kirchturm, den Lockswood als das »Great Hospital« gekennzeichnet hatte. Durch ein hölzernes zweiflügeliges Tor gelangte man auf ein Gelände, das wie ein alter Klosterhof anmutete; zu beiden Seiten kauerte jeweils ein halbes Dutzend Bettler, Männer und Frauen, Bettelschalen auf dem Schoß. Sie riefen nach Almosen, als wir vorübergingen. Ein alter Bursche, das Gesicht von Pocken gezeichnet, stand auf und hielt mir die Schale vor die Nase. »Ich bin krank, Sir«, rief er, »geht nicht vorbei, habt Mitleid!« Nicholas wollte ihn beiseitestoßen, doch ich langte in meinen Beutel und steckte ihm ein Sixpence-Stück zu. Augenblicklich rappelten sich all die anderen auf und reckten mir ebenfalls ihre Schalen entgegen. Da packte Nicholas mich am Arm und zerrte mich eilig weiter.

»Du reißt mir ja den Arm aus«, beschwerte ich mich, aber erst als wir außer Reichweite waren.

»Sie hätten Euch bedrängt!«

»Es war doch nur christliche Barmherzigkeit!«

Wir gingen weiter zu einem Gasthof, der neben einem hohen, mit Zinnen bewehrten Pförtnerhaus stand. Es bewachte eine steinerne Brücke über den Fluss, dessen beide Ufer mit Trauerweiden bewachsen waren. Dahinter dräute der hohe, kahle Hügel, auf dem ein großes Gebäude thronte. Ich wandte mich an Nicholas. »Irgendwann nicke ich dir zu, dann gibst du vor, auf den Abort zu müssen. Ich habe eine, nun ja, Privatangelegenheit mit Jack zu bereden.«

Er nickte. »Da ist er schon«, sagte er und deutete auf ein paar Tische, die in den Wirtsgarten gestellt worden waren. Dort saßen Männer in Gruppen beieinander, die meisten in den Kitteln und Lederwämsern der Handwerker. Allein an einem Tisch, einen Humpen Bier in der Linken, saß Barak. Den anderen Arm mit der Eisenprothese hatte er auf den Tisch gelegt, wo die untergehende Sonne daraufschien.

Er stand auf, sichtlich erfreut, uns zu sehen. Er hatte weiter an Gewicht zugelegt, wie ich bemerkte. »Wie geht es Euch beiden?«, fragte er. »Potztausend, Junge, ich könnte schwören, du bist noch ein Stück gewachsen.«

»Wie geht's, Jack?«, fragte Nicholas.

»Bin froh, eine Weile aus London fort zu sein.« Doch als ich meinem alten Freund in die Augen sah, bemerkte ich Traurigkeit und noch etwas: Überdruss.

»Ich hol uns ein paar Bier«, sagte Nicholas.

»Gut, ich kann auch noch eines gebrauchen«, erwiderte Barak fröhlich. Nicholas ging in den Schankraum, und ich ließ mich nieder. »Wie steht's mit der Arbeit in Norwich?«, fragte ich.

»Geht so. Am Abend sitze ich in den Schänken herum und spitze die Ohren, was die Leute so alles reden, lote die Stimmung aus. Das ist meistens so vor den Assisen, die Gerichtsschreiber setzen eigens Leute dafür ein.« Sein Lächeln war gequält. »Die Richter wissen, dass ich eine gewisse Übung darin habe, aus meiner Zeit mit Lord Cromwell. Dann muss ich mich mit dem Schultheiß zusammentun und ihn – freilich sehr höflich – dazu anhalten, zügig die Geschworenen für die Assisen auszusuchen. Diesmal muss ich allerdings mit seinem Stellvertreter vorliebnehmen – Sir Nicholas L'Estrange ist noch in Somerset.«

»Und wie ist die Stimmung in Norwich?«

»Miserabel.« Er senkte die Stimme. »Herrenlose Männer kommen vom Land in die Stadt, Gewerke werden von der Stadt aufs Land verlagert, und es herrscht viel Elend und Wut. Also wurde beschlossen, dass die Richter nicht wie üblich mit einem großen Fest begrüßt werden, sondern bei ihrer Ankunft nur einen Becher Bier erhalten. Die Stadtoberen befürchten, dass eine allzu prunkvolle Feier einen Aufruhr entfachen könnte.«

»So angespannt ist die Lage?«

Er nickte. »Es war im gesamten Gerichtsbezirk zu spüren, wenn auch nicht so schlimm wie hier.«

Nicholas kam mit drei Bechern zurück, und wir tranken auf unser Wohl.

Ich redete schnell. »Jack, wir brauchen eine Information, vielleicht kannst du uns helfen. Wann finden die Strafprozesse statt? Wie immer zu Beginn der Assisen?«

Er schüttelte den Kopf. »Nein, sie sind am dritten Tag an der Reihe. Zuvor gibt es mehrere große Grundstücksfälle, die sie vorziehen wollen. Die Strafprozesse finden am 20. statt.«

»Dann haben wir ja eine Woche für unsere Ermittlungen«, sagte Nicholas. »Mehr Zeit als erwartet.«

Barak sah uns an. »Ihr seid wegen einer Strafsache hier?«

»Ja. Es geht um John Boleyn, der seine Frau ermordet haben soll. Hast du etwas darüber gehört?«

»Und ob. Die Sache hat bei den Juristen einigen Wirbel gemacht, allein schon wegen des Namens, aber auch wegen der abscheulichen Umstände. Das Ganze klingt ja auch recht übel.«

»Tja.« Ich sagte ihm, was ich über den Boleyn-Fall wusste, dass Lady Elizabeth an seiner Lösung interessiert sei und Toby Lockswood uns nach Norwich begleitet habe. Edith Boleyns Besuch in Hatfield musste ich freilich auslassen. Als ich zu Ende gesprochen hatte, maß mich Barak mit argwöhnischem Blick. »Ich dachte, Ihr hättet von der Politik die Nase voll.«

»Die Sache ist nicht politisch. Lady Elizabeth will nur, dass wir die Fakten ermitteln und für Gerechtigkeit sorgen.«

»Sie hat vielleicht nichts mit der hohen Politik in London zu tun, aber hier in der Gegend gilt sie durchaus als politisch. Der Name Boleyn ist nicht gerade beliebt, so viel weiß ich inzwischen, und dass John Boleyn sich eine Schankwirtin in sein Bett holte, hat die hiesige Gentry noch zusätzlich gegen ihn aufgebracht.«

»Das hab ich gehört.«

Er sah mich scharf an. »Haltet Ihr ihn für unschuldig?«

»Ehrlich, ich weiß es nicht. Mein Auftrag lautet, sicherzustellen, dass dem Gericht sämtliche Informationen vorgelegt werden und Boleyn einen gerechten Prozess erhält.«

Nicholas fragte: »Glaubst du denn, sie werden unparteiische Geschworene finden?«

Barak zuckte die Schultern. »Einfach wird das nicht. Der Name Boleyn ist wie gesagt nicht beliebt. Und nach so einer Ungeheuerlichkeit drängen die Richter auf eine Verurteilung. Die Strafen werden von Jahr zu Jahr härter; das haben wir all diesen Calvinisten zu verdanken, die derzeit an der Macht sind.«

»Einer der Richter, sagtest du, sei besonders hart. Richter Gatchet, nicht wahr?«

Barak nickte ernst. »Er wird ihn tot sehen wollen. Den anderen Richter, Reynberd, kennt Ihr ja, er ist ruhig, immerzu lächelnd. Manchmal gibt er vor zu schlafen, dabei hat er alles im Blick, besonders die Politik vor Ort. Er kann hart sein, wenn er will, aber nicht so hart wie Gatchet. Bei den Assisen ist es Brauch, zwei unterschiedliche Richtertypen zu benennen, die einander ausgleichen.«

»Du scheinst die Assisen nicht mehr sonderlich zu mögen«, stellte Nicholas fest.

Barak lehnte sich zurück. »Tja, Junge, so ist es auch. Wenn ich sehe, wie die Richter mit ihrem bewaffneten Gefolge und mit Pomp und Prunk in den Städten Einzug halten, allesamt hoch zu Ross und in ihren roten Roben, den Blutroben, wie die Leute sagen ... Wie sie dann in aller Hast, um sich nur ja kein Faulfieber zu holen, die schweren Fälle durchpeitschen und noch vor dem Galgentag schon in der nächsten Stadt sind ... Und was die Zivilsachen angeht ...« Er schüttelte den Kopf. »Im vorigen Jahr klagte ein Grundherr gegen eine blinde Witwe mit fünf Kindern. Ihr Ehemann war sein Pächter gewesen, aber gestorben, und der Grundherr wollte die Witwe samt Kindern vom Hof jagen mit der Begründung, sie könnte ihn allein nicht betreiben. Er hat den Fall gewonnen. Der Pächter müsse in der Lage sein, das Land zu bewirtschaften, urteilte der Richter, um dem Pachtherrn den ihm zustehenden Zins zu zahlen. Also landeten die Witwe und ihre Kinder auf der Gasse.« Er zuckte die Schultern. »Vermutlich hatte er dem Gesetz nach sogar recht.«

»Leider Gottes«, pflichtete ich ihm bei.

»Das ist hart«, sagte Nicholas leise.

»Hoho, Nick, ich dachte, du stehst auf der Seite der Grundherren?«

»Nicht, wenn es um ein solches Unrecht geht.«

»Schlimme Zeiten«, sagte Barak verbittert. »Man zahlt den Armen wertloses Geld und lässt sie in diesen wahnwitzigen Krieg gegen die Schotten ziehen.«

Ich lächelte. »Du redest ja wie ein Anhänger der Gemeinwohlbewegung.«

Er zuckte die Schultern. »Ich sehe, was ich sehe. Vor zwei Jahren war ich bei den Winter-Assisen hier in Norwich, und bei Gott, seitdem ist alles noch schlimmer geworden. Die Leute wünschen sich ihren König Heinrich zurück, den alten Schurken, bei ihm habe man wenigstens gewusst, woran man war, sagen sie.«

»Zumeist in Bedrängnis«, sagte Nicholas mitfühlend.

Barak seufzte. »Tja, ich glaube kaum, dass ich noch einmal an den Assisen teilnehme. Dann arbeite ich lieber für die Londoner Advokaten.« Er lächelte, wieder heiterer. »Ich schreibe inzwischen ganz ordentlich mit der Linken, es war zwar viel Übung vonnöten, und die Schrift ist noch immer krakelig, aber immerhin lesbar. Ich kann wieder Zeugenaussagen niederschreiben.«

»Das ist gut«, sagte ich mit einem verlegenen Blick auf seine Prothese und das Messer, das daran befestigt war, geschützt durch sein ledernes Futteral.

Wir verfielen kurz in beklommenes Schweigen. An einem der Nebentische hatten unterdessen vier junge Männer Platz genommen und schauten nun zu uns herüber. Sie waren von der Sonne gebräunt, trugen breitkrempige Hüte und Lederkittel und hatten lange Stangen quer über den Tisch gelegt. Vermutlich Schiffer vom nahen Fluss, dachte ich.

»Der Blue Boar hat's weit gebracht«, bemerkte einer so laut, dass wir es hören mussten. »Schau dir bloß die feinen Herren dort drüben an.«

»Meinst du etwa die komischen Vögel da?«

»Auswärtige, die es zu den Gerichtstagen hergezogen hat. Wollen wahrscheinlich gaffen, wer nächste Woche am Galgen zappeln tut.«

»Der eine hat'n Buckel, der zweite 'ne Eisenhand. Und was is mit dem Dritten? Kann's nit sehen.«

»Vielleicht fehlt ihm der Schwanz?«

Sie lachten derb, und Nicholas wurde rot. »Unverschämte Bauernrüpel!«, schnauzte er und stieß den Stuhl zurück. Barak hielt ihn mit der Linken fest, ließ dann die Eisenhand scheppernd auf den Tisch fallen und befreite das Messer aus dem Futteral. Es war nicht lang, aber scharf. Dabei blickte er die Männer vielsagend an.

»Nix für ungut, feiner Herr«, sagte einer, wenn auch eine Spur aggressiv, und sie beugten sich wieder über ihre Krüge. Barak wandte sich uns zu. »Seht Ihr, was ich meine?«, sagte er leise. »Gentlemen sind nicht beliebt derzeit, und man erweist ihnen nicht mehr den gewohnten Respekt.«

»Stattdessen wirft man ihnen kindische Beleidigungen an den Kopf!«, schnaubte Nicholas, der noch immer kühn zu den Männern hinüberstarrte. Einer blickte finster zurück, und um Nicholas abzulenken, fragte Barak: »Was ist nun als Nächstes zu tun?«

Nicholas antwortete: »Morgen besuchen wir Boleyn im Kerker, dann den Leichenschauer und die Eltern des Opfers, sofern sie uns empfangen.«

»Irgendeine Idee, wer's getan haben könnte, wenn John Boleyn es nicht war?«

Ich schüttelte den Kopf. Nicholas sagte: »Die Auswahl ist groß. Boleyns Söhne, seine zweite Frau, der Nachbar, mit dem er Streit hatte.«

Ich dachte, sagte es aber nicht: Und Richard Southwell, der Interesse an Boleyns Ländereien haben könnte und von dem ich mich auf Anraten Cecils fernhalten sollte.

Nicholas sagte: »Wenn Boleyn doch bloß ein Alibi hätte für die zwei Stunden, in denen er nach Aussage seiner zweiten Frau allein für sich Dokumente studierte.«

»Zumal besagte Dokumente längst in London waren«, setzte ich hinzu. »Die maßgeblichen Dokumente zu Brikewell. Ich habe sie.« Ich wandte mich an Nicholas. »Ich meine, wir sollten gemeinsam mit Lockswood am Samstag die Brikewell-Güter besuchen.«

»Darf ich Euch begleiten?«, fragte Barak schüchtern. »Morgen hab ich zu tun, aber am Samstag hätte ich Zeit.« Ich zog die Augenbrauen in die Höhe, und er sagte: »Tamasin ist in London, oder? Sie wird's nicht erfahren.«

Nach kurzem Zögern sagte ich: »Also gut.« Auf mein Zeichen hin sagte Nicholas: »Ich muss auf den Abort. Bin gleich wieder da.«

Als er gegangen war, sagte ich leise zu Barak: »Vor einer Woche habe ich Tamasin gesehen.« Ich erzählte ihm von unserer Begegnung bei Guy. Er schüttelte den Kopf. »Sie kann weder vergeben noch vergessen. Jetzt sind es drei Jahre. Ich hab mit Engelszungen auf sie eingeredet, aber sie gibt nicht nach.«

»Sie denke jeden Abend an mich, sagte sie, wenn sie deinen Armstumpf mit Öl einreibt. Du hättest immerzu Schmerzen.«

Er seufzte tief. »Das stimmt, er tut mir auch jetzt weh. Aber der Schmerz gehört nun einmal zum Leben dazu, oder nicht? Als Ihr hereinkamt, da seid Ihr sehr behutsam aufgetreten, ich hab's gesehen.« Dann sagte er, mit jähem Zorn: »Ständig ist sie hinter mir her mit ihrem ›tu dies nicht‹, ›tu jenes nicht‹, ›sei ja auf der Hut‹. Am liebsten würde sie mich wie einen Säugling in Windeln wickeln. Die Streitereien, die wir ausfechten, wenn ich zu den Assisen reite – ich hab sie so satt!«

Ich sah ihn besorgt an, weil ich mich an die Zeit erinnerte, in der sich die beiden eine Weile getrennt hatten. Er schien meine Gedanken zu lesen, da er sagte: »Ich könnte niemals ohne Tammy und die Kinder sein, ihre Fürsorge ist mehr, als die meisten Männer kriegen, aber – sie muss doch einsehen, dass ich fast alles noch immer allein meistern kann.« Er schüttelte den Kopf. »Weiber, was? Wie stellt sich eigentlich der junge Nick diesbezüglich an?«

Ich lächelte. »Er hat sich verliebt. Das Ganze hat durchaus Zukunft, aber ich kann nicht behaupten, dass ich die Jungfer sonderlich mag.«

Die vier Schiffer neben uns standen auf und nahmen ihre Stangen. Einer von ihnen lüpfte den Hut und verneigte sich vor mir, ließ dann aber einen lauten Furz. Lachend gingen er und seine Gefährten zum Wirtshaus. Barak grinste. Wir saßen eine Weile schweigend da. Ich blickte hinüber zum hohen Torhaus, seine zinnenbewehrten Türme dunkle Schatten in der zunehmenden Dämmerung. In zwanzig Fuß Höhe funkelte ein Licht in den Rautenfenstern.

»Ein imposantes Gebäude«, sagte ich.

»Es wacht über die Bishopsgate Bridge, die einzige Brücke über den Fluss auf dieser Seite.«

»Was ist das für ein Bauwerk dort hinten, auf dem Hügel?«

»Surrey Place. Der Earl of Surrey, Sohn des Herzogs von Norfolk, hat den Palast erst vor wenigen Jahren erbauen lassen. Seit seiner Hinrichtung steht er leer, verwaltet von dem königlichen Escheator. Hier in der Gegend findet er keinen Käufer, ist viel zu prächtig. Dahinter liegt Mousehold Heath, eine große, sandige Heide, die zum Besitz der Kathedrale gehört und sich allenfalls zum Grasen für ein paar Schafe eignet. Sie hat eine seltsame Geschichte«, sagte er, und in seine Stimme trat Schwermut.

»Die wäre?«

»Vor Jahrhunderten fand man dort einen toten Jungen. Jemand hatte ihn umgebracht. Sogleich schob man die Schuld auf die hiesigen Juden und ließ sie büßen. Der Junge, Peter von Norwich, wurde heiliggesprochen; er hatte einen Schrein in der Kathedrale, bis alle

Schreine auf Geheiß des Königs entfernt werden mussten. Womit der alte Schurke zumindest ein Gutes bewirkt hätte.« Barak tastete nach der alten, abgewetzten Mesusa um seinen Hals, die sein Vater ihm vermacht hatte, denn er hatte jüdische Vorfahren. Er blickte auf die dunkler werdende Böschung. »Und während des Bauernaufstands war Mousehold auch der Ort eines großen Lagers.« Er blickte mich vielsagend an. »In einer Schänke neulich haben sich einige Handwerker darüber unterhalten. Sie erwähnten den Rebellenführer Wat Tyler und das radikale Gedicht über Piers Plowman. So ist die Stimmung hier.« Er blickte sich um. »Wo ist Nicholas, er lässt sich mit dem Pissen Zeit.«

»Ich muss selbst auf den Abort. Und Hunger hab ich auch, gibt es hier auch etwas zu essen?«

»Oh ja, eine vernünftige Suppe.«

»Ich hol uns welche.«

Ich stand auf, verzog das Gesicht, weil mein Rücken protestierte, und begab mich zum hinteren Ende des Gartens, wo über einer Holzbude eine Hornlaterne hin und her schaukelte. »Nicholas«, rief ich. »Bist du drinnen?« Keine Antwort. Ich zog die Tür auf und wich erschrocken zurück. Nicholas lag bäuchlings auf dem besudelten Boden neben der Sickergrube, über die auf Ziegelsteinen zwei Planken gelegt waren. Ich holte mir die Laterne und hielt sie über ihn. Sein Hinterkopf war blutig. Ich tastete nach seinem Puls am Hals. Zu meiner Erleichterung war er spürbar. Auf seinem Rücken lag ein Blatt Papier, und ich hielt die Laterne darüber. In hingekritzelten Großbuchstaben stand da: TOD ALLEN GENTLEMEN.

KAPITEL ZWÖLF

Stöhnend regte sich Nicholas. Ich half ihm sich aufsetzen und rief laut nach Barak. Er kam herüber, gefolgt von anderen Gästen. Mittlerweile schüttelte Nicholas zu meiner Erleichterung schon den Kopf und stöhnte.

»Was ist passiert?«, fragte ich ihn.

»Ich weiß es nicht. Ich kam hier herein, und gleich darauf hat man mir eins übergebraten.« Seine Hand wanderte an seinen Beutel. »Er ist noch da«, stellte er überrascht fest.

Barak bückte sich zu ihm hinunter und untersuchte seinen Kopf. »Nur eine Platzwunde. Eine Menge Blut, aber kein großer Schaden. Sie wollten dich weder umbringen noch berauben, bloß erniedrigen. Hast du gesehen, wer es war?«

»Nein, aber ich glaube, dass sie zu mehreren waren.«

»Die Schiffer«, sagte Barak.

Ich hielt den Zettel in die Höhe. »Ich glaube, du hast recht«, sagte ich leise. »Rache.«

»Wofür denn?«, fragte Nicholas erbost. »Sie haben uns doch zuerst beleidigt.«

»Du hast sie Bauernrüpel gescholten«, sagte Barak. »Menschen niederer Herkunft also. Solche Schmähungen sollte man hier in der Gegend nicht leichtfertig verwenden.«

Ich sagte: »Sie haben uns übel beschimpft, und das ohne Grund. Kommt weg aus diesem Stinkloch.«

Unter den Blicken von einem Dutzend Schaulustiger halfen wir Nicholas nach draußen und auf eine Bank. Er blinzelte und schüttelte erneut den Kopf. Jemand lachte. »Er ist ganz schön beduselt.«

»Die feinen Kleider ganz verschissen.«

Nicholas' Kleider waren in der Tat mit dem Unrat auf dem Abtrittboden besudelt, und er stank fürchterlich. Der Wirt kam herbeigeeilt. »Was ist denn geschehen?«, fragte er besorgt seinen Gast Barak.

»Unser Freund hier ist auf dem Abtritt überfallen worden.«

»Hat man ihn denn bestohlen?«

»Nein, aber jemand hat ihm eins über den Schädel gezogen.«

Er reichte dem Wirt den Zettel. »Den hier hat man bei ihm gefunden. Da waren ein paar Schiffer, die uns beschimpften, vermutlich stecken *sie* dahinter.«

»Er hat aber doch überhaupt nichts gesehen«, warf jemand wütend ein. »So ist es recht: feine Herren, die ohne jeden Beweis Leute anschwärzen.«

»Fremde noch dazu. Warum verziehen die sich nicht wieder nach London?«

Ein Raunen der Zustimmung ging durch die kleine Menge, und der Wirt führte uns weg. Er senkte die Stimme.

»Viele meiner Gäste sind Schiffer vom Fluss«, sagte er. »Was passiert ist, tut mir leid, aber bitte, Sir, werft nicht mit Anschuldigungen um Euch, sonst gibt es Verdruss. Bringt die Sache vor den Konstabler, wenn Ihr wollt; aber ohne Beweise wird er kaum etwas tun können.«

Ich sah den Mann forschend an. Vermutlich waren die Schiffer, die Nicholas überfallen hatten, Stammgäste, aber Barak, der die Menge begutachtet hatte, sagte leise: »Ich meine, Ihr solltet mit Nicholas gehen.«

»Und was ist mit dir?«

Er lächelte säuerlich. »Ich bin nur in Eurem Beisein ein Gentleman. Ich komme zurecht.«

Der Wirt war sichtlich erleichtert. »Ich gebe Euch ein paar Fackeljungen mit auf den Weg. Wo seid Ihr abgestiegen?«

»Im Maid's Head.«

Der Wirt ging zu seinen Gästen zurück. »Alles bestens. Niemand wird beschuldigt. Jetzt kommt, macht mir keinen Ärger, Burschen.« Die Männer gingen zu ihren Bänken zurück.

»Wie geht es dir?«, fragte ich Nicholas.

»Der Kopf tut mir weh. Aber bei Gott, ich muss mich waschen.«

Ich sah zu den von Kerzen erleuchteten Bänken hinüber und erhielt ein paar säuerliche Blicke zur Antwort. Ich war froh, als der Wirt zurückkam, begleitet von ein paar kräftigen Burschen mit lodernden Fackeln.

Im Maid's Head behaupteten wir, um Nicholas' Zustand zu erklären, er sei unterwegs auf einem Kothaufen ausgeglitten. Nachdem er sich gründlich gewaschen und die Kleider gewechselt hatte, sah er gleich viel besser aus, wenn auch immer noch bleich. Er wäre ganz gewiss imstande, Toby und mich tags darauf durch Norwich zu begleiten, beteuerte er, und ich schickte ihn zu Bett. Den Zettel hatte ich behalten. Einer jener Schiffer – ich war sicher, dass sie hinter dem Überfall steckten – war des Schreibens mächtig. Dieser Hass gegen Gentlemen – und die Kühnheit, sie zu attackieren – war mir gänzlich neu, und so verriegelte ich vorsorglich vor dem Zubettgehen die Tür.

Am darauffolgenden Morgen war ich um fünf auf den Beinen und fand mich mit Nicholas noch vor sechs Uhr zum Frühstück im Gesellschaftszimmer ein. Zum Glück hatte er wieder Farbe im Gesicht, und die böse Beule am Kopf verbarg sich unter einer breiten Kappe. Ich hatte letzte Nacht Guys Leibesübung wiederholt, und mein Rücken war viel besser geworden. Ich hätte noch nicht so schnell wieder reiten mögen, fühlte mich aber imstande, ohne meinen Stock umherzugehen. Schlag sechs kam Toby Lockswood von den Ställen zu uns herein. Er verneigte sich. »Gott zum Gruße.«

»Ah, Toby. Was machen die Eltern?«

»Meine Mutter hat sich erholt, aber mein Vater sorgt sich um die Feldfrüchte.«

Ich sah aus dem Fenster in die sonnenhelle Gasse. »Wenigstens sind wir das nasse Wetter los.«

»Oh ja. Es ist jetzt schon warm, der Tag wird heiß.«

»Und es gibt viel zu tun. Ich will John Boleyn im Schlossverlies besuchen, den Leichenschauer und, falls möglich, Edith Boleyns Eltern.«

»Ich konnte gestern noch ein Treffen mit dem Leichenschauer vereinbaren. Er erwartet Euch um zwölf in der Guildhall.«

Ich überlegte. »Ich hätte ihn lieber vor Boleyn aufgesucht.«

»Da hat er keine Zeit, Sir.«

»Dann sprechen wir zuerst mit Boleyn. Und habt Ihr etwas über mein ehemaliges Hausmädchen herausfinden können, Josephine Brown?«

Er schüttelte den Kopf. »Niemand kennt den Namen, auch nicht den des pensionierten Anwalts Peter Henning. Ein Freund von mir ist der Gehilfe eines Advokaten, er wird sich für Euch umhören. Auch wenn Master Henning pensioniert ist, sollte sein Name doch bekannt sein. So Gott will, ist er noch am Leben«, fügte er hinzu.

»Ich danke Euch. Es ist mir – sehr wichtig. Nun, wir sollten uns auf den Weg machen.« Ich sah Nicholas zweifelnd an. »Bist du der Sache auch sicher gewachsen nach dem üblen Schlag auf den Kopf?«

»Aber ja«, antwortete er, etwas reizbar.

Toby runzelte die Stirn. »Ein Schlag auf den Kopf?«

Ich schilderte ihm den Vorfall im Blue Boar und zeigte ihm den Zettel, den ich gefunden hatte. Er strich sich nachdenklich den schwarzen Bart.

»Ihr hättet diese Männer nicht als Bauernrüpel bezeichnen dürfen«, sagte er ernst. »Auch wenn sie Euch herausgefordert hatten.«

»Das sagte auch mein Freund Barak.«

»Es genügt schon, in ein Gasthaus zu gehen, in dem normalerweise keine Gentlemen verkehren.« Er sah Nicholas an. »Ihr müsst unnötigen Streit unbedingt vermeiden.«

»Ich dachte schon daran, die Sache dem Konstabler zu melden«, erwiderte Nicholas.

»Es würde zu nichts führen und Euch in Verruf bringen.« Er sah mich mit seinen eindringlichen blauen Augen an. »Und, Sir, wir haben auch so schon alle Hände voll zu tun, nicht wahr?«

Um sieben Uhr brachen wir auf. Nicholas und ich hatten unsere Anwaltsroben angelegt. Zunächst führte Toby uns in das nahe gelegene Stadtviertel Tombland. Er wies auf ein großes, strahlend gelbes Haus. »Hier wohnt Alderman Gawen Reynolds, gleich neben Augustine Stewards Residenz. Ich warne Euch, er ist ein schwieriger, übellauniger alter Mann. Sein armes altes Weib scheint sich unentwegt vor ihm zu fürchten, und er steht in dem Ruf, den Mägden nachzustellen. Doch um zur Guildhall zu gelangen, sollten wir umkehren und den Elm Hill hinaufgehen.«

Wir gingen bis zum breiten Marktplatz, über dem der Koloss der Burg dräute. Hier säuberten die Leute ihre Stände, fegten für den morgigen Markttag Rossäpfel und Kehricht beiseite und schafften Waren in die Lagerhäuser. Neben dem Marktkreuz sprach ein Mann in einem geistlichen Gewand vor einer Menschenmenge, die meisten davon Lehrlinge in blauen Kitteln, und traktierte die Luft mit einem Neuen Testament, um seinen Aussagen Nachdruck zu verleihen. Mit seiner lauten, tiefen Stimme sagte er: »Der heilige Paulus sagt uns: ›Auch der Leib besteht nicht nur aus einem Glied, sondern aus vielen Gliedern. So aber gibt es viele Glieder, und doch nur einen Leib.‹«

»Genau!«, rief ein Junge. »Alle Gläubigen sind gleich vor Gott!« Zustimmende Rufe wurden laut.

Der Prediger, ein hochgewachsener junger Mann, wedelte wieder mit dem Testament herum. »Das ist wahr! Doch der heilige Paulus erinnert uns auch, dass einem jeden von uns eine andere Rolle zukommt auf dieser Welt, wie den Gliedern unseres Leibes. ›Wir haben unterschiedliche Gaben, je nach der uns verliehenen Gnade. Hat einer die Gabe prophetischer Rede, dann rede er …‹«

Da rief ein alter Mann mit einem wilden weißen Bart aus der Menge: »Dann prophezeie ich, dass die einfachen Leute über das Land regieren, sobald John Hales Einhegungskommission kommt. Denn gemeinsam sind wir so gewaltig wie der Leviathan im Buche Hiob.« Aller Augen richteten sich auf ihn, als er nun seinerseits aus der Heiligen Schrift zitierte: »Kannst du den Leviathan am Haken ziehen? Mit der Leine seine Zunge niederdrücken? Legst du ein Binsenseil ihm in die Nase, durchbohrst du mit einem Haken seine Backe?« Seine Stimme schwoll an. »Fleht er dich groß um Gnade an? Richtet er zärtliche Worte an dich? Wir, das gemeine Volk in diesem Land, sind der Leviathan.«

Beifall ertönte. Der Prediger schüttelte heftig den Kopf. »Nein, meine Brüder, im Reiche Gottes muss Gerechtigkeit geübt werden, und sie wird geübt werden durch die Gnade unseres Königs und seines Lordprotektors. Aber der Leib muss seinen Kopf haben, jemand muss regieren. Noch einmal, wie der heilige Paulus sagt: »Wer regiert, der setze sich eifrig ein.«

»Zum Teufel mit den Grundherren!«, rief ein Lehrling.

Wir gingen weiter. »Der Prediger spielt mit dem Feuer«, bemerkte ich. »In London ist es dasselbe.«

Toby entgegnete: »Aus diesem Grunde wird das Recht zu predigen derzeit streng kontrolliert. Jener war Robert Watson, einer von Cranmers Günstlingen, zum Kanoniker in der Kathedrale bestimmt, als ein Stachel in Bischof Rugges Fleisch.«

»Ist Rugge ein Traditionalist?«, fragte Nicholas.

»Oh ja, dazu faul und korrupt. Watson dagegen singt das Lied des Protektors. Obschon einige mehr wollen, wie der alte Mann eben. Der alte Zachary Hodge. Er denkt, er sei ein Prophet des Herrn, und predigt schon seit zwanzig Jahren in Norwich. Saß schon mehrmals im Guildhall-Gefängnis deswegen. Obwohl viel wahr ist an dem, was er sagt.«

»Es gibt neuerdings viele Propheten«, sagte Nicholas müde. »Und ihre Predigten«, fuhr er fort, »orientieren sich immer an der Politik.«

»Du sagst es, Junge«, pflichtete ich ihm bei.

Wir hatten das untere Ende des Marktplatzes erreicht. Neben einem Fuhrwerk blieben wir stehen, da sich vor uns ein magerer, zerlumpter, etwa fünfzehnjähriger Bursche mit widerspenstigem braunem Haarschopf mühte, einen großen Tuchballen über die Straße zu tragen. Ein feister Kerl mittleren Alters rief ihm aus einer Toreinfahrt zu: »Beeil dich, Scambler! Ich hab nicht den ganzen Tag Zeit!«

Obwohl er die Last kaum zu bewältigen vermochte, beschleunigte der Junge seine Schritte. Aus dem Inneren des Gebäudes trat jemand mit einer Liste an den Mann heran, und dieser wandte sich ab. Just in diesem Moment rannten drei Burschen in Lehrlingskitteln, die in der Nähe des Karrens herumgelungert hatten, auf den Jungen zu, und einer stellte ihm ein Bein, so dass er vornüber zu Boden schlug. Trotz der verzweifelten Bemühung des Jungen, den Ballen festzuhalten, landete dieser in einer schlammigen Pfütze, die nach dem Regen langsam trocknete. »Sooty Scambler hat's wieder getan!«, riefen da die drei. Der Mann im Eingang drehte sich herum, zog ein finsteres Gesicht und kam rasch herbei. Bestürzt blickte er auf seinen Tuchballen. Er zog ihn aus dem Schlamm und beugte sich dann über den Jungen, der sich mit verdutzter Miene hochrappelte. Die drei Lehrlinge, die seinen Sturz verschuldet hatten, standen mit ernsten Gesichtern dabei. Einer schüttelte missbilligend den Kopf.

Scamblers Brotherr rief: »Schau, was du getan hast, du tollpatschiger Strohkopf ...«

Nicholas ging zu ihm hinüber. »Mit Verlaub, Sir! Diese drei da haben ihm ein Bein gestellt, wir haben's gesehen!«

Toby seufzte. »Wie ich vorhin sagte, wir müssen Frieden bewahren.«

»Diese Burschen sollten nicht ungeschoren davonkommen«, entgegnete ich und ging, um Nicholas beizustehen. Toby folgte widerstrebend.

Der Standinhaber funkelte Nicholas wütend an. »Steckt Eure Nase nicht in meine Angelegenheiten, junger Herr Anwalt! Ich habe Sooty Scambler und seine Trottelei sechs Wochen lang ertragen, jetzt hab ich die Schnauze voll. Fort mit dir, Scambler! Wenn du noch Verwandte hättest, würde ich sie auf Schadenersatz verklagen!«

»Verzeiht, Sir«, sagte ich bestimmt. »Mein Gehilfe hat recht. Die Burschen dort haben Eurem Lehrling ein Bein gestellt. Wir haben es alle drei gesehen.«

»Gar nicht wahr«, riefen die Lehrlinge in einhelliger Entrüstung. Der Bursche Scambler starrte sie an, und der Schreck in seinem Gesicht wich allmählich einem Stirnrunzeln. »Stimmt das?«, fragte er leise.

Ich sah ihn mir genauer an, fragte mich, ob er etwas zurückgeblieben sei, doch sein Blick, wenn auch völlig perplex, hatte nicht die Leere eines Schwachsinnigen.

Der Standbetreiber war immer noch wütend. »Glaubt Ihr, mit meinem armseligen Norfolker Verstand erkennte ich die eigenen Arbeiter nicht?« Er deutete mit zitterndem Finger auf die drei Jungen. »Diese Burschen hier werden zu achtbaren freien Bürgern von Norwich ausgebildet. Scambler dagegen ist ein leichtsinniger Tropf, der weniger Hirn hat als ein Schaf. Sein eigener Vater, ein Kaminkehrer, musste ihn feuern, weil er trotz seiner Magerkeit immer wieder im Schornstein stecken blieb.« Dies erklärte seinen Spitznamen Sooty, der Rußkopf.

Einer der Lehrburschen hob den schmutzigen Tuchballen auf und überreichte ihn dem Budenbetreiber. Der nickte zum Dank. Scambler, jetzt den Tränen nah, sagte: »Sie *müssen* mir ein Bein gestellt haben, Meister. Ich hab doch achtsam einen Fuß vor den andern gesetzt!«

Statt einer Antwort versetzte der Meister ihm eine gewaltige Maulschelle. »Fort mit dir! Und komm mir ja nicht mehr unter die Augen!« Er funkelte uns wütend an. »Auswärtige Anwälte!« Er spie böse auf den Boden, ging in sein Lagerhaus zurück und schlug die Tür hinter sich zu. Die drei Lehrburschen trollten sich lachend. Während sie in einer der Gassen verschwanden, sang einer unmelodisch: »Soo-ty Scambler, Soo-ty Scambler! Kleiner blöder Strohkopf!« Scambler starrte ihnen hinterher, und Tränen liefen ihm über das Gesicht. Ich sagte sanft: »Ich hab's versucht, Junge, es tut mir leid.«

»Ihr seid sehr freundlich, Sir, ich danke Euch.«

Ich langte in meinen Beutel und reichte dem Jungen einen Schilling. »Warum haben diese Burschen das getan?«, fragte ich.

Scambler schüttelte den Kopf und versuchte vergeblich, die Tränen fortzublinzeln. »So etwas passiert mir andauernd«, sagte er leise. »Ich weiß auch nicht, warum.«

»Na komm, Junge«, sagte Toby unwirsch, »hör auf zu heulen. Sei ein Mann.«

Scambler sah ihn an, machte jäh kehrt und rannte in Richtung der Burg davon. Wir starrten hinter ihm her.

»Diese elenden Kerle«, sagte Nicholas. »Warum quälen sie den Jungen? Sie haben ihn um seine Arbeit gebracht.«

Ich sagte mitfühlend, weil ich mich an meine eigene Kindheit erinnerte: »Weil er anders ist. Die Leute mögen keine Unterschiede, Kinder noch weniger als Erwachsene. In einem zumindest haben die Prediger recht: Die Menschheit ist aus der Gnade gefallen.« Ich wandte mich Toby zu: »Ihr hättet uns unterstützen können.«

»Wir sollten besser kein Aufsehen erregen, ich sagte es bereits. So lautete Master Parrys Anweisung.«

»Kommt jetzt«, sagte ich in scharfem Ton, »man erwartet uns auf der Burg.« Sieh an, dachte ich bei mir, als ich mich abwandte, Tobys Mitleid für die Unterdrückten hat also Grenzen.

KAPITEL DREIZEHN

Um die gewaltigen Grashügel zu erreichen, auf denen Norwich Castle erbaut war, mussten wir zunächst ein offenes Gelände überqueren, auf dem Stände für den morgigen Viehmarkt errichtet worden waren, dann einen schmutzigen Fluss, ehe wir einem langen Rundweg zu dem Fußsteig folgten, über den man das großartige Gebäude betrat. Die Sonne stand schon höher, und als wir endlich den Steig erreichten, war mir heiß geworden, und mein Rücken schmerzte wieder. Lockswood und Nicholas hingegen machten, trotz der Ereignisse des vergangenen Abends, immer noch einen recht frischen Eindruck. Wir folgten dem Weg und erreichten endlich das Haupttor, einen riesigen halbrunden Bogen. Es war geschlossen, doch ein gutgebauter Wachmann, eine glänzende Hellebarde in der Faust, stand neben einer Schlupfpforte. Er trug einen runden Helm und einen weißen Waffenrock mit den Lettern *ER* auf der Brust, die mir in Erinnerung riefen, dass die Burg der Autorität des Königs unterstand, nicht der Stadt. Er sah zu, wie ein Mann ein großes, amtlich aussehendes Schriftstück an die Schlosspforte nagelte. Als dieser damit fertig war, nickte er dem Wachmann zu. »Und jetzt auf zur Guildhall«, sagte er und ging über den Steig davon.

Lockswood las das amtlich anmutende Schriftstück und strich sich dabei den schwarzen Bart. Schließlich pfiff er leise.

»Noch eine Proklamation des Protektors?«, fragte ich.

»So ist es.« Wir beugten uns vor, um sie zu lesen. Toby sagte: »Seht Ihr, all jene, die im Frühjahr gegen die Einhegungen rebellierten – gegen Sir William Herbert und seinesgleichen –, sollen begnadigt werden.«

Nicholas runzelte die Stirn. »Was denkt er sich dabei? In diesen

Zeiten? Mit dem Aufruhr im Westen. Es ermutigt doch nur andere, es ihnen gleichzutun.«

Toby entgegnete mit ausdrucksloser Miene: »Ja, das wäre gut möglich, nicht wahr?«

Ich trat vor den Wachmann hin und zeigte ihm die Vollmacht, die Copuldyke mir in London ausgestellt hatte. »Wir sind wegen eines Gefangenen hier, John Boleyn«, sagte ich ihm. Der Mann nickte und öffnete uns die Schlupfpforte. Wir traten unter einem gepflasterten Vorbau und einem prächtig verzierten Bogen in eine große, leere Halle, in die durch hohe Fenster Licht fiel. Wie in allen Gefängnissen roch es hier nach Schweiß, Pisse und Feuchtigkeit. Trotz der Hitze draußen war hier die Luft kühl und klamm. An einer aufgebockten Tafel saßen zwei Wachleute und spielten Karten. Der eine kam herüber, einen fragenden Ausdruck im Gesicht, und als ich ihm unser Anliegen erklärte, rief er »Oreston!«, mit einer Stimme, die von den Wänden des großen Saales hallte. Ich hörte Schritte über Metallstufen heraufsteigen, ehe sich eine Innentür auftat und ein grobschlächtiger junger Mann in einem schmutzigen Kittel, einen Knüppel am Gürtel, zu uns herüberkam. »Eine Fuhre Anwälte für John Boleyn«, rief man ihm zu. Der Kerkermeister sah uns neugierig an. »Wie ich sehe, hat jemand großes Interesse an Master Boleyn.«

»Sein Anwalt in London ist leider verhindert.« Ich wies auf Toby. »Er schickt daher seinen Gehilfen, Goodman Lockswood.«

Der Kerkermeister führte uns durch eine Tür und eine eiserne Wendeltreppe hinab in einen weiteren großen, gepflasterten Raum, trübe erleuchtet von hohen Fenstern, der mehrere Türen mit kleinen vergitterten Fenstern enthielt. Unsere Schritte hallten laut, als wir hinunterstiegen, und bleiche, verzweifelte Männer blickten durch die Gitterstäbe zu uns heraus. Der Schließer führte uns vor eine Tür und öffnete sie mit einem der Schlüssel aus dem großen Bund, der ihm am Gürtel hing.

John Boleyns Zelle war klein, erleuchtet nur von einem winzigen vergitterten Fenster unter der Decke. Wir befanden uns im Untergeschoss. Auf dem Boden, im schmutzigen Schilf, stand ein stinkender Kübel. Ein Hocker und ein Strohsack auf einer Pritsche waren die einzigen Möbel. Auf der Pritsche saß ein Mann und mühte sich im Dämmerlicht, mit zusammengekniffenen Augen, im Neuen Testament zu lesen. Er blickte auf. Ich hatte einen blonden, stämmigen Menschen erwartet, der den Zwillingen glich, aber ihr Vater, wenn auch groß und kräftig gebaut, hatte schwarzes Haar und einen schwarzen Bart. Sein faltiges, schmutziges Gesicht wirkte ausgezehrt, und seine blauen Augen waren angstgeweitet. Es war schwer zu glauben, dass dieser Mann ein reicher Grundherr war. Lockswoods Worte kamen mir in den Sinn: Boleyn sei in elender Verfassung, hatte er gesagt.

»Sieh an, Meister«, sagte der Schließer vergnügt. »Ihr macht wohl Euren Frieden mit Gott, bevor Ihr hängt?«

Boleyn blickte ihn verächtlich an.

»Hinaus!«, schnauzte ich. Der Schließer zuckte mit den Schultern, trollte sich und schloss die Tür von außen ab.

Ich streckte Boleyn die Hand entgegen. »Serjeant Matthew Shardlake, ich bin im Auftrag Master Copuldykes hier, um mich Eurer Sache anzunehmen. Mein Gehilfe, Master Overton. Goodman Lockswood kennt Ihr bereits.«

»In der Tat«, antwortete Boleyn höflich. »Ihr seid ein Serjeant-at-law? Ich hatte nicht damit gerechnet, dass jemand Eures Ranges sich meiner annimmt.«

Ich lächelte. »Es gibt Menschen, die Euch helfen wollen, Master Boleyn. Ich darf Euch zwar nicht vor Gericht vertreten, da es sich um eine Strafsache handelt, aber ich werde Ermittlungen anstellen. Vielleicht kann ich zur Aufklärung des Falles beitragen. Darf ich mich setzen? Mein Rücken setzt mir neuerdings zu.«

»Habt Ihr meine Frau gesehen, meine Isabella?«, fragte Boleyn mit jäher Rührung.

»Nein, aber wir reiten morgen nach Brikewell und sprechen mit ihr.«

»Sie sagen, sie sei nicht mehr mein Weib, der Pfarrer will sie nicht zu mir lassen.« Boleyn schnaubte wütend. »Sie werden mich hängen.

Sie mögen meinen Namen nicht, sie mögen mein Weib nicht, mein Nachbar giert nach meinem Land …«

»Vor Gericht zählen Tatsachen«, sagte ich aufmunternd, »nicht Vorurteile. Darf ich Euch ein paar Fragen stellen? Ich habe Eure Aussage hier.« Ich holte sie aus meiner Tasche.

»Wenn Ihr es wünscht.«

»Zuerst zu Eurer Frau, die vor neun Jahren verschwand. Ihr sagt, sie habe Euch ganz plötzlich und ohne Erklärung verlassen.«

Zu meiner Überraschung ließ er ein bitteres Lachen hören. »Tja. Und doch war ich in gewisser Weise auch nicht überrascht.«

»Wie das?«

Er zögerte und sagte dann: »Als ich Edith Reynolds zur Frau nahm, vor fast zwanzig Jahren, war sie eine schöne Jungfer, wenn auch still und scheu – unter der Knute ihres Vaters, wie ich meine. Heute glaube ich, dass sie mich nur geheiratet hat, um von ihm fortzukommen. Obwohl ich sie damals gernhatte. Ja, wirklich.« Er verstummte, biss sich in die Lippe und fuhr dann leise fort: »Kaum waren wir verheiratet, war sie wie verwandelt. Sie sträubte sich sogar gegen die – wesentlichste eheliche Pflicht.« Er wurde rot und blickte mich trotzig an. »Ein Mann gibt dergleichen nicht gern zu, aber mir ist schon alles einerlei. Sie wurde sofort schwanger, doch nachdem sie die Zwillinge zur Welt gebracht hatte, wollte sie keine Kinder mehr. Und sie hatte nichts übrig für die Jungen, schon vom ersten Tage an. Zuweilen frage ich mich, ob Gerald und Barnabas deshalb solche Grobiane geworden sind.« Zorn bebte in seiner Stimme. »Das Leben mit ihr wurde zur Hölle. Sie war unentwegt übellaunig, das Gesinde hatte Angst vor ihr, bis auf ihre Magd Grace Bone, die eine Zeitlang ihre Vertraute wurde, aber selbst sie hat uns am Ende verlassen. Und ihre seltsamen Gewohnheiten – meine Frau war drall, als wir uns begegneten, aber zuweilen hungerte sie ohne jeden Grund, bis sie nur noch Haut und Knochen war. Warum, weiß ich nicht; sie fauchte nur giftig, sie hätte keinen Hunger. Ob ich mit Engelszungen redete oder sie anschrie, es war alles einerlei. Und allmählich fürchtete ich, dass Edith toll geworden sei.«

»Und dann habt Ihr Eure jetzige Frau kennengelernt, Isabella.«

Wieder hob Boleyn trotzig den Blick. Er besaß ein lebendiges Gesicht, das Gesicht eines gefühlsbetonten Menschen. »Ja, ein Jahr bevor Edith verschwand. Isabella arbeitete in einem Wirtshaus, in dem ich verkehrte. Sie war alles, was meine Frau nicht war – liebenswürdig, vergnügt, freundlich, jung –, und sie mochte mich. Es war seltsam, nach so vielen Jahren von einer Frau gemocht zu werden. Sie wurde meine Geliebte. Wer will es mir verdenken unter diesen Umständen?«, fragte er, einen zornigen Unterton in der Stimme.

Toby sagte: »Dann fing das Geschnatter an, und jemand erzählte Edith von Isabella.«

»Ja, Edith hat mir nichts gesagt, verfiel aber wieder in dumpfe Schwermut. Kurz zuvor hatte Gerald seinem Bruder Barnabas das Gesicht aufgeschlitzt. Das hat sie geärgert, aber auch geängstigt, wie ich meine. Sie hörte wieder auf zu essen. Es war eine schwierige Zeit, ein sehr heißer Sommer. Wir hatten fast keine Ernte in jenem Jahr, ich war in Geldnöten. Vielleicht erinnert Ihr Euch, es war das Jahr, in dem Lord Cromwell zu Fall gebracht wurde. Ich gebe zu, dass ich barsch war mit Edith und nicht nur einmal die Beherrschung verlor.« Soso, dachte ich, er war also aufbrausend, aber war ihm wirklich zuzutrauen, dass er sich in der Wut zu einem so grässlichen Mord hinreißen ließ? Er fuhr fort: »Eines Tages dann, Anfang Dezember, war sie einfach verschwunden, hatte nichts mitgenommen als die Kleider, die sie am Leibe trug. Es gab Zeter und Mordio, aber sie blieb spurlos verschwunden.«

Ich fragte: »Wann ist Isabella eingezogen?«

Boleyn runzelte die Stirn, und seine Miene wurde eigensinnig. »Im darauffolgenden Jahr, als klarwurde, dass Edith ein für alle Mal fort war. Ihr könnt es in meiner Aussage nachlesen, ich habe kein Hehl daraus gemacht. Oh, wie sich die feine Gesellschaft in Norfolk entrüstete! Die Hälfte glaubte, ich hätte Edith umgebracht und irgendwo verscharrt; sie mieden mich ohnehin, behaupteten, ich hätte nicht mehr Anstand als Anne Boleyn, meine entfernte Verwandte. Also dachte ich, zur Hölle mit ihnen!«

»Und Ihr habt keine Ahnung, wo sich Edith in diesen neun Jahren aufhielt?«

Er schüttelte müde den Kopf. »Ich wünschte, ich wüsste es. Wie jedermann glaubte ich, sie sei tot, hätte Hand an sich gelegt.«

»Hatte sie Verbindungen außerhalb von Norfolk?« Nach kurzem Zögern fügte ich hinzu: »In Essex vielleicht, in Cambridgeshire oder Hertfordshire?« Nicholas warf mir einen warnenden Blick zu. Hertfordshire rückte allzu nah an Hatfield heran. Doch Boleyn sah mich nur ausdruckslos an.

»Nein. Sie war in Norwich geboren und aufgewachsen.«

»Ihr Vater ist ein Kaufmann aus Norwich, nicht wahr?«

»Oh ja.« Wieder mengte sich Zorn in seine Stimme. »Gawen Reynolds ist ein Tuchhändler, wie schon sein Vater und Großvater. Sie haben ein Vermögen angehäuft, zum Teil mit dem Verkauf von Stoffen aus Kammgarn an die Holländer, obschon dies gegen das Gesetz verstieß. Ein harter Mann. Ich wollte es in meiner Aussage lieber nicht erwähnen. Er gehört zu denen, die in Norwich das Sagen haben. Seine Frau ist eine Sotherton. Ein grausamer, bösartiger Mann mit großem Einfluss in der Stadt. Jetzt hält er sich bedeckt, weil er fürchtet, dass dieser Fall seinem Status schadet.« Boleyn lachte. »Er strebte nach dem Amt des Bürgermeisters. Der Mordfall hat seine Pläne durchkreuzt. Er wäre nicht traurig, mich am Galgen zu sehen.«

»Ich werde ihn im Anschluss aufsuchen.«

»Ich bezweifle, dass er mit Euch sprechen wird.«

»Ich kann sehr beharrlich sein.«

Toby hatte sich während des Gesprächs immer wieder am Kopf gekratzt, und Boleyn lächelte freudlos. »Das Stroh hier ist voller Flöhe, fürchte ich.«

»Master Boleyn«, sagte ich ernst, »wenn wir einen Freispruch erwirken wollen, müssen wir überlegen, wer außer Euch noch ein Motiv gehabt haben könnte, Eure Gemahlin zu ermorden. Und ein Motiv, die Tat Euch in die Schuhe zu schieben. Außerdem müssen wir herausfinden, wer nach dem Mord Gelegenheit hatte, Eure

Stiefel und den Hammer im Stall zu postieren. Ist es wahr, dass der Stallbursche und Ihr als Einzige über einen Schlüssel verfügten?«

»Ja.« Seine Miene wurde zärtlich. »Mein Hengst, Midnight, ist ein feines Tier, aber temperamentvoll. Mir gehorcht er aufs Wort, allen anderen misstraut er. Ich würde die Zwillinge nicht in seine Nähe lassen, er tritt nach ihnen, wenn er sie nur sieht, und ich befürchtete, er könne dasselbe mit Isabella oder meinen Knechten tun. Nur mein Stallbursche wusste ihn zu nehmen. Doch der kann mit der ganzen Sache nichts zu tun haben.« Boleyn ließ ein galliges Lachen hören. »Der Junge ist nicht ganz richtig im Kopf, hat aber ein glückliches Händchen für Pferde. Ich habe ihn zu Beginn des Jahres in Stellung genommen, obschon ich meine Zweifel hatte; er galt als ein unverlässlicher Strolch, aber jemand sagte mir, er habe ein gutes Gespür im Umgang mit Pferden. Es stimmte, er kam gut zurecht mit Midnight, das Pferd mochte ihn. Ich glaube, der junge Simon mag Tiere lieber als Menschen. Die Zwillinge hänselten ihn unentwegt. Er hat meine Frau nie und nimmer umgebracht, eher würde er hinauf zum Mond fliegen. Er hatte den Schlüssel immer bei sich, auf meine Anweisung hin. Nach dem Mord überließ er ihn mir und ging. Ich glaube, Scambler hatte Angst, er fürchtete sich vor seinem eigenen Schatten.«

Nicholas und ich wechselten einen Blick. Ich sagte: »Wir sind heute auf unserem Weg hierher einem Jungen mit Namen Scambler begegnet, einem mageren Burschen von ungefähr fünfzehn Jahren.«

»Das ist er.«

»Ein paar Lehrjungen stellten ihm ein Bein, weshalb er den Tuchballen, den er trug, in den Schmutz fallen ließ. Sein Brotherr hat ihn stehenden Fußes davongejagt. Sie riefen ihn Sooty, Rußkopf.«

Boleyn nickte. »Er läuft immer wie toll in der Stadt herum, stets in irgendwelchen Nöten, weil er so zerfahren und tölpisch ist.«

»Was ihm heute zustieß, war nicht seine Schuld«, sagte Nicholas.

Boleyn zuckte mit den Schultern. »Knaben sind allzumal grausam. Aber was diese Sache betrifft, könnt Ihr Scambler getrost vergessen.«

»Ganz und gar nicht«, sagte ich mit fester Stimme. »Wenn wir dieser Angelegenheit auf den Grund gehen sollen, müssen wir jeden befragen, der möglicherweise darin verwickelt war.

Wohin ist er gegangen, nachdem er Euch verlassen hatte?«

Boleyn zuckte gereizt die Schultern. »Ich weiß es nicht. Er hat, glaube ich, eine Tante unweit der Ber Street. Seine Eltern leben nicht mehr. Man wird Euch zu ihm führen, jeder in Norwich kennt Sooty Scambler. Aber Ihr verschwendet Eure Zeit.«

»Um Euch zu verteidigen, müssen wir herausfinden, wer diese Gegenstände im Stall deponiert hat«, sagte ich entschlossen. »Ich brauche alle Informationen, die ich kriegen kann, und habe nur noch eine Woche, sie zu beschaffen.«

»Serjeant Shardlake ist dafür bekannt, Mörder zu entlarven«, stellte Nicholas stolz fest.

Boleyn sah mich an. Offenbar glaubte er das nicht. »Tja, ich danke Euch jedenfalls«, sagte er.

»Nun«, fuhr ich fort. »Wer könnte außerdem ein Motiv haben? Ich muss leider auch Isabella in Betracht ziehen und Eure Söhne.«

Boleyn sprach langsam und geduldig, jedoch mit einem tiefen, unterschwelligen Zorn. »Isabella hatte natürlich wie ich ein Motiv, Edith zu töten. Aber weshalb hätte sie Ediths Leib so abscheulich zur Schau stellen und damit den Verdacht auf uns lenken sollen?«

»Da gebe ich Euch recht. Und das ist Euer stärkster Trumpf. Wurde Isabella schon befragt?«

»Ja. Und sie überzeugte den Leichenschauer, dass sie mit dem Mord nichts zu tun hatte.«

»Mir liegt ihre Aussage nicht vor. Auch nicht die Eurer Söhne. Könnten Gerald und Barnabas herausgefunden haben, dass ihre Mutter, die zu lieben sie keinen Grund hatten, nach Norfolk zurückgekehrt war?«

Boleyn sah mir in die Augen. »Ich weiß, dass meine Söhne rauflustige Rüpel sind. Aber diesen Mord haben sie nicht begangen.«

Toby sagte: »Master Shardlake hat sie bereits kennengelernt. In Eurem Londoner Haus.«

Boleyn schien überrascht. »Was hatten sie dort zu schaffen?«

»Ich fürchte, sie wollten nachsehen, was es zu holen gab.«

Boleyn stöhnte. »Sie mögen mich nicht. Ich habe es immer gewusst. Und dennoch – als ihre Mutter verschwand, waren beide, ob Ihr's glaubt oder nicht, voller Trauer. Sie haben wochenlang geweint. Auf ihre Weise haben sie sie geliebt.« Er sah mich unverwandt an. »Ich bin zwar ihr Vater, aber ich bin mir durchaus bewusst, wie sie sind. Dennoch glaube ich nicht, dass sie Edith ermordet haben.« Wieder seufzte er. Ich konnte sehen, dass er am Ende war, aber uns blieb wenig Zeit, also drang ich weiter in ihn.

»Damit bleibt noch Euer Nachbar, Leonard Witherington. Ihr hattet einen Streit mit ihm wegen der Grenze zwischen Euren Gütern. Sollte man Euch für schuldig befinden und Euer Land an den König heimfallen, könnte er es kaufen.«

Boleyn lachte verbittert. »Er müsste dies mit Sir Richard Southwell ausfechten, dessen Land auf zwei Seiten an das unsere stößt. Er würde den Kürzeren ziehen. Nein, Witherington will erwirken, dass die Grenze versetzt wird.«

»Hattet Ihr Schwierigkeiten mit Southwell?«

»Dafür bin ich ein zu kleiner Fisch. Aber Witherington macht mir zu schaffen. Er sieht in der Verschiebung der Grenze eine Möglichkeit, seine Bauern zu beschwichtigen. Sie lehnen sich gegen ihn auf, weil er auf ihrem Land Schafe hält. Das zusätzliche Land würde er ihnen als Gemeindeflur oder Brachland zur Verfügung stellen. Doch dann würden meine Bauern rebellieren.«

»Soviel ich weiß, hat es bereits einen Zusammenstoß gegeben.«

»Oh ja. Im März. Witheringtons Steward hat einige seiner Pächter um sich versammelt, um gewaltsam in mein Land einzudringen. Ich erfuhr im Voraus davon, weil einer von Witheringtons Männern bei mir im Sold stand. Also hieß ich meinen eigenen Steward, Chawry, ein paar meiner Leute um sich scharen, um ihn zu vertreiben. Meine Söhne sollten ihm dabei helfen. Ich wusste ja, dass sie sich gern prügeln. Sie holten sich ein paar Freunde zu Hilfe und schlugen sich gut in dem Scharmützel. Einem von Witheringtons Pächtern hauten sie den Kopf ein, seitdem ist der Mann nicht mehr bei Verstand. Und

Witherington, der alte Schurke, wird es sich in Zukunft zweimal überlegen.«

»Der Verletzte hat doch nur sein Auskommen verteidigt«, gab Toby zu bedenken, »auch wenn Witherington ihn für seine Zwecke benutzt hat.«

Boleyn sah Toby an, und zum ersten Mal blitzte in seinen Augen die zornige Überlegenheit des Gutsherrn auf. »Wenn Bauern sich erdreisten, sich wider ihre Herren oder deren Nachbarn zu erheben, haben sie es nicht besser verdient. Aber sei's drum, Witherington droht jetzt, vor den Richter zu ziehen, aber ich bezweifle, dass er es auch wirklich tut.«

Ich sagte: »Wie ich sehe, besitzt Ihr noch andere Ländereien in der Grafschaft, Master Boleyn.«

Er zuckte mit den Schultern. »Ja, etwas weiter weg. Ich würde sie gern in Schafweiden umwandeln. Nur so lassen sich heutzutage noch Gewinne erzielen, da der Preisanstieg den Pachtzins frisst. Doch es gibt darauf eine Menge Freibauern, deren Land ich nicht anrühren darf und die auch bereit wären, mich zu verklagen, wie meine Verwalter mir bestätigen.« Er seufzte. »Die Kosten, der Ärger und obendrein noch Witherington, das wäre zu viel.«

»Euer Haus in London ist gewiss sehr kostspielig«, sagte ich.

»Zu kostspielig, wenn Ihr es genau wissen wollt. Ich dachte, ich könne es mir leisten, um mit Isabella dort zu leben, fern von all den gehässigen Nachbarn. Doch Brikewell würde ich niemals verkaufen; meine Familie stammt aus der Gegend.«

»Ich muss Euch noch eine Frage stellen, Master Boleyn«, sagte ich ruhig.

»Nun?«

»In der Mordnacht habt Ihr zwei Stunden in Eurer Schreibstube verbracht, steht hier zu lesen, und die Urkunden zu Euren Gütern studiert. Angeblich zwischen neun und elf Uhr nachts. Leider hat Euch niemand dabei gesehen, weder Euer Weib noch sonst jemand.«

»Ich brauchte meine Ruhe. Also bat ich sie, mich nicht zu stören.«

»Welche Urkunden habt Ihr durchgesehen?«

»Alte Dokumente. Übertragungsurkunden und dergleichen. Falls Witherington vor Gericht zog, musste ich die Schriftstücke selbst prüfen, bevor ich die Angelegenheit einem Anwalt überließ.«

Wenn ein Zeuge eine Weile eindeutig die Wahrheit gesagt hatte, wie Boleyn bis jetzt, ließ sich oft leicht feststellen, wann er zu lügen begann. Seine Augen wichen den meinen aus, und seine Bewegungen wurden fahrig. Ich entgegnete ruhig: »Aber ich bin längst im Besitz dieser Dokumente. Wir fanden sie in Eurem Haus in London.«

Boleyn fuhr auf, geriet kurz ins Stocken, ehe er sagte: »Ich nahm einige Schriftstücke mit nach London, weil ich, wie gesagt, einen Anwalt konsultieren wollte. Jetzt weiß ich es wieder: Es waren die alten Grundbücher, die ich in jener Nacht studierte, Dokumente zu den Pachten und so weiter.«

Ich hätte ihn gern noch weiter herausgefordert, entschied mich aber dann dagegen. Zuerst würde ich nach Brikewell hinausreiten und ihm Bedenkzeit geben. »Soso«, sagte ich und ließ meine Stimme absichtlich argwöhnisch klingen. »Nun, wir haben Euch ermüdet. Wir kommen bald wieder, aber morgen will ich Brikewell einen Besuch abstatten. Vielleicht kann ich Master Witherington sprechen.«

»Er ist ein brutaler alter Grobian.« Dann änderte sich Boleyns Miene, und er flehte: »Könnt Ihr Isabella von mir grüßen? Ich denke unentwegt an sie, sagt Ihr das. Und dankt ihr für die Speisen, die sie mir geschickt hat. Auch wenn sich die gottverfluchten Schließer gehörig daran gütlich taten.«

»Ich verspreche es.«

Dann sagte er leise: »Als Toby ein erstes Mal zu mir kam, sagte er mir, dass Lady Elizabeth Interesse an mir habe. Ist das wahr?«

»Ja, in der Tat.«

»Ist sie es, die Euch bezahlt?«

»Ihr ist daran gelegen, dass alles gerecht zugeht. Aber ich möchte Euch bitten, ihre Beteiligung zu verschweigen.«

»Das werde ich, glaubt mir. Norfolk ist jetzt Marys Territorium.«

Behutsam stand ich auf, und mein Rücken knackte. Toby schlug gegen die Tür, und der Kerkermeister kam, uns hinauszulassen. Es war eine Erleichterung, aus dem kalten, feuchten Kerker hinaus in den Sonnenschein zu treten. Einen Augenblick lang standen wir zu dritt auf der Burgtreppe und blickten über die Stadt. Ich hatte noch nie so viele Kirchtürme gesehen.

»Tja«, sagte ich leise. »Was haltet Ihr von ihm?«

»Was sein Alibi in der Mordnacht angeht, hat er uns belogen«, sagte Nicholas.

»Oh ja. Jetzt gilt es herauszufinden, warum.«

»Dann ist er vielleicht doch schuldig«, sagte Toby.

»Möglich wär's«, entgegnete ich. »Und ich halte ihn für aufbrausend. Ob sein Jähzorn allerdings ausreicht, um seiner Frau diese Schande anzutun, steht auf einem anderen Blatt. Wie er die Prügelei in Brikewell beschrieb, lässt sich nur als ruchlos bezeichnen, auch dies ein Wesenszug. Und doch – in mancherlei Hinsicht dünkt er mich schwach, voller Furcht, von seinen Pächtern oder Witherington verklagt zu werden. Er kommt mir vor wie ein Mann, der herzlich gern ein ruhiges Leben führen würde, wenn er könnte. Aber wie dem auch sei, seine Lüge ist nun die wichtigste Frage, die es zu beantworten gilt. Und wir müssen Master Sooty Scambler finden.«

Nicholas überlief ein Schauder. »Ich war noch nie in einem Gefängnis. »Ein trübseliger Ort.«

»Habt Ihr denn nichts mit dem Strafgesetz zu tun?«, fragte Toby.

»Wir sind mit Grundstücksrecht befasst«, sagte ich. »Obwohl ich selbst Erfahrung darin habe, Mandanten im Kerker aufzusuchen.« Und mit zwei kurzen Aufenthalten im Tower, dachte ich grimmig. Ich blickte hinauf zur Sonne, die jetzt fast senkrecht am Himmel stand. »Und jetzt auf zur Guildhall, zum Leichenschauer.«

KAPITEL VIERZEHN

Der Prediger auf dem Marktplatz war verschwunden. Ich bemerkte einen der Burschen, die Scambler so übel mitgespielt hatten, und fragte mich, wo der Junge stecken mochte.

Wir gingen hinauf zur Guildhall, einem eindrucksvollen Gebäude mit drei Stockwerken, dessen Türen von zwei Männern in Stadtuniform bewacht wurden. Die Feuersteine auf der Fassade waren glatt behauen, in den Mörtel zwischen den Steinen dünne Splitter von Feuerstein eingelassen. Ich wollte gerade über die Oberfläche streichen, als Toby mich warnte: »Vorsicht, diese Kiesel sind messerscharf.«

Da vernahm ich aus Bodenhöhe ein schwaches Rufen und sah ein kleines Gitter, durch welches sich uns schmutzige Finger entgegenstreckten. Eine Stimme rief: »Almosen für Essen, barmherzige Herren.«

»Das Haus ist ein Gefängnis«, erklärte Toby. »Das Stadtgericht und die Richter haben hier ihren Sitz. Nur die Gefangenen der Assisengerichte kommen auf die Burg.«

Ich steckte ein paar Pennys durch das Gitter. Sie wurden mir rasch entrissen, und weitere Finger tauchten flehend aus der Düsternis auf. Ich richtete mich mit Mühe auf und seufzte. »Aber die Ratsherren versammeln sich doch auch in diesem Gebäude?«, fragte ich Toby.

»Ja. Abgesehen von jener in London ist unsere Guildhall die größte in England. Sie wurde vor hundertvierzig Jahren mit Fronarbeitern aus der Stadt errichtet. Meine eigenen Vorfahren gehörten dazu.« Er trat auf das Eingangsportal zu und sprach mit einem Wachmann, der sich verneigte und uns hineinwinkte.

Das Gebäude verfügte über große Fenster, früher vermutlich aus buntem, jetzt aus schlichtem Glas, die viel Licht einließen. Der

Wachmann führte uns zur Treppe. »Der Leichenschauer erwartet Euch im Schwertraum, Sirs«, sagte er.

»Im Schwertraum?«, fragte Nicholas interessiert.

»Es hängen keine Schwerter aus«, erklärte Toby. »Es ist der Besprechungssaal des Rates. Es gibt dort allerdings eine Zwischendecke, über welcher für den Fall, dass einmal Ungemach droht, Waffen gelagert werden.«

»Ist das schon jemals geschehen?«, fragte ich.

»Bis jetzt noch nicht.«

Der Wachmann führte uns nach oben und klopfte an eine große hölzerne Tür. Eine Stimme hieß uns eintreten, und ein Diener öffnete die Tür und verneigte sich.

Wir betraten einen geräumigen Saal mit Bänken und Stühlen, die in einem Halbkreis angeordnet waren. Davor saß auf einem erhabenen Platz ein feister Mann mittleren Alters mit einem grauen Bart und blätterte durch einen Stapel Dokumente. Er stand auf und verneigte sich. »Serjeant Shardlake?«

»Ja. Und Master Overton und Goodman Lockswood.«

Er begutachtete uns aus durchtriebenen blauen Augen. »Ich bin Henry Williams, Leichenschauer von Norwich. Mein Bezirk umschließt auch Brikewell. Ich stehe nicht oft einem Anwalt Eures Ranges gegenüber, Sir. Kennt Ihr Serjeant Flowerdew, der im Auftrag des königlichen Escheator heimgefallene Lehen registriert?«

»Nein. Ich nehme jedoch an, er ist erpicht darauf, John Boleyns Familie von ihrem Besitz zu vertreiben, obschon der Prozess noch nicht stattgefunden hat.«

Williams verzog sein Gesicht. »Vielleicht hat er Interesse, sich das Land anzueignen, für sich selbst oder einen anderen. Er ist ein Mann, der – nun ja, sagen wir, sein Name passt nicht zu ihm, denn nichts wäre ihm wohl unähnlicher als Flowerdew, der Tau auf den Blumen.« Er ließ ein freudloses Lachen hören und blickte mich dann scharf an. »Ihr habt von Master Copuldyke den Boleyn-Fall übernommen, nicht?«

»Ich bin in seinem Auftrag hier, das ist wahr.«

»Copuldyke arbeitet für Thomas Parry, den Comptroller der Lady Elizabeth.« Er sah mich aus schmalen Augen an.

Ich fuhr fort: »Ich soll lediglich die Fakten prüfen, mit unverstelltem Blick. Ich stelle keinerlei Mutmaßungen zu Boleyns Schuld oder Unschuld an.«

»Das sollen die Geschworenen entscheiden.«

»In der Tat.« Ich lächelte beschwichtigend, wohl wissend, dass William daran gelegen war, wenn das Urteil seines Gerichts Bestätigung fände. »Werdet Ihr in der Gerichtsverhandlung als Zeuge aussagen?«

»Gewiss. Schließlich habe ich die anfänglichen Untersuchungen geführt. Und wir kamen zu dem Schluss, dass Edith Boleyn von ihrem Ehemann John ermordet wurde«, stellte er mit Nachdruck fest.

»Ich verstehe. Die Stiefel und der Hammer in Boleyns Stall?«

»Abgesehen von seinem schwachsinnigen Stallburschen verfügte nur Boleyn selbst über einen Schlüssel. Und niemand sonst hätte den Stall betreten können. Das Pferd, das dort steht, ist kaum zu bändigen, wie er in seiner Aussage eingestand.«

»Dies ist in der Tat ein überzeugender Beweis. Aber hätte man die Stiefel nicht über die Stalltür werfen oder unter ihr hindurchschieben können?«

Williams runzelte die Stirn. »Der Konstabler hat nichts davon erwähnt.«

Ich wechselte das Thema. »Ich frage mich freilich, welches Motiv John Boleyn gehabt haben könnte, den Leichnam seiner Frau so übel zur Schau zu stellen? Habt Ihr irgendeine Idee dazu, Master Williams?«

Der Leichenschauer zuckte die Schultern. »Wer weiß schon, was in seinem Kopfe vorging, welche Raserei ihn befiel, als Edith plötzlich vor ihm stand? Er hatte gewiss Grund, sie zu ermorden.«

»Das ist wahr. Doch wenn etwas keinen Sinn ergibt, ist es normalerweise auch nicht wahr.«

»Je älter ich werde«, knurrte William, »desto mehr kommt es mir so vor, als hätte vieles, was die Menschen so treiben, keinen Sinn.«

Er lächelte säuerlich und sah mich erneut scharf an. »Wart Ihr schon in Brikewell?«

»Ich reite morgen hin. Da wäre noch etwas, Master Williams. Gibt es Anhaltspunkte, wo Edith in den vergangenen neun Jahren gewesen sein könnte?«

Er schüttelte ratlos den Kopf. »Nicht einen. Ich musste dieser Frage schon vor zwei Jahren nachgehen, als John Boleyn seine Frau für tot erklären lassen wollte. Und mein Vorgänger ließ 1540, nach ihrem Verschwinden, nach ihr suchen. Aber niemand konnte uns weiterhelfen.«

»Auch ihre Eltern nicht?«

»Nein. Sie ist nicht an sie herangetreten. Als hätte sie sich neun Jahre lang in einem Loch verkrochen.« Er überlegte kurz und fügte dann hinzu: »Ich weiß noch, als ich meinem Vorgänger – Gott hab ihn selig – ins Amt folgte und er mir von dem Fall berichtete. Damals gab es eine Person, die er befragen wollte, aber nicht aufspüren konnte.«

»Wer war das?«

»Edith Boleyns Magd, Grace Bone.«

»Ja, Master Boleyn hat von ihr gesprochen. Edith sei vor ihrem Verschwinden der Schrecken der Dienerschaft gewesen, sagte er, und am Ende habe sogar ihre treue Magd den Dienst quittiert.«

Williams schüttelte den Kopf. »Nach dem, was mein Vorgänger mir berichtete, ist dies nicht die ganze Wahrheit. Als Ediths Verschwinden im Jahre 1540 untersucht wurde – aufgrund der schlechten Ehe und Boleyns Buhlschaft mutmaßte man natürlich, dass an der Sache etwas faul war –, erzählte das Gesinde ihm eine andere Geschichte. Angeblich waren Edith und Grace einander sehr zugetan, wie dies zuweilen der Fall ist bei Frauen und ihren Mägden, und nachdem Edith das ehebrecherische Verhältnis ihres Gatten zugetragen worden war, hörte man sie oft weinen in ihrem Gemach, und Grace Bone versuchte, sie zu trösten. Und so kam es, dass sie in diesen letzten Monaten mehr aneinander hingen denn je. Als Grace daher binnen einer Woche das Haus verließ, wunderte sich die übrige Dienerschaft. Edith wirkte verstörter denn je und verschwand kurz darauf ebenfalls.« Williams sah mich ernsthaft an. »Mein Vorgänger fragte sich sogar, ob jemand die Magd im Geheimen beseitigt haben könnte, wie ihre Herrin.«

»John Boleyn?«

Williams zuckte die Schultern. »Ich weiß nur, dass sie niemals aufgespürt wurde. Sie verschwand ebenso spurlos wie ihre Herrin. Sie habe einen Bruder in Norwich, hieß es, aber er konnte nicht aufgespürt werden. Natürlich ist es jetzt zu spät, um die Sache aufzuklären.«

Ich sagte ungläubig: »Ihr meint, eine zweite Frau sei zum selben Zeitpunkt wie Edith verschwunden, und die Angelegenheit wurde niemals untersucht?«

Der Leichenschauer runzelte die Stirn. »Sie wurde ja untersucht, von meinem Vorgänger, wie ich es Euch sagte, aber man hat nichts gefunden. Möglicherweise wusste Grace Bone, dass Edith die Absicht hatte, ihren Gatten zu verlassen, und ging ebenfalls, um sich Ärger zu ersparen.«

»Das könnte sein. Doch wohin ist sie gegangen?« Ich sah Williams an. »Vielleicht haben wir es hier mit zwei Morden zu tun.«

Williams schüttelte den Kopf. »Dafür gibt es keinerlei Beweise. Und ohne Beweis können wir nichts tun. Doch was Ediths Tod im vergangenen Monat angeht, gibt es sehr wohl Beweise, und sie deuten allesamt auf John Boleyn.«

Ich sagte ruhig: »Wie ich sehe, gibt es eine sehr kurze Aussage von Ediths Vater, Gawen Reynolds: Er habe seine Tochter erst nach 1540 wieder gesehen, als er sie identifizieren musste, heißt es darin.«

Williams zuckte die Schultern. »Mehr hatte er nicht zu sagen.«

»Und Simon Scambler, der ehemalige Stallknecht, wurde überhaupt nicht befragt.«

Williams lachte auf. »Jetzt weiß ich es wieder, der verrückte Sooty Scambler. Er brächte es nicht einmal fertig, ein Huhn zu töten.«

»Trotzdem«, sagte ich. »Ich will mit ihm sprechen. Auch mit Master Gawen Reynolds.«

Williams sah mir in die Augen. »Seid vorsichtig mit dem Alten, mit ihm ist nicht gut Kirschen essen.«

Wir verließen die Guildhall. »Nun, was denkst du?«, fragte ich.

»Williams hat eine etwas andere Geschichte erzählt als John Boleyn, was das Verschwinden der Magd anbelangt«, antwortete Nicholas.

»Boleyn könnte wegen seines schlechten Verhältnisses zu seiner Frau angenommen haben, dass Grace Ediths Launen nicht mehr ertragen wollte und deshalb verschwand. Wir müssen ihn noch einmal befragen. Und herausfinden, wo er sich in der fraglichen Nacht tatsächlich aufhielt.«

Wir gingen hinauf nach Tombland. Die Sonne hatte den Zenit überschritten, und die stattlichen Häuser im wohlhabenden Zentrum der Stadt spendeten einen angenehmen Schatten. Wir bemerkten eine große Villa im italienischen Stil, deren Türen verschlossen und mit hölzernen Balken gesichert waren. »Der ehemalige Stadtpalast des Herzogs von Norfolk«, bemerkte Toby.

»Jetzt im Besitz des Königs«, entgegnete ich. »Oder ist er wie die übrigen Güter des Herzogs an Lady Mary verkauft worden?«

»Ich glaube, sie gehört immer noch dem König.«

»Und wird nun von dessen Escheator verwaltet.«

Gawen Reynolds' Haus in Tombland schien unbewohnt, die Läden der oberen Fenster waren geschlossen und die Hoftore fest verriegelt. Toby klopfte laut gegen die Tür, und wir hörten Schritte, die sich langsam näherten. Die Tür wurde von einem gutaussehenden, kräftig gebauten Mann in den Dreißigern aufgetan, mit braunem Haar, einem kurzen Bart und scharfen grünen Augen. Er trug ein krapprotes Wams und eine grüne Kappe. Als er Nicholas und mich in unseren Anwaltsroben erblickte, wurden seine Augen schmal.

»Ist dies das Haus von Master Gawen Reynolds?«, fragte ich.

»Alderman Reynolds, jawohl«, antwortete der Mann argwöhnisch. »Ich bin sein Steward. Er und seine Frau empfangen derzeit keine Besucher, sie haben einen schweren Verlust erlitten.«

»Aus diesem Grunde sind wir hier.« Ich stellte mich und meine Begleiter vor. »Wir untersuchen den tragischen Tod der Tochter Eures Herrn.«

Der Steward regte sich nicht. Er blickte über den Hof zum Haus hin und sagte: »In wessen Auftrag, Sir?«

»Das möchte ich mit Eurem Herrn selbst besprechen. Ist er hier?«

Im selben Moment drang aus dem Inneren des Hauses eine zornige Männerstimme zu uns heraus: »Potz Pestilenz, Vowell, wer ist es denn? Schickt sie wieder fort!«

Der Steward zögerte. »Wartet hier, bitte.« Er schloss die Tür.

»Er will uns nicht sehen«, stellte Nicholas fest.

»Er ist vermutlich neugierig«, entgegnete ich. »Eine Serjeantenrobe kann zuweilen von Nutzen sein.« Aber auch heiß, dachte ich, sogar die seidene Sommerrobe.

Eine Minute später kam der Steward zurück. »Tretet ein. Und dann wartet einen Augenblick in der Diele.« Er führte uns hinein. Das Haus war prächtig ausgestattet, eine große Vase mit Blumen stand auf einem kostbaren venezianischen Tisch. Der Steward verließ uns und trat durch eine Tür. Ich hörte gedämpftes Murmeln. Am Ende der Diele tat sich eine Tür auf, und eine Magd spähte heraus. Als sie unser gewahr wurde, schloss sie sie gleich wieder.

Ich blickte mich um und erschrak. Eine dünne, ältere Frau stieg die Treppe herunter, so leise, dass wir sie nicht gehört hatten. Wir lüfteten alle drei die Hüte und verneigten uns. Sie stand auf der untersten Stufe und maß uns aus kalten, starren blauen Augen, die

Hände vor dem schwarzen Kleid gegeneinandergepresst. Wie ich sah, waren sie mit weißen Bandagen umwunden. Ihr Haar unter der schwarzen Haube war silbergrau. Ihr Gesicht war bleich wie Pergament.

»Was führt Euch hierher?« Die Stimme der alten Frau war kaum mehr als ein Flüstern.

»Wir helfen bei der Aufklärung des Mordes an Edith Boleyn.«

»Meine Tochter ist tot und verloren.« Sie sprach mit einer Stimme völliger Ermattung. »In wenigen Tagen wird ihrem Ehemann der Prozess gemacht. Was gibt es noch zu ermitteln?«

Der Steward kam zurück. »Alderman Reynolds will Euch jetzt sehen, aber ich warne Euch, seit dem Tod seiner Tochter ist er sehr verstört.« Wir näherten uns dem Zimmer. Der Steward hob die Hand, um Toby den Zugang zu verwehren. »Es tut mir leid, mein Freund, er will nur die Anwälte sehen. Ihr müsst hier warten.« Toby zuckte die Schultern. Mistress Reynolds stand noch immer am Fuße der Treppe und hielt sich mit einer Hand am Geländer fest.

Nicholas und ich wurden in ein großes Empfangszimmer geführt. Es war spärlich beleuchtet, da die Läden geschlossen waren. Auf einer langen Tafel brannten Kerzen. Dort stand ein hoch aufgeschossener Mann in einem langen schwarzen Mantel. Auch er war alt, um die siebzig. Sein weißes Haar trug er altmodisch lang, fast bis zu den Schultern. Das faltige Gesicht zierten eine lange Nase und ein kantiges Kinn, die Mundwinkel wiesen streng nach unten, die dunklen Augen blickten zornig. Gawen Reynolds, nahm ich an, war unerbittlich bei seinen Geschäften. Seine Frau war in die Tür getreten und blickte ängstlich drein. Der Steward stand hinter ihr.

Reynolds deutete auf die beiden. »Mein Weib, Jane, und mein Steward, Goodman Michael Vowell. Sie können bleiben, wir sind gleich fertig«, sagte er unwirsch. »Wozu seid Ihr hergekommen?« Er trat auf uns zu und stützte sich dabei auf einen Gehstock mit goldenem Knauf. Trotz dieser Hilfe hinkte er böse.

Ich sagte: »Vielleicht könnt Ihr uns mit einer kleinen Auskunft helfen. Wir untersuchen den Tod Eurer Tochter ...«

Reynolds' Stimme unterbrach mich: »Die Ermittlung ist abgeschlossen. Für wen arbeitet Ihr?«

»Ich habe meine Instruktionen von Master Thomas Parry ...«

»Wer zum Kuckuck soll das sein?«

Ich holte tief Luft. »Lady Elizabeths Comptroller.«

Reynolds kniff die Lippen zusammen. »Elizabeth. Natürlich. Sie versucht, einen Boleyn vor dem Galgen zu retten. Aber es ist zu spät, Master Buckel, John Boleyn ist schuldig, in ein paar Tagen baumelt er in Norwich am Galgen.« Den letzten Satz sprach er mit Genugtuung.

»Man hat uns lediglich gebeten, den Fall erneut in Augenschein zu nehmen«, antwortete ich ruhig. »Werdet Ihr als Zeuge aussagen, Sir?«

»Ich weiß es noch nicht«, sagte Reynolds im Ton stiller Wut. »Ich kann es kaum ertragen, aus dem Haus zu gehen, wegen all der neugierigen Blicke. Was meine Hoffnung auf das Bürgermeisteramt im nächsten Jahr anbelangt, so ist sie dahin.«

Mehr bedeutete der Tod seiner Tochter ihm nicht?, dachte ich. Nicholas dagegen sagte mitfühlend: »Was geschehen ist, war gewiss ein entsetzlicher Schlag für Euch, Sir.«

»Ein entsetzlicher Schlag?« Reynolds' Stimme wurde laut. »Vor neun Jahren verließ meine einzige Tochter ihren Ehemann und verschwand spurlos. Sie kam nicht zu mir, auch zu niemandem sonst, sie – verschwand einfach.« Er machte eine wütende Handbewegung. »Dann dieser entsetzliche Fund im vergangenen Monat in Brikewell. Ist es ein Wunder, dass wir entsetzt sind?«

»Nein, Sir«, antwortete ich, »da Ihr ja noch dazu neun Jahre lang nichts von ihr gehört hattet.«

»Jawohl, neun Jahre«, wiederholte er, immer noch wütend.

Ich wandte mich an Jane in der Hoffnung, sie möge kooperativer sein. »Hat sie noch andere Verwandte in Norwich? Oder anderswo? Oder Freunde, bei denen sie eventuell Zuflucht genommen hatte?«

Ihr Ehemann antwortete. »Verwandte, Freunde? Ihr könnt es ruhig wissen, Master Serjeant. Meine Tochter war nie normal, schon als Kind nicht. Sie war nicht gern unter Leuten – *mochte* keine Menschen. Wie schwer wir uns taten, sie dazu zu bringen, mit anderen Kindern zu spielen, geschweige denn, geselligen Anlässen beizuwohnen, als sie größer wurde – dabei war sie ein hübsches Ding. Ich hoffte, die Ehe werde sie zähmen, aber sie behandelte ihre eigenen armen Kinder schlecht und wahrscheinlich auch Boleyn.« Er lachte auf. »Wir waren froh, als John Boleyn Gefallen an ihr fand, denn damals war Anne Boleyn hoch angesehen, und so hofften wir, auf diese Weise eine Verbindung zum Hof zu knüpfen. Doch John Boleyn konnte in London nicht wirklich Fuß fassen, er war dort völlig verloren und versäumte es sogar, Anne Boleyn aufzusuchen. Was Edith anbelangte, sie weigerte sich rundheraus hinzugehen.« Seine Stimme wurde wieder laut. »Und jetzt hat Boleyn sie ermordet! Und eine gewöhnliche Schankkellnerin an ihre Stelle gesetzt! Das Saumensch fliegt auf die Straße, sobald die Sache überstanden ist!« Sein Blick war stier vor Wut. Ich sah Angst in den Augen seiner Frau.

Einen Moment lang herrschte Stille, und dann hörte ich zu meiner Überraschung den schwachen Aufschrei einer Frau aus dem hinteren Bereich des Hauses. Jane Reynolds runzelte die Stirn. »Was treiben die Jungen jetzt schon wieder?«, fragte sie.

Zu meinem Erstaunen ließ Reynolds ein bellendes Lachen hören. »Etwas mit der jungen Judith, wie es sich anhört.«

Jane verließ den Raum. Einen Augenblick später vernahm ich draußen im Flur vertrauten Spott. »Verflucht noch eins, Lockswood, nicht du schon wieder! Was willst du denn von Großvater? Du gehst ihm auf den Geist, du Arschkapp.«

Nicholas und ich wechselten einen Blick. Barnabas und Gerald, die Zwillinge.

»Was hattet ihr in der Küche zu suchen?«, schalt sie der Steward.

»Haben der jungen Judith unter den Rock gefasst. Aber sie hat gekreischt.«

»Eure Großmutter hat euch gebeten, die Mägde in Frieden zu lassen.

»Kümmere dich gefälligst um deine Angelegenheiten, sonst stoßen wir dir die Kappe vom Kopf.« Der Bursche mit der Narbe, Barnabas, kam in die Tür stolziert. Als er unser ansichtig wurde, stockte er und runzelte die Stirn, ehe er im gewohnten Angeberton ausrief: »He, Gerry, der Bucklige und der Pissstrahl sind wieder da.« Gerald kam herein und sah uns drohend an.

Reynolds fragte überrascht: »Ihr kennt meine Enkelsöhne bereits?«

»Sie waren vorige Woche im Haus ihres Vaters in London.«

»Haben uns nur mal umgesehen«, sagte Barnabas.

Reynolds wandte sich uns zu. »Ich beschütze meine Enkel, sie sind alles, was mir geblieben ist. Sobald ihr Vater tot ist, beantrage ich die Vormundschaft für sie.« Er lächelte den Zwillingen mit echter Zuneigung zu. »Und dann suchen wir euch ein paar reiche Weiber zum Heiraten, wie?«

»Noch nicht, Großvater. Wir wollen uns noch nicht binden, dazu haben wir viel zu viel Spaß.«

Reynolds sah mich an. »Ach ja, nur für den Fall, dass Eure Gedanken in diese Richtung gingen: Meine Enkelsöhne haben ein Alibi für die Nacht, in der meine Tochter zu Tode kam. Sie haben mit ihren Freunden gezecht, stimmt's, ihr beiden? Bei John Atkinson zu Haus, und zwar die ganze Nacht. Ein Dutzend Zeugen. Der Leichenschauer hat es überprüft.«

Gerald spannte die breiten Schultern. »Sollen wir die zwei hinausbefördern, Großvater, und Lockswood gleich hinterdrein? Es wär uns eine Freude.«

Reynolds sagte süffisant: »Ich meine, Ihr solltet jetzt gehen. Sonst hetz ich Euch die beiden an den Hals.«

Nicholas warf den Zwillingen einen wütenden Blick zu. Barnabas zwinkerte ihm zu. Ich zog Nicholas behutsam aus dem Zimmer. Hier war nichts mehr zu gewinnen. Einer der Zwillinge rief uns hinterher: »Die Stadt ist voller Zigeuner, hört Ihr? Gebt acht, Buckliger, dass sie Euch nicht für ihre Kuriositätenschau entführen!« Ihr Großvater wieherte vor Lachen. Seine Tochter war ihm einerlei, dachte ich, ihr weinte er keine Träne nach.

Draußen stand Toby mit dem Steward. Vowell blickte stirnrunzelnd in Richtung Küche, aus der leises Weinen zu hören war. Jane Reynolds war verschwunden.

Er öffnete uns die Tür. Nicholas, Toby und ich gingen hinaus. Zu meiner Überraschung begleitete Vowell uns. Er warf einen flüchtigen Blick zurück ins Haus, nahm mich beiseite und sagte leise: »Ihr solltet wissen, Sir, dass mein Herr Euch nicht die ganze Geschichte erzählt hat.«

»Was meint Ihr?«

Sein Gesicht zuckte vor Zorn. »Er hat absichtlich etwas verschwiegen. Ich war auch vor neun Jahren schon sein Steward und weiß, dass Edith Boleyn wenige Monate vor ihrem Verschwinden ihren Vater um Hilfe bat. John Boleyn wollte noch mehr Kinder, aber sie wollte nicht mit ihm ins Bett. Boleyn versuchte sie zu zwingen, auch mit Schlägen. Ihr Vater sollte ihn zur Vernunft bringen. Aber Ihr habt ja gesehen, wie es hier zugeht. Er weigerte sich und schickte sie fort. Sie müsse diese Angelegenheit mit ihrem Ehemann selbst bereinigen, sagte er.«

»Warum erzählt Ihr mir das?«, fragte ich ihn in scharfem Ton.

»Weil Ihr wissen sollt, was für ein Mensch Gawen Reynolds ist. Ihm bereitet nur eines Kummer, nämlich dass er nach diesem Skandal wohl nicht mehr Bürgermeister wird. Und jetzt, da die Zwillinge hier sind – nun ja, da werde ich wohl auch bald verschwinden.«

Ich nickte. »Was ist mit seinem Bein geschehen? Ich fürchtete schon, er wollte trotz seiner Jahre auf uns los, bis ich sah, dass er lahmt.«

»Er ist in Tombland im Schlamm ausgerutscht, als es im Frühjahr so viel regnete. Ich war dabei. Seitdem schleppt er sich am Stock. Sei's drum, ich habe diesen Haushalt satt. Ich dachte, Ihr solltet es wissen.« Damit kehrte er ins Haus zurück und schloss die Tür. Ich ging zu Nicholas und Toby hinüber. »Was wollte er?«, fragte Nicholas.

Ich sagte es ihnen. »Würde Reynolds behaupten, dass Edith sich bei ihm über ihren gewalttätigen Ehemann beklagte, geriete Boleyn noch mehr in Bedrängnis.«

»Warum tut er es dann nicht?«, fragte Toby. »Er will Boleyn doch hängen sehen.«

»Weil er die Bitte seiner Tochter ignorierte. Sollte es öffentlich werden, würde es seinem Ruf noch mehr schaden. Und nur das zählt für ihn. Arme Edith«, sagte ich und seufzte schwer. »Was für ein Leben musste sie erdulden?«

An diesem Abend machte ich mir Notizen zu den Hinweisen, die wir bis jetzt gesammelt hatten. Kein Zweifel, sie alle schienen auf John Boleyn als den Schuldigen zu deuten. Doch das Bild eines gewalttätigen, brutalen Ehemannes schien mir nicht so recht im Einklang mit dem Mann, den ich in Norwich Castle aufgesucht hatte. Es war an der Zeit, an Parry und Elizabeth zu schreiben. Sollte ich ihnen sagen, dass es schlecht um Boleyn stand, dass ein Schuldspruch wahrscheinlich war und ich möglicherweise das Gnadengesuch würde einsetzen müssen? Dass ich selbst im Zweifel war, was Boleyns Schuld anbelangte? Doch obwohl der Prozess bereits in einer Woche stattfinden sollte, galt es noch einigen Spuren nachzugehen. Morgen würden wir nach Brikewell reiten. Also erwähnte ich lediglich, dass ich der Sache möglichst auf den Grund zu gehen suchte und ihnen in Kürze wieder schreiben würde. Ich versiegelte die Briefe, steckte sie in eine Tasche und trug sie nach unten, damit der morgige Postreiter sie nach London bringe. Ich fragte mich, wie die Schreiben in Hatfield aufgenommen würden. Parry, nahm ich an, wäre über den fehlenden Fortschritt in der Sache nicht sonderlich besorgt, doch mit Lady Elizabeth lag die Sache anders.

KAPITEL FÜNFZEHN

Am darauffolgenden Morgen, einem weiteren sonnigen Tag, gesellte sich Toby erneut um Schlag sechs zu uns zum Frühstück. Seiner Mutter, sagte er, ginge es ein wenig besser. Kaum hatte er sich hingesetzt, erschien Barak in der Tür. Der Mann, der den Gästen das Frühstück auftrug, blickte missbilligend auf seinen Arm und die schäbigen Kleider, aber Barak scherte sich nicht darum und setzte sich zu uns. »Du erinnerst dich an Toby Lockswood?«, sagte ich. »Er hat uns am Donnerstag hierherbegleitet.«

»Freilich.« Barak schüttelte Toby die Hand. »Ihr seid der mit der Ortskenntnis.«

»Etwas in der Art, ja.«

»Augen auf und Ohren gespitzt, so ist es recht«, fügte Barak beifällig hinzu.

»Ja, und meine Kontaktleute hier in Norwich versorgten mich gestern Abend noch mit nützlichen Informationen.« Toby wandte sich uns zu. »Ich weiß jetzt, wo Scamblers Tante wohnt, unten in der Ber Street, und auch Josephine und Edward Brown habe ich ausfindig gemacht.«

»Josephine«, sagte Barak. »Natürlich, sie ist jetzt hier. Wie geht es ihr?«

»Ihr Ehemann arbeitet für einen Steinmetz, und sie sitzt am Spinnrad. Sie sind nach Conisford umgezogen, im Süden der Burg.« Er zögerte. »Eine arme Gegend.«

Ich sagte: »Wir werden sie heute Abend aufsuchen, und Scambler dazu, sobald wir aus Brikewell zurück sind. Danke, Toby. Wie habt Ihr Josephine aufgespürt?«

»Mein Freund fand heraus, dass der ehemalige Anwalt Henning und auch seine Gemahlin im vergangenen Jahr an den Pocken verstorben sind. Die Erben haben daraufhin sein Haus verkauft und die gesamte Dienerschaft entlassen. Mein Freund kontaktierte den früheren Steward, der jetzt kaum besser lebt als ein Bettler. Von ihm erfuhr ich, was aus Goodman Brown und seinem Weib geworden ist. Sie standen bis vor wenigen Monaten noch in Kontakt.«

Nicholas schüttelte den Kopf. »Ihr meint, die Diener blieben mit nichts zurück? Das ist hart.«

»Es geschieht öfter, als man denkt«, entgegnete Toby.

»Gut gemacht«, sagte Barak.

Toby maß ihn mit vorsichtiger Neugier. »Wie ich höre, haltet auch Ihr Augen und Ohren offen für die Richter, um hier in Norwich die Stimmung im Volk einzuschätzen.«

Ich sagte: »Jack hat diese Arbeit viele Jahre für Lord Cromwell getan.«

»Cromwell.« Toby schien beeindruckt. »Es heißt, er wäre ein Freund der Armen gewesen, wenn das Parlament und der alte König es ihm gestattet hätten.«

»So ist es«, pflichtete Barak ihm bei.

»Auf die Richter trifft das allerdings nicht zu«, sagte Toby, die blauen Augen noch immer eindringlich auf Baraks Gesicht gerichtet.

»Ich bin nur hier, um zu ermessen, wie die allgemeine Stimmung ist. Die Richter müssen nach den Assisen Lordkanzler Rich und Protektor Somerset Bericht erstatten.«

»Und wie ist die Stimmung?«

»Sehr unzufrieden«, sagte Barak mit unergründlichem Lächeln, »wohin wir auch kamen. Aber so etwas wie hier habe ich noch nie erlebt.«

Kurz danach ritten wir aus der Stadt. Mein Rücken hatte sich wieder erholt, und ich hoffte, dass der Fünfmeilenritt erträglich sein würde. Um den Marktplatz zu umgehen, ritten wir zum St Benedict's Gate hinaus, im Westen der Stadt, ehe wir die Straße gen Süden nahmen.

Trotz der frühen Stunde war bereits eine Menge Volk unterwegs, das seine Erzeugnisse in die Stadt brachte – die einen zogen Karren, beladen mit Butter und Käse, andere trugen große Körbe auf dem Rücken. Wir begegneten auch etlichen Edelleuten und Anwälten, die für die Assisengerichte in die Stadt ritten, die in drei Tagen beginnen sollten, ein jeder mit einem kleinen Gefolge von Dienern. Zwei ältere Anwälte in schwarzen Roben, eskortiert von Dienern zu Pferde, ritten auf eine Gruppe Halbwüchsiger zu, die laut und fröhlich miteinander scherzten und dabei die ganze Straße einnahmen.

»Platz da, ihr Flegel«, rief der Anwalt.

Normalerweise wären die Burschen sogleich beiseitegesprungen, zumal die Diener, kräftige Kerle, lange Messer an den Gürteln hängen hatten. Nun jedoch gaben sie zwar den Weg frei, ließen dann aber sogleich die Hosen fallen und reckten den Anwälten sechs magere weiße Ärsche entgegen. Der Mann, der sie angebrüllt hatte, lief puterrot an und war umso wütender, als viele der Umstehenden lachten, und den Burschen von allen Seiten ein »Gut gemacht!« und »Scheißt auf ihn!« entgegenschallte. Auch Barak und Toby lachten, wogegen Nicholas und ich, die ebenfalls Anwaltsroben trugen, unbehagliche Blicke tauschten. »Mit uns sollte das keiner versuchen«, sagte Nicholas.

Der Verkehr wurde weniger, als wir weiter gen Süden ritten. Das Land war flach, der wolkenlose blaue Himmel weiter, als ich je einen gesehen. Auf einem Stück Weideland war eine Gruppe Männer mit der Schafschur zugange, sie hatten die Tiere zu diesem Behufe in Pferche zusammengetrieben. Ein Tier nach dem anderen wurde herausgezogen, rücklings auf ein aufgebocktes Brett geworfen und alsdann von den Scherern, die ihre großen Schneiden mit erstaunlicher Geschicklichkeit handhabten, ihres langen, lockigen Vlieses beraubt. Es war spät für die Schur, aber der eisige Winter und kalte Frühling hatten alles verzögert.

Ich ritt an Nicholas' Seite, Toby und Barak hinter uns. Ich hatte Barak nicht mehr reiten sehen, seit er seine rechte Hand verloren hatte, aber er kam gut zurecht. Die Zügel hielt er hauptsächlich in der unversehrten Hand, obschon er sie auch um das Ende seiner Prothese gewickelt hatte. Ich erhaschte Bruchstücke ihrer Unterhaltung und war froh, dass Toby wenigstens mit ihm gut auszukommen schien, wenn auch nicht mit Nicholas.

»Ich hab noch nie so viele Schafe gesehen«, sagte Barak.

»Sie nehmen von Jahr zu Jahr mehr Land in Anspruch. Und so werden auch die arbeitslosen Dorfleute von Jahr zu Jahr mehr.«

»So munkelt man in den Schänken.«

Ich drehte mich zu den beiden um und fragte: »Hat einer von euch etwas von den Aufständen im Westen gehört?«

Barak sagte: »Es geht um das neue Gebetbuch, sagen die einen, um die dortigen Grundherren, die anderen. Ich weiß es nicht und bin mir nicht einmal sicher, ob Protektor Somerset es weiß. Aber offenbar breiten die Unruhen sich aus.«

Wir ritten tiefer in die Landschaft und stießen schließlich auf einen Sandweg, dem wir nach rechts folgten.

Barak hinter mir fragte Toby, ob er verheiratet sei.

»Ich? Nein, ich bin noch nicht bereit, mir Weib und Kinder ans Bein zu binden.«

»Ich bin schon seit sieben Jahren angebunden.« Barak lachte. »Da tut es gut, hin und wieder fortzukommen.« Er rief Nicholas zu: »Und was ist mit dir, Junge? Wie steht's um dein Liebesleben?«

»Meine Angebetete heißt Beatrice, sie ist die Tochter eines Anwalts am Gray's Inn.«

»Hübsch?«

»Schön wie eine Rose und sanft wie ein Täubchen.«

»Dann läuten wohl bald die Hochzeitsglocken?«

»Wer weiß?«

Ich wandte mich zu Barak um. »Beatrice' Mutter ist geblendet von den großen Namen meiner Dienstherren. Ich glaube, sie träumt schon davon, einmal mit Lady Elizabeth zu plaudern.« Ich hätte nicht gewagt, in Nicholas' Beisein Beatrice zu kritisieren, aber ein Seitenhieb gegen die Mutter konnte nicht schaden.

»Dann ist sie wohl ein Snob?«, versetzte Barak, direkt wie immer.

»Umso besser für mich und meine Absichten«, entgegnete Nicholas abgeklärt.

Wir ritten an einer kleinen Kapelle vorbei, in der bis zum vergangenen Jahr vermutlich ein Priester Messen für die Toten zu lesen pflegte; Kirche und Ländereien waren nun vom König beschlagnahmt worden. Viele der Buntglasfenster waren durch Steine zu Bruch gegangen, und jemand hatte mit Kreide *Tod dem Papst* auf die Pforte geschmiert. Bald darauf sahen wir in der Ferne einen Kirchturm aufragen, und Toby hielt sein Pferd an. »Wir sind jetzt fast in Brikewell angelangt. Dort vorne ist die Dorfkirche. Es könnte nützlich sein, Sir, die Karte hervorzuholen, die ich Euch gab.«

Ich zog sie aus der Tasche und studierte sie, während wir weiterritten. Das Ackerland zu unserer Linken gehörte zur ehemaligen Totenmesskapelle. Ich fragte mich, ob wohl ein Käufer vorstellig geworden war, und bemerkte, dass Sir Richard Southwell die angrenzenden Felder besaß. Wir erreichten einen kleinen, ärmlichen Weiler. Alte Gehöfte, die meisten sehr klein, drängten sich um einen Teich. Wieder war zu unserer Linken Ackerland, während rechts von uns grünes Weideland war, besprenkelt mit den grauweißen Schafen dieser Gegend. »Das ist Herrenland, das zum Gut gehört«, sagte Toby. »Boleyn hat es selbst bebaut, bevor er es für die Schafe einhegte. Und dahinter ist sein Gutshaus.«

Steinwälle begrenzten jetzt die Straße. Wir gelangten zu einem offenstehenden Eisentor, das einen Blick auf ein modernes Gutshaus aus rotem Backstein bot, dessen Schornsteine hoch in den Himmel ragten. Ich bemerkte, dass der Knotengarten vor dem Haus allmählich verwilderte, die Blumenbeete voller Unkraut waren.

»Hier also lebt John Boleyn?«, fragte Nicholas.

»Ja«, antwortete Toby. »Ein großer Unterschied zum Kerker von Norwich.«

Wir ritten gemächlich den Weg entlang. Als wir uns dem Eingang näherten, kam ein großer, bärtiger Mann in den Dreißigern mit rotem Haar und stämmigem Körper, der bereits Fett ansetzte, heraus. Er trug einen Aufsitzblock. »Ich bin Serjeant Shardlake«, sagte ich.

»Master Copuldyke hat mich beauftragt, der Anklage gegen John Boleyn nachzugehen. Ist Mistress Isabella im Haus?«

Der Mann runzelte die Stirn. »Wir wussten nicht, dass ein Anwaltswechsel stattfinden sollte.«

»Ich handle im Namen Master Copuldykes. Er hat mir ein Vollmachtschreiben mitgegeben. Und Goodman Lockswood hier kennt Ihr ohnehin.«

»In der Tat. Gott zum Gruße, Toby.«

»Gott zum Gruße. Wir wollen helfen, wenn es geht.« Toby wandte sich an mich. »Dies ist Daniel Chawry, Master Boleyns Steward.«

Der Steward verneigte sich vor jedem von uns. »Wenn Ihr vom Pferd gestiegen seid, muss ich Euch leider bitten, mir dabei zu helfen, die Pferde in den Stall zu bringen. Wir haben keinen einzigen Knecht mehr.«

»Dann ist nur noch Mistress Isabella im Haus?« Ich hatte befürchtet, die Zwillinge könnten zurückgekehrt sein, doch Chawry antwortete: »Nur sie, ihre Magd und ich. Die anderen Diener sind gegangen, als der Herr abgeholt wurde.«

Ich nickte mitfühlend. Skandale wie dieser, zumal eine solche Abscheulichkeit, trieben nicht selten das Gesinde aus dem Haus. Wir stiegen von den Pferden, und ein böser Stich unterhalb meines Schulterblatts erinnerte mich daran, dass mein Rücken sich noch nicht wieder beruhigt hatte. Chawry führte uns um das Haus herum zu den Stallungen. Daneben befand sich noch ein kleinerer Stall, und als wir daran vorbeigingen, hörten wir lautes Wiehern und das Schlagen von Hufen. Barak fragte: »Der berüchtigte Midnight?«

»Tja. Das einzige Pferd, das uns, abgesehen von dem der Herrin, noch geblieben ist. Gott sei Dank ist der Stall aus starkem Eichenholz gebaut und sein Stand darin stabil; ich werfe ihm sein Heu übers Tor. Hineingetraut, um auszumisten, habe ich mich nicht.«

Ich überließ Barak mein Pferd und ging zu dem kleinen Stall. Hier also waren die Stiefel und der Hammer gefunden worden. Ich warf einen Blick auf die Tür; sie war fest verschlossen und mit einem Vorhängeschloss gesichert. Außerdem war sie oben mit der Wand und unten mit der Stufe bündig. Niemand hätte Hammer und Stiefel von außen hineinwerfen können. Ich ging um das Gebäude herum. Auf der Rückseite befand sich ein Fenster mit geschlossenen Läden. Ich zog daran. Sie waren von innen verriegelt. Mein Tun löste im Inneren erneutes frenetisches Wiehern und Schlagen aus. Ich kehrte auf die Vorderseite zurück. Zwischen zwei Brettern entdeckte ich einen kleinen Spalt, nur einen Viertelzoll breit, und spähte hindurch. Im Inneren herrschte fast vollständiges Dunkel, doch als meine Augen sich daran gewöhnt hatten, erhaschte ich einen Blick in das Weiße wild rollender Pferdeaugen. Ich wich zurück. »Ist es nicht grausam, das Tier im Dunkeln zu halten?«, fragte ich Chawry.

»Jenes Fenster ist von innen verriegelt. Um es zu erreichen, müsste man an Midnights Stand vorbei und geriete somit in den Bereich seiner Hufe. Aber Master Boleyn hat mir den Schlüssel gegeben; wenn Ihr möchtet, lasse ich Euch hinein«, fügte er ein wenig dreist hinzu.

»Lieber nicht«, versetzte ich trocken.

»Master Boleyn ist aus irgendeinem Grund erpicht darauf, Midnight so schnell wie möglich loszuwerden; und ich soll einen Käufer finden. Keine einfache Pflicht.«

Wir banden unsere Pferde im anderen Stall fest, woraufhin Chawry uns ins Haus führte. Er bat uns, in der Diele zu warten, und begab sich zu seiner Herrin. Es war ein schönes Haus und fein ausgestattet. Die Wand füllte ein kostbarer Gobelin, auf dem ein ländliches Idyll mit Nymphen und Schäfern zu bestaunen war. In den Ecken allerdings sammelte sich der Staub.

Chawry kam zurück und sagte, Mistress Boleyn sei nun bereit, uns zu empfangen. Er benutzte den Titel, der ihr streng genommen nicht mehr zustand. Um die Frau nicht in Bedrängnis zu bringen, bedeutete ich Barak und Toby zu warten und folgte mit Nicholas dem Steward in ein geschmackvoll eingerichtetes Gesellschaftszimmer. Auch hier waren wie zuvor schon in der Diele Zeichen der Vernachlässigung zu bemerken. Eine außergewöhnlich hübsche, dralle Frau Anfang dreißig, das blonde Haar unter einer nüchternen

schwarzen Haube versteckt, stand vor uns, die Hände ineinanderge-
presst. Wir verneigten uns, und ich stellte uns beide vor.

»Master Copuldyke hat Euch gebeten, meinem Gatten zu helfen?«
Sie sprach mit einem starken dialektalen Einschlag.

»Er wünscht, dass ich dem Fall auf den Grund gehe. Vielleicht lässt
sich ja neues Licht auf den Mord werfen.«

»Gott segne die durchlauchtige Lady Elizabeth«, sagte Isabella inbrünstig. »Aber uns bleibt nur noch wenig Zeit. Nur sechs Tage …«

»Ich weiß. Ich war gestern bei Eurem Gatten in Norwich Castle;
er lässt Euch lieb grüßen und dankt Euch für die Speisen, die Ihr
ihm geschickt habt.«

»Ich habe noch etwas hier. Könntet Ihr es zu ihm bringen? Sonst
hat er nichts zu beißen, man lässt die Gefangenen darben.«

»Aber ja.«

Sie wischte sich eine blonde Strähne aus der Stirn. »Seit die Köchin gegangen ist, habe ich nichts anderes getan, als für John das
Essen zuzubereiten. Zum Glück habe ich im Wirtshaus Erfahrung
sammeln können.« Sie maß mich aus ihren großen dunkelblauen
Augen. »Ihr wisst von meiner früheren Beschäftigung. Johns Nachbarn verachten ihn, seit er mich ins Haus gebracht hat. Verachtet Ihr
mich auch dafür, Sir, und weil ich jahrelang in Sünde gelebt habe?«

Die Frage war bemerkenswert unverblümt, aber auch mutig. »Natürlich nicht. Ich werde alles tun, was in meiner Macht steht, um
Euch zu helfen.«

»Und ich ebenso«, fügte Nicholas hinzu. Er betrachtete Isabellas
ungewöhnliche Schönheit mit sichtlicher Wertschätzung.

Ich sagte: »Dürfen wir uns setzen und Euch einige Fragen stellen, auch persönliche? Master Nicholas wird sich Notizen machen«,
setzte ich hinzu.

»Gewiss. Daniel, würdet Ihr uns allein lassen?« Chawry verneigte
sich und wandte sich zum Gehen. An der Tür hielt er kurz inne
und warf Isabella einen schmachtenden Blick zu, wie ich meinte,
obschon Isabella ihn nicht zu bemerken schien. Als er gegangen war,
sagte sie ruhig: »Ihr wisst natürlich, dass ich dem Gesetze nach nicht

länger Johns Weib bin. Und doch weiß ich, dass er im Falle eines Freispruchs hierher zurückkehren und sich meiner annehmen wird wie in den Jahren vor Ediths Ermordung.«

»Gut zu wissen.« Ich räusperte mich. »Ihr seid Eurem Gatten vor etwa zehn Jahren begegnet?«

»Ja, damals arbeitete ich als Schankkellnerin in einem Wirtshaus. John war oft dort zu Gast, um seinem häuslichen Leben zu entrinnen. Er erzählte mir von seinen Nöten mit Edith. Trotzdem wollte ich natürlich nicht, dass etwas so Entsetzliches mit ihr geschehen sollte. Und seine Söhne, die doch erst acht Jahre zählten« – sie verzog angewidert den Mund –, »waren schon damals voller Niedertracht und Grausamkeit.«

Nicholas sagte: »Wir hatten bereits das Vergnügen mit den beiden.«

»Zunächst tat John mir leid. Ich sah, dass er ein anständiger Mensch war, der mit seinem traurigen Schicksal haderte. Und mit den Monaten – fanden wir Gefallen aneinander.« Sie sah mich trotzig an. »Dergleichen geschieht, allen Unterschieden zum Trotz, nicht wahr?«

»Oh ja«, antwortete ich mitfühlend. Ich lächelte und fragte dann: »Seid Ihr Edith je begegnet?«

»Nie. Aber ich hörte genügend Geschichten von John und später von Dienern und Nachbarn. Über ihr sauertöpfisches Wesen, ihre mangelnde Fürsorge für ihre Kinder, ihr zuweilen grundloses Hungern. John glaubte am Ende schon, sie sei toll geworden. Und dann trugen missgünstige Lästerzungen ihr die Sache zwischen uns zu, und bald darauf war sie verschwunden. Nach einer Weile, als absehbar war, dass sie nicht mehr zurückkäme, holte John mich zu sich. Oh, er hatte mich natürlich gewarnt, dass die feinen Herrschaften vor Ort entsetzt wären und die Zwillinge eine Plage. Aber weil ich ihn liebte, willigte ich ein.«

Nach kurzem Zögern fragte ich: »Hat er Euch je erzählt, dass er Edith gebeten hatte, ihm weitere Kinder zu schenken?«

Sie sah mich einen Moment lang kühn an. »Ja, aber sie weigerte sich. Zunächst hatte er sich mit ihr gestritten, aber irgendwann war es ihm einerlei. Schon lange bevor er mir begegnete, hatte John seiner Frau gegenüber denselben Widerwillen empfunden wie Edith offenbar gegen ihn.«

Ich wechselte einen Blick mit Nicholas. Es war nicht die Geschichte, die uns Gawen Reynolds' Steward Michael Vowell erzählt hatte. Ich sagte: »Verzeiht, dass ich Euch diese Frage stelle. Ihr und John habt keine Kinder. War dies eine willentliche Entscheidung?«

Isabella seufzte. »Ich wollte kein Kind außerhalb der Ehe. John dagegen schon. Er hasste die Vorstellung, dass die Zwillinge seine einzigen Erben wären, und versuchte mich eine Weile zu überreden« – sie errötete und schlug die Augen nieder –, »doch dann akzeptierte er meine Weigerung. Wir – wir trafen gewisse Vorkehrungen, auf dem Land kennt man sich darin aus. Wenn wir irgendwann Hochzeit halten könnten, sagte ich zu John, würde ich ihm gern ein Kind schenken. Als wir daher heirateten, nachdem Edith für tot erklärt war, versuchten wir unser Glück.« Sie seufzte. »Aber bis jetzt wurden wir noch nicht mit einem Kind gesegnet.« Sie schüttelte müde den Kopf. »Hätte ich gewusst, was wird, hätte ich schon vor Jahren versucht, ihm eines zu schenken.« Sie holte tief Luft und errötete wieder, und mir wurde bewusst, wie schwer es ihr fiel, vor Fremden so offen zu sprechen. Wieder kam sie mir tapfer vor, nicht dreist.

Ich sagte ruhig: »Und wie kamt Ihr mit den Zwillingen zurecht, als Ihr hier eingezogen wart?«

Sie blickte mir in die Augen. »Sie hassten mich vom ersten Augenblick, so wie ich sie zunächst hasste, dann aber zunehmend fürchtete. Mein Mann mochte tun, was er wollte, sie waren nicht zu bändigen.«

»Wie ich hörte, wollte kein Hauslehrer bleiben.«

»Einen dieser bedauernswerten jungen Männer haben sie gefesselt und dann die Stufen hinuntergestoßen. Ein Wunder, dass er sich nicht den Hals dabei brach. Einen anderen Lehrer zogen sie im Schulzimmer nackt aus und warfen ihn dann hinaus auf den Rasen. Er war der letzte. Sie waren vierzehn damals, bullenstark und hinter den Mägden her. Die beiden hielten stets zusammen wie Pech und

Schwefel. Seit John im Kerker sitzt, habe ich Angst vor ihnen. Zum Glück haben sie beschlossen, sich in den Schutz ihres Großvaters zu begeben, weil sie befürchten, zu Mündeln des Königs zu werden, sollte mein Mann …« Sie brach ab und fing an zu weinen. Energisch wischte sie die Tränen fort und sagte: »Sprecht weiter, Master Shardlake, verzeiht mir die weibische Schwäche.«

»Kennt Ihr den Großvater der Zwillinge, Master Gawen Reynolds? Ich traf ihn gestern. Ein cholerischer alter Mann.«

»Ich bin ihm nie begegnet. Er wollte nichts mit mir zu schaffen haben, aber die Zwillinge sind oft bei ihm. Aus demselben Holz geschnitzt, wie ich meine.«

»Er scheint nachsichtig gegen sie.«

Sie zuckte die Schultern. »Soll er. Ich wäre froh, wenn ich sie nie mehr zu sehen brauchte.«

Ich sagte: »Da ist noch etwas, und es ist sehr wichtig. Eurer Aussage zufolge begab sich Euer Mann in der Nacht von Ediths Tod in seine Schreibstube, um einige Dokumente durchzusehen, und wollte nicht gestört werden. Zwei Stunden lang war er nicht in Eurer Gegenwart.«

»Das ist wahr. Er hat einen Streit mit seinem Nachbarn, wie Ihr wisst, Witherington. Der arme John, immer verschwören sich Leute gegen ihn, um ihm das Leben sauer zu machen.«

»Diese fehlenden zwei Stunden sind sehr wichtig.«

Isabella runzelte die Stirn. »Glaubt Ihr, das wüsste ich nicht? Ich habe John angeboten, für ihn zu lügen und vor Gericht auszusagen, ich wäre in jenen Stunden zu ihm gegangen. Doch das ließ er nicht zu. Es wäre Meineid, sagte er, und ich geriete in Bedrängnis, wenn man mir auf die Schliche käme. Da seht Ihr es, Master Shardlake, was für ein liebender Ehemann John ist.«

»Und was für eine liebende Gemahlin Ihr seid«, sagte ich sanft. »Nicholas, was Mistress Boleyn soeben über Meineid sagte, soll unerwähnt bleiben.«

»Ich habe nichts dergleichen vernommen.« Er lächelte, und Isabella lächelte schwach zurück.

»Wo war er in jenen zwei Stunden?«, fragte ich.

Isabella sah mich streng an. »In seinem Kontor.«

Ich fragte: »Werdet Ihr als Einzige vor Gericht zugunsten Eures Gatten aussagen?«

Isabella presste die Lippen aufeinander. »Ja. Ich werde sagen, er sei der beste aller Ehemänner und dass er Edith ermordet habe, sei ganz ausgeschlossen.«

»Noch eine letzte Frage. Habt Ihr irgendeine Vorstellung, wer sie getötet haben *könnte*?«

Sie schüttelte den Kopf. »Glaubt mir, ich habe immer und immer wieder darüber nachgegrübelt und finde keine Antwort. Leonard Witherington will zwar einen Teil unseres Landes an sich bringen, aber würde er sich zu diesem Zweck einem Mordverdacht aussetzen? Wohl kaum.«

»Und die Zwillinge?«

Sie schüttelte den Kopf. »Nein. So schlecht sie sind, ihre Mutter haben sie geliebt.«

»Sehr traurig scheinen sie nicht zu sein über ihren Tod.«

»Es ist ihre Art. Sie würden es als Schwäche empfinden.«

»Verstehe.« Ich lächelte ihr zu. »Zuletzt möchte ich Euch noch einen kleinen Rat geben. Ich bewundere Eure Offenheit. Aber vor Gericht solltet Ihr Euch ein wenig bescheidener, ein wenig bedrückter zeigen. Und habt keine Angst davor zu weinen. Die Tränen einer Frau können bei den Geschworenen Mitleid hervorrufen.«

»Ihr meint, ich sei zu kühn? Glaubt mir, den Menschen die Stirn zu bieten war mein Los in den letzten neun Jahren.«

»Ich verstehe Euch, Mistress Boleyn. Aber berücksichtigt die Geschworenen.«

»Das werde ich. Und wenn ich daran denke, was meinen Mann erwartet, sollte er verurteilt werden, kommen die Tränen von allein.« Sie senkte kurz den Kopf und blickte wieder auf. »Findet den Mörder, ich bitte Euch. Meinem Ehemann zuliebe und auch für die arme, elende Edith.«

KAPITEL SECHZEHN

Als Nächstes würde ich den Tatort aufsuchen, sagte ich zu Isabella und fragte sie, ob Chawry uns begleiten dürfe. Sie willigte ein und ging ihn suchen. Nicholas und ich kehrten in die Diele zurück und brachten Barak und Toby auf den neuesten Stand.

»Sie ist eine Frau mit Mut und Verstand«, sagte ich. »Und ihrem Gatten offenbar sehr zugetan.«

»Nur ein wenig keck«, sagte Toby. »Sie soll mit den Klagen der Pächter ebenso unnachgiebig verfahren wie die Damen von Stand. Die Geschworenen könnten sie für ein Luder halten.«

»Ich habe ihr geraten, bescheiden zu sein. Und ich habe nicht vergessen, dass sie ein ebenso starkes Motiv hatte, Edith loszuwerden, wie ihr Mann. Nur hätten beide nichts davon, den Leichnam derart zur Schau zu stellen.«

Nicholas fragte: »Habt Ihr bemerkt, wie Chawry sie ansah?«

»Und ob. Aber *sie* schien es nicht zu bemerken.«

»Sollte Boleyn hängen, wäre der Weg frei für Chawry. Dann hat vielleicht auch er ein Motiv.«

Ich seufzte. Bis jetzt hatte mein Besuch in Brikewell also nur einen weiteren Verdächtigen hervorgebracht.

Chawry erschien und versprach, uns an den Fluss zu führen, der die Grenze zwischen Boleyns und Witheringtons Ländereien bildete, und zu der Stelle, an der Edith zu Tode kam. Er hatte für jeden von uns ein Paar schwere Arbeitsstiefel mitgebracht. »Es ist sehr schlammicht am Wasser«, sagte er.

»Schlammig«, erklärte Toby.

Ich betrachtete die Stiefel. Sie waren allesamt schwer und groß. »Sie gehören den Zwillingen und Master Boleyn«, erklärte Chawry. »Das Paar im Stall wurde als Beweismittel beschlagnahmt.«

Wir bedankten uns, schlüpften in die Stiefel, und er führte uns aus dem Haus.

❦

Wir gingen den Fußweg entlang, der mitten durch Brikewell hindurchschnitt, gepflügte Felder zu beiden Seiten.

»Eure Herrin ist ihrem Gatten treu ergeben«, sagte ich zu Chawry.

»Sie ist eine wunderbare Frau«, antwortete er beherzt, »und eine gute Herrin.«

»Haltet Ihr Master Boleyn für unschuldig?«

»Jawohl. Ich arbeite seit fünf Jahren für ihn. Er scharrt zuweilen mit den Hufen, ich meine, er macht sich immerzu Sorgen, aber er ist ein guter Herr. Ich glaube, er hat sich stets ein ruhiges Leben gewünscht.«

»Lebt Ihr im Herrenhaus?«

»Nein, ich habe ein eigenes kleines Gehöft, etwas abseits.«

»Ach so«, sagte ich, scheinbar leichthin. »Genügend Platz, um eine Familie zu gründen?«

»Nein, ich bin noch nicht verheiratet.«

»Habt Ihr in der Mordnacht etwas gehört?«

»Nein.« Seine Züge wurden hart. »Ich habe kein Alibi, wenn Ihr das meint.«

Ich sah, dass die meisten Felder in Streifen unterteilt waren, doch an einer Stelle waren mehrere Äcker zu größeren Feldern zusammengefasst. Und am Wegesrand stand ein bescheidenes Steinhaus. Chawry deutete darauf. »Es gehört Yeoman Charlesworth«, brummte er. »Er tauschte seine Streifen mit denen anderer Pächter und kaufte noch welche dazu. Einer dieser emporgekommenen Bauern, die dafür zahlen, ihre Kinder zur Schule zu schicken.«

Ich sagte: »Mein Vater hat dasselbe für mich getan. Auch er war ein Yeoman, ein Freibauer, in den Midlands.«

Chawry schaute beschämt drein, und ich sah, wie Barak und Toby einander zuzwinkerten. Die Leute auf den Feldern hielten in der

Arbeit inne und starrten uns an, auf ihre Rechen und Schaufeln gestützt.

»Gleich sind wir aus ihrem Blickfeld«, sagte Chawry. »Neugieriges Gesindel.«

Nach einiger Zeit endeten die Felder, durch einen Zaun vom gemeinschaftlichen Weideland zu beiden Seiten des Weges getrennt. Einige Schafe grasten dort, aber weitaus mehr Ochsen und Kühe. Zur Rechten, jenseits eines Teiches, begann der Wald, während sich zur Linken ein sumpfiges, schilfbewachsenes Gelände erstreckte mit vereinzelten Bäumen. Die Sonne brannte auf uns herab; es war heißer heute.

Toby hielt inne, beugte sich über den Zaun und blickte mich an. »Die Gemeindeflur, Master Shardlake. Vielerorts trachten die Grundherren danach, sie einzuhegen. Jede dieser Kühe gehört einem Dorfbewohner und versorgt eine Familie mit Milch. Die Ochsen und Pferde ziehen die Pflüge. Der Wald liefert Holz und je nach Jahreszeit Futter für die Schweine. Der Sumpf liefert das Schilfrohr und die Wasservögel für den Kochtopf. Ohne die Gemeindeflur kann kein Dorf überleben.«

»Wohl wahr«, sagte Chawry, »obschon einige Dörfer mehr Gemeindeflächen haben, als sie brauchen. Hier ist es Master Witherington, der sein Land für Schafe einhegen will. Und zum Ausgleich nimmt er sich ein Stück vom Grund und Boden meines Herrn.«

»Ist die Gemeindeflur nicht durch die Lehensgesetze geschützt?«, fragte Barak.

»Doch«, versetzte Toby. »Aber wer hält Gericht, und wer führt die Bücher? Der Lehensherr.«

Chawry wandte sich ihm zu. »Ihr hört Euch an wie einer dieser radikalen Gemeinwohlbefürworter, Gevatter. Wenn Ihr einen schlechten Gutsherrn finden wollt, dann schaut Euch Master Witherington an.«

»Goodman Chawry«, sagte ich, »seht Ihr dort drüben den schmalen Streifen durch die Gemeindeflur, wo das Gras dunkler ist? Verlief dort das alte Flussbett, von dem Witherington behauptet, es sei die Grenze?«

»Stimmt«, sagte Chawry. »Dort fließt jedoch kein Wasser mehr, es füllt sich nur, wenn es regnet.«

»Und dort unten, eine Drittelmeile von uns, sehe ich einen Fluss und eine Brücke.«

»Das ist die Grenze. Wo der Leichnam der armen Edith Boleyn gefunden wurde.«

»Dann wollen wir hingehen und uns die Stelle ansehen.«

Wir gingen bis zu einer Brücke aus hölzernen Planken über einen Fluss, die Grenze zu Witheringtons Land. Auf seiner Seite erstreckte sich links Ackerland, rechts eingehegtes Weideland für Schafe. Weiter unten sahen wir ein Dorf und die Kirche. »Anderswo hätte man vielleicht den hiesigen Pfarrer gebeten, einen Streit zu schlichten, aber der Geistliche hier ist schwach und ungebildet und hält sich lieber aus allem heraus.« Chawry schnaubte verächtlich. »Bevorzugt die alte Messe und tut keinen Mucks.«

Wir standen auf der Brücke und blickten auf den kleinen Fluss, der langsam zwischen seinen schlammigen Ufern dahinströmte, gelegentlich von Weiden überschattet. Chawry holte tief Luft. »Wollt Ihr die Stelle sehen, an der man die Tote fand?«

»Bitte.«

Wir kehrten auf Boleyns Flussseite zurück und betraten durch ein Tor das Weideland. Chawry folgte dem Strom etwa fünfzig Yards, ehe er stehen blieb und das schlammige Ufer hinunterblickte. »Es war genau dort, neben jener jungen Weide. Ich wurde gerufen, als der alte Schäfer sie entdeckt hatte. Ein grausiger Anblick war das, dieser nackte Leib, der aus dem Wasser ragte, dass jedermann ihn sehen konnte: Als man ihn herauszog, war der Kopf eingeschlagen. Die Schädeldecke brach entzwei, und das Hirn fiel ins Wasser.«

Ich stapfte durch den Schlamm nach unten, froh um die Stiefel. Jeder Schritt entließ stinkende Blasen. Nicholas folgte, streckte Barak die Hand hin, um ihm zu helfen, der sich mit seinem Arm schwertat, das Gleichgewicht zu halten. Chawry und Toby blieben oben stehen. Chawry rief nach unten: »Gebt acht, es saugt sich an Euren Füßen fest; Ihr müsst behutsam hindurchwaten.«

»Mit der nötigen Kraft lässt sich ein Leichnam leicht ins Wasser schaffen«, sagte Barak. »Man braucht ihn bloß um die Mitte zu nehmen und ihn hineinfallen zu lassen.«

Ich blickte zur Brücke hinüber, maß die Entfernung. »Aber die Tote hierher- und dann noch durch den Schlamm zu schleppen wäre schwer. Auch wenn wir davon ausgehen, dass Edith – was naheliegt – an der Brücke niedergeknüppelt und ermordet wurde, musste der Mörder die Leiche dann hierherschaffen, noch dazu in vollkommener Dunkelheit. Dazu war ein überaus kräftiger Mann vonnöten, und einer, der sich hier auskannte.«

Nicholas nickte beipflichtend. »Ich bezweifle, dass ich es schaffen würde.« Er sah mich an. »Vielleicht waren es zwei Mörder.«

»Gut möglich«, meinte Barak.

Einen Moment lang standen wir schweigend im Schlamm und blickten auf die sanft dahinfließenden Wasser.

»Wir sind uns also einig, dass es für nur einen Einzeltäter schwierig wäre, Edith hierherzuschleppen«, sagte ich. »Und doch würde ein Verrückter, der seinen hässlichen Wahn auslebt, allein agieren.«

»Oder es waren zwei Wahnsinnige, die stets gemeinsam handeln«, stellte Nicholas leise fest.

Ich sah ihn an. »Gerald und Barnabas?«

»Ihre Mutter hatte vielleicht den Kontakt zu ihnen gesucht und sich hier mit ihnen getroffen.«

»Aber die beiden liebten doch ihre Mutter, wie uns jedermann bestätigte.« Ich biss mir auf die Lippe und starrte über die Felder und Wiesen. »So viele Möglichkeiten.«

Wir stemmten uns aus dem Schlamm und kehrten zum Fußweg zurück. Chawry strich sich den roten Bart. Ich sagte: »Ich bin Euch sehr dankbar, dass Ihr uns den Ort gezeigt habt, Master Steward. Eine Frage noch, wenn Ihr erlaubt. Hat es in den vergangenen Jahren in dieser Gegend noch andere Morde gegeben? Oder sind Personen verschwunden?«

Er schüttelte verdutzt den Kopf. »Nein. Dies ist ein ruhiger Ort – abgesehen von der Rauferei mit Witheringtons Pächtern vor einigen Monaten.«

»Ich dachte nur«, sagte ich leichthin. Mir war eingefallen, dass Grace Bone ebenso spurlos verschwunden war wie ihre Herrin Edith, nur kurz vor dieser.

Er schüttelte den Kopf. »Ich weiß von nichts.«

»Besagte Rauferei«, hakte ich nach, »die Zwillinge waren auch dabei, nicht wahr? Und es kam auf beiden Seiten zu Gewalttätigkeiten. Hat Master Boleyn Euch gebeten, die Angelegenheit für ihn zu regeln?«

Chawrys braune Augen funkelten, und er runzelte leicht die Stirn. »Es war Witherington, der gewaltsam unser Land zu belagern versuchte. Ich hatte einen gedungenen Spitzel unter seinen Pächtern, daher waren wir auf sie vorbereitet, als sie kamen. Master Boleyn hat mich in der Tat gebeten, die Sache zu regeln, jawohl, und es war meine Idee, die Zwillinge ins Spiel zu bringen. Sie stehen zwar auf Kriegsfuß mit ihrem Vater, aber für eine Keilerei sind sie stets zu haben. Sie gehören zu einer kleinen Meute junger Herren, die sich anheuern lassen, wann immer zwei Grundherren aneinandergeraten oder es Streit gibt zwischen den Grundherren und ihren Pächtern. Wenn es besonders rau herging, so lag es an Witherington.«

»Wusste Master Boleyn, dass die Zwillinge kommen würden?«

Wieder funkelten seine Augen. »Ich hielt es für besser, ihm nichts zu sagen. Ich nahm über ihren Großvater Kontakt zu ihnen auf.«

»Wahrscheinlich besser so«, sagte ich und dachte mir: Dieser Mensch hat eine ruchlose Ader. »Danke für die Hilfe. Kehrt jetzt lieber zu Eurer Herrin zurück. Wir gehen weiter nach South Brikewell und versuchen, mit Master Witherington zu sprechen.«

Chawry neigte den Kopf zur Seite. »Seid auf der Hut, Sir. Witherington kann ein arger Rüpel sein.«

Als wir die Brücke überquerten, blickte ich zurück. Chawry stand auf dem Weg und starrte hinter uns her. In der Ferne hörten wir lautes Geschrei und Gezeter. Irgendetwas ging vor auf Witheringtons Gut.

KAPITEL SIEBZEHN

Wir schritten weiter, auf das Dorf South Brikewell zu. Noch immer tönte Geschrei zu uns herüber, und auf der Anhöhe hinter dem Dorf waren Gestalten zu sehen, die in den Feldern einherrannten und weiße Vögel aufscheuchten. Wir gingen am Torweg zu einem weiteren Gutshof vorüber. Er war neuer als Boleyns Haus und aus Feuerstein errichtet. Im Hof rannten Männer hin und her, und ein paar Pferde wurden aus dem Stall gebracht. Ein Mann hielt zwei gewaltige Jagddoggen an der Leine. Als sie unser gewahr wurden, fingen sie wütend an zu bellen und bleckten die Zähne.

»Kein guter Zeitpunkt für einen Besuch«, sagte Barak. »Offenbar gibt es Ärger.«

»Wir könnten nachsehen, was in den Feldern vor sich geht«, schlug Toby vor.

»Vielleicht lassen wir es lieber bleiben«, entgegnete Nicholas.

»Nein«, sagte Barak. Er stützte mit der Linken die eiserne Hand; im Gehen spürte er ihr Gewicht. Dennoch war er erpicht darauf, zu erkunden, was vor sich ging. »Einen Blick zu wagen könnte hilfreich sein. Jeder von uns hat ein Messer«, fügte er hinzu, »und Nick hat sein Schwert.«

»Also gut«, stimmte ich zu. »Aber seid auf der Hut.«

Wir gingen durch das Dorf, das hauptsächlich aus ärmlichen Behausungen rund um einen Teich bestand und ein wenig kleiner war als North Brikewell. Dahinter erstreckte sich umhegtes Weideland, gesprenkelt mit frisch geschorenen Schafen. In der Mitte der Weide stand eine Schäferhütte, und ich fragte mich, ob sie jenem Adrian Kempsley gehörte, der die Tote gefunden hatte.

Das Dorf war verlassen bis auf ein paar Hühner und Ziegen, die sich zwischen den Häusern herumtrieben. Die meisten Fenster waren mit Läden verschlossen, aber wo sie offen waren, sahen wir ängstliche Gesichter herausblicken, vorwiegend von Alten und Kindern. In den Feldern hinter dem Dorf bewegten sich an die dreißig Leute, zumeist Männer, aber auch etliche Frauen und ältere Kinder, die schmalen Feldraine zwischen den Streifen entlang, auf denen noch grün und kurz der Hafer stand. Sie waren mit Netzen und Mistgabeln ausgerüstet, und drei junge Männer trugen Bogen und Pfeile. Während die Leute langsam dahinschritten, flogen noch mehr weiße Vögel auf und flatterten ziellos umher. Die Leute schlugen auf sie ein, und einer der Bogenschützen schoss einen Pfeil ab und holte einen der Vögel aus der Luft.

»Trefflicher Schuss«, stellte Nicholas bewundernd fest.

»Was tun sie denn da?«, fragte ich.

Toby lächelte. »Sie erlegen die Tauben des Gutsherrn, die ihnen das Korn wegfressen. Seht dort drüben.« Er deutete an den Rand des Weidelands, wo ein großes sechseckiges Gebäude stand. »Ein riesiger Taubenschlag. Eier und Fleisch der Tauben sind eine erlesene Köstlichkeit für die Reichen, aber sie stehlen den Kindern das letzte Korn vom Mund.«

Nicholas sagte: »Mein Vater besitzt ebenfalls ein Taubenhaus, aber im Vergleich zu diesem ist es winzig.«

»Diese neuen großen können Hunderte der elenden Vögel beherbergen.« Toby lachte. »Schaut nur, wie sie torkeln. Die Leute haben ihnen offenbar biergetränkte Samenkörner hingeworfen.«

»Dergleichen ist nicht erlaubt«, sagte ich. »Die Bauern könnten Ärger bekommen.«

»Sie haben die Schnauze gestrichen voll«, fauchte Toby mit jähem Zorn. Ich sah ihn streng an. »Es tut mir leid, Sir«, sagte er.

Wieder erhob sich eine Taube torkelnd in die Luft und wurde von einer Mistgabel aufgespießt. Die Leute sahen uns jetzt entgegen, sichtlich verwirrt, dass plötzlich Fremde hier erschienen. Mir kam die Szene in den Sinn, als die Lehrjungen den Anwälten auf der Straße ihre entblößten Hinterteile hingereckt hatten. »Vielleicht sollten wir gehen«, sagte ich leise.

Im selben Moment ertönten auf dem Pfad hinter uns Gebell und Hufschlag. Wir traten eilig beiseite, als zwei Reiter vorbeipreschten, gefolgt von einem halben Dutzend stämmiger Männer mit Schwertern und Hellebarden und zwei weiteren mit je einer Dogge an der Leine. An dem Zaun, der das Feld umschloss, stiegen die Reiter von den Pferden, banden sie fest und öffneten das Tor. Ihr Anführer war ein kurzer, feister, rotgesichtiger Mann in seinen Fünfzigern, der mit einem Schwert herumfuchtelte. »Schluss damit!«, brüllte er. »Schurken! Gesindel! Hört sofort auf, meine Vögel zu metzeln! Ihr verstoßt gegen das Gesetz, ich lasse euch allesamt einberufen und nach Schottland schicken!«

Barak sagte: »Master Leonard Witherington, würde ich meinen.«

Witherington führte seine Gefolgschaft auf das Feld. Da ließen die Dorfleute von den Vögeln ab und taten sich zusammen. Sie regten sich nicht, nicht einmal, als er wütend mit dem Schwert auf die grüne Gerste eindrosch und die Ähren absäbelte. Die Bauern standen in einer Gruppe zusammen, die Männer mit Hippen, Heugabeln und anderen Gerätschaften, die leicht zu tödlichen Waffen werden konnten. Die drei jungen Bogenschützen legten Pfeile ein, richteten sie aber zu Boden, während sie Witheringtons Männer herankommen sahen.

Der feiste Kurze baute sich vor ihnen auf, immer noch aus Leibeskräften brüllend. »Verblödete Ackerknechte! Schurkengesindel! Dafür fliegt ihr von eurem Land!«

»Haltet das Maul, Master Witherington!«, rief einer zurück.

»Genau, sonst stech ich Euch mit der Mistgabel! Und Eure Hunde auch!« Ein älterer Mann hob wütend eine zweizinkige Forke in die Höhe.

»Ihr habt die längste Zeit Eure derben Scherze mit uns getrieben!«

Ein Bauer wies mit seiner Hippe auf das große sechseckige Gebäude. »Brennt den Taubenschlag nieder!«

Witheringtons Männer erhoben die Schwerter. Im Gegenzug richteten die Bogenschützen ihre Pfeile auf sie. Alsdann trat ein hochgewachsener Mann mittleren Alters aus der Gruppe der Dörfler. Anders als seine zerlumpten, verhärmten Gesellen war er wohlgenährt, das Wams und die Beinkleider, die er trug, aus gutem Tuch. Er blickte Witherington an und sprach mit lauter, klarer Stimme. »Wir wollen Euch keine Gewalt antun, Sir, aber Eure Vögel tun sich an unseren Früchten gütlich. Die Ernte in diesem Jahr ist schon mager genug.«

»Ich hätte Euch nicht an der Seite dieser Hunde erwartet, Yeoman Harris«, sagte Witherington voller Zorn. »Ihr nennt fünfzig Acker Euer Eigen, die Hälfte davon habt Ihr von mir gekauft.«

»Das hält Eure Vögel nicht davon ab, sie zu verderben!«, entgegnete Harris. »Es muss aufhören!«

Einen Moment lang standen beide Gruppen einander schweigend gegenüber. Als wir uns näherten, wurden wir von beiden Lagern argwöhnisch beäugt. »Was habt ihr hier zu suchen!«, rief einer der Dörfler uns bedrohlich zu. Harris hob eine Hand, um ihn zum Schweigen zu bringen, und schritt uns dann langsam entgegen. Er hatte ein langes Messer am Gürtel stecken. Nicholas hatte recht gehabt, wir konnten in ernsthafte Bedrängnis geraten. Doch als der Mann näher kam, sah ich, dass er lächelte.

»Seid Ihr die Kommissare, die sich der ungesetzlichen Einhegungen annehmen sollen?«, fragte er gespannt. »Wir wussten, dass der Protektor sie aussenden würde, hatten Euch nur nicht so früh erwartet.«

Er glaubte offenbar, wir seien eine der von Somerset versprochenen neuen Kommissionen. Ein durchaus einleuchtender Gedanke, wenn unversehens ein ranghoher Anwalt mit seinen Männern im Dorf erschien. Nach kurzem Zögern sagte ich: »Bedaure, nein, obschon ich gehört habe, dass sie ausgesandt werden sollen. Ich bin in einer persönlichen Angelegenheit in Brikewell, mit Euren Ländereien hat das nichts zu tun. Ich kam, um mit Master Witherington zu sprechen.«

Ein zweiter Mann kam uns forsch entgegen. Er war jünger, ärmlich gekleidet in einem zerlumpten Rock, und trug eine Sense über der Schulter. Aus seinem Gesicht sprach Wut. »Harris, du Trottel, das sind doch Witheringtons Männer.« Er hob drohend die Sense. »Ihr glaubt wohl, ihr könnt uns drankriegen, nur weil wir unsere Felder von diesen Plagegeistern befreien! Ich könnte euch ausnehmen wie einen Fisch, Buckliger!« Barak und Nicholas traten vor, aber der Mann wich keinen Schritt zurück. »Was hab ich schon zu verlieren, hä?«, schrie er zornig. »Zwei Jahre war ich in Schottland, von den Rotschenkeln gehetzt, hauste in feuchten Festungen aus Dreck, die nicht einmal den Regen abhielten, und ward um den Sold für ein ganzes Jahr betrogen! Dann komm ich zurück und finde meine Familie dem Hungertod nah, während jener Scheißhaufen dort« – er wies mit seiner Waffe auf Witherington – »mit seinen Schafen scheffelweise Geld einstreicht!«

»Halt ein, Melville!« Harris legte beschwichtigend die Hand auf den Arm des Mannes und blickte uns an, jetzt mit harter Miene. »Was habt Ihr mit Witherington zu schaffen?«

Ich antwortete mit weithin hörbarer Stimme: »Ich ermittle im Mordfall Boleyn und bin lediglich hier, um Master Witherington einige Fragen zu stellen.«

Witherington sah mich stirnrunzelnd an. Wieder kehrte Stille ein. Dann sagte Barak leise zu Melville: »Du hast vielleicht mehr Leute auf deiner Seite, Freundchen, aber jene dort haben die besseren Waffen und Hunde dazu. Bei euch sehe ich Frauen. An eurer Stelle würde ich zum Rückzug blasen, wenigstens vorerst.«

»Er hat recht«, pflichtete Toby ihm bei. »Gott sei's geklagt!«

Harris und Melville blickten einander an, dann rief Melville den Dörflern zu: »Der Anwalt ist kein Kommissar, aber Witheringtons Mann ist er auch nicht. Lasst uns also gehen, wir haben getan, was zu tun war, und die meisten dieser Vögel erledigt.«

Der Schütze, der die Taube erlegt hatte, hielt den Pfeil mitsamt dem aufgespießten Vogel in die Höhe. Dessen weißes Gefieder war jetzt blutverschmiert. Die Dörfler jubelten, und Witherington wurde puterrot. Dennoch ließ er die Bauern unbehelligt abziehen. Dann aber brüllte er ihnen hinterher: »Harris! Du bist gebrandmarkt! Und Melville, ich nehm mir dein Land, du unverschämter Schurke!«

Als Antwort wandte Melville sich um und zeigte ihm schamlos den dicken Finger.

Ich holte tief Luft. »Gott sei's gedankt, dass du hier warst«, sagte ich zu Barak. »Andernfalls wäre wohl Blut geflossen.«

»Eine gewaltige Rauferei hätte es wohl gegeben.«

»Bei Gott, wie diese Bauern mit dem Gutsherrn sprachen«, sagte Nicholas. Er schüttelte den Kopf und lachte, wobei sich in seine Entrüstung widerstrebende Bewunderung mengte.

»Da kommt er«, sagte Barak. Witherington hatte seine Männer hinter sich gelassen und kam, das Schwert in der Hand, das runde Gesicht noch immer rot vor Zorn, auf uns zugestapft. Er baute sich vor mir auf.

»Wer seid Ihr, Sir? Ihr habt Boleyn erwähnt.«

»Ja, wir untersuchen die Beweise im Fall gegen ihn. Nur um sicherzustellen, dass auch nichts übersehen wurde.«

»Auf wessen Geheiß?«

»Ich bin der Bevollmächtigte Master Copuldykes.«

Witherington maß mich aus schmalen Augen. »Dann hat Lady Elizabeth Euch hergeschickt.«

Ich holte tief Luft. »Sie möchte nur, dass wir die Fakten untersuchen und für Gerechtigkeit sorgen. Ich sage nicht, dass Master Boleyn unschuldig ist.«

»Das solltet Ihr auch hübsch bleibenlassen.« Witherington lachte hämisch auf. »Lady Mary wird nicht erfreut sein, wenn ihr zu Ohren kommt, dass ihre Schwester in Norfolker Angelegenheiten herumschnüffelt. Nun, was wollt Ihr von mir?«

»Die Ereignisse – aus Eurer Sicht. Und vielleicht lasst Ihr uns mit dem Schäfer sprechen, der die Tote gefunden hat.«

Witherington sah Barak an. »Was habt Ihr diesen Schurken zugeflüstert, dass sie abzogen?«

Barak hielt seinem Blick stand. »Nur, dass Ihr die besseren Waffen habt und dass sie auf die Frauen in ihren Reihen achtgeben sollten.«

Witherington wandte sich wieder mir zu. »Ich werde die Angelegenheit vor den Friedensrichter bringen, Harris und Melville sollen ergriffen werden, weil sie meine Vögel erlegt haben.« Wieder wallte Wut in ihm auf. »Ihr seid meine Zeugen, ihr habt gesehen, wie sie die Tauben töteten, wie unverschämt sie waren und wie Melville mir den bösen Finger zeigte!« Einen Moment lang versagte ihm vor Wut fast die Stimme.

»Ihr dürft Euch gern an mich wenden«, sagte ich. Toby wollte protestieren, aber Barak zwinkerte ihm zu. Mein Angebot an Witherington bedeutete nicht, dass ich auch darauf einginge oder nach seinem Geschmack darauf einginge.

Witherington indes nickte zufrieden, ein Einfaltspinsel, wie ich erkannte. Er wandte sich an seine Männer. »Shuckborough! Hol mir den alten Adrian Kempsley zum Gutshaus. Er wird in seiner Hütte dösen.« Nach kurzem Nachdenken setzte er hinzu: »Und Lobley bring auch. Dieser Mann hier sollte ihn sehen. Ihr zwei schafft die Hunde zurück; die Übrigen gehen wieder an die Arbeit.« Damit marschierte der kleine Zuchtmeister wieder zurück auf den Weg. Wir folgten ihm nach, vorbei an seinen Männern, die uns argwöhnisch beäugten.

In Witheringtons Haus angekommen, wurden wir in eine hallende, gepflasterte Diele geführt. Diener spähten nervös durch offene Türspalte zu uns heraus, und einer trat auf seinen Herrn zu. »Ist alles gut, Sir?«, fragte er unterwürfig.

»Gewiss, sofern du das Hinmetzeln von Dutzenden meiner Tauben als gut erachtest«, warf Witherington ihm böse hin. »Bring mir einen Krug Bier in mein Kontor. Ihr zwei Anwälte, kommt mit mir.« Während Toby und Barak in der Diele warteten, folgten Nicholas und ich ihm in eine Schreibstube, in der es stark nach Hund roch und Rechnungsbücher und Dokumente in argem Durcheinander lagen. Er schob sie beiseite. »Hier ist alles in Unordnung geraten, seit meine Frau starb.«

»Das tut mir leid«, sagte ich.

Witherington nickte. Er legte sein Schwert auf den Schreibtisch und nahm dahinter Platz. Nicholas und mir wies er Stühle. Er sah uns an und lachte bellend auf. »Euer Mann draußen hat eine merkwürdige Hand.«

»Die echte kam ihm bei einem ehrenhaften Kampf abhanden«, sagte Nicholas.

»Gegen die schottischen Barbaren?«

»Nein«, antwortete ich. »Diese Barbaren stammten aus London.«

»Ach so«, sagte Witherington, »es gibt eine Menge Barbaren in England, wie Ihr vorhin sehen konntet. Potz Pestilenz, in welchen Zeiten leben wir! Es sind diese verfluchten Gemeinwohlmänner mit ihren Flausen im Kopf. Und der Protektor lässt sie gewähren. Ich wünschte bei Gott, wir hätten noch den alten König. Die Lage spitzt sich zu im Südwesten, und auch anderswo ist Aufruhr. Und diese Szene eben war nicht die erste ihrer Art hier in der Gegend. Die Bauern sind schlicht zu dumm, um zu erkennen, was zu ihrem eigenen Besten ist. Sie behaupten, ich wollte hier noch mehr Land für meine Schafe einhegen, was auch zutrifft, aber wenn ich mir erst einen Teil von Boleyns Boden geholt habe, erhalten sie ihn als Weideland.«

Ich entgegnete: »Im Frühling kam es angeblich zu einem – Zwischenfall. Zwischen Euren Männern und jenen Boleyns.«

Witherington sah mich forschend an. »Ja. Im März. Ich wollte meinen legitimen Anspruch auf das Land bis zum alten Flussbett geltend machen, indem ich es belagern ließ, aber meine Männer wurden gewaltsam von Boleyns Leuten daraus vertrieben.«

Sein Einfall in umstrittenes Land war natürlich nicht rechtens gewesen, aber das sagte ich nicht. »Und jetzt wollt Ihr die Angelegenheit vor Gericht ausfechten.«

Witherington zuckte mit den Schultern. »Es ist vielleicht gar nicht nötig. Sollte Boleyn hängen, fällt sein Land dem König anheim, und ich kann mit dem Escheator verhandeln.«

»Dessen hiesiger Vertreter ist John Flowerdew, nicht wahr?«

»Schon möglich«, antwortete er vorsichtig.

»Wie ich höre, grenzt Sir Richard Southwells Land an das Eure und Boleyns.«

Witherington zuckte wieder mit den Schultern. »Wir werden schon handelseinig.«

Ich fragte mich, ob er bereits mit Southwell oder Flowerdew gesprochen hatte. Boleyn zufolge hatte Southwell kein Interesse an Brikewell.

»Ich verstehe nicht ganz, was diese Angelegenheiten mit dem Mord an Mistress Boleyn zu schaffen haben«, sagte Witherington und faltete die feisten Hände über dem Wanst.

»Ich versuche lediglich, mir einen Überblick zu verschaffen. Kanntet Ihr Mistress Boleyn?«

»Nur flüchtig. Sie verschwand schon zwei Jahre nachdem Boleyn und ich das ehemalige Klosterland erworben hatten. Sie war einmal hier zum Nachtmahl geladen, saß zu Tisch und redete kaum mit jemandem ein Wort. Als ich versuchte, sie in ein Gespräch zu verwickeln, handelte ich mir säuerliche Blicke ein. Und sie aß kaum mehr als ein Vogel. Wir haben sie kein zweites Mal eingeladen. Wenn Ihr mich fragt, war sie nicht ganz richtig im Kopf. Und ihre verfluchten Söhne kommen ganz nach ihr. Ihrem Vater, dem Weichling, gleichen sie jedenfalls nicht.« Er schürzte verächtlich die Lippen. »Als Edith verschwunden war und Boleyn jene Hure zu sich ins Haus nahm, da glaubten viele, er habe seine erste Frau umgebracht. Ich nicht, denn dazu braucht es Schneid, und den hat er nicht.«

»Wo könnte Edith Boleyn in den vergangenen neun Jahren gesteckt haben?«

Wieder zuckte Witherington mit den Schultern. »Keine Ahnung. Jemand wird ihr wohl Zuflucht gewährt haben. Irgendwo weit fort von hier.«

»Seltsam, dass man ihre Leiche ausgerechnet auf der Grenze zwischen Eurem und Boleyns Land entdeckte«, sagte ich.

»Was wollt Ihr damit sagen, Sir?«, fragte Witherington aufbrausend.

»Nichts. Nur dass dies ein merkwürdiger Ort war, um sich einer Leiche zu entledigen, noch dazu auf diese seltsame Weise.«

»Vielleicht hat Boleyn sich auf der Brücke mit ihr verabredet, dann die Beherrschung verloren und sie stehenden Fußes umgebracht. Jähzornig ist er ja.«

Es klopfte, und der Diener namens Shuckborough trat ein, gefolgt von einem dünnen, weißhaarigen Greis, der sichtlich Angst hatte und eine schmutzige Kappe in den Händen knetete. Shuckborough war vermutlich Witheringtons Steward und hatte auf dem Gut das Sagen, wie Chawry auf Boleyns. Er war ein großgewachsener, gutgebauter Mann in den Vierzigern mit einem kantigen, harten Gesicht. Er maß den Alten mit einem verächtlichen Blick und wandte sich dann an seinen Herrn. »Kempsley, Sir. Er war in seiner Hütte und hielt ein Schläfchen, genau wie Ihr es sagtet. Dann besaß er die Frechheit, in einem fort zu lamentieren, dass er zu viele Schafe bewältigen müsse und einen Hütejungen brauche.«

»Wenn ihm die Arbeit zu viel wird, kann er gern gehen«, erwiderte Witherington. »Willst du das, Alter?«

»Nein, Sir.«

»Dann halt gefälligst den Rand. Diese beiden Gentlemen sind wegen Boleyns Mord an seiner Frau hier. Du sollst ihnen sagen, was du an dem Tag gesehen hast.«

»Ich hab eine – wie heißt das doch gleich – eistatt...«

Ich lächelte dem Alten zu. »Eidesstattliche Erklärung. Ich habe sie gelesen. Ihr müsst etwas Entsetzliches erlebt haben.«

»Das ist wahr. Wie etwas aus der Hölle. Zuerst dachte ich, ein Schaf hätt sich im Schlamm verfangen, es war im Morgengrauen, und das Licht war noch dämmrig, doch als ich näher kam und sah, dass es jene arme Frau war ...« Die Erinnerung machte ihn schaudern.

»Und Ihr habt Tritte im Schlamm gesehen?«

»Ja, Sir, große, sie führten vom Gras auf Master Boleyns Seite zum Fluss hinunter. Große Stiefel waren das, das konnte man sehen.«

»Und Ihr seid sicher, dass die Leiche in der Nacht dort abgelegt worden war?«

»Jawohl. Ich hab noch mal nach den Schafen gesehen, bevor es dunkel wurde. So gegen neun. Da war noch nichts im Fluss.«

»Und der Täter, wer es auch sei, hatte Kenntnis von dem Ort?«

Kempsley nickte mit Nachdruck. »Oh ja. Wenn er in der Dunkelheit die arme Frau schleppte …«

»Und er muss sehr kräftig gewesen sein.«

»Gewiss. Ich bezweifle, dass einer allein dazu imstande war.«

Witherington fiel ihm ins Wort. »Auf deine Spekulationen können wir verzichten.«

»Ganz im Gegenteil«, widersprach ich, »sie sind sehr hilfreich. Sagt mir, könnten die Tritte auch von *zwei* Paar Stiefeln herrühren?«

Kempsley runzelte die Stirn. »Der Schlamm war ziemlich aufgewühlt, Sir, überall Stiefelabdrücke. Und allesamt von den gleichen Stiefeln. Mehr kann ich nicht sagen, Sir.«

»Ich danke Euch. Das ist alles. Ihr dürft wieder zu Euren Schafen gehen.« Der Steward nickte, und Kempsley tippelte aus dem Zimmer. Witherington sah zu Shuckborough hinüber, dann zu uns. »Ich möchte, dass Ihr noch jemanden befragt.« Er nickte Shuckborough zu, der hinausging, einen Augenblick später zurückkam und einen jungen Mann am Arm führte. Er war nicht älter als zwanzig, groß und athletisch gebaut, mit wirrem braunem Haar und einem dünnen Bart. Sein Gesichtsausdruck war seltsam leer, und aus dem Mundwinkel rann ihm ein Speichelfaden.

Witherington sagte: »Das ist Ralph, er arbeitet mit seinem Vater und den Brüdern auf meinem Land. Sie sind meine Knechte. Vergangenen April war er bei denen, die ich auf das von Boleyn als das seine beanspruchte Land schickte.« Er lachte verbittert. »Ralph war ein tüchtiger, kräftiger Bursche, der sich von seiner besten Seite zeigen wollte. Das ist jetzt vorbei, nicht wahr, Ralph?«

Der Junge starrte ihn an. »Ich – bin – Ralph«, sagte er schleppend. Dann lächelte er und sagte: »Ich weiß einen Reim: Ein' Ring von Rosen winde mir …«

»Sei still.« Shuckborough schüttelte ihn. Ralph verstummte. Witherington sagte: »Zeig den Herren deinen Kopf, Ralph.«

»Mag nicht«, sagte der Bursche und quiekte, als Shuckborough ihn rau zu Boden stieß, damit wir seinen Scheitel sahen. Ich wich zurück. Er hatte eine große kahle, vernarbte Stelle am Oberkopf und eine regelrechte Delle im Schädel, wo ihn ein schwerer Gegenstand getroffen hatte.

»Kein schöner Anblick, nicht wahr, Master Shardlake?«, sagte Witherington. »Das hat ihm Gerald Boleyn angetan, als er und seine Freunde sich mit Boleyns Leuten zusammentaten, um meine Männer zu vertreiben. Man würde ein paar Fausthiebe erwarten, vielleicht auch ein paar Knochenbrüche bei solch einer Keilerei, aber die Boleyn-Zwillinge hatten jeder einen großen Knüppel, und der ohne die Narbe hat den seinen Ralph über den Schädel gezogen. Ein Wunder, dass der Junge nicht zu Tode kam; aber sein Verstand ist fort.« Er winkte mit der Hand. »Führ ihn hinaus, Shuckborough, bevor er anfängt zu flennen.«

Als der Steward den Jungen hinausbrachte, sagte Nicholas: »Wenn es Zeugen gab, hätte Gerald Boleyn doch verklagt werden müssen. Er könnte dafür hängen.«

Witherington rutschte unbehaglich auf seinem Stuhl hin und her. »Ich wollte das nicht. Schließlich waren meine Leute auf Boleyns Land. Ralphs Familie kümmert sich um den Jungen, ich gebe ihnen Geld.« Er sah mich an. »Aber seid gewarnt, Master Shardlake. Ich lasse mein Haus gut bewachen, besonders nachts. Master Boleyn ist das eine, aber seine Söhne, die sind aus anderem Holz.«

KAPITEL ACHTZEHN

Wir trafen am späten Nachmittag wieder in Tombland ein. Während unseres Ritts aus Brikewell hatte sich der Himmel allmählich verdunkelt, war »schmierig« geworden, wie Toby es nannte. Offenbar zog ein Gewitter auf. Vor dem Maid's Head lag in einer Mauernische unter einer großen, zerlumpten Decke ein Mann. Ein dünnes Rinnsal aus Erbrochenem floss unter der Decke hervor auf die Straße. Der Liegende war entweder betrunken oder krank. Passanten, besonders die reicheren, die in den Innenhof des Maid's Head ritten, betrachteten ihn mit Abscheu.

Nachdem wir die Pferde den Knechten überlassen hatten, wollten Barak und Nicholas sogleich Scambler aufsuchen. Ich indes hätte gern Josephine gesprochen, aber weil ich mir unterwegs einen Muskel im Rücken gezerrt hatte, war mir die Vorstellung, noch einmal aus dem Haus zu gehen, unerträglich. Ich sagte also, ich müsse mich zeitig zurückziehen, und schlug vor, dass wir ausnahmsweise früher zu Abend speisten, damit Toby zu seinen Eltern aufbrechen konnte.

Das Haus hatte neue Gäste bekommen, und die Diener schafften das schwere Gepäck nach oben, wo unser Wirt, Master Theobald, mit wichtigtuerischer Miene Anweisungen erteilte. Alle Neuankömmlinge trugen feine Kleider und einige wie wir schwarze Anwaltsroben, doch kannte ich keinen von ihnen. »Sie kommen zu den Assisen«, bemerkte Barak.

»So ist es«, pflichtete Toby ihm bei. »Sämtliche Friedensrichter sowie die Beamten des Königs und der Grafschaft finden sich ein.«

»Bekommen wir auch Sir Richard Southwell oder John Flowerdew zu Gesicht?«

»Ja, gewiss«, sagte Toby. »Ich werde sie Euch zeigen.«

»Ich bin Southwell schon einmal begegnet. Er wirkt eindrucksvoll.«

»Er ist ein Rohling«, entgegnete Toby, »und der größte Gierhals in ganz Norfolk.«

❖

Wir vier setzten uns zu Tisch. Man zündete Kerzen an, denn der Abendhimmel wurde zunehmend dunkler, und gelegentlich war fernes Donnergrollen zu hören. Leise besprachen wir den Fall.

Nicholas sagte: »Isabella liebt Boleyn. Chawry hat Gefallen an ihr, aber wer hätte das nicht?«

»Ja«, stimmte ich ihm zu. »Sie gefällt ihm.« Ich überlegte. »Dass sie Boleyn kein Kind schenken wollte, bevor sie seine Frau wäre, klingt nicht gerade so, als hätte er ihr Gewalt antun wollen.«

»Witherington ist aus ganz anderem Holz geschnitzt als sein Nachbar«, stellte Barak fest.

»Ja, er ist ein habgieriger Tyrann.«

Toby sagte: »Nun hat er schon Land an sich gerafft, das einmal Dutzende Dorfleute erhielt und jetzt von einem einzigen alten Schäfer bewirtschaftet wird, und nicht einmal diesen kann er anständig behandeln. So viel zu dem alten Unsinn über die Bande aus Ehre und Treue zwischen dem Grundherrn und seinem Pächter.«

Nicholas sagte: »Ich pflichte Euch bei, was Witherington betrifft, aber es gibt auch unter den Grundherren ehrbare Männer, die ihrer Pflicht Genüge tun.«

»Sobald es darum geht, Gewinne einzuheimsen, sind sie alle gleich. Dann tyrannisieren, drohen und stehlen sie und errichten Zäune.«

»Was meint Ihr, hat Witheringtons Klage, was die Grundstücksgrenze angeht, Aussicht vor Gericht?« Das Thema wechselnd, wandte Barak sich an mich und spießte mit dem Messer an seiner Eisenhand ein Stück Fleisch auf.

»Angesichts der alten Urkunden und der Landkarte, die wir in

Boleyns Londoner Haus gefunden haben, räume ich ihm keine großen Chancen ein. Und weil er von Anfang an wusste, dass er nicht viel Aussicht hat, den Fall zu gewinnen, versuchte er im Frühjahr wohl, sich selbst zu helfen.«

»Würde er so weit gehen, John Boleyn den Mord an seiner Frau anzuhängen?«, fragte Nicholas.

»Und wenn er Schulden hat?«, schlug Barak vor. »So etwas kann einen Mann zum Äußersten treiben.«

Toby schüttelte den Kopf. »Ich habe für Master Copuldyke Nachforschungen angestellt. Um Boleyns Finanzen mag es schlecht stehen, Witherington dagegen geht es blendend. Der Gierhals weiß, wie man Gewinne einstreicht.

»Sonderlich schlau scheint er aber nicht zu sein«, bemerkte Barak.

»In der Tat«, pflichtete ich ihm bei. »Witherington erschien mir dumm und halsstarrig. Dumm genug zu glauben, dass er mit einem Mord davonkommen würde, könnte man argumentieren. Nur kann ich mir nicht vorstellen, dass er einer kleinen Parzelle wegen ein Kapitalverbrechen begehen würde. Obschon wir die Möglichkeit nicht gänzlich außer Acht lassen können.«

Nicholas seufzte. »Dann sind wir noch keinen Schritt weiter. Und müssen auch noch Isabella und Chawry, der kein Alibi hat, auf die Verdächtigenliste setzen.«

»Aber wir können Schlüsse aus unserer Besichtigung des Tatortes ziehen«, sagte ich. »Der Mörder war jemand von hier, kannte die Gegend gut. Und er muss Bärenkräfte besitzen.«

»Es sei denn, wir haben es mit zwei Tätern zu tun, die gemeinsame Sache machten«, erwiderte Barak.

Ich sagte: »Denk daran, die Zwillinge haben ein Alibi für die fragliche Nacht. Sie haben mit ihren Freunden gezecht.«

Nicholas dachte nach. »Freunde lassen sich einschüchtern. Jene beiden dürften Meister darin sein.«

Ein schmerzhafter Stich im Rücken ließ mich zusammenzucken. »Ich wünschte, ich könnte dieses Knäuel entwirren.« Ich wandte mich Toby zu. »Könntet Ihr Grace Bones Angehörige aufspüren?

Vielleicht haben sie etwas von Edith gehört? Wir müssen auch dieser Spur folgen.« Ich überlegte. »Und wir sollten mit den Zwillingen über ihr Alibi sprechen.«

Nicholas sagte: »Sie reden gewiss nicht aus freien Stücken mit uns.«

»Wir müssen sie außerhalb ihrer gewohnten Umgebung abpassen«, sagte Barak. »Dann heißt es vier gegen zwei.«

Ich nickte. »Ja. Aber die Sache muss gut durchdacht werden.«

»Sie sind gefährlich«, sagte Toby warnend.

»Ach woher, sie sind noch halbe Kinder«, versetzte Barak unwirsch.

Draußen rollte der Donner heran.

Während der Nacht kam das Gewitter, und ich erwachte von einem mächtigen Donnerschlag und grellen Blitzen, die das Zimmer erhellten, gefolgt von dem Geräusch sturzbachartigen Regens. Ich fragte mich, was wohl aus dem armen Mann geworden war, der draußen in der Mauernische lag.

Bis zum Morgen hatte sich das Unwetter verzogen, und die Luft war erfrischt. Toby, Nicholas und ich hatten vereinbart, Barak um acht zum Frühstück zu treffen. Keiner von uns hatte den Wunsch geäußert, dem Gottesdienst beizuwohnen. Tobys Verhältnis zur Religion erschien mir ebenso distanziert wie das von Barak, Nicholas und mir. Gestern hatte Barak gesagt, er wolle vor allem Josephine wiedersehen, aber ich bemerkte auch, dass ihn die Jagdlust gepackt hatte. Ab morgen, Montag, wäre er mit seinen Assisenpflichten befasst, was mein Gewissen ein wenig erleichterte. Wie Tamasin reagieren würde, wenn sie dahinterkäme, dass ihr Mann mir erneut zur Seite stand, wagte ich mir nicht auszumalen.

Barak kam als Letzter. Er wirkte ganz aufgeregt. »Ich war in der Amtsstube der Gerichtsschreiber«, erzählte er. »Dort sagte man mir, dass die Rebellen im Südwesten das Begnadigungsangebot des

Protektors ausgeschlagen und einige reformerische Prediger fortgescheucht haben, die er zu ihnen geschickt hatte. Nun will man Truppen aussenden.«

»Weiß man schon mehr über die Ursachen des Aufruhrs im Südwesten?«

»Vermutlich die religiösen Veränderungen, die Leute lehnen sie ab: Sie wünschen sich die Rückkehr zu den Praktiken aus der Zeit König Heinrichs. Aber sie greifen auch Grundherren an. Der Protektor ist überrumpelt worden.«

Nicholas schüttelte den Kopf. »Reformforderungen sind das eine, aber dies ist Rebellion – noch dazu in Kriegszeiten. Dafür werden sie brennen, und zu Recht.«

Toby schwieg nachdenklich. Ich sagte: »Nun, das hat nichts mit uns zu tun. Ich schlage vor, wir suchen zunächst nach dem jungen Scambler und sehen uns dann nach Josephine um. Toby, wenn Ihr nach unserem Gespräch mit Scambler zu Euren Eltern reiten möchtet, habe ich nichts dagegen. Unser Besuch bei Josephine ist eine persönliche Angelegenheit, und da Ihr unentwegt hin- und hergeritten seid, dürftet Ihr von Euren Eltern noch nicht viel gesehen haben.«

»Danke, das nehme ich gerne an.«

Am Vormittag kehrte die Hitze zurück. Immerhin war die Luft jetzt weniger stickig und der Gestank der Stadt großenteils vom Regen fortgespült worden. Als wir aus dem Haus gingen, lag der Mann noch immer in der Nische. Ich vernahm ein Stöhnen unter der Decke und sah sie zucken.

»Der Mann muss krank sein«, sagte ich. »Wir sollten etwas tun.« Ich tat einen Schritt auf ihn zu, doch zu meiner Überraschung hinderte Toby mich daran. »Lieber nicht, Sir. Wenn er krank ist, könntet Ihr Euch anstecken. Gewiss kommen heute Morgen viele zur Messe in der Kathedrale; einer wird sich seiner erbarmen, wenn der Name Christi etwas bedeutet. Es gibt Hunderte wie ihn in den Hauseingängen von Norwich«, fügte er bitter hinzu.

Ich zauderte, nickte dann widerstrebend, und wir gingen hinunter nach Tombland. Der gepflasterte Platz war voller Pfützen, und noch immer tropfte Wasser von den Dächern der vornehmen Häuser rings um den Platz und glitzerte im Sonnenschein. Gegenüber sah ich, dass das große Tor zum Kirchhof offen stand, so dass man einen Blick auf den Baukörper der großartigen Kathedrale werfen konnte und auf die Ruinen des einstigen Klosters, die daran anschlossen. Die meisten Mauern waren eingerissen worden, und daneben standen Karren voller Schutt. Die Pforte zur Kathedrale stand ebenfalls offen, und ich erhaschte einen Blick auf das überwölbte Kirchenschiff. Toby führte uns daran vorbei und hinunter in die Stadt.

Norwich war still an diesem Sonntag, bis auf das Läuten der Kirchenglocken; Toby hatte recht, viele ärmliche Gestalten lagen schlafend in den Eingängen von Geschäften und Häusern. Da ansonsten nur wenige Menschen unterwegs waren, fielen sie mehr ins Auge. Wir passierten die Burg auf ihrem hohen Hügel, und ich fragte mich, ob der Regen auch in John Boleyns Kellerverlies eingedrungen war. Ich würde ihn morgen erneut besuchen. Die Menschen säuberten den Marktplatz, der nach dem gestrigen Markttag voller Unrat war: faulige Früchte, Tiereingeweide, übrig gebliebene Säcke. Dahinter gelangten wir auf eine lange Gasse mit Häusern und Geschäften zu beiden Seiten, die Toby als Ber Street bezeichnete. Einige Häuser wirkten sehr wohlhabend, andere dagegen waren in Behausungen unterteilt worden. Bei einem dieser Bauten blätterte die gelbe Farbe ab, so dass das Fachwerk und der Putz darunter zum Vorschein kamen. Toby blieb stehen.

»Gelbes Haus, am Hunter's Yard, Erdgeschoss. Das muss es sein.« Er klopfte an die Tür. Heraus trat eine kleine, feiste Frau mit einem runden, faltigen Gesicht, die grauen Haare unter einer schwarzen

Haube. Sie schürzte geringschätzig die Lippen und maß uns aus schmalen grauen Augen, die sich beim Anblick von Baraks Hand kurz weiteten.

»Was wollt Ihr?«, fragte sie dreist. »Ich will hier keine Anwälte haben.« Dann fügte sie hinzu: »Was habt Ihr am heiligen Sonntag hier herumzustreunen?«

»Wir wünschen mit Simon Scambler zu sprechen«, sagte ich. »Seid Ihr seine Muhme, gute Frau?«

Sie seufzte. »Was hat der Bursche denn jetzt wieder angestellt? Ihr seid doch nicht etwa hier, ihn zu ergreifen? Sonst hätte man doch einen Konstabler geschickt, nicht? Falls er etwas beschädigt hat, wir haben kein Geld«, warf sie uns hin, die Hände in die Hüften gestemmt.

»Er hat nichts ausgefressen. Ich vertrete Master Boleyn und möchte Eurem Neffen nur ein paar Fragen stellen. Immerhin hat er auf Brikewell für ihn gearbeitet.« Ich griff an meinen Beutel. »Es soll Euer Schaden nicht sein.«

Sogleich streckte sie mir die Hand hin, und ich legte einen Schilling hinein. Sie schloss die Finger um die Münze, und ich sah, dass ihre Gelenke knotig und geschwollen waren, wie Parry Edith Boleyns Finger beschrieben hatte.

»Dann kommt herein«, sagte sie, »obwohl für vier kaum genügend Platz ist.« Sie warf uns erneut einen missbilligenden Blick zu. »An einem Sonntag seinen Geschäften nachgehen, das ist gegen Gottes Gesetz.« Sie winkte uns in einen Raum, ausgestattet nur mit einem Tisch, auf dem eine abgegriffene Bibel lag, einer Truhe, mehreren Stühlen und einer hölzernen Sitzbank an der Wand. Die offenen Fensterläden hingen lose in den Angeln. Sie trat vor die geschlossene Tür eines angrenzenden Raumes und brüllte so laut, dass ich auffuhr: »Sooty! Her mit dir, du Nichtsnutz!« Sie schüttelte den Kopf. »Dieser Junge, er ist zwar das Kind meiner armen toten Schwester, aber er bringt mich noch um den Verstand mit seinem Gejaule, seinem gottlosen Singsang …«

Ich setzte mich auf einen Stuhl, während Toby, Barak und Nicholas sich unbehaglich auf der Bank zusammendrängten. Einen

Augenblick später erschien der Junge, den wir auf dem Marktplatz gesehen hatten, ein schmutziges Nachthemd am Leib, die mageren Beine nackt, das braune Haar zerzaust. Als er unser ansichtig wurde, fiel ihm die Kinnlade herunter. Er wandte sich an die Alte. »Wer sind die Leute, Tante Hilda?«

Sie deutete auf mich. »Der da will dich über deine Arbeit bei John Boleyn befragen.« Freudlos lachend, wandte sie sich wieder an uns. »Ich dachte, ich wär den Jungen los, als er nach Brikewell ging, aber nein, er muss sich in einem Haus verdingen, wo gemordet wird.« Der Junge ließ den Kopf hängen.

Toby beugte sich vor und sagte leise: »Jetzt haltet den Rand, gute Frau. Ihr habt Euer Geld, und wir sind hier, um mit Eurem Neffen zu sprechen, und nicht, um uns Euer Muh und Mäh anzuhören. Und Eure verschrobenen religiösen Vorstellungen kümmern uns einen feuchten Kehricht. Lasst uns allein.«

Die Alte errötete, und mit einer Miene, als hätte sie in einen sauren Apfel gebissen, verzog sie sich in das Zimmer des Jungen. »Macht nicht so lang«, sagte sie. »Wir müssen uns für die Kirche zurechtmachen. Er muss mir die Worte vorlesen.« Sprach's und schlug die Tür hinter sich zu.

Ich lächelte dem Jungen, der uns ängstlich beäugte, aufmunternd zu. »Wir sind uns schon einmal begegnet, Scambler, weißt du's noch? Vor zwei Tagen, auf dem Marktplatz? Als jene Burschen dir ein Bein stellten?«

Er sah mich an, dann Nicholas, und sein schmales Gesicht klärte sich auf. »Ach ja, Ihr habt versucht, mir zu helfen«, sagte er mit jäher Lebhaftigkeit. »Jene Jungen, ich kenne sie aus der Schule, sie hänseln mich immerzu ...«

Ich forschte in Scamblers Gesicht, überzeugter denn je, dass er kein Tölpel war. Nachdem ich nun seiner Muhme begegnet war, konnte ich mir denken, dass diese Burschen nicht die Einzigen waren, die Scambler das Leben schwer machten. Ich sagte, weiterhin in sanftem Ton: »Ich weiß von Master Boleyn, dass du der Einzige warst, der mit seinem Hengst zurechtkam.«

Scamblers Miene klärte sich weiter auf. »Oh ja, Midnight war ein liebes Tier. Tat niemandem etwas zuleide, der ihn richtig zu nehmen wusste ...«

Nicholas sagte: »Ich habe seinen Stall gesehen, hörte ihn um sich schlagen. Alle Achtung, wenn du ihn bändigen konntest!«

»Ich kann mit Tieren umgehen. Man muss ihnen nur zeigen, dass man ihnen helfen will.«

»Aber mit anderen Leuten konnte Midnight schwierig sein, nicht? Mit Master Boleyns Söhnen zum Beispiel.«

Scamblers Miene verfinsterte sich. »Bevor ich kam, hatten sie wohl versucht, ihm weh zu tun. Den Barnabas soll er heftig getreten haben.«

»Haben die Zwillinge jemals versucht, dir weh zu tun?«

»Sooft sie konnten.« Er klang müde. »Sie verprügelten mich, warfen Gegenstände nach mir – einmal war's ein Ziegelstein. Ein andermal erwischten sie mich allein auf der Straße und schlugen mich nieder, ohne jeden Grund.«

»Du warst vermutlich nicht der Erste«, sagte Nicholas.

»Nein«, sagte ich, weil ich mich an den Jungen erinnerte, dem sie in London so übel mitgespielt hatten. »Aber Master Boleyn hatte Vertrauen zu dir, nicht? Außer ihm hattest nur du einen Schlüssel zu Midnights Stall.«

»Ja. Er sagte, ich müsste den Schlüssel immer bei mir tragen, dürfte ihn keinem anderen geben, vor allem nicht den Zwillingen. Nach dem Mord händigte ich ihn dem Konstabler aus.« Er warf mir einen unruhigen Blick zu.

»Haben die Zwillinge dir deshalb so zugesetzt?«, sagte Nicholas. »Weil sie eifersüchtig waren, dass du die Kontrolle über das Pferd und seinen Stall hattest?«

Scambler schüttelte den Kopf. »Die Leute brauchen keinen Vorwand, um mir zuzusetzen. Die Muhme sagt, es wär deshalb, weil ich auf dem Weg zur Verdammnis bin.«

»Und das glaubst du?«, fragte ich.

»Nein!«, entgegnete er mit jäher Kraft. »Ich tue nichts Böses. Ihre

Lehren sind böse …!« Er schlug sich die Hand vor den Mund. »Es tut mir leid, ich wollte nicht lästerlich reden …«

»Keine Sorge, wir sind keine geistlichen Herren. Also, Sooty …«

»Bitte, Sir, nicht diesen Namen. Mein Taufname ist Simon.«

»Also schön, Simon. Du weißt sicher, wie wichtig für unseren Fall der Schlüssel zu Midnights Stall ist, denn das schmutzige Paar Stiefel und die Mordwaffe wurden darin gefunden. Kannst du mir schwören, dass der Schlüssel sich stets in deinem Besitz befand?«

»Ich hab ihn keinem gegeben«, sagte er, sah mich aber ängstlich an dabei und trat unbehaglich von einem Fuß auf den anderen. Scambler hatte kein Talent, seine Gefühle zu verhehlen, was vielleicht einer der Gründe war, warum man ihm das Leben schwer machte. Ich sagte, immer noch sanft: »Du hast meine Frage nicht beantwortet. War der Schlüssel stets in deinem Besitz?«

Da brach der Bursche in Tränen aus und schlug die Hände vors Gesicht; ein verzweifeltes, verängstigtes Schluchzen. »Hör gefälligst auf, wie ein Weib zu flennen, und antworte!«, herrschte Toby ihn unwirsch an.

Mit einer Handbewegung gebot ich ihm Schweigen. »Jetzt beruhige dich, Junge. Sag mir die Wahrheit. Wenn du kein Verbrechen begangen hast, wird dir nichts geschehen, ich verspreche es dir.«

Scambler blickte zu mir auf, sein schmutziges Gesicht tränenüberströmt. »Ich hab nichts getan.«

»Dann hast du auch nichts zu befürchten, versprochen.«

Voller Angst sah er mich an und sagte dann, mehr zu sich selbst als zu mir: »Ihr habt mir schon einmal geholfen. Das tut sonst niemand.«

»Ich werde dir wieder helfen, wenn ich es kann.«

Simon holte tief Luft, und ein Schauder überlief ihn. »Eines Tages – ich sagte es schon – waren die Zwillinge hinter mir her. Ich hatte einen Botengang nach Wymondham zu erledigen und war wieder auf dem Heimweg. Sie lauerten mir in einem Waldstück auf, etwa eine Meile von daheim. Sie warfen sich auf mich, traktierten mich mit Hieben und Tritten – und mit den grässlichsten Schimpfnamen. Dann verschwanden sie wieder im Wald.«

»Gab es irgendeinen besonderen Grund, warum sie sich an jenem Tag auf dich stürzten?«

»Nein, Sir. Aber Gerald und Barnabas, die brauchen keinen Grund.« Er holte tief und schluchzend Luft. »Als ich heimkam, stellte ich fest, dass der Schlüssel fort war. Ich trug ihn an einer Kette um den Hals. Sie muss bei dem Kampf gerissen sein. Ich hatte Angst, Sir. Master Boleyn war kein schlechter Herr, aber er war jähzornig. Also lief ich, grün und blau und voller Blut, wie ich war, zu der Stelle zurück, wo sie mich überfallen hatten, in der Hoffnung, den Schlüssel auf der Straße oder daneben im Gras zu finden. Aber er war nicht da.« Er sprach schneller. »Es wurde schon dunkel, also dachte ich, dass ich tags darauf noch einmal suchen würde. Ich hatte viel zu tun und konnte erst am Nachmittag fort. Ich ging zurück zu der Stelle, und diesmal fand ich den Schlüssel an seiner Kette. Er lag im Gras neben der Straße. Das Seltsame war« – er runzelte die Stirn –, »ich hatte tags zuvor an just dieser Stelle nachgesehen, da lag er noch nicht dort, das schwöre ich. Die Kette war gerissen«, fügte er hinzu.

Ich tauschte mit den anderen einen Blick. Die Zwillinge konnten ihm aufgelauert haben, dachte ich, um ihm während der Prügel den Schlüssel fortzunehmen. Sie behielten ihn einen Tag bei sich, legten ihn dann wieder zurück und konnten sicher sein, dass Scambler, auch wenn er ahnte, was geschehen war, nichts verraten würde. Ich las es in der schuldbewussten Miene des Jungen, dass auch er diese Vermutung hegte.

»Weißt du noch, an welchem Tag sie dich überfallen haben, Simon?«, fragte ich.

»Am 12. Mai«, antwortete er ohne Zögern. »Ich weiß es noch, weil es der Geburtstag meiner Mutter war, Gott hab sie selig.«

Ich sog die Luft ein. Der 12., kurz vor Ediths Ermordung in der Nacht vom 14. auf den 15. Ich sah den Jungen an. »Glaubst du, die Zwillinge hatten den Schlüssel?«

»Es könnte schon sein, dass sie ihn an sich nahmen und wieder zurücklegten. Nur warum?«

»Hast du nicht daran gedacht, dies dem Konstabler zu erzählen?

Schließlich hatte man nach dem Mord an Mistress Boleyn Beweisstücke in Midnights Stall entdeckt, nicht?«

Er wurde rot und senkte den Kopf. »Ich hatte Angst vor dem, was die Zwillinge dann tun könnten. Als der Konstabler kam, habe ich ihm nichts gesagt.«

»Hat man dich nicht gebeten, eine eidesstattliche Erklärung abzugeben?«

»Nein. Der Konstabler sagte zu seinem Gehilfen, es wär nicht der Mühe wert, weil doch jeder wüsste, dass ich nicht ganz richtig wär im Kopf.«

»Hast du damals noch auf Brikewell gearbeitet?«

»Nein. Als sie den armen Master Boleyn ins Verlies steckten und er mich nicht mehr vor den Zwillingen beschützen konnte, lief ich auf der Stelle zurück zu Tante Hilda.« Er senkte erneut den Kopf und rang die knochigen Hände. »Ich hab falsch gehandelt, Sir, nicht wahr? Aber ich kam einfach nicht dahinter, warum die Zwillinge sich für einen Tag den Schlüssel nahmen.«

Barak meldete sich zu Wort. »Weißt du zufällig, ob Master Boleyn je einen Schlossschmied kommen ließ?«

»Ja. Kurz nachdem ich zu ihm in Stellung kam, brauchten die Scheunen neue Schlösser, da kam ein Handwerker aus Norwich. Ich weiß noch, dass ich ihm bei der Arbeit zusah, ich hatte noch nie gesehen, wie Schlösser angebracht werden. Ich stellte ihm Fragen, aber er sagte nur, ich solle ihm nicht auf den Senkel gehen. Dabei hab ich ihn später mit den Zwillingen lachend ein Bier trinken sehen. Mit *denen* schien er auszukommen.«

»Weißt du, ob Master Boleyn den Mann schon früher einmal holen ließ?«

»Ich glaube, schon. Ja, ich erinnere mich, dass der Steward, Master Chawry, zu ihm sagte, er freue sich, ihn wieder auf Brikewell zu sehen.«

»Erinnerst du dich an seinen Namen?«

Scambler runzelte die Stirn. »Er war ungewöhnlich. Der Schmied hieß« – seine Miene hellte sich auf – »Snockstobe.« Er lachte. »Ein alberner Name …« Er verstummte und sah mich erschrocken an.

»Herrje, Sir, meint Ihr, die Zwillinge nahmen den Schlüssel, um eine Kopie anfertigen zu lassen?«

»Möglich wär's.«

Ihm fiel die Kinnlade herunter.

»Es ist nur eine Möglichkeit«, wiederholte ich ruhig.

»Wenn ich den Mund aufgemacht hätte, säße Master Boleyn vielleicht nicht im Kerker. Herr Jesus, was hab ich wieder angerichtet!« Er brachte eine Hand an den Mund und kaute an seinen Knöcheln.

»Wenn die Zwillinge das wirklich getan haben«, sagte Nicholas, »dann finden wir es heraus und rücken das Ganze zurecht.«

»Ganz gewiss«, pflichtete Barak ihm mit Nachdruck bei.

Ich holte tief Luft. »Ich meinte, was ich sagte, Simon. Wir drehen dir keinen Strick daraus. Im Gegenteil, du hast uns sehr geholfen. Nur eines noch: Erzähle niemandem, was du uns gerade gesagt hast. Nicht einmal deiner Frau Tante.«

Der Junge ließ ein bitteres Lachen hören. »Man sagt mir nach, ich hätte ein loses Mundwerk, Sir, aber ich werd's keinem sagen. Und ihr schon gar nicht.« Zorn kroch in seine Stimme.

Ich holte den Beutel hervor. »Hier hast du zwei Schillinge, um den Handel zu besiegeln.«

»Vergelt's Euch Gott, Sir. Seit ich aus Brikewell fort bin, haben wir kein Geld mehr. Meine Muhme hat früher Wolle gesponnen, aber mit ihren Händen ist es ihr nicht mehr möglich. Wir werden die Pfarrei um Hilfe bitten müssen, mal sehen, ob die großen reichen Leute ein paar Pennys für uns übrig haben.« Er seufzte.

»Wenn dir noch etwas einfällt, so findest du mich in der Herberge Maid's Head. Frage nach Master Shardlake.«

»Ja, Sir.« Scambler verbeugte sich unbeholfen. »Ich danke Euch.«

Wir verließen die elende Behausung. Als ich die Tür hinter mir schloss, hörte ich Scamblers Tante kreischen: »Sooty! Zieh dich an! Wir kommen zu spät zum Gottesdienst!«

KAPITEL NEUNZEHN

Wir gingen eine kurze Strecke die Ber Street hinauf und blieben dann an einer Ecke stehen, um uns zu beratschlagen. Immer noch läuteten die Kirchenglocken, und die Leute eilten im Sonntagsstaat zur Messe, zumeist in protestantischem Schwarz.

»Tja«, sagte Barak. »Diese Sache weist geradewegs auf die Zwillinge. Wir müssen diesen Schmied finden.«

»Unser Wirt kennt gewiss die hiesigen Schlossschmiede«, sagte Toby. »Dieser wehleidige Wicht!«, stieß er aus. »Hätte er seine Geschichte ein paar Wochen früher erzählt, wäre Boleyn vielleicht nie ergriffen worden. Ich könnte schwören, dass er seine Haut zu schützen suchte; er ahnte, was die Zwillinge getan hatten.«

»Das glaube ich nicht«, sagte ich. »Er hat die Sache nicht zu Ende gedacht. Er ist ja auch erst – fünfzehn? Und – nicht ganz richtig, wenn auch auf eine Weise, die ich nicht begreife.«

»Flennt wie ein Mädchen. Eine Maulschelle hätte er gebraucht, dann wär's ihm schon vergangen.«

»Daran dürfte er gewöhnt sein.« Ich maß Toby mit strengem Blick. Und erkannte immer deutlicher, dass er trotz seiner radikalen Ansichten eine harte, mitleidlose Seite hatte.

»Irgendwas stimmt nicht mit Scambler«, sagte Barak. »Die Tränen, das hastige Sprechen. Und seine Muhme sagt, er trällert in einem fort vor sich hin. Er scheint sich nicht – im Griff zu haben.«

»Aber er ist kein Schwachkopf«, sagte ich. »Habt ihr seine Aussprache bemerkt? Sie hat weniger Dialektfärbung, als man erwarten würde. Und er erwähnte, dass er zur Schule ging.«

»Vielleicht hat man ihn hinausgeworfen«, sagte Toby.

»Oder es war kein Geld mehr vorhanden für die Gebühren, nachdem seine Eltern gestorben waren«, hielt Nicholas mit leichtem Befremden dagegen. »Falls die Zwillinge den Mord geplant haben«, fuhr er fort, »kannten sie den Aufenthaltsort ihrer Mutter, als sie nach Norwich zurückgekehrt war. Und sie töteten sie, obwohl sie als Kinder angeblich am Boden zerstört gewesen waren, als sie verschwunden war. Und dann schoben sie die Tat ihrem Vater in die Schuhe.«

»Aber was hätten sie davon?«, fragte ich. »Falls ihr Vater gehenkt wird, fallen die Güter, die sie geerbt hätten, an den königlichen Escheator, und sie selbst werden zu Mündeln des Königs, bis sie einundzwanzig geworden sind.«

»Sie stehen im Schutz ihres Großvaters.« Barak sah mich an.

»Wir müssen morgen diesen Schmied aufsuchen«, sagte ich.

»Die Zwillinge haben vielleicht einen anderen beauftragt«, sagte Nicholas.

»Wir versuchen es bei jedem Schmied in Norwich, wenn es nötig sein sollte. Ich kann ja sagen, dass ich eine teure Truhe habe, die repariert werden muss. Nun, Toby, jetzt führt uns nach Conisford zu Josephine. Dann reitet nach Hause. Kommt morgen früh um sieben wieder zum Maid's Head.«

Der Bezirk Conisford befand sich im Süden der Burg. Die Hauptstraße, Conisford Street, wies sowohl einige vornehme Häuser auf als auch einen offenen Platz voller Unrat rings um eine Klosterruine. Weiter südlich waren die Häuser allesamt ärmer, und auf den Hinterhöfen hatte man windschiefe Holzhütten errichtet. Toby führte uns durch einen Torweg auf solch einen Hof. Der Untergrund bestand aus blanker Erde, und mitten hindurch verlief ein übel riechender Pissekanal. Wir betrachteten das Dutzend Holzhütten, welches sich im einstigen Klosterhof befand. Die hohen Gebäude ringsum hielten das Sonnenlicht fern. Die Hütten schienen erst unlängst errichtet worden zu sein; sie waren ohne Farbe, einige nur mit Lumpen vor den Fenstern statt der Läden. Hühner pickten im Dreck, wo auch ein paar schmutzige Kinder spielten. Eines deutete auf Barak. »Schaut euch doch mal die Hand an! Hast du gegen die Schotten gekämpft?«

Barak hob die Hand. »Nein, nur gegen freche Buben!« Die Kinder kicherten.

Toby sagte: »Das ist der Hof. Hier leben die Ärmsten in Norfolk.«

»In London ist es nicht anders«, entgegnete ich. Trotzdem war ich entsetzt, dass Josephine hier gelandet sein könnte.

»Am besten, Ihr fragt die Leute, welche Hütte die Ihre ist«, schlug Toby vor, »aber Ihr müsst ihnen erklären, dass Ihr nichts mit der Obrigkeit zu schaffen habt. Sonst erntet Ihr nur Argwohn.«

»Das werde ich, Toby. Habt Dank für die Mühe. Jetzt seht nach Eurer Mutter.«

Er verneigte sich und ging. »Potz Tod und Teufel«, stieß Barak aus. »Was für ein Drecksloch!«

❧

Wie Toby vorausgesagt hatte, begegnete man uns mit Argwohn, als wir an Türen klopften, um nach Goodman Brown und seiner Frau zu fragen. Die erste wurde uns vor der Nase zugeschlagen, die zweite von einer mageren jungen Frau geöffnet, die ein schreiendes Kind im Arm hatte und sogleich von ihrem Mann beiseitegeschoben wurde. Er sagte laut: »Wenn Ihr von Master Reynolds kommt, um den Browns den Mietzins abzupressen, dann seht Euch vor, sonst werfen wir Euch hinaus.«

Ich schaute mich um und sah, dass mehrere Türen offen standen und Männer in zerlumpten Kitteln oder ärmellosen Lederwämsern uns drohend beäugten.

»Dann ist also Master Reynolds Euer Mietherr?«, fragte ich. Edith Boleyns Vater, der Großvater der Zwillinge.

»So ist es, er hat diesen stinkenden Hof gebaut und andere dazu, um die Armen auszusaugen. Hat er Euch geschickt?«

»Nein. Josephine Brown stand bei mir in Diensten. Ich bin geschäftlich in Norwich und wollte ihr einen Besuch abstatten. Meine Begleiter hier kennen sie auch.«

»Master Shardlake hier hat sie bei der Hochzeit ihrem Bräutigam zugeführt«, sagte Barak besänftigend.

Die Frau des Mannes nickte. »Der is aus Lunnon, wie die Browns.«

»Zwei Türen weiter«, sagte ihr Mann. »Aber nehmt Euch in Acht, Meister, wir haben ein Auge auf Euch.« Sprach's und schlug die Tür zu.

Ich hatte Edward Brown zuletzt vor zweieinhalb Jahren gesehen, kurz bevor er und Josephine nach Norwich abreisten. Damals war er ein wohlgenährter, gutmütiger Bursche Ende zwanzig gewesen, mit dem Selbstbewusstsein eines höheren Dieners. Als er die Tür öffnete, sah ich, dass er mindestens zehn Pfund an Gewicht verloren hatte; Gesicht und Körper waren schmal. Den alten Kittel hatte er in schmutzige Beinkleider gesteckt, sein Gesicht war ungewaschen, Haare und Bart ungepflegt. An den Händen hatte er mehrere schlecht verheilte Schnitte, und sein rechter kleiner Finger war auf übelste Weise verrenkt. Zorn funkelte in Browns Augen, doch kaum war er meiner ansichtig geworden, wich er schierer Verwunderung. »Master Shardlake? Was tut Ihr denn hier?« Gleich darauf erschien Josephine, ein Baby an die Brust gedrückt. Auch sie hatte an Gewicht verloren. Sie trug ein fleckiges graues Kleid am Leib, und eine weiße Haube, die schon bessere Tage gesehen hatte, bedeckte ihr strähniges blondes Haar. Auch sie staunte nicht schlecht, doch dann lächelte sie. »Master Shardlake. Und Master Nicholas und Jack Barak. Was führt Euch nach Norwich?«

»Wir sind geschäftlich hier«, sagte ich. »Ich habe mir Sorgen gemacht, Josephine, weil du mir auf meinen letzten Brief nicht geantwortet hast.«

»Wie habt Ihr uns denn gefunden?«

»Ein Kontaktmann in der Stadt fand Master Hennings Steward.«

Josephine wandte sich an ihren Mann. »Hab ich es nicht gesagt? Wir hätten zurückschreiben sollen. Master Shardlake hätte uns geholfen.«

»Wir bekamen keine Hilfe von Master Hennings Kindern, nachdem er und seine Gemahlin verstorben waren«, sagte Brown verbittert. »Sie verkauften sein Haus und warfen uns auf die Straße. Hol sie allesamt der Teufel, die feinen Herren Anwälte.«

»Edward!«, schalt ihn Josephine, den Tränen nah.

Nicholas sagte verärgert: »Es hat uns viel Zeit gekostet, euch zu finden. In eurem letzten Brief war von Schwierigkeiten die Rede, ihr wisst genau, dass Master Shardlake euch hilft, so gut er es vermag. Solche Worte hat er nicht verdient!«

Edward sah ein wenig zerknirscht drein und legte seiner Frau eine Hand auf die Schulter. »Ja, nun, es tut mir leid.« Er holte tief Luft. »Kommt herein, wenn Ihr wollt, auch wenn es ein elendes Loch ist.«

Der von nur einem Fenster spärlich beleuchtete Innenraum hatte einen Lehmboden, auf dem der Regen von letzter Nacht, der durch ein Loch im Dach eingedrungen war, eine Pfütze hinterlassen hatte. In einer Ecke standen eine durchhängende Pritsche und ein selbstgezimmertes Kinderbettchen; Krüge und Teller auf dem windschiefen Regal hatten Sprünge, und auf einem abgenutzten Tisch lag neben einem Häuflein Wolle eine hölzerne Handspindel. Ein Paar alte Stühle und eine ramponierte Kleidertruhe stellten die übrigen Möbel dar. Josephine setzte sich auf einen Stuhl, die Arme um den schlafenden Säugling gelegt – ein blondhaariges kleines Mädchen, vielleicht drei Monate alt.

»Tja«, sagte Edward Brown. »Es ist ein Elendsquartier.«

Ich fragte leise: »Wie ist es denn dazu gekommen?«

Josephine antwortete mir. »Wie Edward schon sagte, als Master Henning vor eineinhalb Jahren starb, setzten seine Kinder uns auf die Straße. Schenkten uns nicht einmal einen Löffel zum Andenken. In Norwich gibt es kaum Arbeit, und wir sind nur an die Tätigkeiten im Haushalt gewöhnt. Ich bekomme hie und da ein wenig Spinnarbeit, drehe tagein, tagaus Wolle auf diese Spindel da, bis ich vor Langeweile schreien möchte. Edward ist bei einem Steinmetz beschäftigt, hilft im alten Kloster die Steine zu sortieren.«

»Für einen Hungerlohn und nur, wenn sie ungelernte Arbeiter

brauchen«, fügte Edward bitter hinzu. »Und allwöchentlich steigen die Preise. Als ich anfing, war ich so gut, dass sie mich zum Vorarbeiter befördern wollten, aber dann fiel mir ein Stein auf den kleinen Finger. Er war gebrochen, das war's. Seit April sammelt die Stadt über die Pfarreien Geld für die Armen, doch weil wir Arbeit haben, kommen wir dafür nicht in Frage. Wir halten uns nur über Wasser, indem wir keine Miete zahlen. Dann schickt unser Mietherr seine Männer, die uns drohen. Aber wir halten hier alle zusammen, wir haben sie schon zweimal vom Hof gejagt.«

»Der Nachbar sagte, dass euer Mietherr Master Reynolds ist. Gawen Reynolds?«

»Genau. Seine Tochter wurde vor ein paar Wochen ermordet. Drei Kreuze, sag ich nur, wenn sie nach ihrem Vater kam.« Seine Augen wurden schmal. »Ihr kennt ihn?«

»Ich bin ihm begegnet«, sagte ich. »Ein bösartiger alter Mann.«

»In der Tat.«

Ich sagte: »Ihr hättet mich um Geld bitten sollen. Jack hat recht, ich hatte mir Sorgen gemacht.«

Josephine wandte sich an ihren Mann. »Bitte, Edward, lass deinen Stolz. Wenigstens Mousy zuliebe.«

Ich sah die Kleine an. »Ist das ihr Name?«

»Sie heißt Mary.« Josephine betrachtete zärtlich ihr schlafendes Kind. »Aber wir nennen sie Mousy.«

»Oh ja.« Edwards Ton war jetzt freundlicher. »Nach Mousehold Heath. Jo und ich hatten im März einen Spaziergang dorthin unternommen, als ihr plötzlich das Wasser brach. Ganz schön schwer, wieder herzukommen, nicht, Liebchen?«

»Das kann man wohl sagen.« Josephine seufzte. »Ich wollte immer schon ein Kind, um ihm die Liebe zu schenken, die mein Vater mir niemals gab. Aber ich darf nicht zu sehr an ihr hängen. Die Hälfte der Kinder in diesem Hof sterben, ehe sie zwei Jahre alt sind.«

»Dann lasst mich doch helfen, Mousy am Leben zu halten«, bat ich sie.

Josephine sah zu ihrem Ehemann. Er biss sich auf die Lippe. Stolz war alles, was Edward geblieben war. Alle schwiegen verlegen. Josephine wandte sich an Barak. »Eure arme Hand«, sagte sie sanft. »Tut sie noch weh?«

»Ich komme zurecht.«

»Und Euer Haar, Master Shardlake. Es ist ganz weiß geworden.«

»Tja, ich werde nicht jünger.«

Josephine wandte sich Nicholas zu. »Und Ihr?«

Er hatte sich voller Grauen in der Hütte umgesehen, räusperte sich und fuhr sich mit der Hand durch das zerzauste rote Haar. »Es geht mir gut. Ich hoffe auf meine Zulassung zum Barrister, vielleicht schon im nächsten Jahr.«

»Dann braucht Ihr eine Frau«, neckte ihn Josephine.

»Oh ja, und ich hab vielleicht schon eine gefunden.«

Edward sagte: »Leider haben wir kein Bier, das wir Euch anbieten könnten.«

»Das macht nichts. Vielleicht dürfen wir euch in eine Schänke einladen?«, bot ich den beiden an.

Er lächelte grimmig. »In den Schänken, die wir kennen, würdet Ihr zu viel Aufsehen erregen. Aber« – er holte tief Luft – »ich danke Euch, dass Ihr uns helfen wollt. Josephine hat ganz recht, wir müssen an das Kind denken. Wir schulden die Miete von drei Monaten. Wenn wir uns das Geld von Euch borgen könnten, wäre die Last nicht mehr so schwer.«

»Ich geb es euch.«

Josephines Blick wanderte zu dem Haufen Wolle und der Spindel auf dem Tisch. »Wir hätten Euch gern noch länger hier, aber ich muss weiterspinnen, obwohl doch heute Sonntag ist. Die Frau will sich morgen ihre gesponnene Wolle abholen. Aber bitte«, fügte sie eindringlich hinzu, »kommt wieder.«

Edward sagte: »Aber nicht so reich gekleidet. Unsere Nachbarn haben uns gerade erst in ihren Kreis aufgenommen, Londoner sind für sie Fremde.«

Nicholas und Barak warteten draußen, unter den Augen der Hofbewohner, während ich die Miete beglich. Ich sagte dem Kindchen

Lebwohl, seine kleine Hand berührend. Da sah es zu mir auf und lächelte. »Sie mag Euch«, sagte Josephine. »Sie beginnt sich für die Welt zu interessieren. Die einen mag sie, die anderen nicht.« Ich war seltsam berührt.

⚜

Wir kehrten ernüchtert zu unserer Herberge zurück, sprachen wenig. »Dass brave Leute auf diese Weise ihr Dasein fristen müssen«, sagte Nicholas. »Ich dachte, nur Faulpelze und Säufer würden so enden.«

»Werd erwachsen, Junge!«, blaffte Barak. »Wie viele solcher Behausungen hast du schon gesehen in London?«

»Viele. Aber niemals von innen.«

Ich sagte: »Am Dienstagabend treffen wir sie im Blue Boar. Dort wird man sie schon einlassen«, fügte ich sarkastisch hinzu.

»Die beiden schon«, pflichtete Barak mir bei, »nur Ihr zwei solltet Euch weniger auffällig kleiden.«

»Edward meinte, wir sollten nach Einbruch der Dunkelheit den Hinterhof meiden. Es sei zu gefährlich.«

»Das hätte ich euch auch sagen können.«

In Tombland drang Gesang aus der Kathedrale. In der Mauernische am Maid's Head lag noch immer reglos der Mann unter seiner zerlumpten Decke. Einem Impuls folgend, bückte ich mich und schüttelte ihn an der Schulter. Er tat keinen Mucks. Vorsichtig zog ich die Decke zurück. Und musste fast würgen bei dem Gestank. Ein junger Mann lag da, Anfang zwanzig, die Wangen eingefallen, die Haare voller Läuse. Seine blicklosen Augen waren halb geöffnet. Er war mausetot.

»Sieht aus, als wäre er verhungert«, sagte Barak.

»Hm.« Ich blickte hinüber zur Kathedrale. »So viel zu christlicher Nächstenliebe.«

KAPITEL ZWANZIG

Am folgenden Morgen kam Toby um sieben zum Maid's Head. Barak hatte die ganze Woche mit den Assisengerichten zu tun. Es war Montag, der 17. Juni, noch drei Tage bis zu Boleyns Prozess. Die Richter sollten am heutigen Abend eintreffen, und in der Herberge herrschte mehr denn je lebhafte Betriebsamkeit.

Während wir frühstückten, erläuterte ich Toby und Nicholas, was an diesem Tag alles zu tun war. »Als Erstes suchen wir Boleyn auf, befragen ihn zu jenem Snockstobe und ob er noch andere Schlosser beschäftigt hat. Und nach dem, was Reynolds' Steward mir zugetragen hat, muss ich wissen, wie er zu seiner Frau stand. Obendrein fehlt uns ein Alibi. Ich bin sicher, dass Boleyn nicht die Wahrheit sagte.«

»Vielleicht hat ihn ja die Aussicht, am Freitag am Galgen zu hängen, zur Vernunft gebracht«, sagte Toby.

»Bei Gott, das hoffe ich. Wir werden es ja sehen. Hinterher suchen wir den Schlosser auf, und falls der keine Kopie des Schlüssels angefertigt hat, gehen wir zu jedem einzelnen Schlosser in Norwich. Nicholas und ich werden das übernehmen. Sollte sich herausstellen, dass die Zwillinge sich Scamblers Schlüssel besorgten, um eine Kopie machen zu lassen, wirft dies ein völlig neues Licht auf den Fall.«

»Könnten die Zwillinge in jemandes Auftrag gehandelt haben?«, fragte Nicholas. Er wandte sich an Toby. »Sagtet Ihr nicht, sie und andere junge Edelleute würden für Richard Southwell die Drecksarbeit erledigen?«

»So sagt man«, erwiderte Toby.

»Nachdem wir mit Boleyn gesprochen haben, Toby, möchte ich gern, dass Ihr versucht, den Bruder dieser Grace Bone ausfindig zu machen.«

»Das wird nicht ganz einfach, wenn er arm und in keiner Gilde verzeichnet ist und wenn er über keinerlei Beziehungen verfügt. Es gibt Tausende, die wie Eure Josephine rings um Norwich in elenden Verhältnissen leben. Sie haben keinen Grund, sich bei der Obrigkeit anzupreisen.«

»Tut Euer Bestes. Josephine habt Ihr schließlich auch gefunden«, herrschte ich ihn an, da mir bewusst geworden war, wie wenig Zeit uns blieb, und das Gesicht des Toten mir nicht mehr aus dem Kopfe gehen wollte. »Wo *war* Edith in den vergangenen neun Jahren?«, fuhr ich in meinen Überlegungen fort. »Wenn diese Grace Bone noch am Leben ist und in Norwich, könnte sie uns vielleicht darüber Auskunft geben. Wenn wir Ediths Zuflucht herausfinden könnten, wäre dieser Fall womöglich zu lösen.«

Nicholas sagte: »Falls Edith nicht mehr bei Verstand war, hätte sie einen Beschützer gebraucht.«

»Oder einen Wärter«, ergänzte Toby.

Ich biss mir auf die Lippe. »Dann hat ihr Beschützer sie vielleicht aufgegeben, oder sie entwischte ihrem Wärter. Und schlug sich zu Elizabeth durch, als letzte Hoffnung. Doch das wissen wir nicht.«

»Und wir müssen irgendwie die Zwillinge allein erwischen«, setzte Nicholas hinzu.

Da fiel ein Schatten über unseren Tisch. Ich blickte zu einem Manne auf, Ende vierzig und der Kleidung nach wie ich ein Serjeant-at-law, der mir schmallippig zulächelte. Er verneigte sich und zog den Hut. »Gott zum Gruße, Sir. Ich wusste nicht, dass noch ein anderer Serjeant den Assisen beiwohnt.«

Ich stand auf und verneigte mich ebenfalls. »Matthew Shardlake, Lincoln's Inn.«

»Ich bin John Flowerdew aus Hethersett. Ich vertrete Norfolks Escheator Henry Mynne und bin daher vorwiegend hier in der Grafschaft tätig.« Er lächelte erneut, ein dünnes, unaufrichtiges Lächeln, das die kalten, forschenden braunen Augen unter den schweren schwarzen Brauen nicht erreichte. Sein schmales Gesicht mit der langen Römernase, zweifellos einmal sehr gutaussehend, wies in beiden Wangen tiefe Furchen auf.

»Wohnt Ihr für die Dauer der Gerichte im Maid's Head?«, fragte ich ihn.

»Ja. Ich muss in meiner offiziellen Funktion daran teilnehmen. Welcher der Fälle hat Euch hergeführt?«

»Ich berate Master John Boleyn im Zusammenhang mit der Mordanklage gegen ihn.«

Flowerdew blickte mich scharf an. »Ah, über die Angelegenheit wurde viel geredet. Aller Voraussicht nach wird Boleyn hängen. Dann werde ich mich seiner Ländereien annehmen.«

»Ihr habt Isabella Boleyn besucht?«

Flowerdew lachte höhnisch. »Sie nennt sich noch immer Boleyn? Nun, sie wird mit Sack und Pack aus dem Hause gejagt, wenn Boleyns Besitz an den König heimfällt. Ja, ich habe mich dort schon umgesehen.«

Ich zog die Augenbrauen in die Höhe und schwieg.

Flowerdew fragte: »Werdet Ihr heute Abend der Zeremonie beiwohnen, die den Einzug der Richter in die Stadt begleitet?«

»Möglicherweise.«

»Nun«, sagte er, augenscheinlich etwas verstimmt angesichts der Kürze meiner Antworten. »Die Friedensrichter der Grafschaft erwarten mich.«

»Verzeiht, Sir«, sagte Nicholas, »gibt es Neuigkeiten zu den Unruhen im Westen?«

Flowerdew runzelte gewaltig die Stirn. »Angeblich belagern sie Exeter, man schickt die Soldaten gegen sie aus. Sie hatten die Dreistigkeit, sich mit Bittgesuchen an den König zu wenden. Darin fordern sie die Abschaffung der religiösen Reformen, die Beendigung des Krieges mit Schottland und weiß der Teufel was noch alles.«

»Dann ist es ernst«, sagte ich.

»Ernster könnte es kaum sein. Schlimmer als der Aufruhr im Mai, der von den Herren der Grafschaften zerschlagen werden konnte. Obwohl die Unruhen in Hampshire sich legten und der Protektor die Aufrührer begnadigt hat. Begnadigt! Der alte König hätte sie allesamt hinrichten lassen! Was ist das für ein Beispiel für die Gemeinen anderswo im Lande?«

»Ich bezweifle, dass sie anderswo davon Kenntnis haben.«

Flowerdew sah mich an, als wäre ich begriffsstutzig. »Wisst Ihr denn nicht, dass Deserteure aus dem schottischen Krieg und andere Tunichtgute im ganzen Land Unruhe stiften?« Er schüttelte den Kopf. »Nun ja, wenigstens sind die Assisen gut geschützt; viele Friedensrichter haben bewaffnete Gefolgsleute mit nach Norwich gebracht. Auch wenn diese Feiglinge im Stadtrat es für politisch unklug erachten, das übliche Fest für die Richter abzuhalten. Bürgermeister Codd windet sich fürwahr wie ein Aal.« Nach diesen Worten machte er eine knappe Verbeugung und suchte mit fliegenden Rockschößen das Weite.

»Ein cholerischer Bursche«, flüsterte Nicholas.

»Was wohl die Boleyn-Zwillinge davon halten, wenn er das Haus ihres Vaters an sich zu bringen sucht?«, bemerkte Toby und lächelte böse.

Wieder war es ein heißer Tag, und ich war schon müde, als wir die Burg erreichten. Mein Rücken versetzte mir schmerzhafte Stiche, und ich befürchtete schon, der lange Ritt von London nach Norwich könne einen bleibenden Schaden angerichtet haben. Einmal mehr tauchten wir aus dem hellen Sonnenschein in das kühle, klamme Innere der Burg, und wieder führte uns der Kerkermeister die scheppernden Eisenstufen hinunter. Der Regen des jüngsten Unwetters hatte am Boden Pfützen hinterlassen, die schon anfingen zu riechen. Ich bat die anderen, draußen zu warten, denn es waren heikle Themen, die ich mit John Boleyn zu besprechen hatte.

Er lag auf seiner Pritsche und starrte ins Leere. Haare und Bart waren wirrer denn je, und er schien mir ein wenig geschrumpft zu sein. Seine Miene hellte sich jedoch auf, als ich ihm das Paket mit Speisen überreichte, das Isabella mir für ihn mitgegeben hatte. Er packte es aus und strich mit der Hand über einen der irdenen Töpfe. »Liebste Isabella«, sagte er sanft. »Sie vor allem werde ich vermissen, wenn ...«

»Ihr dürft die Hoffnung noch nicht aufgeben, Master Boleyn, wir haben eine vielversprechende neue Fährte.« Ich war schon versucht, ihm preiszugeben, dass wir von Lady Elizabeth autorisiert waren, sollte er tatsächlich für schuldig befunden werden, ein Gnadengesuch an den König zu richten. Jedoch war ich angehalten, dieses Geheimnis bis nach dem Urteil streng zu hüten und erst danach zu entscheiden, ob Prozess und Schuldspruch meiner Ansicht nach der Gerechtigkeit Genüge taten. Es war eine große Verantwortung. Ich erzählte ihm also stattdessen von meinem Besuch bei Scambler und dem vorübergehenden Verschwinden des Schlüssels. Er schüttelte den Kopf. »Dass die Zwillinge dem Rußkopf eine Abreibung verpassten, kann ich glauben, aber nie und nimmer hätten sie ihre Mutter ermordet.«

»Trotzdem, Sir, wir müssen dieser Spur folgen.«

»Ja.« Er seufzte. »Sie sind meine Söhne. Aber sie haben mir keinerlei Loyalität bezeigt. Mich nicht ein einziges Mal hier besucht.«

»Habt Ihr diesen Schlossschmied, Snockstobe, regelmäßig gebraucht?«

»Ja, seit Jahren. Allerdings kannte ich ihn kaum; Chawry kümmerte sich um solche Belange.«

»Wisst Ihr seinen Aufenthalt?«

»Ich glaube, er wohnt in einer Gasse hinter Tombland.«

»Gut. Wir werden sie schon finden. Habt Ihr außer ihm noch andere Schmiede beauftragt?«

»Nein. Chawry hat eine Liste von Leuten, die er für bestimmte Arbeiten heranzieht.« Er runzelte die Stirn. »Sooty könnte den Schlüssel doch übersehen haben, als er das erste Mal danach suchte. Er war gut im Umgang mit den Pferden, aber sonst – nun ja – ein arger Wirrkopf.«

Ich holte tief Luft. »Da wäre noch eine Frage, eine sehr persönliche, wegen Edith.«

Er lächelte traurig. »Wenn man bedenkt, was auf dem Spiel steht, zählen dergleichen Bedenken wenig.«

»Ich war bei Master Gawen Reynolds. Gerald und Barnabas waren auch bei ihm.«

»Tja, sie kamen stets gut mit ihrem Großvater aus. Sie sind aus demselben Holz geschnitzt, könnte man sagen.« Er blickte mich unverhohlen an. »Reynolds will meinen Tod, müsst Ihr wissen.«

»Ja, das glaube ich auch. Er war uns nicht gerade eine Hilfe. Kennt Ihr seinen Steward, einen Mann namens Vowell?«

Boleyn schüttelte den Kopf. »Nicht, dass ich wüsste. Aber vergesst nicht, Sir, ich war nicht mehr in Reynolds' Haus, seit ich Isabella nach Brikewell geholt habe. Die Zwillinge waren oft dort, aber ich war nicht mehr willkommen.«

»Vowell hadert mit seiner Stellung ...«

Boleyn lächelte spöttisch. »Wen wundert's mit diesem übellaunigen Rohling und seinem sauertöpfischen Weib. Und jetzt auch noch Gerald und Barnabas ...«

Ich sagte freiheraus: »Vowell erzählte mir im Geheimen, dass Edith einmal vor Jahren zu ihrem Vater kam und sich beklagte, dass Ihr sie – nun ja, dass Ihr Eure ehelichen Rechte gewaltsam einfordern wolltet. Ihr Vater habe ihr die Tür gewiesen. ›Wie man sich bettet, so liegt man‹, soll er zu ihr gesagt haben.«

Boleyn wandte den Blick ab. »Glaubt Ihr wirklich, das würde ich tun?«, sagte er leise.

»Sagt Ihr es mir.«

Er sah mir direkt in die Augen. »Selbst wenn ich auf meinem Recht hätte bestehen wollen, so hätte ich Edith doch niemals gezwungen. Aber ich glaube wohl, dass sie ihrem Vater hinter meinem Rücken einen Sack Lügen auftischte.« Er schüttelte zornig den Kopf. »Mein Weib war toll geworden, Serjeant Shardlake, völlig toll.«

»Verzeiht, Sir. Aber man hat mir die Geschichte erzählt, also musste ich Euch fragen.«

Boleyn nickte, winkte ab. Einen Moment lang saßen wir schweigend da, dann sagte ich leise: »Und jetzt zu Eurem Alibi. Bleibt Ihr bei Eurer Geschichte, dass Ihr die fraglichen zwei Stunden, also zwischen neun und elf Uhr nachts, in Eurem Kontor zugebracht habt?«

»Jawohl«, antwortete er nach kurzem Zaudern. »Ich war dort, allein.«

»Wenn Ihr anderswo wart, ganz gleich, wo, dann müsst Ihr es sagen. Es könnte den entscheidenden Unterschied ausmachen, für Euch und für Eure Frau.«

Er schüttelte den Kopf.

Ich blieb beharrlich: »Ich will offen zu Euch sein, Sir, ich glaube nicht, dass Ihr mir die ganze Wahrheit gesagt habt. Wenn es irgendeine Möglichkeit gibt, Euch zu retten, dann nennt sie mir, ich bitte Euch.«

Erneut zögerte Boleyn. Dann sagte er: »Ich war in meinem Kontor.«

Ich seufzte. »Tja, sollte ich neue Beweise finden, können wir sie dem Richter vorlegen. Ich spreche mit dem Schlosser, aber auch mit den Zwillingen, was sie mit ihrem Angriff auf Scambler bezweckten.«

Erschrocken blickte er auf. »Nehmt Euch in Acht.«

»Natürlich. Wir versuchen auch, Grace Bone aufzuspüren, da sie Euren Haushalt vor neun Jahren kurz vor Edith verließ. Wenn sie noch lebt, kann sie selbst oder jemand aus ihrer Familie uns vielleicht Auskunft geben. Sie soll Euer Haus nur eine Woche nachdem sie Euch von ihrer Absicht in Kenntnis setzte verlassen haben?«

»Von wegen, sie ist von einem Tag auf den anderen gegangen.« Boleyn schüttelte den Kopf. »Man hat sie vor neun Jahren nicht gefunden; vielleicht ist sie ja längst tot.« Dann sah er mich mit jäher Schärfe an. »Glaubt Ihr, dass auch ihr etwas zugestoßen sein könnte?«

»Es lohnt immerhin, der Sache auf den Grund zu gehen. Ihr Abschied kurz vor dem Verschwinden Eurer Frau wirft doch einige Fragen auf.«

»Ich dachte immer, sie sei den Launen ihrer Herrin überdrüssig geworden wie schon viele vor ihr. Dabei schien sie Edith sehr zugetan zu sein.« Er seufzte. »Nun, die Zwillinge konnten jedenfalls nichts dafür. Sie waren damals erst neun.« Er verstummte.

Ich sagte: »Wir sehen uns morgen wieder oder spätestens übermorgen.«

Er lächelte matt. »Und dann vor Gericht.«

❦

Ich gesellte mich draußen zu Nicholas und Toby. »Ich glaube noch immer, dass er lügt«, sagte ich, »dass er in der Mordnacht irgendwohin unterwegs war, sich vielleicht mit jemandem traf und wichtige Gründe hat, es uns zu verhehlen.«

»Oder er nutzte die Zeit, um sie zu töten«, meinte Toby tonlos.

»Ich bin ausnahmsweise Eurer Meinung«, pflichtete Nicholas ihm bei. »Vergesst nicht, wir sind hier, um die näheren Umstände zu erforschen, nicht um Boleyn zu vertreten. Er ist nicht unser Mandant.«

Ich überlegte kurz. »Nein, das wohl nicht. Du hast recht. Doch es gibt gewisse Ungereimtheiten, die noch der Erforschung bedürfen. Der Schlosser vor allem.«

»Witherington schien Boleyn für einen Schwächling zu halten«, sagte Toby. »Jemand, in dessen Land man straflos einfallen konnte. Doch dann schlug Boleyn hart zurück. Und ein Schwächling hätte sich nicht entgegen den Gepflogenheiten Isabella ins Haus geholt. Und wer ihn kennt, beschreibt ihn als aufbrausend.«

Nicholas fragte: »Wie hat er auf Michael Vowells Vorwurf reagiert?«

»Er weist ihn strikt von sich, glaubt, Edith habe ihren Vater angelogen, nannte sie toll. Was ich nicht verstehe, ist, wenn er sich immer noch so viel aus Isabella macht – die auf der Straße landet, falls er gehenkt wird, wie Flowerdew uns heute Morgen eifrig kundtat –, müsste er doch gewillt sein, uns seinen wahren Aufenthalt in den fraglichen Stunden zu verraten. Würde die Wahrheit vielleicht Isabella schaden? Potz Pestilenz!«, brach es aus mir hervor, »jede Frage wirft nur wieder neue Fragen auf.«

Master Theobald, der Wirt des Maid's Head, war wie üblich äußerst hilfsbereit. Und nach einigen kurzen Erkundigungen innerhalb der Belegschaft konnte er uns sagen, dass Snockstobes Werkstatt sich in einer kleinen Gasse befand, die zwischen Tombland und Elm Hill verlief.

Wir fanden die Werkstatt, über deren schmaler Tür ein Schild mit zwei sich kreuzenden Schlüsseln prangte. Im Inneren war es düster, mit einem scharfen Metallgeruch in der Luft. Die Theke war leer, aber aus einem Hinterzimmer hörte ich ein Hämmern und rief nach Snockstobe. Ein langer, dünner Bursche von etwa sechzehn Jahren im blauen Kittel und mit der Kappe der Lehrjungen eilte zu uns heraus.

»Guten Morgen, Junge«, sagte ich höflich. »Wir suchen Master Snockstobe.«

»Er ist ausgegangen, um einige Schlüssel auszuliefern, müsste aber bald zurück sein.«

»Wir werden warten.«

Er betrachtete die Roben, die Nicholas und ich trugen. »Braucht Ihr einen neuen Schlüssel oder ein Schloss? Oder geht es um eine – Rechtsangelegenheit?«

Statt ihm zu antworten, fragte ich: »Soweit ich weiß, ist dein Herr bereits seit einigen Jahren für Master Boleyn aus Brikewell tätig.«

Er blickte uns misstrauisch an. »Das mag sein«, antwortete er zurückhaltend. »Sitzt der nicht im Burgverlies und wartet auf seinen Prozess?«

»So ist es. Wir untersuchen seinen Fall, sprechen mit jedem, der ihn kannte. Ich bin Serjeant Shardlake. Wie heißt du?«

»Walter, Sir. Aber Ihr müsst mit meinem Herrn über all dies sprechen.« Der Junge wirkte nun eindeutig nervös.

»Gewiss. Soweit ich weiß, hatten Boleyns Söhne Gerald und Barnabas ihn erst unlängst mit einer Aufgabe betraut«, fügte ich unverbindlich hinzu.

Der Junge schüttelte den Kopf. »Mit Verlaub, Sir, Ihr müsst mit dem Meister reden. Stellt mir keine Fragen, es ist nicht recht. Der Meister wird mich verdreschen, wenn ich von seinen Belangen spreche.«

»Er meint schlagen«, erklärte Toby.

Walter trat ängstlich von einem Fuß auf den anderen, offenbar hatte er Angst vor Snockstobe.

»Also schön«, sagte ich. Der Junge hastete in die Werkstatt zurück, und wir warteten ein paar Minuten. Hinter der Ladentheke hingen reihenweise Schlüssel an Ringen, Hunderte davon. Ich sah sie mir an, als die Eingangstür aufflog und ein dürrer kleiner Mann mit Schürze, langen, schmierigen Haaren und der roten Knollennase der Säufer hereingehetzt kam. Wie zuvor Walter hielt auch er jäh inne, als er unser gewahr wurde.

»Womit kann ich dienen?«, fragte er misstrauisch.

»Master Snockstobe?«

»Wer will das wissen?« Seit Urzeiten die Entgegnung eines Mannes, der etwas zu verbergen hat. Ich wiederholte, was ich Walter gesagt hatte. Snockstobe verschränkte angriffslustig die Arme vor der Brust. »Warum sollte ich Euch auf die Nase binden, mit wem ich Geschäfte mache?«

Ich entschied mich zum Frontalangriff. »Weil ich Euch andernfalls zu Master Boleyns Prozess am Donnerstag vorladen lasse, dann könnt Ihr dem Richter Rede und Antwort stehen.«

Snockstobe war sichtlich erschüttert. Er sagte: »Ich habe jahrelang für John Boleyn gearbeitet. War viele Male auf Brikewell. Ihr wisst ja, wie es auf einem Gutshof zugeht, immerzu nimmt irgendein Vieh Reißaus und zertrümmert dabei die Schlösser.«

»Habt Ihr auch für den Stall die Schlüssel gefertigt, in dem Master Boleyn seinen Hengst Midnight hält?«

Snockstobe lachte. »Dieses Untier. Man brauchte es nur anzusehen, schon kriegte man einen deftigen Tritt. Jaja, das Schloss für seinen Stall stammt von mir, hab's vor ein paar Jahren geschmiedet.«

»Und nicht nur das, wie ich höre?«

Seine Augen wurden schmal. »Von wem?«

»Die Leute erzählen uns allerhand«, erwiderte Toby mit einem Lächeln.

Ich sagte: »Ihr sollt Euch mit Master Boleyns Söhnen recht gut verstehen. Da seid Ihr dem Vernehmen nach die Ausnahme.«

»Sie sind gar nicht so übel. Immer zu Späßen aufgelegt. Ich seh sie zuweilen bei der Bärenhatz, auch bei den Hahnenkämpfen.«

Ich musste daran denken, wie die Zwillinge im Londoner Haus ihres Vaters den kleinen Jungen gehetzt hatten, und fragte: »Solltet Ihr, im letzten Monat vielleicht, die Kopie zu einem Schlüssel für sie fertigen?«

»Nicht, dass ich wüsste«, antwortete Snockstobe tonlos. »Walter!«, rief er. Der Lehrling kam wieder angetrappt. Snockstobe funkelte ihn wütend an. »Sag die Wahrheit, Junge, war einer von den Boleyn-Söhnen in letzter Zeit hier in der Werkstatt?«

Walter schien erleichtert zu sein. »Nein, Sir, das kann ich beschwören. Auf die Bibel, wenn Ihr es wünscht.«

Snockstobe wies mit dem Kopf auf den Lehrjungen. »Da habt Ihr's. Und Walter ist fromm; wenn er nicht auf Knien seine Gebete spricht, sitzt er bei Pfarrer Watson in der Kirche und lauscht seinen endlosen Predigten.«

Ich sah ihn forschend an. Ich war mir gewiss, dass sowohl er als auch der Junge mir etwas verhehlten. Ich sagte: »Über kurz oder lang kommt die Wahrheit ans Licht, Sir. Wir gehen jetzt, aber wir kommen wieder. Mit einer Vorladung. Vielleicht auch mit zwei.« Walter sackte die Kinnlade herunter, während Snockstobes Mund schmal wurde. Ich setzte hinzu: »Einfacher wäre es freilich für Euch, wenn Ihr uns jetzt gleich sagtet, was Ihr wisst.«

Snockstobe verschränkte erneut die Arme. »Ich hab Euch nichts zu sagen.«

»Sei's drum. Wir sehen uns später.« Ich bedeutete Nicholas und Toby, mir nach draußen zu folgen.

Auf der Straße meinte Toby: »Hättet Ihr nicht noch dezidierter in ihn dringen können? Die beiden verbergen uns doch etwas, auch wenn die Zwillinge nicht persönlich bei ihnen waren.«

»Ich weiß. Aber mit welchem Recht? Nein, ich brauche eine Vorladung. Nicholas, geh jetzt gleich zu den Amtsstuben der Assisen, finde Barak und lasse alles arrangieren. Er soll uns für Snockstobe eine Vorladung beschaffen und auch das nötige Geld, damit er sicher zum Prozess erscheint. Es könnte entscheidend sein. Toby, würdet Ihr Euch nach Grace Bones Angehörigen umsehen?«

»Gewiss.« Er verneigte sich eilig und ging. Während Nicholas sich wieder zur Burg aufmachte, stand ich in Tombland und war mir bewusst, dass wir uns an dünne Strohhalme klammerten, aber sie waren immerhin etwas. So oder so, ich musste wissen, was es mit diesem Schlüssel auf sich hatte.

KAPITEL EINUNDZWANZIG

Von meinem Standpunkt aus konnte ich sehen, dass eines der Steintore zum Kirchhof offen stand, und ich ging darauf zu. Vielleicht käme mir im Inneren der Kirche eine neue Inspiration. Den ganzen Vormittag über wollte mir der tote Bettler nicht mehr aus dem Sinn und nagte an meinem Gewissen. Der Leichnam war inzwischen fortgeschafft worden, wie ich sah.

Im Kirchhof bot sich mir ein Anblick, der sowohl von Großartigkeit als auch von Zerstörung zeugte. Vor mir erhob sich die große Kathedrale, aus weißem Stein errichtet wie die Burg, ihre hohen schmalen Fenster gen Himmel strebend, der gewaltige Turm mit der herrlichen Spitze gekrönt. Doch zu meiner Rechten, wo ehedem das Kloster gestanden hatte, lag die lange Mauer des Kreuzganges in Trümmern. Weitere Karren, mit Steinen beladen, fuhren durch ein Tor, das auf den ehemaligen Klosterhof führte. Draußen arbeiteten sich Männer in ärmellosen Lederwämsern durch die gestapelten Steine und sortierten sie nach Form und Größe. Ich hielt unter ihnen nach Josephines Edward Ausschau, konnte ihn aber nicht finden.

Die Hauptpforte zur Kathedrale stand offen, und ich trat in einen der außergewöhnlichsten Kirchenräume, die ich jemals gesehen. Westminster Abbey, ja, sogar das Yorker Münster verblassten neben dem gewaltigen überwölbten Kirchenschiff, dessen Schmalheit im Verhältnis zur enormen Höhe seine Herrlichkeit noch steigerte. Ich blickte auf und sah weit oben Verzierungen von hinreißender Schönheit. Jedoch auch hier war Zerstörung am Werk. In einem Seitenraum brachen Handwerker eine Totenmesskapelle heraus, während man an anderer Stelle einem üppig bemalten Schrein mit Hämmern zu Leibe rückte, dass es durch die ganze Kathedrale lärmte. Am anderen Ende des Mittelschiffs stand noch der alte Lettner, und auch die Fenster erstrahlten noch in bunten Farben, wenn auch nicht mehr lange, wie ich befürchtete. Denn andernorts wurde ein gewaltiges Wandgemälde weiß übertüncht. Die Maler waren dabei auf einem wackeligen Gerüst zugange. Ich musste an den Handwerker denken, der in Whetstone das Wandgemälde entfernt hatte. Das Ganze lag nur zwölf Tage zurück, mir erschien die Zeit viel länger.

Es war zu laut, um einen klaren Gedanken zu fassen, also ging ich wieder hinaus und kehrte mit schmerzendem Rücken zum Maid's Head zurück. Weil ich mich plötzlich sehr erschöpft fühlte, legte ich mich auf mein bequemes Federbett und schlief auch sofort ein. Ich erwachte, als Nicholas an die Tür klopfte, und war überrascht, wie tief bereits die Sonne stand. »Wie spät ist es?«, fragte ich.

»Fast sechs.«

»Dann habe ich fünf Stunden geschlafen«, sagte ich verwundert.

»Ihr hattet es wahrscheinlich nötig, Sir.«

»Ja. Dieser Mordfall – und die Stimmung in der Stadt …«

Er schüttelte den Kopf. »Ich weiß. Irgendwie wähnt man sich immer einen Schritt vor dem Abgrund. Aber ich hatte Erfolg«, sagte er. »Die Vorladung für Marcus Snockstobe. Er wird zum Prozess erscheinen. Barak und ich haben den halben Nachmittag damit zugebracht, einen Friedensrichter zu finden, der sich herbeiließ, sie zu unterzeichnen, aber schließlich ist es gelungen.«

»Habt ihr erwähnt, dass Lady Elizabeth an dem Fall Interesse hat?«

»Nein, ich sagte nur, ich agierte für Boleyn.«

»Gut gemacht.«

Nicholas zog ein gefaltetes Blatt Papier aus seinem Ranzen und reichte es mir. Ich überflog es.

»Genau das brauchen wir«, sagte ich mit Genugtuung. »Zwei Pfund als Bürgschaft für sein Kommen, dazu die Drohung einer Klage wegen Missachtung des Gerichts für den Fall, dass er fernbleibt. Zu dumm, aber seine Werkstatt wird jetzt schon geschlossen sein. Wir gehen morgen früh als Erstes zu ihm. Hast du Toby gesehen?«

»Er wartet darauf, uns zum Einzug der Richter in Norwich zu

begleiten. Sie reiten vom St Stephen's Gate zum Marktplatz; die Stadtväter erwarten sie vor der Guildhall. Sie sollen in einer Stunde hier eintreffen.«

»Konnte er Grace Bones Familie ausfindig machen?«

»Leider nicht. Er sagt, er habe den ganzen Nachmittag versucht, sie aufzuspüren, aber ohne Erfolg.«

Ich seufzte. »Kein Wunder, nach neun Jahren.«

»Morgen früh versucht er es noch einmal.«

»Gut. Wenn jemand sie findet, dann Toby. Er kann sehr beharrlich sein.«

»Rau im Umgang, aber zweifellos ein tüchtiger Arbeiter. Ich befürchte, wir sind uns vorhin ein wenig in die Wolle geraten.«

»Schon wieder?«, fragte ich.

»Er äußerte die Hoffnung, die Bauernaufstände würden die Kommissare zwingen, gegen die Übergriffe der Grundherren und Beamten strenge Maßnahmen zu ergreifen. Ich hielt dagegen, es sei doch schändlich, sich mitten im Krieg gegen die Regierung zu erheben. Der Krieg in Schottland, sagte er, sei ein barbarisches Unterfangen, von dem doch jedermann wisse, dass es gescheitert sei.«

Ich lächelte säuerlich. »Tja, in diesem Punkt bin ich seiner Meinung.«

»Ich bin froh, dass der Protektor eine neue Armee gegen sie vorbereitet. Die Ehre Englands steht auf dem Spiel.«

»Ehre ist zuweilen doch nur ein anderes Wort für Geltungssucht und Standesdünkel. Zwischen den Nationen, aber auch innerhalb.« Er wollte schon protestieren, aber ich sagte: »Keine Menkenke, Nick, schon vergessen? Gehen wir uns lieber die Richter ansehen.«

Wir trafen Toby vor der Herberge. Von all den Botengängen im Freien, die er zu erledigen hatte, war sein rundes Gesicht sonnenverbrannt, so dass die Bläue seiner Augen noch auffälliger zutage trat. Wir begaben uns auf den Marktplatz. Ich war froh, dass die Hitze des Tages ein wenig nachgelassen hatte, und beneidete Nicholas und Toby um ihre schier unermüdliche Kraft. Männer mit Schwertern, das Stadtwappen auf den Schauben, hatten rings um den Platz Aufstellung genommen. Die Menge, die herbeigeströmt war, um den zeremoniellen Einzug zu sehen, war angesichts der Größe der Stadt überschaubar. Wir postierten uns vor der Kirche St Peter Mancroft an der Seite des Platzes. Am oberen Ende, vor der Guildhall, stand eine Gruppe Männer in leuchtend bunten Roben. Toby deutete auf einen kleinen, stämmigen Mann, dessen Robe weiße Seidenärmel aufwies. »Der diesjährige Bürgermeister, Thomas Codd.«

»Jemand schalt ihn heute Morgen einen glitschigen Aal.«

»Er ist besser als manch anderer. Hat in diesem Frühjahr die Sammlung für die Armen ins Leben gerufen. Der hochgewachsene Bursche neben ihm ist Augustine Steward, einer der wohlhabendsten Männer der Stadt. Hier in Norwich haben einige wenige Kaufmannsfamilien das Sagen, und das schon seit Jahren. Sie haben die gesamte Tuchherstellung in Schwierigkeiten gebracht. Und verkaufen die Wolle zuweilen auch unerlaubterweise ins Ausland.« Die Bitterkeit, die ich schon des Öfteren gehört hatte, kehrte in seine Stimme zurück.

Da ging ein Raunen durch die Menge, und die Leute reckten die Hälse nach dem herannahenden Hufschlag und dem Geschepper von Harnischen. An der Spitze ritt eine Gruppe Bewaffneter, gefolgt von den beiden Richtern in ihren leuchtend roten, mit weißem Pelz verbrämten Roben. Baraks Beschreibung fiel mir wieder ein, und ich maß sie mit prüfendem Blick. Der hagere Mann mit der harten, sauertöpfischen Miene und dem langen grauen Bart musste Richter Gatchet sein, ein Calvinist. Urteilte man nach dem Aussehen, wäre er schonungslos streng. Der feiste alte Richter Reynberd dagegen saß schwer im Sattel, das rote, grobschlächtige Gesicht teilnahmslos. Nichtsdestoweniger huschten die scharfen grauen Augen unermüdlich hin und her, um die Leute einzuschätzen, die zumeist feindselig dreinblickten. Ich war schon einmal vor Reynberd erschienen und wusste, dass er zumeist ein gerechtes Urteil fällte. War jedoch die hohe Politik im Spiel, pflegte er sein Fähnchen in den Wind zu hängen. Keiner von beiden würde es Boleyn leicht machen, nahm ich an. Hinter den Richtern ritt ein Gefolge aus Gehilfen und Schreibern in schwarzen Roben. Ich bemerkte Barak, der jedoch wie seine Gesellen starr geradeaus blickte, auf die Rücken der Richter. Dahinter folgte eine Gruppe reich gewandeter Landjunker, von denen viele Friedensrichter und königliche Beamte sein mochten, ein jeder mit einem bewaffneten und berittenen Gefolge von vielleicht einem halben Dutzend Männern. Unter ihnen erkannte ich das Raubvogelgesicht John Flowerdews und, besonders prächtig gewandet, die stämmige, hochmütige Gestalt Sir Richard Southwells. Die Gruppe, vielleicht fünfzig an der Zahl, ritt bis zur Mitte des Marktplatzes und machte dann vor der Guildhall halt, wo die Ratsherren aus Norwich die Stufen herunterstiegen und sich tief verneigten. Die Menge hatte der Machtdemonstration in absolutem Schweigen beigewohnt und begann sich nun zu zerstreuen. Ich drehte mich zu Toby um, dankte ihm für seine Mühe und fragte ihn nach dem Befinden seiner Mutter.

»Ein wenig besser, aber es tut weh, mit anzusehen, wie sie nach Luft ringt, das rasselnde Geräusch zu hören, das sie dabei macht.« Er strich sich bekümmert über den Bart. »Ich befürchte, sie wird uns bald verlassen. Dann muss ich wohl hierher zurückkehren, um meinem Vater zur Hand zu gehen; ich bezweifle, dass er in der Lage sein wird, unsere beiden Knechte zu beaufsichtigen.«

»Habt Ihr keine Verwandten, die helfen könnten?«

»Mein Bruder betreibt in Suffolk einen eigenen kleinen Hof. Also hängt alles an mir. Ich bin nicht sonderlich traurig, von Master Copuldyke fortzukommen. Und sobald ich die Arbeit auf dem Hof erledigt habe, findet sich gewiss ein neuer Brotherr in Norwich für mich. Vorausgesetzt, ich halte meinen Mund.« Er lächelte spöttisch.

»Vielleicht erholt sich Eure Frau Mutter ja wieder«, sagte Nicholas.

Toby schüttelte den Kopf. Es folgte ein unbehagliches Schweigen. Dann sagte eine Stimme an meiner Schulter leise: »Master Shardlake?«

Ich drehte mich um und gewahrte Michael Vowell, Master Reynolds' Steward. Er verneigte sich. »Verzeiht, Sir, dass ich Euch behellige«, sagte er. »Gestern habe ich Master Reynolds' Haushalt verlassen. Ich hatte Gerald und Barnabas zusammengestaucht, weil sie den Mägden nachstellten, worauf sie meine Kammer kurz und klein hauten. Vielleicht wisst Ihr zufällig, ob jemand nach einem Steward oder höheren Diener sucht?«

»Ich bin fremd in Norwich. Kennt Ihr jemanden, Toby?«

»Ich fürchte, nein.«

Ich sah Vowell an. »Ich war heute schon bei Master Boleyn. Er bestreitet, dass er Edith mit Gewalt nehmen wollte.«

Vowell straffte die Schultern und sagte mit festem Blick: »Nun, ich habe es jedenfalls gehört und bin bereit, einen heiligen Eid darauf zu schwören.«

»Master Boleyn traute Edith durchaus zu, die Geschichte erfunden zu haben. Und Reynolds hielt er für fähig, sie lediglich an ihre ehelichen Pflichten zu gemahnen und zu ihm zurückzuschicken.«

Vowell wirkte erleichtert. Er blickte auf die Versammlung vor der Guildhall. Diener trugen Bierkrüge zu den Neuankömmlingen. »Normalerweise wäre auch Master Reynolds dort oben, um in den Blicken der Menge zu baden, in der Hoffnung, ihr nächster Bürgermeister zu werden.« Er sprach mit Bitterkeit; seine Abscheu gegen seinen Brotherrn saß tief. Da kam mir der Gedanke, dass Vowell die Gepflogenheiten der Zwillinge besser kennen müsste als irgendjemand sonst, und ich sagte: »Wir möchten den Zwillingen einige Fragen stellen.«

Er sagte mit Nachdruck: »Nehmt Euch vor den beiden in Acht, Sir.«

»Keine Sorge, wir sind zu dritt, und ein Vierter steht uns bei, falls es nötig sein sollte. Allerdings müssen wir die Zwillinge allein antreffen.«

Er nickte bedächtig. »Ich verstehe.« Er überlegte kurz. »Heute ist Montag. An den Dienstagen und Samstagen reiten die Zwillinge abends immer hinüber nach Cosny, wo sie sich mit den anderen jungen Herren die Hahnenkämpfe ansehen. Dort waren sie auch in der Mordnacht. Anschließend betrinken sie sich für gewöhnlich und kehren dann heim zu ihrem Großvater. Ich hörte, wie sie zwischen zwei und drei Uhr früh zur Tür hereinpolterten. Wenn Ihr um diese Zeit in einer nahen Gasse wartet, werdet Ihr sie gewiss allein antreffen.«

Ich lächelte. »Vielen Dank, Ihr wart sehr hilfreich.«

»Nehmt Euch in Acht. Sie führen Schwerter bei sich und wissen sie auch zu handhaben, selbst im betrunkenen Zustand.«

»Das kann ich auch«, sagte Nicholas. »Und ich werde nüchtern sein.«

»Auch ich weiß ein Schwert zu führen, mit Verlaub«, sagte Toby.

»Dann machen wir uns gleich morgen Nacht auf den Weg«, sagte ich. »Habt Dank, Goodman Vowell, und viel Glück bei Eurer Suche nach einem Brotherrn.«

»Ich danke Euch, Sir. Ich habe von einer Stelle in Wymondham erfahren, vielleicht gehe ich dorthin.« Damit verneigte er sich und ging davon.

»Seht Ihr, Sir«, sagte Nicholas. »Vielleicht wendet sich nun unser Glück. Und Barak wird uns helfen; wir sehen ihn morgen Abend im Blue Boar, wenn wir Josephine und ihren Ehemann treffen.«

»Macht es Euch keine Umstände, über Nacht hierzubleiben und uns beizustehen?«, fragte ich Toby.

»Nein, Sir«, antwortete er mit Nachdruck. »Ich habe nichts dagegen, mit diesen jungen Rüpeln abzurechnen.«

KAPITEL ZWEIUNDZWANZIG

In jener Nacht schlief ich erneut schlecht. Es war sehr heiß, und einmal fuhr ich schweißgebadet auf, weil ich im Traum das Gesicht des toten Bettlers vor mir sah. Dann dachte ich über die Zwillinge nach. Wir mussten mit ihnen sprechen, aber ohne sie in die Enge zu treiben. Endlich schlief ich ein und wurde alsbald von dem Diener, der um sechs Uhr früh an die Tür klopfte, wieder aus dem Schlaf gerissen.

Er trug auf einem Silbertablett Briefe herein, die der Postreiter gebracht hatte, als er tags zuvor in Begleitung der Richter eingetroffen war. Beide Schreiben trugen das Siegel der Lady Elizabeth. Das erste war von Parry; es war kurz:

Habt Dank für Euren Brief. Ich hoffe, Ihr habt weitere Fortschritte erzielt und wart dabei so diskret, wie die Umstände es erlauben. Bitte lasst hören, wie die Dinge stehen. Lady Elizabeth ist voller Sorge. Dabei hatte ich ihr ausdrücklich gesagt, dass zu diesem Zeitpunkt wenig Neues zu erwarten sei und die Gerechtigkeit ihren Lauf nehmen müsse. Euer Freund Thomas Parry.

Der zweite Brief, von Elizabeth, unterschied sich stark davon:

Ich habe Euren Brief erhalten, der im Grunde gar nichts sagt. Seid so gut und antwortet mir umgehend. Ich muss wissen, welche Fortschritte Ihr im Falle meines Vetters erzielt habt. Die Zeit drängt, und ich erteile Euch hiermit die Anweisung, sollte ein Schuldspruch ergehen, das Gnadengesuch geltend zu machen, das ich Euch gab, ganz gleich, was Ihr selbst in der Angelegenheit denkt.

Und dann die große, umständliche Unterschrift: *Elizabeth*.

Ich holte tief Luft. Sie zürnte mir, weil der Fall noch immer nicht gelöst war, und instruierte mich obendrein, im Falle eines Schuldspruchs gegen Boleyn ein Gnadengesuch einzureichen, und dies unabhängig davon, ob ich selbst das Urteil für gerechtfertigt hielt. Sollte ich Parry davon schreiben? Hatte sich Elizabeth jedoch einmal entschieden, durfte auch er sich ihren Anweisungen nicht widersetzen. Er und Blanche mochten Gegenargumente vorbringen, aber ihr Entschluss stand offenbar fest. Ich überlegte, ob ich warten sollte, bis wir dem Schlosser die Vorladung zugestellt und mit den Zwillingen gesprochen hätten. Falls dann neue Beweise zutage traten, hätte ich morgen Positiveres zu berichten. Doch sie verlangte meine Antwort umgehend. Ich schrieb daher identische Briefe an sie und an Parry, in denen ich meinen Fortschritt hervorhob und versprach, tags darauf erneut zu schreiben. Dann versiegelte ich die Briefe und übergab sie dem Wirt mitsamt der exorbitanten Summe für den schnellsten Postreiter, welcher, wie der Wirt mir beteuerte, schon tags darauf in Hatfield eintreffen würde.

Ich war daher in einer besorgten Gemütsverfassung, als ich die breite Treppe zum Frühstückszimmer hinunterstieg. Zu meiner Überraschung war Toby Lockswood noch nicht gekommen, aber Nicholas saß zu Tisch und las mit leicht gerunzelter Stirn ebenfalls einen Brief.

»Von Beatrice Kenzy?«, fragte ich.

Er nickte.

»Ich habe auch einen erhalten, von Lady Elizabeth. Sie ist zornig, weil sie glaubt, ich käme nicht voran.«

»Soll sie doch selbst Tag um Tag durch die Straßen von Norwich trotten.«

Ich sah ihn an. So eine respektlose Bemerkung sah Nicholas gar nicht ähnlich. »Schlechte Nachrichten von Beatrice?«, fragte ich daher vorsichtig.

Er legte den Brief beiseite. »Sie schreibt mir von London, von den neuen Sicherheitsmaßnahmen und wie ein betrunkener Bettler ihr auf der Straße Worte hinterherrief, die eine Lady nicht hören sollte. Was mich anbelangt« – er lächelte säuerlich –, »so hofft sie, dass ich durch Lady Elizabeth lohnende Verbindungen in der Norfolker Gesellschaft knüpfen kann.«

Ich konnte mir das Lachen nicht verkneifen. »Schreib ihr doch von den Zwillingen und von dem Burschen, der dir in der Schenke auf den Kopf gehauen hat.«

»Wie sollte sie es auch verstehen?«, sagte er sanfter. »Was mir wirklich Sorgen bereitet, ist etwas anderes. Sie hat in der Kirche einen jungen Barrister kennengelernt, der ihr jetzt den Hof macht. Ich solle lieber rasch zurückkommen, schreibt sie.«

»Sagt sie auch, wer er ist?«

»Nein. Aber er ist offenbar eine glänzende Partie, mit Vermögen und Status«, sagte er verbittert.

»Sie führt dich an der Nase herum«, entgegnete ich. »Eine weibliche Kunst, die sie gewiss trefflich beherrscht, denn sie hat sie von ihrer Mutter gelernt.«

Nicholas blickte mich finster an. »Ihr kennt Beatrice nicht. Sie ist ganz und gar nicht wie ihre Mutter. Wenn Ihr nicht so zynisch wärt, was die Frauen anbelangt und auch die Männer …«

»Dann wäre ich verheiratet. Aber nicht mit einer, die so berechnend und oberflächlich ist wie Beatrice allem Anscheine nach.« Ich bereute meine Worte augenblicklich, aber ich war müde und verstimmt.

Mit ruhigem Nachdruck entgegnete Nicholas: »Noch einmal, Ihr kennt sie nicht. Wenn wir allein sind, ist sie sanft und freundlich.«

Zu meiner Erleichterung wurden wir von Tobys Ankunft unterbrochen. Er wirkte müde unter seiner Sonnenbräune, das schwarze Haar und der Bart ungekämmt. »Verzeiht, dass ich zu spät komme. Der Zustand meiner Mutter hat sich verschlechtert.«

»Das tut mir leid«, sagte ich. »Vielleicht solltet Ihr heute Nacht nicht hier bleiben. Mit Baraks Hilfe werden wir schon fertig mit den Zwillingen.«

Er seufzte. »Es gibt nicht viel zu tun für mich, weder im Haus noch auf dem Hof, ich kann allenfalls die Disteln herausreißen und zusehen, wie die Feldfrüchte in der Hitze darben. Auch der heutige Tag wird wieder stechend heiß. Wagen wir uns in die Höhle des Löwen, ehe die Sonne zu hoch steigt.«

✤

Wir gingen die kurze Strecke zu Snockstobes Werkstatt zu Fuß. Ich hoffte, ihm mit der amtlichen Vorladung die Zunge zu lösen. Der Laden war offen, aber hinter der Theke stand nur der junge Walter. Er blickte uns sorgenvoll entgegen.

Ich hielt das Schriftstück in die Höhe. »Master Snockstobe?«, fragte ich mit Bestimmtheit.

»Noch nicht da. Ich weiß nicht, was ich tun soll, um neun will ein Kunde seine Schlüssel holen, und ich weiß nicht, wo sie sind.« Sein Blick huschte verzweifelt zu den vielen Schlüsseln hinter ihm, ein jeder mit einer Zahl versehen. »Der Meister hat sie nicht eingetragen.«

»Kommt er oft zu spät?«, fragte ich in scharfem Ton.

Der Junge zögerte. »Ihr dürft ihm nicht verraten, dass ich es Euch gesagt habe, aber seit ihn sein Weib im vorigen Jahr verlassen hat, verbringt er die meisten Abende beim Zechen in der Schänke. Zuweilen kommt er erst am späten Morgen. Aber an seine Abmachungen hält er sich.«

Ich nickte und sagte: »Wir kommen in einer Stunde wieder. Sag deinem Meister, wir hätten die Vorladung für ihn und er täte gut daran, uns gleich zu sagen, was er über Boleyns Schlüssel weiß.«

»Jawohl, Sir«, sagte Walter unglücklich. Wir machten kehrt und gingen hinaus.

»Potz Pestilenz!«, fluchte ich, als wir nach Tombland zurücktrotteten. »Will nun gar nichts mehr gelingen?«

»Sieht ganz danach aus«, sagte Nicholas. Sein Ton war frostig. Er ärgerte sich immer noch über meine Bemerkungen zu Beatrice.

Ich sagte: »Da wir nun eine Stunde Zeit haben, schlage ich vor, dass wir uns bei den Assisen umsehen. Sie werden bald eröffnet.«

Wir machten uns also in der morgendlichen Hitze auf zur Burg.

❦

Die Shire Hall war ein großes Gebäude mit gotischen Türmen im Nordosten der Burg und wie diese aus weißem Stein errichtet. Einige Männer, der Kleidung nach Edelleute, standen plaudernd vor den Pforten, und ich bemerkte Sir Richard Southwell, der sich mit einigen Herren unterhielt. Wie immer blickte er hochmütig und verächtlich drein. Als er meiner ansichtig wurde, nickte er mir kurz zu, ohne zu lächeln. Also erinnerte er sich an unsere kurze Begegnung in St Paul's; andererseits machte er mir den Eindruck eines Mannes, der sich jedes Gesicht zu merken pflegte. Toby hatte gesagt, dass die Zwillinge und einige junge Gentlemen aus ihrem Freundeskreis gelegentlich schmutzige Arbeit für ihn verrichteten.

Im Inneren gelangten wir durch ein kleines Vorzimmer in einen großen Gerichtssaal mit einer hohen Gewölbedecke. Auf einem Podium, bedeckt mit einem schweren grünen Tuch, stand der Richtertisch. Ich blickte auf die hölzerne Anklagebank, die auf hohen Stufen zur Linken des Saals errichtet war. Beamte in schwarzen Roben hatten bereits ihre Plätze vor dem Richtertisch eingenommen, und weitere trugen Papiere herein. An den Türen und entlang der Wände hatten Wachsoldaten in königlicher Livree Aufstellung genommen. Viele Menschen, die meisten ihren feinen Kleidern nach aus dem niederen Adel, saßen bereits auf den Bänken gegenüber den Richtern; andere standen herum und plauderten. Ein großgewachsener Mann löste sich aus seiner Gruppe und kam zu uns herüber. »Serjeant Shardlake? Seid Ihr gekommen, um die Eröffnung zu sehen?«

»Serjeant Flowerdew, Gott zum Gruße. Ja, in der Tat.«

Heute Morgen schien Flowerdew in besserer Stimmung. »Ich könnte mir denken, dass sie zunächst einmal die Friedensrichter und Stadtoberen ausschelten werden, weil sie die Verlautbarungen nicht mit Nachdruck durchgesetzt haben. Wie steht es um den Boleyn-Fall?«

»Er entwickelt sich durchaus interessant«, antwortete ich beiläufig.

Er sah mich forschend an. »Habt Ihr denn etwas entdeckt, das Boleyn aus der Klemme helfen könnte?«

»Wir hoffen auf Gerechtigkeit.«

»In der Tat.«

Der Gerichtsdiener trat ein und mahnte die Anwesenden zur Ruhe. Daraufhin begaben sich alle zu ihren Bänken, während die Richter Reynberd und Gatchet den Saal betraten. Reynberd sah überheblich aus seinem feisten Gesicht, Gatchet wirkte wie immer streng. Sie setzten sich. Reynberd, der oberste Richter, nickte Gatchet zu. Dieser beugte sich vor, die knochigen Hände ineinandergefaltet.

»Im Namen unseres Allergnädigsten Herrn Königs, Edwards VI., erkläre ich die Sommerassisen von Norwich für eröffnet. Wir haben viel zu tun, aber zuvorderst sei erwähnt, wie erzürnt wir im Namen des Königs und seines Protektors sind, weil unsere Gesetze und Verlautbarungen nicht zu unserer Zufriedenheit in die Tat umgesetzt wurden. Die Einkünfte aus der Schafsteuer kommen zu spät und in unzureichender Menge. Selbsternannte Propheten und Unruhestifter dürfen weiterhin dem Volke predigen. In den Gassen und an den Türen finden sich gottlose Pamphlete.« Er schlug mit der Faust auf den Tisch. »Trotz alledem sahen Richter und Konstabler offenbar keine Not, dergleichen Umtriebe aufzudecken und zu bestrafen. Ich rufe den hier Anwesenden Gentlemen daher die Worte Master Calvins in den Sinn, auf den unser König so große Stücke hält: Das gemeine Volk, so der Gelehrte, müsse am kurzen Zügel gehalten werden. Was mich auf die Unruhen zu sprechen bringt, die aufrührerischen Umtriebe wider die gottgewollte Ordnung, welche neuerdings in den südlichen und westlichen Grafschaften zu beobachten sind. Sie dürfen sich nicht ausbreiten. Unruhestifter müssen entdeckt und bestraft werden, wie schon im Frühjahr. Nun jedoch schickt der Protektor Kommissionen aus, die durch das Land reisen, um sich mit den unredlichen Einhegungen zu befassen, und sie werden Sorge tragen, dass jedes Unrecht wiedergutgemacht werde. So viel dazu! Nun tut Eure Arbeit und schickt die Spitzel aus. Wir haben die Absicht, bei allen Fällen, die wir in diesen Assisen zu entscheiden haben, die allergrößte Härte walten zu lassen. Die für schuldig Befundenen sollen am Samstag öffentlich gerichtet werden, und der Henker hat die Anweisung, sie am kurzen Strick aufzuhängen, damit ihr qualvolles Ersticken dem Volke zur Lehre gereiche. Und kein Mensch darf sich den Schuldigen nähern, um sich an ihre Beine zu hängen und ihnen die Hälse zu brechen.«

»Wann kommen die Kommissare?«, rief jemand aus den hinteren Reihen. »Wir haben noch nichts von ihnen gehört!«

Gatchet wurde puterrot. Er deutete auf den Störenfried, einen jungen Mann mit zorniger Miene in einem feinen Wams. »Ergreift ihn! Er missachtet das Gericht!« Zwei Soldaten eilten zu ihm hinüber, rissen ihn von der Bank und führten ihn aus dem Saal. Gatchet rief ihm nach: »Die Missachtung des Gerichts wird streng bestraft. Man soll Euch die Ohren abschneiden!«

Eine derart strenge Strafe konnte für so ein geringfügiges Vergehen nicht verhängt werden, aber trotzdem wurde es unruhig im Saal. Gatchet lehnte sich zurück, und Reynberd richtete sich auf. »Ich hoffe, Ihr habt die Worte des gelehrten Richters zur Kenntnis genommen.« Er legte mit seinen feisten Händen die Papiere auf dem Tisch zurecht. »Und nun wollen wir uns der ersten Zivilklage widmen. Es geht um den Nachlass Gerald Carberrys …«

Ich sagte zu Nicholas: »Eine Testamentsanfechtung. Kein Interesse, lass uns gehen.« Wir verneigten uns und gingen hinaus.

Wir kehrten zu Snockstobes Werkstatt zurück. »Der kurze Strick«, sagte Nicholas. »Die Verurteilten werden langsam ersticken, anstatt sich den Hals zu brechen.«

»Sie wollen ein Exempel statuieren.«

»Die Richter in den blutroten Roben ganz gewiss«, sagte Toby leise.

Wir hatten den oberen Teil des Marktplatzes erreicht; bei den Galgen, die bereits neben der Guildhall standen, waren Zimmerleute damit beschäftigt, Löcher in das Pflaster zu treiben. Frisch zurechtgeschnitzte Pfosten in verschiedenen Größen lagen neben ihnen auf dem Boden. Sie bereiteten ein Mehrfachhängen vor. Eine kleine Schar ärmlich gekleideter Leute schaute ihnen zu. Im Vorübergehen erhaschte ich einige Satzfetzen.

»… er lag im Wasser, gleich unter der Bishopsgate Bridge. Er hatte sich in der Wasserpest verfangen, ein Schiffer, der den Fluss heraufkam, hat ihn gefunden.«

»Gewiss ist er von der Brücke gefallen und ersoffen, ein scheußlicher Tod …«

»Gegen neun war der doch immer sternhagelvoll. Keine Ahnung, wie er den Laden am Laufen hielt …«

»Als Schlosser war er tüchtig.«

Ich blieb wie angewurzelt stehen. »Ein Schlosser ist ertrunken?«, fragte ich.

Sie sahen mich argwöhnisch an. »Ja, Herr. Und?«

»Wie hieß er denn?«

»Richard Snockstobe. Lag heute Morgen tot im Wensum.«

»Wir müssen hin. Auf der Stelle.« Einen Augenblick lang wurde mir ganz schwach, und ich griff nach Nicholas' Arm. Nun lag also unser Hauptzeuge tot im Fluss, und das just an dem Tage, da wir ihm die Vorladung unterbreiten wollten.

»Bishopsgate Bridge. Das ist weit von hier«, sagte Toby, indem er mich zweifelnd ansah.

»Auf der Stelle!«, wiederholte ich und schritt forsch voran.

Wir kehrten nach Tombland zurück und liefen dann die Holme Street entlang, vorbei am Hospiz mit den Bettlern davor und in Richtung des Blue Boar Inn. Alsdann passierten wir das hohe Torhaus und gelangten auf eine steinerne Brücke über den Fluss

Wensum. Dahinter erhob sich der Steilhang von Mousehold Heath. Mehrere Schaulustige beugten sich über das Brückengeländer und blickten hinab. Wir gesellten uns dazu. Einige Männer waren darum bemüht, den Toten aus dem Wasser zu ziehen, um dessen Füße sich das Röhricht gewickelt hatte, während der Leichenschauer, den wir in der Guildhall getroffen hatten, vom Ufer aus zusah. Ich erkannte Snockstobes dürre Gestalt, sein rotes Gesicht jetzt totenbleich.

»Wie gelangen wir hinunter?«, fragte ich Toby.

Er deutete auf die Stelle, gleich hinter dem Torhaus, wo ein Geviert aus der Erde gehauen war. Stufen führten hinunter. Auf diesem Weg konnten wir ans Flussufer gelangen.

»Was ist das?« Nicholas deutete auf die Senke.

»Lollards' Pit«, antwortete Toby. »Hier wurden die Ketzer gerichtet. Thomas Bilney wurde dort auf Morus' Geheiß verbrannt.«

Wir stiegen die Stufen hinunter, überquerten die Senke und gelangten zum Ufer. Dort lag der Tote, auf den der Leichenschauer und mehrere Konstabler hinabblickten.

»Vermutlich ist er im Suff von der Brücke gefallen und ertrunken«, mutmaßte einer der Konstabler.

»Sieht ganz danach aus«, pflichtete der Leichenschauer ihm bei. »Der Tote weist keinerlei Spuren von Gewalt auf.«

Ich mühte mich auf die Knie und untersuchte Snockstobes Kopf. Edith Boleyn war durch einen Schlag auf den Kopf zu Tode gekommen, und ich erinnerte mich, dass die Zwillinge Witheringtons Knecht mit einem Knüppel traktiert hatten. Ich strich Snockstobe das lange Haar aus der Stirn, konnte aber keinerlei Verletzung entdecken.

»Heda, Meister!«, rief der Leichenschauer entrüstet, »was tut Ihr denn da?«

Ich stand auf und verneigte mich. »Vergebt mir, aber ich kannte den Mann. Ich habe erst gestern mit ihm gesprochen, wegen eines Schlüssels. Was ist hier geschehen?«

Als Antwort rief der Leichenschauer einen ängstlich dreinblickenden Mann in einem wollenen Wams und mit weißer Kappe herüber. »Das hier ist Sedgley, er hat ihn gefunden. Sag dem Herrn Anwalt, was geschehen ist.«

Der Mann schluckte. »Ich hab heute früh mein Boot mit einer Ladung gesponnener Wolle den Fluss hinuntergestakt. Als ich an die Brücke kam, erspähte ich etwas im Wasser und sah, dass es Kopf und Hände dieses armen Burschen waren. Er muss von der Brücke gefallen sein und sich mit den Füßen in der Wasserpest verfangen haben, die verflucht fett wächst in diesem Jahr.«

Der Leichenschauer sann nach und wandte sich dann an mich. »Sieht nach einem Unglücksfall aus, wenn Ihr mich fragt, der Mann war ein stadtbekannter Säufer.«

Ich ließ den Blick zum Torhaus gleiten, dann über die Mousehold-Anhöhe, gesprenkelt mit Schafen und gekrönt von dem prächtigen Gebäude Surrey Place. »Was hätte er nachts auf der Heide zu suchen? Soweit ich weiß, ist dort oben nur der gräfliche Palast.«

Der Leichenschauer zuckte mit den Schultern. »Wer weiß schon, welche Flausen so ein Trunkenbold im Kopfe hat?«

»Wird der Tote untersucht werden?«

Er seufzte. »Vermutlich schon. Man wird herausfinden, dass seine Lunge voller Wasser ist.« Er wandte sich an den Konstabler. »Habt Ihr einen Karren mitgebracht?«

»Ja, Sir.«

»Dann schafft Snockstobe ins Kühlhaus. Und Ihr kommt mit mir, Schiffer, ich brauche Eure eidesstattliche Aussage.«

Die Konstabler hoben den Schlosser hoch, und ein Geruch nach fauligem Flusswasser stieg von ihm auf. »Genug geglotzt, ihr neugierigen Gaffer!«, rief der Leichenschauer den Menschen auf der Brücke zu. »Packt euch! Geht nach Hause!«

KAPITEL DREIUNDZWANZIG

Wir kehrten nach Tombland zurück. Der Tod des Schlossers war ein schwerer Schlag, die Vorladung in meiner Tasche jetzt ohne Wert. Doch damit nicht genug: Ich befürchtete, indirekt verantwortlich für seinen Tod zu sein; dass sein Sturz von der Bishopsgate Bridge nur einen Tag nach meiner Drohung erfolgt war, ihn vor Gericht zu zerren, konnte doch gewiss kein Zufall sein.

»Vielleicht ein Unglück«, sagte Nicholas. »Sein Kopf wies keine Verletzung auf, und an der Leiche war kein Blut.«

»Vielleicht ist er erstochen und das Blut vom Flusse fortgespült worden. Sie finden es heraus, wenn sie die Leiche untersuchen.«

»Der Lehrjunge ist auch noch da«, sagte Toby. »Vielleicht weiß er noch nichts von Snockstobes Tod. Wir müssen in ihn dringen, herausfinden, was er weiß.«

Als wir zur Werkstatt zurückkehrten, stand Walter noch immer hinter der Theke. Er empfing uns mit langem Gesicht.

»Der Meister ist immer noch nicht hier«, meinte er müde.

»Ich habe leider schlechte Neuigkeiten«, sagte ich sanft. »Dein Meister wurde heute Morgen tot aufgefunden. Offenbar ist er letzte Nacht von der Brücke in den Wensum gestürzt.«

Dem Burschen fiel die Kinnlade herunter. Seine Miene drückte aber keine Trauer aus – was kaum überraschte, wenn man seinen Meister kannte –, sondern Furcht. Er hatte schon ängstlich dreingeblickt, fiel mir ein, als wir tags zuvor Snockstobe befragten, und sich an die Thekenkante geklammert. Ich sagte: »Walter, wie reagierte dein Meister, nachdem wir ihn gestern in der Werkstatt aufgesucht hatten?«

Er schluckte. »Er sagte nichts, schien aber besorgt zu sein. Er überließ mir den Laden für eine Stunde und ging fort. Als er zurückkam, wirkte er ängstlich, schalt immerzu mit mir oder starrte ins Leere. Wir schlossen den Laden wie üblich um fünf. Er ging nach Hause und ich hinauf in mein Zimmer. Ich glaube, der Meister hatte Angst. Möge Gott sich seiner erbarmen.«

»Du erinnerst dich doch an gestern, wir befragten euch beide zu den Aufträgen für John Boleyn und ob dessen Söhne Gerald und Barnabas seit dem Frühjahr einmal in die Werkstatt gekommen seien. Du sagtest, sie seien nicht hier gewesen, und er sagte dasselbe.«

»Es ist wahr, Sir. Ich habe Euch nicht belogen.«

Ich nickte. »Nur war es nicht die ganze Wahrheit, nicht?«

Walter senkte den Kopf und stieß einen langen, schweren Seufzer aus. Er blieb eine Weile stumm – vielleicht betete er – und blickte dann wieder auf. »Ein Mann kam her«, sagte er stockend. »Im Mai. Er brachte einen Schlüssel und wollte eine Kopie davon fertigen lassen. Master Boleyn habe ihn geschickt, sagte er. Snockstobe erkannte den Schlüssel natürlich. Er trug seine Signatur, und hätte der Mann ihn zu einem anderen Schlosser gebracht, hätte der ihn den Zunftregeln gemäß hierher zu uns geschickt.«

»Wer war der Mann? Kanntest du ihn?«

Walter schüttelte den Kopf. »Ich hatte ihn noch nie gesehen.«

»Wie sah er denn aus?«, fragte Toby.

»Er war ziemlich dick, nicht alt. Und er trug einen Bart.«

»Das trifft doch auf halb Norwich zu«, sagte ich unwirsch. »Na komm, war sein Bart hell, rot, dunkel?«

»Dunkel, meine ich. Vielleicht auch rot. Ich weiß es nicht.« Er errötete. »Ihr müsst wissen, Sir, meine Augen sind schlecht. Für die Nähe reicht es, sonst könnte ich diese Arbeit nicht tun, aber auf die Ferne sehe ich nicht gut. Und der Mann – Master Snockstobe im anderen Zimmer kam sofort und nahm ihn mit nach hinten. Dabei wollte er wissen, um welchen Schlüssel es sich handelte, und da sagte der Mann, er sei für den Stall von Midnight, Master Boleyn habe einen seiner Schlüssel verloren.«

Ich schloss die Augen. Was für ein verfluchtes Pech, dass der Bursche kurzsichtig war. Aber zumindest konnte er bezeugen, dass jemand hereingekommen war und eine Kopie für den Stallschlüssel bestellt hatte. Seine Aussage konnte immer noch maßgeblich sein. Ich blickte auf Walter, der zu zittern angefangen hatte.

»Warum fürchtest du dich vor dem Mann?«, fragte ich.

»Nicht vor ihm. Vor Master Boleyns Söhnen hab ich Angst. Sir, Master Snockstobe war gestern sehr besorgt. Glaubt Ihr, jemand hat ihm Gewalt angetan?«

»Ich weiß es nicht, Walter«, sagte ich. »Ich will, dass du am Donnerstag vor den Richter trittst. Aber bis dahin beschützen wir dich …«

»Nein!«, rief der Junge. »Mistress Boleyn wurde ermordet und jetzt vielleicht auch der Meister. Ich geh nicht zum Gericht!«

»Hast du Verwandte in Norwich, bei denen du sicher aufgehoben wärst?«

»Nein. Meine Familie lebt draußen in den Sandlings, ich hab hier keine Menschenseele.«

»Die Menschen in deiner Kirchengemeinde?«

»Nein! Ich bin nicht sicher in Norwich!«

Ich redete ihm ruhig zu. »Höre, Walter, du kannst uns zum Maid's Head begleiten, in unserem Zimmer bleiben, wir sperren dich dort ein, wenn du möchtest. Und nach dem Prozess lassen wir dich sicher zu deiner Familie bringen.«

»Das Maid's Head?« Er machte große Augen. »Die lassen einen wie mich doch gar nicht rein! Ich muss aus Norwich heraus!«

»Wenn ich es wünsche, lässt man dich hinein. Oder bildest du dir ein, du wärest auf der Straße sicherer, wenn dir Gefahr droht?«

Walter stöhnte. »Ich muss nach Hause.«

»Wenn du vor Gericht die Wahrheit sagst, rettest du vielleicht einen Unschuldigen. Du bist doch ein guter Christ, ist dergleichen nicht Christenpflicht?«

Walter senkte den Kopf, und Haarsträhnen verdeckten seine Augen.

»Also, du tust jetzt Folgendes: Geh hinauf, packe deine Sachen, und wir nehmen dich mit zum Maid's Head. Du stehst dort unter unserem Schutz, Walter, ich verspreche es dir. Dann brauchst du nichts weiter zu tun, als am Donnerstag die Wahrheit zu sagen, und wir sorgen dafür, dass du sicher nach Hause kommst.«

Er blickte auf, einen verzweifelten Ausdruck im blassen Gesicht.

»Geh schon, Junge«, sagte Nicholas aufmunternd.

Walter nickte. Er erklomm eine hölzerne Treppe neben der Werkstatt. Toby schüttelte den Kopf. »Noch so ein kleiner Hasenfuß wie Scambler. Früher einmal brachte England kräftige, ehrliche Bauersleute hervor, und jetzt müssen sie ihr Leben mühsam in den Städten fristen. Kein Wunder, dass wir den Krieg gegen Schottland verlieren.«

»Ihr könnt sehr hart sein, Toby«, sagte ich.

»Es ist die Wahrheit.«

Nach einigen Minuten wurde Nicholas unruhig. »Er müsste längst wieder unten sein.«

»Sehen wir nach«, schlug Toby vor.

Wir eilten die Treppe hinauf. Oben befand sich eine kleine Schlafkammer mit einem wackeligen Bett und einer billigen Ausgabe des neuen Gebetbuches auf einem Tisch. Die Fensterläden standen weit offen.

»Verflucht!«, rief Toby. »Er ist weg!« Wir stürzten zum Fenster. Über das schräge Dach eines Abtritts ließ es sich leicht nach unten auf den Hof klettern. Walter war verschwunden.

Wir eilten hinaus. Toby rannte die Straße hinauf, während Nicholas und ich nach Tombland hinuntereilten. Wir blickten in die Straßen und Gassen, die vom Platze aus abzweigten. Walter könnte jede davon genommen haben. Nicholas fragte im Maid's Head nach, ob einer der Diener dort einen Burschen über den Platz habe laufen sehen. Er kam zurück und schüttelte den Kopf, und bald darauf gesellte sich auch Toby wieder zu uns. »Es hat keinen Sinn«, sagte er. »Er könnte weiß Gott wo sein.«

»Wo sind die Sandlings, sein Zuhause?«

»Unten an der Küste von Suffolk. Doch viele Wege führen dorthin, und er wird wahrscheinlich nicht den direkten nehmen. Er ist uns entwischt. Ich sagte ja, er ist ein Hasenfuß.«

»Er hatte entsetzliche Angst«, sagte Nicholas.

»Wir können nichts tun«, sagte ich tonlos. »Ich kann bezeugen, was er sagte, aber ohne Snockstobe oder Walter ist alles nur Hörensagen.«

»Scambler könnte bezeugen, dass er den Schlüssel verloren hat«, schlug Toby vor.

»Die Tatsache, dass er einen Tag lang seinen Schlüssel vermisste, dürfte kaum etwas ändern. Und ich bezweifle, dass er vor Gericht eine gute Figur abgeben würde. Er scheint in Norwich allgemein als Witzfigur zu gelten.«

Nicholas sagte: »Könnte Scambler, falls Snockstobe ermordet wurde, ebenfalls in Gefahr sein? Falls die Zwillinge es waren, die dem Mann den Schlüssel zusteckten, der damit in die Werkstatt ging?«

Ich nickte. »Nicholas, könntest du Scambler und seine Tante warnen, bis Freitag nicht außer Haus zu gehen? Vielleicht kann jemand aus ihrer Kirchengemeinde bei ihnen bleiben. Sag ihnen, ich werde morgen nach ihnen sehen. Toby, Ihr könnt jetzt zu Euren Eltern reiten. Wir treffen Euch um neun Uhr abends im Blue Boar.«

»Wie wollt Ihr danach den Zwillingen auflauern?«

»Ich habe mir schon einen Plan zurechtgelegt. Ich gehe später zu Master Reynolds und verlange, mit den beiden zu sprechen, und werde erfahren, dass sie beim Hahnenkampf sind. Um zu verhehlen, dass wir sie unterwegs abfangen, bitte ich Reynolds, später noch einmal vorsprechen zu dürfen. Wir müssen uns hüten, ihnen zu drohen, aber da ich die beiden kenne, wäre mir lieber, wir hätten Schwerter. Nur für den Fall. Ich bezweifle, dass die Unterhaltung mit ihnen gut verlaufen wird.«

Toby lächelte säuerlich. »Mit dem Tragen einer Waffe könnte ich Verdacht erregen; ich bin nicht von Stand, die Kleiderordnung erlaubt es mir nicht, ein Schwert zu tragen.«

»Als mein Diener, zu meinem Schutze, dürft Ihr es wohl.«

»Ihr müsstet mir eines kaufen. Dort drüben ist ein Händler«, fügte er hinzu und deutete auf einen kleinen Laden zwischen den großen Häusern, im Fenster ein Sortiment von Dolchen. »In Tombland wohnen viele hohe Herrschaften.« Ich runzelte die Stirn, weil er einmal mehr auf seinen niederen Stand verwies.

Nicholas und ich traten in den Laden. Wir erklärten, dass ich angesichts der gegenwärtigen Stimmung in der Stadt meinen Diener mit einem Schwert auszustatten wünschte. Als wir den Laden wieder verließen, schlug die Waffe in ihrer Scheide gegen mein Bein. Toby war gegangen.

»Ihr hättet für Euch selbst auch eines kaufen können«, sagte Nicholas.

»Ich würde dir oder Toby ja doch nur den Kopf abschlagen.«

»Um den von Toby wäre es nicht schade. Er ist widerborstig, radikal und gefühllos, bei all seinem Gerede von sozialen Reformen.«

Ich seufzte. »Wie es aussieht, werden Isabella Boleyn und ich die Einzigen sein, die am Donnerstag zugunsten ihres Gatten aussagen.«

»Sollte nicht Witheringtons Schäfer bezeugen, wie schwierig es für einen Mann wäre, Edith allein zum Wasser zu schleppen und in den Schlamm zu stoßen?«

»Witherington würde ihn wahrscheinlich drängen, nur ja nichts zu sagen, was Boleyn zugutekommen könnte. Und nachdem ich am Tatort war, kann ich selbst bezeugen, wie schwierig es wäre. Und jetzt gehe ich zurück zur Herberge. Ich habe gestern schlecht geschlafen, ich muss mich ausruhen, wenn ich heute Nacht von Nutzen sein will.«

Nicholas sah mich besorgt an. »Sir, nehmt Euch diese schmutzige Sache nicht allzu sehr zu Herzen.«

Ich lächelte traurig. »Tja, dabei hatten wir uns nur eine kleine Flucht aus dem täglichen Einerlei gewünscht, nicht wahr? Nun gibt es schon den zweiten Toten. Und bei all dem Laufen und Reiten spüre ich mein Alter und auch meinen armen Rücken, aber ich gebe nicht auf. Ich werde mich heute Nachmittag zum Leichenschauer begeben, um zu erfahren, was die Untersuchung Snockstobes ergeben hat. Falls er einem Mord zum Opfer fiel, ändert es die Sache; wir könnten sogar einen Prozessaufschub verlangen.« Ich holte tief Luft. »Und heute Nacht also die Zwillinge.«

Wie vereinbart sprachen Nicholas und ich auf dem Weg zum Blue Boar bei Gawen Reynolds vor. Eine Dienstmagd öffnete uns die Tür zum Hof. Wir wurden nicht ins Haus gebeten, jedoch humpelte Gawen Reynolds, auf seinen Stock gestützt, persönlich zu uns heraus. Wir wünschten mit den Zwillingen zu sprechen, sagte ich, bevor sie abends zum Hahnenkampf reiten würden.

Seine Augen wurden schmal. »Wer hat Euch das erzählt?«

»Es ist doch kein Geheimnis, oder?«

»Wozu wollt Ihr sie sprechen?«, blaffte er.

»Um ihre Meinung zu dem Fall zu hören.« Ich hatte nicht vor, den Schlüssel zu erwähnen.

Er verzog das Gesicht und grinste böse. »Sie sind wie ich der Meinung, dass ihr Vater schuldig ist, dass *er* ihre Mutter ermordet hat. Nur dass Ihr's wisst, Gerald, Barnabas und ich haben beschlossen, gegen ihn auszusagen. Ihr werdet nicht in meinem Haus mit ihnen sprechen, aber wenn Ihr ihnen anderswo über den Weg lauft, dann nur zu. Ich sagte ihnen, sie sollen nach dem Hahnenkampf hierher zurückkommen – wir sprechen morgen über ihre Zeugenaussage.« Wieder grinste er böse und schlug uns dann die Hofpforte vor der Nase zu.

Nicholas sah mich an. »Verflucht«, sagte er. »Noch drei weitere Zeugen gegen Boleyn.«

»Wir befragen die Zwillinge trotzdem. Noch dazu mit dem Segen dieses groben Menschen hier; keiner wird sagen können, wir hätten ihnen aufgelauert.«

Kurz vor neun fanden Nicholas und ich uns im Garten des Blue Boar ein, unweit der Bishopsgate Bridge, um uns dort mit Toby, Barak sowie Josephine und Edward Brown zu treffen. Zuvor hatte Nicholas den jungen Scambler und seine Tante aufgesucht und ihnen die Nachricht vom Tode des Schlossers überbracht. Beide waren entsetzt gewesen. Nicholas hatte daher wenig Zweifel, dass sie bis Freitag im Haus bleiben würden. Bis dahin würde die Tante jemanden aus ihrer Kirche bitten, ihnen Gesellschaft zu leisten. Sie hatte natürlich ihrem Neffen die Schuld gegeben an dem Schlamassel und ihm keifend und zeternd die Leviten gelesen.

Barak saß bereits an einem von Kerzen beleuchteten Tisch unter einem Baum und brütete im Dämmerlicht über einem Brief. Nicholas und ich hatten beide graue wollene Wämser angelegt, damit wir uns nicht von den anderen Gästen unterschieden, die auch an diesem Abend zumeist Handwerker waren. Die Schiffer, die es bei unserem letzten Besuch auf Nicholas abgesehen hatten, konnte ich nicht entdecken. Ich warf einen Blick auf das große Torhaus: Dort hindurch war Snockstobe in der vergangenen Nacht in den Tod gegangen.

Barak zog die Augenbrauen in die Höhe. »Ich habe Euch noch nie ein Schwert tragen sehen«, sagte er.

»Es ist für Toby Lockswood.«

»Seht zu, dass es verschwindet, wir wollen nicht schon wieder als Gentlemen erkannt werden. Ich habe das meine in der Kammer gelassen.«

Wir legten die Schwerter unter den Tisch, und Nicholas ging in den Schankraum, um uns Bier zu holen. Ich sah Barak an. »Von wem ist der Brief?«, fragte ich.

»Tamasin.«

»Schreibt sie auch, wie es um Guy steht?«

»Unverändert; weder besser noch schlechter. Wird immer noch von Fieberschüben heimgesucht. Sie müsse nicht nur George, sondern auch Klein Tilda mitnehmen, wenn sie ihn besuche, schreibt sie. Mistress Marris hat sich offenbar beschwert, weil sie so oft auf sie achtgeben muss.« Er knurrte ärgerlich. »Der Brief ist eine Litanei von Klagen; die Preise steigen, die vielen Bewaffneten in der Stadt, wie einsam sie sich fühle in der Nacht und wie sehr sie sich wünsche, ich wär bei ihr. Nur über das Geld beklagt sie sich nicht, das ich von den Assisen nach Hause bringe. Ach ja, und sie hofft, ich trinke nicht zu viel und pflege keinen schlechten Umgang. Dabei ist ihre Herkunft so gewöhnlich wie die meine. Das vergisst sie oft. Sie kann nicht einmal schreiben; den Brief hier hat Guys Gehilfe Francis für sie geschrieben.«

»Es ist dieser Tage gewiss nicht einfach für eine Frau, allein in London, mit den Kindern.«

»Nicht?« Er runzelte die Stirn. »Hier kommt das Beste.« Er las wütend vor: »›Ich nehme an, dass du mittlerweile in Norwich bist und nur noch die Assisen in Suffolk vor dir hast. Ich weiß wohl, dass sich Master Shardlake ebenfalls in Norwich befindet, und hoffe, du hältst dich auch wirklich von ihm fern, wie ich es dir geraten habe. Wenn ihr beide euch zufällig vor Gericht begegnet, dann sei so gut und beachte ihn nicht.‹ Hör sich einer dieses unverschämte Weibsstück an!«, schnaubte Barak und nahm einen herzhaften Schluck Bier.

Ich betrachtete ihn. Die Verbindung zwischen diesen starken Charakteren war nicht immer glatt verlaufen, und Barak hatte sich mehr als einmal in den Alkohol geflüchtet. »Wir können ihre Gefühle für mich nicht ändern«, sagte ich traurig.

»Es ist ihre Einstellung mir gegenüber, die mich ärgert«, entgegnete er düster. »Wo bleibt Nick? Ich brauch noch was zu trinken.«

»Halte dich zurück«, sagte ich. »Wir müssen später noch mit den Zwillingen reden. Wir besprechen uns, sobald Edward und Josephine gegangen sind.«

Nicholas kam mit sechs Bechern Bier auf einem Servierbrett zurück. Gleich danach traf Toby ein. Barak begrüßte ihn mit einem Lächeln. »Nun, wie stehen die Dinge, Gemeinwohlmann?«

»Alles bestens.«

»Sie haben dir ein Schwert besorgt. Es liegt unter dem Tisch.«

»Gut«, sagte er zufrieden.

»Wisst Ihr auch damit umzugehen?«, fragte Nicholas.

»Ja, wir haben welche in unserer Kirche, falls die Bürgerwehr zusammengerufen wird. Als ich jünger war, pflegten wir Burschen sie zu stibitzen und damit zu üben. Ich war nicht übel.«

»Hoffentlich brauchen wir sie nicht heute Nacht«, sagte ich.

»Das wird sich zeigen. Ich habe Neuigkeiten, Master Shardlake. Gute und schlechte.« Ich zog die Augenbrauen in die Höhe, und Toby fuhr fort: »Als ich vorhin aus der Stadt ritt, habe ich einen Freund besucht; er kennt einige Weber und hat Grace Bones Familie aufgespürt.«

»Das ist ja ausgezeichnet«, sagte Nicholas begeistert.

»Grace hat mit ihren Geschwistern im Norden der Stadt gelebt. Der Bruder ist ein Weber, er hat es schwer, bringt sich nur mit Müh und Not über die Runden. Seine Schwestern haben ihm geholfen und die Wolle gesponnen. Der Bruder lebt immer noch dort. Doch die schlechte Nachricht ist, dass Grace Bone und ihre Schwester Mercy beide im vergangenen Frühjahr an Lungenentzündung gestorben sind; sie waren alle drei daran erkrankt, aber nur Peter Bone, der Bruder, hat überlebt. Wie so viele kamen sie nicht durch den harten Winter.«

»Nun«, sagte ich, »wenigstens wissen wir jetzt, dass Grace nicht ermordet wurde, als Edith verschwand.«

Toby fragte: »Weiß man schon, was die Untersuchung von Snockstobes Leichnam ergeben hat?«

»Die Öffnung soll erst morgen früh erfolgen. Ich wollte den Leichenschauer nicht drängen. Er sagte jedoch, man habe den Toten entkleidet und er trage keine Verletzungen am Leib.«

»Snockstobe ist tot?«, fragte Barak erstaunt.

Ich erzählte ihm von dem Schlosser und seinem Lehrjungen. Er überlegte. »Vielleicht hat ihn jemand abgefüllt, bis er sternhagelvoll war, ihn zu einem Spaziergang überredet und von der Brücke gestoßen.«

»Möglich. Aber wir haben keinen Beweis dafür.« Ich wandte mich an Toby. »Könnt Ihr mich morgen zu Grace Bones Bruder führen?«

»Gewiss.«

»Auch ich habe Neuigkeiten«, sagte Barak, »wenn auch keine angenehmen. Für den Prozess gegen Boleyn wurden drei neue Belastungszeugen eingetragen.«

»Das wissen wir. Alderman Gawen Reynolds sowie Gerald und Barnabas Boleyn. Sie werden vermutlich Boleyns üblen Charakter bezeugen.«

Nicholas sagte: »Und vielleicht wird Reynolds vorbringen, dass Boleyn versucht habe, seiner Tochter Gewalt anzutun. Dergleichen ist bei Eheleuten zwar nicht verboten, aber es würde die Geschworenen gegen ihn einnehmen.«

Nicholas stupste mich an, und ich sah Josephine und Edward Hand in Hand auf uns zukommen. Ein Mann an einem der Tische winkte Edward zu sich, und er ging zu ihm hinüber und schüttelte ihm die Hand. Dann kamen sie zu uns herüber. Beide sahen ein wenig unbehaglich drein, besonders Josephine, und ich schloss daraus, dass sie nicht viel unter Leute gingen. Ich stellte die beiden Toby vor, und sie setzten sich zu uns.

»Wie geht es der kleinen Mousy?«, fragte ich.

Josephine lächelte matt. »Ein wenig quengelig in den letzten Tagen. Eine Nachbarin gibt auf sie acht.« Ich musste daran denken, was sie gesagt hatte, dass die Hälfte der Kinder in diesem Hof sterben, ehe sie zwei Jahre alt sind. Ich hatte immer gedacht, dass Josephine eine wunderbare Mutter abgeben würde; sie sollte sich an ihrem Kind erfreuen, nicht ständig um sein Leben bangen müssen.

»Es tut gut, euch zwei zu sehen«, sagte ich.

»Oh ja«, sagte Edward. »Ihr und Master Nicholas, ihr wart auf unserer Hochzeit, Ihr habt sie mir zugeführt.« Heute war er weitaus freundlicher. »Arbeitet Ihr auch für Master Shardlake?«, fragte er Toby.

»Nur vorübergehend. Ich stamme aus Norwich.«

Ich sagte: »Toby spürt unermüdlich Leute für uns auf. Wir haben es ihm zu verdanken, dass wir euch gefunden haben.«

»Und die Geschwister Bone«, fügte Nicholas hinzu.

»Eine interessante Tätigkeit«, sagte Toby. Ich sah ihn an; seine Stimme hatte merkwürdig teilnahmslos geklungen. Er fand den Fall also interessant, mehr nicht?

Josephine sagte: »Peter Bone und seine Schwestern? Wir haben sie flüchtig kennengelernt, als wir in der Pit Street lebten.«

»Wirklich?«, fragte ich überrascht.

»Die Welt der Weber aus Norwich ist nicht groß. Peter Bone ist Weber, und ich hab hin und wieder Spinnarbeiten für ihn erledigt. Seine Schwestern waren bekannt in der Gegend. Grace und Mercy.«

»Genau«, pflichtete Edward bei. »Zwei fröhliche, fette Jungfern mit kohlschwarzem Haar, stets zu Scherzen aufgelegt und mit losem Mundwerk, wenn auch nie verheiratet. Wir haben sie nicht mehr gesehen, nachdem wir in den Hinterhof gezogen waren.«

»Beide Schwestern sind leider im Frühjahr an Lungenentzündung gestorben.«

»Das ist traurig«, sagte Josephine. »Gott hab sie selig.«

»Wie schon gesagt«, bemerkte Toby, »im vorigen Winter und Frühjahr sind viele arme Leute gestorben. Während die Kaufleute und Gutsherren gemütlich in ihren gut geheizten Stuben hockten. Hoffentlich bringen Hales Kommissare und die Gemeinwohlfreunde des Protektors ein wenig Gerechtigkeit ins Land.«

»Die Gemeinwohlleute.« Edward Brown schnaubte verächtlich. »Sie führen radikale Reden vom Wohle aller, machen aber keinen Finger krumm für unsereins. Verlassen sich viel zu sehr auf die hohen Herren. Und dem Protektor liegt ohnehin nur eines am Herzen, nämlich die Eroberung Schottlands.«

Barak brach das unbehagliche Schweigen, das folgte. »Man munkelt, dass Lady Mary sich weigert, das neue Gebetbuch zu benutzen. Hört noch immer die lateinische Messe. Ihre Kapelle drüben in Kenninghall ist voller Bilder und Weihrauch. Sie wird sich Verdruss einhandeln.«

»Ich bezweifle, dass man ihr allzu große Schwierigkeiten bereitet«, sagte ich. »Sie ist die Thronerbin; der Protektor hat sich um ihre Freundschaft bemüht. Und ihr Vetter ist der Kaiser des Heiligen

Römischen Reiches, den der Protektor bei Laune halten muss, da Frankreich ja die Schotten unterstützt.«

»Dieser verfluchte, sinnlose Krieg«, sagte Barak. »Die Wurzel allen Übels.«

»Wenn wir Schottland endgültig erobern würden«, entgegnete Nicholas, »könnte Frankreich die Schotten in der Zukunft nicht mehr gegen uns ins Feld führen. Und unsere beiden Länder wären in religiöser Freundschaft vereint. Wie ich höre, hat der Protektor den Schotten John Knox nach Berwick geschickt, damit er in der Nähe seiner Landsleute predige.«

»Seit wann scherst du dich um Religion?«, hielt Barak gereizt dagegen. »Sei's drum, der Krieg ist verloren.« Ich sah, dass er seinen Becher schon geleert hatte. »Wir sind aus jeder Festung geflogen, die der Protektor errichten ließ.«

»Nicht aus Haddington. Und der Protektor rekrutiert Soldaten für eine neue Armee.«

»Noch mehr Schafe für die Schlachtbank«, murmelte Edward.

Ich stand auf. »Ich muss auf den Abort«, sagte ich. »Und dann hole ich uns noch Nachschub.« Ich sah Barak vielsagend an. »Das Letzte.«

»Soll ich Euch begleiten?«, fragte Nicholas. »Nach dem, was mir beim letzten Mal passiert ist?«

»Nein. Ich habe keinen Grund, mich zu fürchten; ich bin wie ein gewöhnlicher Bursche gekleidet.«

Das Tablett in Händen, wand ich mich zwischen den mit Kerzen beleuchteten Tischen hindurch. Die Leute nahmen keine Notiz von mir, wenn auch der eine oder andere auf meinen krummen Rücken schielte. Ich brauchte eine Weile, bis ich die Hütte mit der Laterne davor fand – in dieser lauen Nacht hatte man noch mehr Tische aufgestellt. Mein Aufenthalt im stillen Örtchen verlief jedoch ohne Zwischenfall. Als ich wieder herauskam, wollte ich uns im Schankraum das Bier besorgen, aber es war schon recht dunkel geworden, und so verfehlte ich den Weg – eine Eiche, von der ich glaubte, es sei diejenige, die neben unserem Tisch stand, erwies sich als ein anderer Baum. Ich hielt kurz inne, um mich zurechtzufinden, und vernahm eine vertraute Stimme an einem nahen Tisch; es war Edward Brown, der mit leiser Eindringlichkeit sprach.

»Die eine Armee ist im Südwesten, die andere zieht nach Schottland, also fehlt es hier an Soldaten.« Ich wich zurück, verbarg mich hinter dem Baum. Edward saß mit dem Mann, den er bei seiner Ankunft begrüßt hatte, an einem Tisch in der Nähe. Bei ihnen saß noch ein Mann, den ich zu meiner Verwunderung als Michael Vowell erkannte, Gawen Reynolds' früheren Steward. Die drei steckten die Köpfe zusammen und unterhielten sich lebhaft.

Vowell sagte: »Ich komme eben aus Attleborough, Miles. Sie wollen sich am 20. erheben und die Zäune John Greenes allesamt niederreißen.«

»Das ist zu früh«, entgegnete der dritte Mann zornig. Er war groß und gut gebaut, Anfang vierzig, mit kurzem, hellem Haar und Bart und einem harten, klugen Gesicht.

Vowell sagte: »Wir können die Leute nicht in Ketten legen, ihnen lediglich Ratschläge erteilen und versuchen, uns mit ihnen über den richtigen Zeitpunkt zu einigen. Die aus Attleborough sind wütend.«

Im selben Moment kam eine Magd aus der Schänke, um den Tisch abzuräumen, und die Männer verstummten. Ich schlich mich davon und betrat den Schankraum. Während ich auf unser Bier wartete, dachte ich über das Gehörte nach. War dieser Miles etwa einer von denen, die durch die Lande zogen, um das Volk aufzuwiegeln? Aber derlei Reden hörte man doch allenthalben. Ich beschloss daher, nichts davon zu sagen, zumindest vorerst nicht. Ich würde mit Barak sprechen, sobald sich die Gelegenheit bot.

Als ich an unseren Tisch zurückkehrte, war das neue Gebetbuch Thema, und alle waren sich darüber einig, dass es von Vorteil war, es nun in englischer Sprache vorliegen zu haben. Die religiösen Zwistigkeiten kümmerten sie wenig. Edward Browns Stuhl war leer. Ich lächelte Josephine zu. »Kein Edward?«

»Er wollte kurz mit einem Freund sprechen. Er unterhält sich gern mit Leuten, wenn er die Gelegenheit dazu hat, wisst Ihr?« Ihre Miene wurde traurig. »Für gewöhnlich redet er über die Unterdrückung der gemeinen Leute. Dass Master Hennings Kinder uns vor die Tür gesetzt haben, hat ihn schwer getroffen. Die Menschen können grausam sein.« Sie lächelte matt. »Aber das wisst Ihr ja, nicht wahr, Sir, Ihr kanntet meinen Vater.«

»Ja«, stimmte ich traurig zu.

»Es tut mir leid, dass Edward gestern grob zu Euch war. Ihr müsst das verstehen, er kann es kaum ertragen, dass er nicht richtig für uns sorgen kann. Er ist ein guter Mann, er kümmert sich sehr um Mousy und mich.«

»Das weiß ich.« Mousys Name erinnerte mich an die Heide, und ich blickte auf die dunkle Erhebung jenseits des Flusses. Ganz oben strahlte ein Licht, vermutlich irgendein Hausverwalter, der jetzt im alten Herrensitz des Earl of Surrey lebte.

Josephine sagte: »Soll ich Edward vielleicht vorschlagen, mit uns nach London zurückzukehren? Ich habe schon daran gedacht. Wir könnten dort als Dienstboten arbeiten. Vielleicht – vielleicht würdet Ihr uns helfen ...«

»Aber ja, wenn es das ist, was ihr beide wollt ...«

Just in diesem Moment kam Edward zurück und blickte in die Runde. »Ah, wir haben ja Nachschub«, sagte er mit einem etwas gezwungenen Lächeln. »Lasst uns einen Trinkspruch ausbringen. Auf Master Shardlake, weil er alte Freunde zusammenbringt.«

Um neun, mit der Begründung, mit jemandem sprechen zu müssen, brachen wir auf. Edward und Josephine begleiteten uns bis Tombland und gingen dann in südlicher Richtung weiter. Wir betraten das Maid's Head und begaben uns auf mein Zimmer. Ich bat einen Diener, uns eine Hornlaterne zu borgen. Der Wirt, Master Theobald, ging vorüber und gewahrte mit Befremden die Schwerter und unsere bäurische Tracht.

Toby, gewissenhaft wie immer, hatte eine Landkarte der nördlichen Bezirke von Norwich skizziert. »Der Hahnenkampfplatz ist oben in der St Martin's Lane, nördlich des Flusses. Um zum Haus ihres Großvaters zurückzukehren, müssen die Zwillinge die Colgate entlang und zur Blackfriars Bridge. Um diese Zeit wird niemand unterwegs sein, bis auf den diensthabenden Wachmann. Es gibt viele kleine Hinterhöfe nördlich der Brücke. Ich schlage vor, wir warten in einem, bis sie kommen, und folgen ihnen ein Stück des Wegs, ehe wir sie ansprechen. Sie sehen hoffentlich ein, dass wir in der Überzahl sind, und gehen nicht auf uns los. Dann könnt Ihr sie befragen, Master Shardlake.«

»Und wenn sie Freunde bei sich haben?«, fragte Nicholas Toby.

»Nach dem, was man über die jungen Tunichtgute so munkelt, mit denen sie Umgang pflegen, müssten wir unser Vorhaben abblasen. Doch da sie früh zurückkommen, ist das eher unwahrscheinlich.«

Barak lächelte und wog sein Schwert in der unversehrten Hand. »Wie in den alten Tagen, als ich für Master Cromwell arbeitete.«

»Nein, ganz und gar nicht«, hielt ich ernst dagegen. »Wir verhalten uns unbedingt friedlich, es sei denn, sie lassen uns keine Wahl.«

KAPITEL VIERUNDZWANZIG

Wir brachen nach Coslany auf, oder Cosny, wie Toby es nannte, und überquerten die Blackfriars Bridge. Diese Gegend war viel ärmer, und in der Luft lag ein fauliger Geruch, der von den Gerbereien herrührte, wie Toby uns wissen ließ. Doch es war immer noch hell, denn bald war Mittsommer. Einmal hielten uns zwei patrouillierende Konstabler an, weil drei mit Schwertern bewaffnete Männer ihnen verdächtig erschienen. Doch während die anderen die Kleider anbehalten hatten, die sie im Blue Boar getragen hatten, hatte ich in der Herberge meine Robe angelegt und konnte uns herausreden, indem ich behauptete, ich sei zu einem sterbenden Mandanten unterwegs und bedürfe des Schutzes in dieser armen Gegend. Barak schritt zuversichtlich vorneweg, aber ich fragte mich, wie behänd er mit der Linken sein Schwert zu führen verstünde.

Toby führte uns eine Straße hinauf, die er als Oak Street bezeichnete. Die Gebäude hier waren hauptsächlich alte Hofhäuser. Diese Höfe waren leer und düster. Toby wählte einen davon aus, den man über einen kurzen, mit einem Bogen versehenen Durchgang erreichte. Im Hof roch es nach Pisse. Toby versteckte die Lampe hinter einem Wasserfass, und ich setzte mich unbequem auf seinen Rand, da mir der Rücken weh tat.

Bald darauf lärmte eine kleine Schar vornehm gekleideter Zecher die Gasse herauf, doch die Zwillinge waren nicht darunter.

Kurz danach jedoch hörten wir erneut Schritte und ein altbekanntes Paar identischer Stimmen.

»Dieser fette Hahn mit den Sporen, das war vielleicht einer, was?«

»Hast du den anderen gesehen? Wer hätte gedacht, dass in nur einem Vogel so viel Blut sein könnte.«

Man hörte sie lachen, woraufhin zwei wohlbekannte stämmige

Gestalten Schulter an Schulter und mit Schwertern bewaffnet das Tor passierten. Gleich darauf schlichen wir ihnen hinterher.

Die Zwillinge waren jedoch hellhörig wie Katzen. Sie fuhren sogleich herum und fassten an ihre Schwerter. Gerald lachte: »Leck mich, Barney, es sind wieder die zwei blutsaugenden Anwälte. Wen haben sie denn da bei sich, noch einen Krüppel?« Ohne zu zögern, zogen sie die Schwerter. Eine alte Frau, die unter dem Gewicht eines Reisigbündels gebeugt die Gasse entlangkam, wechselte rasch auf die andere Seite. Toby und Nicholas hatten die Hände an die Schwerter gelegt, sie aber nicht gezogen.

»Was wollt ihr von uns?«, fragte Barnabas. »Woher wusstet ihr, dass wir hier sein würden?«

»Euer Großvater sagte uns, dass ihr euch den Hahnenkampf ansehen wolltet und schon zeitig wieder nach Hause kämt.«

Sie blickten einander an. »Großvater hat euch erzählt, dass wir hier sein würden?«, fragte Barnabas ungläubig.

Gerald lachte. »Er hat sich einen Jux erlaubt mit den vier Arschkappen.« Er sah mich an. »Hat er euch auch erzählt, warum wir so früh zurück sein wollten? Nämlich um uns zu besprechen, was wir morgen früh vor Gericht aussagen? Wir werden gegen unseren Vater Partei ergreifen.«

»Das wissen wir. Aber wir haben selbst noch ein paar Fragen an euch. Zu einem fehlenden Schlüssel vor allem.«

Die Zwillinge sahen einander an. Sie wussten, wovon die Rede war. Ihre Mienen änderten sich von spöttisch zu bedrohlich. »Wohlan«, sagte Gerald, »dann wollen wir in den Hof zurückgehen, in dem ihr euch verkrochen hattet, und uns anhören, was ihr zu sagen habt. Also los.« Er richtete sein Schwert auf meine Brust. »Ihr drei, Lockswood, der Rotschopf und der Einarmige, ihr behaltet eure Schwerter in den Scheiden, oder der Buckelige wird aufgespießt.«

Wir blickten einander an und wichen zurück in den Innenhof. Unser Plan war gründlich schiefgelaufen. Mit zuversichtlichem Grinsen schritten die Zwillinge auf uns los. Und unterschätzten in ihrer Vermessenheit Barak, der die Situation rettete. Er holte jäh aus und schlug mit seiner Eisenhand auf Geralds Schwert ein, dass dieser, aus dem Gleichgewicht gebracht, die Waffe fallen ließ. Alsdann entblößte Barak sein Messer und legte es dem Burschen an die Kehle.

»Fort mit dem Schwert, du Rattenpest«, sagte Toby, »oder wir schneiden deinem Bruder die Leber heraus!« Sein Ton war wild, und ich erkannte, wie abgrundtief sein Hass auf die Zwillinge war.

Mit wutverzerrter Miene ließ Barnabas sein Schwert fallen. Nicholas und Toby hielten den beiden weiterhin ihre Waffen an die Kehlen.

»Jetzt haben wir euch«, sagte Toby voller Genugtuung. »So, ihr jungen *Herren*, Master Shardlake hier hätte gern ein paar Antworten von euch. Wir haben es auf höfliche Weise versucht, aber wir hätten es besser wissen müssen.«

»Wir haben dir gar nichts zu sagen, du blöder Mooraffe, du!«, entgegnete Gerald mit leiser, böser Stimme.

»Stammelnder Knecht!«, setzte Barnabas hinzu. Mut hatten die beiden, so viel stand fest.

»Dann töten wir euch gleich hier«, antwortete Toby, »und werfen euch in den Wensum, wie ihr es mit dem Schlosser getan habt!«

Besorgt blickte ich Toby an. Er klang, als meinte er jedes Wort ernst.

»Meinst du den Snockstobe? Der letzte Nacht von der Brücke gefallen und ersoffen ist?«, fragte Barnabas und klang aufrichtig verblüfft.

»Als ob ihr das nicht wüsstet«, sagte Toby. »Antwortet zu unserer Zufriedenheit, und wir lassen euch gehen.«

Gerald lachte. »Warum sollten wir das glauben?«

»Was bleibt euch anderes übrig?«, erwiderte Barak heiter. »Ihr solltet lieber reden.«

»Weißt du auch mit dem Schwert umzugehen, du einarmiger Fettklumpen?«

Statt einer Antwort trat Barak hinter Gerald, schlang ihm den rechten Arm um den Hals und hielt dem Jungen das Schwert an die

Seite und das Messer an die Kehle. »Ich weiß es zu führen, Freundchen, und das Messer auch.« Gerald erschrak, und sah eine Sekunde lang aus wie ein ängstlicher Junge, hatte sich aber alsbald im Griff und blitzte mich aus kalt funkelnden blauen Augen böse an.

»Das sollt ihr büßen, wir kriegen euch alle«, knurrte er leise. »Du sollst keine ruhige Stunde mehr haben, Lockswood. Eines schönen Nachmittags rammt dir einer von uns das Messer in den Bauch, verlass dich drauf. Das gilt für euch alle, solange ihr in Norfolk seid.«

»Schluss jetzt, Hundsfott!«, sagte Barak. »Wirst du unsere Fragen beantworten, oder soll ich dir die Kehle durchschneiden?« Er drückte sein Messer noch ein wenig fester gegen Geralds Hals, und man sah einen Blutstropfen glänzen. Gerald blickte seinen Bruder an. Barnabas presste die Lippen aufeinander und starrte Toby dabei finster an, der ihm sein Schwert kalt lächelnd in die Seite drückte. Barak täuschte es nur vor, aber bei Toby war ich mir nicht so sicher.

»Dann fragt schon endlich!« Gerald spie die Worte aus.

»Schon besser«, sagte Barak und nahm das Messer fort. Etwas widerstrebend zog Toby sein Schwert zurück. Allmählich wurde es dunkel im Hof, und ich holte die Laterne hinter dem Fass hervor. In ihrem Licht sah ich die entschlossenen Mienen der beiden, ihre schmalen blauen Augen ohne Wimpernschlag, immer noch finster drohend auf mich gerichtet. Als Barnabas den Kopf ein wenig drehte, schien sich die lange Narbe auf seinem Gesicht im Laternenlicht zu winden wie eine Schlange. Ich blickte besorgt zu den leeren Fenstern auf, die auf den Hof führten, und sagte: »Und wenn ein paar Pächter uns hören und herauskommen? Wie stehen wir dann da?«

»Das wird nicht geschehen«, sagte Toby. »Wenn ein paar streitsüchtige Norfolker Gentlemen, die zum morgigen Markttag in die Stadt gekommen sind, auf ihrem Hof einen Schwertkampf austragen, lassen sie sie gern gewähren.«

»Nun gut«, sagte ich ruhig, die Augen auf die Zwillinge gerichtet. »Ich muss euch ein paar Fragen stellen, in Bezug auf den Fall eures Herrn Vaters.«

»Das haben wir uns schon gedacht, Meister Buckel«, geiferte Gerald.

»Als Erstes euer Alibi für die Nacht, in der eure Mutter zu Tode kam.«

Gerald runzelte die Stirn und ballte die Fäuste. »Willst du krummbuckeliger Dreckbatz, der du bist, damit andeuten, wir hätten etwas mit dem Tod unserer Mutter zu tun?«, sagte er mit vor Wut belegter Stimme.

»Wir möchten nur die Einzelheiten hören. Ihr wart also beim Hahnenkampf und habt dafür Zeugen.«

Gerald stieß ein raues Hohnlachen aus. »Da ist nichts für dich zu finden, Buckeliger, wir waren beim Hahnenkampf, mit einem halben Dutzend Freunden, und hinterher haben wir im White Lion gezecht. Ihr wollt Namen? John Atkinson, Diener bei Sir Richard Southwell. William Bailey und Michael Hare, ebenfalls seine Diener. Edward White, der Sohn von Sir George White. Wir haben uns einen Rausch angesoffen und ihn anschließend in Johns Haus ausgeschlafen. So ein mieser Scheißhaufen wollte sich am Ausschank vordrängen, mit dem sind wir aneinandergeraten. Ich hab ihm den Stuhl über den Schädel gezogen. Er blieb liegen. Der Schankkellner wird sich erinnern, stimmt's, Barney?«

»Genau.« Barnabas grinste: Die Burschen schöpften allmählich wieder Selbstvertrauen.

Ich sagte: »Ich hab den Jungen gesehen, dem du in Brikewell die Axt auf den Kopf geschlagen hast. Er hat den Verstand verloren.«

»Wissen wir«, antwortete Gerald kühl. »Wir haben ihn durch die Gassen sabbern sehen. Er hätte nicht auf unser Land kommen sollen, stimmt's, Barney?«

»Genau. Er ist außerdem nur ein unfreier Knecht.«

»Ein solcher Angriff hätte euch an den Galgen bringen können.«

»Mumpitz!«, entgegnete Gerald verächtlich. »Witherington machte nicht viel Aufhebens von der Sache, weil er sich unrechtmäßig auf unserem Grund und Boden befand. Da habt ihr's, ihr Arschkappen, ihr könnt uns gar nichts.« Er kniff die gemeinen Äuglein zusammen. »Für wen arbeitet ihr eigentlich? Wer hat euch auf uns gehetzt?«

»Lockswood arbeitet für Copuldyke, Gerry«, sagte Barnabas. »Also für Lady Elizabeth. Thomas Seymours kleine Hure. Sie will unseren Vater retten und damit den guten Namen unserer Familie.«

»Sollte euer Vater hängen«, sagte ich, »fallen seine Güter an die Krone, vergesst das nicht.«

»Wir holen sie uns zurück«, sagte Gerald. »Wir wenden uns an den Protektor, über eigene Anwälte. Vater ist hoch verschuldet, daher kommt seine große Hütte in London wahrscheinlich unter den Hammer, aber wir haben immer noch Brikewell. Wir werden die Pächter los, setzen Schafe auf die Weiden und verkaufen das Ganze.«

»Ihr werdet überhaupt nichts kaufen oder verkaufen können. Ihr seid dann Mündel des Hofes und unter der Knute von Lady Mary und Sir Richard Southwell.«

»Großvater wird das schon regeln«, versetzte Barnabas. »Er wird die Vormundschaft kaufen.« Zum ersten Mal schwang ein Quäntchen Unsicherheit in seiner Stimme. Gerald hörte es auch und warf ihm einen warnenden Blick zu. Da dämmerte es mir, dass Gerald das Sagen hatte.

»Die Aussicht, dass euer Vater bald am Galgen hängt, betrübt euch nicht?«, fragte Nicholas verwundert.

»Nein«, antwortete Gerald. »Er ist ein Schwächling und ein Lüstling dazu. Unsere Mutter ist gegangen, weil er es mit Isabella trieb. Meinethalben mag der Hundsfott hängen.« Seine Stimme wurde laut, und ich vernahm darin eine neue, fremde und leicht wahnsinnige Note.

Ich sagte: »Eine Frage noch, dann sind wir fertig.«

»Vorausgesetzt, ihr wisst euch weiterhin zu benehmen«, fügte Barak hinzu. Gerald ballte die Fäuste, und einen Moment lang dachte ich, er werde versuchen, Barak abzuschütteln, doch der drückte dem Burschen das Messer wieder fester an die Kehle.

»Es geht um den Schlüssel, den ihr Simon Scambler gestohlen

habt«, sagte ich leise. »Nur wenige Tage vor dem Mord an eurer Mutter.«

Die Zwillinge wechselten einen Blick. »Potz feuchte Fotz!«, rief Barnabas aus. »Da hat einer gründlich gegraben, wie?«

Gerald sagte: »Der Rußkopf, der kleine Tölpel, hat ausgepackt. Sie glauben, wir hätten Snockstobe in den Fluss gestoßen.« Da lachten die Brüder. Ihre anfängliche Sorge über unser Wissen um den Schlüssel schien verflogen.

Toby richtete sein Schwert geradewegs auf Barnabas' Bauch. »Ihr habt Scambler aufgelauert und ihn zusammengeschlagen. Der Schlüssel zu Midnights Stall war verschwunden, doch als Scambler tags darauf an die Stelle zurückkehrte, an der er den Schlüssel zuvor vergeblich gesucht hatte, fand er ihn wieder.«

»Jetzt hab ich aber genug«, sagte Gerald.

Barnabas indes lächelte. Wenn Gerald der Anführer war, so war Barnabas von beiden der sprachgewandtere. »Ihr wollt die Geschichte, Meister Buckel? Dann hört zu. Wir waren übereingekommen, dass der Rußkopf eine Tracht Prügel brauchte. Er nahm sich zu viel heraus, trällerte bei der Arbeit – ein Wunder, dass das Pferd den Lärm ertrug –, also fingen wir ihn auf der Straße nach Wymondham ab und lehrten ihn Mores. Den Schlüssel haben wir auch mitgenommen. Wir dachten nämlich« – sein Grinsen war ein grausamer Schlitz in seinem entstellten Gesicht –, »es wär doch ein Spaß, den tollen Gaul zum Schrecken der Diener aus dem Stall zu lassen; dann würde Vater den Rußkopf vom Hof jagen, und wir brauchten sein blödes Gesicht nie mehr zu sehen.«

»Aber das habt ihr nicht getan.«

»Nein. Wir waren an jenem Abend in Norwich, zum Hahnenkampf, und blieben die Nacht über bei Großvater. Wir verrieten ihm unseren Plan, dachten, er fände ihn auch zum Lachen, aber er sagte, Scambler würde Vater gewiss erzählen, dass wir ihn verprügelt hatten, und könnte es mit blauen Flecken auch beweisen. Er wollte nicht, dass Vater uns vor die Tür setzte, denn wir sollten ein Auge haben auf das Haus.«

»Also überredete er uns, den Schlüssel am nächsten Morgen wieder auf den Weg zu legen«, fügte Gerald hinzu. »Dummerweise hatten wir am Abend zuvor all unseren Freunden von dem Jux erzählt. Die Herberge war brechend voll an jenem Tag, weil mehrere Siegerhähne zum Kampf antraten.«

Der Ton der Burschen hatte sich verändert. Sie hatten all meine Fragen beantworten können und waren jetzt großspurig, selbstgewiss. »Habt ihr den Schlüssel aus der Hand gegeben?«, fragte ich.

»Nein«, sagte Gerald, »ich hatte ihn in meinem Beutel.«

Barnabas sagte: »Weißt du nicht mehr, hinterher, in der Schänke, du konntest deinen Beutel nicht finden. Du hattest dein Wams ausgezogen, weil es so heiß war, und hast es mitsamt dem Beutel auf der Bank liegenlassen. Darin war doch der Schlüssel.«

»Halt gefälligst das Maul, Barney!«, schnauzte Gerald seinen Bruder an. »Ich hab ihn gefunden, wo ich ihn hingelegt hatte.«

»Wie lange lag er denn auf der Bank?«, fragte Nicholas.

Gerald zögerte. »Nur eine halbe Stunde. Und der Schlüssel war im Beutel. Niemand hatte die Zeit, ihn herauszufischen.«

»Wer war denn in jener Nacht in der Schänke?«, fragte ich ruhig.

»Massenhaft Leute. All unsere Freunde, wie schon gesagt. Auch Chawry, der Steward unseres Vaters, der allein am Tische saß und trank, in Selbstmitleid versunken. Er ist heutzutage oft da. Wie auch immer, was kümmert's euch? Der Schlüssel war ja nicht verloren.«

Über Geralds Kopf hinweg tauschte ich einen Blick mit Barak. »Wachs«, formte er mit den Lippen. Ich hatte verstanden. Barak kannte sich aus mit Schlössern. Die Burschen hatten lautstark mit ihrem Jux geprahlt; jedermann wusste, dass sie den Schlüssel hatten. Jemand konnte mit Hilfe einer Kerze einen schnellen Wachsabdruck geformt und diesen zum Schlosser gebracht haben.

Ich sagte: »So, wir sind fertig. Aber keine Mätzchen. Der Bericht über unser Treffen hier wird morgen lückenlos an Lady Elizabeth und ihren Comptroller gehen. Sollte einem von uns ein Leid geschehen, weiß die Obrigkeit, wo sie zu suchen hat.«

Barnabas und Gerald tauschten einen Blick. Barnabas lachte. »Wir haben die Zeit der vornehmen Herren verschwendet, nehm ich an«, sagte er. »Uns hier drin abzupassen war freilich ein schlauer Schachzug.«

»Ja, die volle Punktzahl für den Versuch«, pflichtete Gerald ihm bei.

Toby senkte sein Schwert. »Hinaus mit euch.« Auch Barak und Nicholas traten einen Schritt zurück. Die Zwillinge blickten auf ihre Schwerter, die auf dem Boden lagen. »Gebt Ihr uns die Schwerter zurück, Meister Buckel? Ihr wollt doch zwei arme Burschen, die bald schon Vollwaisen sind, nicht des Nachts unbewaffnet durch Norwich laufen lassen, oder? Bei all den stämmigen Bettlern?«

»Ohne sie seid ihr sicherer«, sagte Barak.

»Was soll das«, fuhr Barnabas auf, »wir haben keine anderen. Sie kosten viel Geld.«

»Seht her«, sagte Gerald, »wir stecken sie geschwind in die Scheiden und gehen. Ihr habt uns immer im Blick.« Anstatt auf eine Antwort zu warten, bückten sie sich langsam, hoben ihre Schwerter auf und machten Anstalten, sie in die Scheiden zu stecken.

Wir entspannten uns ein wenig, und genau dies war unser Fehler. Wie auf Kommando zogen die Zwillinge ihre Schwerter wieder heraus und schlugen nach uns. Gerald hieb voller Zorn auf Barak ein, der den Schlag mit der Linken parierte, die jedoch nicht so kräftig war wie ehedem seine Rechte, und das Schwert fiel zu Boden. Gerald holte aus und trat ihm mächtig in den Bauch, dass er stürzte. Dann wandte er sich gegen Toby, während Barnabas mit Nicholas die Klingen kreuzte. Sowohl Toby als auch Nicholas vermochten zunächst mehrere Hiebe zu parieren. Sie fochten beide ganz passabel, doch die Zwillinge schlugen sich exzellent. Gerald versetzte Toby einen Stich in den Schwertarm, der ihn ins Straucheln brachte. Er ließ seine Waffe fallen und hielt sich den Arm, wobei ihm das Blut durch die Finger quoll. Da sprang Gerald auf mich los, sein Gesicht zu einer wütenden Grimasse verzerrt. Nicholas und Barnabas kreuzten erbittert die Klingen, dass es weithin durch den Hof schallte. Nicholas zumindest schien sich wacker zu schlagen.

Ich befürchtete schon, Gerald Boleyn werde mich aufspießen, stattdessen drückte er mich gegen die Hofwand, richtete sein Schwert auf meine Eingeweide und legte den Arm quer über meine Kehle. Er war sehr kräftig und ich außerstande, mich zu regen. Das Herz klopfte mir bis zum Hals.

Geralds Augen blickten in die meinen; sie waren weit aufgerissen und loderten. »Buckliger Kreuch, du«, fauchte er. »Wie kannst du bloß glauben, dass Barney und ich unsere Mutter ermordeten! Hattest du selbst keine Mutter und bist aus irgendeinem elenden Ei gekrochen? Wir haben unsere Mutter *geliebt*, hörst du? Wir liebten sie, und wir wollen unseren Vater hängen sehen für das, was er ihr angetan hat. Und jetzt sollst du sterben!« Er stieß ein schrilles, wahnsinniges Lachen aus. »Weißt du, was sich in deinen Gedärmen befindet? Hier an dieser Stelle?« Er versetzte mir einen kleinen Stoß mit dem Schwert, um seiner Frage Nachdruck zu verleihen. »Da steckt deine Scheiße drin, und sie wird herausfallen. Es ist der passende Tod für dich! Was im Bauch bleibt, wird dich vergiften, du wirst qualvoll sterben.« Der Junge grinste breit, die ebenmäßigen weißen Zähne bleckend, und holte zum Todesstoß aus. Ich schloss die Augen. Nie hätte ich gedacht, dass ich so enden würde. Nach all den Gefahren, denen ich schon ins Auge geblickt hatte, würde ich nun von der Hand eines Grünschnabels sterben.

Doch dann stürzte Gerald jäh zu Boden, wie ein gefällter Baum, und sein Schwert landete scheppernd auf dem Pflaster. Im Licht der Laterne starrte ich benommen auf seine reglose Gestalt. Nicholas stand vor mir, schwer atmend, ohne sein Hemd, sein schlanker, athletischer Leib weiß im Licht des Mondes. Er hielt sein Schwert, aber an der Klinge, um die er sein Hemd gewickelt hatte. Ich starrte ihn blöde an, dann hinüber zu Barnabas, der eine Wunde an der Schulter versorgte. Über ihm stand Toby.

»Was – was hast du getan?«, fragte ich.

Nicholas holte schaudernd Luft. »Ich versetzte Barnabas einen Hieb und sah dann, dass Gerald Euch aufspießen wollte. Hätte ich ihn mit dem Schwert durchbohrt, hätte er womöglich immer noch die Kraft gehabt für den letzten Stoß. Also legte ich mein Hemd um die Klinge und zog ihm den Knauf über den Schädel.« Er lachte überspannt. »Außerdem hielt ich es für besser, ihn nicht zu töten. Seht nach oben.«

In allen Fenstern, die auf den Hof blickten, sah ich Gesichter, dazu die eine oder andere Laterne. Wie Toby vorhergesagt hatte, wollten die Bewohner sich nicht in einen Schwertkampf einmischen, aber das Klirren der Klingen hatte sie aufgeweckt.

Ich ergriff Nicholas' Hand. »Danke, danke, du hast mir das Leben gerettet.«

Er sagte: »Ich hörte, was Gerald sagte. Er klang – wahnsinnig.« Er blickte auf die hingestreckte Gestalt des Jungen. Gerald kam stöhnend zu sich. Aus einer Kopfwunde trat Blut. Er stemmte sich langsam auf die Knie. Nicholas drehte sein Schwert um und hielt es stoßbereit, als Gerald sich hochrappelte. Seine Hitzigkeit schien erloschen, und er warf uns aus zusammengekniffenen Augen einen Blick blanken Hasses zu, während er am Wasserfass Halt suchte.

Toby lehnte an der Mauer, aus seinem Arm tropfte immer noch Blut. Barak rief ihm zu: »Du musst eine Aderpresse anlegen, mein Freund. Hilf ihm, Nicholas.« Er richtete sein Schwert auf Barnabas. »Steh auf, du, und dann verschwindet! Hilf deinem Bruder. Die Schwerter lasst hier, die fliegen in den Fluss. Ihr könnt morgen nach ihnen tauchen.«

Barnabas, aus dessen Schulter Blut quoll, kam herüber und legte seinem Bruder in einer überraschend sanften Geste den Arm um die Schultern. Er blickte uns an. »Bei Gott, wir brauchen mehr Übung. Ein buckliger Greis, ein fetter Krüppel, ein gemeiner Bauer, der noch nicht einmal das Recht hat, ein Schwert zu führen, und dieser lange Lullaffe. Und trotzdem haben sie uns besiegt. Aber wir zahlen es euch heim, das habt ihr nicht umsonst getan!«

»Nein, weiß Gott!« Geralds wilder Blick, der durch das Blut funkelte, das ihm jetzt über das Gesicht rann, machte mich schaudern. Dann stöhnte er auf und hielt sich den Kopf. Barnabas sah uns an, spuckte aus, und die beiden machten sich humpelnd davon, eine blutige Spur hinterlassend.

Nicholas trat auf Toby zu, dessen Gesicht unter dem schwarzen Haar weiß geworden war. Er riss Toby den Ärmel vom verwundeten Arm und legte ihm eine Aderpresse an. Toby sagte: »Eine Fleischwunde, die genäht werden muss, nicht weiter schlimm.« Er wandte sich an mich. »Flink wie der Teufel, die beiden. Tja, junge Edelherren erhalten eben eine ordentliche Schulung«, fügte er verbittert hinzu.

Barak kam herüber. Er sah traurig drein, geknickt. »Ich hätte nicht herkommen sollen«, sagte er. »Mein linker Arm ist nicht kräftig genug. Und wie Gerald, diese Mistkröte, richtig bemerkte, bin ich zu fett geworden, um gegen einen starken jungen Gegner zu bestehen.« Er seufzte tief. »Es tut mir leid. Ich hätte wissen müssen, dass meine Kampfzeit vorüber ist. Es hätte Euch das Leben kosten können.«

Ich klopfte ihm auf die Schulter. »Du hast dein Bestes gegeben.«

Eine Tür knarzte, und ein Mann erschien im Eingang, eine Laterne emporhaltend. »Kommt«, sagte Barak, plötzlich wieder munter. »Machen wir uns vom Acker.« Er hob die Schwerter der Zwillinge auf. »Nick, zieh um Himmels willen dein Hemd über!«

»Ich weiß, wie wir die Konstabler umgehen können«, sagte Toby.

Ich sah ihn an. »Im Maid's Head lassen wir einen Wundarzt für Euch holen. Wir behaupten einfach, man habe uns aufgelauert.« Ich lachte bitter. »Bei Gott, die Leute dort zerreißen sich gewiss schon die Mäuler über uns. Dabei sollten wir unsere Mission im Stillen ausführen.«

KAPITEL FÜNFUNDZWANZIG

Wie ich es erwartet hatte, war das Gesinde im Maid's Head entsetzt über unser Äußeres. Ich erzählte Master Theobald, wir seien von Räubern überfallen worden. Ob er mir auch wirklich glaubte, vermochte ich nicht zu sagen, jedenfalls ließ er sogleich einen Medikus holen, einen stillen, fähigen alten Mann namens Belys, der Tobys Wunde mit Lavendelöl beträufelte und sie ebenso gut vernähte, wie mein alter Freund Guy es getan hätte.

Alsdann saßen wir vier in meinem Zimmer, erholten uns von dem Schrecken und überlegten, welche Schlüsse wir aus unseren neuen Erkenntnissen ziehen sollten. »Falls die Zwillinge die Wahrheit sagten, hatten sie etlichen Leuten verraten, dass sie den Schlüssel gestohlen hatten. Jeder von denen hätte vermittels einer Kerze einen Wachsabdruck herstellen können, als Gerald seinen Beutel auf der Bank vergaß.«

»Angenommen, wir glauben den kleinen Kröten«, sagte Toby grimmig.

»Sie nannten uns mehrere Namen, die wir überprüfen könnten. Auch den von Boleyns Steward Chawry.«

»Ihr meint also, die Zwillinge hatten keinen Anteil an dem Mord?«, fragte Nicholas.

»Ich zweifle mehr und mehr daran. Obschon es töricht wäre, sie ganz von der Liste zu streichen. Und interessanterweise sind sie mit Southwells Männern befreundet, der doch möglicherweise Anspruch erhebt auf das Gut Brikewell.«

»Eine ruchlose Meute«, stellte Toby fest. »John Atkinson entführte im vorigen Jahr auf Mousehold Heath jene junge Erbin, um sie zur Ehe zu zwingen. Southwell selbst und mehrere Diener waren ihm dabei behilflich.«

»Und wir können auch ihre Großeltern und deren Gesinde nicht ausschließen«, fügte ich hinzu und lehnte mich müde im Stuhl zurück. »Jeder von ihnen hätte des Nachts einen Wachsabdruck des Schlüssels nehmen, tags darauf von Snockstobe eine Kopie anfertigen lassen und das Original nach Brikewell zurückbringen können.«

»Doch welches Motiv mochte ein anderer als möglicherweise Southwell und Witherington haben, Edith zu ermorden und die Tat Boleyn in die Schuhe zu schieben?«, fragte Nicholas.

»Ich kann keines erkennen. Bevor wir nach Norfolk aufbrachen, hatten mich sowohl Copuldyke als auch Cecil gewarnt, dass Southwell aufgrund seines politischen Einflusses und seiner Verbindungen zu Lady Mary unantastbar sei. Es führt auch keinerlei Spur zu ihm. Wir haben viele Verdächtige und nicht einen Beweis.« Ich wandte mich an Barak. »Hast du schon eine Ahnung, wer übermorgen die Rolle der Geschworenen übernehmen wird?«

»Morgen, meint Ihr«, entgegnete er und deutete zum Fenster. Der Sommermorgen dämmerte herauf, und auf dem Baum im Kirchhof gegenüber begannen die Vögel zu singen. »Es ist schon Mittwoch. Die Geschworenen sind normalerweise freie Bauern, begüterte Landadelige oder wohlhabende Stadtleute. Wie Ihr wisst, ist Boleyn bei seinesgleichen nicht beliebt.« Er zog die Augenbrauen in die Höhe. »Diesmal entstammten die Mitglieder des Großen Geschworenengerichts zumeist der Gentry, dem Landadel, und die Geschworenen der Strafgerichte sind vermutlich aus demselben Topf.«

»Lasst uns ein wenig schlafen«, sagte ich müde. »Toby, Ihr könnt Euch bei Nicholas einquartieren. Willst du nicht hier schlafen, Jack? Der Weg zurück zum Blue Boar ist weit.«

Er schüttelte den Kopf. »Ein Spaziergang klärt die Gedanken. In wenigen Stunden fängt für mich die Arbeit an.«

»Nun gut. Eine Spur haben wir noch, der es nachzugehen gilt: Grace Bones Bruder. Ihm wollen wir später einen Besuch abstatten, auch nur ein Strohhalm, wie ich befürchte.« Ich seufzte. »Und dann muss ich zu John Boleyn ins Gefängnis und ihn auf den Prozess einstimmen. Ach ja, Jack, ich brauche Vorladungen für Daniel Chawry und Simon Scambler.«

»Ihr sagtet aber doch, Scambler tauge nicht zum Zeugen«, gab Toby zu bedenken. »Und was hat Daniel Chawry beizutragen?«

»Wir sind nun an dem Punkte angelangt, da wir alles versuchen müssen. Scambler kann bezeugen, dass der Schlüssel gestohlen wurde, und Chawry, dass Boleyn ein guter Brotherr war.«

»Warum, frage ich mich, saß dieser Steward so oft ganz allein in der Schänke herum?«, bemerkte Nicholas nachdenklich.

»Vielleicht träumte er von Isabella«, schlug Barak vor.

»Kannst du uns diese Vorladungen so kurz vor Prozessbeginn noch beschaffen?«, fragte ich ihn.

»Ich meine schon, auch wenn ich einiges Stirnrunzeln in Kauf nehmen muss.«

Ich erhob mich unter Schmerzen. »Nun komm, ich begleite dich nach unten.« Es gab noch einige Dinge, die ich mit Barak unter vier Augen besprechen wollte.

Im Licht der Dämmerung stiegen wir die breite hölzerne Treppe hinunter. Bis auf den Wachmann, der uns von seinem Platze neben der Tür aus neugierig beäugte, lagen noch alle zu Bett.

»Ihr gebt den Leuten hier viel Anlass zu Gerede«, stellte Barak fest.

Wir gelangten in die gepflasterte Eingangshalle. Barak blickte mich traurig an. »In dieser Nacht ist mir klargeworden, dass ich nicht mehr zum Kämpfer tauge. Vielleicht bin ich zu gar nichts mehr nutze.«

Ich legte beschwichtigend die Hand auf seinen Arm. »Das ist doch nicht wahr. Heute Nacht magst du deine Fechtkunst überschätzt haben, aber dein Beitrag zu dieser Untersuchung ist von unschätzbarem Wert. Die Informationen zu den Richtern, die Vorladungen, deine Ideen – du weißt nicht, wie hilfreich das alles für mich immer schon war, und ich vermisse es noch immer jeden Tag.« Fast versagte mir die Stimme.

Er schwieg einen Augenblick. »Als wir am Court of Requests arbeiteten, hatte ich das Gefühl, etwas Nützliches zu tun, weil wir den

Machtlosen zu ihrem Recht verhalfen, beispielsweise gegen schurkische Grundherren. Und davor – unter Lord Cromwell, da hatte ich einen Dienstherren, zu dem ich aufblickte, unangebrachterweise vielleicht, aber es war so. Jetzt dagegen ...« Er schüttelte müde den Kopf. »Wenn ich den Advokaten in London dabei helfe, Beweismittel zu sammeln, habe ich oft das Gefühl, es mit einem Sack voller raufender Ratten zu tun zu haben. Und was die Assisen betrifft, so sehe ich tagtäglich, wie das Rechtssystem nur den Mächtigen hilft. Drei Tage für die Zivilklagen, bei denen reiche Prozessparteien einander bespucken, und ein Tag für sämtliche Strafsachen vor dem Galgentag. Ich bin es leid.«

»Ich versteh schon. Aber es ist Arbeit, und du hast Tamasin und die Kinder.«

»Die Kinder, ja. Aber Tammy – irgendwie spielt sie sich auf wie der Herr im Hause, hat keinerlei Respekt mehr vor mir.« Er sah mir in die Augen. »Ich freue mich nicht darauf, heimzukommen.«

»Eine Ehe erlebt oft stürmische Zeiten. Tamasin hat dich lieb, und ich glaube, dass auch du sie noch liebst. Sicher lässt sich noch alles richten.« Er senkte den Kopf und verzog das Gesicht. »Jack«, sagte ich leise, »ich wollte dich noch etwas fragen, unter vier Augen, vielleicht weißt du Rat.«

»Ach ja?«

Ich erzählte ihm, worüber Edward Brown, Vowell und der Mann namens Miles im Blue Boar gesprochen hatten. »Es hörte sich aufwieglerisch an. Eigentlich hätte ich die Pflicht, sie anzuzeigen.«

Barak sah mich scharf an. »Wahrscheinlich nur aufgebrachtes Gerede. Dergleichen hört man allzumal.«

»Ich glaube, dass es mehr war als das. Diese Männer meinten, was sie sagten.«

Barak runzelte die Stirn. »Und wenn? Soll man Josephines Ehemann und Vowell, der Euch half, die Zwillinge zu finden, etwa der peinlichen Befragung unterziehen? Möchtet Ihr das?« Er schüttelte energisch den Kopf. »Nein, Ihr habt nichts gehört und mir auch nichts gesagt. Und außerdem, falls es unter der Bauerschaft in dieser Gegend zum Aufstand kommt, haben sie nicht allen Grund dazu?«

»Ich fürchte mich vor Gewalt und Blutvergießen.«

»Ihr wisst doch gar nicht, was sie im Schilde führten.«

»Nein, das ist wahr.«

»Dann sagt auch nichts. Nicht ein einziges Wort.«

Ich überlegte kurz und sagte dann: »Also gut.«

Er klopfte mir auf die Schulter. »Es kommt, wie's kommt.«

Ich war dermaßen erschöpft, dass ich tief und fest schlief, bis ich um sechs geweckt wurde. Ich hatte versprochen, Parry und Elizabeth wieder zu schreiben, also teilte ich ihnen mit, dass ich einen neuen Beweis – den Schlüssel – aufgetan und noch eine weitere mögliche Spur gefunden hätte, der ich vor Prozessbeginn am morgigen Tag zu folgen gedächte.

Beim Frühstück bat ich Toby, uns zum Haus von Grace Bones Bruder zu führen. Anschließend könne er zum elterlichen Hof zurückkehren, sagte ich und erinnerte ihn, dass ich am folgenden Tag vor Gericht seiner Hilfe bedurfte.

»Ich danke Euch«, sagte er. Er sah noch immer blass aus, und sein verbundener Arm, den er unter dem Wams verborgen trug, bereitete ihm zweifellos Schmerzen.

Ich sagte: »Ich bin Euch zutiefst dankbar für Euren Beistand, besonders letzte Nacht, und es tut mir sehr leid, dass Ihr verwundet wurdet.«

»Es war gut, dass wir die beiden Teufel zu fassen bekamen«, sagte er leise.

Bald danach gingen wir drei erneut den Weg von letzter Nacht, über den Fluss und die Oak Street hinauf, eine breite Gasse, die zum St Martin's Gate führte, an der Nordseite der Stadt. In der Ferne sahen wir die Stadtmauer. Auch dieser Tag war heiß; das schöne Wetter schien noch ein Weilchen anzudauern. Es war Mittwoch,

Markttag, und auf der staubigen Straße drängten sich die Fuhrwerke. Wir überquerten ein offenes Gelände rings um eine große Kirche und betraten sodann einen Gebäudekomplex unweit des Stadttors. Zu meiner Überraschung war das Haus, in dem Peter Bone wohnte, ein verhältnismäßig großes zweistöckiges Gebäude, obschon die Farbe an der Fassade abblätterte und die hölzernen Balken bloß lagen und von Fäulnis befallen schienen. Die Tür wurde uns von einem großgewachsenen, hageren, bartlosen Mann Mitte dreißig geöffnet, gutaussehend und mit dunkelbraunem Haar. Er hatte kluge braune Augen, die uns sehr scharf begutachteten. Unerwarteterweise trug er eine Spindel bei sich, um die Wolle gewickelt war.

»Master Peter Bone?«, fragte ich.

Er holte tief Atem. In resigniertem Tone sagte er: »Derselbe. Ich hab schon gehört, dass ein Londoner Anwalt nach mir sucht. Es ist, weil meine Schwester vor Jahren für John Boleyn gearbeitet hat, dem jetzt der Prozess gemacht wird, stimmt's? Dann kommt am besten herein.«

Wir folgten ihm in eine Stube, groß und hell, wenn auch spärlich eingerichtet: Auf einem Tisch lag ein Haufen Wolle, daneben standen vier Stühle, in der Ecke ein Bett und eine Truhe. Er hieß uns Platz nehmen. »Darf ich Euch ein Bier anbieten?«

»Nein, danke. Wir haben mit Bedauern erfahren, dass Grace und Eure zweite Schwester verstorben sind.«

»Die schlimme Winterkälte zog sich so lange in den Frühling, dass viele gestorben sind.« Seine Augen blickten kurz ins Leere. »Die arme Mercy hat sich ein Lungenfieber zugezogen, und Grace gleich nach ihr. Ich hatte noch nicht einmal das Geld für ein Begräbnis, sie liegen im Gemeinschaftsgrab wie die meisten, die in der Gegend gestorben sind.« Ich las Wut und, wie ich meinte, auch Trotz in seinen Augen. »Ich wünschte, ich wär mit ihnen gestorben, obwohl es eine Sünde ist, das zu sagen. Aber mir ist nichts mehr geblieben.«

»Das Haus muss Euch leer erscheinen«, sagte Toby leise.

Peter seufzte. »Ich hab Graces und Mercys Zimmer vermietet, und meine alte Schlafkammer auch, um ein wenig Geld einzunehmen.«

Er sah mich scharf an. »Der Eigentümer weiß nichts davon, es verstößt gegen die Regeln.«

»Wir sagen es niemandem. Wir sind schließlich nicht hier, um Euch noch mehr Verdruss zu bereiten. Habt Dank, dass Ihr mit uns sprecht.«

Er sah uns erneut forschend an und starrte dann auf den Tisch. »Dies war früher meine Webstube. Vor zwei Jahren stand hier noch mein Webstuhl, und meine Schwestern halfen mir. Aber die Herren der Stadt haben alles an sich gerissen und Leute wie mich ausgepresst. Ich musste meinen Webstuhl verkaufen. Grace und Mercy halfen, damit wir uns mit Spinnen über die Runden bringen konnten; doch jetzt bin nur noch ich übrig und muss diese Weiberarbeit tun.« Mit jähem Zorn warf er die Spindel auf den Tisch.

Toby sagte: »Ich nehme an, einer der großen Wollhändler ist Gawen Reynolds, der Vater von Graces früherer Brotherrin Edith Boleyn.«

»Oh ja, er ist einer davon. Er entstammt einer Familie von Wollhändlern und hat ein Vermögen angehäuft, indem er sämtliche Herstellungsschritte an sich gebracht hat, vom Kauf der Rohwolle bis hin zum Gerben und Färben. Manch ein armer Mann wird von Gierhälsen wie Reynolds ausgepresst.« Er sah zu mir auf. »Aber Ihr seid gewiss nicht hier, um mich in einem fort maunzen zu hören, Sir. Wahrscheinlich haltet Ihr mich für einen unverschämten Tropf.«

»Nein. Ihr dauert mich.«

Plötzlich maß er mich aus schmalen Augen. »Nun gut, was wolltet Ihr mich zu Grace fragen, Gott hab sie selig?«

»Ich weiß, dass sie kurz vor Edith Boleyns Verschwinden vor neun Jahren ihren Dienst bei ihr quittierte. Kam sie dann unverzüglich nach Hause?«

»Ja. Sie lebte hier bei mir und Mercy, bis sie starb.«

»Wisst Ihr, warum sie so plötzlich gekündigt hatte? War sie unzufrieden mit Mistress Edith oder mit Master Boleyn?«

»Der gesamte Haushalt sei voller Verdruss, sagte sie. Sie blieb fünf

Jahre bei ihnen. Angeblich hegte Edith eine starke Abneigung gegen ihren Mann. Sie schliefen in getrennten Kammern, und Grace erzählte, Edith habe seinen Anblick so wenig ertragen wie den ihrer Söhne.«

»Nannte Edith auch den Grund?«

Er zuckte mit den Schultern, obschon sein Blick immer noch eindringlich war, als wollte er die Wirkung seiner Worte auf mich abwägen. »Edith gab sich wohl selbst die Schuld, verstand nicht, weshalb sie so empfand. Sie sei vielleicht von einem bösen Fluch befallen, sagte sie einmal zu Grace. Ich bin Master Boleyn niemals begegnet, aber Grace meinte, er sei ein sehr verständiger Mann, solange er nicht in Wut geriet. Edith war vermutlich nicht ganz bei Verstand, denn Grace erzählte, dass sie zuweilen so lange die Nahrung verweigerte, bis sie, zuvor drall und üppig, nur noch aus Haut und Knochen bestand.«

»Und zu Grace hatte sie Vertrauen?«

»Oh ja, Grace hatte stets ein gütiges, sanftes Herz.« Sein Blick wurde hart. »Aber irgendwann wurd's ihr zu bunt. Mistress Edith hatte herausgefunden, dass John Boleyn mit einer Schankkellnerin hurte, und obwohl sie ihn selbst nicht ertrug, machte es ihr mächtig zu schaffen. Auch die Zwillinge wurden immer bösartiger, stießen ihre Lehrer die Treppe hinunter und dergleichen, und Master Boleyn geriet immer öfter in Wut. Grace sah ein Gewitter aufziehen, und als sie es nicht mehr ertrug, quittierte sie den Dienst und kam hierher zurück.«

Ich sah ihn forschend an. »Bald darauf verschwand auch Edith Boleyn.«

»Ja, ich weiß.«

»Nach Grace wurde gefahndet, sie war eine Zeugin.«

Peter hielt meinem Blick stand. »Sie fanden uns nicht, wussten nicht, wo ich wohnte, denn Mercy und ich waren kurz zuvor umgezogen. Wir sprachen darüber, wir drei, kamen aber überein, dass wir mit dieser Familie nichts mehr zu tun haben wollten.« Er lächelte schmal. »Unsereiner hält zusammen, also sorgten wir dafür, dass niemand dem Richter unsere neue Anschrift verriet, und nach einer Weile wurden sie es müde, nach uns zu suchen, und gaben auf.«

»Grace hätte ein wenig Licht in die Sache bringen können, wenigstens was die Gemütsverfassung ihrer Herrin betraf«, sagte Nicholas streng.

Mit jäh auffahrendem Zorn entgegnete Bone: »Ihr braucht mir keine Moralpredigt zu halten, Junge, in Eurer feinen Anwaltsrobe. Wir wollten nichts mehr zu schaffen haben mit diesem Tollhaus, schon gar nicht nach Ediths Verschwinden.« Er wandte sich an mich. »Werdet Ihr uns jetzt melden, nach neun Jahren, weil wir die Fahnder mieden? Nun, dann habt Ihr mich jetzt, aber um Grace und Mercy zu fassen, müsst Ihr sie ausgraben.«

Toby hob besänftigend die Hände. »Niemand wird irgendjemanden melden. Mein Herr braucht nur ein paar Auskünfte, die Licht in die Sache bringen könnten, wie Master Nicholas schon sagte. Ihm läuft die Zeit davon. Vergebt unserem Master Nicholas hier, er macht sich gerne wichtig.«

Nicholas errötete. »Habt Dank, dass Ihr uns eingelassen habt«, sagte ich ruhig. »Wir wollen Euch nicht länger behelligen.«

Er nickte. »Ich würde Euch ja helfen, wenn ich es könnte, aber ich weiß nicht, wie Edith Boleyn zu Tode kam.«

Ich erhob mich und legte fünf Schillinge auf den Tisch. »Für Eure Zeit.«

Er sah die Münzen und nahm sie an sich, ohne aufzublicken. Dann griff er nach der Spindel. »Ich sollte mich sputen«, sagte er.

Wir verließen das Haus. Als ich mich noch einmal umsah, stand Peter hinter dem breiten Fenster und blickte zu uns heraus, wobei sich die Spindel in seiner Hand rasch auf und ab bewegte. Wieder hatte er diesen schmalen, forschenden Blick.

KAPITEL SECHSUNDZWANZIG

Während wir uns anschickten, zum Maid's Head zurückzukehren, beteuerte Toby, er sei so weit genesen, um zum Gehöft seiner Eltern reiten zu können. Ich sagte zu Nicholas: »Ich will allein mit Boleyn sprechen. Gehe du unterdessen zum Leichenschauer und finde heraus, ob man Snockstobe inzwischen aufgeschnitten hat.«

»Ganz gewiss, er fängt ja sonst an zu stinken«, bemerkte Nicholas in schneidendem Ton. Ich sah ihn an. »Was ist denn?«, fragte ich.

»Es ist dieser Lockswood, immerzu wetzt er die Zunge gegen mich.«

Ich lächelte. »Deine Menkenke. Nun ja, ganz unrecht hatte er damit nicht. Einem Manne in Bones Lage die Leviten zu lesen war nicht gerade – einfühlsam.«

»Also gut, vielleicht war das falsch. Aber Lockswood ist doch selbst ein Wichtigtuer, er ist nur ein Schreiber und spricht mit uns wie mit seinesgleichen.«

»Barak ist auch ein Schreiber.«

»Aber Ihr kennt ihn seit Jahren. Es liegt in Eurem Ermessen, so etwas ist erlaubt. Außerdem ist er kein verdrießlicher Nörgler wie Toby.«

Ich schüttelte den Kopf. »Ich hatte gehofft, ihr zwei würdet euch irgendwann zusammenraufen, zumal nach der gemeinsamen Erfahrung von letzter Nacht. Nick, du kannst Toby nicht leiden, aber ihr müsst trotzdem einigermaßen miteinander auskommen. Mit etwas Glück sind wir in einigen Tagen wieder fort aus Norwich.«

»Ich bemühe mich ja. Aber er macht es mir nicht leicht. Ihr solltet die Blicke sehen, die er mir zuweilen zuwirft.«

»Ein paar Tage«, wiederholte ich. »Jetzt geh zum Leichenschauer. Wir sehen uns später vor dem Eingang zur Burg.«

Ich war hundemüde und spürte den mangelnden Schlaf der vorausgegangenen Nacht, als ich nach einem anstrengenden Fußmarsch durch Norwich endlich den Marktplatz erreichte. Der Markt war im vollen Gange, und auf dem großen Platz tummelte sich eine Menge Volk; überall waren bunte Markisen, und die verschiedensten Gewerbe – Gemüsehändler, Fischhändler, Metzger, Eisenschmiede, Wollhändler –, ein jedes an dem ihm zugewiesenen Platz, boten ihre Waren feil. Am unteren Ende des Marktes befand sich ein offenes Gelände, wo arme Leute Waren vom Lande in die Stadt gebracht und auf Tüchern ausgebreitet hatten – Käse und Butter, die schrumpeligen Äpfel und Birnen aus dem vergangenen Jahr. Hausierer boten ein Sammelsurium kleiner Erzeugnisse zum Verkauf – Gewandnadeln, hölzerne Tassen, Balladenbücher, bunte Bänder. Ich schlenderte am Stand von Scamblers früherem Brotherrn vorüber, und da fiel mir wieder ein, dass ich den Jungen später noch aufzusuchen gedachte.

Ich gelangte zur Burg und warf einen Blick hinüber zur Shire Hall, wo noch immer die Zivilklagen abgehandelt wurden. Wieder wurde ich die scheppernde Eisentreppe hinuntergeführt. Der Schließer folgte mir in Boleyns Zelle. »Seht ihn Euch an«, höhnte er. »Kaum noch zwei Tage zu leben, und er liegt dösend auf der Pritsche.« Ich wusste, dass zuweilen Menschen, die unter großer Anspannung oder Angst leben und nichts an ihrer Lage zu ändern vermögen, ihre Zuflucht im Schlaf nehmen. Er schüttelte Boleyn rau an der Schulter, und der schreckte auf und blinzelte in das trübe Licht. »Was – was …«

Ich lächelte ihm zu. »Guten Morgen, John.«

Er strich sich mit schmutzigen Händen durch das wirre Haar und setzte sich auf. »Ich habe darum gebeten, mich waschen und rasieren zu dürfen, ehe ich morgen vor den Richter trete, aber sie gestatten es nicht.«

»Ich kümmere mich darum. Es ist gewiss nur eine Frage des Geldes.«

»Und Isabella bringt mir heute Abend die guten Kleider, so sehe ich morgen wenigstens nicht wie ein stinkender Bettler aus. Sie verbringt die Nacht in einer Herberge am Marktplatz, dem White Horse, mit meinem Steward Chawry. Sie müssten gegen sieben Uhr abends dort eintreffen. Könnt Ihr sie aufsuchen und über den Prozess mit ihnen sprechen?«

»Gewiss.«

»Sie erlauben ihr, mich heute Abend zu besuchen.«

»Möchtet Ihr, dass ich dabei bin?«

Er lächelte traurig. »Nein, habt vielen Dank. Es ist vielleicht unsere letzte Möglichkeit, beisammen zu sein.« Er holte tief Luft. »Gibt es Neuigkeiten?«

Ich berichtete ihm von dem unerwarteten Tod des Schlossers, erzählte, dass auch Grace Bone verstorben war und ihr Bruder keine nützlichen Informationen für uns hatte, und schließlich von unserer Auseinandersetzung mit den Zwillingen, wobei ich ihm freilich verschwieg, dass es zu Tätlichkeiten gekommen war. Boleyn schüttelte betrübt den Kopf. »Es ist seltsam, wisst Ihr, aber ich hoffe, die beiden kommen mir nicht mehr unter die Augen. Allerdings bezweifle ich nach wie vor, dass sie an dem Mord an ihrer Mutter beteiligt waren.«

»Wenn wir nur wüssten, wer Snockstobe den Schlüssel beziehungsweise einen Wachsabdruck davon in die Werkstatt brachte. Aber dies vor dem morgigen Tag noch herauszufinden ist schier unmöglich. Der Lehrbursche ist auf und davon, und selbst er könnte den Mann nicht identifizieren. Er ist kurzsichtig oder behauptet es zumindest.« Ich schüttelte den Kopf.

Boleyn winkte ab. »Ihr habt Euer Bestes getan, Master Shardlake. Ich bin Euch dankbar.«

Seltsam, dass Boleyn nun am Ende mir Trost spenden sollte. Ich hatte unterwegs beschlossen, ihn noch einmal zu befragen, wo er sich zum Zeitpunkt des Mordes aufgehalten habe. Und anschließend würde ich ihm von Lady Elizabeths Gnadengesuch erzählen. Es war unmenschlich, es ihm noch länger zu verschweigen.

Er blickte mich forschend an. »Ich habe Euch noch etwas zu sagen, Master Shardlake.« Er schwieg kurz, ehe er fortfuhr: »Ich habe mir in Brikewell einen ansehnlichen Batzen Geld zurückgelegt. Für den Fall, dass meine Gläubiger mich in den Bankrott treiben wollen. Zwanzig alte Sovereigns aus gutem Gold.«

Ich zog die Augenbrauen in die Höhe. »Eine ansehnliche Summe!«

»Ich will Isabella sagen, wo es ist – falls die Sache schlecht für mich ausgeht, ist sie mittellos, sie soll es gleich jetzt bekommen.« Er lächelte verlegen. »Es befindet sich in Midnights Stall, in einem Loch in der hinteren Mauer. Ein treffliches Versteck, nicht? Der Hüter mein wildes Ross. Und außer mir weiß keiner, dass es dort ist.«

»Aber Master Boleyn«, warf ich ein, »dies lässt den Diebstahl des Schlüssels doch in einem völlig neuen Licht erscheinen. Und wenn nun ein Mitglied Eures Haushalts – die Zwillinge, Chawry, ein Diener – Euch dabei beobachtet hätte, wie Ihr es dort versteckt habt, er hätte doch einen triftigen Grund, den Schlüssel an sich zu nehmen.« Es hätte sogar Isabella sein können, doch das wagte ich nicht zu sagen.

»Ja, glaubt Ihr denn, das hätte ich nicht selbst schon erwogen?«, entgegnete Boleyn unwirsch. »Aber mein geheimer Goldvorrat ist seit einem Jahr dort verborgen. Niemand wusste davon, und außer mir und Scambler wagte sich niemand in diesen Stall. Und selbst wenn jemand den Schlüssel um des Geldes wegen an sich nahm, so beweist dies noch lange nicht, dass ich unschuldig bin am Tod meiner Frau, nicht wahr? Ganz im Gegenteil, der Diebstahl des Schlüssels hat keine Relevanz mehr.«

Ich dachte scharf nach. »Ihr habt recht. Aber, Master Boleyn, wenn ich Euch helfen soll, muss ich *alle* Umstände wissen. Ich entscheide dann, welche davon relevant sind. Und es gibt noch einiges mehr, das ich Euch fragen muss.« Ich holte tief Luft und sah, wie er die Schultern straffte. »Erstens, Witheringtons Überfall auf Brikewell. Habt Ihr gewusst, dass Eure Söhne eine Bande von adeligen Raufbolden hinter sich hatten, die mit Sir Richard Southwell im Bunde sind?«

Er schüttelte den Kopf. »Ich wusste, dass sie Freunde holten, aber nichts von deren Verbindung zu Southwell.« Seine Stimme klang nun zornig. »Ich hoffe, Ihr nehmt nicht wieder Anstoß daran, dass ich mein Land verteidigt habe.« Das Bild des schwachsinnigen Burschen mit dem eingeschlagenen Schädel trat mir wieder vor die Augen, aber ich sagte es nicht. Allerdings schwang ein scharfer Unterton in meiner Stimme, als ich sagte: »Dies bringt mich wieder auf die Frage nach Eurem Alibi. Ich habe von Anfang an nicht geglaubt, dass Ihr die ganze Nacht allein in Eurem Kontor zugebracht habt. Wenn Ihr draußen jemandem begegnet seid, könnte der Euch doch ein Alibi geben.«

Er blickte mir geradewegs in die Augen. »Ich war die ganze Nacht im Kontor.«

»Werdet Ihr das auch morgen vor Gericht aussagen?«

»Ja.«

Ich seufzte. »Dann muss ich Euch leider sagen, dass Ihr möglicherweise schuldig gesprochen werdet, auch wenn ich alles tun will, um Euch zu helfen.«

Er senkte den Blick und sagte leise: »Der Kerkermeister behauptet, dass der Richter für die Todgeweihten den kurzen Strick angeordnet hat.«

»Ja, Richter Gatchet sagte es zum Beginn der Assisen.«

Boleyn blickte auf. »Wird er den Prozess leiten?«

»Ich weiß es nicht. Vielleicht er oder Reynberd oder angesichts der strittigen Fakten auch beide.«

Er schwieg einen Augenblick. Ich dachte schon, er werde endlich erklären, wo er in jener Nacht gewesen war, doch er sagte lediglich: »Es heißt, man kann zwanzig Minuten hängen und mit dem Tode ringen, ehe man stirbt.«

»Nicht immer so lang.«

Er holte tief Luft. »Nun denn, wie soll ich mich vor Gericht verhalten?«

»Strafprozesse sind kurz, die Verhandlung dürfte nicht länger dauern als eine halbe Stunde. Beantwortet die Fragen der Richter wahrheitsgemäß. Der Leichenschauer wird über das Auffinden der Toten

Auskunft geben, alsdann wird der Konstabler schildern, wie er die Axt und die Stiefel in Midnights Stall entdeckte.« Ich holte tief Luft. »Gawen Reynolds und Eure Söhne werden ebenfalls erscheinen und zweifellos bezeugen, dass Edith im Gegensatz zu Euch einen guten Charakter hatte.«

Er schloss die Augen und stieß heftig die Luft aus. Auf merkwürdige Weise bedeutete dies den endgültigen Bruch mit seinen Söhnen. »Und Isabella wird meine einzige Leumundszeugin sein«, sagte er leise.

»Ihre Aussage, dass Ihr ein guter Ehemann seid, ist wichtig. Aber ich werde auch Simon Scambler in den Zeugenstand rufen lassen – er soll von dem gestohlenen Schlüssel berichten – und Euren Steward Chawry. Glaubt Ihr, er wird Euch einen guten Brotherrn nennen?«

»Ganz gewiss. Aber Chawry ist Edith nie begegnet; er arbeitet erst seit fünf Jahren für mich.«

»Und ich werde ebenfalls zu Euren Gunsten aussagen, wegen des gestohlenen Schlüssels und des Schlossers, auch wenn es mir nicht gestattet ist, Euch zu vertreten. Allerdings ist es nur Hörensagen, was der Richter möglicherweise nicht akzeptieren wird. Sollte die Leichenschau ergeben, dass Snockstobe einem Mord zum Opfer fiel, was ich in Kürze herausfinden werde, wird uns das helfen. Und ich werde aussagen, dass ich die Stelle aufgesucht hätte, an der Edith ermordet wurde, und bestätigen könne, wie schwierig es für einen Einzelnen wäre, dort zu tun, was getan wurde. Doch am wichtigsten ist der Hinweis – also haltet auch Ihr Euch daran –, dass Ihr toll sein müsstet, um den Leichnam in dieser Art zur Schau zu stellen, weil es den Verdacht auf Euch lenken und Eure Ehe mit Isabella beenden würde.«

»Das liegt auf der Hand«, sagte Boleyn, wieder mit Kraft in der Stimme. »Ich werde alles tun, was Ihr sagt.«

Ich holte tief Luft. »Ich muss Euch noch etwas Wichtiges sagen. Ich habe es noch nicht erwähnt, weil ich die Anweisung hatte, es nicht zu tun.« Ich blickte ihn ernst an. »Auch weil ich offen gestanden gehofft hatte, Ihr würdet vor Prozessbeginn noch zur Vernunft kommen und erzählen, wo Ihr Euch in der Mordnacht tatsächlich aufgehalten hattet.«

»Dazu besteht kein Grund.«

»Wie Ihr wollt. Also Folgendes: Solltet Ihr für schuldig befunden werden, hat Lady Elizabeth mich angewiesen, unverzüglich ein Gnadengesuch einzureichen. Ich habe ein von ihr unterzeichnetes Schreiben bei mir. Sie wird die Instanzen mit Geld milde stimmen.«

Er starrte mich mit großen Augen an, während ich fortfuhr. »Ganz ohne Zweifel wird Elizabeths Name genügen, um einen Aufschub der Hinrichtung zu gewährleisten, falls es zum Schlimmsten kommen sollte, aber ich kann nicht garantieren, dass man Euch begnadigen wird. Elizabeth genießt noch immer einen schlechten Ruf beim Protektor nach der Affäre mit Seymour. Ihr königlicher Bruder sieht sie nur selten, während ihre Schwester Mary …« Ich brauchte den Satz nicht zu Ende sprechen.

Ich hatte erwartet, dass Boleyn mir zürnen würde, weil ich diese Neuigkeit vor ihm verborgen hatte, aber er nickte nur. »Dann hatte ich vielleicht unrecht«, sagte er leise.

»Was meint Ihr?«

»Als ich mich mit Edith vermählte und die Zwillinge größer wurden, da glaubte ich meine Familie unter einem bösen Fluch, so als hätte Anne Boleyns Hinrichtung einen dunklen Schatten auf uns geworfen. Dann wurde Isabella meine Frau, und ich verwarf die düsteren Gedanken, doch nun sind sie wieder da.« Er seufzte. »Aber vielleicht wird mich Anne Boleyns Tochter doch noch erretten.«

»Die Hoffnung besteht immerhin.« Ich erinnerte mich, dass Peter Bone zufolge auch Edith von einem Familienfluch gesprochen hatte.

Er lächelte traurig. »Ich verstehe schon, warum Ihr mir nicht früher von dem Gnadengesuch erzählt habt. Ihr hattet gehofft, von mir zu hören, dass ich in der fraglichen Nacht ausgegangen war. Ihr seid fürwahr ein Anwalt mit Leib und Seele, Master Shardlake, nicht?«

»Ja. Zuweilen sind wir zu harten Gangarten gezwungen.«

Er streckte mir die Hand entgegen.

Ich erklärte ihm noch eine Weile, wie er sich im Gerichtssaal betragen und Zeugen aufrufen sollte – es wäre seine Aufgabe, da ich ihn nicht vertreten durfte. Er schien aufmerksam und bei der Sache. Am Ende sagte ich ruhig: »Wir sehen uns morgen. Seid tapfer!«

»Ja, gewiss. Nach dem, was Ihr mir heute gesagt habt, werde ich vielleicht sogar meine Gebete sprechen. Ich habe mich von Gott abgewandt, versteht Ihr, weil ich glaubte, er sei mein Feind.«

Ich verließ Boleyn und stieg bedächtig die Treppe hinauf. Draußen blinzelte ich in die Sonne. Nicholas erwartete mich schon, seine Miene war ernst.

»Nun?«, fragte ich.

»Sie haben den Leichnam gestern in Augenschein genommen. Er wies keinerlei Wunden auf, und seine Lunge war voller Wasser. Snockstobe ist ertrunken.«

»Jemand könnte ihn gestoßen haben.«

»Die Untersuchung findet nächste Woche statt, und der Kanzleigehilfe sagte mir, das Urteil werde mit großer Wahrscheinlichkeit ›Tod durch Unfall‹ lauten.«

»Damit schließt sich für uns eine weitere Tür«, stellte ich leise fest. Wieder dachte ich an Boleyn und Edith, die sich beide unter einem Fluch gewähnt hatten.

Es gab noch einiges zu tun vor dem morgigen Prozess. Nicholas erinnerte mich daran, dass nach Aussage der Zwillinge auch Boleyns Steward Chawry den Hahnenkampf gesehen hatte in jener Nacht, in der sie den Schlüssel an sich gebracht hatten. »Er hat vielleicht etwas beobachtet.«

»Wir können ihn zumindest fragen«, stimmte ich ihm zu. »Und wir sollten Scambler aufsuchen.«

In einem Wirtshaus, gepackt voll mit Markthändlern, aßen wir zu Mittag und gingen dann hinunter in die Ber Street, in der Scambler wohnte. Als wir uns dem baufälligen Hause näherten, klang zu meinem Erstaunen aus dem Inneren frohes Singen zu uns heraus. Eine

Gruppe kleiner Gassenbuben hatte sich vor dem Fenster eingefunden und spähte kichernd durch die halbgeöffneten Läden. Als wir uns näherten, rannten sie fort.

Wir blickten ins Haus. Scambler, wieder nur ein langes Nachthemd am Leibe, tanzte unbeholfen im Zimmer herum, schwenkte die Arme und sang dabei aus voller Brust ein Lied, das ich noch nie gehört hatte:

»*Gott und seine Engelein, die gewähren*
Gnade den Seelen, die sich nach Jesus verzehren …«

Ich war überrascht angesichts seiner reinen, melodiösen Stimme, obschon ich sah, wie seltsam sein Gebaren für die Nachbarskinder wirken musste.

»Was treibt er denn da, um Himmels willen?«, fragte Nicholas.

Ich zuckte mit den Schultern. »Er singt und tanzt. Er hat eine gute Stimme, man möchte meinen, sie sei ein wenig ausgebildet.«

Wir klopften an die Tür. Der Gesang verstummte augenblicklich, und Scamblers Tante Hilda spähte mit ihrer säuerlichen Miene aus der Tür. »Ihr schon wieder«, sagte sie und führte uns in die Stube zu Scambler. Dort kreischte sie: »Sooty, wie oft soll ich dir noch sagen, die Läden geschlossen zu halten. Und lass gefälligst dein Gejohle und Gehüpfe sein.«

Scambler tat keinen Mucks mehr und ließ den Kopf hängen. Seine Tante wandte sich wieder uns zu. »Nun, ich hab ihn im Haus behalten, bin selbst nicht mehr vor die Tür gegangen, hab meine Nachbarn von der Kirchengemeinde gebeten, ein Auge auf das Haus zu haben, und jemanden bezahlt, damit er uns etwas zu beißen holt!« Mit derselben habgierigen Dreistigkeit wie beim letzten Mal streckte sie mir die Hand entgegen. Ich legte einen Penny hinein. Sie brummte. »Es ist nicht richtig, dass man zu Hause feststeckt, dass alte Frauen Angst haben müssen. Und Sooty macht mich noch ganz verrückt, weil er andauernd nach draußen will.«

Scambler blickte verdutzt drein. »Wovor soll ich denn Angst haben? Ich bin schon des Öfteren von den Zwillingen verprügelt worden.«

Ich verkniff mir die Bemerkung, dass es diesmal mehr sein könnte als nur Prügel, und war wieder bekümmert, dass ich ihm nicht mehr Schutz bieten konnte. Zumindest würde Tante Hilda, falls irgendetwas Unerwünschtes geschehen sollte, das ganze Haus zusammenkreischen. Ich sagte: »Nur noch ein Tag.« Dann holte ich tief Luft und fügte hinzu: »Simon, ich hätte gern, dass du zur Verhandlung kommst. Du sollst erzählen, was mit dem Schlüssel geschah.«

Der Junge sah verängstigt drein. »Ich soll vor Gericht sprechen? Vor all den vielen Menschen? All den Richtern?«

»Dir wird nichts geschehen. Ich werde die ganze Zeit bei dir sein. Es ist wichtig, dass du vor Gericht eine Aussage machst.«

»Kriegt er Geld dafür?« Tante Hilda stierte mich gierig an.

»Nein.«

»Dann geh nicht hin, Sooty.«

Doch Scambler holte tief Luft und sagte: »Ich werd hingehen, Master Shardlake, wenn Ihr und Master Nicholas dort bei mir seid.«

»Ich danke dir, Simon«, sagte ich leise.

Tante Hilda schürzte die Lippen. »Das bedeutet wohl, dass ich auch hingehen muss«, murrte sie, »um ein Auge auf ihn zu haben.«

»Wie Ihr wünscht«, sagte ich. »Aber Simon, deine Tante hat ganz recht, du solltest – vorsichtshalber – die Fensterläden stets geschlossen halten und verriegeln.«

»Aber es ist so heiß«, bettelte Scambler.

»Ich weiß. Aber Vorsicht ist besser als Nachsicht.«

Scamblers Muhme geleitete uns wieder zur Tür. Sie sagte: »Zuweilen glaube ich, dass mir der Teufel höchstpersönlich diesen Jungen geschickt hat, nur um mich zu peinigen.« Und damit schlug sie uns die Tür vor den Nasen zu.

Wir kehrten zum Maid's Head zurück und holten den restlichen Nachmittag den Schlaf nach, den wir so dringend brauchten. Um sieben aßen wir einen Happen und machten uns wieder auf den

Weg zum Marktplatz, wo sich Isabellas Schänke befand. Unterwegs sahen wir einen großen, reichgewandeten Mann in der Tür eines der herrschaftlichen, drei Stockwerke hohen Gebäude stehen und die abendliche Sonne genießen. Er war in den Fünfzigern, mit einem gutaussehenden Gesicht und langen grauen Haaren. Seine vollen Lippen umspielte kein Lächeln, und die großen Augen blickten wachsam. Einige Menschen verneigten sich im Vorübergehen vor ihm. Toby hatte ihn als einen der Stadtväter vorgestellt, welche am Dienstag die Richter vor der Guildhall begrüßt hatten: Augustine Steward, einer der bedeutendsten Männer in Norwich. Ich erinnerte mich, dass Peter Bone über die reichen Kaufleute gesagt hatte, sie brächten den Handel in der Stadt in Bedrängnis.

Auf dem Marktplatz waren die Aufräumarbeiten im Gange: Männer luden die übrig gebliebene Ware wieder auf ihre Karren, zerlumpte Kinder suchten auf dem Boden, zwischen fauligen Früchten und verdorbenem Fleisch, noch ein paar Brocken zu erhaschen. Wir betraten die Herberge, in der Isabella ein Zimmer gemietet hatte. Hier drängten sich Kaufleute und Anwälte von den Assisen, die sich nach getaner Arbeit ihr Feierabendbier schmecken ließen. Wir fragten nach dem Zimmer von Mistress Isabella Boleyn. Als sie den Namen hörten, blickten mehrere Leute uns neugierig an. Man wies uns in den ersten Stock.

Isabella öffnete uns die Tür. Sie trug ein grünes Gewand mit hohem Kragen, von feinem Tuch zwar, aber nicht zu auffällig, genau richtig für die Gerichtsverhandlung. Über dem blonden Haar trug sie eine farblich passende Haube. Ihr hübsches Gesicht wirkte angestrengt, aber gefasst. Sie lächelte erleichtert bei unserem Anblick. »Dank, dass Ihr gekommen seid, Master Shardlake. Wir sind vor einer halben Stunde hier angekommen. Die Leute starren uns an.«

»Ich fürchte, so wird es auch nach dem Urteil weitergehen.«

»Habt Ihr meinen Mann heute gesprochen?«, fragte sie gespannt. »Gibt es neue Erkenntnisse?«

»Leider nicht.« Sie machte ein enttäuschtes Gesicht. Ich erzählte ihr, was mit Snockstobe geschehen war.

»Großer Gott«, sagte sie. »Noch jemand tot. Wurde er von der Brücke gestoßen?«

»Ich vermute es, kann es aber nicht beweisen.« Ich erzählte ihr von meinem heutigen Besuch bei ihrem Mann und dass er Geld für sie beiseitegelegt hatte, an einem sicheren Ort, von dem er ihr erzählen werde. Ich beobachtete ihre Reaktion, aber sie schien aufrichtig überrascht und erfreut. »Gott sei Dank, dass John so umsichtig war«, sagte sie. Schließlich erzählte ich ihr von Elizabeths Gnadengesuch, weil ich sicher war, dass sie es ohnehin von Boleyn erfahren würde, und betonte, wie wichtig es sei, erst nach dem Prozess darüber zu sprechen. Zitternd vor Erleichterung setzte sie sich hin, und ihre Augen füllten sich mit Tränen. »Gott sei es gedankt!«, stieß sie aus. »Gott sei es gedankt!«

»Ich sagte es schon Eurem Gemahl: Der Ausgang ist ungewiss.«

Sie wischte sich mit einem Taschentuch die Tränen fort. »Aber es gibt ihm Hoffnung, auch wenn er für schuldig befunden wird. Verzeiht mir, ich bin nur eine schwache Frau und nah am Wasser gebaut.«

Nicholas sagte: »Ich finde, Ihr habt enorm viel Mut und Kraft bewiesen angesichts Eurer misslichen Lage, Madam.«

Sie lächelte ihm dankbar zu. »Das kann man wohl sagen«, pflichtete ich ihm bei, ehe ich hinzufügte: »Es gibt da eine Sache, an der Euer Gemahl unbedingt festhalten wollte. Ich glaube nämlich, dass er in der Mordnacht noch einmal das Haus verließ. Habt Ihr eine Idee, wohin er gegangen sein könnte?«

Nicholas setzte hinzu: »Wenn ja, dann müsst Ihr es jetzt sagen, sonst ist es zu spät.«

Sie hielt meinem Blick stand. »Ich weiß nichts. Wenn John aus dem Hause ging, so tat er es in aller Stille, ohne es mir zu sagen.« Ein Hauch Bitterkeit trat in ihre Stimme. »In Anbetracht dessen, was auf dem Spiel steht, würde ich Euch doch sagen, was ich weiß, meint Ihr nicht auch?«

»Nun gut. Ehe Ihr Euren Mann besucht, möchte ich Euch den Ablauf morgen erklären. Ich rufe Goodman Chawry in den Zeugenstand. Euer Gemahl sagte mir, er werde zu seinen Gunsten aussagen und bestätigen, dass er ein guter Brotherr gewesen sei.«

»Ja, ganz gewiss sogar. Daniel und mein Mann mögen einander, Daniel ist ein guter Mann, der einzige Diener, der uns die Treue hielt. Er musste mich heute begleiten, da ich keine Magd mehr habe. Er schläft im Zimmer nebenan. Zweifellos werden die Leute sich darüber die Mäuler zerreißen«, fügte sie verbittert hinzu.

»Könnt Ihr ihn rufen? Ich muss ihn noch etwas fragen.«

Isabella ging hinaus und kam einige Minuten später mit Daniel Chawry zurück. Auch er war schlicht gekleidet, trug ein schwarzes Wams, das rote Haar und den Bart erst vor kurzem geschnitten. Im Grunde passte er auf die Beschreibung, die der Lehrjunge Walter von dem Manne gegeben hatte, der in Snockstobes Werkstatt kam. Andererseits träfe dies, wie schon gesagt, auf halb Norwich zu.

»Gott zum Gruße, Goodman Chawry«, sagte ich.

»Master Shardlake«, erwiderte er in ruhigem, respektvollem Ton. »Ich freue mich, dass Ihr und Master Nicholas uns zur Seite steht.«

»Wir haben keine neuen Beweise, fürchte ich. Bis auf eine Sache. Es war kurz vor dem Mord an Edith Boleyn. In einer Schänke unweit des Hahnenkampfplatzes in Coslany, in der Gerald und Barnabas feierten, kam es zu einem großen Geschrei, weil Gerald seinen Beutel verloren hatte. Vielleicht erinnert Ihr Euch, Ihr sollt auch dort gewesen sein.«

»Und ob ich mich erinnere. Sie erzählten überall herum, sie hätten in Brikewell einen tollen Jux geplant.«

»Waren das ihre Worte?«

»In der Tat. Ihre Freunde lachten.«

Was auch immer dieser tolle Jux zu bedeuten hatte, dachte ich, ein Mord war damit nicht gemeint, denn den hätten sie streng geheim gehalten.

»Seid Ihr oft in diesem Wirtshaus?«, fragte ich.

»Ja. Ich sehe mir mindestens einmal in der Woche die Hahnenkämpfe an. Und anschließend gehe ich noch einen trinken.«

Ich persönlich hatte nichts übrig für derlei Belustigungen, für das

grausame Geschrei der Menge, während die Tiere blutend verende-
ten: Die meisten Menschen sahen darin eine exzentrische Schwäche,
was es vielleicht auch war. Ich sagte: »Ich habe herausgefunden, dass
sich in Geralds Beutel ein Schlüssel zu Midnights Stall befand, den
die Zwillinge Simon Scambler gestohlen hatten.«

Chawry schüttelte den Kopf. »Der junge Sooty gerät stets in
Schwierigkeiten.«

»Es war nicht seine Schuld«, warf ich mit Bestimmtheit ein. »Es
besteht die Möglichkeit, dass jemand den Schlüssel an sich nahm, um
einen Abdruck davon zu machen. Habt Ihr etwas gesehen?«

»Ich weiß noch, dass die Zwillinge von einem Beutel redeten und
dann zu einer der Bänke eilten. Ich hätte mir gewünscht, er wäre
ihnen gestohlen worden, aber er lag noch dort. Mehr weiß ich nicht.
Es tut mir leid. Hat es einen Einfluss auf den Fall?«

Ich erzählte ihm die Geschichte von dem Schlosser und von unserer Begegnung mit den Zwillingen. »Was den Schlosser und den
Lehrjungen betrifft, handelt es sich um Hörensagen, trotzdem will
ich es morgen ansprechen.«

Chawry nickte, sah Isabella an und rang sich ein Lächeln ab. »Vielleicht ist Master Boleyn schon in wenigen Tagen zurück und reitet
Midnight.«

»Ja«, sagte sie und lächelte. »Dieser Hengst bereitet mir Kopf-
schmerzen. Er vermisst seinen Herrn und tritt gegen die Türen
seines Verschlags. Daniel hat es geschafft, ihn zu füttern, aber ich
befürchte, er setzt damit sein Leben aufs Spiel.«

»Er wird sich schon an mich gewöhnen«, sagte Chawry.

Ich schilderte den beiden, was am morgigen Tag auf sie zukäme;
Chawry war gern bereit, zugunsten seines Brotherrn auszusagen,
obschon wir beide wussten, dass seine Meinung wenig zählen
würde. Schließlich überquerten wir gemeinsam den Marktplatz –
sie um Boleyn zu besuchen, und diesmal trug Chawry ein Paket mit
Speisen, die Isabella zubereitet hatte. Nicholas und ich schlenderten
indes gemächlich nach Tombland zurück.

»Ob sie einen guten Eindruck machen wird?«, fragte er.

»Ja, sie ist keine Gans. Eine wirklich bemerkenswerte Frau, wenn man bedenkt, dass sie nur eine Schankkellnerin war und vermutlich keinerlei Bildung genossen hat.«

»Wie alt mag sie sein?«

»Ein Gutteil jünger als Boleyn, um die dreißig vielleicht.«

»Sie sieht jünger aus.«

»Zu alt für dich, Junge«, sagte ich scherzhaft – obschon ich insgeheim zugeben musste, dass Isabella Boleyn auch auf mich Eindruck machte. »Außerdem bevorzugst du doch sittsame Frauen wie Beatrice Kenzy.«

»Und zu jung für Euch«, sagte Nicholas mit einem Lächeln.

»Und überhaupt«, fügte ich nüchtern hinzu, »sie gehört immer noch zu den Verdächtigen. Genau wie Chawry.«

»Ich habe Chawry dabei erwischt, wie er sie ansah«, sagte Nicholas. »Ich glaube, ihm gefällt sie auch.«

»Die Ereignisse der jüngsten Zeit haben sie einander vermutlich nähergebracht. Doch sie hält treu zu John Boleyn, wie man sieht.« Ich seufzte. »Es ist schon seltsam, seit einer Woche sprechen wir von John Boleyn, seinen Söhnen, Dienern und Nachbarn, und Edith gerät darob ganz in Vergessenheit. Dabei litt sie mehr als alle anderen und fand ein solch entsetzliches, hässliches Ende.«

»Sie ist irgendwie – schwer zu fassen«, sagte Nicholas nachdenklich.

»Stimmt. Niemand scheint sich je gefragt zu haben, warum sie sich so merkwürdig verhielt. Wenn wir das herausfinden könnten, hätten wir vielleicht den Schlüssel zu dem Fall.«

Er holte tief Luft und sagte: »Ist Boleyn unschuldig?«

Ich sah ihn an. »Offen gestanden weiß ich es nicht. Doch nach allem, was wir bisher herausgefunden haben, bestehen doch berechtigte Zweifel an seiner Schuld.«

Wir überquerten den Marktplatz. Hinter uns dräute die Burg über der Stadt wie ein riesiger Wächter.

KAPITEL SIEBENUNDZWANZIG

Zu meinem Erstaunen schlief ich gut in jener Nacht und erwachte, wie so oft vor wichtigen Fällen, mit drängenden Fragen im Kopf. Wenn John Boleyn seine Frau nicht getötet hatte, wer dann? Ich hatte keinen eindeutigen Verdächtigen, keiner schien ein Motiv zu haben, kein rationales und auch kein irrationales. Das Alibi der Zwillinge war offenbar unumstößlich, und Geralds Raserei angesichts unserer Andeutung vor zwei Nächten, er und sein Bruder hätten ihre Mutter getötet, war mir echt erschienen.

In Robe und Haube der Serjeanten stieg ich die Treppe hinunter zum Speisesaal, ohne jene freudige Erregung, wie ich sie am Morgen eines Zivilprozesses zu empfinden pflegte. Hier ging es um Leben oder Tod, und unsere Chancen standen schlecht. Ich hatte das Gnadengesuch in der Tasche, entsann mich aber auch der mahnenden Worte William Cecils im Januar, dass Lady Elizabeth von nun an nicht der Hauch eines Skandals berühren dürfe. Und sollte ans Licht kommen, dass Edith Boleyn zehn Tage vor ihrem Tod in Hatfield gewesen war …

Nicholas und Toby erwarteten mich bereits. Beide machten ernste Gesichter. Nicholas jedoch rang sich ein Lächeln ab. »Tja, heute ist es so weit.«

»Ja, der 20. Juni.« Unter Tobys grünem Wams wölbte sich der Verband. Sein schwarzbärtiges Gesicht sah müde aus. »Wie geht es Eurem Arm?«, fragte ich ihn.

»Er schmerzt noch ein wenig, die Nähstiche ziehen beim Reiten, aber es wird langsam besser. Kein Gift in der Wunde.«

»Gott sei Dank. Wie geht es Eurer Frau Mutter?«

»Ein wenig besser. Sie hütet das Bett.« Er verzog das Gesicht. »Auch heute steht uns ein heißer Tag bevor. Die Feldfrüchte schmachten in der Hitze, werden trocken. Ich hätte nie gedacht, dass ich so etwas sagen würde nach dem nassen Frühjahr, aber ich wünschte, wir bekämen Regen. Das Gewitter neulich hat nur das Korn zu Boden gedrückt. Wie auch immer, die Sache heute dürfte interessant werden.« Wieder fiel mir auf, wie wenig der Fall ihn zu berühren schien.

Der Kellner brachte uns Brot und Käse. Ich sagte: »Ich möchte so bald wie möglich aufbrechen, bereitstehen, wenn die Zeugen ankommen – Isabella, Chawry, Scambler und« – ich holte tief Luft – »die Zwillinge.«

Nicholas sagte: »Zunächst werden die Zeugen der Anklage befragt – der Konstabler von Brikewell, der Schafhirte Kempsley als Finder der Toten und Gawen Reynolds mit seinen Enkelsöhnen. Die größte Hürde stellt der Konstabler dar, der die Stiefel und den Hammer im Stall fand.«

»Stimmt. Und nicht zu vergessen das allgemeine Vorurteil gegen John Boleyn, weil er mit Isabella zusammenlebt. Ich möchte wetten, dass einige professionelle Pamphleteschreiber im Gerichtssaal sitzen und mit Wonne die abscheulichen Umstände zu Papier bringen und noch übertreiben, ehe sie das Ganze drucken lassen und im gesamten Land verteilen.«

»Da es sich um eine Strafsache handelt«, so Toby, »werden die Richter den Fall möglichst schnell abhandeln wollen. In den Londoner Assisen werden zuweilen zwanzig Fälle am Tag verhandelt. Und falls Richter Gatchet das Sagen hat, wird er einen Schuldspruch bevorzugen, um ein sittliches Exempel zu statuieren.«

»Normalerweise würde ich Euch beipflichten, Toby«, sagte ich, »doch angesichts der Grausamkeit dieses Mordes werden die Richter meiner Meinung nach mehr Zeit und Sorgfalt auf die Wahrheitsfindung verwenden – und die Zeugen eingehender befragen, als sie es sonst zu tun pflegen.« Ich leerte mein Glas Ale-Bier. »Kommt, lasst uns gehen. Zuweilen erhascht der frühe Vogel ja tatsächlich einen Wurm.«

Als wir jedoch in der Shire Hall eintrafen und uns zum Vorzimmer des Gerichtssaales begaben, in dem die Strafprozesse abgehalten wurden, waren die einzigen Würmer, die wir fanden, John Flowerdew – der Vertreter des *Escheator* –, und Sir Richard Southwell, der die Interessen der Lehnsherrin Lady Mary wahrnahm. Flowerdews hoch aufgeschossene, dürre Gestalt in ihrer schwarzen Robe erinnerte an eine kauernde Krähe, während Southwell, den stämmigen Leib in eine lange, dunkle Robe mit Pelzkragen gehüllt, auf dem Kopf eine schwarze, mit winzigen Diamanten bestückte Kappe, seine übliche verächtliche Überheblichkeit zur Schau trug. Die beiden unterhielten sich leise, drehten sich aber zu uns um, als wir eintraten. An Southwells Seite stand ein gutgebauter junger Mann mit einem schmalen Gesicht, das zwei große Muttermale verunzierten, und hellen, zornigen Augen. Nicholas und Toby hinter mir lassend, trat ich an die drei heran und verneigte mich. Southwell sagte gerade zu Flowerdew: »Bleibt Ihr bis zum Ende der Assisen?«

»Ich muss ja, leider – in meiner Funktion als Vertreter des Escheator. Obschon ich in Wymondham dringende Pflichten habe. Dieser elende Kett macht mir wieder Verdruss.«

»Ihr solltet ihn Euch wirklich zur Brust nehmen.« Southwell wandte sich zu mir um und maß mich mit seinen kalten, einschüchternden Augen. »Serjeant Shardlake«, sagte er in unfreundlichem Ton.

»Einen gottgesegneten Morgen, Sir Richard. Euch ebenso, Bruder Flowerdew.«

»Bruder Shardlake«, antwortete Flowerdew vergnügt. »Der Boleyn-Fall wird als Erstes verhandelt. Richter Reynberd kommt eigens von den Zivilprozessen herüber, um Gatchet zur Seite zu stehen.«

»Das ist ungewöhnlich.« Ich fragte mich, ob Reynberd die Absicht hatte, Gatchet nötigenfalls milde zu stimmen.

»Gleichwohl«, fuhr Flowerdew fort, »meiner Meinung nach wird Boleyn verlieren. Die Gegenstände, die in seinem Stall gefunden wurden, sind ein sehr starkes Indiz. Aber man wird sehen. Sir Richard und ich werden als Vertreter der Lehnsherrin und des

Escheator zugegen sein.« In seiner Munterkeit schwang ein spöttischer Unterton.

Southwell, der grimmig dabeigestanden hatte, sagte: »Wie ich sehe, habt Ihr Euch auf den Fall vorbereitet. Euer Name steht auf der Zeugenliste.« Seine Augen wurden schmal. »Ihr wisst natürlich, dass Ihr Boleyn nicht vertreten dürft, da dies ja ein Strafprozess ist. Ich hoffe sehr, Ihr versucht nicht, Euch unter dem Vorwande, als Zeuge auszusagen, die Advokatenrolle zu erschleichen.«

»Gewiss nicht, Sir Richard. Ich habe Beweise aus erster Hand.«

Er beugte sich vor, blickte auf mich herab. »Ihr habt also Master Cecils Bitte, möglichst kein Aufsehen zu erregen, in den Wind geschlagen.« Er zuckte die breiten Schultern. »Tja, auf Eure Verantwortung.«

Der junge Mann neben ihm lachte. Southwell wandte sich ihm schmunzelnd zu. »Dies hier ist mein treuer Diener, John Atkinson. Er ist mit den Boleyn-Zwillingen befreundet. Sie halten ihren Vater für schuldig, nicht wahr, John?«

»In der Tat.« Er grinste und zeigte dabei gelbe Zähne. Dies also war der junge Mann, der im Jahr zuvor mit Southwells Zutun eine junge Erbin entführt und versucht hatte, sie zur Ehe mit ihm zu nötigen.

Schritte hallten durch das hohe Vorzimmer. Isabella trat herein, in Begleitung von Daniel Chawry. Ich entschuldigte mich und ging den beiden entgegen. Sie hatten sich bereits zu Toby und Nicholas gesellt. Isabella wirkte blass, aber gefasst. Ich fragte: »Wie geht es Euch, Mistress Boleyn?«

»Wäre Jungfer Heath nicht angebrachter?«, rief John Atkinson herüber. Isabella errötete.

»Jungfer? Wohl kaum«, fügte Southwell lachend hinzu. Flowerdew wandte sich ab, aber ich sah ihn noch lächeln.

Isabella, nicht faul, schoss zurück: »Ihr seid beide auf Johns Ländereien aus und auf die Vormundschaft für die Zwillinge, ich weiß es genau!«

Southwell runzelte gewaltig die Stirn ob dieser Unverfrorenheit und tat einen Schritt auf sie zu, besann sich aber. »Seid still, Mistress, ich bitte Euch. Lasst Euch nicht provozieren!«, sagte ich eindringlich.

»Er hat recht«, sagte Chawry sanft. Isabella presste die Lippen aufeinander, nickte jedoch.

Andere Zeugen kamen, zumeist arme Leute, die bei anderen Kriminalfällen aussagen sollten, blickten sich ängstlich um in dem steinernen Vorzimmer mit seiner hohen Gewölbedecke und musterten jene, die wie Flowerdew und ich Anwaltsroben trugen. Ein bekanntes Trio kam herein: Boleyns Nachbar und Rivale, der feiste, rotgesichtige Leonard Witherington, und sein kräftiger Steward Shuckborough. Letzterer hielt den völlig verschüchterten Schafhirten Adrian Kempsley fest am Arme gepackt. Der Alte führte gewiss ein einsames Leben in seiner Schäferhütte, dachte ich. Solche Menschenansammlungen war er nicht gewohnt, und zweifellos hatte Witherington ihm jedes Wort vorgegeben, das er zu sagen hatte. Witherington blickte Isabella an, schürzte die Lippen und ließ ein Grunzen hören. Sie wandte sich ab.

Kurz darauf betrat Simon Scambler den Raum mit seinem seltsamen, hüpfenden Gang. Seine Tante, eine schwarze Haube um das grimmige Gesicht gebunden, begleitete ihn. Scambler schien von alledem weniger verängstigt als verdutzt, denn sein Mund klaffte wie bei einem Fisch. Jemand in der Menge lachte. Als er unser gewahr wurde, lichtete sich Scamblers Miene, und er kam eilig herüber. »Master Shardlake. Master Overton.«

»Gott zum Gruße, Simon. Mistress Scambler.«

Tante Hilda presste die Lippen noch fester aufeinander, als von der Natur gewollt. »Mistress *Marling*, wenn ich bitten darf. Sootys Mutter war meine Schwester.«

»Ich freue mich, Euch zu sehen«, sagte Scambler zu mir. »Jetzt fühle ich mich sicherer.«

»Sei darauf gefasst, dass die Richter dich scharf ins Verhör nehmen, Simon«, sagte ich ernst.

»Sie sind vielleicht sehr barsch zu dir, Sooty«, sagte seine Tante. »Du musst ehrlich antworten, denn Gott sieht alles, vergiss es nicht.«

»Du kannst das, Simon«, fügte Nicholas aufmunternd hinzu.

Wieder gingen die Türen auf. Diesmal ließen sie die Zwillinge ein, in Begleitung ihres Großvaters, der seinen Ratsherrenmantel trug. Unter seinem vornehmen geschlitzten Wams hielt Barnabas den einen Arm in der Schlinge. Die drei fixierten mich giftig wie Schlangen. Gesenkten Hauptes folgte die alte Mistress Jane Reynolds ihrem Mann und den Enkelsöhnen. Scambler wich vor der Familie zurück, Isabella ebenso. Nicholas legte ihr beschützend die Hand auf den Arm.

Die Zwillinge und ihr Großvater bahnten sich einen Weg durch die Menge, wobei der Alte unwirsch eine junge Frau beiseitefegte, die ihm im Wege stand. Barnabas blickte sich zu Scambler um und rief ihm zu: »Du bist wohl hier, um dem Gericht zu sagen, dass wir dich verprügelt haben, stimmt's? Wichsfleck, blöder!«

Stille breitete sich aus. Zu meiner Überraschung zerriss sie die scharfe Stimme John Flowerdews. »Ihr habt hier nicht herumzuplärren, Junker Boleyn, sonst nimmt sich der Büttel Euer an!«

Die Zwillinge zogen finstere Gesichter und taten einen Schritt auf Flowerdew zu, aber ihr Großvater wies sie scharf zurecht: »Nein! Ihn macht man sich nicht zum Feinde! Er könnte bald Herr über Eure Güter sein.«

Die Zwillinge hielten inne, behielten Flowerdew aber im Blick. Dann entdeckten sie John Atkinson an der Seite Southwells und gingen zu ihm hinüber. »Du willst wohl die Vorstellung sehen, Johnny?«, fragte Gerald.

»Genau. Was hast du mit deinem Arm gemacht, Barney?«

»Nur eine Rauferei. Hast es wohl aufgegeben, dir Agnes Randolph gefügig zu machen, das freche Weibsstück?«

Atkinson runzelte die Stirn. »Wir sind vermählt.« Gerald stupste ihn an und zwinkerte, und Atkinson grinste säuerlich.

Ich besah mir die Zwillinge. Zweifellos würden sie nichts davon sagen, dass sie uns angegriffen und ihre Schwerter sodann an uns verloren hatten. Eine Nebentür tat sich auf, und ein Beamter in schwarzer Robe, einen weißen Stab in der Hand, trat heraus und rief: »Die Zeugen in der Strafsache des Königs gegen John Boleyn werden gebeten einzutreten!«

❧

Die öffentlichen Bänke waren bereits von Personen beiderlei Geschlechts belegt; einige schienen dem Landadel anzugehören, denn sie sahen mit ernsten Gesichtern dem Prozess gegen einen der ihren entgegen. Auch Gemeine waren in großer Zahl herbeigeströmt, erpicht darauf, einem spannenden Gesetzesschauspiel beizuwohnen. Beide Richter saßen bereits auf dem Podium, Gatchet mit ernster Miene und Reynberd, wie üblich, in trügerischem Halbschlaf. Unterhalb, am Tisch der Schreiber, saßen mehrere Männer in schwarzen Roben, vor ihnen ein Meer aus Papier. Der Gerichtsdiener wies uns eine Bank, die den Zeugen vorbehalten war, und geleitete Nicholas und Witherington, die alte Mistress Reynolds und Scamblers Tante Hilda zu den öffentlichen Plätzen. Die Zwillinge und ihr Großvater saßen an dem einen Ende der langen Zeugenbank, neben ihnen Kempsley. Er warf einen ängstlichen Blick auf die Zwillinge, er wusste wahrscheinlich, was sie dem Burschen zugefügt hatten, dem ich in Witheringtons Haus begegnet war. Chawry saß am anderen Ende, dann Isabella, dann ich, während Scambler an meine Seite eilte. In der Mitte der Bank klaffte eine Lücke. Scambler hielt Ausschau nach seiner Tante; sie saß in einigem Abstand und blickte geradewegs zu den Richtern auf, ihr Gesicht wie eine runzelige weiße Birne. Ich besah mir den Bereich der Geschworenen, gleich neben dem Podium. Zwölf Männer mittleren Alters, allesamt dunkel, aber vornehm gekleidet. Acht von ihnen hatten sonnengegerbte Gesichter, und ich vermutete, dass es sich um Landjunker oder respektable Freibauern handelte; nicht auszuschließen, dass sie seines Namens wegen voreingenommen waren gegen Boleyn und auch gegen Isabella. Vier schienen reiche Norfolker Kaufleute zu sein.

Zwei Männer in mittleren Jahren kamen und belegten die leeren Plätze in der Mitte der Zeugenbank; ich erkannte Henry Williams, den Leichenschauer, der sich im Vorübergehen knapp vor mir verbeugte. Sein Nachbar, nahm ich an, war der Konstabler für die Gegend um Brikewell.

Ein Raunen ging durch die Menge, als John Boleyn in den Saal geführt wurde. Er hatte sich Bart und Haare schneiden lassen – ich hatte tags zuvor dem Kerkermeister Geld zugesteckt – und trug ein frisches graues Wams über dem weißen Hemd. Zum ersten Male sah er aus wie der achtbare Gentleman, der er war, wenn auch seine Füße aneinandergekettet waren und das Eisen über den Holzboden schepperte, als er die Stufen zur Anklagebank hinaufstieg. Er hatte ein kleines Blatt Papier in Händen, auf dem er sich Notizen gemacht hatte. Er blickte geradewegs auf die Zeugen und die versammelte Menge; vielleicht hatte ihm meine Nachricht von dem Gnadengesuch und damit die Aussicht, dass sein Schicksal mit dem heutigen Tage nicht notwendigerweise besiegelt wäre, neue Zuversicht verliehen.

Der Gerichtsschreiber verlas die Anklage: In der Nacht vom 14. auf den 15. Mai 1549 habe John Boleyn seine Gemahlin Edith Boleyn zu Tode gebracht. Sodann ergriff Richter Reynberd das Wort und sprach mit seiner wohltönenden Stimme: »Ich muss schon sagen, ich bin erstaunt über die Unmengen von Anträgen zur Vorladung von Zeugen in den vergangenen Tagen. Die Zulassung von Entlastungszeugen sollte nicht missbraucht werden.« Er blickte dabei geradewegs auf mich. »Wie ich sehe, ist der eine ein Serjeant-at-law.« Mit einer Handbewegung bedeutete er mir, ich möge mich erheben.

»Serjeant Matthew Shardlake, Mylord.«

»Ich muss betonen, dass Ihr nur als Zeuge auftreten dürft, nicht als Anwalt des Angeklagten.«

»In der Tat, Mylord.«

»Ihr tretet für John Boleyn ein?«

»Das tue ich.«

Er knurrte. »Nun gut. Wir wollen den Angeklagten vereidigen.« Boleyn tat den Schwur mit kräftiger, klarer Stimme. Als Erster wurde der Leichenschauer aufgerufen und trat in den Zeugenstand. Er habe

Klage erhoben, bestätigte er, nachdem er kraft seines Amtes zu dem Schluss gekommen sei, dass Edith von ihrem Ehemann ermordet worden war. Als Nächstes sagte der Konstabler aus, er habe Boleyns Gehöft durchsucht und in einem Stall, zu dem nur John Boleyn einen Schlüssel besaß, ein Paar Stiefel und einen blutigen Hammer gefunden. Stiefel und Hammer hätten auf keinen Fall von außen in den Stall geworfen werden können. Er fügte hinzu: »Master Boleyn gibt an, er habe ein Alibi für die fragliche Nacht – seine Frau hat es uns bestätigt –, und behauptet, er sei von neun bis elf Uhr nachts in seinem Kontor gewesen. Allerdings hat niemand ihn dort gesehen. Hier sind die besagten Stiefel und der Hammer.« Er legte sie auf den Tisch; ich sah die schwarzen Flecken auf dem Hammer. »Sie aus dem Stall zu holen war teuflisch schwer«, sagte er. »Der Steward musste mir den Hengst vom Leibe halten.«

Stiefel und Hammer wurden den Geschworenen zur Prüfung vorgelegt. Die gesamte Öffentlichkeit reckte die Hälse. Aufgeregtes Raunen lief durch die Reihen. Gatchet beugte sich vor. »Ruhe!«, rief er. »Dieser Hammer ist kein Gegenstand, den man schamlos beglotzt; es ist das Werkzeug eines widerwärtigen Verbrechens wider Gott und den Menschen!«

Als Nächstes wurde Adrian Kempsley aufgerufen. Er äugte verängstigt zu den Richtern empor, als er den Zeugenstand bestieg. Reynberd sagte: »Wohlan, guter Mann, jetzt sagt uns, was Euch am Morgen des 15. Mai widerfuhr.«

Mit stockender Stimme wiederholte Kempsley die Geschichte, wie er die Leiche gefunden hatte, wobei er gelegentlich den Blick zu seinem Brotherrn Witherington gleiten ließ. Er beschrieb, wie Ediths nackter Unterleib aus dem Wasser ragte, die dünnen Schenkel gespreizt, so dass ihre Scham zu sehen war, und wie der obere Teil ihres Schädels zerbrach, als man sie aus dem Schlamm zerrte. Ihr Gesicht, so Kempsley, sei gut zu erkennen gewesen, die Augen schreckgeweitet. Wieder hörte man ein Raunen von den öffentlichen Bänken, wenn auch verhaltener nach Gatchets Warnung. Reynberd entließ Kempsley, und er tappte hastig zurück zu seinem

Platz. John Boleyn stand gesenkten Hauptes in der Anklagebank. Die Gesichter der Zwillinge waren angespannt und rot, und Barnabas' Narbe zeichnete sich bleich auf seiner Wange ab. Ihr Großvater saß ausdruckslos dabei.

Eine Frau schluchzte auf – laut, verzweifelt, untröstlich. Ediths Mutter, die alte Jane Reynolds, saß vornübergebeugt, das Gesicht in den verbundenen Händen vergraben, und weinte, als wollte sie nie mehr aufhören. »Edith, Edith«, sagte sie. »Gott sei dir gnädig, ich wollte doch einen Jungen – ich wollte einen Jungen!« Die Menge bekundete murmelnd ihr Mitgefühl. Reynberd wandte sich an den Gerichtsdiener. »Seht zu, dass Mistress Reynolds den Saal verlässt.« Der Gerichtsdiener führte die immer noch Schluchzende sanft hinaus. Sie wehrte sich nicht. Ihr Gemahl, Gawen, starrte zu Boleyn hinüber. Dann kam der Gerichtsdiener zurück und rief Gawen Reynolds auf.

Der Alte, schwer auf seinen Gehstock gestützt, begab sich mit wallendem Mantel in den Zeugenstand.

Reynberd fragte ihn ruhig: »Ihr wünscht, über den Charakter Eurer Tochter Zeugnis abzulegen?«

»Jawohl, Mylord. Ich entschuldige mich für den Zusammenbruch meiner Frau, aber Ediths Tod hat ihr das arme Herz gebrochen. Und auch das meine«, fügte er mit versagender Stimme hinzu. Es war gespielt, dessen war ich sicher, dies aber sehr gekonnt. Er fuhr fort: »Ich hatte Zweifel, ob ich es ertragen würde, heute hier auszusagen, kam aber zu dem Schluss, dass ich es meiner Tochter und Gott schuldete.«

Mitleidiges Raunen erhob sich aus der Menge. Reynolds holte tief Luft und erzählte dann mit fester Stimme dem Hohen Gericht, dass Edith ihr einziges Kind gewesen sei, das seit der Kindheit aus ihm unerfindlichen Gründen zur Schwermut neigte, aber John Boleyn habe sie gern zum Weibe genommen. »Später jedoch«, fügte er hinzu, »tat sich mein Schwiegersohn mit einer Frau von zweifelhaftem Ruf zusammen, einer Wirtsmagd.« Er sah zu Isabella hinüber. »Edith erfuhr durch Klatschweiber von dieser – Buhlschaft.

Meinem Schwiegersohn mochte es durchaus zupassgekommen sein, als meine arme Tochter vor neun Jahren spurlos verschwand. Da man sie nicht aufspürte, dachte ich, sie habe vielleicht, von Schwermut übermannt, Hand an sich gelegt. Doch dann fand man sie im vergangenen Monat auf jene grässliche Weise ermordet. Nachdem ihr Ehemann die Metze geheiratet hatte, mit der er seit Jahren offen zusammengelebt hatte« – er sah zu Boleyn hinüber, der trotzig zurückstarrte –, »muss ihn ihre Rückkehr in eine derart teuflische Raserei getrieben haben, dass er ihr auf diese schockierende Weise den Garaus machte.«

An diesem Punkte stand ich auf. »Ich muss Einspruch erheben, Mylord. Dies ist Spekulation, kein Beweis.«

Reynberd funkelte mich an. »Ich habe Euch gewarnt, Serjeant, Ihr seid nicht als Anwalt hier. Nichtsdestoweniger muss ich Euch beipflichten.« Er wandte sich an Reynolds. »Habt Ihr denn keinerlei Vorstellung, wo sich Eure Tochter in den neun Jahren seit ihrem Verschwinden aufhielt?«

»Nicht die geringste, Mylord. Ich wünschte nur, sie wäre zu mir gekommen.« Wieder brach ihm die Stimme.

Reynberd entließ Reynolds. Er wandte sich an den Angeklagten. »Master Boleyn, wie lange wart Ihr mit Eurer Gemahlin verheiratet, bevor sie verschwand?«

»Zehn Jahre.«

»Würdet Ihr Euren Ehestand als glücklich bezeichnen?«

Ich sog die Luft ein. Reynberd hatte das Recht, ihm diese Frage zu stellen, aber die Enthüllung des langjährigen schlechten Verhältnisses zwischen den beiden konnte Boleyn nur noch mehr belasten. Er zögerte, sah mich an. Mit gerunzelter Stirn folgte Reynberd seinem Blick. Ich sah zu Boden. Boleyn schluckte und sagte alsdann: »Es war keine glückliche Verbindung, wie jedermann weiß. Edith bezeigte mir oder ihren Söhnen keinerlei Zuneigung. Mein Weib schien niemanden zu mögen, und Geselligkeiten waren ihr ein Gräuel. Bisweilen – es ist schwer zu glauben – pflegte sie grundlos zu hungern, bis sie nur noch Haut und Knochen war. Wenn ich sie nach dem Grund fragte, wollte sie mir nicht antworten. Trotzdem, ich hatte sie geheiratet, sie war meine Frau.« Flüsternd fügte er hinzu: »Das Kreuz, das ich zu tragen hatte.«

»Bis Ihr anderswo Trost fandet?«

Unversehens flammte Boleyns Temperament auf. »Welcher Mann hätte das nicht getan?«

Gatchet meldete sich zu Wort, seine Stimme messerscharf: »Jeder anständige Christ.«

Eine Weile herrschte Schweigen. Dann sagte Reynberd: »Ich rufe nun Eure Söhne Gerald und Barnabas Boleyn in den Zeugenstand.«

Die Zwillinge trotteten behäbig und ausdruckslos zum Zeugenstand, zwei gutgekleidete junge Gentlemen in seidenen Wämsern. Boleyn blickte sie lange an, einen undeutbaren Ausdruck in den schmalen Augen. Ich hatte ihn am Abend zuvor ermahnt, ruhig Blut zu bewahren, sich nicht von ihnen herausfordern zu lassen.

Reynberd sagte: »Ihr seid die Söhne von John und Edith Boleyn. Gerald und Barnabas?«

»Jawohl«, antworteten sie höflich. Demnach wussten sie sich zu benehmen, wenn es nötig war.

»Habt Ihr immer bei Eurem Vater gelebt?«

»Bis er ins Gefängnis kam«, entgegnete Gerald kühl.

»War er ein guter Vater?«

»Er zeigte wenig Interesse an uns«, antwortete Barnabas.

»Und Eure Mutter?«

Gerald blickte Reynberd unverwandt an. »Unsere arme Mutter war stets krank. Doch unser Vater tat nichts, um ihr zu helfen, brüllte sie nur immerzu an. Wir haben sie geliebt und waren untröstlich, als sie verschwand, weil unser Vater mit jener Wirtsmagd angebändelt hatte.« Er deutete auf Isabella.

Reynberd wandte sich an Boleyn. »Habt Ihr Fragen an die Zeugen?«

Er blickte seine Söhne an, und seine Stimme zitterte: »Ihr habt eurer Mutter das Leben zur Hölle gemacht. Und mir ebenso. Eure Disziplinlosigkeit und Gewalttätigkeit sogar gegen die Lehrer, die wir für euch einstellten ... War es nicht auch euer Verhalten, das eure Mutter aus dem Haus getrieben hat?«

Gerald antwortete kalt: »Was, mit neun Jahren? Nein, es war dein Treuebruch, der das Fass für sie zum Überlaufen brachte. Wir sind froh, dass wir jetzt bei Großvater leben. Er gibt uns die Zuneigung, die du uns stets verweigert hast.«

Es war ein vollendetes Schauspiel. Ich sah Mitleid auf vielen Gesichtern, obschon den meisten in Norwich der wilde Ruf der Zwillinge durchaus bekannt sein musste. Boleyns Miene verfinsterte sich, und ich befürchtete schon, er werde wieder die Beherrschung verlieren. Stattdessen presste er die Lippen fest aufeinander und sagte kein einziges Wort mehr.

Reynberd sagte: »Ich glaube, dies vervollständigt die Beweisaufnahme. Nur eines noch, Master Boleyn: Gehe ich recht in der Annahme, dass Ihr für den fraglichen Abend kein anderes Alibi aufweisen könnt als die Aussage von Isabella Heath« – Isabella errötete, als er ihren Mädchennamen gebrauchte –, »dass sie Euch zwei Stunden, zwischen neun und elf Uhr nachts, nicht vor Augen hatte, weil Ihr, wie es in Eurer Aussage steht, in Eurem Kontor beschäftigt wart?«

»Das ist korrekt«, antwortete Boleyn mit fester Stimme.

»Sie hat Euch keinen Becher Wein oder Bier gebracht? Oder eine Magd zu Euch geschickt?«

»Ich bat sie, mich nicht bei der Arbeit zu stören. Ich war mit Dokumenten befasst, weil ich mit meinem Nachbarn, Master Witherington, in Streit geraten war, der Anspruch erhebt auf einen Teil meines Landes.«

Reynberd neigte leicht den Kopf. Ich blickte zu den Geschworenen hinüber. Mehrere flüsterten miteinander. Es war der erdrückendste Beweis gegen Boleyn.

Reynberd sagte: »Nun gut. Lasst uns die Verhandlung kurz unterbrechen. Ich muss mich um ein Schriftstück kümmern, das einen der Zivilprozesse betrifft, und bin in fünfzehn Minuten zurück.«

Die Richter erhoben sich und verließen den Saal durch ihre Pforte. Aus dem Augenwinkel sah ich Sir Richard Southwell den

Raum verlassen. Ich ging hinüber zu Nicholas. »Was meinst du?«, fragte ich.

»Ich wünschte, Boleyn hätte Gatchet nicht angeblafft.«

»Wohl wahr. Allerdings brächte der selbst einen Heiligen in Rage. Gawen Reynolds hat das Mitgefühl der Geschworenen auf seiner Seite.« Ich lachte freudlos. »Und ich musste einen Rüffel einstecken.«

»Worte bringen keine Pein …«

»Das Fehlen eines Alibis – die unglückliche Ehe – die Zwillinge, die ihm die Schuld zuweisen für das Verschwinden der Mutter …« Ich schüttelte den Kopf. »Tja, wir müssen dafür sorgen, dass wirklich jeder Hinweis zur Erwähnung kommt, der Boleyns Schuld in Zweifel zieht. Besonders der fehlende Schlüssel. Jetzt liegt es an uns.«

KAPITEL ACHTUNDZWANZIG

Als die Richter zurückkehrten, legte als Erster John Boleyn Zeugnis ab, von der Anklagebank aus. Es wurde allmählich heiß im Saal, so dass Richter Reynberd sich die Wangen unablässig mit einem Spitzentaschentuch abtupfen musste. Mit einer beiläufigen Handbewegung sagte Gatchet zu Boleyn: »Der Saal gehört Euch.« Aller Augen waren nun auf ihn gerichtet.

Er blickte auf seine Notizen, ehe er, zu meiner Erleichterung, klar und flüssig zu sprechen begann. »Mylord, ich möchte vorbringen, dass es keinen Beweis gibt, der mich mit diesem entsetzlichen Verbrechen in Verbindung bringt. Im Gegenteil, die Tatsache, dass die Leiche meiner Frau auf so abscheuliche Weise zur Schau gestellt wurde, zeigte der Welt doch nur, dass sie bis vor kurzem noch am Leben gewesen war, wodurch meine zweite Ehe sich als ungültig herausstellte. Ich bitte zu bedenken, dass ich keinerlei Veranlassung hatte, ihre Leiche der Welt vorzuführen. Des Weiteren habe ich den Beweis, dass dieses Verbrechen nicht von einem Manne allein hätte begangen werden können, dass ich nicht als Einziger einen Schlüssel zum Stall meines Pferdes besaß und dass dieser zweite Schlüssel eine Weile verschwunden war.« Er holte tief Luft. Während er redete, schaute er stur geradeaus, warf aber gelegentlich einen verstohlenen Blick auf die Geschworenen. Ich hatte ihm dazu geraten – denn der Augenkontakt würde ihnen ins Gedächtnis bringen, dass er ein menschliches Wesen war, dessen Leben nun in ihren Händen lag. Ein Raunen ging durch den Saal. Er hatte sie zumindest beeindruckt.

Richter Gatchet intervenierte. »Ihr habt von Eurer zweiten Ehe gesprochen. War es nicht vielmehr so, dass Ihr schon bald, nachdem Eure Gemahlin verschwunden war, Isabella Heath ins Haus holtet, um sieben Jahre mit ihr zu leben? Ihr habt sie erst geheiratet, nachdem man Eure Frau für tot erklärt hatte, und somit Eure Dienerschaft und Eure jungen Söhne« – sein Blick fiel auf die Zwillinge, die wie aufs Stichwort die Köpfe senkten – »Eurer gottlosen Unsittlichkeit ausgesetzt.«

Boleyn blickte Gatchet geradewegs in die Augen. »Ich wollte nicht, dass Edith meine Liebschaft mit Isabella entdeckte, es waren gemeine Klatschweiber, die sie ihr zutrugen. Ich setzte auch sogleich die Obrigkeit von ihrem Verschwinden in Kenntnis und scheute keine Mühe, sie zu finden. Der Konstabler vor Ort half mir bei der Suche. Ich frage den Leichenschauer, ob es nicht genauso gewesen ist.«

Der Angesprochene erhob sich und sagte: »Mein Vorgänger ist mittlerweile verstorben, aber er erzählte mir von der Suche nach Edith Boleyn. Ich habe auch die Akten zu dem Fall studiert. Master Boleyn spricht die Wahrheit.«

»Dennoch ist anzumerken« – Gatchet blieb beharrlich –, »dass Ihr sieben Jahre lang offen in Sünde gelebt habt.«

»Ich stehe hier, weil ich des Mordes angeklagt bin.« Boleyns Stimme wurde laut, und plötzlich schrie er: »Dies ist kein Pfaffengericht, wo Klatschweiber und Lästermäuler leichtfertig über Dinge urteilen, von denen sie nichts verstehen!«

Ich holte tief Luft. Er hatte wieder die Beherrschung verloren. Unruhe kam auf in der Menge. Gatchet lief dunkelrot an. »Wie *könnt* Ihr es wagen, mit einem Lord Oberrichter in diesem Tone zu sprechen!«, geiferte er. »Gottloser, schamloser Wicht, der Ihr seid!«

Reynberd sah Boleyn scharf an. »So dürft Ihr vor Gericht niemals mehr sprechen, Master Boleyn. Es ziemt sich nicht und gereicht Euch nicht zur Ehre.«

Boleyn schluckte vernehmlich und sah wohl ein, dass er einen ernsten Fehler begangen hatte. »Ich bitte um Vergebung, Mylord.«

»Schon besser. Nun, was habt Ihr noch zu sagen?«

Er warf einen schnellen Blick in seine Notizen. »Ich möchte nun Isabella Heath und meinen Steward Daniel Chawry bitten, Zeugnis abzulegen über mein Wesen.«

Reynberd winkte mit der Hand. »Nun gut.«

Isabella holte tief Luft, erhob sich und trat in den Zeugenstand. Ihre Haltung und ihr Ausdruck waren genau richtig – bescheiden und traurig.

Boleyn räusperte sich und sagte dann sanft: »Isabella, wie lange gehen wir schon gemeinsam durchs Leben?«

»Neun Jahre, Sir. Und seit zwei Jahren, nachdem Euer armes Weib für tot erklärt wurde, als Eheleute.« Sie sah die Richter mit aufrichtiger Offenheit an.

Gatchet war noch immer übel gelaunt. »Warum wart Ihr bereit, mit diesem Manne in Sünde zu leben?«

Isabella sah ihm geradewegs in die Augen. »Weil ich ihn liebte und seine Frau ihn verlassen hatte.«

Wieder ging ein Raunen durch den Saal. Es klang mitfühlend, und ich sah einige Frauen zustimmend nicken.

Boleyn sagte: »Würdest du uns glücklich nennen?«

Isabella sah ihn an und lächelte ohne Zwang. »Es ist selten, dass zwei Menschen einander so zugetan sind wie wir, trotz des Unterschiedes in Alter und Stand.«

»Hältst du mich für fähig, einen Mord zu begehen?«

»Niemals, Sir. Ihr habt ein sanftes Gemüt, zu sanft vielleicht, denn so konnten gierige Nachbarn und ungebärdige Kinder Euch zuweilen zusetzen.« Sie blickte hinüber zu Leonard Witherington, dann auf die Zwillinge, die keine Miene verzogen.

Boleyn sagte: »Ich gebe zu, dass ich dir Schweres zugemutet habe. Üble Nachrede, weil wir zusammenlebten, ohne verheiratet zu sein …«

»Nur aus gesetzlichen Gründen, Sir, da doch sieben Jahre verstreichen mussten, ehe Edith, Gott hab sie selig, für tot erklärt werden konnte.«

»Du warst die Herrin auf meinem Gut und musstest meine Söhne großziehen, die nicht gerade leicht zu bändigen sind.« Dann fragte er: »Hast du je daran gedacht, mich zu verlassen?«

»Niemals.«

Isabella und Boleyn waren jetzt beide den Tränen nah. Boleyn schluckte und fragte dann unversehens: »Falls man mich von diesem entsetzlichen Verbrechen freispricht, würdest du mich dann ein zweites Mal heiraten?«

Isabella schien bestürzt und antwortete dann: »Gewiss.«

Ich holte tief Luft. Zwei Männer in der Menge machten sich fieberhaft Notizen – es war der ideale Stoff für ein Sensationsblatt; im Grunde genommen ein Antrag von der Anklagebank aus. Jedoch bemerkte ich, dass einige achtbare Geschworene einander stirnrunzelnd ansahen und dass beide Richter verärgert schienen. Reynberd gemahnte zur Ruhe, beugte sich vor und sagte: »Ich muss die Geschworenen bitten, diese letzte Gefühlsdarbietung außer Acht zu lassen. Master Boleyn, habt Ihr noch Fragen an diese Zeugin?«

»Nein, Sir.«

Ihre Augen mit einem Taschentuche trocknend, verließ Isabella den Zeugenstand.

Daniel Chawry beugte sich zu mir herüber und flüsterte: »Damit hatte ich nicht gerechnet.« Er sah verunsichert drein, was ja auch verständlich war, wenn er sich zu Isabella hingezogen fühlte. Isabella nahm wieder bei uns Platz und trocknete sich die Tränen. »Ihr habt Eure Sache gut gemacht«, sagte ich leise.

Boleyn rief als Nächstes Chawry auf. Dieser kämpfte mit seinen Gefühlen, fasste sich aber und bestätigte, dass er fünf Jahre für Boleyn gearbeitet und ihn stets freundlich, anständig und ehrlich erlebt habe. Er könne nicht glauben, sagte er, dass er zu einem so grässlichen Mord fähig sei.

»Und dennoch«, sagte Boleyn, »würdet Ihr mich gewiss nicht als einen Tugendbold bezeichnen, nicht?« Ich hatte ihn gebeten, diese Frage zu stellen, falls die Geschworenen einstudierter Lobeshymnen überdrüssig werden sollten. »Welche Fehler habe ich?«

»Wie Eure Gemahlin schon sagte …«

»Wie *Jungfer Heath* sagte«, blaffte Gatchet.

»Ich bitte um Vergebung, Mylord. Wie sie sagte, hat man Euch zuweilen ausgenutzt. In Eigentumsangelegenheiten zum Beispiel.« Auch er blickte zu Witherington hinüber. »Und …«

»Sprecht weiter, Chawry«, sagte Boleyn.

»Ihr seid vielleicht ein wenig weltfremd in finanziellen Belangen. In dieser äußerst gewinnsüchtigen Zeit.«

Einige Menschen wagten ein beifälliges Raunen. Dieser Punkt würde gerade bei den ärmeren Schichten gut ankommen, aber sie waren unter den Geschworenen nicht vertreten.

Gatchet sagte: »Wir haben gesehen, dass der Angeklagte zu Zornesausbrüchen neigt.« Reynberd nickte weise. »Ihr habt seinen Jähzorn doch gewiss des Öfteren zu spüren bekommen.«

»Master Boleyn ist kein cholerischer Mensch«, antwortete Chawry mit Bedacht. »Zuweilen kann er wütend werden, sogar die Beherrschung verlieren. Aber nur, wenn man ihn über Gebühr reizt, wie vor einer schlechten Ernte oder durch das üble Betragen seiner Söhne.«

»Oder mit der Rückkehr seiner Frau?«, bemerkte Reynberd spitz.

Nach einem raschen Blick in seine Notizen sagte Boleyn: »Noch etwas, Ihr kennt doch die Stelle, an der man die Leiche meiner Frau fand?«

»Ich kenne natürlich jeden Fuß Eurer Ländereien, Sir.«

»Wenn das Hohe Gericht es gestattet, möchte ich Euren Lordschaften und den Herren Geschworenen eine Landkarte von meinem Grund und Boden zeigen. Auch der Schafhirte, Goodman Kempsley, soll eine bekommen. Ich will ihn nämlich befragen.« Der arme Kempsley starrte ihn entsetzt an. Richter Reynberd streckte eine Hand aus, und Boleyn reichte ihm Kopien der Pläne, die Toby gezeichnet hatte – ich hatte ihn darum gebeten. Reynberd sah sie an, nickte und gab sie dann an den Gerichtsdiener weiter, der sie herumreichte. »Beeilung!«, blaffte Gatchet, als ein Geschworener seine Kopie fallen ließ. »Wir haben noch andere Fälle zu verhandeln.«

Boleyn fragte Chawry: »Ihr seht, dass der Fluss, an dem die Leiche entdeckt wurde, von sumpfigem Boden umgeben ist. Wie war das im Mai?«

»Nach all dem Regen? Entsetzlich morastig, eine Menge Schlamm.«

»Und falls Ediths Leichnam zum Fluss getragen und hineingestoßen werden sollte, glaubt Ihr, dass ein einzelner Mann, bei absoluter Dunkelheit, selbst wenn er sie nur von der nahen Brücke dorthin tragen musste, dazu imstande gewesen wäre?«

»Wohl kaum. Mit dem Gewicht der Leiche wären seine Füße tief in den Schlamm eingesunken. Ich bezweifle, dass selbst ein sehr kräftiger Mann es bewerkstelligt hätte.«

Boleyn rief dann erneut Kempsley auf, der immer noch verängstigt dreinsah, und fragte ihn freundlich: »Gevatter Kempsley, würdet Ihr dem zustimmen, was Master Chawry eben gesagt hat?«

Kempsley sah Witherington an, der sich abgewandt hatte. »Vergesst nicht, dass Ihr unter Eid steht«, blaffte Reynberd.

Kempsley holte tief Luft. »Ja, Sir, der Untergrund war durchgeweicht. Ein Mann, der eine Leiche schleppte, wäre im Schlamm eingesunken.«

»Noch eine andere Frage«, fuhr Boleyn fort. »In Eurer Aussage stand zu lesen, Ihr hättet Stiefeltritte im Matsch gefunden. Konnten diese Spuren auch von mehreren Stiefelpaaren stammen, nicht nur von einem?«

Kempsley zögerte. »Ihr sollt antworten, Alter«, sagte Gatchet streng.

»Es könnten auch zwei gewesen sein.« Mehrere der Anwesenden blickten verstohlen auf die Zwillinge.

»Dennoch wurde in meinem Stall nur ein Paar gefunden. Und niemand hat die Stiefel als die meinen erkannt. Wer immer auf mich als den Mörder deuten wollte, hatte nicht daran gedacht, zwei Paare dort zu hinterlegen.« Er verstummte, um dieses Argument ins Bewusstsein einsickern zu lassen. Er machte seine Sache gut. Wenn er nur nicht gegen Gatchet die Beherrschung verloren hätte …

Dann sagte Kempsley: »Master Boleyn könnte einen Komplizen gehabt haben, der seine schmutzigen Stiefel mit nach Hause nahm.« Er sah Witherington an, der unmerklich nickte. Ich presste die Lippen aufeinander, zumal ich ja wusste, dass dies tatsächlich eine Möglichkeit war.

»Wir müssen weiterkommen«, sagte Reynberd. Er blickte in seine Notizen, dann wieder zu Boleyn. »Wie ich sehe, ist da noch eine ziemlich komplizierte Beweiskette, die mit dem Schlüssel zum Pferdestall zusammenhängt.«

»Das ist wahr, Euer Ehren. Dazu möchte ich Serjeant Matthew Shardlake in den Zeugenstand rufen.«

Reynberd seufzte. »Nun gut.«

Ich erhob mich und trat vor. Ich hatte mich vor Gericht noch nie so exponiert gefühlt; statt vom Anwaltspult aus zu argumentieren, musste ich mich unter den Blicken der Öffentlichkeit in den Zeugenstand begeben.

Ich wandte mich Boleyn zu, der jenseits des Richtertisches auf der Anklagebank saß. Einen Moment lang wirkte Boleyn konfus, dann fasste er sich ein Herz, konsultierte seine Notizen und sagte: »Serjeant Shardlake, würdet Ihr dem Gericht bitte sagen, was Ihr im Zuge Eurer Ermittlungen über den verlorengegangenen Schlüssel zum Pferdestall herausgefunden habt?«

»Gewiss.« Ich blickte in die Menge. »Master Boleyn hat in Brikewell einen Stall, der etwas abseits steht und seinem Pferd Midnight vorbehalten ist. Dieser Hengst ist ein sehr unbändiges Tier und könnte Schaden anrichten, falls er entwischte. Wie der Konstabler bereits andeutete, stellt er eine mögliche Gefahr dar für Menschen. Aus diesem Grunde ließ Master Boleyn von Richard Snockstobe, einem Schlossschmied in Norwich, der schon seit Jahren für ihn arbeitete, nur zwei Schlüssel anfertigen.«

Ein Raunen ging durch die Menge, denn viele mochten von Snockstobes Tod erfahren haben. Die Richter jedoch blickten verdutzt drein. Ich sagte: »Master Snockstobe wurde vor zwei Tagen tot aus dem Fluss Wensum gefischt, unter der Bishopsgate Bridge. Fremdeinwirkung ist nicht auszuschließen.«

Reynberd beugte sich interessiert vor. »Ist der Leichnam inspiziert worden?«

»Ja, Mylord. Man geht von Tod durch Ertrinken aus, aber die Untersuchung ist noch nicht abgeschlossen.«

»Weist der Tote Wunden auf?«

»Ich glaube, nicht, Mylord.«

Der Leichenschauer erhob sich. »Der Mann war ein Gewohnheitssäufer, der eventuell von der Brücke fiel.«

»Weiter«, knurrte Reynberd.

»Ich hatte Master Snockstobe tags zuvor besucht. Um die Geschichte in der richtigen Reihenfolge zu erzählen, muss ich Master Boleyn bitten, einen weiteren Zeugen aufzurufen.«

Wieder zögerte Boleyn. Allmählich war ihm anzusehen, wie sehr der Prozess an ihm zehrte. Ich lächelte ihm aufmunternd zu, und er sagte: »Ich möchte Sooty Scambler aufrufen.«

»*Wie* war der Name?«, fragte Gatchet ungläubig.

Boleyn errötete. »Ich bitte um Vergebung, Mylord. Simon Scambler, mein ehemaliger Stallbursche. Alle Welt nennt ihn Sooty.«

Auf den öffentlichen Bänken saß eine Reihe Lehrburschen in blauen Kitteln, und einige kicherten. Scambler stand auf, sichtlich verwirrt. Ich verließ den Zeugenstand und bemerkte, dass die Großmutter der Zwillinge, Jane Reynolds, noch immer nicht zurückgekommen war. Ich dachte, Scambler werde nun nach mir in den Zeugenstand treten, stattdessen begab er sich hüpfenden Schrittes geradewegs auf die Richter zu und blieb vor ihnen stehen. Sie starrten ihn an. Wieder hörte man die Lehrburschen kichern, und Scambler blickte sich verunsichert um. Ich ging zu ihm. »Nein, Simon, dorthin. In den Zeugenstand. Master Boleyn wird dir ein paar Fragen stellen.«

»Es tut mir leid, Master Shardlake«, flüsterte Scambler, machte kehrt, stolperte über ein loses Brett und wäre um ein Haar hingeflogen. Die Lehrlinge kreischten vor Vergnügen.

Gatchet schlug mit seinem Hammer auf den Tisch. »Ruhe! Gerichtsdiener, entfernt diese Rüpel aus dem Saal!« Die Burschen, immer noch kichernd, wurden nach draußen bugsiert, und der Gerichtsdiener zog einem von ihnen den Stock über die Schulter. Ich nahm wieder neben Isabella Platz und widerstand dem Drang, die Hände vors Gesicht zu schlagen.

Indes blickte Scambler, im Zeugenstand, erwartungsvoll zu Boleyn hinüber, der fragte: »Sooty – Simon – weißt du noch, wie du für mich als Stallbursche gearbeitet hast? Du hast dich um mein Pferd Midnight gekümmert.«

Scamblers Miene wurde hell. »Ja, Master Boleyn. Ich hab geschafft, dass er mich mag, nicht? Ich hab meine Sache gut gemacht.«

»Oh ja, das hast du. Und weißt du noch, ich hab dir den zweiten Schlüssel zu Midnights Stall gegeben und gesagt, du dürftest ihn dir von niemandem wegnehmen lassen?«

»Ja, Herr. Und das hab ich auch nicht, nur …« Er verstummte.

»Nur was?«, blaffte Gatchet dazwischen. »So rede doch, Bursche!«

»Nur einmal, als Gerald und Barnabas mir auflauerten und mich verprügelten. Auf dem Weg nach Wymondham. Danach war mein Schlüssel fort, den ich immer an einer Kette um den Hals trug.« Er blickte ängstlich zu den Zwillingen hinüber, deren Gesichter ausdruckslos blieben. Im Gerichtssaal hörte man interessiertes Raunen, und zwei der Geschworenen beugten sich nach vorn.

Boleyn fragte: »Weißt du, an welchem Tag das war?«

»Der 12. Mai, Sir. Der Geburtstag meiner Mutter selig.«

»Was hast du getan, als der Schlüssel fort war?«

»Ich hab gesucht und gesucht. Dann bin ich nach Haus gelaufen. Ich hab nichts gesagt, weil ich Angst hatte, Ihr wärt wütend auf mich. Aber am anderen Morgen hab ich noch einmal danach gesucht, für den Fall, ich hätte ihn übersehen. Und wirklich, da lag er.« Die Stimme des Jungen wurde laut vor Aufregung. »Neben der Straße. Aber ich schwör beim Heiligen Kreuz, dass ich tags zuvor an just derselben Stelle gesucht hatte.«

Die Geschworenen zeigten nun eindeutig Interesse, und einige blickten auf die teilnahmslosen Zwillinge. Boleyn ebenfalls. Dann fragte er Scambler: »Glaubst du, meine Söhne haben ihn dir fortgenommen, vielleicht um einen Abdruck anfertigen zu lassen, und ihn dann wieder zurückgelegt?«

Scambler nickte. »So könnte es gewesen sein, Sir.«

Richter Reynberd räusperte sich. »Master Boleyn, das ist spekulativ. Als Serjeant Shardlake Euch instruierte, hat er Euch da nicht gewarnt?« Er verschränkte die Finger und blickte streng auf Scambler. »Warum haben Master Boleyns Söhne dich überfallen?«

»Sie sagten, sie hätten mein Singen satt. Ich hab bei der Arbeit immer gesungen.«

»Und das soll ein schwieriges Pferd beruhigen?«

Scambler erwiderte seinen Blick. »Oh ja, Sir, Midnight mochte zum Beispiel diese Melodie …« Und er fing an, leise zu singen: »*Ach du, meines Herzens Schöne, wie hab ich dich lieb …*«

»Was soll denn das? Wir sind hier vor Gericht!«, zeterte Gatchet.

Scambler sah zerknirscht drein. »Ich wollte Euch doch nur zeigen, was ich gesungen habe«, murmelte er und warf einen verstohlenen Blick auf seine Tante, die dreinsah, als hätte sie ihn am liebsten gebissen. Gatchet wandte sich stirnrunzelnd an Boleyn. »Ist dieser Bursche ganz bei Trost?«

Boleyn sagte: »Er gilt tatsächlich als etwas … eigenwillig. Aber er war ein guter, ehrlicher Knecht und hat mein Pferd gut behandelt.«

Gatchet seufzte. »Habt Ihr noch Fragen an den Zeugen?«

»Nein, Sir, ich möchte noch einmal Serjeant Shardlake aufrufen.«

Gatchet hob müde die Hand. »Nun gut.«

Scambler stolperte unglücklich an seinen Platz zurück, und ich trat wieder in den Zeugenstand. Viele im Gerichtssaal grinsten ganz unverhohlen, auch einige Geschworene, andere jedoch blickten nachdenklich drein. Die Wirkung von Scamblers Aussage war von seinem Verhalten untergraben worden. Einige Leute blickten jedoch immer noch neugierig auf die Zwillinge. Ich indes starrte Boleyn an, weil ich ihn dazu bewegen wollte, noch einmal auf den gestohlenen Schlüssel zu sprechen zu kommen.

Nach kurzem Zögern sagte er: »Serjeant Shardlake, gehe ich recht in der Annahme, dass Ihr nach dem Gespräch mit Sooty – Scambler – den Schlosser Snockstobe in seiner Werkstatt aufgesucht habt?«

»Ja.« Ich blickte auf die Richter. »Sie befindet sich in Tombland. Am 17. Juni sprach ich mit seinem Lehrburschen, einem gewissen Walter, weil ich wissen wollte, ob Gerald oder Barnabas Boleyn vor kurzem Snockstobes Dienste in Anspruch genommen hatten. Er verneinte. Snockstobe selbst wollte mir überhaupt keine Auskunft geben. Tags darauf, nachdem die Leiche des Schlossers entdeckt worden war, ging ich noch einmal zu der Werkstatt, und Walter erzählte mir, dass ein anderer, den er nicht zu identifizieren vermochte, einen Schlüssel aus Brikewell habe nachmachen lassen. Mein Besuch, verriet er mir, habe seinen Meister sehr beunruhigt, er sei gleich darauf verschwunden. Als er zurückkam, sah er immer noch besorgt aus, und in derselben Nacht musste er sterben.«

Im Saal wurde es unruhig. Reynberd sah mich an. »Wo ist dieser Bursche?«

»Er ist auf und davon. Wie ich erfahren habe, stammt er aus den Sandlings.«

»Hat er einen Nachnamen?«

»Er ist weggerannt, ehe ich ihn fragen konnte, Mylord.« Ich spürte, wie ich rot wurde vor Verlegenheit.

»Dann ist alles, was er sagte, Hörensagen und unzulässig vor Gericht. Wirklich, Serjeant Shardlake, das müsstet Ihr doch wissen.«

»Master Snockstobe ist tot, Mylord. Wenn jemand tot ist, gilt diese Regel nicht, dann kann alles, was er zu einer dritten Person sagte, vor Gericht verwendet werden.«

»Die dritte Person, dieser Walter, ist aber nicht anwesend.«

Gatchet fragte: »Hat dieser Lehrling den Mann beschrieben, der in die Werkstatt kam?«

»Er konnte lediglich sagen, dass er stämmig war und einen Bart trug. Offenbar leidet Walter an Kurzsichtigkeit.«

»Wie praktisch«, sagte Gatchet trocken.

Ich redete ihn direkt an. »Mitnichten, Mylord. Wir möchten diesen Mann unbedingt finden.« Ich hielt kurz in meiner Rede inne und fuhr dann fort: »Ich nehme dem Lehrjungen die Geschichte nicht ab, dass er kurzsichtig ist. Ich hätte ihn liebend gern hier. Ich möchte sogar darum bitten«, wagte ich einen Vorstoß, »ob man diesen Fall nicht aufschieben könnte, bis der Bursche Walter gefunden ist.«

Reynberd neigte sich vor. »Serjeant Shardlake, Ihr tretet wie ein

Anwalt auf und widersetzt Euch damit meinen ausdrücklichen Anweisungen! Ihr hattet über einen Monat Zeit, um Eure Beweise zu sammeln ...«

»Ich bin erst seit vergangener Woche in Norwich ...«

Er winkte ab. »Das ist nicht mein Problem. Dieser Fall wird heute entschieden anhand der uns vorliegenden Beweise.«

Ich holte tief Luft. »Ja, Mylord.« Ich hatte nichts anderes erwartet, aber einen Versuch war es doch wert gewesen. »Wenn ich mit meinen Ausführungen fortfahren darf, glaube ich beweisen zu können, dass Barnabas und Gerald Boleyn jener Schlüssel, den sie Simon Scambler abgenommen hatten, im weiteren Verlauf des Abends ebenfalls abhandenkam. Mithin bestehen doch berechtigte Zweifel an der Schuld des Angeklagten.«

Ich wandte mich Boleyn zu; er musste die nächsten Zeugen aufrufen. Mit entschlossener Miene sagte er: »Ich möchte nun meine Söhne zur Aussage bitten, Barnabas und Gerald Boleyn.«

Wieder begaben sich die Zwillinge, zuversichtlichen Schrittes und Schulter an Schulter, in den Zeugenstand.

»Warum habt ihr meinen Stalljungen verprügelt?«, fragte Boleyn sie unverblümt. »Ich habe tags darauf seine blauen Flecke gesehen.«

»Weil wir gesehen hatten, wie er Euer Pferd misshandelte, Sir«, antwortete Gerald selbstgefällig. »Durch die offene Stalltür haben wir beobachtet, wie er Midnight einmal mit einer Mistgabel stach, und ein andermal stupste er ihn mit einem Nagel.«

»Vielleicht war er ja deshalb so schlecht zu bändigen, weil der Bursche ihn so übel traktierte«, fügte Barnabas höhnisch hinzu.

Isabella neben mir ballte die Fäuste. »Lügner«, flüsterte sie. »Dreckige Lügner.«

»Still«, sagte ich, indem ich beschwichtigend meinen Arm auf den ihren legte.

Boleyn blickte die beiden ungläubig an. »Ihr kennt Midnight. Er würde eine solche Behandlung niemals dulden.« Seine Stimme wurde laut und bebte leicht. »Habt Ihr Scambler den Schlüssel gestohlen?«

»Nein«, antwortete Gerald, »haben wir nicht.« Sie waren ruhig, selbstbeherrscht. Vermutlich hatte ihr Großvater sie instruiert – wie ich Boleyn –, die Fragen so knapp und direkt wie möglich zu beantworten.

»Er war nie in unseren Händen«, sagte Gerald. »Sooty Scambler ist nicht ganz richtig im Kopf. Jeder in der Stadt weiß das. Er muss den Schlüssel bei der ersten Suche übersehen haben.«

Barnabas blickte kleinlaut zu Gatchet auf. »Mylord«, sagte er, »darf ich etwas sagen, für mich und meinen Bruder?«

»Also gut.«

»Nur dass wir unsere Mutter sehr liebhatten. Niemand kann das Gegenteil behaupten. Und für die Mordnacht haben wir ein Alibi.« Er verstummte und setzte dann nach: »Im Gegensatz zu unserem Vater.«

Boleyn, der gebannt die Zwillinge angestarrt hatte, kam wieder zu sich und bat, seinen Steward Chawry noch einmal kurz aufrufen zu dürfen. Richter Reynberd stimmte zu, und Chawry begab sich erneut in den Zeugenstand, an den Zwillingen vorbei. Keiner sah den anderen an.

Boleyn sagte: »Soweit ich weiß, wohnt Ihr häufig dem Hahnenkampf in Coslany bei, und hinterher geht Ihr in die nahe Schänke.«

»Das ist wahr, Sir. An den meisten Samstagen.«

»Wart Ihr auch am 12. Mai dort?« Boleyn war wieder im Schwung.

»Ja, Sir.«

»Wisst Ihr noch, ob meine Söhne auch dort waren?«

»Gewiss. Ich habe nicht mit ihnen gesprochen, aber sie waren mit Freunden gekommen. Ich weiß noch, wie sie redeten und scherzten, und es war von einem Jux mit einem Schlüssel die Rede. Später gerieten sie in Panik, weil Gerald sein Wams mitsamt dem Beutel auf einer Bank hatte liegenlassen. Die Schänke war brechend voll, und sie mussten sich mit den Fäusten den Weg bahnen, wobei sie mehrere Becher umstießen. Am Ende sagten sie, es sei nichts weggekommen. Und schienen sehr erleichtert.«

»Sie erwähnten definitiv einen Streich mit einem Schlüssel?«

»Ja, gewiss. Sie und ihre Freunde reden sehr laut, wenn sie getrunken haben.«

»Danke«, sagte Boleyn, fast betrübt.

»Eines noch, mit Verlaub«, sagte Chawry. »Der Hengst Midnight ist immer schon schwierig gewesen. Mehrere Stallburschen kamen und gingen, aber Simon Scambler war der Einzige, der ihn zu bändigen wusste. Jetzt ist Midnight wieder so ungebärdig wie zuvor.«

»Danke, Chawry«, sagte Boleyn. »Und nun« – er nahm seine Notizen auf, die in seinen Händen zitterten –, »möchte ich ein letztes Mal meine Söhne aufrufen.« Aller Augen waren auf die Zwillinge gerichtet, als sie erneut in den Zeugenstand traten, jetzt ein wenig widerstrebend. Boleyn schluckte und blieb dann einen Moment lang still.

»Wir müssen weitermachen«, sagte Reynberd irritiert. »Wir sitzen schon fast fünfundvierzig Minuten hier.«

»Ich bitte um Verzeihung, Mylord.« Boleyn fasste sich und wandte sich an seine Söhne. »Mein Steward hat gezeigt, dass ihr gelogen habt, was Scamblers Umgang mit meinem Pferd anbelangt.«

»Sein Wort gegen das unsere«, hielt Gerald tonlos dagegen. »Und er ist Euer Untergebener.«

»Wollt ihr bestreiten, dass ihr euch am 12. Mai den Hahnenkampf in Coslany angesehen und anschließend in der Schenke vor euren Freunden mit einem Jux geprahlt habt, bei dem ein Schlüssel eine Rolle spielte?«

»Wir sollten in dieser Nacht bei Großvater schlafen und hatten den Schlüssel zu seinem Haus verloren. Nur davon war die Rede.«

Barnabas sagte: »Und dann fiel uns auf, dass Gerald seinen Beutel, mit Geld drin, auf der Bank hatte liegenlassen. Er holte ihn sich zurück, genau wie Chawry sagte. Und fand darin Großvaters Schlüssel.«

»Wie lange hattet ihr ihn nicht im Blick?«

Der Junge zuckte mit den Schultern. »Eine halbe Stunde vielleicht.«

Boleyn sagte: »Dann stimmt es also nicht, dass ihr den Stallschlüssel gestohlen habt, weil ihr das Pferd herauszulassen gedachtet, um es Scambler in die Schuhe zu schieben? Dass ihr euren Freunden und auch eurem Großvater von eurem Plan erzählt habt?«

Gerald wandte sich Barnabas zu. »Er muss träumen.«

»Hat euer Großvater nicht gewarnt, dass euer Vater euch auf die Schliche käme, wenn Scambler blaue Flecke hätte? Er riet euch davon ab, und ihr habt den Schlüssel zurückgelegt. Doch jemand hätte ihn kurz stehlen oder einen Wachsabdruck davon nehmen können, um ihn später zu Snockstobe zu bringen, nicht?«

Beide Zwillinge starrten mich unverhohlen an. Ich holte tief Luft. Falls sie aussagen sollten, dass wir ihnen diese Informationen bei einem Schwertkampf entrissen hatten, kämen Nicholas und ich mit dem Gesetz in Konflikt. Andererseits stünden sie ziemlich dumm da, und das würde ihr Stolz nicht zulassen.

Reynberd fragte Boleyn: »Woher wollt Ihr wissen, was der Großvater zu Euren Söhnen sagte?«

Boleyn holte tief Luft. »Mit Verlaub, Euer Ehren, die Quelle dieser Information darf ich nicht offenlegen.«

Reynberd verdrehte die Augen. »Noch mehr Hörensagen.«

»Mylord, meine Söhne haben die Frage noch nicht beantwortet.«

Gerald ergriff das Wort, ruhig und aufmerksam, aber mit einem bösartigen Unterton. »Dies ist alles nicht wahr. Es ist eine Geschichte, die sich Chawry und unser Vater ausgedacht haben. Unser Großvater wird bestätigen, dass von einem Schlüssel nie die Rede war.«

Reynolds erhob sich. »Gewiss tue ich das«, sagte er.

»Und unsere Freunde werden ebenfalls bestätigen, dass wir nie von einem Schlüssel gesprochen haben.«

»Ja«, sagte Boleyn schwerfällig. »Dieselben Freunde, die euch für die Mordnacht ein Alibi gegeben haben.«

Barnabas beugte sich vor und knurrte: »Ihr werdet uns nicht in die Irre führen, Vater! Ihr wollt ja nur, dass wir für etwas hängen, das Ihr getan habt! Unsere Mutter kam zurück, und Ihr habt sie getötet. Ihr habt Chawry und den verrückten Scambler dazu gebracht, für Euch zu lügen.« Er schaute zu Scambler hinüber. »Stimmt's nicht,

Sooty? Wie ich höre, hat man dich wieder einmal hinausgeworfen.«
Scambler zuckte zusammen, und Barnabas wandte sich wieder seinem Vater zu. »Wir sind morgen zur Stelle und sehen zu, wie du am kurzen Seil baumelst.«

»Wir werden jede Minute genießen!« Gerald lachte schrill.

Wie gehofft, hatten die Zwillinge die Beherrschung verloren – wenn auch nicht im Zusammenhang mit dem Schlüssel. Geschworene und Öffentlichkeit gleichermaßen blickten sie mit Abscheu an; selbst die Richter waren von ihrem Wutausbruch abgestoßen. »Genug!«, brüllte Gatchet. »Ihr missachtet das Gericht; wenn Ihr nicht in Trauer wäret, würde ich euch in den Kerker sperren lassen! Hinunter mit euch!«

Ohne ein weiteres Wort kehrten die Zwillinge Seite an Seite zu ihrem Platz zurück. Ihr Großvater blickte ihnen nach; er sah besorgt drein. Nach kurzer Pause beugte Richter Reynberd sich vor und faltete die Hände. »Die Beweisaufnahme ist hiermit abgeschlossen.« Er sah zu den Geschworenen hinüber. »Ihr habt nun gehört, wie die Tote entdeckt wurde und wie man im Stall des Beschuldigten, in dem ein Pferd stand, welches nur von ihm und dem Stallburschen gebändigt werden konnte, ein Paar Stiefel und einen Hammer fand. Der Angeklagte hatte die Mittel, die Gelegenheit und auch ein Motiv, seine Frau zu töten. Die Mutmaßung seitens der Verteidigung, es könnten auch mehrere Männer an der Tat beteiligt gewesen sein, ist unwesentlich und würde, selbst wenn es so wäre, nicht zwangsläufig bedeuten, dass nicht einer von ihnen Boleyn war. Was die Frage des gestohlenen Schlüssels anbelangt, so ist mir noch nie ein solches Sammelsurium aus Hörensagen und Hypothesen untergekommen. Dennoch liegt es nun im Ermessen der Geschworenen zu entscheiden, ob es begründete Zweifel gibt, dass John Boleyn seine Frau ermordete. Denn es lässt sich nicht bestreiten, dass er zwar ein Motiv hatte, sie zu töten, dass aber besagtes Motiv – die Erhaltung seiner Ehe mit Isabella Heath – jeden vernünftigen Christenmenschen dazu veranlasst hätte, den Leichnam zu begraben, anstatt ihn zur Schau zu stellen. Jedoch« – er hielt, der Wirkung halber, in seinem

Vortrag inne – »neigt Master Boleyn, wie er uns anschaulich vor Augen führte, zu Wutausbrüchen. Behaltet Platz, während die nächsten Strafprozesse in diesem Saal zur Verhandlung kommen. Hoffentlich sind sie kürzer und weniger kompliziert.«

Ich setzte mich und blickte auf die Geschworenen. »Eine parteiische Zusammenfassung«, raunte ich Isabella zu.

»Dann sind wir verloren, Sir?«

Ich betrachtete die Geschworenen. »Es hängt nun ganz von ihnen ab.«

KAPITEL NEUNUNDZWANZIG

Während Reynberd den Saal verließ, erhoben sich alle und verneigten sich. Offenbar würde Gatchet die übrigen Fälle nun allein verhandeln. Der Kerkermeister führte Boleyn, um dessen Knöchel die Ketten klirrten, von der Anklagebank zu den Plätzen der Gefangenen. Unterdessen brachten zwei weitere Gefängniswärter ein halbes Dutzend zerlumpte Delinquenten herein – die restlichen Kriminalfälle dieses Tages – und ließen sie ihre Plätze einnehmen. Eine Frau in den Zwanzigern mit zerzausten Haaren musste unaufhörlich husten. Die Leute auf den öffentlichen Plätzen blickten sie argwöhnisch an; wer den Assisengerichten beiwohnte, lief Gefahr, sich von den üblen Ausdünstungen des Gefängnisses das Kerkerfieber einzufangen. Mehrere arme Bürger, Verwandte der Beschuldigten, betraten den Saal und nahmen auf den öffentlichen Bänken Platz. Gatchet hielt sich einen Riechapfel an die Nase. Der Gerichtsdiener verkündete: »Der König gegen Fletcher. Diebstahl von sechs Brotlaiben.« Ein qualvoll magerer Mann erhob sich. Er zitterte am ganzen Leibe. Der Wert der Brote überstieg einen Schilling, demnach hatte er sich eines schweren Vergehens strafbar gemacht. Gatchet funkelte ihn an. Ich flüsterte Isabella zu: »Kommt mit hinaus.«

Sie folgte mir. Auch Chawry, Scambler, dessen Frau Tante, Nicholas und Toby kamen heraus. Wir standen im Vorzimmer. Hier saß die Großmutter der Zwillinge, die alte Jane Reynolds, auf einer Bank. Sie hatte die Hände im Schoß liegen, so dass sich die weißen Verbände von ihrem schwarzen Gewand abhoben. Ich erinnerte mich, dass Parry von Ediths knotigen Händen gesprochen hatte – vielleicht ein erbliches Leiden. Ihr Gesicht unter der schwarzen Haube war weiß wie Papier im Sonnenlicht, ihre Augen starrten ins Leere. Ich fragte mich, was sie gemeint hatte, als sie vor Gericht sagte: »Edith, Gott sei dir gnädig, ich wollte doch einen Jungen.«

Wir fanden eine Bank und ließen uns darauf nieder. »Es sieht nicht gut aus, Sir, nicht?«, meinte Isabella kleinlaut.

»Nun, die Herausforderung bei Kriminalfällen besteht darin, zu zeigen, dass an der Schuld des Angeklagten berechtigte Zweifel bestehen. Vielleicht ist uns dies mit dem Schlüssel gelungen, obschon die Zwillinge nicht wie erhofft einknickten unter der Befragung.«

Chawry betrachtete Isabella mit einem seltsamen Ausdruck im Gesicht – halb Mitleid, wie mir schien, halb Sehnsucht. Er wandte sich mir zu. »Wenn jemandem der Galgen droht, befinden die Geschworenen, so es ihnen möglich ist, den Delinquenten lieber für unschuldig, nicht wahr?«

Toby knurrte unwillig. »Es sei denn, sie sind voreingenommen. Und es sitzen mehrere feiste Norfolker Landjunker unter den Geschworenen.«

Isabella sah verstört drein, und ich blickte ihn stirnrunzelnd an. Sein Einwurf war nicht hilfreich. »Grobian«, murmelte Nicholas laut genug, dass Toby es hörte.

Scambler neben ihm sah mich an. »Ich war keine große Hilfe, nicht, Sir? Habe mich wieder zum Affen gemacht.«

»Singt der Kerl im Zeugenstand!« Seine Tante schüttelte verzweifelt den Kopf.

Scambler sagte: »So etwas passiert mir immerzu. Dabei will ich das gar nicht.«

Seine Tante fauchte mit leiser Eindringlichkeit: »Du hörst nicht zu, denkst nicht nach. Du bist ein hoffnungsloser Fall.«

»Nein«, widersprach ich, »Simon hat sehr klar geschildert, wie er zu Boden geschlagen und um den Schlüssel gebracht wurde. Dass er die Wahrheit sagte, kann niemand bezweifeln.« Und dennoch hatte er mit seinem verwirrten Auftritt unwillentlich dem Argument der Zwillinge in die Hände gespielt, er müsse den Schlüssel bei seiner ersten Suche schlicht übersehen haben.

Die Tür schlug auf, und der alte Gawen Reynolds kam heraus,

gefolgt von den Zwillingen. Er stapfte zu seiner Frau hinüber und sagte: »Komm, Jane, wir gehen nach Hause. Man wird mich von dem Urteil informieren.« Jane erhob sich fügsam und folgte ihm. Gawen Reynolds funkelte uns im Vorübergehen finster an, sagte aber nichts. Die Zwillinge bauten sich vor Scambler auf und blickten auf ihn hinab. Nicholas stellte sich vor ihn hin und erwiderte trotzig ihren Blick. Barnabas grinste böse und zog langsam den Daumen quer über seine Kehle.

✤

Wir saßen fast eine Stunde unbehaglich beisammen. Ich hätte den Fall gern mit Nicholas und Toby erörtert, aber nicht im Beisein Isabellas. Chawry versuchte sie mit Neuigkeiten aus dem bäuerlichen Alltag abzulenken und beklagte, wie sehr die Natur nach Regen lechzte. Da öffnete sich eine Tür, und Barak erschien. Er blickte rasch um sich und kam dann auf uns zu. »Ich hab nicht viel Zeit, aber ich wollte Euch sagen, dass sich die Geschworenen zur Beratung zurückgezogen haben. Wie ist es Euch ergangen?«

»Wir haben unser Möglichstes getan«, antwortete ich unverbindlich.

Chawry hatte begriffen und warf Isabella einen mitfühlenden Blick zu. Sie sah Barak verdutzt an. »Ein Freund«, sagte ich.

»Ich dachte, die Geschworenen würden länger brauchen«, sagte Isabella, »sie hatten neben Johns Fall noch so viele andere zu verhandeln.«

»Für Euren Gemahl haben sie sich mehr Zeit genommen, weil sein Fall so« – ich zögerte –, »so widersprüchlich war.« Ich meinte skandalträchtig, ein Fall, der wahrscheinlich viel öffentliche Aufmerksamkeit auf sich ziehen würde. »Die Beratung wird nicht lange dauern«, fügte Barak hinzu. »Die Richter kommen gern schnell voran. Nichts zu essen, nichts zu trinken bis zum Urteil.«

Sie lächelte. »Danke, dass Ihr eigens gekommen seid, um uns das zu sagen.«

Barak nickte und verschwand wieder durch die Tür.

Es dauerte noch eine halbe Stunde, ehe uns der Gerichtsdiener wieder in den Saal rief. Als wir uns erhoben, schwankte Isabella. Chawry ergriff ihren Arm.

Im Gerichtssaal hatten die Geschworenen inzwischen wieder ihre Plätze eingenommen. Boleyn saß bei den anderen Gefangenen und sah blass aus. Viele auf den öffentlichen Bänken starrten zu ihm hinüber; die beiden Männer, die sich vorhin Notizen gemacht hatten, hielten ihre Federkiele bereit. Ich sah Southwell und Flowerdew beieinandersitzen.

Gatchet schlug mit dem Richterhammer auf den Tisch und wandte sich an die Geschworenen. »Erster Fall, Boleyn. Herr Vorsitzender, wie lautet das Urteil der Geschworenen? Ist der Gefangene schuldig oder unschuldig?«

Laut und deutlich kam die Antwort: »Schuldig.«

Ich hatte befürchtet, Isabella könne die Besinnung verlieren, aber es war ihr Ehemann, der zu Boden sackte, dass die Ketten klirrten. Der Kerkermeister bückte sich und brachte ihn wieder auf die Beine.

Gatchet sah ihn schonungslos an. »John Boleyn, Ihr seid für schuldig befunden worden, einen der abscheulichsten Morde begangen zu haben, die mir je untergekommen sind. Ihr sollt daher morgen früh um neun Uhr am Halse aufgehängt werden, bis Ihr tot seid.«

Man setzte Boleyn wieder auf die Bank, und die Farbe kehrte in seine Wangen zurück. Er sah Isabella an und rang sich ein kleines Lächeln ab. Gatchet war bereits zum nächsten Fall übergegangen, einem zerlumpten, rotgesichtigen Mann in seinen Vierzigern, bekannt als ein bettelnder Trunkenbold, der ein Dutzend Weinflaschen gestohlen hatte. Auch er wurde zum Tode verurteilt. Nicholas zupfte mich am Arm. »Das Gnadengesuch. Ihr müsst es zu Barak bringen.«

Ich kam wieder zu mir. »Ja. Ich muss es dem Richter aushändigen.

Reynberd ist vermutlich die bessere Wahl. Ich will sehen, ob Barak mir helfen kann.«

Isabella packte mit beiden Händen meinen Arm, einen flehenden Blick in den Augen. Ich flüsterte: »Wenn er Elizabeths Unterschrift sieht, muss er die Vollstreckung aufschieben, dessen bin ich sicher.« Eine dritte Person, ein vierzehnjähriges Mädchen, das ihrer Herrschaft ein paar Kleider gestohlen hatte und damit fortgelaufen war, wurde des verbrecherischen Diebstahls für nicht schuldig befunden, weil die Geschworenen den Wert des Diebesgutes auf weniger als einen Schilling schätzten. Es war einer dieser Fälle, bei denen die Geschworenen Milde walten ließen, mochte Gatchet sie noch so wütend anstarren.

Wir gingen hinaus. Ich bat Chawry, mit Isabella in die Herberge zurückzukehren, und Toby, die beiden zu begleiten und ihnen die Pamphleteschreiber vom Halse zu halten – die beiden Federfuchser waren aus dem Saale geeilt, kaum dass Boleyns Urteil gesprochen war. »Komm, Nicholas.«

Just in diesem Moment schlug die Tür zum Gerichtssaal auf, und Southwell kam mit Flowerdew heraus. Letzterer nickte mir zu. »Mein Beileid, Serjeant Shardlake«, sagte er mit kaum verhohlener Schadenfreude.

»Danke«, entgegnete ich kalt.

»Boleyns Land fällt nun an den König, unter meiner Ägide, da ich den Escheator vertrete, Sir Henry Mynne. Die Wirtsmagd muss aus dem Haus.« Er maß mich mit kaltem Blick. »Als Fürsprecher Boleyns könnt Ihr uns die Pflicht abnehmen.«

Southwell, der mit seinem starren Blick unter halb geschlossenen Lidern ungerührt auf mich herniedersah, fügte hinzu: »Und ich, als Vertreter der Lehnsherrin, bin für die Vormundschaft der Zwillinge verantwortlich.« Er lächelte gefährlich. »Ich hoffe, wir werden uns einig. Wie ich höre, will ihr Großvater die Vormundschaft für sie kaufen. Gewiss kann ich im Namen des Königs einen Preis aushandeln.«

Ich holte tief Luft. »Gentlemen«, sagte ich, »Ihr seid ein wenig voreilig, fürchte ich. Denn ich werde ein Gnadengesuch einreichen. Im Namen der Lady Elizabeth. Jetzt gleich.«

Flowerdew schien verblüfft zu sein. Southwells Miene verfinsterte sich, und seine Augen wurden weit. »Das kann sie doch nicht tun ...«

»Sie kann, und sie hat, Sir Richard.« Eingedenk der Tatsache, dass Southwell einst selbst, eines Mordes überführt, vom alten König begnadigt worden war, fügte ich triumphierend hinzu: »Es gibt Präzedenzfälle. Nun entschuldigt mich, Gentlemen.« Southwell sah mich entrüstet an. Ich verneigte mich schnell, klopfte an die Tür, durch die Barak gekommen war, und ging hindurch.

Wir traten in eine große Amtsstube, in der ein halbes Dutzend Gerichtsschreiber, darunter auch Barak, emsig bei der Arbeit waren. Die anderen warfen mir feindselige Blicke zu, aber Barak kam herüber.

»Schuldig?«, fragte er leise.

»Ich fürchte, ja.«

»Ich dachte es mir schon, denn die Geschworenen sahen nicht mitleidig aus. Wo ist diese bedauernswerte Frau?«

»Ich habe sie in ihre Herberge zurückgeschickt.«

»Sie ist verzweifelt«, fügte Nicholas traurig hinzu. »Boleyn kehrt in seine Zelle zurück, nehme ich an?«

»Ja, bis zur morgigen Volksbelustigung.«

»Ich habe hier das Gnadengesuch. Ich dachte, es sei bei Reynberd besser aufgehoben.«

Barak nickte. »Er ist jetzt bei den Zivilsachen; Ihr müsst bis zur Mittagspause warten. Wahrscheinlich in einer Stunde oder so.«

Ich sah zu den anderen Schreibern hinüber, die uns immer noch mit feindseligen Blicken bedachten. Vorzüglich einer, ein langer, dürrer Bursche, starrte uns böse an. Ich beugte mich näher zu Barak. »Hätte ich nicht hier hereinkommen sollen?«

»Da kann man nichts machen«, entgegnete er achselzuckend. »Kommt, ich zeige Euch, wo Ihr warten könnt.«

Er führte uns in einen anderen, fensterlosen Gang, der vor einer breiten Tür endete. Davor stand eine Bank. »Dies ist seine Amtsstube. Wartet hier.«

Nicholas sagte: »Vorhin haben uns Southwell und Flowerdew angesprochen und auf uns eingehackt wie zwei Krähen auf einen Gehenkten.« Er lächelte. »Du hättest ihre Gesichter sehen sollen, als Master Shardlake ihnen von dem Gnadengesuch erzählte.«

»Southwell arbeitet für Lady Mary«, sagte ich. »Sie wird nicht erfreut sein. Je eher wir das Gesuch dem Richter unterbreiten, desto besser.«

Wir saßen eine Weile da, nachdem Barak wieder in die Schreibstube zurückgekehrt war. Auf dem Korridor herrschte willkommene Ruhe nach dem Lärm im Gerichtssaal. Wir hörten das gelegentliche Öffnen und Schließen von Türen und einmal, in der Ferne, einen ängstlichen Schrei, wahrscheinlich aus Gatchets Gerichtssaal, nachdem noch jemand zum Tode verurteilt worden war. Nicholas schüttelte den Kopf. »So also geht es bei Strafprozessen zu. Wie im Vorhof zur Hölle.«

In einiger Entfernung ging eine Tür auf, und zwei Männer traten heraus, ihrer Kleidung nach höhere Beamte. Sie unterhielten sich leise miteinander. Der eine sagte: »Unser Spitzel berichtet, es sei heute nur örtlich zu Aufregungen gekommen, der Haupttumult sei anderswo zu erwarten und noch nicht gleich.«

»Angeblich wurden einige bekannte Visagen gesichtet, ein paar aus Kent. Aber Genaueres weiß man nicht.«

»Haltet mich auf dem Laufenden. Southwell sitzt mir im Nacken.«

Der andere blickte sich um und legte, als er unser gewahr wurde, den Arm um die Schulter des anderen und ging mit ihm den Korridor hinunter.

»Worüber haben die beiden gesprochen?«, fragte Nicholas.

»Ich weiß es nicht.« Aber ich dachte zurück an den Abend im Blue Boar: Edward Brown, Michael Vowell und der Mann namens

Miles – vermutlich ein Soldat –, die von etwas gesprochen hatten, das am 20. Juni geschehen sollte. Heute.

Aus der anderen Richtung waren Schritte zu hören. Richter Reynberd erschien. Die Robe blähte sich um seine feiste Gestalt, und der lange, dürre Schreiber, der uns in der Amtsstube so böse angesehen hatte, folgte ihm mit einem Stapel Schriftrollen. Wir standen auf und verneigten uns. Reynberd lächelte schief. Erstaunlicherweise schien er nicht überrascht, uns zu sehen. »Serjeant Shardlake. Der Anwalt, der uns mit Hörensagen zu überzeugen suchte.« Sein Ton war scherzhaft, sein Blick jedoch scharf und hart. Er sah Nicholas an. »Wer ist er?«

»Mein Assistent, Master Overton.«

Er wandte sich an den Schreiber. »Schließe die Tür auf, Arden, lege die Urkunden auf den Tisch, dann geh und tue, was ich dir aufgetragen habe.«

Als er fort war, bat Reynberd uns hinein. Er legte die rote, pelzbesetzte Robe ab, unter der ein seidenes Wams und ein geraffter Kragen zum Vorschein kamen, setzte sich an seinen Schreibtisch und schleuderte die Schuhe von sich. »Potz Schwerenot, was ist mir heiß!« Er lächelte und entblößte dabei sein graues, lückenhaftes Gebiss. »Ich dachte mir schon, dass Ihr hier sein würdet«, sagte er.

»Ja, wirklich, Mylord?« Nicholas und ich tauschten einen verdutzten Blick.

»Oh ja. Dazu gleich mehr. Nun, was habt Ihr mir zu sagen?«

Ich holte tief Luft. »Lady Elizabeth möchte für Master Boleyn um Gnade bitten.« Ich zog das Gesuch aus meiner Tasche und reichte es ihm. Reynberd prüfte das Dokument, hob überrascht die Augenbrauen und legte es dann vor sich auf den Tisch.

»Nun ja«, sagte er. »Ich hätte nicht erwartet, dass sie so weit gehen würde. Dass sie hinter Eurer Anwesenheit hier steckte, ahnte ich schon – wer hätte sonst die Mittel, die Dienste eines Serjeanten mitsamt seinem Gehilfen in Anspruch zu nehmen. Ihr habt aus einem dürftigen Fall vermutlich das Beste herausgeholt. Bis auf die Entscheidung vielleicht, jenen Schwachkopf aufzurufen.« Er lachte herzhaft, beugte sich dann zu uns vor und sprach mit bedrohlich leiser Stimme. »Wir haben uns nach Kräften bemüht, den Prozess gegen Boleyn gerecht und ordentlich zu führen, wohl wissend, dass der Fall viel Staub aufwirbeln würde. Oder wollt Ihr dies bestreiten?«

Ich zögerte. »Keineswegs, Mylord.«

Reynberd zuckte die Schultern. »Boleyn wurde vor über einem Monat in Haft gesetzt. Dass Ihr erst vorige Woche hierherkamt, ist nicht meine Schuld.« Dann setzte er hinzu: »Nur ein Wort oder Hinweis, dass dieser Prozess nicht ordentlich geführt wurde, und es wird Euch schlecht ergehen.«

»Ich habe nicht die Absicht, Mylord. Lady Elizabeth bittet ihren Bruder, den König, von seinem hoheitlichen Recht Gebrauch zu machen und Master Boleyn zu begnadigen, das ist alles.«

Wieder verzog er das Gesicht zu einem unschönen Lächeln. »Nun, ich weiß nicht, was der Protektor dazu sagen wird, wenn Lady Elizabeth – schon wieder – in einen Skandal verwickelt wird. Noch dazu in Marys Einflussbereich. Allerdings«, er nahm das Gesuch auf und schlug es auf den Tisch, »allerdings müssen alle Gnadengesuche, wie Ihr wisst, durch den Richter bewilligt werden. Einige gebe ich nicht weiter, doch wenn Geld und Einfluss im Spiel sind – was kann ich tun?« Wieder lächelte er. »Die Menge wird enttäuscht sein, wenn sie Boleyn morgen nicht hängen sieht.«

Ich sagte nichts. Er fragte: »Und Ihr, werdet Ihr sogleich nach London zurückkehren?«

»Wahrscheinlich in ein paar Tagen.«

Er nickte. »Tja, ich habe da jemanden, den Ihr mit Euch nehmen könnt. Arden!«, brüllte er unvermittelt, dass wir zusammenfuhren.

Die Tür ging auf, und der Schreiber trat ein. Hinter ihm kam Barak, sein Gesicht verbissen und wütend. Er hatte die künstliche Hand abgenommen, so dass sein rechter Ärmel leer herunterhing. Reynberd sah es mit gerunzelter Stirn. Arden sagte: »Da war ein Messer an der Spitze. Wir dulden keine Waffen in Gegenwart von Eurer Lordschaft.«

Arden bezog neben der Tür Stellung. Reynberd blickte Barak an und zeigte wieder sein wölfisches Grinsen. »Wir haben also einen Kuckuck im Nest, einen Schreiber, der Gefälligkeiten verteilt. Dergleichen ist nicht erlaubt.«

Ich starrte ihn an. Gerichtsschreiber zu bestechen, damit sie Anträge weiterreichten oder verzögerten und interne Informationen herausgaben, war gängige Praxis in England. Offiziell zwar verboten, war es nicht weniger Teil des Systems als der Stab des Gerichtsdieners und die Roben der Richter. Dennoch schüttelte Reynberd missbilligend den Kopf, während Barak wortlos vor ihm stand, die Lippen fest aufeinandergepresst. Reynberd wandte sich mir zu.

»Als Master Barak vor zwei Jahren als Schreiber bei den Assisengerichten anfing, hatte er eine interessante Vorgeschichte. Jahrelang im Dienste Thomas Cromwells, mit einem etwas unklaren Tätigkeitsbereich, dann weitere Jahre als Euer Gehilfe. Er war somit äußerst brauchbar, wenn es galt, widerstrebende Geschworene aufzustöbern, vor den Assisen Volkes Stimme in den Schänken auszumachen, dazu die übliche Papierarbeit. Doch seine wiederholten Anträge auf Vorladung für Zeugen in diesem Fall bereiteten unserem Kanzleivorstand hier Kopfzerbrechen, desgleichen die Art und Weise, wie er Euch heute Morgen hierherführte. Serjeant Shardlake, Ihr habt einen Gerichtsschreiber bestochen, zu Euren Gunsten tätig zu werden.«

»Ich habe getan, was jedermann tut, Mylord. Dasselbe gilt für Barak. Und es war kein Geld im Spiel.«

»Nichtsdestoweniger ist es ein Regelverstoß und kann nicht geduldet werden.« Er nickte Arden zu. »Das geht zu den Akten; ich hoffe, es wird nicht nötig sein, den Protektor damit zu behelligen, wenn er über das Gnadengesuch nachdenkt.« Er lächelte und hob dabei vielsagend die Augenbrauen.

Er wollte etwas gegen mich in der Hand haben, falls ich doch Kritik an der Prozessführung üben sollte, erkannte ich. Er wandte sich Barak zu und sagte knapp und kalt: »Ihr seid natürlich entlassen.«

Ich fürchtete einen Ausbruch von Barak, aber dieser lächelte nur.

»Gut«, sagte er beiläufig zu Reynberd. »Ich hatte diesen Unsinn ohnehin gründlich satt.« Er hob den leeren Ärmel. »Erhalte ich meine Hand zurück, ehe ich gehe? Sie hilft mir dabei, hässliche fette rote Fleischbrocken auf dem Teller aufzuspießen.«

Reynberd sah ihn lange böse an. »Hinaus!«, blaffte er.

Mit einem kleinen, spöttischen Bückling verließ Barak den Raum. Nicholas, normalerweise respektvoll, stieß aus: »Das war nicht nötig!«

Reynberd zog die Augenbrauen hoch. »Wie sagt man, Bursche?« Er starrte ihn nieder.

Nicholas biss sich in die Lippe. »Mylord.«

»Schon besser. Jetzt muss ich den Befehl aufsetzen, dass Boleyns Hinrichtung abgesagt wird. Holt ihn Euch morgen früh um acht. Und jetzt fort mit Euch.« Als wir uns zum Gehen wandten, sagte er: »Ach ja, Serjeant Shardlake …«

Ich drehte mich um. »Mylord?«

»Ich würde Norwich bald verlassen. Ihr habt Euch Feinde gemacht.«

Barak wartete vor der Shire Hall auf uns. Er hatte sich die künstliche Hand wieder angeschnallt, lehnte an der Wand in der Sonne und blickte den Castle Hill hinunter auf die Kirchtürme von Norwich. Er begrüßte uns mit einem ironischen Lächeln. »Tja, das war's«, sagte er.

»Es tut mir so leid. Reynberd wollte etwas in der Hand haben gegen mich.«

»Ich dachte es mir. Es braucht Euch nicht leidzutun, wie schon gesagt, ich hatte es satt.« Er blickte wieder über die Stadt. »Tamasin wird freilich nicht begeistert sein. Sie wird mir monatelang in den Ohren liegen.« Er grinste. »Ich sag ihr lieber nicht, dass Ihr daran teilhattet, was?«

»Jack, ich will es wiedergutmachen …«

Er schüttelte den Kopf. »Die Arbeit für die Londoner Advokaten hält mich schon über Wasser.« Er seufzte. »Wo ist Toby?«

»Er hat Isabella zu ihrer Herberge begleitet.«

»Ich hab eine Idee«, sagte Barak. Seine Stimme klang gelassen, aber diesen leicht stieren Blick kannte ich gut an ihm, und er bereitete mir Sorgen. »Lasst uns etwas essen, dann wollen wir uns zusammensetzen und über den Fall sprechen.« Er klopfte Nicholas auf die Schulter. »Wie in alten Zeiten, was, Junge?«

Ich fuhr mir mit der Hand durchs Haar und blickte dann auf die Burg, die sich dräuend über der Shire Hall erhob. »Ich muss mit John Boleyn sprechen, wegen des Gnadengesuchs. Dann muss ich unverzüglich an Lady Elizabeth und Master Parry schreiben und ihnen mitteilen, dass es zum Schlimmsten gekommen ist. Treffen wir uns später, sagen wir zum Abendessen im Maid's Head.«

Barak nickte. »Na schön. Dann nur du und ich zum Lunch, Nick.«

Ich sagte: »Solltest du nicht nach London zurückkreiten?«

»Mein Zimmer im Blue Boar ist bis Sonntag bezahlt. Danach wäre ich eigentlich noch eine Woche bei den Assisen in Suffolk gewesen; ich bin nicht eben scharf darauf, mir schon jetzt Tamasins Gezeter anzutun.«

Er wandte sich ab und ging den Weg hinunter. »Es tut mir leid«, rief ich ihm hinterher. Ohne sich umzudrehen, hob er als Zeichen der Anerkennung die gesunde Hand. Ich ergriff Nicholas' Arm und flüsterte: »Gib gut acht, wie viel er trinkt. Ich sehe Gefahr im Verzug.«

Nicholas nickte und folgte Barak den sonnenbeschienenen Weg hinunter. Ich hingegen begab mich zum Haupttor der Burg.

KAPITEL DREISSIG

Isabella saß bei Boleyn in der Zelle. Statt mit Chawry zur Herberge zurückzukehren, hatte sie lieber ihren Mann aufgesucht. Sie saßen Seite an Seite auf dem Bett und hielten einander die Hände. Als der Kerkermeister mich einließ, blickten sie voller Hoffnung und Angst zu mir auf.

Ich lächelte. »Die Hinrichtung ist ausgesetzt, solange das Gnadengesuch geprüft wird. Reynberd war einverstanden, das Dokument wird aufgesetzt.« Ihre Mienen entspannten sich, und erleichtert umarmten sie einander.

»Habt Dank, Master Shardlake«, sagte Boleyn aus tiefstem Herzen. »Ich dachte schon, ich sei erledigt, zumal ich mich mit diesem Richter angelegt hatte.«

Isabella verteidigte ihn. »Dass er uns die Leviten las, weil wir zusammenlebten, war nicht recht. Es hatte nichts mit dem Fall zu tun.«

»Stimmt, aber die Assisenrichter halten den Leuten gern Moralpredigten. Besonders Richter wie Gatchet.« Ich sah Boleyn an. »Ihr habt Euch keinen Gefallen getan mit Eurem Zorn.«

»Man hat mich aber doch provoziert bis aufs Blut.«

»Nun ja, davon abgesehen habt Ihr Eure Sache wirklich gut gemacht. Ich bedaure nur, dass die Zwillinge sich nicht erschüttern ließen und Scambler sich zum Narren machte.«

Isabella lächelte. »Der arme Simon.« Sie war außer mir die Einzige, die ihn bei seinem richtigen Namen nannte.

Ein verzweifeltes Geheul drang durch die dicken Mauern. Einer von denen, die frühmorgens gehenkt werden sollten. Boleyn schüttelte den Kopf. »Es war entsetzlich, mit anhören zu müssen, was man diesen Menschen zur Last legt. Drei wurden des Diebstahls für schuldig befunden und sollen gerichtet werden. Wie Gatchet ihre Fälle durchpeitschte, sie als sündig verurteilte, obschon sie doch nur arme Leute ohne Arbeit waren. Ich habe dergleichen immer als ein Naturgesetz erachtet, aber« – er schüttelte den Kopf – »dieser fürchterliche Gestank; einige sind schon seit Monaten an diesem Ort. Und dann wurde auch ich für schuldig befunden, nur meine Verbindung zu Lady Elizabeth bewahrt mich vor dem Galgen.«

Isabella ergriff seinen Arm. »Aber du bist unschuldig, Liebster.«

Ich sah ihn ernst an. »Ich fürchte, Ihr werdet noch eine Weile hier ausharren müssen. Bei Hofe gilt es etliche Hände zu schmieren, und es kann dauern, bis der Protektor dazu gebracht wird, sich mit dem Gnadengesuch zu befassen. Und der Ausgang ist ungewiss. Doch ich hege große Hoffnung.« Ich würde Parry bitten, an William Cecil zu schreiben.

Boleyn wirkte niedergeschlagen, aber Isabella sagte aufmunternd: »Ich kann dich besuchen, dir etwas zu essen bringen – nicht wahr, Master Shardlake? Und Daniel wird sich um das Gut kümmern.«

»Ja, Eure Haft dürfte jetzt weniger streng sein.«

Boleyn wandte sich an Isabella: »Du wirst Geld brauchen. Meine Finanzen sind nicht mehr, was sie waren.« Er starrte eine Weile finster ins Leere. »Ich meine, es ist an der Zeit, dass wir Midnight verkaufen. Chawry weiß ihn jetzt zu nehmen, sagtest du?«

»Nun ja, wenn er sich vorsieht. Aber du wirst ihn doch reiten wollen, wenn du zurückkommst ...«

Boleyn schüttelte den Kopf. »Ich werde nie mehr nach Brikewell zurückkehren. Selbst wenn ich begnadigt werde, die Schande wird doch an mir haften. Und« – er seufzte – »ich bin nicht sicher, dass ich es überhaupt noch will. Was meinst du, Liebchen?«

Sie überlegte. »Nein, nicht nach dem, was man uns angetan hat.«

»Wir könnten vielleicht nach London ziehen.«

»Aber du sagtest doch, das Haus dort sei zu teuer im Unterhalt.«

»Dann werden wir es verkaufen, auch das Anwesen in Brikewell und meine anderen Ländereien, begleichen die Schulden und kaufen ein kleineres Haus in London oder auch anderswo, wenn es dir lieber ist. Wir führen ein ruhiges Leben als bescheidene Edelleute.«

Isabella seufzte. »Wieder vermählt, an einem Ort, wo niemand unsere Geschichte kennt. Ja, das würde mir gefallen.«

Boleyn blickte mich an. »Vermutlich kann ich kein Land kaufen oder veräußern, solange das Gnadengesuch noch nicht bewilligt ist?«

»Ja, leider, im Augenblick befindet Ihr Euch gleichsam in einem rechtlichen Schwebezustand. Dem Gesetze nach dürftet Ihr nicht einmal Euer Pferd veräußern.«

Boleyn legte seine Hand auf Isabellas und lächelte sanft. »Lasse Midnight schnell und in aller Stille verkaufen, für ein Butterbrot, wenn es sein muss. Sobald er weg ist, geh an die hintere Stallwand. Zähle vier Steine vom Boden aufwärts und zwölf von rechts. Dann nimm die Steine und den Mörtel heraus, und du findest zwanzig Sovereigns. Nur Master Shardlake weiß Bescheid.« Er seufzte. »Ich werde den Hengst vermissen. Ich bekam ihn als Jährling, Master Shardlake; er war schon damals kaum zu bändigen, aber mit sanfter Hand ist es mir schließlich gelungen. Jetzt aber muss er gehen.«

Isabella streichelte seine Wange. »Du bist so gut zu mir.«

»Ich habe dir nichts als Verdruss gebracht.«

Ich sagte: »Nun, wir haben jetzt gute Chancen. Ich hole den Befehl, der die Hinrichtung morgen früh abwendet. Dann komme ich wieder.«

»Werdet Ihr schon bald nach London zurückreiten?«, fragte Isabella mit trauriger Stimme.

»Ja, aber ich halte Euch auf dem Laufenden. Jetzt muss ich gehen und einen Brief an Lady Elizabeth schreiben, damit er morgen früh zusammen mit dem richterlichen Befehl an sie geschickt werden kann.« Ich sah Boleyn an. »Es tut mir leid, dass Ihr den Fall verloren habt, aber dass es schwierig würde, war absehbar.« Nach kurzer Pause sagte ich: »Ein Alibi für die Mordnacht hätte die Angelegenheit vermutlich anders entschieden.« Isabella blickte ein wenig ratlos von einem zum anderen. Boleyn sagte nur: »Das liegt nun alles hinter uns.« Doch ich bemerkte die Gereiztheit in seiner Stimme.

❧

Ich ging zum Maid's Head zurück. Es war Mittag, die Sommersonne heiß. Ich war in Norwich lieber zu Fuß unterwegs gewesen; das Reiten in den betriebsamen, engen Gassen der Stadt wäre schwierig gewesen, und das Gehen erwies sich auch für meinen Rücken als weniger beschwerlich. Als ich jedoch Tombland erreichte, schmerzte der Muskel zwischen meinen Schulterblättern wieder. Ich fragte mich, wie es Barak zumute sein mochte, und hatte tief im Inneren das Gefühl, ihn schon wieder ins Elend gestürzt zu haben.

Ich begab mich auf mein Zimmer und setzte dort die Briefe an Lady Elizabeth und an Parry auf, wobei ich mehrere Anläufe nehmen musste. Ich erklärte, dass Boleyn, all unseren Bemühungen zum Trotze, für schuldig befunden, mein Gnadengesuch jedoch angenommen und die Hinrichtung ausgesetzt worden sei. In meinem Brief an Parry fügte ich hinzu, dass ich das Urteil und die üblen Gerüchte, die ihm folgen mussten, zutiefst bedauerte. Dennoch sei mir keine andere Möglichkeit geblieben, als gemäß meinen Anweisungen das Gnadengesuch einzureichen. Ich riet ihm, sich an Cecil zu wenden. Kopfschüttelnd bestreute ich die Briefe mit Sand und ging nach unten, um einen schnellen Postreiter nach Hatfield zu bestellen. Elizabeth würde erzürnt sein über das Urteil und Parry außer sich wegen des Aufsehens im Land und bei Hofe, sobald diesen das Gnadengesuch erreichte. Ich hatte wenig Zweifel, dass beide ihrem Missfallen Ausdruck verleihen würden.

Ich war müde – ich ermüdete schnell dieser Tage – und schlief einige Stunden, bis ein Diener kam, um mir Nicholas' Rückkehr zu melden. Er habe die beiden »Herren« mitgebracht, die uns behilflich seien, sagte der Mann. Es war noch zu früh zum Abendessen, also bat ich ihn, sie zu mir heraufzuschicken.

Nicholas sah noch ganz frisch aus, seine bleiche Haut ein wenig von der Sonne verbrannt, und erzählte, er habe mit Barak nach dem Mittagessen einen Spaziergang nach Mousehold Heath unternommen – »ein erquickender Ort mit einer frischen Brise«. Vermutlich hatte er Barak dort hinaufgeführt, um sicherzugehen, dass er sich nicht betrank. »Aber voller Tussockgras, in dem sich die Knöchel verfangen«, versetzte Barak. Er wirkte durchaus heiter, nur hatte er noch immer dieses harte, allzu wilde Leuchten in den Augen. Toby sah müde aus. Als ich ihm erzählte, dass ich das Gnadengesuch eingereicht hatte, meinte er nur: »Master Shardlake, nach dem Essen würde ich gern zu meinen Eltern zurückreiten. Es tut mir leid, dass der Fall verloren ist, aber nun bleibt für mich nicht mehr viel zu tun. Wenn Ihr oder Master Copuldyke noch etwas von mir benötigt, bitte ich Euch, mir zu schreiben.« Nach all den gemeinsamen Mühen empfand ich sein Gebaren als seltsam gleichmütig und distanziert. Aber wahrscheinlich sorgte er sich um den elterlichen Hof und die kranke Mutter.

»Gewiss, Toby. Habt Dank für Eure Hilfe.«

»Aber zum Essen bleibst du doch«, sagte Barak. Er sah mich an. »Ich hätte nichts dagegen, wenn wir jetzt, da alles überstanden ist, noch einmal den Fall durchgingen.«

Nicholas sagte ernst: »Schließlich wissen wir immer noch nicht, wer Edith Boleyn ermordet hat.«

Ich sagte: »Ausgezeichnete Idee. Bleibt Ihr noch, Toby?«

»Ich glaube zwar nicht, dass wir das Rätsel jetzt lösen, aber gut, ich bleibe.«

Ich zog den Tisch aus, der am Fenster stand, wir ließen uns Stühle bringen, und ich holte Papier und Tinte, um die Gedanken zu notieren. Als ich mich hinsetzte, fuhr mir ein Krampf durch den Rücken.

»Alles in Ordnung?«, fragte Barak.

»Aber ja«, entgegnete ich unwirsch.

»Nun«, begann Nicholas, »die Tat wurde offensichtlich von zwei Männern begangen. Beide waren kräftig und verfügten über gute Ortskenntnisse von Brikewell.«

Toby sagte: »Wenn Ihr nur diesen Walter finden und herausfinden könntet, wer zu Snockstobe in den Laden kam. Ich habe keinerlei Zweifel, dass er genauso scharf sieht wie wir alle. Aber er ist wie vom

Erdboden verschluckt.« Aus »wir« war »Ihr« geworden, fiel mir auf, und es betrübte mich ein wenig.

»Nun denn«, sagte Barak, »wenigstens wissen wir, wer den Schlüssel gestohlen hat. Die Zwillinge. Zwei kräftige junge Männer.« Er sah mich an. »Seid Ihr wirklich sicher, dass nicht sie es waren? Sie kommen mir vor wie zwei tollwütige Hunde.«

»Sind sie wirklich wahnsinnig?«, fragte Nicholas. »Oder nur bösartig?«

»Gutes Argument«, pflichtete ich ihm bei. »Ich habe sie ziemlich oft gesehen in letzter Zeit, und dass sie ihre Mutter töten würden, kann ich mir nicht vorstellen, obwohl es natürlich nicht ganz auszuschließen ist. Und bedenkt doch, obwohl das Verhältnis zu ihrem Vater miserabel ist, brachte er sie im Frühling dennoch dazu, mit ihren Männern Witheringtons Versuch abzuwehren, das umstrittene Stück Land zu besetzen. Und jetzt wollen sie seinen Tod. Offenbar glauben sie tatsächlich, er habe sie umgebracht.«

Toby schüttelte den Kopf. »Erinnert Euch doch, wie Barnabas zu seiner Narbe kam: wie die Zwillinge als Kinder das Los entscheiden ließen, wer wessen Gesicht verunstalten sollte, damit ihre Mutter sich nicht mehr zu beklagen brauchte, dass sie den einen nicht vom anderen unterscheiden könne. Sie sind wahnsinnig.«

»Zeigt es nicht auch, dass sie ihre Liebe suchten?«, entgegnete ich.

Barak sah mich an. »Und als sie sie nicht bekamen, wurde aus Liebe Hass. Und sie ziehen Vorteile aus dem Tod ihres Vaters. Falls Southwell sie zu Mündeln ihres Großvaters bestimmt und der Protektor bereit ist, ihnen das Land zurückzugeben, wie es oft geschieht, würden sie das Anwesen bekommen. Sie werden Isabella los und verkaufen das Gut. Vielleicht an Southwell, als Gegenleistung für seine Kooperation im Zusammenhang mit der Vormundschaft.«

»Reynolds könnte Southwell die Vormundschaft abkaufen, und obwohl das Geld an den König geht, würde Southwell sich einen hübschen Anteil abschöpfen. Und nach dem, was man so hört, ist er sehr auf seinen Vorteil aus.«

Toby sagte: »Er wurde schon einmal des Mordes überführt und begnadigt, und er ist ein sehr mächtiger Mann.«

»Ich weiß. Sekretär Cecil hat mich vor ihm gewarnt. Er könnte finanziell profitieren, wenn er Brikewell dazu benutzt, seine Güter zu verbinden. Und seit ich ihm persönlich begegnet bin, traue ich ihm alles zu.«

»Und dann ist da noch Flowerdew«, fügte Nicholas hinzu. »Ihm obliegt die Sorge um die Vormundschaft, und falls die Zwillinge daran interessiert sind, sie zurückzubekommen, muss erneut Geld fließen.«

»Ich wünschte, wir könnten das Alibi der Zwillinge für die Mordnacht erschüttern«, sagte Toby.

»Und wem verdanken sie dieses Alibi? Ihren feinen Freunden, die so gern Unruhe stiften. Unter ihnen John Atkinson, dem Richard Southwell zur Seite stand, als er letztes Jahr jenes arme Mädchen auf Mousehold Heath entführte. Vielleicht waren sie in jener Nacht überhaupt nicht beim Hahnenkampf.«

Nicholas sagte: »Es müssen aber doch Dutzende dort gewesen sein.«

»Er brauchte nur genügend *achtbare* Gentlemen, die Alibis lieferten.«

Ich schüttelte den Kopf. »Falls sie nicht dort waren, wären sie doch von jedem der dort Anwesenden erpressbar.«

Tobys Stimme wurde unduldsam. »Ihr kennt Norwich nicht, Ihr wisst nicht, wie sehr man die Boleyn-Zwillinge hier fürchtet. Und auch Southwell.«

Barak sagte: »Interessant, dass auch John Boleyns Steward Chawry in jener Nacht dort war, als der Schlüssel verschwand.«

»In der Tat«, stimmte ich zu. »Aber die Zwillinge haben auf seine Anschuldigungen wegen des Schlüssels gut reagiert. Vermutlich hat ihr Großvater sie instruiert.« Ich beugte mich vor. »Tja, ich meine auch, dass wir die Zwillinge auf keinen Fall ausschließen können.« Ich notierte *Gerald und Barnabas Boleyn* und zog dann eine Wellenlinie zu *John Atkinson und Freunde*. Sie waren zwar keine Verdächtigen, mochten aber ein falsches Alibi geliefert haben. Ich zog eine weitere Wellenlinie, die sie mit *Sir Richard Southwell* verband. Dann schrieb ich *John Flowerdew*. Ich überlegte kurz und sagte dann: »Wir wollen vorerst annehmen, dass die Zwillinge die Wahrheit sagten und irgendjemand ihnen den Schlüssel stahl. Dies könnte irgendein Getreuer Southwells an seiner statt gewesen sein – doch es besteht auch die Möglichkeit, dass der Schlüssel in der Nacht entwendet wurde von ihrem Großvater oder jemandem in dessen Haushalt.«

»Dieser alte Mann?«, fragte Nicholas. »Er ist doch schon weit in den Sechzigern und geht am Stock. Ich kann mir nicht vorstellen, dass er seine Tochter zuerst tötet und dann kopfüber in den Fluss rammt. Nicht einmal wenn ihm jemand hilft.«

»Er hat ein Motiv«, sagte Barak. »Er hasst John Boleyn und Isabella. Am liebsten würde er John am Galgen sehen und dessen Besitz in den Händen der Zwillinge. Vielleicht hat er einen Knecht, der für ihn die Drecksarbeit erledigt.«

»Ja«, pflichtete Nicholas ihm bei. »Schon möglich. Hätte nur sein Steward, dieser Vowell, nicht gekündigt, er kennt doch gewiss den Haushalt in- und auswendig.«

Ich antwortete nicht. Ich hatte die Gelegenheit versäumt, mit Vowell zu sprechen, als ich ihn zusammen mit Josephines Ehemann und jenem Miles sah. Stattdessen sagte ich: »Noch nie zuvor bin ich einer so merkwürdigen Familie begegnet, und das will schon etwas heißen. Der Großvater ist ein Grobian, der Edith abwies, als sie sich mit ihren Sorgen an ihn wandte, die Großmutter von der Trauer um ihre Tochter geplagt …«

Nicholas sah mich an. »Was hat sie im Gerichtssaal gemurmelt?«

»›Edith, Gott sei dir gnädig, ich wollte doch einen Jungen!‹«

Barak lachte unbehaglich. »Ihr wollt doch nicht etwa andeuten, dass *sie* ihre Tochter beseiteschaffte?«

Ich sagte: »Vielleicht meinte sie auch nur, dass ein Junge einen leichteren Stand gehabt hätte in diesem Haushalt. Ich sah, wie der Alte in der Shire Hall eine Frau beiseitestieß. Und die Zwillinge scheinen sämtliche Frauen nur als Freiwild zu betrachten.«

Nicholas nickte. »Ihr Großvater scheint sie zu ermutigen.«

Toby sagte: »Auch Edith hatte ihre Tücken.« Er blickte in die Runde. »Sie hatte gewiss nicht verdient, grausam ermordet zu werden, doch auch sie war grob zu den Menschen. Vielleicht liegt es dieser Familie im Blut.«

Ich sagte: »Zweifellos hatte sie etwas Seltsames und Feindseliges an sich.« Ich zog einige Kreise, um die Namen *Gawen Reynolds*, *Jane Reynolds*, *Reynolds-Haushalt*. Dann noch eine Verbindungslinie von dem Schlüssel zu *Snockstobe* und eine zweite zu dem Burschen, der möglicherweise Licht ins Dunkel bringen konnte, dem Lehrjungen *Walter*. Dann schob ich das Blatt Papier in die Mitte des Tisches, damit alle einen Blick darauf werfen konnten.

Nicholas sagte: »Ein zentrales Indiz ist der gestohlene Schlüssel. Aber der wichtigste Beweis in diesem Zusammenhang kommt von Walter.«

»Stimmt. Aber wir sind noch nicht ganz fertig.« Ich zog noch einen Kreis, um den Namen *Leonard Witherington*. »Boleyns Nachbar, der ihn hasst und nach einem Teil seines Grundbesitzes giert. Und jetzt alles käuflich erwerben könnte, gäbe es keine Begnadigung.«

Nicholas sagte: »Ich bezweifle, dass er sich gegen Southwell stellen würde, wenn dieser das Land für sich beanspruchen sollte. Außerdem erschien er mir, offen gestanden, als zu dumm für solche Ränke.«

Toby schüttelte den Kopf. »Wir haben doch gesehen, wie er mit seinen Pächtern verfuhr, als sie die Tauben von den Feldern in Brikewell zu verscheuchen suchten. Und jenen Schafhirten hat er gewiss ebenfalls eingeschüchtert.«

»Ich stimme mit Nicholas überein«, sagte ich. »Er erscheint mir viel zu dumm, um die Hand im Spiel zu haben. Wir sollten ihn aber dennoch in die Liste einfügen.«

Nicholas räusperte sich. Er war ein wenig rot geworden. »Ich möchte die Angelegenheit nicht noch komplizierter machen, aber …«

»Heraus damit, Junge«, sagte Barak aufmunternd.

»Da wäre noch jemand, der ein Interesse daran haben könnte, dass Boleyn stirbt.« Wir sahen ihn erwartungsvoll an. »Daniel Chawry, Boleyns Steward.«

Toby fragte verdutzt: »Was hätte *er* denn davon?«

»Isabella«, antwortete Nicholas.

Einen Augenblick herrschte Schweigen, dann brach Toby in Gelächter aus. »Isabella? Grundgütiger, Junge, ich sehe ja, dass sie dich heiß macht, sie ist ja auch hübsch und drall, auch wenn sie ihren Mund öfter spazieren führt, als es einem Weib geziemt. Nur sieht doch wahrhaft ein Blinder, dass sie ihrem Ehemann herzlich zugetan ist. Bei Gott, er hat im Gerichtssaal um ihre Hand angehalten, und sie hat ja gesagt!«

Ich erinnerte mich, wie verstört Chawry danach ausgesehen hatte. Nicholas sagte leise: »Auch wenn sie ihn nicht liebt, so kann doch *er* blind sein vor Liebe zu ihr. Und sie entstammen derselben Schicht.«

Wieder lachte Toby. Um einen Streit zwischen den beiden abzuwenden, sagte ich: »Chawry ist vielleicht in Isabella verliebt, und sie weiß es womöglich und macht es sich zunutze. Aber sie liebt John Boleyn.« Ich sah Barak an. »Was meinst du, Jack?«

»Ich kann mir Chawry zwar nicht als Mörder vorstellen, aber denkbar wäre es. Es ist sogar denkbar, dass *er* die Gelegenheit nutzte, um sich einen Abdruck des Schlüssels zu machen. Vielleicht sollten alle beide auf der Liste stehen.«

Ich nickte und sagte schließlich: »Und dann wäre da noch jemand, der kein Alibi hat.« *John Boleyn*, schrieb ich.

Wir betrachteten die Liste. Gerald und Barnabas Boleyn. Gawen und Jane Reynolds sowie Mitglieder ihres Haushalts. Leonard Witherington. John Flowerdew. Sir Richard Southwell. Daniel Chawry und Isabella Boleyn und schließlich John Boleyn. Zehn Namen. Das Unterfangen erschien hoffnungsloser denn je. Ich wandte mich an Toby, der Nicholas mit leisem Stirnrunzeln ansah: »Toby, Ihr habt viel für uns getan und sogar eine Verletzung davongetragen. Wir wissen das sehr zu schätzen. Dürfte ich Euch noch um einen letzten Gefallen bitten? Könntet Ihr versuchen, sobald wir fort sind, den Lehrburschen Walter und den Steward Michael Vowell für uns aufzuspüren? Letzterer weiß über den Reynolds'schen Haushalt Bescheid. Walters Nachnamen könnt Ihr vielleicht bei der Schlossergilde erfragen.«

Er strich sich den Bart und sah mich an. »Den Lehrburschen könnte ich vielleicht aufspüren. Was jedoch Vowell anbelangt, kann ich mich lediglich ein wenig umhören.« Er klang eher abgeneigt. »Ist es denn noch von Bedeutung, zumal Boleyn doch begnadigt wird?«

»Es besteht durchaus die Möglichkeit, dass das Gesuch abgelehnt wird. Außerdem wäre es gewiss von Vorteil, Ediths wahren Mörder zu finden und Boleyns Namen reinzuwaschen.«

»Der Mörder hat vielleicht auch Snockstobe getötet«, fügte Barak hinzu.

Toby sah mich an. »Ob Master Copuldyke einverstanden ist?«

»Ihr erhaltet Euer Geld auf jeden Fall, mein Wort darauf.«

Er strich sich über den dunklen Bart. »Ihr seid der hartnäckigste Anwalt, der mir je untergekommen ist, Sir. Also gut, ich werde tun, was Ihr von mir verlangt. Meine Mutter und die baldige Ernte haben Vorrang, doch danach will ich tun, was ich kann.«

»Ich dank Euch sehr.« Ich streckte ihm meine Hand hin. »Ich gebe Euch einen offiziellen Mandatierungsbrief. Schreibt mir nach Lincoln's Inn, jederzeit.«

Wir lehnten uns still zurück. Dann sprach Nicholas leise. »Wo hat sich Edith in diesen neun Jahren aufgehalten?«

»Gewiss nicht in Norwich«, sagte Toby. »Niemand hat sie gesehen. Es sei denn, sie war irgendwo in einem Keller verborgen.«

Ein unbehaglicher Gedanke. Barak sagte: »Wenn sie nicht in Norwich war, wo dann? Und war sie ein Gast oder eine Gefangene?«

»Und wie kam sie nach …«

Ich versetzte Nicholas einen Tritt, ehe er den Namen »Hatfield« äußern konnte. Es war ein Geheimnis, das wir weiter hüten mussten, um den Pamphleteschreibern nicht noch mehr Futter zu geben. Ich sagte: »Kommt, wenn Toby noch zu seinen Eltern zurückreiten will, sollten wir jetzt zu Abend essen.«

Wir gingen aus dem Zimmer und stiegen die breite Treppe hinunter. Heute Abend würde ich erneut versuchen, Barak zu überreden, mit Nicholas und mir nach London zurückzukehren, und morgen würde ich dem Wirt des Maid's Head mitteilen, zweifellos zu seiner Erleichterung, dass wir am Samstag abreisen würden. Ich betrachtete meine drei Gefährten und dachte traurig, dass dies wahrscheinlich das letzte gemeinsame Mahl sein würde. Als wir den gepflasterten Flur zum Speisesaal überquerten, hörte ich zwei Kaufleute wütend über einen Aufruhr in einem Ort namens Attleborough sprechen, in dem die Bauern die Weidezäune des Grundherren niedergerissen hatten.

Am nächsten Morgen, dem 21. Juni, gingen Nicholas und ich erneut zur Burg, um das Dokument zu holen, das die Hinrichtung aussetzen würde. Am Vorabend hatte Barak widerstrebend zugestimmt, mit uns nach London heimzukehren und Tamasin zu beichten, dass er seinen einträglichen Posten verloren hatte. Heute war Freitag; die Strafprozesse in den Assisen waren vorbei, die restlichen Zivilsachen aber würden noch verhandelt werden, bis die Richter morgen nach Suffolk weiterzogen. Wir waren in finsterer Stimmung, als wir durch Tombland gingen. Es war wieder heiß, und da es niemanden mehr zu beeindrucken galt, hatten wir unsere Anwaltsroben beiseitegelassen. Nicholas trug jedoch wie immer sein Schwert an der Seite.

»Wenigstens wirst du in ein paar Tagen Beatrice wiedersehen«, sagte ich zu ihm. Er hatte dem Postreiter einen Brief mitgegeben, in dem er ihr seine Rückkehr ankündigte.

»Ja, und diesen Junker, der ihr den Hof macht.«

»Wie schon gesagt, sie will dich nur reizen, dein Interesse anstacheln.«

»So grausam wäre sie nicht.« Doch er klang weniger entschieden als zuvor.

Ich sagte: »Es war klug von dir, uns darauf hinzuweisen, dass auch Chawry und Isabella auf die Liste der Verdächtigen gehören.«

»Warum war das klug?«

Ich lächelte. »Weil es nicht zu übersehen war, wie sehr Isabella dir gefällt. Dennoch behielten deine analytischen Fähigkeiten als Anwalt die Oberhand. Wir machen dich doch noch zum Serjeanten.«

Er lächelte, freute sich über das Lob.

»Ich habe die Pferde für morgen neun Uhr bestellt. Ich dachte, dass wir am Nachmittag noch einmal Josephine und Edward besuchen könnten.«

»Oh ja. Allerdings hoffe ich sehr, dass Edward diesmal nicht wieder über die Lebensbedingungen der einfachen Leute salbadert. Er ist ja fast so fanatisch wie Toby.«

Ich musste daran denken, wie Edward mit Michael Vowell und jenem Miles im Blue Boar gesessen hatte, und verkniff mir die Bemerkung, dass er vielleicht noch fanatischer sei.

Wir bahnten uns einen Weg durch die Upper Goat Lane zum Marktplatz. Unweit der Guildhall hörten wir ein vielstimmiges Raunen und sahen, dass all jene, die von den Assisengerichten für schuldig befunden worden, im Begriffe waren, gehenkt zu werden – langsam und qualvoll, auf Anweisung von Richter Gatchet.

Etwa hundert Leute hatten sich vor der Guildhall versammelt. Der hölzerne Galgen, der vor ein paar Tagen vor unseren Augen gezimmert worden war, stand nun fertig da: eine breite, erhöhte Plattform, zu welcher Stufen hinaufführten, und vier Balken, von denen dicke Stricke baumelten, mit Galgenschlingen an den Enden. Der Henker, ein kräftig gebauter Mann in einem weißen Hemd, mit grauen Haaren und einem harten, kantigen Gesicht, zog an den Schlingen, um mit professioneller Fachkenntnis ihre Stärke zu prüfen. Ein halbes Dutzend Soldaten mit Hellebarden stand mit dem Gesicht zur Menge, die sich vor dem Richtplatz dicht herandrängte. Der Henkersgehilfe, ein junger Mann in seinen Zwanzigern, zog an einem Hebel und bewirkte, dass der vordere Teil der Konstruktion, unterhalb der Galgen, krachend niederfuhr. Er schob den Hebel zurück, und die Bretter legten sich wieder an ihren Platz. Er nickte zufrieden.

Am unteren Ende des Marktplatzes erschienen drei Fuhrwerke mit hohen Seitenwänden, von Pferden gezogen. Weitere Soldaten aus der Burg schritten daneben her. Ein anderer, die Trommel schlagend, ging voreneweg.

In London hatte ich schon viele Male gesehen, wie sich solche Karren ihren Weg nach Tyburn bahnten. Nicolas stupste mich an. »Seht doch«, sagte er. Die Menge bestand zumeist aus armen Leuten beiderlei Geschlechts, die herbeigeströmt waren, um das Schauspiel zu sehen. Mehrere weinende Angehörige wurden dagegen von Freunden getröstet. Zwei Angehörige jedoch weinten nicht. Gerald und Barnabas Boleyn standen leichthin plaudernd bei einem halben Dutzend junger Männer in vornehmer Kleidung, einer von ihnen John Atkinson. Die übrige Menge hielt Abstand von ihnen. »Rohe Schurken!« stieß Nikolaus verächtlich aus. »Wollen ihren Vater hängen sehen. Offenbar wissen sie nichts von dem Gnadengesuch.«

»Reynberd hat es gewiss nicht an die Öffentlichkeit gezerrt.« Ich beobachtete die Brüder; vor Gericht hatten sie damit gedroht, ihren Vater am Galgen sehen zu wollen, aber dass sie tatsächlich gekommen waren, entsetzte mich dann doch.

»Der kurze Strick«, sagte ein Mann zu seiner Frau. »Einige von ihnen werden hübsch zappeln.«

»Ich will das nicht sehen.« Nicholas wandte sich ab.

Ich dagegen stand wie angewurzelt. Die Karren hatten nun die Guildhall erreicht und blieben stehen. Aus dem ersten wurden vier Gefangene von den Soldaten heruntergeholt. Die Arme waren ihnen fest an die Seiten gebunden. Ich erkannte sie vom Vortag: das Mädchen mit den wilden Haaren, die Hand um eine Flickenpuppe gekrallt, der rotgesichtige Weindieb, dem man offensichtlich gestattet hatte, sich zu betrinken – ich schloss es aus der Schwierigkeit der Soldaten, ihn vom Wagen zu holen –, der ausgehungerte Alte, der Brot gestohlen hatte und vor Angst zitterte, und als Letzter, die

Augen schreckgeweitet, kam einer, der ein leuchtend rotes Wams über dem Hemd trug statt der abgetragenen Kleider der Armen: John Boleyn. Ich packte Nicholas so fest am Arm, dass er aufschrie. Er folgte meinem Blick. »Herrjesus!«

»Meine Hinrichtung ist ausgesetzt!«, schrie Boleyn und wehrte sich gegen die beiden Soldaten, die ihn festhielten. »Bestätigt durch den Richter!«

»Und ich bin die Königin von Frankreich!«, entgegnete einer der Wachmänner. »Komm schon, die anderen machen auch keinen Ärger!«

Die anderen drei Gefangenen begaben sich still zum Richtplatz, der Betrunkene ein wenig schwankend, die Frau ihre Flickenpuppe fest in der gefesselten Hand haltend, den Blick auf sie geheftet. Sie waren nun fast an den Stufen angelangt. Die Leute lachten über den Streit zwischen den Soldaten und Boleyn. Die Zwillinge indes blickten verächtlich drein. Boleyn, der den Blick voller Angst über die Menge gleiten ließ, gewahrte Nicholas und mich und rief: »Helft mir! Helft mir!«

»Tod allen Mördern!«, schrie jemand. Zwei Stimmen riefen im Chor: »Stirb wie ein Mann!« Es waren die Zwillinge.

»Wir müssen sie aufhalten!«, rief ich und drängte mich durch die Menge, Nicholas dicht hinter mir. Die Verurteilten stiegen die Stufen hinauf. Der alte Mann, der nun unkontrollierbar zitterte, fing an zu weinen. Ich wollte ihnen die Stufen hinauf folgen, aber ein Soldat stellte sich mir in den Weg und richtete die Hellebarde auf mein Gesicht. »Was in drei Teufels Namen habt Ihr hier zu suchen? Wollt Ihr auch an den Galgen?«

»John Boleyns Hinrichtung ist ausgesetzt!«, rief ich. »Ich bin sein Rechtsanwalt! Richter Reynberd hat dem Antrag gestern stattgegeben!«

Ein zweiter Soldat richtete seine Waffe auf Nicholas. »Woher weiß ich, dass Ihr Rechtsanwälte seid?«

Zwei Stimmen aus der Menge brüllten: »Sie sind keine Anwälte!« Die Zwillinge.

»An den Galgen mit ihnen!«, rief eine andere Stimme. »Tod allen Gentlemen!« Das Volk johlte vor Vergnügen. Die Schaulustigen, unbehaglich nah, wurden unruhig.

Ich blickte auf. Ein Soldat stellte jeden der Gefangenen vor eine Schlinge. Der Betrunkene, der jählings zu begreifen schien, wo er sich befand, wollte ausweichen. »Nein«, kreischte er, »nein!«

Der Soldat neben mir sagte drohend: »Und, wo ist dieser verfluchte Aufschub?«

»In der Burg! Wir waren doch auf dem Weg, ihn zu holen! Eine Abschrift sollte an den Burgkonstabler gehen. Habt doch Erbarmen, lasst uns mit dem Henker sprechen!«

»Also kein Schriftstück?«

»Nein, aber …«

Auf dem Schafott hatte der Henker bereits die Schlinge um den Hals des Alten gelegt und festgezogen. Er betrachtete mich ausdruckslos, doch als er hörte, dass ich kein Schriftstück bei mir hatte, legte er auch der jungen Frau die Schlinge um den Hals. Dann tat er dasselbe mit John Boleyn und schließlich mit dem Betrunkenen, der sich wehrte. Boleyn schrie: »Er ist mein Rechtsanwalt, ich bin unschuldig!« Die junge Frau drehte den Kopf nach der Puppe, selbst mit der Schlinge um den Hals. »Milly, kleine Milly«, murmelte sie. Der Alte zitterte nur.

»Lasst uns hinauf!«, rief Nicholas. Er beugte sich vor und ergriff mit einer Hand die Hellebarde des Soldaten, während er mit der anderen sein Schwert zückte, was mir die Möglichkeit gab, die Stufen zu erreichen. »Master Shardlake!«, brüllte Boleyn. Der Henker runzelte die Stirn und gab seinem Gehilfen ein Zeichen. Der betätigte den Hebel. Das Brett kippte weg.

Die Menge schrie auf, als alle vier Gefangenen nach unten sackten, wenn auch nur wenige Zoll. Der Alte regte sich gleich nicht mehr, aber der Mann neben Boleyn, sein Protest nun erstickt, zuckte wild mit den Füßen, suchte mit hervortretenden Augen und Schaum vor den Lippen instinktiv nach einem Halt, um die Strangulation zu beenden. Auch die junge Frau zappelte frenetisch in der Luft. Die

Vorderseite ihres Kleides wurde dunkel, als sie einnässte, und die Puppe glitt ihr aus den Fingern und landete auf dem Boden. Augenblicklich las jemand sie auf als ein Andenken. Boleyn jedoch zappelte nicht, zuckte nur krampfhaft hin und her, während sein Gesicht dunkelrot anlief und seine Zunge heraustrat.

Ich erreichte die oberste Stufe. Der Henker baute sich vor mir auf, versperrte mir mit seiner massigen Gestalt den Weg. »Es *gibt* ein Gnadengesuch!«, schrie ich. »So habt doch ein Einsehen, ehe es zu spät ist!«

Eine alte Frau hatte sich durch die Menge nach vorne gekämpft. Sie stand nun am Fuße der Treppe und hob flehend die gefalteten Hände zum Henker empor. »Mein Ehemann! Mein Ehemann! Lasst mich doch an seinen Beinen ziehen und seine Qual beenden!« Ich blickte an den schaukelnden, zappelnden, schaurigen Gestalten vorbei und sah, dass der Alte doch nicht tot war, sondern sich wand in stiller Qual.

Ich weiß nicht, woher ich die Kraft nahm, den Henker beiseitezustoßen. Ich rannte vorbei an der Gehenkten, die in frenetischem Zappeln ihre Beine immer höher warf und mir dabei fast gegen den Arm trat. Dann erreichte ich Boleyn, der die Augen so fest zugepresst hatte, dass ihm die Tränen hervortraten. Seine Zunge war bereits blau geworden. Ich packte ihn um die Mitte und schob ihn mit ganzer Kraft nach oben. Mein Rücken krampfte sich schmerzhaft zusammen. Ich hörte laute Buhrufe aus der Menge. Da war schon Nicholas an meiner Seite, der Boleyn ebenfalls anhob, um ihn vor dem Ersticken zu bewahren. Plötzlich griffen kräftige Hände nach meinen Armen, dass ich strauchelte und rücklings vom Schafott in die grölende Menge stürzte. Ein entsetzlicher Schmerz fuhr mir in den Rücken, dann schwanden mir die Sinne.

TEIL DREI

WYMONDHAM

KAPITEL EINUNDDREISSIG

Ich erwachte, ein jäher Sprung aus dem Dunkel. Ich lag auf dem Rücken, und einen schrecklichen Moment lang wähnte ich mich immer noch unter dem Galgen, inmitten der grölenden Menge, während Boleyn und die anderen Gehenkten über mir langsam erstickten. Ich ächzte, versuchte mich zu bewegen, da fuhr mir ein solch heftiger Schmerz in den Rücken, dass ich aufschrie. Sogleich spürte ich ein kühles Tuch auf der Stirn, und eine vertraute weibliche Stimme sagte sanft: »Nicht bewegen, Master Shardlake. Der Doktor sagt, Ihr müsst stillliegen, wenn Ihr zu Euch kommt.« Da dämmerte mir, dass ich in meinem Herbergsbett lag. Josephine stand über mich gebeugt, mit dem Ausdruck tiefster Sorge. »Ihr seid in Sicherheit«, sagte sie sanft.

»Boleyn …«, keuchte ich. Mein Mund war völlig ausgedorrt.

»Er ist am Leben«, sagte sie lächelnd. »Jetzt wartet, ich muss den Doktor holen. In ein paar Minuten bin ich wieder bei Euch. Aber liegt still, ich bitte Euch.« Sie eilte hinaus. Der Schmerz verebbte allmählich, und als ich neben mir ein Geräusch vernahm, wagte ich den Hals ein wenig zu drehen. Neben meinem Bett stand eine leichte hölzerne Wiege. Ein hellhaariges Kindlein lag darin; Josephines Tochter Mousy. Sie blickte zu mir auf, lächelte zahnlos und reckte die Ärmchen zu mir herauf. Ich lächelte zurück.

Josephine kam mit Dr. Belys zurück, der nach unserem Scharmützel mit den Zwillingen bereits Toby behandelt hatte. Sein scharf geschnittenes Gesicht war ernst. Josephine knickste artig, hob Mousy auf und verließ das Zimmer. Belys hob die Hand. »Haltet Euren Rücken still, sonst verletzt Ihr Euch.«

Von jähem Schrecken erfasst, sagte ich: »Werde ich je wieder gehen können?«

»Aber ja.« Er lächelte. »Ihr hattet Glück, Ihr hättet Euch das Rückgrat brechen können, aber Gott hat offenbar ein Auge auf Euch, denn Ihr habt nur das weiche Gewebe im oberen Rücken gezerrt. Noch ist es steif wie ein Brett. Doch wenn Ihr tut, was ich Euch sage, seid Ihr bald wieder auf den Beinen. Ich habe Euch gründlich untersucht, während Ihr besinnungslos wart. Ihr habt wirklich Glück, denn Knochen- und Muskelleiden sind mein Fach.«

»Wirklich?«

»Ich ziehe – wie soll ich sagen – die nüchterne Machbarkeit den seltsamen Heiltränken meiner Kollegen vor.«

»Wie lange war ich denn besinnungslos?«

»Fast einen Tag. Es ist Samstagmorgen. Den Schädel habt Ihr Euch nicht gebrochen, nur übel geprellt bei dem Sturz. Kopfwunden bluten allerdings sehr stark. Die Leute hielten Euch für tot.« Der Doktor griff nach einem Krug Dünnbier auf dem Nachttisch und ließ mich langsam trinken. Dann setzte er sich hin, legte die Hände auf die Knie und sagte mit ernster Miene: »Ihr seid das Gespräch der ganzen Stadt.«

»Boleyn ist am Leben?«

»Ja, denn als der Henker Euch von ihm fortgezogen hatte und Ihr vom Schafott gestürzt wart, nahm Euer junger Kollege ihn auf die Schultern und bewahrte ihn vor dem Erstickungstod. Master Overton, heißt es, habe den Henker angebrüllt, er hätte Euch auf dem Gewissen, Boleyn sei begnadigt, an seiner statt werde er, der Henker, an den Galgen gebracht.« Dr. Belys blickte mich erneut ernsthaft an. »Es hätte nicht viel gefehlt, und Euer Rückgrat wäre gebrochen. Dann könntet Ihr niemals mehr gehen.« Er ließ seine Worte wirken. »Der Henker holte Boleyn vom Galgen und ließ ihn wieder nach Norwich Castle bringen. Er kann noch nicht wieder sprechen, und seine Kehle weist böse Druckmale auf, aber er ist in Sicherheit. Seine Gemahlin bat mich, auch nach ihm zu sehen.«

»Und was ist mit den übrigen Gehenkten? Und den Todgeweihten, die noch in den Karren warteten?«

»Alle anderen Hinrichtungen wurden selbstverständlich ordnungsgemäß vollstreckt.« Er zog die Augenbrauen in die Höhe. »Das gemeine Volk murrt: Der Gentleman, den es am Galgen sehen wollte, wurde mit Hilfe juristischer Winkelzüge gerettet, während die Ärmeren allesamt sterben mussten.«

»Da ist schon etwas Wahres daran.«

Er blickte mich ein wenig scheel an und wechselte dann das Thema. »Ihr habt Glück, dass Ihr so gute Freunde habt. Master Overton holte Goodman Barak und Goodwife Brown zu Hilfe, und die drei hielten abwechselnd bei Euch Wache. Jetzt werden die Krämpfe nachlassen, aber nur wenn Ihr Euch sachte und behutsam bewegt und noch mindestens einen Tag das Bett hütet. Morgen oder übermorgen dürft Ihr aufstehen. Ich bin dafür, dass meine Patienten möglichst rasch wieder auf den Beinen sind. Unterdessen hat Master Overton, mit meiner Erlaubnis, einen Brief an Euren Arzt in London geschrieben.«

»Ich danke Euch«, sagte ich. »Ihr würdet Euch gewiss gut mit Guy verstehen. Habt Ihr Vesalius' anatomische Abhandlungen gelesen?«

»Ich besitze sogar ein Exemplar.«

»Guy ebenfalls. Ich danke Euch noch einmal.«

Dr. Belys lächelte. »Wartet damit, bis ich Euch die Rechnung präsentiere. Ärzte sind noch teurer als Anwälte.« Er zögerte. »Zwei Dinge noch. Ich habe einen schmerzlindernden Trank, aber nehmt nicht zu viel davon. Außerdem sollte Euch jemand den Rücken zweimal täglich sanft massieren. Goodwife Brown hat sich erboten, dies zu tun. Die Hände einer Frau wirken Wunder.«

Ich rang nach Luft. Die Vorstellung, jemand müsse meinen krummen Rücken sehen, war mir zutiefst zuwider, und dann noch eine Frau, Josephine …

Belys sah mein Zögern. »Sie hat bereits eingewilligt. Und Goodman Barak oder Master Overton werden ebenfalls anwesend sein, so sind Anstand und Sitte gewahrt.«

»Ob es hilft?«

»Ungemein.«

»Gut, dann Barak«, sagte ich. »Er kennt meinen Rücken.«

»Gut. Aber vorerst müsst Ihr stillliegen.« Er sah mich an, mit meinem zerfurchten Gesicht und dem vorzeitig ergrauten Haar. »Ihr seid siebenundvierzig?«

»So ist es.«

»Und dann noch mit Eurem Gebrechen – seid Ihr nicht langsam zu alt für derlei Mätzchen?«

Nachdem er gegangen war, kamen Barak und Nicholas herein. Nicholas wirkte blass und verstört. Ich dankte ihm, dass er Boleyn gerettet hatte. »Ich weiß nicht, wie ich es geschafft habe«, sagte er ernst. »Ich habe ihn hochgehalten, habe die Last seines Körpers getragen, während die armen Leute ringsum röchelnd um sich traten und der Henker mich wegzuzerren versuchte. Ich glaubte schon, Ihr wäret tot …« Er brach ab, schüttelte den Kopf.

Auch Barak wirkte angespannt, versetzte Nicholas jedoch einen freundschaftlichen Schlag gegen die Schulter. »Sieh einmal an, die Bohnenstange hat also doch ein paar Muskeln.«

»Gut gemacht, Nicholas, dass du an Guy geschrieben hast.« Dann fiel es mir ein: »Die Briefe an Parry und Lady Elizabeth …« Ohne nachzudenken, rappelte ich mich hoch, doch ein neuerlicher Krampf benahm mir den Atem.

Nicholas sagte: »Ich habe sie abgeschickt, als ich den richterlichen Bescheid erhielt, dass die Hinrichtung ausgesetzt sei. Dort schworen sie Stein und Bein, sie hätten eine Abschrift an den Burgkonstabler geschickt.«

Barak sagte: »Der behauptet, er habe sie nicht erhalten. Möchte zu gern wissen, wo es hakte. Doch jetzt ist es zu spät, die Richter reiten heute Nachmittag nach Suffolk weiter.«

Ich sah ihn an. »Du solltest bei ihnen sein. Es tut mir sehr leid.«

Er zuckte die Schultern. »Ich bin froh, sie allesamt los zu sein. Sei's drum, Tamasin weiß nicht, dass ich nicht mit ihnen reite. Ich bleibe bis zum Ende der Woche hier. Ihr könnt noch nicht nach London zurück, oder?«

»Jack teilt sich das Zimmer mit mir«, sagte Nicholas. »Ich habe mit dem Wirt gesprochen. Der Doktor ebenfalls. Er ist einverstanden, dass Josephine Euch hier besucht – vorausgesetzt, es ist ein Dritter dabei, der Schicklichkeit halber. Und sie muss den Dienstboteneingang benutzen. Ich war großzügig mit Eurem Geld, fürchte ich.«

Ich winkte behutsam ab. »Gut gemacht.«

»Zum Glück gehört der Wirt zu denen, die einen Helden in Euch sehen, weil Ihr einen Gentleman vor dem Galgen bewahrt habt.«

Ich lächelte wehmütig. »So denken nicht alle, sagt Dr. Belys.«

»Bald wächst Gras über die Sache, Ihr werdet schon sehen«, sagte Barak.

Nicholas blickte mich an. »Die Zwillinge sind mit ihren Freunden auf und davon, als ihr Vater vom Galgen geschnitten wurde. Diese beiden sind …« Er schüttelte den Kopf, fand keine Worte.

»Was ist mit Isabella? Ist sie in Sicherheit?«

»Sie ist eben mit Chawry nach Brikewell aufgebrochen, ich habe mich von den beiden verabschiedet. Sie kommt aber zurück, um ihren Mann zu besuchen.«

Sie will das Pferd loswerden, um an den Schatz zu kommen, dachte ich. Falls er noch an seinem Platze liegt. Seufzend lehnte ich mich zurück.

Barak stand auf. »Ich hole Josephine, ja?«, sagte er vorsichtig. »Sie soll sich um Euren Rücken kümmern.«

Zwei Tage blieb ich im Bett, vertrieb mir die Zeit, indem ich aus dem Fenster blickte, auf den Baum und die Kirche draußen, und dank der Arznei, die Belys mir zur Linderung der Schmerzen gegeben hatte, war ich zu müde, um viel nachzudenken. Es hatte abgekühlt, der Himmel war bewölkt, und leichter Regen spritzte gegen die Rautenfenster.

Zunächst empfand ich es als beschämend, dass Barak und Josephine mich behutsam auf den Bauch rollten, dann mein Nachtgewand nach oben schoben, damit Josephine mich mit der Salbe einreiben konnte, die Belys ihr gegeben hatte und die stark nach Lavendel duftete. Ihre Hände, wenn auch schwielig von der harten Arbeit, waren sanft und geschickt. Sie sagte mir, dass ihr Vater sie zuweilen gebeten habe, seinen Rücken zu massieren, und auch Edward, wenn er den ganzen Tag Steine geschleppt hatte. Sie habe mit Edward über eine Rückkehr nach London gesprochen, sagte sie, und er denke darüber nach. Ich fragte, ob ihr Mann einverstanden sei, dass sie mir diesen Dienst erwies, und sie bejahte; er habe absolutes Vertrauen zu ihr. Meistens hatte sie Mousy bei sich.

Während ich so dalag, kam mir der Abend in den Sinn, an dem ich das Gespräch zwischen Edward, Vowell und jenem Miles belauscht hatte. Der Aufruhr in Attleborough, von dem die Rede war, hatte tatsächlich stattgefunden, weitere Tumulte sollten folgen. Barak erzählte mir, der Grundherr in Attleborough, ein Schafzüchter namens Green, habe es nicht gewagt, seine Zäune erneut aufzustellen, und seine Schafe fortgebracht. Bald würden die Einhegungskommissare durch die Lande ziehen, sagte er mir, während Josephine meinen Rücken bearbeitete.

»Sie werden gebraucht«, sagte Josephine. »Edward hat recht, das Volk leidet entsetzlich, dies ist nicht das gottgefällige Gemeinwohl, das es sein sollte. Wenn die Kommissare kommen, wird der Gerechtigkeit vielleicht Genüge getan, wenigstens auf dem Lande.« Die Josephine von früher hätte es niemals gewagt, ihre Meinung, noch dazu eine radikale, so entschieden kundzutun. Ich fragte mich, ob sie die Ansichten ihres Mannes übernommen oder ob die bittere Armut sie beide verändert hatte.

Nicholas, der noch niemals meinen bloßen Rücken gesehen hatte, blieb diesen Sitzungen taktvoll fern. Ich bat ihn, möglichst viel über den Lehrburschen Walter herauszufinden. Eigentlich hatte ich Toby mit der Aufgabe betraut, ging jedoch nicht davon aus, dass er noch in Norwich weilte. Ich diktierte Nicholas auch eine Stellungnahme, die ich für ihn unterzeichnete, damit er sie bei Gericht einreiche. Darin schilderte ich, wie die Zwillinge Scambler vor seiner Aussage gedroht hätten. Eine Abschrift davon ließ ich ihrem Großvater zustellen. Nun würden sie den Jungen hoffentlich in Ruhe lassen.

Ich fragte Josephine, ob sie sich an Grace Bone und ihre Geschwister erinnern könne, da sie doch in ihrer Nähe gelebt habe. Die drei seien sehr beliebt gewesen, erzählte sie. Peter sei sehr geschickt und als gerechter Arbeitgeber bekannt gewesen. Im Gegensatz zu seinen beiden Schwestern, fröhlich und ein wenig derb, hatte Peter ein eher ernstes Wesen, las gern und war ein Gemeinwohlmann. Grace und Mercy seien in ihren Dreißigern gewesen, sagte Josephine, und sie habe sich gewundert, warum sie nie geheiratet hätten. Vielleicht habe ihr lautes, selbstbewusstes Wesen mögliche Bewerber abgeschreckt.

Am Mittwoch wagte ich es allmählich, am Stock herumzugehen, mit Barak und Nicholas an der Seite. Ich musste mich noch behutsam bewegen, um Krämpfe zu vermeiden, aber langsam, das spürte ich, entspannte sich mein Rücken. Am Donnerstag, wieder mit Nicholas oder Barak in greifbarer Nähe, schlurfte ich im Zimmer umher und straffte behutsam meinen Rücken.

Tags darauf kam Nicholas zu mir, drei Briefe in Händen. Zwei trugen das Siegel der Lady Elizabeth, der dritte war von Guy.

»Das nenne ich eine prompte Antwort, binnen einer Woche«, sagte ich.

»Es war auch einer für Jack dabei, von Tamasin, glaube ich, und ich habe einen von Beatrice. Und Isabella Boleyn lässt Euch sagen, dass sie Euch morgen Vormittag gern sehen würde. Sie besucht ihren Mann im Gefängnis.«

»Gut.« Ich lächelte. »Ach ja, ich gehe später vielleicht noch hinaus. Ich fühle mich – gelockert. Ich stütze mich auf meinen Stock, und du kannst mich begleiten. Nur hinaus auf die Straße und wieder zurück.«

Nicholas blickte mich zweifelnd an.

»Jetzt geh, lies deinen Brief von Beatrice«, sagte ich.

Ich öffnete zunächst Guys Schreiben. Seine Handschrift, ehedem fest und klar, war jetzt die Krakelei eines alten Mannes.

Mein lieber Matthew,
ich habe Nicholas' Brief erhalten und war bestürzt über Deine Verletzung und das grauenvolle Ereignis, das sie herbeiführte. Ich bete jede Nacht für Dich. Ich muss leider noch immer das Bett hüten und werde von Fieberschüben heimgesucht. Ich habe einen Brief von Dr. Belys erhalten und ihm zurückgeschrieben. Ich stimme mit seinen Behandlungsvorschlägen überein. Komm schnellstmöglich wieder auf die Beine, aber gib auf Dich acht. Dr. Belys scheint mir ein guter, vernünftiger Mann zu sein. Ich musste Tamasin, die Francis und mir noch immer zur Hand geht, von Deiner Verletzung erzählen, da sie mir Nicholas' Brief gebracht hat und seine Schrift erkannte. Bitte schreibe mir bald, welche Fortschritte Du machst.
Dein Dich liebender Freund
Guy Malton

Ich hatte ein schlechtes Gewissen. Guy war offenbar immer noch sehr krank, und doch musste ich ihn behelligen. Alsdann brach ich das Siegel auf Parrys Brief. Der Ton darin hätte im Vergleich zu Guys unterschiedlicher nicht sein können.

Serjeant Shardlake,
zu meinem großen Entsetzen musste ich erfahren, dass Boleyn für schuldig befunden wurde und Ihr auf Wunsch der Lady Elizabeth das Gnadengesuch einreichen musstet. Ich hatte mir ein besseres Ergebnis erhofft. Die Sache wird viel Staub aufwirbeln, und es wird der Lady nicht zum Vorteile gereichen. Ich fürchte, Boleyn wird eine Weile auf eine Antwort warten müssen. Ich weiß von Master Cecil, dass der Protektor und der Thronrat äußerst ungehalten sind, weil die Rebellen im Westen jetzt Exeter belagern und in Kent nun ebenfalls Unruhen aufflammen. Auch in Sussex kam es zu Tumulten, woraufhin der Protektor die Rebellen dort begnadigte – er

war viel zu sanftmütig und wird sie nur ermutigen. Unterdessen hat er die
maßgeblichen Männer der Grafschaften zu sich nach London gerufen. Man
trifft Vorkehrungen, eine Armee nach Exeter zu schicken. Zu alledem
weigert sich Lady Mary noch immer, der englischen Messe beizuwohnen –
Männer, die nach Kenninghall gesandt wurden, um sie eines Besseren
zu belehren, stießen auf Granit. Protektor Somerset wird nicht erfreut
sein, wenn er von dem Ereignis in Norfolk erfährt, und Cecil hält es für
angeraten, ihm das Gnadengesuch noch nicht zu unterbreiten. Dennoch
habe ich auf Geheiß der Lady veranlasst, dass Somerset, der schon immer
eine Schwäche hatte für Gold, ein hübsches Sümmchen als Anreiz geboten
werde. Ich wünsche, dass Ihr unverzüglich nach Hatfield zurückkehrt und
mir die Angelegenheit in aller Ausführlichkeit darlegt.
Thomas Parry

Ich hatte keine warmherzige Antwort erwartet, aber dieses Schreiben war doch ungewöhnlich scharf. Und ich würde ihm antworten und meine Verletzung beichten müssen, die mir die Rückkehr noch ein bis zwei Wochen unmöglich machte. Ich widmete mich Elizabeths Brief:

Master Shardlake,
mit großer Bestürzung lese ich, dass mein Verwandter für schuldig befunden
wurde, und dies trotz aller Beweise, die seine Schuld in Zweifel ziehen.
Master Parry ließ mich wissen, dass das Gnadengesuch zwar weitergelei-
tet ist, jedoch aufgrund der gegenwärtigen Unruhen im Land nicht sofort
berücksichtigt werden kann. Ich habe Master Parry nunmehr angewiesen,
man möge auch um Hatfield herum Nachforschungen anstellen, ob in der
Gegend eine arme Frau gesehen wurde, auf welche Edith Boleyns Beschrei-
bung passt. Sobald der wahre Mörder entlarvt ist, können die scharfzün-
gigen Pamphleteschreiber, die Parry so fürchtet, zum Schweigen gebracht
werden.
Ich erwarte, Euch baldigst wiederzusehen, und hoffe erneut, dass Eure
Beweise, die auf Master Boleyns Unschuld hindeuten, sich als gerechtfertigt
erweisen mögen.

Ich legte den Brief beiseite. Lady Elizabeth hatte sich offenbar fest in die Angelegenheit verbissen. Gewiss machte sie Parry das Leben schwer – daher vielleicht der Ton seines Briefes. Ihr letzter Satz schien auch die verschleierte Warnung zu beinhalten, dass man die Schuld, sollte ich mich in Boleyn getäuscht haben, möglicherweise mir zuschieben werde. Die Jungfer lernt allmählich die hohe Kunst der Politik, dachte ich und strich mir energisch durch das weiße Haar, bis ein Krampf im Rücken mir den Atem benahm und ich mich hilflos zurücklehnte.

Nicholas besuchte mich am frühen Nachmittag. Ich humpelte gerade wieder im Zimmer umher und war stolz, auf den Stock bereits verzichten zu können. »Hilfst du mir die Treppe hinunter?«, fragte ich. Da bemerkte ich seine besorgte Miene. »Was ist denn?«

»Ich komme gerade von Simon Scamblers Muhme, Goodwife Marling.«

»Wie geht es Scambler?«

»Er ist fort«, antwortete er tonlos. »Die alte Krähe hat ihn aus dem Haus geworfen.«

Ich setzte mich behutsam nieder. »Und warum?«

»Simon hatte sich wohl mächtig aufgeregt, als er von dem Geschehen auf dem Richtplatz hörte. Jemand aus der Kirchengemeinde hatte es den beiden in allen schaurigen Einzelheiten berichtet, auch, dass Ihr schwer verletzt wurdet. Gott sei grausam, soll Simon da gerufen haben, wenn er dergleichen zulasse. Die Muhme war entsetzt. Sie veranlasste den Vikar, Simon aufzusuchen und ihn Gottesfurcht zu lehren. Der aber habe dem Geistlichen hingeworfen, dass ein Gott, der solch ein böses Unrecht zulasse, ein garstiger Gott sein müsse. Da habe die Tante den Jungen mit den Worten hinausgeworfen, sie dulde keine gotteslästerlichen Reden in ihrem Hause. Sie befürchtet, ihr Neffe könne vom Leibhaftigen besessen sein.«

»Weiß jemand, wo er sich jetzt aufhält?«

»Nein. Sie sagte, sie wasche ihre Hände in Unschuld, was ihn anginge. Sie habe ihn aus reiner Barmherzigkeit bei sich aufgenommen, nachdem sein Vater gestorben war. Er sei schließlich der Sohn ihrer seligen Schwester.«

»Die alte Krähe«, sagte ich.

»Ich erzählte ihr von Eurer Stellungnahme an das Gericht, und sie sagte, sie sei froh, dass Simon nun wenigstens Ruhe habe vor den jungen Boleyn-Teufeln. Es war seltsam, sie war sauertöpfisch und frömmlerisch wie eh und je und rügte Euch dafür, dass Ihr zu nachsichtig mit ihm und seinen Eigenheiten wart, doch als ich in ihre Augen blickte, vermeinte ich darin auch ein wenig Scham zu entdecken.«

»Ich möchte zu gern wissen, was aus ihm geworden ist.« Ich seufzte. »Wahrscheinlich noch ein arbeitsloser Bettler mehr in Norwich. Halt Ausschau nach ihm und bitte auch Barak, sich umzusehen.«

Nach kurzem Schweigen fügte Nicholas hinzu: »Ich habe auch ein paar Nachforschungen in der Schlossergilde angestellt. Dem Schreiber ein wenig Geld zugesteckt. Er hat die Akten durchgesehen. Walters Familienname lautet Padbury, und er stammt in der Tat aus den Sandlings, einem Landstrich unten an der Küste von Suffolk. Er war ein Waisenknabe, aber sein Vater hatte Verbindungen nach Norwich. Und Walter hatte angeblich keinerlei Probleme mit seinen Augen. Sonst hätte ihn sein Meister nicht in die Lehre genommen.«

»Wir müssen Toby hinschicken. Ich hoffe, er lässt bald wieder von sich hören.«

»Ich könnte hinreiten.«

»Nein, es sollte jemand sein, der sich dort auskennt.« Ich griff nach dem Stock. »Komm, ich will ausgehen. Bleib bei mir.«

Langsam und vorsichtig tastete ich mich die Treppe hinunter. Und war erleichtert, als ich die gepflasterte Eingangshalle erreichte. Ein Diener öffnete mir mit einer Verneigung die Haustür, und ich trat auf die Magdalen Lane hinaus. Die frische Luft tat mir wohl. Der Himmel war blau, und es war wieder wärmer geworden.

»Begleite mich hinunter nach Tombland«, bat ich Nicholas. Ich hielt mich nah an der Mauer, passierte die Stelle, wo der tote Bettler gelegen hatte. Ich hatte seit Tagen nicht mehr an ihn gedacht, fiel mir auf.

»Was gibt es Neues von Beatrice?«, fragte ich Nicholas.

»Ihr Brief war überaus liebenswürdig. Sie hofft, mich bald wiederzusehen bei einem Abendessen mit ihren Eltern.«

»Und den jungen Barrister erwähnt sie nicht mehr?«

»Nein.« Er zögerte. »Ich glaube, Ihr hattet recht. Dass sie ihn mir unter die Nase rieb, war nur die List einer Frau. Frauen haben nur wenige Trümpfe in der Hand, und die müssen sie ausspielen.«

»Ja, das ist wahr.«

»Aber nachdem ich den Brief gelesen hatte, musste ich an Isabella Boleyn denken, an ihre Charakterstärke. Neben ihr erscheint mir Beatrice irgendwie – blass.« Er wurde rot. »Ich möchte nicht treulos klingen.«

»Isabella ist eine bemerkenswerte Frau.«

»Doch besitzt sie nicht Beatrice' gesellschaftliches Geschick.«

Ich versuchte nicht zu lächeln. »Nein.«

Barak leistete uns bei Tisch Gesellschaft. Obschon es noch früh war, erkannte ich an seinem hochroten Gesicht, dass er getrunken hatte. Haare und Bart waren ungekämmt, und er trug ein altes Wams, die Knöpfe lose, das Leinenhemd darunter nicht mehr ganz sauber. Was mich jedoch am meisten erstaunte, war die Tatsache, dass er seine künstliche Hand nicht trug. Er kam zu uns an den Tisch und warf sich auf einen Stuhl. Er sah, wie Nicholas und ich auf seinen leeren Ärmel starrten. »Ich bin es leid, das blöde Ding. Es hat mich heute Nachmittag ganz fürchterlich gepiesackt.«

Nicholas fragte: »Kannst du denn mit einer Hand essen?«

»Aber ja, ich hab es schon probiert. Man kann alles, wenn man muss.«

Ich sagte vorsichtig: »Nicholas sagt, du hättest einen Brief von Tamasin erhalten.«

Er sah mich ruhig an. »Ja. Und wisst Ihr, was sie darin schreibt? Guy hat ihr erzählt, was Euch zugestoßen ist und dass Ihr vorerst noch hier festsitzt. Meine Frau Gemahlin schreibt« – und er wechselte in eine sarkastische Imitation von Tamasins Stimme: »›Möglicherweise begreift Master Shardlake jetzt, wie es sich anfühlt, schwer verwundet zu sein; vielleicht hat Gott an ihm Gerechtigkeit geübt.‹« Er ballte die gesunde Hand zur Faust. »Dieser radikale Protestantismus färbt allmählich auf sie ab, ich hätte sie für klüger gehalten. Tja, dann soll sie die Wahrheit erfahren, dass ich die Stellung los bin und es nicht bedaure und dass ich noch ein paar Tage hierbleibe, um Euch beizustehen. Ob ihr das nun passt oder nicht.«

So hatte Barak nicht mehr von Tamasin gesprochen, seit sich die beiden nach dem Tod ihres ersten Kindes fast getrennt hätten. Nicholas sagte leise: »Das ist ungerecht gegen Master Shardlake. Könntest du damit nicht warten, bis du nach London zurückkreitest, und behaupten, du würdest ihr aus Suffolk schreiben? Sonst verachtet sie Master Shardlake doch nur noch mehr.«

Barak setzte sich im Stuhl zurecht, sah mich an und nickte schließlich. »Also schön, ich warte damit bis zum Ende der Woche und gebe vor, ihr aus Suffolk zu schreiben. Aber es ist das letzte Mal, dass ich sie belüge; wenn ich wieder zurück bin, hat sie mich nicht mehr unter ihrer Fuchtel.«

Tags darauf war Samstag, und Isabella Boleyn kam uns am Morgen besuchen in Begleitung von Daniel Chawry. Ich hatte mich wieder die Treppe hinuntergewagt, und wir trafen uns im Gesellschaftszimmer. Isabella wirkte blass und ausgezehrt, und Chawry betrachtete sie voller Sorge, wobei er zuweilen seinen roten Bart befingerte.

»Wie bin ich froh, Euch wieder auf den Beinen zu sehen«, sagte Isabella. »Ich war entsetzt, als ich hörte, was geschehen war.« Sie sah Nicholas an. »Ich danke Euch beiden von Herzen, dass Ihr meinem armen Mann das Leben gerettet habt.«

Chawry sagte: »Meine Herrin war bereits bei Master Boleyn. Sein Hals ist immer noch wund. Dr. Belys sagt, es wird noch eine Woche dauern, bis er wieder sprechen kann. Er isst nur weichen Gemüsebrei.«

Isabella sagte: »Aber er möchte Euch beide gern sehen, damit er Euch seine Dankbarkeit ausdrücken kann.«

»Ich bin sicher, dass ich bald wieder die nötige Kraft dazu habe«, sagte ich. »Ich erhole mich zusehends.« Ich zögerte. »Master Parry hat mir geschrieben. Angesichts der gegenwärtigen politischen Unruhen rät ihm der Sekretär des Protektors, Master Cecil, dazu, seinen Herrn noch nicht mit dem Gnadengesuch zu behelligen. Parry und ich, wir kennen Master Cecil«, fuhr ich beschwichtigend fort, »er ist ein Freund von Lady Elizabeth. Aber ich befürchte, dass Euer Gemahl noch eine Weile im Verlies sitzen wird.«

»Diese verfluchten Rebellen!«, stieß Chawry aus. »Jetzt soll es auch in Kent Unruhen geben.«

Isabella hatte den Blick gesenkt, und in ihren Augenwinkeln sah ich Tränen. Doch dann blickte sie auf, das Kinn trotzig nach vorn geschoben. »Dann muss ich ihn bei Laune halten.« Sie wandte sich an Chawry. »Daniel ist es gelungen, jenen elenden Hengst zu verkaufen.«

»Ich bekam mehr für ihn, als ich dachte«, sagte Chawry. »Manche Männer mögen schwierige Pferde, die sie bändigen können.«

»Der Stall ist leer.« Isabella warf mir einen flüchtigen Blick zu. »Ich habe ihn selbst leergeräumt.« Ich nickte. Dann hatte sie also Boleyns Geld gefunden. Ich fragte mich, ob sie Chawry eingeweiht hatte.

»Ihr dürft wohl noch nicht reiten?«, fragte Isabella.

»Vielleicht am Montag, dann reite ich zur Burg hinauf und besuche Euren Ehemann.« Ich ignorierte kurzerhand Nicholas' zweifelnden Blick. »Und Ende nächster Woche kann ich vielleicht abreisen.«

Sie wirkte ein wenig niedergeschlagen. »Schade, dass Ihr fortmüsst.«

»Wir lassen von uns hören«, versprach Nicholas.

Ich schrieb eine kurze Nachricht an Parry und Lady Elizabeth, dass ich den Aufbruch nach London aufgrund meiner Verletzung noch verschieben müsse. Dann sandte ich Guy einen langen Brief, in dem ich beteuerte, bereits wieder auf dem Wege der Besserung zu sein.

Das restliche Wochenende ging ich viel spazieren und absolvierte, mit wachsender Zuversicht und unter Dr. Belys' Anweisung, meine Leibesübungen. Er freute sich über meine Fortschritte und gestattete mir – vorausgesetzt, ich wäre auf der Hut – einen kurzen Ausritt am Montag.

Am Sonntag beobachtete ich vom Fenster meines Zimmers aus in der Kirche gegenüber eine Pastorenhochzeit, die erste, die ich sah, seit die Geistlichkeit im Jahr zuvor die Erlaubnis erhalten hatte zu heiraten. Das Brautpaar, beide in mittleren Jahren, trat aus der Kirche und schritt heiter auf das Friedhofstor zu. Der Bräutigam trug seinen geistlichen Rock, seine Braut ein bescheidenes Gewand und eine Haube. Eine Gruppe jubelnder Menschen – vermutlich aus seiner Kirchengemeinde – hatte sich nebst mehreren Schaulustigen draußen versammelt. In der Gasse rief jemand laut: »Das ist Unzucht in den Augen des Herrn!«, aber die Hochzeitsgesellschaft beachtete ihn nicht. Ich erhob mich und trat an meinen Tisch, wo ich den Fall noch einmal durchgehen wollte. Ich hatte nunmehr seit über einer Woche nichts von Toby gehört; gewiss war ihm inzwischen zugetragen worden, was auf dem Richtplatz geschehen war. Vielleicht auch nicht, dachte ich, vielleicht hatte sich der gesundheitliche Zustand seiner Mutter wieder verschlechtert; trotzdem war mir unbehaglich zumute. Wenn wir Norwich verlassen hätten, wäre es an ihm, den Lehrburschen Walter zu finden.

KAPITEL ZWEIUNDDREISSIG

Montag, der 1. Juli. Ich ging nun wieder ohne meinen Stock, doch beim Gedanken, in den Sattel zu steigen, wurde mir bang. Nicholas, der mich zur Burg begleiten würde, half mir aufs Pferd. Am Abend zuvor hatten wir Barak im Blue Boar besucht, und er schien nicht mehr ganz so wütend, auch wenn er recht einsilbig blieb und immer noch mehr trank, als ihm zuträglich war. Falls mir das Reiten nicht allzu beschwerlich würde, sagte ich zu ihm, könnten wir Norwich am Ende der Woche verlassen. »Gut so«, versetzte er. »Mir geht allmählich das Geld aus.«

In unseren Anwaltsroben ritten Nicholas und ich durch die Stadt. Es war noch früh am Tag, und da nur wenige Leute unterwegs waren, kamen wir reibungslos voran. Es war wieder heiß geworden, und in den Gassen stank es ganz fürchterlich. Zu meiner Erleichterung bereitete mir das Reiten keine Beschwerden. Händler öffneten ihre Läden, bauten die Stellagen auf, um ihre Waren darauf auszubreiten, gossen Wasser auf die Straßen, stießen zuweilen Bettler von den Hauseingängen fort. Einer davon, kaum mehr als Lumpen am Leibe, das Gesicht rot und aufgedunsen, stolperte uns in den Weg. Er hob einen ledernen Schlauch in die Höhe und rief: »Gott zum Gruße, Ihr Herren! Ihr wollt wohl wieder ein paar Leute um ihr Gold betrügen, wie? Trinkt einen Schluck, das macht Appetit!« Unsere Pferde taten nervös einen Satz, und ein schmerzhafter Stich durchfuhr meinen Rücken.

»Pack dich, du Lump!«, rief Nicholas. Der Mann trollte sich. »Geht es Euch gut?«, fragte Nicholas.

»Ja, ich glaube, schon.«

»Er hätte Euch fast vom Pferd geholt, der Säufer. Diese Leute versaufen alles Geld, das sie sich erbetteln.«

»Warum tun sie das, was meinst du?«, fragte ich.

»Weil sie nichts taugen. Warum sonst?«

»Vielleicht weil ihr Leben sonst ganz und gar unerträglich wäre.«

Wir erreichten Norwich Castle, näherten uns dem Haupttor und verlangten, John Boleyn zu sehen. Der Wachmann musterte uns interessiert; zweifellos hatte er von dem Vorfall am Galgentag gehört. Wir betraten die kalte Eingangshalle. Ein neuer Kerkermeister kam uns entgegen, weniger mürrisch als sein Vorgänger. Er führte uns einen Korridor entlang zu einer Zelle und schloss die Tür für uns auf.

Boleyns neue Bleibe war geräumiger als die vorige und weniger feucht. Ein vergittertes Fenster in einer Nische, so tief wie die Burgmauer, bot einen Blick den Burghügel hinunter auf die Kirchtürme von Norwich. Man hatte ihm einen Tisch und mehrere Stühle bewilligt. Er erhob sich von seinem Bett und begrüßte uns. Auf seinem Hals war ein breiter, roter Striemen zu sehen, und aus seinen Augen blickte noch immer der Schreck. Ich hob die Hand. »Ich weiß ja, dass Ihr noch nicht sprechen könnt, Master Boleyn. Bemüht Euch nicht.«

Zu meiner Überraschung schloss er uns beide herzlich in seine Arme und äußerte dazu kleine Laute. Er deutete auf den Tisch, wo eine Schiefertafel und ein Stück Kreide lagen. Er beugte sich darüber und schrieb: »Habt Dank. Ihr habt Euch wie wahre Helden verhalten. Nennt mich von nun an John.«

»Und Ihr uns Matthew und Nicholas. Behandeln sie Euch jetzt besser?«

Er nickte, doch selbst diese Geste verursachte ihm sichtlich Schmerzen. Er beugte sich wieder über die Tafel, löschte die Worte darauf und schrieb: »Isabella bezahlt sie.«

Ich lächelte. »Sie hat das Gold gefunden«, sagte ich. »Ich habe sie am Samstag gesehen.« Ich erzählte Boleyn, was Isabella ihm gewiss bereits mitgeteilt hatte, dass es bis zu seiner Begnadigung noch eine

Weile dauern konnte, und beschwor ihn, nicht den Mut zu verlieren. Wir würden nun bald nach London heimkehren, sagte ich, aber in Verbindung bleiben. Toby sei angewiesen, den Lehrburschen des Schlossers aufzustöbern, fügte ich hinzu, woraufhin er in großen Lettern auf die Schiefertafel schrieb und dabei die Kreide so hart aufdrückte, dass sie fast entzweibrach: »ICH BIN UNSCHULDIG.«

Als der Kerkermeister uns entließ, sagte ich ihm, dass Boleyns Ehefrau ihm Geld bezahlen werde, damit er ihren Mann auch gut behandle, und schlug ihm vor, dem Gefangenen zuweilen ein wenig Bewegung im Freien zu ermöglichen. Er nickte. »Konstabler Fordhill sagt, er dürfe auf dem Dach der Burg nach Luft schnappen. Der Konstabler will Euch gerne sehen. Wegen des Vorfalls vorige Woche.« Er blickte uns schräg von der Seite an, ob aus Respekt vor unserem Mut oder aus Verwunderung über unsere Vermessenheit, war schwer zu sagen.

Ein Soldat führte uns zwei Treppenfluchten hinauf zu den Gemächern des Burgkonstablers. Sie waren behaglich und hell erleuchtet, die Wände mit Gobelins bestückt. Ein kleiner Knabe saß im Gang und spielte mit einem hölzernen Gaul auf Rädern – eine eigentümlich häusliche Anmutung an diesem Ort. Der Soldat klopfte an eine alte Holztür, und man rief uns hinein.

Konstabler Fordhill war ein kräftig gebauter Mann in mittleren Jahren, mit schwarzem Haar und kurzem Bart, der ein modisches Wams mit hohem Kragen trug. Er hatte ein soldatisches Gebaren und wachsame graue Augen. Nach einer höflichen Verbeugung wies er uns die Stühle vor seinem Schreibtisch, und wir nahmen darauf Platz. Er setzte sich ebenfalls, sah uns forschend an und ergriff dann leise das Wort: »Das Gnadengesuch hat nun London erreicht?«

»In der Tat, Master Fordhill.«

Er nickte bedächtig. »Wie ich höre, hat Lady Elizabeth darauf gedrungen.«

»Ja, Sir.« Die Sache war nun allgemein bekannt.

Wieder nickte Fordhill. »John Boleyn ist demnach mit Anne Boleyn verwandt?«

»Entfernt, jawohl.«

Er überlegte. »Protektor Somerset wird es nicht gutheißen, dass Lady Elizabeth in einen solchen Skandal verwickelt wird. Nach der Sache mit Thomas Seymour.«

»Sie möchte doch nur einem Verwandten beistehen.«

»Obwohl er von einem Geschworenengericht für schuldig befunden wurde?«

»Zu Unrecht, wie ich meine. Es gab berechtigte Zweifel. Ich suche noch immer einen wichtigen Zeugen.«

Fordhill runzelte die Stirn. »Und Lady Elizabeth pflichtet Euch bei? Und ihr Comptroller? Master Parry, nicht wahr?«

Ich überlegte kurz. »Ja«, sagte ich dann. Fordhill, dem mein Zögern nicht entgangen war, hob eine Augenbraue. Ich fuhr fort: »Man hat mich davon in Kenntnis gesetzt, dass es noch eine Weile dauern könnte, ehe das Gnadengesuch berücksichtigt wird. Angesichts der Unruhen im Südwesten und andernorts.«

»Tja.« Fordhill wandte sich um und blickte aus dem Fenster, das ebenfalls – wie jenes von Boleyn – einen Ausblick über Norwich bot. »Gott sei Dank ist hier noch alles ruhig, obwohl sich doch einige Aufrührer in der Stadt herumtreiben.« Er wandte sich wieder zu uns um und brummte: »Was vorige Woche auf dem Richtplatz geschah, tut mir leid. Ihr scheint Euch beide wacker geschlagen zu haben. Ihr wurdet verwundet, Serjeant Shardlake?«

»Es geht mir schon wieder viel besser.«

Fordhill schwieg einen Augenblick und blaffte dann in jähem Zorn: »Ich bin für den Vollzug der Gerichtsurteile verantwortlich. Dass ein Vollstreckungsaufschub verlorenging, ist doch eine Schande!«

»Wisst Ihr denn, wie es geschehen konnte, Sir?«, fragte ich ruhig.

Er schüttelte den Kopf. »Ich habe Richter Reynberd gefragt. Er habe das Schriftstück unterzeichnet, meinte er. Sein Kanzleivorsteher sollte dann eine Abschrift für mich fertigen und sie mir unverzüglich herüberbringen lassen.«

»Master Arden.« Der Schreiber, der für Baraks Entlassung gesorgt hatte.

Fordhill zog fragend die Augenbrauen in die Höhe. »Ihr seid gut informiert. Nun, Arden schwört, er habe die Kopie angefertigt, einem Gehilfen aufgetragen, damit zur Burg herüberzulaufen und sie eilig dem diensthabenden Wachmann auszuhändigen. Dieser wiederum war angehalten, sie schnurstracks zu mir zu bringen. Der Wachmann jedoch schwört Stein und Bein, dass er nichts bekam. Ich glaube ihm; er hat in Frankreich unter mir gedient. Der Gehilfe, den Arden mit der Nachricht sandte – auch ihn habe ich befragt; er schien unruhig, hielt aber an seiner Geschichte fest. Leider wollte Reynberd mir nicht gestatten, ihn mir unter vier Augen vorzuknöpfen. Arden war anwesend und behauptete frech, das Dokument sei uns ausgehändigt worden. Es müsse innerhalb der Burg verlorengegangen sein.« Er brummte unwillig. »Aber so leicht lasse ich mich nicht abspeisen. Ich habe an Lordkanzler Rich geschrieben, er möge der Sache nachgehen.«

»Habt Ihr meinen Namen erwähnt?«

»Gewiss. Ich wollte herausstellen, dass Ihr Boleyn vor dem Galgen bewahrt habt. Dass Ihr verletzt wurdet, habe ich auch erwähnt.«

»Ich danke Euch«, sagte ich, obschon ich wusste, dass Rich, wenn er die Nachricht las, besagten Arden eher belohnen als befragen würde. Doch warum hatte Arden das getan? Für wen? Ich tauschte einen Blick mit Nicholas.

»Ich lasse die Angelegenheit nicht auf sich beruhen«, fuhr Fordhill fort. »Sie zieht meine Amtsführung in Zweifel und beschmutzt meine Ehre.«

»Habt vielen Dank«, sagte ich. Ich hatte für einen flüchtigen Augenblick wieder jene bedauernswerten Menschen vor Augen, die um mich herum qualvoll erstickten und in ihrem Todestanz gegen mich stießen.

»Unterdessen«, fuhr Fordhill fort, »wird Master Boleyn gut behandelt.«

»Und wenn ich etwas vorschlagen dürfte, Sir«, sagte ich ernst, »sorgt für seine Sicherheit. Er hat eindeutig Feinde.«

Fordhill nickte. »Ihr könnt beruhigt sein. Solange er in meiner Obhut ist, wird ihm nichts geschehen.«

Wir ritten langsam zurück zum Maid's Head. »Ist Boleyn auch wirklich sicher?«, fragte Nicholas.

»Ich meine, schon. Fordhills guter Ruf steht auf dem Spiel.«

»Dann glaubt Ihr also, es sei Ardens Schuld, dass Boleyn beinahe zu Tode kam?«

»Es sieht ganz danach aus, es sei denn, Reynberd selbst hatte seine Hand im Spiel. Das bezweifle ich allerdings, die möglichen Konsequenzen für ihn könnten ernster nicht sein. Nein, ich glaube, dass Arden von jemandem Geld bekam, und zwar eine Menge.«

»Und inzwischen ist er bei den Assisen in Suffolk. Außer Reichweite.«

»Nun, wir sind bald wieder in London und können die Sache selbst in die Hand nehmen.«

»Geht es Eurem Rücken wirklich besser?«

Ich lächelte erleichtert. »Ja, Gott sei es gedankt. Trotzdem bin ich froh, dass Josephine mich später noch einreiben wird. Barak gibt wieder den Sittenwächter.«

Wir waren am unteren Ende von Tombald angelangt. »Seht dort«, sagte Nicholas und deutete über die Straße, wo Gawen Reynolds und seine Frau gerade aus ihrem Haus getreten waren. Der Alte in seiner roten Ratsherrenrobe stützte sich schwer auf seinen Gehstock; seine Gemahlin war wie immer schwarz gekleidet, ihre Hände weiß umwunden. Als Reynolds unser ansichtig wurde, bedachte er uns mit einem wütenden Blick. Nicholas zog demonstrativ den Hut vor ihm. Wir ritten in die Magdalen Street und in den Stallhof unserer Herberge. Der Pferdeknecht schaffte einen Aufsitzblock herbei, und Nicholas half mir aus dem Sattel. Als ich wieder den Boden unter den Füßen spürte, ertönte hinter mir eine barsche Stimme. »Könnt Ihr nicht einmal ordentlich aus dem Sattel steigen, Buckliger?«

Wir drehten uns um und sahen Reynolds dort stehen, beide Hände um den Gehstockknauf gekrallt. Der Stallknecht starrte ihn an. »Pack dich!«, schnauzte der Alte, und der Knecht verschwand eilig in die Herberge.

»Ich wurde verletzt, Reynolds«, entgegnete ich kalt, »vor zehn Tagen auf dem Schafott. Eure Enkel haben Euch gewiss davon erzählt. Sie waren dort, um ihren eigenen Vater am Galgen zu sehen.«

»Gut so. Er wurde rechtmäßig verurteilt.«

»Tut doch nicht so, als hättet Ihr nichts von dem Gnadengesuch gehört!«, entgegnete Nicholas hitzig. »Die Spatzen pfeifen es doch von den Dächern.«

»Was wollt Ihr, Master Reynolds?«, fragte ich kurz angebunden.

»Wissen, wann die Begnadigung dem König vorliegt.«

»Ich weiß es nicht.«

Seine Augen wurden schmal. »Ich habe Kontaktleute in London, die es herausfinden können.«

»Ich an Eurer Stelle würde Lady Elizabeth nicht ins Gehege kommen«, sagte ich.

»Und ich pisse auf die Tochter der Hure«, geiferte Reynolds. »Hier in Norfolk hat Mary das Sagen.«

Nach kurzem Schweigen fragte ich: »Warum wollt Ihr Euren Schwiegersohn unbedingt tot sehen?«

»Weil er ein Schwächling ist und ein Lüstling dazu. Die Boleyn-Familie ist verdorben, und ich will diesen Dorn aus unserem Fleische wissen!«

Ich hielt seinem Blick stand. »In Norwich mögt Ihr mächtig sein, Master Reynolds, und Eure Enkelsöhne gefürchtet. Aber Ihr könnt nichts tun. Das Gnadengesuch ist auf dem Weg, und ich habe soeben mit dem Konstabler gesprochen. Er wird dafür sorgen, dass Boleyn sicher verwahrt bleibt, bis über das Gnadengesuch entschieden ist.«

Reynolds rümpfte verächtlich die Nase. »Ihr seid doch nur ein bucklichter Rechtsverdreher, kein richtiger Mann, bei aller Gelehrtheit. Wann reist Ihr ab?«

»Schon bald.«

»Dann muss ich wenigstens Eure hässliche Visage nicht mehr sehen. Euer Anblick brachte mein Weib zum Heulen, ich musste sie nach Hause schicken.« Er sah Nicholas an. »Ich überlasse Euch jetzt Eurem Vergnügen. Wie ich höre, empfangt Ihr alle Tage ein junges Weib in Eurem Zimmer. Und Euer einarmiger Freund ist auch zugegen. Was für Spiele Ihr auch immer dort treibt, sie taugen gewiss für den Rummelplatz. Ist der Schlaks auch dabei?«

Nicholas tat einen Schritt auf ihn zu, aber ich lachte, was Reynolds mehr zu erzürnen schien als alles andere. »Habt Ihr keine Ehre im Leib?«, blaffte er. »Kein Gentleman würde solche Reden als Scherz auffassen.«

»Eure Enkelsöhne hätten das Gleiche sagen können, Master Reynolds. Ihr redet wie ein bösartiger Knabe.« Reynolds gab ein angewidertes Grunzen von sich, fasste sich aber und humpelte hinaus.

»Alte Giftnatter«, sagte Nicholas. »Am liebsten hätte ich ihm einen Tritt in den Arsch verpasst!«

»Du klingst schon genau wie Barak«, sagte ich und lächelte.

Am folgenden Tag, dem Dienstag, unternahm ich einen längeren unbegleiteten Ausritt durch das St Stephen's Gate hinaus in die Landschaft. Ich gewann allmählich wieder an Zuversicht. Die Hitze war zurückgekehrt, und ich bemerkte, wie schlecht die Feldfrüchte gediehen waren. Ich ritt an einem großen Safranfeld entlang. Nach einer Meile führte der Weg an einer mächtigen dreieckigen Fläche vorbei, umschlossen von einer Hecke und einem Graben, dahinter die vertrauten Hürden, aber Kühe, nicht Schafe, grasten darin. Vor einer Scheune sah ich einen alten Mann sitzen, der ein Auge auf sein Vieh hatte.

»Gott zum Gruße, Gevatter«, sagte ich. Er stand auf und verneigte sich. »Wem gehört denn all das Vieh?«

Er lächelte. »Ihr müsst hier fremd sein, Herr, wenn Ihr mich das fragt. Sie gehören alle den Städtern, die sie für ihre Milch benötigen. Manchmal teilen zwei Familien sich eine Kuh. Man hat das Land eingehegt, damit die Tiere nicht herumstreunen. Ich bin der Kuhhirte und kümmere mich um sie«, fügte er stolz hinzu. »Jeder, der einen halben Penny die Woche bezahlt, kann seine Kühe hier grasen lassen.«

»Und wer sich das nicht leisten kann?«

Er maß mich aus misstrauischen Augen. »Der muss eben zusehen, dass seine Kühe nicht auf fremde Weiden wandern, oder eine Gebühr zahlen, um sie wiederzukriegen. Jetzt entschuldigt mich, Sir, ich muss mich sputen, dort drüben sucht ein Kalb nach seiner Mutter.« Er verneigte sich hastig und eilte davon, obwohl ich kein herumirrendes Kalb entdecken konnte. Ich ritt hinunter zum Fluss, dann wieder zurück, und überlegte, dass in Norfolk wirklich nichts schlicht und einfach war.

Am Mittwoch hatte ich mit Barak und Nicholas einen längeren Ausritt geplant. Auch Josephine und Edward Brown wollten uns Gesellschaft leisten. Beide hatten in London das Reiten gelernt. Da sie aber eine ganze Weile nicht mehr im Sattel gesessen hatten, waren sie ganz erpicht darauf, es erneut zu versuchen, also mieteten wir in der Herberge ein paar Pferde für sie. Es war zum Teil als Dankeschön gedacht für das, was Josephine für mich getan hatte. Master Theobald verneigte sich. Und doch hatte ich den leisen Verdacht, dass der freundliche Wirt uns am liebsten los wäre. Ich fragte mich, wer aus seinem Gesinde mit Reynolds' Leuten geschwatzt hatte.

Wir trafen Barak vor dem Blue Boar, weil wir über die Bishopsgate Bridge und dann den Fluss entlang nach Süden reiten wollten, am Fuß von Mousehold Heath entlang. Edward hielt sich mühelos im Sattel, wogegen Josephine zunächst noch ein wenig ängstlich war. Wir polterten über die Brücke und folgten dann dem Flusslauf. Barak hatte seine künstliche Hand angeschnallt und offenbar noch nichts getrunken – Nicholas und ich hatten stets ein Auge auf ihn.

Edward blickte den Weg entlang zum Hügel hinauf, der aus der Nähe steiler und höher war, als mir bewusst gewesen war. Ganz oben stand, verlassen hinter seinen Mauern, der Palast des Earl of Surrey. Weiter nördlich drehten sich langsam zwei große Windmühlen – offenbar wehte dort oben Wind. »Der Palast soll prächtig sein«, stellte ich fest.

»Abgesehen vom Verwalter des Escheator lebt dort niemand mehr. Mit dem Palast des Herzogs von Norfolk in der Stadt ist es dasselbe.« Edward lächelte verlegen. »Der verstorbene Earl of Surrey wollte, dass sein Bauwerk von der ganzen Stadt bestaunt werde, und wählte deshalb als Standort die Höhen von Mousehold Heath.«

»War nicht Richard Southwell am Sturz des Earl of Surrey und dessen Vater beteiligt?«

»Oh ja. Bei dem Prozess gegen den Earl of Surrey sagte er aus, dass Surrey ein königliches Wappen führte – obwohl Southwell dem Vater des Earl, dem Herzog von Norfolk, jahrelang gedient hatte. Er ist ein Mann ohne Moral.«

»Klingt nach Norfolks Antwort auf Richard Rich«, bemerkte Barak.

Ich dankte Edward für sein Einverständnis, dass seine Frau meinen Rücken behandeln durfte. »Wir helfen Euch gern«, antwortete er. »Schließlich habt Ihr uns gesucht und unterstützt.«

»Müsst Ihr immer noch Steine schleppen vor der Kathedrale?«

Edward seufzte. »Die Arbeit ist fast getan. Josephine und ich wollen nach London zurückkehren. Würdet Ihr uns helfen?« Er sah mich an, sein schmales, gutaussehendes Gesicht verlegen, weil er mich schon wieder um etwas bitten musste.

»Ich kann euch gewiss eine Stellung besorgen.«

Josephine lächelte. »Und Mousy wird in London groß, wie ihr Vater.«

»Aber noch nicht gleich«, antwortete Edward mit einem flüchtigen Blick auf seine Frau. »Vielleicht im Herbst.«

»Ihr braucht mir nur zu schreiben«, sagte ich.

Als wir nach Süden ritten, wurde der Aufstieg zum Mousehold links von uns allmählich flacher, und ein dichter Wald erstreckte sich bis zu den bewirtschafteten Feldern zwischen dem Fluss und der Heide. Wir ritten in den kleinen Weiler Thorpe und tranken Bier in einer Schänke mit Blick auf den Fluss.

»Ein schönes Land«, stellte ich fest.

»Für Mousy ist London die bessere Wahl«, erwiderte Josephine.

Edward blickte die Heide hinauf, die hier weniger dicht bewaldet und weitläufig war, eine sanft ansteigende Fläche aus gelbem Gras, auf der Schafe weideten. Sie gehörten der Kathedrale, wie er mich wissen ließ. »Die Rebellen Wat Tylers hatten vor zweihundert Jahren dort oben ein Lager«, sagte er. »Auch eine Kapelle steht dort, die dem heiligen William geweiht ist. Er soll in den Tagen König Stephans angeblich von Juden ermordet worden sein, die es nach seinem Blut gelüstete.«

Barak sagte: »Mein Vater war jüdischer Abstammung. Wir haben nie Blut getrunken.«

Edward errötete. »Tut mir leid, das wusste ich nicht. Jedenfalls ließ der alte König den Schrein des Heiligen aus der Kathedrale entfernen.«

»War nicht unser Heiland selbst ein Jude?«, fragte Josephine.

»In der Tat«, erwiderte Edward. »Und ein armer Zimmermann.«

Barak blickte auf die Kirchtürme von Norwich jenseits des Flusses. »Möchte zu gern wissen, was Er von denen halten würde. Nicht viel wahrscheinlich.«

Wir ritten den Weg zurück, den wir gekommen waren. Als die Bishopsgate Bridge wieder in Sicht kam, waren wir meinen Schätzungen zufolge vier Meilen geritten, und ich hatte nur leichte Rückenbeschwerden. In kurzen Etappen, so dachte ich, konnte ich es nach London schaffen.

Als wir uns der Brücke näherten, kamen drei Männer die Anhöhe herunter. Sie waren Arbeiter in grauen Kitteln, der eine ging nach Art der Pflüger gemächlichen Schrittes, die anderen schneller, wie Stadtleute. Einer hielt sich in soldatischer Manier stockgerade, schritt gleichmäßig und schwang dabei die Arme. Sie waren fast schon am Fuße des Hügels angelangt. Als sie unser ansichtig wurden, blieben sie verwundert stehen. Edward winkte ihnen zu. »Einen von ihnen kenne ich«, sagte er. »Entschuldigt mich.« Er stieg ab, ging zu den Männern hinüber und schüttelte ihnen die Hände. Ich konnte nicht hören, was sie sagten, sie waren zu weit entfernt. Josephine beobachtete mich vorsichtig. Ich versuchte, ein paar Worte zu erhaschen, weil ich mich an jene Begegnung zwischen Edward und dem Soldaten im Blue Boar erinnerte, hörte aber nur, wie einer sagte: »Abgesehen vom fehlenden Wasser ist es ideal.«

Sie nahmen Abschied, und Edward kam wieder zurück. Aufregung funkelte in seinen Augen. »Tja«, sagte er, »wir müssen nach Hause. Juliet Wingate kann Mousy nur bis um fünf Uhr hüten.«

Wir ließen Barak im Blue Boar zurück, und als wir uns vor dem Maid's Head von Josephine und Edward verabschiedeten, sagte ich ihnen, dass wir in ein, zwei Tagen abreisen würden. »Das solltet Ihr auch, Sir«, sagte Josephine. »Ihr habt gewiss viel zu tun in London.« Es klang gerade so, als wäre sie erpicht darauf, mich los zu sein, und ich war ein wenig gekränkt. »Wir schreiben bald«, versprach Edward.

Nicholas und ich ritten in den Stallhof. Zu meiner Verwunderung eilte Master Theobald persönlich herbei, einen Brief mit einem großen roten Siegel schwenkend. Er reichte ihn mir hoch. »Er kam, just nachdem Ihr fort wart.«

Ich nahm ihn an mich, dachte, er sei von Parry oder Lady Elizabeth, aber das Siegel war mir fremd. Ich erbrach es und holte tief Luft.

»Was ist es?«, fragte Nicholas.

Ich reichte ihm das Schreiben und sagte leise: »Gehen wir nach oben.«

KAPITEL DREIUNDDREISSIG

In meinem Zimmer las Nicholas den Brief. Er kam von Kenninghall Palace und war kurz und bündig:

Serjeant Shardlake,
Lady Mary erwartet Euch am Freitag, dem 5. Juli, um zwei Uhr nachmittags hier im Palast.
Richard Southwell,
Steward der Lady Mary

»Was will sie bloß?«, fragte er.

»Vielleicht in Erfahrung bringen, welche Rolle ihre Schwester in der Boleyn-Angelegenheit spielt.«

Nicholas blickte besorgt drein. »Vielleicht ist ihr zu Ohren gekommen, dass Edith Boleyn in Hatfield war? Erinnert Euch, Parry sprach davon, dass beide Schwestern über eigene Spitzel verfügen.«

»Ich weiß es nicht. Doch als Beauftragte der Lady Elizabeth ist es unsere Pflicht, Stillschweigen zu bewahren. Auch wenn Mary die Thronerbin ist.« Ich maß ihn mit strengem Blick.

»Ich weiß.«

»Southwell ist vielleicht ebenfalls dort«, sagte ich nachdenklich.

Ich holte die Karte, die Toby uns für die Reise nach Norfolk gezeichnet hatte. »Kenninghall. Es befindet sich über zwanzig Meilen südlich von hier. So weit kann ich nicht reiten an einem Tag. Wir werden die Reise in Wymondham oder Attleborough unterbrechen müssen. Geh und sprich mit dem Wirt, was er für die bessere Wahl hält.«

Nicholas ging, und ich trat ans Fenster. Es war wieder Markttag und viel Getriebe in den Straßen. Die Leute wirkten müde, die

Hitze machte allen zu schaffen. Warum hatte Mary uns zu sich bestellt?

Nicholas kam zurück. »Wir sollten in Wymondham Rast machen. Nach Attleborough ist es noch ein ganzes Stück zu reiten; vielleicht sollten wir am ersten Tag die kürzere Strecke hinter uns bringen.« Ich nickte zustimmend. »Obendrein sei die Stimmung in Attleborough ein wenig ungewiss, meinte unser Wirt, die Bauernschaft noch immer aufgebracht. Wymondham indes sei von ansehnlicher Größe, die drittgrößte Stadt in Norfolk, mit schönen Wirtshäusern. Allerdings finden dort an diesem Wochenende wie in jedem Jahr ein Schauspiel und ein großer Jahrmarkt statt. Sie nennen es das Wymondham Game. Wir müssen bald aufbrechen, wenn wir noch eine Unterkunft finden wollen. Der Wirt empfiehlt uns den Green Dragon.«

»Wohlan, dann brechen wir morgen früh auf.« Ich hatte die Absicht gehabt, zu Toby Lockswoods Hof zu reiten, um herauszufinden, warum er sich nicht mehr bei uns blicken ließ, doch das musste nun warten. »Komm, wir gehen zum Blue Boar und sagen Barak Bescheid. Dann sollten wir uns die Haare schneiden und die Bärte stutzen lassen.«

Am folgenden Morgen, einem Donnerstag, waren wir schon früh auf den Beinen und begaben uns, die Anwaltstracht über den Sonntagskleidern, hinunter zum Frühstück. Einige Kaufleute, die aus anderen Gegenden zum Markttag nach Norwich gekommen waren, hatten hier genächtigt, und bei Tisch boten die Bauernaufstände, die in anderen Teilen des Landes um sich griffen, regen Gesprächsstoff. Gruppen von Aufständischen hatten offenbar in Essex und auch in Kent Lager errichtet, wobei dasjenige in Essex angeblich tausend Männer umfasste. Und von diesen Lagern aus sandte man Petitionen an den Protektor, er möge die ungesetzlichen Einhegungen entfernen lassen. Auch in Oxfordshire, so wurde gemunkelt, gebe es Tumulte. Einer der Kaufleute sprach von einer neuen Verlautbarung des Protektors, dass alle Unruhestifter als Verräter galten und mit der Höchststrafe zu rechnen hätten. Am Ende werde man sie ja doch allesamt begnadigen, fügte er zornig hinzu. »In Kent reden die Rebellen schon davon, dass sie ein gottgefälliges Gemeinwohl anstreben«, schloss der Mann.

»Dieses Gemeinwohl-Gerede wird bald zu dem Irrglauben führen, dass alle Güter geteilt werden sollten. Es ist nicht besser als das Wiedertäufertum«, erwiderte sein Freund.

Ich sah Nicholas vielsagend an, der ein finsteres Gesicht zog.

❧

In der Tat war eine neue Verlautbarung an das Stadttor geschlagen worden, die den Aufständischen mit dem Tode drohte. Dahinter jedoch war das flache Land ruhig und reglos. Nicholas sagte: »Ich frage mich, wie viele dieser Gerüchte wahr sind. In Anbetracht der Rebellen im Westen braucht das Land nicht noch mehr Tumulte. Unsere Kräfte sollten sich ganz auf den Sieg gegen die Schotten konzentrieren.«

»Nicholas, der Protektor und du, ihr seid doch gewiss die Letzten in England, die noch nicht erkannt haben, dass der Krieg verloren ist.«

Einen Moment lang sagte er nichts. »Vielleicht habt Ihr recht. Aber ein Aufruhr in Kriegszeiten ist wirklich Verrat.«

»Vieles davon ist vielleicht nur heiße Luft.«

»Jene Kaufleute schienen es ernst zu meinen.« Nach kurzer Pause fuhr er fort: »Ihr seid der Lady Mary schon einmal begegnet, nicht?«

»Ja, vor drei Jahren. Sie ist klug, aber berechnend. Und auch hartherzig.«

»Sie weigerte sich jahrelang, die Oberhoheit des alten Königs über die Kirche anzuerkennen, nicht?«

»Oh ja, dasselbe gilt für seine Scheidung von ihrer Mutter.«

»Katharina von Aragon, nicht? Ich bin mit so vielen Königinnen groß geworden, dass ich den Überblick verloren habe.«

»Stimmt. Mary akzeptierte die Suprematsakte erst, als ihre Mutter und Anne Boleyn, die sie hasste, beide tot waren. Dann passte sie sich zehn Jahre lang an. Doch jetzt will sie das englische Gebetbuch nicht akzeptieren.«

»Will sie denn einen Wiederanschluss an Rom?«

»Ausgesprochen hat sie es nicht. Aber sie will nicht von der lateinischen Messe ablassen. Und sie hat schon oft bewiesen, wie stur sie sein kann. Und eines dürfen wir nicht einen Moment vergessen: Sie hasst Elizabeth.«

Wir ritten gemächlich im Schritt, denn ich war ängstlich darauf bedacht, meinen Rücken nicht zu sehr anzustrengen. Es war schon Nachmittag, als wir Wymondham erreichten, einen Marktflecken mit ansehnlichen Gebäuden entlang der Hauptstraße. Auf einem Wiesenstreifen im Süden wurden für den Jahrmarkt Zelte errichtet, und unweit des Stadtzentrums wurde eine flache Grube ausgehoben. Nicht weit davon entstand auf einem hölzernen Gerüst eine Bühne. Wir überquerten den Marktplatz, wo um das Gewölbe einer hölzernen Markthalle viel Betriebsamkeit herrschte. Im Süden erhob sich eine große Kirche aus weißem Stein mit zwei hohen Türmen links und rechts. Der eine Turm war in Trümmern, ohne Fenster und Dach, der andere jedoch schien in guter Verfassung. Dahinter erhaschten wir einen Blick auf jenes inzwischen vertraute Bild in England: die halb dem Erdboden gleichgemachten Gebäude eines Klosters.

»Es muss ein mächtiges Gebäude gewesen sein«, sagte Nicholas.

»Oh ja. Komm, die Herberge ist hinter der großen Kapelle dort drüben.«

Die Pforten der Kapelle standen offen, und während wir noch schauten, gingen zwei Männer hinein. Ihr Gewand war dem der Ritter von einst nachempfunden, die Kettenhemden jedoch aus gewobenem Zwirn.

»Ich frage mich, welches Stück sie aufführen«, sagte ich.

»Der Wirt des Maid's Head meinte, es habe ursprünglich von Thomas Becket gehandelt.«

Ich blickte ihn überrascht an. »Der Erzbischof, der seinem König trotzte. Von ihm zu reden ist seit zehn Jahren höchst gefährlich.«

»Offensichtlich haben sie den Text verändert, damit er politisch genehm ist.«

Wir erreichten die Herberge, ein großes Gebäude mit Geschäften im Erdgeschoss. Ein kräftig gebauter älterer Mann mit einem kurzen weißen Bart schaffte mit Hilfe eines Knaben ein geschlachtetes Schwein in einen Metzgerladen. Wir ließen unsere Pferde in den Stallungen und betraten das Wirtshaus. Dort begrüßte uns ein kurzer, dicker Mensch in einer Schürze, der uns keine der Artigkeiten bezeigte, mit denen der Wirt des Maid's Head seine Gäste empfing. Ob er uns für zwei Nächte beherbergen könne, fragte ich ihn.

»Jawohl, Gentlemen. Ihr kommt gerade noch zur rechten Zeit; bald werden Hunderte herbeiströmen, um das Stück und den Jahrmarkt zu sehen.« Er sah mich neugierig an. »Führen Euch rechtliche Angelegenheiten nach Wymondham?«

»Nein, wir sind nur auf der Durchreise. Ich bin Serjeant Matthew Shardlake, und dies ist Master Overton.«

Er musterte mich genau. »Serjeant? Seid Ihr etwa mit Serjeant John Flowerdew im Bunde?«

»Nein, allerdings bin ich ihm schon begegnet, bei den Assisen in Norwich.«

»Seid Ihr mit ihm befreundet?«, fragte der Wirt argwöhnisch.

»Ganz gewiss nicht.«

»Seit zehn Jahren ist er nun schon Wymondhams Plage. Er lebt in Hethersett, nördlich von hier, in einem vornehmen Haus. Er dürfte jetzt dort sein, wahrscheinlich um noch mehr Land für seine Schafe einzuhegen.«

»So wie viele Grundherren in dieser Gegend, nicht wahr?«

Der Wirt schnaubte verächtlich. »Er gibt sich aber nicht damit zufrieden, Zäune zu errichten. Während der Auflösung der Klöster fungierte er hier als Vertreter des Augmentationsgerichts. Er wusste zu verhindern, dass wir Ortsansässige uns jenen Teil der Klosterkirche sicherten, den wir von alters her für unsere eigenen Gottesdienste genutzt hatten; und als wir uns an Lord Cromwell wandten und er das Gebäude an uns veräußerte, nahm sich Flowerdew Blei und Mauerwerk aus dem südlichen Kirchenschiff, indem er vorgab, es gehöre zum Schlafsaal der Mönche.« Er holte tief Luft. »Nehmt mir die Worte nicht übel, Gentlemen, aber dieser Mann steckt uns wie ein Dorn im Fleisch.«

»Kaum zu glauben, dass ein vermögender Mann für ein bisschen Blei solche Mühen auf sich nimmt.«

»Flowerdew streitet gern, er würde selbst einem Floh das Fell abziehen. Fragt William Kett, den Metzger draußen im Laden.« Er schüttelte den Kopf. »Aber Ihr werdet müde sein. Ein Knecht soll Euch die Zimmer zeigen und Euch Wasser bringen, damit Ihr den Straßenstaub abwaschen könnt.«

Wir aßen in unserem Wirtshaus und beschlossen dann, zumal es kühler geworden war, hinunter zur Kirche zu schlendern. Sie war noch immer ein prächtiges Bauwerk, aus dem gleichen weißen Stein errichtet wie die Kathedrale von Norwich. Den Teil der Kirche, der einst den Mönchen vorbehalten war, hatte man abgerissen. Wir traten in die Kirche der Stadtleute, deren Wände noch nicht weiß übertüncht waren. Die Seitenaltäre indes, früher einmal mit den Bildern von Heiligen geschmückt, waren vollständig leer. Ein Flickwerk im Südschiff verlieh dem ansonsten schönen Bauwerk eine etwas schiefe Anmutung.

Nicholas schüttelte den Kopf. »Es käme Flowerdew, als hiesigem Grundherrn, doch nur zugute, wenn die Bürger seiner Stadt zufrieden wären.«

»Einige Menschen sind eben streitsüchtig. Du arbeitest nun lange genug in meiner Kanzlei, um das zu wissen.«

Wir gingen an den Klosterruinen vorbei zu einem kleinen Bach und kehrten dann wieder in die Stadt zurück. Obwohl es fast schon dunkel war, waren die Straßen belebt und die Schenken voll, deren Gäste sich an diesem warmen Sommerabend bis auf den Gehweg tummelten. Aus einem der Grüppchen rief uns jemand hinterher: »Blutsaugendes Pack! Wer das Gemeinwohl plündert, den schleppt der Teufel in die Höll!«

Wir ignorierten die Schmähung und bogen in die Market Street. Auch hier bildete sich eine Menschentraube vor einer Schänke. Ein Mann drehte sich um, als wir uns näherten, und verschwand dann rasch in eine Gasse. Ich hielt inne. »Was ist?«, fragte Nicholas.

»Hast du den Mann gesehen?«

»Nein.«

»Ich dachte, ich hätte ihn erkannt, aber vielleicht täusche ich mich.« Doch ich war sicher, dass es jener Miles gewesen war, den ich in Norwich mit Vowell und Edward Brown hatte reden hören. Ich hatte Nicholas noch immer nicht davon erzählt. »Komm«, sagte ich. »Wenn wir um zwei in Kenninghall sein sollen, müssen wir früh aus den Federn.«

Wir gingen zeitig zu Bett. Ich schlief gut, bis ich im Morgengrauen von Fuhrwerken geweckt wurde, die mit ihren Waren für den Jahrmarkt durch Wymondham rumpelten.

KAPITEL VIERUNDDREISSIG

K urz vor sechs Uhr brachen wir nach Kenninghall auf. Es war
ein langer Ritt in brütender Hitze, über zwölf Meilen unter
einem weiten blauen Himmel. Wir durchquerten Attleborough, an
das ich mich von unserer Reise nach Norwich erinnerte. Die Stadt
erschien mir ruhig, doch in der Landschaft dahinter sah ich Furchen
im Boden, wo man die Zäune niedergerissen hatte, und die Schafe
waren von den Wiesen verschwunden.

Hinter Eccles bogen wir von der Hauptstraße auf einen befestig-
ten Weg. Das Land war eingehegt, zumeist bewaldete Parklandschaft,
dazwischen jedoch auch Wiesen und Schafweiden. Schließlich kam
ein imposanter Palast aus rotem Backstein in Sicht, noch recht neu,
so wie Hatfield, wenn auch um einiges größer. Der breite Eingang
wurde von zwei Soldaten bewacht. Kenninghall. Der Palast hatte
dem alten Herzog von Norfolk gehört, bevor Mary ihn kaufte. Als
wir uns näherten, kamen Stallburschen aus einem Nebengebäude
auf uns zugelaufen und auch ein Steward, den Buchstaben M auf den
Mantel geprägt, hielt mit einem der Soldaten auf uns zu.

»Wir möchten mit Lady Mary sprechen«, sagte ich. »Serjeant
Matthew Shardlake. Mein Assistent Master Overton. Wir haben eine
Audienz um zwei Uhr.«

Der Mann nickte. Die Stallburschen hatten Aufsitzblöcke herbeigeschafft, und wir stiegen von den Pferden, wobei Nicholas mir
aus dem Sattel half. Der Steward führte uns hinein. Das Innere unterschied sich grundlegend von Hatfield, war reich geschmückt mit
farbenfrohen Gobelins und kunstvoll verzierten Tischen, mit Vasen
aus venezianischem Glas voller Blumen. Aus einer Kapelle wehte
mir der Duft von Weihrauch in die Nase.

»Hattet Ihr einen angenehmen Ritt?«, fragte der Steward.

»Ein wenig ermüdend. Wir haben in Wymondham übernachtet.«

»Seid Ihr auch durch Attleborough gekommen, wo diese Bauerntrampel die Zäune niedergerissen haben? Sind sie noch darnieder?«

»Soweit wir es sehen konnten.«

Vor einer Flügeltür, vor der ein Wachmann postiert war, blieb Steward stehen. Er klopfte. »Herein«, antwortete eine Männerstimme. Der Steward wandte sich Nicholas zu. »Ihr müsst draußen bleiben«, sagte er und öffnete dann die Tür. Ich trat ein. Am hinteren Ende eines langgezogenen Gemachs stand Sir Richard Southwell, nüchtern gekleidet in einer langen braunen Robe mit Pelzkragen, und blickte wie üblich aus halbgeschlossenen Lidern hochmütig auf mich herab, die Arme hinter dem Rücken verschränkt. Neben ihm befand sich ein reichverzierter Stuhl, der über drei Stufen zu erklimmen war und auf dem unter einem karmesinroten Staatsbaldachin die Thronerbin saß, Lady Mary. Auf der untersten Stufe saßen zwei Hofdamen, die Köpfe über ihre Stickarbeiten gebeugt. Ich zog den Hut und verneigte mich, wenn aufgrund meines steifen Rückens auch nicht so tief, wie es sich geziemte.

»Erhebt Euch, Sir«, sagte Lady Mary höflich. Sie sah den Steward noch immer neben der Tür stehen und winkte ihn hinaus. Sie lächelte, obschon ihre dunklen Augen wachsam blickten. Sie war jetzt dreiunddreißig, mehr als doppelt so alt wie Elizabeth. Sie war, wie ich sie in Erinnerung hatte: klein und dünn, aber mit einem eisernen Willen ausgestattet. Allerdings bemerkte ich neue Kummerfalten um ihren kleinen Mund. Ihr dunkles, rostrotes Haar war von einer juwelenbesetzten französischen Haube bedeckt, und ihr prächtiges Gewand wie jenes, das sie vor drei Jahren getragen hatte, mit Granatäpfeln bestickt, dem Emblem Katharinas von Aragon, ihrer Mutter.

»Danke, dass Ihr gekommen seid, Serjeant Shardlake. Ich habe mit Euch zu reden.«

»Wie kann ich Euch helfen, Mylady?«

Sie lächelte dünn. »Erinnert Ihr Euch an unsere Begegnung vor drei Jahren? Als Ihr Königin Catherine – Gott sei ihrer Seele gnädig – dabei behilflich wart, ein verlorenes Schmuckstück zu suchen?«

»In der Tat.«

»Ihr habt Euch sehr verändert. Euer Haar ist weiß, und Ihr habt an Gewicht verloren, wie ich meine.«

»Ich werde älter, Mylady.«

»Die Unruhen dieser Tage in England lassen uns alle altern. Sir Richard hier kommt soeben aus einer Versammlung führender Männer der Grafschaften mit dem Protektor. Man schickt eine Armee gegen die Aufrührer im Südwesten.«

Ich blickte sie forschend an, aber ihr Ausdruck war vage, unergründlich. Sie wandte sich an Southwell. »Und nun erreichen uns aus allen Landesteilen Berichte von Aufständen. Die Bauern rotten sich zusammen, um die Zäune der Grundherren niederzureißen.«

»Täglich muss ein neuer fallen«, pflichtete Southwell ihr bei. Dann hatten die Kaufleute in Norwich also die Wahrheit gesagt.

Sie wandte sich wieder mir zu. »Ihr seid bei den Assisengerichten in Norwich gewesen, wie ich höre. Wie würdet Ihr die Stimmung in Norfolk beschreiben?«

»Das Stadtvolk dünkt mich unzufrieden«, antwortete ich mit Bedacht. »Auf dem Lande bin ich nicht gewesen, abgesehen von meinem Ritt hierher.« Ich zögerte und setzte dann hinzu: »Gestern sprachen einige Kaufleute von Aufständen in Kent und in Essex, auch in Oxfordshire.«

»Da seht Ihr's, die Kaufleute vor Ort wissen mehr über diese Dinge als der Protektor«, sagte Mary verächtlich zu Southwell.

Er nickte zustimmend. »Diese Aufstände sind irgendwie abgesprochen, es kann gar nicht anders sein. Auch wenn es sich nur um Unzufriedene und Renegaten handelt, die von Ort zu Ort gehen und die Leute aufstacheln, sich ihnen anzuschließen. Doch meine Spitzel sagen mir, dass es in Norfolk ruhig ist, abgesehen von jenen Hunden in Attleborough.«

Mary sah mich an. »Worüber murren denn die Menschen in Norwich?«

»Über die steigenden Preise, die Abwertung des Münzgeldes, die Arbeitslosigkeit.«

»Und wie steht es um den religiösen Wandel? Wird er auch erwähnt?« Mit einem Male wurde ihr Blick stählern.

»Nicht, dass ich wüsste«, antwortete ich wahrheitsgemäß.

Sie wollte also herausfinden, ob die Unzufriedenheit im Volke von den Glaubensveränderungen herrührte; dies konnte freilich nicht der wahre Grund sein, warum sie mich hatte rufen lassen.

Southwell fügte hinzu: »Außerhalb des Südwestens ist allenthalben von Gemeinwohl die Rede. Eine Vorstellung radikaler Protestanten. Sie scheinen zu glauben, dass John Hales' Einhegungskommissionen die Veränderungen herbeiführen werden, die jene Rebellen wollen, und indem sie diese Lager errichten, können sie ihm ihren Willen aufzwingen.« Er maß mich noch immer mit jener kalten Miene; und plötzlich kam mir in den Sinn, dass er über den Reichtum, die gesellschaftliche Stellung und respekteinflößende Reputation verfügte, die erforderlich waren, um den Kanzleivorsteher Arden zu bestechen. Andererseits galt dies auch für John Flowerdew.

»Doch das Gebetbuch könnte zum Thema werden«, sagte Mary ruhig. Southwell warf ihr einen flüchtigen warnenden Blick zu, und sie wandte sich wieder an mich. »Selbstverständlich ist jeder Aufruhr im gemeinen Volke wider die gesellschaftliche Ordnung ein Verrat gegen meinen Bruder, den König, und muss hart bestraft werden.«

Ich neigte zustimmend den Kopf.

Sie wandte sich wieder Southwell zu, und ihr Ton hatte sich verschärft: »Er weiß nichts, wie Ihr vermutet habt. Aber fragen kostet schließlich nichts.« Sie blickte mich an, und ihre Miene hatte sich völlig verändert, war jetzt ernst und streng. »Serjeant Shardlake, warum ich Euch hauptsächlich rufen ließ, ist Folgendes: Was denkt sich meine Schwester, wenn sie Euch hier heraufschickt, damit Ihr Euch in den Prozess gegen ihren Boleyn-Verwandten einmischt, der doch eines widerwärtigen Mordes angeklagt und für schuldig befunden wurde. Wie ich höre, seid Ihr doch tatsächlich zu ihm aufs Schafott gestiegen, um zu verhindern, dass der Mann gehenkt werde.« Ihre dunklen Augen blickten forschend und hart, die schmalen Lippen hatte sie nun fest aufeinandergepresst.

»Lady Elizabeth trug mir lediglich auf, den Fall zu untersuchen. Und sollte Boleyn für schuldig befunden werden, war ich instruiert, ein Gnadengesuch einzureichen, was ich auch getan habe. Es ist völlig legal«, sagte ich und fügte hinzu: »Das Gesuch war von dem zuständigen Richter angenommen worden, doch der Hinrichtungsaufschub hatte den Konstabler nicht mehr rechtzeitig erreicht. Aus diesem Grunde musste ich einschreiten. Boleyn wäre sonst widerrechtlich gehenkt worden.«

Mary lachte barsch und wandte sich an Southwell. »Seht Ihr, ist ein Boleyn im Spiel, genügt nicht einmal das Urteil der Geschworenen.«

Ich warf Southwell einen flüchtigen Blick zu, weil ich mich erinnerte, dass er selbst einmal eines Mordes überführt und dann begnadigt worden war, und sagte gleichmütig: »Ich habe nur getan, was das Gesetz zulässt.«

Lady Mary lächelte säuerlich. »Ich bin im – Gespräch – mit Protektor Somerset, hauptsächlich über Sir Richard hier. Ich werde dem Protektor meinen Unmut über dieses Gnadengesuch kundtun. Und um mir zu gefallen, wird er es vielleicht sogar ablehnen.« Ihre Stimme wurde dunkel. »Anne Boleyn hat dieses Land ins Elend gestürzt und meinem Vater nur Unglück gebracht. Er wandte sich Jane Seymour zu – der Schwester des Protektors. Daran sollte Elizabeth denken.«

»Zweifellos«, sagte Southwell zu mir, »werdet Ihr Master Parry von dieser Unterredung berichten. Nur zu.« Breit grinsend zeigte er seine weißen Zähne. Mary war es nur darum zu tun, Elizabeth ihre Macht zu demonstrieren. Schließlich war sie die Thronerbin und wusste die Habsburger auf ihrer Seite, trotz ihrer gegenwärtigen Schwierigkeiten.

»Es tut mir leid, wenn ich Euch gekränkt habe, Mylady. Seid versichert, dass ich nichts anderes im Sinn hatte, als meine anwaltlichen Pflichten zu erfüllen.«

Mary lehnte sich zurück. »Wie schon für Catherine Parr, jene andere Fürsprecherin der neuen Religion«, sagte sie kalt und barsch.

»Diese Frau versuchte, die Kinder des Königs in Glaubensfragen auf ihre Seite zu ziehen, aber bei mir gelang es ihr nicht. Ich habe sie durchschaut. Was hatte es mit jenem Buch auf sich, das sie schrieb, dieser *Klage einer Sünderin*? Wozu bedauert sie, den Sünden des Fleisches anheimgefallen zu sein, bevor sie die Bibel entdeckte, nur um gleich darauf erneut zu sündigen? Oder hat sie etwa nicht den verräterischen Bruder des Protektors geheiratet, als mein Vater noch nicht kalt war in seinem Grabe?«

Zweifellos wusste sie genau, dass ich jahrelang für Catherine Parr gearbeitet und die verstorbene Königin sehr verehrt hatte. Und doch sah ich in Marys geweiteten Augen, in denen ein wütender Funke glomm, dass ihre Bemerkungen nicht nur pure Bosheit waren. In ihrem Hass und Zorn glaubte sie tatsächlich, was sie da sagte.

»Ist die Unterredung zu Ende, Mylady?«, fragte Southwell.

Mary nickte. »Ich glaube, ich habe mich klar ausgedrückt. Gehabt Euch wohl, Serjeant Shardlake.«

Ich verneigte mich tief und ging rückwärts aus dem Zimmer, dessen Türen sich hinter mir auftaten. Draußen starrte ich kurz auf die geschlossene Tür, und Zorn wallte in mir auf. Der Steward blickte mich fragend an. Ich nickte, und er führte mich weg.

Auf dem Ritt zurück nach Wymondham war ich Nicholas ein grämlicher Weggefährte. Ich erzählte ihm nur in gröbsten Zügen, was Mary gesagt hatte. Die Begegnung hatte mich zutiefst verstört. Ihre angedrohte Intervention konnte das Begnadigungsverfahren nur erschweren. Ich entsann mich auch der Behauptung Southwells, die Aufstände seien abgesprochen, und der Unterredung, die ich unter der Eiche im Blue Boar belauscht hatte. Southwell hatte auch von Spitzeln gesprochen. Führten einige Männer ein doppeltes Spiel, indem sie vorgaben, die Aufrührer zu unterstützen, in Wirklichkeit aber der Obrigkeit zuarbeiteten? Je eher wir wieder nach London heimkehrten, desto besser.

Es war bereits dunkel, als wir in Wymondham eintrafen. Ich war erschöpft, und mein Rücken schmerzte wieder; auch Nicholas sah müde aus, sein bleiches Gesicht rot verbrannt nach dem langen Ritt. In den Gassen drängte sich noch mehr Volk, denn morgen würde das Schauspiel stattfinden. Laternen beleuchteten Türen und Fenster, und schwerbepackte Männer hielten auf die Zelte in der Wiese zu. Die Stimmung war ausgelassen, es wurde gelacht und gesungen. Wir aßen rasch zu Abend und gingen sogleich zu Bett. Ich gab Nicholas ein wenig Lavendelöl für den Sonnenbrand im Gesicht. Obwohl mir der Kopf schwirrte, schlief ich alsbald ein, müde, wie ich war. In der Nacht jedoch riss mich jemand aus dem Schlaf, der draußen schrie: »Die Kommissare kommen! Nächste Woche soll es eine neue Verlautbarung geben!« Jubel ertönte, und gleich darauf wurde die Neuigkeit etwas weiter weg erneut ausgerufen.

Es war kurz nach der Mittagsstunde, als wir tags darauf wieder in Norwich eintrafen. Samstag, der 6. Juli. Obschon wir bald abreisen würden, musste ich unverzüglich an Parry schreiben, um ihm von meinem Gespräch mit Lady Mary zu berichten. Es war wieder Markttag. Die Straßen waren voller Leben, und ich war froh, als wir endlich durch Tombland ritten und das Maid's Head und die Pforten der Kathedrale in Sicht kamen. »Wieder daheim«, sagte ich.

Nicholas seufzte. »Ich werde mich in Norwich niemals heimisch fühlen. Wann kehren wir nach London zurück?«

»Vielleicht am Montag. Morgen möchte ich zu Tobys elterlichem Hof reiten und nachsehen, was ihm zugestoßen ist. Jack soll uns begleiten, er kommt gut mit ihm zurecht.«

Nicholas lachte. »Im Gegensatz zu mir. Keine Sorge, die Abneigung beruht auf Gegenseitigkeit.«

»So habe ich außerdem Jack im Auge. Damit er nicht trinkt.«

»Ich bezweifle, dass er das tut«, sagte Nicholas ernst. »Er hat fast kein Geld mehr.«

Plötzlich deutete Nicholas auf das farbenfroh geschmückte Erpingham Gate, das in die Kathedrale führte. »Seht dort, ist das nicht Simon Scambler?«

Scambler, in zerlumpter Kniehose und einem schmutzigen Hemd, stand in der Toreinfahrt und redete wild gestikulierend auf einen älteren Geistlichen im Chorhemd ein. Dieser schüttelte den Kopf. Scambler raufte sich die Haare, rannte über den Platz und verschwand in einer der Gassen auf der anderen Seite. Ein Karren, mit Wolle beladen, hätte ihn fast umgefahren, und der Kutscher schickte ihm ein paar deftige Flüche hinterher. Jemand lachte. Ich lenkte mein Pferd auf den Geistlichen zu, der wieder in den Kirchhof zurückging. »Auf ein Wort, Sir«, rief ich. »Bitte.«

Er wandte sich um und wartete, bis wir ihn erreicht hatten. Er war klein und dick, bis auf einen Kranz weißer Haare kahl und besaß ein gütiges Gesicht. »Kann ich Euch helfen, Ihr Herren?«, fragte er.

»Dieser Junge, der gerade mit Euch sprach. Ich kenne ihn.«

Er sah uns ängstlich an. »Der Rußkopf? Er hat doch nichts angestellt?«

»Nein. Er war Zeuge bei einem Prozess.«

Er sog die Luft ein. »*Jenem* Prozess?«

»Ja. Ich bin Serjeant Matthew Shardlake.«

»Kanonikus Charles Stoke. Scambler war ein Schüler von mir in der Kathedralschule.«

»Er hat sein Zuhause verloren, wie ich hörte.«

»Sein Zuhause und seine Arbeit«, sagte Stoke müde. »Er fragte mich, ob er im Chor mitsingen dürfe. Ich musste ihn abweisen.«

»Er war in der Kathedralschule, sagt Ihr?«

»Ja. Was wisst Ihr denn über ihn?«

»Nur sehr wenig.«

Stoke holte tief Luft. »Seine Eltern waren arm, sein Vater ein Schornsteinfeger, und seine Mutter starb, als er zehn war. Simon war klug, keine Frage, und besaß eine schöne Singstimme, auch nach dem Stimmbruch, was bemerkenswert ist. Wir nahmen ihn auf. Aber sein Benehmen ...« Der alte Mann schüttelte energisch den Kopf. »Ich konnte es einfach nicht verstehen. Manches, wie Musik, fasste er ohne weiteres auf, auch das Lesen lernte er gut, doch andere, grundlegende Dinge, die begriff er nicht im mindesten. Vor allem mit der Disziplin haperte es.« Er blickte mich ernst an. »Er war nicht ungehorsam, das nicht, aber er schien die einfachsten Verhaltensregeln nicht zu begreifen, fuchtelte mit den Armen, redete, ja sang sogar im unpassendsten Augenblick …«

»Eine Art arglose Unbotmäßigkeit«, sagte ich.

»Ich sehe schon, Ihr kennt ihn, Sir. Nun ja, er war weder mit Schlägen noch mit gutem Zureden zur Ordnung anzuhalten. Andere Kinder, sogar manche Lehrer machten sich über ihn lustig. Wir wussten ihn einfach nicht zu bändigen. Als er dreizehn wurde, mussten wir ihn bitten zu gehen. Und er schien sich auch für den christlichen Glauben nicht zu interessieren.«

»Dann arbeitete er für seinen Vater?«

Kanonikus Stoke lächelte traurig. »Auch dazu taugte er nicht. Er blieb im Kamin stecken oder schickte haufenweise Ruß nach unten, noch ehe die Möbel mit Tüchern geschützt waren.«

»Und so wurde er der Rußkopf.« Auch ich lächelte traurig.

»Dann starb sein Vater. Simons spätere Versuche, an Arbeit zu kommen, hatten vermutlich wenig Erfolg. Seit dem Tod seines Vaters im vorigen Jahr lebt er bei einer Tante.« Stoke holte tief Luft. »Die Dame hängt dem radikalen Glauben an, wie ich meine. Simon erzählte mir, sie habe ihn vor die Tür gesetzt.«

»Ja. Ich fühle mich zum Teil dafür verantwortlich; Simon war durch den Boleyn-Fall sehr verstört.«

Kanonikus Stoke biss sich auf die Lippe. »Ich wünschte, ich könnte ihm helfen, doch wenn ich ihn im Chor mitsingen ließe, bekäme er wegen seiner Unbotmäßigkeit gewiss bald Verdruss mit Bischof Rugge.«

»Wo lebt er denn jetzt?«

»Auf der Straße, fürchte ich. Er war sehr verstört, als ich sagte, dass ich ihm nicht helfen könne.« Der alte Mann wandte sich ab. »Es tut mir leid, aber ich kann allenfalls für ihn beten.«

Er ging in den Kirchhof. Ich wandte mich zu Nicholas um. »Noch etwas, das ich tun muss, ehe wir abreisen. Ich muss Simon finden und ihm irgendwie helfen.«

✤

In der Herberge schrieb ich an Parry und trug einem Postreiter auf, den Brief nach Hatfield zu bringen. Dann legte ich mich hin, erschöpft und wund, um ein wenig zu schlafen. Einige Stunden später klopfte Nicholas an meine Tür. Er machte ein ernstes Gesicht.

»Ihr solltet nach unten kommen, Sir. Isabella Boleyn ist hier. Mit Daniel Chawry.«

Ich folgte ihm. Isabella saß im Gesellschaftszimmer, das Gesicht in den Händen vergraben. Chawry saß unbehaglich neben ihr.

»Was ist denn?«, fragte ich, weil ich befürchtete, dass Boleyn etwas zugestoßen sei.

Isabella hob das tränennasse Gesicht. Sie schien nicht mehr weiterzuwissen. »Sie haben mich heute Morgen aus dem Haus gejagt, Sir, und Daniel entlassen. Man hat mir auch mein Geld fortgenommen, alles Geld, das John mir gelassen hatte.«

»Wer?«

»Serjeant Flowerdews Männer.«

»Was? Das geht doch nicht!«

»Sie sagten, ich hätte kein Recht, in diesem Haus zu leben, weil ich nicht Johns Ehefrau sei. Sie kamen auf Geheiß des Großvaters der Zwillinge; er hat ihre Vormundschaft gekauft. Die Zwillinge waren auch dabei und lachten, als wir vor die Tür gesetzt wurden. Sie haben das Haus übernommen. Ein Fuhrmann hat uns zum Glück mit nach Norwich genommen. Ich bin völlig mittellos und kann nirgendwohin. Bitte helft mir, Sir.«

KAPITEL FÜNFUNDDREISSIG

Ich bat Nicholas, Feder und Papier zu holen, setzte mich hin und fragte Isabella, was genau geschehen war. Sie war eine starke Frau, doch jetzt schien sie am Ende ihrer Kräfte, und als Nicholas zurückkehrte, meinte sie nur: »Sag du es ihm, Daniel.«

»Sie kamen früh am Morgen, wie es bei Räumungen üblich ist«, begann Chawry. »Wir saßen in der Küche beim Frühstück – Mistress Boleyn und ich. Der Beutel mit dem Geld, das der Herr für sie verwahrt hatte, lag auf dem Tisch, weil sie im Begriffe war, für unsere beiden Taglöhner den Lohn abzuzählen. Just in diesem Moment pochte jemand laut gegen die Tür. Als ich sie öffnete, versetzte mir Gerald Boleyn einen Stoß gegen die Brust. Er brachte mich aus dem Gleichgewicht, der Teufel, und ich landete rücklings auf dem Fußboden. Da drängten er und Barnabas sich an mir vorbei ins Haus, gefolgt von drei jungen Raufbolden, ihren Freunden, wie mich dünkt. Einer von ihnen war jener John Atkinson mit den Muttermalen im Gesicht, der auch im Gerichtssaal zugegen war.«

»Southwells Mann«, sagte ich.

»Ja. Und John Flowerdew bildete mit grimmiger Miene die Nachhut. Er sagte, dass Southwell, in seiner Funktion als Feodary des Königs, die Vormundschaft für die Zwillinge an deren Großvater verkauft habe. Und als hiesiger Vertreter des Escheator habe er, gemäß den Anweisungen Master Reynolds', die Frau aus dem Hause zu werfen. Da sie nicht Boleyns rechtmäßige Gemahlin sei, habe sie kein Recht, dort zu wohnen, und die Zwillinge dürften das Haus beziehen. Dann warf er der Herrin ein Schriftstück hin, griff sich zur selben Zeit den Beutel und sagte, als Vertreter des Escheator nehme er diesen vorerst in seine Obhut.«

»Was stand denn auf dem Schriftstück?«, fragte ich.

Isabella hob finster den Blick. »Ich kann kaum lesen, Sir.« Bitter fügte sie hinzu: »Wie man mir gern ins Gedächtnis ruft, wurde ich als Dienstmagd erzogen.«

Chawry sagte: »Ich versuchte, das Schriftstück zu nehmen, aber Flowerdew riss es wieder an sich. Dann befahl man uns beiden, unverzüglich zu gehen. Die Zwillinge übernahmen an Ort und Stelle das Kommando. Offenbar wollten auch ihre Freunde bleiben, denn durch das Fenster sah ich vollbeladene Packpferde.«

»Sie werden alles verwüsten«, sagte Isabella, und wieder traten ihr Tränen in die Augen.

Chawry war von jähem Zorn gepackt. »Sie waren ein halbes Dutzend, Sir. Ich wusste, dass die Zwillinge ohne Zögern noch mehr Gewalt anwenden würden. Also schlug ich der Herrin vor, Euren Rat einzuholen.«

Befürchtete er etwa, dass ich ihn für einen Hasenfuß halten könnte, dachte ich und sagte: »Ihr habt das Richtige getan. Solange das Gnadengesuch nicht entschieden ist, bleibt John Boleyns Vermögen unangetastet – alles soll bleiben, wie es ist. Southwell hat kein Recht, die Vormundschaft für die Zwillinge zu veräußern; sie sind noch nicht zu Mündeln des Königs erklärt worden. Ebenso wenig kann Flowerdew frei über Boleyns Besitz verfügen. Ich möchte gern jenes Schriftstück sehen, das er Euch zeigte.« Da kam mir in den Sinn, dass Southwell, und vielleicht auch Mary, bei unserer gestrigen Unterredung durchaus gewusst haben könnte, dass es so kommen würde. Ich fragte mich, ob vielleicht Mary hinter alledem steckte, bezweifelte es aber – ein so engherziger Schritt würde ihr nicht gerade zur Ehre gereichen. Konnten Southwell und Flowerdew gemeinsame Sache gemacht haben, oder agierte Flowerdew auf eigene Faust?

»Ihr habt kein Geld?«, fragte ich Isabella.

»Nur noch wenige Schillinge.«

Chawry blickte verlegen drein. »Wir könnten zu meinen Eltern gehen, Herrin. Ich habe ein wenig Geld.« Er streckte ihr die Hand hin und zog sie wieder zurück. Isabella schüttelte den Kopf.

»Nein, Dan, die Leute tuscheln bereits über uns.«

Ich blickte Nicholas an und sagte grimmig: »Ich meine, wir sollten Master Flowerdew einen Besuch abstatten. Ich will jenes Schriftstück sehen. Ich glaube nämlich, dass er das Gesetz missachtet hat.«

»Er soll in einem Ort namens Hethersett leben, sagte der Herbergswirt in Wymondham.«

Chawry sagte: »Es liegt etwa fünf Meilen von Norwich entfernt, abseits der Wymondham Road.«

Ich holte tief Luft. »Dann reiten wir gleich morgen früh dorthin.« Der Gedanke, schon wieder mehrere Meilen reiten zu müssen, wollte mir gar nicht gefallen, aber ich sah keine andere Möglichkeit. »Wir nehmen Barak mit uns. Je mehr Leute, desto besser. Nicholas, du kannst heute in meinem Zimmer nächtigen, und Mistress Boleyn schläft in dem deinen. Könnt Ihr Euch ein Nachtquartier suchen, Daniel?«

»Ich finde schon ein Bett.«

Nicholas sagte: »Vielleicht muss Flowerdew morgen schon seine eigene bittere Medizin schlucken.« Er lächelte Isabella aufmunternd zu. Sie lächelte unter Tränen zurück.

Barak, immer noch im Blue Boar, war nur allzu froh, uns zu begleiten; er langweile sich allmählich, sagte er, und Geld habe er auch bald keines mehr. »Es reicht nicht einmal mehr für einen anständigen Rausch«, knurrte er und kratzte sich mit der künstlichen Hand den Bart. »Der Wirt gewährt keinen Kredit.«

Und so machten wir uns am Sonntag frühmorgens auf den Weg und holten die Pferde aus dem Stall. Nicholas und ich trugen saubere Hemden und Wämser. Wir hatten unsere besten Roben bei uns – die anderen wurden gesäubert –, allerdings zusammengefaltet in unseren Ranzen, denn es war noch heißer geworden. In den Gassen ging es ruhig zu. Barak sagte: »Ich bin gestern über den Markt geschlendert und habe einige Gerüchte aufgeschnappt. Wie es aussieht, hat das Rebellenlager vor Colchester eine Begnadigung erhalten sowie die Zusicherung, dass die Einhegungskommissionen die beklagten Missstände beseitigen werden. Die Kommission soll morgen in London offiziell ernannt werden.«

»Hat Protektor Somerset wirklich die Absicht, den Einhegungskommissaren den Willen gemeiner Rebellen aufzudrücken?«, versetzte Nicholas. »Er sollte Soldaten ausschicken, die sie niederschlagen.«

»Während die eine Armee seine letzten Bastionen in Schottland zu halten versucht und eine zweite sich für den Südwesten rüstet?«, höhnte Barak. »Der Protektor wurde kalt erwischt. Gut so, wenn ihr mich fragt. Die Grundherren vor Ort werden tun, was in ihrer Macht steht, um die Kommissare zu behindern, da bedeutet eine Schar Bewaffneter, die ihre Beschlüsse bekräftigen, dass die Reformen nun endlich durchgesetzt werden. Vergesst nicht, die Kommissare handeln als Bevollmächtigte Somersets, im Namen des Königs.«

Nicholas schüttelte energisch den Kopf. »Die Gesellschaft ist wie der Leib des Menschen: Jene mit Bildung und edlem Geblüt sind der Kopf, der wiederum Leuten wie uns, den Händen, Anweisungen erteilt. Das gemeine Volk ist der Fuß; es weiß nur hinter dem Pfluge herzugehen und kann nicht die Politik bestimmen.«

»So sagt man«, entgegnete Barak kalt.

»So ist es immer gewesen. So haben die Pfarrer es uns gelehrt.«

»Wann hast du je auf einen Pfaffen gehört? Mein früherer Brotherr, Cromwell, er war der Sohn eines Hufschmieds, und dennoch gab es damals keinen Mächtigeren als ihn.«

»Bis auf den König. Und der ließ ihn hinrichten.«

»Lasst uns das Ganze von der praktischen Seite her betrachten«, warf ich ein. »John Hales' Einhegungskommissionen sind eine gute Sache, ich habe jahrelang arme Leute am Petitionsgericht vertreten, ich weiß, wie Grundherren die Pächter von ihren Höfen jagen, die ihre Familien jahrhundertelang bewirtschaftet haben. Doch eine Reform in dieser Größenordnung, wie sie Somerset vorschwebt, wird nahezu jeder Edelmann in England ablehnen und ist daher schier unmöglich. Überdies kann auch ich mir nicht vorstellen, dass

Somerset sich vom gemeinen Volk die Bedingungen diktieren lässt. Und er ist nicht der König; verfassungsrechtlich ist er dem Thronrat verpflichtet, und überspannt er den Bogen, wird man ihn stürzen.«

»In Essex hat er bereits nachgegeben«, sagte Barak.

Ich sah ihn an. »Erinnert ihr euch an den Aufstand im Norden 1536? Wider den religiösen Wandel? Der alte König versprach zunächst, den Forderungen der Rebellen nachzukommen, wartete dann, bis die Rebellenarmee abgezogen war, versammelte ein Heer und metzelte sie alle nieder.«

»Somerset ist nicht Heinrich«, insistierte Barak.

»Ein Jammer«, sagte Nicholas. »Es tut mir leid, ich habe in Norwich viel Not gesehen und gebe zu, dass Reformen nötig sind – aber die Gesellschaft hat eine vorbestimmte Ordnung, und wenn diese umgestoßen wird, herrscht Anarchie!«

»Jetzt ist es aber genug!«, blaffte ich in jähem Zorn. »Diese Sache heute ist ernst, wir sollten uns darauf konzentrieren. Beim Blute Gottes, dieser Fall, das Gnadengesuch, beides in der Schwebe, und dennoch überhäuft uns die Angelegenheit mit Verdruss! Jack, hast du Bier eingepackt? Ich bin schon ganz ausgedorrt bei dieser Hitze.«

Er reichte mir einen Lederschlauch und blickte mich forschend an. Ich hatte ihm und Nicholas erzählt, was sich in Kenninghall zugetragen hatte. Ich war besorgt, müde, mir war heiß, und ich hatte die Nase voll von solchen Streitereien. Wie sollte ich ahnen, dass die Konsequenzen daraus mein Leben in den folgenden zwei Monaten bestimmen und es für immer umgestalten würden?

KAPITEL SECHSUNDDREISSIG

Als wir unseren Ritt fortsetzten, begegneten uns weitere Menschen auf den Straßen, die vermutlich zum Jahrmarkt nach Wymondham unterwegs waren. Gegen elf erreichten wir Hethersett. Der Ort war kaum größer als ein Dorf, mit einer großen Grünfläche im Zentrum. Ringsum waren kleine Gehöfte, Wiesen und Weiden. Im Westen befand sich eine ausgedehnte Allmende mit vielen Zäunen und Gräben für Schafe. Man wies uns den Weg zu Flowerdews Haus. Es stand am Ende einer von Hecken gesäumten Allee mit Schafweiden zu beiden Seiten. Es war ein modernes Backsteingebäude mit hohen Kaminen, unverkennbar das Heim eines wohlhabenden Mannes. Wir machten kurz halt, damit Nicholas und ich unsere Roben anlegen konnten, bevor wir durch das Tor ritten.

Die Tür wurde von einem Diener geöffnet. Serjeant Flowerdew sei nicht im Haus, er reite mit seinem Steward und seinen Söhnen die Grenzen seiner Ländereien ab. Ich nannte ihm meinen Namen, und er bat uns zu warten, während er Mistress Flowerdew herbeiholte. Eine dünne Frau mit strenger Miene erschien. Sie wirkte überrascht, maß uns unfreundlich und deutete einen Knicks an. »Serjeant Shardlake«, sagte sie kalt. »Mein Gemahl hat von Euch gesprochen.«

»Ich bitte mir zu verzeihen, dass ich unangemeldet hier erscheine«, sagte ich höflich, »aber ich muss Serjeant Flowerdew dringend sprechen. Wann wird er zurückkehren?«

»Zum Abend. Gegen fünf vielleicht. Kommt dann zurück, wenn Ihr es wünscht.« Wieder die Chimäre eines Knickses, dann schlug sie uns die Tür vor der Nase zu.

»Sie hätte uns eine Erfrischung anbieten können«, sagte Nicholas, »wie es die Höflichkeit gebietet.«

Ich lächelte. »Ich kann mir denken, dass Flowerdew mir kein gutes Zeugnis ausgestellt hat.«

»Was sollen wir nun tun?« Nicholas wischte sich über das Gesicht, das sich schon wieder zu röten begann. »Hier ist es heiß wie im Backofen.«

»Wir kommen um fünf zurück. Ich reite nicht nach Norwich zurück, ohne mit Flowerdew gesprochen zu haben.«

»Ich habe im Dorf eine Schänke gesehen«, sagte Barak. »Wir könnten dort etwas essen und trinken.«

»Besonders einladend sah sie nicht aus.« Nicholas war nach Murren zumute. »Ich habe keine Lust, den ganzen Nachmittag in irgendeiner Wirtsstube herumzuhocken und mich von bärbeißigen Bauerntrampeln anstarren zu lassen.«

»Bis Wymondham sind es nur drei Meilen«, sagte Barak. »Wahrscheinlich wird heute das Stück aufgeführt.«

»Also schön«, sagte ich, »dann lasst uns in der Schänke rasch etwas essen und trinken und dann nach Wymondham reiten. Verdammter Flowerdew, jetzt reiten wir im Dunkeln nach Norwich zurück. Lass uns wenigstens die heißen Roben ablegen, Nicholas.«

Die Gemüsesuppe und das Bier im Wirtshaus schmeckten überraschend gut, aber die Einheimischen starrten tatsächlich und nicht besonders freundlich. »Auswärtige!«, hörte ich jemanden murmeln. »Reiche Geldsäcke!« Und so ritten wir nach dem Essen weiter nach Wymondham, obwohl die Sonne nun im Zenit stand.

Nach unserer Ankunft ließen wir die Pferde im Stall des Green Dragon. Ich war überrascht, wie viel Volk jetzt unterwegs war – dieser Jahrmarkt war größer, als ich gedacht hatte. Wir schritten an der Tribüne vorbei, die für das Stück errichtet worden war, aber noch tat sich dort nichts, obwohl die Bühne bereits mit einem Vorhang versehen war. Die Grube, die man davor ausgehoben hatte, war jetzt von Steinplatten eingefasst. Darüber lagen alte Balken. Auf der nahen Allmende drängten sich Zelte und Menschen. Entlang den Straßen standen Marktbuden, und ich staunte nicht schlecht über ihre Vielfalt; einige waren von stattlicher Größe, boten Kleider und

Salzblöcke feil, und ihre bunten Markisen sorgten für willkommenen Schatten. An anderen Stellen verkauften Bauersleute auf ihren Karren Gemüse, Käse, lebende Hühner und dergleichen. An den Ständen der Handwerker konnte man alles erstehen, von der Mistgabel bis hin zum Hirtenstab mit dem gewundenen Kuhhorn am Ende. Einer bot Puppen feil, und ich kaufte eine Stoffpuppe mit kleinen Knöpfen als Augen. »Für Klein Mousy«, sagte ich lächelnd. Barak kaufte auch eine, für seine Tochter. Ob sie auch eine Hexenpuppe habe, fragte er die Standfrau spöttisch, für seine Gemahlin. Die Frau starrte ihn entgeistert an, blickte auf seine Eisenhand und bekreuzigte sich. »Nur ein Jux«, sagte er.

»Ich wusste gar nicht, dass es auf dem Land so große Jahrmärkte gibt«, stellte Nicholas fest.

»Ich hab auch noch keinen größeren gesehen«, pflichtete Barak ihm bei. »Dabei habe ich auf den Sommerassisen schon viele gesehen. Der Juli ist ein ruhiger Monat für die Bauern, da brauchen sie nur das Unkraut zu jäten.«

Ich sah eine alte Frau mit einem Budenbesitzer streiten, weil er sich weigerte, eine der alten Testoon-Münzen anzunehmen. »Die hättest du im vergangenen Monat abgeben müssen«, sagte er ihr.

»Es hat so viele Veränderungen gegeben, da hab ich es vergessen …«, sagte sie und fing an zu weinen.

Wir schlenderten weiter durch die Menge. Spannung lag in der Luft, und mancherorts hatten sich Gruppen gebildet, in denen die Leute die Köpfe zusammensteckten.

Ein jäher Donnerschlag ließ uns herumfahren. Um die Bühne hatten sich jetzt über hundert Schaulustige eingefunden. Barak und Nicholas bahnten sich den Weg ganz nach vorn, und ich folgte ihnen. Ein Mann in der Menge teilte gedruckte Pamphlete aus. Ich nahm eines. »Eine wahre Predigt eines glaubenstreuen Bischofs«, lautete der Titel, wieder ein Gemeinwohlpamphlet: »… Schafweiden und die großen Parks haben ganze Städte und Dörfer aufgefressen, und dies alles nur zu Nutz und Frommen der Reichen …«

Die Vorhänge waren jetzt aufgezogen, so dass eine Bühnenkulisse zu sehen war, die das Innere eines römischen Bauwerks darstellte, vermutlich von einem Wandteppich abgezeichnet. An einem Tisch am hinteren Ende der Bühne saßen mehrere Männer in schwarzen Roben und mit langen, falschen weißen Bärten und zählten Metallscheiben. In der Grube vor der Bühne war ein Feuer angezündet worden, und aus seinem Inneren ertönte ein weiterer lauter Knall, und eine Wolke aus gelbem Rauch stieg auf. »Schwarzpulver«, murmelte Barak. »Hoffentlich wissen sie auch, was sie da tun.«

Im Vordergrund stand eine groteske, gehörnte Gestalt, Gewand und Gesicht rot gefärbt, eine Mistgabel in der Hand, und lachte wie ein Wahnsinniger, als ein Geistlicher vor ihm niederkniete und eine Frau mit Engelsflügeln neben ihm die Hände rang. »Da siehst du's!«, brüllte der Teufel mit mächtiger Stimme. »Die Anhänger Christi werden die Hiebe der Reichen nicht überleben!« Sogleich kamen vier Männer, als Ritter verkleidet, herausgerannt. Sie gaben vor, dem Geistlichen hölzerne Schwerter durch den Leib zu treiben, der ächzend zu Boden stürzte. Die Menge grölte und buhte. Es war die Ermordung Thomas Beckets durch Heinrich II., schlau vor römischer Kulisse dargestellt.

Es erfolgte ein weiterer Donnerschlag, woraufhin sich der Bühnenhintergrund teilte und ein weiß gekleideter Mann, Gesicht und Haar mit Goldfarbe bemalt, unter dem Jubel der Menge die Bühne betrat. Er beugte sich über den toten Geistlichen und hob ihn auf. Die vier Soldaten schauten erstaunt zu, der Teufel wich zurück, und die Engelsfrau, die in Wahrheit ein Knabe war, wie ich erkannte, trug den Leib des Toten hinter die Bühne.

Der Goldene wandte sich an die Menge: »Ich bin der auferstandene Christus, der dafür sorgen will, dass alle gläubigen Menschen ihren gerechten Lohn erhalten! Seht her, Brüder, wie all jene, welche die wahren Christenmenschen berauben und ausplündern, bekommen, was ihnen gebührt!«

Er ging zu den Männern am Tisch und warf diesen um, dass die Metallscheiben scheppernd über die Bühne rollten, während die Männer sich zu Boden warfen, um sie wieder an sich zu raffen. Da zwang der Teufel sie, sich zu erheben, trieb sie mit der Mistgabel die Stufen hinunter, auf die feurige Grube zu, aus der noch immer der Rauch aufstieg. Die Geldwechsler, dachte ich, aus dem Tempel verjagt. Der Teufel, welcher derbe Stiefel trug, trat auf das Metallgitter über dem Feuer, das den Höllengrund darstellen sollte. Wieder krachte es, und eine gewaltige Wolke aus dichtem rotem Rauch wallte auf. Als sie sich aufgelöst hatte, waren der Teufel und seine Opfer verschwunden. Stattdessen betrat wieder Christus die Bühne:

> *Sehet, die Geldwechsler führte der Teufel heim!*
> *So, meine Brüder, sollt es auch heutzutag sein!*
> *Unsere Gild' ist aufgelöst, unser Spiel neu besehen,*
> *doch bleibt seine Botschaft allzeit bestehen!*

Die Menge brüllte. Der Vorhang fiel, die Menschen klatschten johlend Beifall.

»Schlau«, sagte Barak.

»Ein überaus radikales Stück«, sagte ich.

»Und jetzt der Riese!«, rief einer.

Als ich mich umsah, bemerkte ich den älteren Mann mit dem kurzen weißen Bart, den ich letzte Woche vor dem Metzgerladen gesehen hatte. Er unterhielt sich angeregt mit einer kleinen Gruppe Menschen. Ich machte große Augen, als ich noch ein vertrautes Gesicht erblickte – nicht jenen Miles, sondern die kräftig gebaute Gestalt von Gawen Reynolds' früherem Steward, Michael Vowell. Auch er war bei dem Treffen im Blue Boar in Norwich dabei gewesen. Sein braunes Haar und der Bart waren ein wenig länger und ungekämmt, und er war bäurisch gekleidet.

»Seht doch«, sagte ich. »Reynolds' Steward. Er sagte, er könne in Wymondham Arbeit finden.«

Barak meinte: »Ein paar deftige Geschichten über jenen Haushalt könnten von Nutzen sein, falls Reynolds hinter Isabellas Hinauswurf steckt.«

Wir gingen auf die Gruppe zu. Sie standen vor dem Metzgerladen, der Blutwurst und Schweinsköpfe feilbot. Ein Bursche verscheuchte die Fliegen. Der Weißbärtige, fast so groß wie Nicholas, sah uns herankommen und nickte rasch den anderen zu, die augenblicklich verstummten. »Was wollt Ihr von uns, Gentlemen?«, fragte er mit tiefer Stimme.

»Ein Wort mit Goodman Vowell, wenn Ihr gestattet.«

Vowell sagte: »In Ordnung, ich kenne sie.« Er führte uns ein paar Schritte beiseite.

»Gott zum Gruße, Goodman Vowell«, sagte ich. »Ich erinnere mich, dass Ihr Euch in Wymondham nach einer neuen Stellung umsehen wolltet. Habt Ihr eine gefunden?«

»Nein, im Haushalt meines Bekannten benötigt man keine weiteren Diener. Und auf den Feldern gibt es auch nichts zu tun.« Er runzelte die Stirn, schien so ungehalten wie überrascht, uns zu sehen.

»Ihr habt es vielleicht gehört, Master Boleyn wurde für schuldig befunden, aber man hat ein Gnadengesuch für ihn eingereicht.«

»Ach ja?« Er lachte. »Das wird Master Reynolds mächtig ärgern.«

»Boleyns Frau Isabella wurde vor die Tür gesetzt, jetzt belagern die Zwillinge das Haus, auf Geheiß ihres Großvaters. Dieser Gesetzesverstoß geschah auf Betreiben John Flowerdews.« Ich zögerte. »Wenn Ihr irgendetwas wisst über finstere Machenschaften im Haushalt der Reynolds, würdet Ihr uns helfen. Uns und der armen Mistress Boleyn.«

Vowell biss sich nachdenklich auf die Lippe. Dann schüttelte er den Kopf. »Master Shardlake, wenn ich zu viel gegen meinen alten Brotherrn sage, finde ich womöglich keinen neuen.« Er blickte sich um, und als er sah, dass der alte Metzger und die Übrigen uns beobachteten, verneigte er sich. »Ich wünsche Euch weiterhin viel Vergnügen auf dem Jahrmarkt.« Damit kehrte er zu seinen Freunden zurück.

»Tja«, sagte Nicholas. »Das war's.«

Barak sah die länger werdenden Schatten. »Wir sollten uns zu Flowerdew aufmachen.«

Wir erreichten Hethersett nach fünf Uhr. Nicholas und ich legten wieder unsere Roben an, ritten dann mit Barak die Allee hinauf, stiegen von den Pferden und klopften an die Tür. Dieses Mal öffnete uns John Flowerdew höchstselbst. Statt seiner Robe, der Serjeantenhaube und -kappe trug er ein braunes Wams, halb aufgeknöpft, dass das feine Linnenhemd darunter zu sehen war. Ein ungewohnter Anblick. Über den Schläfen wurde sein Haar allmählich dünn, ein Zeichen beginnender Glatzköpfigkeit. Er runzelte die Stirn, was seinem schmalen, verdrießlichen Gesicht einen sorgenvollen Ausdruck verlieh.

»Serjeant Shardlake. Wie ich hörte, habt Ihr schon heute Morgen vorgesprochen. Ich dachte, Ihr hättet Norfolk mittlerweile verlassen.« Sein Ton war nicht freundlich, aber auch nicht hämisch rau wie sonst immer. »Warum sucht Ihr mich an einem Sonntag auf?« Seine Augen weiteten sich ein wenig, als sein Blick auf Baraks Hand fiel.

Ich antwortete höflich, aber entschieden. »Ich komme im Auftrag von Mistress Isabella, die Ihr aus ihrem Hause vertrieben habt, wie ich höre.«

Er fuhr im selben ruhigen Tone fort: »Diese Frau ist nicht Boleyns Gemahlin. Dem Gesetze nach hat sie kein Recht, dort zu wohnen. Seine Söhne dagegen schon.«

Ich blickte ihm in die Augen. »Ganz und gar nicht. Man ließ Mistress Isabella wissen, dass die Vormundschaft für die Brüder an deren Großvater falle. Bis endgültig über die Begnadigung entschieden ist, darf man jedoch mit Boleyns Besitz oder seinen Erben keinerlei Händel treiben, lediglich seine Geschäfte in Ordnung halten. Ihr könnt nicht einfach ohne Ankündigung seine Braut mitsamt dem Verwalter aus dem Hause treiben, Euch des Geldes bemächtigen, das Master Boleyn Isabella anvertraute, und Gerald und Barnabas ins Haus bringen. Ihr verstoßt damit gegen geltendes Recht, Serjeant Flowerdew. Mistress Boleyn, oder Mistress Heath, wenn Euch das lieber ist, wurde von Euch ein Schriftstück unterbreitet, das Euch vermeintlich zu diesem Vorgehen ermächtigte. Ich möchte es gerne sehen. Dürfen wir eintreten?« Flowerdew zögerte. Ich lächelte und

setzte hinzu: »Der Court of Common Pleas wäre zweifellos ungehalten, wenn er erführe, dass ein Amtsbruder sich weigerte, ein –
Missverständnis – auszuräumen, noch dazu im Beisein von Zeugen«,
fügte ich mit einem Blick auf Barak und Nicholas hinzu.

Flowerdew zögerte noch immer. Er war ertappt. Offenbar hatte er
geglaubt, ich sei bereits nach London zurückgekehrt, und er könne
ungestraft walten. Was ich nicht begriff, war, warum er es getan
hatte. Er blickte hinter sich, wo sichtlich besorgt seine Frau stand.
Zwei halbwüchsige Knaben erschienen im Flur, dazu ein kurzer,
stämmiger Mann in den Vierzigern. Flowerdew biss sich auf die
Unterlippe und sagte dann: »Kommt herein, in mein Kontor.« Er
wies auf Barak. »Er mag bei den Pferden bleiben.«

Nicholas und ich folgten Flowerdew ins Haus. Möbel und Wand-
teppiche darin waren von feinster Qualität, wie mir auffiel. Mit einer
beiläufigen Handbewegung wies er auf die Beistehenden. »Meine
Gemahlin Alice, meine Söhne Edward und William, mein Steward
Glapthorne.« Dann führte er uns in ein wohlstrukturiertes Kontor
voller Schriftstücke, Karten und Gesetzesbücher. »Setzt Euch«, sagte
er, indem er uns zwei Stühle vor seinem Schreibtisch wies. Er nahm
dahinter Platz und verschränkte die Hände, ehe er sprach. »Wenn Ihr
mich verklagt, gibt es wohl kaum ein Urteil, ehe über die Begnadigung entschieden ist.«

»Wie schon gesagt, ich möchte das Schriftstück sehen, das Euch
zu der Räumung bemächtigte.«

»Ich habe es Goodwife Heath gezeigt.«

»Die, wie Ihr annehmen musstet, weder lesen noch schreiben
kann.« Allmählich riss mir der Geduldsfaden. »Master Chawry dagegen habt Ihr es vorenthalten, denn als Steward *kann* er lesen.«

Flowerdew verzog den Mund zu einem schiefen Grinsen. »Er
beschläft sie doch, man sieht es an der Art und Weise, wie er sie
anstarrt.«

»Das Schriftstück, Serjeant Flowerdew. Das Fehlverhalten eines
Serjeant-at-law ist eine ernste Angelegenheit. Hier mögt Ihr ein
mächtiger Mann sein, aber in London stehe ich im Dienste Lady

Elizabeths und zähle William Cecil, den Sekretär des Protektors, zu meinen Freunden.«

Flowerdew blickte unbehaglich drein. Sein Versuch eines freundlichen Lächelns missglückte. »Ihr habt vor zehn Jahren für Cromwell gearbeitet, wie ich höre. Ich ebenso. Ich musste die Abtei Wymondham für ihn schließen.« Er runzelte die Stirn, und ich las Unmut in seinen Augen. »Ihr ahnt nicht, wie viel Verdruss mir die Sache bescherte.«

»Wegen der Mönche?«

Er lächelte wieder. »Ach woher, die machten sich sogleich aus dem Staub, eingedenk dessen, was den Äbten von Glastonbury und Fountains widerfuhr. Es waren die verdammten Städter, die behaupteten, sie hätten ein Anrecht auf diesen oder jenen Besitz. Dennoch konnte ich mir selbst noch ein Stück Land sichern – und bin seither für die Könige Heinrich und Edward in verschiedenen Funktionen tätig. Derzeit arbeite ich für den Escheator und habe der Krone schon etliche gute Einkünfte verschafft.«

Und dir selbst zweifellos auch, dachte ich. Flowerdew, nunmehr erpicht, mich in ein freundliches Gespräch unter Anwälten zu verwickeln, fügte hinzu: »Ich arbeite lieber in meiner heimischen Grafschaft als in London.«

»Wolltet Ihr niemals Richter werden?«

Er errötete, und ich begriff, dass er in diesem Bestreben wahrscheinlich enttäuscht worden war. »Nein«, entgegnete er kurz. »Und Ihr?«

»Ich auch nicht. Das Schriftstück, Sir«, wiederholte ich ruhig.

Flowerdew presste die Lippen aufeinander, holte einen Bogen Papier aus seinem Schreibtisch und reichte ihn mir. Es war ein Räumungsbefehl, der Gerald und Barnabas Boleyn das Hausrecht in North Brikewell Manor zuerkannte. Auftraggeber war deren Großvater und künftiger Vormund. Flowerdew hatte unterzeichnet, aber ich sah kein amtliches Siegel.

Ich sah ihn an. »Dieses Schriftstück hat überhaupt keine Gültigkeit.«

Er rutschte auf seinem Stuhl hin und her, seine Überheblichkeit war verflogen. »Ihr wisst doch, Männer wie Chawry meinen das Gesetz besser zu kennen als Ihr und ich und hinterfragen alles. Dies sollte die Sache erleichtern.«

Ich reichte das Schriftstück Nicholas. »Eine ernste Angelegenheit«, sagte ich. »Ich werde dieses Dokument behalten.«

Flowerdew legte die Hände auf den Tisch. Er schien besorgt. »Sir, wir haben den Ereignissen lediglich vorgegriffen …«

»Wir?«

Er zögerte. »Sir Richard Southwell und ich. Er war es, der den Vorschlag machte, nachdem er von dem Gnadengesuch erfahren hatte.« Hastig fügte er hinzu: »Ihr müsst verstehen, er ist ein mächtiger Mann und gefährlich dazu.«

»So sagt man.«

Nicholas fragte: »Aber warum sollte er Interesse daran haben, Isabella fortzujagen?«

»Vielleicht will er Boleyns Besitz an sich bringen«, meinte ich. »Sein Land grenzt an das seine.«

»Davon weiß ich nichts«, sagte Flowerdew schnell. »Hört zu, Sir, morgen spreche ich mit ihm, sage ihm, es sei wohl das Beste, wenn wir die Frau vorerst in ihrem Haus belassen.« Er leckte sich über die dünnen Lippen, die Aussicht schien ihm nicht zu schmecken.

Ich lächelte. »Seht Ihr, Bruder Flowerdew, es ist immer von Vorteil, wenn Anwälte miteinander sprechen.«

Er lächelte schmallippig zurück.

»Dann wären da noch die Goldstücke, die Ihr an Euch nahmt. Sie waren, wie ich bezeugen kann, ein Geschenk John Boleyns an seine Gemahlin, und deshalb gehören sie ihr auf jeden Fall.« Ich streckte ihm meine Hand hin.

Flowerdew zögerte kurz, griff dann nach einem Schlüssel, sperrte eine Schublade in seinem Schreibtisch auf und reichte mir einen schwarzen Beutel. Ich blickte hinein und erhaschte ein Funkeln von Gold. »Ich gebe es Isabella zurück«, sagte ich. »Möchtet Ihr eine Quittung?«

»Das wird nicht nötig sein.« Da er erkannte, welchen Verdruss ich ihm bereiten konnte, begann er mir zu schmeicheln. »Es ist schon spät, Ihr solltet nicht nach Norwich zurückreiten. Würdet Ihr mit uns zu Abend speisen und hier nächtigen? Ihr könnt doch morgen zurückkehren.«

Ich sah Nicholas an, der leise den Kopf schüttelte. Die Aussicht, die Nacht unter Flowerdews Dach zu verbringen, gefiel mir gar nicht, aber mein Rücken hatte mir zusehends Schmerzen bereitet, und so fand ich die Verlockung, in einem guten Bett zu nächtigen, unwiderstehlich. »Ich danke Euch, Serjeant Flowerdew«, sagte ich daher milde. »Wir bleiben gern.«

Obschon es ihm sichtlich schwerfiel, gab Flowerdew sich weiterhin große Mühe, uns gefällig zu sein. So trugen die Diener unter den Augen des bärbeißigen Stewards Glapthorne zum Nachtmahl schmackhaft zubereitetes Schweinefleisch auf. Zumeist redete Flowerdew, und ich hatte den Eindruck, dass seine Gemahlin es gewohnt war, ihm zuzuhören. Die beiden Knaben waren unerzogen – der eine streute dem anderen, als dieser nicht hinsah, Salz in den Wein –, ansonsten aber harmlos. Wir hätten in Wymondham den Jahrmarkt besucht, erzählte ich, und über seine Größe gestaunt.

»Oh, da sie auch jenes Schauspiel zum Besten geben, machen die Städter damit ein Vermögen«, sagte Flowerdew bitter. »Sie wiederholen das Stück bis in den Morgen. Es ist ja doch nur ein papistisches Relikt, auch wenn sie vorsichtshalber die Verweise auf Becket herausgestrichen haben.«

»Einige Äußerungen hörten sich recht radikal an«, sagte Nicholas.

»Wirklich?« Flowerdews Augen blitzten. »Ich muss mir eine Abschrift holen, vielleicht enthält es ja Äußerungen, die Bischof Rugge interessieren. Habt Ihr die Kapelle im Zentrum der Stadt gesehen? Sie gehörte früher zur Abtei, doch die Stadtleute haben sie gekauft. Sie wollten, dass jedes Nebengebäude, jedes Stück Kirchenbesitz, worauf sie Anspruch erheben konnten, der Pfarrei gehören sollte. Sie wandten sich sogar an Lord Cromwell persönlich, der es ihnen auch gewährte.« Wieder schwang Zorn in seiner Stimme. »Die Streitereien, die ich in all den Jahren mit den Schurken hatte. Mit den Ketts und ihresgleichen. Männer, die meinen, nur weil sie in der Welt ein wenig aufgestiegen sind, als Metzger und Gerber ein wenig Land erworben haben, könnten sie das Stadtvolk gegen die königlichen Beamten aufwiegeln.« Er lachte verbittert. »Dabei hat Robert Kett, genau wie ich, immer noch einen Teil seines Landes eingehegt; Schafe sind heutzutage die einzige Möglichkeit, Gewinn zu erwirtschaften.«

»Vor dem Metzgerladen sah ich einen großen, weißbärtigen Mann. War das William Kett?«

»In der Tat.« Er erhob zornig die Stimme. »Sein Bruder Robert ist noch ärger. Aber eines Tages kriege ich sie beide, das schwöre ich.« Er stach böse in ein Stück Schweinefleisch auf seinem Teller.

Nach dem Nachtmahl schlug Flowerdew ein Kartenspiel vor, aber wir erbaten uns, früh zu Bett gehen zu dürfen. Barak hatte man bei den Bediensteten untergebracht, wie man uns sagte. Ich schlief tief und fest in einem bequemen Federbett und erwachte spät, als die Sonne bereits hoch am Himmel stand. Da die Herrschaften schon gefrühstückt hatten, brachte ein Diener uns etwas zu essen. Von Flowerdew keine Spur. Später erschien seine Frau, und ich sagte, wir würden nun aufbrechen. Bereitwillig sandte sie einen Diener, Barak und unsere Pferde zu holen. Sie rief nach ihrem Mann, und Flowerdew kam aus seinem Kontor. Ich verneigte mich. »Es ist an der Zeit, dass wir aufbrechen, Sir.«

»Ich hoffe, Ihr habt gut geschlafen?« Er lächelte, doch seine dunklen Augen waren hart wie Stein. Allmählich empfand ich seine gezwungene Liebenswürdigkeit als ermüdend, und so war ich froh, endlich von ihm fortzukommen. Er aber sagte ruhig: »Dürfte ich Euch kurz in meinem Arbeitszimmer sprechen, bevor Ihr geht? Allein«, fügte er mit einem Seitenblick auf Nicholas hinzu.

Ich nickte widerstrebend, weil ich Flowerdew nicht über den Weg traute, folgte ihm aber. Er trat hinter seinen Schreibtisch, stützte sich mit beiden Händen darauf ab, holte tief Luft und sah mich an.

»Master Shardlake, ich gebe zu, dass es ein Fehler von mir war, jenes Schriftstück aufzusetzen, um Isabella Heath aus dem Hause zu treiben. Jedoch« – er schüttelte den Kopf –, »wie gesagt, Sir Richard Southwell ist ein Mann, dem man nicht so leicht etwas abschlägt. Dasselbe gilt, offen gestanden, für Master Gawen Reynolds. Wenn Ihr unsere Gegend hier besser kennen würdet, könntet Ihr mich verstehen.«

»Dennoch, haltet Euch bitte an unsere Abmachung.«

Flowerdew rang sich erneut ein Lächeln ab. »Ich bin ein reicher Mann geworden, Serjeant Shardlake, aus eigener Anstrengung. Wenn Ihr bereit seid, die Räumung bestehen zu lassen, und mir das besagte Schriftstück zurückgebt, bin ich meinerseits bereit, Euch dreißig Sovereigns zu zahlen.«

Ich machte große Augen. Es war eine gewaltige Summe, obschon Flowerdew sie zweifellos verschmerzen konnte. »Gutes Gold, kein schlechtes Silber«, fügte er hinzu.

»Serjeant Flowerdew«, sagte ich ruhig, »als ich mich dem Gesetz verpflichtete, habe ich mir selbst zwei Dinge geschworen: mich niemals erpressen und niemals bestechen zu lassen.«

Als hätte er es mit einem Narren zu tun, dem nicht zu helfen ist, schloss Flowerdew die Augen und schüttelte den Kopf. Dann sagte er: »Nun, dann zwanzig Sovereigns nur für das Schriftstück. Ihr wisst, welchen Verdruss ich deswegen mit meiner Innung bekommen könnte.«

»Nein. Es ist meine Gewähr, dass Ihr Euch an die Abmachung haltet.«

Er sah mich an, hätte wohl am liebsten gebrüllt und geflucht, sah aber ein, dass es nichts ändern würde, und schüttelte müde den Kopf. »Ich hoffe, dass weder Ihr noch ich dies je zu bereuen haben.«

Ich verneigte mich, machte entschieden kehrt und ging hinaus. Durch die offene Eingangstür sah ich erleichtert Barak und Nicholas und ein paar Stallburschen mit den Pferden. Vom Dorf her und auch in der Ferne tönten Kirchenglocken. Ich runzelte verwundert die Stirn, Flowerdew ebenso; heute war Montag, nicht Sonntag.

Ich stieg die Stufen hinunter. Flowerdew und seine Frau blieben in der Tür stehen. Wir waren gerade aufgesessen, als Hufschlag ertönte und der Steward Glapthorne, rot im Gesicht, die Allee heraufgesprengt kam. Schwer atmend stieg er aus dem Sattel. »Master Flowerdew«, keuchte er.

Die Miene seines Herrn wurde hart. »Was ist?«

»Männer vom Jahrmarkt in Wymondham! Sie breiten sich im ganzen Bezirk aus und rufen zum Aufstand. Ich war eben unten im Dorf, die Hälfte der Männer hatte sich mit Mistgabeln, Pfeil und Bogen auf dem Anger versammelt. Sie beschimpften mich! Hört doch, sie läuten die Kirchenglocken, damit alle aufmerken! Auf den Anhöhen errichten sie Leuchtfeuer. Von allen Seiten strömen Menschen nach Wymondham. Hunderte! Die Grobiane aus dem Dorf sagten, dass welche nach Morley gezogen seien, um die Zäune niederzureißen! Und als Nächstes kommen sie hierher, um die Euren zu zerstören!«

KAPITEL SIEBENUNDDREISSIG

Einen Augenblick lang starrten wir alle auf Flowerdew. Er hielt sich aufrecht, und sein schmales Gesicht wurde hart. Seine Frau neben ihm rang die Hände. Die beiden Knaben kamen heraus, und sie zog sie an sich.

»Morley, sagst du«, blaffte Flowerdew. »John Hobart hat dort einen Teil der Gemeinflur eingehegt, nicht?«

Der Steward drehte seine Kappe in den Händen. »Ja, Sir, und auf Euer eingehegtes Wymondham-Gemeindeland haben sie's auch abgesehen.« Nach kurzem Zögern fügte er hinzu: »Ihr wisst, wie verhasst Ihr bei den Leuten der Gegend seid.«

»John, John«, rief Mistress Flowerdew in jäher Verzweiflung, »wie oft habe ich dich gewarnt, dass diese ewigen Streitereien kein gutes Ende nehmen?«

»Still, Weib!«, herrschte ihr Gatte sie an. »Ich weiß, wie man mit diesen Lumpen verfährt!« Er überlegte kurz und ließ dabei den Blick über seine Wiesen schweifen, auf denen hinter den Hürden friedlich die Schafe im Sonnenschein grasten. Dann wandte er sich böse grinsend an Glapthorne. »Hat Robert Kett nicht kürzlich einen kleinen Teil der Wymondham-Allmende eingezäunt?«

»Ja, schon, Sir, aber mit Verlaub, Sir, er ist allenthalben beliebt, während Ihr …«

Flowerdew lachte. »Während ich es nicht bin. Sei's drum. Eines aber macht einen schnell beliebt, und das ist Geld. Wenige sind so töricht, es auszuschlagen, nicht einmal die tölpischen Pflugknechte. Morley ist auf der anderen Seite von Wymondham, sie brauchen eine Zeitlang, bis sie hier sind. Wie viele sind es?«

»Die Dorfleute haben es nicht gesagt.«

»Ich reite ihnen entgegen und stecke ihnen Geld zu, damit sie ihre

Wut gegen Robert Kett richten.« Er lachte, und da wurde mir klar, dass er diese Krise genoss. Hinter seinem Rücken tippte Barak sich mit dem Zeigefinger gegen die Stirn, um anzudeuten, dass Flowerdew seiner Meinung nach einen Vogel hatte.

Das mochte schon sein, aber er war auch schlau. Sogleich bellte er Befehle. »Alice, du gehst mit den Jungen hinein. Glapthorne, hole mir John, Charles und Peter vom Feld. Sie sollen lange Messer einstecken und die Pferde holen. Und bring mir das Schwert.« Er drehte sich zu mir um, runzelte die Stirn und sagte leise: »Master Shardlake, ich möchte Euch und Eure Begleiter bitten, hierzubleiben und mein Weib und die Kinder zu beschützen, falls jemand aus dem Dorf hierherkommen sollte, um Unruhe zu stiften. Wollt Ihr das tun?«

Ich zögerte, doch Mistress Flowerdew war bleich und zitterte, und als ein Mann von Ehre konnte ich ihm die Bitte nicht ausschlagen. Widerwillig nickte ich. Der ältere der beiden Knaben schüttelte den Arm der Mutter ab. »Lass mich mit dir kommen, Vater! Ich bin Manns genug, es mit den Schurken aufzunehmen.«

»Nein, William, du bleibst hier.« Flowerdew sah mich an und holte tief Luft. »Ich danke Euch, Master Shardlake.« Dann eilte er ins Haus. Und kam alsbald zurück, ein grimmiges Lächeln im Gesicht. Er klopfte auf die Taschen seines Wamses, und ich hörte das Klimpern von Münzen.

Eilig waren Knechte und Pferde zur Stelle, Flowerdew schnallte sich sein Schwert um und bestieg eine schöne graue Stute. Dann ritten er und seine Männer in einer Staubwolke dem Dorfe zu und ließen Barak, Nicholas und mich mit seiner Familie zurück.

Wir warteten im schön eingerichteten Gesellschaftszimmer. Der ältere Knabe sagte erneut, er wolle sich dem Vater anschließen, während sein Bruder, der etwa dreizehn war, still neben der Mutter saß. Draußen läuteten weiter die Glocken. Mistress Flowerdew hielt sich mit einem Mal die Ohren zu und rief: »Können sie nicht aufhören mit diesem Lärm! Er bringt mich noch um den Verstand!«

»Geh in dein Zimmer, Mutter«, sagte der jüngere Bruder sanft. »Dort hörst du sie nicht so laut.«

»Ja«, stimmte ich zu. Es war seltsam, dass ich nun mit einem Male für Flowerdews Haushalt die Verantwortung trug. »Und Ihr Jungen geht mit ihr.«

Sie gehorchten, ließen mich mit Barak und Nicholas zurück. Barak sagte leise: »Wenn es wirklich Ärger geben sollte und Mistress Flowerdew mit ihren Söhnen fortlaufen muss, sind sie hier unten sicherer.«

»So weit kann es doch nicht kommen«, sagte Nicholas. Barak zuckte mit den Schultern. Wir saßen schier eine Ewigkeit schweigend beisammen, bis Nicholas sich schließlich erhob. »Ich habe das Nichtstun satt. Komm, Jack, lass uns bis zum Ende der Auffahrt gehen und nachsehen, was los ist.«

»Gute Idee.«

Sie waren etwa eine halbe Stunde fort. Als sie zurückkehrten, sagte Barak: »Die Straße nach Wymondham scheint ruhig zu sein, aber ringsum läuten noch immer die Glocken, und Männer durchqueren die Wiesen. Wir sind ins Dorf gegangen, aber es schien verlassen. Ein altes Weib, das einen Esel führte, sagte uns, die Hälfte der Männer sei nach Wymondham gegangen.«

»Mir gefiel nicht, wie sie griente«, fügte Nicholas hinzu.

Ein Diener erschien und fragte, ob wir zu Mittag speisen wollten; es sei längst an der Zeit. Ich bejahte und bat ihn, auch der Herrin des Hauses und ihren Kindern etwas nach oben zu bringen. Kaum war er jedoch gegangen, als die Auffahrt herauf erneut Hufschlag ertönte und Flowerdew und Glapthorne angeritten kamen. Flowerdew grinste zufrieden. Sein Steward indes schien eher zu zweifeln. Die beiden Knaben kamen die Treppe herunter, gefolgt von ihrer Mutter. »Was ist geschehen?«, fragte sie. »Bist du gerettet?«

Flowerdew schlug sich lachend auf den Schenkel. »Absolut. Da war bloß ein Dutzend von diesen Bauerntrampeln. Ich sagte ihnen, sie sollten sich an Robert Kett schadlos halten, und gab ihnen Geld, um ihnen Beine zu machen. Ketts Einhegungen, sagte ich, seien größer als die meinen.«

»Ist das wahr?«, fragte ich.

»Nein«, entgegnete Flowerdew vergnügt. »Doch das wussten sie nicht. Es ist immer gut zu gewinnen, nicht wahr, Serjeant Shardlake? Ein Denkzettel für Master Kett, den Gerber, und seinen Bruder, den Metzger. Und jetzt zu Tisch.« Er rieb sich die Hände. »Dann könnt Ihr nach Norwich zurückreiten, die Straße ist jetzt ruhig. Was auch immer in Wymondham vor sich geht, der stellvertretende Schultheiß wird es bald in Ordnung bringen.«

Nicholas sagte: »Hunderte scheinen sich zu versammeln. Wir waren im Dorf, wo man uns sagte, die Männer seien nach Wymondham gegangen.«

»Sie sind bald wieder da, mit eingezogenem Schwanz.«

»Kommen sie an den Galgen?«, fragte der junge William eifrig.

Flowerdew klopfte ihm auf die Schulter. »Das hoffe ich; von Rechts wegen ist es ein Aufruhr.« Er lächelte voller Freude. »Und jetzt wollen wir essen.«

»Ich habe bereits etwas bestellt«, sagte ich.

»Gut gemacht!«, entgegnete er und schien vor lauter Begeisterung über das Gelingen seines Plans gänzlich vergessen zu haben, dass wir Gegner waren.

Bei Tisch erzählte uns Flowerdew, nunmehr über alle Maßen heiter, Näheres von seiner Begegnung. »Sie waren eine Meile hinter Hethersett, stapften die Pfade entlang, Mistgabeln und Schaufeln geschultert. Sie waren von Morley gekommen, die meisten von ihnen Tagelöhner, halb nackt in zerschlissenen Lederwämsern, voller Staub. Dieser Rädelsführer, den habe ich schon einmal gesehen, er hält ein Zinslehen in Wymondham, heißt Duffield und ist größenwahnsinnig wie all diese Freibauern, die eine Landparzelle zusammengerafft haben.« Seine Mundwinkel zuckten vor Vergnügen. »Vom Sattel aus hätte ich Duffield den Kopf abschlagen können.«

»Warum hast du's nicht getan, Vater?«, fragte Edward aufgeregt.

»Das überlass dem Henker, Junge. Wie schon gesagt, es ist ein Aufruhr, und ich bin Zeuge, dass Duffield der Anführer war. Er sagte mir dreist, die Gemeinen in ganz England fänden sich zusammen, um die Kommissare zu unterstützen und die ungesetzlichen Einhegungen niederzureißen. Als wüsste er, was gesetzlich ist und was nicht.«

»Wurde Euer Land rechtmäßig eingehegt?«, fragte ich.

Flowerdew überging die Frage. »Duffield sah mir in die Augen, als wäre er mir ebenbürtig, und sagte, ich solle die Zäune, die meine Schafe einschlossen, lieber selbst entfernen, ehe sie niedergerissen würden. Da sagte ich den Leuten, sie sollten sich lieber an Kett schadlos halten, ich würde sie gut bezahlen, wenn sie es täten. Es sei eine List, hielt Duffield dagegen, aber das Geld war schließlich echt, und die Bauern nahmen es gern. Alle Menschen sind gierig.«

»Oder verzweifelt«, sagte ich.

Flowerdew starrte mich an. »Und wie soll die Zerstörung der Schafhürden da Abhilfe schaffen, wo doch als Einziges die Schafe Geld in die Grafschaft bringen? Wie soll es unserem Land im Krieg gegen die Schotten helfen, wenn gemeine Schurken sich gegen die Autorität des Königs erheben? Obwohl diese Aufregung nicht von Dauer sein wird.«

Mistress Flowerdew warf ihr Messer auf den Teller, dass es schepperte. »Genug, John, genug«, sagte sie. »Warum können wir nicht friedlich miteinander leben, wie Gott es gewollt hat?« Sie stand auf, und ihre Röcke raschelten, als sie den Raum verließ. Flowerdew sah seine Söhne an und verzog das Gesicht. Sie lächelten.

»Wir sollten jetzt aufbrechen«, sagte ich brüsk. »Danke für die Stärkung.«

Plötzlich schien er sich zu erinnern, wie ich ihn bei der Angelegenheit des falschen Dokuments übertölpelt hatte, und er runzelte die Stirn, seine gute Stimmung mit einem Male dahin. »Wohlan,

Bruder Shardlake. Glapthorne und ich werden mit Euch ins Dorf reiten und uns selbst ein Bild machen. Edward, William, ihr dürft auch mitkommen.«

Schon bald waren wir bereit und ritten die Zufahrt hinunter – Flowerdew und seine Söhne, Glapthorne, Barak, Nicholas und ich. Die Kirchenglocken waren verstummt, und es war ein friedlicher Ritt zwischen den Schafweiden und unter den Bäumen, die als Schattenspender den Pfad säumten. Dann, hinter einer Wegbiegung, hielten wir jäh die Pferde an. Eine Gruppe von etwa zwanzig Männern war mit Schaufeln und Hämmern im Begriff, die Einfriedungen um Flowerdews Schafe auszuheben, um sie alsdann in den Graben auf der anderen Seite zu werfen. Ein weiteres Dutzend stand Wache, und ich sah, dass sie nicht nur Mistgabeln und Hämmer bei sich trugen, sondern auch Kriegswaffen, Halbpiken und Hellebarden. Die Schafe hatten sich wild blökend in der Mitte ihrer Weide zusammengedrängt. Zwei jedoch waren von den Männern eingefangen worden und lagen mit durchschnittener Kehle auf dem Boden. Wie die Männer, die Flowerdew getroffen hatte, waren auch diese hier größtenteils jung, trugen breitkrempige Hüte und ärmellose Lederwämser, einige ohne Hemd in der Hitze; doch auch Ältere waren darunter, weit in den Dreißigern und Vierzigern, und gingen mit derselben grimmigen Entschlossenheit zu Werke.

Flowerdews Miene verfinsterte sich augenblicklich. Ein Mann, der die Zerstörung zu dirigieren schien, trat uns mit einem halben Dutzend Begleiter kühn entgegen. Er war in den Fünfzigern, groß und kräftig gebaut, mit grauem Haar und einem kurzen Bart. Er hatte ein zerfurchtes, wettergegerbtes Gesicht mit einer geraden Nase, einem festen, schmalen Mund und großen braunen Augen, die sich mit denen Flowerdews kreuzten. Er trug ein dunkelgrünes wollenes Wams, eine schwarze Kappe, die ihm schräg auf dem Haupte saß, und hatte ein langes, gefährlich scharfes Hackbeil in der Faust. Flowerdew erwiderte seinen Blick, und aus seinen Augen loderte der Hass.

»Nun, Master Flowerdew«, sagte der Mann, »Euer Plan ist gescheitert.« Seine Stimme war ungewöhnlich tief, der Norfolker Akzent ausgeprägt. »Als die Männer kamen, half ich ihnen dabei, meine eigenen Zäune niederzureißen, die ich, Gott möge es mir verzeihen, niemals hätte errichten dürfen. Und ich stellte mich, meine Güter und mein Leben zu ihrer und ihrer Gesellen Verfügung. Seht Ihr, ich hab Euch Master Duffield mitgebracht.« Er wies auf einen der Männer an seiner Seite, einen kleinen Burschen in den Dreißigern in einem schäbigen Rock aus gewalkter Wolle, welcher sich vor Flowerdew spöttisch verneigte. Der neue Anführer fuhr fort: »Jetzt haben wir noch mehr Männer aus Wymondham hergeholt. Sie sollen sich Eurer Einhegungen annehmen, welche, weiß Gott, um ein Vielfaches größer sind.«

»Wer ist das?«, fragte Nicholas.

Der Graubärtige blickte ihn an. »Ich, junger Herr, bin Robert Kett aus Wymondham.«

Ich blickte von Kett zu Flowerdew. Unsere Gruppe war in der Unterzahl, und Kett hatte eine charakterfeste, gebieterische Ausstrahlung. Flowerdew, von Wut übermannt, griff nach seinem Schwert, nur um festzustellen, dass er es nicht bei sich hatte. »Verflucht«, zischte er. Da trat Kett vor Flowerdew hin und richtete das Beil auf seinen Bauch. »Nur ruhig, Meister«, sagte er. »Wir wollen keine Gewalt, es sei denn, Ihr fordert uns heraus.«

Er wandte sich seinen Männern zu und nickte. Auf dieses Zeichen hin umzingelten sie uns. Die Pferde wurden unruhig. Ketts Männer, die an diesem Tag schon viele Meilen zu Fuß hinter sich gebracht hatten, verbreiteten einen gewaltigen Gestank.

Allmählich bekam ich es mit der Angst zu tun, wagte aber dennoch die Bemerkung: »Ihr behauptet, dass Ihr keine Gewalt wünscht, Sir, dabei habt Ihr mehrere von Master Flowerdews Schafen geschlachtet.«

Kett maß mich mit seinen durchdringenden Augen. »Die große Versammlung in Wymondham heute Abend muss satt werden. Wir wünschen kein Blutvergießen unter den Menschen. Wir holten uns auch Waffen aus dem Herrenhaus in Morley und aus anderen Häusern, aber nur für den Fall, dass wir uns verteidigen müssen.« Er sah Nicholas und mich forschend an, und ich verfluchte insgeheim unsere auffällig gute Kleidung.

Plötzlich erschallte Gelächter hinter Kett. Wir blickten uns um, zum Zaun, wo zwei Burschen ihre Beinkleider herabgelassen hatten, um Flowerdew ihre nackten Hintern zu präsentieren. Der eine rief: »Komm her und leck uns am Arsche, Meister, dann lassen wir dir vielleicht ein paar von deinen Schafen! Hast Glück, dass sie schon geschoren sind, sonst hättest du auch noch die Wolle eingebüßt!«

Flowerdew ließ eine Tirade von Flüchen auf sie los. »Hundsfötter! Lasst gefälligst eure Kackbratzen von meinen Schafen!« Er wandte sich Kett zu. »Und Ihr treibt diese Schurken dazu, mein Eigentum zu zerstören! Ihr seid ein Aufwiegler, eine Pestbeule für dieses Land, der Anführer eines Packs von Landstreichern!«

Einige der Männer um uns herum wirkten bedrohlich, und einer von ihnen hob die Hellebarde in die Höhe. Ich wünschte, wir wären überall, nur nicht in Flowerdews Gesellschaft. »Wir sind keine Verräter, Serjeant Flowerdew«, sagte Kett, jetzt mit tödlichem Ernst. »Wir sind diejenigen, die dem König die Treue halten, während Ihr sein Land und das unsere zu Eurem Vorteil melkt.« Er schüttelte den Kopf. »Ihr habt keine Vorstellung, was gerade geschieht, hab ich recht? Ehrliche Arbeiter errichten im ganzen Lande Lager, in Suffolk und Essex, Kent und Oxfordshire. Wir schicken Bittschriften an den Protektor, dessen Kommissare schon bald hier eintreffen werden. In Essex, wo tausend Männer vor Colchester lagern, hat er die Forderungen bereits erfüllt. Das Christliche Gemeinwohl wird kommen!«

Flowerdew lachte verächtlich. »Wie wollt Ihr das alles wissen?«

Kett nickte. »Wir haben unsere eigenen Reiter und Boten. Mein Bruder William hält Kontakt zu allen Metzgersleuten.«

Es war also tatsächlich alles geplant, dachte ich. Wieder lachte Flowerdew, doch jetzt schwang Unbehagen in seiner Stimme. »Ja meint Ihr denn, der Protektor würde sich solchen Rüpeln zur Seite stellen?«

»Und ob ich das meine.« Kett erhob die Stimme. »Ihr habt die Autorität des Königs stets dazu missbraucht, Euren Nachbarn jeden Penny aus der Tasche zu ziehen. Obschon Ihr reich seid, seid Ihr's doch nie zufrieden und müsst in einem fort streiten und prozessieren! Wie Hunderte sogenannter Edelleute und Anwälte werdet Ihr gewiss alles daransetzen, um den Protektor und Kommissar Hales daran zu hindern, die Übel auf dem Lande wiedergutzumachen und das Gemeinwohl zu fördern. Und so ist es nun an uns, ihnen die Arbeit zu erleichtern.« Es war eine pointierte, flüssige Ansprache, zornig, aber beherrscht.

Flowerdew sagte verbittert: »Ihr besitzt doch selber Land, Kett, rings um Wymondham. Und als ein Freund von Abt Loye habt Ihr einst den alten Glauben unterstützt. Wie könnt Ihr Euch mit diesen stinkenden Radikalen gemein machen?«

Ein Mann richtete seine Halbpike drohend auf Flowerdew. »Haltet gefälligst den Rand, sonst spieß ich Euch auf wie ein Schwein.«

Mit lauter, klarer Stimme, dass alle ihn hören konnten, erwiderte Kett: »Ich arbeite mit meinen eigenen Händen, auf meinem Hof, und leide wie alle Leute in Norfolk an den Einhegungen der reichen Edelleute und an den Diebstählen durch Beamte, wie Ihr einer seid. Beim Blute Christi, Sir, wir werden dem Protektor die Augen öffnen, wie es wirklich um unser Land bestellt ist, bei Gott, das werden wir!«

Flowerdew blickte jetzt sichtlich besorgt drein. Auf seiner Wiese jagten einige der Männer, die die Hürden niedergerissen hatten, mit langen Messern hinter den Schafen her. Drei Männer brachten eines zu Fall. Ein Messer blitzte auf, das angstvoll blökende Tier zuckte, und Blut spritzte über seinen weißen Leib. Ein zweites Schaf wurde eingefangen und ebenfalls durch einen schnellen Kehlschnitt zur Strecke gebracht. Flowerdew blickte sich nach seinem Steward um, der nur den Kopf schütteln konnte. Dann sagte er, mit vor Wut bebender Stimme: »Haltet sie ab, meine Schafe zu töten.«

Kett schüttelte den Kopf.

»Meine Söhne sind noch nicht einmal sechzehn«, sagte Flowerdew, seine Stimme plötzlich flehend. »Mein Weib sitzt hilflos zu Hause.«

»Frauen und Kindern fügen wir keinen Schaden zu. Aber wir wollen nicht, dass Ihr Leute auf uns hetzt. Ihr und Eure Söhne werdet uns daher nach Wymondham begleiten.«

Edward und William blickten einander an. »Ihr könnt mir nicht befehlen, wohin ich gehen soll«, sagte Flowerdew ungläubig.

»Wir können es wohl und tun es auch.«

Duffield sagte beflissen: »Wir dürfen ihn doch gewiss durchwalken, oder, Master Robert?«

Kett überlegte, maß Flowerdew mit einem langen, strengen Blick und sagte dann: »Meinethalben, aber nicht viel, nur ein wenig knuffen könnt ihr ihn. Den Steward nehmen wir ebenfalls mit.«

Einer der Männer, die uns umzingelten, besah sich Barak, Nicholas und mich. »Wer sind denn die drei Grazien?«

Ich antwortete: »Wir mussten Serjeant Flowerdew aufgrund einer rechtlichen Angelegenheit aufsuchen.«

Duffield sagte: »Lasst uns eure Hände sehen, na los!«

»Ich kann euch nur die eine zeigen, Männer«, sagte Barak, worauf einige lachten. Wir streckten ihnen die Hände hin. Duffield sagte: »Genau, wie ich dachte. Tintenflecke, weiche Weiberhände, alle drei.« Er hielt uns die eigenen Hände hin, rau und schwielig von lebenslanger Schufterei. »Anwälte, Flowerdews Freunde.«

Ich bekam Herzklopfen. Das sah übel für uns aus. Nicholas zog ein finsteres Gesicht, und ich betete inständig, er möge den Mund halten. Auch Isabellas Gold an meinem Gürtel lag mir auf der Seele.

Da sah ich einen Mann über die Wiese auf uns zukommen. Ein untersetzter Geselle mit einem schwarzen Bart und großen blauen Augen. Toby Lockswood, von dem ich befürchtet hatte, die familiären Sorgen hätten ihn daran gehindert, mit uns in Verbindung zu bleiben. Stattdessen war er hier, bei den Verschwörern. Zorn wallte in mir auf.

»Der Saukerl!«, knurrte Nicholas.

Toby marschierte kühn her zu uns und nickte mir kalt zu. Nicholas platzte heraus: »Habt Ihr vergessen, wie man sich verneigt, Lockswood?«

»Halt den Rand, Dummkopf«, zischte Barak. Er sah genau wie ich, dass Toby hier einen gewissen Stand hatte.

»Ich kenne die Vögel«, sagte Toby zu Kett.

»Sind das die Leute, für die du in Norwich gearbeitet hast?«

»So ist es. Nun, Master Shardlake, was habt Ihr bei John Flowerdew zu schaffen?«

»Ich hatte eine rechtliche Angelegenheit mit ihm zu klären.« Zögernd sah ich Flowerdew an, aber da ich mich in erster Linie Nicholas und Barak verpflichtet sah, fuhr ich fort: »Es ging um Isabella Boleyns ungesetzliche Vertreibung aus ihrem Haus.«

Flowerdew funkelte mich wütend an, als ein Raunen durch die Reihen derer ging, die uns umstellt hatten, so dass unsere Pferde erneut unruhig wurden. Der junge William Flowerdew warf mir einen verächtlichen Blick zu, der mich beschämte, wie ich zugeben muss. Dann sagte jemand: »Er hat jenen Edelmann in Naarich vor dem Galgen bewahrt, dieweil das gemeine Volk am Stricke hängen blieb.«

Kett sah Toby fragend an. Lockswood schien nachzudenken. Ich sagte ruhig: »Ich wollte heute zu Euch hinausreiten, Toby, um nach Euch zu sehen. Ich war in Sorge, als Ihr Euch nicht wie versprochen gemeldet habt. Zumal Ihr uns in Norwich eine große Hilfe wart.«

Seine Miene verfinsterte sich. »Mein Leben auf dem Hof ist vorbei. Meine Mutter ist vor wenigen Tagen verstorben, und mein Vater brach zusammen und starb tags darauf.« Die Stimme versagte ihm, und er musste kurz innehalten, ehe er in seiner Rede fortfuhr: »Unsere Pacht lief über drei Leben, und das meines Vaters war das letzte. Ich bin heraus. Ich wusste, was sich zusammenbraute, und kam nach Wymondham, um daran teilzuhaben.«

»Es tut mir leid, was mit Euren Eltern geschehen ist«, sagte ich leise. Ich bemerkte die neuen Linien in Tobys Gesicht, die Wildheit in seinen großen Augen. »Das wusste ich nicht.«

»Nein«, entgegnete er distanziert, »woher auch?« Er wandte sich um und sah zu, wie die letzten von Flowerdews Hürden umgestoßen wurden. Die geschlachteten Schafe wurden auf die Straße geschleift, eine blutige Spur hinterlassend, während die übrige Herde noch immer hilflos auf der Weide einherrannte, auf der Flucht vor ihren Häschern.

»Tja, Toby Lockswood«, fragte Kett ruhig, »wie sollen wir mit diesen dreien verfahren?«

Toby holte tief Luft. »Der lange Dürre, der ist von edlem Geblüt und dünkt sich über dem gemeinen Volk. Er ist recht geschickt mit dem Schwert, das er trägt; Ihr solltet es ihm abnehmen. Wenn wir ihn laufenlassen, macht er uns Ärger. Ich würde ihn behalten und nach Wymondham mitnehmen, wie Flowerdew. Der Bucklige – bei ihm bin ich mir nicht sicher. Er ist wie Flowerdew ein Serjeant, hat aber für das Petitionsgericht gearbeitet und hegt, wie mich dünkt, Sympathien für das Gemeinwohl. Doch jetzt arbeitet er für die Lady Elizabeth und versucht, ihre adelige Verwandtschaft vor dem Galgen zu retten.«

»Genau wie du!«, rief Nicholas. Toby ignorierte ihn.

Kett sah mich an. »Warum habt Ihr die ehrliche Arbeit aufgegeben, die den Armen zugutekam?«

»Weil ich mir Richard Rich zum Feinde machte. Als er zum Lordkanzler ernannt wurde, hat man mich entlassen.«

Kett nickte nachdenklich. Er sagte zu Toby: »Wir müssen ihn befragen. Und der Einhändige?«

»Er ist ihr Diener, seine Sympathien sind auf unserer Seite, wie ich meine. Lasst ihn gehen.«

»Du hast recht, Toby, ich bin für euch«, sagte Barak mit fester Stimme. »So etwas hätte längst geschehen müssen. Aber ich lasse Master Shardlake nicht allein, und Nicholas auch nicht. Er ist trotz allem ein anständiger Bursche.«

Kett nickte entschieden. »Dann kommt ihr alle mit uns nach Wymondham. Wir müssen noch eine Nacht dort ausharren, alle versammeln sich dort. Holt euch ihre Pferde, sie können uns nützlich sein. Dann bindet sie an den Händen, aber knufft sie nicht. Master Steward, wir brauchen ein paar Karren von Euch, um die Schafe nach Wymondham zu schaffen.«

»Hinter dem Haus findet ihr zwei«, sagte Glapthorne. Er holte tief Luft. »Ich komme gern mit und helfe Euch.«

Kett lächelte ihm spöttisch zu, er durchschaute seinen Opportunismus. Er sagte: »David, Theo, ihr geht mit ihnen, aber gebt acht, dass sie Euch nicht übertölpeln.«

Flowerdew blickte seinen Steward fassungslos an. Erst jetzt schien er zu begreifen, was gerade geschehen war. Ich verspürte fast ein Quäntchen Mitleid mit dem elenden Manne, dessen Welt gerade so jäh und vollkommen um ihn her eingestürzt war. Doch uns erging es ja nicht anders. Auch wir waren Gefangene. Ich atmete tief, um mein klopfendes Herz zu besänftigen. Nicholas gab widerstrebend sein Schwert her, und wir stiegen alle von den Pferden, bis nur noch Flowerdew benommen im Sattel saß. Da spannte sich plötzlich sein Leib, er rammte seiner Stute die Sporen in die Flanken und sprengte davon, wobei er drei Männer umstieß wie Kegel.

»Ihm nach!«, blaffte Kett. Zwei Männer griffen sich mein und Nicholas' Pferd und saßen auf. Die Tiere waren jedoch bereits scheu gemacht, und so stieg Nicholas' Pferd so hoch, dass es seinen Reiter beinahe abgeworfen hätte. Als sie die Tiere schließlich gebändigt hatten und Flowerdew nachsetzten, war er nur noch ein Punkt in der Ferne und preschte wild auf Norwich zu.

KAPITEL ACHTUNDDREISSIG

Und so fanden wir uns wieder auf dem Weg nach Wymondham. Diesmal jedoch gingen Barak, Nicholas und ich zu Fuß, die Arme auf den Rücken gebunden, eine schmerzhafte Haltung, wie ich fand. Nicholas zu meiner Linken machte ein wütendes Gesicht, während Barak zu meiner Rechten alles unternahm, um das Vertrauen der Männer zu gewinnen, die uns begleiteten. Er fragte sie, woher sie kamen, und lachte, als sie ihm erzählten, wie sie Master Hobart von Morley und seine Familie aus ihrem vornehmen Haus getrieben hatten. Ich sagte nichts; einerseits konnte ich ihren Zorn verstehen; andererseits fürchtete ich mich vor einer Eskalation der Gewalt, wohl wissend, dass auch ich als ein »Gentleman« galt.

Ein hochaufgeschossener Bursche von etwa dreißig Jahren, ein Beil in der Faust, war uns an die Seite gestellt worden. Gelegentlich bedachte er Nicholas und mich mit bösen Blicken. Flowerdews Söhne hinter uns hatte man gleichermaßen gefesselt; der ältere sah trotzig drein, der jüngere hingegen eingeschüchtert und voller Furcht.

Es war später Nachmittag, aber immer noch heiß, und wir schritten durch Staubwolken, die unsere Beinkleider und Schuhe grau färbten. Weitere Männer und auch einige Frauen gesellten sich unterwegs zu uns, und bald war unsere Zahl auf fünfzig angewachsen. An der Spitze des Zuges ritt Robert Kett – er hatte sich Nicholas' Pferd genommen –, und neben ihm ritten auf meinem und auf Baraks Pferd Toby und Duffield, der Mann aus Wymondham. Die Nachhut bildeten zwei große Eselskarren von Flowerdews Hof, beladen mit den toten Schafen, die eine dünne Blutspur auf dem staubigen Weg hinterließen. Der Steward Glapthorne führte die Esel und sah unbehaglich drein.

Auf halber Strecke nach Wymondham gesellte sich eine weitere Gruppe von etwa zwanzig Leuten zu uns, dem Aussehen nach Landarbeiter oder Handwerker, teils in Hemden, teils in Lederwämsern. Mehrere hatten Bogen und Köcher geschultert, einige Schaller, runde Soldatenhelme, auf dem Kopf, während ein paar auch Schwerter, Hellebarden und Halbpiken bei sich trugen, die sie vermutlich aus einem Herrenhaus oder einer Kirche gestohlen hatten. Dort lagerten die Waffen für die militärischen Appelle, die Teil des Alltagslebens geworden waren, seit England gegen Schottland und Frankreich Krieg führte. Wo auch immer die Waffen gelagert sein mochten, dachte ich, so wären es diese Männer, die sie handhaben würden, falls sie in den Krieg ziehen mussten. Hinter ihnen lagen auf einem großen Eselskarren mehrere erlegte Hirsche.

Der Anführer der Gruppe und Kett begrüßten einander. »Wir haben einen der Paston-Parks geplündert! Haben die Zäune eingerissen und ihn betreten. Meine Männer können schießen, sag ich dir! Wir haben uns den Karren genommen und die Langohren gleich mit dazu, damit sie ihn ziehen. Heut Abend gibt es in Wymondham Wildbret zu essen!«

Unsere Gruppe klatschte Beifall, und einer rief: »Wir sind auch dorthin unterwegs, Bur! Kommt mit!«

Der Mann blickte zu Kett empor. »Es ist doch in Ordnung, die Parks zu plündern, nicht? Sie zählen auch als Einhegungen.«

»Auf jeden Fall«, antwortete Kett entschieden. »Geht mit dem Karren nach hinten!« Allmählich wurde mir klar, dass Kett schon als Anführer akzeptiert wurde. Als der Karren vorüberrumpelte, betrachtete ich die hin und her wackelnden Köpfe der erlegten Hirsche. Auch ein paar junge Kälber waren darunter, und mir wurde schlecht. Der Mann neben mir grinste. »Ist Euch wohl zu viel, Herr Anwalt, wie?« Ich reagierte nicht, und er beugte sich herüber. »Ich bin ein Zimmermann, lebe in einem Dorf unweit von Besthorpe. Bis zum vorigen Jahr hab ich eine Kuh und ein paar Schweine auf dem Gemeindeland grasen lassen, für meine Familie, aber der Grundherr hat es eingehegt. Da uns eine schlechte Ernte bevorsteht, werden wir in diesem Winter Hunger leiden, wenn wir uns nicht nehmen, was uns zusteht.« Er kam noch näher. »Einige von uns würden gern mit Euch ebenso verfahren wie jene Burschen dort mit dem Rotwild.« Er nickte emphatisch, die Faust am Beil. Ich antwortete nicht.

❧

Wymondham quoll über von Menschen. Es waren sogar noch mehr als während des Jahrmarktes, weit über tausend, wie ich vermutete. Die Zelte standen noch auf dem Anger, und da wir am Marktplatz vorbeimarschierten, sah ich durch die offene Pforte, dass die Kapelle mit Strohlagern gefüllt war. Desgleichen die Kirche, und dahinter lagerten Menschen und Wagen zwischen den Ruinen des Klosters. Die große Menge war geordnet, und die Stadtkonstabler hatten sich offenbar mit einigen Älteren zusammengetan, die den Leuten mit soldatischem Gebaren ihren Platz zuwiesen. Ein Karren voller Bierfässer rumpelte an uns vorüber. Viele der Leute in den Gassen begrüßten Ketts Gefolge mit Jubelrufen und schwenkten dazu ihre Kappen und Hüte. Als sie unser ansichtig wurden, gefesselt in ihrer Mitte, hagelte es Buhrufe, und ein fauliger Kohlkopf kam geflogen und hätte den älteren Flowerdew-Jungen fast zu Fall gebracht. Kett hob die Hand. »Nein!«, rief er streng. »Wir werden den edlen Herren geben, was ihnen gebührt, aber nach einem ordentlichen Gerichtsverfahren im Namen des Königs!« Er ließ den Blick über seine Begleiter wandern und rief aus: »Wartet hier, allesamt!« Seine Autorität war so groß, dass jeder auf seinem Platze blieb.

Sein Bruder William erschien, und die beiden unterhielten sich mit ernsten Mienen, wobei Robert sich vom Pferde beugte. Dann löste sich eine Gestalt aus der Menge und trat auf mich zu. Es war Michael Vowell, dem vor Staunen der Mund offen stand.

»Master Shardlake? Was ist geschehen?«

»Meine Freunde und ich sind gefangen, wie Ihr seht. Wir hatten Serjeant Flowerdew aufgesucht, als Master Kett mit seinen Männern

475

kam. Die beiden Knaben hier sind Flowerdews Söhne. Er selbst ist geflohen.«

Vowell runzelte die Stirn. »Warum habt Ihr ihn aufgesucht?«

»Er hat Isabella Boleyn aus ihrem Haus vertrieben, was nicht rechtens war. Hier hatte Reynolds die Hand im Spiel.« Ich rang mir ein schiefes Lächeln ab. »Es überrascht mich nicht, Euch hier zu sehen.«

Ein argwöhnischer Schatten huschte über sein Gesicht. »Was meint Ihr?«

»Vor ein paar Wochen, da sah ich Euch eines Nachts im Blue Boar in Norwich mit einem Bekannten von mir reden, Edward Brown, und einem Soldaten, den Ihr Miles nanntet. Ihr habt von Attleborough gesprochen.«

Seine Augen wurden weit. »Und Ihr habt nichts gesagt?«

»Es ging mich nichts an. Und Edward Brown und seine Frau sind meine Freunde. Sind sie hier?«

Er musterte mich lange. »Nein. Noch in Norwich.« Er dachte kurz nach und sagte dann: »Ich rede mit den Ketts.« Er lief an die Spitze des Zuges, und ich sah ihn mit den Brüdern sprechen. Robert Kett und Toby stiegen von den Pferden und kamen mit William Kett nach hinten zu uns. Aus der Nähe sah ich, dass William älter war als sein Bruder, etwa Mitte sechzig. Sein kantiges, ausdrucksstarkes Gesicht wirkte streng. Barak murmelte: »Jetzt sprecht, es geht um Euer Leben.«

William blickte mich an. »Vowell hier sagt mir, Ihr habt in Norwich eine gewisse Unterredung mit angehört, es aber niemandem verraten.«

»Das ist wahr. Ich sagte es schon: Einer der Beteiligten und seine Frau sind meine Freunde.«

»Die Frau ist seine frühere Dienstmagd, keine Freundin«, sagte Toby streng. »Doch es stimmt schon, er hat sie aufgesucht, um ihr zu helfen«, fügte er widerstrebend hinzu.

William sah mich nachdenklich an. »Und er hat nicht verraten, nichts von Miles, nichts von Attleborough. Denn hätte er es getan, wäre das Ganze schon im Keime erstickt worden.« Er wandte sich an seinen Bruder. »Wir brauchen Rechtsanwälte und Schreiber, wenn wir tun wollen, was wir besprochen haben.«

Robert nickte. »Ich bringe ihn nach Gunville Manor. Lass den Einarmigen gehen, er ist nur ihr Knecht und kann uns dabei helfen, alles für die Nacht zu bereiten. Aber sieh zu, dass jemand ein Auge auf ihn hat. Den langen Kerl und Flowerdews Kinder steckt ins Gefängnis. Diese Knaben sind wertvolle Geiseln.«

»Master Kett«, bat ich ihn, »lasst Nicholas bei mir. Ich bürge für ihn.« Kett wandte sich Toby zu, der sagte: »Nein, er ist gegen uns, sperrt ihn ein.«

»Ihr drei, nehmt sie mit«, sagte William. Kräftige Arme packten Nicholas und die Jungen. Eine Sekunde lang befürchtete ich, Nicholas werde sich wehren, aber er ließ sich fügsam abführen. William wandte sich an Barak. »Geh hinunter zur Abtei, frag nach Captain Atley und mach dich nützlich.«

Wieder ertönten Jubelrufe, als ein weiterer Zug Männer erschien; ausgestattet mit Waffen, die von Sensen bis zu Armbrüsten reichten, und einer verbeulten Kanone auf einem Karren, betraten sie die bereits überfüllten Straßen. An ihrer Spitze trug ein älterer Mann im geistlichen Gewand eine zerschlissene Fahne mit dem Haupte Christi. »Noch ein Dorf«, sagte William. »Ich schicke sie auf das Klostergelände. Sie können dort die Fahne pflanzen, um ihren Platz zu kennzeichnen, und heute Nacht dort lagern.«

»Aye, jedes Dorf sollte eine Standarte oder Fahne pflanzen, um seine Herkunft zu kennzeichnen, sonst gehen die Menschen in dieser Menge verloren.«

»Ich sehe später nach Euch, versprochen«, sagte Barak zu mir, ehe er sich zur Klosterruine begab. Ich fühlte mich plötzlich allein und musste an John Boleyn denken in seiner Zelle auf der Burg. Was würde nun aus ihm werden? Und aus Isabella, Scambler, Edward und Josephine? Robert Kett wandte sich an mich. »Kommt mit«, sagte er unvermittelt.

Nachdem man mir die Fesseln abgenommen hatte, trottete ich mit den Brüdern und einer kleinen Eskorte an den Klosterruinen vorbei und über den Fluss. Allenthalben grölte und jubelte das Volk den Brüdern Kett zu, und einige schwenkten ihre Waffen. An Flucht war nicht zu denken. Ein alter Mann in einer zerschlissenen weißen Robe, mit weißem Haar und einem struppigen Bärtchen, stand auf der halb eingerissenen Bezirksmauer und sprach, die Bibel schwenkend, zu einer kleinen Menge. Ich hörte ihn sagen: »Ich prophezeie euch, dass die Herrschaft der Heiligen, wie im Buch der Offenbarung angekündigt, nun gekommen ist, dass wir auserwählt sind und das Reich Christi einführen werden!«

»Der alte Gribbin schon wieder«, stellte William trocken fest.

Robert runzelte die Stirn. »Die Leute sollen zur Ruhe kommen.«

William nickte. »Einige Gruppen lagern außerhalb der Stadt. Morgen kommen noch mehr herein. Ich glaube, wir müssen allmählich weiterziehen, Wymondham kann nicht mehr alle aufnehmen. Miles hat jedes Haus, das noch irgendwo Platz übrig hat, beschlagnahmt. Gott sei Dank ist das Wetter beständig.«

»Gibt es genug zu essen?«

»Gerade so.« William lächelte. »Die meisten haben sich etwas zu essen und zu trinken mitgebracht. Die Norfolker sind vernünftige Leute.«

Nach etwa einer Meile erreichten wir ein zweistöckiges Gebäude aus rotem Backstein mit einem lieblichen Knotengarten und hohen Schornsteinen. Man führte uns hinein. Die Eingangshalle war voller Menschen, die lebhaft miteinander redeten. Ein junger Mann kam zu Robert Kett herüber und umarmte ihn stürmisch. »Da bist du ja, Vater! Gott sei es gedankt! Was ist mit Flowerdew?«

»Auf und davon, das Krebsgeschwür. Aber seine Zäune sind fort, und wir haben seine Söhne! Beim Blute Christi, Loye, wir haben eine große Anhängerschar in Wymondham!«

»Aye. Und vorhin kam die Nachricht, dass sich das Volk auch in Cambridge und Downham erhoben hat!«

Kett tat einen Schritt zurück. Zum ersten Mal zeigte seine Miene echte Rührung. »Gewaltig!«, stieß er aus. »Es muss Gottes Wirken sein!«

Eine gutaussehende Frau mit grauem Haar kam mit einem etwa sechsjährigen Mädchen daher, und Robert umarmte sie. »Alice, Alice! Und die kleine Margaret!«

»Großpapa!« Das Kind hüpfte aufgeregt auf und ab. »Hast du den bösen Mann erwischt?«

»Nein, aber wir haben ihm eine Lektion erteilt!«

»Robert«, sagte die Frau, »wenn du morgen aufbrichst, komme ich mit dir. Ich bin fest entschlossen. Sollen Loye und die anderen Jungen sich in Wymondham um alles kümmern, mein Platz ist an deiner Seite.«

William blickte skeptisch drein. »Ich finde, die Frauen sollten zu Hause bleiben.«

Robert legte ihr die Hand auf die Schulter und sagte zärtlich: »Wir werden sehen, Liebes. Jetzt habe ich mit diesem Mann hier ein Wort zu reden.« Wohin sie wohl gehen?, dachte ich. Seine Familie sah mich neugierig an. Robert sagte: »Bis Miles und die anderen kommen, haben wir noch etwas Zeit. William, reite noch einmal die Straße hinauf und sieh nach dem Rechten.«

William nickte und verließ das Haus. Robert öffnete eine Tür und winkte mich hinein. Es war das aufgeräumte Kontor eines Kaufmannes: Die Dokumente und Rechnungsbücher auf dem Schreibtisch riefen mir in Erinnerung, dass Kett ein vermögender Mann war, wenn auch, was seinen Stand betraf, weit unter Flowerdew. Oder auch mir. Er rückte mir einen gemütlichen Sessel zurecht und hieß mich darin Platz nehmen, goss uns Bier aus einem Kruge ein, zündete eine Kerze an – es dämmerte schon – und setzte sich an den Schreibtisch. Er verschränkte die Finger ineinander und betrachtete mich eingehend. Seine Miene war neutral, die großen Augen jedoch schmal.

»Ihr habt unbehaglich dreingesehen auf dem Weg hierher«, sagte er nach einer Weile.

»Es geht schon wieder. Ich habe Schmerzen im Rücken. Bitte, wo bin ich hier?«

»In meinem Haus, Gunville Manor. Ihr bleibt heute Nacht hier.«
Er überlegte kurz und sagte dann: »Ihr seid in Norwich vom Schafott gestürzt, nicht? Ich habe davon gehört.«

»John Boleyn ist mein Mandant«, antwortete ich ruhig. »Ein Gnadengesuch war bereits gestellt, seine Hinrichtung daher gegen das Gesetz.«

Kett knurrte. »Seine Boleyn-Verwandtschaft in Norfolk kam ihm nicht zu Hilfe, wie ich meine. So sind sie, die Norfolker Gentlemen. Aber wie kommt's, Master Shardlake, dass Ihr in den Fall verwickelt seid?«

»Ich wurde von Lady Elizabeth geschickt. Und weil Flowerdew, wie schon gesagt, Boleyns Ehefrau aus ihrem Haus vertrieben hatte, kam ich nach Hethersett, um ihm Einhalt zu gebieten.«

»Dann ist er kein Freund von Euch?«

»Nein. Er ist ein Schurke.«

»Seid Ihr nicht wie er ein Serjeant-at-law? Das sind deftige Worte aus dem Munde eines Anwalts gegen seinesgleichen.« Er lächelte und sagte dann sanft: »Ihr würdet mir doch keinen Honig ums Maul schmieren? Mit einem Gifthauch unterlegt?«

»Nein, Master Kett. Ich sage die Wahrheit.«

Er warf einen Blick auf den Beutel, der an meinem Gürtel hing. »Ich hörte es darin klimpern auf dem Weg hierher. Falls es Gold ist, muss es eine gewaltige Summe sein. Hat Flowerdew Euch das Geld gegeben?«

Ich holte tief Luft. »Er hat Isabella Boleyn nicht nur aus dem Hause getrieben, sondern auch das Geld an sich gebracht, das ihr Mann ihr für den Unterhalt gegeben hatte, solange er im Burgverlies bleiben muss. Ich habe es Flowerdew abgenommen und werde es Boleyns Frau zurückgeben, sobald ich kann.«

»Wie viel ist es?«, fragte Kett unverblümt.

»Zwanzig Gold-Sovereigns.«

Er pfiff durch die Zähne. »Eine ansehnliche Summe. Wir werden es brauchen.«

Ich tat einen tiefen Atemzug und legte die Hand auf meinen Beutel. Ich war zwar Ketts Gefangener, aber ich musste Stellung beziehen. »Dies ist das Eigentum einer wehrlosen, unschuldigen Frau. Wenn Ihr es haben wollt, müsst Ihr es mir entreißen.«

»Das wäre mir ein Leichtes.« Er machte jedoch keine Anstalten, das Geld an sich zu bringen. Stattdessen lehnte er sich zurück, ließ die Hände auf den Armlehnen ruhen und versuchte zu ermessen, was für ein Geschöpf ich sein mochte. Schließlich sagte er: »Dann habt Ihr also für das Petitionsgericht gearbeitet und nennt Gemeine wie die Browns Eure Freunde. Ungewöhnlich. Habt Ihr viele Mandanten aus Norfolk vertreten?«

»Eine erkleckliche Zahl über die Jahre. Sie waren allesamt stur und kannten die Gesetze genau.«

Kett beugte sich vor. »Seid Ihr etwa ein Gemeinwohlmann, Master Shardlake?«

Ich sprach mit Bedacht. »Ja. Insofern ich glaube, dass dem gemeinen Volk in England großes Unrecht geschieht, zumal in den letzten Jahren.«

»Dann steht Ihr auf der Seite des Protektors und seiner Kommissionen?«

Sein Blick war so eindringlich wie selten einer. Ich spürte, dass es diesem Manne zuvorderst um die Wahrheit zu tun war, und antwortete ruhig. »Ja, voll und ganz. Obschon ich befürchte, dass sie nichts ausrichten werden. Es hat schon einmal Einhegungskommissionen gegeben, unter Wolsey und Cromwell, aber ihre Beschlüsse wurden von den Gerichten stets aufgehoben oder durch den alten König missachtet. Und die Aufgabe, vor der sie in diesem Jahr stehen, ist nicht zu bewältigen. Offenbar sind in allen Landesteilen jeweils nur einige wenige Kommissare aufgerufen, die ungesetzlichen Einhegungen seit 1485 aufzuheben. Ich glaube nicht, dass der Protektor auch nur ansatzweise über die praktische Ausführung nachgedacht hat. Für ihn kommt an oberster Stelle sein Krieg gegen die Schotten, der neben der Münzabwertung die Hälfte der gegenwärtigen Schwierigkeiten verursacht hat.«

Kett schüttelte den Kopf. »Nein, er ist auf unserer Seite, die wir ein neues Christliches Gemeinwohl errichten wollen. Ihr sprecht wie ein Anwalt.«

»Der Adel wird niemals dulden, dass eine solche Landreform, wie Ihr sie anstrebt, durchgeführt wird.«

Kett schlug mit der Hand auf den Tisch und lächelte. »Genau! Und aus diesem Grund begehren wir auf. Um den Entscheidungen der Kommissare Rückhalt zu geben und sicherzustellen, dass unseren Bedürfnissen Genüge getan wird. Deshalb werden im ganzen Land Lager errichtet und mit Waffen ausgestattet, die Junker zur Strecke gebracht und Bittschriften mit unseren Klagen an den Protektor gesandt! Wir wollen ihm helfen. Potz Pestilenz, Mann, er hat den Forderungen der Leute aus Essex bereits stattgegeben.«

Dann würden sie den Kommissaren also Vorschriften machen, statt sie zu unterstützen, dachte ich, sagte es aber nicht. Kett zog die Augenbrauen in die Höhe und wartete darauf, dass ich das Wort ergriff. Ich holte tief Luft. »Ich glaube nicht, dass der Protektor, geschweige denn der Thronrat, dem er verpflichtet ist, dem gemeinen Volk eine Stimme in der Regierung zugestehen wird.«

»Sollte es mitreden, was meint Ihr?«

Ich seufzte. »Ja. Theoretisch schon.«

»Und doch glaubt Ihr nicht, dass es dazu kommen wird?«

»Nein. Ich befürchte, die Sache wird gewaltsam enden.«

»Wir werden niemanden töten, es sei denn, man greift uns an. Wenn die Männer einigen Grundherren das Fell gerben, ist das nichts im Vergleich zu dem, was sie uns angetan haben. Wir haben ehemalige Soldaten unter uns und Beamte der Stadt- und Gemeinderäte. Sie werden dafür sorgen, dass alles seine Ordnung hat. So zeigen wir dem Protektor, dass wir uns selbst regieren können.«

»Soldaten, sagt Ihr. Meint Ihr damit die Deserteure aus dem schottischen Krieg?«

Seine Stimme wurde barsch. »Männer, die den Soldatendienst leisteten und ohne Sold blieben, dabei in Rattenlöchern Hungers krepierten. Man hat sie betrogen, jetzt sind sie fuchsteufelswild, aber sie sind Soldaten mit Mut und Tatkraft.«

»Ich bin kein Freund des schottischen Krieges«, sagte ich. »Es ist ein grausames Debakel.«

Kett nickte. Sein Blick zeugte von wilder Entschlossenheit. »Wir werden siegen. Es ist Gottes Wille.«

Ich hielt kurz inne. »Was habt Ihr vor?«, fragte ich endlich.

»Das Gleiche, was allenthalben in England getan wird. Ein Lager errichten. Die reichen Landjunker zur Strecke bringen und gefangen nehmen, damit sie uns nicht die Armee auf den Hals hetzen. Bittschriften an den Protektor richten, darauf warten, dass die Kommissare kommen. Dann werden wir eine neue Ordnung haben.«

»Und was soll ich dabei?«

Wieder forschte er in meinem Gesicht. »Ihr könntet uns von Nutzen sein. Wenn Ihr es wünscht.«

Bevor ich ihn fragen konnte, was er damit meinte, klopfte es an der Tür, und Ketts Sohn Loye steckte den Kopf herein. »Verzeih, Vater, aber Miles, William und die anderen sind hier.«

Kett erhob sich. »Bleibt hier, Master Shardlake, ich bin gleich wieder bei Euch.« Als sie den Raum verließen, betrachtete ich das Rautenfenster hinter dem Schreibtisch und den sauberen Knotengarten draußen, der friedlich im Dämmerlicht lag. Und doch braute sich keine Meile von hier eine gewaltige Rebellion zusammen. Jäh trat mir der kalte Schweiß auf die Stirn.

Ich blieb eine Weile so sitzen und lauschte auf das schwache Murmeln von Stimmen aus der Eingangshalle. Schließlich stand ich auf und drückte mein Ohr gegen die Tür, zuweilen der einzige Weg, um an Informationen zu kommen. Ich vernahm die Kett-Brüder und einige andere, die mir nicht vertraut waren, obwohl sich eine der Stimmen nach dem Soldaten Miles anhörte. »Dies ist Captain Wills«, hörte ich ihn sagen, »wundgebürstet in den französischen Kriegen des alten Königs, wie Ihr seht, mit viel Erfahrung in der Beschaffung von Proviant.«

»Die Leute haben Vorräte mitgebracht«, antwortete eine andere Stimme, »und eine Menge Schafe geschlachtet, aber wir brauchen noch mehr Fressalien. Und Bier; die Leute müssen trinken bei dieser Hitze. Ihre Dörfer sollen ihnen Vorräte schicken.«

»Es ist gut, die Männer nach ihren Pfarreifahnen zu organisieren«, sagte Miles. »Aber morgen müssen wir aufbrechen – aus den Dörfern im Norden der Grafschaft stoßen immer noch mehr zu uns. Die im Südwesten sammeln sich in Downham. Aber täuscht Euch nicht, Master Kett, von hier oben kommen sie noch zu Hunderten. Am Ende haben wir das größte Lager im Land.«

»Dann müssen wir schnell alles richten.« Jetzt hatte Robert das Wort ergriffen.

»Aye, und wir Soldaten haben Erfahrung darin«, hörte ich Miles antworten.

»Wir in Norfolk ebenso«, versetzte William brüsk. »Haltet uns nicht für dumm. Die Dorfleute stehen mit ihren Höfen in Kontakt; sie wissen, dass sie weitere Vorräte brauchen.«

»Ich unterschätze Euch nicht, Sir. Doch wenn es darum geht, möglicherweise Tausende Menschen zu bewegen, können wir Soldaten Euch behilflich sein.«

»Genau, jetzt heißt es zusammenhalten für eine große Sache«, meldete Robert sich beschwichtigend zu Wort.

»Können wir Norwich einnehmen?«, fragte ein anderer. »Die Mauern sind nicht hoch, an manchen Stellen halb verfallen.«

»Die Armen dort sind auf unserer Seite«, antwortete Miles, »aber die Konstabler scheinen dem Stadtrat die Treue zu halten. Und sie sind bewaffnet. Es kommt nun darauf an, welche Linie die Ratsherren verfolgen.«

»Falls es nötig sein sollte, können wir auf Mousehold Heath campieren, vor der Stadt«, sagte Robert.

Captain Wills erwiderte: »Dann müssen wir uns in der Tat Vorräte von den Bauern beschaffen, nötigenfalls mit Gewalt. Wie verfahren wir mit den gefangenen Gentlemen? Draußen fordern etliche, dass ihre Köpfe rollen.«

»Mein Bruder hat eine Idee«, sagte William.

»Wir machen ihnen selbst den Prozess und sperren die Schuldigen ein«, schlug Robert vor. »Alsdann präsentieren wir unsere Urteile den Kommissaren.«

»Wir haben Schreiber unter uns«, fügte William hinzu.

Miles sagte: »Wir haben den jungen Thomas Godsalve gefangen, wie ich höre. Er ist ein Anwalt, aber er speit Gift und Galle und wird uns wohl kaum helfen.«

»Wir haben auch zwei Anwälte«, erwiderte Robert. »Einer ist ebenfalls jung und wird vermutlich nicht helfen. Der andere« – er zögerte – »vielleicht schon.« Ich holte tief Luft. War es das, was Kett von mir wollte? Ich sollte bei standrechtlichen Prozessen helfen und damit gegen das Gesetz verstoßen?

»Da wäre ein noch größeres Problem«, gab Captain Wills zu bedenken. »Wenn mit Tausenden Männern zu rechnen ist, wer soll sie führen? Es muss jemand sein, den die Leute kennen, dem sie vertrauen.«

Sie mussten William Kett angesehen haben, denn ich hörte ihn sagen: »Ich bin zu alt, werde auch langsam wunderlich. Roberts Verstand ist schneller, und er hat ein seltenes Geschick, die Menschen in Treue um sich zu scharen.« Er musste sich seinem Bruder zugewendet haben, denn dieser setzte hinzu: »Und du verstehst es zu reden. Und kannst nötigenfalls auch ziemlich durchtrieben sein.«

Sie entfernten sich, und ich hörte nichts mehr. Also setzte ich mich wieder hin und überlegte fieberhaft, versuchte, in dieser außergewöhnlichen Lage einen klaren Gedanken zu fassen. Es war fast eine Stunde vergangen, als ich hörte, wie man draußen einander Lebewohl sagte. Gleich darauf kam Robert Kett zurück. Er setzte sich wieder und blickte mich forschend an, dann sprach er ruhig und ernst zu mir: »Morgen früh brechen wir nach Norwich auf. Wir werden Hunderte, vielleicht auch Tausende sein und schwere Pflichten zu erledigen haben. Manch einer erwartet von uns, dass wir unseren Unterdrückern, den bestechlichen Beamten und reichen Grundherren, den Garaus machen. Ich kann sie zwar verstehen, aber unseren Zwecken ist damit nicht gedient. Schließlich wollen wir dem Protektor unsere Loyalität bezeigen. Ich stelle mir vor, dass wir die Gentlemen gefangen nehmen und über sie richten. Die Strafe für unbotmäßige Unterdrückung der Gemeinen soll Gefängnis sein. Mehr nicht. Ein erfahrener Anwalt an meiner Seite, der mich berät, wäre eine gute Sache. Er könnte mir dabei helfen, die Widerspenstigeren im Volke zu bändigen. Wollt Ihr mir beistehen?«

Ich sagte: »Bevor ich aus London aufbrach, sah ich, wie eine Kompanie wild gewordener Soldaten einen Mann, der nichts Unrechtes getan hatte, halb zu Tode prügelte, nur weil er mit schottischem Einschlag sprach.«

»Unsere Soldaten dienen dem Gemeinwohl«, sagte Kett nachdrücklich. »Sie haben Ideale.« Er lehnte sich zurück und verschränkte die Arme. »Aber Ihr seid von Stand, vielleicht ängstigt Euch das gemeine Volk?«

Seine Worte trafen den Nagel auf den Kopf. Ungeachtet meiner Ideale bedeutete mein Status, dass ich mein Leben lang die Armen, besonders wenn sie in großer Zahl daherkamen, als eine potenzielle Bedrohung, als Feinde betrachtet hatte. Als Einzelwesen konnte ich ihnen Ratschläge erteilen, doch in der Masse, ja, da fürchtete ich sie. Ich sagte: »Wie wir alle bin auch ich von meiner Herkunft geprägt. Gebt Ihr mir Bedenkzeit?« Ich wusste, wenn ich mich weigerte, würde ich wie Nicholas als ihr Gefangener enden. Aber ich musste nachdenken, und das möglichst gründlich.

Kett runzelte die Stirn und nickte dann bedächtig. »Ja, aber nicht lange. Ihr seid ein ehrlicher Mann, Serjeant Shardlake; andere hätten vielleicht allzu schnell zugestimmt, um mir zu schmeicheln, und später dann die Gelegenheit zur Flucht ergriffen.« Er erhob sich. »Und nun biete ich Euch ein Bett für die Nacht in meinem Hause.«

Dieses Angebot, das wusste ich, durfte ich nicht ausschlagen. Ich sagte: »Und was ist mit den Armen in der Stadt? Ihre Kümmernisse sind anderer Art. Vielleicht wünschen sich einige keine Reform der Monarchie, sondern die Gleichheit aller Menschen?«

Er lachte. »Wie die Wiedertäufer in Deutschland vor fünfzehn

Jahren. Sie dienen den feinen Gentlemen doch nur als Schreckens-
bild, um ihresgleichen Angst zu machen!«

»Doch diese Wiedertäufer, Master Kett, sind von den Herrschenden vernichtet worden.«

Er maß mich mit seinen großen, durchdringenden Augen. »Wir
werden nicht vernichtet, denn wir beweisen dem Protektor unsere
Loyalität.« Er trat vor mich hin. »Und nun muss ich zurück in die
Stadt. Ich werde Euch etwas zu essen besorgen.« Er schaute auf meinen Gürtel. »Und Euer Geld dürft Ihr vorerst behalten. Aber bindet
es nicht jedem auf die Nase, dass Ihr es habt.«

KAPITEL NEUNUNDDREISSIG

Am folgenden Morgen erwachte ich in der Dämmerung durch laute Stimmen und das Rumpeln von Wagenrädern. Der Duft von Kochfeuern wehte zum offenen Fenster herein. Schwere Schritte polterten durch das Haus. Ich hatte meine Bettstatt mit Michael Vowell und Hector Johnson geteilt, einem alten Veteranen. Er war um die sechzig, dünn und sehnig, mit etlichen Narben im sonnenverbrannten Gesicht. Nichtsdestoweniger bewegte er sich so behänd wie ein junger Mann und sprang vom Bett.

Ich setzte mich auf und rieb mir das stoppelige Kinn. Vowell, der bereits im Begriffe war, sich die Hosen zuzuschnüren, hieß mich aufstehen. »Wir werden bald unterwegs sein und müssen versuchen, noch einen Happen zu essen.«

Unten hatte man auf dem Esstisch Brot und Käse bereitgestellt, dazu Krüge mit Bier. Ein Dutzend Männer, darunter Robert Ketts Sohn, saßen schon da und aßen, so schnell sie nur konnten, wobei sie sich das Brot mit den Händen abrissen. Ich zögerte und griff dann nach etwas Brot und Käse. Ich war daran gewöhnt, bei Tisch bedient zu werden und dann langsam zu speisen. Vowell grinste spöttisch. »Immer ranhalten, Master Shardlake!«

Nach dem Frühstück führten Vowell und Johnson mich hinaus – sie sollten vermutlich ein Auge auf mich haben –, und wir gingen zur Ortsmitte, wo sich etwa eintausend Männer und wenige Frauen versammelt hatten. Die meisten trugen ihre Werktagstracht und Kappen oder breitkrempige Hüte, hatten Taschen geschultert und viele auch Waffen. Die Leute waren ruhig, die meisten wohl gerade erst erwacht; viele wirkten müde, und einigen brummte offenbar der Schädel nach einer durchzechten Nacht. Ich hielt nach Barak und Nicholas Ausschau, sah aber keinen von ihnen. Hector Johnson begab sich an das hintere Ende der Menge, wo Karren mit Proviant beladen wurden. Vowell blieb bei mir. Ich blickte ihn verstohlen an. Aus dem gutgekleideten Steward war ein Mann mit zausigem Bart- und Haupthaar geworden, der nur ein loses Hemd trug. Aber seine Augen funkelten vor Begeisterung.

Die Menge konzentrierte sich auf Becket's Chapel, wo die Kett-Brüder mit Miles und mehreren anderen Männern auf den Stufen standen. Robert winkte mit den Armen, damit die Menschen schwiegen, und rief dann mit lauter, tiefer Stimme: »Wir ziehen jetzt nach Norwich, um auf Mousehold Heath ein riesiges Lager zu errichten! Bei der großen Eiche in Hethersett wird noch mehr Volk zu uns stoßen! Seid frohen Mutes und diszipliniert! Wir machen einen Wirbel, wie es ihn noch nie gegeben hat in Norfolk!« Vielstimmiger Jubel ertönte. Dann bestiegen William und Robert Kett, Roberts Weib Alice und eine kleine Gruppe, darunter auch Toby, der Soldat Miles und ein paar andere, die ich nicht kannte, ihre Pferde und riefen die Menschen auf, ihnen zu folgen. Der große Haufen – Männer aller Altersgruppen, die meisten arm, einige aber auch in den reicheren, farbenprächtigeren Gewändern der Freibauern, und mehrere Frauen mit ihren Ehemännern – setzte sich in Bewegung, aus Wymondham hinaus. Vowell fragte: »Seid Ihr gut zu Fuß?«

»Ich hoffe es.« Ich neigte den Kopf zur Seite. »Mit ungebundenen Händen geht es sich leichter.« Hinter mir zogen Ochsen und Esel einen langen Tross von Karren, die meisten mit Proviant, einige aber auch mit Waffen, Helmen und Brustharnischen beladen. Den Schluss bildete ein Fuhrwerk, auf dem fünf gefesselte Männer saßen; Flowerdews Söhne, zwei Gentlemen, die ich nicht kannte, die feinen Kleider derangiert, und Nicholas. Sein Gesicht wirkte zerschlagen. Ich holte tief Luft. Irgendwie musste ich ihn dort herausholen.

Auch dieser Tag war heiß und trocken, und der Zug wirbelte große Staubwolken auf. Die Menschen schienen sich nach ihren Dorfgemeinschaften zusammenzufinden, denn Fahnen aus den jeweiligen Kirchen wurden von Männern in die Höhe gehalten, die oftmals die Freibauerntracht der Dorfältesten trugen; einige wenige waren Geistliche. Als wir Wymondham verließen, hielten Tagelöhner in der Feldarbeit inne und jubelten der Menge zu. Die rief zurück: »Das gemeine Volk verlangt sein Recht!« Und: »Gott schütze König Edward!« Einige Arbeiter scherten aus und gesellten sich zu uns.

Wir marschierten weiter. Als wir an Schafweiden vorüberkamen, lösten sich Männer aus der Menge, gruben mit Hilfe von Hämmern und Spitzhacken die Hecken und Hürden aus und warfen sie in die Gräben. Die Schafhirten auf den Weiden nahmen Reißaus. Ein Schäferhund rannte knurrend auf die Männer zu, die die Einzäunungen umrissen, und biss einen von ihnen ins Bein, woraufhin dieser ihn mit dem Hammer erschlug. Einige Männer, fiel mir auf, trugen Brustharnische und marschierten, drillgewohnt, wie Soldaten. Einige hatten Trompeten bei sich. Ich beobachtete die Szene, deren ganze Tragweite ich noch nicht zu überblicken vermochte. Eine Rebellion der gemeinen Leute, die in Anarchie ausarten würde, wie man uns stets gesagt hatte. Doch alle marschierten in Reih und Glied, und sobald sich jemand zu weit in die Felder wagte, holte ihn ein Trompetenstoß wieder zurück. War es denn überhaupt richtig, sie Rebellen zu nennen? Hatten sie nicht »Gott schütze den König« ausgerufen? Hatten sie sich nicht erhoben, um die Kommissionen zu verteidigen? Einige der jüngeren Männer wirkten allerdings recht rauflustig.

Vowell neben mir sagte: »Bald passieren wir die Straße nach Brikewell. Ihr sagtet doch, dass Flowerdew und der alte Schurke Reynolds Boleyns Weib vor die Tür gesetzt hätten?«

»Stimmt. Sie und ihr Steward sind derzeit noch in Norwich, soweit ich weiß.«

»Dann steht North Brikewell leer? Wir suchen sämtliche Herrenhäuser auf, um uns Proviant und Waffen zu beschaffen. Viele der Waffen, die in den Kirchen lagern, sind so gut wie nutzlos; einige stammen noch aus den Rosenkriegen.«

»Die Zwillinge sind dort«, sagte ich. »Und einige ihrer Freunde.«

Er nickte zufrieden. »Sie geben gute Geiseln ab.«

»Sie werden sich zur Wehr setzen.«

Vowell lachte. »Gegen unsere Übermacht? Wir werden obsiegen, Master Shardlake, dort und auch anderswo. Diese jungen Teufel, sie stehen für die Unterdrückung, die Norfolk ertragen musste ...«

Schmetternde Trompetenstöße unterbrachen ihn. Vor uns, unter einem mächtigen Eichbaum, der seine ausladenden Äste über die Straße breitete, hatte sich eine weitere Menschenmenge eingefunden, fast so groß wie die unsere, und ergoss sich auf die umliegenden Felder. Sie erhoben ein lautes Jubelgeschrei, als wir uns näherten. Der Befehl innezuhalten ging durch die Reihen. Robert Kett, hieß es, wolle an uns alle das Wort richten. Einige nahmen die Gelegenheit beim Schopfe und setzten sich auf den Boden, denn wir waren schon eine Weile unterwegs gewesen. Ich machte es mir behutsam auf einem Grashügel bequem. Robert Kett ritt vor die Eiche, sein Bruder William ihm zur Seite, und wartete, bis sich die Menge beruhigt hatte.

»Woher kommen all diese Leute denn bloß?«, fragte ich Vowell und wusste mich kaum zu fassen.

»Aus der Gegend um Norfolk. Seht Ihr, Master Shardlake, wir stehen zusammen!« Er lachte aus schierer Freude.

Ich sah ihn an. »Wie lange habt Ihr das Ganze geplant?«

»Seit ich Master Reynolds' Haus verlassen habe. Da beschloss ich, mich denen anzuschließen, die, wie man munkelte, den Machenschaften von seinesgleichen ein Ende setzen würden.«

Ich spürte eine Hand auf meinem Arm. Barak, der jetzt einen breitkrempigen Hut trug, setzte sich zu mir. Vowell blickte ihn fragend an. Er grinste zurück. »Wollte nur mit meinem Freund hier sprechen. Dort hinten sagten sie mir, ich könnte herkommen.«

»Hast du Nick gesehen?«, fragte ich.

»Ja, er hat sich ein paar Maulschellen eingefangen. Wann lernt der Junge endlich, den Mund zu halten?«

»Es wäre ihm dringend anzuraten«, sagte Vowell kalt.

»Ich hab schon mit ihm geredet.« Barak langte in die Tasche, die er bei sich hatte, zog einen Hut heraus und gab ihn mir. »Hier, ich dachte, Ihr könntet ihn gebrauchen.«

»Ich danke dir«, entgegnete ich. Er schien ganz guter Dinge zu sein. »Geht es dir gut?«

»Absolut. Dort drüben bei den Karren wird jemand gebraucht, der schreiben kann. Ich soll eine Liste von allen Vorräten erstellen, die sie haben. Obwohl ich ganz schön angestarrt werde, wenn ich mit der Linken schreibe und mit dem Ding hier das Papier festhalte.« Er wedelte mit seiner Eisenhand.

Wieder erschallten Trompeten. Es wurde still, und dann begann Robert Kett unter der Eiche zu sprechen. Sein Bruder William stand neben ihm. Wir waren nahe genug, um ihn zu hören, aber so laut und tief Ketts Stimme auch war, erreichte sie doch nicht das gesamte Gedränge, und so gab man seine Worte nach hinten weiter, während er sprach.

»Männer aus Norfolk! Wir erheben uns, weil die Unterdrückung durch die Großen des Landes unerträglich geworden ist und unsere Lage sich von Monat zu Monat verschlechtert!

Während sie ihren Lüsten frönen, muss das gemeine Volk schwitzen, hungern und dürsten. Mit unserem Elend treiben diese stolzen, anmaßenden Männer ihren Spott. Wie Sklaven beackern wir unser Land nur zu Lust und Frommen der adeligen Herren. Denn sobald einer von uns diese Gentlemen beleidigt, wird er von seinem Hofe gejagt! Die Gemeinflur, die seit unvordenklicher Zeit unseren Ahnen gehörte, wird uns fortgenommen; sie wird von Gräben und Hürden umgeben, das Weideland eingehegt ...«

Die Menge lauschte schweigend, bis auf gelegentliche Beifallsrufe. Barak flüsterte: »Reden kann er.«

Kett fuhr in seiner Ansprache fort, wobei er nach jedem Satz kurz innehielt, damit seine Worte nach hinten weitergegeben werden konnten: »... Wir sind nicht willens, solch ein Unrecht noch länger zu ertragen! Lieber greifen wir zu den Waffen! Die Natur hat uns so gut wie sie mit einem Leib und einer Seele ausgestattet. Wir haben dieselbe Gestalt, werden wie sie aus dem Weibe geboren!

Warum also sollten sie ein so gänzlich anderes Leben führen als wir?«

Lauter Jubel ertönte, und einige schwenkten ihre Waffen. »Radikale Worte«, murmelte ich.

»Überall im Land erhebt sich das Volk gegen die Einhegungen und all die anderen Ungerechtigkeiten, mit welchen die Grundherren uns überhäufen, wie ihre Übergriffe auf die Gemeinflur und die ungesetzlichen Verteuerungen des Pachtzinses. Bald werden die Kommissare des Protektors eintreffen, und wir werden dafür sorgen, dass dem Recht Genüge geschieht. Wir werden die Zäune eigenhändig niederreißen, die Gräben zuschütten und allen den Zugang zum Gemeindeland ermöglichen! Wir dulden es nicht länger, solche Lasten zu tragen! Wir werden den Protektor in einer Bittschrift unsere Not schildern und von ihm gehört werden, wie das Volk in Essex!«

Wieder schallten Jubelrufe in das weite Himmelsblau, bis Kett die Hände hob und um Ruhe bat.

»Ich gelobe, dass der Schaden behoben wird, der dem Gemeinwohl durch die adeligen Herren zugefügt wurde.« Er hielt inne, ließ den Blick über die Menge schweifen und fuhr dann fort: »Bald schon werden wir campieren und uns ausruhen. Wir werden uns von den Früchten des Feldes ernähren und uns gegen die Herren wappnen. Was jene anbelangt, die wir gefangen halten, so machen wir ihnen dem Gesetze gemäß den Prozess; es wird keine unbotmäßige Gewalt geben, auch keinen Mord. Das ist *ihre* Sprache! *Wir* dagegen wollen dem Protektor zeigen, dass wir uns selbst regieren können, ohne die hohen Herren!« Er holte tief Luft und fuhr dann noch lauter fort: »Ich habe mich selbst versündigt, indem ich mein Land eingehegt habe, aber ich habe es mit eigenen Händen wieder zur Gemeindeflur gemacht.« Er hielt inne und sagte dann: »Wenn Ihr es wollt, bin ich nicht nur euer Mitstreiter, sondern euer Captain; und bei der großen Aufgabe, die vor uns liegt, nicht nur euer Geselle, sondern euer General, euer Fahnenträger und Anführer. Ich werde bei euren Ratsversammlungen nicht nur zugegen sein, sondern, so ihr es wollt, fortan auch den Vorsitz haben! Eure Befreiung stelle ich über alles und will darauf nicht nur all mein Hab und Gut verwenden, sondern mein Leben selbst, so lieb und teuer ist mir die Sache, der wir uns verschrieben haben! Und nun: Schwört ihr bei allem, was euch lieb und teuer ist, vor Gottes Angesicht, beieinander zu bleiben und eines Sinnes, bis unser Werk vollbracht ist?«

Ohrenbetäubend laut erscholl es wie aus einer Kehle: »Wir schwören!« Ich holte tief Luft. Nichts war bindender und mächtiger als eines Menschen Schwur vor Gott. Kett stieß eine Faust in die Luft. »Auf nach Norwich, Freunde!«

Wieder tosender Beifall, und Kett schwenkte seine Kappe.

Barak neben mir sagte leise: »Sieht ganz so aus, als hätten sie einen Anführer gefunden.«

Ich nickte. »In Ketts Rede ging es ausschließlich um die Einhegungen. Und was ist mit den Nöten der Städter?«

»Er folgt den Vorgaben des Protektors. In der Hoffnung auf seine Unterstützung.«

»Vielleicht ist es damit nicht getan«, sagte ich.

»Der Anfang ist gemacht, das genügt doch.«

Ich neigte mich zu ihm hinüber und sagte eindringlich: »Was tust du, Jack? Du hast Weib und Kinder in London!«

»Seid nicht töricht! Man hat mich im Auge, genau wie Euch. Ich könnte nicht einfach fort und zu Tamasin, auch wenn ich es wollte. Genau wie Ihr halte ich mich hier, so gut es eben geht, über Wasser.«

»Aber du glaubst an dieses Unterfangen.«

Er sah mich mit jäher Wildheit an. »Es ist an der Zeit, dass so etwas geschieht. Meint Ihr nicht auch?«

»Ich weiß nicht, was ich denken soll.«

»Dann lasst den Dingen ihren Lauf.«

Unter aufgeregtem Gerede brachten die Männer sich wieder in Reihe. Barak stand auf und begab sich nach hinten, zum Versorgungstross. Vowell blickte mich misstrauisch an. »Was hattet Ihr zwei miteinander zu flüstern?«

»Jack hat Frau und Kinder in London.«

»In Zeiten wie diesen lässt man Herzensangelegenheiten am besten beiseite.«

»Ist das so?«

❧

Als wir die Abzweigung nach Brikewell erreichten, schälten sich zwei Dutzend Bewaffnete aus der Menge und verschwanden um die Wegbiegung. Barak war bei ihnen, vermutlich als ihr Anführer. Ich blickte ihnen ängstlich hinterher. Falls die Zwillinge und ihre Freunde Widerstand leisteten, würde Blut fließen.

Kurz danach erreichte die Spitze des Zuges die Brücke über den Fluss Yare. Wir hatten die halbe Strecke nach Norwich hinter uns gebracht. Die Menge, die ich jetzt auf etwa zweitausend schätzte, kam beinahe zum Stillstand, als man die schmale Brücke überquerte. Einige Burschen jedoch schwammen ans andere Ufer, empfanden das kühle Wasser gewiss als Erleichterung, denn es ging auf Mittag zu. Ich war froh, wieder eine Weile rasten zu können und den Pfad nach Brikewell im Auge zu haben. Vowell wurde zu irgendeiner Pflicht gerufen, und der alte Soldat Hector Johnson kam und setzte sich neben mich. Wahrscheinlich hatte man ihn geschickt, um statt Vowell ein Auge auf mich zu haben. Er trug eine Schaller und hatte jetzt ein Schwert umgeschnallt. »Heiß heute«, sagte ich beiläufig.

»Als Soldat ist man an die Hitze gewöhnt«, brummte er. »Ich war in der Schlacht um Boulogne, dann in Portsmouth, als die Flotten im Solent aufeinanderstießen.«

»Ich war auch dort«, entgegnete ich leise.

Er lachte verächtlich. »Ihr wart doch nie im Leben ein Soldat!«

»Ich nicht, aber Freunde von mir. Besonders ein Captain der Bogenschützen. Er ist mit der *Mary Rose* untergegangen.«

»Das tut mir leid«, sagte Johnson freundlicher. »Ich war auch bei den Bogenschützen. Sie haben mich für den Krieg gegen die Schotten aus dem Ruhestand geholt, aber bei den Gebeinen Gottes, dieser Feldzug ist eine Verschwendung von Gold und Leben.« Er lachte verbittert. »In Berwick sagte uns John Knox, seine Rotschenkel würden uns als gute Protestanten willkommen heißen, dabei haben sie und ihre französischen Kameraden uns allesamt aus den elenden Festungen gehetzt, die der Protektor hatte errichten lassen. Was das Volk anbelangte, so wurde es von beiden Seiten ausgehungert und ausgeplündert. Als ich sechs Monate keinen Sold bekommen hatte, lief ich nach Hause. Jetzt kämpfe ich unter Master Kett für die gerechte Sache.«

Wir schwiegen eine Weile und beobachteten, wie der Zug langsam den Fluss überquerte. Dann sah ich einen Trupp aus Brikewell zurückkommen. Ein paar der Männer trugen behelfsmäßige Wundverbände, und einer kam nur humpelnd voran, gestützt von zwei seiner Gefährten. Barak jedoch war zu meiner Erleichterung unversehrt. Das Messer am Ende seiner Eisenhand war unverhüllt und glänzte in der Sonne. Es waren offenbar einige neue Rekruten aus den umliegenden Dörfern gekommen. Ich fragte Johnson, ob ich zu Barak gehen dürfe, und er nickte. Als ich näher kam, sah ich zwei Eselskarren, mit Proviant und Waffen beladen, und dahinter drei Gefangene mit auf den Rücken gefesselten Armen, die von Männern mit Mistgabeln geschubst und gestoßen wurden. Einer war Leonard Witherington, Herr von South Brikewell. Der jähzornige kleine Mann war seiner Beinkleider beraubt und im Staub gewälzt worden. Er wurde barfuß vorangestoßen, die fetten weißen Schenkel unter dem Hemde im starken Kontrast zu seiner roten Schreckensmiene. Er stolperte, und ein Mann stach ihn leicht mit seiner Gabel, dass er aufbrüllte. Seine Peiniger grinsten. »Mach schon, geh weiter, dem Karren nach!«

Die anderen beiden Gefangenen waren Gerald und Barnabas Boleyn. Wie Witherington hatte man sie bis aufs Hemd entkleidet, und auf Geralds Gesicht war Blut, aber ihre Wärter behandelten sie behutsamer. Als der eine Barnabas anstieß, drehte der sich um und schrie: »Hol dich der Teufel, Hundsfott!«

Barak kam mir mit aufgeregter Miene entgegen. »Ihre Freunde haben sich aus dem Staub gemacht, aber die beiden hier haben mit Messern und einer Axt auf uns gelauert. Sie haben sich weiß Gott wacker geschlagen, trotz unserer Überzahl. Jeder vernünftige Mensch hätte sich ergeben. Sie haben das Haus gründlich verwüstet, seit sie dort hausen!«

Als die Zwillinge meiner ansichtig wurden, schrie Gerald: »Habt Euch den Rebellen zugesellt, Ihr buckelichter Rattenschreck! Auf Rebellion steht Hängen, Ausweiden und Vierteilen. Wir kommen nach Tyburn, um zuzusehen!«

Einer ihrer Häscher puffte ihn. »Geh zu!«, sagte er. »Sonst stech ich dich mit der Forke.«

Die Zwillinge und Witherington wurden an einer Reihe johlender Rebellen entlang bis zu den Karren am Ende des Zuges getrieben. Sie brüllten zurück; nicht einmal diese gewaltige Menschenmenge schien sie einzuschüchtern. Ich fragte mich nicht zum ersten Mal, ob sie überhaupt bei Trost waren.

KAPITEL VIERZIG

Nachdem die Brücke überquert war, marschierten wir in stetem Schritt auf die Stadt zu. Barak war zum Versorgungstross zurückgekehrt. Krüge mit Bier wurden durch die Reihen nach vorne gereicht. Ich hatte mein Wams abgelegt und ging, nach Schweiß stinkend, im Hemd weiter. Allmählich schmerzte mein Rücken wieder, und ich hatte Mühe, mit den anderen Schritt zu halten. Noch mehr Menschen gesellten sich unterwegs zu uns. Hector Johnson hatte mich verlassen und half jetzt, die Leute in Reihe zu halten, aber Vowell erschien wieder an meiner Seite. Ich stand noch immer unter Bewachung.

Bald kam der große Turm der Kathedrale von Norwich in Sicht, dann erreichten wir den Town Close, das Gehege, auf dem das Vieh der Städter graste. Dort empfing mich eine weitere erstaunliche Szenerie. Zahlreiche Männer waren aus Norwich gekommen. Einige sahen nur zu, während andere die Mauern des Close abrissen. Als sich unser langer Zug näherte, jubelten die Leute aus Norwich und winkten uns zu, wobei sie riefen, dies sei Gemeindeland, für dessen Benutzung niemand sollte zahlen müssen, und ein kleiner Trupp rannte hinüber zu Robert Kett und seinem Bruder, die auf ihren Pferden saßen. Sie trugen kleine Eichenholzbögen, offenbar ein vereinbartes Erkennungszeichen. Einen der jungen Männer erkannte ich sofort: Edward Brown, Josephines Ehemann. Er stand mit mehreren anderen im intensiven Gespräch mit den Kett-Brüdern. Ich setzte mich wieder erschöpft auf den Boden.

Ein hölzernes Podest wurde rasch aus den Zäunen errichtet, und Robert Kett stieg vom Pferd und erklomm es. Er bat sich Ruhe aus, und wieder verfiel die lärmende Menge in Schweigen. Diesmal war ich viel zu weit entfernt, um seine Worte zu verstehen, doch wie zuvor wurden sie nach hinten weitergegeben. Der Stadtrat habe bewaffnete Männer auf der Stadtmauer postiert und weigere sich, uns durch die Stadt nach Mousehold Heath ziehen zu lassen. Wir würden daher vor dem Dorf Bowthorpe unser Nachtlager errichten. Die Männer aus Norwich, fügte Kett hinzu, hätten Proviant mitgebracht, um unsere Vorräte aufzustocken. Alsdann forderte er die Leute aus Norwich auf, in die Stadt zurückzukehren und dort Unterstützer zu finden. Sie liefen zu ihren Gesellen zurück, ehe ich Gelegenheit hatte, Edward Brown zu fragen, wie es Josephine ging. »Wir haben eine treue Gefolgschaft in der Stadt«, stellte Vowell stolz fest.

»Ich habe Edward Brown dort gesehen.«

Vowell nickte. »Er ist ein guter Mann, auch wenn er aus London stammt.«

»Wo ist dieses Bowthorpe?«

»Ein paar Meilen nördlich von hier.«

Barak war wieder zu uns gestoßen. »Ich bin müde.« Er umfasste seine künstliche Hand. »Ich hätt nichts dagegen, das Ding eine Weile los zu sein.«

»Hast du die Hand im Krieg verloren?«, fragte Vowell.

»Nein, in London«, antwortete Barak ohne weitere Ausführung.

Brot und Käse und noch mehr Bier wurden herumgereicht und hungrig und durstig verschlungen. Wieder bestaunte ich den Grad an Organisation, den diese Männer so rasch erreicht hatten. Die Lebensmittel wurden von den Karren geladen. Aus Norwich traf Nachschub ein; diese armen Menschen hatten uns alles gegeben, was sie besaßen. Vowell legte sich kurz aufs Ohr. Ich sagte zu Barak: »Bist du noch immer ganz hinten?«

»Ja. Nick ist jetzt ruhig. Zum Glück haben sie die Zwillinge und Witherington auf einen anderen Karren gesetzt. Die Brüder haben ihn unentwegt laut beschimpft, bis ihnen jemand eine aufs Maul gab.«

»Was ist mit Witherington?«

Er lachte. »Er hat nur einen kleinen Rüffel einstecken müssen. Sie halten sich an Ketts Anweisungen.«

Ich blickte auf den Hügel, der in der Ferne dräute.

»Wenn wir dort unser Lager aufschlagen«, sagte ich besorgt, »wie will man so viele ernähren? Was sollen sie trinken? Und was ist, wenn das Wetter umschlägt? Dort ist kein Schutz. Wir haben schon einmal solche Menschenmassen erlebt, als der alte König mit seinem Tross gen Norden zog oder die Armee in Portsmouth lagerte, aber beides wurde von langer Hand vorbereitet.«

»Es hängt vieles an Kett.«

Ich ließ den Blick über die Menschenmenge wandern, die sich größtenteils niedergelassen hatte, während die Dorffahnen in der leichten, willkommenen Brise wehten, die aufgekommen war. Ich sagte leise: »Da die Rebellen in der Stadt ihre Kundschafter haben, frage ich mich, ob nicht auch hier draußen gespitzelt wird, für die Ratsherren.«

Barak neigte den Kopf zur Seite. »Gute Frage.«

Es folgte ein weiterer kurzer Marsch über offenes Gelände nach Bowthorpe. Die Stelle zwischen meinen Schulterblättern brannte wie Feuer, und meine Beine waren so taub wie Holzklötze. Doch blieb mir nichts anderes übrig, als einen Fuß vor den anderen zu setzen. Der Staub brannte in meinen Augen.

Ein Wald grenzte unmittelbar an das Dorf. Hier endete unser Marsch, und ich eilte auf den nächsten Baum zu, eine der mächtigen Norfolker Eichen. Vowell hieß mich warten, aber ich hörte nicht auf ihn. Kaum hatte ich jedoch die Äste des Baumes erreicht und spürte die segensreiche Schattenkühle, durchlief mich ein heftiger Schauer, und die Beine versagten mir den Dienst. In der Sekunde, bevor ich die Besinnung verlor, war mir, als hörte ich erneut das Gebrüll der Menge vor dem Schafott.

Ich erwachte jählings. Ich lag auf etwas Hartem, aber durchaus bequem. Und über mir spannte sich ein weites Segeltuch. Stöhnend blickte ich um mich. Neben mir kauerte ein Bursche von etwa achtzehn Jahren in einem zerrissenen, schmutzigen Kittel. Trotz seiner Jugend war er groß gewachsen und von kräftiger Statur, und er hatte sich einen Knüppel quer über die Knie gelegt. Seine hübschen, fein geschnittenen Züge bildeten einen Gegensatz zu seinem stämmigen Körper, die blonden Locken waren weiß von Staub und das Bärtchen nur dünner Flaum. Er betrachtete mich aus kleinen, klugen braunen Augen.

»Wo bin ich?«, flüsterte ich.

»Im Wald von Bowthorpe, gleich hinter dem Dorf«, antwortete er ruhig. »Die haben Euch eigens dieses kleine Zelt zwischen die Bäume gespannt. Ihr wart besinnungslos.«

Der Mund tat mir weh; ich schmeckte Blut und bemerkte, dass meine Lippe aufgesprungen war. »Ihr seid auf Euer Gesicht gefallen«, sagte der Bursche und hielt mir eine Flasche hin. »Trinkt, es tut Euch wohl.«

Mühsam richtete ich mich auf und stützte mich auf die Ellenbogen. Mir war ein wenig schwindelig. Unter mir hörte ich es knacken, da erkannte ich, dass ich auf einem Bett aus Farnkraut lag. Ich nahm einen langen Schluck Bier. »Wie lang war ich denn ohne Besinnung?«, fragte ich.

»Eine Viertelstunde ungefähr. Ich soll auf Euch aufpassen.«

»Wie heißt du?«

»Nathaniel. Natty.«

Ich gab ihm die Flasche zurück. »Danke.« Ich tastete nach meinem Beutel mit Isabellas Geld; er hing noch an meinem Gürtel. Nattys Augen hatten sich auf mich geheftet, als wollte er mich erforschen, mich einschätzen. Ärger wallte mich an – glaubte er denn, ich wäre in der Verfassung fortzulaufen? Ich legte mich wieder auf den Farn und schlief augenblicklich ein.

Eine Hand rüttelte mich aus dem Schlaf. Es war Barak, der sich über mich beugte. Der Junge kauerte noch immer neben mir und musterte mit Interesse Baraks Eisenhand. Eine Stunde etwa war vergangen, denn die Sonne stand tiefer. Ich hörte Äxte gegen Baumstämme schlagen, roch den Rauch von Kochfeuern. »Wie geht es Euch?«, fragte Barak. »Ich hörte, Ihr wärt zusammengebrochen.«

»Schon wieder besser«, sagte ich. »Ich war nur – erschöpft.«

»Da seid Ihr nicht der Einzige. Von den Älteren sind etliche umgekippt. Mit diesem Platz hier habt Ihr Glück, der Wald ist bei weitem nicht groß genug, um alle zu beschirmen. Außerdem werden für die Kochfeuer Bäume gefällt.«

»Was geschieht morgen?«

»Man wird die Ratsherren noch einmal zu überreden suchen, dass sie uns durch Norwich ziehen lassen. Wir müssen also in die Stadt zurück. Wenn sie uns den Zugang verwehren, müssen wir Norwich umrunden, um nach Mousehold Heath zu gelangen, ein ärgerlicher Umweg.« Ich unterdrückte ein Stöhnen.

Ein Mann erschien, bückte sich unter das Zelttuch, die großen Augen gerötet vom Straßenstaub. Toby Lockswood. »Master Shardlake«, sagte er. »Jack.«

Barak nickte ausdruckslos. Wahrscheinlich erinnerte er sich wie ich daran, was Nicholas widerfahren war und dass dieser Mensch, der wochenlang mit uns zusammengearbeitet hatte, uns jetzt behandelte, als wären wir ihm vollkommen fremd.

»Ich komme von Robert Kett«, sagte er zu mir. »Er ist auf dem Weg zu Euch. Ihr habt Glück, dass er fünf Minuten für Euch übrig hat, es gibt viel zu tun.«

»Offensichtlich«, stimmte ich ruhig zu. »Wie viele sind es jetzt?«

»Zweieinhalbtausend. Sie müssen allesamt satt werden, außerdem gilt es Latrinen auszuheben. Seid Ihr in der Lage, mit Captain Kett zu sprechen?«

Ich richtete mich behutsam auf. »Ja.«

»Er führt jetzt also das Kommando?«, fragte Barak.

»Hast du ihn nicht sprechen hören unter der Eiche? Er hat sich erboten, unser Anführer und Captain zu sein. Und er macht seine Sache gut.«

Ich bat Natty, mir noch einmal das Bier zu reichen. Während ich trank, regte sich etwas am Eingang. Zwei Männer postierten sich vor dem Zelt, und Robert Kett bückte sich zu mir herunter. Er sah ebenso angeschlagen und staubig aus wie alle anderen, aber die Augen im wachen Gesicht sprühten vor Energie. Er nickte Natty zu. »Lass uns kurz allein, Junge.«

»Jawohl, Captain«, sagte Natty und ging hinaus.

Kett wandte sich an Barak. »Wie ich höre, hast du deine Sache gut gemacht und alle Vorräte ordentlich aufgelistet. Trotz deines − Gebrechens.

»Ich habe mich bemüht«, erwiderte Barak ein wenig mürrisch.

»Lass uns bitte kurz allein.«

Barak ging hinaus, und Kett blickte mich scharf an. »Es tut mir leid, dass Ihr zusammengebrochen seid, Master Shardlake. Es war ein langer Marsch. Ich hatte gehofft, er werde in Norwich enden, aber der Stadtrat hat uns den Zutritt verwehrt und Soldaten auf den Mauern postiert. Wenn die Stadt uns morgen abermals den Durchgang verweigert, campieren wir im Eaton Wood und marschieren tags darauf weiter zum Drayton Wood und am Freitag dann nach Mousehold Heath, auf die Heide oberhalb von Norwich. Dort gibt es genügend Platz für die vielen, die noch zu uns stoßen werden. Die Menschen im südlichen Norfolk sammeln sich ebenfalls, in Downham.« Ich fragte mich, was dies wohl für Lady Mary bedeuten mochte.

Kett fuhr fort. »Aus den Dörfern werden wir Proviant nach Mousehold schaffen. Die Frauen bleiben auf den Höfen und kümmern sich dort um alles. Und mit dem Geld, das wir beschlagnahmen, müssten wir imstande sein, in Norwich Vorräte zu erstehen. Von Mousehold aus überblicken wir die Stadt.«

»Wir könnten einen Angriff versuchen, Captain«, sagte Toby. »Wir haben viele hundert Bewaffnete und Unterstützer in Norwich.«

»Nein«, entgegnete Kett entschieden. »Wir brauchen zuerst eine sichere Basis, und unsere Männer sind müde und ungeübt. Außerdem müssen wir dem Protektor zeigen, dass wir friedliche Absichten haben. Wir werden uns wacker schlagen auf dem Mousehold.« Er sah mich an. »Wir sind ein zähes Volk und fest entschlossen. Wir haben uns in den vergangenen Jahren an ein karges Leben gewöhnt.«

»Das bezweifle ich nicht«, entgegnete ich.

»Wenn noch mehr Leute zu uns stoßen, kommen wir morgen langsamer voran, außerdem ist der Weg nicht so lang. Könnt Ihr das schaffen und dann möglicherweise noch eine weitere Etappe?«

»Wenn wir Rasten einlegen, sollte es gehen.«

»Gut.« Er blickte mich eindringlich an. »Wenn wir Mousehold erreicht haben, Master Shardlake, muss alles seine Ordnung haben. Dazu werden wir unsere Gefangenen dem Gesetze nach richten, damit ihr Unrecht den Kommissaren und dem Protektor vorgelegt werden kann. Unser Ziel ist es, ihre Missetaten bloßzustellen. Wir töten sie nicht. Wenn ihnen nicht der Prozess gemacht wird, könnte der eine oder andere im Volk auf die Idee kommen, die Sache in die eigenen Hände zu nehmen. Die Leute sind zu Recht zornig.« Er sah mich noch immer forschend an. »Ich frage Euch erneut, wollt Ihr uns helfen?«

Ich hatte mich noch immer nicht entschieden. Wenn ich ihnen helfe, und die Sache ist verloren, dachte ich, was wird dann aus mir? Ich sagte: »Mir ist etwas unwohl, Captain Kett. Bitte gebt mir noch ein wenig Bedenkzeit.«

Er neigte den Kopf zur Seite. »Ihr wollt mich doch nicht an der Nase herumführen?«

»Ich bitte Euch nur um ein wenig mehr Zeit.«

»Aber nur ein wenig, Herr Anwalt, sonst sitzt Ihr bald bei Eurem großmäuligen Burschen auf dem Karren.«

»Mein Assistent, Nicholas. Ich weiß ja, dass er ein Hitzkopf ist, Sir, und voller – Flausen, obwohl er doch in Wahrheit bettelarm ist. Könntet Ihr ihn nicht freilassen und in meine Obhut geben? Ich mache mir Sorgen um ihn, wenn er diesen Boleyn-Zwillingen ausgeliefert ist. Sie würden ihm den Garaus machen, wenn sie könnten. Wenn er sein Ehrenwort gibt, sich nicht davonzumachen, kann man sich darauf verlassen.«

Toby schüttelte energisch den Kopf. »Ich kenne den jungen Overton, er wiederholte in einem fort, dass die Edelleute naturgemäß die Herrscher seien. Er redete von den Armen, als wären sie Dreck.«

»Ich erinnere mich, dass er einem armen Burschen half, der von seinem Brotherrn zu Unrecht entlassen worden war, während Ihr tatenlos dabeistandet. Er hat ein gutes Herz. Und einen guten Kopf, trotz seiner Reden. Er besitzt keinerlei Land, weder in Norfolk noch sonst wo.« Ich sah Toby an. »Und er ist nicht der Einzige, der sein loses Mundwerk spazieren führt.«

»Er hat mich geschulmeistert wie einen dummen Tropf«, entgegnete Toby verdrießlich. »Irgendwann konnte ich seinen Anblick nicht mehr ertragen.«

Mit jähem Zorn fuhr Kett ihn an: »Toby Lockswood, ich dulde nicht, dass unsere hehren Ziele für persönliche Abneigungen missbraucht werden!«

Toby lief feuerrot an und senkte den Blick. Kett wandte sich an mich. »Ich denke darüber nach«, sagte er. »Während Ihr über mein Angebot nachdenkt«, fügte er ostentativ hinzu und zog dabei die Augenbrauen in die Höhe. »Aber seid unbesorgt, Overton droht keine Gefahr von jenen Burschen; sie sind gefesselt und, seit sie Prügel bezogen haben, recht kleinlaut geworden. Und jetzt muss ich zu meinem Bruder, es gilt Fleisch heranzuschaffen. Barak soll heute Nacht bei Euch bleiben, gemeinsam mit Natty.« Damit verließ er das behelfsmäßige Zelt, und Toby folgte ihm ohne ein weiteres Wort. Natty kam zurück und ließ sich erneut nieder. Mein neuer Wächter.

Nach einer Weile brachte uns ein Mann Schüsseln mit Suppe und eine Kerze, damit wir Licht hatten, wenn es dunkel wurde. Ein üppiger Hammeleintopf. Ich fragte mich, wie viele Schafe von den Weiden der Grundherren dafür hatten herhalten müssen. »Das erste Fleisch seit Wochen«, stellte der junge Natty beifällig fest.

»Ist das so?«, fragte Barak überrascht.

Er sah uns an. »In meiner Familie gab's in diesem Frühjahr nichts als Brot und dazu Gemüse aus unserem Garten. Hin und wieder ein Stück Speck vom Meister zu Mittag, bis ich meine Arbeit verlor. Ich war Schweinehirt, aber weil sein Pachtzins stieg, musste der Meister ein paar von uns entlassen.«

»Kommst du von weit her?«

»Meine Familie lebt in einem Dorf an der Küste, bei den Sandlings. Vorige Woche bin ich da weg, um mir Arbeit zu suchen.« Er lächelte säuerlich. »Jetzt bin ich ein herrenloser Landstreicher. Ich war vor Wymondham, als ich von dem Aufstand hörte, und wollt mich anschließen.«

»Du kommst von den Sandlings?«, fragte ich.

Er stellte die Schüssel ab und sah mich an, seine Augen wieder scharf. Er fragte: »Kennt Ihr zufällig einen Lehrburschen von dort, der in Norwich lebte? Mit Namen Wal Padbury?«

Barak antwortete: »Walter war Zeuge in einem Gerichtsverfahren, mit dem Master Shardlake befasst war. Er war plötzlich verschwunden. Wir dachten, er wäre vielleicht nach Haus gelaufen.«

Natty sah uns forschend an. »Als Ihr besinnungslos wart, da sagte einer aus Norwich, dass Ihr der Anwalt seid, der einen Gentleman vor dem Galgen bewahrte. Der Fall habe in Norwich viel Getratsch ausgelöst, alle hätten über den Gentleman Boleyn geredet und über den Schlosser, der ertrunken wär und dem sein Lehrling davonlief. Deshalb wollt ich ja ein Auge auf Euch haben. Bevor ich von zu Hause fort bin, haben sich alle über Wal Padbury die Mäuler zerrissen.«

»Ist er denn wieder daheim?«

Der Bursche schüttelte den Kopf. »Ihr kommt zu spät, Meister. Er ist tot. Ich selbst hab ihn nicht gekannt, er stammte aus einem anderen Dorf, weiter die Küste runter. Er war schon lange in Norwich, aber vor zwei Wochen, da wurde sein Leichnam ganz in der Nähe seines Dorfes an den Strand gespült.«

»Er ist ertrunken?«, fragte Barak.

Natty schüttelte den Kopf. »Der Leichenschauer sagte, jemand hätt ihm den Schädel gespalten. Dieser Jemand hat ihn ins Meer geworfen, aber die Gezeiten nicht bedacht. Der Tote hatte daher nicht lange im Wasser gelegen, als er angespült wurde. Mord, lautete das Urteil, und jetzt suchen sie nach dem, der's getan hat. Die Küste rauf und runter schwatzen die Leute darüber.«

Ich starrte Barak an. Dann hatte man also auch Walter getötet, ihm wie der armen Edith den Schädel eingeschlagen.

Barak sagte leise: »Dieser Fall verfolgt uns bis hierher.«

Der junge Natty heftete die funkelnden Augen auf uns. Ich sagte: »Das tut mir leid. Er hätte nicht fortlaufen sollen, dann hätte ich ihn vielleicht beschützen können.«

Der Bursche blickte mir in die Augen und nickte dann.

»Ein Dritter tot«, sagte ich zu Barak. »Gott steh uns bei! Was geht da bloß vor?«

KAPITEL EINUNDVIERZIG

Am folgenden Morgen, dem Mittwoch, nachdem wir uns unter den Bäumen abermals mit Hammeleintopf, Brot und Käse gestärkt hatten, brachen wir auf, um die zwei Meilen in südlicher Richtung zurück nach Norwich zu marschieren. Verpflegung und Aufbruch waren gut organisiert gewesen, die einzelnen Gruppen durch Dorfälteste und ehemalige Soldaten in Reih und Glied gebracht. Einige murrten, weil derselbe Weg noch einmal beschritten werden musste, doch wenn wir mit unserer gesamten Streitmacht vor den Toren stünden, erklärten die Anführer, bekämen es die Ratsherren in Norwich vielleicht mit der Angst und ließen uns die Stadt durchqueren. Auf diese Weise würden wir uns den langen Umweg nach Mousehold Heath ersparen. Ein Dorf hatte eine Fahne mitgebracht, auf der die Fünf Wunden Christi zu sehen waren, Symbol der religiösen Traditionalisten. Sie musste zusammengefaltet bleiben. Ihr Glaube sei ihre Sache, so die Erklärung, aber der Protektor solle nicht denken, man lehne sich wider das neue Gebetbuch auf.

Der Zug war bereits über eine Meile lang, und mit Sonnenaufgang strömten noch mehr Männer über die Felder herbei, um sich uns anzuschließen. Barak kehrte ans Ende des Zuges zurück, während Natty und ich einen Platz unweit der Spitze einnahmen, hinter Kett und den übrigen Anführern, die vorneweg ritten. Weit hinter uns, beim Versorgungstross, waren vermutlich Nicholas und die Zwillinge bei den anderen gefangenen Gentlemen zu finden.

Am Abend zuvor hatte ich zu Barak gesagt: »Wer mag jenen armen Lehrburschen getötet haben? Wäre er bloß nicht fortgelaufen!«

»Derselbe, der Edith und den Schlosser auf dem Gewissen hat. Und der dem Schlosser Snockstobe den Schlüssel gab.«

»Der Lehrjunge wusste, wer es war.«

»Und ob er es wusste.«

»Irgendjemand auf dieser Liste, die wir in Norwich erstellt haben, ist ihm bis zur Küste gefolgt und hat ihn erwischt, bevor er sein Heimatdorf erreichte.«

»Nur wer? Ich glaube nicht, dass der Fall jemals gelöst werden kann. Boleyns Gnadengesuch wird beizeiten die Instanzen durchlaufen und entweder bewilligt oder nicht.«

»Ich kann nicht ruhig schlafen, solange ein dreifacher Mörder frei herumläuft.« Ich blickte in Richtung Norwich. »Wahrscheinlich dort, in der Stadt.«

Das Wetter war heißer denn je an diesem Morgen. Der lange Zug kam nur langsam voran. Ich hatte einen dicken Ast aufgelesen, den ich als Gehstock benutzte. Und meine Muskeln gewöhnten sich wohl allmählich an die Bewegung, da ich kaum noch Schmerzen hatte. Ein wenig Schatten auf dem Weg durch die offene Landschaft wäre mir jedoch durchaus willkommen gewesen. Wie mochte es da erst dem hellhäutigen Nicholas auf dem offenen Karren ergehen, fragte ich mich, der ich als Schutz vor der Sonne wenigstens meinen Hut hatte. Wieder trug ich nur mein Hemd; das Wams befand sich in dem Ranzen, den Barak auf dem Rücken trug, und die Robe steckte, soweit ich wusste, noch in den Satteltaschen meines Pferdes. In meinen Bartstoppeln verfing sich der Staub: Nun war ich gewiss nicht mehr von den Bauern zu unterscheiden. Zuweilen jedoch überfiel mich jäh die Angst inmitten dieser Masse aus armen, zornigen Menschen, die danach trachteten, meinesgleichen zu stürzen. Und ich suchte meinen Sinn ganz auf den endlosen, langsamen Trott zu richten; trapp, trapp, trapp.

Einige Male geriet der Tross ins Stocken, und Männer traten beiseite, um Schafhürden niederzureißen und bei dieser Gelegenheit einige Tiere für die Verpflegung zu schlachten. Einmal kam eine

Herde der dummen Geschöpfe in ihrer Panik stracks auf uns zuge-
rannt, und sogleich wurde ihnen der Garaus gemacht.

Jemand hub zu singen an. Andere stimmten ein in das derbe Lied,
und alsbald ertönte ein zweites, das lauten Jubel entfachte:

> *Schmeißt Hecken und Hürden in den See,*
> *denn obschon man sie mit Pflöcken*
> *fest in den Grund tat stöcken*
> *sind sie nun entzwei, juchhe ...*

Vor dem Stadttor St Stephens von Norwich hielten wir inne. Bogenschützen, auf der Mauer postiert, richteten Pfeile auf uns. Die
Kett-Brüder und der Soldat Miles pochten an das Tor; es tat sich
auf, und Bürgermeister Codd, der zu schlottern schien, und mehrere
ältere Ratsherren kamen heraus. Es folgte eine kurze, leise Unterredung, die damit endete, dass Codd und die anderen in die Stadt
zurückkehrten und das Tor wieder geschlossen wurde.

Anschließend wandte sich Robert Kett vom Sattel aus an die
Menge. Was er sagte, wurde nach hinten weitergegeben: Die Stadtoberen hätten erneut den Zugang verwehrt, unsere wachsende Zahl
sei ihnen nicht geheuer. Wir müssten den langen Weg um die Stadt
herum zum Mousehold nehmen. Den Rest des Tages und auch die
Nacht würden wir im Eaton Wood rasten und tags darauf dann etwa
drei Meilen nach Norden in den Drayton Wood ziehen, ehe wir
uns nach Südosten wenden würden, um Mousehold Heath über die
zugänglichste Stelle zu erreichen.

Wir begaben uns alsdann etwa eine halbe Meile in den Eaton
Wood hinein und hielten dort Rast. Natty war noch immer an meiner Seite. Ich erklomm einen kleinen Hügel am Waldesrand und ließ
den Blick über das Meer aus Köpfen wandern. Wie viele mochten es
mittlerweile sein? Sicher dreitausend. In der Ferne näherte sich noch
eine Prozession. Voran schritt ein Mann mit bunter Fahne, Karren
rumpelten hinterdrein – ein weiteres Dorf. An anderer Stelle begaben sich Männer grüppchenweise in die offene Flur, zweifellos um

weitere Zäune einzureißen und um Nahrung und Waffen aufzutreiben. Eine Sekunde lang wurde mir schwindelig bei dem Gedanken an das gewaltige Ausmaß dieses Unterfangens.

Den Rest des Tages verbrachte ich im Schatten eines Baumes und verschlief fast den ganzen Nachmittag. Als ich erwachte, erzählte mir Natty, dass Barak hier gewesen sei, mich aber nicht habe wecken wollen, weil ich so tief geschlafen hätte. Er ließ ausrichten, es gehe ihm gut und er helfe bei der Organisation. Nicholas sei zwar noch immer gefangen, aber es sei ihm kein Leid geschehen.

An jenem Abend wurden abermals mit dem Holz gefällter Bäume Kochfeuer entzündet, und man verteilte wohlschmeckende Brühe mit Hammelfleisch und Gemüse. Trotz des fruchtlosen Fußmarsches zurück nach Norwich schienen die Leute guten Mutes zu sein. Ich hoffte, Barak käme noch einmal zurück, aber seine Pflichten hielten ihn wohl davon ab. Ich wollte schon Natty bitten, nach Barak suchen zu dürfen, aber ich war schlicht zu müde. In dieser Nacht schlief ich mit den anderen unter einem Baume.

Am folgenden Morgen, ehe wir aufbrachen, sprach Robert Kett erneut zu uns. Wir hätten einen langen Fußmarsch vor uns, sagte er, könnten auf Mousehold Heath aber ein großes Lager errichten, zu dem Leute aus ganz Norfolk stoßen würden. Seine Rede endete mit den trotzigen Worten: »Für euch, die ihr euch bereits erhoben habt, gibt es nur im kühnen Wagnis Hoffnung.« Nichtsdestoweniger rief jemand aus: »Wir haben aus der Stadt die Kunde, dass die Ratsherren in Norwich Reiter nach London geschickt haben, um sich die Erlaubnis einzuholen, uns niederzuschlagen! Wir müssen ihnen entgegentreten!«

Einige pflichteten ihm lauthals bei, aber Kett erwiderte entschieden, man brauche Zeit, um das Lager zu bauen, Bilanz zu ziehen und unsere Zahl zu erhöhen. Boten aus dem Lager würden zum König geschickt, um ihn der Treue des hier versammelten Volkes zu versichern, das die Kommissare unterstützen werde. Die meisten zollten ihm Beifall.

❦

Wir marschierten weiter. Am späten Vormittag erreichten wir den Fluss Wensum, oberhalb von Norwich. Wie über den Yare führte auch hier eine Brücke ans andere Ufer, aber der Wensum war breiter, und ihn zu überqueren würde daher länger dauern. Aus diesem Grund wurden Männer ausgesandt, einige Bäume zu fällen, die dann, über den Fluss gelegt, einen zusätzlichen, behelfsmäßigen Steg bildeten. Auf diese Weise konnten wir schneller ans andere Ufer gelangen. Dabei blieb noch Zeit für eine Rast, in der die Leute ihre Mittagssuppe aßen, bis sie an der Reihe waren. Drüben wurde der Fußmarsch wiederaufgenommen. Wir folgten der breiten Schwemmebene des Wensum nach Norden. Ich hatte mir einen gewissen Marschrhythmus angewöhnt, indem ich es den Soldaten gleichtat und in aufrechter Haltung bei jedem Schritt die Arme schwenkte. Es half.

Bald darauf näherte sich langsamen Schrittes eine Gruppe von etwa einem Dutzend Reitern von Norden, mit zahlreichen Ochsenkarren im Schlepptau. An uns erging der Befehl innezuhalten. Man hatte Barak erlaubt, mir Gesellschaft zu leisten, und wir marschierten unweit der Spitze, gemeinsam mit dem Veteranen Hector Johnson und dem jungen Natty. Ich tat einen Schritt auf die Seite, um zu sehen, was vor sich ging, und Johnson folgte mir. Einige Yards von Kett entfernt zügelten die Reiter ihre Pferde. Der Mann an ihrer Spitze trug einen farbigen Mantel und auf dem Haupt eine Kappe mit einer Pfauenfeder. »Sir Roger Wodehouse«, stellte Johnson grimmig fest. »Grundherr aus Kimberley. Einer der wirklich einflussreichen Landjunker. Mein Stück Land befand sich in der Nähe seines Gutes.«

»Er kann doch nicht hoffen, es mit dem ganzen Zug aufzunehmen«, sagte ich ungläubig.

»Nein. Das ist es nicht.«

Wodehouse ritt an Kett heran und streckte ihm die Hand entgegen. Kett ergriff sie nicht. Dann redeten beide miteinander; Sir Roger wies hinter sich, auf seine Karren. Kett wendete jäh sein Pferd und rief die Reihen entlang: »Sir Roger Wodehouse sagt uns, wie Bürgermeister Codd, wir sollen uns zerstreuen und heimkehren! Er hat Vorräte mitgebracht für ein Fest, damit wir anschließend im guten Einvernehmen abziehen! Ich sage es noch einmal: Für euch, die ihr schon aufbegehrt habt, gibt es nur im Wagnis Hoffnung!«

Aus der Menge war Zustimmung zu hören, und etliche Männer eilten, ihre Waffen schwenkend, nach vorn. Sir Roger und sein Gefolge wollten den Rückzug antreten, aber man schloss sie ein und ergriff die Zügel ihrer Pferde. Kett brüllte: »Ergreift ihn lebend! Setzt ihn zu den anderen Gefangenen! Seine Diener lasst gehen, aber die Karren, die nehmt euch!«

Sir Roger und seine Männer wurden von den Pferden gerissen; Sir Roger wehrte sich, und man raubte ihm Hut und Mantel, ehe er selbst in einen Graben am Wegesrand gestoßen wurde. Schwach rief er aus: »Wölfe! Verräter!« Da holte ein Mann mit dem Beil aus und drohte, Wodehouse das Haupt zu spalten, aber einer der Diener fiel ihm in den Arm. Das nachfolgende Gerangel wurde durch Kett beendet, der brüllte, dass niemand zu Tode gebracht werden dürfe. Der Mann, der den Junker erschlagen wollte, ließ die Axt fallen. Von meinem Standpunkt aus vermochte ich es nicht klar zu sehen, aber es kam mir so vor, als wäre es Toby Lockswood gewesen.

»Was haltet Ihr davon, Sir?«, fragte Johnson, Genugtuung in der Stimme. »Da seht Ihr's, einer der Mächtigen zu Fall gebracht. Sie versuchen zuweilen, uns mit Bier und Versprechungen zu bestechen, sobald wir über die Stränge schlagen.« Er lachte. »Tja, wir sind wieder einen Schritt weiter.«

Die Sonne sank langsam gen Horizont, und als die Hitze endlich nachließ, erblickten wir vor uns einen großen Wald, und jemand rief: »Drayton!« Mit dem segensreichen Schatten des großen Waldes in Reichweite beschleunigten die müden Männer ihre Schritte.

Wir fanden einen Platz unter den Bäumen. In der Nähe sammelten einige Leute Holz, um damit ein Kochfeuer zu entzünden. Ein halbes Schaf wurde herbeigeschleppt, und die Männer gingen daran, es zu zerlegen. Ich wandte mich ab und ließ mich neben Natty nieder. Barak setzte sich zu uns. Er hatte seine Eisenhand abgelegt und rieb sich den Armstumpf. Er sah verdrießlich drein.

»Ist alles wohl?«, fragte ich.

»Ich hab an Tammy und die Kinder gedacht, mich gefragt, wie es in London zugeht, ob sich die Menschen dort auch erheben. Ich will versuchen, morgen mit Toby zu reden. Vielleicht finde ich ja heraus, wie die Dinge im Land stehen und ob ich ihr einen Brief schreiben darf, um ihr zu sagen, dass ich in Norfolk festsitze, aber in Sicherheit bin.«

»Ich glaube, es war Toby, der diesen Mann vorhin mit der Axt erschlagen wollte.«

»Ich hab es nicht gesehen.« Barak schüttelte den Kopf. »Er hat beide Eltern verloren. Seine Wut frisst ihn auf.«

»Du könntest dich davonmachen«, sagte ich sanft. »Es dürfte so schwer nicht sein.«

Er schüttelte den Kopf. »Sie haben ringsum Wachen postiert. Wie auch immer, ich bleibe.« Sein Ton wurde scharf: »Vielleicht habt Ihr es nicht gesehen, aber bei der Eiche in Hethersett gelobte auch ich, zu den anderen zu stehen.«

Ich wusste, er ließe sich nicht davon abbringen. Nichts war in England bedeutender als der Schwur eines Mannes.

Ich erhob mich steif. »Ich will einmal nachsehen, wie es Nicholas geht.« Ich wandte mich Natty zu. »Darf ich?«

»Ich muss Euch begleiten«, sagte er ein wenig schuldbewusst.

»Ich verstehe schon. Jack, kommst du mit?«

»Nein, ich bleibe hier und unterhalte mich mit diesen Leuten.« Er wies mit dem Kopf auf die Gruppe am Feuer. »Vielleicht lassen sie uns ja an ihrem Abendessen teilhaben. Eines noch«, fügte er hinzu, »ich kriege zuweilen scheele Blicke zugeworfen, meiner Londoner Aussprache wegen, aber Ihr sprecht wie ein Gentleman, das könnte hier gefährlich sein. Versucht mehr wie ich zu klingen.«

»Du hast recht. Ich will es versuchen.«

Ich machte mich auf, wobei ich mir die leuchtend grüne Farbe der Dorffahne einzuprägen suchte, denn in diesem Meer von Menschen konnte man sich schnell verirren. Das Lager erstreckte sich bis weit über den Wald hinaus. Irgendwie schienen sich auf natürliche Weise Pfade aufgetan zu haben, die den Leuten, die tote Schafe und Hirsche durch den Wald schleiften, sowie allerlei Boten ein Vorankommen erlaubten. Einige Männer hoben eine Latrine aus. Ich fragte jemanden, wo die Proviantwagen waren, wobei ich mich mühte, mehr wie Barak zu klingen, und wurde zu einer höher gelegenen Stelle gewiesen, jenseits des Waldes.

Bewaffnete bewachten den Versorgungstross, wo Vorräte verteilt wurden. Ich erkannte den Soldaten Miles, den ich in jener Nacht in Norwich gesehen hatte. Seine mächtige Gestalt war jetzt in eine Halbrüstung gehüllt, ein solider Brustharnisch mit metallenen Armschienen, ein Schwert am Gürtel, als Zeichen seiner Autorität, wie ich annahm. Er blickte mich aus seinen wachen Augen scharf an. »Kann ich dir helfen, Großvater?«, fragte er, und da wurde mir bewusst, dass ich mit dem weißen Haar und den Bartstoppeln tatsächlich aussah wie ein beliebiger alter Dörfler.

»Mein Name ist Matthew Shardlake. Ich bin Anwalt und berate Master Kett. Mein Gehilfe, der ein loses Mundwerk besitzt, ist ein Gefangener. Doch Master Kett sagte, er erwäge seine Freilassung.«

Zu meiner Überraschung lachte Miles. Als sich dabei sein schmaler Mund über dem hellen Bart auftat, sah ich, dass ihm viele Zähne fehlten. Er schlug sich auf den Schenkel.

»Potztausend, ich hielt Euch für einen Bauern. Ja, Captain Kett hat von Euch gesprochen. Ihr hättet uns verraten können, habt es aber nicht getan.« Er streckte mir eine harte, schwielige Hand entgegen. »John Miles, ehemaliger Oberkanonier in der Armee des alten Königs.«

Ich schüttelte ihm die Hand, froh, eine freundliche Seele gefunden zu haben. Ein Oberkanonier war jemand, erinnerte ich mich von der *Mary Rose*, dem das Kommando über mehrere Kanonen oblag, ein hochrangiger Experte. »Darf ich mit meinem Gehilfen sprechen?«, fragte ich. »Sein Name lautet Nicholas Overton.«

Miles blickte zu Natty, der nickte. »Wenn Ihr es wünscht. Ein armseliger Haufen, diese gefangenen Gentlemen. Sie haben viel Schimpf und Häme einstecken müssen auf dem Weg. Aber sie verdienen es nicht besser, diese Schurken.« Seine Augen wurden schmal. »Kennt Ihr die Boleyn-Zwillinge? Sie haben Euren Freund aufs Gröbste beleidigt.«

»Sie sind unsere erbitterten Feinde, Captain Miles.«

Er rief einem anderen Soldaten im Halbharnisch zu: »Führe diesen Mann hier zu dem Gefangenen Overton. Aber nur ein paar Minuten, hört Ihr?«

Man führte mich an Karren vorbei, die mit Bierfässern, Brot und Feldfrüchten beladen waren und mit geschlachteten Schafen und Hirschen. Einige der Tierkadaver fingen nach einem Tag in der Hitze allmählich an zu stinken. Ganz hinten, von weiteren Männern in Rüstung umringt, standen Karren mit hohen Seitenwänden – mittlerweile waren es sechs –, auf denen Gentlemen in zerrissenen und zerlumpten Kleidern, an Händen und Füßen gefesselt, an die Wände gelehnt saßen. Ich sah Sir Roger Wodehouse, der mit weit offenem Munde dasaß, als wäre er außerstande zu glauben, was ihm gerade widerfuhr. Viele wirkten eingeschüchtert und furchtsam, und einige hatten Kratzer und blaue Flecke davongetragen. Als ich einen der Karren passierte, erzitterte dessen Seitenwand, weil jemand im Inneren daran rüttelte und eine Flut von Flüchen ausstieß: »Verfluchter Buckliger, jetzt gebt Ihr Euch schon für einen Bauern aus! Dreimal verflucht sollt Ihr sein!« Ich wich zurück. Gerald Boleyn, sein Hemd in Fetzen, funkelte wütend zwischen den Wagenbrettern hervor. Sein Gesicht war zerschlagen und wund und dennoch voll ungebärdiger Wildheit. »Speichellecker! Pfui Teufel!« Er spuckte mich an, und sein Speichel landete auf meinem Hemde.

»Lass es sein, Gerry, sonst verprügeln sie uns wieder!« Sein Zwillingsbruder fläzte neben ihm, die Narbe bleich im blau geschlagenen Gesicht. Sein Blick jedoch war nicht minder hasserfüllt, und er schrie: »Wenn sie Soldaten schicken, um diese Bauern zu vernichten, schneiden wir Euch höchstselbst die Leber heraus.«

»Seid um Gottes willen still.« Leonard Witherington saß bei ihnen im Karren, der gebieterische Herr von South Brikewell, jetzt schier verzweifelt vor Angst. Seine Stimme klang flehend.

Barnabas sagte: »Halt deine Klappe, du feiger alter Furz.«

Die Wachleute grinsten, aber einer stieß Barnabas mit einem Speer durch die Gitterstäbe an. »Jetzt ist es genug, ihr zwei Mistkröten!« Barnabas funkelte uns finster an, aber dass seine Mätzchen Heiterkeit hervorriefen, schien ihn mehr zu molestieren als der Speer, und so sank er müde gegen seinen Bruder zurück. Rasch ging ich weiter zum nächsten Karren. Wieder saßen oder lagen hier Männer, die einmal das Sagen gehabt hatten, und schauten erschrocken drein und zornig und nicht wenig ängstlich. Endlich gewahrte ich Nicholas, sein langer Leib eingerollt, das Gesicht von der Sonne verbrannt. Er schlief. Seine Füße waren gefesselt. Ich griff vorsichtig durch das Gitter nach ihm, und er fuhr auf, die grünen Augen wachsam.

»Ich bin es nur«, sagte ich sanft.

Er blickte mich an. »Was ist passiert? Ihr seht aus wie ein Bauer.«

»Feine Kleider taugen nicht zum Marschieren.«

»Seid Ihr und Jack wohlauf? Als man Euch nicht in einen der Karren sperrte, glaubte ich, Euch sei etwas geschehen.«

»Ich wurde gebeten, Robert Kett dabei zu helfen, über die Gentlemen Gericht zu halten, wenn wir am Ziel angelangt sind.«

»Ihr werdet diesen Schurken doch nicht helfen!«, sagte er ungläubig.

»Ich bin noch unentschieden. Aber ich habe Kett gebeten, er möge dich in meine Obhut geben, und er versprach, darüber nachzudenken.«

Nicholas rappelte sich auf die Knie. Sein Hemd und die Beinkleider waren in Fetzen, sein Wams verschwunden. Sein Gesicht
war von den Püffen und dem Sonnenbrand ganz aufgeschwollen. Er
beugte sich zu mir vor.

»Ihr könnt Euch unmöglich in den Dienst dieser Unmenschen
stellen!«, wiederholte er.

»Wenn ich dich heraushole, Nick, musst du deine Zunge hüten!«

Er blickte im Karren umher, wo mehrere Männer in ähnlicher
Verfassung uns blöde anglotzten. Ich erkannte Flowerdews Söhne,
die beide sehr jung und verängstigt wirkten. »Seht, was sie diesen
Knaben angetan haben«, protestierte Nicholas.

»Sie sind wütend. Aber es sind keine Unmenschen.«

Er blickte zu dem Karren hinüber, aus dem die Zwillinge uns
immer noch wütend anstarrten. »Ich wünschte, diese beiden würden
ihr Maul halten.«

Er tat mir entsetzlich leid. Wie die anderen hatte er noch nie etwas Vergleichbares erlebt; ich dagegen hatte schon weit Schlimmeres
erfahren und zu Zeiten des alten Königs bereits zweimal im Tower
geschmachtet. Ich sagte: »Bleib ruhig und ruhe dich aus. Und sei um
Gottes willen still.«

Er nickte verzweifelt. »Sie sagen, unser Ziel ist Mousehold Heath.«

»Ja. Wir sollten morgen dort eintreffen.« Ich ergriff seine Hand.
»Sei stark.«

Er nickte. »Ich versprech's.«

Ein anderer Gentleman im Karren, dessen bestickter Kragen halb
vom Hemde gerissen war, schrie verzweifelt: »Und was dann? Diese
tollen Hunde werden uns hinrichten.«

»Das wird Robert Kett nicht erlauben.« Ich holte tief Luft und
sagte ruhig: »Und ich auch nicht.« In diesem Augenblick hatte ich
mich dazu durchgerungen, ihm bei den Prozessen zu helfen.

Natty und ich kehrten durch das Lager zu der Gruppe zurück, der Barak sich mittlerweile zugesellt hatte, etwa zwanzig Dorfleute, die um einen Kessel herumsaßen. Er hatte Freundschaft mit ihnen geschlossen – er konnte sehr wortgewandt sein, wenn er es wollte. Ein Feuer aus frisch geschnittenem Holz loderte unter einem Kessel, und es roch intensiv nach Suppe. Eine ältere Frau rührte darin herum. Ich ließ mich neben Barak nieder, wobei ich den anderen lächelnd zunickte und mich daran erinnerte, dass ich auf meine Aussprache achten musste. Ich nahm einen Schluck aus einer Flasche, die herumgereicht wurde und die kein leichtes Ale, sondern Starkbier enthielt. »Ein gutes Gesöff, Gevatter«, sagte der Mann, der mir die Flasche reichte. »Frisch aus dem Keller unseres Grundherrn.«

»Diese Leute hier kommen von einem Gut, das wenige Meilen von dem Dorf Swardeston entfernt liegt«, erklärte Barak.

Ich nickte. »Was führt Euch her?«

Ein Mann mittleren Alters antwortete. »Unser Dorf liegt im Sterben. Der Lord treibt so viele Schafe auf die Gemeindeflur, dass für unser Vieh kein Platz mehr ist. Potztausend, ich bin ein Kirchendiener, friedfertig von Natur, aber jetzt ist es genug.«

Die Frau, die in der Suppe rührte, wandte sich lächelnd an uns. »Also haben wir das Haus des Steward geplündert, uns sein Geld und seine Waffen genommen, sein vornehmes Weib in den Wald gejagt und seine Schafe vom Anger getrieben!«

Die Leute lachten. »Trefflich gesprochen, Gevatterin!«

Natty stand in einiger Entfernung, blickte verlegen drein. Die Frau rief ihm zu: »Ganz allein, Bursche?«

Er trat herzu und wurde aufgefordert, sich zu uns zu setzen. »Hier gibt's genug zu beißen, Junge.«

»Ich dank euch schön.« Er ließ sich neben mir nieder. Ich zwinkerte ihm zu. »Hast wohl noch immer ein Auge auf mich?«

Er nickte. Ich erkannte, dass er sich den Dorfleuten nicht hatte aufdrängen wollen. Gewiss gab es viele wie ihn im Lager, Männer und Burschen, die keiner Gemeinschaft angehörten. Die Flasche wanderte zu Natty, der dankbar daraus trank.

»Wie geht's Nick?«, fragte Barak leise.

»Sitzt gefesselt in einem Karren. Aber er hält durch. Gerald und Barnabas saßen im Karren daneben. Gerald hat mich angespuckt.«

»Wie nett.«

Das Essen wurde ausgegeben; deftiges dunkles Wildbret in einer dicken Gemüsesuppe. Zum ersten Mal seit Tagen, wie mir auffiel, wurde ein Dankgebet gesprochen. Jeder machte sich eifrig über die Mahlzeit her. Die Flasche wurde erneut herumgereicht, und Natty tat einen tiefen Zug und gleich noch einen. Während des Essens wurde wenig gesprochen, doch als wir unsere Schüsseln abstellten, erhob sich Natty, ein wenig schwankend. »Habt Dank, gute Frau«, sagte er zu der Köchin, die artig knickste. »Ich habe seit Monaten nicht so gut gegessen!«

»Wir alle nicht, Junge!«

Natty sagte: »Nein, denn die Reichen kümmert es nicht, wenn wir darben! Aber jetzt haben wir sie, mitsamt ihren Schafen und Hirschen.« Vor Rührung versagte ihm die Stimme. »Endlich sind wir frei! Frei, zu essen, und frei, unsere Meinung kundzutun!«

»Wohl gesprochen, Junge!«

»Wir biegen alles wieder zurecht! Eine neue Welt dämmert herauf, die Reichen werden niedergemacht, und der gemeine Mann wird sein eigenes Land erhalten, seine eigene Zunft, sein eigenes Leben! Wir schaffen ein Christliches Gemeinwohl!« Tränen liefen ihm über die Wangen – und auch einigen Männern, die ihm Beifall zollten.

KAPITEL ZWEIUNDVIERZIG

Am folgenden Morgen machten wir uns erneut früh auf den Weg und gingen gemächlichen Schrittes, denn viele waren erschöpft, in südwestlicher Richtung. Es war kühler geworden, aber schwül, der Himmel von einer milchigen Wolkenschicht überzogen. Das langsamere Gehen fiel mir leichter.

Wir stapften weiter, die Ausläufer der Hügel von Mousehold Heath empor. Wir blieben in der Gruppe von letzter Nacht, Natty nach wie vor bei mir. Zu Mittag hielten wir Rast, und man reichte zum Haseneintopf Brot und Käse herum. Ich hatte jedoch gerade zu essen begonnen, als ein Bote erschien. »Master Shardlake, Captain Kett wünscht Euch zu sprechen.« Die Dorfleute sahen mich erstaunt an. Sie hatten nicht geahnt, dass ich so hochstehend war.

Ich folgte dem Boten zur Spitze des Zuges. An einer Stelle wurden Schafe fachgerecht geschlachtet, und ich wandte erschrocken den Blick von einem großen Haufen Gedärm und anderem Abfall, welcher, von Fliegen umschwirrt, auf dem Boden lag. Der Bote lächelte. »Nur die besten Brocken für Ketts Lager«, erklärte er stolz.

Er führte mich zu der Stelle, wo ein Stuhl und ein kleiner Tisch standen, vielleicht aus einem der Gutshäuser getragen. Robert Kett saß da, inmitten von Papieren und Plänen. Sein Bruder William war bei ihm, nebst Captain Miles in seinem Brustharnisch, einigen Männern in Soldatentracht und einem Geistlichen im Chorrock. Kett sah müde aus, doch sein Blick war scharf wie eh und je, als er zu mir aufsah. Er lächelte nicht.

»Wie geht es Euch heute, Serjeant Shardlake, nach dem weiten Fußmarsch?« Plötzlich musste er lachen. »Vergebt mir, aber Ihr seht aus wie ein alter Bauer. Keine Sorge, wir haben Euer Gepäck und die Robe sicher verwahrt.«

»Mit dem langsameren Marschtempo geht es mir besser. Doch meine Schuhe sind bald durchgelaufen.«

»Wir müssen Euch ein Paar feste genagelte Schuhe besorgen, wie viele unserer Leute sie mitgebracht haben. Zumindest jene, die sich welche leisten können.«

»Ich wäre Euch dankbar, Master Kett.«

»*Captain* Kett von nun an, nicht Master!«, herrschte William mich an.

»Gewiss.«

Robert sagte: »Bald haben wir Mousehold Heath erklommen, auf seinem Rücken endet der lange Weg, und wir errichten unser Lager. Wieder werden im ganzen Land die Glocken läuten und Leuchtfeuer entfacht. Viele werden kommen und uns mit Proviant versorgen. Die Grundherren, die wir nicht gefangen haben, sind geflüchtet. Morgen werden wir unser Volk nach seinen Hundertschaften organisieren, den historischen Regionen in Norfolk folgend, und dann Vertreter der Hundertschaften wählen.« Er blickte mich prüfend an. »Unsere Männer müssen sich ausruhen. Sobald die Vertreter gewählt sind, erstellen wir eine Liste mit Beschwerden – Forderungen – für den König und seine Kommissare. Und geben den Befehl, im ganzen Land Güter zu beschlagnahmen, im Namen des Königs und seines Protektors.«

»Und bald müssen wir den adeligen Herren den Prozess machen«, setzte der Geistliche hinzu. »Es werden bald noch mehr hierher verschleppt werden, und so manch einer in unseren Reihen will ihnen ans Leder. Unser Versprechen, dem Gesetze gemäß Gericht über sie zu halten und ihre Missetaten aufzuschreiben, wird die Gewalt im Zaume halten.«

Kett nickte. »Wir haben einige Schreiber unter uns und den jungen Anwalt Master Godsalve, auch wenn er am liebsten davonlaufen würde, aber Eure Kenntnis der Gesetze, Master Shardlake – sie wäre uns bei den Prozessen von unschätzbarem Wert und bei Fragen des Rechts und der Beweisaufnahme eine große Hilfe.«

»Verstehe.«

»Auf dem Mousehold angelangt, werden die Zimmerleute unter uns damit beschäftigt sein, im Thorpe Wood Bäume zu fällen und Unterkünfte zu bauen – dieses trockene Wetter ist uns gewiss von Gott gesandt, doch es kann nicht ewig fortdauern. Und sie zimmern auch einen Richtplatz.« Seine Stimme wurde streng. »Ich weiß, dass Euch der Gewissenswurm plagt, Serjeant Shardlake, doch es ist nun an der Zeit, dass Ihr Euch entscheidet, ob Ihr uns helfen oder selbst zum Gefangenen werden wollt.«

Ich holte tief Luft. »Ich habe mich entschieden. Ich werde Euch bei diesen Prozessen beratend zur Seite stehen. Sofern die Strafe für die Missetaten nur Gefängnis ist.«

»Wir können nicht verhindern, wenn es ein paar Maulschellen setzt«, warf Miles unwirsch ein, »nach allem, was unser Volk erleiden musste.«

»Vielleicht haltet Ihr ja sogar das Gefängnis für zu hart«, fühlte Kett mir auf den Zahn.

Ich zögerte. »Ich verstehe ja, warum Ihr die Gefangenen nicht einfach laufenlassen wollt. Sie könnten Truppen gegen Euch hetzen.«

»Das ist schon wahr«, blaffte William Kett. »Aber es geht uns auch um Gerechtigkeit.«

Robert Kett sagte: »Wenn wir in Mousehold angelangt sind, bringen wir unsere Gefangenen im ehemaligen Palast des Grafen von Surrey unter. Die Bedingungen dort sind gewiss nicht über Gebühr rau.«

»Wollt ihr dann wie alle Männer im Lager mit einem heiligen Eid bekräftigen, dass wir fest zueinanderstehen, komme, was wolle?«, fragte mich William.

Ich ballte die Fäuste, da ich merkte, dass meine Hände zitterten. An Robert gewandt, sagte ich: »Das geht nicht, zumindest noch nicht. Aber ich will Euch gerne schwören, Euch in allen Gesetzesfragen aufrichtig zur Seite zu stehen. Wie ich es sehe, ist es auch für Euch von Vorteil, von einem Serjeant-at-law beraten zu werden«, setzte ich kühn hinzu, »somit decken sich unsere Belange.«

William sah finster drein. »Wie kommt dieser Bucklige dazu, uns Bedingungen zu stellen?«

Robert jedoch hob beschwichtigend die Hand. Auf seinem Tisch lag eine Heilige Schrift in englischer Sprache; er hob sie empor. »Dann gelobt, uns zu helfen. Ein Schwur auf das Lager, nicht auf mich.« Ich legte die Hand auf die Bibel und leistete, wie er es gefordert hatte, den Eid. Ich las jedoch in seinen Augen, dass er es noch nicht zufrieden war. William brummte.

Alle schwiegen. Ich brach die Stille: »Wisst Ihr, wann die Kommissare des Protektors Norfolk erreichen werden?«

Kett schüttelte den Kopf. »Wir haben noch keine Nachricht. Bald, wie ich hoffe. Wir werden sie willkommen heißen.«

Ob das auf Gegenliebe trifft?, dachte ich.

Ich wollte Ketts Geduld nicht über Gebühr in Anspruch nehmen, dennoch hatte ich noch etwas zu sagen. »Ihr habt mir versprochen, eine Freilassung meines Assistenten Nicholas Overton zu erwägen, Captain Kett. Denkt darüber nach, ich bitte Euch. Er hat nichts weiter getan, als törichte Reden zu führen. Dergleichen sollte nicht mit Gefängnis geahndet werden.«

Kett wandte sich fragend an Miles, der sagte: »Ich meine, du kannst ihn freilassen, Captain. Die Prügel, die er bezogen hat, haben ihm den Unsinn schon ausgetrieben. Und er ist kein Freund dieser verrückten Zwillinge aus Brikewell. Sie haben ihn aufs schimpflichste geschmäht, wie keinen anderen.«

Kett nickte. »Wohlan. Overton soll freigelassen werden, sobald wir Mousehold Heath erreicht haben.« Er sah mich scharf an. »Vorausgesetzt, er gelobt Euch feierlich, dass er nicht zu entkommen versucht.« Er hob den Finger. »Ihr seid mir für ihn verantwortlich, vergesst es nicht.«

»Natürlich.«

Der Geistliche räusperte sich. »Wir sollten als Nächstes die Ernennung eines Kaplans erwägen. Es gibt zu viele wilde Propheten, und allesamt predigen sie vom Weltuntergang …«

»Gewiss, Master Chaundler. Danke, Serjeant Shardlake.« Kett

nickte mir zu, dass ich entlassen sei, und ich schlenderte gemächlich zurück zu Barak und den Dorfleuten.

Wir setzten unseren Marsch fort, der Weg jetzt steiler werdend, Kett an der Spitze, und am Ende ein großer Wagentross, gezogen von Ochsen, Eseln und Pferden. Und ganz zum Schluss, bewacht von bewaffneten Männern, die Karren mit den Gefangenen. Ich erkannte mit Staunen, dass es Freitag war, der 12. Juli; seit Isabellas dringliche Bitte mich nach Wymondham geführt hatte, war noch nicht einmal eine Woche vergangen. Wir zogen durch das Dorf Sprowston, wo man die Umzäunungen niederriss und gewaltsam in ein stattliches Gutshaus eindrang. Ein reichgewandeter Gentleman wurde unter wütendem Geschrei vor die Tür gezerrt. Er schalt seine Häscher Hunde und Schweine, bis ihn ein Schlag auf den Schädel, dazu der Ruf, er solle gefälligst das Maulen sein lassen, verstummen ließ. Der alte Hector Johnson, der nun an Nattys statt an meiner Seite blieb, sagte: »Das ist Master John Corbett.« Er sah mich an. »Ein geldgieriger Anwalt wie Flowerdew, der altes Klosterland an sich brachte.«

»Ich bin nie geldgierig gewesen«, entgegnete ich.

»Ihr haust wohl in einem Graben, wie?«

»Ich bin niemals geldgierig gewesen«, wiederholte ich zornig, obschon ich dabei an mein schönes Haus in London denken musste.

Johnson grinste. »Hab euch nur verkohlt, Sir. So ist nun mal unser Norfolker Humor.«

Corbett wurde zu den Karren geschleift, während man alles Brauchbare aus dem Hause trug. Die Pferde wurden aus den Ställen geholt. Wertsachen, einschließlich Tischsilber und Münzen, wurden zu Kett und den anderen Wortführern an der Spitze des Zuges gebracht. Offenbar hatte man inzwischen einen Schatzmeister ernannt, um das Gold und Silber in Empfang zu nehmen, obwohl ich mich nur bitter fragen konnte, wie viele Münzen wohl in den Beuteln derer verschwanden, die sie herausgeholt hatten. Wenigstens war nicht mehr von Isabellas Geld die Rede, welches ich immer noch sicher verwahrte.

Etwas weiter hinten kamen wir zu einem alten Gebäude, das wie eine Kirche anmutete und in ein beachtliches Taubenhaus umgewandelt worden war. Eine Gruppe Männer, bewaffnet mit Pfeil und Bogen, schälte sich aus der Menge und postierte sich rings um das Gemäuer, während andere es, mit großen Hämmern bewaffnet, betraten. Binnen weniger Minuten flogen Hunderte Tauben aus, von denen viele, wie jene auf Witheringtons Feld, sogleich abgeschossen wurden. Die Männer im Inneren machten sich indes an die Zerstörung des Gebäudes, dessen Dach alsbald in Teilen einstürzte. Während wir weiterzogen, winkten und jubelten uns viele zu.

»Was ist das für ein Ort?«, fragte ich einen Mann, der neben mir ging und mit besonderer Genugtuung zusah.

»Vor der Auflösung der Klöster diente es als Siechenhaus. Im vorigen Jahr dann hat Corbett es erstanden, für seine Tauben. Seitdem stehlen die Vögel unsere Ernte.«

»Ich habe gesehen, welche Zerstörung sie anrichten können«, sagte ich.

»Jetzt nicht mehr«, entgegnete er mit Nachdruck.

Einige Leute aus Sprowson gesellten sich zu uns, und wir zogen weiter. Das herrschaftliche Anwesen des Grafen von Surrey kam in Sicht, aber Kett begab sich auf eine große Kapelle zu, die etwas näher lag. Gleich daneben fiel die Böschung steil ab zum Fluss Wensum, mit Norwich an seinem Ufer. Der Himmel hatte sich gelichtet, und die Aussicht war die schönste, die ich je im Leben gesehen hatte. Die gesamte Stadt lag vor uns hingebreitet, der Fluss, die Mauern, die vielen Türme, der großartige eckige Burgklotz und, alles überragend, der gewaltige Turm der Kathedrale, welcher an diesem klaren Tag so nah zu sein schien, dass ich meinte, nur die Hand ausstrecken zu müssen, um ihn zu berühren.

Barak trat neben mich und stieß einen Pfiff aus. »Was für ein Ausblick«, sagte er. »Wirklich nicht schlecht. Und die beste Aussichtswarte, die man sich wünschen kann.«

Man gab den Leuten zu verstehen, sich zu Pfarr- oder Dorfgruppen zusammenzufinden und zu warten, bis ihnen jemand ihren Lagerplatz zuweisen würde. Ich fragte Barak: »Wohin gehen wir?«

»Wir könnten uns zu denen aus Swardeston gesellen. Sie scheinen anständige Leute zu sein.«

Während wir warteten, blickte ich hinüber zum gräflichen Gut. Es war ein ansehnlicher Palast im italienischen Stil mit verzierten Säulen, großen Fenstern und einem Garten hinter hohen Mauern, der auf der Heide völlig fehl am Platze schien. Ein Trupp Männer schleifte einen gutgekleideten Beamten heraus, der, wie ich vermutete, der Verwalter war. Ringsum standen ängstliche Diener. Der Verwalter wurde unter Protest abgeführt.

»Ich wundere mich, dass Kett sich nicht Surrey Place als Hauptquartier erkoren hat«, sagte ich leise.

Barak schüttelte den Kopf. »Wie würde das aussehen, wenn er sich in einem Grafenpalast einnisten würde.«

»Das ist wahr.«

»Und ein Palast dieser Größe gäbe eine gute Zielscheibe, falls der Stadtrat am Flussufer Kanonen in Stellung bringen sollte.«

Ich lächelte. »Du denkst schon wie ein Rebell, Jack.«

»Stimmt. Es geht hier ja schließlich auch um eine gerechte Sache.«

»Du hast kaum etwas getrunken, seit wir hier sind. Und das, obwohl es an den Lagerfeuern nicht selten ziemlich rau hergeht.«

»Ich brauche einen klaren Kopf.«

»Außerdem hast du jetzt etwas, was dich von Tamasin ablenkt. Darfst du ihr schreiben?«

»Ich habe noch nicht gefragt. Ich warte lieber noch ein, zwei Tage.« Er blickte mich forschend an. »Erkennt Ihr jetzt die Gerechtigkeit im Tun dieser Menschen?«

»Ich bin noch nicht ganz sicher.« Ich seufzte. »Ich habe geschworen, bei den Prozessen behilflich zu sein, aber nicht mehr. Ich hege noch immer die Befürchtung, dass diese Sache so oder so ein entsetzlich gewaltsames Ende nimmt.«

Er lächelte. »Immer irgendwo in der Mitte, wie üblich.« Dann wurde er ernst. »Über kurz oder lang müsst Ihr Stellung beziehen.«

Ich blickte hinunter auf die Stadt. »Was hältst du von Captain Kett?«

»Er ist der bemerkenswerteste Mann, der mir seit Lord Cromwell untergekommen ist. Er besitzt Cromwells Stärke, sein Verhandlungsgeschick – immerhin ist er seit Jahren in der Lokalpolitik und seiner Gilde tätig – und auch sein Selbstvertrauen. Aber nicht Cromwells Neigung zu Grausamkeit und Tyrannei. Er verfügt auch über Charisma und Organisationstalent, und nach dem zu urteilen, wie er dieses Lager gestaltet, glaubt er aufrichtig an die Gleichheit aller Menschen.«

Es war ungewöhnlich für Barak, jemanden so unumwunden zu loben. Ich lächelte. »Er ist selbst ein gewiefter Geschäftsmann und Grundherr, vergiss das nicht. Vielleicht ist er ja nur zornig, weil man ihm den Adelsstand verwehrt.«

»Tja, jetzt hilft er den Gemeinen. Und er ist kein Mann der Gewalt. Nicht gerade einfach unter den gegebenen Umständen. Dass er diese Prozesse führen will, ist der Beweis.«

Ich nickte. »Was er wohl für religiöse Ansichten hat?«

Barak zuckte mit den Schultern. »Vermutlich protestantisch. Wie viele in Norfolk.« Er blickte hinunter auf die Stadt. »Die Ratsherren dort unten haben die Hosen gewiss gestrichen voll.«

»Tja.« Als ich seinem Blick folgte, fiel mir auf, dass Norwich innerhalb der Grenzen seiner Mauern und des Flusses die Form einer großen Träne hatte. Ich musste an die Menschen denken, die wir dort unten kannten – Josephine und Edward Brown, Isabella und Chawry, den Rußkopf und im Burgverlies John Boleyn. Was würde aus ihnen werden?

Weit im Westen setzte Glockengeläut ein, dann ertönte es von allen Seiten. Ich sah, wie ein Leuchtfeuer entzündet wurde, dann noch eines und noch eines. Sämtliche Gemeinden aus Norfolk wurden zum Mousehold gerufen.

TEIL VIER

MOUSEHOLD HEATH

KAPITEL DREIUNDVIERZIG

Es war am späten Sonntagnachmittag, zwei Tage danach. Ich saß mit Nicholas und Barak im Eingang einer Schutzhütte aus frisch geschlagenem Holz, mit einem Dach aus Gras und einem Bett aus Farnkraut. Nachts zum Schlafen mussten wir drei zusammenrücken. Die Hütte war nur vier Fuß hoch, zu niedrig, um aufrecht darin zu stehen, bot aber grundlegenden Schutz. Hunderte solcher Hütten waren in den vergangenen zwei Tagen errichtet worden und erstreckten sich über die gesamte Heide. Aus dem Thorpe Wood gen Süden tönte unentwegt das Geräusch der Sägen, da Dutzende Zimmerleute damit beschäftigt waren, frisch gefällte Stämme in Planken zu schneiden. Es gab zahlreiche Zimmerleute unter den Rebellen, und viele Mitglieder der Zimmermannsgilde aus Norwich waren heraufgekommen, um zu helfen.

Die Hütten waren in Kreisen angeordnet und beherbergten jeweils ein Dorf, einen Weiler oder einen Trupp Soldaten, die sich Ketts Lager angeschlossen hatten. Diese Kreise waren wiederum Bestandteile größerer Verbände, welche die alten Divisionen von Norfolk darstellten, die »Hundertschaften«. Ehemalige Soldaten hatten zusammen mit »Statthaltern« ihren Aufbau überwacht, gewählt von Mitgliedern des Lagers auf der Grundlage jeder Hundertschaft, üblicherweise Menschen mit Erfahrung in der Lokalpolitik. Um den Zugang zu ermöglichen, waren Pfade frei gelassen worden. Barak und ich sowie nach seiner Freilassung tags zuvor auch Nicholas waren bei den Leuten aus Swardeson geblieben. Auch der junge Natty und der alte Hector Johnson hatten sich uns angeschlossen, zum einen um uns im Auge zu behalten, zum anderen weil sie allein waren und keiner Dorfgruppe angehörten. Gegen Barak zeigten die Dorfleute sich ausnehmend freundlich, während sie gegen mich und erst recht gegen Nicholas eine gewisse Zurückhaltung an den Tag legten. Dieser war ungewohnt still, seit er in meiner Obhut war.

Jedes Hüttendorf verfügte über eine zentrale Kochstelle, welche man mit Steinen umgab, um zu verhindern, dass das zundertrockene gelbe Heidegras Feuer fing. Man hatte Wasser aus dem Wensum den Hügel heraufgeschafft. Und Pferde schleppten das kostbare Nass auf ihren Rücken sogar von dem etwa acht Meilen entfernten Fluss Yare herbei. Unterdessen war der Kochkessel aufgesetzt worden. An diesem Abend bekämen wir, ausgerechnet, einen Schwan zu essen.

Behutsam stand ich auf, um mir die Beine zu vertreten. Unser Swardeston-Lager befand sich unweit der Stelle, wo Barak und ich vor zwei Tagen den Ausblick auf Norwich bestaunt hatten. Er stand ebenfalls auf und leistete mir Gesellschaft. Nicholas indes blieb sitzen und zog übellaunig die gelben Blüten von einem Stängel Geißkraut. Wir spazierten ein Stück weit auf die Böschung zu. Hinter uns, mehrere Meilen gen Osten, erstreckte sich ein Meer aus Hütten über die Heide. Entlang den Säumen des Camps wurden allabendlich Leuchtfeuer entzündet, um Neuankömmlingen den Weg zu weisen, welche unentwegt herbeiströmten und einen Ruheplatz suchten. So wimmelte es auf dem Mousehold von betriebsamen Menschen. Die fröhlichen Farben der Pfarreifahnen kennzeichneten die einzelnen Feldlager, und ständig rollten Fuhrwerke mit frischen Vorräten auf den sandigen Pfaden herbei. Einer der selbsternannten Propheten, die zum Lager gestoßen waren, stand ganz in der Nähe auf einem Karren und beschwor das bevorstehende Weltengericht. Auch Hausierer hatte es zum Lager gezogen. Die einen führten Packesel mit sich, andere hatten Bauchläden um den Hals hängen und riefen aus: »Kauft, Leute, kauft!« Dazu gaben sie Neuigkeiten aus anderen Lagern weiter. Etwas weiter hinten luden Leute Ziegelsteine von einem Karren, ebenso die Bestandteile einer Schmiede. Unter dem Gejohle der Menge erschien ein Wagen voller Fässer mit Dünnbier. Die Heide erschien knochentrocken, sogar die alten Kies- und Kalkgruben, welche die Landschaft sprenkelten. Das Regenwasser versickerte im Nu im sandigen Boden.

Früh am Morgen hatte ein Gottesdienst stattgefunden, aber anschließend, obwohl Sonntag war, spuckten die Männer wieder in die Hände und schufteten so schwer in der Hitze, wie ich es noch nie zuvor gesehen hatte. Ich wandte mich um, ließ den Blick über die Böschung schweifen, hinunter auf den Fluss und Norwich. Am Morgen waren Männer und Burschen den steilen Hügel hinuntergelaufen, um im Fluss zu baden – sie alle strotzten vor Dreck und stanken entsprechend –, und ein paar Stadtkonstabler auf der Bishopsgate Bridge hatten sie mit Pfeilen beschossen, damit sie weiter flussabwärts rückten. Sämtliche Stadttore waren uns verschlossen.

»Wie viele sind jetzt im Lager?«, fragte ich Barak.

»Mit all den Neuankömmlingen vom Lande dürften es fünf- oder sechstausend sein.« Er lachte ungläubig. »Erinnert Ihr Euch an König Heinrichs Tross nach York? Klein im Vergleich, hab ich recht?«

»Das hier stellt alles in den Schatten.« Ich lächelte und rückte dabei die breite Hutkrempe zurecht. »Auch wenn es hier nicht viel Schatten gibt.« Barak und ich waren mittlerweile braun gebrannt und trugen breitkrempige Hüte und schmutzige Hemden; Barak hatte heute der Bequemlichkeit halber die Eisenhand abgenommen, und so hing der eine Ärmel leer herunter; äußerlich zumindest fügten wir uns gut in die Menge. Nicholas dagegen stach heraus mit seiner bleichen Haut, die sonnenverbrannt war und sich abschälte, und den blauen Flecken, die sich gelblich verfärbten. Man hatte ihn mit der wachsenden Zahl von Edelleuten, die als Gefangene ins Lager geschleppt worden waren, im ehemaligen Palast des Earl of Surrey festgehalten, Surrey Place. Dieser prangte ganz oben auf dem Hügel, etwas abseits der Straße, die von Bishopsgate hinaufführte, bei einigen Ruinen der aufgelösten Priorei, deren Platz er eingenommen hatte, und wurde jetzt von Ketts Männern bewacht. Durch das offene Tor fiel der Blick auf die ionischen Säulen des stattlichen Palastes und die tempelartigen Pavillons zu beiden Seiten, die jetzt, in Nachbarschaft des Lagers, unpassender denn je wirkten. Die Boleyn-Zwillinge befanden sich dort und auch Flowerdews Söhne. Der Garten zwischen dem reichverzierten Eingangstor und dem Haus war von Männern aus dem Lager in Beschlag genommen, die sich Zelte aus dem Palast geholt hatten. Das großartige Gebäude diente auch als Waffenlager, und während ich es betrachtete, kam ein großes Fuhrwerk die Zufahrt herauf, vollbeladen mit verschiedenem Kriegsgerät – Spitzäxte, Hellebarden, Schwerter und Armbrüste.

»Warum so viele Waffen?«, fragte ich Barak leise. »Zumal sie doch davon ausgehen, dass der Protektor und die Kommissare ihren Forderungen nachkommen werden?« Ich blickte die Böschung entlang, wo nebst zwei Kanonen Gruppen bewaffneter Männer an strategischen Stellen postiert waren.

»Vielleicht befürchten sie, die Gentlemen, die ihrem Zugriff entkommen sind, könnten mit bewaffneten Truppen zurückkehren. Und außerdem ist es von Vorteil, Stahl im Rücken zu haben, wenn man verhandelt. Offenbar halten sie auch ein Feld frei, um sich darauf im Bogenschießen zu üben.«

Ich runzelte die Stirn. »Wer leitet eigentlich dieses Lager? Kett oder die ehemaligen Soldaten?« Ich schaute zu der Stelle hinüber, ein Stückweit entfernt, wo ein weiterer Mann im Brustharnisch – das Kennzeichen der Soldaten – das Ausheben einer Latrine überwachte, während die Sonne auf seinem Panzer glänzte. Es war notwendige Arbeit; bei all den Schlachtabfällen sowie der Pisse und Scheiße Tausender Menschen verbreiteten sich Krankheiten in Windeseile, wenn keine Vorkehrungen getroffen wurden, und was die Ruhr in einem Lager anzurichten vermochte, hatte ich schon erlebt.

»Kett, will ich meinen«, antwortete Barak. »Denkt an gestern, als eine Handvoll Betrunkener herumkrakeelte. Einige Soldaten sorgten dafür, dass sie es nicht allzu wild trieben, doch als Kett herüberkam und ihnen sagte, sie könnten allein mit Ordnung und Disziplin beweisen, dass sie imstande wären, sich selbst zu regieren, da schämten sie sich.«

Surrey Place befand sich unmittelbar am Rand des Abhangs. Etwas weiter die Böschung entlang stand St Michael's Chapel, Ketts Hauptquartier. Botenreiter aus allen Teilen des Landes waren häufig dorthin unterwegs gewesen in den vergangenen Tagen.

Barak berührte meinen Arm. »Seht dort«, sagte er.

Eine kleine Schar Männer kam von der Bishopsgate Bridge die Straße heraufgeritten. Als sie sich der Böschung näherten, erkannte ich die kleine, feiste Gestalt des Bürgermeisters. An Codds Seite ritt ein dürrer, weißhaariger Mann in der Schaube der Ratsherren, den ich zunächst für Gawen Reynolds hielt, der gekommen war, um für die Zwillinge zu bitten. Als er jedoch näher kam, sah ich, dass er kräftiger gebaut war. Seine Miene war ruhig und wachsam. Hinter den beiden ritten zwei Geistliche im Chorrock. Der eine war Robert Watson, der auf dem Marktplatz gepredigt und das Volk beschworen hatte, die soziale Ordnung nicht zu stören. Sie waren in Begleitung von einem halben Dutzend Männern in der Uniform der Stadtkonstabler. Alle wirkten ängstlich, als sie den Gipfel erreicht hatten, waren aber offenbar erwartet worden, da einige Männer vom nächstgelegenen Wachposten sich näherten, ein paar Worte mit Codd wechselten und sie alsdann zu Ketts Quartier führten. Die Leute aus dem Lager drehten sich nach den Stadtvätern um, deren Schauben weithin leuchteten. »Verfluchte Blutsauger!«, rief einer, worauf einer von Ketts Wachleuten mäßigend die Hand hob. Der kleine Trupp begab sich in das ehemalige Gotteshaus. Die Konstabler, die mit den Pferden und ein paar von Ketts Männern vor der Pforte blieben, duckten sich in den Schatten des Gebäudes und blickten unbehaglich um sich.

»Die Stadtväter statten Kett also einen Besuch ab«, stellte ich fest, »anstatt ihn zu sich zu zitieren.«

»Sie wissen genau, dass die Leute hier zu Tausenden nach unten ziehen könnten, um die Stadt zu stürmen, wenn sie wollten. Und dass viele in der Stadt uns ebenfalls unterstützen.«

Uns, dachte ich. »Wohlan denn, warten wir's ab.« Ich wandte mich wieder unserem Hüttenkreis zu, den eine hellgrüne Standarte markierte mit dem von Schwertern durchbohrten heiligen Sebastian darauf. Sie stammte aus der ihm geweihten Kirche in Swardeston. Barak hatte erfahren, dass er tags darauf Kett als Schreiber zur Verfügung stehen sollte: Männer, die der Schrift mächtig waren, standen hoch im Kurs.

Auf der Suche nach Schatten saßen einige Menschen in den niedrigen Eingängen ihrer Hütten. Die unversehrten Männer waren abwesend, die meisten in Thorpe Wood, um Bäume zu fällen und Bretter zu sägen. Nur die ältere Frau, die uns im Eaton Wood willkommen geheißen hatte, eine Witwe namens Susan Everneke, augenscheinlich die Dorfmatriarchin, sowie ein junges Weib, das guter Hoffnung war und seinem Mann hierher gefolgt war, und ein kleiner Knabe waren noch hier. Nicholas saß still in der Nähe und starrte zu Boden. Neben ihm polierte Hector Johnson ein rostiges Schwert. Wir ließen uns bei ihnen nieder.

»Der Bürgermeister ist gekommen, um Captain Kett zu sprechen«, sagte ich. »Wir haben ihn in die Kapelle gehen sehen.«

Der alte Soldat grinste. »Manch einer nennt sie Kett's Castle.«

Mistress Everneke blickte von ihrer Näharbeit auf. »Schäm dich, Bur! Wie kannst du nur so freche Reden führen über unsern Captain, wo er so viel für uns getan hat. Er will kein Schloss, nur Gerechtigkeit für uns alle!«

Johnson rutschte unbehaglich hin und her. »War doch nur ein Scherz, Mädel.«

»Nimm dir ein Dünnbier und hör auf, solchen Stuss zu reden.« Die Gevatterin hatte einen großen Krug an ihrer Seite und ließ ihn herumgehen. Alle tranken dankbar einen Schluck.

Ich ließ mich zu Boden sinken und lehnte den Rücken gegen den hölzernen Türstock unserer Hütte. »Sitzt Ihr bequem, Sir?«, fragte Goodwife Everneke.

Ich blickte sie forschend an; einige Leute im Lager blickten recht scheel auf meinen Buckel, aber ich sah nur Freundlichkeit in ihren Augen. »Ja, danke. Ich hatte schon befürchtet, das Schlafen auf Farn könne mir schaden, aber es scheint mir eher gutzutun.«

Wieder hörte man im Thorpe Wood krachend einen Baum fallen. Barak sagte: »Die Männer schuften nicht schlecht.«

»Tja, das tun sie«, sagte Goodwife Everneke stolz. »Bis zum Sonnenuntergang. Und immerzu kommen noch welche hinzu, um ihnen zu helfen.«

»Aus Norwich?«, fragte ich.

»Viele tüchtige Handwerker, aber Captain Kett hat es lieber, wenn die Armen der Stadt ihn von dort aus unterstützen.«

Die Schwangere blickte von ihrer Näharbeit auf. »Gestern hab ich ein paar Weiber gesehen, grell geschminkt wie Stadthuren.« Sie seufzte. »Na ja, so werden die Männer davon abgehalten, sich an uns hier zu vergreifen.«

»Dein Mann wird dich schon beschützen, Liebes«, sagte Goodwife Everneke. »Bei Sonnenuntergang ist er wieder da.«

»Was in nur zwei Tagen erreicht wurde, ist schon erstaunlich«, sagte ich. »Die Hütten, die Vorräte …«

Die Alte nickte. »Wir Leute vom Land wissen uns gut zu helfen. Bauen unsere eigenen Häuser, beackern die Felder, versorgen die Tiere. Wenn wir die Gelegenheit dazu kriegen«, fügte sie vielsagend hinzu.

Die Schwangere sah mich an. »Mit ein wenig Glück wird mein Kind gesund leben und aufwachsen. Trotz der Winkelzüge der Anwälte«, fügte sie spitz hinzu.

Ich lächelte betrübt. »Stimmt schon, dass ich Anwalt war, aber ich habe einfache Leute vertreten, am Court of Requests. Bis Richard Rich mir die Arbeit wegnahm.«

Johnson wandte sich an die Frauen. »Eure Leute haben wenigstens noch ein wenig Land übrig, Mädels. Das meine ist futsch. Ich hab zwei Jahre in Frankreich in König Heinrichs Armee gedient, während sich mein Weib und mein Sohn um unseren kleinen Hof kümmerten. Ich hab ihnen Briefe geschrieben, aber nie eine Antwort bekommen. So viele Briefe gingen verloren. Bei Gott, ich hab Dinge gesehen, die mir den Krieg verleidet haben. Als er vorbei war und ich heimkam, waren Sarah und John vom Hof gescheucht worden. Ich hab sie nie gefunden, obwohl ich es weiß Gott versucht habe. Seit drei Jahren helfe ich jetzt auf Höfen bei der Feldarbeit, wenn ich kann. Dann hörte ich die Leute in den Schänken davon munkeln, dass die Gemeinen die Dinge jetzt in die eigenen Hände nehmen, also hab ich mich ihnen angeschlossen.« Er ballte die Fäuste. »Und jetzt sind wir so weit. Vielleicht kann ich jetzt für mein Leid Rache nehmen.« Ich sah Tränen auf seinen faltigen Wangen. Goodwife Everneke streckte ihm die Hand hin. Nicholas stand abrupt auf und verschwand in der Hütte. Unter Schmerzen kroch ich ihm auf allen vieren hinterher, wobei ich Barak ein Zeichen gab, uns nicht zu folgen.

Nicholas hatte sich in eine Ecke gehockt und saß mit den Händen auf den Knien da. Es war dämmerig hier drin, Licht drang nur durch die Tür. Ich setzte mich neben ihn. Er seufzte und sah mich an. »Die Geschichten dieser Leute«, sagte er. »Ich wusste nicht, dass Menschen in England derlei erdulden mussten.«

»Und jetzt ist das Maß für sie voll.«

»Die Welt ist aus den Fugen geraten. Das hab ich in Surrey Place gesehen.« Es war das erste Mal, dass Nicholas seine Gefangenschaft erwähnte. Er blickte zum Eingang, wo Johnson, Barak und die zwei Frauen noch immer leise redeten. In der Ferne hörten wir den Propheten. »Das Reich Gottes ist nah, die Herren müssen weichen, alle Güter werden geteilt, und der Gerechtigkeit wird Genüge getan. Die Auserwählten Christi werden herrschen, denn nur sie haben den wahren Glauben!«

»Ich wünschte, der Mann gäbe endlich Ruhe«, sagte Nicholas müde. »Er geifert schon seit Stunden!« Er seufzte. »Als wir durch Norfolk ritten und Toby und ich uns in den Haaren lagen, waren es nur Worte, aber jetzt sind sie Wirklichkeit geworden. Trotzdem, es ist falsch. Die Gesellschaft ist wie ein Körper, und der Kopf muss regieren – das hat man uns doch immer beigebracht, es steht doch auch in der Bibel?«

»Die Bibel war doch nie das deine«, spottete ich sanft. »Was war denn in Surrey Place?«

Er blickte mich an. »Man hat uns aus den Karren geholt, alle in Ketten. Wir schwiegen, weil wir befürchteten, man werde uns töten. Sogar die Boleyn-Zwillinge waren still. Einige der Rebellen stießen zum Schein mit ihren Äxten und Forken nach uns. Dann öffneten sie die Pforten und führten uns hinein, zum Jubel der Männer, die draußen campierten. Es ist ein prächtiger Palast, mit Säulen und stuckierten Decken, die Wände mit zierreichem Schnitzwerk versehen, aber nur eine Hülle; die großartigen Möbel müssen fortgeschafft worden sein, als der Earl of Surrey fiel. Wir wurden in Gruppen aufgeteilt und in leeren Gemächern untergebracht, wo wir mit gefesselten Füßen auf dem Boden saßen. Gott sei Dank war ich nicht bei den Zwillingen, aber Boleyns Nachbar, dieser Witherington, war mit mir im selben Raum. Als die Rebellen uns allein ließen, fing er lauthals an zu zetern, dass der Protektor und der Thronrat all diese Schurken gewiss an den Galgen brächten. Ich fürchtete schon, er bekäme einen Herzanfall. Später wurden noch mehr Gentlemen hereingeführt, ein Aufseher gab uns etwas zu essen und sagte, so wie wir die Gemeinen hätten hungern lassen, hätten wir Glück, etwas zu bekommen. Einmal hörte ich aus einem anderen Raum Gebrüll; ich erkannte die Stimmen dieser Zwillinge, hörte Männer herbeirennen, dann herrschte Stille, wahrscheinlich haben sie Prügel bezogen.« Er schwieg einen Moment, blickte mich an und fragte: »Wer sind all diese Menschen? Es sind doch nicht nur Bauern?«

»Soweit ich es gesehen habe, sind Freibauern mit ein wenig Land darunter, Kötter und Tagelöhner und viele Dorfhandwerker – Metzger, Zimmerleute, Schneider, Dachdecker –, ein Querschnitt durch die Dorfbevölkerung. Einige haben ihre Ehefrauen mitgebracht, aber ich glaube, dass die meisten Frauen bei ihren Kindern geblieben sind, um die Höfe am Laufen zu halten. Und dann sind da natürlich die Soldaten.«

»Deserteure aus dem Schottenkrieg. Kein Wunder, dass die Rotschenkel siegen«, sagte Nicholas verbittert.

»Dieser Krieg ist ein verheerender Fehler. Der Protektor hätte ihn niemals beginnen dürfen.«

»Und dennoch ist es die Pflicht aller, dem Regenten Kriegsdienst zu leisten.«

»Auch wenn es kein gerechter Krieg ist? Ein jäher, grausamer Überfall mit dem Ziel, ein fremdes Land zu erobern? Bedeutet die

Autorität des Regenten, dass wir unser Gewissen und unsere Vernunft ablegen müssen?«

Nicholas schüttelte den Kopf. »Ein Aufstand in Kriegszeiten ist immer falsch.«

»Nicholas«, sagte ich ernst, »um deine Freilassung zu erwirken, musste ich mein Ehrenwort geben, dass du keinen Verdruss machen wirst.«

Er runzelte die Stirn. »Ich weiß, und das werd ich auch nicht.«

»Gut, dann halte den Mund und denk an deine Manieren. Sieh mal, warum begleitest du nicht Jack und mich bei einem Spaziergang durch das Lager?«

»Zwischen diesen Männern hindurch, die mich geschlagen haben? Nein danke.« Wieder blickte er zum Eingang. »Jack scheint hier ganz zufrieden zu sein.«

»Auf diese Weise entgeht er vermutlich den eigenen Scherereien. Allerdings hegt er tatsächlich Sympathien für Kett.«

»Und Ihr?«

»Ich weiß es nicht.«

»Was würde Lady Elizabeth dazu sagen, wenn sie wüsste, dass Ihr hier seid?«

»Man hat mich gewaltsam hergebracht«, entgegnete ich unbehaglich.

Draußen näherten sich Schritte, und ein Schatten fiel auf den Eingang zur Hütte. Toby Lockswood kniete in der Tür, sein schwarzer Bart länger und dichter denn je. Er maß Nicholas mit einem kalten Blick und wandte sich dann an mich. »Captain Kett verlangt nach Euch, Master Shardlake«, sagte er. »Sofort.«

KAPITEL VIERUNDVIERZIG

Auf dem Weg zur Kapelle fragte ich Toby: »Seit wann wusstet Ihr schon, dass dies geschehen würde? Als Ihr mit uns zusammengearbeitet habt?«

»Nein«, entgegnete er brüsk und kalt. »Ich hatte Gerüchte gehört, doch erst als meine Eltern gestorben waren und ich den Hof verlor, beschloss ich, mich denen anzuschließen, die sich gegen die Gentlemen erheben würden. Captain Kett ist froh um schreibkundige Männer.«

»Ihr habt uns im Boleyn-Fall sehr geholfen. Also nahm ich an, unsere Zusammenarbeit wäre gut gewesen.«

Er sah mich an, seine blauen Augen plötzlich wild. »Ich habe meine Pflicht getan, auch wenn es mir einerlei war, was mit Boleyn geschehen würde. Doch jetzt kämpfe ich für die rechte Ordnung im Land.«

Die Hauptpforte der Kapelle war geschlossen, bewacht von Männern in Brustharnischen und bestückt mit Hellebarden. Toby führte mich zu einem Seiteneingang. Als wir uns näherten, öffnete sich eine Tür, und zwei Männer kamen heraus. Ich traute meinen Augen nicht, denn vor mir stand Sir Richard Southwell, den ich zuletzt bei Lady Mary gesehen hatte. Er war in Begleitung seines Adlatus John Atkinson, der mit den Zwillingen befreundet war. Sie trugen schlichte Hemden und Beinkleider, vermutlich um im Lager nicht aufzufallen. Als er meiner ansichtig wurde, funkelte Zorn aus Southwells Augen, bevor sie wieder den üblichen hochmütigen Ausdruck annahmen. Er blickte aus schweren Liedern auf mich herab.

»Master Shardlake«, sagte er. »Ihr seid also unter die Rebellen gegangen.«

»Ich bin hierher verschleppt worden«, entgegnete ich. »Ihr dagegen scheint aus freien Stücken hier zu sein, Sir Richard.«

»Wie die Dinge stehen, sind gewisse Verhandlungen notwendig.« Er beugte sich über mich. »Ihr habt uns nicht hier gesehen, verstehen wir uns? So wie ich Euch nicht gesehen habe. Es ist besser für uns beide, sobald diese Angelegenheit beendet sein wird.« Er nickte Atkinson zu, der mich mit einem säuerlichen Blick bedachte, und die beiden schritten die steile Straße hinunter zum Fluss, wo Southwell dem diensthabenden Wachmann eine Art Passierschein zeigte.

Ich blickte Toby ungläubig an. »Dieser Mann hier? Einer der größten Schafzüchter in Norfolk? Ich hätte ihn eher in Surrey Place vermutet.«

Er warf mir einen stählernen Blick zu. »Wie er sagte, Ihr habt ihn nicht gesehen. Und jetzt erwartet Euch Captain Kett.«

Wir betraten einen kleinen Vorraum. Toby öffnete die Tür zum Mittelschiff, und ich trat ein. Die Wände ringsum waren noch immer farbenfroh geschmückt, und auch die alten Buntglasfenster waren intakt. Doch ansonsten war von der religiösen Ausstattung nichts mehr übrig. Über die Stufen, die einst zum Altar emporgeführt hatten, erreichte man jetzt ein Podest mit einem großen Tisch, auf dem sich Papier stapelte. Daneben hatte man mehrere Pritschen platziert. Zwei grobe Vorhänge waren quer durch den Raum gespannt. Zugezogen, boten sie ein gewisses Maß an Privatsphäre. Im Kirchenraum waren entlang den Wänden Tische aufgestellt, die Männer daran mit Schreibarbeiten beschäftigt. An der Eingangspforte stand Robert Kett, sein graues Haar und der Bart wie immer sorgsam getrimmt, und sprach mit Bürgermeister Codd, dem greisen Ratsherren und den zwei Geistlichen. »Verzeiht, dass ich Euch habe warten lassen«, sagte er in liebenswürdigem Ton. »Eine dringliche Angelegenheit.« Hatte er in dem kleinen Vorraum mit Southwell gesprochen?, fragte ich mich. »Nun, dann sind wir uns einig«, fuhr Kett fort. »Norwich wird morgen seine Tore öffnen und einen zusätzlichen Markttag einführen. Und keine Sorge, unsere Leute werden friedlich sein. Schließlich ist dieses Lager im Namen des Königs errichtet worden. Und Master Watson, Master Conyers, Ihr dürft gern hier predigen.«

»Auf diese Weise lassen sich vielleicht einige von diesen fanatischen Propheten im Zaume halten, die wir sahen«, sagte Codd.

Kett neigte den Kopf zur Seite. »Es gibt hier einige recht wilde Gemüter.«

Conyers, ein junger Pfarrer mit einem hageren, asketischen Gesicht und der tiefen Stimme eines Predigers, sagte: »Habt Ihr heute Gottesdienst gehalten im Lager?«

»Wir haben auch Seelsorger unter uns. Sie haben die Messe gelesen, mit dem neuen Gebetbuch in englischer Sprache.«

»Keinerlei Einwände?«

»Keine. Hier befolgen alle gern die neuen Glaubensregeln.«

Die beiden Geistlichen schienen zufrieden. Kett schüttelte ihnen die Hände, dann dem Bürgermeister und dem Alten, den er Master Aldrich nannte. Als die Tür hinter ihnen ins Schloss fiel, lächelte Kett nachdenklich. Dann wandte er sich mir zu, seine Miene plötzlich ernst, und ich wurde mir der Kraft in diesen durchdringenden braunen Augen bewusst. »Master Shardlake. Willkommen in unserem Hauptquartier. Es ist an der Zeit für ein ernsthaftes Gespräch, wie ich meine. Kommt.« Er stieg die Stufen zum Altar hinauf. Als ich ihm folgte, ließ ich den Blick über die arbeitenden Männer gleiten und fragte mich, welche Papiere sie transkribieren mochten. Kett zog die Vorhänge hinter uns zu und trat dann vor mich hin, seine Miene forschend, auch ein wenig einschüchternd. Um das Schweigen zu brechen, sagte ich: »Ihr habt alles trefflich organisiert, Sir.«

Er brummte. »Ich organisiere seit Jahren mein Geschäft, die religiösen Gilden und streite mit korrupten und gierigen Beamten um die Abteikirche und das zugehörige Land. Vor allem mit Flowerdew. Wer mit ihm Handel treiben kann, der kann es mit jedermann, wie ich meine.«

»Er ist ein — merkwürdiger Mensch.«

»Vermutlich ist er nach London geflüchtet. Seine Söhne lasse ich frei, sie sind nur verängstigte Knaben.«

»Das ist wohl wahr.«

»Wie geht es Master Overton? Seit ich seine Freilassung angeordnet habe, ist er im Gegensatz zu Euch und Jack Barak nirgendwo zu sehen.«

Er verfügt über ein gutes Informationsnetz, dachte ich. »Er hat seine Haft zweifellos als Demütigung empfunden. Aber er wird keinen Ärger machen, sein Wort bindet ihn.«

Er sah mich forschend an. »Die Söhne Eures Klienten, diese Boleyn-Zwillinge, sind lästige Krakeeler. Sie bleiben eingesperrt; sie würden sich nur den Landjunkern anschließen, die sich schon gegen uns zusammenrotten. Vielleicht bringen wir sie in die Burg – ja, der Bürgermeister hat sogar dazu seine Zustimmung gegeben.«

»Ich meine auch, dass die beiden extrem gefährlich sind.«

Unwillkürlich fiel mein Blick auf die Betten. Kett sagte: »Hier arbeite und schlafe ich. Alice, mein Weib, ist eine gute, treue Seele und will nicht ohne mich nach Wymondham zurückkehren.«

Bei seinen Worten kam mir Isabella Boleyn in den Sinn. Waren sie und ihr Steward Chawry noch immer in Norwich, oder waren sie in ein verwüstetes Brikewell zurückgekehrt? Als ich aufblickte, starrte Kett mich fragend an. »Verzeiht«, sagte ich. »Ich musste gerade an jemanden denken, den ich in Norwich kenne.«

»John Boleyn?«

»Und seine Frau.«

»Tja«, sagte Kett. »Ihr habt vielleicht bald Gelegenheit, die Stadt zu besuchen. Soeben habe ich mit dem Bürgermeister und Alderman Aldrich gesprochen, dem zweitreichsten Mann in Norwich, und werde in Kürze im Lager bekanntgeben, dass Norwich uns seine Tore öffnet. Die Stadt entsandte einen Boten nach London, als der Aufstand begann, und der Protektor hat lediglich verlangt, dass es den beiden Geistlichen von vorhin, Watson und Conyers, gestattet sei, zweimal am Tag im Lager zu predigen. Der Markt ist wieder geöffnet, und die Männer haben aus Gemeindemitteln ihren Lohn erhalten. Einen Teil dieses Geldes haben wir vom Landadel beschlagnahmt und – aus anderen Quellen.« Er ging nicht weiter darauf ein, und ich fragte mich, ob womöglich Southwell Kett eine erkleckliche Summe zugesteckt hatte, damit er Lady Mary und die eigenen großen Herden in Ruhe lasse.

Kett fuhr feierlich fort: »Auch in Ipswich und Bury sind neue Lager errichtet worden. Jenes in Ipswich umfasst eintausend Personen und sitzt schon über die Gentry zu Gericht. Auch diese Nachricht wird sich im Lager verbreiten. Und morgen begeben wir uns auf unseren ersten Feldzug und nehmen Yarmouth ein. Dann haben wir einen wichtigen Hafen in unserer Gewalt und Hering in Hülle und Fülle.« Er beugte sich vor, Erregung in der Stimme. »Unser Unterfangen wächst und gedeiht, Master Shardlake. Ich bilde mir nicht ein, dass die Stadtväter von Norwich ohne Eigennutz handeln; wenn wir wollten, könnten wir den Hügel hinunterstürmen, den Wensum überschreiten und den reichen Kaufleuten mit Hilfe der armen Leute in Norwich allen Besitz wegnehmen. Das wissen sie. Doch wir wollen die Gesetze achten. Werdet Ihr mir nun, da ich Euch dessen versichere, bei den Prozessen, die wir demnächst führen werden, zur Hand gehen?«

»Wo es um Recht und Gesetz geht, stehe ich Euch gern mit Rat und Tat zur Seite. Ihr habt mein Wort.«

»Gut. Und vergesst es nicht, wir handeln im Namen des Königs und des Protektors, um ihren Wunsch nach Reformen voranzubringen.«

Bei dem Gedanken, was die Leute im Lager bis jetzt schon alles bewerkstelligt hatten, fragte ich mich zum ersten Mal, ob Kett nicht zu Recht so fest an diese Lager glaubte. Vielleicht ließe sich mit ihrer Hilfe tatsächlich erwirken, dass die Kommissare für eine neue Gerechtigkeit auf dem Lande sorgten.

Kett fuhr begeistert fort: »Ganz in der Nähe entsteht unter einem großen alten Eichenbaum ein Ort der Versammlung und des Rechts. Wir werden dort unsere Ratsversammlungen abhalten, und die Leute aus dem Lager werden sich dort versammeln, um über die Gentlemen zu richten, die in unserer Gewalt sind – und über ein paar von uns, die selbstsüchtig Geld aus den Gutshäusern eingesteckt haben, anstatt es der Allgemeinheit zur Verfügung zu stellen.« Er runzelte die Stirn. »Es ist eine Schande, dass ausgerechnet hier einer den anderen übers Ohr haut.«

»Sind wir nicht allemal Menschen, Captain Kett?«, wagte ich einzuwerfen. Ich dachte, dass dieser Mann, bei all seinen außergewöhnlichen Fähigkeiten und dem tapferen Herzen, in mancherlei Hinsicht doch sehr naiv war.

»Wer die Privilegien des Lagers missbraucht«, entgegnete er, »der wird fortgejagt. Und Edelleute, die nachweislich nichts Böses getan haben, kommen frei, wogegen jene, die es nicht besser verdient haben, unter Angabe ihrer Vergehen in Surrey Place oder Norwich Castle in den Kerker kommen.«

»Es wird niemand an den Galgen gebracht oder verstümmelt?«

»Niemand. Ich sagte es schon, dieses Lager soll ein Ort des Friedens und der Ordnung sein. Und die Gerichtsverfahren werden in Übereinstimmung mit den Beweisregeln geführt, bei denen Ihr mir nötigenfalls Ratschläge erteilen könnt. Ich bedarf Eurer Hilfe umso mehr, als der junge Anwalt Thomas Godsalve fortgelaufen ist.«

»Ich muss an die elenden Kötter und Kleinbauern denken, die ich jahrelang am Court of Requests vertreten hatte, ehe Richard Rich mir mein Amt fortnahm«, sagte ich leise. »Selbst wenn ich einen Fall gewonnen hatte – und es waren nicht wenige –, wusste ich, dass es nur ein Tropfen auf den heißen Stein war.«

Er nickte und seufzte dann. »Ich bin seit Sonnenaufgang auf den Beinen, um die neugewählten Statthalter im Lager zu befragen. Wir wollen uns niedersetzen.« Ich blickte in sein kluges, entschlossenes Gesicht, auf seine große, stämmige Gestalt und erinnerte mich, dass er zehn Jahre älter war als ich.

Wir nahmen einander gegenüber am Tisch Platz. »Was hofft Ihr eigentlich zu erreichen, Captain Kett?«

»Eine Rückkehr zu gerechteren Zeiten und darüber hinaus ein gewisses Mitspracherecht für das gemeine Volk bei der Ernennung lokaler Beamter und in künftigen Einhegungskommissionen, und zwar dauerhaft.«

»Damit die Autorität vor Ort nicht länger auf Adelige und Beamte der Krone beschränkt ist?«

Kett sprach mit jähem Nachdruck. »Haben wir nicht längst bewiesen, dass wir der Führung durch die hohen Herren nicht bedürfen? Ihr mögt bezweifeln, dass die großen Männer des Landes dies akzeptieren werden, Master Shardlake, aber ich glaube, dass der Protektor auf unserer Seite steht. Und die Lager im ganzen Land werden auch den Thronrat überzeugen. Dies ist kein Bauernaufstand, auch keine Rebellion, wie Jack Cade sie unternahm – verzweifelte bewaffnete Revolten wider die Herrschenden. Dies hier ist etwas anderes.«

Wie naiv er doch ist, dachte ich erneut, er begreift einfach nicht, dass dem Protektor in Wahrheit nur an einer Sache gelegen ist, nämlich am Krieg gegen die Schotten. Ich holte tief Luft und sagte: »Captain Kett, darf ich offen zu Euch sein?«

Er breitete die schwieligen Hände aus. »In diesem Lager steht es jedermann frei, sich zu äußern. Selbst jene, die nicht billigen, was wir tun, dürfen an unserem neuen Versammlungsplatz ihre Stimme erheben. Der Baum soll fortan unsere Reformeiche heißen, ist das nicht ein herrlicher Name?«

Reformeiche, dachte ich. Ein doppeldeutiger Begriff dieser Tage: Reform der Kirche oder Reform des Staatswohles oder beides. Der Name war klug gewählt. Ich formulierte meine Antwort mit Bedacht. »Der Großteil des Thronrates sowie alle Männer von Stand glauben fest daran, es sei gottgewollt, dass in der Gesellschaft der Kopf über den Fuß herrsche und dass jene, die nicht von Geblüt sind, auch nicht herrschen sollten. Im Herzen bin ich auf Eurer Seite, aber Ihr unterschätzt, wie ich meine, die Macht und Feindseligkeit derer, die das Sagen haben.«

Anstatt mir zu zürnen, wie ich befürchtet hatte, entgegnete Kett ruhig: »Diese Regeln sind nicht Gottes Wille, sondern Menschenwerk. Sie haben zu entsetzlichem Unrecht geführt und müssen behoben werden. Wir wollen die Gesellschaft nicht etwa auf den Kopf stellen, sondern sie reformieren – und dazu muss dem gemeinen

Volk ein Mitspracherecht zugebilligt werden, es ist der einzige Weg.«
Seine Stimme wurde härter. »Und die hohen Herren sollen wissen,
wenn sie zurückkehren, dass ihre Macht, die sie missbraucht haben,
nicht grenzenlos ist. Die Tage sind gezählt, da ein Mann die Kappe
ziehen und Kratzfüße machen musste, ehe er es wagen durfte, seinen
Herrn anzusprechen.«

Ich wagte ein Lächeln. »Obwohl man in Norfolk, soweit ich mich
erinnere, ohnedies weit weniger zur Unterwürfigkeit neigte als anderswo.«

»Das mag sein«, sagte Kett, »doch was hilft uns das schon, da ja
die wahre Macht bei den Grundherren liegt. Seht her …« Er deutete auf eine kleine Uhr auf dem Tisch. »Sie stammt aus einem der
Gutshäuser auf dem Weg hierher. Etwas so Einfaches, so Notwen-
diges in einem Lager wie diesem, damit wir die Uhrzeit bestimmen
können – und doch für die allermeisten hier unerschwinglich. Eine
neue Zeit ist angebrochen, Master Shardlake, von Gott erlassen, eine
wahre Reform der religiösen wie der irdischen Welt. Deshalb sage
ich, dass der Name unseres Versammlungsortes herrlich ist.«

»Wer von uns vermag zu wissen, dass solch eine Zeit wahrhaft
angebrochen ist?«, entgegnete ich.

Kett sah mich forschend an und sagte dann still: »Ich war einst
ein treuer Anhänger der katholischen Kirche. Der alte Abt von Wymondham war mein Freund. Er war ein gütiger Mann, ich habe
meinen Sohn nach ihm benannt, aber ich sehe nun, dass er in Glaubensdingen falschlag. Nachdem die Abtei aufgelöst worden war, kam
ein neuer Pfarrer nach Wymondham, ein wahrer Protestant, Henry
King. Nach und nach erkannte ich, dass er recht hatte. Ich fing an,
die Bibel zu studieren, und sehe jetzt, dass das wahre Christentum
im Glauben liegt und im Kampf für ein wahres christliches Gemeinwohl.« Er schüttelte den Kopf. »Ich habe viel zu viel Zeit im Leben
damit vergeudet, Reichtümer anzuhäufen.«

Ich lächelte traurig und begann, eine Textstelle zu zitieren: »›Ich
scherte mich wenig um Gottes Wort, erging mich lieber in den
Eitelkeiten und Abgründigkeiten der Welt. Ich verließ Ihn, in dem

allein die Wahrheit liegt, und folgte dem eitlen, törichten Blendwerk meines Herzens.‹«

Kett sah mich neugierig an. »Genauso ist es. Wer hat das gesagt?«

»Die verstorbene Königin, Catherine Parr, in ihrer *Klage einer Sünderin.*«

»Ah, sie war eine Verfechterin des wahren Glaubens.« Er beugte sich eifrig zu mir vor. »Seid auch Ihr ein Bibeltreuer wie sie?«

»Früher einmal, doch nun ziehe ich alles in Zweifel.«

»Glaubt Ihr, die Königin hätte unser Tun befürwortet?«

Ich schüttelte traurig den Kopf. »Nein. Ich glaube, sie hätte Euch als Rebellen und Aufrührer betrachtet, wie ihr Schwager Sir William Herbert, als er jene niederschlug, die sich im Mai gegen ihn auflehnten.«

»Auf grausamste Weise, wie man mir sagte.«

»Ja.«

Er fuhr sich durch den grauen Bart und sagte still: »Habt Dank für Eure aufrichtigen Worte, Serjeant Shardlake. Aber ich meine, Ihr nährt zu viele Zweifel in Eurer Seele.«

Ich dachte, sagte es aber nicht: Und Ihr vielleicht zu wenige. Einen Augenblick herrschte Stille, dann straffte Kett die Schultern und sagte, plötzlich wieder nüchtern: »Aus allen Lagern werden Petitionen an den Protektor entsandt, die die Beschwerden des Volkes zusammenfassen. Unsere Statthalter entwerfen gerade eine solche Petition. Wir müssen sie nach London entsenden, wie es die anderen Lager tun. Vielleicht darf ich Euch bitten, das Schriftstück zu prüfen, wenn es fertig ist, um sicherzustellen, dass es nicht zu unbeholfen klingt.«

»Wenn Ihr es wünscht.«

»Und bis dahin bereiten wir Ermächtigungen vor, die uns das Recht geben, uns bei den hohen Herren mit Nahrung und anderen Versorgungsgütern einzudecken. Diese Männer hier erstellen die Dokumente.« Er griff sich einen Bogen Papier. »Was haltet Ihr davon?«

Ich nahm das Blatt und las:

Wir, die Freunde und Stellvertreter des Königs, ermächtigen jeden, alle
Arten von Vieh und Proviant in das Lager auf dem Mousehold zu
schaffen, wo auch immer er solcherlei findet, damit keinem ehrbaren oder
armen Manne ein Leid oder Unrecht geschehe: Hiermit befehlen wir allen
Personen, so sie Seiner durchlauchtigsten Majestät, unserem Könige, treu
ergeben und dem Gemeinwohle dienen, uns, den Statthaltern, und auch
jenen zu gehorchen, deren Namen im Folgenden aufgelistet sind.
Gezeichnet: Robert Kett.

Es folgten zwei weitere Namen, die ich nicht kannte, auch sie wie das übrige Dokument in der sauberen Handschrift eines Sekretärs zu Papier gebracht; die Unterschriften fehlten noch.

»Wessen Namen sind das?«, fragte ich.

»Die Statthalter der speziellen Hundertschaften, in denen die Vollmachten zum Einsatz kommen. Jeder, der von seinem Besitz etwas abgeben muss, erhält eine Quittung.«

»Trotzdem …«

»Ja?«

Ich holte tief Luft. »Verzeiht mir, aber Ihr seid weder vom König noch vom Protektor autorisiert. Das ist gegen das Gesetz, Captain Kett.«

Wieder wurde sein Blick hart. »Was wir tun, geschieht im Interesse des Königs, des Protektors und der Kommissare. Zeigt dies nicht, dass wir uns an die Gesetze halten, im Namen des Königs?«

»Das ist ein Argument«, sagte ich vorsichtig, obwohl es dem Gesetze nach wenig mehr war als lizenzierter Diebstahl – wenn auch in den Häusern derer, die mehr hatten, als sie brauchten, und zur Versorgung des Lagers. Ohne es zu wollen, musste ich lachen. »Captain Kett, Ihr macht mich ganz wirr.«

Unerwarteterweise lachte er ebenfalls. »Ich bin selbst ganz konfus bei all den Mühen, die ich auf mich genommen habe, all den Dingen, die zu tun sind. Wir bauen eine Schmiede, um Pferde beschlagen und Waffen herstellen zu können, und Öfen zum Brotbacken.«

»Wie lange werdet ihr hier sein, was meint Ihr?«

»Solange es dauert.« Er überlegte kurz und lächelte. »Seht Ihr, wir sitzen am längeren Hebel. Ich weiß nur zu gut, wie Thronrat und Parlament über uns denken, obschon ich glaube, dass der Protektor unser Freund ist. Doch abgesehen davon sind wir sehr viele, sehr gut organisiert und haben noch dazu« – er hob eine Augenbraue – »die Gentlemen als Geiseln.«

»Und wenn sie die Soldaten gegen Euch aussenden wie gegen die Rebellen im Südwesten?«

Kett lächelte. »Dort wollte man die Rückkehr zur alten Messe. Wir dagegen halten uns treu an die neuen Glaubensregeln. Und wenn der Protektor eine Armee in den Westen geschickt hat und alle übrigen Soldaten in Schottland sind, woher will er dann die Soldaten nehmen?«

Ich sagte: »Ihr habt alles wohl durchdacht, Sir.«

Er ballte eine Faust. »Jetzt ist es Zeit, es ist unsere Chance.«

Ich antwortete nicht. Kett lächelte wieder. »Ich habe die Unterredung mit Euch genossen, Master Shardlake. Ihr sprecht direkt, anders als die meisten Anwälte. Ich werde morgen hinunter nach Norwich gehen, um Codd und Aldrich aufzusuchen. Kommt mit mir, wenn Ihr es wünscht, besucht Eure Freunde, und am Dienstag helft mir, an der Reformeiche Recht zu sprechen. Gebt mir Ratschläge, schreibt auf, was ich gesagt habe.« Nach kurzem Zögern fügte er hinzu: »Euer Mann, Barak, er soll mit seiner Linken ganz annehmbar schreiben?«

»Ja. Er gibt sich die größte Mühe.«

»Gut. Dann soll er unter der Eiche Euer Gehilfe sein.« Er blickte mich scharf an. »Er ist ganz auf unserer Seite.«

Ich nickte. »Ich glaube, schon.« Plötzlich dachte ich an Tamasin im fernen London. Und ich dachte auch, dass Kett ein gerissener Politiker sei; jetzt hatte er mich noch tiefer in die Arbeit des Lagers hineingezogen.

KAPITEL FÜNFUNDVIERZIG

Am folgenden Morgen waren die Menschen wie üblich bei Sonnenaufgang auf den Beinen. Auch dieser Tag versprach heiß zu werden. Ich hatte gut geschlafen letzte Nacht, obwohl die Luft in der kleinen Hütte stickig war und übelriechend und der Platz für uns drei kaum reichte. Wir stanken alle drei zum Himmel, gewöhnten uns aber allmählich an den muffigen Schweißgeruch, den wir mit allen im Lager teilten. Mittlerweile waren uns struppige Bärte gewachsen – der meine weiß, Baraks braun und Nicholas' kupferfarben.

Zum Frühstück reichte Goodwife Everneke Brot und Käse herum. Während ich mit den Fingern aß, dachte ich, dass mich allein die Vorstellung, unter diesen Bedingungen zu leben, noch vor zwei Wochen hellauf entsetzt hätte. Das Merkwürdige war, dass ich mich trotz der Hitze, mit der Bettstatt aus Farnkraut und der regelmäßigen Bewegung so wohl befand wie lange nicht mehr: Mein Leib glich wieder mehr einem funktionierenden Organismus als einer uneinigen Ansammlung schmerzender Glieder, obschon ich nach der jüngsten Verletzung noch immer auf der Hut sein musste.

Es gab viel Gelächter unter den Dorfleuten über den Besuch des Ratsherrn Aldrich im Lager. Er lebte offenbar in Swardeston, drei Meilen von hier, und war von einem Trupp Rebellen nach Norwich gebracht worden. »Jetzt ist er unser, Freunde«, sagte ein Dörfler voller Genugtuung.

Die meisten Männer hatten für den Tag Arbeit zugewiesen bekommen, doch einige, dazu eine Anzahl Frauen, gingen hinunter auf den Markt in Norwich. Am Abend zuvor waren die Anführer der Hundertschaften in Begleitung von Soldaten im Lager herumgegangen, um Münzen zu verteilen – ein Schilling für jeden, als

Lohn für die Arbeit. Neue, minderwertige Schillinge, aber immerhin Geld.

Der junge Natty, ein ärmelloses Wams über der löchrigen Strumpfhose, blickte auf die Münze in seiner großen braunen Hand. »Die erste seit Wochen«, sagte er.

»Gehst du heute wieder Bäume fällen?«, fragte ich ihn.

»Viel besser als das, einer von den Zimmermännern bringt mir bei, wie man Bretter zurechtsägt. Vielleicht gehe ich bei ihm in die Lehre, wenn das hier erledigt ist.«

»Kehrst du zu den Sandlings zurück?«

»Vielleicht bleib ich auch in Norwich. Ich hab das Meer noch nie gemocht.« Er sah mich an, und plötzlich kam mir Walter in den Sinn, der mit eingeschlagenem Schädel an den Strand gespült worden war. Offenbar musste auch Natty daran denken, weil er sich zu mir vorbeugte und sagte: »Ein alter Kumpel von mir ist zum Lager gekommen, mit ein paar Leuten von den Sandlings. Er stammt aus demselben Dorf wie der arme Wal Padbury; ich frag ihn mal, ob ihm was dazu einfällt.«

»Da wär ich dir sehr dankbar.«

Der alte Goodman Johnson rappelte sich auf. »Ich muss zu einem Treffen von ehemaligen Soldaten. Danke für das Essen, Goody Everneke. Ich werd Conyers' Predigt verpassen, also bete du für meine Seele.«

»Is noch früh für ein Treffen, Bur.«

»Gibt viel zu besprechen.«

Ich sah ihn an. »Dann dürfen meine Gefährten und ich Norwich unbegleitet besuchen?«

»Tja, so lauten meine Befehle.« Er blickte Nicholas zweifelnd an, der den Blick des Alten mit einem wütenden Funkeln in den Augen erwiderte.

Nach dem Frühstück versammelten sich Hunderte Menschen, um Thomas Conyers' Predigt zu hören. Ganz im Sinne evangelischer Gesinnung rief er die Gemeinde dazu auf, sie möge stets daran denken, dass Gott ein Auge auf sie habe, und sich maßvoll und friedlich verhalten, erwähnte aber auch die Notwendigkeit, der Gier im Land Einhalt zu gebieten, und erging sich dann ausführlich in der Schilderung der Ausrottung der Sündhaftigkeit. Die Predigt war wohlüberlegt, und ich fragte mich, wie viele im Lager radikale Protestanten sein mochten. Einige gewiss, aber viele drehten ihre Fahnen nach dem Wind, wie ich meinte, in der Hoffnung auf Unterstützung durch den Protektor. Traditionalisten – und auch sie gab es – hielten sich bedeckt.

Anschließend machten sich die Leute, zumeist mit Körben auf dem Rücken, auf den Weg nach Norwich. Wir hielten auf den Abhang zu, vorbei an einer Gruppe Männer, die eine weitere Grube aushoben, um die Reste der geschlachteten Schafe zu begraben. Der Gestank war entsetzlich.

Wir beobachteten, wie die Leute den Hügel hinunterschritten, die freigegebene Bishopsgate Bridge überquerten und die Stadt betraten. Der Großteil derer, die sich aufmachten, war guter Stimmung. Die Händler, die ins Lager gekommen waren, ließen indes verzagt die Köpfe hängen, da sie mit dem Markt in der Stadt nicht mithalten konnten. »Wohlan«, sagte ich zu Barak und Nicholas, »lasst uns gehen.«

»Hätte ich doch nur mein Schwert zurück«, murrte Nicholas. »In diesem zerlumpten Hemd in die Stadt gehen zu müssen wie ein Bauer – eine Demütigung!«

»Sei froh, dass sie dich freigelassen haben«, gab Barak unwirsch zurück und schnallte sich die Eisenhand an. Er wandte sich an mich. »Es wird gewiss ein langer Tag, wenn wir jeden aufsuchen, den Ihr sehen wollt. Seid Ihr dem gewachsen?«

»Ich will tun, soviel ich nur kann. Im Maid's Head fragen, ob Post für mich gekommen ist, meine Briefe absenden, Isabella, sofern sie sich noch in der Herberge befindet, das Geld geben, das

Flowerdew ihr weggenommen hat, dann zur Burg hinaufgehen und Boleyn einen Besuch abstatten. Außerdem würde ich gern Josephine und Edward aufsuchen. Und vielleicht noch Scamblers Tante – wir halten in der Stadt Ausschau nach dem Jungen. Hast du deinen Brief an Tamasin bei dir?«

»Ja. Es steht nur darin, dass ich durch die Unruhen aufgehalten bin, aber ansonsten in Sicherheit.«

»Ich habe einen ähnlichen Brief an Guy geschrieben.« Ich holte tief Luft. »Und auch einen an Parry, mit demselben Inhalt. Außerdem habe ich ihn wissen lassen, dass ich im Fall Boleyn weiterermitteln werde, sobald es mir möglich ist.«

Barak blickte auf die vielen Menschen, das Meer von Hütten. »Es erscheint mir jetzt recht nebensächlich.«

»Ich habe immer noch Pflichten«, entgegnete ich stur.

Wir machten uns just auf den Weg, als eine Gruppe Reiter in feiner, aber maßvoller Kleidung erschien – Robert Kett, sein Bruder William und noch einige mehr. Auch Toby Lockswood war darunter, der uns aus schmalen Augen ansah. Kett winkte mich zu sich.

»Einen gesegneten Morgen, Master Shardlake.«

»Auch Euch, Captain Kett.« Er war wieder in munterer Stimmung, seine Kraft zurückgekehrt. William Kett dagegen betrachtete uns scharfen Blickes. Und ich fragte mich, ob er seinen Bruder für allzu vertrauensselig hielt, was mich betraf.

»Die Arbeiten an der Reformeiche sind fast abgeschlossen«, sagte William brüsk. »Haltet Euch für morgen bereit.«

»Gewiss.«

»Was habt Ihr heute in Norwich vor?«

»Freunde besuchen und auch Master Boleyn auf der Burg.«

»Ich spreche noch einmal mit Codd. Bei Castle Rising, unweit King's Lynn, das bald uns gehört, ist ein weiteres Lager errichtet worden. Außerdem haben wir Männer ausgeschickt, um Yarmouth zu belagern. Dann gibt es Muscheln und Hering für jedermann!« Er blickte lächelnd in die Runde, nickte uns zu und lenkte sein Pferd unter dem Jubel der Menschen den steilen Hügel hinab. Toby jedoch scherte aus und hielt auf uns zu. »Ihr wollt Boleyn besuchen?«

»Er ist noch immer mein Mandant.«

»Letzte Nacht haben sich seine Zwillinge mit anderen Gefangenen zusammengetan und versucht, aus Surrey Place auszubrechen. Jetzt liegen sie in Ketten. Sie mögen die Söhne eines Grundherren sein, aber in Wahrheit sind sie Wilde, Streuner!«

»Ihr kennt meine Ansicht über die beiden, Toby«, erwiderte ich.

Nicholas blickte ihn wütend an. Einen Augenblick fürchtete ich, er werde zum Schlag ausholen, aber er sagte nur bitter: »Du hast mit uns das Brot gebrochen, Toby, sogar gegen die Zwillinge an unserer Seite gekämpft. Und jetzt siehst du uns an, als wären wir Feinde. Hast du uns von Beginn an geringgeschätzt?«

Barak blickte Toby neugierig an. »Und?«

Toby errötete, blickte von einem zum anderen. »Ich sagte Master Shardlake, dass ich es mir zur Ehre gereichen ließe, meine Arbeit möglichst gut zu tun. Aber du, Nicholas, würdest dich unseren Feinden anschließen, wenn du könntest. Was John Boleyn betrifft, so ist er ein Grundherr, Urteil hin oder her. Eine Schande, dass diese Angelegenheit auch zwei Handwerker das Leben kostete, aber das ist für euch zweifellos nur eine Lappalie.«

»Hat John Boleyn keine Gerechtigkeit verdient?«, fragte ich.

»Wie wir alle. Aber die wenigsten haben die Lady Elizabeth im Rücken, die ihnen eine Begnadigung erkauft.« Er beugte sich vom Pferd zu uns herunter. »Wir haben auch Leute aus Brikewell hier, die Euch für die Einhegungskommissare hielten, als sie Witheringtons Tauben verscheuchten. Einer von denen hat Euch gesehen und mich gefragt, was Ihr hier ohne Eure feinen Kleider zu suchen hättet. Ich sagte ihm, dass Captain Kett offenbar einen Narren an Euch gefressen habe. Aber unterschätzt ihn nicht, Master Shardlake.«

Wir schritten den Hügel hinab. Als wir unter dem Torhaus von Bishopsgate Bridge hindurchgingen, bemerkte ich wieder eine Proklamation von Protektor Somerset. Ich hoffte, darin zu ersehen, wann die Kommissare eintreffen würden, las aber nur, dass derjenige eine Belohnung erhielte, der Aufwiegler und Deserteure zu nennen wüsste. Ich runzelte die Stirn. Dies hörte sich nicht nach Verständnis für die Lager an.

Als wir die Holme Street entlangschritten, zwischen den hohen Mauern des Kirchplatzes und des großen Spitals, wo immer noch Bettler saßen und ihre Becher schüttelten, entdeckte ich ein bekanntes Gesicht; ein kräftig gebauter Mann mit einem braunen Bart, der mit einigen jüngeren Männern lachte und scherzte.

»Dort ist Vowell«, sagte Barak zu mir.

»Ja«, sagte ich. »Auf ein Wort mit ihm.«

Wir drängten uns durch die Menge. »Master Vowell«, sagte ich, »Gott zum Gruße.« Ich dachte, er werde mich in meinem veränderten Aussehen nicht erkennen, aber er antwortete sogleich: »Anwalt Shardlake, auf freiem Fuß, wie ich sehe.«

»Wir sind im Lager«, sagte ich.

»Gefangene auf Freigang«, fügte Nicholas hinzu. »Ich zumindest.«

»Seid Ihr ebenfalls im Lager?«, fragte ich ihn.

»Oh ja.« Vowell reckte stolz das Kinn. »Was die Obrigkeit tut, nicht zuletzt mein früherer Brotherr, widert mich schon lange an.«

Ich erinnerte mich an die Nacht, als wir ihn im Blue Boar gesehen hatten, und dachte: Also hast du geholfen, diesen Aufruhr auszuhecken. Einer der Männer neben ihm, ein dünner Jüngling mit wilden, zornigen Augen, meldete sich zu Wort: »Der alte Reynolds und seinesgleichen. Die reichen Kaufleute aus Norwich schaden dem gemeinen Volk nicht weniger als die raffgierigen Grundherren auf dem Lande.«

Vowell sagte: »Habt Ihr je das Haus der Sothertons gesehen?«

»Nein.«

»Es gehört einer der großen Familien in Norwich. Es steht in der St Andrew's Street. Die Mauern sind aus Feuerstein gebaut, zurechtgezwickt und gemeißelt, dass sie glatt sind wie Ziegel. Es macht viel her. Denkt nur an die Mühe, die so viele Maurer und Handwerker aufwenden mussten – für einen Hungerlohn.« Ich dachte kurz an Edward Brown und seine zerschundenen Hände. Vowell kam näher und senkte die Stimme: »Habt Ihr vor, Euren Mandanten zu besuchen, John Boleyn?«

»Ja. Und seine Frau, wenn sie noch in Norwich weilt.«

Er zuckte die Schultern. »Nun, dann vergesst nicht, was für ein Vipernnest diese Familie ist. Der alte Reynolds und diese Zwillinge.«

»Komm schon, Mikey«, sagte einer seiner Freunde. »Wir kommen zu spät zum Markt.« Vowell warf mir noch einen ernsten Blick zu, nickte kurz und wandte sich ab.

Wir erreichten Tombland. Die Häuser der Reichen hatten ihre Tore geschlossen, genau wie die Kathedrale. Kein Gesinde eilte über das Geviert. Stattdessen waren viele arme Leute zu sehen, von denen etliche mit neuer Zuversicht einherzugehen schienen. Ich hörte einen Mann in Richtung der verschlossenen Fenster eines der herrschaftlichen Häuser rufen: »Wir kommen euch holen, Kaufleute aus Norwich!«

Barak nestelte an seinem Bart herum. »Jetzt seht Ihr, warum die Stadtväter sich mit Kett geeinigt haben. Sie fürchten, dass es ihnen andernfalls an den Kragen geht.« Er sah mich an. »Woher, glaubt Ihr, kam das Geld, das im Lager verteilt wurde?«

»Ein Großteil kam aus den Dörfern, wie ich meine. Doch ein Teil auch von den Gutshöfen.«

»Gestohlen«, sagte Nicholas.

Ich dachte an Southwell, der aus St Michael's Chapel gekommen war, sagte aber nichts.

Als Erstes begaben wir uns zum Maid's Head. Auch hier waren Türen und Fensterläden geschlossen. Wir klopften, woraufhin ein Diener die Tür einen Spalt öffnete und uns argwöhnisch beäugte. Ich verlangte nach Master Theobald. Er kam, und seine Augen weiteten sich bei unserem desolaten Anblick. Ich sagte ihm, man habe uns ins Lager entführt, uns aber gestattet, die Stadt aufzusuchen.

Er bat uns in die leere Herberge. Die Hände ringend, sagte er: »Wie man Euch zugesetzt hat, Serjeant Shardlake, das tut mir ja so leid. Ihr solltet aus der Stadt fliehen, solange Ihr es noch könnt, durch eines der westlichen Tore. Die Konstabler werden Euch nicht aufhalten.« Er senkte die Stimme. »Viele von den reicheren Bürgern verlassen die Stadt.«

»Ich habe mein Ehrenwort gegeben, nicht zu fliehen.« Von meiner Übereinkunft mit Kett sagte ich nichts; je weniger Personen davon wussten, desto besser.

Master Theobald krampfte die Finger ineinander. »Ein Ehrenwort an derlei Schurken bedeutet nichts. Diese Kreaturen, die über die Heide streunen und nackt im Flusse baden ohne Scham, das ganze Land ist voll von diesen Meutereien und Unruhen, sie müssen niedergeschlagen werden.« Er neigte sich vor. »Master Leonard Sotherton ist im ersten Morgenlicht nach London aufgebrochen, um dem Protektor die Größe dieses Lagers zu schildern und ihn um Hilfe zu ersuchen.«

»Vermutlich wird sich alles beruhigen, wenn die Kommissare kommen«, erwiderte ich unverbindlich.

Er sah mich mit ernster Miene an. »Die Sache ist aus dem Ruder gelaufen. Ich bezweifle, dass sie überhaupt noch kommen.« Er seufzte. »Aber Master Shardlake, ich habe Eure Amtsroben verwahrt, wollt Ihr sie an Euch nehmen?«

»Behaltet sie noch eine Weile, seid so gut. Und könntet Ihr einige Briefe für mich abschicken?«

»Wie ich höre, haben die Rebellen einen Großteil der Stadt unter ihre Kontrolle gebracht und fangen Postreiter ab, um die Korrespondenz zu prüfen.«

»Wir sind vorsichtig gewesen.«

»Dann sorge ich dafür, dass die Schreiben abgeschickt werden. Ich habe übrigens einen Brief für Euch, er kam vor zwei Tagen, aber ich wusste nicht, wo Ihr wart.« Er reichte ihn mir herüber. Er war von Parry. Ich setzte mich und las ihn unverzüglich.

Master Shardlake,
ich habe seit meinem letzten Schreiben nichts mehr von Euch gehört. Das
Land versinkt im Chaos, trägt man mir zu, mit diesen verfluchten Rebel-
lionen, aber East Anglia ist friedlich, soweit ich weiß, und Lady Elizabeth
und ich sorgen uns wegen der Angelegenheit, die wir Euch aufgetragen
haben, und bitten Euch, möglichst bald zurückzukehren. Lady Elizabeth
hat, wie Ihr wisst, darauf bestanden, in der Gegend Erkundigungen anzu-
stellen, und offenbar logierte eine Frau, auf welche die Beschreibung unserer
Besucherin passt, eine Weile bei einer armen Familie unweit Hatfield, ehe
sie uns aufsuchte, obschon sie einen anderen Namen benutzte. Es werden
Versuche unternommen, ihre Schritte von dort aus weiterzuverfolgen.

Der Brief war offenbar geschrieben worden, bevor man in Hatfield von den ostanglischen Aufständen erfahren hatte. »Parry will, dass wir zurückkommen«, sagte ich, »ansonsten nichts Neues.«

»Wir könnten fliehen«, sagte Nicholas. »Dies ist unsere Chance.«

Ich schüttelte den Kopf. »Ich gebe mein Ehrenwort nicht leicht-hin.« Es stimmte, und wenn ich die Gelegenheit hatte, dabei zu helfen, bei den bevorstehenden Prozessen Recht und Ordnung zu wahren, war es meine Pflicht, sie zu ergreifen.

»Wohl gesprochen.« Barak lächelte. Nicholas biss sich auf die Lippe, sagte aber nichts weiter.

Ich legte den Brief beiseite. »Master Theobald, wisst Ihr, wohin Mistress Boleyn und ihr Steward gegangen sind, als sie aufbrachen?«

»Sie wollten in einer der Herbergen am Marktplatz nach einer Unterkunft fragen.«

»Habt vielen Dank. Dann wollen wir sehen, ob wir sie dort fin-den.« Wir nahmen Abschied von Master Theobald, der uns dabei mitleidig ansah. Seine wohlgeordnete Welt war untergegangen.

⚜

Wir schritten durch Norwich, hielten dabei nach Simon Scambler Ausschau, sahen aber keine Spur von ihm. An der oberen Seite des Marktplatzes, auf den Stufen zur Guildhall, stand Bürgermeister Codd mit Ratsherr Aldrich, hinter ihnen bewaffnete Konstabler. Codd blickte ängstlich drein, Aldrich streng und wachsam. Dann trat zu meinem Erstaunen ein weiterer älterer Mann aus der Guildhall, schwer auf einen Stock gestützt, ein Schwert um die Mitte, das hagere Gesicht voll zorniger Verachtung. Gawen Reynolds. Er wechselte ein paar hingemurmelte Worte mit den anderen, doch obwohl Codd ihm beschwichtigend die Hand auf den Arm legte, fegte Reynolds sie beiseite und stieg mit wildem Blick hinunter bis zum Rand der Menschenmassen, die dem Markte zuströmten. Von irgendwo aus der Menge rief ein Mann: »Euer Schwiegersohn wird schon noch hängen, Gawen Reynolds! Und Captain Kett wird Eure Enkelsöhne an den Galgen bringen!«

Gelächter ertönte, und Reynolds' Gesicht lief puterrot an. Trotz der Ermahnungen durch Codd und Aldrich trat er vor und zog sein Schwert. »Nichtsnutzige Meuterer! Ich sehe zu, dass ihr alle dort am Galgen hängt!«

Unversehens traten mehrere Männer auf ihn zu, ihrem Aussehen nach aus dem Lager. Ein riesiger Bursche baute sich vor ihm auf und zückte ein Messer. »Nur zu, alter Schurke, dann schlachten wir dich wie ein Schaf!«

Reynolds zögerte, eingeschüchtert von ihrer Überzahl. Da kam von irgendwo ein Kohlkopf geflogen und traf den Arm, mit dem er das Schwert führte. Er ließ die Waffe fallen, und der Mann vor ihm stieß sie beiseite. Wieherndes Gelächter aus der Menge.

Von den Stufen zur Guildhall rief Bürgermeister Codd herunter: »Ratsherr Reynolds, kommt sofort hier herauf, ich befehle es Euch! Wir wünschen keinen Verdruss, um des Himmels willen!«

Aber Reynolds hatte die Beherrschung verloren und stieß eine Flut von Flüchen aus. Die Männer rückten näher, und einer schlug ihm ins Gesicht, dass er nach hinten stolperte. Die Soldaten ganz oben auf der Treppe machten Anstalten einzugreifen, aber Codd brüllte: »Nein, wir wollen hier keinen Aufstand! Ihr alle, fort mit euch, ich befehle es, im Namen der Vernunft!«, schrie er verzweifelt.

Doch es war zu spät. Ein zweiter Mann versetzte Reynolds einen Stoß, der ihn fast zu Fall brachte. Da erwachte Nicholas neben mir plötzlich zum Leben. »Auch wenn er ein Schurke ist«, sagte er, »so ist er doch ein hilfloser Greis!« Barak versuchte ihn noch zurückzuhalten, aber er schüttelte seine Hand ab, rannte auf jene zu, die Reynolds umzingelten, und brüllte, rot im Gesicht: »Hört auf! Schämt ihr euch nicht? Sieht so das Gesetz dieses Verräters Kett aus?« Er stieß den Anführer von Reynolds fort. Der Mann war kurz von Nicholas' Größe und Zorn eingeschüchtert, schubste ihn dann aber weg. Nicholas raufte mit ihm, wobei die Menge den anderen anfeuerte. Der Bürgermeister sah entsetzt zu, und Ratsherr Aldrich schickte die Soldaten die Stufen hinunter. Beim Anblick von zehn bewaffneten Männern wich die Menge zurück. Barak trat vor, schlang den Arm um Nicholas' Hals und zerrte ihn zurück, während Männer aus der Menge sich seines Gegners annahmen. Reynolds machte kehrt und humpelte die Stufen hinauf in Sicherheit, wobei er die hilfreich dargebotene Hand eines Soldaten wütend beiseitewischte. Aldrich sagte etwas zu ihm. Der Alte stieß noch einen letzten Fluch aus, ehe er in die Guildhall verschwand.

Bürgermeister Codd trat vor, erhob die Hände und rief: »Geht auseinander, ich bitte euch! Ich bedaure das Benehmen des Ratsherren Reynolds und werde ihn zur Rede stellen!«

Der Mann, der mit Nicholas gerungen hatte, funkelte böse zu Codd hinauf, aber einer seiner Freunde sagte: »Na komm, Freund, so etwas will unser Captain nicht!« Der Mann zuckte wütend mit den Schultern und ließ sich fortziehen, schrie aber Nicholas noch zu: »Captain Kett soll erfahren, dass du ihn einen Verräter genannt hast!«

Ich wandte mich ärgerlich an Nicholas. Er war immer noch rot im Gesicht und atmete schwer. »Potz Donnerwetter, Junge!«, rief ich. »Was in drei Teufels Namen hast du da bloß angerichtet! Reynolds hat die Rauferei angefangen, du hättest es den Ratsherren und Soldaten überlassen sollen, den Streit zu schlichten!«

»Die Meute hätte ihn totschlagen können. Ich wollte das nicht sehen!«

»Warum nicht?«, fragte Barak schonungslos. »Norwich wäre ohne ihn besser dran.«

»Hast du jetzt jedes Ehrgefühl verloren?«, entgegnete Nicholas außer sich. All die aufgestaute Wut der vergangenen Woche quoll endlich aus ihm heraus.

»Und du, hast du den Verstand verloren?«, brüllte Barak zurück. »Kett ist kein Verräter. Was er getan hat, geschah im Namen des Königs und des Protektors!«

Ich ließ den Blick über die Menge schweifen. Der halbe Platz hatte zur Guildhall hinaufgeblickt, und die Kunde von dem Vorfall pflanzte sich durch die Reihen fort; wir erhielten viele böse Blicke. »Wir gehen auf der Stelle zur Herberge«, sagte ich. »Und unauffällig. Nicholas, die Geschichte wird Kett zugetragen. Wundere dich nicht, wenn du wieder eingesperrt wirst. Vielleicht blüht mir dasselbe Schicksal, denn ich habe für dich gebürgt.« Damit stapfte ich zornig davon und überließ es den beiden, mir zu folgen.

KAPITEL SECHSUNDVIERZIG

Zu meiner großen Erleichterung fanden wir heraus, dass Isabella und Chawry in einer Herberge mit Namen Black Prince abgestiegen waren. Isabella sah anmutig aus wie immer, wenn auch müde. Sowohl sie als auch Chawry hatten deutlich an Gewicht verloren. Chawry brachte Isabella einen Stuhl und stellte sich neben sie, als sie sich hingesetzt hatte. Sein Gebaren war wie immer ehrerbietig, aber die Art, wie er sie betrachtete, ließ bei mir keinen Zweifel mehr, dass er sie begehrte. Isabella hätte eine Närrin sein müssen, dies nicht zu sehen, und sie war keine Närrin. Aber ihr Gebaren ihm gegenüber während unseres Gesprächs blieb das einer Herrin gegenüber einem geschätzten Diener. Nicht mehr.

Isabella wandte sich besorgt an Nicholas. »Master Overton, was ist geschehen? Sind das etwa blaue Flecken in Eurem Gesicht?«

Ich sagte: »Nicholas hat sich Ärger eingefangen, Mistress Boleyn. Eine persönliche Sache, macht Euch keine Gedanken.«

»Master Chawry und ich haben uns schon gefragt, was Euch zugestoßen sein könnte. Wir waren in großer Sorge.«

»Bei all den Aufständischen ringsum«, fügte Chawry hinzu. »Diese dreckigen Hunde in ihrem Zwinger auf dem Mousehold!«

Ich erklärte, wir seien in das Lager auf dem Mousehold verschleppt worden, hätten aber Freigang erhalten. »Sie nahmen uns vor Flowerdews Haus gefangen. Ich hatte das Geld von ihm zurückgefordert, das er Euch gestohlen hatte.« Ich empfand aufrichtige Freude angesichts ihrer erleichterten Miene, als ich ihr den vollen Beutel reichte.

»Die Rebellen haben es Euch nicht fortgenommen?«, fragte Chawry verwundert.

»Nicht, nachdem ich Kett erzählt hatte, dass dieses Geld eine brave Frau vor der Armut bewahren würde.«

Isabella sah mich an, leicht errötend. »Ich danke Euch von ganzem Herzen, Master Shardlake. Wir hatten fast kein Geld mehr. Es war kaum noch genug übrig, um John etwas zu essen zu besorgen und unsere Zimmer hier zu bezahlen. Wir haben kaum mehr etwas gegessen.« Sie seufzte und schüttelte den Kopf. »Dass der Versuch, mir zu helfen, Euch alle in diese missliche Lage brachte, tut mir sehr leid.«

Ich lächelte. »Wir befinden uns wohl. Ihr wäret überrascht, wie friedlich es in diesem Lager zugeht.«

»Wirklich, Sir?« Chawrys Blick ruhte forschend auf Nicholas' Gesicht.

»Nicht für einen Gentleman«, warf Nicholas ein.

»Weil der seinen Schnabel nicht halten kann«, blaffte ich, »sondern zetert wie ein Rohrspatz!«

Chawry maß mich aus zusammengekniffenen Augen. »Ihr schnappt allerlei rüde Redensarten auf hier in Norfolk, Serjeant Shardlake.« Zweifellos hegte er den Verdacht, ich könne mit den Rebellen sympathisieren. Dann schüttelte er den Kopf, sich wieder seiner Stellung bewusst werdend. »Aber auch ich möchte Euch von Herzen danken.« Seine Rede war allzu geschliffen, fand ich.

»Könnt Ihr nicht aus Norwich fliehen?«, fragte Isabella.

»Nein. Man hat uns heute Freigang gewährt, aber nachts müssen wir wieder im Lager sein. Ich gab mein Ehrenwort. Aber ich wollte Eurem Gemahl einen Besuch abstatten.«

Spontan ergriff sie meine Hand. »John und ich, wir werden niemals vergessen, was Ihr für uns getan habt.« Chawry blickte beiseite, wie ich bemerkte, die Lippen fest aufeinandergepresst. Wäre er ernsthaft in Isabella verliebt, dachte ich, hätte er ein Motiv, Boleyn an den Galgen zu bringen. Aber Chawry konnte keinerlei Verbindung haben zu Edith – sie war schon Jahre verschwunden, bevor er seine Stellung angetreten hatte.

»Wie geht es John?«, fragte Nicholas Isabella.

»Froh und munter, wenn auch noch nicht genesen.« Sie hielt den

Beutel mit dem Gold eine Weile in der Hand und reichte ihn dann an Chawry weiter. »Daniel, verwahre du ihn.«

»Das Gnadengesuch wird vermutlich ruhen, bis diese Unruhen beigelegt sind«, sagte ich sanft. »Der Protektor ist gewiss sehr beunruhigt. Und was ist mit Euch, habt Ihr erwogen, nach Brikewell zurückzukehren? Die Zwillinge sind fort.«

»Ich war vor drei Tagen dort«, erwiderte Chawry. »Das Haus war geplündert.«

»Das waren die Zwillinge. Sie sind jetzt in Ketts Gewahrsam.«

»Gott sei es gedankt!«, sagte Isabella erleichtert. »Ich fürchtete schon, sie könnten nach Norwich kommen.«

»Ich glaube, dass auch die Rebellen etliches mitgenommen haben«, sagte Chawry bitter. »Wertvolles.«

»Ich weiß, ich bin mit ihnen von Wymondham hierhermarschiert.«

»Sie haben fast die ganze Umgebung in ihrer Kontrolle, wie ich meine. Sie haben Wachen an den Straßen postiert, und man hat mich beschimpft auf dem Weg nach Brikewell. Sie plündern die Gutshöfe und kommen vielleicht ein zweites Mal nach Brikewell. Ich glaube, es ist sicherer, wenn wir hierbleiben, jetzt, da wir genügend Geld haben.«

»Solange es in Norwich friedlich zugeht, ist es vielleicht das Beste.«

»Ich will auch John nicht alleine lassen«, sagte Isabella.

Wir sprachen weiter, und ich überraschte sie, als ich ihnen noch mehr über das Lager erzählte, das sie für eine chaotische Räuberhöhle gehalten hatten.

»Wenn man Euch so hört, könnte man meinen, dort oben seien lauter Engel«, sagte Chawry steif.

»Das sind sie freilich nicht«, erwiderte Barak. »Engel gibt es nur im Himmel.«

Isabella blickte Nicholas an und lächelte. »Ihr müsst Euch von Ärger fernhalten, Master Nicholas. Es wäre doch schade um Eure anmutige weiße Haut, wenn sie so entstellt würde.« Sie tändelt gern ein wenig, dachte ich, weiß Männer für ihre Zwecke einzuspannen.

Dann erinnerte ich mich, dass sie jahrelang in einer Schänke gearbeitet hatte, wo Tändeleien mit den Gästen dazugehörten.

❧

Auf den Stufen der Herberge stehend, holte ich tief Luft und wandte mich an Nicholas: »Wie schon gesagt, ich fürchte, du steckst tief im Schlamassel. Wenn du willst, hör auf Master Theobalds Rat und geh, versuche dich nach London durchzuschlagen.«

Er sah mich ernsthaft an. »Ich danke Euch aufrichtig, Sir, aber ich habe Euch mein Ehrenwort gegeben, dass ich bleiben werde, und gedenke es nicht zu brechen. Ich entschuldige mich für mein Benehmen von vorhin. Wenn sich die Sache herumspricht, werde ich die Folgen tragen.«

Ich dachte nach. »Nun gut. Dann sag, du hättest im Zorn gesprochen.« Ich blickte über den Marktplatz und hinüber zur Burg auf ihrem hohen Hügel. »Jetzt wollen wir gehen und uns nach Master Boleyns Befinden erkundigen.«

❧

Vor der Burg waren weniger Wachleute postiert, da etliche anderswo gebraucht wurden. Während Barak und Nicholas draußen warteten, verlangte ich, John Boleyn zu sehen, und wurde in seine Zelle geführt. Er war überraschend guter Stimmung, die Wundmale um seinen Hals schon viel schwächer. Er konnte wieder sprechen, wenn auch krächzend. Allerdings war er dünner geworden, und in seinen Augen saß noch immer der Schreck. Seine Zelle war jetzt mit einigen Kissen und einem kleinen Schreibtisch ausgestattet, den Isabella ihm gebracht hatte. Er dankte mir überschwänglich, dass ich das Geld zurückgeholt hatte. Dann kamen wir auf das Gnadengesuch zu sprechen, und ich erkannte, dass er sich eingeredet hatte, seine Bewilligung sei nur eine Frage der Zeit. Ich konnte nur hoffen, dass er recht behielt.

Er durfte sich nach wie vor auf den Zinnen der Burg die Beine vertreten, und so erstiegen wir in Begleitung eines Wachsoldaten eine lange steinerne Treppe. Mein Rücken schmerzte, als wir endlich oben angelangt waren. Während wir den Wehrgang entlangschlenderten, blieb der Wachmann in der Tür stehen. Wir verweilten ein wenig und blickten über den geschäftigen Marktplatz und die Türme von Norwich. Aus so großer Höhe erschienen die Menschen winzig klein, und ich trat rasch zurück, weil sich mir der Kopf drehte.

Boleyn hatte durch die Wachleute von den Aufständen im Land und dem großen Lager oberhalb der Stadt erfahren. Genau wie Chawry und Isabella nahm er mit Verwunderung zur Kenntnis, dass auch ich dort weilte und im Lager mitnichten ein heilloses Durcheinander herrschte. Kett hoffe auf die baldige Ankunft der Kommissare, sagte ich, und auf die Umsetzung radikaler Reformen. Ich ließ Boleyn außerdem wissen, dass die Zwillinge und sein Nachbar Witherington in der Gewalt der Rebellen seien. Er lachte bitter. »Ich kann mir kein besseres Schicksal für diese drei denken.« Er seufzte. »Haltet mich nicht für harsch, Master Shardlake, aber ich sage es noch einmal, ich will mit meinen Söhnen nichts mehr zu schaffen haben. Kommen zum Richtplatz und jubeln, wenn ihr Vater am Galgen hängt ...«

»Ich kann es Euch nicht verdenken.«

Er überlegte. »Die Einhegungen der vergangenen Jahre werden also beseitigt. Und die befreiten Schafe?«

»Sie landen im Lager, als Nahrung. Die Leute haben sich die Wänste vollgeschlagen, aber jetzt bleiben die Schafe eingepfercht. Mittlerweile haben sich schon sechs- bis siebentausend Menschen eingefunden, und es kommen immer noch mehr.«

»Meine kleinen Einhegungen werden vermutlich wie die der anderen beseitigt«, überlegte Boleyn. »Eine Ungerechtigkeit, wenn man bedenkt, über wie viele Schafe Leute wie die Pastons oder Richard Southwell verfügen.«

Die Pächter leiden auf Eurem Land nicht weniger als auf Witheringtons, wollte ich erwidern, verkniff es mir aber.

Er sagte: »Die Bäume im Thorpe Wood werden also gefällt und zu Brennholz geschlagen? Der Wald gehört Paston. Bei all dem Aufruhr wird man meine kleinen Schulden vielleicht vergessen.« Er verstummte, seine Miene plötzlich berechnend. »Meine Söhne sind mit einigen von Southwells Leuten befreundet. Der Mann ist gefährlich. Die Zwillinge sollten auf mein Geheiß gemeinsam mit Southwells Leuten verhindern, dass Witherington unser Land an sich brachte. Das war falsch. Es wäre gut, ihn fallen zu sehen.« Er wandte sich ab, blickte über die Stadt. Hier oben wehte eine angenehme Brise. »Was wohl aus Norwich wird?«, sagte er. »Hoffentlich ist Isabella in Sicherheit.« Er wandte sich zu mir um und blickte mir in die Augen. »Ihr seht natürlich ein, dass der Protektor und auch der Thronrat, der ihn ins Amt gebracht hat, nie und nimmer zulassen würden, dass ein Gemeiner auch nur den kleinsten Anteil an der Macht erhält. Dergleichen hat es noch nie gegeben und wird es auch in Zukunft nicht geben. Man wird diese Lager vernichten.«

Ich legte den Kopf schräg. »Kett verfügt über eine beachtliche Streitmacht, gut ausgebildete Soldaten. So wird es auch in den übrigen Lagern sein. Der Protektor fühlt sich vielleicht gezwungen, drastischen Veränderungen zuzustimmen. Und Kett betont seine Loyalität gegenüber dem König.«

Boleyn blickte mich überrascht an. »Seid Ihr nun einer von denen?«

Ich blieb ihm die Antwort schuldig.

»Herrjesus, Master Shardlake, ich verdanke Euch mein Leben und bleibe für alle Zeit in Eurer Schuld. Doch ich rate Euch dringend zur Vorsicht, Ihr begebt Euch auf dünnes Eis. Seht zu, dass es Euch trägt.« Er schüttelte den Kopf und wechselte dann jäh das Thema. »Ist Richard Southwell in der Hand der Rebellen?«

»Nein«, antwortete ich. Dass ich ihn aus St Michael's Chapel hatte kommen sehen, behielt ich für mich.

Boleyn runzelte die Stirn. »Seltsam. Ich hätte es angenommen.«

»Seid Ihr ihm begegnet?«, fragte ich.

»Nein.«

Ich zögerte, beschloss dann aber, das Thema zu wechseln, und sagte: »Isabella ist in Sicherheit und bei Chawry in guten Händen. Allerdings ist mir aufgefallen …«

Seine Blicke wurden spitz wie Dolche. »Was ist Euch aufgefallen?«

»Ich glaube, dass Chawry – nun ja – Eurer Gemahlin sehr zugetan ist. Ich glaube zwar, dass beide nichts Unehrenhaftes getan haben, aber – ich dachte, Ihr solltet es wissen.«

Zu meinem Erstaunen lachte Boleyn, ein barsches, zynisches Auflachen, das in einem Hustenanfall endete. Als er sich erholt hatte, bemerkte er bitter: »Glaubt Ihr vielleicht, das wüsste ich nicht, Master Shardlake? Die Strafe für einen älteren Mann, der mit einem jungen, hübschen Weib vermählt ist, besteht darin, dass auch andere sie begehren. Vielleicht würde mir Chawry, obschon er mir treu ergeben ist, Isabella fortnehmen, wenn er es könnte. Doch er kann es nicht; denn ob Ihr es glaubt oder nicht, wir lieben einander noch immer wie am ersten Tag. Die begehrlichen Blicke der anderen sind der Preis, den ich zahlen muss, weil ich sie liebe.« Er runzelte die Stirn. »Es ist eine kleine Strafe im Vergleich zu den Qualen, die mir Edith bereitet hat, im Leben und jetzt noch im Tod.« Er betastete seine wunde Kehle. Hat denn niemand Mitleid mit Edith, dachte ich bei mir, und berücksichtigt ihr schreckliches und demütigendes Ende? Ich begegnete Boleyns zornigem Blick und fragte leise: »Habt Ihr Euch überlegt, wo Edith all die Jahre gewesen sein mag, bevor sie nach Norfolk zurückkehrte und dort den Tod fand?«

Er winkte ärgerlich ab. »Nein. Edith war mir ein Rätsel, im Leben wie im Tode, und so wird es wohl auch bleiben.«

Mittlerweile war es Mittag geworden; wir fanden ein Wirtshaus am Ende der Conisford Street und ließen uns etwas zu essen bringen. Mein Rücken, dessen Zustand sich im Lager so sehr gebessert hatte, schmerzte nun wieder nach dem vielen Hin und Her in den Straßen von Norwich an diesem Vormittag, und ich war heilfroh, mich anlehnen zu können. Nach dem Mittagessen fragte mich Barak, der sah, dass ich müde war, ob ich ins Lager zurückzukehren wünschte, doch ich bestand darauf, Josephine und Edward, die nicht weit von hier wohnten, aufzusuchen und dann noch Scamblers Tante. Immerzu musste ich an den armen Jungen denken, der ohne ein Obdach auf der Straße hauste.

Wir begaben uns zu der kleinen Behausung im Hinterhof, wo Edward und Josephine lebten; zerlumpt, wie wir waren, zogen wir keine Blicke auf uns. Ich klopfte an Josephines Tür. Sie machte uns auf, Klein Mousy auf der Hüfte. Das Kind sah gesünder aus mit ein wenig guter Ernährung, lächelte glücklich und streckte uns die Ärmchen entgegen. Josephine jedoch wirkte müde und ängstlich. Sie starrte uns überrascht an.

»Master Shardlake, ich dachte, Ihr wäret längst in London. Eure Kleider, Ihr seht aus wie ein ...«

»Bauer«, fiel Barak ihr ins Wort. »Wir sind Captain Kett in die Hände gefallen. Heute hat man uns Freigang gewährt, deshalb erledigen wir Besuche.«

Josephine bat uns hinein und legte Mousy in ihre Wiege. Das kleine Mädchen griff sich meinen Finger, zog mich zu sich hinunter und machte Anstalten, meinen Finger in den Mund zu stecken. »Lieber nicht, Mousy, er ist schmutzig«, sagte ich sanft.

Josephine blickte von einem zum anderen. »Wie behandelt man Euch? Ich habe von Edward erfahren, dass viele feine Herren herumgestoßen werden. Einigen mag es ja recht geschehen, aber – Master Nicholas, Euer Gesicht ...«

»Ihm wäre nichts geschehen, wenn er bloß den Mund halten könnte«, sagte Barak. »Master Shardlake und mich behandeln sie recht gut.«

»Captain Kett hat mich gebeten, ihn bei den bevorstehenden Prozessen gegen die Gentlemen zu beraten. Er hat versprochen, dass es keine harten Strafen geben wird. Ich wiederum habe versprochen, ihm beizustehen und dafür zu sorgen, dass die Gesetze befolgt werden, soweit dies unter den Umständen überhaupt möglich ist. Aber behalt es für dich, Josephine. Es gibt Menschen in London und auch anderswo, wenn die es wüssten …« Ich dachte an Parry und an Elizabeth. Sie nickte verständig.

»Wo ist Edward?«, fragte ich.

Nach kurzem Zögern antwortete sie: »Oben im Lager. Er ist schon im Morgengrauen aufgebrochen. Es gibt ein Treffen zwischen Captain Kett, seinem obersten Soldaten Miles und den anderen erfahrenen Soldaten im Lager mit den Anführern ihrer Unterstützer in Norwich.« Ich erinnerte mich, dass auch der alte Hector Johnson dorthin gegangen war. Sie sprach weiter, und ihre Stimme schwankte zwischen Stolz und Furcht: »Edward soll dabei helfen, die Armen in Südnorwich zu lenken. Für den Fall, dass die Stadtväter beschließen, die Tore wieder zu schließen.« Die Stimme fast zum Flüstern senkend, fügte sie hinzu: »Sollte es dazu kommen, wird das Lager die Stadt einnehmen. Edward sagt, es sei ein Kinderspiel.«

Barak nickte. »Norwich hat kaum noch Soldaten, und vom Mousehold aus könnten die Männer ohne weiteres den Wensum überqueren.«

Josephine sagte: »Ich weiß, dass Ihr es niemandem verraten werdet. Ich unterstütze alles, was Edward und Captain Kett tun, aber – ich habe Angst, was sein wird, wenn es zu Gewalttätigkeiten kommt. Wenn ich an früher denke …«

Ich legte meine Hand auf ihren Arm. Josephine war als Kind in Frankreich von englischen Soldaten verschleppt worden, nachdem ihr Dorf im Krieg gegen König Heinrich in Schutt und Asche gelegt worden war. Sie war in die Obhut eines rohen Menschen geraten, der sich als ihr Vater ausgegeben, sie aber wie eine Sklavin behandelt hatte. Ich sagte sanft: »Captain Kett ist ein friedfertiger Mensch. Sobald die Einhegungskommissare kommen, können die Soldaten dabei helfen, die gewünschten Reformen durchzusetzen. Das ist vermutlich alles.«

»Der alte König hätte sie allesamt hinrichten lassen.«

»Er ist tot«, sagte Barak. »Protektor Somerset ist anders.«

»Wir wollen es hoffen«, fügte ich leise hinzu. »Unser Nicholas hier, ich muss es leider sagen, handelt sich unentwegt Ärger ein. Heute hat er Kett mitten auf dem Marktplatz einen Verräter gescholten. Ich fürchte, man wird ihn wieder einsperren, wenn sich die Sache im Lager herumspricht, was sehr wahrscheinlich ist.« Ich sah sie an. »Könnte Edward nicht ein gutes Wort für ihn einlegen? Er könnte doch sagen, dass er ihn kennt, dass er zwar ein Gentleman ist, aber noch nie jemanden unterdrückt hat? Dass er ein gutes Herz besitzt, auch wenn er sein Mundwerk nicht unter Kontrolle hat?«

Sie blickte Nicholas an und schüttelte liebevoll den Kopf. »Ich habe Euch immer für gutherzig gehalten, nur ein wenig …«

»Hitzköpfig«, beendete Barak den Satz für sie.

»Ich sag es Edward. Er war nicht sicher, ob er heute Abend zurück sein würde, aber sobald er kommt, spreche ich mit ihm.«

Nicholas holte tief Luft. »Danke, Josephine. Es stimmt schon, ich muss meine Zunge im Zaum halten.«

Mousy neben mir griff wieder nach meiner Hand und quiekte leise. Josephine lächelte und hob sie aus der Wiege. »Sie mag Euch. Und wenn sie so quiekt, passt auch der Name Mousy, stimmt's?« Sie küsste das Kind. »Sobald Master Shardlake saubere Hände hat, darfst du mit ihm spielen.« Ihre Miene wurde ernst. »Ihretwegen mache ich mir am meisten Sorgen. Ich weiß noch, wie es ist, wenn man als Kind in einen Krieg gerät.«

Unser letzter Besuch an jenem Tag galt Scamblers Tante, unten in der Ber Street. Ich war müde, und mein Rücken schmerzte wieder. Es war früh am Nachmittag, wenn die Hitze am größten ist. Wir hatten noch einen weiten Weg vor uns, zurück nach Tombland, dann über die Brücke und hinauf zum Lager.

»Auf dem Weg durch die Stadt sagte Barak: »Dann steckt Edward also mitten im Getümmel.«

»Ja. Ich hatte schon den Verdacht.«

Nicholas schüttelte den Kopf und lachte. »So weit ist es schon gekommen, dass ein Gentleman die Fürsprache eines Steineklopfers braucht. Aber sei's drum, ich hatte ihn und Josephine immer gern und muss meine Lage hinnehmen, vorerst zumindest.«

»Gut«, antworteten Barak und ich wie aus einem Munde.

Wir erreichten das armselige Häuschen, in dem Scambler gewohnt hatte. Ich klopfte an die Tür und hörte im Inneren das bekannte Schlurfen und Grummeln.

»Ihr seid das!« Seine Tante zögerte und stieß dann ein krächzendes Lachen aus. »Pfui, was seid Ihr verlottert!«

»Wir werden im Lager festgehalten«, sagte ich. »Man hat uns gestattet, Norwich aufzusuchen, also wollten wir nach Simon fragen. Habt Ihr Kunde von ihm?«

Sie kräuselte zornig den Mund. »Nein, Herr Anwalt, wie käme ich dazu. Es ist mir gleich, wo er ist, der gottlose Tropf. Wer die Gelegenheit zur Läuterung nicht ergreift, ist verflucht, und der Rußkopf findet allein in die Hölle. Ich habe schon genug Sorgen, jetzt, wo die Rebellen auf dem Hügel hausen. Einige sagen, sie seien fromme Protestanten, aber in der Bibel heißt es, wir sollen dem Kaiser geben, was des Kaisers ist, und uns nicht wider die gottgegebene Ordnung auflehnen. Das richtet Robert Kett von mir aus!«

Sprach's und schlug uns die Tür vor der Nase zu.

KAPITEL SIEBENUNDVIERZIG

Es war ein langer, ermüdender Fußmarsch wieder hinauf zum Lager. Als wir die Bishopsgate Bridge überquerten, badeten noch immer Männer im Fluss, um sich in der Hitze abzukühlen.

»Ich spring kurz rein«, sagte Barak, krempelte seinen Ärmel hoch und schnallte die Eisenhand ab. »Ich hab mich seit einer Woche nicht gewaschen. Komm mit, Nick!« Er sah mich an. »Und was ist mit Euch?«

»Ich gebe auf unsere Taschen acht«, sagte ich. Vor den Leuten im Lager würde ich meinen Buckel nicht zeigen. Nicholas und Barak legten die Kleider ab und wateten vorsichtig durch das Schilf in das schlammige Wasser, Nicholas weißhäutig, schlank, aber muskulös, Barak dagegen dunkel und stämmig. Er scherte sich nicht um die Blicke, die seinem rechten Armstumpf galten. Ich schaute in den blauen, wolkenlosen Himmel. Seit dem Gewitter vor mehreren Wochen hatte es nicht mehr geregnet; die bevorstehende Ernte würde in der Tat schlecht ausfallen. Ich rieb eine schmerzhafte Stelle an der Hand, wo mich eine der Erdwespen gestochen hatte, die im sandigen Heideboden hausten. Auch Kreuzottern hatte ich schon gesehen.

Ich richtete mich auf, als ein Schatten auf mich fiel. Der Bursche Natty war aus dem Fluss gestiegen, stand jetzt splitternackt über mir und rieb sich den kräftigen, schweren Leib mit seinem Hemde trocken. Ganz ohne Scham sagte er: »Und Ihr geht nicht hinein, Meister?«

»Heute nicht.«

Er sagte: »Erinnert Ihr Euch an den Burschen, von dem ich Euch erzählt habe, aus den Sandlings?«

»Gewiss.«

»Ich hab mit ihm geredet. Er kann Euch etwas Wichtiges sagen. Ich hab ihn gebeten, heute Abend zu unseren Hütten zu kommen. Er hat ein wenig Angst, aber er kommt. Er sagt, es sei eine Teufelei.«

»Dank dir, Natty. Ich bin dir sehr verbunden.«

Er blickte mich nachdenklich an, während er sich die breiten Schultern trocken rieb. »Dann kümmert Euch der Tod eines armen Lehrburschen?«

»Aber ja. Und auch der seines Meisters und der einer Frau. Sie alle sind, wie ich meine, von denselben Leuten ermordet worden.«

Er sagte leise: »Ja, ich glaub Euch.« Er klaubte seine Kleider zusammen, kleidete sich an und schritt den steilen Hügel hinauf. Der Glaube des Burschen an mich rührte mich merkwürdig an.

In dieser Nacht war ich schweißnass und fand keine Ruhe. Als wir im Morgengrauen aufstanden, war der Himmel milchig weiß, nicht blau, und die Luft heißer denn je und schwül dazu. Wir nahmen unser Frühstück wie üblich mit den Dorfleuten aus Swardeston ein – etwa fünfzehn Personen. Dann entfernten sich die Männer, um Conyers predigen zu hören, ehe sie ihr Tagewerk in den Wäldern begannen, Senkgruben aushoben oder Hütten bauten. Ein Bote hatte mir letzte Nacht meine Satteltaschen gebracht, und ich holte meine Amtstracht heraus, um sie anzulegen. Unverzüglich ertönten Buhrufe von denen, die um das Kochfeuer versammelt waren: »Gebt acht auf eure Beutel, er zieht sich die Anwaltsrobe an!« Der Spott war gutmütig, und niemand schalt mich einen Buckligen; nach mehreren Tagen hatten meine Lagergenossen erkannt, dass ich harmlos war.

Ich lächelte daher und sagte: »Ich helfe Captain Kett bei der Reformeiche.«

»Wir haben es schon gehört«, sagte einer der Männer, und ich fragte mich, ob es denn gar nichts gab, was sich in Ketts Lager nicht sofort herumsprach.

»Werdet ihr kommen?«, fragte ich.

Goodwife Everneke nickte einem untersetzten Mann in mittleren Jahren zu. »Der eine oder andere vielleicht. Unser Master Dickon hier geht morgen hin, um unser Dorf zu vertreten. Unseren Gutsherrn hat man hier herauf verschleppt.«

»Hoffentlich kriegt er eins auf die Rübe«, sagte jemand und erntete beifälliges Gemurmel.

»Ich gebe nur Ratschläge«, sagte ich und wandte mich an Natty. »Und wie steht's mit dir?«

»Ich habe keinen Grundherrn, also begleite ich Goodman Johnson zum Bogenschießen.«

»Jawohl, heute fangen wir an«, sagte der Alte.

Ich wandte mich Barak und Nicholas zu. »Komm mit, Jack«, sagte ich leise. »Nicholas, du bleibst besser hier.«

Er nickte und senkte den Blick. Ich fragte mich, ob er sich schämte wegen seines gestrigen Ausrutschers. Barak und ich brachen auf. »Seht zu, dass diese Schurken ihre gerechte Strafe bekommen!«, rief uns jemand hinterher.

Wir begaben uns zur St Michael's Chapel. Auf dem Weg hob ich ein Pamphlet vom Boden auf. »Als Adam pflügt und Eva spann, wo war da der Edelmann?«, las ich als Überschrift.

An der Kapelle ließen Wachsoldaten mit Brustharnischen und Hellebarden uns passieren.

»Einen gottgesegneten Morgen, Captain Kett«, sagte ich. Er schien heute nicht eben gut gelaunt – die schweren Brauen unter dem kurzen grauen Haar waren zusammengezogen.

»Guten Morgen«, antwortete er kurz angebunden. »Er könnte freilich besser sein. Unser Angriff auf Yarmouth ist gescheitert, die Bürger der Stadt haben meine Männer zurückgeschlagen. Aber wir greifen erneut an«, fügte er grimmig hinzu, »mit geübten Männern. Wir brauchen jetzt Übung, sagt Captain Miles.«

»Sind die Ermächtigungen zur Beschlagnahmung von Gütern verschickt?«, fragte ich.

»Jawohl.« Er wies auf die Schreibpulte. »Sie schreiben noch mehr. Und jetzt stellen wir unsere Forderungen auf, die wir an den Protektor richten wollen. Wir müssen uns sputen, die Lager in Thetford und Ipswich haben die ihren schon verschickt.« Er runzelte die Stirn und maß mich mit seinen großen, durchdringenden braunen Augen. »Und nun zu den Prozessen. Ihr seid der einzige qualifizierte Anwalt, der mir noch zur Seite steht. Wenn ich recht informiert bin, hat der junge Overton mich gestern auf dem Marktplatz einen Verräter gescholten.«

Ich seufzte. »Euch bleibt auch nichts verborgen, Captain Kett.«

»So soll es sein.« Er hob zornig die Stimme. »Ich brauche Informanten. Meint Ihr etwa, die Stadtoberen und die Grundherren hätten hier im Lager nicht ihre Spitzel?«

»Nicholas – er hat nur die Beherrschung verloren, als er sah, wie ein alter Mann behelligt wurde.«

Kett runzelte die Stirn. »Gawen Reynolds, einer der übelsten Burschen in ganz Norwich und unser erbitterter Feind.«

»Nicholas bedauert seine Worte.«

Mit einem Ingrimm, der mich erzittern ließ, donnerte Kett: »Er nannte mich einen Verräter. Aber wir *sind* keine Verräter« – er schlug mit der Faust auf den Tisch, dass die Schreiber erschrocken aufmerkten –, »dies ist das Lager des Königs, und wir unterstützen den Protektor bei seinem Wunsch nach Reformen!«

»Ich bitte Euch«, sagte ich bescheiden, »nehmt Nicholas nicht erneut in Haft, er hat doch nur ein loses Mundwerk und klammert sich mit aller Kraft an seinen Adelsstatus – schließlich besitzt er weder Land noch Geld; sein Vater hat ihn enterbt, einer Herzensangelegenheit wegen.«

»Jeder andere, der sich so aufführte, säße längst im Burgverlies. Wir verlegen gerade einige Gefangene dorthin.« Er senkte seine Stimme wieder. »Doch einer meiner Ratgeber aus der Stadt sprach zu seinen Gunsten. Edward Brown. Ihm kann ich vertrauen.«

»Seine Frau sagte mir schon, dass er das Lager aufsuchen wollte.«

»Seine Einschätzung Overtons stimmt mit der Euren überein. Er sagt, der Junge sei freundlich zu ihm und seinem Weib gewesen.«

»Es stimmt.«

Kett holte tief Luft und blickte mich prüfend an. »Nun gut, Master Shardlake, er bleibt vorerst auf freiem Fuß, aber in seiner Hütte. Noch so ein Aussetzer, und ich muss ihn wieder einsperren, sonst glauben meine Männer, ich verteile Gefälligkeiten an jene, die für mich arbeiten. Ist das klar?«

»Gewiss, Captain Kett, ich danke Euch.«

Er knurrte, wandte sich zu seinem Schreibtisch um und überreichte mir eine Liste mit Namen. »Über sie alle wollen wir heute an der Reformeiche zu Gericht sitzen. Weitere folgen später.« Ich überflog die Liste: vierzehn Personen, drei von ihnen kannte ich; Leonard Witherington sowie Gerald und Barnabas Boleyn. Kett sagte, wieder ruhig: »Bei den Prozessen werden einige nach Gewalt schreien, was nicht überraschen dürfte angesichts ihres Leids. Doch sie wissen, dass ihre Klagen auf ordentliche Weise vorgetragen und aufgeschrieben werden müssen – das ist wichtig –, um sie den Kommissaren zu zeigen. Die Männer im Lager sollen entscheiden, ob sie freigelassen oder eingesperrt werden müssen. So wird Recht geschehen.«

»Werden die Angeklagten Gelegenheit erhalten, sich zu äußern?«

»Selbstverständlich. Jeder im Lager hat dieses Recht.«

»Wer sind die Geschworenen?«

»Die Versammelten werden entscheiden.«

»Keine zwölf Geschworenen?«

Kett sagte, kalt und klar: »Um den Zorn der Männer zu besänftigen, müssen wir jedermann mit einbeziehen. Und rasch entscheiden. Mit Verlaub, Master Shardlake, Ihr wart doch selbst in der Gerichtsverhandlung gegen Boleyn, und ich habe andere erlebt – das Ganze ist binnen Minuten vorüber, und Leute landen am Galgen, weil sie ein Schwein gestohlen haben. Bei uns wird niemand hängen, der eine oder andere allenfalls ein paar Prügel beziehen, also gebt

Euch zufrieden. Sorgt nur dafür, dass niemand zu weit von konkreten Beschuldigungen abschweift.«

»Gut. Aber darf ich fragen, was mit den Männern geschehen soll, die eingesperrt werden?«

»Man wird sie den Kommissaren übergeben oder den Vertretern des Protektors, sobald unsere Forderungen erfüllt sind. Jetzt lasst uns gehen. Sie versammeln sich schon an der Eiche.«

Wir gingen eine Viertelmeile ostwärts, weit ins Herz des Lagers. Die Leute zogen ihre Hüte vor Kett und jubelten ihm zu, als er an ihnen vorüberschritt, und er zog ebenfalls den Hut. Wir passierten flaches Heideland, wo für die Bogenschützen Torfhügel als Übungsziele aufgeschüttet worden waren; in etwa hundert Yards Entfernung warteten mehrere Dutzend junge Männer, zumeist von kräftiger Statur, mit ihren Bogen, die Köcher voller Pfeile geschultert. Natty war einer von ihnen.

Wir hielten inne, wo mehrere hundert Männer sich bereits um eine gewaltige Eiche versammelt hatten, die als einzige noch stand inmitten der frisch gerodeten Fläche ringsum. Die wenigen Weiber standen nah bei ihren Männern.

Der Baum war ein prächtiges Exemplar, mit über sechzig Fuß Höhe einer der größten, die ich je gesehen hatte, und viele hundert Jahre alt. Die unteren Äste waren abgehackt und ein hölzernes Podest, dreißig Fuß breit und sieben Fuß hoch, war davor errichtet worden, damit ein jeder zusehen konnte. Ein Holzdach darüber schützte vor der Sonne. Es war eine ansehnliche Zimmermannsarbeit. Auf der Vorderseite des Daches prangten Englands Wappen und die Lettern E VI R, um die Loyalität des Lagers zum König zu betonen. An vorderster Front stand mit verschränkten Armen und grimmiger Miene Toby Lockswood.

An einer Seite befand sich eine elend aussehende Gruppe von Männern, die einen in schmutzigen Hemden, die anderen in den zerlumpten Resten einstigen Putzes, die Füße in Ketten. Ein Dutzend Männer in Brustharnischen hielt sie in Schach, darunter John Miles, der als Kommandant einen Helm mit Federbusch trug. Über seinem hellen Bart blickten die scharfen, wachsamen Augen in die Menge, und ich vermutete, dass er Sorge tragen musste, jeden Aufruhr im Keime zu ersticken. Ich bemerkte mit Erstaunen, dass Michael Vowell neben ihm stand und sich auf einem Blatt Papier Notizen machte. Offenbar war er, des Schreibens mächtig, in der Lagerhierarchie aufgestiegen.

Ich betrachtete die Edelleute; einige hatten zerschlagene Gesichter; viele stierten wild in die Menge. Darunter war auch Leonard Witherington. Er trug noch immer das schmutzige Hemd, in dem man ihn aus Brikewell verschleppt hatte, und ein altes Beinkleid. Seine Backen hingen schlaff herunter, und ein angstvoller Blick lag auf seinem fleckigen Gesicht. Dann gewahrte ich die Zwillinge, Gerald und Barnabas. Sie erwiderten meinen Blick mit ihren kalten blauen Augen. Ihre Hemden und Beinkleider waren zerrissen und zerfetzt, und beide hatten blau geschlagene Gesichter, Barnabas' weiße Narbe noch auffälliger. Jeder hatte mittlerweile einen dünnen Milchbart. Trotzdem schienen sie völlig unbeeindruckt. Einer der Männer aus dem Lager hatte einen Strick in der Hand mit einer Schlinge am Ende, an einem selbst gemachten Speer befestigt, mit dem er im Scherz vor den Gefangenen herumfuchtelte, bis Miles ihm mit einer zornigen Geste Einhalt gebot. Ich bemerkte viele in vorderster Reihe, die selbstgebaute Waffen trugen.

Auf der Tribüne stand ein breiter Tisch; zu meiner Überraschung saßen dort der stämmige kleine Bürgermeister Codd und der alte Ratsherr Aldrich, beide mit besorgten Mienen. William Kett saß mit grimmigem Lächeln daneben. Er erhob sich, um seinen Bruder zu begrüßen. Tja, dachte ich, es ist so weit.

Robert Kett betrat die Bühne. Er bedeutete Barak und mir, am Tische Platz zu nehmen, und wandte sich dann an die Menge. Erneut hatte ich Gelegenheit, über die Wortgewalt seiner Rede zu staunen.

»Wir sind hier, um mit jenen Grundherren ins Gericht zu gehen, die ihre Pächter unterdrückt, und jene freizusprechen, die keine Schuld auf sich geladen haben. Die Prozesse werden nach den Prinzipien der auf Beweisen gründenden englischen Rechtsprechung geführt. Serjeant Shardlake hier, ein Anwalt, aber ein trefflicher Mann, wird mir beratend zur Seite stehen, während sein Gehilfe Jack Barak das Geschehen protokolliert, um später unserem Könige darüber Rechenschaft zu geben. Wessen Unschuld bewiesen wird, der möge frei sein, wer aber für schuldig befunden wird, muss zurück in den Kerker. Die Stadtoberen mögen uns dabei zusehen, wie wir der Gerechtigkeit Genüge tun.« Kett hielt in seiner Rede inne, ehe er grimmig hinzufügte: »Einige von uns haben Gegenstände und Geld aus den Gutshäusern gestohlen und sich damit ihre Beutel gefüllt, anstatt sie den Vertretern ihrer Hundertschaften zu übergeben, damit es dem Gemeinwohl diene. Morgen soll über sie gerichtet werden, denn ein jeder hier hat sich an das Gesetz zu halten.« Einigen in der Menge verging sogleich das Grinsen, und ich empfand es als einen klugen Schritt, dies jetzt zu sagen. Kett ließ sich neben mir nieder und schlug mit einem Hammer auf den Tisch. »Der erste Angeklagte trete vor, Sir William Jermstone.«

Ein Mann in mittleren Jahren, stämmig und wohlgenährt, wurde mit klirrenden Ketten vor die Tribüne geführt. Wie seine Gesellen trug er eine Strumpfhose und ein schmutziges Hemd, blickte aber trotzig drein. »Wer beschuldigt diesen Mann?«, fragte Kett.

»Ich!« Ein Mann in den Dreißigern trat vor. »Richard Sherman, Landmann von Pullan! Ich beschuldige Sir William, Feudalabgaben an seine Pächter weitergereicht zu haben, Abgaben, welche er persönlich dem König hätte zahlen müssen. Außerdem hat er sich das Gemeindeland genommen!« Weitere Pächter Sir Williams traten vor und bestätigten die Anklage. Alles, was ihm zur Last gelegt wurde, verstieß gegen geltendes Recht. Jermstone wurde gefragt, was er zu seiner Verteidigung vorbringen könne, doch er polterte nur, dass er sich von einer Ansammlung gemeiner Rüpel nicht den Prozess machen lasse.

In der Menge brodelte es, und Rufe wurden laut wie: »Bringt ihn um, den alten Fettwanst! Hängt ihn an die Eiche!«

William Kett erhob sich und trat an den Rand der Tribüne. »Seid gefälligst still!«, brüllte er. »Mein Bruder sagte es schon, wir hängen niemanden! Soll der Protektor jene hängen, die es verdient haben! Was soll denn Bürgermeister Codd davon halten, wie ihr euch aufführt?«

»Hängt ihn auch!«, rief jemand.

Robert Kett zeigte auf den Mann. »Willst du auch in den Kerker, du Schandmaul?«, rief er und brüllte dann aus voller Kehle: »Ihr habt mich zu eurem Anführer gemacht, und ich versprach euch Gerechtigkeit, nicht Gewalt!« Der Mann, den er angesprochen hatte, senkte betreten den Blick. Kett fügte hinzu: »Sir William Jermstone soll eingesperrt werden, seine Schändlichkeit zu Papier gebracht.« Der Soldat führte ihn fort. »Der zweite Beschuldigte«, sagte Kett. »Robert le Grand aus West Flegg.«

Ich war beeindruckt von Ketts Zurückhaltung beim Umgang mit Jermstone, der die Versammlung aufs Übelste beleidigt hatte. Der zweite Prozess verlief ähnlich wie der erste, mit ähnlichen Vorwürfen, und nur einmal beugte ich mich zu Kett hinüber, um ihm etwas zuzuflüstern, nämlich als le Grand beschuldigt wurde, den toten Vater eines Anklägers geschmäht zu haben. Kett erhob die Stimme: »Da der Betroffene tot ist, kann man seinen Fall nicht mehr zur Anklage bringen!«

Als die Beweisaufnahme abgeschlossen war, wurden erneut Rufe laut, die den elenden Gefangenen an den Galgen wünschten, obwohl er einen anderen Weg eingeschlagen und mit bescheidener Stimme seine Schuld eingestanden hatte. Er zitterte dabei am ganzen Leib. Kett ließ die Menge eine Weile brüllen, ehe er die Anweisung gab, le Grand wieder einzusperren. Mir fiel auf, dass die Schreihälse eher die jüngeren Männer waren und die in den ärmlichsten Kleidern. Die Pächter und Handwerker dagegen, die zumindest ein bescheidenes Gut zu verteidigen hatten, blieben ruhiger. Ich begriff, warum jene, die nichts zu verlieren hatten, so heftig geiferten, doch wenn dieses Unterfangen in ein Blutbad ausartete, wäre es das Ende des Lagers. Solange jedoch Kett das Sagen hätte, würde es gewiss nicht so weit kommen.

Zum Glück erwies sich der dritte Beschuldigte als ein geradezu mustergültiger Grundherr, für den mehrere seiner Pächter die Freiheit forderten. Kett gab ihrem Wunsche nach und ließ ihn gehen; der Mann blickte einen Moment lang verwundert umher, machte kehrt und lief in Richtung der Straße nach Norwich davon.

Die Prozesse wurden fortgeführt, wobei Kett nur einiger Ratschläge von mir bedurfte, wenn ein Kläger ins Belanglose abschweifte oder Behauptungen vorbrachte, die nicht zu beweisen waren. Einige Grundherren wurden auf freien Fuß gesetzt, aber die meisten wieder in Gewahrsam genommen, stets zum Jubel der Menge; zuweilen zeigten ihnen Burschen ihre blanken Hintern.

Schließlich wurde Leonard Witherington stolpernd vor die Eiche geführt. Er fing an zu zittern, als er vor uns stand. »Wer beschuldigt diesen Mann?«, fragte Kett.

Zwei Männer traten vor. Ich kannte sie beide von meinem Besuch in Brikewell – der Freibauer Harris, ein graues Wams über dem Hemd, und Melville, der junge Mann, der am wütendsten gegen Witherington gegeifert hatte. Harris ergriff als Erster das Wort, rezitierte die vertraute Litanei von der Ausbeutung der Gemeinen, der unbotmäßig erhöhten Pacht und dem Weiterreichen der Feudalabgaben. Harris sagte, der Beauftragte des Feodary sei persönlich bei Witherington gewesen, um den Pächtern mitzuteilen, sie müssten Abgaben leisten – an John Flowerdew. Als dieser Name fiel, entstand Aufruhr in der Menge, und jemand rief Witherington zu: »Wie viel habt Ihr ihm bezahlt?«

Kett sagte: »Nun, habt Ihr ihn bestochen?«

Witherington trat unbehaglich von einem Bein auf das andere. »Ich gab ihm einen Sovereign.«

»Schreibt es auf, Jack Barak!«, sagte Kett. Es wurden noch mehr Flüche laut gegen Flowerdew; er hatte gut daran getan, aus Hethersett zu fliehen letzte Woche.

Der junge Goodman Melville trat vor. »Ich beschuldige Leonhard Witherington, uns die Ernte verdorben zu haben. Er hat den Vögeln aus seinem großen Taubenschlag gestattet, sich am Korn gütlich zu tun, so dass uns nichts anderes übrigblieb, als die Vögel totzuschießen.« Er deutete mit dem Finger auf mich. »Der Anwalt, der dort sitzt, hat es mit eigenen Augen gesehen!«

Ich wandte mich Kett zu und flüsterte: »Er hat recht. Ich wollte wegen des Boleyn-Falls zu Witherington. Aber Tauben zu halten verstößt nicht gegen das Gesetz, Captain Kett.«

»Was sagt er?«, rief Melville. »Er war dort, er hat's gesehen!« Zornige Stimmen wurden laut. Weder Codd noch Aldrich hatten bisher etwas anderes getan, als sich Notizen zu machen, doch jetzt beugte sich Aldrich zu Kett hinüber und sagte: »Ihr müsst ihm antworten, sie ereifern sich schon.«

Kett war bereit. Er stand auf und sagte: »Master Shardlake war in der Tat in Brikewell, aber er sagt, es verstoße nicht gegen das Gesetz, viele Tauben zu halten.« Die Leute entrüsteten sich. »Gleichwohl« – er hob die Stimme – »sollte es verboten werden, und dafür will ich sorgen! Es soll auf der Liste der Forderungen an den König und den Protektor stehen, welche die Vertreter der Hundertschaften in diesem Augenblick erstellen. Dieses Unrecht muss getilgt werden!« Die Empörung schlug in Jubel um. Harris meldete sich erneut zu Wort. »Wir haben noch mehr gegen Witherington vorzubringen. Im vergangenen Frühjahr wies sein Steward uns an, ein Stück Land seines Nachbarn John Boleyn zu belagern. Witherington habe das Recht dazu, sagte er, und werde uns einen Teil davon als Gemeindeland abtreten. Falls wir ihm nicht zu Willen wären, müssten wir das unsere abtreten.«

Aldrich meldete sich zu Wort. »Dann habt ihr euch also mit Gewalt Boleyns Land genommen?«

Da brüllte Melville: »Wir hatten doch keine Wahl, verflucht!«

Yeoman Harris trat vor. »Das ist wahr, und wir hatten auch gehofft, das Land friedlich zu belagern. Doch jemand hat Boleyn gewarnt, und eine Meute junger Wilder stürmte auf uns los, rekrutiert von den Boleyn-Zwillingen aus Sir Richard Southwells Meute hochwohlgeborener Raufbolde. Sie haben auf uns eingedroschen, und Gerald Boleyn hat einem Burschen aus unserem Dorf so heftig auf den Kopf gehauen, dass er den Verstand verloren hat.« Er wies in die Menge, und ein Mann brachte den jungen Ralph nach vorn, den ich in Brikewell gesehen hatte. Dem Aussehen nach war der Mann Ralphs Vater. Ralph stierte auf die Eiche. Der Mund stand ihm offen, und er sabberte. Er hatte offenbar keine Ahnung, wo er sich befand. Sein Vater drückte ihm sanft den Kopf nach unten, damit die kahle, vernarbte Stelle sichtbar wurde. Alle reckten die Hälse nach dem Jungen, und eine Frau trat vor und rief: »Schämt euch! Schämt euch!«

Witherington drehte sich zu Kett um. »Ich war das doch nicht«, rief er, die Hände ringend, »sondern Gerald Boleyn, im Auftrag seines Vaters John. Der Angriff wurde von Boleyns Steward Chawry geführt.« Dann war Chawry also auch dabei, dachte ich und sah, dass Witherington mit zitterndem Finger auf mich deutete. »Und dieser Serjeant Shardlake ist Boleyns Anwalt.«

Der Anblick des Burschen hatte die Menge erzürnt. »Sein Anwalt!«, brüllte jemand. »Dafür soll Boleyn büßen!«

Ich stand auf. »Ich habe John Boleyn vertreten, aber doch nur im Zusammenhang mit dem Vorwurf, dass er sein Weib ermordet haben soll …«

»Genau!«, rief eine Frau. »Er wurde für schuldig befunden. Und jetzt sitzt er drüben im Burgverlies und wartet auf seine Begnadigung. Seine Verwandte, die Lady Elizabeth, hat dafür bezahlt!«

»Eine der reichsten Grundherrinnen in England!«, rief jemand. »Genau wie ihre Schwester Lady Mary, die in Kenninghall inmitten ihrer Schafhürden und Pfaffen sitzt! Jagt sie fort!«

Wieder trat Robert Kett vor und hieß sie schweigen. »Lady Mary bleibt, wo sie ist! Sie ist die Thronerbin. Was glaubt Ihr denn, wie es um unsere Sache mit dem Protektor bestellt wäre, wenn wir uns mit ihr anlegten? Was Master Shardlake anbelangt«, er drehte sich zu mir um, »so müssen Barnabas und Gerald Boleyn in dieser Angelegenheit vor Gericht gestellt werden. Ihr habt sie nie vertreten?«

Ich erhob mich und blickte auf die Zwillinge, die mir zugrinsten. »Niemals!«, rief ich laut.

Die Menge wurde still. Ich rief: »Soweit ich es zu beurteilen vermag, hätte John Boleyn niemals gestattet, dass diesem Jungen hier so etwas Niederträchtiges angetan wird.« Das Herz schlug mir bis zum Hals, als jemand ausrief: »Schon wahr, John Boleyn ist kein schlechter Herr. Doch seine Söhne sind roh und gemein. Wie sein alter Schwiegervater.«

Alderman Aldrich meldete sich zu Wort. »Gawen Reynolds ist ein Ratsherr aus Norwich. Wir sitzen hier jedoch über die Landjunker zu Gericht.«

Kett warf einen Blick auf die Zwillinge. Die starrten finster zurück. »Leonard Witherington, Ihr müsst zurück ins Gefängnis. Jetzt bringt mir Gerald und Barnabas Boleyn.« Ungeachtet ihrer Ketten schlurften die Zwillinge unbekümmert Schulter an Schulter auf die Eiche zu, als ginge die Versammlung sie nichts an.

Vor Kett blieben sie stehen, ihre Mienen belustigt und verächtlich. Kett sagte leise: »Gerald und Barnabas Boleyn, ihr werdet beschuldigt, diesen Burschen dort attackiert und ihm dergestalt den Schädel zertrümmert zu haben, dass er keinen Verstand mehr hat.« Ralphs Vater hielt seinen Sohn am Arm gepackt, als dieser beim Anblick der Zwillinge schwache Fluchtversuche unternahm. Kett richtete sich an den Vater. »Habt Ihr mit angesehen, was Eurem Sohn widerfahren ist?«

»Wir waren beide Teil des Trupps, der Master Boleyns Land belagern sollte«, sagte er mit bebender Stimme. »Wir haben dort unsere Fahnen aufgepflanzt, als eine Meute zwischen den Bäumen hervorsprang und uns entgegenstürmte.« Er deutete auf die Zwillinge. »Die zwei waren darunter, und ich sah, wie der ohne Narbe mit seinem Knüppel ausholte und mit aller Wucht auf den Kopf meines armen

Sohnes eindrosch. Seitdem ist Ralph bei allem auf unsere Hilfe angewiesen, kann weder allein essen noch allein kacken.«

In der Menge brüllte einer: »Ich war auch dort! Ich hab's gesehen.« Kett fragte nach seinem Namen, und Barak schrieb ihn auf.

Kett sagte: »Ich habe ausreichend Erfahrung in Gesetzesdingen, um zu wissen, dass Gerald Boleyn, wenn es sich tatsächlich so zugetragen hat, des versuchten Mordes schuldig ist. Er könnte dafür hängen, und sein Bruder wird als Mittäter angeklagt.« Er blickte mich an, und ich nickte. »Habt ihr nichts zu sagen?«, fragte er die Zwillinge.

Gerald zuckte die Schultern. »Das ist kein Mordprozess.«

»Nein.« Ketts Stimme wurde tief vor Empörung. »Aber die Beweise gegen euch dürften für eine Anklage reichen.«

Gerald blickte den jungen Ralph an, der entsetzt zurückwich. Er sagte: »Dieser Bursche ist doch nur ein unfreier Knecht, genau wie sein Vater. Witherington schuldet ihm nicht mehr, als er seinem Gaul schuldet.« Buhrufe tönten aus der Menge, und mehrere Männer schüttelten Knüppel und Mistforken. Barak flüsterte: »Sind die beiden noch bei Trost? Soll die Meute sie in Stücke reißen?« Und in der Tat drängte die Menge nach vorn. »Tötet sie!«, tönte es von mehreren Seiten. Doch die Zwillinge waren schlau genug, um zu erkennen, dass die Stadt die Tore sogleich wieder verschließen würde, wenn Kett dies im Beisein der Stadtoberen Codd und Aldrich zuließe.

Kett erhob sich und rief: »Männer! Sagt es allen, unsere stärkste Forderung wird das Ende der Knechtschaft in Norfolk sein! Leibeigene sollen fortan die Freiheit erlangen!«

Jubel wurde laut, und die Menge war ein wenig besänftigt, obschon jemand ausrief: »Diese Schläger müssen hängen!«

»Und das werden sie! Master Shardlake, Ihr setzt eine Anklageschrift auf, die den Richtern vorzulegen ist, sobald unseren Forderungen stattgegeben wurde.«

»Gewiss. Sehr gerne sogar.« Ich blickte auf die Zwillinge. Da Witherington Stillschweigen bewahren wollte über sein Eindringen in

Boleyns Land, war nichts gegen sie unternommen worden, doch nun gab es genügend Zeugenaussagen, um sie beide an den Galgen zu bringen. Und dennoch wirkten sie völlig unbesorgt. Barnabas sagte: »Ganz wie Ihr wünscht, Yeoman Kett. Wollt Ihr uns wieder nach Surrey Place schicken oder zu unserem teuren Vater nach Norwich Castle?«

»Vorerst Surrey Place«, antwortete Kett.

»Besorgt Ihr uns auch ein paar Huren? Im Lager sind etliche, wir haben's gesehen.«

Wieder entrüstete Buhrufe aus der Menge. »Schaff sie fort!«, befahl Kett dem Wachmann. Er wandte sich an die Menge. »Lasst sie in Ruhe, auch wenn es schwerfällt. Sie hängen ohnehin bald in Norwich am Galgen. Hast du alles aufgeschrieben, Jack Barak?«

»Jawohl.«

Die Zwillinge wurden abgeführt. Jemand schleuderte eine Mistforke auf Barnabas, die ihn nur um Haaresbreite verfehlte, aber der lachte nur. Kett raunte mir zu: »Was sind das bloß für Burschen? Sie gleichen eher Teufeln als Menschen. Sogar sie sollte die Aussicht auf den Galgen schrecken; sie hätten sich verteidigen können, anstatt ihr Opfer zu schmähen. Vielleicht sind sie toll?«

Ich schüttelte den Kopf. »Sie sind wirklich schwer zu begreifen.«

KAPITEL ACHTUNDVIERZIG

Nach einer kurzen Mittagspause wurden die Prozesse am Nachmittag fortgesetzt. Hier herrschte nicht die Hast wie bei den Assisen; die Angelegenheit wurde mit Bedacht vorangebracht. Man suchte, Beweise zu erbringen, ließ eine nicht unbeträchtliche Zahl von Edelleuten wieder frei, und die Menge, nach und nach an den Ablauf gewöhnt, wurde ruhiger. Um fünf Uhr wurde der letzte Junker in sein Gefängnis zurückgebracht, und die Menge, nachdem sie Kett von Herzen zugejubelt hatte, zerstreute sich. Allerdings hörte ich ein paar jüngere Männer um Michael Vowell murren: »Ein paar von denen am Galgen, das hätte nicht geschadet!«

Auch während des Nachmittags hatte sich die Schwüle fortgesetzt, und so floss der Schweiß in Strömen. Die Sonne war von Dunst überzogen, wie vor dem Gewitter im vorigen Monat. »Ein Sturm zieht auf«, bemerkte William Kett.

»Morgen wahrscheinlich«, pflichtete Robert ihm bei. Er wandte sich zu mir um und sagte höflich: »Ihr habt Euch wacker geschlagen, Master Shardlake. Wir haben einen hübschen Haufen ausführlicher Anschuldigungen gestapelt. Ich trage sie in die Kapelle. Nun, morgen seid so gut und werft ein Auge auf unsere Forderungen an den Protektor.« Er bedachte mich mit einem Blick, der keine Widerworte zuließ.

»Wie Ihr wünscht«, sagte ich. Er zog mich jeden Tag tiefer in diese Rebellion hinein.

»Kommt morgen um zwei in die Kapelle. Und vergelt's Euch Gott.«

Wir kehrten zu den Hütten zurück, aber die anderen waren noch bei der Arbeit. Nur die Gevatterin Everneke saß an ihrem Platz und flickte Kleider. »Wie ist es gegangen?«, fragte sie.

»Ausgezeichnet«, antwortete Barak. »Wir haben viele gerechtfertigte Anschuldigungen gegen die Edelleute zu Papier gebracht.«

Sie nickte zufrieden. »Ihr seht aus, als hättet Ihr lange genug herumgesessen. Warum schlendert ihr nicht ein wenig im Lager herum?« Sie blickte auf unsere Hütte. »Der lange Bursche ist den ganzen Tag nicht vor die Tür gekommen. Er ist griesgrämig. Holt ihn doch heraus. Er ist keiner von der schlechten Sorte«, fügte sie hinzu.

Ich lächelte. »Gute Idee.«

Barak kroch in unsere Behausung. »Na komm, Junge. Wir wollen dich herauslocken!«

Wir gingen in östlicher Richtung, mitten hinein in das Herz des Lagers. Die Ansammlungen von Hütten, von leuchtenden Dorffahnen gekennzeichnet, falls jemand sich verlaufen sollte, erstreckten sich, so weit das Auge reichte, die sandigen Wege quer durch die Heide, von tiefen Wagenspuren durchzogen, zudem etliche neue Pfade, die durch das Lager führten. Dennoch blieb eine Menge Platz, so weit war die Heide, und an etlichen Stellen wucherte noch immer das lange gelbe Gras, gesprenkelt von Greiskraut, Disteln und den Mohnblumen, welche die Einheimischen als Kupferrosen bezeichneten.

Barak sagte zu Nicholas: »War's dir nicht zu heiß dort drin, den ganzen Tag?«

Der zuckte die Schultern. »Wie sind die Prozesse gelaufen?«

Wir erzählten ihm alles, auch dass Kett zugestimmt hatte, ihn nicht wieder einzusperren, was ihn sichtlich freute. »Ich hatte schon befürchtet, dass sie jemanden hängen. Oder dass Kett die Menge nicht zu bändigen vermochte.« Dann fügte er leise hinzu: »Und dass sie mich holen kämen.«

Ich sagte: »Kett hat alles fest im Griff. Er hält sich an die Gesetze. Du darfst ihn nicht falsch verstehen, Nicholas. Er will keine Gewalt, wenn es sich vermeiden lässt. Er ist der geborene Anführer und ein begabter und erfahrener Politiker. Aber auch ein lauterer Mensch, der meint, was er sagt.«

Nicholas stieß einen Kiesel beiseite. »Das mag sein. Aber eine Rebellion ist nicht das richtige Mittel, um Ziele durchzusetzen.«

»Er ist kein Rebell«, sagte Barak. »Er will doch nur Gerechtigkeit erreichen. Willst du sagen, das sei falsch?«

Nicholas schüttelte den Kopf. »Ich sehe nicht mehr klar. Letzte Nacht hatte ich ein Gespräch mit einem der Männer aus Swardeston, die im schottischen Krieg gedient haben. Dieser wurde dermaßen grob, dermaßen roh geführt – mit Metzeleien in der Bevölkerung –, dass die Soldaten es kaum ertrugen. Sie hatten schließlich geglaubt, die Schotten würden sie willkommen heißen. Allmählich bezweifle auch ich, dass dies ein gerechter Krieg ist.« Er seufzte und ließ den Blick über das Lager schweifen. »Dieser Ort, wer hätte sich je so etwas vorstellen können?«

Wir folgten seinem Blick. Überall herrschte Betriebsamkeit. Schuster und Schneider hatten Stände errichtet. Ganz in der Nähe hatte man das Fleisch geschlachteter Hammel zum Trocknen ausgelegt, während nicht weit davon lebende Schafe und auch einige Rinder in ihren Pferchen standen. Diese waren oft aus denselben Hürden errichtet worden, welche die Grundherren benutzt hatten, während an die dreißig Pferde auf einer großen Koppel gehalten wurden, die ein massives Holzgatter umgab. Nicht weit davon hatte man ein hölzernes Gebäude errichtet, das wohl als Schlachthaus diente. Was hatten diese Männer in den vergangenen Tagen alles zuwege gebracht! Die meisten von ihnen hatten vermutlich seit langem nicht mehr so reichlich gegessen, was ihren Eifer befördert haben dürfte. Wie immer gingen fliegende Händler von Hütte zu Hütte und machten gute Geschäfte, indem sie den Frauen Nadeln verkauften. Weiter vorn erblickte ich einen Schmied und seinen Gehilfen, die in einer aus Backstein gemauerten Werkstatt zugange waren. Unter den wachsamen Augen eines Soldaten stellten sie aus bäuerlichen Gerätschaften Waffen mit scharfen Klingen her. Nicholas sah ihnen zu. »Sie schmieden Schwerter aus Pflugscharen«, sagte er leise. »In der Bibel ist es umgekehrt.«

Begleitet von lautem Jubel, rumpelte ein Karren vorüber, der mit einer Kanone auf einem hölzernen Sockel beladen war. Die schweren Rösser, die ihn zogen, hatte man zweifellos aus eines Gutsherren Stall geholt. Wir schlenderten weiter bis zu der Stelle, wo ein weiteres Backsteingebäude entstand, ein Backhaus. In einiger Entfernung übten sich an die fünfzig junge Männer im Bogenschießen, indem sie von ihren Langbögen gegen irdene Ziele Pfeile schnellen ließen, welche durch die Luft surrten.

»Potztausend«, staunte Barak, »wie viele sind es jetzt?«

»Man kann sie nicht mehr zählen. Achttausend?«

Barak versetzte Nicholas einen Stoß. »Sieh mal an, es ist wirklich für alles gesorgt.« Er deutete auf zwei junge Frauen, die aus einer der Hütten kamen und sich die Röcke glatt strichen. »Die Huren aus Norwich machen das Geschäft ihres Lebens.«

»Die Leute scheinen uns jetzt als ihresgleichen anzusehen«, sagte Nicholas. »Wahrscheinlich weil wir schäbige Kleider tragen, schmutzig sind und stinken.«

Barak sah ihn an. »Das sollte dir zu denken geben. Wir sind alle aus demselben Lehm gemacht.«

»Und enden alle gleich«, pflichtete ich ihm bei. »Hoffentlich nicht allzu bald.«

Wir setzten unseren Weg fort, der jetzt ein wenig anstieg, um einen der alten Steinbrüche herum, welche die Heide sprenkelten – einer befand sich unweit der Böschung. Dort klaffte jäh ein etwa hundert Fuß tiefes Loch, es galt auf der Hut zu sein. Von unserem Standpunkt aus überblickten wir jetzt das gesamte Lager, bis zum Abhang im Westen, wo Wachposten standen. Nach Osten erstreckte es sich weiter, als das Auge reichte.

»Kommt«, sagte ich, »die Leute machen bald Feierabend. Gehen wir zurück.« Barak und Nicholas stimmten mir zu. Die Schwüle machte müde und trieb den Schweiß aus den Poren. Drüben im Thorpe Wood waren die Sägen verstummt, und die Männer kehrten zu ihren Hütten zurück. Ein Mann im weißen Chorrock stieg auf eine Kiste und hob eine Bibel in die Höhe. Einer der Lagerpropheten, der nur darauf wartete, den Holzarbeitern die Leviten zu lesen. Dennoch schienen die Prediger beliebt zu sein, wenige verhöhnten sie, wie sie es in London taten. Ich holte das Pamphlet aus der Tasche, das ich am Morgen gefunden hatte, und zeigte es Barak und Nicholas. »Was haltet ihr davon?«

Nicholas verzog das Gesicht. »Dummer prophetischer Unsinn.«

Ich sagte: »Aber das Prophezeien scheint gerade sehr beliebt zu sein. Man braucht sich nur die radikalen Protestanten anzusehen, wie sie zu allem Prophezeiungen machen – hat nicht John Knox vorhergesagt, dass jetzt Engländer und Schotten Gottes auserwähltes Volk seien und mit vereinten Kräften ihre papistischen Feinde zerstören würden? Daraus ist nicht viel geworden. Ich entsinne mich der Pilgerfahrt der Gnade, jener Rebellion der Katholiken gegen die Abspaltung unserer Kirche von Rom; damals hatte man Prophezeiungen in alten Büchern über Merlin und dergleichen zu Rate gezogen, welche angeblich den Niedergang des Königs voraussagten. All dies scheint sich vermischt zu haben mit den Texten von Schriftstellern wie Mors und Crowley, in denen sie einen radikalen Wandel durch die Herrschenden fordern, wie es auch Kett verlangt.«

Wir spazierten durch ein Gelände, in dem zwei kleine Gruppen von Männern, jede mit einer Dorffahne, sich gegenseitig aufforderten, ihre Hütten zu versetzen, damit eine weitere Senkgrube ausgehoben werden konnte.

»Verzieht euch, ihr stinkt!«

»Wir waren zuerst hier und haben weiter zu gehen, um zu kacken!«

»Nicht alle halten fest zusammen«, stellte Nicholas spöttisch fest.

Ich lächelte. »So sind die Menschen eben.«

Weiter vorn hoben mehrere Männer eine Grube aus im sandigen Boden, schon vier Fuß tief. Ein etwa vierzigjähriger Mann, wahrscheinlich einer der Hundertschaftenvertreter, hatte die Aufsicht.

»Tut mit leid, Freunde«, sagte er, »aber die Jauchegrube muss tiefer werden.«

Ich blieb stehen und redete ihn an. »Ihr tut wirklich gut daran, die Exkremente tief zu vergraben. Ich habe in einem Armeelager gesehen, welche fatalen Konsequenzen es haben kann, wenn man nicht achtgibt.«

Er sah mich neugierig an. »Ihr seid Soldat gewesen, Sir?«

»Nein, aber ich war vor vier Jahren im Armeelager in Portsmouth, als der Einfall der Franzosen drohte. Dann kam die verfluchte Ruhr und raffte viele dahin.«

Er nickte. »In Boulogne, wo ich kämpfte, ebenso. Dieser Ort hier ist zwar strategisch gut gewählt, aber bei dieser Hitze und ohne frisches Wasser in der Nähe, abgesehen vom Fluss Wensum, ist er die ideale Brutstätte für die Ruhr. Deshalb lassen wir überall Gruben ausheben, um Unflat und Abfall zu entsorgen. Bald werden auch die Läuse zum Problem; die Männer müssen sich Bart- und Haupthaar scheren lassen.«

Wir entfernten uns von der Grube, doch nach ein paar Schritten blieb ich stehen, da ich einen der Grabenden wiedererkannte. Gemerkt hatte ich es, weil er sein Gesicht von mir weggedreht hatte. »Ist das Peter Bone?«

Der Bruder von Edith Boleyns verstorbener Magd wandte sich zu mir um. Sein Haar und der Bart waren länger und ungepflegt, die braunen Augen blickten kühn, sein Gesicht, bleich und ausgezehrt, als ich ihn zuletzt gesehen, war jetzt voller geworden und sonnengebräunt. »Anwalt Shardlake«, sagte er mit dem Gran Feindseligkeit, das mir schon beim letzten Mal aufgefallen war, und lachte. »Und Eure Freunde sind auch da. Wo sind denn Eure feinen Roben? Warum seid Ihr im Lager?«

»Ich helfe Captain Kett bei den Rechtssachen.«

Bone stieg aus der Grube. »Unter Zwang, will ich meinen.« Er sprach mit neuer Zuversicht und in einem Ton, der gegenüber meinesgleichen noch vor wenigen Wochen als unverschämt gegolten hätte. Doch wie Kett schon gesagt hatte, die Tage, da man vor den

Herren den Hut zog, dabei hastig und demütig sprach, waren vor-über.

Barak fragte: »Und was tut *Ihr* hier, da wir schon dabei sind? Als wir Euch zuletzt sahen, habt Ihr in Eurem eigenen Haus in Norwich gelebt.«

Bone fuhr Barak böse an. »Ich hatte kaum genug zum Leben mit dem kärglichen Mietzins, den ich verlangte, und musste für ein paar Pennys Wolle spinnen wie ein Weib. Also bin ich hier heraufge-kommen, um dabei zu helfen, das Unrecht wider das Gemeinwohl zu beseitigen.«

Ich sah ihn forschend an. Ich verstand seinen Zorn, aber warum hatte er das Gesicht weggedreht, als er meiner ansichtig geworden war? Ich erinnerte mich, dass ich auch schon beim letzten Mal das Gefühl gehabt hatte, er halte mit etwas hinter dem Berg. Die an-deren hatten aufgehört zu graben und blickten uns an, vielleicht auf einen Streit hoffend. Der, welcher das Sagen hatte, rief: »Geht wieder an die Arbeit, Freunde. Vielleicht solltet Ihr jetzt gehen, Sir?«

»Das ›Sir‹ kannst du dir sparen«, sagte Bone und bückte sich nach seiner Schaufel. Wir gingen weiter. Nicholas schüttelte den Kopf. »Seltsam, wenn man sieht, wie das gemeine Volk wirklich über un-sereins denkt«, sagte er.

»Bei ihm hat es noch andere Gründe«, sagte ich ruhig. »Er verbirgt etwas, ich spüre es. Es ist nicht das Einzige, was ich heute gelernt habe. Zum Beispiel wusste ich nicht, dass Chawry die Gruppe an-führte, die Witheringtons Männer so heftig angegriffen hat.«

»Wie habt Ihr es herausgefunden?«, fragte Nicholas.

»Bei den Prozessen unter der Reformeiche. Er hat zumindest eine Verbindung zu Richard Southwells rohem Haufen.« Ich seufzte. »Der Fall verfolgt uns tatsächlich bis hierher ins Lager.«

Auf dem Weg zurück hielten wir noch einmal inne, um zuzuse-hen, wie einige Männer einen Kaninchenbau aushoben – es gab davon etliche in der Heide. Manche der Männer hielten Hunde am Halsband, während andere Löcher in den Boden gruben. Sobald ein paar Kaninchen herausgeflitzt kamen, wurden die Hunde losgelassen, und sie fassten die Tiere auf der Stelle. Dann trat ein Mann herbei, der vorsichtig einen großen Beutel trug. »Das hab ich aus dem Zeughaus«, sagte er. »Schießpulver!«

»Potztausend, sei auf der Hut!«, rief einer seiner Gesellen ihm zu.

»Sie haben mir erklärt, wie es geht.«

Der Mann bückte sich und ließ vorsichtig das schwarze Pulver herausrieseln. Zum Glück war es nicht viel. Er nahm einen Docht, legte das eine Ende am Rand des Pulvers, das andere einige Fuß entfernt nieder. Alles trat eilig zurück. Nach einigen angespannten Minuten hatte er Feuer geschlagen und die Lunte entzündet. Das Flämmchen zischelte auf das Pulver zu, es folgte eine laute Explosion, die Erde und Gras aufwirbelte. Dutzende Kaninchen schossen aus ihren Löchern, um von den Hunden gefasst oder den Männern aufgespießt zu werden. Sie wurden am Rande des Baus zu einem großen Haufen gestapelt, und die Männer, hocherfreut über das Ergebnis und erleichtert, dass sie nicht in die Luft geblasen worden waren, rannten herbei. Sie schüttelten einander die Hände und klopften demjenigen auf die Schulter, dessen Idee es gewesen war.

Da stürzte der Teil des Baus, auf dem sie standen und der bereits von Gängen im lockeren Erdreich durchlöchert und jetzt von der Wucht des Schwarzpulvers und dem Gewicht der Männer erschüttert war, unter ihren Füßen ein. Zum Glück war die Grube, die sie ausgehoben hatten, zwar breit, aber nicht sonderlich tief. Und so rappelten sich die Männer daraus empor, schmutzig zwar, aber fröhlich und lachend; niemand war verletzt. Barak zollte ihnen Beifall, wir aber machten kehrt und gingen weiter. Zu diesem Zeitpunkt hielten wir die Episode für einen heiteren Spaß; viel später sollten wir eines Bessern belehrt werden.

⚜

Als wir bei unseren Hütten anlangten, waren auch die Männer von der Arbeit heimgekehrt. Das Abendessen – eine Lammkeule heute – drehte sich schon auf einem Bratspieß, den man unlängst aus einem Gutshaus entwendet hatte. Der unentwegte Rauchgeruch war auch etwas, woran ich mich in dieser letzten Woche gewöhnt hatte. Alle schwitzten, es war heißer und stickiger denn je, der Abendhimmel milchig grau. Die Dorfleute nickten uns zu, und ich bemerkte erfreut, dass Nicholas zurücknickte, wie zu seinesgleichen. Der alte Hector Johnson war auch zugegen und begrüßte uns. Ebenso der junge Natty. Er saß bei einem hellhaarigen jungen Mann mit wettergegerbtem Gesicht, der mir einen ängstlichen Blick zuwarf. Ich bedeutete Barak und Nicholas, mich nicht zu begleiten, und ging hinüber zu ihm. »Ich bin Matthew Shardlake«, sagte ich und streckte ihm die Hand entgegen. »Bist du Nattys Freund von den Sandlings?«

»Jawohl, Sir. Stephen Walker. Ich bin mit anderen Leuten aus meinem Dorf ins Lager gekommen.«

Behutsam, weil mein Rücken nach dem langen Spaziergang schmerzte, ließ ich mich neben ihm nieder. »Natty hat dir scheint's erzählt, dass ich Anwalt bin. Bevor ich ins Lager kam, hatte ich drei Morde aufzuklären.«

Der Bursche legte die Stirn in Falten. »Einer der Toten, sagt Natty, sei der arme Wal Padbury gewesen, ein anderer sein Lehrmeister aus Norwich und dann noch irgendeine Frau.«

Arme Edith, dachte ich, immer nur »irgendeine Frau«, anonym, unbekannt. »So ist es«, antwortete ich leise.

Walker sah mich an, und ich las Besorgnis in seinen scharfen blauen Augen. »Ich krieg keinen Verdruss, wenn ich Euch sage, was ich gesehen hab?«

»Ich versprech es dir. Man wird dich allenfalls bitten, vor Gericht als Zeuge auszusagen.«

Er sah Natty an. »Das hab ich befürchtet.« Er wandte sich wieder mir zu, holte tief Luft und sagte dann: »Ich hab gesehen, wie sie den toten Wal Padbury ins Meer geworfen haben.«

Meine Augen weiteten sich. »Das hast du gesehen?«

Walker schien ein wenig zurückzuschrecken. Natty legte ihm eine Hand auf den Arm. »Nur zu, Steve.«

Walker sagte: »Einer von den Männern, die ich dabei beobachtet hab, hat einen mächtigen Freund, einen der mächtigsten in ganz Norfolk. Jetzt wünschte ich fast, ich hätt's für mich behalten, aber ich hab Wal gekannt, er hat keiner Fliege was zuleide getan.«

Natty lächelte, dass die weißen Zähne im braunen Gesicht blitzten. »Mächtige Freunde sind nicht mehr so wichtig wie früher, Junge. Sieh dich doch um.«

»Ich verstehe deine Furcht, Stephen. Aber wenn es dir hilft, kann ich dir sagen, dass auch ich mächtige Freunde habe. Ich bin Anwalt der Lady Elizabeth.«

Walker schien beeindruckt. Er blickte zu Natty, der nickte. »Master Shardlake kannst du vertrauen. Er berät jetzt Captain Kett.«

»Weiß die Lady Elizabeth davon?«

Ich räusperte mich. »Nein. Ich – ich bin ohne mein Zutun in die Rebellion hineingeraten.«

»Das ist aber doch das Lager des Königs, Steve«, sagte Natty ermunternd, »wir unterstützen den Wunsch des Protektors nach Reformen; der Protektor regiert im Namen des Königs, und Lady Elizabeth ist die Schwester des Königs. Sag es ihm, Steve, damit Wal und die anderen gerächt werden.«

Der junge Mann holte tief Luft. »Es war letzte Woche. Ich war draußen am Strand« – er sah Natty an –, »hab Austern gesammelt.«

Natty stieß ihn leicht an. »Du hast gewildert, Junge. Master Shardlake wird dich nicht verpfeifen. Bei uns tut das jeder – nur gehört das Land einem der Großen, und er erlaubt nicht, dass wir uns die Austern nehmen.«

Walker sprach mit jäher Leidenschaft. »Dieser Mann hätte es wie kein anderer verdient, dass man ihm unter der Eiche den Prozess macht.«

»Erzähl einfach, was du gesehen hast.«

»Ich kam gegen Feierabend vom Strand, als ich Stimmen hörte. Ich warf mich mit meinem Fang ins lange Gras. Drei Männer gingen vorüber, keine zehn Schritte von mir entfernt, und sie schleppten eine Leiche. Ich erkannte den armen Wal, sein Gesicht ganz weiß, sein Kopf über und über voller Blut und Hirn. Ich blieb reglos liegen. Hätte ich auch nur einen Mucks getan, wär ich auch tot gewesen, das wusste ich. Sie trugen Wals Leiche über den Sand und dann weiter ins Wasser und warfen ihn hinein.« Es schauderte ihn. »Ich habe noch immer das Platschen im Ohr. Sie lachten dabei. Wahrscheinlich glaubten sie, die Flut würde den Toten hinaus ins Meer tragen, aber offenbar kannten sie sich mit den Gezeiten nicht richtig aus. Dann kehrten sie an den Strand zurück und gingen über das Gras davon. Vermutlich hatten sie ihre Pferde irgendwo in der Nähe.« Er sah mich an. »Das war's, Meister, mehr hab ich nicht gesehen.«

»Einer der Männer hat einen mächtigen Freund?«, fragte ich leise.

»Ja. Er ist ein Schrecknis. Die anderen beiden hatte ich noch nie zuvor gesehen.«

Ich sagte: »Waren sie zufällig Zwillinge, etwa achtzehn Jahre alt und hellhaarig?«

Walker schüttelte verwirrt den Kopf. »Nein, sie waren schon in den Zwanzigern und auch keine Zwillinge.«

»Und der, den du kanntest?«

»Ich hab ihn schon öfter gesehen, er besucht mit seinen Freunden zuweilen die Güter seines Herrn und macht Ärger in der örtlichen Schenke. Ihr könnt ihn nicht verfehlen, er hat ein großes braunes Muttermal auf einer Wange. Letztes Jahr soll er ein armes Mädchen verschleppt haben, und es gab viel Gerede und Aufruhr deswegen: Seitdem treibt er es noch wilder als zuvor. Er heißt John Atkinson, und sein Herr ist Sir Richard Southwell.«

KAPITEL NEUNUNDVIERZIG

Ich bedankte mich bei Walker und Natty für ihre Hilfe und bedeutete Barak und Nicholas, mir ein wenig abseits zu folgen. Ich führte sie zu der Stelle, an der in einiger Entfernung von unseren Hütten, in Sichtweite der St Michael's Chapel, eine Ulme stand, und erzählte ihnen, was Walker gesagt hatte.

Barak pfiff durch die Zähne. »Dann könnte Southwell also doch seine Hände im Spiel haben? Er hatte ein Motiv, Boleyn am Galgen sehen zu wollen – er könnte Brikewell aufkaufen, um seine angrenzenden Ländereien zu vereinen und für die Schafzucht zu verwenden.«

Nicholas sah skeptisch drein. »Wir waren uns doch einig, dass ein Mord, angesichts der Größe von Southwells Boden, der Mühe nicht lohnte.«

»Vielleicht lagen wir falsch«, sagte ich. »Southwell ist ruchlos. Er hat seinen eigenen Schlägertrupp und konnte vor Jahren, nachdem ein Gericht ihn des Mordes für schuldig befunden hatte, vom alten König eine Begnadigung erwirken. Und jetzt wissen wir, dass einer seiner Männer, nämlich John Atkinson, den wir beim Prozess erlebt haben, an der Ermordung des Lehrjungen teilhatte – vermutlich hat er auch den Schlosser und Edith Boleyn auf dem Gewissen.«

»Atkinson und seine Meute sind mit den Boleyn-Zwillingen im Bunde«, gab Nicholas zu bedenken. »Vielleicht handelten sie auf deren Geheiß, nicht auf das von Southwell. Sie scheinen sich für jedwede Grobheit herzugeben.«

»Du hast recht«, sagte Barak. »Möglich wär's. Womit wir wieder bei der Frage wären, wer diesen vermaledeiten Schlüssel gestohlen hat – die Zwillinge oder jemand aus Southwells Horde, der in jener Nacht mit ihnen in der Schänke war und für Southwell oder sonst wen gearbeitet hat. Vielleicht sogar für jemanden in Gawen Reynolds' Haushalt. Dort hatten die Zwillinge den Schlüssel über Nacht.«

»Ich frage mich, ob es eine Verbindung gibt zwischen dem Reynolds-Haushalt und Southwell«, sagte ich nachdenklich.

»Wo ist Southwell überhaupt?«, fragte Barak. »Als einer der größten Grundherren in Norfolk hätte er doch herbeigeschafft werden müssen. Gegen *ihn* unter der Eiche zu Gericht zu sitzen käme Kett gewiss zupass.«

»Nach London geflüchtet, würde ich annehmen«, sagte Nicholas.

Ich holte tief Luft und blickte zur Kapelle hinüber, wo gerade ein weiterer erschöpfter Bote vom Pferd stieg. Ich hatte Kett versprochen, es niemandem zu verraten, dass ich dort auf Southwell gestoßen war. Von dieser Sache jedoch sollte er erfahren.

Da trat eine altbekannte stämmige, schwarzbärtige Gestalt aus der Hauptpforte der Kapelle; Toby Lockswood, einen Lederumschlag mit Papieren unter den Arm geklemmt und einen Ausdruck grimmiger Autorität im Gesicht. Barak stieß mich an. »Die Quelle der Weisheit in Norwich. Vielleicht weiß *er*, ob zwischen Southwell und Reynolds noch weitere Verbindungen bestehen, abgesehen von dem Kontakt zwischen den Zwillingen und Southwells Schlägern.«

»Wir müssen diese Angelegenheit für uns behalten. Gleichwohl können wir Lockswood fragen. Und später vielleicht noch Reynolds' Steward Vowell.« Ich winkte. »Toby!«

Er runzelte die Stirn, besann sich aber und kam auf uns zu. »Immer noch hier?«, fragte er brüsk. »Ich sah Euch bei der Eiche. Tanzt Ihr jetzt also nach Captain Ketts Pfeife? Wes Brot ich ess, des Lied ich sing, ist es nicht so, Herr Anwalt?«

Barak sagte: »Du hast doch selbst lang genug nach Master Shardlakes Pfeife getanzt, als wir den Boleyn-Fall untersuchten.«

Toby funkelte ihn aus dunklen Augen zornig an. »Tja, das alles liegt lange zurück.« Vor dem Tod deiner Eltern, dachte ich, weil ich die Trauer in seinen Augen las. Ich sagte: »Ich wollte Euch nur eine Frage stellen, die Ihr mir vielleicht beantworten könnt, weil Ihr von hier seid. Wisst Ihr vielleicht, ob es irgendeine Verbindung zwischen Gawen Reynolds' Haushalt und dem von Sir Richard Southwell gibt? Kannten die beiden Männer einander?«

»Nicht dass ich wüsste.« Er lachte. »Warum seid Ihr immer noch am Schnüffeln? Hat Lady Elizabeth nicht dafür gesorgt, dass Boleyn begnadigt wird?«

»Ich will nicht, dass der wahre Mörder hier frei herumläuft. Ein Schmied und sein junger Lehrbursche starben wie Edith Boleyn, wenn Ihr Euch erinnert. Gemeines Volk.«

»Ich kann Euch nicht helfen«, sagte Toby und wandte sich zum Gehen. Da trat ihm Nicholas in den Weg. »Lockswood, du bist ein kalter, heimtückischer und rachsüchtiger Geselle«, sagte er mit stiller Heftigkeit. »Wochenlang hast du mit uns zusammengearbeitet, und jetzt behandelst du uns wie Dreck. Deinetwegen saß ich zu Unrecht eingesperrt.«

Toby straffte die Schultern. »Du bist ja auch Dreck«, sagte er. »Du plusterst dich auf, gibst den vornehmen Gentleman, aber weiter kümmert dich nichts. Man sollte dir den Prozess machen.«

»Weswegen?«

»Für das, was du bist.«

Nicholas ballte die Faust gegen ihn. Toby lachte. »Nur zu, junger Herr, schlag einen höheren Beamten des Lagers. Du wirst schon sehen, was dann geschieht.«

Barak legte Nicholas seine Hand auf den Arm. »Er ist es nicht wert.«

Toby deutete auf Nicholas. »Ich krieg dich noch, Bursche.« Er machte auf dem Absatz kehrt und stapfte ins Lager zurück.

Wir blickten ihm nach. »Er ist jetzt also ein hoher Beamter?«, fragte Nicholas.

»Er kann lesen und schreiben und weiß viel über die Norfolker Elite. Kett verwaltet das Lager über die Vertreter der Hundertschaften, ein effizientes System. Miles und die Soldaten kümmern sich um militärische Angelegenheiten, und beide hegen Beziehungen zu Unterstützern in Norwich, wie ich meine. Doch ich glaube, dass

Kett, wie alle Anführer, einen Kreis von sachkundigen Beratern um sich schart. Und Lockswood gehört dazu. Wir müssen uns vor ihm hüten.«

❧

Als wir uns tags darauf beim ersten Hahnenschrei erhoben, war der Himmel grau und wurde zusehends dunkler. Die Hitze war erdrückend. Ich spürte Läuse im Haar, musste den Barbier aufsuchen. Ich teilte ein eiliges Frühstück mit den anderen und machte mich dann zur Kapelle auf. Um diese Stunde hoffte ich Kett alleine dort anzutreffen. Die Wachsoldaten, da sie mich jetzt kannten, ließen mich hinein.

Die Schreibpulte entlang den Wänden waren leer, und die Vorhänge vor dem Altar zugezogen. »Captain Kett«, rief ich gedämpft. Er schob den Vorhang beiseite. Er trug Hemd und Hose und ein aufgeknöpftes Wams. Er hatte gefrühstückt; an einem Ende des Tisches standen Teller, sein Weib saß noch dort; die rundliche, friedfertige Alice, die ihrem Gemahl treu ins Unbekannte gefolgt war. Die übrige Fläche des Tisches war wie üblich mit Briefen und Papieren übersät.

»Verzeiht, dass ich Euch so früh behellige, Captain Kett, aber ich habe Euch etwas Wichtiges mitzuteilen.«

Er seufzte. Als er dann meine ernste Miene sah, sagte er sanft: »Alice, würdest du uns allein lassen? Vielleicht könntest du nachsehen, ob William schon wach ist?«

»Ja, Mann.« Sie knickste artig, als sie an mir vorüberkam, und ging hinaus. Kett setzte sich wieder an den Tisch und winkte mich zu sich. Sein Gesicht war voller Furchen und müde, seine Miene bekümmert. »Ich hoffe, Ihr habt nicht noch mehr schlechte Neuigkeiten für mich«, sagte er brüsk.

»Eine Information, die Euch nicht gefallen dürfte.«

»Nun, davon hatte ich eine Menge in den letzten Tagen. Man sagte mir, die Einhegungskommissare hätten die Forderungen der

Männer in Kent akzeptiert. Auch in Essex sind sie mittlerweile angelangt. Nur hier bei uns hat sich bis jetzt noch keiner blicken lassen. Zehntausend Mann wurden unter Lord Russell gegen die Rebellen von Devon und Cornwall ausgesandt, und tausend Soldaten sollen das Lager von Oxfordshire niederreißen. Allerdings ist das Lager dort, wie man hört, ein wenig außer Kontrolle geraten. In Oxfordshire sind es Tausende, aber nicht so viele wie hier – wir sind das größte Lager im Südosten. Warum also spricht niemand mit uns?« Zornig schlug er mit der Faust auf den Tisch.

»Norfolk ist weiter von London entfernt als Kent«, sagte ich.

Kett brummte. »Uns erreichen so viele widersprüchliche Informationen von außen. Ich habe die Proklamation des Protektors gegen Aufwiegler gesehen, aber gleichzeitig kommt eine weitere Proklamation, in der er die neue Schafsteuer nur auf die Reichen beschränkt.« Er bannte mich mit seinem kraftvollen Blick. »Umso wichtiger, dass die Lager seine Ziele unterstützen.« Er schüttelte den Kopf. »Aber gewiss haben die Mächtigen längst ihre Spione hier oben, so wie wir unsere Spione in Norwich haben, und ich weiß, dass der Stadtrat sich beim ersten Wort aus London gegen uns kehren würde. Dabei sollen Codd und Aldrich heute Nachmittag unsere Forderungen unterzeichnen, und wir haben sie angehört, als sie sich an das Lager wandten und um Mäßigung im Umgang mit den Junkern baten. Die Vertreter der Hundertschaften versammeln sich heute Morgen hier, um unsere Forderungen zu erarbeiten. Wie schon gesagt, ich möchte, dass Ihr sie Euch anseht.« Er lächelte schief. »Ich sollte Euch bezahlen.«

Ich lächelte. »Unter den Gegebenheiten halte ich es für besser, inoffiziell für Euch tätig zu sein, jenseits des Protokolls.«

Kett lachte und zeigte seine weißen Zähne. »Ich unterhalte mich gern mit Euch, Master Shardlake. Ihr habt ein scharfes Urteilsvermögen – ich hatte schon immer eine gute Menschenkenntnis. Verzeiht, gestern war kein guter Tag für Neuigkeiten.« Er zuckte die Schultern. »Aber vielleicht ist ja einiges davon falsch, und hier ist jeder verlässlich.«

»Das glaube ich auch.«

Er schüttelte verwundert den Kopf. »Wie's scheint, bin ich jetzt unter die Richter gegangen.« Er blickte auf ein Wandgemälde, das noch immer die Kirche zierte. »Seht Ihr, unser Herr Jesus vertreibt die Geldwechsler aus dem Tempel. Reverend Conyers wollte alle Bilder weiß übermalen lassen, aber jenes dort – es inspiriert mich.« Er schüttelte den Kopf. »Ich komme ins Schwafeln. Eben hab ich noch gefrühstückt, und schon gehen mir tausend Pflichten durch den Kopf, die meiner harren. Nun, was habt Ihr mir zu sagen?«

Ich holte tief Luft. »An unserem ersten Morgen im Lager, Ihr hattet mich zu Euch rufen lassen, kam jemand aus der Seitenpforte der Kapelle, den ich aus London kannte. Ich war überrascht, ihn hier anzutreffen. Sir Richard Southwell.«

Kett sog tief die Luft ein und richtete sich kerzengerade auf, seine Miene scharf und wach. »Was hat er zu Euch gesagt?«, fragte er barsch.

»Nur dass er wegen gewisser Verhandlungen hier oben sei und dass ich niemandem verraten dürfe, dass ich ihn gesehen hatte.«

»Habt Ihr es jemandem erzählt? Barak oder dem Jungen?«

»Nicht einmal den beiden. Ich komme nur deshalb zu Euch, weil mir von Southwell etwas zu Ohren gekommen ist.«

Kett nahm einen Löffel vom Tisch und fing an, ihn zu drehen und zu wenden. »Nun?«

»Southwells Untergebener, John Atkinson, hat dabei geholfen, einen Mord zu vertuschen. An einem Schlosserlehrling. Es gibt Hinweise darauf, dass sein Tod mit jenem des Schlossers selbst und auch mit dem Mord an Edith Boleyn im Zusammenhang steht. Und Southwell würde aus Boleyns Verurteilung und Tod Nutzen ziehen, denn wenn er das Gut Brikewell kaufen würde, könnte er zwei große Schaffarmen, die ihm gehören, miteinander verbinden.«

Kett durchbohrte mich mit seinem Blick. »Woher wisst Ihr das?«

Einer von den Männern im Lager habe es mir erzählt, sagte ich. Er schwieg einen Moment, ehe er bedächtig sagte: »Seit der Herzog von Norfolk im Tower sitzt, ist Sir Richard Southwell einer der größten Grundherren in der Grafschaft und zudem noch Steward von Lady Mary. Er ist ein stellvertretendes Mitglied im Thronrat in London, gehört zu denen, die der alte König in seinem Testament dazu bestimmt hat, jene Mitglieder zu ersetzen, die zurücktreten oder sterben. Ich brauche Euch nicht zu sagen, dass er ein großer Schurke ist, der vor nichts zurückschrecken würde, um seine Macht und seinen Reichtum zu mehren.«

»So sagt man.«

Er sah mich wütend an. »Wenn Ihr das, was ich Euch jetzt sage, an jemanden weitersagt, sollt Ihr es bereuen.«

Ich holte tief Luft. »Dann schwöre ich, es niemandem zu sagen.«

Kett neigte den Kopf zur Seite, sein Blick noch immer gefährlich. »Ich weiß, dass Ihr an die Gerechtigkeit glaubt, Master Shardlake, aber ich habe Tausende Männer zu versorgen, und zuweilen muss man Übereinkünfte treffen mit Leuten, die man nicht mag, ja, verabscheut.«

»Ich habe das auch schon getan«, sagte ich, verschwieg aber, dass ich es üblicherweise bereut hatte.

Kett sagte: »Southwell kam von London ins Lager, um uns zu kaufen. Er war scharf geritten, der Thronrat hatte ihm fünfhundert Pfund gegeben. Die sollte ich unter meinen Männern verteilen, damit wir das Lager auflösten.«

»Das ist eine gewaltige Summe«, sagte ich.

Kett nickte. »Der Thronrat hatte erfahren – von Spitzeln zweifellos –, dass das Lager sehr groß sei. Wie groß genau, wusste Southwell nicht, und er war entsetzt, als er es sah. Ich traf ihn an jenem Morgen zu einem Gespräch unter vier Augen, weigerte mich aber, sein Angebot anzunehmen.« Er beugte sich vor und starrte mich an. »Glaubt Ihr mir das, Master Shardlake?«

»Gewiss.«

»Dann traf ich eine Vereinbarung mit ihm. Ich nahm seine fünfhundert Pfund, und als Gegenleistung versprach ich ihm, dass seine Schaffarmen unbehelligt blieben. Dasselbe sollte für Lady Mary und ihr Gut Kenninghall gelten. Ihre Hirschgehege waren zum Teil schon eingerissen worden, aber ich versprach, dafür zu sorgen, dass dies aufhören würde. Ich hätte es ohnehin angeordnet, weil dem Protektor an Marys Sicherheit gelegen ist. Schließlich ist sie die Anwärterin auf den Thron.«

Ich sah ihn voller Bewunderung an. »Dann habt Ihr Southwell überlistet?«

Kett lächelte. »Ich habe Tausende hinter mir. Ich ließ ihn frei. Mochte er ruhig nach London zurückkehren und eine beliebige Geschichte erzählen. Und ich habe mir außerdem eine – wie soll ich sagen – Spende von Bischof Rugge gesichert, damit ich die religiöse Gesinnung einiger im Lager nicht allzu genau in Augenschein nehme und das Eigentum der Kathedrale nicht antaste. Hätte ich es nicht getan, wären uns – angesichts der Größe unseres Lagers – schon bald die Vorräte ausgegangen: Schuhe, Kerzen, Kleider, Dinge, die meine Männer im Markt zu Norwich mit diesem Geld erstehen konnten. Und den Markt offen zu halten hilft mir mit Codd und Aldrich. Dennoch sind diese Vereinbarungen nur sehr wenigen bekannt. Einige der Männer würden es missbilligen, dass ich Southwell gehenließ – doch es war für das Lager das Beste, und diesem gilt vor allem meine Sorge.«

Ich sagte mit aufrichtiger Bewunderung: »Ich muss schon sagen, Captain Kett, die vielen Jahre, in denen Ihr in Wymondham mit Flowerdew und seinesgleichen zu tun hattet, haben aus Euch fürwahr einen geschickten Politiker gemacht.«

»Ich danke Euch.« Er wurde wieder ernst. »Ihr versteht hoffentlich, dass ich in der Sache nichts tun kann. Was auch immer Southwells Raufbolde oder er selbst auf dem Gewissen haben. Ich weiß nicht einmal, wo er ist. Wahrscheinlich in London, wie Flowerdew. Er könnte sehr wohl in einen Mord verstrickt sein, es würde mich nicht überraschen. Aber ich kann nichts unternehmen, und Ihr, Master Shardlake, dürft nichts verraten.«

Ich seufzte, weil ich einsah, dass er recht hatte. »Mein Wort darauf.« Nach kurzer Überlegung sagte ich: »Dass Southwell mit Geld zu Euch kommt, ist doch gewiss ein weiterer Beweis dafür, dass der Protektor die Auflösung der Lager wünscht.«

Kett runzelte die Stirn. »Wie schon gesagt, ich glaube, dass der Protektor, wenn er erst erfährt, wie vernünftig unsere Anliegen sind und welche Massen wir hinter uns haben, einsehen wird, dass die Forderungen erfüllt werden müssen. Hier und andernorts.« Er langte über den Tisch und schob mir drei versiegelte Briefe herüber. »Der Bürgermeister hat sich bereit erklärt, an Lagerbewohner adressierte Briefe aus Norwich weiterzuleiten. Diese hier kamen gestern, einer für Euch, einer für Barak und einer für den jungen Overton.«

Ich besah mir die Siegel. Ein jedes war erbrochen worden, von Codds oder Ketts Männern. Der Brief an mich war in Guys Handschrift, auch der an Barak. Wahrscheinlich hatte Guy ihn für Tamasin geschrieben. Ich machte mir Sorgen wegen des Inhalts, denn zweifellos waren sie bereits gelesen worden. Aber Kett hätte es mir gewiss gesagt, wenn ich Grund zur Sorge hätte. »Danke«, sagte ich.

Er stand auf. »Ich muss gehen. An der Eiche warten schon die Vertreter der Hundertschaften mit den ausgearbeiteten Forderungen. Sobald Ihr sie durchgelesen habt, hätte ich Euch gern an meiner Seite, wenn wir am Nachmittag über weitere Gentlemen zu Gericht sitzen.«

»Ein Gewitter zieht auf, der Himmel wird schon dunkel.«

Er lächelte. »Wir Leute vom Land sind es gewohnt, bei abscheulichem Wetter zu arbeiten.« Er wurde wieder ernst. »Und denkt daran, kein Wort über Southwells Besuch hier im Lager.«

»Keine Sorge, ich werde …«

Ich wurde unterbrochen. Ein junger Mann im Brustharnisch kam in die Kapelle und lüftete eilig den Hut. »Es tut mir leid, Captain Kett, aber es gibt dringende Neuigkeiten. Zwei Gefangene sind letzte Nacht aus Surrey Place entkommen. Sie waren fest in eine Zelle gesperrt, mit einem Wachmann vor der Tür, denn sie haben uns unentwegt Scherereien gemacht, aber jemand hat sich Zugang verschafft, den Wachmann bewusstlos geschlagen und sie befreit.«

»Welche Gefangenen?«, blaffte Kett.

»Die teuflischen Zwillinge, Gerald und Barnabas Boleyn, die wegen versuchten Mordes vor Gericht gestellt werden sollten.« Er blickte mich an. Das also war der Grund, warum sie ihr Urteil so gelassen entgegengenommen hatten, dachte ich; ihre Flucht war bereits geplant gewesen.

»Potz Blut!«, fluchte Kett. »Wenn uns die Gefangenen entwischen, fragen sich die Leute, wozu die Prozesse gut sind.«

»Wahrscheinlich haben sie sich durch den Wald davongemacht, dann über den Fluss«, sagte der junge Mann. »Die Sache war gut geplant; keiner ahnte etwas, bis der Wachsoldat kam und Alarm schlug.«

Kett sagte: »Wer immer das getan hat, kannte den Plan von Surrey Place. Sagt den Spähern im Land, sie sollen nach ihnen Ausschau halten.« Er wandte sich mir zu. »Wie schon gesagt, Master Shardlake, es gibt hier Spitzel und Feinde. Deshalb müssen wichtige Belange geheim bleiben.«

❧

Wieder in der Hütte, waren Barak, Nicholas und ich düsterer Stimmung.

»Diese Ratten!«, stieß Barak aus. »Wahrscheinlich sind sie nach London geflüchtet.«

»Vielleicht haben sie ja auch bei Freunden in Norwich Zuflucht genommen«, meinte ich. »Sie könnten sich schwertun, Norfolk zu durchqueren. Ihr Äußeres sticht, gelinde gesagt, ins Auge.«

Barak warf einen Blick über das Lager. »Die meisten Hütten stehen; jetzt stoßen nicht mehr so viele Leute zu uns. Natürlich gibt es immer noch eine Menge zu tun, und wie ich gehört habe, sollen auch soldatische Übungen absolviert werden, trotzdem bleibt den Männern mehr Zeit zum Nachdenken, es sei denn, die Kommissare kreuzen auf. Und einige könnten die Zwillinge mit uns in Verbindung bringen, weil Ihr den Vater der beiden vor Gericht vertreten habt, dabei hassen wir sie genauso wie jeder andere.«

»Da magst du recht haben«, sagte ich. »Nicholas, halte von jetzt an deine Zunge noch mehr im Zaum, vor allem gegen den gehässigen Lockswood. Du darfst ihn nicht provozieren.«

»Es tut mir leid. Und es soll nicht wieder vorkommen.«

Barak befingerte den Haken an der Unterseite seiner Eisenhand. »Ich möchte zu gern wissen, wer diese beiden herausgelassen hat.«

»Vermutlich jemand, der bei ihnen in Lohn steht – oder bei Southwell.«

Er schüttelte den Kopf. »Diese Burschen – ich weiß ja, dass wir eine ganze Reihe von Verdächtigen haben, aber wir haben gesehen, wie sie aus Jux ein Kind jagten, und wissen auch, dass sie jenem Ralph den Schädel eingeschlagen haben. Warum sollten sie nicht auch die eigene Mutter auf dem Gewissen haben?«

»Das mag ich noch immer nicht glauben. Doch ich spreche mit Michael Vowell, ob es Verbindungen gibt zwischen Gawen Reynolds und Southwell; wer sonst sollte über die Beziehungen zwischen den beiden im Bilde sein, wenn nicht er.« Meine Hand fuhr an meine Tasche. »Herrjesus, ich hab völlig vergessen, dass wir Briefe erhalten haben.«

Der bleierne Himmel draußen erschwerte uns die Lektüre in der Hütte. Guys Brief an mich wies erneut die krakelige Handschrift eines alten Mannes auf. Er war auf die Woche davor datiert und hatte sich anscheinend mit dem Schreiben überschnitten, das ich vor kurzem abgeschickt hatte.

Matthew,
ich habe nichts mehr von Dir gehört und gehe davon aus, dass Du noch in Norfolk weilst. Nacht für Nacht bete ich, Du mögest von Deinen Verletzungen genesen und vor den Rebellen in Sicherheit sein. Vergib mir altem Manne die Sorge, aber es ist nun schon fast einen Monat her, dass ich mit Dr. Belys in Kontakt war, und eine Zeile von Dir, so Du dazu imstande bist, würde mich doch sehr beruhigen. Auch Tamasin sorgt sich, um Jack, und ich bange um Nicholas, wenn er den Rebellen in die Hände fällt. In London ist die Furcht groß wegen der Unruhen, und man spricht davon,

*die Brücke bei Richmond niederzureißen, damit die Rebellen aus Kent
und Surrey nicht über den Fluss kommen können.*

*Was mich selbst anbelangt, so werde ich zusehends schwächer. Falls meine
Pilgerschaft auf Erden allmählich zu Ende gehen sollte, bin ich bereit,
obschon ich beklage, was aus England geworden, in welche Not es geraten
ist. Ich bin dankbar, so gute Freunde hier zu haben wie Tamasin und
Francis, sehne mich aber danach zu erfahren, dass Dir, Jack und Nicholas
nichts Böses widerfahren ist.*

Dein Dich liebender Freund Guy

Ich hoffte, mein letzter Brief werde ihn bald erreichen. Ich hatte
Sorge, dass Guy verstorben sein könnte, bis ich wieder nach Hause
käme, wann immer das sein würde, falls überhaupt. Ich wandte mich
Barak zu. »Ist Tamasin wohlauf?«

Er runzelte die Stirn. »Der Brief hier hat sich mit dem überschnitten, den ich ihr vor ein paar Tagen geschrieben habe. Sie nennt mich
grausam und gedankenlos, weil ich nichts von mir hören lasse, und
fragt sich, wo ich stecke. Sie sagt, die Kinder sehnen sich nach mir.«
Seine Stimme bebte. »Herrgott, ist es denn meine Schuld, wenn die
Briefe nicht ankommen? Begreift sie denn nicht, dass das ganze Land
aus den Fugen gerät? Reicht ihr Verstand nicht aus?«

»Tamasin ist blitzgescheit, und das weißt du auch. Sie sieht doch,
was in England vor sich geht, und macht sich gerade deshalb Sorgen
um dich.«

»Tja, entweder sie kriegt den Brief, den ich ihr geschickt habe,
oder auch nicht«, entgegnete er stur. »Es fehle ihr an Geld, klagt sie,
als könnte ich von hier oben aus etwas daran ändern. Außerdem
beschreibt sie die Atmosphäre in London, offenbar ist von einer Petition der London Corporation an den Protektor die Rede, er möge
der Stadt Waffen bewilligen. Außerdem wird nach Aufwieglern gesucht. Aber London legt seit je großen Wert auf Sicherheit; jeder
Aufruhr dort würde niedergeschlagen.«

Ich sah ihn an und wünschte, er würde nicht alles schlechtreden,
was seine Frau schrieb.

Nicholas sagte: »Wundersamerweise hat Beatrice meinen Brief erhalten. Sie könne es nicht erwarten, schreibt sie, von mir zu erfahren, wo genau ich mich aufhalte, ob ich die Rebellen gesehen habe und wie sie sind. Ihre Mutter meine, schreibt sie weiter, sie müssten mit dem Teufel persönlich im Bunde sein, zumal es sich ausnahmslos um Ketzer handle. Falls ich ihnen begegnete, solle ich daher nach einer schwarzen Gestalt mit Hörnern und Hufen Ausschau halten. Beatrice selbst glaubt zwar nicht daran, beschwört mich aber, gut auf mich achtzugeben und den Rebellen nötigenfalls mit meinem heiligen Schwert entgegenzutreten.« Und plötzlich musste er lachen und schlug sich die Hände vors Gesicht. »Hörner und Hufe! Ich und mein heiliges Schwert! Ihre Unschuld und ihr Liebreiz erschienen mir einmal betörend, doch jetzt – wie sie hier wohl zurechtkäme? Keine vornehmen Kleider, keine Duftwässerchen. Das Siegel ist gebrochen; jemand hat den Brief gelesen, was muss er von mir denken? Als wäre mein Ruf nicht schon übel genug.« Er ließ den Brief auf den Erdboden fallen. »Gott, was gäb ich nicht alles für eine Frau wie Isabella, die die Welt sieht, wie sie ist.« Er griff sich den Kamm, den er tags zuvor bei einem Hausierer erstanden hatte, und zog ihn sich wütend durch seine verfilzten rötlichen Locken. »Gottverfluchte Nissen!«

KAPITEL FÜNFZIG

Ein wenig später fand ich einen Barbier. Er hatte sich vor seiner Hütte einen Stand aufgebaut, während der Nachbar vor der seinen sein Schusterzeug ausgelegt hatte und ausrief, er habe »festes Schuhwerk« zu verkaufen. Man warf mir feindselige Blicke zu; offenbar hatte es sich bereits herumgesprochen, dass die Zwillinge entkommen waren, und nach meinem Erscheinen gestern unter der Eiche galt ich jetzt allenthalben als John Boleyns Anwalt. Ein junger Bursche reckte mir den bloßen Hintern her. Und wieder fühlte ich mich im Lager als ein Fremdkörper.

Der Himmel war finsterer denn je, und vom Westen her war eine kühle Brise aufgezogen, die durch das gelbe, trockene Gras fuhr und es rascheln ließ. In der Ferne, unweit des Moores, spaltete ein lautloser Blitz die Wolken. Eine Gruppe Männer lenkte zwei große aufgeprotzte Kanonen die Straße entlang, die den Zugpferden viel Kraft abverlangten. »Von Old Paston Hall«, rief einer, was die Leute mit Jubel quittierten.

Der Barbier war ein freundlicher Geselle. Er sei mit seinem Freund Thomas, einem Rattenfänger, dessen Dienste sehr gefragt waren, aus Great Massingham heraufgekommen, erzählte er mir. Just als er sein Werk zum Abschluss brachte, hörte ich jemanden meinen Namen rufen. »Da ist Master Shardlake! Ich kenne ihn! Er ist ein Anwalt, aber ein guter Mann!« Ich drehte mich um und gewahrte unter einem halben Dutzend Männer Simon Scambler. Er war mager und schmutzig, aber am Leben. »Gott sei's gedankt«, sagte ich leise. Rasch bezahlte ich den Barbier und ging zu der Gruppe hinüber. Dort war ein Streit im Gange, und Scambler, den Tränen nah, war der Grund dafür. Ein älterer Mann in Hemd und Wams sah neugierig zu, als Scambler in seiner üblichen Manier hektisch mit den Armen herumfuchtelte, wogegen die Übrigen, zumeist jünger, ihn verlachten. »Master Shardlake«, rief Scambler verzweifelt, »Ihr bürgt für mich, nicht wahr? Ihr findet doch auch, dass ich für das Lager geeignet bin? Wenn nicht, schicken sie mich fort!«

»Schsch, Simon«, sagte ich leise. »Wie bist du denn hierhergekommen? Ich hab in Norwich nach dir gesucht.«

»Ich hab gebettelt, aber so wenig gekriegt, dass ich fast gestorben wär vor Hunger.« Und in der Tat, durch sein zerrissenes Hemd waren die Rippen zu sehen. »Dann erfuhr ich von dem Lager. Es hieß, hier wären gute Menschen, die den Armen helfen wollen.«

Einer von den Jüngeren sagte: »Ich hab den Strohkopf in Norwich gesehen. Rennt herum, als wäre er toll.« Er wandte sich an den Älteren. »Wir wollen ihn hier nicht haben, Master Tuddenham, er macht ja doch nur Verdruss. Wahrscheinlich ist er angesoffen.«

Der Ältere, der sich nachdenklich den Bart strich, war mir als einer der gewählten Vertreter der Hundertschaften vorgestellt worden. Ich wandte mich an ihn. »Dieser Bursche ist nicht betrunken. Riecht seinen Atem, wenn Ihr wollt. Sein Gebaren mag Euch ein wenig – seltsam anmuten, aber er ist weder toll noch dumm. Er hat ein gutes Herz und würde dem Lager gewiss treu dienen.« Plötzlich hatte ich eine Eingebung. »Hier gibt es doch Pferde, nicht? Sie sind hinter robusten Zäunen eingepfercht. Einige wurden den Gutsherren entwendet; vielleicht sind sie schwer zu bändigen?«

Der Mann namens Tuddenham nickte. »Das ist wahr. Erst gestern hat einer einen schlimmen Biss abgekriegt.«

»Der junge Simon hat ein Händchen für Pferde. Er soll Euch helfen, dann werdet Ihr es schon sehen.«

Scambler rief aus: »Das stimmt, Sir. Ich liebe Pferde, ich weiß sie zu nehmen.«

Tuddenham nickte. »Unser Herrgott sagte, dass jeder seine Talente ausleben soll. Nun, so sei es. Ich bringe ihn zu den Pferden.« Er blickte mich an. »Aber Ihr seid für ihn verantwortlich. Master Shardlake, nicht wahr?«

»Der buckelige Anwalt, der diese Mörderbande vertritt, die Boleyns«, sagte jemand.

Ich wandte mich wütend dem Ankläger zu: »Aber nicht die Zwillinge. Was sie betrifft, so will ich nach dieser Angelegenheit hier höchstpersönlich dafür sorgen, dass ihnen wegen versuchten Mordes der Prozess gemacht wird.«

»Also schön«, sagte Tuddenham. »Ich bringe diesen Scambler jetzt zu den Pferden, und dann kann er sich Eurer Gruppe anschließen; aus Swardeston, nicht?«

»Ich dank Euch, Sir.«

Er wandte sich dem Rußkopf zu. »Hast du verstanden, Junge?«

»Ja, Herr. Ich soll Euch mit den Pferden helfen und bei Master Shardlake wohnen. Ich will mein Bestes tun, das schwöre ich bei meiner Seel.«

»Und ihr Übrigen? Habt ihr nichts zu tun? Fort mit euch, haltet nicht Maulaffen feil!«

Als Tuddenham mit Simon davonging, rief ich dem Jungen hinterher: »Dann bis heute Abend. Frag nach den Swardeston-Hütten, vergiss es nicht!« Ich blickte den beiden hinterher, bis sie zwischen den Hütten verschwanden. Simon mochte sie mit seinem Pferdeverstand überraschen, doch fand er auch den Weg zu unseren Hütten? Ein weiterer Blitz zerriss in der Ferne den Himmel, bald gefolgt von Donnergrollen. »Gleich wird es mächtig gießen«, stellte jemand fest.

Ich ging zu unseren Hütten zurück. Als ich Nicholas von Simons Ankunft erzählte, besserte sich seine Laune sofort. Ich sagte der braven Frau Everneke, dass ein neuer Mitbewohner zu uns käme, ein armer Junge, der zwar ein wenig seltsam sei, sich aber für jede ihm erwiesene Freundlichkeit dankbar bezeige. »Ich werd mich schon um ihn kümmern«, sagte sie. In einiger Entfernung war Gebrüll zu hören, und sie sagte: »Einige von den Jüngeren raufen miteinander, und andere haben Wetten auf sie abgeschlossen. Jetzt, wo die Hauptarbeit erledigt ist, brauchen die Männer Unterhaltung. Captain Kett hat seine Leute in Norwich gebeten, Saltoschläger und Gaukler heraufzubringen und auch Geschichtenerzähler.«

»Er denkt wirklich an alles.«

»Er ist ein großer Mann. Wäre er nicht gewesen, wir wären längst verhungert. Ich bin eine alte Witwe, hab kaum noch genug Kraft, meinen kleinen Acker zu bestellen.«

»Das tut mir leid.«

»Mein Ehemann, Gott hab ihn selig, ist diesen Winter am Fieber gestorben.« Sie schloss einen Moment lang die Augen und wechselte dann das Thema. »Es gibt auch andere Zerstreuungen; man hat schon Kampfhähne heraufgeholt, und eine Bärenhatz soll auch stattfinden. In der Nähe gibt es einen Ort mit einer natürlichen Bühne.«

»Da werd ich wohl passen.«

Wir plauderten noch bis zum Mittag miteinander. Immer wieder blickten wir dabei zum dunklen Himmel empor, aber noch war das Gewitter nicht bereit loszubrechen. Nicholas wurde gebeten, für das Kochfeuer ein paar neue Feuersteine zu suchen, wozu er sich kleinlaut bereit erklärte. Nach dem Mittagessen kreuzte Barak auf. »Die Forderungen an den Protektor sind zu Papier gebracht«, sagte er. »Captain Kett verlangt jetzt nach Euch.«

Wir liefen zur Kapelle. »Wie ist es gegangen?«, fragte ich.

»Sämtliche Vertreter der Hundertschaften waren dort, sechsundvierzig Männer. Könnt Ihr Euch vorstellen, welche Mühe es macht, so viele Norfolker dazu zu bringen, einig zu werden? Jeder hatte eigene Prioritäten. Mehrere Entwürfe wurden aufgesetzt und wieder zerrissen. Einmal wollte William Kett schon mit dem Knüppel dreinschlagen. Robert Kett bestand darauf, dass die Forderungen noch an diesem Nachmittag für gut befunden und nach London gesandt werden, und am Ende war alles vereinbart. Aber ein Mischmasch ist es doch.«

Wir traten in die Kapelle ein, in der eine große Menschenmenge versammelt war, während die Schreiber an ihren Tischen über vollgeschriebenen Papierbögen saßen. Alle sahen ein wenig zerfranst aus. Kett winkte mich zu seinem Tisch auf dem Podium. »Master Shardlake. Gut. Werft einen sachkundigen Blick auf unsere Forderungen.«

Ich blickte auf eine lange, säuberlich beschriebene Papierrolle auf Ketts Tisch. Von den sogenannten Forderungen begann eine jede mit den Worten »Wir bitten Euer Gnaden«. Dies war ausgesprochen hilfreich, denn rechtlich gesehen war dieses Dokument nichts weiter als ein Bittgesuch. Ich las es sorgfältig durch. Viele seiner neunundzwanzig Artikel beschränkten die Macht der Grundherren – in der Weitergabe ihrer feudalen Pflichten an die Pächter, in der übermäßigen Einvernahme der Allmende, in der Aufzucht von Tauben. Dagegen sollte das Recht der Pächter über das Schilf, über Marschland und Fischgründe wiederhergestellt werden. Mehrere Artikel befassten sich mit den Priestern, ihrer Gier nach materiellem Wohlstand und ihrer Unfähigkeit, das Wort Gottes zu predigen – hier lautete die Forderung, die betreffenden Priester oder Vikare ihrer Ämter zu entheben und den Pfarrkindern zudem ein Mitspracherecht bei der Auswahl ihrer Nachfolger zuzugestehen. Dies war radikal, wenn nicht gar calvinistisch.

Die königlichen Beamten wurden mit einer scharfen Rüge bedacht; ein Artikel verlangte, dass der Feodary von den Gemeinen der Grafschaft gewählt werden sollte, und beschnitt gleichzeitig die Befugnisse von Feodary und Escheator, Ämter zu vergeben und Vormundschaften zu bestimmen. Während viele Forderungen für die Rückkehr zu Rechten plädierten, wie sie in den Tagen von König Heinrich VII. gegolten hatten, war auch vieles neu. Ich war mit allem von Herzen einverstanden. Die radikalste Forderung aber war eine Bitte an den König, er möge den Gemeinen ein Mitspracherecht bei der Auswahl der örtlichen Kommissare zugestehen, welche Gesetze und Proklamationen in die Tat umsetzen – ich las hieraus eine Absicht, die Einhegungskommissionen als dauerhafte Einrichtungen zu etablieren und dem gemeinen Volke ein wenig Kontrolle über sie zu gewähren. Nie und nimmer, dachte ich, wird der Thronrat hierzu sein Einverständnis geben; doch es stand mir nicht zu, den Inhalt in Frage zu stellen. Und Artikel sechzehn bat um die Abschaffung der Leibeigenschaft – »auf dass alle Hörigen frei sein mögen, da Gott sein kostbares Blut vergossen hat, um alle Menschen zu befreien«. Ich dachte an den jungen Ralph, der von den Zwillingen verprügelt worden war – ein leibeigener Knecht, von Rechts wegen Eigentum seines Herrn. Zweifellos hatten er und sein Vater von Witherington den Befehl erhalten, in Boleyns Land einzufallen. Wie hätte er sich weigern sollen?

»Nun?«, sagte Kett, ein wenig ungeduldig.

»Ich sehe hier nichts Ungesetzliches. Nur eines ließe sich vielleicht sagen, dass die Forderungen besser geordnet sein könnten. Warum stellt man nicht alle Punkte, die mit Land- und Fischereiwirtschaft zu tun haben, in eine Reihe und lässt dann jene folgen, die sich mit der Geistlichkeit, den königlichen Beamten und schließlich den Kommissaren befassen?«

Kett schüttelte unwirsch den Kopf. »Keine Zeit. Wenn wir jetzt noch etwas ändern, gibt es nur wieder Zwist und Streit. Man erwartet uns bei der Eiche, die Leute haben sich gewiss schon versammelt, und ehe das Gewitter losbricht, muss die Angelegenheit entschieden sein.«

Tausende hatten sich bei der Reformeiche eingefunden. Unter ihnen bemerkte ich einen schwarzgesichtigen Afrikaner. Er mochte aus Yarmouth stammen, das mit den Spanischen Niederlanden Handel trieb. Die Verlesung der Forderungen sollte Hauptgegenstand der Versammlung sein, gefolgt von den Prozessen gegen einige Diebe aus dem Lager und weitere Edelleute. Die Angeklagten drängten sich zu einem elenden Haufen aneinander, Soldaten hielten wie tags zuvor über sie Wache, und Captain Miles stand still daneben. Codd, Aldrich und der Prediger Watson saßen neben den Kett-Brüdern am Tisch. Barak und ich sollten vorerst am Fuße der Tribüne warten.

Kett verlas die Forderungen langsam, damit seine Worte an die hinteren Reihen weitergegeben werden konnten. Gelegentlich war Donnergrollen zu hören, näher jetzt, und die Menschen blickten ängstlich gen Himmel; ein schwerer Sturm würde die wenigen Feldfrüchte verheeren, die ihnen noch geblieben waren.

Jeder Artikel wurde mit Jubel begrüßt, besonders aber solche, die ein Mitspracherecht des Volkes forderten. Am Ende fragte Kett, ob alle einverstanden seien. Ohrenbetäubender Jubel wurde laut. Erst als er abgeebbt war, verlangten einige der Jüngeren, dass die Grundherrlichkeit als solches abgeschafft und alles Land an die Pächter übergeben werden müsse.

Kett rief zurück: »Dies sind nur die vorläufigen Forderungen; es gibt noch genügend Gelegenheit, um weitere zu erörtern. Jetzt aber wartet ein Reiter nach London – sind wir uns so weit einig?« Wieder stimmte die Menge beinahe einhellig zu. Nur die wenigen von vorhin zogen säuerliche Gesichter. Kett, trittsicher wie immer, hatte sie ausmanövriert.

Nachdem das Dokument von Kett, Codd und Aldrich feierlich unterzeichnet worden war, wurde es an einen der Soldaten weitergegeben, der mit ihm davoneilte. Ein Großteil der Versammelten zog sich in den Schutz der Hütten zurück, als der Sturm aufzog. Dann begannen die Prozesse, zunächst gegen die Diebe. Sie erinnerten mich an den Ablauf gewöhnlicher Gerichtsverhandlungen: Während die Angeklagten, die im Verdacht standen, Gold, Güter oder Tiere von den Gutsherren entwendet zu haben, dies lautstark bestritten, hielten Zeugen dagegen, sie hätten den Diebstahl gesehen. War eine Beschuldigung nur Hörensagen oder Spekulation, was gelegentlich vorkam, riet ich Kett davon ab, ihr stattzugeben. Die meisten Angeklagten jedoch waren eindeutig schuldig und wurden entsprechend, mit der Zustimmung der Menge, des Lagers verwiesen. Kett sah sich die Männer an, als man sie abführte. »Viele hier gehören zu den Ärmsten«, sagte er. »Sie davonjagen zu müssen bekümmert mich.« Ich sah ihn an; er mochte herrisch sein, ein durchtriebener Politiker, aber im Grunde seines Herzens war er ein mitfühlender Mensch, wofür ich dankbar war. Es ließ sich von wenigen Mächtigen sagen, denen ich begegnet war.

Weitere Prozesse folgten. Der Herr von Swardeston Manor wurde nach vorne gebracht und von Master Dickon beschuldigt, er habe sich der Gemeindeflur bemächtigt. Dickon, von kräftigem Wuchs und in mittleren Jahren, Pächter von dreißig Morgen Land und Kirchenvorsteher, stand ganz im Gegensatz zu seinem Grundherrn, einem dürren, ängstlich aussehenden Mann, welcher in kriecherischem Tone einräumte, vielleicht zu sehr auf die Allmende zugegriffen zu haben, und Besserung versprach. Sein Gewinsel machte auf die Menge nicht mehr Eindruck als das Gepolter von anderen; er wurde für schuldig befunden und wieder in Gewahrsam genommen.

Als der Soldat ihn abführte, tat es einen mächtigen Donnerschlag, und der Himmel öffnete sich. Eine Flut von Hagelkörnern prasselte auf die Menge herab und hämmerte auf das hölzerne Schutzdach über uns. Mit einem Male war es kalt. Laute Donnerschläge ertönten, unmittelbar nach grellen Blitzen, die für einen Augenblick die Welt in Weiß tauchten. Der flache Boden war bereits von Hagel bedeckt, gleich grauem Schnee. Der Hagel ging alsdann in Regen über, der in einem dichten Vorhang fiel.

Kett rief aus: »Wir müssen die Anhörungen verschieben. Zurück zu den Hütten, Männer!« Zerschlagen, zerstoßen und durchnässt, zerstreute sich die Menge. Da ertönte ein lauter Schrei, und alle fuhren herum. Eine Gruppe Männer und eine Frau mittleren Alters traten auf die Tribüne zu. Die Frau rief aus: »Wir haben Richard Day gefangen, Anwalt und Hexer aus Bungay! Lasst uns die Anklage gegen ihn hören!«

Durch den Regen spähend, gewahrte ich zu meiner Verwunderung einen Mann, den ich kannte. Die Hände waren ihm vor dem Leib gefesselt, und er wurde fest inmitten der Gruppe festgehalten. Als ich am Court of Requests noch arme Leute vertrat, war ich Richard Day mehrere Male begegnet. Seine Klienten waren Grundherren aus East Anglia. Selbst ein bedeutender Grundherr, wusste er die Fälle geschickt monate- oder gar jahrelang hinauszuzögern. Vor

Gericht pflegte er arme Zeugen, welche allein schon eingeschüchtert waren von der Pflicht, in einem Londoner Gerichtshof erscheinen zu müssen, wütend als Lügner und Betrüger zu verunglimpfen. In jenen Tagen war er ein eindrucksvoller Mann gewesen, großgewachsen, stämmig und grauhaarig, ein bösartiger Mensch, der ungern einen Fall verlor und mich nach dem Prozess mehr als einmal gescholten hatte, ich würde mich für Bauerntölpel starkmachen. Ich hatte Gerüchte gehört, dass er Pächtern, die sich ihm entgegenstellten, mit üblem Schadenzauber gedroht habe und in seinem Gutshaus der schwarzen Magie fröne.

Er hatte sich sehr verändert, trug ein zerrissenes, schmutziges, triefnasses Wams, sein Gesicht wies Blutergüsse auf und war wie seine Hände über und über zerkratzt. Er blickte zu den Männern auf der Tribüne auf, und als er mich zwischen Kett und Barak sitzen sah, weiteten sich seine Augen in zornigem Staunen.

Die Gruppe, die ihn gebracht hatte, zwang Day vor der Bühne in die Knie. Ein junger Mann, Wasser aus den Augen blinzelnd, schrie: »Wir haben die ganze Woche nach ihm gesucht! Er ist aus seinem Haus geflüchtet, aber Mistress Howell hier hat ihn vorgestern in einem Gestrüpp entdeckt, wo er sich versteckt hielt. Wir kommen von der Grenze nach Suffolk eigens hierher, um ihn vor Gericht zu stellen!«

Die Frau trat vor und sprach laut, aber voller Würde: »Er ließ meinen Mann und mich von unserem Hof jagen, weil wir die Entrichtung unseres Zinslehens nicht beweisen konnten! Er hatte die Bücher zerstört!«

Erneut ertönte ein gewaltiger Donnerschlag. Day, der am ganzen Leibe schlotterte, rief aus: »Ich verfluche Euch, Shardlake! Alle, die Euch teuer sind, sollen verrecken! Wie könnt Ihr diesen Hunden, diesen Affen und Schweinen behilflich sein!« Wie üblich unter Edelleuten, beschimpfte er die Männer im Lager als Tiere.

»Da hört Ihr's, er hat wie ein Hexer gesprochen! Tötet ihn auf der Stelle!«

Die Szene war wie ein wilder Albtraum – der Regen, der auf das

Vordach hämmerte, der krachende Donner, die durchnässte Menge, die drohend erhobenen Waffen. Codd und Aldrich sahen dem Treiben mit weit aufgerissenen Augen zu. Kett rief aus: »Die Bosheit dieses Mannes ist weithin bekannt! Trotzdem wird ihm der Prozess gemacht wie allen anderen! Aber nicht jetzt, wir haben Wichtigeres zu tun, denn dieses Gewitter wird im Lager großen Schaden anrichten. Bringt Day nach Surrey Place und legt ihn in Ketten! Wir überstellen ihn morgen nach Norwich Castle!« Jemand trat vor und stach Day mit einem Speer, dass er quiekte wie ein Schwein. Ein Soldat sprang herbei und nahm die Waffe an sich, ehe damit ernsthafte Verletzungen hervorgerufen wurden. Day stürzte zu Boden und fing an zu heulen. Die Menge lachte. »Genug!«, brüllte Kett gegen das Rauschen des Regens an. »Captain Miles, führt ihn ab! Er wird bei der nächsten Verhandlung abgeurteilt! Jetzt geht, ihr allesamt, ehe wir hier stehend ersaufen.«

Miles und mehrere Soldaten kamen herbei und schleppten Day durch die Regenschwaden fort. Die Menge löste sich auf. Während es weiter unentwegt donnerte, nahm der Regen an Heftigkeit noch zu.

William Kett sagte: »Potz Donnerwetter, Robert, wenn wir nicht achtgeben, schwimmt uns das ganze Lager davon! Wie mag es denen ergehen, die am Long Valley campieren.«

»Du hast recht«, pflichtete der Bruder ihm bei. »Wir müssen zur Kapelle zurück und Vorkehrungen treffen.«

Einen Augenblick hatte mich Days Fluch erschüttert, aber der gesunde Menschenverstand der Ketts brachte mich zurück auf den Boden der Tatsachen. Auch ich sollte zu unserer Hütte zurückkehren. Ich stand auf. Der Bürgermeister blickte hinaus in den Regen. »Müssen wir in diesem Wetter nach Norwich zurückkehren?«, fragte er klagend.

»Bleibt, wenn Ihr wollt«, entgegnete William Kett. »Vielleicht möchtet Ihr uns ja bei den Aufräumarbeiten helfen«, sagte er, als er mit seinem Bruder von der Tribüne stieg. Sie gingen fort, augenblicklich vom Regen durchnässt.

KAPITEL EINUNDFÜNFZIG

Als Barak und ich zu unserer Hütte zurückstapften, ließ der Regen zum Glück ein wenig nach, und die Sonne erschien hinter den Wolken. Das Lager war ein Meer aus Morast, mit Schlaglöchern voller Wasser. Die Menschen tauchten aus ihren Hütten auf und schüttelten das Wasser von den durchnässten Habseligkeiten. Einer der Männer, wahrscheinlich ein Statthalter, forderte die Leute auf, zum Long Valley zu kommen, wo eine jähe Flut Hütten, Tiere und Proviant fortgeschwemmt hatte.

Auch das Swardeston-Lager hatte Schaden genommen. Durch die Lehmdächer sickerte das Wasser ins Innere, in den Eingängen hatten sich Pfützen gebildet. Nicholas half schöpfen. Einige der Männer waren gerade mit langen Ästen aus dem Thorpe Wood zurückgekehrt, die sie in den Boden steckten. Seile wurden zwischen sie gespannt, und das nasse Zeug wurde daran aufgehängt. Barak und ich legten eilig trockene Kleider an und fassten dann mit an, holten alles Mögliche zum Trocknen an die Sonne. Dickon, welcher gegen die Grundherren aus Swardeston ausgesagt hatte, half mir dabei, nasse Kleider über eine Leine zu hängen. »Hab ich meine Sache gut gemacht, was meint Ihr?«, fragte er. »Hat Euer Gehilfe alle Anschuldigungen gegen den Schurken aufgeschrieben?«

»Jawohl, und ich bin mir ganz sicher, dass die Kommissare und der Protektor sie prüfen werden.«

Er lächelte verlegen. »Wir haben seine Schafe von der Gemeindeflur gejagt. Es ist schon geschehen, und wir werden es nicht ungeschehen machen.«

Ein großgewachsener, ernst dreinblickender Mann erschien. Ich hatte ihn in der Kapelle gesehen; auch er war ein Statthalter. Er nickte uns zu. »So ist es recht, Freunde, packt ordentlich zu, damit alles hübsch trocknen kann. Legt auch die oberste Schicht Farn in die Sonne.« Er ging weiter.

Ich besah mir unsere Hütte. Wasser tropfte vom Dach und sammelte sich als Pfütze auf dem Lehmboden. Barak stellte fest: »Welch ein Unterschied zu Eurem Haus in der Chancery Lane, wie?«

Ich lachte. »Ja, in der Tat.«

»Die meisten Menschen hier sind an löchrige Dächer gewöhnt.«

Nicholas drängte sich an uns vorbei und ging daran, die durchnässten Farnwedel aufzuklauben. »Auf geht's, ihr zwei«, sagte er. »Bringt das Zeug nach draußen.«

Ich hatte mir Sorgen gemacht, ob Scambler uns in diesem Chaos finden würde, doch er kam bald nach dem Regen, in Begleitung des alten Hector Johnson. Scambler humpelte, stellte ich beunruhigt fest, und hatte einen Bluterguss am Kinn. Johnson sagte: »Hab ihn drüben auf dem Hauptpfad gefunden. Er hat nach dem Weg zu den Swardeston-Hütten gefragt, hatte sich verlaufen. Er ist ein richtiger Held, dieser Bursche.«

»Wie das?«

»Es gab mächtig viel Wirbel um die Pferde. Man hat eine massive Koppel für sie gebaut, damit sie nicht fortlaufen, aber viele sind unruhig, und Donner und Hagel haben sie scheu gemacht. Sie wollten fort. Ein großer Hengst trat immer wieder gegen den Zaun, um ihn niederzureißen, und die Übrigen wären ihm gefolgt. Doch dieser Bursche hier ging auf den Zossen zu und hat es weiß Gott wie fertiggebracht, ihn zu besänftigen. Zuvor allerdings ist das Vieh dem Jungen auf den Fuß getrampelt und hat ihm mit dem Kopf einen Stoß verpasst. Die Leute sagen, er hätte dem Tier etwas vorgesungen. Ihr könnt euch wohl vorstellen, welchen Schaden diese Pferde angerichtet hätten, wenn sie ausgebrochen und durch das Lager geprescht wären.« Er klopfte Scambler anerkennend auf die Schulter. Simon wurde rot und blickte zu Boden.

»Seht Ihr«, sagte ich. »Ich sag es ja, er hat ein Händchen für Pferde. Gut gemacht, Simon.«

Scambler blickte auf, und da sah ich ihn zum ersten Mal lächeln.

An jenem Abend, als wir um das Feuer saßen, noch immer feucht, obwohl der Regen aufgehört hatte, erzählte uns Scambler, wie es ihm ergangen war, nachdem seine Muhme ihn aus dem Haus gejagt hatte. Obdachlos geworden, hatte er sich den Bettlern in Norwich angeschlossen. So hatte er erfahren, dass die meisten irgendwann einmal in Lohn und Brot gestanden, einige dagegen schon von Kindesbeinen an Bettler gewesen waren. Die meisten soffen Starkbier, um der elenden Wirklichkeit zu entfliehen, doch ein Gutes hatte die Kirchengemeinde von Scamblers Tante bewirkt: Ihre Verurteilung alkoholischer Getränke hatte sich Simon so sehr zu Herzen genommen, dass er sie stets abgelehnt hatte. Das Betteln jedoch hatte ihm nicht einmal das Nötigste eingebracht, um satt zu werden, und einige Male hatten ihm seine alten Plagegeister aus der Schule zugesetzt. Manche der Bürger schoben hinterher, nachdem sie ihm einen Penny in die Mütze geworfen hatten: »Es musste ja so enden, Rußkopf.«

Goodwife Everneke, die alles zu hören schien, schob Scambler eine zusätzliche Portion Hammel zu, die er eilig verschlang. Er hatte wie üblich schnell gesprochen und dabei wild gestikuliert, doch als er gegessen hatte, sah er mich an und sagte, langsam diesmal: »An einem Tag saß ich vor der Kathedrale, so hungrig, dass ich glaubte, ohnmächtig zu werden. Ich fühlte mich dem Tode nah, und da kam mir die Hölle in den Sinn, die mir die Muhme vorausgesagt hatte ...«

»Sie ist ein bösartiges altes Weib«, warf Barak mit Nachdruck dazwischen.

»Ich saß also da, ohne einen Penny in der Mütze, als ich Münzen hineinfallen hörte. Ich sah hin, und da lagen drei Schillinge – drei Schillinge, Master Shardlake! Und über mir stand die alte Mistress Reynolds – erinnert Ihr Euch, vom Gerichtssaal?«

»Ja. Ich hätte nicht gedacht, dass sie so mildtätig ist.«

»Ich hatte Angst vor ihr, als sie in ihrem schwarzen Gewand über mir stand, mit diesem weißen, zerfurchten Gesicht. Aber sie sagte nur freundlich: ›Du warst im Gerichtssaal. Armer Junge. Ich wollte einen Knaben, weißt du, ich brauchte einen Knaben, nicht die arme Edith.‹ Dann sagte sie: ›Wenn du meine Enkelsöhne siehst, renn, so schnell du kannst.‹ Sie schaute entsetzlich betrübt drein.« Scambler schüttelte den Kopf. »Diese drei Schillinge haben mich gerettet, ließen mich durchhalten, bis ich von dem Lager erfuhr und heraufkam.«

Ich sah Barak und Nicholas an, weil ich mich an die Worte von Jane Reynolds vor Gericht erinnerte: »Edith, Gott sei dir gnädig, ich wollte doch einen Jungen.« Ich sagte: »Sie leidet seelische Qualen.« Ich runzelte die Stirn. »Warum sagt sie nur in einem fort, sie hätte einen Knaben gewollt?«

Nicholas entgegnete leise: »Vielleicht haben die Zwillinge ja doch die eigene Mutter getötet.«

Wir verbrachten eine feuchte Nacht in der Hütte, doch am Morgen war es wieder heiß. Als wir beim Frühstück saßen, kam der Hundertschaft-Vertreter und sagte uns, es sei noch viel zu tun. An manchen Stellen auf der Heide waren trockene Runsen durch das abströmende Wasser überflutet worden. Barak wurde gebeten, mit anzupacken. Nicholas stand auf, um ihn zu begleiten. »Vielleicht bessert sich mein Ruf, wenn ich ein bisschen Hand anlege«, sagte er. Scambler kehrte zu den Pferden zurück, und ich ging zur Kapelle. Der Wachmann vor der Pforte sagte mir jedoch, der Captain sei unterwegs, um wieder Ordnung zu schaffen im Lager, weshalb heute keine Anhörungen stattfänden. Er fügte grinsend hinzu, dass Reverend Watson eigens aus Norwich heraufgekommen sei, um davon zu predigen, dass die Flut eine Warnung vor Hochmut und Hoffart gewesen sei. Die Leute hätten es ihm mit Zorn vergolten.

Von jeglicher Pflicht befreit, schlenderte ich zum nahen Aussichtspunkt und blickte hinunter nach Norwich. Die Kirchtürme schimmerten feucht. Die Hauptstraße hinunter zur Bishopsgate Bridge war schlammig aufgewühlt, und einige Fuhrwerke standen verlassen. Etwas weiter vorn ergoss sich aus einer Runse noch immer Wasser in den Wensum. Überall auf seinem Weg lagen verstreut Kleiderhaufen, die Bestandteile zerstörter Hütten und die bescheidenen Habseligkeiten der Leute. Ich schüttelte den Kopf angesichts der Verheerung.

Eine Stimme hinter mir sagte: »Die Leute wurden gewarnt, nicht in den Rinnen zu lagern. Aber wer konnte auch mit einem Gewitter wie dem gestrigen rechnen. Ich habe noch kein schlimmeres erlebt.«

Ich drehte mich um und fand mich Captain Miles gegenüber. Er trug ein grünes Wams und darüber, wie üblich, einen Brustharnisch. Er war älter, als ich gedacht hatte, vielleicht Ende vierzig, sein Gesicht von Runzeln durchzogen. Er strich sich den hellen Bart und blickte mich aus wachen Augen an. Dann streckte er mir die Hand entgegen, und ich schüttelte sie. »Ihr habt gute Arbeit geleistet bei den Prozessen«, sagte er.

»Ich danke Euch. Ihr sollt die Männer ausbilden, wie ich höre?«

»So ist es.« Er zog die Augenbrauen in die Höhe. »Außerdem ernenne ich Unteroffiziere und bringe den Leuten bei, wie sie die verschiedenen Kanonen handhaben müssen, ohne dabei selbst in die Luft zu fliegen. Es ist nicht einfach, zumal dafür spezielle Kenntnisse erforderlich sind. Und zu guter Letzt unterweise ich sie im Speerwurf und im Bogenschießen. Gott sei Dank haben die meisten Burschen aus Norwich schon Übung im Umgang mit dem Langbogen, einige sind sogar recht brauchbare Schützen. Und die Steinmetze der aufgelösten Dombauhütte stellen jetzt für jede Kanone die passenden Kugeln her.«

»Glaubt Ihr denn, es kommt zum Gefecht?«

Er zuckte die Schultern. »Wir müssen vorbereitet sein. Und die Schießübungen halten die Männer bei Laune. Schließlich war keiner von ihnen jemals zuvor in dieser Lage.«

»Ihr als Oberkanonier habt aber doch gewiss Erfahrung mit Lagern dieser Größe.«

»Ich fing im Jahr '23 als junger Bursche an, als der alte Heinrich in Frankreich einfiel. Es war ein einziges Gemetzel und hatte keinerlei Nutzen, wie alle seine Feldzüge.« In seiner Stimme schwang Bitterkeit. »Aber ich blieb in der Armee, ich war ein armer Bursche aus Norwich, und der Sold war gut, besonders als ich zum Oberkanonier aufstieg. Ich war im letzten Franzosenkrieg und bis zum vorigen Jahr auch in Schottland. Bei Gott, dort hat man den Leuten grässlich mitgespielt. Jeder Feldzug ist gescheitert und hat nichts hinterlassen als Tausende Tote. England hat wenig, worauf es stolz sein kann.«

Ich sah ihn scharf an. »Eine seltsame Ansicht für einen Soldaten.«

»So denken mehr, als man glauben möchte.«

Ich nickte, weil ich mich an Gerüchte über Deserteure erinnerte, die von einem Ort zum anderen zogen und die Bevölkerung ermunterten, Lager zu errichten. »Warum seid Ihr so lange geblieben?«, fragte ich.

Er zuckte die Schultern. »Geld. Warum wohl sonst? Ich habe ein Weib und zwei Kinder durchzubringen. Ich sag Euch lieber nicht, wo sie sind, denn es gibt mindestens einen Spitzel im Lager. Er hat den Zwillingen die Flucht ermöglicht.« Er blickte über die Stadt. »Mit Schottland war das Fass voll. Der Dreck, kein Sold, die endlosen Schlachten und Verluste. Und jetzt bin ich Kommandant aller Streitkräfte dieses Lagers.« Er sah mich mit einem Mal forschend an. »Captain Kett vertraut Euch. Hat er damit recht?«

»Ich habe ihm geschworen, ihn bei rechtlichen Angelegenheiten zu unterstützen. Und ich halte mein Wort.«

Miles nickte bedächtig. »Nun gut. Wir müssen jetzt ein paar Kanonen aus den Gutshäusern auf die Hügelkuppe schaffen. Die Stadtväter in Norwich sollen sehen, was ihnen blüht, wenn sie ihre Meinung ändern. Entschuldigt mich, Master Shardlake. Vielleicht sprechen wir ein andermal miteinander.« Er nickte mir zu, machte kehrt und stapfte zurück zum Lager.

Um die Mittagszeit kehrte ich zu unseren Hütten zurück. Barak, Nicholas und die übrigen Männer waren ebenfalls dort, über und über mit Schlamm bespritzt, und hatten eine Stunde Zeit, sich zu stärken. Anschließend schlug ich einen Spaziergang entlang des Abhangs vor. Ich hatte über Jane Reynolds nachgedacht. Als wir auf dem Pfad dahinschlenderten, wehte eine angenehme Brise von Norwich herauf. Ich sagte: »Ich habe selten eine unglücklichere Frau gesehen.«

»Wen wundert's«, sagte Barak, »bei diesem Ehemann, dem abscheulichen Tod ihrer Tochter und diesen Enkelsöhnen.«

»Aber dass sie ihr Bedauern wegen Edith mit dem Wunsch kombiniert, sie hätte lieber einen Sohn gehabt«, sagte Nicholas. »Es scheint sich fest in ihr Denken eingegraben zu haben, wenn sie es sogar einem Betteljungen erzählt …«

Barak sagte: »Vielleicht glaubt sie, die Zwillinge wären gar nicht erst geboren, wenn Edith ein Junge gewesen wäre.«

»Mag sein«, sagte ich. »Und doch – irgendetwas ist da noch. Ich wünschte, ich könnte mit ihr sprechen.«

»Die arme Edith«, sagte Nicholas traurig. »Alle wünschten sie weit fort.«

»Und jemand hat sie tatsächlich beiseitegeschafft«, fügte Barak grimmig hinzu.

Wir wurden aufmerksam, als laute Rufe und Flüche ertönten. Eine Menge von etwa fünfzig Leuten begab sich von Surrey Place auf die Straße, die hinunter nach Norwich führte. Robert Wharton, ein Anwalt und Grundherr, der vor zwei Tagen bei der Eiche für schuldig befunden worden und besonders verhasst gewesen war, wenn ich mich recht entsann, war im Zentrum der Gruppe, die Arme sicher in Ketten, die Augen weit aufgerissen vor Angst, als Wachleute in Brustharnischen eine wütende Menge aus dem Lager von ihm fernzuhalten versuchte, die mit Mistforken und Speeren bewaffnet war. Aufmerksam geworden durch den Lärm, waren etliche aus der Kapelle gekommen, darunter auch Toby Lockswood.

»Was zum Teufel ist da los?«, fragte Barak.

»Kett sagte gestern, sie würden Gefangene nach Norwich Castle verlegen.«

Ich blickte in die Menge. Die Soldaten versuchten, die Straße zu erreichen, die Leute aus dem Lager drängten sich an Wharton heran. Ein Mann stieß mit der Mistgabel nach ihm, dass er schrie.

Nicholas sagte leise: »Er hat noch nicht vor Gericht gestanden. Das ist nicht recht.«

Barak sagte: »Er hat sich offenbar einiges zuschulden kommen lassen, um so viel Hass auf sich zu ziehen.«

Ein anderer junger Mann machte Anstalten, Wharton mit einem Speer zu stechen. Die Wachmänner jedoch waren im Vorteil mit ihren Hellebarden, und einer nutzte die seine, um gegen den Speer zu schlagen, dass dessen Besitzer ihn fallen ließ. Der Mann brüllte zornig: »Wollt ihr denn jetzt, da man euch zu Wachleuten gemacht hat, die Grundherren beschützen? Und die Gemeinen verraten?«

Der Mann, der die Wachen befehligte, ein hochaufgeschossener Geselle in den Fünfzigern, herrschte ihn an: »Sag du mir nichts von Verrat, du Zwerg! Sonst reiß ich dir die Eier ab! Ich hab so viel getan wie alle hier, um unsere Sache bekannt zu machen und dieses Lager aufzubauen!«

Ein anderer schrie zurück: »Schon recht, Master Echard, Müller mit einem halben Dutzend Gesellen, wie Master Robert Kett mit seiner Gerberei! Aber für wen habt ihr es aufgebaut? Doch nur für die reichen Freibauern und Kaufleute!«

Rot vor Wut, schob sich Echard durch die Wachleute und packte den Mann am Kragen. »Ich hab's für alle Gemeinen aus Norfolk getan. Verflucht sollt ihr sein, habt ihr gestern unsere Forderungen nicht gehört, die jetzt eben auf dem Weg zum König sind?« Er stieß den Mann von sich und schrie nach hinten: »Anstatt hier zu campieren, sollten wir lieber nach London marschieren und unseren Worten Taten folgen lassen!«

Eine Traube Menschen bildete sich. Einige gaben ihm recht, andere nannten ihn einen Narren. Mit ärgerlicher Geste winkte Echard die Wachleute weiter. Sie gingen die Straße hinunter, noch immer begleitet von einigen feindseligen Leuten, die Wharton zu stechen suchten.

»Herrjesus«, stöhnte Barak. »Die bringen ihn um.«

Ich schüttelte den Kopf. »Wharton hat genügend Wachleute.«

Nicholas lief bis zur Hügelkuppe und blickte hinunter auf die Straße, auf der Wharton nach Norwich geführt wurde. Zu meiner Überraschung sah ich, dass Toby Lockswood sich zu ihm gesellte. Worte wurden gewechselt – ich stand zu weit weg und konnte sie nicht hören, aber sie zankten sich nicht, und Lockswoods Benehmen schien nicht bedrohlich. Doch im Weggehen brüllte er: »Wir haben einen Verräter unter uns! Dieser feine Gentleman hier sagte gerade, dass Wharton befreit und statt seiner Captain Kett eingesperrt werden sollte, weil wir ein Haufen Schurken seien! Lassen wir uns das gefallen?«

Nicholas stand wie vom Donner gerührt. Barak und ich gingen schnell zu ihm. »Nick«, sagte Barak, »was ist passiert?«

Er schüttelte den Kopf. »Lockswood kam zu mir und redete darüber, dass das Wetter sich allmählich aufklare. Ich hab Wharton oder Kett mit keinem Wort erwähnt!«

Als ich Nicholas' ehrlich erstauntes Gesicht sah, glaubte ich ihm. Er hatte einige dumme Sachen gesagt, sich aber besonnen und seine Ansichten, wie ich meinte, mittlerweile geändert. Barak blickte Toby entgegen, der mit einer Horde Männer auf uns zukam, bereits durch den Aufruhr um Wharton aufgestachelt. »Ich glaube dir, Nick, aber Lockswood hat dich in die Scheiße geritten.« Er entblößte das Messer an seiner Eisenhand. Toby sah mir in die Augen, und um seine Mundwinkel zuckte ein Lächeln. Da erinnerte ich mich an seine letzten Worte zu Nicholas. »Ich krieg dich noch, Bursche!« Hier ging es nicht um Politik, die Sache war persönlich.

Barak wandte sich an die Menge, in der einige ihre Messer gezückt hatten. »Na kommt, Freunde, viele von euch kennen mich, und Master Shardlake arbeitet für Captain Kett. Nicholas hier hat nichts dergleichen gesagt.« Er sah Toby an. »Vor dem Aufstand hat Lockswood für uns gearbeitet, er hegt einen Groll gegen Nicholas und hat ihn schon mehrfach bei Captain Kett angeschwärzt. Lasst ihn entscheiden.«

Toby wies auf Nicholas und rief: »Dieser junge Gentleman ist gegen uns!«

Ich trat vor. »Hat sonst noch jemand diese Worte gehört? Also?«

Die Männer blickten von einem zum anderen, ungewiss, wem sie glauben sollten. Schließlich trat ein alter Mann vor. »Bringt den Burschen nach Surrey Place, bis unser Captain sich der Sache annehmen kann. Der Anwalt hat recht, es soll ihm Gerechtigkeit widerfahren.«

Zwei Männer traten vor und packten Nicholas an den Armen. Ich blickte Lockswood grimmig an und sagte dann zu Nicholas: »Wir klären das. Hab keine Angst.«

Er wurde abgeführt, während Toby ihm kaltlächelnd hinterherblickte.

Barak und ich warteten vor der Kapelle, aber Kett war noch im Lager unterwegs und kümmerte sich um die Aufräumarbeiten. Der Abend nahte, Zeit für den Gottesdienst an der Eiche, und Barak und ich beschlossen hinzugehen; Kett besuchte oft den Abendgottesdienst.

Wir fanden eine ungewöhnliche Szene vor. Kett war nicht anwesend, doch eine große Menge hatte sich eingefunden, die meisten schmutzig nach dem harten Tagewerk. Man hatte sie mit etlichen Fässern Dünnbier belohnt, die auf einem Tisch standen, und einige waren schon leicht angetrunken. Conyers stand im weißen Chorhemd und der Stola neben der Tribüne und stritt sich mit einem anderen Geistlichen, einem untersetzten Mann in den Vierzigern mit wild entschlossener Miene und eigensinnigem Kinn. Ich hörte ihn sagen: »Jetzt nicht, Master Parker.«

Barak sagte leise: »Den hab ich schon mal gesehen, vor Jahren, als ich in Lord Cromwells Dienste trat. Matthew Parker, Anne Boleyns Kaplan. Er ist jetzt einer der führenden Protestanten.«

»Was hat er hier zu suchen?«

»Er stammt aus Norwich, wenn ich mich recht erinnere.«

Ein Mann in der Menge brüllte: »Pack dich, Master Parker, wir wissen, dass das Lager in Cambridge geräumt wurde und du deine Finger im Spiel hattest!«

»Geh nach Kenninghall und versuch, Lady Mary zu behexen!«

Gelächter wurde laut, obschon einigen dieser Spott gegen einen führenden protestantischen Prediger nicht ganz geheuer war. Mit einer zornigen Geste machte Parker kehrt und ging davon. Jemand rief: »Kommt, Master Conyers, wir wollen Euch predigen hören! Ihr kennt das Wort Gottes und die Versprechen unseres Herrn besser als er!«

»Kommt«, sagte Barak, »gehen wir zur Kapelle zurück.«

Bei unserer Ankunft ließ der Wachmann uns wissen, dass Kett und sein Bruder gerade zu Abend speisten nach einem harten Tag. Ich war mir nicht ganz sicher, ob wir stören durften, dachte dann aber daran, wie sie Nicholas abgeführt hatten, und ging mit Barak hinein. Mehrere Männer brüteten über behelfsmäßigen Plänen des Lagers und kennzeichneten Gebiete, die von der Flut beschädigt worden waren. Kett, sein Weib und sein Bruder William saßen im Altarraum der Kapelle zu Tisch. Ketts Gesicht war rot vor Zorn. So hatte ich ihn noch nie erlebt. »Zuerst wollen sie Wharton an den Kragen, dann beleidigen sie Parker! Wenn es so weitergeht, gerät alles außer Kontrolle!«

»So schlimm ist es doch nicht«, sagte Alice. »Die Flut war für alle ein Schrecknis.«

William schnaubte. »Lass ein paar von den Unzufriedenen in die Burg sperren, das bringt sie wieder zu Verstand!«

Robert schlug mit der Faust auf den Tisch. »Nein, das macht sie nur noch wütender!«

»Ich glaube nicht, dass dies der richtige Zeitpunkt ist«, sagte Barak leise. Doch Kett hatte mich schon gesehen. Er – der Mann, den ich fast schon als Freund betrachtete – funkelte mich wütend an. »Master Shardlake! Was höre ich da von diesem elenden Overton?«

Ich sprach ruhig. »Von Toby Lockswood? Erinnert Euch, Captain, er hat Nicholas schon einmal aus Bosheit angeschwärzt. Ihr habt ihm eine Rüge erteilt.«

Kett war wütend. »Und Ihr erinnert Euch, dass Master Overton sich schon einmal gegen unser Tun hier ausgesprochen hat und nur auf Eure Bitte hin frei blieb. Jetzt sagt er, man solle mich einsperren und nennt das Lager einen Schurkenhaufen!«

»Sir, ich habe gesehen, wie Nicholas und Toby miteinander sprachen. Wharton wurde gerade nach Norwich abgeführt. Ich habe zwar ihre Worte nicht gehört, aber sie machten einen gelassenen Eindruck. Nicholas bestreitet, was Lockswood ihm unterstellt. Hier geht es doch um Rache.«

William Kett sah mich an. »Lockswood hat angeblich zwei Zeugen.«

»Gedungene Lügner«, entgegnete ich, jetzt ebenfalls wütend.

William wandte sich an Robert. »Siehst du, jetzt beschimpft er die Männer im Lager als Lügner!«

Robert holte tief Luft, um sich zu beruhigen. »Lockswood hat Zeugen für Overtons Worte. Ich habe den Jungen nach Norwich Castle bringen lassen, und dort bleibt er, bis ich es mir anders überlegt habe.« Er blickte mich mit seinen strengen, ausdrucksstarken Augen an. »Und Ihr, Master Shardlake, seid auf der Hut.«

KAPITEL ZWEIUNDFÜNFZIG

Barak und ich schliefen wenig in jener Nacht, jetzt nur noch zu zweit in der Hütte mit dem Grasdach: Scambler teilte sich eine benachbarte Hütte mit dem jungen Natty. Als wir nach unserem verheerenden Gespräch mit Kett zum Swardeston-Lager heimkehrten, hatte Simon nach Nicholas gefragt. Ich erzählte ihm, was passiert war, weil sich die Nachricht ohnehin bald im Lager herumsprechen würde. Er sah niedergeschlagen drein, denn er mochte Nicholas. Die Übrigen warfen uns neugierige Blicke zu.

In Anbetracht dessen, was in St Michael's geschehen war, wollten Barak und ich lieber abwarten, bis Kett wieder besserer Stimmung war. Dann würden wir an seinen Gerechtigkeitssinn appellieren und verlangen, dass Toby und die beiden vorgeblichen Zeugen in Nicholas' Beisein ihre Anschuldigungen wiederholten.

»Kett wird eine Anhörung unter der Eiche verlangen«, sagte Barak. »Und Nick hat sich nicht gerade beliebt gemacht.«

»Tja. Wir müssen die Sache mit Bedacht angehen.«

»Toby Lockswood, dieser verfluchte Kerl«, stieß Barak wütend aus. »Es ist nichts als kleinmütige Rache. Ich könnte ihn zu Brei schlagen, den Hundsfott!«

»Bring du dich nicht auch noch in Schwierigkeiten.« Ich zögerte. »Wie ich sehe, bleibst du nüchtern.«

Er schaute mir in die Augen. »Ich hab etwas gefunden, wofür es sich lohnt. Und ich hatte es weiß Gott bitter nötig nach den Assisen.«

Ich ging hinaus, um mich zu waschen. Während des Gewitters hatten die Leute überall im Lager Fässer und Tröge aufgestellt, um den Regen aufzufangen. Zum ersten Mal hatten wir alle frisches Wasser. Die Sonne war untergegangen, und ich blickte in der Dämmerung über das Lager; die Kochfeuer brannten, rote Tupfer auf der dunklen Heide. Eine Fledermaus oder Flattermaus, wie man hierorts sagte, huschte lautlos vorüber. Ich schlenderte auf den Abhang zu; rings um die Wachposten brannten größere Feuer, und in der Ferne sah man die Lichtpunkte von Norwich. Morgen, am 19. Juli, wären wir schon eine Woche auf Mousehold Heath.

❦

Am darauffolgenden Morgen wurde Barak gebeten, eine große Lieferung Holz einzutragen. Damit sollten die Koppeln der Kühe und Pferde verstärkt werden. Unter Kett und den Statthaltern wurde über alles streng Buch geführt. Simon Scambler half, die Pferde zu versorgen. Ich erhielt die Nachricht, dass erneut keine Prozesse stattfinden sollten, da noch immer viel zu tun war nach dem Unwetter. Ich beschloss also, Michael Vowell aufzusuchen und ihn zu fragen, welche Verbindungen zwischen den Familien Reynolds und Southwell bestanden.

Ich begab mich zur Reformeiche, die für das Lager zum wichtigsten Treffpunkt geworden war. Ich war fast dort, als ich zu meinem Erstaunen sah, wie Reverend Matthew Parker, das Chorhemd mit Schlamm besudelt, das Gesicht rot vor Wut, in Begleitung eines weiteren Geistlichen und mehrerer Diener hinkend auf die Straße nach Norwich zuhielt. Ich starrte ihn an, und er blickte finster zurück; mit meinem schmutzigen Hemd, dem weißen Bart- und Haupthaar und der breiten Kappe hielt er mich zweifellos für einen alten Bauern.

An der Eiche drängten sich mehrere hundert Männer. Abgesehen von ein paar, die missbilligend dreinblickten, waren alle in ausgelassener Stimmung. Ich entdeckte die untersetzte Gestalt von Michael Vowell, der mit einigen Jüngeren scherzte. Wams und Mütze, die er trug, waren aus Leder, sein Gesicht von der Sonne verbrannt. Ich trat auf ihn zu. »Was ist denn geschehen?«, fragte ich. »Eben hab ich Reverend Parker gesehen. Er schien nicht gerade glücklich.«

Die jungen Männer lachten wieder. Vowell grinste. »Parker kam, als Reverend Conyers den Morgengottesdienst hielt, und bestand darauf, an seiner statt zu predigen. Er stellte sich auf die Tribüne und schalt uns, weil wir vorige Nacht ein paar Bier getrunken hatten. Dann forderte der freche Mensch uns auf, gefälligst das Lager zu räumen und auf die königlichen Abgesandten zu vertrauen. Wo auch immer sie verflucht noch eins sein mögen«, setzte er hinzu.

Reynolds' einstiger Steward unterschied sich sehr von dem recht ernsthaften Menschen, den ich aus Norwich kannte. Er schien sich mit jüngeren Männern verbündet zu haben, die von Natur aus radikaler waren. Doch genau wie ihnen stand es ihm nun zum ersten Male frei, seine wahren Gefühle offen kundzutun. Einer seiner jungen Freunde sagte: »Früher, da mussten wir vor den Priestern buckeln und schlottern. Jetzt nicht mehr! Ein paar von uns krochen unter die Tribüne und kitzelten den Pfaffen mit ihren Speeren an den Füßen.«

Erneut wieherndes Gelächter. »Wie er tanzte! Ihr hättet es sehen sollen! Mit seiner unsinnigen Tirade war jedenfalls Schluss!«

»Dann haben wir ihn mit Dreck beworfen!«

»Kein Wunder, dass er so verdrießlich dreinschaute!«

Vowell sagte, ein wenig bedauernd: »Doch dann ließ Reverend Conyers diesen Kinderchor, den er aus Norwich heraufgebracht hatte, das *Te Deum* auf Englisch singen; das hat die Männer beruhigt, und Parker konnte sich trollen.«

»Er humpelt.« Unwillkürlich musste ich lächeln, denn die Geschichte hatte durchaus eine komische Seite, und es war ja auch niemand zu Schaden gekommen.

Einer der Männer bei Vowell blickte mich neugierig an. »Seid Ihr nicht der Anwalt, der Captain Kett bei den Prozessen beraten hat?«

»Der bin ich.«

»Man sieht es an Euren tintenverschmierten weibischen Fingern«, sagte er. »Wie kommt Ihr hierher?«

»Das ist eine lange Geschichte.«

Etliche blickten mich argwöhnisch an. Es waren auch jene darunter, welche die Edelleute am liebsten an den Galgen gebracht hätten. Ich sagte bescheiden: »Darf ich Euch kurz unter vier Augen sprechen, Master Vowell?«

Jemand lachte. »Hört Euch das an! Ein Anwalt bittet um Erlaubnis, als wären wir seinesgleichen!«

»Das sind wir jetzt ja auch!«, erwiderte ein anderer mit Nachdruck.

Ich blickte ihn an. Dies war in der Tat eine radikale Gesinnung. Immer noch lächelnd, nahm Vowell mich am Arm und führte mich ein wenig beiseite. »Was ist?«

»Eine Frage zu den Morden an Edith Boleyn und den anderen.«

Er blickte mich forschend an. »Glaubt Ihr, es besteht ein Zusammenhang zu den teuflischen Zwillingen und ihrer Flucht?«

»Nein. Ich weiß nur, dass die Zwillinge mit einigen von Southwells Männern gemeinsame Sache machten. Also fragte ich mich, ob es zwischen ihrem Großvater und Southwell am Ende doch eine Verbindung gab.«

Zu meiner Überraschung lachte Vowell. »Nein, Master Shardlake, da seid Ihr auf dem Holzweg. Reynolds und Southwell hassen einander. Beide sind streitsüchtig und niederträchtig. Vor zehn Jahren, da gab es zwischen ihnen einen gewaltigen Streit wegen eines Hauskaufs in Norwich. Ich hörte das Gebrüll und die Drohungen, als Southwell meinen Herrn besuchte.« Wieder lachte er. »Wenn Ihr glaubt, die Sprache im Lager sei deftig, dann hättet Ihr die beiden hören sollen.«

»Wer hat den Zwist gewonnen?«

»Southwell natürlich. Er verfügte damals schon über mehr Macht und Geld. Doch Gawen Reynolds hat ihm die Sache niemals verziehen; er ist nachtragend. Er schäumte vor Wut, als die Zwillinge sich mit Southwells blaublütigen Schlägern einließen, aber« – er zuckte die Schultern – »nicht einmal ihr Großvater kann Gerald und Barnabas daran hindern, zu tun, was immer sie wollen. Er musste es schlucken.«

»Verstehe. Ich habe auch an die Großmutter der Zwillinge gedacht. Seid Ihr gut mit ihr ausgekommen?«

»Jane Reynolds fürchtete sich vor ihrem eigenen Schatten. Ich fragte mich zuweilen, ob sie noch ganz bei Trost sei.« Er sah mich vielsagend an. »Vielleicht hatte ihre Tochter den Wahnsinn von ihr geerbt.«

»Im Gerichtssaal sagte sie: ›Edith, Gott sei dir gnädig, ich wollte doch einen Jungen.‹«

»Was Mistress Jane sagte, ergab oftmals keinen Sinn«, sagte er herablassend. Und fügte dann mit jäher Heftigkeit hinzu: »Master Shardlake, ich will diese Familie vergessen. Ich habe jetzt andere Sorgen. Ich will ein neues, gerechteres England errichten.«

Ich nickte. »Wie ich sehe, habt Ihr Euch den Jüngeren, Radikaleren zugesellt.«

»Ja. Sie haben nichts und sollten ihren Anteil erhalten.«

»Ja, das sollten sie. Doch junge Männer sind erregbar, und wir wollen kein Blutvergießen.«

Er lächelte bitter. »Matthew Parker sagte das auch. Ihr seid ein guter Mann, Master Shardlake, aber genau wie er ein Mann von Stand.«

Nach Feierabend war im Lager für allerlei Kurzweil gesorgt, in jenem ausladenden natürlichen Amphitheater, von dem Goodwife Everneke gesprochen hatte, jenseits von St Michael's Chapel. Auch Barak und ich gingen hin. Auf einer Bühne schleuderten Gaukler mit erstaunlichem Geschick bunte Bälle in die Luft. Anschließend spazierte ein Seiltänzer auf einem zwischen zwei Bäume gespannten Strick, einen langen Stab in den Händen, der ihm half, das Gleichgewicht zu halten. Der Menge stockte der Atem vor Angst, er könne fallen. Doch er kam heil hinüber und stieg munter auf der anderen Seite unter jubelndem Beifall vom Baum. Man warf ihm Münzen zu.

Es folgte ein Hahnenkampf, den ich nicht sehen wollte, und ich überredete Barak, ein wenig spazieren zu gehen. »Hast du im Verhalten der Dorfleute zu uns eine Veränderung bemerkt?«, fragte ich ihn. »Sie haben uns nicht eingeladen, sie hierherzubegleiten.«

»Die Sache mit Nicholas hat sich herumgesprochen. Die Leute haben mir Fragen gestellt, und ich sagte ihnen, dass kein Wort davon wahr ist. Vielleicht können wir ja morgen noch einmal bei Kett vorsprechen.«

»Ja. Aber vorher fragen wir die Wachleute vor der Kapelle, ob seine Laune sich gebessert hat.«

Barak antwortete, ein wenig ungehalten: »Kett macht sich Sorgen, weil von den Kommissaren noch immer nichts zu hören ist. Und er trägt eine gewaltige Verantwortung. Ihr könnt nicht erwarten, dass er Nicholas bevorzugt behandelt.«

»Ich weiß.«

»Seht, der junge Natty und unser Rußkopf!«

»Sag das nicht! Er heißt Simon. Vielleicht ist er den Spitznamen jetzt, unter den Dorfleuten, endgültig los.«

Wir näherten uns den beiden Jungen. Sie waren ein seltsames Paar; der stille, kräftig gebaute Natty und der dünne, allzeit gestikulierende Simon.

»Einen gottgesegneten Abend euch beiden«, sagte ich.

»Und Euch ebenso«, antwortete Natty vergnügt.

»Wie geht es deinem Freund, dem jungen Stephen Walker?«

»Recht gut, er hat sich mit ein paar Leuten aus seinem Dorf in den Sandlings zusammengetan.«

»Wolltest du nicht bei ihnen bleiben?«

Natty schüttelte den Kopf. »Er hat Verwandte dort. Im Swardeston-Lager gefällt es mir gut. Sie nehmen gern streunende Straßenkinder bei sich auf, stimmt's, Simon?« Er klopfte Simon leicht auf den Arm.

Scambler nickte. »Stimmt, keiner trampelt mehr auf uns herum, auch wenn wir Streuner sind.« Er lächelte mir unsicher zu, als könnte er sein Glück noch nicht recht fassen. Da kam mir in den Sinn, dass diese beiden heimatlosen Jungen am Ende doch nicht so ungleiche Freunde waren.

»Gleich beginnt ein Puppentheater«, sagte Simon zu Natty. »Sollen wir's uns ansehen?«

»Oh ja, ich hab so was noch nie gesehen.«

»Die Puppenspieler sind aus Norwich«, sagte Simon aufgeregt. »Ich hab sie schon mal gesehen. Sie sind großartig.« Er klatschte in die Hände und wandte sich uns zu. »Kommt Ihr mit?«

»Ja. Sofern der Hahnenkampf vorbei ist.«

Barak sagte: »Er kann kein Blut sehen.«

»Fürwahr«, sagte ich mit Nachdruck, »das kann ich nicht.«

Wir kehrten wieder zur Eiche zurück, wo eine große, bunt bemalte Bühne errichtet worden war, mit einem Vorhang davor. Die Menge der Zuschauer war laut und gut gelaunt und reichte Krüge mit Bier herum. Es war schwaches Dünnbier, und einige beschwerten sich, dass Captain Kett stärkeres Bier erlauben solle.

Der Vorhang ging auf, und man erblickte eine Kulisse, die das Innere eines reichen Hauses darstellte, mit wunderschön gestalteten Miniaturtischen und -stühlen und sogar einer Vitrine, in der kleine Teller und Krüge zu bewundern waren. Von Puppenspielern geführt, welche, hinter einem Tuche verborgen, unter den Brettern knieten, kamen zwei Puppen auf die Bühne geschlurft. Sie waren wie ein vornehmes Ehepaar gekleidet, und ihre bemalten Gesichter blickten streng. Aus der Menge ertönten fröhliche Buhrufe.

Die Dame sagte mit hochmütiger, krächzender Stimme: »Der Pachtzins von unseren Ländereien reicht nicht mehr für vornehme Kleider. Was ist da zu tun, mein Gemahl? Ich kann mir keine schmuckreiche Haube mehr kaufen, um meine Flechten zu bedecken.«

Ihr Ehemann entgegnete mit der tiefen Stimme eines Menschenfressers: »Gräme dich nicht, gute Frau, ich habe einen Plan. Ich jage die Pächter fort und lasse fortan Schafe auf meinem Land weiden!«

Die Frau klatschte in die Hände. Nun betrat ein schurkischer Steward die Bühne, der den Vorschlag machte, man solle sich mit einem Anwalt zusammentun, welcher behaupten würde, die Pacht wäre abgelaufen. Und schon tauchte der Anwalt auf, ein dunkelhaariger Mann in schwarzer Amtstracht.

Simon begann vor Aufregung auf der Stelle zu hopsen, als die Handlung fortschritt. Ein Freibauer mit eigenem Land trat auf, der offenbar Robert Kett darstellen sollte, in Begleitung einer Gruppe Pächter, die sagten, sie würden das Land übernehmen. Es folgte ein Kampf im Haus, mit viel spaßigem Herumgeschubse, bei dem die Puppen einander mit Stöcken verprügelten. Die Leute brüllten, sogar der phlegmatische Natty rief den Pächtern zu: »Haut den Herren die Hucke voll!«

Am Ende hatten die Pächter den Kampf gewonnen und schafften die Möbel aus dem Haus. Die Edelleute und ihr Anwalt, heftig gebeutelt, blieben allein auf der Bühne zurück.

So klug die Darbietung war, wurde ich der Stereotype irgendwann überdrüssig und fragte Natty, was die Leute sich über Nicholas erzählten. Er blickte mich ernst an. »Die meisten Dorfleute waren immer argwöhnisch gegen ihn, weil er schon früher gegen das Lager geschimpft hat, aber Goody Everneke sagt, er sei völlig harmlos, nur nicht ganz am rechten Fleck.« Er lächelte. »Und was sie sagt, hat Gewicht.«

»Früher, da hat er wirklich allerhand törichtes Zeug dahergeredet, aber diesmal nicht. Toby Lockswood, der vor dem Aufstand für uns arbeitete, hat ihn verraten, weil er ihn hasst.«

»Seid Ihr sicher?« Nattys ehrliches Gesicht verzeichnete Erstaunen.

»Ich würde es beschwören.«

»Und ich ebenso«, setzte Barak hinzu.

Natty zog die Augenbrauen in die Höhe. »Toby Lockswood ist jetzt ein mächtiger Mann. Er gehört zu denen, die lesen und schreiben können, und hat viel über das Gemeinwohl nachgedacht. Aber Captain Kett bringt die Wahrheit ans Licht.«

»Wir wollen es hoffen.« Ich wandte mich wieder dem Puppenspiel zu, das fast zu Ende war. Allein in ihrem leeren Haus, zankten sich die Eheleute, was jetzt zu tun sei. Der Mann sagte: »Weib, die Zeit der vornehmen Kleider ist vorbei. Du musst sie allesamt verkaufen und dich wie das Weib eines armen Viehhändlers kleiden.« Die Frau kreischte entsetzt, und dann machte der Puppenspieler etwas Erstaunliches. Er stellte die Puppe auf den Kopf, stülpte die Kleider um, so dass darunter ein anderes Gewand zum Vorschein kam, welches ärmliche, zerrissene Lumpen darstellen sollte. Doch die größte Überraschung war, dass sich unter dem feinen Gewand ein zweiter Kopf befand, der dem ersten aufs Haar glich, so dass die vornehme Dame im Handumdrehen in eine zerlumpte Frau verwandelt war. Die Menge brüllte und jubelte. Da regte sich etwas in meinem Hinterstübchen, irgendein Gedanke im Zusammenhang mit dem Boleyn-Fall, den ich noch nicht zu formulieren wusste. Doch dann war ich abgelenkt, als Simon mir seinen knochigen Ellenbogen in die Seite rammte. »Master Shardlake, wie haben die das gemacht? Es war wunderbar, wunderbar!«

»Ja, Simon, das war es wirklich«, entgegnete ich. Der Gedanke war verflogen.

Das Stück war zu Ende, und alle Puppen verneigten sich. Die Puppenspieler erhoben sich und verneigten sich ebenfalls. Brüllender Applaus schlug ihnen entgegen.

Die Jubelrufe verebbten allmählich, als ich in der Menge eine Störung wahrnahm. Die Leute scharten sich um einen jungen Mann, der lebhaft sprach. Ich erkannte Edward Brown. Barak und ich eilten zu ihm hinüber. Da ich befürchtete, es könnte Josephine etwas zugestoßen sein, trat ich zu ihm hin und packte seinen Arm. »Edward, was geht hier vor?«

Er hielt inne, um tief Luft zu holen. »Unsere Späher in der Grafschaft berichten von einem königlichen Herold aus London, der samt Gefolge schnell auf Norwich zureitet. Sie sind schon fast in Wymondham. Sein Kommen ist dem Stadtrat bekannt, der Vorbereitungen trifft, ihn zu empfangen. Wir haben Informanten unter den Dienern.«

»Weiß Captain Kett Bescheid?«

»Ich habe es ihm eben mitgeteilt.«

Jemand fragte: »Ein Herold, nicht die Kommissare?«

»Genau. Und er ist nach Norwich unterwegs, nicht ins Lager. Jedoch«, fügte er aufgeregt hinzu, »es könnte eine Antwort auf unsere Forderungen sein. Soweit ich weiß, sind Herolde auch in andere Lager entsandt worden.«

Baraks Augen wurden schmal. Er befingerte nervös seine künstliche Hand. »Nur wie lautet diese Antwort?«

KAPITEL DREIUNDFÜNFZIG

Nachdem er seine Botschaft überbracht hatte, sollte Edward stehenden Fußes nach Norwich zurückkehren. Ich hielt ihn kurz zurück, weil ich wissen wollte, wie es in der Stadt zuging. »Zuweilen gibt es ein wenig Verdruss, aber nichts Ernstes.« Er grinste. »Die Edelleute werden in den Straßen herumgeschubst, man stößt ihnen die Kappen vom Kopf, und die Burschen zeigen ihnen ihre nackten Hintern.«

»Und wie geht es Josephine? Und der Kleinen?«

»Mousy gedeiht ganz prächtig, seit Ihr uns Geld gegeben habt.« Er wurde ernst. »Aber Josephine … Die Spannungen in der Stadt, so harmlos sie sind, und das Lager hier auf dem finster dreinblickenden Mousehold, wie die Gentlemen sagen – all das ängstigt sie. Sie fürchtet sich vor jeder drohenden Gewalt; es führt ihr die Kindheit vor Augen. Ich bin oft außer Haus, dann fürchtet sie sich. Ich bemühe mich nach Kräften, auf sie achtzugeben.«

»Ich weiß«, sagte ich sanft.

»Ihr seht erstaunlich gut aus, Sir, nach dem, was auf dem Richtplatz geschah.«

Ich lachte. »Es ist schon eigenartig, seit ich auf Farnwedeln schlafe und den lieben langen Tag herumlaufe, ist mein Rücken besser geworden. Wenn es nur nicht so heiß wäre!«

»Tja, das sagen alle.« Damit verneigte er sich und eilte wieder hinunter nach Norwich.

Später zog es manch einen an den Abhang über Norwich, um auf die Stadt hinunterzuschauen. Doch Norwich bot den üblichen Anblick, und die untergehende Sonne färbte den Turm der Kathedrale rosenrot. Die Wachposten erhielten Verstärkung von Männern mit Speeren und Langbogen. Captain Miles hastete hin und her, um die Kanonen, das Schwarzpulver und die Kugeln zu prüfen, die aus den Herrenhäusern geholt worden waren. In dieser Nacht schlief kaum jemand, weil man ja wusste, dass am folgenden Morgen die Antwort des Protektors verlautbart würde. Die Stimmung war im Großen und Ganzen optimistisch, obschon niemand Gewissheit hatte. Von unserer Hütte aus hörten wir des Öfteren Hufschlag, wenn berittene Boten an der Kapelle eintrafen.

Tags darauf tat sich nichts. Die Stimmung im Lager war angespannt, und Boten aus der Stadt berichteten, dass die Ratsherren die Ankunft des Herolds in Kürze erwarteten. Am darauffolgenden Morgen jedoch, dem 21. Juli, war davon noch immer keine Rede. Obwohl Barak und ich üblicherweise nicht zum Gottesdienst gingen, begleiteten wir diesmal die Dorfleute zur Morgenpredigt. Vögel sangen im gelben, raschelnden Gras und den wenigen Bäumen, die noch standen.

Eine große Gemeinde hatte sich versammelt. Conyers begann den Gottesdienst mit der Ankündigung, dass der Herold des Königs in Bälde in Norwich eintreffen werde. Alsdann begann er seine Predigt. Er war großgewachsen und hager, ein ernster Mann, dem bekanntermaßen sowohl am Gemeinwohl als auch am Frieden gelegen war, und er hatte etwas Sanftes an sich, eine stille Aufrichtigkeit. Als Text wählte er die Passage aus dem Matthäusevangelium: *Siehe, ich sende euch wie Schafe mitten unter die Wölfe; seid daher klug wie die Schlangen und arglos wie die Tauben!* Welche Neuigkeiten der Herold auch immer bringen mochte, sagte er, sei es doch wahrscheinlich, dass er das Lager verurteilen und uns Aufrührer schelten werde, wie es bereits andernorts und auch in Briefen geschehen sei; es seien aber auch Zugeständnisse gemacht worden, und wir sollten sie behutsam erwägen, mit ruhiger Überlegung. Die Gemeinde hörte schweigend zu, und zu Beginn dieses entscheidenden Tages verspürte ich einen inneren Frieden wie seit Jahren nicht mehr, fast so, als käme er von außen über mich. Ich seufzte tief und zog einige neugierige Blicke auf mich.

Conyers endete mit den Worten, dass Friede und Versöhnung mit Gerechtigkeit einhergehen müssten, stimmte das *Tedeum* auf Englisch an, gefolgt von einigen Psalmen. Simon zeigte erneut, was für eine schöne Singstimme er hatte, und mehrere in der Gemeinde drehten sich nach ihm um. Barak murmelte: »Wie stehe ich jetzt da!« Er besaß die Singstimme einer Katze.

Dann erfolgte eine Unterbrechung. Ein junger Mann erstieg schwitzend und atemlos die Tribüne, verneigte sich vor Conyers und raunte ihm etwas zu. Conyers nickte und wandte sich an die Menge. »Der Bote des Königs ist angekommen; er ist in Norwich, und ich habe eben erfahren, dass er zu uns heraufkommen wird, sobald er sich ein wenig erfrischt hat.«

Eine große Anzahl von Menschen, darunter auch Barak, ich und die Jungen Natty und Simon, begaben sich an den Rand des Abhangs. Einige gingen sogar ein Stück weit nach unten, um einen besseren Ausblick zu haben. Doch eine Stunde lang, und dann noch eine tat sich nichts. Man hörte nur die Kirchenglocken läuten, die zum morgendlichen Gottesdienst riefen. Drüben an der Kapelle herrschte ein reges Kommen und Gehen. Dann kam einer der Wachsoldaten zu mir herüber und sagte mir, dass Captain Kett mich zu sehen wünsche.

Ich trat in die Kapelle, wo mehrere Männer um den Tisch im früheren Altarraum saßen. William und Robert Kett sowie Captain Miles blickten mir entgegen. Die anderen waren mir ebenfalls bekannt, obschon ich überrascht war, sie beisammen zu sehen – Michael Vowell, Toby Lockswood, der alte Hector Johnson, Edward Brown, der wieder aus Norwich heraufgekommen war, und Peter Bone. Kett winkte mich an den Tisch. So sorgenvoll und beunruhigt hatte ich ihn noch nie gesehen.

»Serjeant Shardlake«, sagte er, »ich brauche Euren Rat.« Er holte tief Luft. »Wie Ihr wisst, kommt heute der Herold des Königs zu uns herauf. Wir halten seit dem frühesten Morgen hier Sitzung.

Wir kennen einander und können daher offen sprechen; einfache Leute wie der brave Peter Bone hier, Soldaten, Statthalter und Männer aus Norwich. Ich weiß zwar, dass zwischen Euch und Toby Lockswood Unstimmigkeiten bestehen, bitte Euch aber, sie für die Dauer der Sitzung zu vergessen und mir einen ehrlichen Rat zu erteilen. Die Frage, die ich Euch stelle, ist folgende: Wie reagieren wir auf den bevorstehenden Besuch des Herolds?« Er holte wieder tief Luft. Mit einem Anflug von Unmut dachte ich, dass dies bei weitem über meine Einwilligung, ihn bei den Prozessen zu beraten, hinausgehe, konnte nun aber schwerlich einfach kehrtmachen und gehen.

»Zuerst muss ich Euch jedoch mitteilen, dass uns gestern Abend ein Brief des Lordprotektors erreichte.« Kett hielt das Schreiben in die Höhe. »Auch andere Lager in East Anglia haben Briefe erhalten. Sie alle beginnen wie dieser hier mit einer Rüge an die Aufständischen, enden aber mit Zugeständnissen – so hat man Thetford versprochen, dass die Kommissare künftig von Ortsansässigen bestimmt werden dürfen.« Beifälliges Raunen war zu hören, aber Kett erhob mahnend die Hand. »Der Brief an uns enthält die zu erwartende Rüge; der König empfindet es als große Beleidigung, dass wir ihm gleichsam von oben herab die Bedingungen diktieren – als hätte ich nicht genug getan, um Seiner Majestät und der protestantischen Sache unsere Loyalität zu bekunden.« Fast wollte ihm die Stimme versagen. »Seine Zugeständnisse dagegen sind vage, besagen nur, dass die Kommissare sich der Einhegungen annehmen würden, wir aber warten müssten, bis im Oktober ein neues Parlament eingesetzt sei und die widerspenstigen Grundherren zum Einlenken zwinge. Doch jene unter Euch, die wissen, wie es in der Politik zugeht« – er sah mich dabei an –, »wissen auch, dass das Parlament sich aus Lords und Gentlemen zusammensetzt, die solche Maßnahmen niemals billigen würden. Bis dahin sollen wir nach Hause zurückkehren und ihn nicht« – er blickte auf den Brief und las daraus vor – »›zu härteren Maßnahmen‹ nötigen.«

Toby Lockswood strich sich nachdenklich den schwarzen Bart.

»Ich helfe dabei, Informationen aus den Grafschaften zu koordinieren, und bis jetzt sind die Kommissare noch nicht über Kent und Essex hinausgekommen. Man macht den Leuten dort Versprechen, aber nur unter der Bedingung, dass die Lager sich auflösen. Und in Canterbury soll ein Anführer mit Namen Latimer im Auftrag der Regierung Gelder verteilen, damit die Lager sich auflösen.« Mit Feuer in seinen blauen Augen fügte er hinzu: »Und tausend Soldaten wurden ausgeschickt, um die Aufständischen in Oxfordshire niederzuschlagen. Es gibt Berichte von einer großen Schlacht mit vielen Toten an einem Ort, der Chipping Norton heißt. Dort sollen Gerichtsprozesse stattfinden und Hinrichtungen.«

Miles nickte. »Die Rebellen aus Oxfordshire scheinen marodierend durch die Dörfer gezogen zu sein. Wir haben das nicht getan; wir haben immer wieder unsere Loyalität bekundet, den Frieden bewahrt und niemanden umgebracht.«

»Aber wir haben die Grundherren vom Sockel geholt«, warf Hector Johnson ein, »uns ihre Schafe und anderen Besitz genommen. Wie wird der Protektor damit verfahren?«

»Wir mussten uns ernähren. Und wir nehmen den Kommissaren die Arbeit ab, indem wir die Einhegungen niederreißen.«

»Haben die neunundzwanzig Artikel denn London überhaupt schon erreicht?«, fragte ich. »Sie wurden doch erst am Mittwoch fortgeschickt.«

William Kett kratzte sich den grauen Löwenkopf. »Ich denke, schon, der Brief bezieht sich doch darauf. Wir haben auch Boten ausgesandt, aber noch keine Meldung von ihnen erhalten.«

Vowell sagte: »Vielleicht soll der barsche Ton des Briefes uns nur Angst einjagen, und der Herold selbst hat noch mehr anzubieten.«

Ich holte tief Luft. »Captain Kett, meine Befürchtung ist, wie gesagt, dass die Forderung, Personen niederen Standes müssten in Regierungsämtern vertreten sein, für den Protektor und gewiss auch den Thronrat inakzeptabel ist.«

Toby Lockswood schnaubte verächtlich. »So spricht nur ein Anwalt von Stand.«

Robert Kett schlug mit der Faust auf den Tisch. »Serjeant Shardlake soll seine Meinung äußern, ohne geschmäht zu werden.«

»Danke, Captain. Mehr habe ich nicht zu sagen, nur, dass dies das größte Lager in England ist und zweifellos als Bedrohung angesehen wird.«

Kett erwiderte: »Wir müssen es unbedingt aufrechterhalten, ganz gleich was der Herold zu sagen hat, denn auch wir können unsere Macht zur Schau stellen.« Wie alle guten Anführer hatte er offenbar eine alternative Strategie in der Hinterhand.

William Kett fügte hinzu: »Und falls keine ernsthaften Zugeständnisse gemacht werden, worauf sollen die Menschen sich freuen? Wir wissen seit Monaten, dass die Ernte mager ausfallen wird, und das Gewitter hat nun noch den Rest zerstört. Und eines weiß ich gewiss: Die große Mehrheit der Menschen im Lager wird sich nicht zerstreuen.«

Zustimmendes Murmeln war zu hören. Hector Johnson fragte: »Wenn wir bleiben, wie viel Geld haben wir noch in unserer Truhe verwahrt, um uns auf dem Markt in Norwich mit Proviant zu versorgen?«

Kett lächelte. »Genug, um noch eine Weile durchzuhalten.«

Johnson fügte hinzu: »Und wenn der Herold den Stadtoberen befiehlt, die Tore zu schließen, was dann? Sie würden ihm gewiss nur allzu gern gehorchen. Und wir können nicht von den umliegenden Höfen erwarten, dass sie auf ewig – wie viele sind wir inzwischen? – neuntausend Mäuler satt kriegen.«

Captain Miles richtete sich kerzengerade auf. »Die Antwort darauf ist klar, und ich spreche als Soldat. Die Mauern von Norwich sind brüchig, an manchen Stellen bereits eingestürzt. Wir könnten ganz leicht über den Fluss zum Bishopsgate gelangen und die Stadt in nur einem Tag einnehmen.«

Edward Brown fügte hinzu: »Viele der Wachleute und Konstabler laufen zu uns über. Was die Kanonen anbelangt, so stehen bloß ein paar alte Exemplare auf der Burg. Und die Armen der Stadt sind auf unserer Seite.«

Robert Kett sagte: »Trotzdem, wenn die Stadtväter den Befehl erhalten, uns Widerstand zu leisten, fließt Blut.« Er zauderte. »Es muss ja nicht so weit kommen, denn vielleicht gibt der Herold unseren Forderungen statt – wenn aber nicht, und da bin ich ganz Eurer Meinung, müssen wir die Stadt einnehmen. Es dürfte auch im Sinne unserer Leute sein.«

»Unsere wichtigste Waffe sind die Bogenschützen«, erklärte Miles.

»Wir haben schon etliche gute«, fügte Johnson hinzu.

Ich sagte: »Vergesst nicht, ein Herold ist eine hochstehende Persönlichkeit. Obwohl die Kommissare besser gewesen wären …«

»Finden wir uns damit ab«, fiel mir Edward Brown ins Wort, »sie haben sich in Rauch aufgelöst.«

Ich fuhr fort: »Dass er zunächst in Norwich Station macht, ergibt schon einen Sinn; er musste sich ausruhen und stärken. Sich über den Umfang des Lagers und die Stimmung darin in Kenntnis setzen.«

William Kett entgegnete: »Das alles wissen sie doch längst, von den Spitzeln, die sie unter uns haben.«

Ich warf ein: »Es ist noch nicht alles verloren, wollte ich sagen.«

»Ich bete zu Gott, dass wir kein Blut vergießen müssen und ich zu meinem Weib und den Kindern in London heimkehren kann«, sagte Miles. »Man sucht nach ihnen, stellt überall Fragen, auch am Londoner Bishopsgate.« Da schloss er plötzlich die Augen und sagte verbittert: »Ich bin doch ein Narr, jetzt wisst Ihr, wo sie sind. Ich bitte Euch, sprecht zu niemandem ein Wort.« Zum ersten Mal wirkte er verstört.

Robert Kett blickte in die Runde: »Was heute hier gesprochen wird, darf dieses Gebäude nicht verlassen. Wer dagegen verstößt, wird eingesperrt. Ich danke Euch allen für die freimütigen Worte. Habt keine Angst, Captain Miles. Hier sind alle loyal.«

»Danke.« Er ballte die Fäuste. »Potz Blut, ich musste ihnen hoch und heilig versprechen, ihren Aufenthaltsort niemandem preiszugeben. Vergebt mir, ich verliere offenbar den Verstand.«

»Niemand wird etwas sagen, Sir«, beruhigte Peter Bone ihn sanft.

Und auf Ketts Geheiß schworen alle auf die Bibel, nichts zu verraten.

»Ich danke euch«, sagte Miles. Die Anspannung war ihm deutlich anzusehen. Möglicherweise musste er schon bald allen voran die Stadt Norwich erstürmen.

Jemand pochte gegen die Pforte. Ein Soldat kam herein, in sichtlicher Erregung. »Er kommt, reitet in prachtvoller Montur den Hügel herauf, in Begleitung von Codd und Aldrich und weiteren Ratsherren.«

Kett erhob sich mit entschlossener Miene. »So sei es denn.« Er wandte sich an den Soldaten. »Die Leute im Lager sollen sich bei der Eiche versammeln.« Er blickte uns an. »Captain Miles, Ihr holt Euch ein paar bewaffnete Männer und postiert sie auf dem Hügelkamm. Alle Übrigen kommen mit mir.«

Wir gingen die kurze Strecke bis zum Rand des Abhangs. Dort hatte sich schon eine Menschenmenge eingefunden, und ich erblickte Barak bei Simon, Natty und den anderen Leuten aus Swardeston. Goodwife Everneke war auch darunter, und ihre Lippen bewegten sich im stillen Gebet. Ich gesellte mich zu ihnen. »Gleich werden wir es wissen«, murmelte Barak.

Eine Gruppe von etwa zwei Dutzend Männern kam den steilen Hügel heraufgeritten. Vorneweg schritt ein Mann, auf dessen Tracht das Stadtwappen prangte. Er trug ein Schwert. Jemand lachte. »Der alte Pettibone, Schwertträger der Stadt. Er pisst sich gewiss schon in die Hose.«

Hinter ihm ritt ein Mann in den Gewändern eines königlichen Herolds, die Robe in leuchtendem Gold, Rot und Blau und die schwarze Kappe mit einer Pfauenfeder bestückt. Dahinter erkannte ich Codd, Aldrich und den Priester Watson und andere in Ratsherrentracht. Simon war von dem Mantel des Herolds wie verzaubert. »Wie wunderschön! Diese Farben, das Gold!«

»Auf den Mann kommt es an«, sagte Natty, pragmatisch wie immer.

Eine Gruppe Soldaten mit Helmen und Brustharnischen, mit Bogen und Speeren bewaffnet, kam heran, angeführt von Miles. Die Menge jubelte. Sie blieben ein wenig im Hintergrund, aber doch nah genug, dass der Herold sie sehen konnte. Robert und William Kett traten vor.

Die Ankömmlinge erreichten die Hügelkuppe und blieben vor den Ketts stehen. Der Herold, ein stämmiger Mann mittleren Alters mit einem scharf geschnittenen, klugen Gesicht ließ den Blick über die gewaltige Menge schweifen. Fast eine Minute lang herrschte Schweigen. Seine Augen verharrten auf Miles' Männern. Dann trat Robert Kett ihm entgegen und verneigte sich. »Master Herold, ich bitte Euch, uns zur Reformeiche zu begleiten, unserem Versammlungsort, damit Eure Nachricht dem Lager verlesen werden kann.«

Der Herold zögerte kurz und nickte dann gebieterisch. Mit dem Schwertträger an der Spitze, gefolgt von den Ketts, begaben wir uns vor die Eiche. Die Menge teilte sich, um uns hindurchzulassen, und folgte dann nach.

Vor der Eiche schien fast das gesamte Lager versammelt. Die bewaffneten, geharnischten Soldaten waren strategisch in den vordersten Reihen platziert worden, und die Vertreter der Hundertschaften hatten zu beiden Seiten Aufstellung genommen. »Ich möchte absitzen«, verkündete der Herold mit hochmütiger Stimme, und einer aus seiner Gefolgschaft schaffte einen Aufsitzblock herbei. Er erstieg die Tribüne. Die Ratsherren aus Norwich standen unter ihm, Pettibone mit erhobenem Schwert. Der Herold ließ den Blick über die Menge schweifen und zog alsdann eine Pergamentrolle aus der Tasche, die er über der Schulter trug. Mit mächtiger Stimme verkündete er streng: »Dies ist die Proklamation Seiner Majestät des Königs.« Er begann zu lesen:

»Hört gut zu, ihr alle hier, und auch Ihr, Kett, Captain des Verderbens« – unter den Anwesenden regte sich Unmut, und Robert Kett wurde kreideweiß, dann zornesrot –, »ihr alle, die ihr hier zugegen seid, höret meine Worte. Wiewohl die Sitten unserer Vorfahren, die Würde dieses Reiches sowie die Majestät des königlichen Namens von uns fordern, dass ihr, die ihr Euch mit Waffen gegen euer Land gerüstet und in schamloser Verschwörung eine Rebellion angezettelt habt, mit Schwert und Feuer in die Flucht getrieben werden und die gerechte Strafe für eure niederträchtigen Umtriebe erhalten solltet, lässt Seine Majestät der König in seiner unermesslichen Güte Gnade vor Recht ergehen und gewährt all jenen, deren abscheuliches Verbrechen nach Bestrafung dürstet, mit einzigartiger Nachsicht sicheres Geleit. Er befiehlt daher, dass dieses Lager, diese Räuberhöhle, kurzum, dass ihr alle hier in eure Dörfer zurückkehrt. Und wer sich zu dieser Schandtat hat verleiten lassen, der soll begnadigt werden und ungestraft bleiben. Wollt ihr euch aber nicht bekehren, nicht ablassen von eurem bösen Ansinnen, wird unser König mit strenger Hand Vergeltung üben für all das Übel, das ihr angerichtet habt, wie es nur recht und billig ist.«

Er rollte das Pergament wieder ein; mehr stand offenbar nicht darin; kein Wort von Kommissaren oder Reformen. Einige Männer fielen auf die Knie und riefen: »Gott sei Lob und Dank für die Milde und das Erbarmen Seiner Majestät!« Doch der Großteil der Männer blickte bestürzt und zornig drein. Rufe wurden laut: »Was ist mit unseren Forderungen?« – »Ist er wahrhaftig ein Herold, wenn er uns so schwer beleidigt, oder ein Agent der Edelleute?«

Hunderte Augen richteten sich auf Robert Kett. Langsam trat er vor, bis er direkt vor dem Herold stand, blickte zu ihm auf und drehte sich dann zu den Aufständischen um. Mit einer Stimme, nicht minder mächtig als die des Herolds, rief er: »Könige pflegen die Niederträchtigen zu begnadigen, nicht die Unschuldigen und Gerechten; wir indes haben keinerlei Strafe verdient und sind keines Verbrechens schuldig. Daher verachten wir derlei Reden als fruchtlos und unserem Anliegen nicht zuträglich!« Er wandte sich direkt an die Menge. »Lasst mich jetzt nicht kleinmütig im Stich, sondern denkt an mein Versprechen, dass ich nötigenfalls mein Leben für euch geben würde.«

Jubelrufe erschallten, und ein jeder mit Ausnahme der Knienden stimmte mit ein. Der Herold, der diese Antwort offenbar nicht erwartet hatte, rief aus: »Robert Kett, ich verklage Euch wegen Hochverrats. Ihr seid ein Verräter. Dasselbe gilt für jeden, der auf Eurer Seite steht.« Die Menge wurde unruhig, murrte, bewegte sich einige Schritte näher heran. Der Herold rief: »Master Pettibone, nehmt den Verräter Kett in Gewahrsam.«

Pettibone blickte den Herold erschrocken an. Er tat einen Schritt auf Kett zu, der ihm mit funkelnden Augen entgegenblickte. Und sogleich rückten Hunderte Männer näher. Viele erhoben ihre Bogen. Bürgermeister Codd sagte mit eindringlicher Stimme zu dem Herold: »Wir sollten gehen. Schnell.«

»Beim Blute Gottes!«, stieß der Herold aus, dunkelrot im Gesicht vor Wut. Doch er stieg von der Tribüne und schloss sich der Gruppe aus Norwich an. Einige Aufständische klaubten sich Erdklumpen vom Boden, aber Kett bedeutete ihnen, sie wieder fallen zu lassen. Die gedemütigte Gruppe bestieg wieder die Pferde, und aus der Menge schallte es ihnen hinterher: »Verpisst euch, ab mit euch nach London!« – »Wo sind die Kommissare, die man uns versprochen hat?« Einige wollten der Gesandtschaft hinterher, aber Kett gab Miles ein Zeichen, und seine Soldaten nahmen entlang der Straße Aufstellung, um den Reitern sicheres Geleit nach Norwich zu geben.

Dann traten mehrere Aufständische vor, zumeist jene, die vor dem König die Knie gebeugt hatten, und folgten mit schuldbewussten oder trotzigen Mienen dem Herold. Weitere kamen hinterher, insgesamt über zweihundert. Die große Mehrheit jedoch rührte sich nicht von der Stelle, bis auf ein paar, die Anstalten machten, die Deserteure anzugreifen, aber Miles und seine Männer stellten sich ihnen in den Weg. William Kett rief: »Lasst sie laufen! Wenn sie den Treueschwur brechen, den sie uns geleistet haben, sind wir ohne sie besser dran!«

Ich wandte mich zu Barak um. »Was willst du tun?«

Er blickte mich wütend an. »Nachdem dieser Hundsfott unseren Kett und das ganze Lager beleidigt hat, ohne unsere Bitten auch nur zu erwähnen« – seine Stimme wurde laut –, »nach alledem bleibe ich hier, auch wenn es den Tod bedeutet!« Er fügte traurig hinzu: »Ihr aber habt jetzt die Gelegenheit zu gehen. Ich habe nie ganz verstanden, auf welcher Seite Ihr steht.«

Ich sah ihn an, dann Simon und Natty, die in der Nähe standen, dann die Kett-Brüder, die sich mit Captain Miles berieten, und sagte schließlich: »Ich auch nicht, um ehrlich zu sein. Doch nach diesem ungeheuerlichen Unrecht weiß ich es. Kett muss am Boden zerstört sein, aber er hat sich für das Lager entschieden. Und ich bleibe hier, um ihm zu helfen.«

Barak ergriff meinen Arm und nickte. »Ich wusste es«, sagte er und wandte sich ab. In seinen Augen hatte ich Tränen gesehen.

TEIL FÜNF

DIE BEFREIUNG
DER LEIBEIGENEN

KAPITEL VIERUNDFÜNFZIG

Die vielen Menschen an der Eiche wurden aufgefordert, sich zu zerstreuen. Zwei Stunden später sollten sie sich erneut dort einfinden, um einen Plan zu fassen, wie tags darauf Norwich einzunehmen sei. Nach der Verlautbarung des Herolds waren die Männer bestürzt, wütend, gewaltbereit, und so zollten sie dem Aufruf zur Tat lautstark Beifall. »Geht jetzt zurück zu euren Hütten«, schloss Kett, »und haltet die Waffen bereit.«

Barak und ich schlenderten zurück zum Swardeston-Lager. Barak sagte: »Wie konnte Somerset nur so dumm sein? Als hätte der Hundsfott es darauf angelegt, das Lager gegen sich aufzubringen.«

»Tja. Ich glaube nicht, dass er sich der starken Gefühle im Lager bewusst war oder auch nur ahnt, welche Zuversicht unsere große Zahl den Menschen gibt.«

»Wenn wir morgen in Norwich einfallen, kann er noch einmal in sich gehen und einig werden mit uns. Seine Streitkräfte sind damit beschäftigt, den Aufstand im Westen niederzuschlagen und in Schottland zu kämpfen.«

»Ich hoffe bei Gott, dass du recht hast, Jack.«

Die Aufständischen fanden sich zu Tausenden erneut an der Eiche ein. Viele hatten ihre Bogen und andere Waffen mitgebracht. Die Kett-Brüder und Captain Miles standen auf der Tribüne, Miles im Brustharnisch, sein Schwert an der Seite. Neben ihm stand ein ernst dreinblickender älterer Mann in einem schäbigen Wams. Kett wandte sich an die Menge und hielt wie üblich mehrmals in der Rede inne, damit seine Worte weitergetragen werden konnten.

»Dieser Mann hier ist Master Colson, ein Schneider aus Norwich, der unsere Unterstützer in der Stadt koordiniert. Die armen Teile der Bevölkerung – vielleicht ein Viertel, vor allem im Norden – stehen auf unserer Seite und werden uns helfen. Die Stadtoberen – Codd, Aldrich und die übrigen – folgen den Befehlen des Herolds; damit zeigen sie ihr wahres Gesicht!« Die Menge buhte und äußerte die Forderung, sie zu hängen, und Kett ließ sie eine Minute lang gewähren, bevor er sich Ruhe ausbat und Colson nach vorne winkte. Die vielen Versammelten schienen den Schneider einzuschüchtern, aber Kett nickte ihm ermunternd zu, und er erhob seine Stimme:

»Der Stadtrat hat die Tore geschlossen und verstärkt die Bishopsgate Bridge mit einem Erdwall. Sie haben einige hundert Männer zur Verfügung – Stadtkonstabler, Soldaten von der Burg, Diener der hohen Herren – und sie zur Verteidigung der Mauern in Stellung gebracht, hauptsächlich mit Langbogen. Die adeligen Gefangenen haben sie aus den Burgverliesen entlassen, und einige von diesen haben sich ihnen angeschlossen. Andere dagegen ziehen es vor, sich bedeckt zu halten, aus Angst vor dem gemeinen Volk.« Ein Chor aus Buhrufen und Beifall erhob sich, und ich fragte mich, was wohl aus Nicholas geworden war. Colson fuhr fort: »Wenn ihr morgen entschieden zur Bishopsgate Bridge hinunterstürmt, werden wir als Ablenkungsmanöver das Gerücht streuen, ihr wäret in einen anderen Teil der Stadt eingedrungen. Helft uns dabei, unsere und auch eure Armut und Abhängigkeit zu beenden!«

Jubel ertönte. Alsdann trat Captain Miles vor die Menge, ernster, als ich ihn je gesehen hatte. »Männer von Mousehold Heath!«, rief er. »Ich wünschte, wir hätten mehr Zeit für Waffenübungen gehabt, vor allem an den Kanonen, aber da sich die Ereignisse nun einmal so entwickelt haben, müssen wir jetzt unseren Mann stehen und die Stadt einnehmen, ehe die Regierung Soldaten gegen uns schickt! Viele von euch wissen mit dem Langbogen umzugehen, wir haben außerdem Speere und Hellebarden und einige Kanonen und sind bei weitem in der Überzahl.« Er hielt inne und ließ den Blick über die Menge schweifen. »Dennoch wird es Tote geben, das kann ich euch nicht verhehlen. Wir verlegen jetzt alle Kanonen an den Rand des Abhangs. Morgen bei Sonnenaufgang treffen wir uns dort, unter meinem Kommando. Und dem der Offiziere, die von den Hundertschaften bestimmt wurden, und dann« – er erhob die Stimme – »erobern – wir – Norwich!«

Wieder ertönte Jubel, lauter denn je – die Aussicht, dass einige sterben würden, schien kaum jemand entmutigt zu haben. Die Menge zerstreute sich schnell, und all jene, die von Captain Miles den Umgang mit den Kanonen gelernt hatten, folgten ihm.

Natty und Simon kamen auf uns zu. Natty sagte mit ernster Miene: »Ich zieh morgen in den Kampf, mit dem Langbogen kann ich umgehen. Jetzt ist es an der Zeit, die Herrschaft der Gentlemen zu beenden.«

»Denk an Captain Miles' Worte«, sagte ich. »Es wird Blut fließen.«

Der Junge sah mich stirnrunzelnd an. »Wollt Ihr damit sagen, ich soll nicht kämpfen, obwohl ich dazu imstande bin?«

»Nein. Nur – ein guter Soldat muss sich der Gefahr bewusst sein, in die er sich begibt.«

»Das bin ich. Und wenn wir untergehen – was hab ich schon zu verlieren?« Er wandte sich ab.

Simon sah niedergeschlagen drein. »Ich darf nicht kämpfen. Ich soll dabei helfen, die Zugpferde anzutreiben.«

»Wär auch noch schöner«, sagte Natty mit gutmütiger Grobheit. »Du würdest über deine eigenen Füße stolpern.«

»Das ist wahr«, pflichtete Simon ihm traurig bei.

Ich sah Barak an. Er hatte die lederne Hülle von dem Messer an seiner künstlichen Hand gezogen und prüfte dessen Schärfe. Ich sagte: »Du willst doch nicht etwa kämpfen, oder?«

»Aber nein, ich wäre ja doch zu nichts nutze.«

Ich seufzte. »Hast du gesehen, wie traurig Kett dreinsah? Er hatte gehofft, die Sache ließe sich friedlich regeln.«

»Er hat sich in Wymondham als Anführer angeboten und geschworen, es bis zum bitteren Ende zu bleiben. Er wusste, dass es dazu kommen könnte.«

»Tja«, sagte ich. »Ein alter Buckliger wie ich ist wohl auch zu nichts nutze.« Traurig und beschämt ging ich davon.

❧

Wie so oft zog es mich zum Abhang, von wo aus ich auf Norwich hinunterblickte. Es war, als sehnte sich ein Teil von mir danach, dort unten zu sein, unter Menschen meines Standes. Ich bildete mir ein, um das Torhaus an der Brücke hätte sich etwas geregt, doch aus der Ferne konnte ich es nicht klar erkennen. Auch andere hatten sich am Abhang eingefunden, um auf die Stadt hinunterzuschauen. Die übrigen Kanonen wurden von Zugpferden herbeigeschafft und an den Beobachtungsposten in Position gebracht. Captain Miles eilte von einer zur anderen, um sicherzustellen, dass für jede die passenden Kugeln und das richtige Schwarzpulver bereitstanden und die Männer dort auch in der Lage waren, die mächtigen Waffen zu handhaben.

Plötzlich zuckte ein Blitz auf, dem ein lauter Donnerhall folgte. Einen Augenblick später brach unten aus dem Fluss eine Fontäne hervor. Ich erinnerte mich an die Kanonen, die ich auf der Burg gesehen hatte. Wieder ein Rums, und am Fuße des Hügels fiel ein kleiner Baum. Captain Miles, nicht weit entfernt, lachte. »Sie haben nicht richtig gezielt. Also los, halten wir dagegen! Lehren wir sie das Fürchten.«

Gleich darauf erfolgte ein mächtiger Donnerhall, und Rauch wehte zu mir herüber, als die Kanone ganz in meiner Nähe auf die Stadt feuerte. Die Erde bebte unter meinen Füßen, und eine Sekunde lang war ich vier Jahre zurückversetzt auf das Kriegsschiff *Mary Rose*, das mit seinen gewaltigen Geschützen auf die französische Flotte feuerte, ehe sie sank. Ich hatte geglaubt, die entsetzliche Erinnerung an jenen Tag überwunden zu haben, doch beim Abfeuern der Kanone entfuhr mir ein Schrei, und ich kauerte mich auf den Boden und hielt schützend die Hände über meinen Kopf. Ein paar der Männer an den Kanonen lachten, und irgendjemand rief: »Der bucklige Anwalt erträgt ja nicht einmal unsere eigenen Geschütze!« Nach ein paar Augenblicken stand ich wieder auf, am ganzen Leibe zitternd.

Eine Weile blieb alles still, fiel kein weiterer Schuss, weder vom Hügel noch von der Stadt. Nur das Raunen der Männer war zu hören, die von den Soldaten in der besseren Handhabung der Kanonen unterwiesen wurden, während Miles hin und her eilte. Ich regte mich nicht. Den Reden der Kanoniere entnahm ich, dass ihre Schüsse über die Verteidiger hinweg in der Stadt gelandet waren. Ich spürte eine Hand auf meiner Schulter, und als ich aufblickte, sah ich Miles, der mich neugierig musterte. »Seid Ihr krank, Master Shardlake?«

»Nein, Captain«, entgegnete ich bescheiden. »Es tut mir leid, Ihr müsst mich für einen großen Feigling halten.«

»Nein, Sir, ich habe eine gute Menschenkenntnis, und obwohl Ihr unentschieden wart, was unsere Sache angeht, hielt ich Euch stets für einen mutigen Mann.«

Ich stieß einen langen Seufzer aus. »Das Kanonenfeuer hat eine Erinnerung zurückgebracht.« Ich holte tief Luft. »Ich war auf der *Mary Rose*, als sie vor vier Jahren sank. Ich habe überlebt, aber viele wackere Männer, die ich kannte, ließen an jenem Tag ihr Leben.«

Miles blickte mich erstaunt an. »Ich war damals ebenfalls in Portsmouth, wie viele ausgebildete Soldaten in England.« Sein zerfurchtes Gesicht war voller Neugier. »Was in aller Welt hattet Ihr auf der *Mary Rose* zu tun?«

»Das ist eine lange Geschichte. Nur so viel: Es hatte etwas mit Lord Richard Rich zu tun, und er führte Übles im Schilde.«

»Rich?« Er runzelte die Stirn. »Heute kam die Nachricht, dass das Lager in Essex aufgelöst ist und die Hinrichtungen begonnen haben. Die Versprechen an die Aufständischen dort wurden gebrochen. Der Mann, der dorthin gesandt wurde, um sich der Sache anzunehmen, ist Rich.«

»Er wird eine Spur der Verwüstung hinterlassen«, sagte ich bitter.

»Aber nicht hier«, sagte Miles mit Nachdruck. »Hier werden wir den Spieß umdrehen und ihn gegen die Stadtoberen richten.«

»Und der Protektor? Ich befürchte, dass *er* hinter allem steckt.«

Miles sah mich forschend an. »Wenn es so ist, bringen wir ihn zur Vernunft. Morgen nehmen wir die zweitgrößte Stadt in England ein.«

»Wie viele sind nach dem Besuch des Herolds desertiert?«

»Fast vierhundert, glaube ich, die meisten davon Freibauern.« Er spuckte aus. »Ohne sie sind wir besser dran.«

Wir merkten auf, als in der Stadt eine weitere Kanone abgefeuert wurde. Die Kugel schlug, ohne Schaden anzurichten, in den Hügel ein. Miles lachte. »Von der Burg aus haben sie kaum eine Möglichkeit, uns zu treffen. Und wir haben kaum eine Chance, *sie* zu treffen. Aber wir zeigen ihnen, aus welchem Holz wir sind. Ihr solltet vorerst in Eure Hütte zurückkehren, Master Shardlake. Seid guter Dinge; der Sieg morgen ist unser. Bei Sonnenaufgang schicken wir Männer hinunter, damit sie die Stadtoberen auffordern, uns die Tore freiwillig zu öffnen. Ich bezweifle zwar, dass sie es tun werden, aber wir können es zumindest versuchen.«

Im Laufe der Nacht wurde von beiden Seiten in Abständen geschossen, doch keines der Geschosse aus der Stadt schlug auch nur in der Nähe des Lagers ein. In unserer Hütte schlief Barak trotz des Lärms schon bald ein. Ich dagegen lag wach, warf mich ruhelos hin und her und war erleichtert, als Vogelgezwitscher den nahen Morgen ankündigte. Wir standen auf und aßen still unser Frühstück. Goodwife Everneke nestelte unentwegt an etwas herum, das sie unter ihrem Gewand verbarg. Es war ein verbotener Rosenkranz. Sie war Katholikin.

Für Natty war es an der Zeit, sich dem Trupp anzuschließen, dem er zugeteilt war, und Simon musste zu den Pferden. Barak und ich drückten ihnen die Hände. »Viel Glück.« Ich wandte mich abrupt ab und ging wieder zum Abhang, wo jetzt viele bewaffnete Männer in Reih und Glied angetreten waren. Vom Fluss wehte eine sanfte Brise herauf. Zwei Reiter mit einer großen weißen Fahne sprengten an mir vorbei den Hügel hinunter zur Bishopsgate Bridge. Die Männer ersuchten um einen friedlichen Einlass in die Stadt.

Hinter mir richtete sich einer der selbsternannten Prediger im Lager an einen Trupp Soldaten. »Denkt immer daran, Männer«, rief er, »Euer Tun ist Gottes Werk! Was zählt schon der Tod, wenn ihr in den Himmel kommt. Die bösen Herrscher müssen noch vor Seiner Wiederkunft vernichtet werden, die nun unmittelbar bevorsteht, wie es in der Offenbarung des Johannes heißt.« Er hielt eine Bibel in die Höhe. »Zuerst das Ende der Mächtigen, dann das Ende der Welt, wenn die Gottesfürchtigen zu Seiner Rechten sitzen werden, während all die anderen für immer in der Hölle schmoren!«

»Was wird aus unseren Frauen und Kindern?«, rief jemand.

»Wenn Ihr auserwählt seid, sind sie es auch!«

Ich kannte die Heilige Schrift; er hatte alles erfunden. Während ich ihn betrachtete, fragte ich mich, was ich an diesen Lagerpropheten so abstoßend fand – immerhin hatte ich eine Weile mit dem Glauben der Wiedertäufer an eine Gesellschaft sympathisiert, die nicht mehr zwischen Arm und Reich unterschied. Doch diese selbsternannten Propheten hatten sich aus dieser Lehre lediglich ein paar Brocken herausgefischt. Ihr Glaube an ein brüderliches Teilen aller Güter war zweitrangig – für sie zählte doch nur, dass es die Wiederkunft des Herrn näher brachte und mit ihr das Jüngste Gericht.

Ich wandte mich ab und blickte auf Norwich hinunter. Unsere Kanonen wurden von den mächtigen Pferden den Hügel hinabgezogen – keine einfache Aufgabe –, und ich sah Simon, der die Tiere immer wieder zu besänftigen suchte. Auf dem gegenüberliegenden Flussufer machte ich Leute aus, die eine Kanone in Stellung brachten. Nicht lange danach kehrten die beiden Männer mit der weißen Fahne wieder ins Lager zurück. Und es ging die Kunde, dass sie gescheitert waren.

⚜

Die Reiter besprachen sich mit Miles und Kett. Alsdann wandte sich Miles an die versammelte Streitmacht. »Die Kanonen der Stadt befinden sich jetzt auf den Great Hospital Fields und sind auf den Zugang zur Bishopsgate Bridge gerichtet. Doch wir haben unsere eigenen Kanonen gegen sie in Stellung gebracht. Jetzt wollen wir Norwich erstürmen!«

Die Männer jubelten und marschierten zu Hunderten den Hügel hinunter. Die meisten waren Langbogenschützen, viele im Brustharnisch, die Köcher mit den Pfeilen über den Schultern, etliche davon halb leer: Unsere Vorräte an Pfeilen waren offensichtlich begrenzt. Andere folgten mit Hellebarden und Speeren. Der alte Hector Johnson, der mich zu Beginn im Auge behalten sollte, winkte mir im Vorübergehen zu. Ich fühlte mich nutzlos; es blieb mir nichts zu tun, ich konnte nur zusehen. Barak gesellte sich zu mir. »Kommt mit«, sagte er. »Gehen wir näher an die Stadt heran, so haben wir eine bessere Sicht.«

»Es könnte gefährlich werden.«

Er zuckte mit den Schultern und ging los, und ich folgte ihm. Nicht weit vom Flussufer setzten wir uns auf ein Büschel Gras. Ich drehte mich um, als jemand sich neben mich setzte; Goodwife Everneke, die immer noch heimlich den Rosenkranz befingerte. Als sie meinen Blick bemerkte, hielt sie schuldbewusst ihre Hand darüber.

»Euer Glaube ist nicht von Bedeutung für mich, Gevatterin«, sagte ich sanft. »Ich habe den meinen nahezu eingebüßt.«

»Manchmal geht es mir genauso«, sagte sie zu meinem Erstaunen. »Habt Ihr gewusst, dass sich einer aus Swardeston in der Nacht davongeschlichen hat?«

»Nein.«

»Goodman Jackson, der Zimmermann. Er hat zu Beginn so viel zuwege gebracht, hat geholfen, die Tribüne unter der Reformeiche zu errichten, aber die Aussicht auf einen Kampf, das war zu viel für ihn.« Sie blickte den Männern nach, die weiter hügelabwärts schritten. »Ich hätte ihn für mutiger gehalten. Aber er hat Familie.«

Wir sahen schweigend zu, wie am Flussufer unsere Kanonen pos-

tiert wurden und sich unter Miles' Kommando Schießtrupps bildeten. Unsere Bogenschützen zielten auf das Torhaus, den Schlüssel
zur Stadt, auf dessen Dach ich die städtischen Bogenschützen auszumachen vermochte. Weitere standen auf Erdwällen, die während
der Nacht zu beiden Seiten der Brücke aufgeschüttet worden waren. Bevor unsere Kanonen endgültig in Stellung gebracht waren,
ertönte aus dem Inneren der Stadt ein Donnerhall, woraufhin eine
Rauchwolke aufstieg und mehrere von den Unseren davonrannten,
während andere zu Boden stürzten. Die Offiziere brüllten Befehle,
wiesen vermutlich die übrigen Männer an, die Stellung zu halten –
sie waren als Kämpfer unerfahren, und wenn sie Reißaus nahmen,
wäre alles verloren. Doch die Reihen hielten stand, obwohl noch
eine zweite und eine dritte Kanonenkugel aus der Stadt abgefeuert
wurde, die beide zum Glück jedoch im Fluss landeten. Dann erwiderten unsere Kanoniere das Feuer, nahmen das Torhaus ins Visier,
aber die Rohre zielten zu hoch, denn die Kugeln flogen darüber
hinweg und veranlassten die dort stationierten Männer zu spöttischen Beifallsrufen.

Das Kanonenfeuer wurde noch etwa eine halbe Stunde lang fortgesetzt, doch mit ungeübten Männern hüben wie drüben hielt sich
der Schaden in Grenzen. Dann, auf Anweisung der Offiziere, strömten unsere Bogenschützen auf die Brücke und beschossen die Verteidiger des Torhauses mit Pfeilen. Auch zwischen den Bogenschützen
zu beiden Seiten des Flusses flogen Pfeile. Plötzlich kam mir die
Frage in den Sinn, ob Nicholas womöglich die Gegenseite unterstützte. Männer stürzten von der Brücke in den Wensum. Goodwife
Everneke ergriff meine Hand.

Nach einigen Minuten war klar, dass wir verlieren würden. Das
Torhaus war zu stark, zu gut verteidigt, um erstürmt zu werden.
Unsere Männer wichen zurück. Ein Läufer kam keuchend den Hügel herauf, an uns vorbei, sein Gesicht glänzend von Schweiß. Wir
warteten und sahen zu.

Plötzlich ertönte von der Hügelkuppe ein mächtiger Schrei. An
die tausend Männer stürmten an uns vorbei den Hügel hinunter,

Staubwolken aufwirbelnd. Miles und Kett hatten offenbar eine große Reserve zurückgehalten, die sie jetzt ins Spiel brachten. Ich sah verhältnismäßig wenige Bogenschützen darunter. Viele waren lediglich mit Spitzäxten und Hellebarden bewaffnet; andere trugen nur Mistforken mit geschärften Zinken und ähnliche Waffen, die ursprünglich landwirtschaftliche Gerätschaften gewesen waren. Und viele, besonders jene an der Spitze der Schar, die jubelnd Fahnen schwenkten, waren entsetzlich jung, etliche noch unter zwanzig.

Goodwife Everneke neben mir sagte: Was haben wir getan? Wird Gott uns vergeben?«

»Das Lager wollte es so«, entgegnete Barak.

Die große Menge gesellte sich zu den Männern am Fuße des Hügels, und wieder wurde die Brücke gestürmt. Viele der Jungen warfen die Kleider ab und schwammen, die Waffen in den Fäusten, durch den Fluss, beschützt durch eine Salve von Pfeilen von unserer Seite.

Die große Zahl der Angreifer schien die Verteidiger schier zu überwältigen. Als unsere Männer ans andere Flussufer gelangten, rangen sie mit den Gegnern zu beiden Seiten des Torhauses, doch angesichts der Übermacht nahmen viele Verteidiger Reißaus. Andere verließen das Torhaus, offenbar auf einen Befehl hin, den hinter ihnen jemand brüllte. Damals verwirrte mich das. Unsere Männer waren jetzt in der Lage, hinter das Torhaus vorzudringen, und schon nach wenigen Minuten wurde das Tor geöffnet. Unter mächtigem Jubelgeschrei strömten unsere Leute hindurch. Im Nu war unsere gesamte Streitmacht in Norwich. Sie hinterließ an die fünfzig Leichen, auf dem Boden liegend oder im Flusse treibend. Von den Leuten am Abhang ertönte Jubel, und viele stürmten hinunter in die Stadt. Ich blieb noch eine Weile auf dem Grasbüschel sitzen und sagte dann: »Wir sollten hinuntergehen, Jack, nachsehen, was mit Nicholas und den anderen geschehen ist.«

»Ich gehe zurück zum Lager«, sagte Goodwife Everneke müde. »Dort gehöre ich hin. Ich habe weiß Gott genug gesehen.«

KAPITEL FÜNFUNDFÜNFZIG

Ich begab mich langsam den Hügel hinunter, auf die Bishopsgate
Bridge zu. Die Toten im Fluss trieben stromabwärts. Ich warf einen Blick auf jene, die am Ufer und auf der Brücke lagen, mehrere
Dutzend; die Blutlachen auf den Steinen erinnerten mich an den Tag
vor meiner Abreise aus London, als die Männer des niederträchtigen
Captain Drury jenen Schotten gepeinigt hatten. Das Herz pochte
mir bis zum Halse, da ich befürchtete, unter diesen totenblassen Gesichtern dasjenige Nattys zu erblicken oder gar jenes von Edward
Brown, aber das tat ich nicht. Die meisten waren durch Pfeile zu
Tode gekommen. Einige wenige jedoch waren von den Kanonenkugeln buchstäblich zerrissen worden. Ich wandte den Blick ab.

Das obere Stockwerk des Torhauses und die Erdwälle zu beiden
Seiten wurden bereits von Aufständischen belagert, welche mit eingelegten Pfeilen Wache hielten. Das Torhaus selbst wurde von drei Männern mit Hellebarden bewacht. Wir wurden nach unseren Namen
gefragt, und als ich sie nannte, sagte einer: »Lass sie durch, sie waren
mit Captain Kett bei den Prozessen.« Wir schritten unter dem Torhaus
hindurch in die Holme Street. Weitere Opfer der Kämpfe, von beiden
Seiten, lagen tot auf der Straße. Wieder nur Fremde. Das Wirtshaus,
in dem Barak während der Assisengerichte übernachtet hatte, war
offen, und den siegreichen Aufständischen wurde Bier ausgeschenkt.

»Ich könnte einen Schluck vertragen«, sagte Barak neidvoll.

»Jetzt nicht, Jack, wir haben noch etwas zu erledigen.« Er zuckte
die Schultern, folgte mir aber.

Einige Verwundete wurden nach Tombland getragen, und viele
aus dem Lager schienen ebenfalls dorthin unterwegs zu sein, also
schlossen wir uns an. Ich wollte vor allem herausfinden, was aus
Nicholas geworden war. Außerdem würde ich nach Isabella Boleyn

und Edward Brown Umschau halten und dann, falls ich die Erlaubnis erhielt, John Boleyn auf der Burg besuchen und auch Nicholas, falls er sich noch dort befand.

»Macht Platz! Macht Platz!«, schrie jemand hinter uns, und so sprangen wir rasch zur Seite, als ein halbes Dutzend Kanonen, gezogen von schweren Rössern, die Straße entlangrollte. Wahrscheinlich die Kanonen der Stadt, die auf die Heide geschafft wurden, um unsere Linien zu stärken. Das Schlusslicht bildete ein Fuhrwerk, das mit Fässern beladen war und nur langsam vorwärtskam. Die Männer, die den Wagen lenkten und begleiteten, brüllten: »Aus dem Weg, das ist das Schwarzpulver der Stadt.«

»Unsere Freunde in der Stadt müssen gewusst haben, wo dies alles lagerte«, stellte Barak fest.

Als wir durch St Martin's Plain zogen mit seinen Häusern und Gärten bemerkte ich einige Edelleute, die auf die Straße gekommen waren, um zu sehen, was vor sich ging. Die Aufständischen auf ihrem Weg nach Tombland bedachten sie mit Schmähungen, die gewiss keiner von ihnen jemals zuvor aus dem Munde eines Gemeinen vernommen hatte, schalten sie Verräter der Reformation, eitle Gecken und trieben derbe Späße mit ihnen. So reckte sich ihnen auch manch ein entblößtes Hinterteil entgegen. Ein junger Bursche rannte zu einem streng dreinblickenden Greis mit gefiederter Kappe hinüber, die er ihm vom Kopfe riss, um sie sich zur Belustigung aller selbst aufzusetzen. Die Edelleute indes zogen sich eilig in ihre Häuser zurück. »Euch holen wir später!«, rief ihnen der freche Bursche hinterher. »Wir lassen euch alle in Ketten legen!« Ich zog mir den schäbigen Filzhut in die Stirn und ging weiter.

Auf dem großen Platz in Tombland tummelte sich eine Menschenmenge. Sämtliche Gebäude ringsum, auch das Maid's Head und Reynolds' Haus, hatten ihre Türen fest verriegelt und die Fensterläden geschlossen. Auch die Pforten zur Kathedrale waren verschlossen. Daneben wurden mehrere Dutzend Männer von Wundärzten aus der Stadt versorgt. Ich erkannte, im dunklen Mantel, Dr. Belys, der sich nach meinem Sturz vom Schafott so gut um mich gekümmert hatte. Die entscheidenden Dinge fanden jedoch auf der anderen Seite von Tombland statt, wo Robert Kett am Fuße der Treppe zu dem Gebäude stand, das nur zwei Türen von Reynolds' Haus entfernt war. Ich erkannte auch Alderman Augustine Steward mit seiner hohen Gestalt und dem gelockten weißen Haar, der in die Tür seines Hauses getreten war. Unterhalb der Stufen wurden einige vornehm gekleidete Herren, vermutlich Mitglieder des Stadtrats, von mehreren mit Hellebarden bewaffneten Aufständischen bewacht. Ein weiterer Gentleman wurde herangezerrt und in die Gruppe gestoßen. »Verräter!«, kam es aus der Menge. »Tötet sie, wie sie die Unsrigen getötet haben!«

»Nein!«, brüllte Kett zurück. »Die Herren aus Norwich werden sich unter der Eiche einem Gerichtsverfahren unterziehen, genau wie die Landjunker, und wer für schuldig befunden wird, der muss in den Kerker!«

Einer der Laienprediger rief aus der Menge: »Aug um Auge, Zahn um Zahn, heißt es in der Bibel!«

»Nein!«, brüllte Kett erneut. »Christus selbst sagte, dass man dieser Stelle aus dem Alten Testament nicht Folge leisten solle! Ins Lager mit ihnen, sie bleiben in Surrey Place, bis wir sie zur Eiche bringen! Master Steward nicht, der bleibt hier.« Kett nickte den Hellebardenträgern zu, die sich anschickten, die Gefangenen abzuführen. Ärgerliches Raunen war aus der Menge zu hören. Ketts Führungsmacht und seine Kenntnis der Bibel hatten gesiegt, aber nicht widerstandslos.

Ich hörte meinen Namen und wandte mich der Stelle zu, wo die Verwundeten versorgt wurden. Natty saß mit dem Rücken gegen das Erpingham Gate gelehnt, neben Hector Johnson; Hector war unverletzt, aber Natty hatte eine hässliche Wunde am Unterarm davongetragen, und ein Stück Tuch diente als behelfsmäßige Aderpresse. Beide versuchten sie den zitternden, weinenden Simon

Scambler zu besänftigen. Barak und ich gingen hinüber zu ihnen. »Gott sei Dank«, sagte ich. »Ihr seid am Leben. Simon, was ist denn geschehen? Bist du verletzt?«

»Er hat den Verstand verloren«, sagte Hector Johnson. »Er sollte nur die Pferde in die Stadt führen, um die feindlichen Kanonen zu holen. Doch beim Anblick der Leichen musste er speien, und jetzt schlottert er am ganzen Leib.« Er schüttelte den Kopf.

»Bei dem Anblick ist mir selber ganz schlecht geworden«, sagte Natty. »Aber bei Simon – bei Simon kommt immer alles ans Licht.«

Ich bückte mich hinunter und sah dem Jungen in die Augen. Meine Gegenwart schien ihn ein wenig zu beruhigen. Ich fragte: »Was war denn, Simon?«

Er sagte: »Ich hab nicht gewusst – dass ein Mensch einfach – entzweigehen kann wie die Schafe, die im Lager zerlegt werden!«

Ich sagte: »Du weißt aber doch, dass unsere Körper, wenn auch nicht die Seelen, wie die der Tiere gebaut sind.«

Er flüsterte: »Ich hab mich schon immer davor gefürchtet, plötzlich entzweizugehen.«

»Heute haben wackere Männer, tapfere Kämpfer dort draußen ihr Leben gelassen«, ermahnte ihn Hector Johnson, obwohl seine Stimme eher mitleidig als zornig klang.

Unterdessen hatte sich eine Gruppe von Männern aus Norwich zu der Schar um Kett gesellt. Er winkte sie zu sich und befahl den Lagerleuten, ihnen zu folgen und sämtliche Waffenlager in der Stadt aufzustöbern. Als sie sich begeistert aufmachten, stieß einer der jungen Burschen seinen Nebenmann an und sagte: »Sieh mal! Da ist der Rußkopf. Er soll auf Mousehold Heath gewesen sein. Er ist doch immer noch derselbe Trottel!«

Hector Johnson fuhr sie mit unerwarteter Heftigkeit an: »Leckt euch doch selbst am Arsche, ihr Missgeburten!«

Ich zuckte zusammen, da sich eine Hand auf meine Schulter legte; als ich aufblickte, sah ich Dr. Belys, der mich erstaunt betrachtete. »Serjeant Shardlake«, sagte er. »Ich hätte Euch fast nicht wiedererkannt. Ich wähnte Euch längst fort.«

Ich zögerte. »Ich war im Lager auf Mousehold Heath.«

Er blickte uns alle der Reihe nach an und verstummte.

»Ihr nehmt Euch der Verwundeten an?«, fragte ich.

»Zu diesem Zweck wurde ich hergebracht«, sagte er, und sein Ton ließ keinen Zweifel, dass er nicht freiwillig hier war. Er deutete auf Simon. »Was ist mit dem Jungen?«

»Der Anblick der Toten hat ihn überwältigt«, erwiderte Hector.

»Ein Schock«, stellte Dr. Belys nüchtern fest. »Ich kann ihm einen Beruhigungstrank geben. Wartet kurz.« Er sah mich an. »Euer Gang hat sich verändert, Serjeant Shardlake. Er ist viel geschmeidiger geworden.«

Ich lächelte. »Das raue Leben scheint mir gutzutun.«

Er kam näher. »Seid auf der Hut, Sir, in Norwich wird von einem buckligen Anwalt gemunkelt, der Kett bei den Gerichtsprozessen an der Reformeiche hilft.«

»Bürgermeister Codd und Alderman Aldrich haben ebenfalls geholfen.«

»Nun aber nicht mehr, da der Protektor seine Absichten übermitteln ließ. Ihr solltet fortreiten, Sir. Denkt doch an Eure Zukunft.« Er wandte sich Natty zu und besah sich die hässliche Wunde auf seinem Unterarm. »Die muss genäht werden, Junge. Ich mach das.« Er hatte eine kleine Tasche bei sich, aus der er Nadel, Faden und ein wenig Öl hervorholte. Natty biss die Zähne zusammen. Ich wandte den Blick ab und sah zu Kett hinüber. Die Menge hatte sich auf sein Geheiß fast vollständig aufgelöst, um nach Kriegsgerät zu stöbern. Zum einen brauchte das Lager diese Waffen, zum anderen ließe sich so die explosive Stimmung unter den Männern auf ein Ziel hinlenken. Einer der Suchtrupps wurde von Michael Vowell geführt, der innehielt, um mit mir zu sprechen. Er war bester Stimmung. Meine Kniegelenke knackten, als ich mich erhob.

»Master Shardlake. Ihr seid ja auch in der Stadt!«

»Ja, um nach meinen Freunden zu suchen. Ich habe auf dem Weg hierher die Toten gesehen.«

»Das Lager hat es den Armen der Stadt zu verdanken, dass nicht noch mehr getötet wurden. In der Hitze des Gefechts brüllten einige Männer: »Zu den Waffen, unsere Feinde sind schon in der Stadt!«, woraufhin die Hälfte derer, die das Bishopsgate zu verteidigen hatten, auf die andere Seite der Stadt rannten. Das wird sie lehren, uns wie Trottel zu behandeln, was, Freunde?«

»Wie ich sehe, wurden einige Edelleute gefangen genommen. Wisst Ihr, was aus Eurem früheren Herrn geworden ist?«

Vowell senkte die Stimme. »Was hab ich wohl als Erstes getan, als ich in die Stadt kam? Ich hab ein paar Männer zu seinem Haus geführt. Er kam selbst an die Tür – er hat keinen neuen Steward, und seine übrigen Bediensteten sind allesamt Weiber, müsst Ihr wissen. Doch der alte Mistkerl hat sich mit Gold freigekauft. Nicht jeder von uns ist unbestechlich.«

Ich blickte zum Maid's Head hinüber. »Ich frage mich, ob Korrespondenz für mich gekommen ist.«

Er zuckte die breiten Schultern. »Der königliche Herold hat sich dort verbarrikadiert, sie werden Euch nicht öffnen, und Ketts Befehl lautet, dass man ihm kein Haar krümmen darf. Doch ich glaube nicht, dass in der letzten Woche noch Briefe verschickt wurden oder angekommen sind. Und jetzt müssen wir gehen.« Er winkte seinem Trupp, ihm zu folgen.

Ich sah Simon an, der sich beruhigt hatte. Natty ertrug stumm das Nähen seiner Wunde; Schweißperlen standen ihm auf der Stirn. Ich sagte: »Goodman Johnson, kehrt mit Natty und Simon ins Lager zurück, sobald Dr. Belys fertig ist; dort sind sie gut aufgehoben. Barak und ich müssen noch ein paar Freunde aufsuchen.«

Barak sagte: »Wir wissen nicht, wie es auf der Burg zugeht; vielleicht sollten wir zuerst nach Edward und Josephine sehen. Hoffentlich ist Edward inzwischen wieder zu Hause.«

»Es ist weiter zu laufen, aber du hast recht.«

»Ich hab das mit den Pferden gut gemacht«, sagte Simon und lächelte unverhofft.

»Das hast du, Junge«, sagte Hector raubeinig. »Ich hab noch nie einen gesehen, der so begabt darin ist, sie zu beruhigen.«

»Eines solltet Ihr wissen«, sagte Natty. »Die Burschen, die mich mit dem Pfeil verwundet haben, waren ein Paar flachshaarige Zwillinge. Es waren diese Boleyn-Brüder, die jetzt auf der Seite der Verteidiger kämpfen. Zum Glück war es ein Übungspfeil wie die meisten gegnerischen Pfeile, der mich traf. Sie sind für die Zielscheiben gedacht und haben keine Widerhaken, die einem das Fleisch zerreißen. Ich konnte ihn herausziehen. Auch von den anderen Verwundeten haben sich einige die Pfeile herausgezogen und sie unseren Bogenschützen zurückgegeben. Keiner wird jemals behaupten, die Männer vom Mousehold seien nicht tapfer gewesen.« Seine Stimme bebte.

»Nein«, pflichtete ich ihm bei. »Ganz gewiss nicht.« Ich holte tief Luft. »Ich dachte, die Zwillinge wären längst nach London geritten«, sagte ich grimmig, »dann sind sie also noch hier. Man muss sie finden.«

KAPITEL SECHSUNDFÜNFZIG

Wir gingen vorbei an der Burg. Gruppen von Männern waren bereits in mehrere vornehme Häuser eingedrungen und trugen Waffen, Geld und Silber heraus. Unten, in den ärmeren Vierteln im Süden der Conisford Street war es ruhiger, die Straßen wirkten nahezu normal. Ich begab mich auf den staubigen Hinterhof, wo Edward und Josephine lebten; alles war ruhig, bis auf ein paar Hühner, die an einem Hundehaufen herumpickten. Ich pochte an Edwards und Josephines Tür. Josephine öffnete sie einen Spaltbreit und spähte ängstlich heraus. Als sie uns gewahrte, weiteten sich ihre Augen. »Master Shardlake!«, stieß sie erleichtert aus.

»Bist du wohlauf, Josephine?« Sie sah müde und angespannt aus. Sie hatte Mousy gerade die Windeln gewechselt; das Kind lag auf dem Tisch und lächelte uns zu. Josephine hob es auf und säuberte ihm den Hintern. Dabei sagte sie: »Ich habe Nachricht von Edward. Er kommt bald zurück. Und Captain Kett hat Norwich eingenommen.«

»So ist es. Ich habe den Kampf von der Straße nach Bishopsgate aus gesehen.«

»Wurde viel gekämpft?«

»Ein wenig schon, rings um den Fluss. Doch jetzt ist alles vorbei. Die Stadt ist erobert.«

Josephine schien erleichtert. Sie setzte sich auf einen Stuhl und hielt Mousy auf ihrem Schoß. Das Kind streckte ein Händchen nach mir aus, und ich lächelte und winkte ihm zu. Josephine sagte: »Wenigstens haben sie die Stadt nicht unter Beschuss genommen. Ich erinnere mich noch sehr genau, wie mein Dorf in Frankreich in Brand gesetzt wurde, als ich klein war ...« Tränen liefen ihr über die Wangen, und sie wischte sie zornig fort. »Ich weiß ja, dass es um eine gerechte Sache geht, aber ich fürchte mich so entsetzlich vor Feuer und Blutvergießen.« Wir schwiegen; ich wollte nicht davon reden, was wir gesehen hatten, und nach einer Weile hielt sie mir das Baby hin. »Nehmt Mousy, sie will zu Euch.« Ich nahm sie, und sie ließ sich fröhlich auf meinen Knien nieder. Josephine sagte leise: »Ich spreche mit Edward, ich habe Angst, was ihr zustoßen könnte.«

Ich schwieg, denn ich hatte keine Antwort.

Draußen näherten sich Schritte, und Edward trat ein. Im Gegensatz zu der geknechteten Gestalt, die ich im Juni vorgefunden hatte, besaß er nun einen festen Schritt, und sein sehniger Leib strahlte Kraft und Autorität aus. Während die jüngsten Ereignisse Josephine hart auf die Probe gestellt und herbe Erinnerungen in ihr heraufbeschworen hatten, hatten sie Edward gestärkt. Er lächelte, als er uns sah. »Master Shardlake, Jack, Ihr habt das Lager verlassen?«

»Wir müssen auf die Burg«, antwortete ich. »Nicholas wurde dorthin gebracht und ist vielleicht immer noch dort, und ich will John Boleyn besuchen.«

»Master Nicholas?«, rief Josephine. »Aber warum nur?«

»Man hat Lügen über ihn erzählt«, erwiderte ich grimmig und schilderte, was geschehen war. »Ich versuchte mit Kett zu sprechen, aber – er war mit anderem beschäftigt. Könntest du mit ihm reden, Edward?« Mousy befingerte die Knöpfe an meinem Hemd. Ich verzog zum Spaß das Gesicht, und sie gluckste vor Vergnügen. »Und noch etwas – es ist viel verlangt, schließlich bist du gerade erst zurückgekommen, aber könntest du mir helfen, in die Burg eingelassen zu werden?«

Edward nickte. »Das lässt sich machen. Captain Kett hat mir einen Passierschein ausgestellt, mit dem ich überall Zugang erhalte. Unsere Männer bewachen jetzt die Burg, aber Constable Fordhill kooperiert mit uns, erlaubt uns, seine Zellen zu benutzen, und hat uns ein paar von seinen Männern als Wachen überlassen. Wir beschäftigen ihn vorerst weiter. Ich glaube, er hat Angst, die adeligen Gefangenen könnten zu Tode kommen, wenn einer von uns ihn ablöste. Doch Nicholas« – er sah mir streng in die Augen –, »wenn er Schuld auf sich geladen hat, muss er sich unter der Eiche vor Gericht verantworten.«

»Er hat nichts getan«, sagte ich mit Nachdruck.

Edward seufzte. »Tja, ich will sehen, was ich tun kann. Und ich führe Euch zur Burg. Die Lage ist – unsicher – in der Stadtmitte. Adelige flüchten mitsamt ihren Familien, und sofern nichts gegen sie vorliegt und sie nicht zu viel mitnehmen, lassen wir sie gehen.« Er lachte. »Einige sind im Hemd geflüchtet, damit sie nicht anhand der vornehmen Kleidung als Edelleute erkannt werden. Andere – nun ja, sie haben Strafe nötig und wir Proviant.« Er lachte wieder. »Ich glaube nicht, dass ihnen bewusst war, wie sehr die Armen von Norwich sie hassten. Wir Städter haben heute unseren Beitrag geleistet und werden das auch in Zukunft tun. Norwich ist jetzt eine Erweiterung des Lagers. Und den Edelleuten aus Norwich wird bei der Eiche der Prozess gemacht.« Er runzelte die Stirn. »Nach diesem Verrat durch den Protektor sind die Gemüter erhitzt.«

Josephine sagte: »Bleibst du heute Nacht hier, Mann?«

Edward trat auf sie zu, sein Gesicht von aufrichtiger Sorge erfüllt. »Aber ja. Doch morgen früh muss ich zu einer Besprechung auf die Heide. Begleite mich doch ins Lager, Liebes, es sind gute Menschen, ich hätte dich lieber bei mir.«

Sie sah ihn an. »Warum? Glaubst du denn, der Protektor schickt seine Soldaten in die Stadt?«

Er holte tief Luft. »Schon möglich, obwohl ich es für ebenso wahrscheinlich halte, dass der Thronrat jetzt, da wir Norwich eingenommen haben, sich eines Bessern besinnt und unseren Forderungen nachkommt, vielleicht sogar die Kommissare zu uns schickt.«

»Die Kommissare!«, sagte Josephine in jähem Zorn. »Sie werden niemals kommen!«

Edward entgegnete: »Unsere Stärke – die Tatsache, dass wir die zweitgrößte Stadt in England so leicht einnehmen konnten – bringt den Protektor vielleicht zu der Einsicht, dass er unsere Forderungen ernst nehmen muss. Vielleicht mischt sich sogar der König persönlich ein.«

»Sei kein Narr!«, sagte Josephine, erneut zornig. »König Edward ist elf Jahre alt, wie soll er irgendwelche Entscheidungen treffen?«

Edward schüttelte verzweifelt den Kopf, und Mousy, die jetzt mit meinen weißen Barthaaren spielte, blickte zu ihren Eltern auf und fing an zu weinen. Josephine nahm sie an sich und beruhigte sie. Mousys Weinen wurde zu unglücklichem Schluchzen. Josephine sagte leise, wobei sie einen Arm nach ihrem Ehemann ausstreckte: »Es tut mir leid, ich weiß ja, dass du für eine großartige Sache streitest, aber ich kann es nicht ertragen, in ein bewaffnetes Lager zu gehen, da ich doch meine frühen Jahre in einem zubringen musste.«

»Ich glaube, Edward hat recht, Josephine«, sagte ich. »Wenigstens bis sich die Lage in Norwich beruhigt hat. Wir haben schon Freunde gefunden im Lager.«

»Das ist wahr«, pflichtete Barak mir bei. »Gute Menschen.«

Josephine schlug die Hände vors Gesicht. »Es tut mir leid, Edward, aber ich kann nicht.«

Er seufzte und wandte sich an mich. »Dann lasst uns jetzt zur Burg aufbrechen.« Leise fügte er hinzu: »Es könnte später ein wenig rau zugehen, wenn die Leute in den Schänken den Sieg feiern. Vielleicht solltet ihr zuvor ins Lager zurückkehren.«

»Ich muss zuerst noch Boleyns Weib aufsuchen. Dann kehren wir zurück.«

Wir brachen zur Burg auf und gingen die Conisford Street hinauf bis zu den reicheren Häusern. Der Nachmittag war bereits fortgeschritten, die Hitze des Tages ließ allmählich nach. In das herrschaftliche Anwesen der Familie Paston war eingebrochen worden, und die Plünderer holten eine Ladung Schwerter und Piken heraus unter den Augen der Menge – einige jubelten, andere blickten missbilligend drein. Ein rotgesichtiger Mann mit verbundenem Arm, der wie viele, an denen wir vorübergegangen waren, bereits getrunken hatte, rief: »Kommt morgen zum Lager, da gibt's für einen Penny den Kopf eines Cod! Einen Dorschkopf für einen Penny!« Edward lachte.

»Was meint er damit?«, fragte Barak.

»Bürgermeister Codd ist gefangen genommen und nach Surrey Place geschafft worden!«

»Sie werden ihn doch nicht köpfen ...«

»Natürlich nicht«, versetzte Edward unwirsch. »Er wird sich unter der Eiche dem Gericht stellen. Der Bursche ist nur ein armseliger Tropf – aber der Jux macht die Runde.«

Wir gingen nach links, auf die Burg zu. Da kam uns eine vertraute Gestalt entgegen, ein großes Bündel auf dem Rücken. Peter Bone, der Bruder von Edith Boleyns verstorbener Magd. Sein nussbraunes Haar und der Bart waren kurz geschoren, wie bei den meisten im Lager, und sein schmales, gutaussehendes Gesicht hatte einen müden Ausdruck. Ich hatte ihn noch nie zuvor gehen sehen, und jetzt fiel mir auf, dass er sich damit schwertat und bedächtig einen Fuß vor den anderen setzte. Als er meiner ansichtig wurde, hielt er inne und hätte sich vermutlich abgewendet, aber Edward winkte ihm zu. »Peter! Nun kommst du doch in die Stadt.«

»In der Tat. Meine armen Füße taugen nicht für den Kampf.« Er nickte mir zu. »Master Shardlake.«

»Was hast du da bei dir?«, fragte Edward.

»Meine Habseligkeiten«, antwortete Bone grimmig. »Als ich mein Haus verließ, behielt der Pachtherr meine Habe, also kehrte ich heute Nachmittag mit ein paar Freunden dorthin zurück und holte sie mir wieder.« Er lachte. »Bei Gott, alles ist jetzt anders. Der Pachtherr kauerte in einer Ecke und flehte uns an, ihn nicht zu töten. Wir haben ihm nur ein paar Maulschellen verpasst, dann nahm ich mir meine Kleider, Schuhe und ein paar Familienstücke. Angeblich geht es in der Stadtmitte ein wenig wild zu, daher nehme ich den langen Weg nach Bishopsgate.« Er zögerte. »Es tut mir leid, dass ich unhöflich war, Master Shardlake. Nur – als Ihr mich zum ersten Mal aufsuchtet, da musste ich an meine armen toten Schwestern denken.« Tränen traten ihm in die Augen.

»Das tut mir leid«, sagte ich.

Er nickte und verlagerte sein Bündel auf die andere Schulter. »Tja, ich gehe langsam und muss mich sputen, wenn ich das Lager erreichen will. Also lebt wohl.«

»Du auch«, sagte Edward. »Was sollte das heißen?«, fragte er mich, während Peter davontrottete.

»Als ich vor einem Monat herkam, um John Boleyn beizustehen, befragte ich Peter Bone über seine Schwester, die bei Edith im Dienst stand. Ich wusste nicht, dass seine Schwestern beide im Frühjahr gestorben waren.«

»Oh ja, und ohne sie scheiterte sein Unternehmen. Und die jahrelange Betätigung des Trittwebstuhls hat ihm Probleme mit den Füßen beschert, so dass ihm das Gehen Schmerzen bereitet. Doch im Lager hat er neuen Mut gefasst. Und als Einheimischer verfügt er wie ich über Ortskenntnisse, die uns möglicherweise noch zugutekommen. Er ist anständig, ehrlich und fleißig.«

»Meinst du, sie schicken Soldaten nach Norwich?«

»Möglich wär's, obwohl ich Verhandlungsgespräche jetzt für ebenso wahrscheinlich halte.« Er seufzte. »Nun ja, was auch geschieht, wir müssen es durchstehen.«

»Wohl wahr. Nachdem ich diese Proklamation gehört habe, kann ich nicht anders, als Kett zu unterstützen.«

»Eine schwere Geburt!«, sagte Barak, lächelte aber dabei.

Wir passierten ein begütertes Anwesen, und ich hörte durch ein offenes Fenster vornehme Stimmen Gebete sprechen. »Herr, befreie uns von den Kräften des Bösen und der Finsternis, von Mördern und Kriegstreibern ...« Edward lächelte säuerlich. »Die Reichen bepissen sich.« Sie haben genauso viel Angst wie Josephine, dachte ich, sagte es aber nicht. Um das Thema zu wechseln, fragte ich: »Was hältst du von Captain Miles? Er scheint mir ein guter Soldat zu sein, aber der Angriff heute hätte disziplinierter vonstattengehen können.«

»Er und seine Offiziere sind tüchtig, aber es fehlt uns an Waffen, weshalb wir hier in der Stadt alle an uns bringen, die wir finden können. Auch an Übung ...«

»Ja. Manchmal vergesse ich, dass das Lager erst seit zehn Tagen existiert.«

»Miles und Kett haben weitere Waffenübungen geplant. Um sicherzugehen, dass jeder, der kräftig genug ist, den militärischen Drill erlernt. Und um die Armen der Stadt mit einzubeziehen für den Fall, dass es zu Straßenkämpfen kommt.« Er sah mich an. »Captain Kett ist kein Narr. Er vertraute vielleicht allzu sehr auf die Unterstützung des Protektors, aber er hat längst einen Alternativplan ausgetüftelt.«

»Einige Männer könnten schwer zu disziplinieren sein. Michael Vowell zum Beispiel, kennst du ihn?«

»Er kann ein rechter Grobian sein und scheint die Gesellschaft der radikaleren jüngeren Leute zu bevorzugen. Aber genau wie Peter Bone und ich verfügt auch er über ausgezeichnete Ortskenntnisse. Er ist sehr nützlich.«

Zögernd fragte ich: »Kennst du Toby Lockswood gut?«

Er sah mich an. »Der den jungen Nicholas beschuldigt hat?«

»Fälschlich beschuldigt. Lockswood half uns im Boleyn-Fall, vor allem mit seiner Ortskenntnis. Ich tat mein Möglichstes, ihm entgegenzukommen, als seine Eltern erkrankten; ich dachte, er respektiere mich, und mit Jack schien er sich gut zu verstehen.«

»Ich Esel«, sagte Barak finster.

»Mit Nicholas dagegen geriet er unentwegt in Streit über die gesellschaftlichen Unterschiede. Die beiden konnten einander nicht ausstehen. Doch – dass er Nicholas dies angetan hat, ist einfach nur niederträchtig.«

»Und wenn es stimmt, was Lockswood behauptet?«

»Niemals! Ich war in der Nähe und kann beschwören, dass kein böses Wort fiel zwischen den beiden. Nicholas sagte mir, dass Toby ihn zu Unrecht beschuldigt – er hat in der Tat eine viel zu hohe Meinung von seinem Adelsstand, aber eines war Nicholas nie, nämlich ein Lügner.«

Edward sah mich forschend an. »Toby Lockswood steigt gerade zu einer bedeutenden Position auf im Lager. Er arbeitet unermüdlich, kann lesen und schreiben, und seine Ortskenntnisse sind unübertroffen. Ja, er scheint ein harter, zorniger Mann zu sein. Doch wen wundert's, er hat vor kurzem seine Eltern verloren.«

»Das ist noch lange kein Grund, seinen Kummer an Nicholas auszulassen«, hielt Barak dagegen.

»Der Bursche hat doch zuvor schon schlecht über die Lagerleute geredet.«

»Ich weiß, aber seitdem nie mehr.«

»Aber Toby Lockswood hat Zeugen.«

»Ich war doch auch dort und habe niemanden gesehen. Zeugen können bestochen werden. Als Anwalt weiß ich das besser als sonst jemand. Du hast Einfluss, Edward, ich bitte dich nur, über meine Worte nachzudenken.«

Edward spitzte die Lippen, erwog meine Bitte. Einige Minuten gingen wir schweigend. Dann sagte ich: »Ich verstehe, was die Aufständischen sich von alledem versprechen, eine Reform der Missstände auf dem Lande. Doch was hat Norwich davon?«

Er lächelte. »Dasselbe wie die Landbevölkerung, sie wollen den Großen der Stadt eine Lektion erteilen, die sie nie mehr vergessen werden. Wisst Ihr, dass zu Beginn des Jahres eine Armensteuer eingeführt wurde? Sie ist nur leider erbärmlich niedrig. Also werden wir dafür sorgen, dass sie erhöht wird. Und wir haben noch andere Beschwerden, die niedrigen Löhne zum Beispiel. Jetzt wird man uns nicht mehr übergehen. Und erinnert Euch, die Forderungen, die Kett nach London sandte, sie wurden aufgeschrieben, bevor die Stadt richtig einbezogen war. Wir können weitere schicken. Meint Ihr denn, dass die Leute in der Stadt nicht genauso unter dem Anstieg der Preise und unter der wenigen Arbeit leiden wie das Landvolk? Stellt Euch vor, wir müssen Gebühren zahlen, um den Anger nutzen zu dürfen. Tja, wir haben die Zäune niedergerissen.«

»Ja. Ich kenne die Zustände in London, und in Norwich scheint alles noch ärger zu sein.«

Wir hatten den Fuß des Burgwalls erreicht. Ich wurde allmählich müde, es war einer der aufwühlendsten Tage meines Lebens gewesen. Und so holte ich tief Luft, ehe wir den langen Anstieg zu dem mächtigen, quadratischen Gebäude begannen, welches sich scharf vor dem wolkenlosen blauen Himmel abzeichnete.

KAPITEL SIEBENUNDFÜNFZIG

Vor dem Schloss hatten nun Männer aus dem Lager die Wachsoldaten ersetzt, und sie trugen die stählernen Brustharnische und runden Schallerhelme, die dort oben als Militäruniformen dienten. Die Kanonen vor dem Eingang waren verschwunden, und Spuren den Burgwall entlang zeigten, wo sie hinunter zum Fluss gezogen worden waren. Jetzt waren sie in den Händen der Aufständischen und sollten helfen, weitere Angriffe abzuwehren.

Edward näherte sich einem der Wachposten. »Ich habe einen Passierschein von Captain Kett«, sagte er. »Die Männer hier sind Anwalt Shardlake aus dem Lager und sein Gehilfe. Sie wünschen zwei Gefangene zu sehen. Nicholas Overton und John Boleyn.«

Beim Anblick des Passierscheins sah der Mann ihn respektvoll an. Er konsultierte eine Liste. »Sind beide hier.«

»Wo sind die Schlosswachen?«, fragte Barak.

»Weggerannt, nachdem sie vor Bishopsgate gegen uns verloren haben. Unsere Männer haben jetzt das Sagen. Der Bürgermeister und die führenden Ratsherren wurden nach Surrey Place gebracht, doch ein paar von den Dienern der Stadtoberen, die gegen uns gekämpft haben, werden hier festgehalten.«

Ich fragte: »Und Constable Fordhill?«

»Captain Kett hat eine Übereinkunft mit ihm getroffen. Er hat weiterhin das Sagen, gehorcht aber seinen Anweisungen. Die Kerkermeister haben wir behalten.«

»Darf ich mit dem Konstabler sprechen?«, fragte ich. Der Wachmann sah Edward an, der nickte.

»Du hast dir viel Respekt verschafft für einen Londoner«, sagte Barak zu ihm, als wir unter der Barbakane hindurchgingen.

»Ich habe dem Lager sehr geholfen.« Edward lachte. »Wer hätte gedacht, dass ich vor drei Jahren noch Steward des alten Henning war?«

»Talent setzt sich durch«, sagte ich.

»Wenn die Chance dazu besteht, aber das ist in den seltensten Fällen so. Das Lager hat mir eine gegeben.«

Ich blickte ihn ernst an. »Das ist wahr, aber denke auch an Josephine.«

Er schüttelte den Kopf. »Ich sorge mich unentwegt um sie. Ich wünschte mir so sehr, sie würde mich mit Mousy ins Lager begleiten. Aber sie will nicht.«

Wir betraten die Burg. Die Nachmittagssonne schwand, und die weitläufige Eingangshalle lag im Dämmerlicht, doch ich zählte mehr Leute als zuvor, zu den Kerkermeistern kamen die Männer aus dem Lager mit Speeren und Hellebarden. Edward sprach mit einem der Männer aus dem Lager, und man führte uns hinauf zu Constable Fordhills Gemächern. Als ich ihn das letzte Mal aufgesucht hatte, vor dem Aufstand, hatte sein Söhnchen im Flur gespielt.

Fordhill weilte in seiner Amtsstube. Er verströmte dieselbe Autorität, das graue Haupthaar und der Bart waren akkurat getrimmt, doch seine Besorgnis vermochte er nicht gänzlich zu verbergen. Edward verneigte sich knapp und zeigte ihm den Passierschein von Captain Kett. Fordhill blickte mich spöttisch an. »Ihr seid also im Lager gelandet, Serjeant Shardlake?«

»Ich bin bei den Gerichtsprozessen an der Reformeiche behilflich und sorge dafür, dass die Gesetze eingehalten werden. Dies hier ist mein Gehilfe Jack Barak.«

»Ich vermute, Ihr tut dasselbe wie ich – gebt Euch Mühe, ein wenig Recht und Ordnung zu wahren. Ich glaube, dass die Obrigkeiten in London mich vergessen haben, ich habe keine Befehle erhalten, also habe ich mich der Autorität Captain Ketts unterstellt und sehe zu, wie es meine Pflicht ist« – er warf einen flüchtigen Blick auf Edward –, »dass die Gefangenen sicher unter Verschluss gehalten und nicht misshandelt werden.«

»Wir wollen nichts anderes, Konstabler«, antwortete Edward.

Fordhill nickte. »Nun, Serjeant Shardlake, Ihr seid gewiss hier, um John Boleyn zu besuchen.« Er sah mich forschend an. »Hat man schon herausgefunden, wie es dazu kam, dass der Hinrichtungsaufschub verlorenging?«

»Nein. Aber ich glaube, dass jemand Geld dafür bezahlte.«

Seine Miene wurde ernst. »Ihr seid doch gekommen, weil jemand versucht hat, Boleyn zu vergiften, nicht?«

Ich starrte ihn bestürzt an. »*Was?*«

Jetzt war Fordhill überrascht. »Ihr habt es nicht gewusst?«

»Nein. Ich wollte ihn nur besuchen – und meinen Assistenten Nicholas Overton, der ebenfalls hierhergebracht wurde. Was um alles in der Welt ist passiert?«

Fordhill lehnte sich schwer in seinen Sessel. »Boleyn ist in Sicherheit, aber derjenige, der von dem Huhn aß, das ihm letzte Nacht gebracht wurde, ist tot. Wir haben nicht genügend Zellen zur Verfügung, weshalb wir einen der ranghöheren Stadtkonstabler, die gegen das Lager kämpften, zu Boleyn in die Zelle gesteckt haben. Ein tyrannischer Geselle, sagt Boleyn; als man ihm das Essen brachte, nahm der Mensch es ihm fort und machte sich sogleich über das Hühnchen her. Es hat vermutlich irgendein starkes Gift enthalten, denn schon nach zwei Stunden spie er sich die Seele aus dem Leib, und nach drei Stunden war er mausetot. Jetzt liegt sein Leib beim Leichenschauer.«

»Dann sollte Boleyn vergiftet werden?«

»Kein Zweifel. Wie jedes Paket, das seine Frau ihm bringen ließ, war auch dieses in ein Tuch eingeschlagen, fest verschnürt und mit einem Namenschild versehen, das die Handschrift seines Stewards Chawry aufwies.«

»Könnte jemand das Päckchen auf der Burg geöffnet haben?«

»Es war fest verschnürt, wie die meisten Essenspakete, damit sich die Wachleute nicht die besten Stücke herausgreifen.« Er beugte sich vor. »Boleyn schließt aus, dass sein Weib oder der Steward ihm schaden wollten, und Mistress Isabella könnte mit ihren Besuchen gewissenhafter nicht sein. Doch ob Anklage erhoben wird, obliegt nun der Entscheidung des Leichenschauers. Vermutlich hat auch Captain Kett ein Wörtchen mitzureden.«

»Kann ich Boleyn besuchen?«

»Ja, aber ich muss Euch warnen, er ist ziemlich verstört.«

Ich holte tief Luft. »Und Nicholas Overton? Wo ist er?«

»In einer Zelle mit anderen Edelleuten. Die Bedingungen dort sind weniger – angenehm – als Boleyns neue Zelle. Allerdings« – er zog die Augenbrauen in die Höhe – »steht für den jungen Overton auch kein Gnadengesuch aus.«

Ich wandte mich an Edward. »Dürfen Barak und ich allein mit Boleyn sprechen?«

Er überlegte, schüttelte aber schließlich den Kopf. »Ein Mann ist vergiftet worden und gestorben. Ich sollte dabei sein und die Angelegenheit der neuen Obrigkeit melden.«

Fordhill stand auf, ging zur Tür und bellte ein lautes Kommando: »Parker! Besucher für John Boleyn! Führe sie zu ihm!« Schritte eilten herbei. Fordhill verfügte noch immer über eine gewisse Autorität – vorerst noch.

John Boleyn befand sich nach wie vor in der komfortabel ausgestatteten Zelle, in die er nach der Gerichtsverhandlung verlegt worden war. Allerdings herrschte dort ein infernalischer Gestank, weil der Boden über und über mit Exkrementen besudelt war. In der Ecke lagen die Überreste eines Hühnchens und anderer Lebensmittel. Boleyn saß an seinem Tisch, den Kopf in die Hände gestützt. Er blickte auf, als man uns einließ. Er sah bleich und kraftlos aus und hatte einen großen purpurroten Fleck auf der Wange. Seine Augen jedoch blitzten vor Zorn.

»Matthew.« Sein Ton war kühl. »Ihr weilt also noch immer unter diesen rebellischen Narren? Sie sollen inzwischen in Norwich eingefallen sein und viele unglückliche Edelleute gefangen genommen haben.« Er wies auf Edward Brown. »Wer ist er?«

»Der Mann, der mir ermöglicht hat, Euch hier zu besuchen«, entgegnete ich spitz.

»Und ich rate Euch, höflich zu bleiben«, fügte Edward hinzu.

Boleyn seufzte und schüttelte den Kopf. »Ihr habt gehört, was geschehen ist?«

»Ja.« Ich blickte auf den stinkenden Unflat. »War noch niemand hier, um die Zelle zu säubern?«

Boleyn lachte bitter. »Wir sind hier nicht im Maid's Head. Sie kommen, wann es ihnen gefällt.«

»Was genau hat sich zugetragen?«, fragte ich.

Er sagte, in milderem Ton: »Isabella – Gott möge es ihr vergelten – ist noch in der Herberge, und sie bringt mir jeden Tag ein Päckchen mit Essen. Gut verschnürt und mit meinem Namen in Chawrys Handschrift versehen, denn sie kann nicht schreiben. Es kam wie üblich gestern Nachmittag, doch mittlerweile hatte man mir einen Mithäftling in die Zelle gesetzt, einen Konstabler. Er wurde gefangen genommen, wehrte sich aber mit seinen Fäusten gegen die Aufständischen und landete hier bei mir.« Er hob erzürnt die Stimme. »Er war ein elender Grobian, und als mein Päckchen kam, nahm er es mir fort. Ich raufte mit dem Strolch, der mir jedoch an Kraft überlegen war. Er hat mir dies hier verpasst.« Er betastete seine geprellte Wange. Dann lachte er verbittert. »Er riss das Päckchen auf und machte sich sogleich über das Hühnchen her. Ich könne die Knochen abnagen, sagte er mir. Doch schon eine halbe Stunde später brüllte er wegen heftiger Leibschmerzen, dann ließ er alles heraus« – er wies mit dem Kopf auf den beschmutzten Boden –, »und als ich endlich durch Schreien und Klopfen einen Wärter herbeigerufen hatte, war er schon tot. Welches Gift auch immer in diesem Hühnchen enthalten sein mochte, es war stark. Und es galt mir.«

»Sah das Päckchen aus, als hätte sich jemand daran zu schaffen gemacht?«

»Ich hatte keine Gelegenheit, es mir genauer anzusehen, da man es mir vor der Nase wegschnappte!«, brüllte Boleyn und führte mir sein aufbrausendes Wesen vor Augen. »Aber wie sonst sollte das Gift wohl ins Fleisch geraten sein? Oder wollt Ihr etwa andeuten, meine Frau oder Chawry, der treueste Diener, den ich jemals hatte, steckten hinter dem Anschlag?«

Ich hob beschwichtigend die Hände. »Ich versuche doch nur herauszufinden, wie es dazu kommen konnte.«

»Dann wendet Euch an jene, die meinen Tod wünschen. Mein Nachbar Witherington, der mir mein Land stehlen wollte. Er soll ja eine Zeitlang eingesperrt gewesen sein, doch mit Bestechungen und Mittelsmännern lässt sich weiß Gott allerhand erreichen. Oder meine vermaledeiten Söhne und ihre Freunde, falls sie sich überhaupt noch in Norwich aufhalten.«

»Sie *sind* hier«, sagte Barak. »Man hat sie heute Morgen gegen Ketts Truppen kämpfen sehen.«

Ich fügte hinzu: »Und wir haben Grund zu der Annahme, dass einer ihrer Freunde, ein gewisser John Atkinson, an der Ermordung des Schlosserlehrlings beteiligt war.«

»Sie wollten mich am Galgen sehen«, stieß Boleyn voller Ingrimm hervor. »Wenn wirklich *sie* hinter dem Giftanschlag stecken, mögen *sie* am Galgen enden.«

Ich sagte: »Ich werde Constable Fordhill bitten, dass er Eure Essenspakete von einer Amtsperson untersuchen lässt.« Ich wandte mich an Edward. »Wirst du mich unterstützen?«

Er zuckte die Schultern. »Warum ist Euch dieser Mann so wichtig? Er ist doch auch nur ein Grundherr, für den wir nichts weiter sind als Vieh. Seine Beleidigungen gefallen mir nicht.«

»Er ist mein Mandant. Ich bitte dich, tu mir den Gefallen, der Gerechtigkeit zuliebe.«

Edward seufzte. »Also schön, obwohl ich ohnehin schon genug zu tun habe.«

»Fordhill kann nicht verhindern, dass jemand hereinkommt und mich in meinem Bett ermordet«, warf Boleyn zornig ein. »Dort draußen herrscht das Chaos, habt Ihr das nicht gesehen?«

»Da fällt mir etwas ein«, sagte ich. »John, ich lasse Euch jetzt al-

lein, komme aber bald zurück. Edward, führst du mich zu Nicholas?
Bitte?«

Als Edward den Wachmann herbeirief, bat mich Boleyn: »Werdet
Ihr nach Isabella sehen? Ob sie wohlauf ist?«

»Natürlich.«

❖

Nicholas war in einem Kellerverlies eingesperrt, das jenem glich,
in dem John Boleyn vor dem Prozess hatte ausharren müssen. Der
Kerkermeister, den ich von meinen ersten Besuchen auf der Burg
kannte, schloss mit hämischem Grinsen die Zellentür für uns auf.
»Haltet besser die Luft an«, sagte er. »Es stinkt. Wir hatten noch keine
Zeit, die Pisspötte zu leeren.«

Er führte uns in ein feuchtes, stinkendes Loch. Ein Mann aus
dem Lager mit einem Knüppel am Gürtel und einer gefährlich aussehenden Halbpike in der Faust stand mit kalter Miene neben der
Tür Wache. Ringsum saßen Edelleute, die feinen Kleider in Fetzen.
Einige, die offenbar gerade erst aus der Stadt hereingebracht worden waren, hielten leise, aber zornig in einer Ecke miteinander Rat,
wobei sie die Rebellen als Auswurf der Menschheit, als Aufwiegler
und Volksverhetzer bezeichneten. Andere, die ihrem Aussehen nach
schon länger hier waren, starrten stumm ins Leere oder versuchten zu schlafen. Ich hielt nach Nicholas Ausschau und sah ihn, die
Hände auf den Knien, an der Wand sitzen. Ein feister Mann mittleren Alters, sehr blass und schwer atmend, hatte sich an ihn gelehnt.
Zu meiner Überraschung erkannte ich Leonard Witherington, Boleyns streitbaren Nachbarn.

Nicholas blickte erstaunt zu uns auf. »Master Shardlake, Jack, Edward.« Seine Stimme war rau, Haar und Bart zerzaust, die grünen
Augen verschattet.

»Wie lange bin ich schon hier?«, fragte er. »Ich verliere jedes Zeit-
gefühl – eine Woche vielleicht?«

»Vier Tage«, erwiderte Barak.

Ich sagte: »Es tut mir leid, dass ich nicht früher kommen konnte.«

Nicholas schüttelte den Kopf. »Ich dachte, das Lager sei seltsam, aber das hier – als wäre man in einer anderen Welt.« Er sah mich mit jäher Schärfe an und senkte die Stimme. »Wie ich höre, ist Norwich in der Hand der Aufständischen. Jetzt sperren sie die Stadtkonstabler und Würdenträger ein.«

»Ja, heute Morgen haben sie es eingenommen.«

Er lachte verbittert. »Als der Herold die Stadttore schließen ließ, wurden die Edelleute auf freien Fuß gesetzt, aber aus Angst vor den Armen der Stadt zogen viele es vor, hierzubleiben. Letzte Nacht fragte man mich, ob ich bereit sei, die Stadt gegen die Aufständischen zu verteidigen, aber ich gab vor, krank zu sein. Schließlich wusste ich um die Übermacht der Lagerleute und ahnte, dass sie siegen würden.«

»Gut gemacht«, sagte Barak. »Der Herold gab den Rebellen den Befehl, das Lager aufzulösen, aber wir haben Norwich im Handumdrehen erobert, wenn auch nicht ohne Blutvergießen.«

Nicholas schluckte und sagte dann: »Und ich wollte auch nicht gegen die Swardeston-Leute kämpfen. Sind sie in Sicherheit?« ·

»Ja, alle.« Ich sah Tränen in Nicholas' Augen, und er senkte den Blick. Ich wandte mich Witherington zu. Der fette kleine Leuteschinder aus South Brikewell, der in Boleyns Land eingefallen war, gab eine jämmerliche Figur ab. Nicholas sagte: »Weckt ihn nicht auf. Er weiß zumeist nicht einmal, wo er ist. Fragt unentwegt nach seiner Frau, obwohl sie im letzten Jahr starb. Ich hatte befürchtet, dass ihn der Schlag treffen könnte, wisst Ihr's noch? Tja, genauso kam's, noch während sie ihn hereinbrachten und er die Wachleute zusammenstauchte.« Er seufzte. »Trotzdem tut er mir leid, der alte Teufel. Erinnert Ihr Euch an den Tag in Brikewell, als er so aufgeblasen war?«

»Ja.«

»Er wird wohl bald sterben. Edelleute sind an solche Verhältnisse nicht gewöhnt.« Nicholas stieß ein irres, freudloses Lachen aus. Und ich erkannte, dass alles, woran er je geglaubt, alles, worauf er sein Leben gegründet hatte, zur finstersten Ironie geworden war. Witherington neben ihm regte sich, und aus seinem Mundwinkel rann Speichel.

»Warst du die ganze Zeit hier drin?«, fragte ich Nicholas.

»Ja, ich sitze immer nur auf dem Boden und versuche zu schlafen, aber das Schlafen fällt schwer, wenn unentwegt Ratten auf einem herumklettern. Und wenn ich wach bin, schießen mir fortwährend Gedanken durch den Kopf – ohne jede Ordnung.« Unversehens sah er mich forschend an. »Ihr wisst hoffentlich, dass Toby Lockswood gelogen hat.«

»Natürlich. Ich habe versucht, mit Captain Kett darüber zu sprechen. Doch die Ankunft des Herolds, dann die Eroberung der Stadt … Es tut mir leid, Nicholas.«

Wieder ließ er jenes irre Lachen hören. »Die Welt ist auf den Kopf gestellt.«

»Ich denke andauernd an dich.« Ich drückte seine Hand. »Ich habe eine Idee. Wenn alles gut geht, hast du bald ein bequemeres Quartier, und John Boleyn ist auch geholfen. Hast du gewusst, dass jemand versucht hat, ihn zu vergiften?«

Zum ersten Mal zeigte sich Interesse in seinem Gesicht. »Nein. Lässt man den Mann denn nie mehr in Ruhe?«

»Das Gift war in dem Essen, das Isabella ihm brachte …«

»Sie würde doch nie …«

»Wer immer das Essen vergiftete, tat dies entweder bevor es die Burg erreichte oder aber hier auf der Burg.«

»Erhalten die anderen Gefangenen auch Essen von draußen?«, fragte Barak.

»Einige schon. Uns Übrigen setzt man eine abscheuliche Suppe vor, Bohnen vom vorigen Jahr, gemischt mit Schafsinnereien. Witherington isst fast nichts, ich habe schon versucht, ihm Suppe einzuflößen, aber die Hälfte davon rinnt ihm übers Kinn.« Als Nicholas den Blick sah, mit dem Edward den gefangenen Witherington bedachte, brach es aus ihm hervor: »Ist er nicht immer noch ein Mensch? Sind wir nicht alle eines Fleisches, wie die Gemeinwohlmänner sagen?« Wieder stieß er sein irres Lachen aus.

Die Erwähnung der Gemeinwohlmänner kam der kleinen Gruppe der Neuankömmlinge zu Ohren, die in der Ecke standen. Einer drehte sich um und schleuderte Beschimpfungen gegen Edward. »Ihr dreckigen Hunde, ihr glaubt, ihr könnt uns hier einsperren und erniedrigen? Der Protektor und sein Thronrat schicken ihre Soldaten her.«

Einer seiner Mitgefangenen ergriff seinen Arm und sagte: »Seid doch still!«, doch der Mann schimpfte weiter. »*Wir* sind die Herren von Norwich. Wenn wir hier herauskommen, lassen wir euch alle hängen, dann baumelt ihr an eurer verfluchten Eiche! Wir kennen eure Namen und eure Gesichter!« Er blickte Edward an. »Und wir erinnern uns an deine Stimme, Londoner!«

Edward lachte. »Ja, Ihr habt das Sagen? So seht Ihr aus, nicht wahr?«

Der Mann geriet außer sich und schrie: »Flegel! Bauern! Knechte! Hunde! Diebe!« Der Wachmann trat auf ihn zu und versetzte ihm mit dem stumpfen Ende seiner Pike einen Schlag auf den Kopf, dass er schrie. »Seid gefälligst still!«, blaffte der Wachmann.

Einer der anderen Edelleute aus Norwich fragte mit flehender Stimme: »Wie lange wollt Ihr uns hier festhalten? Wo sind unsere Frauen und Familien? Was habt Ihr mit uns vor?«

Edward sagte: »Sobald Captain Kett die Stadt neu organisiert hat, wird Euch der Prozess gemacht, wie es sich gehört. Und jetzt haltet Euer ungewaschenes Maul.«

Der Mann lehnte sich müde zurück.

Edward sagte zu Nicholas: »Es tut mir leid, aber auch Ihr sollt bei der Eiche gerichtet werden. Wegen der Anschuldigungen Toby Lockswoods und seiner sogenannten Zeugen gegen Euch. Werdet Ihr für schuldig befunden, müsst Ihr für unbestimmte Zeit hierbleiben.«

Nicholas sah ihn an. »Es geht hier das Gerücht, dass auch Hinrichtungen geplant sind.«

»Nein. Ganz gewiss nicht.«

Nicholas sagte, plötzlich lebhaft: »Gut, dann bringt mich zur

Eiche, lasst mich Lockswood und seine Zeugen offen befragen. Ich habe nichts von dem gesagt, dessen er mich bezichtigt! Ich werde ihn als Lügner entlarven!«

»Gut gesprochen«, pflichtete Barak ihm bei. »Edward, du kennst Nicholas schon länger und weißt, dass er ein guter Kerl ist.«

Ich nutzte meine Chance. »Ich will dich um einen Gefallen bitten, Edward. Ich möchte deine und Fordhills Erlaubnis, Nicholas in John Boleyns Zelle unterzubringen. Ich besuche Boleyns Frau, um sicherzugehen, dass ihre Essenspakete, bevor sie sie aus der Hand gibt, auch wirklich ordentlich verschnürt und versiegelt werden. Wenn Nicholas mit ihm die Zelle teilt, ist Boleyn ein wenig vor Angriffen geschützt.« Ich packte Nicholas bei der Schulter. »Sein Quartier ist viel besser, und du erhältst Isabellas Essen; auf diese Weise kommst du wieder zu Kräften.«

Edward schüttelte irritiert den Kopf. »Diese Geschichte mit Boleyn geht Captain Kett nichts an.«

»Ich bin um meinen Mandanten besorgt – du weißt doch, dass Gerald und Barnabas Boleyn heute Morgen unter den Verteidigern der Stadt gesehen wurden.«

»Ja, und wir finden sie. Unsere Männer haben schon die Stadttore geschlossen.«

»Wirst du mir helfen?«

Edward seufzte. »Ja, aber unter einer Bedingung. Dass Ihr Josephine überredet, mich mit Mousy ins Lager zu begleiten.«

»Abgemacht«, antwortete ich.

KAPITEL ACHTUNDFÜNFZIG

Wir kehrten zu Constable Fordhill zurück, der meinem Vorschlag bereitwillig zustimmte – ein Gefangener, für den Lady Elizabeth ein Gnadengesuch eingereicht hatte, sollte schließlich nicht unter seiner Obhut sterben. Edward verließ uns gleich darauf. Er habe noch dringende Pflichten, die mit der Neuorganisation der Stadt zu tun hätten, sagte er. Ich bedankte mich für seinen Beistand und versprach, ich würde Josephine aufsuchen und sie überreden, mit uns ins Lager zurückzukehren. Dann blickte ich seiner schlaksigen Gestalt nach, als er sich eilig entfernte. Der lange Sommernachmittag neigte sich dem Ende zu, und vom Flusse her wehte eine willkommene Brise. Ich dachte an Nicholas, der in seinem schmutzigen Kerkerloch schmachtete. »Der bedauernswerte Witherington kann als Giftmörder ausgeschlossen werden«, sagte ich zu Barak und runzelte die Stirn. »Andere dagegen nicht.«

»Denkt Ihr an Daniel Chawry?«

»Ich glaube, er liebt Isabella. Damit hätte er ein Motiv, John Boleyn zu töten. Ich frage mich, ob ich die beiden nicht irgendwie trennen kann. Vielleicht schlage ich Chawry vor, nach Brikewell zurückzukehren.«

»Zuerst sollten wir ein wenig mehr herausfinden.«

Wir begaben uns zum Marktplatz. Der Rücken tat mir weh nach diesem bewegten Tag, und ich war müde – »wie gerädert«, wie sie hierzulande sagten. Eine große Menschentraube hatte sich um das Marktkreuz versammelt. Wir liefen hinüber, um zu sehen, was dort vor sich ging.

Es war der Herold. In Begleitung mehrerer Ratsherren, die allem Anscheine nach nicht ergriffen worden waren, rief er vor einer Schar von Webern, Kaufleuten, Steinmetzen und Lagerleuten erneut seine

Verlautbarung aus. Diesmal jedoch bedachten die Leute ihn mit Hohn und Spott. Sollten die Rebellen ihre Waffen nicht augenblicklich niederlegen und nach Hause gehen, sagte er zum Schluss, hätten sie mit »entsetzlichen Qualen, bitterem Tod und dem Äußersten« zu rechnen. »Packt Euch!«, schrie da einer. »Hol Euch der Teufel! Mitsamt Euren leeren Versprechungen!« Ein anderer schrie: »Lang lebe Robin Hood!« Die Leute hier waren ebenso aufgebracht, wie es die Männer auf dem Mousehold gewesen waren, und befürchteten wie jene, das Angebot einer Begnadigung könne eine Falle sein. Viele mochten sich daran erinnern, dass den Menschen nach den Erhebungen im Norden im Jahre 1536 gegen den religiösen Wandel König Heinrichs Begnadigungen versprochen worden waren. Stattdessen waren sie zuhauf hingerichtet worden.

Trotz der rauflustigen Stimmung wagte es niemand, dem Herold auch nur ein Haar zu krümmen. Dieser wandte sich ab und stieg die Stufen des Marktkreuzes hinunter. Die Ratsherren folgten ihm.

Ich ging über den Marktplatz zur Herberge, in der Isabella und Chawry abgestiegen waren. Man führte mich in das Empfangszimmer. Sie kamen alsbald, beide müde und besorgt. Chawry hatte eine lange, frisch genähte Schnittwunde, die über seine Stirn bis zum Haaransatz führte.

»Master Shardlake«, begrüßte er mich kühl, »Ihr gleicht den Rebellen von Mal zu Mal mehr.« Seine Miene drückte Verachtung aus; wie Miles hatte sich der treue Steward eine weitaus bestimmtere Haltung zugelegt, wenn auch auf der anderen Seite des politischen Grabens.

»Ihr seid verwundet, Goodman Chawry«, antwortete ich höflich.

»Ich habe heute Morgen gegen die Rebellen gekämpft, als sie die Stadt einnahmen.«

»Wäre es nicht besser gewesen, Ihr hättet auf Eure Herrin achtgegeben?«, bemerkte ich spitz.

Unsere Blicke kreuzten sich. »Ich wusste nicht, wie die Rebellen mit den Damen von Stand verfahren würden, wenn sie Norwich einnähmen.«

»Soweit ich weiß, kam noch keine Frau zu Schaden.«

»Doch was geschieht jetzt, da Eure Freunde hier das Sagen haben? Wie ich höre, werden Männer in den Kerker verschleppt und die Häuser der Reichen geplündert.«

»Ich weiß nur, dass Captain Kett die Absicht hat, die Ordnung in Norwich wiederherzustellen.«

Isabella wandte sich zu ihm um. »Daniel, siehst du denn nicht, wie müde Master Shardlake und der arme Goodman Barak sind?« Sie lächelte uns zu und bat uns, Platz zu nehmen. »Ich habe mir Sorgen gemacht um Euch und den jungen Nicholas.«

Ich holte tief Luft. »Bedauerlicherweise ist Nicholas in Norwich Castle gefangen.«

Isabella schlug sich erschrocken die Hand vor den Mund. »Oh nein, der arme Junge!«

Chawry sagte: »Natürlich, er ist ein Gentleman.«

Ich überhörte die Bemerkung, wandte mich weiter Isabella zu und erzählte ihr, so behutsam ich es vermochte, von dem Giftanschlag auf ihren Mann. Ich hätte bereits veranlasst, fügte ich hinzu, dass Nicholas fortan die Zelle mit ihm teile. Ich beobachtete Chawry, während ich sprach; er schien ebenso erschrocken über die Nachricht wie Isabella.

Als sie sich ein wenig erholt hatte, bat ich sie, uns Schritt für Schritt zu erklären, wie die Speisen zu ihrem Ehemann gelangten. Chawry erstehe die Zutaten auf dem Markt oder in bestimmten Läden, erzählte sie, und sie bereite daraus im Wirtshaus die Speisen und schlage sie in ein Leinentuch, welches sie fest verschnüre, ehe Chawry es mit dem Namen des Empfängers versah. Ein Wachmann durchtrenne vor seinen Augen den dünnen Strick. Der gestrige Tag sei nicht anders verlaufen, nur sei Chawry, da Norwich seine Tore verriegelt und den Angriff der Rebellen erwartet habe, während seines Einkaufs von einem Stadtkonstabler aufgefordert worden, die Stadt zu verteidigen, wozu er sich bereit erklärt habe. Demnach war er viel länger fort gewesen als üblich.

Ich sagte: »Von nun an solltet ihr gemeinsam den Einkauf erledigen und das Paket nicht aus den Augen lassen, bis der Moment gekommen ist, es abzuliefern. Geht Ihr gemeinsam zur Burg?«

»Aber ja«, antwortete Isabella. »Glaubt Ihr, ich würde mich allein dorthin wagen? Daniel ist in diesen entsetzlichen Zeiten mein Fels in der Brandung.« Sie berührte seinen Arm.

Er sah mich stirnrunzelnd an; gewiss ahnte er, dass ich ihn verdächtigte. Er sagte sanft zu Isabella: »Es tut mir leid, dass ich Euch heute Morgen allein ließ, um zu kämpfen, aber ich hielt es für meine Pflicht.«

»Ich weiß. Ihr habt nur versucht, mich zu beschützen, wie immer.« Sie lächelte ihm zu. Zwischen den beiden entspann sich zweifellos ein enges Verhältnis, was unter den gegebenen Umständen wohl unvermeidlich war. Aber Isabellas Sorge, als sie von dem Giftanschlag erfahren hatte, galt einzig ihrem Mann. Sie wandte sich wieder mir zu. »Was soll jetzt geschehen? Einige sagen, der König werde eine Armee nach Norwich schicken und es zurückerobern.«

»Je eher desto besser«, sagte Chawry. »Sie sollen am eigenen Türsturz baumeln!«

»Ich weiß davon nichts«, entgegnete ich, »aber ich rate Euch dringend, Euch möglichst still und unauffällig zu verhalten und sicherzustellen, dass Euer Geld auch wirklich gut versteckt ist. Und ich warne Euch, Daniel, lauft nicht herum und beleidigt Kett und seine Männer; auf diese Weise landete Nicholas am Ende im Gefängnis.«

Chawry sagte sanft zu Isabella: »Sollte es noch einmal zum Gefecht kommen, werde ich nicht mehr kämpfen, versprochen.« Sie nickte lächelnd. Und wenn doch er derjenige war, der Boleyns Tod wünschte, um Isabella für sich zu gewinnen?, dachte ich. Doch er hätte zum einen Spießgesellen gebraucht, zum anderen auch Geld, um den Schlosser und seinen Lehrling ermorden zu lassen. Und warum hätte er Ediths Leiche so grotesk zur Schau stellen sollen? Außerdem wusste er nicht das Geringste von dem fehlenden Schlüssel. Oder hatte er mit den früheren Morden nichts zu tun, dann aber beschlossen, Boleyn zu vergiften? Ich blieb der Überzeugung, dass er sich aus Norwich entfernen sollte. Und so fragte ich: »Habt Ihr Neuigkeiten aus Brikewell?«

Isabella seufzte. »Nein.«

Chawry sagte: »Das Haus, nehme ich an, ist noch in demselben Zustand der Verwüstung, in dem die Zwillinge es verlassen haben. Und inzwischen dürften die Rebellen sämtliche Wertgegenstände herausgeholt haben.«

Isabella hatte sich die Tränen verkniffen, seit sie von dem Mordversuch an ihrem Mann erfahren hatte, doch nun rollten ihr zwei über die Wangen. »Alles, was John sich aufgebaut hat.«

Chawry legte beruhigend seine Hand auf die ihre. »Das Land ist noch da; sobald dieser Albtraum vorüber ist, kehren wir zurück und bauen alles wieder auf.«

Ich sagte: »Goodman Chawry, wie wäre es, wenn Ihr noch heute dorthin zurückkehren würdet, damit das Gut nicht völlig sich selbst überlassen ist? Ihr könntet doch Ordnung schaffen.«

Er maß mich aus schmalen Augen. »Das Gut steht auf dem Gebiet der Rebellen. Sie können die Stewards reicher Grundherren nicht leiden. Ich könnte selbst in Gefangenschaft geraten.«

»Es sind, mit Verlaub, die Gentlemen, die sie ins Visier nehmen.«

»Ich sollte hierbleiben. Isabella braucht meinen Schutz jetzt mehr denn je.«

Sie blickte mich aus ihren klaren blauen Augen an und sagte: »Das ist wahr. Master Shardlake, Ihr vergesst, dass ich als Frau völlig auf mich gestellt wäre. Ich will gar nicht daran denken.«

Ich tröstete mich mit dem Gedanken, dass sie nicht töricht war; hätte Chawry sich verdächtig verhalten, hätte sie es gewiss bemerkt. Es sei denn, er war ihr Liebhaber, was ich bezweifelte. »Nun gut«, sagte ich. »Ich komme Euch und Euren Gemahl bald wieder besuchen und will mein Möglichstes tun, um für Euer beider Sicherheit zu sorgen.«

Isabella sagte: »Von der Begnadigung ist vermutlich nicht die Rede in diesen – wie heißt das jetzt? – aufrührerischen Zeiten?«

»Nein, und ich glaube auch nicht, dass wir so bald damit rechnen können.«

Chawry erhob sich und sagte: »Wir danken Euch für die Hilfe, Master Shardlake. Darf ich Euch hinausgeleiten?«

Barak und ich verneigten uns vor Isabella und folgten Chawry zur Haustür. Ich nahm an, er hatte uns noch etwas mitzuteilen. Draußen blickte er uns an und sagte: »Die Idee, mich nach Brikewell zu schicken, ist Unsinn, und Ihr wisst es auch, Sir. Wollt Ihr mich von Isabella trennen? Glaubt Ihr etwa, ich hätte meinen Brotherrn vergiften wollen, dem ich seit Jahren treu gedient habe?« Seine Stimme wurde laut vor Zorn.

»Sachte, Freundchen«, warnte Barak ihn.

Ich sagte: »Ich muss alle Möglichkeiten in Betracht ziehen.«

»Dann bedenkt auch dies«, sagte Chawry heftig. »Isabella ist ein schönes Weib. Männer fühlen sich von ihr angezogen. Ihr selbst macht keine Ausnahme. Doch sie ist John Boleyn treu ergeben. Ich versuche nichts anderes, als sie zu beschützen und ihr zu helfen.« Er presste die Lippen fest aufeinander, und seine Augen waren schmal. Sie waren schwer zu lesen, immer schon.

Ich sagte: »Dann weiß ich sie in guten Händen. Wir sehen uns bald wieder.«

Nun sah ich Verachtung in seinen Augen. »Wie viel zahlen Euch die Rebellen für Euren rechtlichen Rat?«, fragte er höhnisch.

»Keinen Penny.« Ich verneigte mich und ging, wobei ich seinen feindseligen Blick im Rücken spürte.

Der Abend senkte sich herab, doch noch brannten keine Kerzen in den Fenstern. Bevor ich auf die Heide zurückkehrte, wollte ich noch einmal Josephine besuchen – aber auch Jane Reynolds. Ihre Kälte war im Gerichtssaal aufgebrochen, auch als sie Scambler das Geld zugesteckt hatte, das ihm wahrscheinlich das Leben rettete.

»Was Chawry sagte, klingt plausibel«, stellte Barak neben mir fest.

»An dem Tag, als Boleyn vergiftet werden sollte, war er der Herberge länger ferngeblieben als üblich.«

»Isabella selbst könnte doch auch die Hand im Spiel haben.«

»Dass sie den Tod ihres Mannes wünscht, kann ich mir nicht vorstellen.«

Barak zuckte die Schultern. »Seid Ihr ein wenig vernarrt in sie? Sie hat jahrelang in einem Wirtshaus gearbeitet, vergesst das nicht, und dort gelernt, Männern schönzutun. Diesen Chawry hat sie um den kleinen Finger gewickelt.«

»Ich bin nicht vernarrt«, entgegnete ich unwirsch. »Zumindest nicht genug, um nicht mehr vernünftig urteilen zu können, und ich glaube wirklich, dass sie ihren Ehemann liebt.«

Barak zögerte. »Hat Edward nicht recht? Verschwendet Ihr unter den gegebenen Umständen nicht viel zu viel Zeit auf den Boleyn-Fall?«

»Ich kann doch nicht einfach vergessen, dass gestern ein Unschuldiger durch Gift zu Tode kam. Damit erhöht sich die Anzahl der Morde auf vier.«

Laute Jubelrufe lenkten unsere Aufmerksamkeit auf die Guildhall am oberen Ende des Marktplatzes. Ein Trupp Männer kam heraus. Sie trugen Waffen – Schwerter, Speere, Piken und Hellebarden – und luden sie auf Wagen. Michael Vowell war einer davon, und er kam zu uns herüber. Er schien ein wenig angetrunken, aber bester Laune.

»Master Shardlake! Seht her, was wir haben! Ein Vögelchen hatte mir zugezwitschert, dass sich über dem Versammlungssaal des Stadtrats ein Speicher befindet, in dem sich ein Waffenlager verbirgt, sollte das Volk in Norwich Unruhe stiften! Eine hübsche Ergänzung für unser Zeughaus, nicht wahr?«

Ich besah mir die Waffen. »Das möchte ich meinen.«

»Und ein zweites Vögelchen wusste von einem Waffenvorrat im Haus des Stadtkämmerers. Auch Schießpulver war dort gelagert, eine Menge davon! Und jetzt ist es unser!«

Ich lächelte. »Ihr kennt wohl eine Menge Vögelchen, Goodman Vowell.«

»Brave Gesellen aus Norwich«, sagte er mit stolzgeschwellter Brust. »Ich weiß sie zu schätzen.«

Zwei fein gekleidete Damen eilten vorüber, und einer der Männer, die mit den Waffen hantierten, rief ihnen hinterher: »Kommt her und spürt Rebellenfleisch in euch! Zeigt uns eure vornehmen weichen Brüstlein, die noch nie die Sonne gesehen haben!«

Vowell lachte, doch ein Soldat, der die Arbeit überwachte, rief in scharfem Ton: »Still jetzt! Wir belästigen keine Frauen!« Der Mann ging wieder an die Arbeit, und die Damen hasteten weiter. Es war interessant: Offenbar hatte man bereits eine militärische Hierarchie eingeführt, die auch Beachtung fand.

»Wir haben in der Guildhall auch etliche Fässer Wein gefunden«, sagte Vowell halb entschuldigend. »Einige Männer haben gezecht. Wisst Ihr, dass der Herold fort ist?«

»Vorhin, am Marktkreuz, hat man ihm einen rauen Empfang bereitet.«

Seine Augen wurden schmal, als er nach Westen blickte, wo langsam die Sonne unterging. »Und jetzt reitet er zurück nach London, um dem Protektor Bericht zu erstatten. Dann werden wir sehen. Lebt wohl«, sagte er abrupt und begab sich zu den Wagen zurück. Ein Mann mit einer Glocke ging jetzt um den Marktplatz herum und verkündete mit lauter Stimme: »Morgen wird ein zusätzlicher Markttag abgehalten. Danach findet der Markt wieder regelmäßig an den üblichen Tagen statt. Bringt all eure Waren und Viktualien her! Es kommen auch Käufer aus dem Lager, vergesst es nicht!«

KAPITEL NEUNUNDFÜNFZIG

Wir gelangten nach Tombland. Barak schlug vor, nur noch Josephine aufzusuchen und dann zum Lager zurückzukehren. Der Tag sei anstrengend genug gewesen, murrte er. Doch ich war halsstarrig, vielleicht weil er behauptet hatte, ich sei in Isabella vernarrt. Viele Leute aus dem Lager und den ärmeren Vierteln der Stadt waren auf den Straßen, um ausgelassen zu feiern, doch abgesehen von einem Burschen, der mir zurief: »Komm her und trink mit uns, Großvater!«, beachtete uns niemand.

Das Reynolds-Haus war fest verriegelt, die Fensterläden geschlossen. Auf mein Klopfen hin öffnete mir eine Magd die Tür einen Spalt und steckte ängstlich den Kopf heraus. Ich fragte: »Ist deine Herrin im Haus? Mein Name ist Overton.« Ich nannte ihr Nicholas' Namen statt des meinen, der ihr womöglich bekannt war, und sprach möglichst vornehm, um sie zu beeindrucken.

Ich wusste, dass ich ein Risiko einging, dass uns Gawen Reynolds womöglich von seiner Schwelle jagen würde. Doch das Mädchen sagte: »Sie ist nicht da. Sie und der Herr sind zu Besuch bei den Sothertons. Ihr Haus wurde geplündert, Sir. Diese teuflischen Gesellen suchten nach Master Leonard Sotherton, weil er nach London geritten war und mit dem Herold zurückkam.« Dann fügte sie noch hinzu: »Es ist nicht weit, in der St Benedict's Street, hinter dem Pottergate.« Damit schloss sie die Tür.

Ich wusste, dass auch die Sothertons zu den wohlhabenden, alteingesessenen Kaufmannsfamilien in Norwich gehörten, und war nicht verwundert, dass die Aufständischen es auf Leonard abgesehen hatten. Gawen Reynolds und seine Gemahlin erschienen mir nicht die Sorte Mensch zu sein, die einen Nachbarn in Nöten besuchte, doch jetzt standen die reichen Leute der Stadt offenbar zusammen.

Das Haus der Sothertons war selbst für hiesige Verhältnisse herrschaftlich zu nennen. Edward Brown hatte mir erzählt, wie viel Mühe allein in den Mauern aus Feuerstein steckte. Die Mauer zum Hof, bündig mit der Straße, war in der Tat aus hartem Feuerstein errichtet, der mit solcher Sorgfalt und Genauigkeit behauen war, dass die gesamte Mauer so glatt war wie Backstein.

Die Tür zum Hof war offen, das Schloss zerschmettert. Wir durchquerten den Hof und erklommen die Stufen zum Haupteingang. Diesmal öffnete uns ein Steward. Er hatte ein blaues Auge, als wäre er in eine Prügelei geraten, und schien überrascht, dass nur ein weißhaariger Buckliger und ein Einarmiger vor ihm standen. »Ja?«, fragte er argwöhnisch.

»Man sagte mir, Mistress Gawen Reynolds sei hier. Dürfte ich sie wohl unter vier Augen sprechen? Ich bin Master Overton, ein Anwalt.« Wieder gab ich Nicholas' Namen an.

Der Gegensatz zwischen meinen Kleidern und meiner Art zu sprechen kam dem Manne sichtlich verdächtig vor, doch schließlich seufzte er und öffnete uns die Tür. »Die Rebellen waren hier«, sagte er. »Sie hatten es auf den Bruder meines Herrn abgesehen und stießen mich herum.«

Er bedeutete Barak, im Hof zu warten, und führte mich einen Flur entlang in einen der prächtigsten Speisesäle, die ich jemals gesehen, mit einem hohen, wohlproportionierten Hammerbalkengewölbe. Mehrere Porträts und ein Wandteppich schmückten die Wände, und von den Fenstern aus fiel der Blick auf einen sorgsam gepflegten Knotengarten. Ein paar der Gemälde hingen jedoch merkwürdig schief, und einige Stühle waren zerbrochen. Ein prunkvoll verziertes Porzellangefäß war von der langen, glänzenden Tafel gefegt worden und zersprungen. Jane Reynolds stand über die Scherben gebeugt und versuchte sie mit ihren verbundenen Händen aufzuklauben. Sie trug wie immer ein schwarzes Gewand und eine schwarze französische Haube, unter der weiße Haarsträhnen hervorlugten. Der Steward sagte: »Master Reynolds unterhält sich gerade mit Master Nicholas Sotherton. Ich darf nicht stören.« Aus einem angrenzenden Gemach waren laute, zornige Stimmen zu hören. Ich konnte mein Glück kaum fassen und sagte: »Ich wollte ohnehin mit Mistress Reynolds sprechen.«

Jane Reynolds hatte sich aufgerichtet, als der Steward den Raum betreten und mich als Master Overton vorgestellt hatte. Sie blickte mich aus ihren kalten, starren blauen Augen an, während ich den Hut zog und mich verneigte. Ihr magerer Leib bewahrte die übliche Steifigkeit. Sie nickte dem Steward zu, er möge sich zurückziehen. Weder kam sie auf mich zu, noch bot sie mir einen Stuhl, sondern legte die Porzellanscherben behutsam neben sich auf den Tisch und blieb dann reglos stehen. »Master Shardlake?«, fragte sie überrascht.

»Ja, Madam. Verzeiht, dass ich Euch behellige.«

»Warum habt Ihr vorgegeben, Euer junger Gehilfe zu sein?«

»Weil ich befürchtete, Ihr würdet sonst nicht mit mir sprechen.«

Ich hatte erwartet, dass meine Täuschung sie erzürnen würde – die meisten vornehmen Damen wären außer sich gewesen –, sie dagegen sagte nur: »Es wäre besser, Ihr würdet wieder gehen.« Sie warf einen ängstlichen Blick auf die Tür, hinter der sich der Streit fortsetzte.

»Es geht um Eure bedauernswerte Tochter.«

Sie blickte mich eine Weile eindringlich an, dann schien ihre Miene ein wenig weicher zu werden. »Euch ist nicht gleichgültig, was ihr zugestoßen ist?«

»Ganz und gar nicht.«

»Mein Ehemann wollte die Sothertons besuchen, um herauszufinden, wie es ihnen ergangen ist. Er sagt, die Stadt falle um uns herum in Stücke.« Sie sprach mit ruhiger Stimme, als wäre es ihr einerlei. »Er hat mich mitgenommen, weil ich mit Mistress Sotherton verwandt bin, aber wenige Minuten in meiner schweigenden Gesellschaft waren genug, um sie in die Flucht zu treiben. So geht es den meisten Menschen.« Zum ersten Mal sah ich sie lächeln, ein bitteres, steifes Grinsen. Mit derselben kalten, monotonen Stimme fuhr sie fort. »Ihr sollt Euch den Rebellen angeschlossen haben, sagt man.«

»Man hat mich gefangen genommen und gebeten, Captain Kett bei den Prozessen zu helfen. Ich wollte sichergehen, dass Gerechtigkeit und Gnade walten.«

Sie ließ ein bitteres Lachen hören. »Gnade? In dieser Welt? Ihr verlangt zu viel.«

Ich sagte: »Ihr hattet Erbarmen mit einem armen Jungen, den ich kenne. Das Geld, das Ihr ihm gabt, hat ihn vor dem Hungertod bewahrt. Simon Scambler.«

Sie nickte, doch ihr Gesicht war wieder ausdruckslos. »Ach ja, der Rußkopf, so nennen ihn die Gassenbuben; überall in der Stadt treiben sie ihren Spott mit ihm.«

»Madam, Simon erzählte mir, Ihr hättet etwas zu ihm gesagt, was mir Eure Worte im Gerichtssaal ins Gedächtnis rief. Ihr sagtet: ›Edith, Edith, Gott sei dir gnädig, ich wollte doch einen Jungen – ich wollte einen Jungen!‹ Dann seid Ihr weinend aus dem Saal gelaufen.«

Sie zuckte ein wenig zusammen, und ich dachte schon, sie werde zusammenbrechen, doch sie straffte die Schultern und spielte mit den Porzellanscherben auf dem Tisch, so dass ich befürchtete, sie könnte sich schneiden. Sie sagte leise: »Mein Mann wollte einen männlichen Erben. Wäre sein Wunsch in Erfüllung gegangen oder hätte ich weitere Kinder geboren, wäre nichts von all dem Übel passiert.«

»Ihr habt sie nicht verschuldet, Madam.«

Sie sprach ebenso monoton weiter. »Als Edith größer wurde und John Boleyn Interesse an ihr zeigte, fand mein Gemahl ein neues Ziel für seinen Ehrgeiz. Damals sprach das ganze Land davon, dass König Heinrich sich Katharinas von Aragon entledigen wolle, um Anne Boleyn zu ehelichen. John Boleyn war nur ein entfernter Verwandter, doch bei Hofe zählen selbst entfernte Verwandte.«

»Ich weiß, Madam. Ich erinnere mich gut an die Scharen entfernter Verwandter von bedeutenden Männern, die in den Tagen König Heinrichs auf den Gängen von Whitehall Palace herumlungerten.«

»Woher wollt Ihr das wissen?«, fragte sie, zum ersten Male aufrichtig interessiert.

»Ich stand dem Gelehrtenrat der Königin Catherine Parr zu Diensten, Gott hab sie selig.«

»Dann wisst Ihr auch, dass man schlau und schnell sein musste, wenn man es bei Hofe zu etwas bringen wollte. Man musste wissen, mit wem es Freundschaft zu schließen und wen es zu bestechen galt. John Boleyn jedoch war ein unschuldiges Kind in jener Welt – er ist Königin Anne nicht ein einziges Mal begegnet. Aber die Tatsache, dass er eine Verbindung zu den Boleyns hatte, erleichterte meinem Gatten in Norwich den Aufstieg.« Wieder lächelte sie bitter. »Doch dann war Königin Anne plötzlich fort, hingerichtet, und die Mutter König Edwards, Jane Seymour, wurde Königin. Mein Mann war sehr erzürnt gegen John Boleyn und die arme Edith.« Plötzlich trat Gift in ihre Stimme. »Als wäre es Ediths Schuld, dass der König Anne Boleyns überdrüssig wurde und ihr den Kopf abhacken ließ oder dass der junge John Boleyn so ein Tollpatsch war.«

»Das ist wahr, Madam.«

Sie seufzte. »Seit damals heißt es, der Name Boleyn sei verflucht, und vielleicht ist er das auch.« Sie verstummte, zog sich wieder in sich selbst zurück.

Ich holte tief Luft. »Madam, ich muss Euch diese Frage stellen: Habt Ihr eine Ahnung, wer Eure Tochter getötet hat?«

Sie schüttelte müde den Kopf. »Nein.«

»Oder wisst Ihr vielleicht, wo sie in diesen neun Jahren gewesen sein könnte, nachdem sie ihren Gemahl verlassen hatte?«

»Ich weiß nur, dass sie gut daran tat, John Boleyn und meine teuflischen Enkel zu verlassen. Wohin sie ging – wer weiß, vielleicht weit fort.« Sie seufzte. »Es ist jetzt nicht mehr wichtig. Nichts ist mehr wichtig.«

»Auch nicht die Identität des Mörders und John Boleyns Schicksal?«

»England zerfällt an allen Ecken und Enden, Master Shardlake. Tja, soll es doch.« Sie verstummte. Nebenan nahm der Streit zwischen Sotherton und Gawen Reynolds noch an Lautstärke zu. Ich hörte Reynolds rufen: »Es ist doch nur noch ein paar Tage, Nicholas! Unsere Nachricht aus London lautet, dass eine Armee aufgestellt werden soll, falls der Herold versagt.«

»Diese Grobiane hätten meinen Bruder beinah in seinem Versteck aufgestöbert und mitgenommen! Was würden sie wohl mit mir anstellen, wenn sie wüssten, dass …«

Wir erschraken beide, als es klopfte und die Tür aufging. Doch es war nur ein junger Diener, der uns Kerzen brachte. Er verneigte sich. »Mistress Sotherton meinte, ich solle Licht entzünden.«

»Sind die Türen nach draußen auch wirklich verriegelt?«, fragte Jane.

»Alle, bis auf die Tür zum Hof, weil jene Hunde das Schloss zerbrachen, als sie ins Haus drangen. Ich werde sie sichern.« Er ging im Saal umher, um die Kerzen anzuzünden. Dabei richtete er mehrere Leuchter auf, die umgestoßen worden waren. Als er den Raum verlassen hatte, fragte Jane: »Hat es viele Tote gegeben, als die Rebellen heute Morgen in Norwich einfielen?«

»Ein paar Dutzend schon, glaube ich.«

Sie blickte hinaus in den Garten. »Vielleicht steht wirklich das Ende der Welt bevor, wie die Propheten sagen. Dann müssen wir alle vor unseren Richter treten. Ich frage mich, ob ich in den Himmel oder in die Hölle komme. Jenem Hiob in der Bibel hat Gott nach all den Prüfungen endlich Frieden gewährt. Ich hoffe, so ist es auch für Edith und mich.« Zum ersten Mal zitterte ihre Stimme, und sie wandte sich ab.

Da flog die Tür auf, und Gawen Reynolds kam, auf seinen Stock gestützt, hereingehumpelt. Sein schmales Gesicht unter der schwarzen Kappe verhieß nichts Gutes. Ihm folgte in kostbaren Gewändern ein Mann in den Vierzigern, dessen eine Wange eine tiefe Schnittwunde aufwies. Reynolds funkelte seine Frau wütend an, mich hatte er noch nicht bemerkt. »Ist Mistress Sotherton deiner Gesellschaft überdrüssig geworden, Jane?« Er lachte. »Dieser Angsthase hilft uns nicht mehr, er hat den Steward geschickt …« Er verstummte, und seine Augen weiteten sich, als er meiner gewahr wurde. »Bei den blutigen Nägeln Christi!«, rief er aus. »Was in drei Teufels Namen habt Ihr hier mit meiner Gemahlin zu schaffen?«

»Ich hatte noch einige Fragen in Bezug auf den Mord an Eurer Tochter.«

Erzürnt wandte sich Reynolds an seine Frau: »Was hast du ihm erzählt?«

Sie wich einen Schritt zurück. »Nichts, Gawen. Ich weiß ja auch nichts.«

Reynolds wandte sich wieder an mich. »Die Leute munkeln von einem buckligen Anwalt im Lager. Dann wart Ihr das. Dafür bring ich Euch an den Galgen.« Von Zorn übermannt, hob er seinen Stock, kam auf mich zu und machte Anstalten, mich damit zu schlagen. Da sprang Nicholas Sotherton herbei und entrang ihn dem Alten. »Herrgott, Gawen, wenn der Mann zu Kett gehört, dann lass ihn gefälligst in Ruhe! Oder willst du noch mehr Ungemach über mich bringen?«

Reynolds nahm sich seinen Stock zurück. Schwer atmend stützte er sich darauf und maß mich aus hasserfüllten Augen. Doch Sothertons Reaktion auf Reynolds' versuchte Tätlichkeit gegen mich zeigte mir, dass ich hier über eine gewisse Macht verfügte. Ich sagte: »Nehmt Euch in Acht, Master Reynolds. Ich bin auf dem Mousehold und sehe es als meine Pflicht, dafür zu sorgen, dass die Prozesse Recht und Gesetz entsprechen. Was Eure Enkel anbelangt, so werde ich mich persönlich darum kümmern, dass sie sich wegen versuchten Mordes zu verantworten haben. Der Bursche, den sie in Brikewell verprügelt haben, ist nicht mehr bei Verstand.«

Reynolds bleckte knurrend die gelben Zähne. »Sobald der Protektor seine Soldaten schickt, um dieses Pack auf dem Mousehold niederzumachen, wird niemand mehr übrig sein, um Klage zu erheben. Meine Freunde und ich werden dafür sorgen, dass die Anführer – auch Ihr – an der Eiche hängen, dessen seid gewiss!«

»Wohl gesprochen!«, versetzte ich. »Aber wer hat jetzt das Sagen in Norwich? Ich könnte Euch ohne weiteres ein paar ›Besucher‹ ins

Haus schicken, ach nein, Ihr habt Euch ja heute Morgen freigekauft, nicht?«

Da verstummte Reynolds. Sotherton sagte: »Bitte, Sir, verlasst jetzt mein Haus, es sei denn, Ihr habt etwas mit mir zu besprechen.«

»Nein, ich hatte nur einige Fragen an Mistress Reynolds, die mir jedoch nichts mitzuteilen hatte. Ich gehe gern«, sagte ich.

Da ertönten draußen auf der Treppe polternde Schritte. Gerald und Barnabas Boleyn stießen die Türe auf und kamen wütend herein. Sie trugen grobe Lederwämser, die kräftigen Arme nackt, und jeder hatte ein langes Messer am Gürtel. Sie waren schmutzig, und grauer Staub bedeckte ihr helles Haar und die strähnigen Milchbärte. Barnabas' Narbe war deutlich zu sehen.

Sotherton schloss die Augen. Gawen Reynolds kniff die Lippen fest zusammen. Jane wich in die dunkelste Ecke des Saales zurück. Instinktiv tat ich es ihr gleich.

Die Zwillinge sahen Reynolds an. »Was zum Teufel ist hier los, Großvater?«, fragte Gerald laut. »Dieser verfluchte Steward kam, hob die Holzdielen auf dem Dachboden an und schickte uns fort. Warum? Wir sind doch gut versteckt! Sie haben uns nicht gefunden, als sie nach Leonard Sotherton suchten!«

Reynolds sagte bissig: »Master Nicholas Sotherton hat angegriffene Nerven, seit sie in seinem Haus gestöbert haben.«

Gerald wandte sich an Sotherton und brüllte: »Wir hauen hier alles kurz und klein, Hasenfuß, wenn Ihr uns nicht wie versprochen bei Euch Unterschlupf gewährt!«

»Jawohl!«, stimmte Barnabas ihm zu. »Draußen stehen ein paar Vasen, und in der Küche, heißt es, ist venezianisches Glas versteckt – was in drei Teufels Namen …?« Er unterbrach sich, da er mich neben seiner Großmutter stehen sah. Die Zwillinge ignorierten sie, aber traten Schulter an Schulter, die Messer gezückt, auf mich zu. »Ihr schon wieder!«, brüllte Gerald. »Seit London macht Ihr uns nichts als Verdruss!« Er drehte sich zu seinem Großvater um. »Woher weiß er, dass wir hier sind?«

»Er hätte nicht das Geringste geahnt, wenn ihr euch ruhig verhalten hättet, anstatt die Treppe herunterzurumpeln wie der Bauer ins Wirtshaus!«

Gerald fragte ruhig: »Ist er allein?«

»Draußen steht sein einarmiger Freund. Der unverschämte Hund wollte mit eurer Großmutter sprechen. Es ging wieder einmal um euren Vater.«

Gerald grinste böse. »Dann wird es niemand erfahren, wenn wir ihn umbringen. Zuerst erledigen wir den Krüppel auf dem Hof, dann hacken wir den hier hübsch sachte in Stücke.«

»Genau«, pflichtete Barnabas ihm bei. »Wir haben ein riesengroßes Hühnchen mit Euch zu rupfen, Buckliger. Gebt uns Eure Küche, Master Sotherton, dort lässt sich das Blut besser aufwischen. Nur eine halbe Stunde.«

»Sagen wir eine Stunde«, sagte Gerald mit ruhiger, berechnender Stimme, die mir durch Mark und Bein ging. »Mit seiner Nase fangen wir an, dann sind seine Finger dran, dann sein Schwanz und die Nüsse, falls er welche hat.«

»Ich bekomme die Augen, ja?«, sagte Barnabas.

»Nein, nein, nein«, jammerte Jane Reynolds und schlug sich die Hände vors Gesicht.

»Was hast du denn, Großmütterchen?«, fragte Gerald sie mit gespielter Sorge. »Du willst wohl nicht, dass wir den netten alten Buckelzwerg aufschlitzen?« Sein Messer blitzte im Kerzenlicht.

Jane ging langsam in die Knie. Ehemann und Enkel ignorierten sie. Es war Nicholas Sotherton, der den beiden die Stirn bot, plötzlich gebieterisch. »Nein! Wenn ihr ihn tötet, vermissen die ihn im Lager, dann kommen die Hunde hierher, um nach ihm zu suchen!«

»Ganz gewiss«, sagte ich und bemühte mich um eine ruhige Stimme. »Ich war heute Nachmittag mit einem hochrangigen Anführer unterwegs. Er weiß, dass ich Master Reynolds aufsuchen wollte.« In Wirklichkeit hatte ich Edward nichts gesagt, aber das wussten die Zwillinge nicht. »Und die Magd im Haus Eures Großvaters hat mich hierhergeschickt.«

Ich wusste, dass Gerald und Barnabas mir mit Freuden den Garaus gemacht hätten, aber ihr Großvater trat vor und fiel Gerald mit seinem Stock in den Arm. Kein anderer, dachte ich, hätte sich dergleichen erlauben dürfen. Er sagte voller Bedauern: »Der Bucklige hat recht.«

»Er wird verraten, dass er uns gesehen hat«, sagte Barnabas. »Dann sind die Rebellen hinter uns her.«

»Das spielt doch keine Rolle mehr, wenn ihr aus Norwich fortreitet, was ihr schon längst hättet tun sollen.«

Sotherton sagte: »Ihr könnt euch in einer meiner Wollfuhren verstecken. Der Kutscher wird zum Ber Street Gate hinausfahren und sagen, er müsse die Wolle nach Wymondham bringen, wo die Weber schon darauf warten.«

»Ist es dafür nicht ein bisschen spät?«, fragte Gerald mit einem Blick in die zunehmende Dunkelheit draußen.

»Er kann behaupten, die Kämpfe hätten uns aufgehalten. Der Handel in Norwich muss weitergehen, also lässt man ihn aus der Stadt.«

»Na, macht schon«, sagte Reynolds. »Ihr wollt doch kämpfen, oder? Nun, bald ist eine Armee im Anmarsch, der könnt ihr euch anschließen. Wenn Norwich hinter euch liegt, steigt ihr vom Wagen, besorgt euch Pferde und reitet nach London. Und Herrgott noch mal, Barnabas, reib dir gefälligst Asche auf die Narbe, sonst verrät sie dich!«

»Verflucht!«, brüllte Gerald, der seine Wut kaum unter Kontrolle brachte. Er sah mich hasserfüllt an. »Ich will ihn aufschlitzen, diesen Hundsfott!«

»Das ergibt sich noch. Doch jetzt geht. Sofort.«

»Ich bringe euch zum Hinterhof«, sagte Sotherton.

Widerstrebend folgten ihm die Burschen. Auf der Schwelle drehte Barnabas sich noch einmal um: »Wir kommen dich holen, verlass dich darauf.«

Ich fragte ruhig: »Wo ist John Atkinson? Er hat euch in den Sandlings dabei geholfen, den Lehrjungen Walter zu töten, nicht?«

Aufrichtig erstaunt blickten die Zwillinge zuerst einander, dann mich an. »Wovon sprecht Ihr denn da?«, fragte Gerald unwirsch.

»Na, wird's bald«, sagte ihr Großvater mit einer ungeduldigen Handbewegung. »Hinaus mit euch. Sofort!«

Die Zwillinge verließen mit Reynolds und Sotherton den Saal. Vom Hinterhof waren Stimmen zu hören, dann schwere, knarrende Räder. Ich schluckte bei dem Gedanken an die kalten, bösartigen Augen der Zwillinge, als sie mir mit den fürchterlichsten Qualen gedroht hatten, und merkte, dass ich zitterte. Jane neben mir regte sich, und ich sah, wie sie sich, eine Hand auf dem Tisch, mühsam erhob. Ihr Gesicht war tränenüberströmt, und ihre weiße Haut von roten Flecken übersät. Ich machte Anstalten, ihr zu helfen, doch sie winkte ab und senkte den Blick.

Die beiden Männer kehrten zurück, und Sotherton tupfte sich mit einem Taschentuch den Schweiß von der Stirn. »So, sie sind fort.«

Reynolds sah mich an. »Ihr werdet mir verzeihen, wenn wir Euch eine Stunde hier einschließen, damit Gerald und Barnabas genügend Zeit zur Flucht bleibt.« Er grinste böse. »Ihr kommt glimpflich davon, denn die beiden wären anders mit Euch verfahren.« Er wandte sich an Jane. »Und du, komm her. Hör gefälligst auf zu schniefen, wir gehen nach Hause.«

Die drei verließen den Raum, und man hörte, wie ein Schlüssel im Schloss herumgedreht wurde. Ich hob eine der Scherben vom Boden auf. Dann setzte ich mich hin. Ich bebte am ganzen Leib, denn ich wusste ja, dass die Zwillinge ihre Drohungen wahr gemacht hätten. Ich fuhr auf, als die Tür erneut aufflog. Der Steward und zwei Diener schleppten gewaltsam einen fluchenden, sich wehrenden Barak ins Zimmer, stießen ihn zu Boden und schlossen die Tür wieder ab.

»Dann sind die Zwillinge erneut entwischt«, knurrte Barak. »Sie haben verteufeltes Glück.«

»Nicht Glück«, sagte ich. »Nur reiche Kontaktmänner an den richtigen Stellen.«

Er lächelte. »Ihr klingt jeden Tag ein wenig mehr wie ein Rebell.«

715

Eine Stunde später, in der unser Ärger nur wenig abgekühlt war, schloss Sothertons Steward uns die Tür auf und ließ uns aus dem Haus, jetzt so höflich, als wären wir gewöhnliche Gäste. Es war dunkel, als wir schließlich vor Edwards und Josephines Tür standen. Edward war zu Hause, und ich erzählte von meinem Besuch bei Sotherton, wobei ich besonders hervorhob, dass eine Armee aus London erwartet wurde.

Josephine sagte: »Jetzt, da der Protektor unsere Stärke erkennt, wird er doch mit uns verhandeln.«

»Das wissen wir nicht, Josephine. Und sollte tatsächlich eine Armee gegen uns im Anmarsch sein, wird sie sich sehr wahrscheinlich zuerst Norwich vornehmen. Ich muss unbedingt Captain Kett Bericht erstatten.«

Sie betrachtete Mousy, die schlafend in ihrer Wiege lag, und suchte dann den Blick ihres Mannes, der zustimmend nickte. Sie sah mich an. »Ihr denkt also wirklich, dass wir im Lager sicherer wären?«

»In der Tat.«

Sie sackte müde in sich zusammen. »Dann komme ich mit.«

KAPITEL SECHZIG

Am darauffolgenden Morgen weckte mich wie üblich das Gezwitscher der Vögel. Weil ich Captain Kett mitteilen wollte, dass Sotherton und Reynolds von einer Armee gesprochen hatten, erhob ich mich müde von meinem Bett aus Farnkraut und kleidete mich an. Barak neben mir schlief noch immer tief und fest.

Wieder trat ich in einen warmen Morgen. Bei diesem Wetter empfand ich es als eine große Erleichterung, nur Hemd, Hose und den breitkrempigen Hut zu tragen; wenn ich im Sommer mit Kappe, Serjeantenhaube und Anwaltsrobe im Gerichtssaal saß, hatte ich zuweilen das Gefühl, als würde ich lebendig gekocht.

Alle anderen in den umliegenden Hütten schliefen noch. Ich warf einen Blick in Simons und Nattys Hütte; Simon hatte von Dr. Belys einen Beruhigungstrank bekommen und war fast augenblicklich in Stumpfheit verfallen. Zwischen ihrer Hütte und jener Hector Johnsons war eilig eine Unterkunft für Josephine und Mousy errichtet worden. Sie war sehr still gewesen auf dem Weg zum Lager, hatte Mousy fest an sich gedrückt, aber der herzliche Empfang der Gevatterin Everneke, die stets glücklich schien, wieder jemanden bemuttern zu können, hatte ihr dann doch die Angst genommen. Goody Everneke hatte Mousy geherzt und Josephine eine zusätzliche Portion Abendbrot zukommen lassen – nichts Geringeres als gedünstete Täubchen. Was hatten wir dieser liebenswürdigen Frau doch alles zu verdanken!

Ich wusch mich rasch, nahm mir ein wenig Brot und Käse aus der Hütte, in der die Essensvorräte lagerten, und aß auf dem Weg zur Kapelle. Ich blickte zu dem prächtigen, italienisch anmutenden Palast Surrey Place hinüber, in dem Bürgermeister Codd und die übrigen ranghohen Ratsherren aus Norwich festgehalten wurden.

Der Wachmann öffnete mir die Tür. Kett war bereits auf den Beinen, und während seine Frau die Teller von dem großen Tisch räumte, saß er am anderen Ende mit seinem Bruder William, John Miles und einigen Männern in Brustharnischen über eine Skizze gebeugt. Kett lächelte und winkte mich heran; er war besser gelaunt, da er nun Norwich eingenommen hatte. Wieder staunte ich über die gnadenlose Kraft dieses außergewöhnlichen Mannes.

»Master Shardlake! Einen gottgesegneten Morgen! Wie ich höre, wart Ihr gestern in Norwich.«

»Ja. Um alte Freunde zu treffen, aber auch alte Feinde.« Ich erzählte ihm von meiner furchterregenden Begegnung mit den Zwillingen in Sothertons Haus.

»Ich habe unseren Wachleuten entlang der Straße befohlen, nach ihnen Ausschau zu halten. Ihre Freunde, John Atkinson und die übrige Bande, sind ebenfalls aus der Stadt geflüchtet.«

»Michael Vowell sagte, er habe einige Männer zu seinem früheren Brotherrn Gawen Reynolds geschickt, aber sie hätten sich kaufen lassen.«

William Kett runzelte die Stirn. »Es geschieht viel zu oft. Schlecht für die Disziplin!«

»Ich weiß«, sagte Miles. »Dabei brauchen wir gerade jetzt geschlossene Reihen.« Die beiden Männer bei ihm, vermutlich von ihm ernannte Offiziere, pflichteten ihm bei.

Kett sagte: »In der Tat. Norwich muss ordentlich verwaltet werden. Gestern habe ich Alderman Augustine Steward zum amtierenden Bürgermeister bestimmt. Er ist betagt und geachtet und hat sich bereit erklärt, meine Anweisungen zu befolgen. Unsere Anhänger in der Stadt, wie Edward Brown, werden ihn genau beobachten, wie er weiß. Ich nehme an, er würde uns ebenso verraten wie Codd, wenn er die Gelegenheit hätte, doch vorerst wird er die Stadt effizient verwalten.« Er wandte sich mir zu und fragte: »Habt Ihr den jungen Overton auf der Burg besucht?«

»Ja. Vor kurzem hat jemand versucht, Boleyn zu vergiften. Jetzt teilt Nicholas die Zelle mit ihm.«

»Es tut mir leid, dass ich nicht eher Zeit hatte, über den Jungen mit Euch zu sprechen. Ich werde ihm demnächst unter der Eiche den Prozess machen. Dabei sollen auch Lockswood und seine Zeugen ins Verhör genommen werden, damit ermittelt werden kann, wie sich die Sache tatsächlich zugetragen hat.« Ketts Miene nach zu urteilen, hatte auch er Zweifel an Lockswood. Ich hätte es sehr begrüßt, wenn er Nicholas auf freien Fuß gesetzt hätte, sah aber ein, dass er ihm keine Sonderbehandlung zukommen lassen konnte. Die Gelegenheit, Lockswood und seine Zeugen zu befragen, war daher die beste verfügbare Option.

»Ich danke Euch, Captain Kett. Ich wäre sehr froh darüber – unter anderen Umständen, doch im Augenblick wäre es mir lieber, er bliebe auf der Festung, um Boleyn zu beschützen.«

Kett neigte den Kopf zur Seite. Er hatte keinerlei Interesse an John Boleyn. »Wie Ihr wollt«, sagte er und blickte mich forschend an. »Ihr seht müde aus.«

Ich sagte: »Nun ja, der Anblick der vielen Leichen auf dem Weg in die Stadt war nicht angenehm.«

»Wir befinden uns im Krieg«, stellte William Kett nüchtern fest.

Sein Bruder setzte hinzu: »Womit wir bei dem eigentlichen Thema angekommen wären, worüber ich mit Euch sprechen wollte. Gawen Reynolds und Nicholas Sotherton haben also damit geprahlt, dass in London eine Armee aufgestellt werde?«

»In der Tat. Sie schienen recht zuversichtlich.«

Miles nickte. »Unsere Spione sagen, es sei *der* Gesprächsstoff unter den Edelleuten in London. Allerdings wissen wir noch nicht, wie groß diese Armee ist und wer sie kommandieren wird.«

Einer der übrigen Anwesenden warf ein: »Ich möchte wetten, dass sie aus den geflüchteten Grundherren aus Norwich besteht und aus denen, die ihnen die Treue halten. Das Unterfangen ist gewiss von unseren Feinden im Thronrat eingefädelt. Vielleicht sogar ohne das Wissen des Protektors.«

William Kett nickte. »Dieser Meinung sind viele im Lager. Es wäre immerhin möglich.«

»Schon«, stimmte Robert zu. »Allerdings hat man uns einen königlichen Herold geschickt, und er sprach im Namen Seiner Majestät.«

Der andere Mann, der sich schon vorher zu Wort gemeldet hatte, entgegnete: »Vielleicht mimte auch jemand den Herold, irgendein Diener der Edelleute, und überbrachte uns mit geborgten Gewändern eine falsche Botschaft.«

»Es war die Tracht eines königlichen Herolds«, widersprach ich mit Nachdruck. »Ich habe sie schon oft gesehen, bei Staatsanlässen. Leuchtend rot, mit Goldfäden durchwirkt. Meiner Meinung nach ist es schier unmöglich, in weniger als einer Woche eine exakte Kopie anzufertigen. Und sich als königlicher Herold zu verkleiden wäre außerdem Hochverrat.«

»Die hohen Herren aus Norfolk haben gewaltige Vermögen und scheren sich nicht um das Gesetz.«

Robert Kett blickte auf seinen Bruder. »So reden sie im Lager?«

»Einige schon. Es herrscht Uneinigkeit.«

Robert seufzte. »Nun ja, wir müssen ausharren und wachsam sein und unser Möglichstes tun, um Norwich zu befestigen. Außerdem schicken wir heute erneut Truppen hinaus aufs Land, damit sie uns Proviant holen – so viel wir kriegen können. Wir gehen davon aus, dass sie noch mehr Landadelige aufstöbern, denen wir morgen bei der Eiche den Prozess machen. Dabei brauche ich Eure und auch Baraks Hilfe, Master Shardlake. Ich habe nicht die Zeit, um selbst den Vorsitz zu übernehmen, mein Bruder ebenso wenig, daher wird an unser statt William Doughty aus North Erpingham, einer der Hundertschaftsvertreter, den Prozess führen.« Er seufzte. »Wir haben auch einige von den Unseren beim Stehlen erwischt, sie werden im Laufe der Woche vor Gericht gestellt.«

»Wir stehen zur Verfügung«, sagte ich und fügte nach kurzem Zögern hinzu: »Was soll mit Bürgermeister Codd und all den anderen geschehen, die man nach Surrey Place gebracht hat?«

»Sie bleiben dort als unsere Geiseln, als Garantie dafür, dass Augustine Steward sich angemessen verhält.«

William sagte: »Der Bürgermeister war in einem schlimmen Zustand. Unter Tränen und schlotternd vor Angst beteuerte er, man habe ihn gezwungen, die Befehle des Herolds zu befolgen. Es war wohl alles zu viel für ihn.« Er lachte grimmig.

Robert sah mich forschend an. »Kann ich noch auf Euch zählen?«

»Ich habe einen Eid geleistet, Euch zu helfen, Captain, und nach den Worten des Herolds habe ich auch keine Zweifel mehr, auf wessen Seite ich stehe.«

»Dann dank ich Euch.« In einer seiner spontanen Gesten schüttelte er mir über den Tisch hinweg die Hand. »Ich musste Euch das fragen; ich weiß ja, dass Blutvergießen normalerweise nicht zu Eurem Tagewerk gehört.«

Ich seufzte schwer. »Ich habe schon zuvor Blutvergießen erlebt.«

»William und ich müssen den Männern sagen, dass sie sich fortan ganz auf ihre soldatischen Übungen konzentrieren sollen. Ich werde nach Master Conyers Predigt an der Eiche zu ihnen sprechen.«

»Wer kämpfen kann, muss ausgebildet werden, und zwar schleunigst«, setzte Miles hinzu.

»Wenn wir Great Yarmouth erobern und auf dem Weg nach Norwich Männer postieren wollen, die sich der anrückenden Armee entgegenstellen, müssen wir uns sputen«, sagte William.

»Wohl wahr.« Robert lächelte mir erneut zu. »Danke, Master Shardlake.«

Anstatt mir Ketts Ansprache anzuhören, kehrte ich zu den Hütten zurück in der Hoffnung, noch ein wenig Schlaf zu finden. Josephine saß neben Goody Everneke und half ihr bei der Flickarbeit. Mousy lag in einem Körbchen zu ihren Füßen. Josephine stand auf, um mich zu begrüßen. »Master Shardlake, Ihr seht müde aus.«

»Es geht mir gut. Und was ist mit dir?«

Sie lächelte. »Ihr hattet schon recht. Hier fühle ich mich sicherer. Jack ist schon wach«, fügte sie hinzu. »Er hat einen Brief von Tamasin erhalten.«

»Tatsächlich?« Ich ging hinüber und trat in unsere Hütte. Barak saß da und starrte finster ins Leere. Dann blickte er zu mir auf. »Was gibt es Neues?«

»Codd und die Adeligen aus Norwich sollen in Surrey Place festgehalten werden. Kett wird sich an die Männer aus dem Lager richten und sie zu Waffenübungen anhalten. Man will als Ablenkungsmanöver Truppen an der Straße nach Norwich postieren und außerdem Great Yarmouth einnehmen.«

Barak nickte und zupfte dabei an einem losen Faden herum, der ihm am Ärmel hing. »Ich habe einen Brief von Tammy erhalten. Weiß der Teufel, wie er hierherkam. Reiner Zufall, meinte der Bursche, der ihn mir aus dem Blue Boar heraufgebracht hat. Den letzten Brief von mir hat sie offenbar nie erhalten. Ich zeig ihn Euch, kommt mit, heraus aus diesem Mief.«

Wir verließen die Hütte und gingen ein wenig abseits. Er zog Tamasins Brief aus seinem Hemd und gab ihn mir. Er war auf den 19. Juli datiert, der vier Tage zurücklag, und klang verzweifelt.

Lieber Mann,
es ist nun schon über einen Monat her, seit ich zum letzten Mal von Dir hörte; ich weiß nicht einmal, ob Du noch am Leben bist. Ich habe überall nachgefragt, sogar in Master Shardlakes Haus, doch sein Steward hat auch keine Nachricht von ihm, seit er nach Norfolk aufgebrochen ist. Ich ging zu den Kenzys, deren Tochter Nicholas den Hof machte, wie ich von Dir weiß. Mistress Kenzys Mutter empfing mich mit äußerster Herablassung, hatte aber auch nichts von Nicholas gehört. Die Leute in London wissen um die Aufstände im ganzen Land und dass es schlimm zugeht in Norfolk. Ich bete zu Gott, dass Du nicht den Rebellen in die Hände gefallen bist. Goodwife Marris und ich haben es hier nicht leicht, denn die Lebensmittel werden immer teurer. In der Stadt herrscht neuerdings das Kriegsrecht, und überall sind Soldaten – es heißt, sie wollen jetzt auch eine Armee nach Norfolk schicken. Wie schon nach Devon und Oxfordshire. Hier sind italienische Söldner, die in Gewändern einherstolzieren wie die Pfauen. Sie rufen den Frauen Anzüglichkeiten hinterher, und die Kon-

stabler tun nichts, um ihnen Einhalt zu gebieten. In drei Tagen sollen vier
Rebellenführer aus Essex und Kent als Verräter hingerichtet werden, und
der König will durch London reiten. Man munkelt, das Ende der Welt
stehe bevor.
Ich bitte Dich, lieber Mann, schreibe mir, so Du noch am Leben bist. Ich
wünsche mir nichts, als Dich wiederzusehen. Die Kinder fragen in einem
fort, wo Du bist, und ich kann sie nicht trösten.
Guy hat diesen Brief für mich geschrieben, denn Du weißt ja, dass ich
nicht gut schreiben kann. Ihm geht es ein wenig besser, er lässt Dich grüßen
und will für Dich beten.
Deine Dich liebende Ehefrau
Tamasin

Barak setzte sich auf einen kleinen Grashügel und ließ den Kopf
hängen. »Ich schäme mich«, sagte er. »Was mich hierhergeführt hat,
war größtenteils mein Groll gegen sie. Jetzt erkenne ich, dass ich
sie elend im Stich gelassen habe.« Er schüttelte den Kopf. »Aber ich
habe Kett nun einmal die Treue geschworen.«

Ich setzte mich neben ihn. »Du kannst ihr doch zurückschreiben.
Ich bitte Kett, ob er nicht dafür sorgen kann, dass dein Brief sie
erreicht.«

»Danke. Aber in diesem Durcheinander gibt es keine Gewissheit.«

Ich legte meine Hand auf die seine. »Es ist schwer für dich. Und
doch bin ich irgendwie froh. Ich wusste immer, dass du Tamasin
noch gernhast und ihr zwei wieder zueinanderfindet.«

Er sah mich an, und seine Augen wurden schmal. »Ich kann hier
nicht fort«, sagte er zögernd, »Ihr aber schon. Es ist einfach, die östliche Seite des Lagers ist zu lang, um überwacht zu werden.«

Ich schüttelte den Kopf. »Auch ich habe mein Wort gegeben. Außerdem ist mir mittlerweile klargeworden, wie wenig mich zu Hause
erwartet.« Ich lächelte. »Nun, immerhin haben sich mein Steward
Goodcole und die Seinen nicht mit dem Silber davongemacht.«

»Wenn Ihr zurückreiten würdet, könntet Ihr Tamasin sagen, dass
ich in Sicherheit bin«, bedrängte er mich.

»Ist das alles, was dich bedrückt?«, fragte ich, plötzlich zornig.

Er sah mich an. »Nein, ich habe auch darüber gegrübelt, was aus Euch werden soll, falls die Aufrührer scheitern. Denkt doch an Eure Zukunft. Inzwischen pfeifen es doch die Spatzen von den Dächern, dass Ihr Kett geholfen habt.«

»Nur um Recht zu sprechen. Außerdem habe ich dafür gesorgt, dass einige Edelleute wegen Mangels an Beweisen wieder freigelassen wurden. Ich habe weniger für die Aufständischen getan als Codd oder Aldrich.«

»Sie haben die Seiten gewechselt, als der Herold kam.«

Ich lächelte und breitete die Arme aus. »Sie waren in Norwich, während ich hier im Lager keine Wahl hatte. So ungefähr könnte ich argumentieren.«

Barak blickte mich ernst an. »Ein überzeugendes Argument für einen Anwalt. Aber bedenkt, was Lordkanzler Rich daraus machen wird. Und glaubt Ihr, Lady Elizabeth würde Euch noch beschützen? Ihr habt nichts mehr von ihr gehört, auch nicht von Master Parry, obwohl ihre Briefe doch gewiss ankommen würden. Sie halten sich vermutlich bedeckt.«

»Das mag schon sein. Aber ich habe meinen Standpunkt klargemacht. Ich weiche nicht davon ab.«

»Dann seid Ihr noch sturer als ich.«

»Vielleicht. Doch denk an Tamasins Brief. Sie spricht davon, dass in Kent und Essex die Rebellenführer hingerichtet werden …«

»Was bedeutet, dass die Lager dort aufgelöst sind …«

»Es zeigt die Strategie des Protektors: Bei einer Rebellion richtet man die Aufwiegler und begnadigt die kleinen Fische. Es gibt Hunderte kleine Fische. Mayor Codd ist ein kleiner Fisch. Ich ebenso. Und du auch.«

Er schien nicht überzeugt. »Das mag anderswo die Strategie sein, aber hier könnte es um einiges rauer zugehen. Erinnert Euch an die Botschaft des Herolds und an seine Drohung. Bedenkt, wie mit den Mächtigen auf dem Lande und in Norwich in den vergangenen zwei Wochen umgesprungen wurde. Stellt Euch nur vor, was *sie* den Menschen hier antun werden, sobald sie wieder das Sagen haben.«

»Und wenn ich gehe, was wird dann aus Nicholas und John Boleyn?«

»Ich kann den Namen Boleyn nicht mehr hören – aber Nick, ja, den müsst Ihr in Sicherheit bringen.« Barak rieb sich die Stirn. »Es tut mir leid, was hab ich mir nur dabei gedacht! Wie wäre es, wenn ich mir diesen Hundsfott Toby Lockswood zehn Minuten vorknöpfe?«

Ich lächelte. »Besser nicht.«

Wir saßen eine Weile schweigend da. Dann sagte ich: »Was gestern im Haus der Sothertons geschah, während du draußen warst, hat mich wieder ins Grübeln gebracht, wer nun tatsächlich hinter den Morden an Edith Boleyn, dem Schlosser und dessen Lehrburschen steckt.«

Er brummte. »Ich wette noch immer, es waren die Zwillinge. Sie sind geisteskrank. Und jener John Atkinson, den Nattys Kumpan am Strand beobachtet hat, ist mit ihnen befreundet.«

Ich schüttelte den Kopf. »Ich sehe noch ihre Gesichter vor mir, als wir in Norwich gegen sie kämpften. Sie bestritten rundheraus, dass sie ihre Mutter getötet hatten. Ich glaubte ihnen. Und als ich sie gestern erneut bezichtigte, schienen sie nicht einmal zu wissen, wovon ich redete. Und sie sind gewiss keine geborenen Schauspieler. Ich glaube, der Hass auf ihren Vater geht hauptsächlich auf ihre Überzeugung zurück, dass *er* ihre Mutter auf dem Gewissen hat. Und Atkinson – er und seine Freunde sind lediglich gedungene Mörder.«

»Glaubt Ihr, wir können Boleyns Nachbar, den alten Witherington, von der Liste streichen?«

»Ja. Ich hab ihn im Gefängnis gesehen. Jemand, der so leicht die Nerven verliert wie er, hätte nicht genügend Körperkraft oder Seelenstärke, um drei Morde zu planen und auszuführen. Das war mir von Anfang an klar. Doch dann sind da Sir Richard Southwell und John Flowerdew, die beide ein auffälliges Interesse an Boleyns Ländereien gezeigt haben. Nur sind sie weit fort.«

»Und Boleyns Besitz – so gewaltig ist er nicht und lohnt gewiss nicht das Wagnis, einen dermaßen aufsehenerregenden Mord zu begehen. Und ihm noch weitere folgen zu lassen.«

»Ja, und dieser Mord trug noch dazu alle Merkmale leidenschaftlichen Hasses.«

»Und der alte Gawen Reynolds?«, fragte Barak. »Er scheint die Zwillinge in ihrer Raserei noch zu ermutigen. Er könnte jemanden bezahlt haben, damit der seine Tochter töte.«

»Aber warum?«

»Hass? Er ist voll davon.«

Ich schüttelte den Kopf. »Southwells junge Schläger hätte er nicht in die Sache hineinziehen können. Michael Vowell zufolge hatten Reynolds und Southwell vor Jahren einen Streit und hassen einander seitdem. Reynolds versuchte den Zwillingen auch den Umgang mit Sothertons Leuten zu verbieten, aber er hatte sie nicht unter Kontrolle. Und er selbst ist alt und klapprig, und seit Vowell fort ist, besorgen ausschließlich Frauen das Hauswesen.« Ich runzelte die Stirn. »Und Jane Reynolds, die Ärmste, konnte mir gestern nichts Neues erzählen. Ich glaube allerdings immer noch, dass Peter Bone etwas weiß – vielleicht von seiner verstorbenen Schwester –, aber er will es uns nicht verraten.«

Barak sagte: »Da wären auch immer noch Isabella und Daniel Chawry. Falls sie einander lieben, hätten sie sowohl ein Motiv, um Boleyn aus dem Weg zu räumen, als auch die Gelegenheit. Oder falls Chawry zwar in sie verliebt ist, sie aber noch immer in ihren Mann, was wahrscheinlicher ist, hätte *er* ein Motiv gehabt, Boleyn als Mörder an den Galgen zu bringen. Und als das nicht funktionierte, ihn stattdessen zu ermorden.«

»Woher sollte er das nötige Geld haben, um für vier Morde Komplizen zu finden? Und wer auch immer diese Taten beging, hatte ganz gewiss Komplizen.«

»Er hatte genügend Geld, um jemanden das Gift besorgen zu lassen. Schließlich verfügt Isabella über Boleyns Geld. Vielleicht haben wir es mit zwei unterschiedlichen Verbrechen zu tun.«

»Chawry bestritt, irgendwelche Absichten zu haben, was Isabella betrifft.«

Barak lachte spöttisch. »Wie auch immer. Und auch wenn wir Chawry beiseitelassen, hatte doch Isabella ein mächtiges Motiv, um Edith zu töten, falls diese zurückkäme – ihre Heirat wäre ungültig.« Er blickte mich ungerührt an. »Und sie hat einen starken Willen.«

Ich schüttelte den Kopf. »Ich kann das nicht von ihr glauben. Aber du hast recht, sie muss zu den Verdächtigen gezählt werden.« Aus Baraks Augen blitzte neues Interesse; es war mir gelungen, ihn abzulenken. »Nun«, sagte ich, »die Zwillinge sind fort, Southwell und Flowerdew ebenso. Doch wir können das Reynolds-Haus im Auge behalten und auch Chawry und Isabella. Und ich bin gespannt, wie Nicholas mit John Boleyn zurechtkommt.«

Barak hob die Augenbrauen. »John Boleyn könnte Edith trotz alledem natürlich auch selbst umgebracht haben. Und die Morde an dem Schlosser und seinem Lehrling gab er vielleicht vom Gefängnis aus in Auftrag.«

»Klingt plausibel. Alles beginnt mit ihrem Verschwinden vor neun Jahren. Jemand hielt sie gefangen oder versteckte sie, wahrscheinlich weit entfernt von Norwich.« Ich runzelte die Stirn, denn ich erinnerte mich an das Puppenspiel – die Gemahlin des Grundherrn, die auf den Kopf gestellte Puppe. Es gab irgendeine Verbindung dazu, aber sie wollte mir partout nicht in den Sinn.

»Was ist?«, fragte Barak.

»Ach nichts – ich weiß es nicht – ich bin immer noch so müde.«

In der Ferne führten Offiziere und Hundertschaftsvertreter Reihen bewaffneter Männer fort, wahrscheinlich zur Ausbildung in die weniger dichtbesiedelten Teile des Lagers. Viele der Männer trugen Schaller und Rüstungen, die man zweifellos aus der Stadt heraufgeschafft hatte. »Kett sollte Tammys Brief lesen«, sagte Barak, »er weiß vielleicht nicht, dass man in London italienische Söldner angeworben hat. Wenn ich jetzt gleich zurückschreibe, könnt Ihr ihn bitten, dafür zu sorgen, dass mein Brief auch ankommt?«

Ich legte ihm meine Hand auf die Schulter. »Aber ja.«

Er kehrte zur Hütte zurück. In der Ferne marschierten weitere Männer in Reih und Glied, mit Bogen und Piken bewaffnet. Eine Armee formierte sich.

KAPITEL EINUNDSECHZIG

Die Stimmung im Lager unterschied sich in dieser Woche grundlegend von der davor; anfangs hatte es Spiele und Darbietungen gegeben, Fressgelage, den Genuss der Freiheit. Jetzt aber lastete trotz des Sieges in Norwich die Bedrohung auf uns allen, man könnte eine Armee gegen die Rebellen schicken. Und so galt es, schleunigst Soldaten auszubilden. Am selben Nachmittag begab ich mich erneut zur Kapelle und verlangte nach Kett, aber der Wachmann meinte, er werde wohl kaum vor dem Abend zurückkehren. Ich überließ ihm Tamasins Brief mit der Begründung, er enthalte einen Hinweis darauf, dass sich in London italienische Söldner versammelt hätten. Dann kehrte ich zu meiner Hütte zurück und schlief eine Weile, ehe ich bei Sonnenuntergang zu der Kapelle zurückkehrte. Die längsten Sommertage waren vorüber, und so kam die Dämmerung nun jeden Tag ein wenig früher. Vor der Kapelle standen die Leute Schlange, die auf Kett warteten. Ich stellte mich hinten an und kam schließlich an die Reihe.

Kett war in ernster Stimmung und wirkte verhärmt. »Master Shardlake!«, sagte er. »Danke, dass Ihr den Brief an mich weitergegeben habt.«

»Ich hielt es für meine Pflicht.«

Er nickte und sah mich nachdenklich an. »Wir halten morgen keine Gerichtsverhandlungen. Das hat noch ein, zwei Tage Zeit.« Er faltete Tamasins Brief auf. »Das Schreiben bestätigt die Gerüchte, die uns zu Ohren gekommen sind, dass man Söldner gegen uns schickt.«

Ich überreichte ihm den Antwortbrief, den Barak geschrieben hatte. »Barak lässt fragen, ob dieser Brief irgendwie an seine Frau gesandt werden könnte. Er will ihr lediglich mitteilen, dass er wohlauf ist.«

»Ich werde mein Möglichstes tun, aber es ist schwer, jetzt noch irgendetwas durchzukriegen. Und einstweilen« – er durchstöberte die Dokumente auf seinem Tisch und gab mir schließlich ein unterzeichnetes Schriftstück – »ein Passierschein, der Euch Zugang zur Burg und zu jedem Haus in Norwich gewährt.«

»Danke, Captain Kett.«

»Damit fällt es Euch leichter, John Boleyn und den jungen Overton zu besuchen.«

»Heute Nachmittag waren viele unterwegs in die Stadt.«

»Ja. Morgen ist wieder Markttag in Norwich. Die Männer erhalten immer noch ihren Sold aus der Truhe, die wir in Surrey Place unter strenger Bewachung aufbewahren. Und weil wir schon davon sprechen, habt Ihr selbst noch Geld übrig?«

Ich zuckte die Schultern. »Einen halben Sovereign. Damit komme ich über die Runden.«

Als ich zu den Swardeston-Hütten zurückkehrte, dachte ich: Ketts Schatzamt, Ketts Gericht, allmählich entwickelte sich ein Staat im Staate. Ich musste daran denken, was Barak über meine Zukunft gesagt hatte, die auf dem Spiel stand. Die Gefahr war absolut real; aber ich hatte mich nun einmal entschieden, und so schüttelte ich die Sorgen ab. Wer von den Menschen hier auf Mousehold Heath wusste schon, was die Zukunft bringen würde?

Es gab jetzt weniger Schreibarbeit zu erledigen, und so wurde Barak tags darauf zu der Stelle geschickt, wo sich der Großteil der beschlagnahmten Kanonen befand. Sowohl die Kanonen selbst wie auch die Kugeln, die sie abfeuern sollten, mussten sehr genau überprüft werden. Schließlich galt es festzustellen, ob die jeweiligen Geschosse auch wirklich die exakte Größe hatten. Mitglieder der früheren Dombauhütte in Norwich, die sich in großer Zahl den Aufständischen zugesellt hatten, gossen auch neue Kugeln, und Baraks Aufgabe bestand nun darin, ihre Arbeitsstunden zu notieren, damit sie entsprechend entlohnt würden, und für Captain Miles und seine Kanoniere, in der Mehrheit wie er selbst ehemalige Soldaten, die verschiedenen Geschossgrößen aufzulisten. Allein geblieben, beschloss ich, Toby Lockswood aufzusuchen und mit ihm zu verhandeln. Edward hatte gesagt, er sei im Begriff, ein bedeutender Mann zu werden, und tatsächlich befand er sich fast den ganzen Tag hinter verschlossenen Türen in der St Michael's Chapel, aber am späten Nachmittag traf ich ihn schließlich in seiner Hütte an – sie unterschied sich nicht von den anderen und gehörte zu einer Dorfgruppe. Er wusch sich gerade, aus einem Kübel halb voll mit Wasser. Er besaß einen stämmigen Körper, und auf seiner Brust kräuselte sich dichtes, dunkles Haar. Wie die meisten im Lager trug er Haupt- und Barthaar kurz geschoren, um den Läusen vorzubeugen, was seinem runden Gesicht einen strengen Ausdruck verlieh. Er kniff die Augen zusammen, als er meiner ansichtig wurde. »Master Shardlake.«

»Toby. Auf ein Wort?«

Er rieb sich mit dem Hemd trocken und schlüpfte dann hinein. »Was hätten wir schon zu besprechen?«

»Es betrübt mich immer noch, wenn ich daran denke, wie eng wir im vergangenen Monat zusammengearbeitet haben. Und jetzt sitzt Nicholas deinetwegen im Gefängnis. Seine Ansichten unterscheiden sich gewaltig von den deinen, auch von den meinen, um ehrlich zu sein. Doch das ist kein Grund, ihn zu bestrafen.«

Toby nickte. »Und genau aus diesem Grund seid Barak und Ihr selbst hier im Lager, während Overton im Gefängnis gelandet ist.«

»Hier ist aber nicht nur Politik im Spiel; du hegst einen persönlichen Groll gegen ihn.«

»Ich hasse ihn und seinesgleichen.«

»Dann missbrauchst du also die Macht, die du jetzt hast, um deine persönliche Rache auszuleben? Ist das gerecht? Ist dein Urteil vielleicht durch die Trauer um deine armen Eltern etwas verzerrt? Das könnte ich durchaus verstehen, denn auch ich habe meine Eltern verloren und andere Menschen, die mir nahestanden. Aber man muss doch Trauer und Richtspruch voneinander trennen.«

»Ach, muss man das?« Er äffte meine Sprechweise nach. »Geht es bei einem Richtspruch nicht auch um Rache – wie man an jedem Richttag sehen kann?« Er beugte sich zu mir vor. »Erinnert Ihr Euch an meinen Brotherrn in London, an Aymeric Copuldyke?«

»Gewiss. Mein eigener Auftraggeber, Thomas Parry, sagte mir gleich zu Beginn, dass deine Fähigkeiten die seinen bei weitem übertreffen.«

»Wisst Ihr noch, wie er sich bei unserer ersten Begegnung über mich, meine gesellschaftliche Stellung und meinen Norfolker Akzent mokierte? Ich habe zehn Jahre für diese faule, feiste Kröte gearbeitet. Sabberhannes nannte ich ihn hinter seinem Rücken. Er kennt das Gesetz bei weitem nicht so gut wie ich.«

»Das glaube ich gern.«

»Deshalb hab ich wenig übrig für jene, die über die Gemeinen herrschen, und glaube auch nicht daran, dass sie dazu befähigt sind. Seht nur, wie gut das einfache Volk dieses Lager hergerichtet hat.«

»Ich stimme dir ja zu«, sagte ich ungeduldig. »Aber das rechtfertigt nicht, dass du gegen Nicholas Overton aus Gehässigkeit falsch Zeugnis ablegst, denn genau das hast du getan.«

Er kräuselte höhnisch die vollen Lippen. »Master Shardlake, Ihr könnt nicht von mir erwarten, dass ich eine rechtliche Angelegenheit mit Euch bespreche, an der Ihr selbst ein Interesse habt. Im Übrigen habt Ihr, wie ich höre, dafür gesorgt, dass Overton in Norwich Castle bleibt, statt sich hier vor unserem Gericht verantworten zu müssen.«

»Dafür habe ich meine Gründe, und Captain Kett kennt sie auch. Es soll jedoch eine Anhörung unter der Eiche geben, bei der du und deine Zeugen befragt werden. Sieh zu, dass du vor Robert Kett nicht ein zweites Mal dastehst wie einer, den niedere Rachegelüste leiten.«

Lockswood wurde rot vor Zorn. Ich dagegen machte auf dem Absatz kehrt und ging davon. Ich hoffte, seine Position im Lager möge ihm keine Gewalt über Menschen geben, denn er war der Typ, der Günstlinge hätte – und Opfer.

In den folgenden Tagen fanden unter Captain Miles und den von ihm ernannten Offizieren – zumeist ehemalige Soldaten – intensive militärische Übungen statt. Die Männer begaben sich allem Anschein nach bereitwillig zu den Übungsorten. Oft ertönten über dem Lager Kanonenschläge, wenn zu Übungszwecken geschossen wurde.

Doch bald schon erreichten uns schlechte Nachrichten. Ein Lager vor Hingham, fünfzehn Meilen weit entfernt, das die Flanken einer heranrückenden Armee hätte angreifen sollen, wurde von Streitkräften Sir Edmund Knyvetts von Buckenham Castle attackiert. Dieses Bollwerk war zu stark, als dass die kleine Truppe zum Gegenschlag hätte ausholen können, und so kehrte sie auf Mousehold Heath zurück. Einige Tage später, am Sonntag, dem 28. Juli, erfuhren wir, dass das Lager vor Downham, unweit King's Lynn, vom dortigen Landadel eingenommen worden war. Der Anblick der Besiegten aus Downham, die es daraufhin ins Lager schwemmte, dämpfte die ohnehin bedrückte Stimmung noch mehr. Man wartete auf das Eintreffen der Armee aus London, obschon viele noch immer bestritten, dass sie auf Geheiß Protektor Somersets anrückte. Vielmehr ging das Gerücht, sie bestehe nur aus dem Norfolker Landadel und seinen Vasallen.

Am darauffolgenden Tag, dem Montag, fanden an der Eiche wieder Gerichtsverhandlungen statt. Ich half dem stellvertretenden Richter William Doughty dabei, über einige Edelleute zu urteilen, die aus der Grafschaft hierhergeschafft worden waren. Auch ein Dutzend Diebe wurden zur Rechenschaft gezogen, bis auf einen für schuldig befunden und des Lagers verwiesen. Es waren nur wenige, im Verhältnis zu den vielen Menschen hier, gleichwohl fand ich es deprimierend, denn viele würden in Norwich als Bettler stranden. Als die Verhandlungen endlich vorüber waren, war der Morgen schon weit fortgeschritten.

In diesem Augenblick traf ein Bote ein und bestellte mich zu Captain Kett. Ich folgte ihm in die Kapelle, vorbei an der Reihe der Schreiber – weniger jetzt – bis an den großen Tisch. Captain Miles saß bei ihm. Beide maßen mich mit durchdringenden Blicken.

»Master Shardlake«, sagte Kett. »Wie ich höre, wart Ihr unter Heinrich für dessen Königin Catherine Parr tätig.«

»Das ist wahr.«

»Seid Ihr jemals ihrem Bruder begegnet, Sir William Parr, jetzt Marquess of Northampton?«

»Ein einziges Mal.«

Miles fragte: »Könntet Ihr ihn beschreiben?«

»Dünn, mittelgroß, mit scharfen Zügen und rotbraunem Haar und Bart. Er müsste jetzt Ende dreißig sein.«

Miles und Kett tauschten Blicke. »Dann ist er es tatsächlich«, sagte Kett, »und kein Landjunker aus Norfolk, der seinen Namen missbraucht.« Er wandte sich wieder mir zu. »Die Armee ist auf dem Weg hierher, und der Mann, den Ihr beschreibt, führt sie an. Sein Stellvertreter ist der junge Lord Sheffield, ein Mann aus unserer Gegend von zweifelhaftem Ruf.«

Miles fragte: »Wie würdet Ihr Parrs Fähigkeiten als Feldherr einschätzen?«

Ich holte tief Luft. »Er stieg nur deshalb in den Thronrat auf, weil er der Bruder der verstorbenen Königin ist. Er ist nicht dumm, aber – sonderlich gescheit ist er auch nicht: Er eignet sich eher als Höfling. Seine militärische Erfahrung dürfte begrenzt sein.«

Miles wandte sich an Kett. »Dann fehlt es ihnen weiß Gott an erfahrenen Kommandanten.« Er sah mich forschend an. »Würdet Ihr ihn als Euren Freund bezeichnen?«

»Nein. Wie schon gesagt, ich bin ihm nur einmal begegnet. Meine Loyalität galt einzig Königin Catherine, und sie ist tot.«

Kett presste die Fingerspitzen gegeneinander. »Northamptons Armee marschiert auf Norfolk zu, in etwa drei Tagen dürfte sie hier sein. Das Glück war uns hold. Es sind in der Tat italienische Söldner darunter, aber nicht mehr als dreihundert in einem insgesamt tausendfünfhundert Mann starken Heer, und sie sind weniger gefürchtet als ihre schweizerischen und deutschen Kollegen. Wir dagegen verfügen über fünftausend kampfbereite Männer, und die armen Bewohner von Norwich, die jetzt gut organisiert sind, halten sich für den Straßenkampf bereit. Euer Freund Edward Brown sowie Michael Vowell und auch Toby Lockswood haben sie gut vorbereitet.«

Miles fuhr nüchtern fort: »Es wird Blut fließen, so viel steht fest, aber wir können siegen. Viele Norfolker Edelleute kehren mit der Armee zurück – Sir Richard Southwell, Sir Thomas Paston und andere, auch Höflinge sind darunter, allesamt mit den eigenen Vasallen. Kaum altgediente Soldaten.« Er stieß ein bellendes Lachen aus. »Ich hab so was schon erlebt, in Frankreich und Schottland; sie bilden sich ein, um kämpfen zu können genüge es, Aristokrat zu sein.«

Dann kehrt Southwell also zurück, dachte ich. Und wahrscheinlich auch seine Verbündeten, zum Beispiel John Atkinson. Und ich hatte wenig Zweifel, dass auch die Zwillinge zurückkehren würden, um zu kämpfen. Flowerdew hingegen hatte sich vermutlich irgendwo in London in einem sicheren Schlupfloch verkrochen.

Miles fragte Kett: »Neuigkeiten von Lady Mary?«

»Sie hat sich in Kenninghall verschanzt. Gemäß unserer Übereinkunft mit Southwell soll sie stets mit Lebensmitteln versorgt werden.« Er lächelte spöttisch. »Ich bezweifle stark, dass der Protektor über diesen Handel im Bilde ist.«

Miles spekulierte: »Southwell ist vielleicht schon tot in ein paar Tagen, und viele andere auch.«

Kett wandte sich an mich. »Ihr und Barak sollt im Lager bleiben.«

»Ich wäre wohl auch kaum von Nutzen, aber Barak würde kämpfen, wenn er könnte.«

Kett blickte in die Runde seiner Offiziere. »Ermutigt die Leute, hebt ihre Moral. Ein guter Kampfgeist braucht Nahrung. Wenn wir diese Armee besiegen, wird die Nachricht wie eine Sturmglocke im ganzen Land erschallen!«

An diesem Nachmittag begab ich mich wieder nach Norwich. Männer aus der Stadt und dem Lager stützten die Mauern und verstärkten die Tore. Auf der Burg traf ich Nicholas und Boleyn beim Schachspiel an. Wie jedermann wussten sie von der heranrückenden Armee. Nicholas sah jetzt besser aus, da er wieder ordentliches Essen erhielt – die beiden prüften Isabellas Essenspakete stets sorgfältig, um sicherzugehen, dass niemand sie manipuliert hatte. Dann besuchte ich Chawry und Isabella – angesichts der bevorstehenden Schlacht täten sie gut daran, sagte ich, schleunigst das Weite zu suchen. Isabella indes weigerte sich standhaft, ihren Mann im Stich zu lassen, und Chawry meinte, dass in diesem Fall auch er in der Stadt bleiben würde.

Am frühen Abend unternahmen Barak und ich einen Spaziergang durchs Lager. Wir mussten uns von der Tatsache ablenken, dass Ketts Kundschaftern zufolge Northamptons Armee schon am morgigen Tag oder tags darauf eintreffen würde. Zum Frühstück hatten die Swardeston-Dorfleute uns warmherzig begrüßt; sie akzeptierten uns jetzt. Das Thema Nicholas wurde diplomatisch ausgespart. Josephine saß bei Edward. Sie wirkte wieder bedrückt, zweifellos wegen der bevorstehenden Schlacht. Edward würde wahrscheinlich an den Kämpfen teilnehmen. Mousy ließ zu, dass ich sie auf den Arm nahm. Josephine lächelte, und Simon klatschte in die Hände.

»Geht's wieder zu den Pferden?«, fragte ich ihn.

Hector Johnson antwortete. »Oh ja, bevor wir es uns recht versehen, hat *er* im Stall das Sagen.« Der Alte trug einen Brustharnisch und eine Schaller; als Offizier war er für die Waffenübungen zuständig. Ich blickte Natty an, der den Köcher über der Schulter hatte und den Langbogen zu seinen Füßen. »Ich kann jetzt fünf Pfeile in der Minute abschießen«, sagte er stolz. Goody Everneke sah ihn an, und ich hätte gern gewusst, ob auch sie sich insgeheim fragte, wie viele diese Schlacht überstehen würden.

Barak und ich gingen nach Osten, bis zu den entlegeneren Bereichen des Lagers. Pferde und Kühe befanden sich jetzt in Pferchen, aus Holzzäunen errichtet – die Zimmerleute hatten Großes geleistet! –, während die Schafe inmitten der alten Hürden der Grundherren gehalten wurden, aber ihres Fleisches, nicht der Wolle wegen. Dasselbe galt für die Hühner, Enten, Gänse und Tauben, an denen wir vorübergingen. Auf der Pferdekoppel übten die Männer sich im Reiten, darunter auch Simon Scambler. Zwischen den Ansammlungen von Hütten, jede mit ihrer Pfarrfahne, wühlten die Schweine. Trotzdem war der Gestank erträglich, da man im Lager peinlichst auf Reinlichkeit bedacht war, besonders im Hinblick auf die Sickergruben. Es waren keinerlei Krankheitszeichen zu erkennen. Wir kamen an einer Backstube vorbei – und an der Schmiede, in der Speere und Hellebarden gefertigt wurden. Immer noch kamen Fuhrwerke mit Versorgungsgütern aus den umliegenden Dörfern, aber nicht mehr so viele – es war die Zeit vor der Ernte, die magersten Wochen im Jahr. Kett hatte gut daran getan, den Markt in Norwich wieder zu öffnen, damit dort Waren gekauft werden konnten.

Nach etwa drei Meilen langten wir am Rand der Behausungen an. Hier, wo genügend Platz war, wurden immer noch Waffenübungen abgehalten, obschon die Sonne fast versunken war. Wir sahen fünfzig Bogenschützen in Reih und Glied, die auf den lauten Befehl eines Offiziers hin alle zugleich die Pfeile von den Sehnen schnellen ließen, dass ein wahrer Pfeilregen durch die Luft surrte. Andernorts stürmten Männer unter wildem Gebrüll mit ihren Halbpiken auf Strohpuppen los. Andere taten es ihnen gleich und hackten mit selbstgemachten Speeren und Hellebarden auf sie ein.

»Sie schlagen sich gut«, sagte Barak. »Auch Miles und die erfahrenen Kanoniere unter ihm. Sie sorgen dafür, dass unsere Kanonen auch einsatzbereit sind.«

»Sie hatten trotzdem wenig Zeit für die Übungen.«

In einiger Entfernung sprach ein Offizier zu einer Gruppe Langbogenschützen. An der Seite stand Hector Johnson, auf eine Hellebarde gestützt. Wir traten zu ihm. »Wie geht's, wie steht's?«, fragte er. Ich erinnerte mich, wie er mich auf dem Weg von Wymondham hierher hatte bewachen müssen. Doch jetzt vertraute er mir und war stets freundlich.

Der Offizier berichtete derweil den Bogenschützen, dass die heranrückende Armee aus ihren alten Feinden, den Grundherren, bestünde und diese zur Unterstützung italienische Söldner angeworben hätten. »Es sind Ausländer, gedungene Mörder, die niemandem die Treue schulden! Doch uns wackeren Engländern, die wir für unsere Heimat kämpfen, werden sie nicht standhalten!«, brüllte er. Die Männer jubelten. Johnson indes lächelte nur spöttisch. »Es gibt auch englische Söldner«, sagte er. »Veteranen aus dem Frankreichfeldzug. Sie sind auf dem Kontinent geblieben, um für jeden zu kämpfen, der sie bezahlt – und für einen viel höheren Sold als unter König Heinrich.«

»Die Menschen sind doch überall gleich«, stellte ich fest.

»So ist es.«

Wir verabschiedeten uns und gingen auf demselben Weg zurück, den wir gekommen waren. Ich sah eine Gruppe aus etwa vierzig Personen, zumeist ältere Männer, die nicht kämpfen konnten, aber auch einige Frauen, um einen der bärtigen Propheten versammelt. Er stand auf einer Kiste, in einer Hand die Bibel, mit der anderen wild gestikulierend.

»Diese Zeit wurde im Buch der Könige geweissagt, wo Josiah, König der Juden, ein überaus gerechter Herrscher, im Alter von acht Jahren den Thron bestieg, die Götzen zerschlug, die heidnischen Bilder herunternehmen ließ und dafür sorgte, dass Gott angebetet werde. Mit König Edward haben wir nun einen zweiten Josiah, der die letzten Spuren des Papsttums beseitigt. Er ist um wirkliche Gleichheit unter den Menschen bemüht und errichtet das gerechte Königreich, welches uns in der Bibel verheißen ist, vor der Wiederkunft Christi.« Er hielt inne und schlug sich mit dramatischer Geste gegen die Brust, während der Großteil der Zuhörer ihm tosend Beifall zollte.

In jener Nacht kam es am Kochfeuer inmitten der Swardeston-Hütten zu einem Streit. Wir hatten tüchtig gegessen – und auch tüchtig getrunken, denn obwohl Kett nach Kräften bemüht war, das Zechen einzudämmen, war ein Fass Starkbier herbeigeschafft worden. Und als die Nacht anbrach, waren die meisten Männer, einschließlich Barak, schon arg in Mitleidenschaft gezogen. Die einzigen Ausnahmen waren ich selbst – mein Vater war ein Säufer gewesen, und ich hatte mir als Jugendlicher geschworen, dem Alkohol stets nur in Maßen zuzusprechen – und Simon Scambler, der noch immer treu an seinem Glauben festhielt, dass das Trinken sündhaft sei. Auch Michael Vowell, dem ich nach der Versammlung in Ketts Kapelle begegnet war, hatte sich zu uns gesellt. Er hatte müde ausgesehen, also hatte ich ihn zu uns eingeladen. Master Dickon, der den Grundherren von Swardeston vor den Richter gebracht und innerhalb der Dorfgemeinschaft das Sagen hatte, döste mit dem Kopf auf der Brust. Edward Brown befand sich in Norwich, aber Josephine saß bei Barak und mir, während Mousy in ihrer Hütte schlief. Die andere junge Frau in unserer Gruppe hatte sich an ihren Mann gelehnt, und neben den beiden saßen drei Männer, ein Schmied, ein Gerber und ein Tagelöhner, die kämpfen würden, sobald die Armee anrückte. Sobald die Krüge leer waren, holten sie sich Nachschub aus dem Fass. Goody Everneke war zu Bett gegangen.

Man kam auf den Herold zu sprechen. Einer der Männer behauptete steif und fest, dieser sei überhaupt kein richtiger Herold gewesen, sondern ein Vasall der Grundherren. Letztere hätten auch die Armee ausgehoben, so seine Theorie, ohne das Wissen des Protektors.

Dickon merkte auf. »So muss es sein. Captain Kett hat den Protektor von Anfang an unterstützen wollen.«

Der Schmied, Milford, ein kräftig gebauter Mann in den Dreißigern mit kantigen Zügen, schüttelte den Kopf. »Master Shardlake, Ihr sagtet doch, die Amtstracht des Herolds sei echt gewesen?«

»Aber ja. Und der Beschreibung nach ist der Kommandant der Armee kein Geringerer als der Marquess of Northampton.«

Milford sah mich argwöhnisch an. »Ihr *kennt* den Kommandanten unserer Feinde?«

»Wie ich Captain Kett bereits sagte, bin ich ihm einmal begegnet. Es ist kein Geheimnis, dass ich für seine Schwester tätig war, die verstorbene Königin Catherine. Ich dachte, Ihr hättet nun endlich Vertrauen gefasst«, schloss ich traurig.

Milford war in streitsüchtiger Stimmung. »Ihr haltet Euch mit dem Trinken zurück, wie ich sehe.«

»Anwälte können nichts vertragen, heißt es«, sagte ein anderer.

Barak zeigte auf das Messer an seiner künstlichen Hand. »Passt gefälligst auf, was ihr sagt!«, brummte er.

Michael Vowell mischte sich ein. »Lasst Master Shardlake in Ruhe! Er hat gewiss genug getan, um uns seine Freundschaft zu beweisen. Und ihr habt alle zu viel Bier gesoffen. Sonst wüsstet ihr, worum es hier geht, nämlich dass der Protektor uns betrogen hat. Jetzt müssen wir die Großen im Reich dazu bringen, sich uns zu unterwerfen, anstatt darauf zu vertrauen, dass er es für uns tut. Wir müssen zuerst dieses Heer besiegen, dann ganz Norfolk und schließlich die besiegten Lager in ganz England wieder aufrichten.«

»Ganz genau«, pflichtete Natty ihm nachdrücklich bei.

»Und einigen der Edelleute in unserem Gewahrsam den Garaus machen, als Warnung!«, warf Milford ein.

»Das hab ich nicht gesagt«, entgegnete Vowell schnell.

Da sprach Hector Johnson ein Machtwort. »Captain Kett ist dagegen, sie zu töten.«

Milford rappelte sich hoch. »Immerzu nur Kett – Kett – Kett! Seht es doch ein, seine Strategie mit dem Protektor ist gescheitert! Die Kommissionen sind fort, andernorts werden die Lager bestochen, bedroht oder gewaltsam niedergemacht!«

Master Dickon, weniger betrunken, als es den Anschein gehabt hatte, stand auf. »Sag ja nichts gegen unseren Captain, Freundchen! Schau dir nur mal an, was er alles geschafft hat – er hat uns hierhergeführt, hat für Gerechtigkeit gesorgt und Norwich eingenommen. Dabei hätte er auch daheim bei den Seinen bleiben können!«

»Hört auf, das hat doch keinen Sinn«, sagte Josephine. Da jedoch niemand auf sie achtete, ging sie zu ihrer Hütte, in der Mousy, aufgeschreckt durch den Lärm, zu weinen angefangen hatte.

Nun stand einer von den anderen Männern auf und schwankte leicht. »Wir gewinnen diese Schlacht!«, rief er. »Wir haben die Männer, die Entschlossenheit, und hinter uns steht vielleicht nicht der Protektor, aber der König, wie der Prophet heute sagte! Milford hat recht, Captain Kett ist zu weich – wir sollten als Warnung ein paar Leute hinrichten!«

Hector Johnson trat auf ihn zu, die Hand an seinem Messer. »Halt gefälligst die Klappe! Du hast wohl vergessen, dass du jetzt Teil einer Armee bist und zu gehorchen hast. Vielleicht muss ich dein Gedächtnis auffrischen!«

»Ach, leck mich doch!«, sagte Milford, und flugs war seine Hand am Gürtel.

Händeringend stand Simon Scambler auf. »Bitte! Wir sollten doch Freunde sein! Und alle zusammenstehen!«

Milford fuhr herum. »Sei still, du komischer Kauz! Einer von den Burschen aus Norwich hat mir von deinen Mätzchen erzählt.« Das viele Bier hatte ihn bösartig gemacht. Er fuhr fort: »Rußkopf nennen sie dich, und du läufst herum und trällerst vor dich hin. Wohlan denn, sing uns ein Liedchen!«

Simon starrte ihn einen Augenblick an, und ich fürchtete schon, er werde in Tränen ausbrechen. Doch dann wandte er sich ab, trat ein paar Schritte weg vom Feuer und hub langsam an zu singen. Es war das *Palästinalied*, eine mittelhochdeutsche Weise, die ich schon einmal gehört hatte. Normalerweise wurde es von einer Laute begleitet, aber Simons klare, schöne Stimme genügte, um den Zank augenblicklich zu beenden. Ich sehe ihn noch immer vor mir – über ihm die Sterne und der Halbmond, sein Kopf umwirbelt von den Funken der Lagerfeuer, die in den dunklen Himmel stoben:

Nun erst lebe ich mir würdig,
weil mein sündiges Auge
das hehre Land und auch die Erde sieht,
die man so vieler Ehren rühmt.
Nun ist geschehen, worum ich immer bat:
ich bin an den Ort gekommen,
den Gott als Mensch betrat.

Schöne Länder, reich und herrlich,
welche ich da noch gesehen habe,
du übertriffst sie alle.
Welche Wunder sind hier geschehen!
Dass eine Jungfrau ein Kind gebar,
hoch erhaben über aller Engel Schar,
war das nicht etwa ein Wunder?

Stille herrschte, als das Lied zu Ende war. Dann begann Hector Johnson in die Hände zu klatschen, und andere taten es ihm gleich. Simon blinzelte überrascht und strahlte.

»Ich hau mich aufs Ohr«, sagte Milford übellaunig. Und alsbald ging einer nach dem anderen schlafen.

Natty klopfte Simon anerkennend auf die Schulter. »Du warst unsere Rettung, Junge.«

»Wohl wahr«, stimmte ich zu.

Simon lächelte, voller Verwunderung, als hätte er tatsächlich Jerusalem geschaut. Barak schüttelte den Kopf. »Je eher diese Armee kommt, desto besser, dieses Warten ist teuflisch.«

»Ich glaube nicht, dass wir noch lange ausharren müssen«, entgegnete ich ruhig.

KAPITEL ZWEIUNDSECHZIG

Es war Dienstag, der 30. Juli. Kundschafter berichteten, dass Northamptons Streitmacht am folgenden Morgen in Norwich eintreffen würde. Das Wetter war wieder schwül geworden, stickig und feucht, als Barak und ich uns zu der Menge gesellten, die unter der Eiche versammelt war, um die Kett-Brüder und Captain Miles sprechen zu hören. All jene, die kämpfen würden, waren unter ihren Offizieren in Reih und Glied angetreten, Bogenschützen, Speerwerfer und Kanoniere – die Kanonen sollten im Laufe des Tages den Hügel hinuntergezogen und vor der Bishopsgate Bridge postiert werden.

William Kett ergriff als Erster das Wort und sprach von dem mächtigen Schlag, den sie dem Gegner versetzen wollten. »Denkt nur, wie weit wir es seit Wymondham vor drei Wochen gebracht haben! Jene, die gegen uns ausgesandt wurden, haben in ihren Reihen unsere alten Feinde aus der Gentry, Männer wie Paston oder Southwell ...« Dieser Name löste einen Chor aus Buhrufen aus, und jemand brüllte, dass es Southwells papistische Herrin, Lady Mary, aus ihrem Bau in Kenninghall zu zerren gelte. William überhörte den Beitrag und rief: »Und wo ist dieser andere korrupte Beamte, dieser John Flowerdew? Verkriecht sich in London! Er ist klüger als seine Gesellen, denn er weiß, dass dieses Heer uns nie und nimmer besiegen kann!«

Nach ihm sprach Robert, überzeugender und charismatischer denn je, mit ausladenden Gesten, sein Gesicht und der kurze graue Bart bald in Schweiß gebadet, den fortzuwischen er sich nicht die Mühe machte. »Sie schimpfen uns Verräter! Aber die Verräter sind sie selbst, denn wir haben stets treu zu König Edward gestanden!« Jubel ertönte. »Sind unsere Gegner besiegt, wird das Unrecht gegen uns behoben. Vergesst dieses Unrecht niemals! Seine Majestät wird uns huldvoll beständige Kommissionen gewähren, die gegen den Missbrauch Abhilfe schaffen und in denen wir ein Mitspracherecht haben!«

Wieder ertönten Jubelrufe und Beifall, obwohl ich bemerkte, dass einige Männer, zumal die ärmeren und jüngeren, nur halbherzig klatschten. Kett wischte sich den Schweiß von der Stirn und wies auf John Miles. »Jetzt wird unser wackerer Captain Miles euch unsere Strategie erläutern.«

Miles trat nach vorn. Sein Gesicht unter der verzierten Sturmhaube wirkte fest entschlossen, seine Worte klar und scharf. »Männer von Mousehold Heath, unsere Kundschafter in Northamptons Armee erzählen, er wolle zuerst Norwich belagern, ehe er uns angreift. Das ist gut, so können wir ihn dort einschließen und verheeren und ihn dann jenseits des Flusses vor Bishopsgate Bridge attackieren! Sein Plan ist ein Fehler, denn es wäre vernünftiger, zuerst das Lager anzugreifen, obwohl wir natürlich den Vorteil haben, vom höheren Standpunkt aus zu agieren. Ich will euch nicht verhehlen, dass er einige fähige Offiziere bei sich hat, dazu den Abschaum des Norfolker Landadels sowie italienische Söldner, die sich wie Gecken kleiden, aber gute Fechter sind. Doch unsere Männer, mehr als fünftausend, sind kampfbereit, und wir verfügen auch über genügend Waffen und Kanonen und wissen sie zu handhaben. Wir sind ihnen zahlenmäßig um das Dreifache überlegen. Vor allem aber kämpfen wir für eine gute Sache! So, nun geht, übt noch einmal, denn morgen wird gekämpft!«

Lauter Jubel erscholl aus den Reihen. Auch Natty und Hector stimmten mit ein. Als die Reden vorbei waren, wollten Barak und ich gehen, aber Kett rief mich mit scharfer Stimme zu sich. »Serjeant Shardlake! Folgt mir bitte ins Hauptquartier.« Ich wechselte einen verblüfften Blick mit Barak und begab mich dann zur Kapelle. Auch andere waren dorthin unterwegs: Michael Vowell, Hector Johnson, Edward Brown, Peter Bone – und Toby Lockswood, der meinen Blick tunlichst vermied, sowie die Kett-Brüder selbst und John

Miles. Sie alle, kam mir in den Sinn, waren auch bei der Unterredung vor dem Sturm auf Norwich zugegen gewesen.

In der alten Kapelle bedeutete uns Kett, ihm an den Tisch zu folgen. Er zog den schweren Vorhang zu, der diesen von den Schreibern trennte, die im Kirchenschiff bei der Arbeit saßen, und hieß jedermann Platz nehmen.

Kett blickte forschend in unsere Gesichter und sagte dann: »Captain Miles' Weib und Kinder sind gefangen. Man hat sie aus ihrer Zuflucht bei Freunden im Londoner Bishopsgate-Viertel geholt und ins Gefängnis gesteckt. Ein berittener Bote des Thronrates hat uns gestern die Kunde überbracht und detailliert beschrieben, wo man sie fand. Captain Miles soll straffrei bleiben, so er sich unverzüglich der Obrigkeit stellt.«

Miles blickte auf. Er wirkte erschöpft, sein Gesicht fahl unter der Bräune. Er sagte: »Ich weigerte mich. Dazu riet mir meine liebe Frau beim Abschied, falls sie und die Kinder entdeckt werden sollten.«

Kett schlug mit der Faust auf den Tisch. »Dabei hat Captain Miles nur ein einziges Mal versehentlich ihren Aufenthaltsort erwähnt. Es war bei einer der Versammlungen vor dem Eintreffen des Herolds, bei denen nur ihr« – er durchbohrte jeden Einzelnen von uns mit seinem Blick – »zugegen wart!«

Einen Augenblick herrschte Stille, dann sagte Toby Lockswood: »Vielleicht waren es ja Spitzel in London, die sie ausfindig machten. Oder hat der Bote etwas anderes behauptet?«

»Nein. Doch der Verdacht muss natürlich auf euch alle hier fallen. Hat irgendjemand mit einem Dritten über John Miles' Ehefrau gesprochen?« Sein Blick fiel auf mich. »Mit Eurem Freund Barak vielleicht?«

»Ich habe weder ihm noch sonst wem auch nur ein Sterbenswörtchen verraten.«

»Ich ebenso wenig«, sagte Michael Vowell. »Was hätte ich auch davon?«

Hector Johnson sagte mit leicht bebender Stimme: »Auch ich habe nichts verraten. Ich bin von Anfang an loyal gewesen. Ich habe beim Angriff auf Norwich mein Leben aufs Spiel gesetzt. Ihr wisst es, Captain Kett.«

Toby Lockswood sah mich an. »Master Shardlake hier ist als Einziger von Stand und hat vielleicht ein Interesse an unserer Niederlage.«

Kett schlug abermals mit der Faust auf den Tisch. »Ebenso gut könntest du sagen, dass mein Bruder und ich als Einzige der Klasse der Freibauern angehören! Aber in einem hast du recht, Lockswood, der Verrat könnte von London ausgegangen sein.« Er blickte noch einmal in die Runde. »Aber bis diese Frage beantwortet ist, steht ihr alle unter Verdacht, merkt es euch!« Niemand regte sich. Kett sagte: »Geht wieder an die Arbeit. Master Shardlake, es gibt mehrere Diebe zu richten. Begebt euch zu Master Doughty an der Reformeiche. Ich will die Angelegenheit vor der Schlacht bereinigt wissen.«

Wir verließen die Kapelle schweigend, und Hector Johnson liefen die Tränen über das Gesicht bei dem Gedanken, dass man ihn verdächtigte.

Gesenkten Hauptes und zutiefst verstört darüber, dass auch ich unter Verdacht stand, ging ich zur Eiche. Es war typisch für Toby Lockswood, auch bei dieser Gelegenheit nach mir zu treten, und ich war froh, dass Kett ihn in die Schranken gewiesen hatte. Wenn einer von uns der Verräter war, dann wer? Nicht die Kett-Brüder und gewiss nicht der alte Hector Johnson. Und die Übrigen – Edward Brown, Michael Vowell und auch Toby Lockswood, um gerecht zu bleiben – hatten sich von Anfang an mit Leib und Seele unserer Sache verschrieben. Von Peter Bone wusste ich nicht genug, doch seit unserer ersten Begegnung hegte er Sympathien für das Gemeinwohl. Was Toby Lockswood anbelangte, so hatte ich erneut den Eindruck, er sei nach seinem zweifachen Verlust nicht mehr recht bei Trost. Doch seine Begeisterung für die Sache war seitdem nur noch stärker geworden – ich konnte mir nicht vorstellen, dass er sich hatte bestechen lassen und zum Verräter geworden war. Ich stand von nun an wahrscheinlich wieder unter Beobachtung, hatte aber noch immer nichts zu verbergen.

An diesem Morgen empfand ich die Arbeit unter der Eiche als bedrückend. Dass ich in der schwülen Hitze die Anwaltsrobe tragen musste, machte die Sache nicht leichter. Der Himmel war einheitlich grau, weil erneut ein Gewitter aufzog. Wieder wurden einige des Diebstahls für schuldig befunden, während andere, aus Mangel an Beweisen, freigelassen wurden. Auch einige Raufbolde, fast ausnahmslos jüngere Männer, mussten das Lager verlassen. Als wir anschließend die Eiche hinter uns ließen, erzählte mir Doughty, er werde morgen eine Kompanie Soldaten in die Schlacht führen; wie viele Statthalter hatte auch er die vorschriftsmäßigen Musterungen in seiner Hundertschaft organisiert. »Ich werde etliche vornehme Herren in die Hölle schicken«, sagte er. »Dort sollen sie ihren gerechten Lohn erhalten.« Ich war überrascht von seiner Heftigkeit, aber er fuhr fort: »Sie haben beschlossen, uns anzugreifen, obwohl wir nichts weiter wollen als Frieden und Gerechtigkeit. Dann sollen sie auch den Preis dafür bezahlen!«

Zum Mittagessen ging ich zu unseren Hütten zurück. Sämtliche Männer waren bei den Waffenübungen, nur Goodwife Everneke, Barak, Josephine und Mousy saßen vor ihren Behausungen und fächelten sich mit Rindenstücken Luft zu. Edward sei nach Norwich gegangen, erzählte mir Josephine; um die Verbündeten in der Stadt vorzubereiten, nahm ich an. Sie müsse auf den Abort gehen, sagte sie und bat mich, unterdessen Mousy zu halten. Die Kleine war quengelig in der Hitze und sträubte sich. Sie begann zu quäken, beruhigte sich jedoch, als ich sie an mich drückte. Josephine kam zurück und nahm sie wieder in den Arm. Sie sah müde aus. »Ist alles wohl?«, fragte ich.

»Ja.« Sie lächelte traurig. »Wie es aussieht, war es ganz richtig, Norwich zu verlassen, nicht?«

»Unserer Meinung nach schon.«

»Ja.« Sie sah mir in die Augen. »Aber was ist, wenn wir verlieren und sie aus der Stadt hier heraufkommen?«

Um mein aufgewühltes Gemüt zu beruhigen, ging ich nach dem Essen trotz der Hitze ein wenig spazieren. Ich lief zu der Stelle, wo Simon und andere die Pferde trainierten und sich mühten, die störrischeren Tiere ein wenig zu besänftigen. Der sonst so unbeholfene Bursche ritt auf dem Pferd, als hätte er sein Leben lang nichts anderes getan. Ich lehnte mich gegen den schweren hölzernen Zaun, der die Koppel umgab. Er ritt auf mich zu und brachte sein Tier zum Stehen. »Du reitest gut, Simon«, sagte ich. »Führst du die Pferde hinunter nach Norwich?«

»Ja, sie sollen heute Nachmittag weitere Kanonen den Hügel hinunterziehen, und ich kümmere mich auch später um sie, wenn es sein muss.« Er schluckte, und ich sah die Furcht in seinen Augen.

»Du machst es gewiss sehr gut.«

»Ich fürchte mich vor …«, fing er an und verstummte.

»Vor weiterem Blutvergießen?«

»Wenn ich getötet werde – immer wieder frage ich mich, ob meine Tante und ihre Kirchengemeinde am Ende recht hatten und ich für meine Ablehnung der wahren Religion in die Hölle komme.«

Ich sagte ruhig: »Als ich in deinem Alter war, hatten wir noch den alten katholischen Ritus, und ob du's glaubst oder nicht, eine Zeitlang fühlte ich mich sogar zum Geistlichen berufen. Dann kam der große Wandel, und unter König Heinrich hieß es dann in dem einen Jahr ›Glaubt dies‹ und im nächsten ›Glaubt jenes‹. Und jetzt haben die radikalen Protestanten das Sagen. Warum sollte die Kirche deiner Tante den alleinigen Anspruch auf die Wahrheit erheben?« Ich lächelte. »Du führst doch ein gottgefälliges Leben. Das zählt nicht wenig, wie ich meine.« Ich langte zu ihm hinauf und berührte seinen Arm. »Niemand hat die Hölle weniger verdient als du, wenn es sie überhaupt gibt.«

»Danke, Master Shardlake«, sagte er leise. »Ich will es mir merken.«

Ich schlenderte langsam zu den Hütten zurück. Dabei kam ich an Männern vorbei, die eine neue Senkgrube aushoben, und zu meiner Überraschung war wieder Peter Bone unter ihnen.

Als er meiner ansichtig wurde, kniff er kurz die Augen zusammen. »Gott zum Gruße, Serjeant Shardlake. Wie Ihr seht, bin ich wieder mit der Schaufel zugange.« Sein Ton war durchaus freundlich, aber zugleich ein wenig reserviert, wie ich erneut feststellte: vermutlich kein Wunder, denn auch er stand wie ich im Verdacht, Miles' Familie verraten zu haben.

»Solltet Ihr Euch nicht im Bogenschießen üben? Hier oder in Norwich?«

»Ich bin schlecht zu Fuß«, sagte er. »Also bleibe ich hier und grabe.« Er wischte sich über die Stirn.

»Zumindest seid Ihr hier ein wenig sicherer«, sagte ich. »Und die Gruben sind nützlich; so blieb das Lager von der Flut verschont.«

»Das mag schon sein, aber ich würde lieber kämpfen. Ich hätte nichts dagegen, zu sterben. Meine Schwestern sind beide tot, und ohne mein Gewerbe habe ich wenig, wofür es sich zu leben lohnt.« Er maß mich mit jähem Zorn. »Wenn wir siegen, wird der Protektor den Veränderungen vielleicht zustimmen, die wir alle wollen. Dann gibt es wieder Hoffnung.«

»Ja, vielleicht.«

Er wandte sich ab und schaufelte weiter.

KAPITEL DREIUNDSECHZIG

Am Morgen darauf, dem letzten Julitag, hatte das Wetter noch immer nicht umgeschlagen, obschon der Himmel grau blieb und die schwüle Hitze noch zugenommen hatte. Ich blieb an diesem und auch am darauffolgenden Tag mit Barak im Lager, der sich insgeheim wünschte, kämpfen zu dürfen. Somit hatte ich mein Wissen um die Schlacht – mit einer grausigen Ausnahme – aus zweiter Hand. An jenem ersten Morgen verteilten Reverend Conyers und andere Geistliche nach dem neuen englischen Ritus an all jene, die in den Kampf ziehen würden, unter der Reformeiche die heilige Kommunion. Es hatte mich schon öfter zu Conyers hingezogen; zweifellos käme es ihn teuer zu stehen, wenn an höherer Stelle bekannt würde, was er hier tat. Und als er jetzt an eine lange Reihe von Männern, die wussten, dass sie den Tag womöglich nicht überleben würden, die Kommunion verteilte, bewunderte ich seine Sanftmut und stille Aufrichtigkeit. Unter den Wartenden sah ich auch Natty und Hector Johnson stehen. Barak war ferngeblieben, weil er schon immer so wenig wie möglich mit Religion zu tun haben wollte.

Ich war selbst schon seit geraumer Zeit nicht mehr zur Kommunion gegangen und noch kein einziges Mal unter dem neuen Ritus. Wenn ich es in den letzten Regierungsjahren des alten Königs getan hatte, dann aus politischem Opportunismus, um mich als konform zu zeigen. Doch nun kehrte ich in Gedanken vor die Zeit zurück, da ich ein radikaler Anhänger Luthers war, in meine Kindheit, als ich wie alle anderen fest im alten katholischen Glauben verwurzelt gewesen war. Ich erinnerte mich an den Zeitpunkt, der mir damals so besonders und rein erschienen war, als ich zum ersten Mal die heilige Hostie empfing, den Leib Christi, und mich einen Augenblick lang in einer mystischen Vereinigung mit Gott wähnte.

Ich war selbst überrascht angesichts dieser Erinnerungen, hatte ich doch geglaubt, solche Gefühle längst verloren zu haben nach dem Entsetzlichen, das Protestanten und Katholiken einander im Namen Gottes angetan hatten. Und dann schritt ich über den von vielen Füßen flachgetretenen Boden und stellte mich in die Schlange. Ich schämte mich ein wenig, weil ich eigentlich nicht hierhergehörte, unter all diese Männer, die dem Tod ins Auge blickten, blieb aber gleichwohl.

Als ich an die Reihe kam, reichte mir Reverend Conyers Brot und Wein mit den Worten: »Dies ist der Leib Christi, der für dich hingegeben wurde, damit du zum ewigen Leben gelangest. Dies ist das Blut Christi, das für dich vergossen wurde, damit du zum ewigen Leben gelangest.« Erneut verspürte ich etwas Seltsames, Mystisches, eine Vereinigung mit etwas Höherem. Ich blickte in Conyers' Gesicht; er nickte und schenkte mir ein unerwartet liebenswürdiges Lächeln. Dann trat ich beiseite. Was ich vorübergehend verspürt hatte, war verflogen, doch ein Nachhall blieb.

Ich begab mich an den Rand des Abhangs, wo sich einige ältere Männer und Frauen, auch die Verwundeten vom Sturm auf Norwich versammelt hatten. Barak war dort, nicht aber Josephine; er sagte mir, sie sei mit Mousy in der Hütte geblieben und versuche, sich von dem Gedanken an Edward und was ihm zustoßen könnte, abzulenken. Hunderte mit Speeren, Hellebarden und Bogen bewaffnete Männer erschienen und schickten sich an, den steilen Hügel hinunterzugehen. Eine Gruppe wurde von Hector Johnson angeführt. Danach folgten die aufgeprotzten Kanonen, wobei die Pferde die Lafetten von hinten stabilisierten, während vorne Männer die Geschütze über die beinharten Spurrillen manövrierten. Simon war bei denen, die die Rösser führten. Eine Gruppe Reiter mit Piken folgte. Hinter ihnen, umjubelt, ritten Robert und William Kett und John Miles. Immer mehr Männer folgten, nahezu tausend. Am Fuße des Hügels sammelten sich alle auf unserer Flussseite und warteten in Formation.

Wir blieben den ganzen Tag dort. Noch immer tat sich nichts, und eine Zeitlang döste ich sogar ein wenig ein. Josephine kam, Mousy im Arm, und weckte mich auf, doch als ich ihr sagte, ich hätte nichts gesehen, ging sie wieder. Etwas später rüttelte Barak mich abermals wach, und wir machten eine merkwürdige Beobachtung – Bürgermeister Codd hoch zu Ross, in Begleitung einiger unserer Männer, die eilig den Hügel hinunterpreschten, dann über die Bishopsgate Bridge hinein in die Stadt.

Ich erfuhr am Abend von Edward Brown, was in Norwich geschehen war – er war eilig heraufgekommen, um nach Josephine zu sehen, ehe er in die Stadt zurückkehren würde. Er erzählte uns die Geschichte vor seiner Hütte, den Arm um seine Frau gelegt, während Mousy in Josephines Armen schlief.

»In der nördlichen Mauer gibt es eine Stelle, die bröckelt, dort habe ich mich letzte Nacht wieder in die Stadt geschlichen. Unsere Männer waren allesamt in den verlassenen Adelshäusern versammelt. Wir warteten die ganze Nacht und den ganzen Vormittag. Zu Mittag dann sahen wir von einem der Kirchtürme die Armee heranrücken. Fünfzehnhundert bewaffnete Männer, ein furchterregender Anblick, wie ich gestehen muss. Ich glaube, es war in etwa die Zahl, die sie gegen die Rebellen in Oxfordshire schickten. Ungefähr eine Meile vor Norwich hielten sie inne und entsandten einen Boten in goldenen Gewändern und in Begleitung einiger anderer zum St Stephen's Gate.«

»Wieder ein Herold?«, fragte ich.

»In der Tat. Nun folgte ein Hin und Her, das sich bis in den Nachmittag zog. Der Herold hatte offenbar die Unterwerfung der Stadt gefordert, doch Augustine Steward, der ihm entgegenschritt, sagte, die Kapitulation müsse von Bürgermeister Codd bewilligt werden.«

»Ich dachte, er wäre in Surrey Place eingesperrt, der Ärmste, und halb von Sinnen vor Angst«, sagte Josephine.

»Das war er auch, doch dann wurde er nach Norwich gebracht, um der Kapitulation zuzustimmen.« Edward lächelte. »Sie spielten uns in die Hände, genau das hatten wir gewollt, Northamptons Armee bei Anbruch der Dunkelheit in der Stadt eingekesselt.«

»Wir haben gesehen, wie Codd den Hügel hinunterritt«, sagte Barak, »und uns gewundert.«

»Er unterzeichnete die Kapitulation, woraufhin Augustine Steward das Schwert der Stadt an Northampton aushändigte – ein dürrer kleiner Rotschopf, neben ihm der junge Earl of Sheffield, der die Nase hoch trug. Dabei soll er einmal eine Frau, die Geliebte eines Verwandten, entstellt haben, damit dieser ihr abschwor. Aber wie dem auch sei, die gesamte Armee kam in die Stadt geritten. Ich sah einige hundert dieser Italiener, die eher für ein Fest als für die Schlacht gekleidet waren, in grellbunten Wämsern, die Ärmel geschlitzt, so dass das Futter zum Vorschein kam, die großen Sturmhauben mit Pfauenfedern bestückt. Doch wie sie die Pferde beherrschten, in dichter Formation, war beeindruckend.« Seine Stimme wurde verächtlich. »Und dann folgten die großen Grundherren von Norwich; Sir John Clere, Sir Henry Bedingfield, Sir Richard Southwell.«

»Southwell?«, fragte ich. Dann war er also tatsächlich gekommen.

»Tja, er steht dem Thronrat nah, nicht wahr, und seit der alte Herzog fort ist, dürfte er der wichtigste Mann in Norfolk sein. Er trug das Staatsschwert in die Stadt, vor Northampton.«

Ich musste daran denken, was Kett mir von der Übereinkunft erzählt hatte, die Southwell mit ihm in der St Michael's Chapel getroffen hatte, um Lady Mary und seine eigenen Ländereien zu bewahren. Southwell wollte auf keinen Fall, dass die Sache ans Licht kam. Und doch besaß er die Dreistigkeit, mit der Armee zurückzukehren.

»Gab es denn keinen Widerstand seitens der Bevölkerung?«, fragte Barak.

»Nein. Northampton und die übrigen Anführer begaben sich zu Augustine Stewards Haus, um dort zu Abend zu speisen. Der Ritt von London in dieser Hitze hatte sie und ihre Pferde ausgezehrt. Was den Widerstand anbelangt – er kommt erst noch.« Er drückte Mousy an sich, die er Josephine aus den Armen genommen hatte, und wandte sich an seine Frau. »Ich muss jetzt zurück, meine Liebe. Aber hab keine Angst, alles ist wohldurchdacht.«

Er ging, nachdem er am Feuer mit uns gegessen hatte. Josephine trug Mousy in ihre Hütte zurück. Sie wolle sie hinlegen, erklärte sie sorgenschwer, und versuchen, ein wenig zu schlafen. Auch Barak war müde, und so kehrte ich in der Dämmerung allein zu meinem Wachposten zurück. Dort beobachtete ich eine halbe Stunde später die einzige Episode heftiger Gewalt, die meines Wissens je im Mousehold-Lager stattgefunden hat. Ich hörte ein Handgemenge hinter mir und eine zornige Stimme, die in einer fremden Sprache etwas rief, also fuhr ich herum und sah einen stämmigen Burschen in just demselben Aufzug, wie Edward Brown ihn beschrieben hatte – ein grellbuntes Wams und ein Helm, den Pfauenfedern zierten. Er wurde von einem halben Dutzend geharnischter und behelmter Rebellen herumgestoßen, die mit Speeren bewaffnet waren. Der eine blutete im Gesicht, ein anderer am Arm, den er verbunden trug. Ihre Mienen waren wild. Ich gesellte mich zu einer Menschenmenge, die der Lärm angezogen hatte.

»Seht euch den Saukerl an, den wir gefunden haben«, rief ein junger, hellhaariger Bursche.

Eine Frau fragte verdutzt: »Wer ist das? Ein Gaukler oder ein Spielmann?«

»Von wegen!«, entgegnete der Bursche verächtlich. »Ein Dutzend von uns hat die Nordseite der Stadt ausgekundschaftet und ist dabei auf eine kleine Gruppe dieser italienischen Gecken gestoßen. Wir haben die Bande verscheucht und den hier mitgenommen. Sie stehen im Ruf, gute Kämpfer zu sein, sind es aber nicht.« Der Gefangene machte seiner Wut auf Italienisch Luft und erhielt dafür einen Stich mit dem Speer. »Schluss mit der Krakeelerei!« Der Pikenier zog dem Italiener den Helm vom Kopf und riss die Federn heraus. »Den nehm ich mir, der schützt besser als die olle Schaller.«

»Zieht ihn aus!«, sagte der Blonde. »Ihr Anführer nennt sich Malatesta, was angeblich schlechte Klöten bedeutet. Sehen wir uns die seinen an!« Seine Freunde und auch einige der Umstehenden lachten, als man dem Italiener die reichen Kleider vom Leibe riss und sie zu Boden schleuderte. Die durchgeschwitzte Leibwäsche folgte, bis er splitternackt dastand, der mächtige Leib von Narben übersät aus früheren Keilereien. Er suchte seine Blöße mit den Händen zu bedecken, doch zwei Männer zwangen ihn, die Arme auszubreiten, und starrten ihm zwischen die Beine. »Auch nur ein ganz gewöhnlicher oller Schwanz samt Gehänge«, stellte jemand enttäuscht fest.

Goodwife Everneke hatte sich der Menge angeschlossen und rief: »Pfui, schämt euch!«

»Halt den Rand, Alte, sonst setzt es was!«, blaffte der mit dem blutenden Arm. Er wies auf seine Wunde. »Schau, was er mir angetan hat!« Ich blickte mich besorgt nach einer Autoritätsperson um.

»Was fangt ihr mit ihm an?«, fragte jemand. »Bringt ihr ihn nach Surrey Place?«

Der Strohhaarige grinste gemein. »Nein, wir knüpfen ihn auf!« Und er bildete mit den Händen einen Galgenstrick nach. Die Augen des Söldners weiteten sich.

Einen seiner Kameraden schienen Zweifel zu befallen. »Wir handeln uns Ärger ein!«

»Wie viele tüchtige Norfolker Männer müssen von der Hand dieser Hunde sterben?«, versetzte der Flachshaarige. »Lass das Zittern und Zagen, Junge!«

Ein Alter rief aus der Menge: »Captain Kett wird's nicht leiden. Wir sperren unsere Gegner ein, aber lassen sie am Leben.«

Ich fürchtete die überkochende Gewalt der jungen Raufbolde, rang mich aber trotzdem dazu durch, einzuschreiten. »Der Mann hat recht. Captain Kett hat angeordnet, Gefangene hinter Gittern zu bringen, nicht, sie umzubringen.«

Der Mann mit dem blutenden Arm schrie: »Ich kenne dich, du bist der verfluchte bucklige Anwalt, der meinen Freund Silas wegen Diebstahls aus dem Lager hat werfen lassen. Du gehörst zu den feinen Herren, auch wenn du gekleidet bist wie unsereins. Und jetzt bist du für diesen verfluchten Ausländer, der uns für Geld den Garaus macht?«

»Captain Kett wird's nicht gefallen.«

»Captain Kett ist nicht hier«, versetzte einer der Männer barsch. »Hängt ihn auf, den Hundsfott!«

Sie schleiften ihren Gefangenen mit sich. Ein Mann kam aus der Menge geflitzt und schnappte sich die Schuhe des Italieners, ein anderer sein zerhauenes Wams und die Hose, während ein Soldat den stählernen Harnisch an sich nahm. Ich konnte nichts weiter tun, als der Gruppe zu folgen, die den Widerstrebenden nach Surrey Place schleifte. Er und seine Häscher verschwanden hinter den hohen Mauern. Einige Minuten verstrichen, dann erblickte ich die Männer erneut, oben auf den Zinnen. Der Italiener hatte nun einen Strick um den Hals. Das andere Ende wurde an einer der schmückenden Steinfiguren an der Mauer befestigt und der Nackte in die Tiefe gestoßen, wobei die Schlinge sich zuzog und ihm augenblicklich das Genick brach. Es ging alles sehr schnell. Man hörte Jubelrufe aus der Menge der Schaulustigen. Goodwife Everneke sagte zu mir: »So also verändert der Krieg die Männer?«

»Einige Männer«, antwortete ich. Ich blickte den Hügel hinunter, wo unsere Leute jetzt Lagerfeuer entzündeten. In weiter Ferne hörte man schwaches Donnergrollen.

KAPITEL VIERUNDSECHZIG

In jener Nacht fand ich keinen Schlaf. Also setzte ich mich auf halbem Weg hinunter zum Fluss auf einen kleinen Grasbuckel und blickte hinunter auf Norwich. Es war eine dunkle Nacht, der Halbmond und die Sterne hinter Wolken verborgen. Gelegentlich feuerte eine unserer Kanonen auf die Stadt, unter Blitz und Donner. Der Seelenfrieden, den ich bei der Kommunion heute Morgen empfunden hatte, war verschwunden. Ich vermochte nur ein gewaltiges Feuer auszumachen, das man offenbar auf dem Marktplatz entzündet hatte. Und dann hörte ich das nachfolgende Schlachtengetümmel. Ich erschrak, da unsere Kanonen jählings die Bishopsgate Bridge unter Beschuss nahmen. In der Ferne ertönte Geschrei, als unsere Leute, wie ich später erfuhr, die Brücke stürmten. Nun begriff ich den Plan: In der stockdunklen Nacht würden die Männer aus Norwich sich im Unterschied zu ihren Gegnern in den Straßen gut zurechtfinden. Ich begrub mein Gesicht in den Händen, weil ich an Simon und Natty, Hector Johnson und Edward Brown denken musste.

Nach einer Weile verebbte der Lärm. Ich wartete auf den frühen Sonnenaufgang, der auf sich warten ließ, genauso wie das drohende Gewitter, das sich nur als ein fernes Donnergrollen kundtat. Vielleicht blieben wir ja diesmal verschont.

Als endlich die Dämmerung anbrach und ich den Hügel hinunterblickte, wurde mir bang ums Herz. Unser Angriff war misslungen. Am Fuße des Hügels hatten sich unsere Männer versammelt. Viele von uns gingen weiter hinunter, um die Lage besser zu überblicken. Wir sahen Verwundete, die versorgt wurden, und die bleichen Gesichter der Toten, die im Gras lagen. Doch ich erkannte, dass man einen Großteil unserer Armee, wie schon bei der Einnahme von

Norwich, in Reserve gehalten hatte. Im Norden der Stadt, am Pock-thorpe Gate, hörte ich einen Trompetenstoß, und unsere Männer strömten den Hügel herab; plötzlich erfolgte ein neuerlicher Beschuss durch unsere Leute, mächtiger als zuvor, auf die Mauern des Great Hospital gerichtet, dessen Einsturz ich von meiner Warte aus sehen konnte. Mehrere tausend Männer überquerten daraufhin die Brücke und rannten in die Stadt. Ich war zunächst verdutzt, begriff aber dann den Zweck des Beschusses – die Holme Street wurde auf der einen Seite von den normannischen Mauern der Kathedrale eingefasst, von der Spitalmauer auf der anderen. Es wäre ein Leichtes gewesen für Northamptons Armee, uns in der Holme Street ein-zuschließen. Doch jetzt, da die Spitalmauer eingestürzt war, hatten wir Zugang zu den angrenzenden Wiesen. Die Menschen in den Gebäuden unweit der Spitalmauern jedoch waren verloren, es sei denn, man hatte sie im Vorfeld gewarnt.

Ich sah, wie etwa dreitausend Männer – unsere Reserve – den Hügel hinunter und über die Brücke stürmten, um von Northamptons Streitmacht empfangen zu werden. Viele Häuser entlang der Holme Street standen in Flammen, ob absichtlich oder versehentlich angezündet, wusste ich nicht. Unsere Männer rückten vor, und ich sah die Menge gen Westen drängen, auf die St Martin's Plain, wo sich das Handgemenge noch lange Zeit fortsetzte. Um die Mittags-zeit mussten Northamptons Streitkräfte nachgegeben haben, weil ich unversehens eine große Menge nach Tombland stürmen sah, dann weiter in Richtung der Burg.

Am späten Nachmittag trotteten einige Männer müde und hinkend wieder den Hügel herauf, Gesichter und Kleider von Blut und Dreck besudelt, die Waffen hinter sich herschleifend. Sie waren weniger als am Vortag, und zunächst befürchtete ich gewaltige Verluste, doch später erzählte mir Natty, dass viele Männer bei den Kett-Brüdern in Norwich geblieben waren, um die Stadt zu sichern und Sorge zu tragen, dass die Verwundeten Pflege erhielten. Von ihm erfuhr ich auch, dass von den Unseren etwa vierhundert Männer gefallen waren und ungefähr halb so viele auf der gegnerischen Seite. Northamptons Soldaten hatten samt und sonders das Weite gesucht, nachdem sie die Schlacht auf dem Palace Plain verloren hatten. Als der Abend kam, saßen wir mit vielen anderen zusammen und blickten hinunter nach Norwich. Holme Street stand immer noch in Flammen, und auch an anderen Stellen in der Stadt stieg Rauch auf. Ein Großteil von Norwich war vor dreißig Jahren abgebrannt, und ich befürchtete, dies könne wieder geschehen. Josephine hatte sich mit Mousy zu uns gesellt und wirkte zum ersten Mal seit Tagen wieder glücklich. Natty hatte ihr nämlich berichtet, dass er Edward gesehen habe. Er sei gänzlich unversehrt gewesen und habe mit Michael Vowell und Toby Lockswood, auch sie unverwundet, bei Robert Kett vor der Kathedrale gestanden. Natty solle Josephine von ihm bestellen, dass er heil geblieben, die Stadt sicher und Northamptons Armee in die Flucht geschlagen sei.

Mousy schlief auf meinem Schoß, als Natty uns leise seine Geschichte erzählte. »Beim ersten Angriff, dem in der Nacht, war ich nicht mit dabei. Hier waren vor allem Männer mit Ortskenntnissen gefragt, die sich mühelos in den dunklen Gassen zurechtfanden. Der Großteil der Armee Northamptons campierte auf dem Marktplatz und errichtete dort ein gewaltiges Lagerfeuer, damit sie wenigstens die umliegenden Straßen im Blick hatten. Die übrigen Männer patrouillierten.«

Ich musste daran denken, dass sich die Herberge, in der Isabella Boleyn und Chawry Zimmer bezogen hatten, direkt am Marktplatz befand. »Und die Leute in den Gebäuden rings um den Platz?«

»Sie taten wie geheißen – verriegelten Fenster und Türen. Soweit ich weiß, kam niemand zu Schaden. Northamptons Soldaten wurden von unseren Leuten gefoppt, die ein ums andere Mal, um sie zu erschrecken, »Zu den Waffen! Zu den Waffen!« brüllten. Doch während wir große Verluste erlitten haben, obwohl uns die Dunkelheit in den Gassen zupasskam, haben sie nur wenige Tote zu beklagen.«

Während er sprach, warf Natty immer wieder Blicke nach Surrey Place hinüber, wo noch immer der nackte Leib des Italieners hing. Ich erzählte ihm, was mit dem Söldner geschehen war. Er zuckte die Schultern. »Sie haben viele von den Unseren getötet.«

Josephine seufzte. »Das Kämpfen verändert die Männer, ich habe es als Kind in Frankreich erlebt. Sie werden roh.« Sie blickte hinunter auf die Flammen in Norwich. »Und sie zünden Häuser an, wie sie es im Dorf meiner Eltern taten.« Einen Moment lang schwiegen wir. Dann fuhr Natty mit seinem Bericht fort.

»Heute Morgen holten wir zum Hauptschlag aus. Zuerst jedoch trugen Freunde von uns Northampton zu, dass sich ein großer Trupp Rebellen vor dem Pockthorpe Gate versammelt habe. Wir hofften, er ließe sich täuschen und würde einen Teil seiner Armee dorthin schicken. Er schickte jedoch nur einige wenige, darunter den Herold und seinen Trompeter. Der Trompetenstoß holte einige unserer Männer vom Hügel herunter – der Herold bot uns erneut eine Begnadigung an, wenn wir uns zerstreuten, erhielt jedoch zur Antwort, wir seien keine Rebellen, sondern hielten dem König die Treue. Nicht wir, sondern sie seien diejenigen, welche die Gesetze des Reiches mit Füßen treten.«

»Und so ist es auch«, sagte Josephine.

Natty grinste. »Er bekam einiges zu hören! Kurz darauf nahmen wir die Spitalmauern unter Beschuss und stürmten über die Bishopsgate Bridge. Nun begann die eigentliche Schlacht.« Seine Stimme wurde ruhiger. »So etwas habe ich noch nie gesehen. Bei Gott, unsere Männer schlugen sich wacker, ohne auch nur einmal zu erlahmen. Master Fulke soll in der Holme Street den Earl of Sheffield getötet haben. Wir kämpften uns den Weg frei auf die Palace Plain, den offenen Platz vor der St Martin's Church. Der Hauptteil der gegnerischen Armee lauerte dort auf uns. Sie feuerten ein halbes Dutzend Kanonen gegen uns, dann wurde eine offene Feldschlacht daraus. Die Italiener schlugen sich wackerer als Northamptons englische Soldaten, von denen viele von den hiesigen Grundherren angeheuert worden waren und nicht unsere Wildheit besaßen.« Er ballte die Fäuste. »Es war dieser Kampfeswille, der die Schlacht zu unseren Gunsten entschied, dazu unsere Übermacht und unsere Schießkünste – zum Glück haben wir letzte Woche zusammen geübt.«

Er hielt abrupt inne und holte tief Luft. Josephine legte ihm ihre Hand auf die Schulter, ermunterte ihn weiterzusprechen. »Dieses Hauen und Stechen und Schlitzen, es schien kein Ende zu nehmen. Ich sah, wie einem Mann mit dem Schwert der Kopf abgeschlagen wurde, einem anderen wurde das Bein unterhalb des Knies abgehauen, dass er zusammensackte.« Er schloss die Augen. »Dann brach Northamptons Armee auseinander, und wir jagten sie durch die Straßen. Wir trieben sie zurück auf den Marktplatz und weiter zur Burg, bis sie allesamt in einem wirren Haufen zum Tor hinausrannten, mit einigen der Reichen aus Norwich.« Er hielt inne und fügte dann hinzu: »Ich hab heute vier Männer getötet und etliche verwundet.«

»Weißt du, was aus Simon geworden ist?«

Er schüttelte den Kopf. »Ich habe ihn heute Morgen bei den Pferden gesehen, seitdem nicht mehr.«

»Und Hector Johnson? Er war doch euer Kommandant?«

Natty schloss kurz die Augen. »Das war er, ein tapferer Frontsoldat. Jede Seite zielte zuvorderst auf die Obristen der Gegenseite. Ich sah, wie eine Gruppe Männer auf Hector zielte. Sie gehörten zu Southwells Schlägertrupp, einer war der mit den großen Muttermalen im Gesicht, Atkinson, der dabei geholfen haben soll, den toten Lehrburschen loszuwerden.« Nach kurzer Pause sagte er: »Auch diese Zwillinge hab ich gesehen, wie sie Schulter an Schulter und immerzu grinsend wild um sich hauten.« Er holte tief Luft. »Atkinson und einige andere haben Hector Johnson umzingelt. Er wehrte sich nach Kräften, schlug mit seinem Schwert nach allen Seiten, aber sie brachten ihn zu Boden und – und – hackten ihn tot.« Er schluckte. »Der tapfere Alte ist nicht mehr. Er war ein wahrer Held.«

Josephine blickte zu Boden. Natty vergrub das Gesicht in den Händen und fing an zu weinen. Josephine drückte ihn an sich. Ich erinnerte mich an meine erste Begegnung mit Hector, als er auf dem Fußmarsch von Wymondham ein Auge auf mich haben sollte. Die Soldatenjahre, von denen er mir erzählt hatte, der Verlust seiner Familie, wie er sich auf seine raue Art um Simon gekümmert hatte. Ich hoffte, sie würden ihn würdig begraben.

❧

Als wir dort saßen und die Feuer in der Stadt brennen sahen, sagte Josephine: »Nach dieser Niederlage muss der Thronrat sich doch mit uns verständigen, nicht?«

»Das mag durchaus der Fall sein«, entgegnete Barak. »Es sei denn, der Protektor gibt den neuerlichen Schottlandfeldzug auf, den er geplant hat.«

Ich sagte, so leise, dass Josephine es nicht hören konnte: »Vielleicht erledigt er zuerst das eine, ehe er sich dann mit uns befasst.«

Wir hatten wenig auf den dunkler werdenden Himmel geachtet. Plötzlich zuckte ein greller Blitz, der etliche Schreie im Lager verursachte, gefolgt von einem mächtigen Donner direkt über uns. Fast augenblicklich ging ein heftiger Wolkenbruch nieder, noch schlimmer als jener vor zwei Wochen, so dass man kaum noch die Hand vor Augen sah. Josephine nahm sich Mousy, presste sie an sich und suchte mit Natty, Barak und mir das Weite. Gemeinsam rannten wir durch das Wasser, das in kürzester Zeit fast einen Zoll hoch stand, zurück zum Schutz der Hütten. Zum Glück dauerte der prasselnde Regen kaum eine Stunde, was jedoch reichte, um im Lager viel Schaden anzurichten.

Als ich anschließend aus meiner Hütte trat, hatte der Himmel aufgeklart, und der Halbmond beleuchtete die Szene. Die Luft war frisch und mit einem Male kalt. Ich watete durch die Pfützen zurück zum Abhang. Der Regenguss war so kräftig gewesen, dass er die Feuer in Norwich gelöscht hatte, was jene, die der alten Obrigkeit die Treue hielten, später als ein Zeichen begreifen würden, dass Gott auf ihrer Seite sei.

Als ich dort stand, hörte ich Hufschlag, Stimmen und schwere Räder herannahen. Eine Gruppe verdreckter, müder Männer führte schwere Rösser, welche, von dem Gewitter scheu gemacht, ein halbes Dutzend Kanonen zogen. Zwischen den Männern entdeckte ich Simon Scambler, der einem Pferd mit zitternden Händen den Hals tätschelte. Tränen liefen ihm über das Gesicht. Einer der Männer in dem Trupp wandte sich mir zu und rief triumphierend: »Die Kanonen des Marquess of Northampton! Jetzt gehören sie uns!«

KAPITEL FÜNFUNDSECHZIG

Der Sieg über die Armee Northamptons war der Höhepunkt der Rebellion. Zahlenmäßig zwar weit überlegen, hatten unsere Männer, die noch vor einem Monat größtenteils wenig oder überhaupt keine Kampferfahrung hatten, gleichwohl Großes geleistet, indem sie eine königliche Armee, die zudem von ausländischen Söldnern Verstärkung erhielt, aus Norwich vertrieben hatten. Die Männer aus Norfolk hatten sich wahrhaftig befreit.

Doch von diesem Tage an kehrte sich das Schicksal allmählich gegen uns. Auf dem Weg nach Norwich hatte Northamptons Armee das Lager bei Thetford erfolgreich zerschlagen, und seither zogen Flüchtlinge von dort, einige verwundet, nach Mousehold Heath. Sogar das Wetter änderte sich; nach dem heftigen Gewitter am 1. August wurde es sehr viel kälter, mit frischen Winden aus Nordwest, wenigen Sonnentagen, aber vielen Wolken und Nieselregen. Wie es so ist, murrten die Menschen nun gegen Kälte und Nässe, nachdem sie zuvor über die Hitze geklagt hatten. Doch natürlich war es tatsächlich schwer, bei diesem Wetter in Behelfsunterkünften zu leben, im Freien zu arbeiten und die Waffenübungen zu absolvieren.

An jenem ersten Abend nach der Schlacht und auch am darauffolgenden Tag, als unsere erschöpften Männer vor allem Ruhe gebraucht hätten, mussten sie erneut die Folgen eines gewaltigen Unwetters beseitigen. Zum Glück versickerte das Wasser schnell im sandigen Boden. Dennoch waren viele Hütten überflutet und alle Gegenstände darin nass geworden. Tags darauf, am Samstag, sollte in Norwich wieder Markt sein, hieß es, und so hofften die Menschen, sich trockene Kleider beschaffen zu können. Die Stimmung im Lager schwankte seltsam zwischen Triumph und Trauer – etwa dreihundertfünfzig waren gestorben, mehr als einer von dreißig im

Lager, das inzwischen achttausend Personen fasste, und viele beweinten den Verlust von Freunden und Verwandten.

Was mich anbelangte, so wollte ich unbedingt nach Norwich zurückkehren; ich musste in Erfahrung bringen, wie es Isabella und Chawry, Nicholas und John Boleyn ergangen war. Doch Edward Brown, der in der Nacht der Schlacht spät ins Lager zurückgekehrt war, riet mir dringend, mein Vorhaben noch um einen Tag zu verschieben. Er war in der Kathedrale gewesen, wo Robert Kett vorübergehend sein Quartier aufgeschlagen hatte, und ins Lager gekommen, um die Nacht bei seiner Frau zu verbringen. Kett wolle dafür sorgen, erzählte er Barak und mir, dass fortan alle wichtigen Schlüsselpositionen in der Stadt von seinen eigenen Männern belegt würden, obschon Augustine Steward, der die Verantwortung für die Kapitulation der Stadt schlau an den bedauernswerten Bürgermeister Codd abgewälzt hatte, auch weiterhin das Sagen haben sollte, wenn auch unter Kett. In der Kathedrale seien auch viele Pferde untergebracht, sagte Edward, und die dreihundert Verwundeten würden dort ebenfalls versorgt. Bischof Rugge halte still in seinem Palast. Edward berichtete mir auch, dass viel geplündert werde. Dabei hatte Kett ausdrücklich befohlen, es seien nur die Güter derjenigen zu konfiszieren, die aktiv mit Northampton kollaboriert hätten. Kett hatte Leute in die Stadt geschickt, damit sie für Ordnung sorgten. Außerdem galt es Hunderte Leichen und Kadaver aufzusammeln und zu begraben.

Ich saß am Lagerfeuer, als Simon Scambler aus seiner Hütte trat. Er schweifte ziellos umher, wedelte dabei mit den Armen und sang Liedfetzen. »Maul halten!«, kam alsbald aus einer anderen Hütte. Edward sagte leise: »Er hat wieder zu vieles gesehen, und noch Ärgeres diesmal. Nehmt ihn mit, wenn Ihr nach Norwich geht; er kann die Pferde in der Kathedrale versorgen helfen. Am besten, er ist beschäftigt.«

Vom Lärm aufgeschreckt, kam auch Josephine aus ihrer Hütte. Vermutlich hatte sie geahnt, dass Edward und ich über Dinge sprachen, die sie lieber nicht hören wollte. Jetzt jedoch kam sie zu uns herüber und rieb sich die Hände an einer feuchten Schürze ab. »Was ist mit Simon?«, fragte sie.

»Er war in den letzten zwei Tagen in Norwich«, sagte Edward. »Er hat die Kämpfe erlebt.« Sein Ton war unwirsch. Für Josephine mit ihrer Angst vor blutigen Schlachten konnte er noch Verständnis aufbringen, aber Simon war immerhin schon fast ein Mann.

Josephine warf Edward einen missbilligenden Blick zu und ging zu Simon hinüber. »Na komm, Junge«, sagte sie. »Setz dich zu uns. Was hast du denn?«

Er blickte sie unter Tränen an. »Ich hab gestern wieder abscheuliche Dinge gesehen, zerstückelte Leiber, überall Blut. Und dann der arme Hector Johnson.« Wieder verfiel er in Schluchzen.

Josephine nahm ihn in die Arme. Er schien ein wenig überrascht – vielleicht hatte ihn noch nie jemand umarmt –, aber dann schlang auch er seine Arme um sie. »Na komm, Junge«, sagte sie sanft. »Du brauchst dich nicht zu schämen. Ich hab das Gleiche in Frankreich erlebt, als ich noch ein kleines Mädchen war. Aber jetzt ist es vorbei.« Er schluchzte an ihrer Brust.

Barak sah mich finster an. Er rieb sich die Stelle über seiner Eisenhand, die ihm oft weh tat. »Ist es wirklich vorbei?«, murmelte er.

Die kommenden zwei Tage befolgte ich Edwards Rat und verblieb noch auf dem Mousehold. Er selbst dagegen kehrte nach Norwich zurück. Es gab keine Waffenübungen – die Soldaten hatten erkannt, dass ihre Männer Ruhe brauchten. Der Himmel blieb grau, und es wurde deutlich kälter. Um die Stimmung im Lager zu erkunden, ging ich einmal mehr spazieren. Die Leiche des Italieners war inzwischen entfernt worden. Die Menschen saßen im Eingang zu ihren Hütten und blickten in den kühlen, wolkenverhangenen Tag. Bei einer Gruppe von Männern, die um ein Lagerfeuer saßen, blieb ich stehen. Ein Mann in den Dreißigern äußerte sich besorgt um das Wohl seiner Familie, da das Gerücht ging, man werde die schlechteste Ernte seit Jahren einfahren; die heftigen Wolkenbrüche hätten den Feldfrüchten den Todesstoß versetzt. Ein anderer stellte finster fest, dass die Regierung jetzt womöglich eine große Streitmacht aussenden werde, wie die Zehntausend, die angeblich Devon zerschlagen hätten. Er bezweifelte, dass wir ein solches Heer besiegen könnten. Ein Dritter, Jüngerer, war zuversichtlicher. »Lass dich nicht so hängen! Wir sind ausgezehrt nach der Schlacht und vom Regen völlig durchnässt. Aber unser Sieg war großartig, und Captain Kett schickt Soldaten aus, um die Rebellion auszuweiten. Yarmouth wird bald unser sein.«

Es war durchaus üblich im Lager, sich in ein fremdes Gespräch zu mischen. Und so wagte ich zu bemerken, wie merkwürdig es doch sei, dass es uns im Lager ausgerechnet an dem berühmten Hering aus Yarmouth fehle.

»Nicht mehr lang, und wir tun uns bei einem großen Fest daran gütlich«, erwiderte der junge Mann. Ich bemerkte Blutspritzer auf seinem feuchten, zerrissenen Hemd; er hatte sich tags zuvor an der Schlacht beteiligt.

Der Mann, der zuerst gesprochen hatte, schürte mit einem Stock das Feuer. »Egal, was passiert, wir kämpfen bis zum bitteren Ende. Wir sind schon so weit gekommen, und selbst wenn wir untergehen, was ich nicht glaube, wird man sich auf immer daran erinnern! Was sagt Ihr, Meister Buckel?«

»Ich weiß es nicht«, entgegnete ich. »Wenn sie uns tatsächlich noch eine Armee schicken, dauert es Wochen, bis sie bereitsteht, außerdem müssten sie Soldaten aus Schottland abziehen.«

»Ihr habt ganz recht, Freund«, pflichtete der junge Bursche mir bei und nickte energisch.

Der Ältere sagte: »Verzeiht, dass ich Euch einen Bucklgen nannte.«

Ich lächelte schief. »Es ist aber doch wahr.«

⚜

Etwa um diese Zeit begannen einige wenige zu desertieren – die einen, weil sie sich vor der Zukunft fürchteten, andere vielleicht, weil sie ihren Frauen zu Hause bei der Ernte helfen wollten. Von der großen Mehrheit, die blieb, verstärkt durch Männer aus den umliegenden Lagern, die zerschlagen worden waren, bezweifelten viele, dass der Protektor seine Pläne für einen neuerlichen schottischen Feldzug aufgeben würde. Um jedoch eine große Streitmacht nach Norwich zu schicken, unter einem starken Heerführer, bliebe ihm zweifellos nichts anderes übrig. So hoffte man auf irgendeine Übereinkunft. Andere glaubten, wir wären auch einer größeren Armee als jener Northamptons gewachsen. Sie wollten ihre Gegner in die Stadt hineinlocken und ihre Kenntnis von den engen Gassen und der schwierigen Topographie der Stadt in die Waagschale werfen, um einen weiteren Sieg zu erringen. Dann würden sie die Rebellion in der Tat noch ausdehnen können.

Die Propheten waren in wachsender Zahl unterwegs und predigten den Leuten, dass die Vertreibung Northamptons zu Gottes Plan gehöre, dem gemeinen Volke zum Sieg zu verhelfen: Mit Gottes Hilfe würden sie die größte Streitmacht in die Flucht schlagen, genau wie dereinst David über Goliath siegte. Fortan bemerkte ich auch eine neue Art von Prophezeiung. Schon eine ganze Weile waren gereimte Verse im Umlauf gewesen, von denen einige gar den Sturz König Edwards voraussagten. Es seien Weissagungen aus alter Zeit, hieß es, und man zitierte Merlin, Gog und Magog. Abschriften dieser Prophezeiungen wurden von den Hausierern verbreitet, die ins Lager kamen; sie wurden herumgereicht und denen vorgelesen, die nicht lesen konnten; und viele, die sich vor der nahen Zukunft fürchteten, griffen sie auf. Ähnliche Flugschriften waren schon 1536 im Umlauf gewesen, fiel mir ein, während der Pilgerfahrt der Gnade, die den Sturz König Heinrichs voraussagten. Der Besitz solchen Schriftguts war damals besonders hart bestraft worden.

Einen der Verse zeigte ich Edward Brown, als er am Abend erneut zu uns heraufkam:

Die Bauernrüpel Dick und Hick
mit Knüppeln und klobigen Schuhn
werden nun all
das Dussiner Tal
mit Leichen füllen, ohne zu ruhn.
Und gibst du nicht acht dort in dem Tal
wirst ums Leben gebracht in elender Qual ...

Er lachte. »Dergleichen hält die Leute bei Laune.«

»Ich würde eine solide Strategie bevorzugen.«

»Ihr seid ein gebildeter Mann.«

»Wo ist dieses Dussindale?«

Edward zuckte mit den Schultern. »Dussin ist kein seltener Name in Norfolk. Ich kenne einige Orte. Keine Sorge, dergleichen erhält nicht viel Beachtung.«

»Wenn nun tatsächlich eine Regierungsarmee kommt, hat es vielleicht Einfluss auf den Ort der Schlacht.«

Jetzt runzelte er die Stirn. »Haltet Ihr Miles und seine Offiziere wirklich für so töricht? Nein, Kett und Miles werden sich gegebenenfalls um eine solide Strategie bemühen.« Er ging zu Josephines Hütte.

Am Sonntag schlenderte ich an den Rand des Lagers und sah den Waffenübungen zu. Auch Vertreter der Hundertschaften spazierten im Lager herum und besprachen mit den verschiedenen Dorfgruppen die Lage. Ich blieb hie und da stehen, um mich in die Gespräche einzumischen. Trotz der allgemeinen Sorge, was der Protektor als Nächstes im Sinn haben mochte, waren die Menschen wie immer größtenteils offen und freundlich. Die Stimmung war heiter und entspannt. Ihre Zufriedenheit in den Behelfsunterkünften ließ mich erahnen, wie schwer ihr Leben zuvor gewesen sein musste. Wie so oft hörte ich Geschichten von eingehegtem Gemeindeland und

Pachtzinserhöhungen, oft zum Schaden der Ärmsten wie der kleinen Handwerker, die ihre mageren Einkünfte mit einer Kuh, einem Pferd oder ein paar Schafen auf Gemeindeland aufzubessern suchten, von dem die Grundherren sie nun verdrängt hatten. Ein unentwegtes, beliebtes Thema auf der Heide war das leibliche Wohl: Alle waren sich einig, dass sie – bei all den Schafen, Schweinen, Hühnern und sogar Hirschen, die im Lager in Pferchen gehalten wurden – seit Jahren nicht mehr derart geschlemmt hatten.

Ich erinnere mich an eine Ansammlung von Hütten, in deren Mitte Männer von Witheringtons Gut in South Brikewell unter der aufgesteckten Gemeindefahne lagerten. Als ich daran vorbeischlenderte, kam mir der Bursche in den Sinn, den die Zwillinge um den Verstand gebracht hatten. Er sei ja »nur ein unfreier Knecht«, hatten sie dazu Stellung genommen. Nun, hier gab es keinen Unterschied mehr zwischen Leibeigenen und Freien. Ich dachte an Ketts Forderung an den Protektor, dass Leibeigene in Zukunft frei sein sollten. Hier auf dem Mousehold waren sie es gewesen.

Tags darauf, am 5. August, ging ich endlich mit Barak und Simon hinunter nach Norwich. Ich bestand darauf, dass Natty uns begleiten sollte, denn die Wunde an seinem Arm, die er sich während des Sturms auf Norwich zugezogen hatte, war entzündet und juckte, und als er sie mir widerstrebend zeigte, sah ich, dass sie rot und geschwollen war. »Der Arzt soll sich das ansehen«, sagte ich energisch.

»Das wird schon wieder«, sagte er, »wozu das Aufheben«, aber ich sah die Angst in seinen großen braunen Augen, und als ich darauf bestand, willigte er ein. Wir gingen die Straße hinunter, inmitten einer großen Menge von Menschen, die ebenfalls in die Stadt unterwegs waren. Am Vorabend hatten die Männer ihren Sold erhalten und besaßen daher das nötige Geld, um sich in diesem zusätzlichen Montagsmarkt wärmere Kleider zu kaufen. Simon war um Natty besorgt – es war das erste Mal, dass er sich um einen anderen sorgte, was ich als gutes Zeichen wertete, aber er war immer noch nervös. »Wird auch gewiss nicht mehr gekämpft?«, fragte er laut. Nicht weit von uns entdeckte ich Toby Lockswood im Gedränge; er drehte sich um und warf Simon einen verächtlichen Blick zu.

»Natürlich nicht. Die Leute gehen nur auf den Markt.« Obwohl von Natur aus eher zimperlich, wurde auch ich ein wenig ungehalten gegen ihn. Dann dachte ich an das Leben, das er geführt hatte, bevor er ins Lager kam, völlig auf sich allein gestellt und verängstigt.

Die Bishopsgate Bridge stand noch, obwohl das einst so prächtige Torhaus in Trümmern lag; große Steinbrocken waren vom Hauptteil des Gebäudes herausgeschossen worden, wodurch der Zugang nach Norwich breiter geworden war. Es war rauchgeschwärzt, weil die Holzbalken im Inneren Feuer gefangen hatten, und das Blei auf seinem Dach war teilweise geschmolzen, kleinere Brocken davon auf den Boden gefallen. Jemand hob einen auf, betrachtete ihn neugierig und warf ihn in den Fluss. Was vom Torhaus übrig war, wurde von unseren Soldaten streng bewacht. Wir folgten dem Menschenstrom hindurch. Ich war froh, dass uns das Gebäude nicht auf den Kopf fiel.

Die Holme Street dahinter war ein Ort der Verwüstung. Die Mauer der Kathedrale stand zwar noch, aber die Häuser zu beiden Seiten der Straße waren geschwärzt und verbrannt, das Blue Boar, in dem Barak übernachtet hatte, war nur noch ein Haufen Schutt, während auf der anderen Seite das Great Hospital und die angrenzenden Gebäude von unseren Kanonen zerschossen worden waren. Ich konnte die Zielgenauigkeit unserer Kanoniere nur bewundern. Eine Menschenmenge hatte sich davor versammelt; einige starrten entsetzt auf die Szene; andere weideten sich geradezu an der Zerstörung der reichen Häuser in der Holme Street. Die Straße wies rote Flecken auf, die Simon zu vermeiden trachtete, die Palace Plain ebenso. Hier lagen überdies aufgetriebene Pferdekadaver. Das Maid's Head in Tombland war geschlossen und verriegelt. Die Tore, die auf den Hof von Augustine Stewards Haus führten, waren abgebrannt; daneben standen mehrere Männer um eine Wagenladung voller Habseligkeiten, wahrscheinlich Diebesgut, um den Inhalt zu begutachten. Zum ersten Mal drängte sich mir die Frage auf, ob Kett wirklich noch alles unter Kontrolle hatte. Gawen Reynolds' Haus ganz in der Nähe war unversehrt geblieben; hier war unverkennbar Bestechung im Spiel.

Barak, Simon, Natty und ich durchquerten Tombland und betraten durch das unverschlossene Erpingham Gate den Kirchplatz. Auch die Pforte zur Kathedrale stand offen. Ketts Soldaten hielten davor Wache. Ich zeigte meinen Passierschein vor, und wir durften das prächtige überwölbte Kirchenschiff betreten, in dem sich Menschen und Tiere drängten. Rechts von der Pforte hatte man etwa vier Dutzend Pferde eingestellt. Hinter hölzernen Trennwänden, eigens für sie errichtet, ließen sie sich ihr Heu schmecken. Zur Linken lagen Dutzende Verwundeter auf Strohlagern, einige hustend oder stöhnend vor Schmerz, während andere vergnügt Karten spielten, als wären sie im Wirtshaus. Hinter behelfsmäßigen Wänden – Laken, zwischen Pfosten gespannt –, die einen Verwundeten von den übrigen absonderten, waren gedämpft Schreie und Sägegeräusche zu hören. In diesem weiten, hallenden Innenraum wurde jeder Laut verstärkt. Frauen mit schweren Bundhauben verteilten Krüge mit Dünnbier an die Verletzten, und Wundärzte versorgten deren Blessuren. Ich entdeckte die schmale Gestalt von Dr. Belys und zwei weitere Männer in der dunklen Tracht der Ärzte. Falls dem Gemäuer noch ein Rest Weihrauchduft angehaftet hatte, war er längst den Gerüchen nach Pferdedung und Blut gewichen. Eine Seitenkapelle in der Mitte der Kathedrale, bewacht von zwei Soldaten, schien im Fokus der Aufmerksamkeit. Männer warteten davor, eingelassen zu werden, andere kamen heraus und gingen dann zielstrebig, mit laut hallenden Schritten, auf eine der Pforten zu. Vermutlich war die Kapelle Ketts Amtsstube.

»Simon«, sagte ich, »warum stellst du dich nicht dem Pferdeknecht vor? Wie's aussieht, haben sie einige Tiere hier drin untergebracht, bis in Norwich wieder Ordnung herrscht. Möglicherweise kannst du ihm zur Hand gehen.« Die Augen von den Verwundeten abwendend, trabte Simon los, während Barak, Natty und ich uns behutsam einen Weg zwischen den Matratzen hindurchbahnten, auf Dr. Belys zu, der gerade einem der Männer den Kopfverband wechselte. Der Arzt richtete sich auf und drehte sich zu uns um. Sein Gesichtsausdruck war ein völlig anderer als zu der Zeit, da er sich um mich gekümmert hatte; ausgezehrt, müde, verängstigt, die Lippen aufeinandergepresst, die Augen voller Zorn.

»Sieh an«, sagte er verbittert. »Ihr seid ja noch immer bei Kett und den Seinen.«

»Gott zum Gruß, Dr. Belys«, erwiderte ich ruhig. »Mein junger Freund hier hat eine Wunde am Arm, die womöglich brandig wird. Vielleicht könnt Ihr sie untersuchen.« Ich wies auf Natty, aber anstatt ihn anzusehen, ließ Dr. Belys mich nicht aus den Augen.

»Bei Gott«, sagte er, »die Unverfrorenheit von euch Hunden kennt wirklich keine Grenzen. Diesmal habt ihr nicht nur Norwich eingenommen, sondern euch gar der Armee des Königs widersetzt, einen Teil der Stadt beschossen und in Schutt und Asche gelegt und viele von unseren hohen Herren ausgeplündert. Glaubt ihr allen Ernstes, ihr hättet noch Ansprüche zu stellen und müsstet nicht die Rache fürchten, die ihr verdient?« Seine Stimme bebte. »Man hat mich gezwungen, bei der Versorgung dieser Männer zu helfen. So ich mich weigerte, drohte man mir, mein Haus abzubrennen. Aber warum in drei Teufels Namen sollte ich irgendetwas für euch tun?«

Ich starrte ihn an. Wenn die Rebellion einige der Lagerleute verändert hatte, dann hatte sie das auch mit den reicheren Bürgern getan, sogar mit diesem Mann, der mir noch vor sechs Wochen so wohlgesinnt gewesen war. Ich entgegnete leise: »Nur weil er verwundet ist und Eurer Pflege bedarf, die könnt Ihr ihm doch nicht verwehren.«

Belys presste die Lippen noch fester aufeinander. Er schüttelte den Kopf, und ich dachte, er weigere sich, doch dann winkte er Natty gebieterisch zu sich. Der Junge hielt ihm den muskulösen Arm hin, und Belys betastete die Wunde, dass Natty vor Schmerz zusammenzuckte. »Ja«, brummte Belys. »Vergiftet. Ihr könnt nichts weiter tun, als sie sauber zu halten.« Er wies auf ein altes Weib, das an einem aufgebockten Tische saß, einen großen Korb voller Flaschen neben sich, mit denen sie regen Handel trieb. »Die Alte da hat diverse Tinkturen in ihrem Korb, von denen ein paar durchaus brauchbar sind – Essig, zum Beispiel. Habt Ihr Wundärzte bei Euch im Lager?«

»Ein paar.«

»Dann wendet Euch an die. Es sei denn, ich soll die Infektionsgefahr bannen, indem ich ihm den Arm absäge, wie sie es mit dem Burschen hinter dem Laken tun.« Er sah Barak an. »Dann habt Ihr zwei einarmige Rebellen im Schlepptau.«

Natty wurde blass. »Ich hatte eine höhere Meinung von Euch, Doktor«, sagte ich wütend, wandte mich ab und führte Natty und Barak zu der alten Frau. »Sieh zu, ob du irgendetwas Brauchbares bei ihr kaufen kannst«, sagte ich zu Barak. »Essig. Und Lavendel«, fügte ich hinzu, weil mir einfiel, dass es das bevorzugte Heilmittel meines Arztfreundes Guy war. »Ich spreche unterdessen mit Kett.«

Ich hatte Glück. In der Seitenkapelle, an einem Tisch, auf dem sich Dokumente stapelten, saß tatsächlich Robert Kett und sprach mit Michael Vowell. Trotz unseres Sieges war seine Miene nachdenklich, ja sorgenvoll. »Captain Kett?«, fragte ich leise.

Er blickte auf. »Serjeant Shardlake«, sagte er schroff. »Gut, ich wollte ohnehin mit Euch sprechen. Wir halten morgen wieder Gericht unter der Eiche. Ich übernehme den Vorsitz und will Euch an meiner Seite. Diesmal geht es nicht um Edelleute, sondern um Diebe und Plünderer.« Er schüttelte sein graues Haupt. »Sie plündern die Häuser der Reichen. Und nicht nur sie. Unserem Ratsherrn Augustine Steward, dessen Hilfe ich brauche, ihm hat man das Haus leergeräumt. Wir müssen wieder ein Exempel statuieren.«

»Ich habe es auf dem Weg hierher gesehen.«

Er raufte sich das graue Haar. »Damit hatte ich nicht gerechnet.«

»Es ist die Folge des Krieges, Sir«, sagte Vowell.

»Master Fulke, der Fleischer, zankte sich mit anderen, die behaupteten, *sie*, nicht er, hätten Lord Sheffield getötet. Der Mord selbst – nun, das ist, wie Ihr sagt, der Krieg gewesen. Wir wurden dazu gezwungen, man hat uns angegriffen, aber unsere Gemeinschaft sollte trotzdem aus Friedensjüngern bestehen.« Er seufzte. »Jedenfalls müssen die Plünderer, deren wir habhaft werden können, das Lager verlassen. Und es gibt leider noch mehr Diebe, über die wir zu Gericht sitzen müssen.«

»Ich werde dort sein.« Ich stockte und setzte hinzu: »Und was wird aus den Edelleuten, die während der Kämpfe gefasst wurden?«

»Sie bleiben vorerst in ihren Gefängnissen auf der Burg und in der Guildhall. Dann werden wir weitersehen.«

Wieder zögerte ich, doch weil ich befürchtete, keine weitere Gelegenheit mehr zu bekommen, sagte ich: »Captain Kett, dürfte ich Nicholas Overton zurück ins Lager holen, wegen der Anhörung, die Ihr versprochen habt?«

Er war verdutzt. »Wen?« Ich erinnerte ihn, und Kett überlegte kurz, ehe er antwortete: »Gut. Er soll unter der Eiche gerichtet werden.« Dann sah er mich scharf an. »Es sei denn, er nutzt die Gelegenheit zur Flucht?«

»Er wird mir sein Ehrenwort geben.«

Kett nickte Michael Vowell zu. »Geh mit ihm. Ich brauche dich erst in ein paar Stunden wieder. Sorge dafür, dass Overton zum Lager zurückkehrt. Er erhält seine Anhörung morgen.«

Ich war enttäuscht. Kett schien mir nicht mehr zu vertrauen. Ob es wohl daran lag, dass ich wie Peter Bone, Edward Brown und Toby Lockswood immer noch des Verrats an Captain Miles' Familie verdächtigt wurde? Aber Michael Vowell hatte ebenfalls an dem fraglichen Treffen teilgenommen. Wie der arme Hector Johnson, der im Kampf gefallen war. Dennoch wagte ich den Einwand: »Hoffentlich widerfährt Nicholas Gerechtigkeit, angesichts der aufgeheizten Stimmung im Lager.«

»Master Shardlake«, blaffte Kett, »niemand soll behaupten können, dass ich Euch bevorzuge. Einige haben sich gegen meine Autorität aufgelehnt. Gewiss habt Ihr von dem Italiener gehört, den sie gehenkt haben?«

»Ich sah ihn von Surrey Place hängen.«

»Im Übrigen haben die Männer, die Gawen Reynolds bestochen hat, damit sie sein Haus verschonen, die volle Summe in unsere Schatzkasse eingezahlt. Michael hier hat dafür gesorgt. Ach ja«, fügte er hinzu, »gestern kam ein Brief für Euch. Er war an das Maid's Head adressiert, doch wegen des Siegels wurde er abgefangen, gelesen und weitergereicht.« Er zog ein Blatt Papier aus seinem Stoß und gab es mir mit den Worten: »Achtet auf Eure Worte, wenn Ihr zurückschreibt, es ist in Eurem Interesse. Andere werden ihn zuerst lesen.«

Der Brief war schmutzig, das Siegel gebrochen, aber ich konnte sehen, dass er von Hatfield Palace kam.

Ein Mann erschien im Eingang. Er sah aus wie ein Bote, der nach einem langen Ritt noch immer schwitzte. »Nachricht aus Suffolk, Captain!«

»Grundgütiger, nicht noch ein zerschlagenes Rebellenlager«, sagte Kett leise. Er bedeutete mir, jetzt zu gehen, und ich trat wieder hinaus ins Kirchenschiff, nunmehr in Begleitung Vowells. Barak und Natty packten eine Auswahl von Flaschen in die Taschen, die sie mitgebracht hatten. »Tja«, sagte Barak, »jetzt ist fast unser gesamtes Geld hin.« Natty lächelte verlegen.

Wir begaben uns wieder nach Tombland. Der Tumult um Augustine Stewards Haus war noch größer geworden. Nun schafften Männer dort große Ballen Wolle heraus. Diesmal jedoch stellte sich ihnen ein älterer Mann mit einer gewissen Autorität entgegen und sprach: »Genug gestohlen und geplündert, ihr Dummköpfe!«

Ein Mann, der ein schweres Bündel schleppte, sagte: »Immer mit der Ruhe, Gevatter! Wir brauchen die Wolle, habt Ihr nicht bemerkt, dass es kälter geworden ist?«

Michael Vowell brüllte: »Soll ich den Captain und seine Soldaten aus der Kathedrale holen? Wenn ihr Wolle braucht, dann geht auf den Markt!«

Mürrisch schafften die Männer ihre Beute wieder ins Haus und trollten sich. Ich sagte: »Jack, geh mit Natty zum Lager zurück und hilf ihm mit der Wunde. Ich sehe nach Isabella und gehe dann hinauf zur Burg.« Ich erzählte ihm, was Kett und ich wegen Nicholas vereinbart hatten. Er pfiff durch die Zähne. »Hoffentlich hält Nick seine Zunge im Zaum.«

»Hoffentlich«, pflichtete Vowell ihm bei.

»Hast du getan, was wir besprochen haben?«, fragte ich. Barak zwinkerte mir zu. Ich sagte zu Natty: »Es tut mir leid, dass Dr. Belys dir nicht helfen wollte.«

»Ich hab ja die Tinkturen.«

»Hör gefälligst auf, dich zu kratzen«, schnauzte Barak. »Du machst es nur noch schlimmer. Jetzt komm.« Nachdem sie gegangen waren, fragte ich Michael Vowell: »Habt Ihr auch gekämpft?«

»Ja, ich hab die Männer durch die Straßen von Norwich geführt. Zum Glück blieb ich unverletzt.«

»Begleitet Ihr mich auf die Burg?«

»Ja.« Er blickte mich an und sagte mit der überlegenen Art, die er sich neuerdings angewöhnt hatte: »Keiner kann uns etwas anhaben. Die Leute kennen mich.«

KAPITEL SECHSUNDSECHZIG

Vor der Kathedrale bat ich Michael Vowell, er möge warten, bis ich meinen Brief gelesen hätte. Es war seltsam, wie sich unser Verhältnis verändert hatte: Vor kurzem noch ein Diener, Gawen Reynolds' Steward, sollte er jetzt Sorge tragen, dass Nicholas sicheres Geleit bekäme. Er nickte und betrachtete die Leute, die dem Markte zustrebten, während ich den Brief las. Er stammte von Thomas Parry und war auf den 22. Juli datiert, das war vor zwei Wochen. Der Ton darin war milder als im letzten.

Serjeant Shardlake,
ich habe nun Euren Brief vom 15. Juli erhalten. Er hat sich offenbar mit
dem meinen überschnitten. Was Wunder in diesen turbulenten Zeiten!
Ich mache mir Sorgen, weil Ihr kaum etwas darüber verlauten lasst, was
Euch zugestoßen ist. Gebe Gott, dass Ihr nicht den Rebellen in die Hände
gefallen seid, die mit ihren Possen alles zu zerreißen drohen.

Wenn Edelleute von den Rebellen sprachen, dachte ich, dann entweder wie von unartigen Kindern oder Tieren. Er schrieb weiter:

Lady Elizabeth und ich sind sehr besorgt um Euch, und ein jeder in
Hatfield bangt um Eure Sicherheit. Ich weiß, dass ein königlicher Herold
nach Norwich entsandt werden soll. Er wird die Rebellen auffordern, sich
zu zerstreuen, und falls sie es wagen sollten, sich ihm zu widersetzen, wird
von Gewalt Gebrauch gemacht.

Nun ja, dachte ich, dies war Schnee von gestern.

Sekretär Master Cecil berichtet mir, er habe es in dieser entsetzlichen Zeit
des Aufruhrs noch nicht gewagt, den Protektor mit John Boleyns Gnaden-
gesuch zu behelligen – der Protektor ist unentwegt mit den Lagern befasst,
und es heißt, er sei in keinem guten Gemütszustand.
Was die Versuche angeht, die Bewegungen besagter Frau zu verfolgen –
Lady Elizabeth besteht noch immer darauf –, so wissen wir jetzt, dass
sie für kurze Zeit und unter anderem Namen in einem ärmlichen Wirts-
haus in Knebworthy logierte, ehe sie in das Haus zog, von dem ich Euch
bereits schrieb. Woher sie davor gekommen war, ließ sich nicht eruieren. Sie
behauptete, aus Leicester zu stammen. Unlängst Witwe geworden, habe sie
ihre Verwandten in London aufsuchen wollen, aber aus gesundheitlichen
Gründen nur langsam reisen können. Der Wirt aus Knebworth bestätigte,
sie sei in der Tat sehr mager, blass und kränklich gewesen. Doch dort ver-
liert sich ihre Spur. Vielleicht hattet Ihr ja mehr Glück in Norwich.
Ich hoffe, bald wieder von Euch zu hören, und diesmal ein wenig umfäng-
licher.
Euer treuer Freund
Thomas Parry

Er hatte es tunlichst vermieden, Edith Boleyn beim Namen zu nennen, um zwischen Elizabeth und der Ermordeten einen gewissen
Abstand zu wahren; doch abgesehen von dem Ton, den er gegen
die Rebellen anschlug, enthielt der Brief nichts, was Kett oder seine
Anhänger hätte beunruhigen können. Ich steckte ihn also in den
Beutel; ich musste zurückschreiben, obschon ich ihm lieber nicht
verraten würde, dass ich im Lager für Kett tätig war. Nun, dachte
ich, wenigstens Lady Elizabeth scheint sich um mich zu sorgen.

Michael Vowell sah mich neugierig an. Ich sagte: »Nichts Drin-
gendes. Danke für Eure Geduld. Gehen wir.«

Wir durchquerten Tombland, bogen in die Pottergate Street und
hielten auf den Burghügel zu. In den reicheren Straßen von Norwich sahen wir erneut Hinweise, dass geplündert worden war, denn
von einigen Häusern waren die Tore zum Hof zerschmettert worden. Immer noch streiften Diebesbanden herum, doch Ketts Sol-

daten behielten sie im Auge. Ich war froh, Vowell an meiner Seite zu haben. Ich nutzte die Gelegenheit, um ihm von meiner jüngsten Begegnung mit Gawen Reynolds' Familie zu erzählen, und fragte ihn, ob Reynolds seine Frau schon einmal geschlagen habe.

»Ich glaube nicht, er keifte zwar unentwegt gegen sie, aber sie ist ein derart zerbrechliches Geschöpf, dass der kleinste Stoß ihr den Garaus machen könnte. Sie hat die Hände verbunden, weil ihre Fingerknöchel geschwollen und knotig sind. Es ist ein Familienleiden. Offenbar litt schon ihre Mutter in mittleren Jahren daran, und Edith genauso. Die Zwillinge werden gewiss auch einmal davon befallen«, fügte er mit Genugtuung hinzu.

»Wie ich höre, waren sie an der Schlacht beteiligt.«

»Ich habe auch davon gehört. Sie haben wahrscheinlich besser gefochten als die italienischen Söldner, die Northamptons Erwartungen offenbar nicht gerecht wurden. Wären es die deutschen und schweizerischen Landsknechte gewesen ...« Er schüttelte den Kopf. »Die sind die Geißel Europas.«

»Ihr hattet Glück, unverletzt geblieben zu sein.«

»Das ist wahr. Ich habe den Bauern in den Straßen von Norwich den Weg gewiesen und bin so der Hauptschlacht entkommen, danach galt es nur noch, Northampton und seine Männer aus der Stadt zu treiben.«

Wir nahmen die Abzweigung zum Marktplatz. Ich war erleichtert, dass die Gebäude ringsum unversehrt geblieben waren, wenn auch rußgeschwärzt von Northamptons Lagerfeuern. Ansonsten war es ein Markttag wie alle anderen, mit Menschentrauben vor den Ständen und dem üblichen Gefeilsche. Die Lagerleute hatten genügend Geld aus Ketts Truhen erhalten, um festes Schuhwerk zu erstehen, Hornlampen für die allmählich wieder länger werdenden Abende und wollene Kleider und Kappen für kältere Tage. Ich war mittlerweile ein bekanntes Gesicht in der Herberge, und man bat uns sogleich in den Gesellschaftsraum. Man werde Mistress Boleyn von meiner Anwesenheit in Kenntnis setzen, wurde mir gesagt, und ich solle mich setzen.

Wir standen auf und verneigten uns, als Isabella und Chawry eintraten. Isabella hatte einen ungewöhnlichen Gesichtsausdruck aufgesetzt: kalt und gefasst. Daniel Chawry indes wirkte zornig und niedergeschlagen zugleich, wie ein geprügelter Hund. Drei lange, parallel verlaufende Kratzer verunzierten seine rechte Wange.

Ich stellte den beiden Vowell vor, er habe eine führende Position im Lager, sagte ich. Chawry musterte ihn finster.

»Wie geht es Eurem Gemahl?«, fragte ich Isabella.

»Ausgezeichnet. Seit der Schlacht vor fünf Tagen quellen die Gefängnisse über vor Gentlemen. Einer von Ketts Gefolgsleuten steht jetzt dem Burgkonstabler Fordhill zur Seite; er heißt Robert Isod, ein Gerber, und scheint ein anständiger Mensch zu sein. John ist sicher in seiner Zelle und froh, dass Nicholas ihm Gesellschaft leistet. Sie plaudern viel und spielen Schach miteinander.« Sie lächelte, wirkte jedoch gleich wieder bedrückt. »Nicholas hat erfahren, dass einer der Gefangenen auf der Burg, Leonard Witherington, der Nachbar meines Mannes, gestern verstarb. Er und mein Mann waren verfeindet, aber es ist trotzdem traurig. Edelleute sind an solch eine Behandlung nicht gewöhnt.« Sie warf Vowell einen herausfordernden Blick zu, den er erwiderte.

»Ich wünschte, Gawen Reynolds, mein früherer Herr, käme in Gewahrsam«, sagte er kühn. »Der Schwiegervater Eures Gatten. Er ist ein übler Schurke, wie Ihr wohl wisst.«

Isabella sagte: »Ich sorge mich um meinen Mann, der bereits vor der Rebellion im Gefängnis saß und keinerlei Anteil daran hatte.«

»Das ist wahr«, sagte Vowell, nun friedfertiger.

Ich sagte zu Isabella: »Wart Ihr in Sicherheit, als Northamptons Streitmacht auf dem Marktplatz ihr Lager aufschlug?« Ich besah mir erneut die Kratzer auf Chawrys Gesicht.

Sie holte tief Luft. »Alle erhielten die Anweisung, ihre Läden zu schließen. Dennoch waren der Radau, den die Soldaten veranstalteten, und der Schein ihres gewaltigen Feuers äußerst furchterregend.«

»Es gab also keine weiteren Giftanschläge oder Angriffe auf Euren Gatten?«

»Nicht einen. Wir kaufen das Essen und wickeln es fest ein. Constable Fordhill sagt, er habe vor der Zelle rund um die Uhr einen Wachmann postiert.«

»Ihr seid dort gewesen?«

»Ja, heute, ich habe sowohl mit Fordhill als auch mit Isod gesprochen. Ich schlug ihnen eine neue Vereinbarung vor, der beide zustimmten. Ich werde meinem Gatten in die Zelle folgen. Fordhill wird einen vertrauenswürdigen Mann auf den Markt schicken, der uns das Essen besorgt. Ich habe ihm zu diesem Zweck schon Geld gegeben. Und natürlich will er keinen Verdruss mit Lady Elizabeth.«

»Das freut mich, Mistress Boleyn, denn es steht mit etwas in Zusammenhang, das ich Euch sagen muss. Captain Kett will Nicholas' Fall verhandeln, deshalb soll der Junge heute in meine Obhut überstellt werden.«

Sie lächelte. »Das ist gut. Ich hatte Sorge um ihn, fürchtete schon, sie könnten ihn wieder in eines der groben Kellerverliese stecken. Daniel« – sie warf Chawry einen vernichtenden Blick zu – »wird heute nach Brikewell zurückkehren. Es ist höchste Zeit, das Haus in Ordnung zu bringen und die Ernte vorzubereiten.«

Chawry antwortete errötend: »Ich weiß nicht, wie die Dinge dort stehen. Und dass eine Frau ihrem Manne in die Gefängniszelle folgt, ist gefährlich und – ziemt sich nicht.«

»Ihr wisst ja, was sich ziemt und was nicht«, versetzte sie in scharfem Ton. Sie wandte sich wieder mir zu. »Kommt es nicht zuweilen vor, dass Frauen, bis das Urteil gesprochen ist, bei ihren Männern im Gefängnis ausharren?«

»Aber ja, wenn die Obrigkeit es duldet.«

Sie holte tief Luft. »Dann wendet sich alles zum Guten.«

»Zum Guten?« Chawry verlor jäh die Beherrschung. »Eine Frau allein in einem Gefängnis voller Männer? Dem Burgkonstabler und seinem rebellischen Stellvertreter die Beschaffung und Zubereitung der Speisen überlassen? Und wenn sich jemand auf dem Markt an wen auch immer sie ausschicken heranmacht und ihm Gold zusteckt, damit er Gift hineinmischt? Ihr wisst doch genau, dass die

Aufrührer all den Reichtum horten, den sie an sich gebracht haben!«
Er tat einen Schritt auf Isabella zu, und zu meiner Verwunderung
wich sie zurück. Michael Vowell trat zwischen die beiden. »Sachte,
Freund«, sagte er ruhig. »Mäßigt gefälligst Eure Zunge, wenn Ihr
von meinen Leuten sprecht, und droht der Dame nicht.«

»Warum?«, brüllte Chawry. »Sie ist doch bei aller Menkenke
nichts weiter als eine gewöhnliche Magd, so wie du ein Knecht bist,
du Rebellenhund.«

Vowell entgegnete: »Der Rebellenhund verpasst dir gleich eine
Maulschelle, dass du eine Woche lang die Englein singen hörst!« Er
war größer und kräftiger als Chawry, der stockte und dann klein
beigab. Isabella atmete schwer. Ich sagte zu Vowell: »Michael, dürfte
ich mit Isabella ein paar Worte unter vier Augen sprechen?«

Er seufzte, als wäre er der Angelegenheit plötzlich überdrüssig.
»Wie Ihr wollt. Soll ich diesen – Steward aus dem Zimmer begleiten?«

»Ja, bitte.«

Er trat auf Chawry zu, der sich augenblicklich umdrehte und auf
die Tür zuhielt. Vowell folgte ihm auf den Flur, und einen Moment
lang herrschte Stille.

»Was ist denn geschehen, Isabella?«, fragte ich sanft.

Sie holte tief Luft. »Ich weiß schon eine ganze Weile, dass Daniel
mir – gewisse Gefühle entgegenbringt. Er sagte es mir, damals in
Brikewell, nicht lange vor Ediths Tod. Ich sagte, dass ich einzig und
allein meinen Mann liebte und dass er als sein Diener solche Dinge
nicht äußern dürfte. Ich weiß, dass ich es mir angewöhnt habe, mit
Männern zu scherzen, es kommt von meinen Jahren als Schank-
magd, aber ich habe Daniel meinen Standpunkt deutlich gemacht.«
Sie sah mich wütend an. »Und ich kann sehr deutlich werden, wenn
es sein muss; auch daran bin ich seit der Arbeit in der Schenke gewöhnt.«

Ich lächelte. »Das bezweifle ich nicht«, sagte ich und ermunterte
sie, in ihrer Geschichte fortzufahren.

»Ich dachte, damit wäre alles gesagt, er tat mir sogar leid. Ich war ihm auch dankbar für seine Hilfe, nachdem wir aus dem Haus getrieben worden waren.« Isabella verstummte, wischte sich zornig eine blonde Strähne aus dem Gesicht und holte wieder tief Luft. »In der Nacht, als Northamptons Armee auf dem Marktplatz lagerte und ein großes Feuer entzündete, dachte ich entsetzt, das Feuer könne die Gebäude erfassen, während in den Straßen ringsum die Rebellen zu den Waffen riefen. Ich muss gestehen, dass ich die Beherrschung verlor und weinte wie ein schwaches Weib, nachdem ich so lange bemüht war, stark zu sein.« Sie senkte den Kopf, blickte aber sogleich wieder wütend auf. »Da packte mich Daniel ganz plötzlich. Ich wehrte mich, er aber drückte mich an sich, versprach, mich zu beschützen, mich das Geschehene vergessen zu machen, wie es einem Manne zukäme. Einem starken, jungen Mann. Nicht wie mein Gatte.« Ihre Stimme bebte. »Er zerrte an meinem Gewand, nestelte an den Schnüren seiner Beinkleider. Ich zerkratzte ihm das Gesicht – Ihr habt die Spuren gesehen – und drohte ihm, wenn er mir Gewalt antäte, würde ich die gesamte Armee Northamptons herbeibrüllen.« Ihre Stimme beruhigte sich wieder. »Ich sagte ihm, dass ich mich so lange auf ihn verlassen hätte, und nun hätte er mich verraten. Er aber wiederholte nur immerzu, dass er mich liebe und wir zusammengehörten.«

»Werdet Ihr es Eurem Gatten erzählen?«

Sie zögerte. »Nicht sofort. Er hat schon genug Sorgen.« Tränen zeigten sich in ihren Augenwinkeln, und plötzlich ergriff Isabella meine Hand. »Gott sei Dank habe ich Euch, Master Shardlake.«

»Ihr könnt auf mich zählen.«

»Das weiß ich.« Sie seufzte. »Lange glaubte ich, Daniel vertrauen zu können.« Sie blinzelte die Tränen fort und sagte mit versteinerter Miene: »Hätte ich ihn nicht gekratzt und ihm gedroht, laut zu schreien, hätte er mich mit Gewalt genommen.«

Ich sagte: »Wollt Ihr ihn wirklich nach Brikewell zurückschicken? Wenn ich Michael Vowell erzähle, dass er versucht hat, Euch zu schänden, nimmt er ihn gefangen und führt ihn als Gefangenen ins Lager. Vielleicht ist er dort besser aufgehoben.«

Nach kurzem Zögern sagte sie: »Ich will nicht, dass alle Welt davon erfährt.«

»Aber Isabella, ist es nicht gefährlich, ihn nach Brikewell zu schicken?«, fragte ich erneut.

»Ohne John kehre ich nicht dorthin zurück. Und ich glaube nicht, dass Daniel nach Brikewell zurückgeht, er wird das Weite suchen. Sobald er fort ist, sage ich dem Wirt, er möge ihn nicht mehr einlassen.«

Nach kurzem Zögern sagte ich: »Wenn er Euch schänden wollte, hat er vielleicht auch Edith getötet.«

Sie presste die Lippen aufeinander und sagte dann: »Das glaube ich nicht. Und es wäre mir lieber, er würde einfach gehen.«

»Seid Ihr sicher?«

»Ja«, sagte sie, plötzlich wütend. »Ich will ihn nicht mehr sehen. Und morgen bin ich bei John.«

Eine Frage musste ich ihr noch stellen. »Isabella, nach diesem Vorfall – wäre es nicht möglich, dass Daniel Chawry versucht hat, Euren Ehemann zu vergiften?«

Isabella schüttelte müde den Kopf. »Ich glaube nicht. Daniel ist sehr auf seine Sicherheit bedacht, eine Anklage wegen Mordes würde er nicht riskieren.« Sie verstummte, fasste sich wieder und blickte zum Tisch. »Dort liegt ein Essenspaket für John und Nicholas. Würdet Ihr es mitnehmen?« Sie lächelte. »Ich hoffe, Nicholas wiederzusehen, ich möchte ihm danken, dass er meinen Mann beschützt hat.«

Vowell und ich verließen die Herberge. Vowell sagte mir, dass Chawry nach unserer Begegnung augenblicklich davongegangen sei, verschwunden im Gewühl der Menge auf dem Marktplatz. Als wir den Burgberg erklommen, kam mir jäh in den Sinn, dass es Chawry, wenn er diese Flausen schon seit Jahren im Kopf hatte, durchaus zupassgekommen wäre, Edith zu töten und es so aussehen zu lassen, als hätte John Boleyn es getan. Anschließend konnte er versucht haben, auch Boleyn selbst zu beseitigen. Ich war überrascht, dass Isabella ihn so bereitwillig hatte ziehen lassen.

Als wir den Burgberg hinauftrotteten, wurde ich langsamer, und da erkannte ich, wie müde ich war; nicht nur körperlich, auch seelisch. Mein Leben in diesen vergangenen Wochen war ein einziger Wirbelsturm. Und die meiste Zeit war ich kaum mehr als ein Zuschauer gewesen. Ich blickte verstohlen zu Michael Vowell hinüber. Er war im Zentrum des Geschehens gewesen, das in der Schlacht gipfelte, doch sein Gesicht trug wieder den gewohnten ruhigen Ausdruck, zeigte nichts von dem, was er durchgemacht hatte. Doch er war auch um einiges jünger als ich und brannte leidenschaftlich für die Sache. Er blickte zum grauen Himmel empor. »Wir müssen uns sputen, es sieht nach Regen aus.«

In der Burg drängten sich noch mehr Menschen als beim letzten Mal, und so hing dem Saal bei aller Weitläufigkeit der Kerkergeruch aus ungewaschenen Leibern, schlechtem Fraß und Todesfurcht an. Eine kleine Gruppe von Edelleuten wurde die Stufen hinaufbugsiert. »Ich war einmal Bürgermeister von Norwich!«, empörte sich einer.

»Hast es noch immer nicht begriffen, wie?«, sagte müde der Kerkermeister, der sie führte.

Vowell besorgte uns einen Schließer, der uns zu Boleyns Zelle brachte. Erleichtert stellte ich fest, dass er und Nicholas sich wohl befanden und am Tisch Schach spielten. Sie blickten überrascht zu mir auf. Ich stellte Vowell als Amtsperson im Lager vor, und Boleyn bedachte ihn mit einem eisigen Blick, ehe er sich lächelnd mir zuwandte. »Ab morgen bleibt Isabella bei mir. Gott segne ihr mutiges Herz. Chawry kehrt nach Brikewell zurück, um nach dem Rechten zu sehen.«

»Ja, er hat es mir gesagt.« Offenbar hegte er keinerlei Verdacht.

Vowell dagegen schon, denn er zog die Augenbrauen ein wenig in die Höhe.

»Und was wird aus mir?«, fragte Nicholas verzagt. »Muss ich wieder in eines der Kellerverliese oder in eine Zelle unter der Guildhall? Dort sollen schlimme Zustände herrschen.«

Ich hatte Gewissensbisse. Er saß nun seit zwei Wochen hier, im Ungewissen. »Nein, Nicholas, du kehrst mit uns ins Lager zurück. Du erhältst morgen einen öffentlichen Prozess unter der Eiche. Doch die Wahrheit ist auf deiner Seite, du bist Anwalt, und ich bin voller Hoffnung, dass du freigesprochen wirst.«

Nicholas blickte Vowell an. »Das werde ich, sofern es bei diesen Prozessen gerecht zugeht.«

Zu meiner Überraschung entgegnete Vowell: »Manchmal denke ich, dass Toby Lockswood nicht mehr ganz bei Trost ist. Wettert in einem fort gegen die Edelleute – man mag es schon nicht mehr hören.«

»Er hat kurz vor dem Aufstand seine Eltern verloren«, sagte ich. »Und den Hof der Familie.«

Vowell wiegte nachdenklich den Kopf. »Tja, das würde wohl jeden aus der Fassung bringen.« Er blickte Nicholas an. »Du musst Master Shardlake schwören, Junge, dass du bei ihm bleibst und nicht vor dem Prozess zu entkommen suchst.«

Nicholas sah mir in die Augen. »Ich schwöre es.«

Boleyn fragte: »Was soll mit den gefangenen Edelleuten aus Norwich geschehen? Werden sie auch unter eurer Eiche gerichtet?«

»Das ist noch nicht entschieden«, sagte Vowell, seine Stimme plötzlich gebieterisch. »Ihr bleibt mit Eurer Gemahlin hier in Sicherheit und stellt keine Fragen.«

»Ich wage es schon lange nicht mehr, Fragen zu stellen«, sagte Boleyn gereizt, und sein wütender Seitenblick auf Vowell erinnerte mich wieder an sein aufbrausendes Wesen.

Rasch das Thema wechselnd, sagte Nicholas: »Wir haben vom Fenster aus Northamptons Rückzug beobachtet. Die Kämpfe auf dem Palace Plain konnten wir nicht ausmachen, aber am späten

Nachmittag sahen wir dann, wie Northamptons Soldaten an der Burg vorbei zum Tor hinausrannten.« Seine Miene verfinsterte sich. »Nie hätte ich gedacht, einmal dergleichen zu erleben: Da drängen sich königliche Truppen, Männer, deren Vorsatz es sein sollte, bis zuletzt tapfer zu kämpfen, durch das Tor, stoßen dabei reiche Bürger aus dem Weg, die ebenfalls das Weite suchen – Greise, Frauen, Kinder, viele nur in der Leibwäsche, die feinen Gewänder fortgeworfen, um ihren Stand zu verbergen.« Er schüttelte den Kopf. »So sollte man nicht Krieg führen, so habe ich das nicht gelernt.«

Boleyn sagte: »Ich dachte, ich hätte unter den Flüchtenden die Zwillinge entdeckt, bin aber nicht sicher. Meine teuflischen Söhne«, fügte er seufzend hinzu. Er stand auf und umarmte Nicholas. »Ich danke dir, Junge, für deine Gesellschaft und deine Freundschaft.«

»Und ich hoffe, Ihr werdet begnadigt.«

»So Gott will«, sagte Boleyn. Er blickte mich an. »Matthew, habt Ihr noch etwas entdeckt, was Aufschluss geben könnte, wer Edith ermordet hat?«

»Unter den gegenwärtigen Umständen ist es schwierig, Ermittlungen zu führen. Aber ich gebe nicht auf.«

Boleyn umarmte auch mich. Vowell dagegen ignorierte er. Als wir gingen, saß er mit nachdenklicher Miene auf seinem Bett.

Auf dem Weg den Hügel hinunter erzählte ich Nicholas die Neuigkeiten aus dem Lager, vor allem dass der alte Hector Johnson umgekommen war.

»Das tut mir leid, er war ein braver Mann.«

»Und ein tapferer Soldat. Er ist ehrenvoll gestorben.« Des Weiteren erzählte ich ihm, dass Barak, Simon und Natty wohlauf waren, nur Nattys verwundeter Arm gebe Grund zur Sorge. »Ich sprach mit Dr. Belys, aber er war keine Hilfe. Er ist kein Freund der Rebellen. Falls es Natty nicht bald besser geht, kontaktiere ich ihn erneut und appelliere an seine Güte.«

Vowell runzelte die Stirn. »Eine Sonderbehandlung für einen Freund?«

Ich seufzte, zu müde, um mich zu streiten. Nicholas schüttelte erneut den Kopf. »Ich kann es einfach nicht fassen, dass eine königliche Armee so unehrenhaft fliehen konnte.«

»Vor dem gemeinen Pack?«, fragte Vowell. »Ist es das?«

»Nein«, antwortete Nicholas ernst. »Die Aufständischen waren in der Überzahl, aber als Krieger ungeübt. Northamptons Armee bestand dagegen aus gut ausgebildeten Soldaten.« Und leise fügte er hinzu: »Ich frage mich, ob die Niederlagen unserer Armeen in Schottland ebenso aussahen.«

Ich fragte Vowell: »Was geschieht mit all den neuen Gefangenen? Soll ihnen wirklich, wie Boleyn meinte, bei der Eiche der Prozess gemacht werden?«

»Captain Kett und seine Ratgeber müssen das erst noch entscheiden. Die Stimmung im Lager nach der Schlacht – viele wollen Hinrichtungen sehen, wahrscheinlich sind sie im Kerker sicherer.« Er sah mich an. »Ich weiß, Ihr haltet mich für einen gefährlichen Radikalen, Master Shardlake, aber ich will ihren Tod nicht. Captain Kett war sehr erzürnt darüber, wie jener Italiener zu Tode kam.« Inzwischen regnete es. Vowell blickte hinauf zum Himmel. »Wir sollten uns sputen, sonst sind wir bald klitschnass.«

Wenn so die Stimmung im Lager aussah, dachte ich, wie würde es am Dienstag dann Nicholas ergehen?

KAPITEL SIEBENUNDSECHZIG

Nach dem Sieg über Northamptons Streitmacht blieb die Atmosphäre im Lager an jenem Abend euphorisch, und als der Regen nachgelassen hatte, wurde an den Lagerfeuern eine Menge getrunken, zu Musik und Gesang. Ein Lied vor allem hörte ich immer und immer wieder; es war die Vertonung eines scherzhaften Briefes, den ein Rebell in einem Gutshaus hinterlegt hatte:

> *Master Pratt, dass eure Schafe so fett,*
> *vergelt Euch Gott.*
> *Dass wir Euch die Häute lassen,*
> *damit Ihr weiterhin könnt prassen,*
> *vergelt uns Gott!*

Vor einigen Hütten jedoch blieb es still. Die Leute dort wollten nicht feiern, hatten vermutlich Freunde oder Verwandte in der Schlacht verloren. Und auch ich meinte, etwas Gezwungenes in dieser Ausgelassenheit zu spüren, in der es auch gelegentlich zum Streit kam; bei aller Tapferkeit waren gewiss viele, die zum ersten Mal eine Schlacht erlebt hatten, noch immer erschüttert.

Nach unserer Rückkehr aus Norwich hatte Michael Vowell Nicholas in die Hütte verbannt, also blieben er, Barak und ich – endlich wieder vereint – an jenem Abend dort. Ich erzählte Barak, was zwischen Isabella und Chawry vorgefallen war. Er wurde ernst. »Das ist eine Überraschung.«

»Die Sache braut sich schon eine ganze Weile zusammen. Bis jetzt hatte er sich unter Kontrolle, aber dass er versuchte, sie mit Gewalt zu nehmen – Daniel Chawry ist nicht der Mann, für den ich ihn hielt.«

Nicholas sagte: »Wäre Isabella Boleyn nicht so charakterfest gewesen und willens, sich gegen ihn zu wehren, hätte er es wohl getan. Und dass sie ganz allein auf die Burg ging, um ihre Belange zu regeln – was für eine Frau!«, fügte er voller Bewunderung hinzu.

»Ich dachte, du magst eher die Stillen, Artigen, wie diese Beatrice Kenzy.« Barak sprach im Scherz, aber seinem traurigen Blick nach zu urteilen, dachte er wohl an Tamasin. Er hatte noch keine Antwort auf seinen Brief erhalten.

Ich sagte: »Diese Geschichte macht es wahrscheinlicher, dass Chawry der Giftmischer war und vielleicht sogar Ediths Mörder. Er fühlt sich schon seit Jahren zu Isabella hingezogen. Ich glaube kaum, dass sie die Tiefe seiner – Leidenschaft erahnte. Er hätte sie heute erneut angegriffen, wäre Michael Vowell nicht eingeschritten. Allerdings überrascht es mich, dass sie ihn ohne weiteres gehen ließ.«

»Sie will ihn los sein«, schlug Nicholas vor.

Barak nickte. »Die meisten abgewiesenen Männer hätten vermutlich längst aufgegeben und wahrscheinlich ihren Abschied genommen. Irgendetwas stimmt nicht mit Chawry.«

»Und wenn ich mich recht entsinne«, sagte ich, »hatte er kein Alibi für die Nacht, in der Edith zu Tode kam.«

Nicholas sagte: »Und doch weiß ich noch genau, wie erschüttert er war, als wir den Tatort aufsuchten.«

»Schuldgefühle?«, schlug Barak vor.

»Aber wenn tatsächlich er Edith auf dem Gewissen hat und auch für den Diebstahl des Schlüssels und die Morde an Snockstobe und dessen Lehrjungen verantwortlich ist, *muss* er Komplizen gehabt haben. Ich wünschte bei Gott, wir hätten ihn festhalten können. Warum ließ Isabella ihn laufen? Allerdings bezweifle ich, dass Vowell einverstanden gewesen wäre, ihn ins Lager heraufzubringen. Ketts Leute sind an dem Fall nicht interessiert.«

»Sie haben andere Sorgen«, sagte Barak.

Nicholas fragte mich: »Was meint Ihr, kehrt Chawry nach Brikewell zurück?«

»Ich bezweifle es. Isabella wird John Boleyn nicht verraten, was passiert ist, zumindest vorerst nicht. Aber irgendwann wird er es erfahren, da bin ich sicher, also ist Chawry wahrscheinlich geflüchtet. In diesem Fall haben wir ihn verloren.«

Ich blickte hinaus zu den Lagerfeuern und Hornlampen, welche die dunkle Heide sprenkelten. Die Nachtluft trug uns ein Lied zu:

> *Als Adam grub und Eva spann,*
> *Wo war da der Edelmann? …*

Zum Frühstück am nächsten Tag sagte Goodwife Everneke, dass eine etwa hundert Mann starke Vorhut nach Yarmouth entsandt werden sollte. Es gelte herauszufinden, ob die Stadt willens sei, sich uns anzuschließen – anderenfalls würden wir sie mit einer großen Streitmacht überfallen. Die Gottesdienste fanden weiter wie gewohnt unter der Eiche statt und anderswo im Lager, und einen Moment lang erwog ich, erneut zur Kommunion zu gehen, aber ich hatte schlecht geschlafen; mit uns dreien war es wieder eng geworden in der Hütte. Ich konnte keine bequeme Lage finden für meinen Rücken und musste immerzu daran denken, was Chawry getan hatte.

Ich ging Josephine besuchen – sie war allein mit Mousy, weil Edward nach Norwich zurückgekehrt war, und in gedrückter Stimmung. Ich blieb eine Weile bei ihr und spielte mit Mousy und sah dann nach Natty und Simon. Natty meinte, es gehe ihm schon besser. Ich besah seine Wunde und stellte erfreut fest, dass die Haut ringsum nicht mehr ganz so gerötet war. Simon, immer noch gebeutelt von der Schlacht und der Nachricht von Hector Johnsons Tod, kauerte in einer Ecke der Hütte. Die Arme um die Knie geschlungen, wiegte er den Oberkörper vor und zurück und sang dabei leise vor sich hin. Bei beiden saß der Schrecken noch tief, und nach einer Weile ließ ich sie wieder allein.

Dann sprach ich mit Nicholas über seine bevorstehende Gerichtsverhandlung. »Ich werde nicht daran teilnehmen dürfen«, sagte ich. »Ich bin befangen.«

Nicholas sah mich an, die grünen Augen scharf. »Ich habe viel nachgedacht im Gefängnis. Ich habe mir eine Strategie ausgedacht.«

Ich lächelte. »Es tut mir leid, ich vergaß, dass du mittlerweile Anwaltserfahrung hast. Aber vergiss nicht, dieser Fall ist anders, die Geschworenen sind Aufständische und möglicherweise feindselig.«

»Ich glaube trotzdem, dass ich gewinnen kann«, sagte er. Er sah Barak an, der lächelnd nickte. »Ich habe einige Erkundigungen angestellt über Tobys sogenannte Zeugen«, sagte Barak und zwinkerte mir zu.

»Gut. Ich …« Mir war plötzlich schwarz vor Augen geworden, und ich beugte mich stöhnend vor. Nicholas hielt mich fest. »Geht es Euch gut?«, fragte er erschrocken.

»Ich – ich glaube, schon. Mir schwirrt so viel durch den Kopf, dass mir kurz schwindelig wurde. Die Luft hier drin …«

»Ja, es stinkt.«

»Es ist mehr als das«, sagte Barak. »Er hat sich wieder einmal die Nöte der ganzen Welt auf die Schultern geladen. John und Isabella Boleyn, du, Simon und Natty, Josephine, alle eben.«

»Vielleicht hast du recht«, sagte ich leise. »Und ich sorge mich, was aus der Rebellion werden soll.« Ich wischte mir mit der Hand über die Stirn. »Ich bin nicht ich selbst – mir gehen so viele Gedanken im Kopf herum, und ich weiß sie nicht zu fassen. Beim Puppenspiel ist mir etwas aufgefallen, auch was Michael Vowell gestern sagte – aber ich hab es vergessen.« Ich schlug mir mit der Faust gegen die Stirn.

»So ist es recht«, sagte Barak müde. »Bestraft Euch selbst.«

Mehrere hundert Menschen hatten sich vor der Reformeiche versammelt und redeten über die kleine Truppe, die nach Yarmouth aufgebrochen war. An jenem Tag hatte Robert Kett selbst den Vorsitz über die Prozesse inne, und ich sah, wie er die Tribüne betrat und den Blick kurz über die Menge schweifen ließ, um die Stimmung der Männer nach der Schlacht einzuschätzen. Trotz der Unruhen der letzten Tage war seine Autorität ungebrochen, und er wurde von lautem Jubel begrüßt. Nicholas' Fall war der erste, der verhandelt wurde, und ich stand mit ihm und Barak unweit der Tribüne. Wir hatten unsere Strategie besprochen, und ich hielt es für möglich, dass sie funktionierte – sofern Nicholas' Anhörung den Regeln entspräche. Toby Lockswood stand in vorderster Reihe, die Arme vor der Brust verschränkt, einen grimmigen Ausdruck im schwarzbärtigen Gesicht. Dieser Mann, der einmal so eng mit uns zusammengearbeitet hatte, betrachtete uns jetzt mit glühender Verachtung.

»Zuerst verhandeln wir den Fall Nicholas Overton, dem vorgeworfen wird, dieses Lager geschmäht zu haben.« Ein paar Pfiffe und Buhrufe wurden laut, und Kett mahnte zur Ordnung. Dann fuhr er fort: »Anschließend sitzen wir über jene zu Gericht, die sich aus Häusern in Norwich ohne Befugnis Güter angeeignet haben, was ich als Plünderei betrachte. Ein anderer hat angeblich seine Kameraden im Lager bestohlen. Solche Diebereien verdrießen mich, und deshalb führe ich heute hier den Vorsitz. Um erfolgreich zu sein, müssen wir zusammenstehen wie Brüder!«

»Und was wird aus den feinen Herren aus Norwich, die Northampton dabei geholfen haben, die Unseren zu meucheln? Mein Vetter ist gestorben! Warum sind die Herren nicht hier?«

»Ay!«, pflichtete ein anderer ihm bei. »Hängt sie auf!« Zustimmendes Raunen war aus der Menge zu hören, und Toby Lockswood nickte energisch.

Kett trat an den Rand der Tribüne, die Hände in die Hüften gestemmt, die Miene grimmig. »Die Anführer der Hundertschaften und ich überlegen noch, was mit diesen Leuten zu tun ist. Vorerst sind sie in sicherem Gewahrsam. Ihr sollt über die Angelegenheit entscheiden, aber nicht heute!« Seine Stimme wurde lauter. »Heute erobern wir Yarmouth!« Die Menge jubelte. Kett wandte sich an den Mann neben ihm, der als Gerichtsdiener fungierte. »Der Fall Overton. Sind die einzelnen Parteien sowie die Zeugen vereidigt?«

»Jawohl, Captain.«

Kett nickte. »Nicholas Overton, komm vor die Tribüne. Toby Lockswood, du bist der Kläger. Sprich.«

Ich holte tief Luft und wechselte einen Blick mit Barak. Seine Linke stützte die künstliche Hand, die Finger gekreuzt.

KAPITEL ACHTUNDSECHZIG

Toby begann zuversichtlich zu sprechen. »Meine Aussage, Captain Kett, ist einfach. Am 18. Juli – es war der Tag, an dem sie jenen hinterhältigen Anwalt Robert Wharton hinunter nach Norwich führten – stand ich am Rande des Abhangs. Overton, den ich als erbitterten Feind unseres Gemeinwohls kannte, stand just an der Stelle, wo der Weg nach Norwich beginnt. ›Lasst Robert Wharton frei‹, rief er, ›sperrt Captain Kett statt seiner in den Kerker! Dieses Gemeinwohl hier besteht ja doch nur aus lauter Schurken.‹«

Aus der Menge erhob sich zorniges Raunen. Kett mahnte zur Ruhe und wandte sich Nicholas zu. »Was sagst du dazu?«

Nicholas wandte sich direkt an die feindselige Menge. Ich bewunderte seinen Mut. »Ich habe nie dergleichen gesagt. Als wir zusammenarbeiteten, hegte Toby Lockswood eine tiefe Abneigung gegen mich, und dies hier ist seine Rache.«

Kett fuhr unwirsch dazwischen: »Es geht hier nicht um die Frage, ob ihr beide euch hasst, sondern darum, ob du getan hast, wessen man dich beschuldigt.«

»Ich schwöre noch einmal, dass ich nichts dergleichen gesagt habe.«

Toby verneigte sich knapp und fragte dann: »Darf ich meine Zeugen aufrufen?« Kett nickte, und ich wechselte einen Blick mit Barak. Er zwinkerte. Während Nicholas im Gefängnis saß, hatte er sich im Lager umgehört.

Der erste Zeuge, der in der Nähe gestanden hatte, war Goodman Hodge, ein alter Hausierer. Er kam oft mit seinem Esel ins Lager und war, wie viele Hausierer, eine Quelle für Neuigkeiten und Klatsch aus der Gegend um Norwich. Er trat vor und blickte auf Kett, dann, ein wenig unbehaglich, auf Nicholas. Er sagte: »Ich stand nicht weit von dem Angeklagten entfernt, als er diese Worte gebrauchte. Ich hörte sie laut und deutlich.«

Nicholas fragte höflich: »Goodman Hodge, Ihr habt mich also die Worte sagen hören, die Goodman Lockswood mir unterstellt.«

Hodge blinzelte zu Kett hinauf. Er wirkte plötzlich verschlagen, was Kett nicht entgehen konnte. »Ja«, antwortete Hodge. »Ja, es waren böse Worte.«

»Dann erinnert Ihr Euch auch, was an jenem Tag hier im Lager geschah?«

»Gewiss. Jener Wharton wurde den Hügel hinuntergeführt. Die Leute waren sehr aufgebracht gegen ihn. Ihr habt mit Toby Lockswood am oberen Ende des Wegs gestanden. Ich erinnere mich gut.«

»Und wo wart Ihr, da Ihr die Worte doch gehört habt?«

»Unter einem Baum, im Schatten – es war mächtig heiß.«

Nicholas sagte, immer noch freundlich: »Wie ein jeder weiß, wurden fast alle Bäume am Abhang gefällt. Zum einen brauchte man das Holz, zum anderen einen freien Blick auf Norwich. Nur ein großer Baum ist stehen geblieben. Ich habe selbst schon seinen Schatten gesucht.«

»In der Tat«, pflichtete Hodge ihm bei.

»Der Abstand zwischen dem Baum und dem Weg nach Norwich beträgt mindestens hundert Fuß. Ich kann ihn gern für Captain Kett bemessen. Aus dieser Entfernung konntet Ihr unmöglich hören, was ich zu Toby Lockswood sagte.«

»Ihr habt aber doch geschrien!«

Nicholas lachte. »Um mich aus dieser Entfernung zu hören, inmitten des Tumultes, der herrschte, hätte ich in eine Trompete stoßen müssen!«

Einige in der Menge lachten. Humor gefiel den Leuten.

Hodge gab keine Antwort. Nicholas wartete eine Minute, ehe er Kett bat, den Zeugen zu entlassen. Hodge tauchte dankbar in der Menge unter. Toby funkelte uns böse an.

Wallace, der zweite Zeuge, war im Gegensatz zu Hodge ein großer, kräftiger Kerl mittleren Alters. Er nahm eine selbstsichere Haltung an, die Arme verschränkt, und antwortete auf die Frage von Toby, er habe neben den beiden gestanden und die Worte gehört, die Nicholas angeblich gesagt hatte. Da fragte ihn Nicholas: »Was habt Ihr denn genau gehört?«

»Was du auf dem Hügel gesagt hast, feiner Herr, als sie diesen Wharton abgeführt haben. Ich war nicht mal zehn Fuß entfernt. Und du hast laut und deutlich gesagt, sie sollen Robert Wharton freilassen und lieber unseren Captain Kett einsperren. Und dann noch, dass unser Gemeinwohl hier aus lauter Schurken besteht!«

Buhrufe ertönten. Nicholas wandte sich an Kett und fragte ruhig: »Darf ich darum bitten, Captain, dass Goodman Wallace sich nicht vom Fleck rührt, während ich meine Zeugen aufrufe, Edward Bishop und Thomas Smith aus Tunstead?«

Kett nickte, und Nicholas winkte die beiden Männer zu sich. Während sie vortraten, sah Wallace unbehaglich drein. Nicholas sagte: »Ihr stammt aus derselben Pfarrei wie Goodman Wallace, nicht wahr?«

»So ist es.«

»Ihr erinnert Euch an den 18. Juli?«

»Oh ja«, antwortete Goodman Bishop. »Wir haben drüben im Wald einen neuen Schweinepferch gezimmert. Ich erinnere mich noch ganz genau, weil nach Feierabend alle darüber redeten, was am Nachmittag mit Wharton passiert war.«

Smith nickte zustimmend, drehte sich um und deutete auf Wallace. »Er war den ganzen Tag mit uns zusammen. Und dass wir so lange gebraucht haben, lag nicht zuletzt an Biller Wallace, der ein fauler Strick ist und nicht mal halb so viel gearbeitet hat wie wir. Wir waren am Abend völlig erledigt, er nicht.«

Die Menge lachte. Die Tatsache, dass zwei Männer mit Wallace eine Meile entfernt am Schweinepferch gewesen waren, entlarvte diesen eindeutig als Lügner. Wallace ballte die Fäuste und trat wütend von einem Fuß auf den anderen. »Diese Narren bringen doch alles durcheinander, bei den Schweinen waren wir tags zuvor!«

Nicholas entgegnete, jetzt in gereiztem Ton: »Wenn es der Tag davor war, warum sollten sich die Zeugen so genau an das Gerede über Robert Wharton an diesem Tag erinnern?«

»Was weiß ich«, entgegnete Wallace streitsüchtig. »Ted Bishop war immer schon dumm wie Bohnenstroh, und Tom Smith ist auch nicht besser!«

»Wenigstens sage ich unter Eid die lautere Wahrheit, wie es sich für einen Christenmenschen gehört, und tue meine Arbeit ohne viel Gedöns!«, schnauzte Bishop ihn an.

Das Gelächter verstärkte sich; die Stimmung in der Menge war zu Nicholas' Gunsten umgeschlagen. Die Tatsache, dass er sich höflich an die Lagerleute gewendet hatte, trug wohl auch dazu bei. Toby Lockswood blickte wütend um sich. Vermutlich hasste er nichts so sehr, wie ausgelacht zu werden.

Nicholas verneigte sich vor Kett. »Mehr habe ich nicht vorzuweisen, Captain. Ich beuge mich dem Urteil des Lagers.«

Da verlor Toby Lockswood die Beherrschung. Er wies mit dem Finger auf Nicholas und schrie: »Overton hat anfangs viele Male gegen das Gemeinwohl und unsere Rebellion gewettert. Er ist nur wegen seiner Verbindung zu Serjeant Shardlake hier im Lager. Er ist ein Edelmann, das allein müsste schon reichen, ihn wieder ins Gefängnis zu schicken!« Einige grölten und klatschen Beifall, aber die meisten schwiegen.

Nicholas wurde erst blass, dann so rot wie sein Haar. Er trat vor, hob den Arm und sprach zu der Menge: »Ja! Ich wurde als Edelmann geboren, aber mein Vater hat mich verstoßen. Ich habe kein Land und keine Pächter, bin nichts weiter als ein angehender Anwalt. Es stimmt schon, als ich nach Norfolk kam, da glaubte ich noch, die Edelleute seien die geborenen Herrscher, doch jetzt – nachdem ich erlebt habe, wie trefflich ihr dieses Lager organisiert habt, und mit ansehen musste, wie eine königliche Armee gleich einer Horde Schafe das Weite suchte –, weiß ich nicht mehr, was ich glauben soll. Ich hatte Master Shardlake mein Wort gegeben, hier keinen Verdruss anzufangen, und ich halte meine Versprechen. Sperrt mich ein, wenn ihr wollt, weil ich als ein Gentleman geboren und erzogen wurde. Dafür kann ich nichts.« Er hielt kurz inne, um Luft zu holen, und deutete dann seinerseits auf Toby Lockswood. »Eines aber bin ich ganz gewiss nicht, ein Lügner! Und auch kein Mann, der seine Gehässigkeiten hortet wie ein Eichhorn seine Nüsse! Soll das etwa Toby Lockswoods Gemeinwohl sein, in dem Männer ihre Macht missbrauchen, um anderen zu schaden? Wollt ihr das nicht gerade verändern?«

Einen Augenblick schwieg die Menge. Dann brüllte Toby zurück: »Wir werden euch allen den Garaus machen!«

Da schlug Robert Kett mit der Faust auf den Tisch, dass alle erschraken. Er sprang auf, und mit einer Lautstärke, wie sie weder Lockswood noch Nicholas zuwege gebracht hätten, brüllte er zu Toby hinunter: »Ich habe dir vertraut, Lockswood, hielt dich für einen Mann, der sich mit uns für die Gerechtigkeit einsetzt. Aber der Junge hier hat recht, mit Lügen schafft man keine bessere Welt, und du hast uns Lügen aufgetischt! Du taugst nicht dazu, ein gerechtes Gemeinwohl zu errichten! Hiermit entziehe ich dir die Befugnis als Verbindungsmann.« Entsetzt wich Toby einen Schritt zurück. Kett wandte sich an die Menge. »Nun, ist Nicholas Overton schuldig oder nicht schuldig?«

Einige riefen: »Schuldig!«, aber weitaus mehr: »Nicht schuldig!« Und dann: »Lasst ihn frei!« Meine größte Sorge war gewesen, dass es Nicholas nicht gelingen könnte, die Menge auf seine Seite zu bringen, doch er hatte es geschafft, und mit Bravour. Kett wandte sich an ihn. »Master Overton, man hat Euch freigesprochen. Ihr dürft hier im Lager bleiben oder es in Frieden verlassen, wenn Euch das lieber ist. Ich überlasse es Euch.«

Mit einem Blick auf Barak und mich sagte Nicholas: »Wenn Ihr gestattet, Captain Kett, möchte ich bei meinen Freunden bleiben.«

Wieder deutete Toby auf Nicholas und schrie: »Wir sind noch nicht fertig miteinander. Noch lange nicht.« Unwillkürlich kamen mir Michael Vowells Worte in den Sinn, dass er an Tobys Verstand zweifle. Da machte Toby auf dem Absatz kehrt und bahnte sich einen Weg durch die Menge. Die meisten wichen vor ihm zurück.

Nicholas kam, ein wenig wackelig auf den Beinen, zu uns herüber. Kett holte tief Luft und winkte mich zu sich. »Kommt herauf, Master Shardlake, und steht mir zur Seite bei den nächsten Fällen. Die Plünderer und der Dieb«, ergänzte er abschätzig.

❖

Nach dem dramatischen Prozess gegen Nicholas waren die folgenden Fälle die reinste Entspannung, wenigstens für mich. Ein halbes Dutzend mutmaßliche Plünderer, von ihren Kameraden angezeigt, wurde vor die Tribüne gebracht. Ärger schlug ihnen entgegen, nicht weil sie die reichen Bürger aus Norwich bestohlen, sondern weil sie das gemeinschaftliche Schatzamt in Surrey Place betrogen hatten. Die Beweismittel, die man in ihren Hütten sichergestellt hatte, wurden vorgelegt, Teller aus Gold und Silber, Vasen, kostbares Geschmeide und Goldmünzen. Bis auf zwei wurden alle von ihren Kameraden für schuldig befunden.

Nun blieb nur noch der Dieb zu richten, der seine Lagergesellen bestohlen hatte. Der magere, zerlumpte Kerl mittleren Alters mit seiner roten, ädrigen Säufervisage bot ein Bild des Jammers. Sein Ankläger, Repräsentant einer Hundertschaft, sagte, der Mann sei wie viele aus Norwich heraufgekommen, um sich dem Lager anzuschließen. Seit seiner Ankunft vor zehn Tagen seien mehrere Gegenstände aus benachbarten Hütten verschwunden. Eine Durchsuchung seiner Unterkunft habe Diebesgut ans Licht gebracht, im Erdreich vergraben. Die Beweismittel befanden sich in einem großen Lederbeutel, den der Kläger auf Ketts Tisch entleerte. Ich blickte auf einen kleinen Haufen Dinge von geringem Wert – eine abgenutzte Bibel, einige Silbermünzen, eine Halskette aus billigen Steinen, Ringe und kleine Gewandnadeln aus minderwertigem Gold. Diese Gegenstände hatten jedoch zweifellos einen großen ideellen Wert für diejenigen, die sie mit heraufgebracht hatten.

Der Mann, dessen Name Dorton war, sprach mit gebrochener Stimme. »Ich bin schuldig, Captain Kett, ich kann es nicht leugnen.

Ich bin ein Säufer und ein Sünder. Doch ich bin arm, habe niemanden auf der Welt, und unser Herr Jesus hat doch den schlimmsten Sündern vergeben, oder nicht?«

Kett sagte leise zu mir: »Mit diesem Geständnis wäre der Fall erledigt, nicht wahr, Master Shardlake?« Ich nickte. Er wandte sich an Dorton. »Ich hoffe, dass Christus dir vergibt, aber ein armer Mann sollte nicht andere Arme berauben. Dem Landesgesetz nach müsstest du hängen, aber wir wollen Gnade walten lassen. Du wirst das Lager auf der Stelle verlassen und nicht mehr zurückkehren.«

Ich hörte kaum noch hin, als Kett das Urteil verkündete, da mein Auge, das ich über die kleine Ansammlung von Diebesgut hatte wandern lassen, plötzlich vom hellen Funkeln reinen Goldes angezogen war. Es war der Trauring einer Frau und kostbar. Ich hob ihn auf und besah mir die Innenseite. Dabei kniff ich die Augen zusammen, um die Widmung ausmachen zu können. Ich erstarrte. In winzigen Lettern stand da: *John Boleyn, 1530, Edith Reynolds*. Ich hielt Ediths Trauring in Händen, der ihr nicht am arthritischen Finger gesteckt hatte, als sie Lady Elizabeth aufsuchte. Und nun lag er hier, inmitten einer Ansammlung wertlosen Plunders im Mousehold-Lager.

KAPITEL NEUNUNDSECHZIG

Ediths Trauring in den Fingern haltend, wurde mir mit einem Mal schwindelig, wie schon in der Hütte, und ich schüttelte den Kopf. Gerade wollte Kett von Dorton wissen, wo genau er die Gegenstände entwendet habe, damit die Eigentümer sie zurückfordern konnten. Ich hielt den Trauring in der Faust. Einige Männer kamen auf die Tribüne, um sich ihren Besitz zurückzuholen, während der Dieb, von einem Soldaten bewacht, mit hängendem Kopf dabeistand. Als der letzte Gegenstand seinen rechtmäßigen Besitzer gefunden hatte, öffnete ich die Faust und zeigte Kett, was darin lag.

Er maß mich mit neugierigem Blick. »Wem gehört er?«

»Er gehörte der Frau, deren Mörder ich ermitteln sollte. Ihr Name und der ihres Gatten sind auf der Innenseite eingraviert.«

Er schüttelte den Kopf und raffte forsch seine Unterlagen zusammen. »Nicht das schon wieder. Wenn Ihr wollt, behaltet ihn. Ich reite jetzt hinunter zur Kathedrale. Habt Dank für die Hilfe, der heutige Tag ist den Leuten hoffentlich eine Lehre, dass wir hier oben keine Diebe dulden. Ach ja, dieser Overton soll sich irgendwie nützlich machen.«

»Natürlich, aber darf ich den Dieb zuerst noch fragen, wo er den Ring gefunden hat?«

»Wie Ihr wünscht, aber danach soll er unverzüglich gehen. Wartet mit Dorton«, rief Kett den Soldaten zu, die die Schuldigen abführten. »Serjeant Shardlake will ihm noch eine Frage stellen.«

Ich bedeutete Barak und Nicholas, mir zu folgen, und wir gingen hinüber zu Dorton. Er wich zurück, als wir uns näherten. Ich öffnete die Hand. »Wo hast du diesen Ring gefunden?«

Er sah ihn an. »Alles andere hab ich aus den Hütten gestohlen, Sir, aber dieser Ring – der war ein Geschenk Gottes.«

Ein Soldat versetzte ihm einen Schlag auf den verdreckten Kopf. »Red kein dummes Zeug, du versoffenes Aas, sonst ziehen wir dich hinter die Lagergrenze und prügeln dich windelweich.«

»Was meinst du damit, Dorton?«, fragte ich unbeirrt.

»Nur, dass ich ihn nicht aus den Hütten habe, mein Wort darauf. Ich ging den Pfad entlang zu meiner eigenen Hütte, und da lag er auf dem Boden und glänzte in der Sonne – das war vor etwa zehn Tagen, bevor das Wetter umschlug. Jemand muss ihn dort verloren haben.«

Der Soldat schnaubte verächtlich. »Einen Ring aus gutem Gold?«

»So ist es gewesen, ich schwör's!«, sagte Dorton verzweifelt. »Warum sollt ich lügen, wo ich alles andere zugegeben hab?«

Ich nickte. »Stimmt. Der Ring gehörte übrigens einer Frau, die ich kenne. Lag noch etwas dabei?«

Dorton langte in seine zerlumpte Jacke und fischte einen doppelseitigen Nissenkamm heraus, winzige schwarze Leiber zwischen den Zinken. »Der lag gleich daneben, ich hab ihn behalten.«

»Sonst nichts?«

»Nein, ich schwör's. Den Ring wollte ich auf dem Markt in Norwich verkaufen, doch dann kam die Schlacht, und danach …« Der Biergeruch in seinem Atem genügte, um den Satz zu vervollständigen.

Er hatte in der Tat nichts zu gewinnen, indem er log, dachte ich und sagte: »Zeig meinen Freunden und mir die Stelle, wo du den Ring und den Kamm gefunden hast. Mit Eurer Erlaubnis«, fügte ich an den Soldaten gerichtet hinzu. Er zuckte die Schultern und folgte nach, als Dorton uns mitten hinein ins Lager führte. Er erreichte eine Stelle, an der sich zwei Wege kreuzten, und deutete auf den Boden. »Genau hier, Sir. Meine kleine Hütte ist« – er schluckte –, »war eine Viertelmeile in dieser Richtung.«

Ich bückte mich hinunter. Der Pfad war jetzt aufgeweicht, doch zwei Wochen zuvor war er trocken und zerfurcht gewesen. Hätte jemand einen Goldring verloren, wäre er bald entdeckt worden. Ich blickte die sich kreuzenden Wege entlang. Toby Lockswoods Hütte stand ganz in der Nähe. Ich nickte. »Danke, Dorton.«

Er grinste mich an und zeigte ein paar verfärbte Zähne. »Wollt

Ihr mir nicht helfen, Master? Gebt mir doch ein bisschen Geld mit auf den Weg!«

»Ja freilich, ins nächste Wirtshaus«, sagte Barak. Ich schüttelte den Kopf, obschon ich Mitleid hatte mit dem Mann, und der Soldat führte ihn grob mit sich fort.

❖

Barak, Nicholas und ich kehrten zu unserer Hütte zurück. Ich war erfreut, als Goody Everneke, Simon, Natty und Goodman Dickon, der den Gutsherren von Swardeston verklagt hatte, uns zu Nicholas' Sieg beglückwünschten. »Willst du uns jetzt helfen, Junge, dir dein Brot verdienen?«, fragte Dickon.

Simon meldete sich zu Wort. »Du kannst uns mit den Pferden zur Hand gehen, Master Nicholas, nicht?« Er hüpfte aufgeregt auf und ab. »Du bist doch gewiss ein guter Reitersmann.«

Nicholas lächelte. »Eine ausgezeichnete Idee. Ja, das kann ich tun.«

Simon warf vor Freude die Arme in die Luft. Ich fragte Natty: »Wie geht es dir?«

Goodwife Everneke sagte: »Sein Arm ist Gott sei Dank nicht mehr geschwollen. Ich hab ihm gezeigt, wie er die Salben benutzen muss, die Ihr für ihn gekauft habt.«

»Das Zeug brennt wie die Hölle«, sagte Natty, lächelte dabei aber Goodwife Everneke zu, die sich so freundlich um jeden kümmerte, der Hilfe nötig hatte.

»Habt vielen Dank«, sagte ich zu ihr. Und an Barak und Nicholas gewandt: »Kommt in die Hütte, ich muss mit euch reden.«

Im Halbdunkel mit dem Rücken an der Wand sitzend, zeigte ich Barak und Nicholas den goldenen Ring. Barak pfiff durch die Zähne. »Er ist es tatsächlich.«

»Wie ist er bloß ins Lager gekommen?«, fragte Nicholas.

Ich holte den grindigen Nissenkamm hervor. »Er lag neben dem hier. Das klingt, als wäre beides jemandem aus dem löchrigen Beutel gerutscht.«

»Und das vor knapp zwei Wochen. Und Dorton war gleich darauf zur Stelle und hat beides gefunden.«

»Aber wer in drei Teufels Namen hat den Ring verloren?«, fragte Barak.

»Der Betreffende muss ihn seit Jahren aufbewahrt haben«, sagte Nicholas bedächtig. »Erinnert euch, was Master Parry uns erzählte: Ediths Fingerknöchel waren viel zu geschwollen, um einen Trauring abzuziehen. Und dieser hier wurde abgezogen, nicht aufgeschnitten.«

Ich sagte: »Wir müssen die Leute in den umliegenden Hütten befragen, eine etwas zeitaufwendige Pflicht. Wir sagen, wir hätten in der Nähe einen goldenen Ring gefunden und wollten herausfinden, wem er gehört.«

Barak lachte. »Dann wird jeder ihn einfordern.«

»Wir fragen sie zuerst, was auf der Innenseite eingraviert ist. Kommt, wir beginnen mit Toby Lockswood. Nick, du bleibst besser hier unten am Weg. Wer immer diesen Ring bei sich hatte, könnte Edith Boleyn all die Jahre Unterschlupf gewährt haben. Oder er hat sie gefangen gehalten und vielleicht sogar ermordet. Wir sollten unsere Messer mitnehmen.«

Eine halbe Stunde später standen wir vor Tobys Hütte. Ausnahmsweise zeigte sich die Sonne. Toby war mit einem Wetzstein zugange und schärfte ein langes Schwert. In aller Ruhe entfernte Barak die Hülle über dem Messer an seiner Eisenhand. Lockswood blickte zu uns auf, die Augen voller Hass – aber da war noch etwas. Wahnsinn? Wenn ihn sein Verstand verließ, kam mir in den Sinn, dann war vielleicht er es, der den Aufenthaltsort von Miles' Ehefrau preisgegeben hatte. Doch nein, seine Leidenschaft für die Sache der Aufständischen war zweifellos echt. Er fuhr sich mit der Hand durch das schwarze Lockenhaar.

»Was wollt ihr zwei?«, blaffte er. »Wo ist der kleine Lord? Auf einem Pferd nach London, nehm ich an.«

»Er wartet am Ende des Wegs auf uns«, sagte Barak. »Jetzt hast du ja dein Schwert, wie?«

»Ja. Im Lager dürfen auch wir Gemeine Schwerter tragen. Um jeden Edelmann und Höfling aufzuschlitzen, der sich hierherwagt.«

Ich versuchte, höflich zu bleiben. »Wir sind nicht hier, um zu streiten, Toby.« Ich zog den Nissenkamm aus der Tasche. »Gehört er Euch? Ich hab ihn gefunden.«

Er schüttelte den Kopf und kramte ebenfalls einen Kamm aus seiner Tasche. »Nein, ich habe einen hier.« Er runzelte die Stirn. »Ihr seid doch wohl nicht gekommen, um mich zu fragen, ob ich meinen Nissenkamm verloren habe.«

»Nein. Vielleicht erinnert Ihr Euch noch, wie Ihr uns geholfen habt, Edith Boleyns Mörder zu suchen. Dann dürfte Euch das hier interessieren.« Ich hielt ihm den Trauring hin.

Toby sah ihn an und konnte seine Neugier nicht verhehlen. »Gutes Gold, mit den eingravierten Namen. Woher habt Ihr ihn?«

»Von dem Gelegenheitsdieb, der die Leute im Lager bestohlen und heute deshalb vor Gericht gestanden hat. Das hier war Teil seiner Beute. Er hat alles gestanden, nur diesen Ring hier, den hatte er auf dem Boden gefunden, unweit der Kreuzung. Er hat uns die Stelle gezeigt. Warum sollte er lügen?«

Toby sagte ungläubig: »Er lag einfach auf dem Weg?«

»Ja. Jemand muss ihn verloren haben.«

Lockswood gab ihn mir unwirsch zurück. »Dann findet ihn.« Er runzelte die Stirn. »Und der Kamm lag wohl daneben, wie?«

Ich zögerte. »Ja.«

»Und wenn ich behauptet hätte, dass er mir gehört, hättet Ihr es als erwiesen angesehen, dass ich auch den Ring hatte.«

»Jeder Anwalt würde diese Taktik anwenden.«

Er hob sein Schwert und sagte drohend leise: »Packt euch, ihr zwei. Und kommt nicht wieder.«

⚜

Barak, Nicholas und ich teilten uns auf und verbrachten eineinhalb Stunden damit, die Bewohner der angrenzenden Hütten zu
befragen. Dabei musste ich ständig an die mögliche Gefahr denken,
aber wir waren bewaffnet, und die Wahrscheinlichkeit, dass jemand
uns inmitten dieser dichtbesiedelten Gegend überfiel, war, wie ich
hoffte, gering. Die meisten sagten schlicht, sie hätten keinen Ring
verloren, und wer Anspruch darauf erhob, konnte uns nicht sagen,
was darin eingraviert war. Die Möglichkeit, mehr über Edith und ihren Aufenthaltsort in den letzten neun Jahren herauszufinden, hatte
mich aufgerüttelt. Dennoch war ich müde, als wir uns schließlich
an der Kreuzung wiedertrafen. Barak sagte finster: »Wer immer ihn
verloren hat, könnte doch jeden der vier Pfade genommen haben
und dann noch meilenweit gelaufen sein.«

»Den letzten Weg gehen wir gemeinsam«, sagte ich. »Und dann —
vielleicht morgen — können wir ein paar Männer an unserer Suche
beteiligen, gegen Bezahlung, versteht sich …«

»Meiner Schätzung nach lagern acht- oder neuntausend Leute
hier oben auf dem Mousehold«, sagte Barak. »Das kann lange dauern.«

Doch die Antwort erhielten wir früher als erwartet. Beim dritten Hüttendorf, dessen Pfarrfahne im windstillen Nachmittag schlaff
herabhing, waren mehrere Männer damit beschäftigt, das Dach einer
Hütte mit frischem Farnkraut zu decken, da das alte im Sturm her-
abgerissen worden war. Einer von ihnen, schlank und in den Dreißigern, stand auf einer kurzen Leiter, und ich erkannte ihn sofort,
Peter Bone. Im selben Moment fuhr es mir in den Sinn, dass ich
ihm vor etwa zwei Wochen begegnet war. Damals war er mit einem
Beutel voller Habseligkeiten von Norwich heraufgekommen. Just
um diese Zeit hatte Dorton angeblich den Ring gefunden. Ich rief:
»Peter, darf ich Euch kurz sprechen?«

Wieder sah er drein, als würde er das Gespräch lieber vermeiden,
kam aber herunter. »Entschuldigt, Nachbarn«, sagte er zu den anderen, die uns neugierig musterten. Er führte uns in eine der kleinen
Hütten, die Alleinstehende beherbergten. Alles darin war sauber und

ordentlich. Der Beutel, den ich ihn hatte tragen sehen, lag in einer Ecke. Wir ließen uns nieder, Barak und Nicholas zu beiden Seiten der Tür.

Nicholas wies auf den Beutel. »Der Saum hat ja ein Loch, Ihr solltet es flicken, sonst fällt Euch noch etwas heraus.«

»Das hier zum Beispiel.« Ich öffnete meine Hand und zeigte ihm Kamm und Ring. Er blickte uns aus weit aufgerissenen Augen an, ehe er den Kopf hängen ließ und zu Boden starrte. Ich sagte: »Ihr wisst, was auf der Innenseite eingraviert ist?«

Er sagte mit monotoner Stimme: »Ja. Das ist Edith Boleyns Trauring.« Als er wieder aufblickte, war sein schmales Gesicht plötzlich von Trauer zerfurcht. »Ich habe Stunden danach gesucht; er muss an dem Tag durch den Riss im Saum gerutscht sein, da ich meine Habseligkeiten ins Lager heraufbrachte.« Er stieß einen tiefen Seufzer aus, fast schon ein Ächzen. »Wo hat er denn gelegen?«

»Ein Dieb fand ihn auf dem Weg, an der Kreuzung, wahrscheinlich am selben Tag, an dem er Euch verlorenging. Dem Mann wurde heute unter der Eiche der Prozess gemacht. Ich untersuchte den Ring und sah die Gravur.«

Bone betrachtete ihn. Eine Weile schwieg er still, dann sagte er: »Edith trug ihn am Finger, als sie zu uns kam, nahm ihn aber bald darauf ab – damals hatte sie noch keine geschwollenen Fingerknöchel – und verwahrte ihn in einer Schublade.« Er lachte verbittert. »Am besten, ich erzähle Euch die ganze Geschichte. Bis vor kurzem hatte ich Angst, Ediths Vater könnte mich vor den Richter zerren und behaupten, ich hätte sie verschleppt. Jetzt sieht die Sache anders aus.«

»Habt Ihr sie denn verschleppt?«, fragte ich in scharfem Ton.

Er sah mich an, und seine Augen in dem schmalen, zerfurchten Gesicht traten hervor. »Aber nein.«

»Habt Ihr sie getötet?«

Wutentbrannt entgegnete er: »Wenn ich wüsste, wer's getan hat, würde ich ihn hiermit erstechen.« Er zog ein Messer aus dem Gürtel und hielt es in die Höhe.

»Her damit«, sagte Barak ruhig. Widerstrebend gehorchte Bone.

Ich sagte: »Wenn Ihr die Wahrheit gesagt habt, machen wir Euch keine Schwierigkeiten, versprochen. Und jetzt erzählt mir, was Ihr wisst, Edith zuliebe.«

Peter Bone lehnte sich gegen die Holzwand. Fast befürchtete ich, er werde nicht sprechen, doch dann sagte er: »Mein Vater war ein Weber und beackerte ein kleines Stück Land unweit von Wymondham. Er hatte drei Kinder, zuerst mich, dann meine Schwestern Mercy und Grace. Einige Weber sind wohlhabend, andere nur kleine Handwerker wie mein Vater. Er ist 1531 gestorben, Gott hab ihn selig, ein Jahr nach meiner Mutter. Die Pacht von Haus und Hof endete mit seinem Tod, er hinterließ meinen zwei Schwestern und mir nur sein Werkzeug und ein wenig Geld. Ich hatte das Weberhandwerk von ihm gelernt, und wir drei, damals noch jung, kamen überein, dass ich nach Norwich gehen und mit dieser Zunft mein Glück machen sollte, während Mercy und Grace, die meine Mutter als Dienstmägde ausgebildet hatte, versuchen würden, sich in Adelshäusern zu verdingen. Also kam ich hierher nach Norwich, mietete mir ein Haus, und eine Weile war ich auch erfolgreich, hatte meine eigenen Spinnerinnen und Tuchveredler. Ich bezog das Haus, in dem Ihr mich zum ersten Mal traft. Und nahm ein braves Mädchen aus Norwich zur Frau.« Er schüttelte traurig den Kopf. »Es waren glückliche Zeiten, aber leider nicht von Dauer. Sie starb an den Pocken. Die Geschäfte gingen nur noch schleppend – die Reichen aus Norwich nahmen die Tuchherstellung mehr und mehr in die eigenen Hände, beschnitten dadurch das Fortkommen der kleinen Leute.« Er schloss die Augen und seufzte. »Doch ich arbeitete weiter, hielt mich über Wasser. Alle wussten, dass meine Schwestern beide in Stellung waren. Im Haus der vornehmen Familien mussten Grace und Mercy sich sittsam betragen, obwohl beide von Natur aus laut, freundlich und zuweilen ein wenig aufmüpfig waren.« Er lächelte traurig.

»Wie wäre es mit einem Bier, Goodman Bone?«, fragte ich sanft.

Er schüttelte den Kopf. »Nein, danke. Ihr wollt doch, dass ich mit meiner Geschichte fortfahre, nicht? Tja, meine Schwestern verdingten sich in verschiedenen Häusern. Grace trat, wie Ihr wisst, irgendwann in Edith Boleyns Dienste. Das war im Jahr '38. Mercy dagegen ereilte ein trauriges Schicksal.« Er rang die schmalen Hände. »Meine Schwestern, ich sagte es schon, ähnelten sich in ihrer Art, und beide hatten anmutiges dunkles Haar und große blaue Augen. Doch in einem unterschieden sie sich: Grace schien keinerlei Interesse an Männern zu haben, während Mercy – nun ja, Mercy mochte sie gern. Sie arbeitete für eine Familie auf einem Anwesen drüben bei Cromer, und '33, nur zwei Jahre nach Vaters Tod, ließ der Grundherr mich zu sich rufen. Sein Sohn habe Mercy geschwängert, sagte er mir – oh, zweifellos hatte sie ihn ermutigt –, und sie habe einen kleinen Sohn geboren. Sie sei bei der Geburt gestorben.« Wieder schwieg Bone einen Moment, ehe er, fast flüsternd, fortfuhr: »Ich habe meinen Neffen nur ein einziges Mal gesehen, als neugeborenen Säugling in den Armen seiner Amme. Auch den Kindsvater traf ich, einen gutaussehenden jungen Mann. Und er war genauso traurig wie ich, das konnte ich spüren. Für seinen Vater jedoch war alles eine Frage des Geldes.« Seine Miene verfinsterte sich. »Er sagte, er habe Mercy bereits in aller Stille beerdigen lassen. Sein Sohn werde sich um den Knaben kümmern und ihm eine gute Erziehung angedeihen lassen. So weit, so gut. Eines jedoch kann ich ihm niemals vergeben: Er sagte, ich müsse mich von seiner Familie fernhalten, dürfe auch niemandem erzählen, was geschehen war, sonst würde er den Knaben verstoßen. Mercy habe sich schließlich als wollüstige Sünderin erwiesen.«

Dann brach er plötzlich in Tränen aus und schluchzte wie ein Kind. Wieder fragte ich ihn sanft, ob er etwas trinken wolle, doch er schüttelte den Kopf, wischte sich wütend die Tränen aus dem Gesicht und fuhr in seiner Geschichte fort: »Ich gab mein Einverständnis, dem Kind zuliebe. Er dürfte mittlerweile halbwüchsig sein. Ich weiß nicht einmal seinen Namen. Und wann immer mich jemand nach Mercy fragte, sagte ich, sie sei jetzt oben in Yorkshire in Stellung, viel zu weit, um mich zu besuchen. Nach einigen Jahren erinnerte sich kaum noch jemand an sie. Grace war mir ein Trost, besuchte mich oft, weil sie in der Nähe lebte. '38 dann trat sie bei den Boleyns in den Dienst. Die Bezahlung war gut, und das musste sie auch sein, denn die Familie war bekanntermaßen schwierig. Doch Grace fasste eine so tiefe Zuneigung zu Edith Boleyn, wie sie sie außer für Mercy und mich noch für niemanden empfunden hatte. Edith vertraute Grace an, dass sie ihrem Mann keinerlei Liebe schenken könne, überhaupt keinem Mann.« Er blickte zu mir auf. »Ihr eigener Vater, erzählte sie Grace im Vertrauen, habe sie als Kind geschändet.« Nicholas äußerte einen Laut des Ekels, aber Peter sagte: »Ihr würdet Euch wundern, wie oft dergleichen geschieht, bei Reich und Arm gleichermaßen.«

»So ist es«, pflichtete ich ihm grimmig bei, weil ich an Thomas Seymour und Lady Elizabeth denken musste.

»Grace blieb jedenfalls im Haushalt der Boleyns, dessen Mitglieder einander herzlich hassten. Ediths Ehemann konnte einfach nicht begreifen, warum seine Frau nicht mit ihm schlafen wollte.«

»Hat Edith ihm erzählt, was ihr Vater ihr angetan hatte?«

»Nein. Sie schämte sich zu sehr. Sie erzählte nur Grace davon. Grace tat John Boleyn leid, obwohl er nicht selten die Beherrschung verlor und sich unerbittlich mit seinem Nachbarn zankte. Und diese Zwillinge, wiewohl noch keine zehn Jahre alt, waren schon damals gewalttätig und nicht zu bändigen. Vielleicht lag es zum Teil daran, dass Edith von Anfang an nichts für sie übrighatte. Ihr kennt doch gewiss die Geschichte von Gerald, der Barnabas die Wange aufschlitzte, um die Aufmerksamkeit der Mutter zu erlangen. Grace sah es kommen. Danach fühlte Edith sich schuldig und verweigerte wieder einmal jede Nahrung. Grace hatte entsetzliche Mühe, Edith dazu zu bewegen, wenigstens das Nötigste zu essen, um am Leben zu bleiben.« Er schüttelte müde den Kopf.

»War sie irrsinnig?«, fragte Nicholas.

»Sie hat sich selbst bestraft«, sagte Peter in jähem Zorn. »Wenn das Irrsinn ist, dann meinetwegen.«

Ich sagte: »Und dann begann das Liebesverhältnis zwischen John Boleyn und Isabella.«

»Ja. Als Edith davon erfuhr, hörte sie erneut auf zu essen. Grace meinte, Edith habe sich selbst die Schuld gegeben, dass ihr Ehemann sich einer anderen Frau zugewandt hatte.« Peter seufzte müde. »Als Edith sich erneut fast zu Tode hungerte, war Grace schließlich der Meinung, es könne so nicht mehr weitergehen. Und sie hatte eine Idee. Sie schlug Edith vor, mit ihr gemeinsam Brikewell zu verlassen und zu mir nach Norwich zu ziehen, wo Edith sich als die heimgekehrte Mercy ausgeben würde. Es wusste ja niemand, dass Mercy tot war. Grace erzählte mir von ihrer Idee. Es dauerte, bis sie mich überzeugt hatte, das kann ich Euch sagen, aber Grace war« – er lächelte wehmütig – »sehr willensstark.«

Ich war im Begriff zu fragen, ob Edith und Grace zu jenem Typ Frauen gehörten, der sich nicht zu Männern, sondern zu ihresgleichen hingezogen fühlte. Doch solche Angelegenheiten waren für den Fall ohne Belang.

Peter fuhr fort: »Edith fand etwas, das sie noch nicht gekannt hatte, nämlich Frieden und Geborgenheit. Sie und Grace standen einander sehr nah. Und ich mochte Edith; als sie die Fesseln der Boleyn-Familie abgeworfen hatte, blühte sie auf, nahm an Gewicht zu, zeigte sogar humorvolle Seiten. Und sie konnte auch fest zupacken.«

Ich hatte Mühe, meiner Rührung Herr zu werden, und sagte leise: »Dann hatte Edith am Ende doch Menschen, die sie liebten und wertschätzten. Ich hatte schon befürchtet, es sei ihr verwehrt gewesen.«

Peter Bone nickte, sichtlich bewegt.

Nicholas sagte: »Unsere Freundin Josephine Brown erzählte uns, beide Schwestern seien sich ähnlich gewesen, dunkelhaarig und drall. War Edith nicht blond?«

Zum ersten Mal lächelte Peter unverhohlen. »Als Edith zu uns kam, hat Grace ihr als Erstes die Haare so schwarz gefärbt, wie ihre eigenen und Mercys waren. Dann musste sie essen – Grace stellte die Bedingung, dass Edith nie mehr hungern dürfe. Sie versprach es und war bald wieder so drall wie früher.«

»Und was sprang für Euch dabei heraus, Goodman Bone?«, fragte Barak ungerührt.

Peter hielt seinem Blick stand. »Meine Schwester und ich haben eine arme Frau davor bewahrt, Hungers zu sterben. Und mit zwei Frauen im Haus – da hatte ich manchmal das Gefühl, als wäre Mercy wieder am Leben. Ach ja, und ich konnte den reichen Herren eins auswischen.« Er lachte. »Wisst Ihr, was Edith am schwierigsten fand an ihrer – Tarnung, obwohl sie unumgänglich war? Dass sie die Schürze und das wollene Kleid einer armen Frau tragen und sich das Gesicht beschmutzen musste. Die schäbigen Schuhe. Dass sie ihre Art zu sprechen verhehlen musste, das Zeichen der Herrschenden.« Er blickte mich an. »Ihr habt hier dasselbe versucht.«

»Ja, in der Tat. Es erleichtert einem das Leben.« Und das Puppentheater hatte mich auf die Idee gebracht, dachte ich: auf die Möglichkeit, dass sich in unserer Gesellschaft eine Frau in eine andere verwandeln konnte, indem sie ganz einfach die Kleider wechselte. Doch damals war ich zu erschöpft gewesen, um den Gedanken weiterzuverfolgen.

»Edith wusste, dass sie nur so überleben konnte«, fuhr Peter fort. »Und sie gewöhnte sich recht schnell an unser Leben. Wir drei haben vergnügliche Zeiten erlebt. Edith blieb an Markttagen lieber im Haus und vermied die reicheren Stadtviertel, doch gelegentlich begegnete sie in den Gassen Leuten ihres Standes, die sie einmal gekannt hatte. Und keiner würdigte sie je eines zweiten Blickes. Sie war für sie einfach nur irgendein armes Weib.«

Nicholas schüttelte den Kopf. »So. Nun wissen wir also, wo sich Edith all die Jahre aufhielt.«

Stille zog ein in der Hütte, als wir das Gehörte zu verdauen suchten. Mit schiefem Lächeln sagte Peter Bone: »Da seid Ihr platt, nicht wahr, Master Shardlake? Eine reiche Frau, die lieber arm sein will.«

»Tja. Wer hätte das gedacht.« Ich lächelte traurig. »Und wie kommt's, dass Edith Euch verließ?«

Peters Miene verfinsterte sich. »Zur letzten Jahreswende hatten wir schwere Zeiten. Ich musste meine Arbeiter entlassen. Edith und Grace halfen mir zwar beim Spinnen und Weben, aber Edith hatte Schmerzen in den Fingern, und ihre Knöchel waren geschwollen.« Er seufzte. »Sie hatte oft Beschwerden und konnte nicht arbeiten. Dann kam im Frühjahr die Grippe und raffte die arme Grace dahin. Es war ein entsetzlicher Schlag für Edith und mich. Inzwischen konnten wir den Mietzins für das Haus nicht mehr bezahlen, und Edith konnte noch immer nicht arbeiten. Da sagte sie, dass sie noch eine Möglichkeit sehe. Sie würde eine entfernte, aber sehr reiche Verwandte ihres Ehemannes um Hilfe bitten. Damals wusste ich nicht, dass sie von Lady Elizabeth sprach. Sie machte sich im März auf den Weg, mit ein wenig Geld, und versprach, in ein paar Wochen zurückzukehren, doch das tat sie nicht. Dann erfuhr ich, dass sie bei Brikewell tot aufgefunden worden war.«

»Damals habt Ihr gelogen und behauptet, Eure Schwestern seien beide am Lungenfieber gestorben.«

Seine Miene verfinsterte sich erneut. »Ich sagte Euch, dass Boleyns Leute nach Grace gesucht hätten, nachdem sie und Edith aus dem Boleyn-Haushalt verschwunden waren. Die Nachricht von Ediths Tod raubte mir jede Tatkraft; ich wollte auf keinen Fall verraten, wo sie gewesen war. Es hätte auch nichts gebracht; ich hatte keine Ahnung, wer sie auf dem Gewissen hatte.« Er blickte mich an. »Es hätte auch Eurem Freund, Master Boleyn, nicht weitergeholfen, wenn herausgekommen wäre, dass Edith so ungern bei ihm gelebt hatte, dass sie geflüchtet war und eine neue Identität angenommen hatte. Außerdem waren Edith und Grace beide tot, und nichts hätte sie mir zurückgebracht.«

Ich fragte leise: »Habt Ihr wirklich keine Ahnung, wer sie ermordet haben könnte?«

Er schüttelte den Kopf. »Nicht die geringste. Ich weiß nur, dass die Tat mit einem unsäglichen Hass begangen wurde.«

Ich fügte hinzu: »Doch ihren Trauring hat sie aufbewahrt.«

»Ja, wie schon gesagt, in einer Schublade. Dann habe ich ihn hierher mitgenommen, er war das einzige Andenken an sie. Ich weiß nicht, warum sie ihn behielt – doch mit dieser Inschrift hätte sie ihn schwerlich auf dem Markt in Norwich verkaufen können, nicht?«

Ich sagte: »Wir finden hoffentlich heraus, wer sie auf dem Gewissen hat, im Augenblick haben wir nur Verdächtige.«

Peter seufzte wieder, und Tränen liefen ihm über die Wangen. »Lasst es mich wissen, wenn Ihr es herausgefunden habt, aber lasst mich ansonsten in Ruhe. Ich versuche jeden Tag, alles zu vergessen, und helfe dabei, ein neues, besseres Gemeinwohl aufzubauen, vielleicht sogar eines, in dem dergleichen nicht mehr geschieht.«

KAPITEL SIEBZIG

Ich saß auf meinem Lieblingshügel und blickte hinunter auf Norwich. Es war ein seltener Sonnentag – aufgrund der vielen Regenschauer hatten Ketts Streitkräfte in der Stadt nicht mehr nur die Kathedrale, sondern auch einige der kleineren Kirchen bezogen, sehr zum Verdruss der frömmeren Bürger. Es war der 16. August. Seit Peter Bone mir verraten hatte, wo Edith all die Jahre gewesen war, waren fast zehn Tage vergangen.

Im Lager war ich zumeist ohne Pflichten. Kett hatte beschlossen, keine Gerichtsverfahren gegen die Edelleute aus Norwich mehr abzuhalten; einige waren auf freien Fuß gesetzt worden, nachdem sie sich bereit erklärt hatten, mit ihm zu kooperieren, andere schmachteten noch immer in den Verliesen der Burg und der Guildhall. Abgesehen von ein paar Dieben oder Raufbolden gab es keine Übeltäter mehr zu richten. Erst jetzt, da ein wenig Ruhe eingekehrt war, erkannte ich, welcher Anspannung ich so lange ausgesetzt gewesen war. In den vergangenen Tagen hatte ich viel geschlafen. Was meine Freunde anbelangte, so halfen Nicholas und Simon die Pferde versorgen; Nattys Arm war wieder heil, nur Barak machte mir Sorgen. Obwohl er nach wie vor Schreibarbeit zu erledigen hatte, die sich hauptsächlich mit Warenlieferungen aus Norwich befasste – noch immer wurde über alles sorgfältig Buch geführt –, hatte er genau wie ich weniger zu tun und schlenderte in seiner Freizeit zumeist im Lager umher, beobachtete die unablässigen Waffenübungen, blieb hie und da stehen, um zu plaudern, aber auch, wie ich bemerkte, um zu trinken. Ich wusste, dass er ein schlechtes Gewissen hatte und sich Sorgen machte um Tamasin, weil er nichts mehr von ihr gehört hatte.

Während ich den Blick über die Stadt gleiten ließ, kam mir erneut die Sache mit Edith in den Sinn. Nachdem man sie in Hatfield abgewiesen hatte, war sie doch sicher wieder zu Peter Bone nach Norwich zurückgekehrt. Doch bevor sie bei ihm angekommen war, hatte jemand sie ermordet, nur wer? Die Zwillinge, Chawry, Boleyn selbst – sein fehlendes Alibi nagte noch immer an mir – oder gar Isabella, sie alle waren verdächtig. Und dann galt es auch noch das undurchsichtige Interesse Southwells und Flowerdews an Gut Brikewell zu erwägen.

Ich dachte über die andere rätselhafte Sache nach, in die ich hineingeraten war: Wer mochte das Versteck von Captain Miles' Familie der Obrigkeit in London verraten haben? War es jemand in der Hauptstadt? Möglich wäre es. Ich glaubte nicht, dass man mich ernsthaft verdächtigte, und fühlte mich auch nicht beobachtet. Damit blieben als mögliche Täter der zunehmend haltlose Toby Lockswood, Edward Brown, Michael Vowell, Peter Bone und der alte, zu Tode gekommene Hector Johnson. Nur konnte ich mir nicht vorstellen, dass einer von ihnen es getan haben könnte. Lockswood hatte ich nicht mehr gesehen, seit ich ihm Ediths Ring gezeigt hatte, den ich jetzt bei mir im Beutel trug. Angeblich fällte er drüben im Thorpe Wood Bäume. Seine Degradierung traf ihn zweifellos schwer, und ich stellte mir vor, wie er seine Wut an den Bäumen ausließ.

Ich hatte Peter Bone versprochen, die Angelegenheit mit Edith nur meinen Auftraggebern zu verraten. Ich war verpflichtet, Parry ins Bild zu setzen; damit wäre den Nachforschungen ein Ende gesetzt, die Lady Elizabeth um Hatfield herum anstellen ließ. Ich schilderte ihm daher Ediths Geschichte in einem Brief. Bezüglich meines Verbleibs schrieb ich, man halte mich im Lager der Aufständischen fest, aber unter durchaus komfortablen Bedingungen. Und natürlich musste auch Robert Kett informiert werden. Wenn er sich nicht bereit erklärte, meinem Brief die Anweisung beizufügen, das Siegel dürfe keinesfalls gebrochen werden, würden es bald die Spatzen von den Dächern pfeifen, dass Edith bei Elizabeth vorsprechen wollte. Gerade das sollte ich doch unbedingt vermeiden.

Ich brachte ihm also den Brief in die Kapelle, wo er ihn las und dabei verwundert den Kopf schüttelte. Neue Sorgenfalten zerfurchten sein Gesicht. Ein Wort in dem Brief machte ihn allerdings stutzig. »Was denn«, rief er entrüstet, »es ist doch nicht wahr, dass Ihr im Lager ›festgehalten‹ werdet. Ihr habt mir Treue gelobt.«

Das hatte ich erwartet. »Ich glaube nur nicht, dass Master Parry oder Lady Elizabeth erfreut wären, wenn sie wüssten, dass ich aus freien Stücken hier verweile.«

Er blickte mich aus seinen großen braunen Augen an, die tief in die Seele einzudringen schienen. »Eine Versicherung also für künftige Aufträge der Lady?«

»Jawohl. Und ihre schützende Hand.«

Er lächelte ironisch. »Wenn wir unsere Ziele erreichen, könntet Ihr doch wieder am Court of Requests arbeiten und den Armen gegen die Grundherren beistehen. Es wird weitere Fälle geben, und das Leben wird einfacher für die Beklagten.«

»Das wäre mir freilich lieber, aber unter Richard Rich als Lordkanzler werde ich niemals dorthin zurückkehren.« Ich erinnerte mich an jenen entsetzlichen Tag im Januar, als ich ihn in Parrys Amtsstube angetroffen hatte. »Seinetwegen bedarf ich der schützenden Hand Lady Elizabeths.«

»Vielleicht werden wir Rich los, wenn unsere Sache obsiegt«, sagte Kett.

»Das walte Gott. Aber – mit Eurer Erlaubnis – ich hätte gern meine Versicherung.«

Kett sagte: »Streicht das Wort ›festgehalten‹. Sagt einfach, dass Ihr Euch im Lager befindet.«

Ich zögerte, nahm schließlich die Feder, die Kett mir reichte, und strich das Wort durch, bis es nicht mehr zu lesen war. Er nickte und streute Löschsand auf den Brief. »Ich sorge dafür, dass er ungelesen in Hatfield ankommt. Durch einen meiner Kuriere, die mir Kunde aus London bringen.«

❧

Zu guter Letzt mussten noch John und Isabella Boleyn ins Bild gesetzt werden. Nachdem Peter Bone mir seine Geschichte erzählt hatte, war ich tags darauf aufgebrochen, sie zu besuchen. Nicholas begleitete mich auf dem mittlerweile vertrauten Weg den Hang hinunter, durch die Trümmer des Torhauses der Bishopsgate Bridge, die Gassen entlang, in denen so viel Blut geflossen war, bis hin zur Burg. Die Leute von Stand, die in Norwich ihrer Wege gingen, blickten gehetzt drein, die Ärmeren dagegen zuversichtlich und zuweilen auch ein wenig dreist. An den Mauern patrouillierten mittlerweile Ketts Getreue, wie ich wusste.

Auf der Burg ging es an diesem Tage ruhiger zu. Der Gestank jedoch hatte sich angesichts der vielen Gefangenen noch verstärkt. John Boleyns Zelle dagegen, geräumig und mit Möbeln ausgestattet, war jetzt auch dank Isabellas Anwesenheit wie eine Insel in einem Ozean der Düsternis. Die beiden erschienen mir ausgesprochen glücklich. Ich erzählte ihnen, was ich über Ediths Verbleib in den vergangenen neun Jahren erfahren hatte. Ich beobachtete sie genau, als ich die Geschichte erzählte; beide schienen aufrichtig überrascht. Boleyn sagte bitter: »Sie hätte mir zumindest schreiben können, dass sie noch am Leben war.«

Isabella sagte sanft: »Vielleicht dachte sie, ihr Schweigen würde dir mit der Zeit die Freiheit geben, dich neu zu vermählen.«

»Du hast sie nicht gekannt, Liebes. Gott hab sie selig, aber Edith dachte immer nur an sich selbst.«

»Möchtet Ihr ihren Ring zurück, John?«, fragte ich.

Zorn blitzte aus seinen Augen. Er schüttelte heftig den Kopf.

Nicholas sagte: »Habt Ihr von Chawry gehört?« Isabella warf mir einen schnellen Blick zu, und ich las in Boleyns Miene, dass sie ihm noch nichts erzählt hatte von Chawrys Versuch, ihr Gewalt anzutun. Vielleicht wollte sie ihn nicht noch zusätzlich belasten. »Nichts«, sagte Boleyn. »Aber er ist noch nicht lange fort, ich hoffe auf baldige Neuigkeiten. Weiß der Teufel, in welchem Zustand Brikewell ist.« Er glaubte also tatsächlich, dass Chawry sich dorthin begeben hatte.

Nach einem Glas Wein machten wir uns auf den Rückweg.

Vor der Kathedrale in Tombland erspähte ich ein vertrautes Paar – Gawen Reynolds und seine Gemahlin Jane. Er ging langsam, über den Stock gebeugt. Sie hatte sich bei ihm eingehängt, ihre Hände wie immer mit weißen Verbänden versehen. Ich zögerte; wenn jemand ein Recht darauf hatte, zu erfahren, was Edith geschehen war, dann doch ihre Eltern.

»Lasst sie«, warnte Nicholas.

»Wenigstens die arme Frau sollte die Wahrheit erfahren.«

»Dann versucht sie allein anzutreffen, wie Ihr es schon einmal getan habt.«

»Damals hatte ich unverhofftes Glück, dergleichen lässt sich nicht wiederholen.«

Während wir so standen, kam ein Junge des Weges, fast noch ein Kind, in einem zerlumpten Kittel aus grober Wolle über einer schäbigen Kniehose und trat vor die beiden hin. »Du alter Gierhals solltest im Kerker sitzen!« Sprach's und reckte dem Alten sein entblößtes Hinterteil entgegen. »Drecksgesindel!«, rief Reynolds und holte mit seinem Stock aus, um dem Jungen eins überzuziehen. Der Junge aber sprang flink davon, so dass Reynolds das Gleichgewicht verlor und zu Boden stürzte. Der Stock war ihm entglitten. Der Junge hielt sich den Bauch vor Lachen, und auch die Wachsoldaten vor dem Eingang zur Kathedrale grinsten. Reynolds, sein mageres Gesicht rot vor Zorn, wollte sich aufrappeln, konnte aber nicht. »So hilf mir doch, du alte Kuh!«, blaffte er seine Frau an. In dem Moment, da der Junge ihren Mann schmähte, hatte sie etwas getan, was ich sie noch nie hatte tun sehen – sie hatte gelächelt, nur eine Sekunde lang. Jetzt blickte sie auf ihren wütenden Mann hinab. »Ich kann nicht, Gawen, meine Hände …«

»Scheiß auf deine Hände, hilf mir auf!«

Mit einem Seufzer ging ich zu ihnen hinüber, Nicholas folgte mir. Reynolds sah nicht sogleich, wer ihm da auf die Beine geholfen und den Stock zurückgegeben hatte, und keuchte: »Ich dank Euch!« Im selben Moment erkannte er uns, und seine Miene verfinsterte sich. »Ihr seid das!«, knurrte er. »Ich brauche Eure Hilfe jetzt ebenso wenig wie damals auf dem Marktplatz. Warum schleicht Ihr mir nach wie zwei Teufel?« Er schlug nach uns und erwischte mich an der Schulter. Nicholas entriss ihm den Stock.

»Kennt Ihr keine Dankbarkeit, Sir?«, fragte er hitzig.

»Her mit meinem Stock, du rothaariger Hundsfott!«, kreischte Reynolds. »Verräterisches Pack! Wisst Ihr, wo ich eben gewesen bin? Im Guildhall-Gefängnis, bei einem befreundeten Kaufmann. Er sitzt dort eingesperrt in einem üblen, dunklen, modrig stinkenden Kellerloch und kann seinen Geschäften nicht mehr nachgehen. Dabei habe ich Verträge mit ihm! Dieses Rebellengesindel ist der Ruin dieser Stadt! Und Ihr zwei seid im Bunde mit diesen aufrührerischen Hunden! Ihr endet am Galgen, Buckliger – am Galgen!« Seine Tirade mündete in einem Hustenanfall, zu unserem Glück, da sich schon eine grinsende Schar Schaulustiger eingefunden hatte. Jane Reynolds lehnte an Augustine Stewards Hofmauer und betrachtete ihren Gatten mit Abscheu. Ich bedeutete Nicholas, er möge mir folgen. Als wir davongingen, bedauerte ich es dennoch, der alten Jane nicht gesagt zu haben, dass Edith vor ihrem schaurigen Tod noch einige glückliche Jahre erfahren hatte.

KAPITEL EINUNDSIEBZIG

Es war inzwischen Mitte August, und von den Boten, die in der St Michael's Chapel eintrafen, erreichten uns nur schlechte Nachrichten. Im Südosten lösten sich die kleineren Lager allesamt auf; die Androhung von Gewalt in Verbindung mit dem Versprechen, jedermann zu begnadigen, mit Ausnahme der Rädelsführer, sowie das Angebot von Geld – 67 Pfund in Suffolk, über 100 Pfund für das Lager vor Canterbury – hatten ihre Wirkung getan. Es waren gewaltige Summen, wenn auch zwergenklein im Vergleich zu den 500 Pfund, die Kett von Southwell erhalten hatte – aber Mousehold war auch das bei weitem größte Lager. Aus dem Westen erreichte uns die Kunde von einer großen Niederlage der Rebellen. Und am 17. August, nachdem der erste Angriff zurückgeschlagen worden war, scheiterte ein großer Trupp vom Mousehold, der hätte Great Yarmouth einnehmen sollen. Dabei fielen den Gegnern dreißig Rebellen und sechs Kanonen in die Hände. Wie es schien, war damit jede Hoffnung dahin, Yarmouth einzunehmen, denn danach trafen einige ärmere Bürger von dort im Lager ein, mehrere in Begleitung ihrer Weiber, dazu die Flüchtlinge aus den Lagern von Suffolk und Essex.

Allerdings erreichte uns die Kunde von einem kleinen Aufstand in Lincolnshire und einem zweiten in Warwickshire. Doch Frankreich hatte England bereits am 8. August den Krieg erklärt. Dies hatte sich schon seit längerem angebahnt, denn die Franzosen unterstützten in zunehmendem Maße die Schotten, und so hegte man im Lager die Hoffnung, dass die Streitkräfte des Protektors jetzt für einen weiteren Schottlandfeldzug gebraucht würden. Doch zwei Tage später wurde in London öffentlich kundgetan, dass man ein weiteres Heer gegen uns aussenden würde. Der Protektor persönlich werde es anführen, hieß es zunächst, dann wurde der Earl of Warwick als Feldherr genannt, zu Wasser und zu Lande ein erfahrener Soldat. Und trotz der Größe des Lagers und seiner Macht über Norwich erweckte es in zunehmendem Maße den Eindruck einer Insel in feindlicher See.

Kett, ehrlich wie immer, tat all diese Neuigkeiten unter der Eiche kund. Im Lager bildeten sich unterschiedliche Meinungen. Einige sagten, man solle die Obrigkeit vielleicht doch um Gnade ersuchen; eine weitere Proklamation des Protektors hatte eine Begnadigung für all jene angekündigt, die sich zu »aufrührerischen Zwecken zusammengerottet«, sich dann aber »unterwürfigst« ergeben hätten. Andere hielten dagegen, dass die Größe des Lagers sowie die Möglichkeit neuer Erhebungen unserer Sache in die Hände spielten. Außerdem lasse die Besessenheit, mit welcher der Protektor auf dem Schottlandkrieg beharre, hoffen, dass unsere Forderungen erfüllt würden, wenn wir nur lange genug durchhielten. Eine dritte Fraktion, die Mehrheit, war der Meinung, man solle der neuen Armee mutig entgegentreten, auch wenn diese, wie behauptet, weitaus größer wäre. Schließlich sei Northamptons Armee im Handumdrehen besiegt worden, und zwar von schlecht ausgebildeten Männern, die jetzt für ihre Waffenübungen noch einige weitere Wochen Zeit gehabt hätten. Und wären wir siegreich, könnten wir weiterziehen, die Männer aus den aufgelösten Lagern im Südosten auflesen, vielleicht bis nach London gelangen. Diese Fraktion wurde von den Propheten ermuntert, sowohl von denen, die von alten Prophezeiungen kündeten, als auch solchen, die sich auf die Bibel beriefen und behaupteten, Gott selbst spreche zu ihnen. Unterdessen waren einige im Lager immer noch der Überzeugung, dass nicht der Protektor die Armee entsandt hatte, sondern sein verräterischer Thronrat, unterstützt vom Norfolker Landadel. In Wahrheit jedoch kam es auf die Größe des Heeres an, das der Protektor gegen uns sandte.

Noch eine Überlegung, eher praktischer Natur, sprach für jene, die kämpfen wollten bis zur bitteren Neige: Wie würde der Norfolker Landadel reagieren nach all den Demütigungen, die er hatte ertragen müssen, wie würde er mit den Gemeinen verfahren, wenn er als Sieger aus dem Kampf hervorginge? Und nun war in den Proklamationen des Protektors bedauerlicherweise von Einhegungskommissionen oder Reformen keine Rede mehr. Ich muss zugeben, dass ich mit dieser Fraktion ein wenig sympathisierte, was Barak zu der Aussage verleitete, ich würde mit jedem Tag radikaler.

Diskussionen darüber, was nun zu tun sei, fanden in aller Stille statt, an den Lagerfeuern. Robert und William Kett, Hundertschaftenvertreter und geistliche Befürworter des Aufstands sprachen nach wie vor unter der Eiche zu den Lagerleuten und beschworen sie, so lange auszuharren, bis unsere Ziele durchgesetzt wären. Unterdessen wurde die Zahl der Waffenübungen verdoppelt. Doch die Stimmung im Lager war zunehmend von Besorgnis geprägt. Verschwunden die Überschwänglichkeit der frühen Tage.

❧

Als die Kunde von der Niederlage in Yarmouth im Lager einsickerte, kehrte Barak eines Abends in düsterer Stimmung zu unserer Hütte zurück. »Einer der Hundertschaftenvertreter hat mich angesprochen«, sagte er. »Wenn wir diese neue Armee besiegen wollen, brauchen wir jeden Mann.« Er hielt inne. »Die Regierungstruppen«, fuhr er fort, »könnten in nur zehn Tagen hier eintreffen, sagte er und bat mich, an den Übungen teilzunehmen.«

Nicholas sagte: »Aber mit …«

Barak hob seine Eisenhand in die Höhe. Er verzog ein wenig das Gesicht, sie tat ihm weh, wie so oft am Abend. »Ja«, antwortete er leise. »Trotzdem weiß ein jeder, dass ich früher ein ausgezeichneter Schwertkämpfer war.«

Im Halbdunkel der Hütte blickte ich ihn an. »Willst du das wirklich?« Ich redete leise, denn die Swardeston-Dorfleute waren allesamt dafür, auszuharren.

Er schüttelte den Kopf. »Nein. Ich erkenne mehr und mehr meine Verpflichtung Tammy und den Kindern gegenüber. Ich will sie wiedersehen.«

»Hast du deshalb wieder mehr getrunken?«

Er nickte. Dann sagte er sanft: »Es gibt noch einen Grund, warum ich nicht kämpfen will. Ich hab mich mit etlichen Leuten im Lager unterhalten, die sich die Waffenübungen angesehen haben. Die Männer schlagen sich gut, aber diesmal haben sie es nicht mit einem bunt zusammengewürfelten Haufen unter einem nutzlosen Kommandanten zu tun; sie werden jeden Berufssoldaten einziehen, dessen sie habhaft werden, und dann ist die Rede von weiteren fremden Söldnern. Schweizer Landsknechte. Soweit ich weiß, besteht unsere Strategie darin, sie wie beim letzten Mal in den Gassen von Norwich zu schlagen, aber wenn es misslingt, werden wir unsere gesamte Streitmacht hier oben versammeln, am Rand des Abhangs, und sie von dort aus bekämpfen.«

»Das klingt doch ganz vernünftig.«

»Ich will trainieren und die Ohren spitzen, aber« – er schüttelte den Kopf – »dies ist nicht wie beim letzten Mal.«

Wir schwiegen einen Augenblick. Dann sagte Barak: »Kett plant für den kommenden Dienstag einen Jahrmarkt, mit Gauklern und dergleichen, um die Leute aufzumuntern. Sie werden sich beim Feldball miteinander messen.« Er lachte grimmig. »Eine gute Einstimmung auf die Schlacht. Die Hundertschaft aus dem Norden gegen die aus dem Süden. Das wird ein Spaß.«

»Ich hab schon von dem Spiel gehört.« Ich lächelte. »Eine Mischung aus Ringen um den Ball und wüster Prügelei.«

»Goody Everneke sagt, in East Anglia sei von Selbstverstümmelung die Rede. Trotzdem, auf diese Weise können die Jüngeren sich ein wenig abreagieren.«

Das übrige Wochenende war verregnet, doch am Dienstag, dem 20. August, dämmerte ein sonniger Morgen herauf. Und gemeinsam mit den Swardeston-Leuten ging ich mit Barak, Nicholas und Edward Brown, der mit vielen anderen aus Norwich heraufgekommen war, auf den Jahrmarkt. Josephine war auch bei uns, mit Mousy im Arm. Die Kleine, jetzt fünf Monate alt, blickte neugierig, den Daumen im Mund, auf die vielen Menschen. Ich warf einen verstohlenen Blick auf Nicholas. Er war sehr still gewesen in den vergangenen Tagen. Er half noch immer mit den Pferden und war noch nicht aufgefordert worden, sich den Waffenübungen anzuschließen; und würde vermutlich auch ablehnen. Natty ging neben Simon, der mit den Armen wedelte und dabei unentwegt schnatterte, was es wohl zu sehen gäbe. »Er ist völlig aus dem Häuschen«, sagte Natty ein wenig müde zu mir. Goodwife Everneke ermahnte Simon, sich zu beruhigen, damit ihn die Leute nicht für einen Trottel hielten.

Der Jahrmarkt fand auf offenem Heideland statt, etwa eine Meile vom Lager entfernt. Hier wurden auch die Waffenübungen abgehalten, weshalb man das gelbe Gras kurzgeschnitten hatte. Zelte waren von Surrey Place herbeigeschafft, Tische aufgestellt, und eine Bühne war errichtet worden. Wie immer staunte ich über die Fähigkeit der Leute, so vieles in so kurzer Zeit zuwege zu bringen. Aufseher führten die vielen tausend Menschen, die sich versammelt hatten, zu den verschiedenen Zuschauerbereichen. Michael Vowell, der bei ein paar jungen Leuten stand, winkte mir zu.

Das Fest begann mit soldatischen Wettkämpfen. An die hundert Bogenschützen schossen ihre Pfeile auf Erdhügel als Ziele ab. Die meisten Pfeile, die durch die Luft surrten, trafen ins Schwarze, und die Leute klatschten Beifall. Nach dieser Darbietung traten hundert Männer in Brustharnischen und Helmen, bewaffnet mit Schwertern, Hellebarden, Speeren und Halbpiken, in einer gespielten Schlacht gegeneinander an. Die Choreographie, welche die nahezu ungeübten Männer einstudiert hatten, war bemerkenswert.

Den Abschluss der militärischen Darbietung bildete der Schuss aus einer Arkebuse, einer kleinen Hakenbüchse, die man von Northamptons Armee erbeutet hatte. Kaum einer hatte je eine solche Waffe gesehen, und so wurde sie mit neugierigen Blicken bedacht. Sie war halb so lang wie der Mann groß, der sie hielt, mit langem Lauf und schwerem Schaft. Ein zweiter Mann entzündete ein kleines Feuer. Die Leute starrten verwundert, als eine Bleikugel in den Lauf geworfen wurde und der Mann die Büchse auf eine schwere Rüstung richtete, fünfzehn Fuß entfernt, die man einem von Northamptons Soldaten abgenommen hatte. Wer nah genug stand, konnte sehen, wie der Gehilfe eine kleine Pulverpfanne an der Seite der Büchse aufdeckte und ein entzündetes Schwefelholz an eine Lunte hielt. Der Abzug wurde betätigt, ein greller Blitz, ein Donnerknall, und die Rüstung hatte ein rundes Loch. Natty wandte sich verdutzt zu mir um. »Ziemlich viel Aufwand für einen einzigen Schuss«, sagte er und kratzte sich am Kopf. Ich befürchtete, er hatte Läuse, da tat eine Kopfschur not.

»Stell dir bloß einmal vor, es richten sich hundert solcher Feuerwaffen auf dich«, sagte Barak grimmig.

Das Raunen der Menge, in der die meisten kaum etwas gesehen hatten, steigerte sich zu aufgeregtem Beifall, als Robert Kett mit seinem Bruder William und Captain Miles die nahe Bühne betraten. Kett hob beschwichtigend die Hand, ehe er sich mit mächtiger Stimme an die Menschen wandte. Es war eine kurze Rede, doch jedes Wort hatte Gewicht.

»Meine Freunde! Ihr haltet mir jetzt schon sechs Wochen lang die Treue, leistet schwere Arbeit und absolviert tüchtig und mit Erfolg eure Waffenübungen! Ihr habt dieses Lager errichtet und lebt hier in Kameradschaft miteinander! Ihr habt die Edelleute und Herrschenden von Norfolk und Norwich abgesetzt – wir haben die zweitgrößte Stadt in England eingenommen und eine Armee aus adeligen Herren in die Flucht geschlagen!« Lauter Jubel flammte auf, den er erneut mit einer Handbewegung eindämmte. »Ich war stets ehrlich zu euch, habe euch nie etwas verhehlt, und so wisst ihr, dass wir Yarmouth nicht einnehmen konnten und dass die meisten Lager im Süden zerschlagen sind, auch wenn noch einige Bestand haben und es neue Erhebungen gibt! Auch will ich euch nicht verbergen, dass heute einem Bericht zufolge eine große Armee, bestehend aus vielen tausend Mann, unter dem Oberbefehl des Earl of Warwick von London aufgebrochen ist. Meine Freunde, uns steht eine weitere große Schlacht bevor, doch ich kenne die tapferen Herzen und starken Arme von euch Norfolkern, deshalb werden wir am Ende die Sieger sein!« Er holte tief Luft, während wie üblich seine Worte nach hinten weitergegeben wurden. »Denkt daran, was dann geschieht! Das Ende der aufgezwungenen Einhegungen und der ungestraften Unterdrückung durch die Grundherren und reichen Kaufleute! Das Ende der korrupten Beamtenschaft, welche ihnen in die Hände spielte und deren Taten Seine Majestät, den König, so er davon wüsste, beschämen würden. Wir werden siegen, und diesmal ziehen wir nach London und unterbreiten unsere Forderungen dem König persönlich, ohne dass Grafen oder Grundherren uns im Wege stehen!« Die Menge jubelte lauter denn je, und einige schleuderten gar ihre Kappen in die Luft. Kett, sichtlich bewegt, rief aus: »Gott schütze unseren König!«, und stieg unter anhaltenden Beifallsbekundungen von der Bühne. Dabei erhaschte ich einen Blick auf sein Gesicht. Es war jäh todernst geworden.

»Er hat recht«, sagte Natty leise. »Wir können siegen und ein neues Gemeinwohl nach England bringen!«

»Hoffentlich«, sagte ich. Wie alle anderen war auch ich von Ketts Ansprache bewegt, doch zugleich trat mir das Bild blutgetränkter Gassen vor Augen.

Die folgenden Stunden verbrachten wir bei diversen Darbietungen. Es gab Saltoschläger, Gaukler und eine Bärenhatz, die sich Barak, Natty und Nicholas ansehen gingen, während ich sie mied und stattdessen mit Josephine ein wenig herumspazierte. »Wie hat dir Captain Ketts Ansprache gefallen?«, fragte ich sie.

»Eine herrliche Rede von einem herrlichen Mann. Edward glaubt, dass wir siegen. Und ich fühle mich gestärkt, der Weg ist geebnet, jetzt müssen wir ihn gehen.« Sie blickte mich aus ihren klaren blauen Augen unverwandt an; sie war nicht mehr die scheue Josephine, die ich einmal gekannt hatte.

»Ja, das müssen wir wohl«, pflichtete ich ihr bei.

»Ihr habt ›wir‹ gesagt. Soll das heißen, dass Ihr Euch jetzt ganz zu uns bekennt?«

»Ja, das heißt es wohl«, antwortete ich ernst. »Obwohl ich nicht weiß, was geschehen wird.«

»Wer weiß das schon?« Sie lächelte. »Sir, Ihr habt doch immer schon das Schlimmste befürchtet.«

»Das mag sein.«

»Wollt Ihr kurz Mousy halten? Ich würde mir gern die Verkaufsstände ansehen.«

Wie immer war ich gern dazu bereit, die Kleine zu tragen, die mir zulächelte und kleine Laute ausstieß, ehe sie sich an meine Brust schmiegte und einschlief. Ich schlenderte mit Josephine an den Markttischen entlang, auf denen Pasteten und Bier feilgeboten wurden, dazu Gegenstände aus den Herrenhäusern, die nicht für Ketts Schatzkammer taugten – ein Gefäß aus durchbrochenem Porzellan, nach dem Lavendel duftend, den es enthielt, ein mit Goldfarbe bemalter Zinnstorch, dereinst als Türkeil gebraucht, und ein hölzernes Spielzeughündchen, das ich für Mousy erstand.

Wir schlenderten weiter, passierten erneut Michael Vowell und seine Freunde. »Es war die großartigste Rede, die Captain Kett jemals gehalten hat«, sagte er voller Begeisterung. »Das wird dem Gerede von einem Gnadengesuch ein Ende machen.« Seine jungen Freunde pflichteten ihm lautstark bei.

Josephine und ich machten uns auf den Rückweg durch die gutmütige Menge, um uns wieder den anderen anzuschließen. Doch wir hatten erst wenige Schritte zurückgelegt, als sich uns ein Mann in den Weg stellte. Toby Lockswood, verwahrlost und nach Bier stinkend. »Master Shardlake«, höhnte er. »Ihr geht mit Weib und Kind eines anderen spazieren?«

Ich wollte an ihm vorbei, doch er packte mich am Arm. »So gebt doch auf das Kind acht!«, rief ich aus. Mousy fing an zu weinen, und Josephine starrte voller Angst und Zorn auf Lockswood.

Er beugte sich zu mir vor. »Wie ich höre, habt Ihr von Lady Elizabeths Comptroller vor einer Weile einen Brief erhalten, in dem er unser Lager schmähte.«

»Woher wisst Ihr das?«

Er grinste, ein Blitzen weißer Zähne inmitten seines dichten Bartgestrüpps. »Ich habe eine Menge erfahren, bevor dieser Bursche von Euch mich um meinen Posten brachte. Ich habe die Kunde verbreitet und all meinen Freunden erzählt, dass Ihr einer der reichsten Frauen im Land zu Diensten seid. Und dass Ihr unseren Feind, jene Natter Overton, an Eurem Busen nährt wie dieses Kind. Seht Euch vor, Master Shardlake, bald hat sich herumgesprochen, was Ihr seid.« Sprach's und ging davon.

Josephine sah mich an. »War das nicht der Mann, der für Euch arbeitete?«

»Ja. Er ist nicht mehr recht bei Trost, wie mich dünkt.« Ich vernahm ein Zittern in meiner Stimme, denn die Vorstellung, dass jemand mit seinen Beziehungen überall gegen mich hetzte, war in der Tat beängstigend.

Der Höhepunkt des Nachmittags, just vor dem Feldball, war ein gespieltes Ritterturnier. Zwei Reihen aus Hürden waren aufgestellt worden, am Ende jeweils ein kleines Zelt. Daraus kamen, hoch zu Ross, zwei gegnerische Ritter, mit Lanzen bewehrt. Der eine trug eine Rüstung aus bemaltem Linnen, auf der Brust das Wappen des Marquess of Northampton, und blickte mit hochmütiger Miene in die Menge. Seine Lanze war aus schwarz bemaltem Tuch. Im Gegensatz zu den prächtigen Pferden eines echten Turniers war auch seine Mähre aus Tuch genäht, deren bemalter Holzkopf dämlich in die Welt grinste. Im Inneren verbargen sich zwei Männer, der eine die Vorderbeine, der andere das Hinterteil bildend. Solcherlei Einfälle entstammten zweifellos den Bauernpossen. Aus dem Zelt gegenüber kam ein Bursche, der ein gewöhnliches Hemd und darüber ein ärmelloses Lederwams trug und ebenfalls eine bemalte Lanze in die Höhe hielt. Er saß jedoch auf einem echten Pferd, einem kleinen, lammfrommen Tier. Die Menge brüllte vor Lachen, besonders beim Anblick des »Ritterpferdes«.

»Verhöhnt mich nicht, ihr Bauerntölpel!«, rief der Ritter mit vermeintlich aristokratischem Akzent. »Ich bin ein Krieger und werde diesem Aufwiegler den Kopf abschlagen!« Buhrufe tönten aus der Menge, und das gemalte Ross schüttelte missbilligend seine Mähne.

Wir standen mit den Swardeston-Leuten just neben dem Ritter. Alle lachten, selbst Nicholas. Simon jedoch prustete dermaßen übertrieben, dass Barak ihn warnte, er solle sich nicht bepissen.

Da ließ sich Simon zu einer Torheit hinreißen. Er beugte sich über die Hürde und versetzte dem »Ritterross« einen deftigen Schlag auf die Kruppe. »He!«, tönte es aus dem Inneren, woraufhin das Tier, über die eigenen »Hufe« strauchelnd, samt seinem Reiter beinah hingeschlagen wäre. Der Ritter wandte den Kopf und sagte in breiter Norfolker Mundart: »Was soll'n das werden, du Trottel?« Ich hörte jemand sagen: »Der Rußkopf wieder mal, wer sonst.« Nicholas nahm seinen Arm. »Ach, Simon«, sagte er. »Mit Pferden kannst du umgehen, warum nicht auch mit Menschen?«

Simon ließ den Kopf hängen und verpasste den Spaß, der folgte, als der Ritter auf den Bauernburschen zupreschte und dabei schrie: »Für Herrschaft, Land und Geld!« Der Bursche erwiderte: »Für das gemeine Volk!«, und gab seinem Pferd die Sporen. Als er sich dem Ritterross näherte, machte dieses kehrt und galoppierte unbeholfen auf sein Zelt zu. Der gemeine Bursche versetzte ihm von hinten einen Stoß mit der Stofflanze und trieb es zurück in sein Zelt. Daraufhin sprang er vom Pferd und verneigte sich vor der jubelnden Menge. Ich lachte ebenso laut wie alle anderen. Simon hob langsam den Kopf. »Starren die Leute mich immer noch an?«, fragte er.

»Nein, Junge, längst nicht mehr. Sobald die Sache hier ausgestanden ist, verschaffe ich dir irgendwo eine Stellung im Pferdestall.« Er lächelte mir unter Tränen dankbar zu.

Den Abschluss der Veranstaltungen am Nachmittag bildete der Ball-kampf. War das »Ritterturnier« vor allem komisch gewesen, ging es hier ernsthaft und schonungslos darum, die gegnerische Mannschaft zu übertrumpfen. Natty verließ uns, denn er sollte als Spieler teilnehmen. Goody Everneke schüttelte den Kopf. »Das wird rau«, sagte sie.

»Nicht schlimmer als in London, möcht ich wetten«, sagte Barak.

Sie blickte ihn an. »Im vorigen Jahr sah ich Norfolk gegen Suffolk spielen; die Norfolker fragten die Suffolker, ob sie ihre Särge mit-gebracht hätten.«

Ein großes Feld wurde leergeräumt, Stricke beschafft, und an die dreißig Spieler jeder Mannschaft, allesamt kräftige junge Burschen mit bloßen Oberkörpern und farbigen Schärpen je nach Zugehörig-keit, warfen sich in den Kampf – anders lässt es sich nicht sagen – um einen Ball aus einer Schweinsblase. Sie rauften, schlugen oder traten um sich, um seiner habhaft zu werden. Es gab zwar einen Schieds-richter, aber nur wenige bis überhaupt keine Regeln. Ich staunte nicht schlecht, als der sonst so ruhige, besonnene Natty genauso erbittert kämpfte wie alle anderen. Toby Lockswood spielte für die gegnerische Seite. Er beobachtete Natty, und ich vermutete, dass er den Jungen mit mir in Verbindung brachte.

Gegen Ende des Spiels – Natty rannte auf den Ball zu, der in eini-ger Entfernung lag – stürmte Toby unversehens auf ihn los, rammte ihm die Schulter ins Gesicht, brachte ihn zu Fall und versetzte ihm einen gewaltigen Tritt in die Eier. Natty schrie auf und krümmte sich vor Schmerz. Toby grinste zu mir herüber und rannte dann wie-der dem Ball hinterher. In dem wüsten Gedränge von Leibern hatte der Schiedsrichter nichts gesehen, so wenig wie die johlende Menge der Zuschauer. Stöhnend schleppte Natty sich vom Spielfeld zu uns herüber. Nicholas und Barak halfen ihm dabei, sich hinzusetzen; er steckte den Kopf zwischen die Beine und erbrach sich. Barak hob Nattys Kopf an und untersuchte sein Gesicht. »Das wird ein gewal-tiger Bluterguss, Junge«, sagte er. »Du hast Glück, dass er dir nicht das Jochbein zertrümmert hat.«

»Dieser tollwütige Hund«, sagte Nicholas.

»Warum hat er das bloß getan?«, keuchte Natty.

»Weil er weiß, dass du unser Freund bist«, entgegnete ich bestimmt. »Wie geht's dir – hier unten?«

Natty, die eine Gesichtshälfte schmerzensbleich, die andere rot und anschwellend, rieb sich die breite bloße Brust und stieß ein klägliches Lachen aus. »Das wird schon wieder. Ein Pferd hat mich auch schon einmal an der Stelle erwischt. Heute Abend sollen ein paar Mädchen aus Norwich heraufkommen, da wollt ich hin, aber jetzt wird wohl nichts draus.«

⚜

Ein Zuschauer hatte jedoch beobachtet, was Toby Lockswood Natty angetan hatte. Nachdem das Spiel vorbei war, mit einem knappen Sieg für Nord-Norfolk, zerstreute sich die Menge im spätnachmittäglichen Sonnenschein. Ich spürte eine Berührung am Arm, drehte mich um und sah Michael Vowell, der mich ernst anblickte. Er sagte leise: »Das war ein bösartiger Angriff gegen Euren jungen Freund.«

»Ihr habt es gesehen?«

Er nickte. »Ich behalte Lockswood im Auge. Bislang habe ich ihn stets für einen loyalen Anhänger unserer Sache gehalten, aber jetzt habe ich meine Zweifel. Er gehört zu denen, die verdächtigt werden, Captain Miles' Weib und Kinder verraten zu haben.«

»Ja, genau wie Ihr, ich und Edward Brown.«

»Ich war es nicht, und auch Euch oder Edward Brown traue ich dergleichen nicht zu.«

Ich schüttelte den Kopf. »Lockswood hatte schon immer einen bösartigen Zug, und der hat sich verschlimmert, seit er den Fall gegen Nicholas verloren hat. Doch unserer Sache gegenüber war er stets loyal.«

Vowell runzelte die Stirn. »Seid Ihr sicher? Er war jahrelang für diesen Londoner Anwalt tätig, diesen Copuldyke, und dieser hat viele Norfolker Edelleute vertreten sowie Eure Gönnerin, Lady Elizabeth.«

Ich sah ihn fragend an. »Woher wisst Ihr das?«

»Es ist allgemein bekannt. Und Lockswood hat auch meinen früheren Brotherrn Gawen Reynolds aufgesucht, mehr als einmal. Er versuchte, zwischen ihm und Sir Richard Southwell zu vermitteln, die in Streit geraten waren. Mein Herr wollte natürlich nichts davon wissen. Toby Lockswood hat viele Beziehungen und sein Brotherr Copuldyke viele Klienten.«

Ich lächelte spöttisch. »Habt Ihr etwa gelauscht?«

Er zuckte die Schultern. »Wie schon gesagt, auf diese Weise wissen Bedienstete, was im Hause vor sich geht. Und ich frage mich allmählich, ob Toby Lockswood wirklich der ist, für den er sich ausgibt. Er unterhält zweifellos Kontakte mit Landjunkern und zieht Nutzen daraus, in Form von harter Währung. Er soll auch für Copuldyke tätig geworden sein, als dieser John Flowerdew bei einem seiner vielen Rechtsfälle vertrat; und der ist Captain Ketts erklärter Feind.«

Ich schüttelte den Kopf. »Warum hat er sich dann fortwährend mit Nicholas über Fragen des Gemeinwohls gezankt?«

»Kennt Ihr den Ausspruch, jemand habe ›zwei Gesichter‹? Vielleicht setzte er sich allzu lautstark für die Sache ein. Vielleicht hat er ja Miles verraten, und vielleicht ist er deshalb so wirr im Kopf, nicht wegen des Verlustes seiner Eltern. Denkt einmal darüber nach, Master Shardlake.« Vowell blickte über das mittlerweile leere Spielfeld und fuhr leise in seinen Erwägungen fort: »Seltsam, nicht wahr, wie leicht sich das Zugehörigkeitsgefühl der Menschen ändern lässt. Junge Männer zum Beispiel, die wochenlang Seite an Seite gelebt und gekämpft haben, stehen sich bei einem Spiel als Gegner gegenüber, bei dem es nichts weiter zu gewinnen gibt als eine Schweinsblase, und schon dreschen sie einander halb tot.«

Er hatte mir viel Stoff zum Nachdenken gegeben. Ich hatte nie in Betracht gezogen, dass Toby Lockswood mit den Herrschenden in Norfolk bekannt gewesen sein musste, demnach auch mit Richard

Southwell und John Flowerdew. Er hatte nie von anderen Fällen gesprochen, als er für mich arbeitete. Stand diese berufliche Beziehung zu den beiden am Ende gar in Verbindung zu Ediths Tod?

❧

Ich hatte die Angelegenheit am Abend mit Barak und Nicholas besprechen wollen, doch nach einem fröhlichen Schmaus am Lagerfeuer, bei dem noch immer viel über das Ritterturnier gelacht wurde und Natty auf die Frage hin, ob seine Eier noch einsatzfähig seien, ein ums andere Mal rot anlief, überbrachte ein Bote von Ketts Kapelle Barak einen Brief. Er nahm sich eine Hornlaterne und verschwand in der Hütte. Nach einer Weile gesellte ich mich zu ihm. Sein Gesicht im trüben Schein der Lampe war ernst. Das Schreiben hielt er in der Hand.

»Ist alles in Ordnung?«, fragte ich.

Statt einer Antwort drückte er mir den Brief in die Hand. Er war von Tamasin, in Guys zittriger Handschrift verfasst. Zumindest war mein alter Freund noch am Leben, dachte ich. Der Brief war kurz und verzweifelt; er war an das Blue Boar in Norwich adressiert – der einzige Ort, den Tamasin kannte –, das mittlerweile in Schutt und Asche lag:

Lieber Mann,
da ich noch immer nichts von Dir gehört habe, beschleicht mich die
Furcht, Du könntest tot sein. Viele aufständische Lager sollen mittlerweile
zerschlagen sein, und in den westlichen Grafschaften hat es viel Gewalt
gegeben. In London herrscht allenthalben große Angst. Man hat Männer
hinter Gitter gebracht, weil sie den Aufstand befürwortet haben, und ein
Konstabler war bei mir, der wissen wollte, ob ich Deinen Aufenthaltsort
kennte. Es habe sich in den Gerichtshöfen herumgesprochen, sagte er, dass
Du an den Norfolker Assisen teilgenommen, aber nicht zurückgekehrt
seist. Dein gesamtes Geld ist aufgebraucht, und ich musste Guy, der immer
noch siech ist, um ein Darlehen bitten, sonst müssten die Kinder und ich

darben. Der kleine George fragt mich unentwegt, wann Du heimkehren
wirst, und seine Stimme klingt jeden Tag ängstlicher. Angeblich wird ein
großes Heer versammelt, um die Norfolker Rebellen zu zerschlagen.
Ich weiß nicht, ob dieser Brief Dich erreicht, aber wenn es so ist, dann
bitte ich Dich auf Knien, wohl wissend, dass mein Stolz und meine
Dreistigkeit Dich in der Vergangenheit verletzt haben: Komm zurück
zu mir, komm zurück.

Barak sagte leise: »Kett hat jetzt in Norwich eine Einrichtung gegründet, die sich um eintreffende Briefe kümmert. Einer seiner
Männer hat ihn heraufgebracht. Anders verhalte es sich mit den
Briefen nach London, meinte er, da dort an jeder Ecke Spitzel lauerten. Würde der Brief entdeckt und bekannt werden, dass ich hier
bin, könnte Tamasin verhaftet werden.« Er blickte mich verzweifelt
an. »Ich muss zurück zu ihr.«

KAPITEL ZWEIUNDSIEBZIG

Ich rief Nicholas in die Hütte. Barak zeigte ihm Tamasins Brief, schnallte die Eisenhand ab und warf sie von sich. Er schob den Ärmel nach oben und rieb sich den hässlichen Armstumpf. »Er bringt mich noch um«, sagte er. »Tammy hat ihn jede Nacht mit Öl eingerieben, klaglos, obwohl sie auch noch die Kinder zu versorgen hatte.« Er schüttelte den Kopf. »Ich kann sie nicht im Stich lassen. Und doch habe ich den Treueeid geleistet. Ich bin Kett verpflichtet, auch wenn ich als Soldat mit nur einer verfluchten Hand nicht viel tauge. Kann ich das Lager gerade jetzt verlassen, da diese Armee im Anmarsch ist? Warwick soll schon auf dem Weg nach Cambridge sein, um sich dort mit dem Rest von Northamptons Haufen zusammenzutun.«

Ich fragte: »Was würde dir blühen, wenn sie dich bei einem Fluchtversuch ertappten?«

»Prügel; aber sie würden mich ziehen lassen. Sie wollen niemanden zwingen. Und die Patrouillen an den östlichen und nördlichen Rändern des Lagers haben nicht das gesamte Gebiet im Blick – es ist zu groß. Fragt sich nur« – er stockte –, »was dann aus Euch beiden wird. Nicholas ist nie sonderlich beliebt gewesen, auch wenn er den Prozess unter der Eiche gewonnen hat.« Er sah mich an. »Und was Eure Loyalität anbelangt, gehen auch Gerüchte herum.«

Ich spitzte die Lippen. »Toby Lockswood.«

»Genau. Aber ich gelte als loyal. Würde ich verschwinden, könnte es auf Euch zurückfallen.« Barak holte tief Luft und wandte sich an Nicholas. »Sie wären weniger überrascht, wenn du gehen würdest«, sagte er ruhig. »Captain Kett hat dich sogar vor die Wahl gestellt.«

Nicholas hielt Baraks Blick stand, und seine grünen Augen funkelten. »Und ich sagte, ich würde bleiben.«

»Aber du glaubst doch gar nicht an die Sache.«

»Ich soll also gehen, nach London zurückkehren und Tamasin sagen, dass du wohlauf bist?«

»Mir fällt nichts anderes ein, es sei denn, ich gehe selbst.« Barak schlug mit der Faust auf den Erdboden. »Warum kommt keiner meiner Briefe durch?« Er sah mich an. »Ihr und Parry konntet Briefe austauschen, wir nicht, warum?«

Ich seufzte. »Kett will keinen Ärger mit Lady Elizabeth. Deshalb hat er diese Briefe vorgezogen.«

Wieder wandte sich Barak an Nicholas. »Würdest du das für mich tun?«, fragte er in flehendem Ton. »Auf dem Weg durch Norfolk müsstest du achtgeben, obwohl die übrigen Lager scheint's alle aufgelöst sind. Du gehörst eh nicht hierher. Und in London könntest du Beatrice wiedersehen.«

Nicholas fuhr sich mit der Hand durch sein wirres Haar und wandte sich zornig an Barak. »Ich gehöre nirgendwohin. Hast du nicht gehört, was ich unter der Eiche sagte? Dass ich zwar als Edelmann erzogen wurde, aber nichts besitze? Dass ich die Herrschenden in Norfolk Dinge tun sah, die in mir die Frage aufwerfen, was den wahren Edelmann ausmacht? Du hast ganz recht, ich gehöre nicht hierher, ich kann mich nicht an Menschen gewöhnen, die ich von klein auf als töricht und gefährlich zu verachten gelernt habe. Ich fühle mich wie ein Blatt im Wind. Und Beatrice Kenzys Welt reizt mich nicht mehr. Ich sagte Kett, dass ich bleiben würde, und will nicht wortbrüchig werden. Es ist das Einzige, was mir noch geblieben ist!«

Ich sagte zu Barak: »Und wenn ich Kett frage, ob er einen seiner Kuriere zu Tamasin schickt?«

Barak winkte ab. »Gewiss sind Hunderte hier im Lager, die ihren Familien gern eine Nachricht zukommen ließen.«

»Wenige mit einer verzweifelten Ehefrau in London.«

Er sah mich scharf an. »Meint Ihr wirklich, es geht?«

»Ich weiß es nicht. Ich kann es nur versuchen. Gleich morgen. Allerdings dürfte es ein wenig schwierig sein, bei ihm vorzusprechen, da Warwicks Armee schon auf dem Weg ist.«

»Dann dank ich Euch.«

Nicholas verließ die Hütte und ging hinaus in die Nacht. Barak wollte ihm nach, aber ich hielt ihn zurück. »Ich habe ähnlich empfunden, als ich jung war und das Vertrauen in die alte Kirche verloren hatte. Meiner Wurzeln beraubt, wie ein Blatt im Wind, wie er sagte, ohne den Glauben, der mir Kraft gegeben hatte.« Ich seufzte. »Es ist schwer, aber er muss seinen eigenen Weg finden.«

⚜

Am darauffolgenden Mittwochmorgen, dem 21. August, erreichte uns die Nachricht, dass Warwicks Armee in Cambridge angelangt war und sich mit Northamptons Streitmacht vereinigt hatte. Sie marschierten nun rasch auf Norwich zu und sollten in zwei, drei Tagen hier eintreffen. Eine große Zahl Männer hatte am nördlichen Rand des Lagers Stellung bezogen, um dort den Boden für eine mögliche Schlacht zu bereiten. Ich ging in diese Richtung, auf der Suche nach Kett, wurde aber von einem Wachsoldaten angehalten. »Hier dürfen nur jene passieren, die zur Arbeit herbestellt sind.«

»Ich wollte nur fragen, ob Captain Kett hier ist.«

»Er ist in Surrey Place.«

Ich bedankte mich und machte mich auf den Weg zum Palast. Dabei hörte ich zwei Männer über die heranrückende Armee reden. »Unsere Kundschafter sagen, dass über tausend Schweizer Söldner kommen.«

»Die Italiener haben wir doch auch in die Flucht geschlagen, Bur.«

»Ja, aber das sind jetzt Schweizer Landsknechte, die gelten als tollwütige Hunde.« Der Mann hielt inne und maß mich mit argwöhnischem Blick. »Anwalt Shardlake, stimmt's?«

»So ist es.«

»Warum belauscht Ihr uns?«

»Ist nicht jedermann interessiert an der anrückenden Armee?«

»Ja schon, aber nicht alle stehen auf derselben Seite.«

»Ich weiß, dass Toby Lockswood Gerüchte über mich in die Welt gesetzt hat«, erwiderte ich wütend. »Sie sind aber falsch!«

»Das sagt Ihr.« Die zwei bauten sich mit verschränkten Armen vor mir auf, ein Bild der Norfolker Verstocktheit. Ich wandte mich ab.

❧

Ich passierte das schmuckreiche Tor von Surrey Place und musste dabei an den italienischen Söldner denken, der vor drei Wochen hier gehenkt worden war. Jenseits der Zelte auf dem Innenhof hielten Männer vor dem breiten Eingangstor Wache. Ich nannte ihnen meinen Namen und fragte, ob Captain Kett anwesend sei, weil ich ihn sprechen müsse. Ein Wachmann ging hinein, kam alsbald zurück und führte mich in das Gebäude. Er geleitete mich die Haupttreppe hinauf zu einem großen Saal, der ebenfalls von zwei Soldaten bewacht wurde. Die übrigen Räume waren verschlossen. Geräusche, die aus dem Inneren zu hören waren, erinnerten mich jedoch daran, dass in diesem Gebäude einige der gefangenen Edelleute festgehalten wurden. Der Soldat klopfte, und Ketts Stimme hieß uns eintreten.

Der Saal war voller hölzerner Truhen, die meisten stabil gebaut und mit Schlössern versehen. Einige waren offen, ihr Inhalt auf Tische gebreitet, wo ein Dutzend Männer ihn sorgfältig in Augenschein nahmen, um ihre Schätzungen anschließend in behelfsmäßige Kontobücher einzutragen. Es gab Münzgeld, Schmuck, Teller aus Gold und Silber. Michael Vowell war hier; er lächelte. Ein anderer Bekannter untersuchte in einem Winkel des Raums den Inhalt einer weiteren Truhe – Toby Lockswood. Er funkelte mich wütend an.

Captain Kett durchforschte einen Stapel Papiere. Sein Gesicht war in den wenigen Tagen seit seiner großen Rede sichtlich gealtert. Es war zerfurchter, der Mund verkniffener, die Augen, welche so wild funkeln konnten, leicht verschattet. »Was kann ich für Euch tun, Master Shardlake?«, fragte er mich, ziemlich müde. »Ich nahm an, Ihr würdet Euren Müßiggang genießen.«

»Nur einen Augenblick, ich hätte eine Bitte.«

Er seufzte. »Wenn es schnell geht.«

Ich erzählte ihm von dem Brief, den Barak bekommen hatte,

von seinem dringenden Wunsch, seine Frau wissen zu lassen, dass er noch am Leben war, und fragte, ob einer der Kuriere ihr vielleicht Nachricht von ihm bringen könnte.

»Meine Kuriere haben bestimmte Kontaktleute, und nur auf sie ist Verlass«, erwiderte er unwirsch. »Sollte der Kurier mit dem Brief an Baraks Frau erwischt werden, wären beide in Gefahr, der Kurier und die Frau. Ich bedaure, Master Shardlake, aber die Antwort lautet Nein.« Plötzlich wurde er zornig: »Ihr verlangt zu viel! Ständig wollt Ihr Briefe verschickt haben. Habt Ihr auch nur die geringste Vorstellung, welche Gefahren auf meine Kuriere lauern?«

Ich seufzte. »Verzeiht.«

Er brummte, als entschuldige er sich für seine Unbeherrschtheit. Ich war schon versucht, ihm mitzuteilen, dass Lockswood Gerüchte über mich verbreitete, aber es war nicht der rechte Zeitpunkt. Ich verneigte mich und ging hinüber zu Michael Vowell, der sämtliche Gegenstände sorgsam auf einem Blatt Papier verzeichnete. »Was hat das zu bedeuten?«, fragte ich.

»Wir hier, die des Schreibens mächtig sind und Wertsachen einigermaßen zu beurteilen wissen, erstellen ein Inventar der Gegenstände, die aus den Landsitzen stammen. Morgen bringen wir sie zu einem Sondermarkt in Norwich und bieten sie zum Verkauf, um von dem Erlös Proviant zu erstehen.« Ich blickte auf seinen Tisch und entdeckte eine schöne goldene Halskette mit einem Medaillon, an dem drei besonders erlesene Perlen hingen. Mit wehmütigem Lächeln sagte ich: »Es erinnert mich an eine Kette, die Königin Catherine Parr zuweilen trug, obwohl diese hier bei weitem nicht so prächtig ist.«

»Der Schmuck bringt nicht den Bruchteil dessen ein, was er wert ist. Die Händler in Norwich wissen genau, dass unsere Nahrungsvorräte allmählich knapp werden – wir stehen kurz vor der Ernte, das ist die magerste Zeit im Jahr. Und Geld ist auch nicht mehr viel übrig.« Er sah mich an. »Vielleicht könnt Ihr morgen nach Norwich kommen und uns dabei helfen, mit den Händlern zu feilschen?«

»Gewiss.«

Ich empfahl mich. Zweifellos wäre ich für diese Aufgabe besser geeignet gewesen als Vowell. Warum hatte man mich nicht gefragt? Hatten Lockswoods Lügengeschichten Kett misstrauisch gegen mich gemacht? Doch wusste er mittlerweile über Lockswood Bescheid und würde niederträchtigem Gerede sicher kein Gehör schenken.

Der Soldat, der vor der Tür gewartet hatte, geleitete mich die Treppe hinab. Bevor ich die Pforte erreichte, schwang sie auf, und weitere Soldaten führten eine jämmerlich anmutende Schar aus etwa zwanzig Männern herein, die Fetzen vornehmer Kleidung trugen. Verwundert sah ich zu, wie man sie die Treppe hinaufführte. Der Soldat sagte: »Wir bringen Gefangene von Norwich Castle herauf.«

»Warum?«, wollte ich wissen.

»Befehl des Captain.« Seinem Lächeln nach zu urteilen wusste er mehr, als er sagte.

Ich ging zurück zu den Swardeston-Hütten, um Barak zu sagen, dass meine Mission gescheitert war. Er nahm die Nachricht gelassen und sagte schulterzuckend: »Ich hatte auch nicht viel Hoffnung.« Er schnallte sich die künstliche Hand an. »Ich soll über die Lieferungen in den Nordwesten des Lagers Buch führen. Natty begleitet mich.«

»Wo ist Nicholas?«

Wieder zuckte er mit den Schultern. »Läuft durch die Gegend und bemitleidet sich selbst.«

Am frühen Abend kam Nicholas zurück; er war in der Stadt gewesen, deren Tore jetzt mit Erdwällen und Holz verstärkt wurden. »Dieses Mal versuchen die Rebellen« – er sprach immer noch von »ihnen« –, »die Armee gar nicht erst in die Stadt zu lassen. Sie sollen sie belagern und dabei aufgerieben werden.«

Barak, von der Arbeit zurückgekommen, schnaubte verächtlich. »Das wird eine kurze Belagerung. Einer neun- oder zehntausend Mann starken Armee halten die Tore nicht stand, auch wenn sie verstärkt wurden; vielleicht wollen sie den Gegner zunächst schwächen, um ihn dann in den Gassen zu bekämpfen. Eine blutige Angelegenheit.«

An diesem Abend herrschte große Nachdenklichkeit rings um das Lagerfeuer, obschon das Essen wie immer sehr schmackhaft war; Hammelfleisch in einer Gemüsebrühe, gut durchgesotten unter Goodwife Evernekes Anweisung. Nicholas hatte für die Feuerstelle eine Ladung Steine von der Heide mitgebracht. Sie ersetzten jene, die rußig geworden und von Rissen durchzogen waren. Der Abend dämmerte herauf. In einiger Entfernung stand eine der wenigen Ebereschen, die dem Kahlschlag entgangen waren. Sie war voller roter Beeren.

»Ich hab noch nie im Leben besser gegessen als hier«, stellte Natty fest.

»Die Muhme hat mir nicht viel gegeben«, sagte Simon, der seinen Eintopf wie immer geräuschvoll schlürfte.

»Ob wir je wieder so was Feines essen werden?«

»Wenn wir am Leben bleiben – was ich allerdings bezweifle«, sagte Ralph Williams, ein Grobschmied in seinen Dreißigern.

»Na komm, Bur«, sagte der Swardeston-Anführer Dickon vorwurfsvoll. »Red nicht so kariert. Natürlich kommt es zu einer erbitterten Schlacht, aber wir haben sie einmal besiegt und schaffen es auch ein zweites Mal. Gott und das Recht sind auf unserer Seite und unsere Männer bestens ausgebildet. Ich hab die Bogenschützen gesehen – wie sie die Pfeile surren lassen, potz Blitz!«

»Und gegen wen sollen wir kämpfen?«, fragte Nicholas jäh.

Dickon runzelte die Stirn, und aller Augen waren auf ihn gerichtet. »Na gegen die adeligen Herren und ihre raffgierigen Soldaten und Söldner!«, sagte Dickon.

»Und Protektor Somerset? Wer hat so viel versprochen und nichts gehalten? Er regiert im Namen des Königs, dann ist es doch wohl seine Armee, die kommt!«

Josephine saß auch dabei, mit Mousy auf dem Schoß. Normalerweise war sie still, vor allem wenn Edward wie an den vergangenen Abenden unten in Norwich war, um die Stadt auf die Schlacht vorzubereiten, doch jetzt meldete sie sich zu Wort: »Eine gute Frage, Master Nicholas« – aus alter Gewohnheit benutzte sie noch immer die ehrerbietige Anrede –, »und keiner kennt wirklich die Antwort. Vielleicht haben andere im Thronrat den Protektor gezwungen, die Armee auszusenden, vielleicht hat er es auch selbst so entschieden, aber wie dem auch sei, falls wir siegen, können wir ganz England einnehmen.«

Zustimmendes Raunen. Nicholas sagte nichts mehr, während Barak, der normalerweise immer eine Meinung hatte, den Mund hielt. Nach dem Essen wurde noch gezecht, doch Barak zog sich früh in die Hütte zurück. Nicholas und ich gesellten uns bald zu ihm. Ich schlief tief und fest in dieser Nacht, doch als ich kurz nach Sonnenaufgang erwachte, weil Speerträger mit scheppernden Waffen vorübergingen, lag nur Nicholas auf seinem Platz. Barak dagegen war fort.

Nicholas und ich wussten sofort, was geschehen war, wagten aber nichts zu sagen. Ein Beauftragter kam während des Frühstücks, um Barak zum Nordteil des Lagers zu beordern. Ich entgegnete hastig, er habe bereits Pflichten unten in Norwich. Der Mann maß mich argwöhnisch und ging.

Bald darauf schickte man nach mir. Ich sollte die erbeuteten Wertsachen nach Norwich begleiten, wo man sie zu Markte tragen wollte. Obwohl ein jeder noch immer täglich einen bescheidenen Sold erhielt, argwöhnte ich, dass das Münzgeld allmählich zur Neige ging. Zwei Planwagen standen bereit, um von mächtigen Pferden in die Stadt gezogen zu werden. Wie üblich war Simon einer von denen, die sie führen sollten. Begleitet von einer Abordnung Soldaten in Helmen und Brustharnischen, begaben wir uns langsam dem Markte zu. In Norwich war jedes Tor, jede Mauerritze mit Lehm und Holz verstärkt.

Den ganzen Tag lang wurde schonungslos gefeilscht. Die Händler aus Norwich wussten genau, dass sie für den Proviant, den sie in rauen Mengen in die Stadt geliefert hatten, jeden Preis verlangen konnten. Und wie bei Händlern üblich, hatten sie keinerlei Skrupel, Geschmeide, Gold und Silber zu fordern, deren Wert den der Nahrungsmittel, die sie feilboten, bei weitem überstieg. Nur einige wenige handelten aus Sympathie für das Lager zu ehrlichen Preisen, und sie waren schnell ausverkauft.

Am späten Nachmittag machten wir uns müde auf den Weg zurück ins Lager. Ich hatte nach dem Perlenanhänger gesucht, den ich tags zuvor unter den ausgebreiteten Schätzen erspäht hatte, ihn aber nicht entdeckt. Ich war zu müde und zu besorgt wegen Barak und der Reaktion der Leute, wenn herauskam, dass er desertiert war, um Boleyn und Isabella auf der Burg zu besuchen. Mit etwas Glück bliebe mir tags darauf noch Zeit genug.

Wir trafen im Lager ein. Die Pferde trugen die unverkauften Stücke nach Surrey Place zurück. Ich ging zu unserer Hütte. Und dort, an Nicholas' Seite und mit betretener Miene, saß Barak. Mit einer ärgerlichen Kopfbewegung bedeutete ich den beiden, mir in die Hütte zu folgen.

Barak sagte: »Ich hab es einfach nicht über mich gebracht. Es wäre ganz leicht gewesen, die östliche Grenze ist bloß mit Steinen gekennzeichnet, dazwischen gibt es nur wenige Patrouillen, in weitem Abstand zueinander. Ich hätte mich ohne weiteres davonmachen können. Aber« – er schüttelte den Kopf und blickte zu Boden – »ich konnte es einfach nicht. Schließlich habe ich Kett den Treueeid geleistet, und ihr zwei seid auch noch hier. Die arme Tammy«, fügte er hinzu.

»Du siehst sie bald wieder«, sagte Nicholas, um ihn zu trösten. Barak antwortete nicht. Ich trat wieder hinaus. Rauch stieg auf von den vielen Kochfeuern, an denen das Nachtmahl bereitet wurde. Dann wären wir also wieder alle beisammen, dachte ich. Um der großen Schlacht entgegenzublicken.

TEIL SECHS

DUSSINDALE

KAPITEL DREIUNDSIEBZIG

Am darauffolgenden Morgen, einem kühlen Tag mit jagenden Wolken, wurden wir in aller Frühe zur Reformeiche gerufen, wo eine Versammlung stattfand. Alle aus dem Swardeston-Lager nahmen daran teil, auch Nicholas, Barak und ich sowie Edward und Josephine, die Mousy an sich drückte, Simon, Natty und Goody Everneke.

Die Stimmung war gespannt in den gedrängten Reihen vor der Eiche. William Kett und einige Hundertschaftenvertreter standen auf der Tribüne, als Robert Kett nach vorne trat und sich an die Menge wandte. Sein Gesicht war ernst, aber voller Entschlusskraft.

»Meine Freunde, der Tag der Rache ist nah. Meine Kundschafter in Warwicks Lager sagen mir, er habe soeben Intwood erreicht – drei Meilen vor Norwich – und rastet in einem der Häuser, die den Greshams gehören, den reichsten Kaufleuten in London!« Pfiffe und Buhrufe wurden laut. Kett lächelte. »Warwick hat seine Söhne bei sich, Ambrose und Robert, beide noch halbwüchsig – keine Gegner für uns, wie ich meine! Er hat sich, Gott steh ihm bei, den Marquess of Northampton zum stellvertretenden Feldherren erkoren, der sich seit seiner Niederlage mitsamt dem Norfolker Landadel in Cambridge herumdrückt! Die Honoratioren aus Norwich haben überdies vor Warwick angegeben, sie hätten unter Zwang mit uns kooperiert. Man hat ihnen vergeben und gestattet, die Armee zu begleiten – allerdings müssen sie Schnüre um die Hälse tragen, als Zeichen für ihre Treulosigkeit!« Alle lachten, doch Ketts Ton wurde ernst. »Ich darf euch nicht verhehlen, dass wir unserer größten Prüfung entgegensehen. Diese neue Armee kommt zahlenmäßig fast der unseren gleich. Eintausendvierhundert Schweizer Landsknechte, erbitterte Kämpfer und bei weitem grausamer als die Italiener, mit denen wir es im vergangenen Monat zu tun hatten, haben sich ebenfalls von London auf den Weg gemacht, um sich ihr anzuschließen. Warwick hat nicht nur adelige Gecken bei sich, sondern Berufssoldaten, darunter ein Kontingent aus dem Schottlandfeldzug, angeführt von einem seiner erfahrensten Kommandanten, Captain Drury. Sie sind vielleicht schon morgen hier!«

Er schwieg einen Moment lang still und ließ den Blick über die Menge schweifen, um die Stimmung der Männer einzuschätzen. Doch fast alle Gesichter, die ich sah, vor allem die der Jüngeren, zeugten von Entschlossenheit. »Wir sind bereit!«, hörte ich jemanden rufen. »Wir sind bereit zu sterben, denn sie lassen uns nichts, wofür es sich zu leben lohnt!«

Kett sprach eilig weiter. »Norwich wird erneut verstärkt, und falls die Armee in die Stadt vordringt, sind unsere Männer darin geübt, sie in den Gassen zu bekämpfen, wie schon den Marquess of Northampton! Und falls wir schließlich auf offenem Felde kämpfen müssen, sind wir auch dafür gewappnet, mit unseren Waffen, unseren erfahrenen Kommandanten und dem Vorteil der höheren Lage! So der gnädige und barmherzige Gott, dessen Sache wir dienen, es will, werden wir gewinnen – und unsere Ziele endlich durchsetzen!« Da huschte ein Schatten über sein Gesicht, und ich kam nicht umhin, mich zu fragen, ob er nun, da er die Stärke von Warwicks Armee kannte, den Ausgang der Schlacht allmählich in Zweifel zog.

Doch die Menge jubelte und klatschte in die Hände; Kett wartete kurz, ehe er in seiner Rede fortfuhr: »Und nun noch ein letzter Punkt. Ich glaube, es ist an der Zeit, dass die Frauen, die ihren Männern hier herauf gefolgt sind, nach Hause zurückkehren. Sie sollen die Ernte einbringen und auf ihre siegreichen Männer warten. Mit dem, was uns in den kommenden Tagen hier erwartet, ist Mousehold Heath kein geeigneter Ort mehr für sie.« Er holte tief Luft. »Auch die Männer, die in der letzten Schlacht verwundet wurden, die krank sind oder alt, sollten jetzt nach Hause gehen. Aber ich danke euch allen für eure Hilfe. Und jetzt, meine Freunde, an die Arbeit!« Er hob die Hände, nickte in die Menge, die ihm zujubelte, und verließ dann mit den anderen die Tribüne. Als William Kett an mir vorüberging, sagte er: »Master Shardlake, heute findet noch einmal ein außerordentlicher Markttag statt, bei dem wir Eurer Hilfe bedürfen; seid also in einer Stunde am Rand des Abhangs.«

Umgeben von finsteren, doch entschlossenen Mienen, kehrten wir zu den Swardeston-Hütten zurück. Einer der Propheten bahnte sich einen Weg durch die Menge und rief, die Heilige Schrift schwenkend, das Jüngste Gericht stehe unmittelbar bevor und die Männer im Lager seien von Gott auserwählt. Einige jubelten ihm zu, andere schenkten ihm keine Beachtung. »Kett hat wacker gesprochen«, sagte Nicholas. »Er verspricht den Sieg, ohne die Stärke von Warwicks Armee zu verhehlen.«

»Er ist vom ersten Tage an ehrlich zu uns gewesen.«

»Das ist wahr«, pflichtete eine Stimme von hinten mir bei. Ich drehte mich um und gewahrte Michael Vowell. Er sagte: »Ich gehe demnächst hinunter nach Norwich, um bei den Kriegsvorbereitungen zu helfen.« Er klopfte mir freundschaftlich auf die Schulter. »Wir sehen einem grandiosen Sieg entgegen, Master Shardlake. Viele von uns – auch ich – bezweifeln noch immer, dass der Protektor diese Armee ausgesandt hat. Am Ende kommt er doch noch, uns zu retten.« Er nickte uns zu und ging davon.

Nicholas blickte ihm versonnen nach. »Hoffentlich hat er recht. Offenbar sind einige Leute desertiert, und vermutlich werden es noch mehr, da Kett nun ausgesprochen hat, was uns bevorsteht.«

»Wirst du kämpfen?«, fragte ihn Simon.

»Ich weiß es nicht. Und du?«

Simon blickte ihm in die Augen. »Ich werde das tun, was man mir aufgetragen hat: die Pferde überall hinführen, wo sie gebraucht werden.« Und leise setzte er hinzu: »Ich bin noch nie so glücklich gewesen wie hier.«

»Und du bist genauso tüchtig wie alle anderen«, sagte Nicholas.

Goody Everneke drückte Simons Arm. »Ich bete zu Gott, dass Er euch alle sicher durch diese Prüfung geleite.« Ich sah Tränen in ihren Augen. »Seit dem Tod meines armen Mannes war auch ich nie mehr so glücklich wie hier auf der Heide. Doch jetzt muss ich gehen.«

»Ihr seid aber doch eine Witwe«, sagte ich. »Captain Kett sprach nur von Frauen, die ihren Männern hierher gefolgt sind.«

Goody Everneke lächelte. »Nein, er sagte, das Lager sei nun kein Ort mehr für Frauen. Und« – sie sah mich vielsagend an – »ich habe selbst gesehen, dass der Proviant zur Neige geht. Die Dörfer haben kaum noch genug zum Leben, bis die Ernte eingebracht ist, sie können nichts mehr entbehren.« Sie holte tief Luft. »Ein paar ältere Männer begleiten mich nach Swardeston, wir sollten langsam aufbrechen.« Sie umarmte uns der Reihe nach, Josephine am längsten. »Jetzt lasst mich gehen. Kein langer Abschied. Lebt wohl.« Damit ging sie schnell davon.

Josephine blickte mich an. »Ich kehre auch nach Norwich zurück.«

»Aber Josephine, wenn es zum Gefecht kommt, dann doch zuerst in der Stadt.« Ich wandte mich an Edward. »Hier oben ist sie doch besser aufgehoben.«

Er schüttelte den Kopf. »Wenn wir die Stadt halten können, ist Josephine in Sicherheit. Sollten wir verlieren, ist sie nur eine der vielen Frauen in Norwich, die ein kleines Kind zu versorgen haben. Sollte es dagegen hier oben zum Gefecht kommen, weiß nur Gott, was den hilflosen Frauen und Kindern blüht, falls man uns, was Gott verhüten möge, besiegen sollte. Nein, Josephine bleibt jetzt bei mir, zu Hause in Norwich. Wir machen uns noch heute Vormittag auf den Weg.«

Josephine blickte entschlossen drein. »Widersprecht ihm nicht, Master Shardlake. Er hat recht. Wir begleiten Euch nach Norwich.«

»Wie du willst.« Ich würde sie und Mousy vermissen. Während die anderen weitergingen, hielt Nicholas mich am Arm zurück. Er fragte mit ernster Miene: »Was werdet Ihr jetzt tun?«

»Was immer Captain Kett von mir verlangt.«

Er lächelte schief. »Ihr könntet doch, mit Verlaub, durchaus für alt und kampfuntauglich gelten. Wollt Ihr nicht gehen?«

»Nein. Nicht, solange ich noch zu etwas nutze bin.« Ich sah ihn an. »Und du?«

Er biss sich auf die Lippe. »Ich weiß es nicht. Für etwas kämpfen, woran ich noch immer nicht zweifelsfrei glaube?«

Ich sagte: »Es wird viel Blut fließen. Jenem Captain Drury bin ich in London begegnet, kurz vor unserer Reise nach Norwich. Einige seiner Männer haben einen Schotten zusammengeschlagen, und Drury ermutigte sie. Sie waren furchterregend grob und sind kampferprobt.«

»Ob Sir Richard Southwell im Heer reitet? Er kam mit Northamptons Armee herauf.«

»Ich weiß nicht, ob er mit ihnen in Cambridge war. Mit seiner Schafzucht und seinen Pflichten für Lady Mary ist er gewiss in der Nähe.«

»Nun ja, gegen ihn lohnt es sich wenigstens zu kämpfen«, stellte Nicholas mit schiefem Lächeln fest.

Mehr konnte ich Nicholas hinsichtlich seiner Absichten nicht entlocken. Wir begaben uns an den Rand des Hügels, um auf die Wagen zu warten, die hinunter nach Norwich fuhren. Dort entdeckte ich Captain Miles, der wie Edward Brown in die Stadt gehen wollte, um dort die letzten Vorbereitungen für die Belagerung und wahrscheinlich auch für den Kampf zu treffen. Eine Kompanie Bogenschützen gesellte sich zu uns. Josephine kam mit Mousy im Arm auf mich zu. »Seid mir nicht böse, Master Shardlake«, sagte sie. »Ich glaube, in Norwich bin ich besser aufgehoben.«

»Ich bin nicht böse, Josephine, nur traurig, dass du mit Mousy das Lager verlässt.«

Sie ließ den Blick über die zahllosen Hüttenkreise schweifen, in deren Zentren die Pfarreifahnen flatterten. »Ich bin auch traurig.« Dann fügte sie leise hinzu: »Niemand wird je wieder behaupten können, dass das gemeine Volk in England sich nicht selbst regieren kann.«

Ich kitzelte Mousy unter dem Kinn, und sie stieß einen vergnügten Gurgellaut aus. »Pass gut auf sie auf«, sagte ich und lächelte. »Weißt du noch, als du mit deinem Vater in meine Dienste gekommen bist? Es ist nur fünf Jahre her, und doch erscheint es mir wie eine Ewigkeit.«

»Manchmal hatte ich das Gefühl, als gehorchte die Zeit im Lager eigenen Gesetzmäßigkeiten, als hätte dieser sagenhafte, besondere Ort Einfluss auf die Gestirne.« Sie lachte verlegen. »Gewiss haltet Ihr mich für närrisch.«

»Nein, ich versteh dich gut.«

Plötzlich vernahm ich hämische Stimmen. Nicht weit von uns war Simon von mehreren Burschen umringt, Lehrlingen aus Norwich, wie ich annahm, die wie gewohnt ihren Spott mit ihm trieben. Einer sagte: »Um ein Haar hättest du das Turnier versaut, stimmt's, Rußkopf? Was sollte denn dieser Klaps? Hast wohl geglaubt, das Pferd wär echt!« Simon errötete und blickte zu Boden. Einer der Männer, die sich mit Simon um die Pferde kümmerten, kam herüber. »Lasst ihn gefälligst in Ruhe! Wenn ihr schmalbrüstigen Hänflinge auch nur halb so gut mit einem Pferd umgehen könntet wie Simon, wärt ihr hier wenigstens zu etwas zu gebrauchen!« Die Burschen verzogen sich kleinlaut.

Auf dem Weg nach Norwich hatte Simon wie die anderen Pferdeknechte alle Hände voll zu tun, die Tiere samt Wagen den steilen Hügel hinunterzumanövrieren, doch als er sicher unten angelangt war, trat ich zu ihm hin. »Haben sie dich geärgert, Simon?«

Er zuckte resigniert die Schultern. »Im Lager hatte ich Ruhe, aber die Burschen von vorhin stammen aus Norwich.«

Ich blickte ihn an. Der Pferdeknecht hatte die Jungen, die Simon verspottet hatten, Hänflinge gescholten. Simon dagegen, der mehrere Wochen reichlich gegessen und schwer gearbeitet hatte, war kräftiger geworden. Ich dachte und sprach es aus: »Wenn das alles hier vorbei ist …«

»Wenn wir gesiegt haben«, warf er entschieden ein.

»Ja, wenn wir gesiegt haben, kommst du vielleicht am besten mit mir nach London. Ich könnte dir eine Arbeit als Pferdeknecht verschaffen, dein natürliches Geschick käme dir dabei zugute.«

Er sah mich erstaunt an. »Ihr würdet mich nach London mitnehmen?«

»Nur wenn du es möchtest. Aber was hast du in Norwich zu verlieren? Deine Muhme?«

Seine Miene verfinsterte sich. »Ihretwegen musste ich betteln. Ich will sie nie mehr wiedersehen.«

»In London würden sie dich nicht hänseln.«

Er sah mich mit leuchtenden Augen an. »Aus Norwich weggehen, ein neues Leben beginnen …« Sein Gesicht wurde wieder düster. »Aber der Gedanke an London macht mir Angst. Es soll ganz schön riesig sein.«

»Ich sorge dafür, dass sich jemand um dich kümmert. Und Barak und Nicholas helfen dir gewiss auch.«

Seine Augen füllten sich mit Tränen. »Dann dank ich Euch, Master Shardlake. Ich komme gern. Und ich versuche, mich besser im Griff zu haben.«

Ich lächelte. »Du solltest mal sehen, wie närrisch sich die Leute in London aufführen.«

In Norwich tummelten sich Ketts Soldaten. Auf dem Weg nach Tombland sah ich über hundert Männer, die sich auf dem St Martin's Plain im Bogenschießen übten. Männer aus Norwich führten Speerkämpfer durch die schmalen Gassen bis hinunter zum Marktplatz. Dabei wiesen sie auf farbige Pfosten, die in den Boden getrieben waren, um den Weg zu kennzeichnen. Allenthalben wurden die Stadtmauern verstärkt, und Männer patrouillierten darauf. Unter denen, die Steine aufschichteten, entdeckte ich Toby Lockswood; zumindest hatte er sich nie vor schwerer Arbeit gescheut. In Tombland sagten wir Josephine und Edward Lebewohl, die mit Mousy davongingen. Wann würde ich sie wohl wiedersehen?

Der Markt war auch diesmal voller Händler. Kaum waren die Karren entladen, begann das Geschachere, obschon die Händler heute weniger erbittert feilschten – vielleicht fühlten sie sich, da nun Warwicks Armee fast schon vor den Toren der Stadt stand, uns irgendwie verpflichtet. Dennoch musste ich mehrmals auf den wirklichen Wert einer venezianischen Kristallvase oder eines goldenen Schmuckstücks verweisen. Wieder hielt ich nach dem Anhänger Ausschau, der mich an den von Catherine Parr erinnerte, konnte ihn aber nicht entdecken.

Robert Kett war heute nicht anwesend; sein Bruder William hatte seinen Platz eingenommen. Am frühen Nachmittag waren die Karren nicht mehr mit Kostbarkeiten, dafür mit Nahrungsmitteln gefüllt. William Kett trat an mich heran. Er blickte verächtlich auf das Gold und Geschmeide, das sich die Händler in die Taschen stopften. »Was nützt uns der Krempel!«, blaffte er.

»Gar nichts, Sir. Ihr habt gut daran getan, ihn zu verkaufen.«

Er sah mich an. »Ihr habt gewiss auch ein paar Kostbarkeiten zu Hause in London.«

»Nichts, was ich nicht entbehren könnte. Bevor ich ins Lager zurückkehre, sollte ich mit Master Overton vielleicht noch John Boleyn in der Zelle besuchen. Wer weiß, ob sich dazu noch eine Gelegenheit bietet, bevor …«

»Bevor hier die Fetzen fliegen.« Er nickte. »Ja, geht nur, aber seht zu, dass Ihr am Abend wieder im Lager seid.«

»Gewiss.« Ich winkte Nicholas zu mir, der Simon dabei half, ein scharrendes Pferd zu beruhigen. »Möchtest du Isabella Boleyn wiedersehen?«, fragte ich ihn.

⚜

Wie üblich empfand ich den langen Anstieg hinauf zur Burg ermüdend; neuerdings schmerzte mein Rücken wieder, und auch meine Gelenke taten mir weh. Der feuchte, kühle August dürfte das Seine beigetragen haben.

Wieder konnten wir die Burg problemlos betreten. Im Rittersaal ging etwas vor sich; ein großer Tisch war aufgestellt worden, und mehrere Edelleute wurden, Füße in Ketten, von einem von Ketts Getreuen ins Verhör genommen. Es erinnerte mich an die merkwürdige Szene in Surrey Place vor ein paar Tagen, und ich fragte den Wachmann, der uns begleitete, was es damit auf sich habe.

»Gar nichts«, antwortete er ausweichend. »Sie sollen nur etwas verinnerlichen.«

Er führte uns vor Boleyns Zelle. Als er an die Tür klopfte, hörte man Boleyn rufen: »Einen Augenblick«, woraufhin das Bett vernehmlich knarzte. Der Wachmann grinste. »So lässt sich's wohl sein, wie?«

Er wartete kurz, ehe er die Tür öffnete. John Boleyn knöpfte sich eilig das Wams zu. Isabella hinter ihm strich sich die Röcke glatt. Boleyn sagte: »Master Shardlake, Master Overton, ich hatte Euch nicht erwartet. Die Armee des Earl of Warwick soll morgen hier eintreffen. Ich hoffe, wir sind hier in Sicherheit, aber Ihr solltet schleunigst nach London heimkehren, solange es noch möglich ist.« Er blickte mich ernst an, und Isabella nickte.

Ich antwortete ausweichend. »Dies ist gewiss für eine Zeitlang die letzte Möglichkeit, dass wir miteinander sprechen. Wie geht es Euch?«

»Wir sind beide wohlauf.« Er blickte auf Isabella und lächelte. Errötend erwiderte sie sein Lächeln. »Irgendetwas geht hier vor«, sagte er, »was genau es ist, wissen wir nicht, aber einige Edelleute sollen anderswohin verbracht werden. Man hat sie wieder in Ketten gelegt.«

»Wir haben etwas beobachtet unten im Saal, aber niemand wollte uns Näheres sagen«, antwortete ich.

Boleyn griff nach Isabellas Hand. »Wir sind hier in Sicherheit,

Liebes. Schließlich sind wir auf Geheiß der Obrigkeit hier, nicht auf Anweisung Ketts.« Er wandte sich an mich. »Habt Ihr Neuigkeiten zu Edith?« Er schüttelte den Kopf. »Was für eine seltsame Geschichte habt Ihr uns da erzählt!«

»Nein, nichts Neues. Wir wissen, dass sie zu Beginn des Mai eine – entfernte Verwandte aufsuchte, um sie um Geld zu bitten, aber dann verliert sich ihre Spur, bis sie ermordet aufgefunden wurde.«

Isabella sagte: »Ich hab viel nachgedacht über die Ärmste. Ihre Eltern waren, wie's scheint, sehr grob zu ihr.«

John Boleyn, noch immer gnadenlos unversöhnlich, antwortete nicht. Ich fragte: »Und Daniel Chawry?«

»Nichts«, warf Boleyn mir aufbrausend hin. »Vermutlich auf und davon!« Er holte tief Luft. »Isabella hat mir erzählt, was er ihr antun wollte. Ich danke Gott für die innere Kraft, die sie davor bewahrte.« Er drückte ihre Hand, und seine Miene verfinsterte sich. »Beim Blute Gottes, ist er vielleicht gar der Mörder? Wenn ich den zu fassen kriege …« Er ballte die Fäuste.

»Er ist gewiss längst über alle Berge«, sagte Nicholas.

Boleyn fragte: »Hat Sir Richard Southwell sich Warwicks Armee angeschlossen?«

Ich sagte: »Das halte ich durchaus für möglich. Er hat sich vermutlich mit dem Marquess of Northampton in Cambridge aufgehalten, um sich um Lady Marys Belange zu kümmern.«

Er maß mich mit scharfem Blick. »Auch seine jungen Verbündeten? Wie jener Schurke Atkinson und meine elenden Söhne?«

»Gut möglich.«

Boleyn schritt auf und ab. »Einmal angenommen, Warwicks Armee siegt – was ihr zweifellos gelingt –, wird Lady Mary dann in Erklärungsnot geraten, was meint Ihr? Immerhin blieb sie während des Aufstands in Kenninghall, obwohl sie hätte fliehen können.«

»Unwahrscheinlich. Ihre politische Bedeutung als Thronerbin ist noch gestiegen, seit uns Frankreich den Krieg erklärt hat – der Protektor braucht nun umso mehr die Unterstützung durch den Kaiser, und der ist mit Mary verwandt.«

Boleyn blickte mich an. »Und Ihr – Ihr seid von Beginn an im Lager gewesen; droht Euch keine Gefahr, falls die Rebellen verlieren?«

Ich seufzte. »Ich habe stets versucht, mäßigend zu wirken. Sollte ich in Bedrängnis kommen, muss ich mich auf Lady Elizabeth verlassen.« Ich sah ihn unverwandt an. »Es wäre gewiss von Vorteil, wenn ich herausfinden könnte, durch wessen Hand Edith zu Tode kam in jener Nacht. Ein Jammer, dass Ihr kein hieb- und stichfestes Alibi habt.«

Zorn blitzte aus Boleyns Augen. »Ich sagte es schon tausendmal, ich habe mein Kontor niemals verlassen.«

Einen Augenblick herrschte Schweigen. Dann lachte Isabella verlegen und sagte: »John, und jetzt die gute Nachricht!«

Seine Miene hellte sich unverzüglich auf, und er ergriff ihre Hand. »Isabella ist nun endlich guter Hoffnung. Seit drei Monaten schon. Jetzt bekomme ich vielleicht einen Sohn, der kein Unhold ist. Sie weiß es schon seit mehreren Wochen, wollte es mir aber erst sagen, wenn wir wieder vereint wären.«

Rasch rechnete ich nach. Vor drei Monaten war Mai, demnach hätte sie das Kind kurz vor der Ergreifung ihres Mannes empfangen. Wäre es später geschehen, könnte er nicht der Vater sein. Hatte sie sich am Ende doch mit Chawry eingelassen? Doch alles, was sie gesagt und getan hatte, sprach dagegen. Ich schaute sie an, und sie wagte ein kleines Lächeln. Ich sagte: »Dann wünsche ich Euch von Herzen Glück!« Da trat sie auf mich zu und ergriff meine Hand. »Reitet nach London, Master Shardlake, solange es noch möglich ist. Wir danken Euch von ganzem Herzen für alles, was Ihr für uns getan habt.«

»Ja«, pflichtete John Boleyn ihr bei und fügte etwas rau hinzu: »Auf ein Wiedersehen in glücklicheren Zeiten.«

Isabella ergriff auch Nicholas' Hand. »Und Ihr, Master Overton, gebt auf Euch acht. Ich wünsche Euch eine hübsche junge Frau mit einem starken, aufrechten Geist.«

»Wäre sie so schön wie Ihr, Madam, würde ich mich glücklich schätzen«, erwiderte Nicholas galant. Isabella knickste artig. Wir verneigten uns vor ihr, drückten John Boleyn die Hand und klopften nach dem Kerkermeister. Er ließ uns heraus und verschloss dann wieder die Zellentür. Es dürfte eine ganze Weile dauern, dachte ich, bis ich John Boleyn wiedersehe. Doch ich irrte mich gewaltig.

KAPITEL VIERUNDSIEBZIG

Als ich am späten Nachmittag ins Lager zurückkehrte, herrschte allenthalben grimmige Entschlossenheit. Barak, der erst zum Nachtmahl wiederkam, schilderte die Befestigungen, die am nördlichen Rand des Lagers errichtet worden waren, bei dem Ort mit Namen Dussindale. »Sie haben tonnenweise Gerätschaften hinaufgeschafft. Miles hat alles im Blick; alle Wetter, der weiß, was er tut! Wenn's nach ihm geht«, fügte er leiser hinzu, »siegen wir am Ende doch, vor allem wenn wir sie vorher in der Stadt weichgeklopft haben.« Er wandte sich Nicholas zu. »Tut mir leid, dass ich dich überreden wollte, an meiner statt zu desertieren. Dazu hatte ich kein Recht.«

Nicholas lächelte. »Ich weiß doch, in welcher Klemme du warst.«

»Und, bleibst du?«

»Ich will abwarten, was als Nächstes passiert.«

Natty, der das Gespräch mit angehört hatte, drehte sich zu den beiden um – dank Lockswood war die eine Gesichtshälfte blau und geschwollen – und sagte mit Nachdruck: »Ich verrate dir, was als Nächstes passiert – wir werden siegen.«

»Genau, wir zeigen es ihnen!«, pflichtete Simon ihm bei.

Ich ließ den Blick über das kleine Swardeston-Lager schweifen, in dem jetzt die Frauen fehlten. Wir aßen halbgares knorpeliges Fleisch. Ich dachte an Goody Everneke und die anderen Frauen, die jetzt heimwärts zogen, und hoffte inbrünstig, es möge ihnen nichts Böses widerfahren. Dennoch sprach ich kein Gebet, denn jener Teil von mir, der sich kurz geöffnet hatte, als ich die Kommunion empfing, war nun wieder verschlossen – wie die meisten hier hatte ich nur mein Überleben im Sinn.

⚜

Am folgenden Morgen, dem 24. August – einer der wenigen warmen Tage in diesem Monat –, saß ich auf meinem Lieblingsplatz auf dem Hügel und blickte mit mehreren Männern hinunter nach Norwich. Angeblich rückte Warwicks Armee von Intwood an, aber noch war nichts von ihr zu sehen. Ein Bote kam den Hügel heraufgesprengt, dem Pferd die Sporen gebend. Er stieg ab und lief stracks zur Kapelle. Eine Viertelstunde später trat mit ernster Miene Kett selbst aus der Pforte. Er blickte kurz auf Norwich hinab, entdeckte mich und winkte mich zu sich. Er maß mich mit prüfendem Blick.

»Master Shardlake. Sagt mir, was Ihr davon haltet. Jener Mann war mein Spitzel in Warwicks Lager.« Er hielt kurz inne und sprach weiter: »Warwicks Armee verfügt über gute Waffen und ein ordentliches Kommando, sagt er. Sie warten nur noch auf die Ankunft der Schweizer Söldner.«

»Und sie versuchen, Norwich einzunehmen?«

»Ich meine schon. Allerdings befindet sich im Heer ein weiterer königlicher Herold. Er soll heute Morgen nach Norwich gesandt werden und mit der Stadt verhandeln, vermutlich um eine friedliche Kapitulation zu erwirken. Ich mache mich jetzt auf den Weg nach Norwich. Und Ihr wollt bleiben, was auch immer geschieht?«, fragte Kett und maß mich mit forschender Miene.

»Ja. Und auch Barak und Nicholas.«

»Im Lager geht das Gerücht, dass Ihr und der junge Overton Spitzel seid.«

»Von Toby Lockswood in die Welt gesetzt, möchte ich meinen«, sagte ich grimmig.

»Es heißt, Ihr hättet Euch mit Edelleuten in Norwich getroffen, um Informationen über unsere Stärke an Warwick weiterzugeben.«

»Bösartige Unterstellungen, Captain Kett.«

Er ließ mich nicht aus den Augen und sagte schließlich: »Ja, das glaube ich auch.«

Er wandte sein Gesicht der Stadt zu. »Ich reite jetzt hinunter nach Norwich. Meinetwegen soll Augustine Steward den Herold empfangen. Mal sehen, was er will. Wenn er zu den Männern sprechen will, sollen sie entscheiden.« Er schüttelte das graue Haupt. »Obwohl die Chancen jetzt …« Er verstummte.

Just in diesem Moment kamen drei berittene Soldaten daher, ein Pferd für Kett am Zügel führend. Er stieg auf, und gemeinsam ritten sie hinunter nach Norwich.

Mehrere Stunden vergingen. Ich erfuhr erst später, was sich in der Stadt zugetragen hatte. Kett überredete Augustine Steward und einen weiteren hohen Beamten der Stadt, den Herold vor den Mauern zu treffen. Sie unterbreiteten ihm, dass man als Gegenleistung für eine Kapitulation die Begnadigung der Aufständischen wünsche. Ich habe niemals erfahren, ob diese auch für Kett gelten sollte. Jedenfalls ritt der Herold nach Intwood zurück, um den Earl of Warwick zu konsultieren, und kehrte wieder, um zu bestätigen, dass dieser jeden außer Kett begnadigen wolle. Mit einem Trompeter und einem kleinen Trupp von Warwicks Soldaten – darunter einige mit kleinen Hakenbüchsen und ein Mann, der die glühenden Kohlen trug, sie zu entzünden – ließ man den Herold wieder in die Stadt. Etwa vierzig von Ketts Männern geleiteten die Schar zu Pferde über die Bishopsgate Bridge. Kett war indes ins Lager zurückgekehrt.

Es erfolgte eine laute Trompetenfanfare, woraufhin eine große Zahl unserer Männer, viele bewaffnet, den Hügel hinunterstürmten, auf die Stelle zu, wo das Gefolge des Herolds am Flussufer stand. Barak, Nicholas, ich und auch Natty gehörten zu denen, die langsameren Schrittes folgten. In einiger Entfernung bemerkte ich Simon Scambler inmitten einer Gruppe junger Männer. Ich erkannte jene, die unlängst ihren Schabernack mit ihm getrieben hatten, aber jetzt schienen sie alle freundlich gestimmt.

Die meisten Rebellen, einige hoch zu Ross, waren zusammengelaufen, um ihre Macht zu demonstrieren. Ich sah den Herold, prächtig gewandet, über die Brücke reiten, begleitet von Augustine Steward und einem kleinen Kontingent Soldaten. Ich erkannte den

Kommandanten der Arkebusiere. Es war Captain Drury, dem ich in London begegnet war; als ranghoher Offizier in Warwicks Armee war er zweifellos gekommen, um den Gegner einzuschätzen.

Beim Anblick des Herolds riefen viele in der Menge: »Gott schütze den König!« Wie eh und je bekundeten beide Seiten dem elfjährigen Knaben in London ihre Treue, dachte ich.

Augustine Steward bat die Aufständischen, dem Herold Platz zu machen, damit seine Worte von möglichst vielen gehört würden. Sie taten es, und begleitet von seinen Soldaten, ritt der Herold ein Stück weit den Hügel hinauf und blieb dann inmitten eines Meeres aus Rebellen stehen. Wie seinem Vorgänger fehlte es auch ihm nicht an Mut. Der große, kräftige Mann in seinen Fünfzigern trug eine gebieterische, hochmütige Miene zur Schau. Zunächst lobte er die Männer für ihre Loyalität zum König. Dann entrollte er mit übertriebener Geste eine versiegelte, verzierte Schriftrolle und begann mit lauter, volltönender Stimme zu lesen.

Ich lauschte entsetzt. Seine Rede war im Ton noch weitaus beleidigender als die seines Vorgängers. Der hoffnungsfrohe Ausdruck in den Gesichtern der Rebellen wich erbittertem Zorn. Eine kleine Minderheit hingegen sah ängstlich drein. Sie seien allesamt gewalttätige, abscheuliche Gesellen, schleuderte der Herold in die Menge, hätten *grausame Taten begangen, Häuser geplündert und zudem viele hochgestellte, honorige Persönlichkeiten in den Kerker gesperrt* – woraufhin sich wütendes Raunen vernehmen ließ. Er schalt seine Zuhörer *Männer, welche, von widerwärtigem Irrsinn befallen, sich der Treulosigkeit und verräterischen Niedertracht* schuldig gemacht hätten. Am Ende tat er kund, dass der König in seiner Huld all jene seiner Gnade teilhaftig werden ließe, die sich stehenden Fußes ergaben. Alle bis auf Kett. So sie sich widersetzten, sollte der Earl of Warwick sie auf Befehl des Königs *mit Feuer und Schwert verfolgen.*

Er hatte kaum zu Ende gesprochen, als die Männer ihrem Zorn mit lautem Protest Luft machten. Er selbst sei der Verräter, brüllten sie dem Herold zu; der Landadel, nicht der König, hätte ihn hergesandt; das Begnadigungsangebot sei eine Lüge, rief einer, und wer in die Falle tappte, wähle nichts anderes als Strick und Schlinge für den Galgen. »Er ist kein echter Herold, seine Robe ist aus alten papistischen Messgewändern zusammengeflickt«, brüllte ein anderer. Demnach gab es immer noch Leute, dachte ich, die sich an den Glauben klammerten, der Protektor habe mit alledem nichts zu schaffen. Waffen wurden gezückt, und die Züge des Herolds verhärteten sich. Ich sah Robert Kett zu ihm hinaufreiten; indem er seine Leute aufforderte, eine Schneise für ihn zu bilden, damit er seine Kundgebung an anderer Stelle wiederholen könne, nahm er dem Königsboten den Wind aus den Segeln. Dessen Einschüchterungstaktik war somit gründlich gescheitert. Widerwillig wich die Menge auseinander, um dem Herold und seinem Gefolge den Weg frei zu machen, schickte ihm jedoch wilde Flüche hinterdrein. Barak sagte leise: »Er hat jede Hoffnung auf eine friedliche Einigung zerstört. Hätte er ihnen Abhilfe für ihre Beschwerden angeboten, auf Augenhöhe mit den Männern gesprochen, hätte er vielleicht etwas erreichen können.«

»Du hast recht«, sagte Nicholas. »Man sah es an ihren Gesichtern, dass einige vielleicht auf sein Angebot eingegangen wären, aber jetzt ist die Mehrzahl blind vor Wut.« Und er fügte zornig hinzu: »Wer hat bloß diese vermaledeite Proklamation verfasst?«

Ich sagte bitter: »Der Protektor natürlich, wie schon die letzte. Dieser Narr, er hat das politische Geschick eines Hasen.«

Nicholas sagte mit bebender Stimme: »Was sie auch getan haben, ihre Beschwerden sind rechtens. Wie kann nur jemand glauben, er könne etwas bewirken, indem er in diesem Ton mit ihnen spricht?«

»Noch vor zwei Monaten hättest du vielleicht das Gleiche getan«, sagte Barak.

»Jetzt nicht mehr«, entgegnete Nicholas grimmig, »jetzt nicht mehr.« Er blickte zu der Stelle hinüber, wo der Herold seine Proklamation verlas. Die Leute hörten ihm schweigend zu, doch erneut sah ich weitaus mehr zornige als verängstigte Mienen.

Dann geschah das Schreckliche, das mich noch heute in meinen Träumen verfolgt und noch den letzten Funken Hoffnung auf eine

Einigung zunichtemachte. Eine Bewegung hatte mich stutzig werden lassen, alsdann – unerwarteterweise – Gelächter. Ich gewahrte Simon Scambler, der mit einigen der Burschen, mit denen er geplaudert hatte, wenige Schritte von dem Herold entfernt stand, der soeben zu Ende gelesen hatte. In der Stille hörte ich deutlich einen der Burschen sagen: »Also los, Rußkopf, tu es. Hinterher feiern wir mit dir.«

Simon blickte unsicher drein, erfreut über das scheinbare Wohlwollen seiner einstigen Peiniger, aber auch furchtsam. »Los doch«, drängte ihn einer der Burschen. »Zeig dem Hundsfott, was wir von ihm halten.«

Simon löste sich aus der Menge und trat bis auf wenige Schritte vor den Herold hin. Alsdann drehte er sich um, ließ die Hose herunter und reckte dem Entrüsteten sein Hinterteil entgegen. Brüllendes Gelächter brach aus der Menge hervor. Um die Schmähung noch zu steigern, wackelte Simon genüsslich mit dem Hintern. Da gab Captain Drury dem Manne, der den Behälter mit den glühenden Kohlen hielt, durch ein Fingerschnippen zu verstehen, den Deckel zu öffnen. Drury bückte sich hinunter, entzündete die Lunte, presste den Schaft der langen Waffe gegen die Schulter und drückte ab. Die Lunte erreichte die Schwarzpulverpfanne, es erfolgte ein lauter Knall, grauer Rauch stieg auf, und Simons Hintern explodierte, dass Blut und Kot spritzten. Er schrie auf, versuchte vergeblich, sich aufzurichten, brach in die Knie. Das Geschoss hatte seinen Leib durchschlagen, und während er sich wand, sah ich, wie ihm das Blut aus dem Bauch spritzte und langsam die Gedärme hervorquollen. Er kauerte einen Augenblick schwankend und fiel dann vornüber auf sein Gesicht. Die Burschen, die ihn angestachelt hatten, waren verschwunden. »Nein!«, schrie ich, und gefolgt von Nicholas und Barak bahnte ich mir barsch einen Weg durch die Menge.

Die Lagerleute, vom Donnerhall der Büchse und Simons blutigem Ende vorübergehend stumm, machten ihrer Wut jetzt lautstark Luft. Waffen richteten sich auf die Truppe des Herolds. Eine Stimme brüllte: »Da seht ihr's! Sie wollen uns nicht begnadigen, sondern abschlachten!« Einige unserer Reiter sprengten den Hügel herauf und riefen dabei: »Der Herold will uns vernichten! Unten am Fluss morden sie die Unsrigen!« Der Herold blickte ihnen nach, bestürzt von dem, was geschehen war, während Captain Drury, wie er auf Simon niederblickte, ein kleines Lächeln auf den Lippen hatte.

Ich erreichte Simon, der inmitten einer sich langsam ausbreitenden Blutlache lag, beugte mich über ihn und drehte ihn sanft herum. Wie so oft trug er einen Ausdruck verwirrten Staunens im Gesicht, doch jetzt starrten seine Augen tot ins Leere. Ich stöhnte auf, den Tränen nah, und schloss ihm sanft die Lider. Barak ging neben mir in die Knie und drängte: »Steht auf, hier sind wir nicht sicher.« Er und Nicholas, nicht minder erschüttert, mussten mich auf die Beine zerren. Meine Kleider waren blutgetränkt.

Benommen blickte ich um mich. Die Aufständischen hatten den Herold und seine Männer eingeschlossen und hätten ihn wahrscheinlich vom Pferd gezogen, hätte Kett ihm nicht eindringlich zugerufen: »Ihr müsst gehen, ich begleite Euch«, und dann grimmig hinzugefügt: »Nachdem Ihr unseren Zorn gespürt habt, werdet Ihr dem Earl of Warwick vielleicht dazu raten, auf unsere Forderungen einzugehen.« Der Herold und sein Gefolge ritten den Hügel hinunter, wobei sich die Menge nur zögernd vor ihnen teilte. Sie waren jedoch nicht weit gekommen, als ein Trupp von Ketts Reitern angesprengt kam und sie erneut umzingelte. Einer von ihnen rief: »Wohin des Wegs, Captain Kett? Wenn Ihr geht, gehen wir mit Euch, mit Euch im Leben und im Tod.« Der Ton des Mannes war zornig, argwöhnisch; es war das erste Mal, dass es jemand Kett gegenüber an Ehrerbietung mangeln ließ. »Reitet zurück und mäßigt den Tumult«, beschwor der Herold Captain Kett, und auf dessen Wink hin bewegte sich die Menge wieder den Hügel hinauf, während der Herold samt Gefolge, einschließlich Simons Mörder, nach unten flüchtete, über die Brücke und hinein nach Norwich.

Barak, Nicholas und ich dagegen blieben neben Simons Leiche stehen. Einige Männer, darunter Natty, traten an uns heran. Weinend sagte Natty: »Tragen wir ihn fort, damit er wenigstens ein anständiges Begräbnis erhält.«

»Na komm, Freund«, sagte einer der Männer sanft zu mir. »Überlass ihn uns.«

»Nein«, sagte ich. »Ich komme mit.«

»Wir müssen ihm ordentlich Lebewohl sagen«, sagte Nicholas, die Tränen fortblinzelnd.

Barak meinte bitter: »Simon hat sich nie in den Mittelpunkt gedrängt, wollte einfach nur in Ruhe leben, doch das war ihm nicht vergönnt. Er zog stets Blicke auf sich, und immer waren sie böse. Dabei tat er keiner Fliege was zuleide, verflucht!« Er trat gegen einen großen Stein, dass er durch die Luft flog.

Ich sah die Leute aus dem Lager erhitzt debattierend den Hügel hinaufgehen und fragte wütend: »Wo sind diese Burschen, die bei ihm waren? Sie haben ihn dazu getrieben, weil sie zu feige waren, es selbst zu tun. Bei Gott, sie tragen fast so viel Schuld an diesem Mord wie jener Soldat. Denn es war Mord.«

»Da ist nichts zu machen«, sagte Barak. »Obwohl ich sie am liebsten selbst aufspüren und zu Brei schlagen würde.«

Ich blickte hinunter auf die Stadt. »Und was jetzt?«

»Krieg«, antwortete er. »Ohne Frage, Krieg.«

KAPITEL FÜNFUNDSIEBZIG

Wir trugen Simons Leiche in den Thorpe Wood und begruben ihn auf einer kleinen Lichtung, auf der die Blätter sich allmählich gelb färbten. Aus zwei heruntergefallenen Zweigen banden wir ein Kreuz. Keiner von uns fand die rechten Worte, bis Natty leise sagte: »Mögest du endlich Frieden finden.« Dann kehrten wir schweigend ins Lager zurück.

Dort herrschte viel Getriebe, und als wir uns dem Abhang näherten, sah ich auch, warum: Schon von fern war die sich windende schwarze Schlange von Warwicks Armee deutlich zu sehen, die auf die Westseite der Stadt zuhielt, und überall auf der Heide wurden die Männer zu den Waffen gerufen. Ein Sergeant im Brustharnisch kam auf uns zu und forderte Natty und Barak auf, sich seinen Speerkämpfern anzuschließen. Nicholas wartete ab, bis der Sergeant blaffte: »Nicht du, Bursche, dich kenne ich!«

Also sahen wir zu, wie Männer mit Befehlen von Ketts Kapelle hin und her eilten und Kompanien von Bogenschützen, Speerwerfern und Armbrustschützen, einige mit Halbharnischen und runden Schallern bestückt, ihren Kommandanten folgend den Hügel hinunterströmten. Barak winkte uns im Vorübergehen zu. Auch Kanonen wurden von Pferden nach unten gezogen. Aus der Stadt drang das Dröhnen von Artilleriefeuer an unsere Ohren, ich sah Rauchwolken und dann Warwicks Armee, die wie ein riesiges, monströses Insekt durch das Tor drängte. Der Feind war offenbar schon innerhalb der Mauern.

⚜

Nicholas und ich konnten an jenem Nachmittag nichts weiter tun, als nach Norwich hinunterzublicken, obschon wir herzlich wenig sahen. Andere, die wie wir aus irgendeinem Grund unfähig waren zu kämpfen, hatten sich ebenfalls am Abhang postiert und warteten.

»Warwicks Armee kam ohne weiteres in die Stadt«, stellte Nicholas fest. »Offenbar hatten sie Helfer.« Er reckte den Hals und strengte die Augen an, um besser zu sehen. »Tombland ist ganz in Rauch eingehüllt. Zumindest scheint es mir so.«

Spät am Nachmittag kamen unsere Männer müde den Hügel herauf. Ein schlechtes Zeichen. Sie hatten allerdings etliche neue Kanonen erbeutet. Statt uns damit zu quälen, nach Barak und Natty Ausschau zu halten, kehrten wir zu den Hütten zurück und bereiteten das Essen vor. Schmutzig, die Kleider zerrissen, einige mit blutenden Wunden, strömten die Soldaten ins Lager. Zu unserer großen Erleichterung waren auch Barak und Natty darunter. Natty war unversehrt, doch Barak hatte eine lange Schramme auf der Wade, die grob vernäht war.

»Ein Pfeil hat mich gestreift«, sagte er. »Nicht der Rede wert.«

Ich vermisste Master Dickon, den Anführer der Swardeston-Gruppe, und fragte, was aus ihm geworden war. »Erschlagen«, antwortete der Hufschmied Milford düster. Ich musste daran denken, wie er mit anderen in Streit geraten war und Simon die Zankhähne mit einem Lied besänftigt hatte. »Dasselbe gilt für Fletcher und Harmon.« Erschöpft sanken die Männer zu Boden.

Während Nicholas und ich den Männern das Essen austeilten, erzählten Barak und Natty, was sich zugetragen hatte. Als sie in Norwich eingetroffen seien, hätten sie feststellen müssen, dass der Earl of Warwick bereits das Stadtzentrum belagerte. Er habe nicht weniger als neunundvierzig gefangene Rebellen standrechtlich hängen lassen. Angeblich hatte Augustine Steward dem Earl geraten, durch eines der schwächeren Stadttore einzudringen. Zwei weitere Tore seien durch Artilleriebeschuss bezwungen worden. Unsere Männer hätten gekämpft wie die Löwen, sich in Tombland versammelt und dann in kleinere Gruppen aufgespalten. Zunächst habe es auch ganz danach ausgesehen, als ließe sich Warwicks Streitmacht mit einem Pfeilhagel in Schach halten; doch Captain Drury habe eine Kompanie Arkebusiere in Stellung gebracht, die wiederum unsere Männer mit einem Kugelhagel zerstreut hätten. Angesichts dieser neuen, furchterregenden Waffen und der Übermacht Warwicks habe man zum Rückzug geblasen. Zuvor aber habe man noch einen großen Teil von Warwicks Proviant- und Gefechtszug an sich gebracht, den der Gegner in den engen Gassen verloren hatte.

»Hunderte sind gefallen«, sagte Barak grimmig. »Wir haben die Stadt verloren, bis auf den nördlichen Bezirk. Wir hätten uns den Männern dort angeschlossen, aber Warwicks Streitmacht kontrolliert die Brücken über den Fluss, also sind die meisten von uns hierher zurückgekehrt.« Er blickte mich an. »Ich sah Toby Lockswood inmitten des Getümmels. Er führte eine Kompanie von Speerkämpfern stracks auf eine von Warwicks geharnischten Kompanien zu. An Mut fehlt es ihm nicht.«

»Captain Miles sagt, wir hätten einen neuen Angriffsplan und holen uns Norwich morgen zurück«, meinte Natty.

»Du willst erneut hinunter?«

»Ja.« Barak ging daran, seine Eisenhand abzuschnallen, die ihm wieder Schmerzen bereitete, und sagte ernst: »Warwicks Armee ist gewaltig. Fast wünschte ich, wir hätten das verfluchte Begnadigungsangebot angenommen.«

»Ich nicht«, hielt Natty mit Nachdruck dagegen. »Wir müssen sie schlagen, sonst vernichten sie uns alle. Für die sind wir Vieh, nichts weiter. Denk daran, was sie Simon angetan haben.«

Der darauffolgende Morgen war erneut klar und sonnig, wenn auch kühl. Es war ein Sonntag, doch keine Kirchenglocken ertönten, und im Lager erfolgte kein Aufruf, der Predigt beizuwohnen; alle bereiteten sich auf eine neuerliche Schlacht vor. Barak erhob sich zeitig und verließ die Hütte. Ich war so erschöpft, dass ich augenblicklich wieder einschlief und erst durch gewaltiges Geschützfeuer aus Norwich erwachte. Mit einem jähen, entsetzlichen Schuldgefühl dachte ich: Vielleicht sehe ich ihn nie wieder. Eilig kleidete ich mich an und begab mich zum Abhang. Um meinen Rücken zu entlasten, zuckte ich mit den Schultern. Nicholas war bereits dort.

Unten hatte ein neuerlicher Ansturm auf Norwich begonnen. Der Rauch, dazu die Kanonenschläge kamen von Bishopsgate und von einem Feld im Norden der Stadt. Unsere Männer griffen an mehreren Fronten gleichzeitig an; im Süden stieg dichter Rauch auf und auch aus den Anlegestellen am Fluss, wo das Korn gelagert wurde.

»Grundgütiger!«, rief ich aus. »Das ist Conisford, Josephine ist dort unten. Warum steht es in Flammen?«

»Vielleicht ein Ablenkungsmanöver der Rebellen.«

Wir blicken weiter in entsetztem Schweigen auf die Stadt, während immer wieder Kanonen abgefeuert wurden. Da kam eine vertraute Gestalt über die Hügelkuppe auf uns zugehumpelt; Peter Bone, dessen Behinderung jetzt offenkundiger zutage trat. Er verneigte sich vor uns.

»Master Shardlake. Master Overton.«

»Goodman Bone.« Ich drückte seine Hand. »Die Schlacht nähert sich ihrem Höhepunkt.«

»Ich wollte kämpfen, aber sie ließen es nicht zu. Mit meinen schlimmen Füßen wäre ich ihnen doch nur im Weg, sagten sie. Was gibt es Neues?«

»Wie es aussieht, haben unsere Leute im Süden der Stadt Feuer gelegt, ebenso an der nördlichen Mauer, dem Rauch nach zu schließen. Aber können sie das Zentrum zurückerobern?«

»Falls es zu einer letzten Schlacht auf der Heide kommt, bin ich dabei«, stieß Bone aus, »und wenn ich den Kanonieren das Schießpulver reiche!« Er trat von einem Fuß auf den anderen, da das Gehen ihm offenbar große Schmerzen bereitete. Er seufzte. »Alle sind tot, Grace, Mercy, mein Weib, Edith – was kümmert es mich, wenn ich sterbe.«

»Wenigstens hatte die arme Edith einige glückliche Jahre mit Euch und Eurer Schwester.« Ich fasste in meinen Beutel. »Hier, ihr Trauring. Ihr Ehemann wollte ihn nicht. Möchtet Ihr ihn wiederhaben?«

»Ich danke Euch«, sagte er leise, nahm den Ring an sich und schob ihn sanft in seinen kleinen Beutel. Dann fragte er leise: »Habt Ihr neue Erkenntnisse, wer sie getötet haben könnte?«

Ich schüttelte den Kopf. »Nein, ich trete auf der Stelle. Möglicherweise war es der Steward aus Brikewell, dieser Chawry, er ist auf und davon; oder Boleyn selbst; sogar seine Frau Isabella ist verdächtig. Und die Zwillinge.« Ich seufzte. »Ich habe versagt.«

»Ihr habt Euer Bestes getan«, sagte Peter, »und Anteil genommen.«

Wir wandten uns wieder der Stadt zu, sahen aber nur, dass es in Conisford immer noch brannte. Wieder musste ich an Josephine und Mousy denken.

Peter sagte: »Aber unsere Leute sind offenbar in der Stadt und kämpfen. Kommt«, fügte er hinzu, »ich zeige Euch, wie sie sich auf der Heide auf die Schlacht vorbereiten. Selbst wenn Warwick Norwich hält, hier oben haben wir die besseren Chancen. Captain Miles und die anderen Soldaten haben große Pläne geschmiedet.«

Mit seinem unbeholfenen humpelnden Gang führte er uns einen frisch angelegten Pfad entlang, bis wir nach etwa einer Meile nördlich der Stadt eine Stelle erreichten, wo die Böschung weniger steil war und die Magdalen Road überblickte, welche aus Norwich heraus gen Norden führte.

»Da ist es. Dussindale.«

Was ich sah, beeindruckte mich aufs Neue. Am unteren Rand der Hügelkuppe rammten Männer große, schwere, nach oben spitz zulaufende Holzpfähle in den Boden, nah beieinander und nach außen gerichtet, so dass sie für jeden Angreifer ein furchterregendes Hindernis darstellten. Davor wurden Gräben gezogen. Andere schichteten im Neunzig-Grad-Winkel Erdwälle auf, um einen Angriff von der Seite zu verhindern. Andernorts war der Boden geebnet worden und eine breite Fläche entstanden; darauf waren Kanonen in Stellung gebracht, sicher auch jene, die man tags zuvor von Warwick erbeutet hatte. Einige feuerten bereits auf das Nordtor der Stadt, nur einige hundert Schritt von uns entfernt, dass der Boden unter unseren Füßen erbebte. Auf diese Weise wollten die Männer ganz Norwich, nördlich des Wensum, in unsere Gewalt bringen. Unter den Arbeitern entdeckte ich die große, kräftige Gestalt Michael Vowells. Dies erstaunte mich, da ich ihn, der aus Norwich stammte, bei unseren Leuten in der Stadt vermutet hatte. Er sah uns und kam herüber.

»Nun, Master Shardlake«, sagte er vergnügt, »wie Ihr seht, bereiten wir uns gründlich vor.« Er hatte sich vor kurzem Haare und Bart scheren lassen, um sich der Läuse zu erwehren.

»Beeindruckend«, sagte ich.

»Und wir blicken nicht in die aufgehende Sonne«, stellte Peter Bone beifällig fest. »Sie scheint dem Feind geradewegs ins Auge.«

»In der Tat«, stimmte Vowell zu. Er blickte uns fragend an. »Neuigkeiten?«

»Nur das wenige, das man vom Hügel aus sehen kann«, antwortete ich. »Der Süden steht wohl in Flammen, und das Zentrum ist heftig umkämpft.«

Vowell biss sich auf die Lippe. »Es steht womöglich Spitz auf Knopf.«

Peter Bone sagte: »Falls es morgen hier oben zum Gefecht kommt, will ich helfen, so gut ich kann, trotz meiner wehen Füße.« Vowell sah ihn fragend an, und Bone erklärte: »Bei meiner Geburt waren meine Füße nach innen gespreizt, und das jahrelange Treten des Webstuhls hat es noch ärger gemacht, so wie das Spinnen die Schwellungen an den Händen meiner – meiner Schwester noch verschlimmert hat.«

»Eurer Schwester?«

»Ja. Sie ist letzten Winter gestorben.«

Vowell sah ihn etwas eigenartig an. Und da traf es mich wie ein

Blitz, ausgerechnet hier in Dussindale, bei den Vorbereitungen auf die Schlacht. Es war etwas, das Michael Vowell einmal gesagt hatte und das mir damals nicht schlüssig erschien. Es war mir entfallen, in dem Wust an Fakten um Edith Boleyn und den Ereignissen im Lager verlorengegangen. Doch Peter Bones Erwähnung seiner Beeinträchtigung und seiner Weberarbeit hatte es mir wieder ins Gedächtnis gerufen. Vor drei Wochen, nach Northamptons Niederlage, als ich unter Vowells Aufsicht durch Norwich gegangen war, hatten wir von Gawen Reynolds und dessen Familie und von Jane Reynolds' verbundenen Händen gesprochen. Ich entsann mich seiner Worte klar und deutlich: ... *geschwollene, knotige Knöchel. Es ist ein Familienleiden. Offenbar litt schon ihre Mutter in mittleren Jahren daran, und Edith genauso. Die Zwillinge werden gewiss auch einmal davon befallen.* Da fiel es mir wie Schuppen von den Augen: Wie konnte er gewusst haben, dass Edith in mittleren Jahren diese Beeinträchtigung entwickelt hatte, wenn er sie seit neun Jahren nicht mehr gesehen hatte? Ich schaute mir Michael Vowell genau an, und in meinem Verstand fügte sich ein Zahnrad in das andere, es stellten sich Zusammenhänge her, und ich erkannte, dass ich möglicherweise einen von Edith Boleyns Mördern vor mir hatte. Und dann wurde mir klar, wer der zweite Mann gewesen sein musste, wer in jener Nacht bei ihm gewesen war – ich hatte ja bereits angenommen, dass von mehreren Tätern auszugehen war. Und auch wer den Schmied und dessen Lehrjungen ermordet hatte. Mein Gesicht schien mich zu verraten, da Vowell nach einem langen, prüfenden Blick zu mir sagte: »Ihr solltet zu den Hütten zurückgehen, Master Shardlake. Sonst trifft Euch am Ende noch eine verirrte Kugel.«

Ich sagte wenig auf dem Weg zurück zum Abhang. Die Feuer in Conisford schienen ein wenig eingedämmt, doch lag noch immer Rauch über dem Süden der Stadt. Dann erblickte ich eine lange Reihe von Edelleuten, welche, an den Handgelenken aneinandergekettet, von Soldaten den Hügel heraufgetrieben wurden. Oben angekommen, nahmen sie den Weg nach Surrey Place. Ich zählte etwa zwanzig Männer, und zu meinem Entsetzen gewahrte ich auch John Boleyn unter ihnen, besser genährt und gekleidet als die übrigen, aber dennoch in Ketten. Nicholas und ich gingen rasch auf einen der Soldaten zu, der bei den Gerichtsverhandlungen unter der Eiche Wache gehalten hatte und sich vielleicht meiner erinnerte.

»Verzeiht, aber was geht hier vor?«

»Serjeant Shardlake, nicht wahr? Wir bringen die letzten feinen Herren aus Norwich Castle herauf. Es wird bald dem Earl of Warwick in die Hände fallen; er treibt uns aus dem Zentrum der Stadt. Wir bringen sie nach Surrey Place.«

»Aber warum? Warum sind sie jetzt noch von Bedeutung?«

Er lächelte grimmig. »Ihr werdet es sehen, wenn es zum Kampf kommt. Wir schicken sie aneinandergekettet in vorderster Linie gegen den Feind. Warwicks Männer sollen die Waffen niederlegen.« In meinen Augen zeichnete sich offenbar das blanke Entsetzen ab, weil er mich stirnrunzelnd anblickte. »Wir sind im Krieg, Master Shardlake. In der Stadt steht es schlecht um unsere Leute, wir müssen wahrscheinlich außerhalb ihrer Mauern kämpfen, da ist jedes Mittel recht.« Ich warf einen Blick auf die vornehmen Gefangenen, deren teils abgestumpfte, teils angstvolle Mienen mir sagten, dass ihnen ihr Schicksal bekannt war. John Boleyn blickte mich flehend an. Ich deutete auf ihn und sagte: »Jener dort ist keiner von den verurteilten Edelleuten. Er sitzt infolge eines Mordprozesses im Kerker – Lady Elizabeth hat seinetwegen beim König ein Gnadengesuch eingereicht. Hier liegt ein Irrtum vor.«

Der Soldat blickte auf Boleyn. »Er ist aber doch ein Edelmann, oder etwa nicht?«, blaffte er. »Sein Name sagt es doch schon. Wir hatten Befehl, sie alle aus dem Burgverlies zu holen, und das haben wir getan. Falls Ihr Euch beschweren wollt, geht zu Captain Kett.«

Ich sagte: »Der Captain hat es bis heute strikt abgelehnt, die Edelleute hinrichten zu lassen. Soll sich daran jetzt etwas ändern?«

Der Soldat wurde zornig. »Wir tun ihnen nichts zuleide. Fragt sich nur, wie Warwick sich verhält. Jetzt geht es ums Ganze, Freund. Unten in der Stadt krepieren unsere Männer wie die Fliegen. Na los, gehen wir weiter!«

Als der elende Zug sich wieder in Bewegung setzte, schritt ich neben Boleyn her. »Und Isabella, ist sie wohlauf?«, fragte ich.

Er blickte mich verzweifelt an. »Sie haben sie aus der Burg geworfen. Jetzt ist sie irgendwo dort unten, in den Straßen der Stadt. Das Gemetzel, Matthew, entsetzlich. Bitte versucht doch, uns zu helfen.«

An jenem Abend kehrten nur Verwundete aus Norwich zurück; die Nacht über ruhten die Waffen, und wir erfuhren, dass Warwick jetzt den Großteil der Stadt erobert hatte. Lediglich die Bezirke nördlich des Flusses waren noch unter der Kontrolle der Rebellen. Der Schmied Milford kam mit einem schweren, blutverschmierten Verband an der Seite, wo ihn, wie er erzählte, eine Speerspitze getroffen hatte. »Sie haben den Marktplatz an sich gebracht«, sagte er grimmig. »Wir können uns keinen Proviant mehr besorgen. Und diese Schweizer Söldner treffen morgen ein. Wenn wir sie nicht vom Norden der Stadt aus angreifen können, führen wir eine Schlacht auf der Heide.«

Nicholas fragte: »Hast du Jack Barak gesehen oder den jungen Natty?«

Er schüttelte den Kopf. »Im Kampfgetümmel sieht man nur, was um einen herum geschieht. Verzeiht, aber ich muss mich hinlegen.«

Wieder sorgten Nicholas und ich für das Nachtessen. Dann gingen wir in unsere Hütte. »Es sieht nicht gut aus«, sagte er leise. »Was wird jetzt aus Boleyn und Isabella und Josephine?«

Ich schüttelte den Kopf. »Ich weiß es nicht.« Ich seufzte. »Dafür weiß ich jetzt, wer Edith Boleyn auf dem Gewissen hat, was es uns auch immer nützen mag. Michael Vowell und sein früherer Brotherr Gawen Reynolds.«

Er sah mich entsetzt an. »Ihr eigener Vater? Der ist aber doch alt und geht am Stock.«

»Jetzt vielleicht. Er sagte, er hätte sich vor ein paar Monaten am Bein verletzt, weißt du noch? Ich glaube, das war, als er und Vowell Edith beiseiteschafften.«

»Aber Vowell hasst Reynolds doch.«

»Er behauptet es zumindest. Ich glaube aber, dass er lügt. Und zwar schon eine ganze Weile.« Ich sagte Nicholas, was ich Vowell über Ediths Hände hatte sagen hören. »Hilfst du mir morgen? Wir müssen ihn irgendwie allein abpassen und mit unserem Wissen konfrontieren. Ich will die ganze Geschichte hören, sie betrifft mehr als nur diese beiden.«

»Natürlich.«

Ich seufzte. »Dann können wir nichts weiter tun als ein wenig schlafen. Und abwarten, was morgen geschieht. Ich hoffe bei Gott, dass Barak und Natty wohlauf sind.«

KAPITEL SECHSUNDSIEBZIG

In jener Nacht schlief ich erneut schlecht. Irgendjemand – Nicholas vielleicht – hatte unser Bett aus Farnkraut umgelagert, mehr schlecht als recht, denn jetzt gruben sich mir Zweige und Stiele ins Fleisch. Kurz vor Sonnenaufgang fing es an zu regnen, und ich hörte Wasser durch das Dach tropfen. Der Morgen aber war trocken, wenn auch bedeckt. Mit einer gewissen Vorahnung gingen Nicholas und ich erneut zum Abhang.

Verwundete strömten in Scharen den Hügel herauf. Man hatte Fässer mit Dünnbier geholt, und Nicholas und ich halfen beim Verteilen der Humpen an die ausgedürsteten Soldaten, die sich gegenseitig stützten, während man die Schwerverletzten auf Tragen heraufschaffte. Wir erfuhren, dass Warwick noch immer das Stadtzentrum belagerte, obschon im Laufe des Tages weitere Angriffe gegen ihn geplant waren. Er hatte sein Wappen, mit dem Bären am Baumstamm, auf Augustine Stewards Haus in Tombland gehisst. Die tausendvierhundert Schweizer Landsknechte wurden noch an diesem Tag erwartet, und wir mussten versuchen, Warwicks Armee zu schlagen, ehe sie eintrafen. Wir erkundigten uns nach Natty und Barak, und ein Mann aus ihrer Speerkämpferkompanie, dem der Arm nahezu abgetrennt worden war, sagte, er habe Natty am Morgen gesehen während einer Waffenruhe. Barak habe er nicht gesehen. Ein anderer Soldat erzählte uns, dass Toby Lockswood am Vortag im Nahkampf gefallen sei. Der Mann hatte offensichtlich die verleumderischen Reden gegen mich gehört, da er spitz hinzufügte: »Er war bereit, sein Leben zu geben für die Gemeinschaft, während die feinen Herren hier oben hocken.«

»Ich habe nie an seinem Mut gezweifelt«, sagte ich.

»Er war ein guter Mann.«

»Das steht auf einem anderen Blatt.«

Da spuckte der Mann vor mir aus und humpelte mit seinem verletzten Bein davon.

Es ging auf Mittag zu. Nicholas und ich, niedergeschlagen von dem, was wir am Morgen gesehen hatten, kehrten zum Swardeston-Lager zurück, um ein karges Mahl zu uns zu nehmen – es gab nur noch altes Brot und Bier. Wir saßen um die Asche des Lagerfeuers, als sich Schritte näherten. Vier mit Hellebarden bewaffnete Soldaten tauchten auf. An ihrer Spitze schritt mit grimmiger Miene Michael Vowell.

»Was ist?«, fragte Nicholas kühl.

Vowell sprach in formellem Ton. »Serjeant Matthew Shardlake, Master Nicholas Overton, wir haben Grund zu der Annahme, dass Ihr feindliche Spione seid und Diebe noch dazu.«

Ich erhob mich, ein ungutes Gefühl im Bauch. »Wovon redet Ihr denn da? Wir sind weder das eine noch das andere.«

Vowell, die Augen noch immer auf mich gerichtet, gab seinen Männern ein Zeichen. »Untersucht die Hütte. Kehrt das Unterste zuoberst.«

»Das geht doch nicht!«, protestierte Nicholas. »Mit welchem Recht?« Statt einer Antwort setzte ihm einer von Vowells Männern die Spitze seiner Hellebarde auf die Brust.

Wir mussten draußen warten, während sie unsere Hütte durchsuchten, und hörten, wie sie in unseren Farnzweigen stöberten. Dann tauchte einer der Soldaten wieder auf, einen Brief in der Hand sowie den Anhänger, den ich in Surrey Place bewundert hatte; ich erinnerte mich, dass damals Michael Vowell anwesend war. Der Mann überreichte beides Vowell, der mit dem Anhänger vor meiner Nase herumwedelte. »Ich weiß genau, dass Ihr es hierauf abgesehen hattet. Ihr sagtet, es erinnere Euch an ein Medaillon, das Eure frühere Dienstherrin trug, die verstorbene Königin Catherine Parr –

deren Bruder, der Marquess of Northampton, vergangenen Monat den ersten Angriff gegen uns führte.«

»Verräter!«, zischte einer der Soldaten. »Kett hätte sie hier niemals dulden dürfen.«

Ich blickte Michael Vowell an. »Dann führt uns zu Captain Kett.«

Statt einer Antwort öffnete Vowell den Brief und las ihn laut vor:

»Dringlich und geheim; an den erlauchten Earl of Warwick
25. August 1549

Mylord,
heute konnten wir einen genauen Blick auf die Verteidigungsanlage werfen,
welche die Rebellen gegen einen Angriff auf Mousehold Heath errichtet
haben. Ich habe eine Skizze angefertigt, die ich beilege.
Eure treuen Diener
Matthew Shardlake und Nicholas Overton.«

Die Unterschriften waren unbeholfene Fälschungen. Die Skizze, die Vowell in die Höhe hielt, war eine grobe, aber exakte Darstellung der Verteidigungsanlagen, die wir tags zuvor besichtigt hatten.

Vowell wandte sich an seine Männer: »Ich habe mit eigenen Augen gesehen, wie Shardlake und Overton gestern unsere Verteidigung in Augenschein nahmen. Toby Lockswood, der im Kampf für das Gemeinwohl sein Leben ließ, wusste, dass die beiden Verräter sind, aber Captain Kett hat ihnen vertraut. Er ist zu weich.«

Ich sagte: »Dieser Brief ist eine dreiste Fälschung, und ich habe den Anhänger nicht gestohlen.« Ich entsann mich des durchstöberten Farns. »Ihr habt beides gestern in unserer Hütte platziert. Ich sage es noch einmal, führt uns zu Captain Kett.«

Vowell lachte. »Glaubt Ihr wirklich, er würde seine Zeit an Euch verschwenden? Ausgerechnet? Wir zeigen ihm Brief und Skizze.«

Ich blickte auf die Soldaten. »An Michael Vowells Vorwurf ist kein wahres Wort. Er weiß, dass ich ihn als Mörder entlarvt habe, deshalb tut er mir das an.«

»Maul halten!«, entgegnete einer von ihnen tonlos. »Master Vowell genießt Captain Ketts Vertrauen. Und was euch beide angeht, so wandert ihr nach Surrey Place. Wir ketten euch mit den anderen Gentlemen vor unsere Truppen.«

Ich sah Nicholas an. Törichterweise hatte ich Vowell – trotz der Informationen, die ich über ihn hatte – nicht als unmittelbar gefährlich eingeschätzt. Dabei hatte er alles sorgfältig geplant.

Er blickte mich kalt an. »Bringt Overton nach Surrey Place. Bindet Shardlakes Hände, aber überlasst ihn mir. Ich will ihn lehren, was es heißt, einen Captain der Gemeinwohlbewegung zu belügen. Ich bringe ihn in Kürze nach Surrey Place.«

Man band mir die Hände auf den Rücken, dann wurde Nicholas abgeführt, der sich erbittert zur Wehr setzte. Vowell indes bedeutete mir mit unverhohlenem Grinsen, in die Hütte einzutreten.

Er stieß mich unsanft zu Boden und setzte sich gemütlich in die Ecke mir gegenüber. Ohne mich aus den Augen zu lassen, zog er sein Messer aus dem Gürtel und ging daran, sich die Fingernägel auszukratzen.

»Wie seid Ihr darauf gekommen«, sagte er leise, »dass ich einer von denen bin, die Edith Boleyn ermordet haben? Ich muss es wissen. Euer Blick gestern hat mir verraten, dass bei Euch der Groschen fiel – ein Spion wie ich lernt, Gesichter zu lesen –, und ja, ich war von Anfang an ein Spitzel für die Obrigkeit, jener Brief und die Skizze sind Abschriften der Botschaften, die ich selbst in Warwicks Lager brachte. Ihr könnt es mir aus freien Stücken sagen, oder ich foltere Euch so lange mit diesem Messer, bis Ihr redet. Ich sagte meinen Männern, dass ich vorhätte, Euch eine Lektion zu erteilen.«

Da ich erkannte, dass ich nichts tun konnte, holte ich tief Luft. »Als wir vor drei Wochen gemeinsam durch Norwich gingen, sagtet Ihr, Jane Reynolds' geschwollene Hände seien ein Familienleiden, das auch Edith in mittleren Jahren befallen habe. Doch wie konntet Ihr das wissen? Ihr hattet sie also unlängst gesehen. Peter Bone, der von seiner Schwester sprach, brachte es mir wieder ins Gedächtnis. Eine seiner Schwestern war nämlich eigentlich Edith Boleyn, die sich verkleidet hatte. Sie verließ Brikewell vor neun Jahren mit Grace Bone und schlüpfte in die Rolle von deren verstorbener Schwester.«

Vowell musste laut lachen. »Das also war aus ihr geworden. Ich habe mich das immer wieder gefragt. Die Herrin von Brikewell Manor, vermählt mit einem Verwandten Anne Boleyns, arbeitet am Spinnrad. Ziemlich komisch.«

»Es war eher tragisch.«

Ein jäher Stimmungswandel ließ ihn die Stirn runzeln. »Anzudeuten, dass ich Edith gesehen hatte, war ein dummes Missgeschick. Es zeigt einmal mehr, dass ein kleiner Fehler sämtliche Geheimnisse ans Licht bringen kann« – plötzlich grinste er wieder –, »es sei denn, man trifft Vorkehrungen.« Er sah mich scharf an. »Habt Ihr es Overton erzählt? Oder sonst jemandem?« Er richtete sein Messer auf mich. »Ich kann es Euch unter die Fingernägel stoßen und sie herausreißen. Dergleichen ist äußerst schmerzhaft.«

»Nur Nicholas«, sagte ich. »Barak ist – irgendwo in Norwich.«

Vowell nickte, seine Miene nachdenklich. Ich fragte: »Warum habt Ihr uns letzte Nacht nicht einfach töten lassen?«

»Weil ich sichergehen wollte, wie viel Ihr wisst. Und weil es Nachforschungen hätte geben können – Kett hat offenbar einen Narren an Euch gefressen. Der alte Tor bildet sich tatsächlich ein, es mit den Herrschern von England aufnehmen zu können!«

»Er hat sich bis jetzt doch gut geschlagen. Hat zwei Schlachten gewonnen. Und vielleicht siegt er gar ein drittes Mal, wer weiß?«

Er blickte mich missbilligend an. »Ihr, ein Gentleman und Anwalt, hofft, dass Kett und die Seinen gewinnen?«

»England braucht Reformen, und er ist der Mann, der sie verwirklichen kann.«

»Er verwirklicht nur Chaos. Habt Ihr die Propheten gehört, die vom Ende der Welt predigen?«

»Sie haben im Lager nicht das Sagen. Captain Kett dagegen schon.«

»Die Radikalen gewinnen allmählich die Oberhand, wie Ihr sicher bemerkt habt. Und ich helfe ein wenig nach, um das Lager zu spalten.« Vowell schüttelte den Kopf und lachte wieder. »Potz

Donnerwetter, Ihr seid in der Tat ein Verräter. Gegen den König und den Protektor.«

»Besser ein Verräter als ein Spitzel.«

Er schien beleidigt. »Die Spitzelei kann eine ebenso ehrbare wie vergnügliche Profession sein, sofern man an das glaubt, was man tut.«

»Und zum Beispiel Gawen Reynolds dabei hilft, seine Tochter zu ermorden?«

Er blickte mir in die Augen. »Das habt Ihr auch herausgefunden? Dass er beteiligt war?«

»Ja. Dass Ihr im Zusammenhang mit Edith gelogen hattet, brachte Euch mit Reynolds in Verbindung. Sie kam zu ihm, nicht wahr? Um in ihrer Not Geld von ihm zu erbitten, nachdem Lady Elizabeths Comptroller ihr die Tür gewiesen hatte?«

Wieder lächelte Vowell. »So ist es. Gawen Reynolds und ich arbeiten seit vielen Jahren zusammen. Ich war ihm mehr als ein Steward, habe ihn in vielen Angelegenheiten unterstützt, einschließlich der gemeinschaftlichen Angelegenheiten mit Sir Richard Southwell.«

»Ihr sagtet doch, sie hassen einander.«

»Ganz im Gegenteil, sie sind die besten Freunde. Gleich und Gleich gesellt sich gern.« Er breitete die Hände aus. »Es gehörte zu meinen Pflichten.« Dann schüttelte er den Kopf. »Doch in der Mordnacht lief alles aus dem Ruder. Wie seine Enkelsöhne gerät Reynolds leicht außer sich. Er hat aus dem Mord an Edith eine Schweinerei gemacht.«

»Waren Gerald und Barnabas auch darin verwickelt?«

»Gott bewahre, nein. Sie sind zwar geisteskrank, aber ihre Mutter haben sie stets geliebt. Doch Ihr habt richtig geraten, Edith wandte sich als letzte Hoffnung an ihren Vater. Sie wagte es nicht, an seine Tür zu klopfen, sondern schickte ihm eine Nachricht, in der stand, dass sie am Leben sei und dringend Geld benötige. Als Gawen Reynolds das las« – Vowell lachte –, »hätte er um ein Haar einen Herzanfall gehabt. Er zeigte mir den Brief. Er sagte, dass Edith all die Jahre irgendwo Unterschlupf fand, doch jetzt sei sie allein, und er werde sich an ihr rächen.«

»Warum hat er sie nur so gehasst?«

Vowell zuckte die Schultern. »Reynolds kann seine Hände nicht von den Weibern lassen. Ich war schon im Haus, als Edith noch jung war, und ich glaube, dass er es mit der eigenen Tochter treiben wollte. Sie wird sich gegen ihn gewehrt haben, nehme ich an, zumindest am Anfang. Gawen Reynolds duldet keine Frau, die sich ihm widersetzt. Ich entsinne mich, dass ich ein-, zweimal Schreie aus ihrem Zimmer hörte.«

Jetzt ging mir ein Licht auf, warum Jane Reynolds sich so sehr gewünscht hatte, Edith wäre ein Junge gewesen. Ich stellte mir vor, wie sie dem Treiben ihres Mannes all die Jahre hilflos zugesehen hatte.

Vowell schilderte das Grauen mit so wenig Anteilnahme, im Plauderton, als wäre vom Wetter die Rede. Er hatte Freude an der Geschichte. Ich war schon etlichen Spitzeln begegnet und wusste, welches Vergnügen man ihnen bereiten konnte, indem man ihnen die Maske vom Gesicht riss – solange sie sich in Sicherheit wussten. Würde er mich töten, ehe er die Hütte verließ, fragte ich mich.

Doch einstweilen fuhr er mit seiner Prahlerei fort. »Gawen Reynolds hat alles geplant. Er würde Edith töten und es aussehen lassen, als wäre John Boleyn der Täter. Er hatte seinen Schwiegersohn von Anfang an gehasst, und erst recht, nachdem er diese Isabella zu sich ins Haus geholt hatte. Auf diese Weise wollte er zwei oder besser drei Fliegen mit einer Klappe schlagen.« Er lachte. »Sir Richard Southwell hatte ein Auge auf Boleyns Land geworfen, um seine beiden Landstücke miteinander zu verbinden. Die Schafe auf einer großen Weidefläche zu halten würde Kosten einsparen – in Anbetracht seines Reichtums ein verhältnismäßig kleiner Faktor, aber Ihr wisst ja, wie stur der Landadel in Norfolk sein kann, wenn seine Wünsche nicht erfüllt werden.«

»Wie jener John Atkinson. Er verfolgt das hilflose Mädchen, das er entführte, noch immer, wie ich höre.«

Vowell runzelte die Stirn, sichtlich irritiert von meinem Einwurf. Er fuhr fort: »Reynolds' Plan zufolge würde Boleyn wegen Mordes hingerichtet werden und sein Gut an den Escheator fallen. Southwell würde alsdann mit Flowerdew gemeinsame Sache machen, um sich das Land zu sichern. Die Zwillinge sollten eine gewisse Summe als Entschädigung erhalten.«

»Ja«, sagte ich grimmig. »Die Bestechlichkeit der königlichen Beamten auf kommunaler Ebene. Der Kett ein Ende setzen will.«

»Lieber Bestechlichkeit als Chaos. Ich bin vielleicht nur ein gemeiner Steward, bin aber dennoch der Meinung, dass die gesellschaftliche Ordnung im Reich unbedingt gewahrt werden muss. Ich bin ein Spitzel aus Überzeugung, Master Shardlake. Ich habe nicht nur Master Reynolds und Sir Richard Southwell geholfen, sondern für die Stadtoberen die Aufwiegler ausspioniert, die hier Unzufriedenheit säen – Norwich quillt über vor abgefeimten Aufrührern. Ich verließ Gawen Reynolds' Haushalt, weil offenkundig war, dass sich im gemeinen Volk Unmut äußerte und ich mich unter die Rebellen mischen konnte – ich gesellte mich sogar den Radikalen zu, den gutgläubigen Jungspunden, wollte sie aufstacheln und vielleicht gar gegen Kett aufbringen.« Wieder lächelte er. »Die Anfrage kam von Southwell persönlich; der Protektor und sein Thronrat suchten nach Spitzeln.«

»Ihr werdet sicher gut entlohnt.«

Er zuckte die Schultern. »Geld hat mich nie sonderlich interessiert.« Zum ersten Mal trat ein Funkeln in seine kalten Augen. »Als ich klein war, wünschte ich mir sehnlichst, ein Schauspieler zu werden. Also trat ich früher in allen Mysterienspielen auf. Doch ein Schauspieler lebt prekär, und ich wollte auch Sicherheit haben.«

»Ihr seid gewiss ein guter Schauspieler.«

Vowell nickte und verstummte. Ich beschloss, ihm eine Falle zu stellen. »Dann habt Ihr den Schlüssel zum Stall gestohlen, um dort die Gegenstände zu platzieren, die den Verdacht auf John Boleyn lenken sollten.«

»So ist es«, prahlte er. »Ich bin stets gut ausgekommen mit den Zwillingen. Eines Tages waren sie im Haus ihres Großvaters und geiferten wie wild gegen diesen Scambler, der im Angesicht des

Herolds zu Tode kam. Ich hab ihnen den Vorschlag gemacht, ihm Prügel zu verabreichen, ihm den Schlüssel zum Stall zu stehlen und jenen gefährlichen Hengst aufzustacheln. Ich wusste, dass sie am selben Abend zum Hahnenkampf reiten wollten, und brachte bei dieser Gelegenheit den Schlüssel rasch an mich, um einen Abdruck zu machen. Der Schlosser Snockstobe, der alles getan hätte für Geld, das er versaufen konnte, sollte eine Kopie fertigen. Die Zwillinge hatten nicht bemerkt, dass ihnen der Schlüssel abhandengekommen war, also waren die schmutzigen Stiefel und der Hammer für sie stichhaltige Beweise, die sie gegen ihren eigenen Vater einnahmen. Ein guter Plan, nicht wahr?«

»Ihr habt ihn ausgeklügelt, während Ihr mit den Zwillingen über – über Simon spracht?«

»Ja, obwohl es reines Glück war, dass Gerald an jenem Abend seinen Beutel auf der Bank liegenließ und ich die Gelegenheit beim Schopfe ergreifen konnte. Aber ich hätte eine andere Gelegenheit gefunden.« Seine Stimme wurde ätzend. »Nicht nur Anwälte können denken, Buckliger.«

»Nein«, sagte ich. »Das war in der Tat schlau von Euch.« Ich sprach leise, kitzelte seine Eitelkeit. »Doch dann ging etwas schief mit Snockstobe?«

»Wann immer er einen Schlüssel nach einem Wachsabdruck fertigen sollte, wusste er, dass er vermutlich gestohlen war. Als Ihr ihm mit einer Zwangsvorladung gedroht habt, kam er zu mir und Master Reynolds gerannt. Hätte er den Mumm gehabt, vor Gericht zu lügen, wäre alles kein Problem gewesen. Aber er hätte sich vermutlich volllaufen lassen, um dann alles herauszuposaunen. Also ließen wir ihn beseitigen. Auch den Lehrjungen, der ganz gewiss unsere Unterhaltung in der Werkstatt belauscht hatte. Master Reynolds beauftragte einige von Sir Richard Southwells Männern, mit John Atkinson als Anführer. Also war alles wieder geregelt. Doch zuvor, in der Nacht, als Edith Boleyn ermordet wurde – tja, manche Leute sind dumm wie Bohnenstroh. Sogar ein Ratsherr aus Norwich wie Gawen Reynolds.«

»Also war es seine Schuld, dass sie in dieser Haltung aufgefunden wurde?« Ich versuchte, meine Abscheu zu verhehlen.«

Vowell blickte finster drein und fingerte wieder an seinem Messer herum. »Ich hatte die ganze Sache aufs Beste ausgetüftelt.« Er reckte wütend das Kinn; die Eitelkeit des Mannes war wirklich grenzenlos. »Master Reynolds und ich kamen überein, dass er das Schreiben, welches Edith von einem schäbigen Wirtshaus in Norwich geschickt hatte, beantworten und ein Treffen mit ihr vereinbaren würde – an der Brücke zwischen Boleyns und Witheringtons Anwesen. Letzterer soll inzwischen ja auch tot sein; sobald das Ganze hier vorbei ist, fällt Sir Richard Southwell gewiss auch sein Land zu.« Er zog die Augenbrauen in die Höhe. »Es war alles geregelt, sie war einverstanden, ihren Vater an der Brücke zu treffen. Master Reynolds und ich ritten zu der Stelle hinunter, einen schweren Hammer und einen Spaten in der Satteltasche. Ich wollte ihr den Schädel einschlagen, worauf wir sie in ein seichtes Grab auf der Seite von South Brikewell legen würden, ohne die Grasnarbe ordentlich zu schließen, damit der alte Schafhirte sie tags darauf finden würde. Doch als wir bei der Brücke waren und Reynolds sie dort in der Dämmerung stehen sah, an den Händen weiße Verbände wie ihre Mutter, ging es mit ihm durch. Er brüllte, kreischte sie an und verlangte zu wissen, wo sie sich in diesen neun Jahren herumgetrieben hätte, und als sie ihm die Antwort verweigerte, wurde er noch wütender. Er schalt sie eine läufige Hündin, eine elende Hure, die ihre armen Söhne im Stich gelassen habe. Sie bekam es mit der Angst, wich vor ihm zurück, was wiederum mir die Gelegenheit gab, ihr mit dem Hammer einen hübschen Schlag auf den Kopf zu verpassen.« Er lächelte. »Sie fiel um wie ein Sack voll Holz.« Er schlug mit der freien Hand auf den Boden, dass ich zusammenzuckte. »Einfach so. Ich dachte, ihr Tod würde den Zorn des Alten besänftigen, stattdessen schürte er noch das Feuer. Er hatte sich irgendwie eingeredet, Edith habe die letzten neun Jahre als Hure verbracht. Ihre Hände seien nur deshalb so wund, weil sie damit ihre Freier bedient habe, sagte er. Er werde sie nicht begraben, sondern kopfüber in den Fluss rammen, der Welt ihre verschlissene alte Fotze entgegenrecken. Dergleichen könne Boleyn entlasten, warnte ich ihn. Wenn die Leute glauben sollten, dass Ediths Ehemann sie ermordet hatte, um seine zweite Ehe zu retten, sollte man ihren Leichnam nicht zur Schau stellen. Doch Reynolds war rasend vor Wut. Der alte Narr! Um wirklich erfolgreich zu sein in dieser Welt, gilt es sich zu beherrschen. Doch das hatte er nie gelernt.«

Im Gegensatz zu dir und deinesgleichen, dachte ich, die ihr eiskalt Menschen tötet, als wären sie Fliegen.

Vowell runzelte die Stirn; er war wütend, nicht auf mich, sondern auf Reynolds, nahm ich an. »Ich sagte ihm, ich würde sie begraben, und ging zu den Pferden, um den Spaten zu holen. Als ich zurückkam, hörte ich ein Platschen, worauf ich Reynolds im Schlamm stehen und Edith aus dem Wasser ragen sah, mit entblößtem Unterleib. Ich sollte ihm gefälligst heraushelfen, brüllte er, er habe sich das Bein verrenkt – ich war erstaunt, dass ein Mann seines Alters dergleichen allein zuwege brachte. Es ist verwunderlich, wozu die Wut einen befähigt. Ich half ihm zurück zur Brücke und sagte, ich würde Edith aus dem Wasser ziehen und wie geplant begraben. Dann werde er überall herumerzählen, drohte er mir, dass ich kein heimlicher Radikaler war, wie ich behauptete, sondern ein Handlanger des Stadtrats von Norwich und Southwells.« Vowell zuckte die Schultern. »Nun ja, Reynolds konnte ich nicht beseitigen, er war zu mächtig. Es war mir einerlei, ob Boleyn hängen würde oder nicht, und wenn Reynolds zuließ, dass seine Wut die Oberhand gewann über sein Urteilsvermögen, war es seine Sache. Also half ich ihm zurück zu den Pferden – er hatte sich übel verletzt und leidet wohl noch immer –, und wir ritten nach Hause. Nach diesem Erlebnis beschloss ich, mich bei Sir Richard Southwell als Spitzel zu verdingen. Ich hatte genug von Reynolds, und im Volk brodelte es bereits gewaltig. Dennoch war ich bereit, ihm einen letzten Gefallen zu tun, indem ich die Zwillinge aus Surrey Place befreite, als man sie dort gefangen hielt. Southwell war ebenfalls daran interessiert; er will, dass Gerald und Barnabas für ihn arbeiten. Zuletzt versuchte er, Boleyn in der

Burg zu vergiften, aber der Anschlag misslang.« Vowell grinste böse. »Und damit, Herr Anwalt, ist meine Geschichte zu Ende.«

»Und was ist mit Boleyns fehlendem Alibi für die Stunden zwischen neun und elf Uhr nachts?«

Er zuckte die Schultern. »Gawen Reynolds soll mit Sir Richard Southwell davon geredet haben. Ich glaube, er hat etwas arrangiert.« Wieder lächelte er. »Seht Ihr? Ihr habt mehr von mir erfahren als ich von Euch. Doch das tut nichts zur Sache. Ich bringe Euch wie versprochen nach Surrey Place, und Ihr werdet zweifellos in der Schlacht morgen sterben.«

Ich starrte ihn an, und mir drehte sich der Kopf vor Staunen. »Ich dachte, Ihr würdet mich gleich hier töten«, sagte ich.

Er schüttelte den Kopf. »Ein solcher Mord könnte Fragen aufwerfen, und ich will nicht, dass mein Spiel auffliegt. Ihr und Overton könnt in den Stunden, die Euch noch bleiben, unser Gespräch so oft wiederholen, wie es Euch beliebt, singen wie die Vögelchen, es ist mir ganz gleich. Niemand wird Euch glauben, und mir ist völlig einerlei, ob Reynolds am Galgen endet oder Boleyn. Ich jedenfalls mache mich davon. Mein Einsatz in Norwich ist beendet. Jetzt wird alles in der Schlacht entschieden. Ich soll im Auftrag Captain Ketts einigen Leuten aus dem Suffolker Lager eine Nachricht überbringen und sie fragen, ob sie ihn morgen unterstützen. Doch ich werde diese Nachricht nicht überbringen und auch nicht nach Suffolk reiten. Ich mache mich davon. Ich habe andere Befehle, einen neuen Auftrag, im Ausland.«

»Von wem?«

Er lächelte. »Vom Thronrat. Ich habe meine Anweisungen von Southwell erhalten. Zum Glück werde ich nicht in London sein. Ich habe den leisen Verdacht, dass die Tage des Protektors gezählt sind. Er hat in Schottland ein großes Schlamassel angerichtet, und der Thronrat sagt, er sei zu Beginn zu sanft mit den Rebellen verfahren.« Vowell stand auf, klopfte sich selbstgefällig auf die Brust und grinste. »Ich weiß so vieles; es ist außerordentlich unterhaltsam. Auf mit Euch!« Er steckte sein Messer weg, trat vor mich hin und langte hinter mich, um mich grob auf die Beine zu heben und nach draußen zu stoßen. Die Sonne stand bereits tiefer. Aus der Richtung von Norwich hörte ich laute Schüsse. Wieder lächelte Vowell. »Ah, die Landsknechte sind eingetroffen. Vermutlich haben sie in die Luft geschossen. Wie ich höre, stellen sie gern ihre Macht zur Schau vor dem Beginn des Gemetzels.«

KAPITEL SIEBENUNDSIEBZIG

Vowell bugsierte mich grob nach Surrey Place. Während ich über das unwegsame Gelände stolperte, sagte er kein einziges Wort mehr, und als ich es wagte, den Mund aufzutun, hieß er mich schweigen. Sein Gesicht hatte die übliche harte, etwas ausdruckslose Miene angenommen. Er war in der Tat ein famoser Schauspieler. Der Rücken tat mir weh, als er mich vorwärtsschubste. Er überließ mich einem der Soldaten, die am Hoftor Wache hielten, ihm eine Erklärung zuflüsternd, ehe er kehrtmachte und wieder hügelabwärts ging, ohne sich noch einmal umzusehen. Zwei Wachsoldaten bugsierten mich unsanft in das Gebäude und die Stufen hinauf. Eine Tür ging auf, und man stieß mich hindurch.

Ich fand mich in einem Saal wieder, von dessen großem Fenster aus man das Lager überblickte. Hier mochte in seiner kurzen Glanzzeit der Earl of Surrey seinen Gästen die Heide gezeigt haben. Der Raum beherbergte etwa zwanzig Gefangene, an eine lange Kette gebunden, die sich von Wand zu Wand zog, beide Enden an schweren Haken befestigt, welche in die Wand getrieben waren. Allesamt hatten sie die Kette um ihre Handgelenke gewunden und mit einem Schloss gesichert. Sie blickten aus hohlen Augen zu mir auf, diese Edelleute, die noch zwei Monate zuvor die Grafschaft regiert hatten. Nicholas war ganz am Ende der Reihe, neben ihm John Boleyn. Ich wurde zwischen sie gezwängt. Der Strick, der meine Hände fesselte, wurde durchgeschnitten, und meine Handgelenke wurden stattdessen an die Kette geschlossen wie die der anderen. Dann gingen die Wachleute hinaus und schlossen die Tür. Ich blickte von Nicholas zu Boleyn. Nicholas wirkte gefasst, Boleyn jedoch war ebenso bleich und ausgezehrt wie die anderen.

»Was hat Vowell Euch angetan?«, fragte Nicholas.

Ich erzählte den beiden, wie ich hatte aus einem Gespräch mit Peter Bone ableiten können, dass Vowell und Gawen Reynolds gemeinsam für Ediths Tod verantwortlich waren, und dass Vowell dies durchschaut hatte. Als ich Nicholas und John Boleyn unsere Unterhaltung in der Hütte schilderte, weiteten sich ihre Augen vor Entsetzen, während der Mann neben Boleyn sich herüberneigte, um uns zu belauschen; selbst im Angesicht des Todes bleibt die menschliche Neugier bestehen. Schließlich ließ Boleyn seufzend den Kopf hängen. »Gawen Reynolds. Dass er ein Schurke ist, war mir klar, doch einer solchen Schandtat hätte ich nicht einmal ihn für fähig gehalten. Arme Edith. Hätte sie sich doch an mich gewandt, ich hätte ihr Geld gegeben und ihr das Inkognito gelassen.« Zwei Tränen liefen ihm über die schmalen, schmutzigen Wangen. Endlich hatte er ein wenig Mitleid gezeigt für seine tote Frau. Er sagte leise: »Dann hatten Barnabas und Gerald mit ihrem Tod nichts zu tun?«

»Nicht das Geringste. Vowell und Euer Schwiegervater haben sie lediglich benutzt, um an den Schlüssel heranzukommen, weiter nichts.«

Er schloss die Augen. Ich wartete und sagte dann leise: »Vowell deutete an, dass Euer fehlendes Alibi etwas mit Sir Richard Southwell zu tun haben könnte. Ihr könnt uns jetzt die Wahrheit sagen, John; morgen sind wir vermutlich ohnehin alle tot.«

Boleyn lehnte sich zurück, legte den Kopf gegen die Wand, ein Bild des Jammers. »Ihr wisst, dass ich Schulden habe. Für das Haus in London habe ich mir Geld geliehen, doch mit den Einkünften aus dem Pachtzins und den Erträgen von Brikewell und den anderen Gütern konnte ich es nicht zurückzahlen. Im Mai deutete alles auf eine schlechte Ernte hin, also käme weniger Geld herein als jemals zuvor. Doch in Anbetracht der Art und Weise, wie der hiesige Landadel meine Isabella behandelte, ganz zu schweigen vom Betragen der Zwillinge gegen sie, wollte ich nach London übersiedeln. Weil ich Brikewell dennoch behalten wollte, nahm ich bei Southwell eine Hypothek auf mein Land auf. Es war töricht, unsäglich töricht, denn ich wusste ja, dass er nach meinem Grund und Boden gierte, um darauf Schafe zu halten.« Er seufzte. »Der Zinssatz war hoch; vermutlich kannte er meine Vermögenslage sehr genau und wusste, dass ich irgendwann kein Geld mehr würde aufbringen können, um die Raten zu zahlen.« Boleyn lachte. »Und doch versuchte ich abzuwenden, dass er die Hypothek kündigte und meinen Besitz übernahm. Ich sturer Tropf! Je mehr ich mit den Zahlungen in Rückstand geriet, desto mehr setzte er mich unter Druck. Am 14. Mai sollte ich ihn um halb zehn Uhr abends hinter Brikewell an der Straße treffen. Ich dürfe es ja niemandem sagen, warnte er mich. Es war ein seltsames Ansinnen, aber Southwell schlägt man so leicht nichts ab.

Als wir uns trafen, sagte er mir, dass er das Gut haben wolle, und zwar gleich. Ich bat um Aufschub, er aber bestand auf seiner Forderung. Sollte ich nicht darauf eingehen, würde Isabella ein Leid geschehen. Dies ist der Grund, warum ich nichts sagte und bei meiner Behauptung blieb, ich sei an jenem Abend zu Hause gewesen.« Er seufzte. »Gewiss haben er und Gawen Reynolds das Ganze ausgetüftelt, um sicherzustellen, dass ich kein überzeugendes Alibi hätte. Am Tag meiner Ergreifung schickte er mir eine Nachricht. Sollte ich je über unser Treffen sprechen, hieß es darin, werde er Isabella beseitigen lassen. Da ich im Kerker saß, würde ihr plötzliches Verschwinden aus Brikewell bei niemandem Verdacht erregen. Verzeiht mir, Master Shardlake, dass ich Euch nicht die Wahrheit sagte. Doch Isabella bedeutet mir mehr als mein Leben.« Er hob den Kopf und lachte bitter. »Und sie war die Einzige, die mir mein Alibi glaubte. Liebste Isabella.« Er blickte mich mit jäher Wildheit an. »Was wird jetzt bloß aus ihr, allein in dieser Stadt?«

»Wenn ich das beantworten könnte! Aber sie weiß sich zu helfen wie kaum eine Zweite.«

Nicholas ballte die Fäuste, dass die Kette rasselte. »Wir drei haben uns nichts zuschulden kommen lassen gegen Kett. Reynolds und Vowell haben uns schachmatt gesetzt. Und jetzt werden wir sterben. Wenn doch nur Barak hier wäre!«

Ich sagte leise: »Wir wissen nicht einmal, ob Jack überhaupt noch lebt. Und von den Wachleuten ist auch keine Hilfe zu erwarten. Sie scheinen ganz erpicht darauf, uns alle sterben zu sehen, und sind wahrscheinlich aus diesem Grund ausgewählt worden.«

Wir verstummten. Stunden vergingen. Einige der Aneinandergeketteten begannen gemeinsam zu beten, während andere – offenbar Katholiken – Rosenkränze hervorholten und ein Ave-Maria nach dem anderen aufsagten, in lateinischer Sprache. Es dämmerte, und der blaue Himmel jenseits des großen Fensters wurde dunkel. Eine dünne Mondsichel ging auf. Vom Lager her tönten Stimmen, dumpfe Schläge, knarrende Räder. Obschon wir alle eng aneinandergekettet waren, hatte Nicholas am Ende der Reihe ein wenig mehr Bewegungsfreiheit, und so gelang es ihm, sich mühsam aufzurappeln und aus dem Fenster zu spähen. »Sie haben eine Menge Fackeln angezündet. Es sieht ganz danach aus, als würden Männer, Gerätschaften und auch Waffen aus dem Lager geschafft werden.«

Im selben Augenblick schlug die Tür auf, dass jedermann zusammenfuhr und die lange Kette heftig rasselte. Ein junger Soldat mit Helm und im Brustharnisch trat ein, gefolgt von Wachmännern. Er blickte uns verächtlich an.

»Wohlan denn, ihr edlen Herren aus Norwich«, sagte er, »ihr sollt wissen, dass unser letzter Angriff auf die Stadt gescheitert ist. Man hat uns aus den nördlichen Bezirken vertrieben. Jetzt hat Warwick ganz Norwich unter seiner Kontrolle, und wir sind vom Markt abgeschnitten. Ohne Vorräte können wir nicht lange überleben, also lösen wir das Lager auf, in welchem« – kurz versagte ihm die Stimme –, »in welchem wir die vergangenen sieben Wochen gelebt haben. Doch noch sind wir nicht besiegt. Wir schaffen alles zu der Stelle, wo wir morgen gegen Warwick, seine Söldner und Edelleute in die Schlacht ziehen, und senden ihnen ein Zeichen, dass wir kampfbereit sind. Ihr werdet morgen früh allesamt, aneinandergekettet, nach Mousehold Heath gebracht, damit ihr an vorderster Front dem Feinde entgegengeht. Eine feine Zwickmühle für Warwick! Er muss entscheiden, ob er auf euch schießt oder nicht.«

Einer der Männer schlug die Hände vors Gesicht und begann zu heulen. »Hör auf zu flennen!«, blaffte der Soldat. Ein anderer Edelmann rief: »Ihr habt uns Gerechtigkeit versprochen unter der Eiche! Robert Kett sagte, dass niemand zu Tode käme. Er ist wortbrüchig geworden!«

Der Mann neben ihm fragte: »Weiß Kett überhaupt davon?«

Der Soldat antwortete nicht direkt. »In Norwich sind Hunderte von unseren Leuten gestorben. Der Thronrat und Warwick haben uns in diese Lage gebracht. Und jetzt haltet gefälligst den Rand! Sollte ein Edelmann dem Tod nicht mit Würde entgegensehen? Man wird euch holen.« Damit verließ er den Raum, und die Wachen schlossen hinter ihm ab.

Weitere Stunden vergingen. Einige Männer weinten, andere nahmen ihre Gebete wieder auf, doch die meisten saßen in entsetztem Schweigen da. Es war jetzt ziemlich dunkel im Saal. Doch bald erblickten wir draußen ein schwaches rotes Glühen. Es wurde heller, und wir vernahmen das Knistern von Flammen. Obwohl das Fenster geschlossen war, drang schwacher Rauchgeruch zu uns herein. »Sie stecken Surrey Place in Brand«, stammelte einer.

Abermals rappelte Nicholas sich vorsichtig auf und blickte aus dem Fenster. »Heiliger Strohsack!«, sagte er in ehrfürchtigem Staunen.

»Was tun sie?«, fragte einer verzweifelt. »Steht das Haus in Flammen?«

»Nein. Sie haben das Lager angezündet, zum Zeichen, dass sie bereit sind zu kämpfen – oder zu sterben.«

Wankend stand ich auf, wobei Boleyn mich abstützte, um mir das Stehen zu erleichtern. Nie werde ich den Anblick vergessen, der sich mir durch das Fenster bot. Das gesamte Lager brannte lichterloh, so weit das Auge reichte. Sämtliche Hütten, in denen wir gelebt hatten, waren jetzt wild lodernde Kreise aus Gras und Farn. Rauch quoll gen Himmel und wurde von einer östlichen Brise auf Norwich zugeweht. Ich sagte leise: »Das Ende von Mousehold.«

Nicholas sagte: »Und wenn die Rebellen morgen siegen, wohin gehen sie dann?«

»Nach Norwich, würde ich meinen, durch das Nordtor, das sie

beschossen haben. Um von dort aus die Rebellion weiterzutragen.«
Ich ächzte, da ich mir beim Aufstehen den Rücken verrenkt hatte,
und Nicholas und Boleyn halfen mir dabei, mich wieder hinzusetzen. Jemand rief aus: »Lasst doch das Gezappel sein dort drüben! Die
Kette reißt uns ja die Arme aus.«

Wieder saßen wir schweigend, der Raum jetzt von einer hellen, flackernden Röte erleuchtet. Ich sah, wie Nicholas sich nach
vorn beugte und zum anderen Ende des Saals blickte. Er sagte leise:
»Könnt Ihr sehen, wer der Mann am anderen Ende der Kette ist? An
der gegenüberliegenden Wand?«

Ich strengte meine Augen an und sah hinüber. »Ein kleiner Mann,
wohl schon alt, ja, mit weißem Haar.«

»Verflucht«, sagte er. »Dabei kommt es just darauf an, wie kräftig
die Männer an den Enden der Kette sind.«

Ich sah ihn an. Mittlerweile brannten meine Augen, denn der
Raum war voller Rauch. »Was meinst du?«

Er raunte: »Es ist vielleicht gar nichts. Ich bezweifle, dass es überhaupt möglich ist.«

Weitere Stunden verstrichen. Irgendwann schlief ich erschöpft ein.
Da schlug die Tür wieder auf, und derselbe Soldat kam herein, diesmal von einem Dutzend weiteren Soldaten begleitet, allesamt jung
und stark, die Schwerter umgeschnallt. »Aufgestanden!«, brüllte er.
»Es ist Zeit, dass wir gehen!« Er nickte, und einer seiner Männer
öffnete das Schloss, das die Kette an Nicholas' Seite an der Wand
befestigte, und wickelte diese fest um sein Handgelenk. Ein weiterer Soldat tat dasselbe am anderen Ende des Raumes, wo der Alte
war. Die Soldaten bezogen entlang der Reihe Stellung. »Ihr geht
jetzt nach Dussindale«, sagte der Captain. Während ich mich unter
Schmerzen erhob, warf ich einen Blick aus dem Fenster; das Feuer
schien auszubrennen. Der Himmel war nun weniger dunkel. Bald
würde der Morgen anbrechen. »Achtet auf eure Schritte«, sagte der

Captain barsch, »wer zu fliehen versucht, wird auf der Stelle ausgeweidet. Hinaus jetzt!« Der Wachmann am anderen Ende des Raumes
riss an der Kette. Der alte Mann geriet ins Taumeln, fing sich wieder
und wankte aus der Tür. Wir übrigen trotteten in einer makabren
Prozession hinterdrein.

Im Rittersaal hatten sich unterdessen aus anderen Gemächern
weitere zwanzig zerlumpte Edelleute eingefunden, auch sie an einer
Kette. Ein weiteres Dutzend wurde langsam, damit niemand ausglitt,
die Stufen hinuntergeführt. Am Fuße der Treppe wurden die Ketten
der verschiedenen Gruppen mittels schwerer Schlösser miteinander
verbunden. Nicholas blieb absichtlich ein wenig zurück, damit er,
Boleyn und ich am Ende der langen Reihe der etwa fünfzig ausgezehrten, verängstigten Männer zu stehen kamen. Ein anderer junger
Hauptmann ging die Reihe entlang und prüfte jedes Schloss, ob
es auch sicher halte. Einer der Gefangenen bettelte verzweifelt um
sein Leben, er habe Geld versteckt, sagte er. Niemand nahm ihn zur
Kenntnis. Die Pforten des Palastes wurden aufgestoßen, und grauer
Rauch wallte herein.

»Nun, ihr Herren«, sagte der Captain, »hinaus mit euch, immer
einer nach dem anderen. Sachte, und dass mir ja keiner strauchelt!«
Wir setzten uns in Bewegung, die lange Kette klirrend und rasselnd,
während die Ersten nach draußen schlurften.

Der Hof war leer, Zelte und Vorräte, die dort gelagert hatten, waren verschwunden. Das Tor stand offen, und man führte uns hinaus.
Durch den Rauch, der hier dichter war, sah ich das rote Glimmen
zahlloser Hütten. Eine nach der anderen stürzte in sich zusammen,
wobei ein Funkenregen in den dämmrigen Himmel aufstob. Auch
das Gras hatte Feuer gefangen und sandte seinerseits Rauchschwaden
himmelwärts. Ich dachte an unsere Hütte, die Leute aus Swardeston,
die uns so freundlich aufgenommen hatten, den armen toten Hector
Johnson, an Simon und an Natty und Barak. Hatten die beiden die
Kämpfe in Norwich überlebt? Plötzlich fiel mir ein, dass ich Natty
nie nach seinem Nachnamen gefragt hatte.

Es war ein langer, langsamer, entsetzlicher Marsch. Die Wachleute zu beiden Seiten trugen Hornlaternen, doch das Licht, das sie und die brennenden Hütten lieferten, wurde vom Rauch gedämpft. Man führte uns an Ketts Kapelle vorbei, die zwar verlassen, aber nicht in Brand gesteckt worden war, dann ein Stück den Hügel hinauf zwischen den ersterbenden Flammen der Hütten hindurch. Wir achteten im Gehen auf unsere Schritte, aber dennoch geriet der eine oder andere ins Stolpern, fiel hin und gefährdete so das Gleichgewicht der gesamten Reihe. Die gestürzten Gefangenen wurden grob wieder auf die Füße gestellt.

Seltsamerweise versuchte der Mann neben Boleyn, mittleren Alters und mit ergrauendem Haar, unsere entsetzliche Lage plötzlich mit Sarkasmus zu betrachten. Sein Name sei Dale, sagte er, und er besitze mehrere Güter im Süden der Grafschaft. »Ich hab nichts weiter getan, als eines davon auf Schafzucht umzustellen. Ich hätte die Pächter entschädigt, aber ich lebe nicht dort, und mein Verwalter hat sich mit einem Anwalt vor Ort zusammengetan und die Pächter mit den Worten davongejagt, es geschehe auf meinen Wunsch hin. Ich weiß noch, dass Ihr zugegen wart, Sir, als man mir den Prozess machte. Ihr sagtet, der Steward müsse als Zeuge befragt werden. Ohne ihn wäre alles, was er angeblich veranlasst hatte, nur Hörensagen. Ihr habt versucht, den Prozess vertagen zu lassen, bis er gefunden wäre, und ich bin Euch dankbar, doch meine Pächter sagten, er habe sich davongemacht, was wohl auch stimmte, also fiel die Sache auf mich zurück. Jetzt macht er sich vermutlich irgendwo ein ruhiges Leben, mit meinem Geld, während Ihr und ich sehr wahrscheinlich von den eigenen Leuten getötet werden. Was für ein Jux und Wahnwitz das Leben doch ist, am Ende kaum der Mühen wert.«

»Still jetzt!«, fauchte Boleyn. »Haltet lieber das Gleichgewicht.«

Wir wendeten uns gen Norden, trotteten jetzt parallel zum Flusslauf, dann nach Westen, in einer Linie mit der nördlichen Stadtmauer. Wir bewegten uns langsam hügelabwärts. Auf dem freien Feld im nördlichen Teil der Stadt brannten viele Lagerfeuer: Warwicks Armee.

Nach einer Weile passierten wir die nördliche Grenze unseres Lagers, jenseits des Rauchs von den Hütten. Wir stießen auf Rebellengruppen, die zielgerichtet gen Westen marschierten, bewaffnet mit Hellebarden, Speeren, zwölf Fuß langen Piken, angespitzten Mistforken oder Sensen; auch eine Vielzahl von Bogenschützen mit ihren Langbogen waren darunter. Sie alle blickten verächtlich auf uns, und einige spuckten sogar aus, als wir vorübergingen. Wir fingen Gesprächsfetzen auf:

»Mistress Kett sei eine Natter an den Busen gesprungen, heißt es, aus einem toten Baum; einige sehen darin ein böses Vorzeichen, doch hat das Tier nicht zugebissen ...«

»Ein paar sind in der Nacht desertiert ...«

»Gut, dass sie fort sind! Wir haben immer noch über sechstausend starke und kampferprobte Männer übrig, und wir kämpfen bis zum bitteren Ende ...«

»Warte – ich muss kotzen ...« Ein Mann trat beiseite und musste heftig erbrechen.

»Scheiß dir nicht in die Hosen wie der junge Hunter ...«

Und dann, als der Himmel sich gelichtet hatte, langten wir auf dem Hügelgrat des Landstücks namens Dussindale an, das über Mousehold Heath hinausragte und welches ich vor zwei Tagen mit Peter Bone aufgesucht hatte. Eine Rampe für die Kanonen war geebnet worden und mit zwei Dutzend der schweren Geschütze bestückt. Unterhalb standen, die Stangenwaffen kampfbereit erhoben, die vielen Tausend aus dem Mousehold-Lager, Reiter wie Fußsoldaten, und neben den roten Kriegsflaggen flatterten die Fahnen der Pfarrbezirke. Auf halbem Wege den Hügel hinunter waren die Proviantwagen auf ihre Seiten gekippt worden, und hinter ihnen hatten Tausende Bogenschützen Stellung bezogen. Einige trugen Harnische, andere gesteppte Röcke, aber viele hatten auch nur ihre gewöhnliche Kleidung am Leib.

Am Fuße des Hügels, vor einer ebenen Fläche, wurden die letzten der hölzernen Pfähle in den Boden getrieben, und ihre spitzen Enden waren nach außen, gegen den Feind gerichtet. Der lange Graben davor war ebenfalls fertig, das ausgehobene Erdreich zu einer niedrigen Barriere aufgeschüttet. Nach Norden hin ragte der neue Erdwall auf. Etwas weiter südlich stand die Stadtmauer. Viele ihrer Türme waren von den Rebellen in den letzten Tagen in Trümmer geschossen worden. Falls sie heute siegreich wären, würden sie Norwich von dort aus zurückerobern.

Den Abhang hinuntergezwungen, kamen wir parallel zur Kanonenrampe zu stehen. Dort sah ich Captain Miles auf und ab schreiten und den Kanonieren Befehle zuschreien. Ich dachte an seine Frau, die mitsamt den Kindern in London im Kerker saß, und erkannte, dass auch hinter diesem Verrat zweifellos Michael Vowell steckte. Peter Bone stand an einer Kanone, und ich dachte schon, er hätte mich gesehen, aber er war zu weit entfernt, als dass ich hätte gewiss sein können. Ein Stück weit zu meiner Linken bemerkte ich einige Männer in Helmen und bunter Kleidung, die beieinanderstanden und den Abhang hinabblickten. Die Feldherren, die auf den Beginn der Schlacht warteten. Robert Kett stand dort mit seinem Bruder; er warf einen flüchtigen Blick auf unsere jämmerliche Reihe, die nach unten geschleift wurde, und wendete sich rasch wieder ab.

Wir trotteten langsam nach unten, am Hauptfeld der Truppe vorbei. Buhrufe und Pfiffe schallten uns von denselben Männern entgegen, in deren Mitte ich in den letzten Wochen so friedvoll gelebt hatte. Unmittelbar hinter den Pfählen mussten wir innehalten und, ihrem Verlaufe folgend, eine Linie bilden. »Gnade uns Gott«, murmelte jemand, »sie tun es wirklich.« Einige Männer trieben den letzten der hölzernen Pfähle in den Boden und schleppten alsdann zwei außergewöhnlich große Pflöcke zu uns herüber. Boleyn, Nicholas und ich waren am südlichen Ende der Linie und sahen zu, wie unser Kettenende zu einer Schlaufe gelegt und eng an einem dieser Pflöcke befestigt wurde, den sie daraufhin in den sandigen Untergrund schlugen. Am anderen Ende der Reihe wurde ein weiterer Pflock in den Boden getrieben. So standen wir also, gefesselt und hilflos, in Erwartung des heranrückenden Feindes.

Und der kam auch prompt: In einer schier endlosen Kolonne passierte Warwicks Armee das Coslany Gate, zuvorderst in großer

Zahl Reiter in Rüstung, auf der Brust das weiße Kreuz von England, dann unzählige Fußsoldaten und dahinter abermals Reiter, diesmal großgewachsene Männer mit farbenfrohen Hosen unter der Rüstung und riesigen Federn am Helm. Die Landsknechte. Viele schulterten mit scheinbarer Leichtigkeit schwere Arkebusen. Nur wenige hundert Fuß von unserem Standpunkt entfernt nahm Warwicks Armee langsam die Schlachtordnung ein, während immer noch mehr Soldaten, Engländer diesmal, das Stadttor passierten, allen voran Captain Drury. Es schienen ihrer genauso viele wie aufseiten der Rebellen, doch hatten sie weit mehr Reiter in ihren Reihen. Unsere einzigen Vorteile indes waren die höhere Lage und die größere Zahl an Kanonen. Während immer noch mehr kamen und ihre Plätze einnahmen, wirbelte in Wolken der Staub auf.

Und jetzt waren wir allein, standen aneinandergekettet in einer Reihe, zwischen den feindlichen Armeen. Ich spürte, wie die Kette über die gesamte Länge leise anfing zu klirren und zu zittern. Da wusste ich, dass viele meiner Mitgefangenen schlotterten vor Angst, genau wie ich selbst.

KAPITEL ACHTUNDSIEBZIG

Allenfalls sechshundert Meter vor uns hatte Warwicks Armee, unter den Zurufen ihrer Kommandanten, die Schlachtordnung eingenommen. An den Flanken des Feldes brachten sie ihre Kanonen in Stellung – weniger als unsere. Die Arkebusiere unter den Landsknechten, hochgewachsene, bullenstarke Männer, standen an vorderster Front, Hunderte auf zwei Reihen verteilt, einer hinter dem anderen. Neben ihnen wurden an diversen Stellen kleine Feuer entfacht, was mir Simons schreckliches Ende ins Gedächtnis rief und die Vorführung auf dem Mousehold, bei der eine Kugel eine Rüstung durchschlagen hatte, als wäre sie aus Butter. Die großen Männer, mächtige Büchsen an ihrer Seite, standen wartend da, die Gesichter ohne Regung, die Augen aber nach allen Seiten schweifend. Die protzigen Federn an ihren Helmen zitterten in der sanften Brise. Ich blickte zum Himmel auf. Er war wolkenlos, der Beginn eines vollkommenen Spätsommertages. Wie Vowell richtig bemerkt hatte, verfügten die Rebellen über den Vorteil, dass Warwicks Armee in die aufgehende Sonne blickte. Einige Landsknechte beschatteten mit den Händen ihre Augen.

Hinter den Arkebusieren postierten sich weitere Landsknechte, ihre zwölf Fuß langen Piken haltend. Und hinter ihnen Reiter, dann Fußsoldaten. Abgesehen von den Befehlen der Kommandanten jeder Seite war es außerordentlich still. Während sogar Warwicks Fußsoldaten Brustharnische und Helme trugen, fehlte es vielen Rebellen – plötzlich waren sie für mich nicht mehr »unsere Männer«, wie mir auffiel – an Rüstungen.

Ein Reiter preschte an den Reihen von Warwicks Soldaten entlang und blieb neben den Landsknechten stehen. Er trug eine Fahne bei sich, das Emblem eines Bären, der an einen entasteten Baum gekettet war; Bär und Baumstamm, Warwicks Emblem. Und dann erblickte ich den Grafen selbst, der in glänzender Rüstung durch die Reihen ritt. Ich hatte ihn vor vier Jahren kurz gesehen, in Portsmouth, und erkannte sein fahles Gesicht und den schwarzen Spitzbart. Damals hatte er eine wesentliche Rolle gespielt, als man zu verhindern suchte, dass die französische Flotte in Hampshire einfiel; er galt als ein großer Feldherr zu Wasser und zu Lande. Unweit der vordersten Linie blieb er stehen, betrachtete den Graben, die Pfähle und uns, die wir aneinandergekettet dahinter standen, und alles mit demselben harten, berechnenden Blick. Dann schaute er hügelaufwärts auf die Rebellen, bevor er kehrtmachte und zurückritt. Als das Kriegsschiff *Mary Rose* sank, dachte ich, war es binnen weniger Minuten geschehen, wogegen diese langsame Aufstellung mich endlos dünkte. Ich bemühte mich, dem Schlottern meiner Knie Einhalt zu gebieten. Nicholas neben mir ergriff meinen Arm. »Mut«, flüsterte er.

»Falls dies das Ende ist«, sagte ich, wobei mir vor Rührung und Furcht fast die Stimme brach, »sollst du wissen, dass ich niemals bessere Freunde hatte als dich und Barak.«

»Und ich hätte mir keinen besseren Lehrer und Freund wünschen können. Aber haltet ein, noch sind wir am Leben.«

Einer der Angeketteten, Dale, der auf dem Weg nach Dussindale über unsere Lage gespottet hatte, lachte auf. »Ein Bär, an einen Baum gekettet. Genau wie wir im Grunde. Was das wohl zu bedeuten hat?«

Sein Nachbar fuhr ihn wütend an: »Es bedeutet, dass wir gefangen und gedemütigt wurden und kurz davorstehen, von einer Bauernmeute umgebracht zu werden, der es zupasskäme, wenn alle Menschen gemeine Bestien wären wie sie. Bei Gott, falls wir mit dem Leben davonkommen – ich bin Friedensrichter –, bringe ich sie allesamt an den Galgen!« Er brüllte zu den Landsknechten jenseits des Grabens hinüber: »Helft uns, verflucht! Wir sind Gefangene, auf eurer Seite!«

Keiner von ihnen reagierte. »Es sind fremdländische Söldner«, sagte Dale ungehalten. »Sie verstehen vermutlich gar kein Englisch!« Er lachte abermals, doch jetzt mit einem Unterton der Verzweiflung.

Weitere vier Reiter trabten in voller Montur, Federbüsche auf den Helmen, durch Warwicks Reihen. Einer von ihnen trug eine weiße Friedensfahne. Zwei Soldaten schritten vor ihnen her. Sie hatten eine breite Holzplanke bei sich, welche sie über den Graben legten. Die Reiter mühten sich den Erdhügel hinauf und ritten zwischen den Pfählen über die Planke. Sie würdigten uns keines Blickes und ritten weiter hügelaufwärts auf die Stelle zu, wo Kett und die übrigen Feldherren standen. »Vielleicht bieten sie einen Straferlass«, meinte Dale hoffnungsvoll. Doch die vielen Buhrufe und Schmähungen, die ihnen im Vorüberreiten aus den Reihen der Rebellen entgegenschallten, sagten mir im Voraus, wie das Ganze ausgehen würde.

Wieder galt es zu warten, während Kett mit Warwicks Männern verhandelte. Die letzten Truppen Warwicks kamen gerade aus der Stadt geritten, als ich mit jähem Schrecken zwei unverwechselbare Blondschöpfe unter den Soldaten erspähte. Beide trugen Rüstungen und ihre Schwerter an der Seite und scharten sich mit ihrem Trupp um den Captain. Sie erhielten Befehl, sich unweit der vordersten Linie zu postieren.

Ich sagte: »Ich bin nicht ganz sicher, aber ich meine, dort ist Southwell.«

Boleyn sagte mit dumpfer Stimme: »Und ich würde meine Söhne überall erkennen. Ich glaube, mein Steward Chawry ist bei ihnen. Hier steckt er also.«

»Flowerdew entdecke ich nicht«, sagte Nicholas.

»Er kommt gewiss erst hinterher, wenn die Beute verteilt wird«, versetzte ich bitter.

Warwicks Gesandte ritten den Hügel hinunter; ihre finsteren Gesichter und die neuerlichen Schmähungen aus der Rebellenarmee zeigten, dass ihr Angebot, was es auch gewesen sein mochte, zurückgewiesen worden war. Ich spürte die erneute Anspannung der Männer neben mir, als sie wieder an uns vorbeiritten und zurück auf Warwicks Seite.

Unversehens ertönte Kanonendonner von der Rampe der Rebellen. Wir sahen zwar die Kugel nicht, hörten sie aber vorbeipfeifen. Im selben Moment zerbarsten das Bein des Fahnenträgers und die Schulter seines Pferdes in einer Blutfontäne. Beide stürzten tot zu Boden, und die Fahne fiel in den Staub.

Hinter uns wurde ein Ruf laut, der sich durch die Reihen fortpflanzte: »Auf in den Kampf!«

Mit Donnerschlägen und Getöse feuerten beide Seiten aus allen Rohren, wobei die höhere Position sowie die Menge an Kanonen aufseiten der Rebellen unter Warwicks Streitkräften große Verwüstung anrichteten. Männer und Pferde stürzten unter gellenden Schreien zu Boden, Kanonenkugeln schlugen im Boden ein und rissen die Männer ringsum in den Tod. Hinter uns ertönten weitere Befehle, Pfeile pfiffen über uns hinweg und landeten auf Warwicks Seite, neuerliche entsetzliche Schreie auslösend.

Dann entzündeten die Arkebusiere ihre Pulverpfannen. »Auf den Boden!«, schrie Nicholas – die Pflöcke, die uns zu beiden Seiten festnagelten, verhinderten, dass wir uns lang hinwarfen, und so sanken wir in die Knie. Mit ohrenbetäubendem Getöse feuerten die Arkebusiere, und ein Kugelhagel, der jede Vorstellung überbot, schlug hinter uns in den Reihen der Rebellen ein. Obschon die Söldner, wie ich meinte, uns tunlichst zu vermeiden trachteten, stürzten am Ende der Reihe mehrere Männer, von Kugeln zerrissen, zu Boden, wobei Blut und Gedärme aus ihren Leibern quollen. Einige Geschosse durchschlugen die Kette, dass die Funken stoben. Viele der berittenen Rebellen hinter uns wurden vom Kugelhagel getroffen und brachen mitsamt ihren Pferden zusammen. Ich blickte zu Nicholas hinüber, der in die Knie gegangen war und höchst mutig mit aller Kraft versuchte, den Pfahl hinter ihm aus der Erde zu ziehen. »Helft mir!«, rief er. Boleyn und ich stürzten hinzu, hielten die Kette gespannt und halfen ihm ziehen. Wir spürten, wie der Pflock sich im sandigen Boden bewegte, und plötzlich war es geschafft.

»Das andere Ende«, sagte ich atemlos, aber Nicholas zog uns wieder hinunter, da ein neuerlicher Kugelhagel von den Arkebusieren der zweiten Reihe die Rebellen hinter uns traf und wieder mehrere

Reiter niedermähte, die versucht hatten, zwischen den Leichen ihrer gefallenen Kameraden nach vorn zu preschen.

»Die Kette am anderen Ende ist entzwei«, keuchte Boleyn. Und als ich die Reihe entlangblickte, bemerkte ich, dass an der Stelle, wo die erschossenen Edelleute lagen, auch die Kette an mehreren Stellen geborsten war und nicht mehr am Pflock hing. Vielleicht hatten die Arkebusiere eigens darauf gezielt.

»Los jetzt!«, rief Nicholas, als ein neuerlicher Pfeilregen auf Warwicks Männer niederging und mehrere Landsknechte zu Fall brachte, die mächtige Schreie ausstießen.

Ganz gewiss wären wir an jenem Morgen alle zwischen den feindlichen Linien gestorben, jetzt nur noch durch den Graben und die Staketen getrennt, wäre Nicholas nicht auf allen vieren davongekrochen, immer weiter nach rechts. Am anderen Ende der Kette taten alle es Nicholas gleich, bis wir – Stunden später, wie es schien – außerhalb der Schusslinie waren und den Abhang hinunterstolperten. Wir krochen einen Grashügel hinauf, auf der anderen Seite wieder hinunter, und taumelten in einen der vielen offengelegten Kaninchenbaue, welche die Heide überzogen. Die Tiere waren bereits vor Wochen ausgegraben worden. Da verfing sich weit vorne einer der Männer mit dem Fuß in einem Kaninchenloch, stürzte zu Boden und riss alle anderen mit sich. Unter dem Gewicht der vielen Männer gab der Untergrund nach, der schon ausgehöhlt war von den Versuchen, die Kaninchen mit Schwarzpulver herauszutreiben, und wir fanden uns in einer seichten Erdsenke wieder. Nicht weit hinter und über uns hörten wir den ungeheuren Schlachtenlärm, die gellenden Schreie, ohrenbetäubenden Gewehrsalven und Kanonenschläge. Wir drückten uns zu Boden, darauf wartend, dass Ketts Männer uns verfolgen und töten würden, doch nach etlichen Minuten wurde klar, dass sie uns vergessen hatten.

Keuchend blickte ich um mich. Vor uns fiel das Gelände zur Stadtmauer hin ab, die näher war, als ich gedacht hätte, und deren Tore in den Tagen zuvor durch Kanonenschläge zu Bruch gegangen waren. Einige von Warwicks Männern standen auf der Mauer. Sie hätten uns ohne weiteres über den Haufen schießen können, schienen aber zu wissen, wer wir waren. Vorerst waren wir also in Sicherheit.

»Danke«, sagte ich zu Nicholas. »Du hast uns gerettet.«

»So viel zu Euren rebellischen Freunden«, sagte Boleyn zornig. »Sie haben Euch am Ende betrogen.«

»Nein«, entgegnete ich. »Das war Michael Vowell.« Ich seufzte. »Diese Männer kämpfen, weil sie den Versprechungen nicht mehr glauben. Wer kann es ihnen verübeln?«

»Ich kann das«, sagte einer neben mir. »Diese Bestien, diese Hunde, diese elenden Knechte und Verräter, verrecken sollen sie!«

Dale lachte wieder – diesmal schrill und leicht zittrig. Er sagte: »Wisst ihr, wie Ihr ausseht mit euren schmutzigen Gesichtern?« Sein Lachen wurde zum blutigen Röcheln, als ein halbes Dutzend Pfeile auf uns herabregnete, von denen einer ihn mitten ins Herz traf und augenblicklich tötete. Ein zweiter nagelte einen der Männer mit dem Arm am Boden fest. Hilflos schreiend lag er da, während sich sein Blut in den sandigen Boden ergoss.

»Wir müssen zurück in die Stadt«, keuchte Nicholas. »Könnten wir doch diese verfluchte Kette abschütteln!« Er war auf natürliche Weise zum Anführer geworden, und viele Gefangene drehten sich sogleich auf den Rücken, verzweifelt versuchend, die Kette durch die Haspen ihrer Schlösser zu schieben, doch in den meisten Fällen waren die Kettenglieder zu breit. Bald war durch das frenetische Drücken und Ziehen manch ein Handgelenk blutüberströmt. Nicholas jedoch gelang es schließlich, die Kette abzustreifen, mir ebenso, Boleyn neben uns dagegen nicht.

»Wir sollten versuchen, auf die Stadtmauer zuzurennen«, rief ich.

»Nein«, antwortete Nicholas. »Der Hügel über uns und diese flache Grube bieten ein wenig Deckung, aber wenn wir losrennen, sind wir von der Rebellenseite aus zu sehen, und der nächste Pfeilregen wird noch dichter.«

Er hatte recht. Wir blieben also liegen und warteten ab. Dass nur wenige Schritte weiter die Schlacht tobte, wurde uns erneut bewusst, als von Warwicks Seite ein Pferd, scheu geworden von den

Pfeilen, die seine Flanke getroffen hatten, über den Grasbuckel preschte und nur wenige Fuß von uns entfernt schreiend zu Boden stürzte. Der Reiter war tot. In seiner Seite steckte ein Speer, und aus der Wunde ergoss sich ein Schwall roten Blutes. Nicholas, auf allen vieren kriechend, nahm sich das Messer des Reiters und schnitt dem Pferd die Kehle durch, damit seine Schmerzensschreie nicht auf uns aufmerksam machten. Einer von den Angeketteten kroch ebenfalls herüber, griff sich den Helm des Toten und setzte ihn auf.

»Was geschieht da draußen?«, rief jemand in panischer Furcht.

Neuen Mut fassend, kroch ich langsam aus der flachen Grube den Buckel hinauf. In der Hoffnung, der Mann, der dem Soldaten den Helm abgenommen hatte, werde ihn mir borgen, streckte ich ihm die Hand hin, doch er sah mich nur trotzig an.

Froh, dass mein weißes Haar und mein Gesicht schmutzgeschwärzt waren, spähte ich über den Hügelrand. Das Grauen, das sich meinem Blick bot, ist fast nicht zu beschreiben. Warwicks Männer hatten sowohl den Graben als auch die Pfähle überwunden. Dort sah ich einige aufgespießte Leiber. Auf dem Schlachtfeld fochten Tausende im Nahkampf miteinander und bewegten sich dabei so flink, dass ich mit den Augen kaum zu folgen vermochte. Das Gebrüll der Kämpfenden, die Kanonenschläge, das Gewehrfeuer und das wilde Gewieher der Pferde vermengten sich zu einem ohrenbetäubenden Lärm. In enger Formation gingen die Landsknechte mit ihren langen Piken auf die Rebellen los. Diese konnten mit ihren Schwertern oder Hellebarden nicht dagegenhalten und wurden zu Dutzenden durchbohrt. Doch immer noch hagelte es Pfeile aus den Reihen der Aufständischen, feuerten ihre Kanonen auf Warwicks Artillerie; ich sah, wie ein Soldat von einer Kanonenkugel zerfetzt wurde. Andernorts auf dem Schlachtfeld hieben und stachen die Gegner mit Schwertern und Stangenwaffen aufeinander ein – ein Rebell schnitt einem von Warwicks Männern mit einer Sense den Kopf ab, ehe er selbst von einem Schwert durchbohrt wurde. In der Mitte des Getümmels schlugen jeweils drei, vier Soldaten von jeder Seite heftig aufeinander ein, Schwerter gegen Hellebarden und Speere, ein Hauen und Stechen, die fehlenden Rüstungen aufseiten der Rebellen ein Nachteil in solchem Handgemenge. Viele, die noch miteinander fochten, standen auf den Leichen der Soldaten und Pferde. Der Boden war von Blut getränkt, sein Geruch stieg mir in die Nase und mischte sich mit dem Gestank nach Exkrementen, der von zerschossenen Gedärmen herrührte. Ich kroch behutsam zurück.

»Welche Seite gewinnt?«, fragte ein Gefangener.

»Keine«, antwortete ich grimmig.

Wir lagen stundenlang in Deckung, während hinter uns die Schlacht weiter tobte. Die Sonne stand im Zenit, und wir waren vor Durst völlig ausgetrocknet, was natürlich nichts war im Vergleich zu dem, was die Männer auf dem Schlachtfeld erleiden mussten. Einmal kam ein Rebell über den Grasbuckel gewankt und betastete verzweifelt sein Gesicht; sein Unterkiefer war ihm weggeschossen worden. Er stolperte in ein Kaninchenloch, rollte den kleinen Hügel herab und blieb bäuchlings liegen. Die entsetzlichen Gurgellaute, die er ausstieß, verstummten bald. Gleich darauf rieselte ein dünnes rotes Rinnsal den Abhang herunter. Wir sahen verdutzt hin, ehe wir begriffen, dass es Blut vom Schlachtfeld war.

Aus den Geräuschen über uns schloss ich, dass die Schlacht sich bewegte, zuerst fort von uns, als Warwicks Armee vorrückte, dann zu uns zurück, als die Rebellen zum Gegenangriff ausholten. Mit der Zeit schien sich das Getümmel endgültig weiter nach oben zu verlegen. Der Mann, der dem toten Soldaten den Helm abgenommen hatte, lag in einer Art Stupor da. Ich kroch zu ihm hinüber und nahm ihm ungeachtet seines wütenden Aufschreis den Helm vom Kopf. Ich setzte ihn selbst auf, bestrich mir Haare und Gesicht mit Erde und kroch erneut den Grasbuckel hinauf.

»Lasst *mich* gehen«, sagte Nicholas.

»Nein, ich muss sehen, was vor sich geht.« Ich kroch abermals nach oben und spähte über den Rand.

Das Schlachtengetümmel hatte sich in der Tat von uns fortbewegt, in Richtung des Wagentrosses, wo die Bogenschützen Stellung bezogen hatten. Einige lagen tot hinter den umgekippten Wagen, die meisten aber schossen noch immer ihre Pfeile ab. Unterhalb wurden die Nahkämpfe fortgesetzt, wobei die Kommandanten ihren Männern zuriefen, sie sollten in der Formation bleiben. Zwischen den Kämpfenden und meinem Standort lagen Haufen toter Pferde und Männer, viele in Stücke gehackt wie Fleischbrocken. Mehrere hundert Soldaten wurden von einem der Offiziere Warwicks versammelt, Captain Drury, wie ich meine, darunter Landsknechte mit Arkebusen und Piken, während anderswo auf dem Feld einige Männer zwischen den Leichen einherwankten, verwundet oder vor Entsetzen irrsinnig geworden. Eine Gruppe Rebellen hatte einen kleineren Trupp von Warwicks Fußsoldaten umzingelt, die sich verzweifelt wehrten, Rücken an Rücken stehend. Ich kroch wieder zurück.

»Die Rebellen befinden sich im Rückzug, kämpfen aber noch«, sagte ich zu Nicholas und Boleyn, der noch immer an die Übrigen gekettet war.

»Ihr klingt, als täten sie Euch leid«, sagte Boleyn.

»So ist es auch«, antwortete ich leise. »Selbst jetzt noch.«

Plötzlich ertönte über uns eine Stimme, dass alle in der Grube auffuhren und nach oben blickten. Ich ebenso, und da sah ich zu meinem Entsetzen dreckig und blutbesudelt Gerald und Barnabas Boleyn dort stehen, Schulter an Schulter, behelmt und geharnischt, die Schwerter in den Fäusten. Sie grinsten froh, wie nach einer Treibjagd. Indem sie ihre Kompanie verließen, um uns aufzuspüren, missachteten sie die Befehle – aber wann hatten sich die Zwillinge jemals um Befehle geschert?

»Tja, Gerry«, sagte Barnabas, und sein Narbengesicht verzog sich zu einem breiten Grinsen. »Du hattest recht. Sie waren es tatsächlich, am Ende der Reihe.«

Gerald beäugte uns mit wölfischem Blick. »Ich erkannte die krumme Gestalt des Buckligen. Und neben ihm die anderen zwei, unser lieber Vater und der lange Schlaks. Wo ist der Einarmige?«

John Boleyn entgegnete wütend: »Unten in Norwich, tot, soweit wir wissen.«

»Sicher hat er für die verfluchten Rebellen gekämpft.«

»So ist es«, antwortete ich.

»Wir hier sind alle von Stand«, sagte einer der Angeketteten kläglich. »Befreit uns, bringt uns nach Norwich zurück.«

Gerald warf ihm einen gleichgültigen Blick zu. »Auf mich und meinen Bruder wartet die Schlacht. Doch da sich die Kämpfe verschoben haben, wollten wir nachsehen, wo ihr Ratten euch verkrochen habt.« Er blickte seinen Bruder an. »Das ist die Gelegenheit, sie alle umzubringen: unseren Vater, der unsere Mutter ermordet hat, und seine verfluchten Anwälte.« Er blickte die Angeketteten drohend an. »Und ihr haltet gefälligst das Maul, hört ihr? Wir machen lediglich einen Mörder und ein paar Anhänger der Rebellen unschädlich.«

»Sonst kriegt ihr den Zorn von Sir Richard Southwell zu spüren«, fügte Barnabas hinzu. Viele der Edelleute schüttelten die Köpfe, dass die Kette rasselte, was die Zwillinge komisch fanden.

Mit erhobenen Schwertern stiegen die beiden zu uns herunter. Da hatten wir wie durch ein Wunder die Schlacht überlebt, und jetzt sollten wir von der Hand dieser Elenden sterben.

»Unser Vater zuerst!«, befahl Gerald, der wie immer das Sagen hatte. Er hielt sein Schwert über Nicholas und mich, während sein Bruder auf Boleyn zuhielt.

»Ich habe eure Mutter nicht getötet!«, rief Boleyn verzweifelt. »Wir wissen jetzt, wer es war.«

Gerald hatte bereits zum Todesstoß ausgeholt, doch jetzt zögerte er. Dieser kurze Moment war sein Verhängnis, denn ein Pfeil, von der Stadtmauer auf ihn abgeschossen, traf ihn mitten in die Stirn. Das Schwert glitt ihm aus der Hand, und er fiel um wie ein gefällter Baum.

Barnabas starrte fassungslos auf seinen Bruder, schien nicht zu begreifen, was gerade passiert war. Dann machte er seiner Verzweiflung in einem gellenden Schrei Luft. Er tat einen Schritt auf seinen toten Bruder zu und blickte zur Stadtmauer. Die Soldaten hatten zwei Männer gesehen, die es auf die Gefangenen abgesehen hatten; sie für Rebellen haltend, hatten sie Gerald erschossen. Mit dem erhobenen Schwert hatte er ein gutes Ziel abgegeben. Barnabas warf sich schreiend auf Geralds Leiche, nahm Geralds Gesicht in beide Hände, schrie und stöhnte in seiner Verzweiflung, ohne auch nur eine Träne zu vergießen. Aus Geralds Stirn ragte grotesk der Pfeil. Es war fast kein Blut zu sehen.

Nicholas tat einen Satz, griff sich Geralds Schwert und ging wieder in Deckung. Im selben Moment bohrte sich ein weiterer Pfeil in den Boden neben Barnabas. Der stand auf, starrte wild um sich, und nach einem letzten verstörten Blick auf seinen Bruder erklomm er die Anhöhe und verschwand im Schlachtengetümmel.

Boleyn, der auf dem Boden lag, streckte eine Hand aus nach seinem toten Sohn und zog sie wieder zurück. Sein Kopf sank ihm auf die Brust.

»Wer waren die zwei?«, fragte einer der Gefangenen. Keiner von uns antwortete.

»Rebellen natürlich«, versetzte ein anderer unwirsch. »Wenigstens wissen wir jetzt, dass man uns von der Stadtmauer aus Deckung gibt.«

»Es sei denn, die Kampfzone verlegt sich wieder in diese Richtung«, sagte ein Dritter.

Doch das geschah nicht. Als wir dort lagen, die Sonne den Zenit überschritt und der Nachmittag kam, entfernte sich der Kampfeslärm. Tausende Fliegen waren angelockt worden und ließen sich auf den toten Leibern nieder. Irgendwann wagte ich es erneut, diesmal mit Nicholas an der Seite, den Abhang hinaufzusteigen und über den Rand zu spähen. Der Anblick, der sich uns bot, war entsetzlicher denn je. Die Reihen der Rebellen waren zerschlagen, die Männer flüchteten kopflos vom Schlachtfeld, vorbei an den Kanonen, die jetzt verstummt waren, auf die weiten Flure der Heide zu. Landsknechte und Reiterhorden aus Warwicks Armee setzten ihnen nach und mähten sie erbarmungslos mit ihren Schwertern nieder.

Hunderte wurden auf der Flucht getötet, die Schlacht artete in ein Gemetzel aus. Nur an einer Stelle, bei dem Tross, der den Bogenschützen als Abschirmung diente und dessen Wagen jetzt einen Halbkreis bildeten, um besseren Schutz zu bieten, focht ein großer Trupp Rebellen unbeirrt weiter, schoss Pfeile ab und streckte jeden Gegner nieder, der versuchte, die Wagenburg zu erklimmen.

»Sie schlachten die Flüchtenden ab wie Tiere«, sagte Nicholas.

»In ihren Augen sind sie ja auch Tiere.«

Wir ließen uns den Hügel wieder hinuntergleiten und gaben unsere Beobachtungen an die Edelleute weiter. Einige stießen heisere Jubelrufe aus. Mittlerweile war es noch mehr Männern gelungen, die Kette abzustreifen, und nun wagten sie sogar aufzustehen. Einer sagte: »Auf nach Norwich. Endlich sind wir gerettet.« Sie liefen stolpernd in Richtung der Stadtmauer und hielten auf die Lücke zu, die vor Tagen eine Kanonenkugel der Rebellen geschlagen hatte. Jetzt wurde sie von Warwicks Soldaten geschützt. Auch Nicholas und ich hätten gehen können, aber wir mussten das Ende sehen.

❖

Die von uns noch übrig waren – etwa zwanzig – lagen erschöpft auf der Erde. Nach einer Weile kletterten Nicholas und ich noch einmal den Abhang hinauf. Das Gefecht zwischen den Rebellen hinter der Wagenburg, etwas über tausend, und Warwicks Truppen war zu Ende. Mehrere Offiziere von jeder Seite standen beisammen und führten die Verhandlungen. Nirgendwo wurde mehr gekämpft; gefangene Rebellen wurden zusammengetrieben.

Ein Reiter ritt auf die Kanonen zu. Ich versuchte Kett und seine Kommandanten auszumachen, sah aber niemanden. Wieder ließen wir uns langsam nach unten gleiten. Mittlerweile schmerzte mein Rücken ganz entsetzlich. Wenigstens stand die Sonne schon tiefer, so dass die Hitze allmählich erträglicher wurde. Boleyn kauerte noch immer vornübergebeugt auf der Erde und starrte auf Geralds Leiche wie auf eine sonderbare, unbekannte Kreatur, Drache oder

Einhorn, und machte keinerlei Anstalten, die Fliegen zu verscheuchen, die sich auf dem Gesicht seines toten Sohnes tummelten. Und ich musste daran denken, wie die Brüder am Galgentag nach dem Tod ihres Vaters gelechzt hatten.

Alle waren erschöpft vor Angst und halb verdurstet; wir lagen trübäugig in einer Reihe. Ich fragte mich, was diese Männer, sobald sie sich erholt hätten, mit ihren Pächtern und Knechten anstellen würden. Im Lager hatte jemand gesagt, das Begnadigungsangebot des ersten Herolds sei eine Lüge, und wer darauf hereinfalle, wähle nichts anderes als Strick und Schlinge für den Galgen.

Wir zuckten zusammen, als über uns Stimmen ertönten, und blickten voller Angst, was uns erwarten mochte, nach oben. Ein Trupp berittener Soldaten, auf deren Rüstungen das weiße Kreuz von England prangte, sah zu uns herunter.

»Da sind sie ja«, sagte einer. Er lachte. »Versteckt in einem Kaninchenbau. Was für ein erbärmlicher Haufen.«

Noch ein Mann ritt heran und blickte auf uns herunter. Captain Drury, den ich zum ersten Mal gesehen hatte, als er vor nunmehr fast drei Monaten in London jenen Schotten gepeinigt hatte. Er grinste.

»Ihr seid in Sicherheit, ihr Edlen aus Norfolk«, sagte er. »Die Schlacht ist vorüber, die verhassten Rebellen versprengt oder tot. Der Graf persönlich hat mit ihren letzten Bogenschützen eine Begnadigung ausgehandelt. Kommt herauf, höchste Zeit, dass Ihr zurückfordert, was Euer ist.«

KAPITEL NEUNUNDSIEBZIG

Die Soldaten mussten uns helfen. Auf der Hügelkuppe angekommen, blickten wir über die vielen tausend Toten auf dem Schlachtfeld. Zur Belustigung der Soldaten mussten etliche Edelleute erbrechen. Man ließ Werkzeug herbeischaffen und die letzten Schlösser entfernen. Ich blickte hinüber zum Wagentross, wo Warwicks Soldaten die Rebellen abführten.

»Man hat sie begnadigt, leider«, sagte ein Soldat, als er Boleyns Schloss entfernte. »Es war ihre Bedingung für die Kapitulation. Der Earl of Warwick kam und hat es ihnen persönlich gewährt.« Auf dem Schlachtfeld durchsuchten die siegreichen Soldaten die Leichen der Gefallenen nach Wertsachen und brachten Harnische und Helme an sich. Ich hielt nach Barnabas Boleyn Ausschau, fand aber keine Spur von ihm.

»Was wird aus Robert Kett?«, fragte ich Captain Drury.

»Er und sein Bruder haben das Weite gesucht, als sie sahen, dass der Kampf verloren war.«

»Ich habe gesehen, wie man mit den Flüchtenden verfuhr«, sagte ich leise. »Wie sie niedergemäht wurden.«

Es war eine unglückliche Bemerkung, denn einer der Edelleute, der vor der Schlacht gegen die Rebellen gewettert hatte, deutete auf mich. »Jener dort ist keiner von uns, er ist ein Anwalt, sogar ein Serjeant-at-law, der Kett zu Diensten war, ihm unter der verhassten Reformeiche bei den Prozessen half.«

Drury maß mich aus zusammengekniffenen Augen. »Ihr habt für Kett gearbeitet?«

»Nicht freiwillig«, entgegnete ich. Es war eine Lüge, aber ich hatte mittlerweile erkannt, dass ich in den folgenden Tagen und Wochen noch viele Lügen würde erzählen müssen, wenn mir daran gelegen war, weiterzuleben. »Ich war in einer Rechtssache nach Norfolk gereist, im Auftrag der Lady Elizabeth, um Master Boleyn hier zu vertreten. Dann wurde ich in die Unruhen verwickelt.«

Ein anderer Edelmann sagte: »Wenn dieser Rotschopf, sein Freund, nicht so geistesgegenwärtig gewesen wäre, den Pfosten her-auszuziehen, der uns zwischen den gegnerischen Linien festhielt, wären wir jetzt alle tot.«

Drury beäugte mich immer noch argwöhnisch. »Diese Sache muss der Earl of Warwick entscheiden. Ihr da« – er wies auf Boleyn, Nicholas und mich –, »ihr kommt mit uns. Die Übrigen gehen nach Norwich.«

Er und zwei seiner Soldaten führten uns ab, vorbei am Schlacht-feld mit seinem unerträglichen Gestank sowie dem unablässigen Sur-ren der Fliegen. Das Blut auf den zahllosen Leichen gerann schon, wurde schwarz. Ich bemerkte auch die flinken braunen Leiber der Ratten, die zwischen den Leichenbergen einherhuschten.

Drury führte uns zu der Kanonenrampe, jetzt von Landsknechten bewacht. Die Geschütze der Rebellen wurden fortgeschafft. Auch einige tote Kanoniere wurden beseitigt, und ich erhaschte einen kurzen Blick auf das bleiche Totenantlitz von Peter Bone auf einer hölzernen Bahre, ehe sein Leichnam mit den anderen auf den Hü-gel unterhalb der Kanonenrampe gekippt wurde. Der Letzte seiner Familie, abgesehen von dem Neffen, den er nie zu Gesicht bekom-men hatte, und der Einzige, der zu der armen Edith Boleyn jemals freundlich gewesen war.

Schwer atmend gewahrte ich einen aufgebockten Tisch, den man auf die Rampe gestellt hatte. Dort stand eine Gruppe hochrangiger Offiziere über eine Landkarte gebeugt. Sie blickten auf, als wir uns näherten. Einer von ihnen – ich erkannte ihn an seiner geschmeidi-gen Gestalt und der dunklen Gesichtsfarbe – war John Dudley, Earl of Warwick; ein anderer, den ich an seinem Wuchs wiedererkannte, war der vierschrötige Sir Richard Southwell. Er blickte unter halb-geschlossenen Lidern hochmütig auf mich herab. An seiner Seite stand John Atkinson, der wild um sich stierte. Seine Miene erinnerte mich an diejenige John Flowerdews: dieselbe Entschlossenheit, alles an sich zu raffen, wonach er gierte, dieselbe Überzeugung, dass er dazu berechtigt sei.

Drury und seine Soldaten verneigten sich vor Warwick, wir ebenso. »Ihr habt heute Großes vollbracht«, sagte der Earl mit seiner tiefen Stimme. »Ich dachte, die Schlacht wäre im Handumdrehen entschieden, aber diese Rebellen haben sich wacker geschlagen.« Er wandte sich an einen seiner Offiziere. »Wir müssen das Schlachtfeld sogleich säubern, sonst bringen die vielen Leichen Seuchen in die Stadt.«

Ich blickte die Anhöhe hinunter, wo Soldaten noch immer damit beschäftigt waren, die zahllosen Leichen zu plündern. Ich hörte einen gellenden Schrei, wandte mich um und sah einen versprengten Rebellen auf der Heide um sein Leben laufen, verfolgt von einem Landsknecht zu Pferde, der sich nach unten beugte und ihm das Schwert durch die Eingeweide trieb. Warwick beobachtete die Szene mit kalter Teilnahmslosigkeit; Southwell grinste. Dann wandte sich Warwick Nicholas, Boleyn und mir zu. »Wer sind diese drei?« Seine Augen wurden schmal. »Etwa Anführer der Rebellen?«

»Nein, Sir«, antwortete Drury. »Alle drei waren bei den angeketteten Edelleuten. Der rothaarige Bursche hat sie offenbar gerettet, indem er den Pflock, an dem die Kette befestigt war, aus dem Boden zog. Dieser hier ist John Boleyn, der wegen Mordes an seiner Ehefrau in Norwich Castle eingekerkert war und auf die Bewilligung eines Gnadengesuchs von Lady Elizabeth wartete. Offenbar gab die Sache in Norwich vor der Rebellion viel Anlass zu Klatsch und Tratsch. Der Bucklige« – er sah mich an – »ist ein Serjeant-at-law, der Kett bei seinen kindischen Prozessen beratend zur Seite stand, behauptet jedoch, man habe ihn dazu gezwungen. Der Bucklige und der Junge sind Boleyns Anwälte.«

»Boleyn wandert wieder in den Kerker«, sagte Warwick mit Bestimmtheit.

Boleyn protestierte: »Mylord, der wahre Mörder meiner Frau ist gefunden.«

»Wir haben noch keinen Beweis«, hielt ich dagegen, denn Michael Vowell war längst über alle Berge.

»Ihr sprecht nur, wenn ihr dazu aufgefordert werdet, alle beide!«, blaffte Warwick. Er sah mich an. »Name?«, fragte er barsch.

»Matthew Shardlake, Serjeant-at-Law.«

»Ihr wart unter Zwang im Lager?«

Ich holte tief Luft. »Mein Gehilfe und ich wurden zu Beginn der Rebellion in Wymondham ergriffen. Wir hatten John Flowerdew, den Feodary, aufgesucht, da Master Boleyns Gemahlin zu Unrecht Geld entwendet worden war.«

Southwell schnaubte verächtlich. »Seiner Buhlschaft, meint Ihr wohl. Dieser Shardlake ist ein lästiger Armenanwalt, allseits bekannt für seine radikalen Ansichten. Wenn Ihr die Rädelsführer morgen an den Galgen bringt, sollte er darunter sein.« Sein Blick auf mich war kalt und eindringlich. Boleyn hätte nicht sagen dürfen, dass Ediths Mörder entdeckt worden war, dachte ich. Schließlich war Southwell selbst in die Sache verwickelt und würde ihm – sowie Nicholas und mir – jetzt mehr denn je nach dem Leben trachten. Und gewiss erinnerte er sich an jenen Morgen, als ich ihm bei der Kapelle begegnet war.

In bescheidenem Ton sagte ich zu Warwick: »Ich wurde, wie gesagt, von den Rebellen gefangen genommen und fungierte auf Robert Ketts Geheiß hin bei besagten Prozessen als sein Berater. Ich hatte keine Wahl; ich tat mein Bestes, die Urteile abzumildern. Mein Gehilfe Master Overton stellte sich offen gegen den Aufruhr und wurde selbst unter der Eiche vor Gericht gestellt.«

»Habt Ihr versucht zu fliehen? Ketts erster Anwalt, Thomas Godsalve, hat sich aus dem Staub gemacht.«

»Wie Ihr seht, Mylord, bin ich nicht mehr der Jüngste und wäre der Flucht rein körperlich nicht gewachsen gewesen.«

Warwick lächelte Southwell kalt zu. »Dann trägt er nicht mehr Schuld als Männer wie Bürgermeister Codd, der zu Beginn gezwungen wurde, den Rebellen zu helfen. Außerdem endeten diese drei mit den übrigen Edelleuten an der Kette. Ich meine, wir müssen über Shardlakes Feigheit, die Rebellen unterstützt zu haben, hinwegsehen. Überall im Land waren Würdenträger mit Aufruhr konfrontiert und beugten sich der Gewalt, um sicherzustellen, dass die Regierung in den Gemeinden fortbestehen kann.«

Erneut meldete sich Southwell zu Wort, noch eindringlicher. »Ich meine, er sollte als ein Rebell hingerichtet werden. Morgen sollen viele am Galgen enden, und er müsste dabei sein.«

»Er ist ein verfluchter Rebell«, wiederholte Atkinson.

»Mylord«, sagte ich, »der Sekretär unseres Lordprotektors, Master William Cecil, kennt mich und weiß um meine Verdienste um das Land. Und ich reichte das Gnadengesuch auf Geheiß einer entfernten Verwandten Master Boleyns ein, der Lady Elizabeth. Vor Ausbruch der Rebellion.«

Warwick wiegte den Kopf, schien aber nicht in dem Maße beeindruckt, wie ich es gehofft hatte. Er wandte sich an Southwell. »Ihr seid dem Manne schon einmal begegnet?«

»Ein Mal.«

»In Gesellschaft von Master Cecil«, sagte ich schnell. Und fügte kühn hinzu: »Ich meine, wir haben uns noch ein zweites Mal gesehen, wo war das nur? Ich gäbe fünfhundert Pfund, wenn es mir wieder einfiele.« Ich zwang mich, Southwell dabei geradewegs in die Augen zu blicken. Zum ersten Mal öffneten seine Lider sich ganz, und er tat einen tiefen Atemzug. Selbst wenn Warwick mich als einen Rebellen hinrichten ließe, hätte ich noch Zeit, ihm reinen Wein einzuschenken. Warwick, dem nichts zu entgehen schien, blickte von einem zum anderen und ahnte zweifellos, dass es hier um etwas Persönliches ging. Und er würde hoffentlich nicht willkürlich Menschen an den Galgen bringen, die über Beziehungen zu Cecil und Lady Elizabeth verfügten. Er überlegte und sagte dann entschlossen: »Wir haben keinen Grund, diesen Mann zu richten, Sir

Richard. Er und der Junge können gehen. Jetzt kommt, wir haben viel zu tun.« Er wandte sich Drury zu. »Gibt es Neues, was Robert oder William Kett anbelangt?«

»Noch nicht, Mylord, aber sie sind gewiss bald gefasst.«

Warwick beugte sich wieder über seine Karten, während Southwells erbarmungslose Augen sich weiter auf mich hefteten. Kühn wandte ich mich erneut an Warwick. »Mylord, verzeiht, wenn ich Euch behellige, aber ich möchte Euch bitten, wie zuvor einen Wachmann vor der Zellentür von Master Boleyn zu postieren. Jemand hat versucht, ihn zu vergiften.« Dabei blickte ich geradewegs Southwell und Atkinson an. Atkinsons Gesichtsmuskeln zuckten, dass seine Muttermale auf und ab hüpften. Warwick folgte meinem Blick.

Er sagte: »Die Sache dünkt mich doch verzwickter, als es den Anschein hat. Nun gut. Sir Richard, solltet Ihr nicht zu Lady Mary zurückkehren, da der Kampf nun vorüber ist, und Eure Angelegenheiten regeln? Shardlake, Ihr und der Junge reitet nach London, aber haltet Euch bereit, über Eure Beteiligung an der Sache nötigenfalls Rechenschaft abzulegen. Verstanden?«

»Jawohl, Mylord. Dürfte ich noch ein paar Tage bleiben? Ich habe Freunde in Norwich und weiß nicht, was aus ihnen geworden ist.«

Der Sache allmählich überdrüssig, zuckte Warwick die Schultern. »Wie Ihr wünscht. Aber seid auf der Hut.«

»Die Lage dort hat sich beruhigt«, sagte Drury. »Wir haben gut daran getan, unsere Rekruten in der Stadt einzuquartieren. Sie sorgen für Ordnung, und ich lasse bereits nach den Leuten in Norwich suchen, die den Rebellen zuarbeiteten. Hätten die Rebellen diese Schlacht gewonnen, wären sie schnurstracks durch die Lücken im nördlichen Teil der Mauer in die Stadt eingedrungen. Das haben wir von denen erfahren, die wir bereits gefasst haben.« Ich holte tief Luft, weil ich an Josephine und Edward Brown denken musste.

Warwick lächelte. »Ja. Unsere Rekruten stammen nicht aus Norfolk, sie werden gewiss für Ordnung sorgen. Freilich sind viele gemeiner Pöbel aus den Dörfern. Hätten wir sie aufs Schlachtfeld gebracht, wer weiß, vielleicht hätten einige die Seiten gewechselt. Durchaus denkbar in diesen turbulenten Zeiten.« Erneut lächelte er geheimnisvoll. »Die noch nicht ganz überstanden sind, wie ich befürchte.« Er rümpfte die Nase. »Herrgott, dieser Gestank, er wird immer schlimmer.«

KAPITEL ACHTZIG

Und so trotteten Nicholas und ich benommen und erschöpft gegen Abend wieder nach Norwich. Nicholas hatte sich Gerald Boleyns Schwert genommen. Wir schritten den Hang hinunter auf das Stadttor zu. Das Schlachtfeld mieden wir. Jeder einzelne Knochen im Leib tat mir weh, mein Rücken war wund, und Nicholas musste mich stützen. Das Bild von Peter Bones totenblassem Gesicht ging mir nicht aus dem Kopf.

Ich fühlte mich außerstande, den Geröllhaufen bis zu der Bresche in der Mauer zu erklimmen, die jetzt von Warwicks Soldaten bewacht wurde. Und so winkten wir dankend ab, als diese uns dazu ermunterten, und gingen stattdessen bis zum Magdalen Gate weiter, um von dort aus in die Stadt zu gelangen. Hätten wir es bloß nicht getan. Ein großer Galgen war davor errichtet worden, an welchem fünf Männer gleichzeitig gehenkt werden konnten. Schlimmer noch, sie karrten die nackten Leichen besiegter Rebellen aus der Stadt und warfen sie vor dem Tor auf einen Haufen. Es waren bereits über hundert. Und von Dussindale her kamen weitere Karren, und man sah die blutbesudelten nackten Gliedmaßen toter Rebellen über die Seiten herabhängen. Ganz in der Nähe begannen Dutzende Tagelöhner aus der Stadt unter den Augen der Soldaten eine große Grube auszuheben – zweifellos ein Massengrab.

Ich betrachtete die Leichen, bleiches Fleisch und rot klaffende Wunden.

»Kommt fort«, sagte Nicholas.

»Ich wollte – wollte sehen, ob vielleicht Barak darunter ist. Großer Gott, weißt du noch, vor drei Jahren, als ich Tamasin sagen musste, dass ihr Ehemann verstümmelt wurde? Muss ich ihr jetzt sagen, dass er tot ist? Womöglich finden wir es nicht einmal heraus, wie sollen wir ihn unter all den Toten finden?« Mir brach die Stimme.

»Kommt weiter. Hier können wir nicht bleiben. Wir müssen uns in Norwich umhören.«

Einer der Soldaten, die neben den Leichenhaufen Wache standen, wurde durch mein Starren auf uns aufmerksam. »Was ist, Buckliger?«, fragte er mit fremdem Akzent, vermutlich aus Lincolnshire. »Hier liegen nur Aufrührer.« Er blickte mich argwöhnisch an und richtete seine Hellebarde auf mich. »Ihr seid doch nicht etwa versprengte Rebellen?« Sein Argwohn war verständlich, da wir beide in einem Maße dreckig, stinkend und zerlumpt daherkamen, wie man es sich ärger kaum vorstellen konnte. Ich entgegnete in meinem vornehmsten Englisch: »Wir sind Anwälte. Die Rebellen hatten uns mit anderen Männern von Stand vor ihre Streitmacht gekettet. Seht her!« Ich hielt ihm die blutig geschürften Handgelenke hin.

»Verzeiht, Sir«, sagte der Soldat, seine Stimme augenblicklich ehrerbietig.

»Wir wollen in die Stadt zurück.« Ich holte tief Luft. »Sie haben schon den Galgen aufgestellt.«

Der Mann grinste breit. »Das ist wahr. Der Earl of Warwick führt morgen in der Burg den Vorsitz bei den Prozessen gegen die Rädelsführer. Sie sollen allesamt gehenkt werden. Einige zudem ausgeweidet und gevierteilt, und zwar hier in der Stadt und an jener verfluchten Reformeiche.«

»Ich verstehe. Danke.

Er wies mit einer Kopfbewegung auf das Schwert, das Nicholas bei sich trug. »Das muss ich Euch freilich abnehmen. Nur Soldaten dürfen in der Stadt bewaffnet herumlaufen.«

Wir bahnten uns den Weg die Magdalen Street entlang, zur Stadtmitte. »Wohin gehen wir?«, fragte Nicholas.

»Ich dachte, wir versuchen es zunächst im Maid's Head.«

Er blickte zweiflerisch drein. »Wir haben ihnen Umstände gemacht beim letzten Mal.«

»Wir können ihnen zeigen, dass wir angekettet waren, wie vorhin dem Soldaten. Schließlich haben wir beide frische Kleider dort. Möglicherweise lassen sie zu, dass wir uns säubern, geben uns vielleicht sogar ein Zimmer, bis wir herausgefunden haben, was mit Barak, Josephine und Edward geschehen ist.« Ich lächelte bitter. »Wir müssen uns wieder in Männer von Stand verwandeln, um zu überleben.«

»Und wenn wir jemandem über den Weg laufen, der oben bei der Eiche in Eurem Beisein von Kett verurteilt wurde?«

»Wir bleiben bei unserer Geschichte: Ich war gezwungenermaßen im Lager und versuchte, die Urteile abzumildern. Außerdem hat Warwick mich persönlich gehen lassen. Nicholas, von nun an werden wir die Wahrheit ein wenig zurechtbiegen müssen. Komm jetzt«, fügte ich unwirsch hinzu, »mein Rücken schmerzt. Ich gäbe ein Königreich für ein Bett.«

Wir blieben auf der Magdalen Street, überquerten den Fluss und erreichten schließlich Tombland. Allenthalben entdeckten wir Spuren der heftigen Kämpfe, die sich hier abgespielt hatten; einige Häuser waren angezündet worden, andere von Kanonenkugeln getroffen. In den Rauchgeruch mischte sich der Gestank von den Leichen, die Warwicks Soldaten mit Hilfe ärmerer Bürger, wohl eigens für die traurige Pflicht rekrutiert, auf Karren luden. War der Tote ein Rebell gewesen, wurde er seiner Kleider entledigt. Tote Pferde wurden in Schlachterkarren fortgeschafft. Über eines jedoch hatte sich schon ein Rudel Hunde hergemacht und es in Stücke gerissen. Ich blickte hinauf zum Mousehold – noch immer stieg hie und da Rauch aus den rußgeschwärzten Resten des verbrannten Lagers. Wenige Bürger waren auf den Straßen unterwegs, aber Soldaten standen in Grüppchen beieinander, nicht wenige betrunken. Wir überquerten die Fye

Bridge und hielten auf unsere Herberge zu. Dort sahen wir noch mehr Spuren der dreitägigen Schlacht um die Stadt – umgestürzte Fuhrwerke, eines mit Pfeilen durchbohrt, zerstörte Gerätschaften, Fetzen von Kleidung und noch mehr Leichen. In Tombland bewachten zahlreiche Soldaten den Platz, die geschlossenen Pforten der Kathedrale sowie Augustine Stewards Haus, an dem die Fahne mit Warwicks Wappen wehte. Ich nahm an, er hatte es zu seinem Quartier in der Stadt erkoren. Einige Häuser weiter war Gawen Reynolds' Hof fest verriegelt.

Wir hielten auf die Herberge zu. Die Türen standen offen, und im Inneren herrschte geschäftiges Treiben: Offiziere aus Warwicks Armee, die plaudernd in der Eingangshalle standen, Bedienstete, die hin und her hasteten. Master Theobald, der die Aufsicht führte, sah zwei schmutzige, zerlumpte Kreaturen eintreten und kam uns mit grimmigem Blick entgegen. Als er jedoch vor uns stand, weiteten sich seine Augen. »Master Shardlake?«

»Ja.«

»Ich dachte, Ihr wärt im Lager.«

Wieder zeigte ich ihm meine Handgelenke. »Wir waren unter den Angeketteten, die man heute Morgen Warwicks Armee entgegenschickte.«

»Grundgütiger, ich hörte davon, mochte es aber nicht glauben. Diese dreckigen Hunde, wie können sie es wagen! Gott sei Dank ist nun der Spuk vorbei. Jetzt enden viele am Galgen, und das ist gut so.«

»Ich habe noch einige Habseligkeiten hier; ich frage mich auch, ob wir uns vielleicht säubern dürften, eventuell sogar ein Zimmer nehmen, sofern noch eines verfügbar ist. Wir müssen noch ein, zwei Tage in Norwich bleiben, ehe wir nach London heimkehren.«

»Ich habe Eure Sachen sicher verwahrt, Sir. Ihr könnt heute in Eurem alten Zimmer nächtigen, nur müsst Ihr es teilen – die übrigen Räume sind belegt, zumeist von den Offizieren des Earl of Warwick. Sie sind gerade nicht im Haus, haben Angelegenheiten in Dussindale und in der Stadt zu erledigen. Ihr habt gewiss den verheerenden

Zustand gesehen, in dem sich unsere Stadt befindet, noch schlimmer ist es unten am Marktplatz. Unrat und Unflat allenthalben, und Tote überall, ein wahrhaft schauriger Anblick.« Er beugte sich näher. »Morgen jedoch müsst Ihr abreisen, denn der Earl hat sich das Maid's Head zum Hauptquartier auserwählt, während er die Angelegenheiten der Stadt regelt. Gebt acht auf Euch nach Einbruch der Nacht – einige der Soldaten sollen Städter ausfindig machen, welche die Rebellen maßgeblich unterstützten. Sie waren nicht zimperlich mit der Bevölkerung.« Wieder dachte ich an Edward und Josephine – die Häscher hatten gewiss längst die Namen und Personenbeschreibungen derer, die sie suchten. Womöglich hatte sogar Michael Vowell die Informationen an Warwick weitergegeben.

Ich fragte Master Theobald, ob Briefe für uns eingetroffen seien, doch es war schon seit zwei Wochen keine Post mehr gekommen. Wir gingen hinauf in unser altes Zimmer – es wiederzusehen war ein seltsames Gefühl –, und man brachte uns Bottiche mit warmem Wasser. So konnten wir den schlimmsten Schmutz fortwaschen, der an uns klebte, und legten wieder standesgemäße Kleider an. Auch etwas zu essen brachte man uns, und wir machten uns gierig darüber her. Anschließend streckte ich mich auf dem Bett aus und seufzte ob der Wohltat für meinen Rücken. »Was hältst du von Warwick?«, fragte ich Nicholas.

»Ein starker Mann. Ein geborener Feldherr und ungemein schlau. Wahrscheinlich politisch versierter als der Protektor, obwohl das keine Kunst sein dürfte.«

»Einer jener harten Männer, wie sie zu Heinrichs Zeiten typisch waren«, sagte ich nachdenklich. »Er sagte, die turbulenten Zeiten seien noch nicht vorbei. Was mag er damit gemeint haben? Angesichts der Aufstände, des Desasters in Schottland, der Kriegserklärung Frankreichs – vielleicht sucht der Thronrat bald nach einem neuen Regenten.« Ich seufzte. »Gib mir eine halbe Stunde, dann machen wir uns auf die Suche nach Barak und den Übrigen. Und bevor wir Norwich verlassen«, fügte ich grimmig hinzu, »statten wir Master Gawen Reynolds noch einen Besuch ab.«

Nicholas blickte aus dem Fenster und auf den Kirchhof gegenüber, an der Ecke Elm Street. Es dämmerte bereits. Er sagte: »Ich glaube nicht, dass Ihr noch ausgehen solltet, Sir, Ihr müsst Euch ausruhen. Ich borge mir eine Laterne und sehe zu, was ich herausfinden kann.«

Ich wollte, dass er ging, musste unbedingt wissen, was aus Josephine und Edward geworden war, aus Isabella und vor allem aus Barak. Doch ich warnte ihn: »Der Wirt sagte, in der Dunkelheit lauerten Gefahren.«

»Aber nicht für einen Gentleman, jetzt nicht mehr. Ich trage meine Robe. Sollte ich auf Soldaten stoßen, genügt es doch, ihnen die Handgelenke zu zeigen – sie scheinen zum Ehrenabzeichen zu werden.«

Es war stockdunkel, als Nicholas mich wach rüttelte; er hatte eine Kerze neben meinem Bett entzündet. Ich richtete mich mühsam auf. »Wie spät ist es?« Ich blickte zum Fenster, hörte betrunkenes Gegröle. In der Nähe gellte der verzweifelte Angstschrei einer Frau.

»Nach Mitternacht. Master Theobald hatte recht, in der Stadt herrschen raue Sitten. Die Soldaten aus Dussindale glauben, die armen Leute in Norwich seien allesamt mit den Rebellen im Bunde. Ich sah auch viele Gefangene aus Dussindale. Sie wurden zum Guildhall-Gefängnis und zum Burgverlies geführt. Barak war nicht darunter.«

»Bist du wohlauf?«

»Meine Kleidung und Sprache bewahrten mich vor Verdruss, ich kam bis zum Marktplatz.« Er lächelte und winkte jemanden herbei. Zu meinem Erstaunen trat Isabella Boleyn ins Kerzenlicht. Sie wirkte müde und ausgezehrt, ihr Gewand war schmutzig, doch sie war unversehrt. Sie ergriff meine Hand.

»Ihr seid am Leben«, sagte ich.

»Ja, als sie meinen Ehemann holten, musste ich das Gefängnis verlassen, aber Gott sei Dank fand ich Zuflucht in der Herberge, in der ich zuvor gewohnt hatte. Nicholas sagt, mein Mann sei gerettet und sei nun wieder auf der Burg.«

»So ist es. Auf Warwicks Befehl hin. Und wir haben viel herausgefunden.« Ich erzählte Isabella, was Peter Bone und Michael Vowell uns offenbart hatten. Das falsche Alibi ihres Mannes sparte ich aus. Boleyn sollte es ihr selbst erzählen.

»Dann war Chawry unschuldig. Ich dachte schon, *er* sei für alles verantwortlich.« Sie lächelte traurig.

»Ich auch.« Dass auch sie verdächtig gewesen war, behielt ich für mich. »Euer Ehemann hat ihn kurz gesehen, in Dussindale. Ich weiß nicht, ob er überlebt hat. Die Zwillinge waren auch dort. Sie machten uns ausfindig und wollten uns töten, stattdessen starb Gerald, von einem Pfeil tödlich getroffen. Barnabas schien darüber so verstört, dass er sich wieder in die Schlacht stürzte. Was aus ihm geworden ist, weiß ich nicht.«

Sie senkte den Blick. Nach einem Augenblick sagte sie: »Ich spüre keinerlei Trauer, nur Erleichterung. Ist das Sünde?«

Nicholas nahm ihre Hand. Er wirkte hohläugig und erschöpft. »Nein, Isabella, nicht nach all dem, was Gerald Euch angetan hat.«

Sie erblickte sein Handgelenk und berührte es sanft. »Armer Junge, wie hat man Euch übel mitgespielt! Und auch Euch, Master Shardlake. Ich stehe so tief in Eurer Schuld!« Sie ließ sich auf einen Stuhl sinken und brach in Tränen aus. Ich mühte mich aus dem Bett. »Jetzt ist es vorbei, Isabella, zumindest beinahe.«

Seufzend stand sie auf. »Nicholas hat mir für diese Nacht ein Zimmer neben dem Euren besorgt. Ich sollte hinübergehen, mich ein wenig zurechtmachen und morgen zu meinem Mann auf die Burg gehen.« Sie machte einen Knicks und verließ den Raum.

»Gibt es Nachricht von Barak oder den Browns?«, fragte ich Nicholas.

»Leider noch nicht. Bevor ich nach Isabella Ausschau hielt, ging ich hinunter nach Conisford. Der Hinterhof, in dem Edward und

Josephine lebten, ist gestern abgebrannt. Keine Spur von den beiden oder dem Kind.«

»Gewiss suchen sie nach Edward, er gilt als Rebell.«

»Vielleicht sind sie aus der Stadt geflüchtet. Wie viele nach den Kämpfen.«

»Hoffentlich. Und was ist mit Jack?«

»Ich habe mehrere Leute nach einem Einarmigen gefragt, der in Norwich an den Kämpfen beteiligt war, sogar ein wenig Geld geboten, aber niemand wusste etwas. Ich erfuhr, dass die Verwundeten beider Armeen in der Kathedrale versorgt werden; vielleicht sind er, Edward und Josephine ja dort. Morgen früh gehen wir hin und sehen nach. Die Stadt ist ein Bild des Grauens«, fügte er leise hinzu. »Die Soldaten feiern in den Straßen, prahlen mit ihren Großtaten, und die vermögenden Bürger kredenzen ihnen Bier und Wein. Auf dem Marktplatz geht es entsetzlich zu – Pferdekadaver, überall Haufen von Kot, die Leichen der fünfzig Rebellen, die Warwick hängen ließ, als er den Platz eingenommen hatte, baumeln dort immer noch an den Galgen.« Er seufzte. »Morgen soll es erneut Massenhinrichtungen geben, allerdings ist in der Kirche St Peter Mancroft auch ein Dankgottesdienst geplant, und die Stadt veranstaltet zu Ehren Warwicks ein Maskenspiel.«

»Wahrscheinlich hat er seinen Soldaten heute gestattet, Dampf abzulassen. So ist es Brauch nach einer Schlacht. Genau wie das Plündern der gefallenen Gegner.«

Nicholas setzte sich auf das Bett. Seine Hände zitterten. »Eines weiß ich jetzt. Natty ist tot. Ich sah, wie sie seine nackte Leiche auf einem Karren aus der Stadt schafften.«

Ich schlug die Hände vors Gesicht. »Oh nein, Gott hab ihn selig!«

»Sie wollen alles, was sie den toten Rebellen abgenommen haben, auf dem Markt verkaufen.« Da vergrub Nicholas sein Gesicht in den Händen und brach in Tränen aus. »Dieser entsetzliche Tag, und dort draußen – als wäre in der Stadt die Hölle losgebrochen.«

Ich sagte leise: »Ich hatte schon lange die Befürchtung, dass es so enden würde.«

»Trotzdem, die Aufständischen haben sich weiß Gott wacker geschlagen, nicht?«

»Für Gemeine?«, fragte ich, halb im Scherz.

»Nein.« Er blickte auf. »Für Menschen.«

Am folgenden Morgen frühstückten wir zum ersten Mal nach fast zwei Monaten wieder im Maid's Head. Isabella war schon fort. Sie hatte uns eine Nachricht hinterlassen, in der sie sich für alles bedankte, was wir für sie getan hatten, und uns wissen ließ, dass sie bereits zur Burg gegangen sei. Ihr Mut und ihre Treue waren in der Tat bemerkenswert. Da mein Rücken noch immer schmerzte, absolvierte ich, ehe wir uns nach unten begaben, meine seit langem vernachlässigten Leibesübungen. Bei Tisch musste ich daran denken, wie oft uns Barak im Juni beim Frühstück Gesellschaft geleistet hatte. Wie auch Toby Lockswood, der ebenfalls verschollen war. Er hatte Nicholas grausam verfolgt, war aber der Sache bis zum Schluss treu geblieben. Ich dachte auch an den tapferen, treuen und braven Natty, der wie viele seinesgleichen voller Hoffnung nach Mousehold gekommen war.

Die Herberge war größtenteils von hochrangigen Offizieren belegt, und so entnahm ich den Gesprächen an den Nachbartischen, dass sich der Earl of Warwick bereits auf die Burg begeben hatte, um die Rädelsführer des Aufstandes unverzüglich zu richten. Viele Offiziere waren detachiert worden, um den Hinrichtungen beizuwohnen, die im Verlaufe des Tages auf dem Marktplatz, vor dem Magdalen Gate und unter der Reformeiche vollzogen werden sollten. Für die Toten von Dussindale wurden weitere Massengräber ausgehoben. Einer der Offiziere sagte allerdings auch, dass sich die Rebellen aus Norwich tapfer geschlagen hätten und dass Ambrose Dudley, Warwicks älterer Sohn, beinahe von einem Pfeil getötet worden wäre. Und an anderer Stelle erfuhr ich, dass sich die Honoratioren der Stadt zu dem Zeitpunkt, als Norwich sich zum großen

Teil noch in der Hand der Rebellen befand, angesichts der massiven Zerstörung mit der Bitte an Warwick gerichtet hätten, er möge den Rebellen die Stadt überlassen; er hatte sich geweigert. Wäre er einverstanden gewesen, hätte der Ausgang gestern auch ein ganz anderer sein können.

Ein Captain trat ins Zimmer, schwenkte den Helm und verkündete laut: »Robert Kett und sein Bruder sind gefasst! Robert hatte auf einem Gehöft in Swannington Zuflucht genommen!«

Lauter Jubel ertönte. Ein anderer Offizier fragte, wann die Brüder hingerichtet würden, woraufhin der Nachrichtenüberbringer entgegnete, sie würden in London vor Gericht gestellt.

»Schade«, sagte ein Mann am Nebentisch, »ich hätte sie gern sterben sehen.«

Mit unseren Anwaltsroben bekleidet, begaben Nicholas und ich uns zu der Kathedrale und erklärten den Soldaten vor dem Tor, dass wir unter den Verwundeten nach Freunden suchten. Sie zögerten zunächst. Erst als wir erklärten, unter den Angeketteten in Dussindale gewesen zu sein, und unsere Handgelenke vorzeigten, tatsächlich gewissermaßen als Ehrenabzeichen, ließen sie uns bereitwillig ein.

Auf dem Weg zur Eingangspforte sagte Nicholas: »Wenn wir sie wirklich unter den verwundeten Rebellen finden, wie erklären wir dann, dass sie unsere Freunde sind?«

»Uns wird schon etwas einfallen. Wozu sind wir Anwälte.«

Das Innere der Kathedrale hatte man wie nach der Schlacht gegen den Marquess of Northampton einen Monat zuvor in ein Lazarett verwandelt, nur lagen diesmal weitaus mehr Verwundete auf dem Boden oder auf groben Strohmatratzen hinter den hohen Säulen, die das Kirchenschiff trugen. Husten und Schmerzensschreie hallten im weitläufigen Raum wider. Die Lager zur Linken wurden von patrouillierenden Soldaten bewacht. Vermutlich handelte es sich bei den Verwundeten um Aufständische. Die Verletzten zur Rechten blieben unbewacht und schienen auch mehr Fürsorge zu erhalten seitens der hin und her eilenden Wundärzte. Als ich unter ihnen Dr. Belys in seiner Arzttracht bemerkte, zog ich Nicholas von ihm fort.

Unweit des Altars saß ein Captain an einem Schreibtisch. Ich schob die Ärmel meiner Robe nach hinten, bedeutete Nicholas, es mir gleichzutun, und schritt auf ihn zu. Der Captain hob den Blick und stand auf. »Wie kann ich Euch helfen, Gentlemen?«, fragte er mit mittelenglischem Einschlag. »Wart Ihr gestern bei den Angeketteten? Wir sahen Euch flüchten und dankten Gott für Euer Entkommen.«

»In der Tat. Wir suchen nach drei Freunden, zwei Männern und einer Frau, die sich während der Kämpfe in Norwich befanden. Da wir sie noch nicht gefunden haben, fragten wir uns, ob man sie vielleicht hierhergebracht und aus Versehen zu den Rebellen gelegt hat. Hier herrschte doch gewiss ein heilloses Durcheinander.«

»Wohl wahr.«

»Seid Ihr aus den Midlands?«, fragte ich. »Ich selbst stamme aus Lichfield.«

Es ist schon erstaunlich, was eine gemeinsame Heimat auszurichten vermag, dachte ich. Der Soldat sagte: »Ich stamme aus Aldrige, ganz in der Nähe. Ich bin Freibauer und leite die Musterungsstelle vor Ort; wir wurden in die Armee des Earl of Warwick einberufen.« Etwas leiser setzte er hinzu: »Die Unruhen erstreckten sich letzten Monat bis zu uns: Der Earl schlug sie nieder, ehe er diese Armee aufstellte.«

»Ich habe den Earl gestern kennengelernt. Ein starker Anführer, wie ich meine.«

Der Captain blickte mich ehrfürchtig an. »Oh ja, beinhart, aber mit gutem Urteilsvermögen.«

»Ich kam im Juni zu den Assisengerichten hierher nach Norwich, zog mir eine Verletzung zu und musste bleiben. Dann gerieten mein Gehilfe und ich in die Hände der Rebellen.«

»Nun gut, sucht nach Euren Freunden. Dort hinten gibt es eine eigene Abteilung für Frauen.« Er wies auf einen Bereich, der durch Vorhänge abgeschottet war. »Wenn Ihr sie findet, müssen sie von mir identifiziert und offiziell entlassen werden.« Wieder senkte er die Stimme. »Wir suchen nach den Rädelsführern, ich habe eine Liste hier.«

»Ich danke Euch.« Barak und Josephine standen gewiss nicht auf der Liste, Edward Brown dagegen schon.

Ich führte Nicholas an den Lagern vorbei. Kaum hatten wir unsere Aufgabe begonnen, als eine vertraute Gestalt, auf der Seite der Rebellen auf einer Strohmatratze sitzend, mir mit seiner Eisenhand zuwinkte und rief: »Heda, ihr zwei! Das wird aber auch Zeit, ich hielt euch für tot!«

»Jack!« Ich rannte auf ihn zu und umarmte ihn, wie er seinerzeit mich umarmt hatte, als er mich nach dem Sinken der *Mary Rose* gefunden hatte. Er ergriff Nicholas' Hand und sagte: »Du siehst aus wie ausgespien, Junge. Herrgott, eure Handgelenke! Wart Ihr bei den Angeketteten? Alle hier reden davon. Wie kam es dazu?«

»Michael Vowell hat uns verraten. Hör zu, wir haben dir viel zu erzählen, aber zuerst müssen wir dich loseisen. Bist du verwundet?« Ich maß ihn mit besorgtem Blick. Er war sehr blass.

»Als wir nach Norwich zurückkehrten, versetzte mir einer von Warwicks Soldaten einen Stoß ins Bein. Nicht schlimm, nur eine Fleischwunde, trotzdem hab ich geblutet wie ein Schwein. Und ob Ihr's glaubt oder nicht, es hat mich glatt umgehauen, im Eingang zu einer Werkstatt. Als sie mich fanden, hatte ich eine Menge Blut verloren, aber sie haben mich wieder zusammengeflickt.«

Ich redete leise: »Dann gibt es nicht wirklich einen Beweis, dass du auf der Seite der Rebellen gekämpft hast?«

»Ich hatte keine Uniform an, aber mein Schwert lag neben mir. Das reichte, um auf diese Seite des Kirchenschiffs gelegt zu werden.« Er schob die grobe Decke beiseite und zeigte mir den Verband an seiner rechten Wade. »Ich werd eine Weile am Stock laufen müssen.«

Ich überlegte. »Vielleicht könntest du behaupten, du hättest das Schwert aufgelesen, zu deinem Schutz.«

»Mit meinem Londoner Akzent?«

»Dann bist du mein Gehilfe, der versehentlich in der Stadt zurückblieb.« Ich lächelte. »Ich glaube, ich kann den Captain hier überzeugen, dass alles nur ein Versehen war.« Ich blickte ihn scharf an. »Aber wenn man dich fragt, musst du sagen, dass du nicht mit den Rebellen im Bunde bist. Klar?«

Barak presste die Lippen aufeinander, nickte dann aber.

»Wir wohnen wieder im Maid's Head, wenigstens noch diesen Vormittag. Du kannst dort etwas essen.« Ich holte tief Luft. »Weißt du, was aus Edward und Josephine geworden ist? Sind sie vielleicht auch hier?«

»Ich glaube nicht, dass Edward hier ist. Oder Natty. Aber seht Euch um. Wer bei den Frauen ist, weiß ich nicht.«

Ich nickte und bedeutete Nicholas mit einem Blick, er möge Barak noch nicht erzählen, dass Natty tot war. Alsdann ging ich an den Reihen der Verletzten entlang, einige mit entsetzlichen Wunden, aber Edward Brown war nicht darunter. Bei den Frauen sagte mir die hübsche, mollige Frau, die hier das Sagen hatte, in freundlichem Ton, dass sie niemand namens Josephine Brown unter ihren Versehrten habe und auch niemand auf die Beschreibung passe, mit oder ohne Kind. Sie selbst sei Hebamme, erzählte sie mir, und herbeigerufen worden, um den Frauen zu helfen, die teils bei den Kämpfen, teils durch Warwicks Soldaten zu Schaden gekommen waren. Diese hätten ihnen Entsetzliches angetan, sagte sie und maß mich dabei mit stählernem Blick. Ich dankte ihr und kehrte zu Barak zurück. Wir halfen ihm auf und brachten ihn, auf Nicholas' Schulter gestützt, vor den Captain, der meine Erklärung akzeptierte. Ich hatte ein schlechtes Gewissen, den Mann zu belügen, aber es musste sein.

Wir kehrten zum Maid's Head zurück. Als wir uns dem Eingang näherten, bemerkte ich, dass gegenüber die Tür zur Kirche halb offen stand.

»Da quiekt doch etwas«, sagte Nicholas. »Hört ihr das nicht? Zu laut für eine Ratte.«

»Klingt wie ein Kind«, sagte Barak.

Ich entsann mich des Angstschreis von letzter Nacht und sagte zu Nicholas: »Geh mit Jack in die Herberge. Ich werfe noch einen Blick in die Kirche.« Als er Anstalten machte, mir zu widersprechen, blaffte ich: »Wird's bald!«

Ich trat langsam durch die halbgeöffnete Pforte. Das Geräusch, das wir gehört hatten, war jetzt lauter geworden, und es war in der Tat ein weinendes Kind, weit hinten in der Ecke neben einem dunklen, blutigen Haufen.

Edward Brown lag auf dem Rücken. Sein Gesicht war zu Brei geschlagen, ein Messerstich in die Brust hatte ihm den Garaus gemacht. Halb über ihn geworfen, als wäre sie bei dem Ansinnen gestorben, ihn zu schützen, lag Josephine. Auch sie war mit Schlägen und Messerstichen traktiert worden. Fast noch schlimmer aber war der Umstand, dass man ihr das Gewand und die Leibwäsche zerrissen und ihren Unterleib entblößt hatte. Das Blut zwischen ihren Schenkeln zeigte, dass sie geschändet worden war, nicht einmal, sondern mehrere Male, bevor man sie mit einem Schnitt durch die Kehle getötet hatte. Ihr toter Arm schlang sich noch immer um Mousy, die, über und über mit Blut besudelt, in den eigenen Ausscheidungen lag und angstvoll schrie.

Ich hörte Nicholas' Stimme hinter mir. »Herrjesus, nein.«

Ich bückte mich hinunter, schob sanft Josephines kalten Arm beiseite, hob Mousy auf und drückte sie an mich. Ich sagte leise: »Es geschah letzte Nacht. Josephine ist mit Mousy vermutlich vor dem Feuer weggelaufen und hat Edward gefunden. Dann haben einige Soldaten, auf der Suche nach den Rädelsführern, sie bis hier herein verfolgt.« Ich wandte mich zu ihm um und fragte scharf: »Wo ist Jack?«

»Liegt in unserem Zimmer. Ich wollte nach Euch sehen. Oh Gott, die arme Josephine, der arme Edward.« Tränen stiegen ihm in die Augen. Wir weinten beide.

Mousy brüllte immer noch aus Leibeskräften. Nicholas strich ihr über das helle Haar, das so sehr dem ihrer Mutter glich. Ich wandte den Blick von den Toten. »Wir müssen dafür sorgen, dass sie gesäubert und gefüttert wird, die arme Kleine.«

»Jack weiß, was zu tun ist. Er hat selbst zwei Kinder.«

»Gut. Und wir müssen eine Amme finden, augenblicklich. Das weiß sogar ich. Nicholas, sag Barak, was geschehen ist, dann geh ins Lazarett zurück und frage die Frau, die für die weiblichen Verwundeten zuständig ist, ob sie eine Amme kennt, sag ihr, es sei dringend! Später finden wir vielleicht eine, die gewillt ist, uns nach London zu begleiten; sie wird gut entlohnt.«

»Ihr nehmt Mousy mit zurück?«

»Wo zum Teufel soll sie denn hin?«, schrie ich und schüttelte den Kopf. »Verzeih, die Sache hat mich völlig – überwältigt.«

»Mich ebenso.« Er blickte noch einmal auf die grauenvolle Szene, ehe er sich entschlossen abwandte. »Ja, wir müssen Mousy retten.« Er verließ die Kirche.

Ich hielt das Kind im Arm; es klammerte sich verzweifelt an mich. Zum Glück war es noch zu klein, um das Entsetzliche zu begreifen, das sich hier abgespielt hatte. Ich warf einen letzten Blick auf meine ermordeten Freunde, verschloss jedoch die Augen vor dem, was man Josephine angetan hatte. Die arme Edith Boleyn kam mir in den Sinn, wie sie kopfüber im Fluss gesteckt hatte, die nackten Beine nach oben gereckt. Bevor wir Norwich verließen, würde ich mit dem Manne abrechnen, der ihr das angetan hatte, ihrem eigenen Vater.

KAPITEL EINUNDACHTZIG

Ich überquerte die Straße und betrat die Herberge. Alle drehten die Köpfe nach dem weißhaarigen Anwalt, der einen mit Schmutz und Blut besudelten schreienden Säugling im Arm hielt. Mousy wehrte sich jetzt gegen mich, brüllte, strampelte, versuchte sich zu befreien. Ich rief einer Magd zu, uns warmes Wasser ins Zimmer zu bringen, ehe ich die Treppe hinaufeilte. Ich hatte recht wenig Erfahrung mit Säuglingen, aber Barak wüsste, was nun zu tun sei.

Er saß mitten im Zimmer. Erschrocken starrte er auf Mousy. »Potz Pestilenz«, fluchte er, »dann ist es wahr, sie sind tot.«

Das Kind, allmählich erschöpft, drohte mir aus den Armen zu gleiten. In panischer Angst sagte ich zu Barak: »Hilf mir, wie beruhigen wir sie?«

Eine Magd erschien, einen Krug Wasser in Händen. Barak sagte entschieden: »Gebt mir Mousy, ich mach sie sauber. Die Schüssel stellt auf den Tisch.«

Ich sah zu, wie er hinüberhumpelte und Mousy wusch. Sie schrie in einem fort, ein haushoher Unterschied zu dem sanften Wesen, das ich gekannt hatte. Dann zog er sein Hemd aus, wickelte sie darin ein und ging mit ihr auf und ab, wobei er leise Koselaute von sich gab. »Sie braucht vor allem Milch«, sagte er. »Und zwar schnell.«

Ich setzte mich hin und sah den beiden zu, immer noch betäubt nach dem jüngsten Schlag. Barak blickte mich ungläubig an. »Nick sagt, Ihr wollt sie nach London mitnehmen.«

»Sie hat doch sonst niemanden. Ich werde sie adoptieren.« Es war mir gerade erst in den Sinn gekommen, aber kaum waren die Worte gesprochen, wusste ich, dass es genau das war, was ich tun wollte.

Es dauerte noch eine volle Stunde, ehe Nicholas zurückkehrte. Er hatte eine Frau um die dreißig bei sich, die über dem groben Wollkleid eine Schürze trug. Sie war klein und füllig, mit einem freundlichen runden Gesicht unter der weißen Haube und großen, klugen blauen Augen, die bei Mousys Anblick augenblicklich sanft wurden. Nicholas sagte atemlos: »Die Frau in der Kathedrale nannte mir diese Frau. Sie ist ihre Base, heißt Liz Partlett, ist eine Amme und hat unlängst ihre Stellung aufgegeben.«

»Könnt Ihr uns helfen?«, fragte ich. »Ich zahle gut.«

»Aber ja«, antwortete sie leise in Norfolker Mundart. »Mein eigenes Kind ist im letzten Frühjahr gestorben, das arme Würmlein, aber ich hab immer noch Milch.« Sie nahm Barak das Kind aus dem Arm. »Na kommt, Ihr haltet die Kleine ja ganz falsch, gebt sie mir, am Ende lasst Ihr sie noch fallen.«

»Wir haben den Schlüssel für das Zimmer nebenan«, sagte ich, »Ihr könnt hinübergehen.«

»Wie Ihr wünscht, Sir«, sagte sie gehorsam und blickte lächelnd auf Mousy hinunter, die sich sogleich beruhigt hatte und instinktiv schon nach ihren Brüsten griff. »Wie alt ist es denn, das arme Kind?«

»Bald sechs Monate.«

»Euer Bursche sagte mir, dass beide Eltern in der Nacht ums Leben kamen.« Sie sah mich forschend an, wobei ihr Blick kurz auf meinen aufgeschürften Handgelenken verweilte. Doch sie sagte nichts.

»Ja. Eine der vielen Tragödien in Norfolk«, setzte ich bitter hinzu. »Ihr Name laute Mary, aber ihre Eltern nannten sie Mousy.«

»Dann komm mit, Mousy.« Sie ging aus dem Zimmer.

»Nick, mein Junge, da hast du scheint's eine Perle gefunden«, sagte Barak.

»Ja«, sagte ich. »Das glaube ich auch.«

❧

Liz war noch nicht lange fort, als Master Theobald zu uns kam. Er blickte uns an und holte tief Luft. »Meine Magd erzählt, Ihr hättet mir ein Kind und eine Amme ins Haus gebracht.«

»Wir hatten keine Wahl. Wir fanden das Kind in der Kirche gegenüber; seine Eltern waren ermordet. Und wir kannten seine Mutter.«

Master Theobald machte große Augen. »Nun ja«, sagte er, »ich fürchte, Ihr müsst dennoch in einer Stunde fort sein. Der Earl of Warwick hat das Maid's Head zu seinem Quartier erkoren, deshalb kann nur bleiben, wer zu seinem Tross gehört. Es tut mir leid. Mag sein, dass Ihr andernorts noch Zimmer findet, am Marktplatz vielleicht. Die meisten Soldaten sind in Bürgerhäusern einquartiert.«

»Wir benötigen frische Pferde, um nach London zurückzureiten«, sagte ich. »Allerdings haben wir nahezu keine Münzen mehr übrig. Würdet Ihr uns helfen?« Er blickte misstrauisch drein, und so ergänzte ich: »Wenn Ihr mir sagt, was wir Euch schulden, unterzeichne ich Euch einen Schuldbrief, und Ihr erhaltet Euer Geld, sobald ich wieder in London bin.« Nach kurzer Pause fügte ich hinzu: »Ich bin ein Serjeant der Anwaltskammer Lincoln's Inn, Ihr könnt mir vertrauen. Ich habe nur keine Barschaften mehr hier, wie viele andere auch.«

Er sah mich an und nickte schließlich. »Nun gut. Ich habe Vertrauen zu Euch, Serjeant Shardlake, trotz der sonderbaren Vorkommnisse, die mit Eurem Aufenthalt hier einhergingen. Und Ihr habt mit den anderen Edelleuten aus Norwich an der Kette gehangen. Ich will Euch Pferde besorgen. Aber versprecht, dass Ihr das Geld und die Pferde sogleich nach Eurer Rückkehr nach London zurücksendet. Versteht mich nicht falsch, aber unser Handel hat sehr gelitten in letzter Zeit.« Er lächelte, gegen seinen Willen. »Und jetzt noch ein Kind.« Er schüttelte den Kopf, verneigte sich und ging.

Wieder allein, schwiegen wir drei eine Weile. Dann sagte Nicholas: »Wir müssen den Mord an Josephine und Edward melden.«

»Sinnlos«, entgegnete ich müde. »Nach Edward wurde zweifellos gesucht. Er galt als einer der Rädelsführer und wurde auf Warwicks Befehl getötet. Und Josephine hat man zum – zum Vergnügen ermordet. Wenn wir Anzeige erstatten, wird nichts unternommen. Es könnte höchstens sein, dass wir über unsere Verbindung mit Edward Rechenschaft ablegen müssen. Nein, falls uns jemand danach fragt, haben wir in der Kirche ein Kind schreien hören und entdeckt, dass es sich dabei um die Tochter meiner einstigen Haushälterin handelte. Das ist alles.«

»Wir könnten wenigstens für ein christliches Begräbnis sorgen«, sagte Nicholas mit brechender Stimme.

Barak hielt unwirsch dagegen: »Kannst du dir vorstellen, wie viele Begräbnisse in dieser Woche hier stattfinden? Nein, wir sollten so bald wie möglich aufbrechen.«

»Aber eines bleibt mir noch zu tun«, sagte ich grimmig. Ich war immer noch fest entschlossen, mit Gawen Reynolds abzurechnen.

Wir fünf machten uns zum Marktplatz auf; Barak, Nicholas und ich sowie Liz Partlett, mit Mousy auf dem Arm. Satt und getröstet, war das arme Kind zum Glück eingeschlafen. Ich sah es an, selbst erstaunt ob des plötzlichen Entschlusses, den ich gefasst hatte. Würde ich dieses Kind ausreichend lieben können, um es zu adoptieren? Mein pochendes Herz sagte mir, dass es möglich war.

Unterwegs bot sich unseren Blicken noch mehr Grauen: ein Karren, der mit blutigen Leichen und abgeschlagenen Köpfen beladen war, wahrscheinlich die Opfer der Hinrichtungen an der Reformeiche. Der Earl of Warwick hatte schon ganze Arbeit geleistet. Seine Beliebtheit bei den vermögenderen Bürgern war offensichtlich; sein Emblem – Bär und Baumstamm – war an viele Türen genagelt worden. Ich fragte mich mit bitterer Ironie, ob er womöglich einen gewissen Vorrat mitgebracht hatte.

Der Marktplatz war noch immer so besudelt, wie Nicholas ihn

beschrieben hatte. Männer aus der ärmeren Schicht mussten den Unrat beseitigen, den Warwicks Soldaten hinterlassen hatten. An den Galgen vor der Guildhall baumelte ein halbes Dutzend Leichen. Eine kleine Menschentraube hatte sich davor gebildet; wahrscheinlich würden bald weitere Männer herbeigeschafft werden, um ihr Schicksal zu teilen. Ich erinnerte mich an den Tag, als ich Boleyn hatte retten wollen, während neben mir die Frau mit der Puppe in Todeszuckungen strampelte. Mir wurde schwindelig, und ich musste mich abwenden. Nicholas drückte meinen Arm.

Wir begaben uns zu Isabellas früherer Herberge, wo wir zu unserer Erleichterung zwei Zimmer erhielten. Ich erklärte dem Wirt, dass wir kein Geld bei uns hätten, doch meine Serjeantenrobe und die zerschundenen Handgelenke, die ich wohlweislich vorzeigte, genügten ihm. »Ich habe viele Offiziere hier«, sagte er zerknirscht, »und nur das Versprechen des gräflichen Schatzmeisters, dass ich mein Geld erhalte. Euer Wort gilt gewiss so viel wie das seine. Und in dieser Woche hat natürlich kein Mittwochsmarkt stattgefunden, also haben auch keine reichen Händler hier genächtigt. Diese Rebellen, verdammt sollen sie sein! Aber am Samstag, so Gott will, kommen wieder Händler in die Stadt.« Er rümpfte die Nase. »Die Soldaten wollen angeblich Dinge feilbieten, die sie den Toten bei Dussindale abgenommen haben.«

Ich wollte Gawen Reynolds unverzüglich aufsuchen, doch Barak und Nicholas meinten, wir alle seien zu erschöpft, es hätte bis morgen Zeit.

»Beim Blute Gottes«, stieß ich unwillig aus, »er ist der letzte Zeuge im Zusammenhang mit Ediths Ermordung – Peter Bone ist tot und Michael Vowell über alle Berge, auf Geheiß des Protektors. Wir brauchen einen lebenden Zeugen.« Doch noch während ich dies sagte, wurde mir erneut schwindelig, und so sagte ich müde: »Also gut, gleich morgen früh.«

»Da wäre auch noch Southwell«, sagte Nicholas. »Er war bis zum Hals in die Sache verstrickt.«

»Du hast ihn in Dussindale gesehen, er ist jetzt Warwicks rechte Hand. Wir können uns nicht selbst mit ihm befassen. Allerdings können wir Parry und Lady Elizabeth über seine Beteiligung informieren und über das Geld, mit dem er Robert Kett bestach, damit sie die Sache an William Cecil weitergeben.« Meine Stimme wurde hart. »Mit Reynolds verhält es sich anders. Ich meine, wir sollten ihn sofort ergreifen.«

»Er läuft uns nicht davon«, sagte Barak ungeduldig. »Er verlässt nicht einmal das Haus. Morgen ist früh genug.«

Ich nickte und ließ mich auf das Bett fallen. Barak und Nicholas, wenn auch jünger als ich, schienen nicht minder erschöpft. Wir waren auf der Rückseite der Herberge und blickten bloß in den Stallhof. Ich war froh, denn ich hatte keinen Zweifel, dass auf dem Marktplatz weitere Hinrichtungen stattfinden würden.

Ich schlief nahezu den ganzen Tag, wachte nur auf, um das Nachtmahl einzunehmen. Anschließend suchte ich im Nebenzimmer Liz Partlett auf. Ich klopfte leise an die Tür für den Fall, dass sie Mousy gerade die Brust gab. Die Kleine lag jedoch tief schlafend auf dem Bett, kleine Milchbläschen an den Mundwinkeln, während Liz danebensaß und nähte.

»Ist sie wohlauf?«, fragte ich.

Sie stand auf und knickste. »Ja, Sir, ich habe das Kind gründlich gewaschen, und sie hat gierig getrunken.« Sie lächelte. »Ich glaube, sie fängt an zu zahnen.«

Ich sah die Amme dankbar an. Sie hatte nicht nachgefragt, wie und weshalb Mousys Eltern zu Tode kamen; es hatte in dieser Woche in Norwich so viele Tote gegeben. Ich beugte mich über das schlafende Kind, sah seine kleinen, runden, und doch so vollkommenen Fingerchen. Ich zögerte kurz und fasste einen Entschluss. »Wir wollen Norwich verlassen und über Hatfield nach London reiten. Morgen oder spätestens übermorgen. Würdet Ihr uns begleiten?« Als sie mich fragend ansah, setzte ich schnell hinzu: »Sobald wir wieder in London sind, kümmern wir uns dort um eine Amme und lassen Euch sicher hierher zurückbringen.«

Zu meinem Erstaunen sah ich Zorn in ihren blauen Augen funkeln, obwohl ihre Stimme leise blieb. »Ich werde nicht nach Norwich zurückkehren, Sir«, sagte sie. »Mein Ehemann ist tot, mein Kind ist tot, und Norwich ist eine Stadt des Todes geworden.« Sie holte tief Luft. »Ich sollte es Euch jetzt sagen, Sir, da Ihr vorhabt, mich nach London mitzunehmen: Mein Ehemann war ein Anhänger der Kett-Brüder. Unser Kind starb an den Plagen dieses Frühjahrs, Hunger und Krankheit, da mein David keine Arbeit fand. Als die Rebellion begann, ging er auf den Mousehold, mit meinem Segen. Er starb vor einem Monat, im Kampf gegen die Armee des Earl of Northampton. Ich hatte Arbeit als Amme, bei einer Kaufmannsfamilie, aber sie wussten, wer mein Ehemann war, und nach Warwicks Sieg jagten sie mich fort.« Sie holte erneut tief Luft. »Ich habe die Schürfwunden auf Euren Handgelenken gesehen, auch bei Master Overton, und nehme an, Ihr wart bei den Gentlemen, die vor die Armee des Grafen gekettet waren. Daher wollte ich Euch meine Geschichte erzählen, ehe böse Zungen sie Euch zutragen.« Sie hob ihr kleines, wohlgeformtes Kinn.

»Ich danke Euch für die Ehrlichkeit.« Ich lächelte traurig. »Die Dinge sind jedoch nicht immer, wie sie scheinen. Ja, wir waren in der Tat bei den Angeketteten, aber nur aufgrund der Lügen eines Mannes, der unseren Tod wollte. Ich könnte Euch noch viel mehr erzählen und werde das vielleicht eines Tages auch tun, aber nicht jetzt. Glaubt Ihr mir, wenn ich Euch sage, dass wir nicht notgedrungen auf unterschiedlichen Seiten stehen?«

Sie ließ ihren eindringlichen Blick weiter auf mir ruhen. Vor dem Aufstand hätte eine Bedienstete es nicht gewagt, ihren neuen Brotherrn in dieser Art anzusehen, aber viele hatten neue Umgangsformen gelernt. Schließlich sagte sie schlicht: »Ja, Sir, ich glaube Euch.«

»Danke. Dann kommt Ihr mit uns nach London? Vielleicht«, fügte ich versuchsweise hinzu, »würdet Ihr Euch dort um Mousy kümmern, wenn Ihr ohnehin nicht nach Norwich zurückkehren wollt. Die Entscheidung liegt bei Euch.«

Da nickte sie lächelnd. »Habt vielen Dank, Sir. Ich komme mit, dann sehen wir weiter.«

Anschließend wäre ich gern wieder zu Bett gegangen, doch ich musste ein Schriftstück vorbereiten, eine lange Zeugenaussage, welche zum einen die Geschichte enthielt, die Peter Bone mir erzählt hatte, zum anderen Michaels Vowells Geständnis. Bone war tot, aber was ein Verstorbener gesagt hatte, galt zwar als Hörensagen, konnte aber dennoch – mit viel Glück – vor Gericht zugelassen werden. Michael Vowell wäre vermutlich gegen Anklagen jedweder Art gefeit. Ich bat Barak und Nicholas, mir bei der Erstellung des Textes behilflich zu sein, denn es galt die Worte sorgsam zu wählen. Es entsprach schließlich nicht ganz der Wahrheit, dass man uns gewaltsam im Lager festgehalten hatte. Und die Tatsache, dass Vowell dort Spitzeldienste geleistet hatte, galt es tunlichst zu verschweigen. Schließlich war die Sache erledigt, und ich ging zu Bett, während Nicholas, der Ärmste, eine Abschrift für mich fertigte, die ich morgen unterzeichnen und nach London mitnehmen würde. Jetzt mussten wir uns nur noch mit dem zweiten Mörder befassen, Gawen Reynolds, und in Anbetracht jenes wesentlichen Bestandteils seiner Persönlichkeit, der mangelnden Selbstbeherrschung, wusste ich auch schon, wie er aus der Reserve zu locken war.

KAPITEL ZWEIUNDACHTZIG

Am folgenden Morgen weckten uns schon früh die Kirchenglocken. Nicholas, Barak und ich mussten uns ein Bett teilen, und ich sah sie in schläfriger Verwunderung an.

»Warum läuten die Glocken? Es ist doch erst Freitag, oder?«

Barak richtete sich auf und rieb sich den Armstumpf. »Vermutlich wegen des Dankgottesdienstes, der heute in der St Peter's Church am Marktplatz stattfindet. Die Messe beginnt um zehn, jetzt ist es acht. Wir sollten gleich zu Reynolds gehen, er nimmt vielleicht am Gottesdienst teil.«

Wir frühstückten in aller Hast. Die Herberge war voller Offiziere, doch ich sah noch nach Mousy, ehe wir aus dem Haus gingen. Liz wechselte dem Kind gerade die Windel. Überrascht stellte ich fest, dass keinerlei Geruch davon ausging. Liz lächelte. »Brustmilch stinkt nicht, Sir.«

Ich lächelte ebenfalls. »Das wusste ich nicht; aber ich weiß so wenig über Kinder. Wir müssen gehen, nach Tombland.«

»Brechen wir schon heute auf, Sir?«, fragte sie.

»Ich hoffe schon, aber es hängt davon ab, wie diese – Angelegenheit – läuft.«

Ich kehrte zu Barak und Nicholas zurück. Wir hatten alle drei unsere Messer einstecken. Es wäre mir lieber gewesen, Nicholas hätte tags davor sein Schwert nicht abgeben müssen, und Barak, der noch immer humpelte, stützte sich auf meinen Stock. Dennoch, wir hatten nur mit Reynolds, seiner Frau und Dienstmägden zu rechnen.

Es war ein klarer, sonniger Tag. Den Blick von den frischen Leichen wendend, die an den Galgen hingen, und von den Köpfen, die vor der Guildhall aufgespießt waren, begaben wir uns nach Tombland. Anders als auf dem Marktplatz waren hier die Säuberungsarbeiten so weit gediehen, dass der Platz schon fast wieder normal anmutete. Die Magdalen Street jedoch, die zum Maid's Head führte, war von einer Reihe Soldaten abgesperrt. Über dem Eingang zur Herberge prangte ein mächtiges Schild mit Warwicks Wappen darauf. Beim Anblick der Kirche, in der Josephine und Edward ermordet worden waren, wurde mir übel.

»Überall dieser Bär mit dem Baumstamm«, sagte Barak, vielleicht um mich abzulenken. »Warwick demonstriert seine Macht.«

Nicholas sagte: »Ich weiß noch genau, wie anfangs das Gerücht ging, der Protektor selbst werde die Regierungstruppen kommandieren, doch dann übertrug er die Aufgabe an Warwick.«

»Vielleicht ahnte Somerset«, brummte ich, »dass er sich sonst die längste Zeit als ein Freund der armen Leute hätte ausgeben können. Doch er hätte vorhersehen müssen, wie sehr dieser Sieg Warwick stärkt.«

Wir waren unterdessen vor Reynolds' Hoftor angelangt, das fest verschlossen war. Ich holte tief Luft. »Also gehen wir. Leider müssen wir die Mägde zwingen, uns einzulassen.« Ich zückte mein Messer, Nicholas ebenso, während Barak das Futteral vom Messer an seiner Eisenhand zog. Ich pochte laut gegen das Tor.

Nichts regte sich. Wir pochten zu dritt, lauter diesmal. Nun waren Schritte zu hören und die Stimme einer Frau, die zitternd fragte: »Was gibt es denn?«

Mit gebieterischer Stimme rief ich: »Lasst uns auf der Stelle ein, wir sind Diener des Gesetzes!« Alles blieb still. Barak rief: »Sollen wir das Tor eintreten?«

Ein Schlüssel drehte sich im Schloss, und das Tor tat sich auf. Eine Frau in mittleren Jahren starrte aus angstgeweiteten Augen auf Nicholas und mich in unseren dunklen Roben und auf Barak mit seiner grotesken Messerhand. »Wie heißt Ihr?«, fragte ich barsch.

Sie knickste artig. »Laura Jordan, Sir, ich bin die Hausdame. Wir haben derzeit keinen Steward.«

»Wir verlangen Master Gawen Reynolds zu sehen. Unverzüglich.«

Die Frau ließ die Schultern hängen. »Er ist im Obergeschoss, mit der Herrin. Die beiden warten darauf, dass die Leichenteile der hingerichteten Rebellen durch die Stadt gefahren werden.«

Es sah Reynolds ähnlich. »Bringt uns zu ihm.«

Die Frau führte uns über den Hof zum Haus, dann drei Treppenfluchten zum obersten Stockwerk hinauf. Die Türen, an denen wir vorübergingen, waren allesamt geschlossen. Im obersten Stockwerk gab es zwei weitere Türen, die eine klein, die andere größer. Die kleinere war geschlossen, die größere aber stand offen. Sie führte in eine Art Studierstube, geräumig, mit einem Schreibtisch, Regalen für Schriftstücke und bequemen Sesseln. Gawen Reynolds blickte durch das große Flügelfenster auf die Straße darunter, die Hände auf dem Gehstock ruhend. Jane stand wie immer etwas abseits, im Schatten. Sie trug ein schwarzes Gewand und hatte beide Hände mit weißen Bandagen umwunden. Ihr Ehemann schilderte ihr laufend seine Eindrücke. »Soldaten reiten daher, sie tragen Hellebarden, falls der Pöbel erneut Unruhe stiftet.« Ich hörte den Hufschlag der Pferde auf dem Pflaster, dann das Rumpeln von Rädern. Reynolds' Stimme wurde lauter. »Hier kommt der Karren, sie haben ihn in vier Abteilungen unterteilt, ganz oben die Köpfe. Die Mäuler aufgerissen im Todeskampf!« Er ließ ein bellendes Lachen hören. »Komm her, Weib, schau sie dir an, die Männer, die für den Tod deines Enkels verantwortlich sind!« Er drehte sich um und sah uns in der Tür stehen. Sein Gesicht wurde dunkelrot.

»Potz Pestilenz!«, fluchte er, seine Stimme unerwartet ruhig. »Ich hatte gehofft, Ihr wärt allesamt tot.« Seine Stimme wurde lauter. »Laura Jordan, warum in drei Teufels Namen habt Ihr sie eingelassen?«

Goodwife Jordan wich einen Schritt zurück. »Sie sagten, sie kämen im Namen des Gesetzes, und drohten, die Hoftür einzutreten.«

»Ich werd gleich deine verschissene Tür eintreten! Hinaus!«

Sie zog sich verängstigt zurück. Jane Reynolds verharrte reglos und still in ihrer Ecke. Ihr Ehemann blaffte grob: »Was wollt Ihr? Mein Schwiegersohn sitzt wieder auf der Burg gefangen, wie ich höre.«

Ich blickte ihn unverblümt an. »Master Reynolds, wir sind hier, um Euch in Haft zu nehmen. Ihr seid des Mordes an Eurer Tochter Edith überführt.«

»Seid Ihr toll geworden?«, brüllte Reynolds, doch ich vernahm das Zittern in seiner Stimme. Jane merkte auf, starrte aus geweiteten Augen auf ihren Mann.

»Wir kennen jetzt die ganze Geschichte. Wir wissen, dass Eure Tochter ihren Gemahl verlassen hatte, um in die Rolle der toten Schwester ihrer Magd Grace Bone zu schlüpfen. Neun Jahre hatte sie friedlich bei Grace und deren Bruder gelebt. Letzterer konnte bezeugen, dass sich Edith in diesem Frühjahr durch die bittere Armut dazu getrieben sah, Lady Elizabeth um Hilfe zu ersuchen. Als dies misslang, war sie im Mai bei Euch vorstellig geworden.«

»Ah!« Jane Reynolds stieß geräuschvoll die Luft aus, und wir wandten uns zu ihr um. Sie stierte mit einem Ausdruck von Abscheu und Entsetzen auf ihren Mann und sagte dann still: »Jener Brief, im Frühling. Vowell nahm ihn entgegen, doch ich war mir gewiss, ich hätte die Handschrift meiner Tochter erkannt. Auch wenn du es abgestritten hast.«

Reynolds, der sich schwer auf seinen Gehstock stützte, tat einen Schritt auf sie zu, und wie ich es vorhergesehen hatte, verlor er die Beherrschung. »Dann hat deine geliebte Tochter also neun Jahre lang mit einer Frau zusammengelebt«, schrie er, »und ein jeder kann sich denken, was sie im Geheimen trieben. Und der Bruder hat vermutlich zugesehen! Sie hat ihre Strafe verdient, sie war keine normale Frau, konnte die normalen Liebkosungen eines Mannes nicht ertragen!«

Jane wich zurück, prallte gegen die Wand und stieß das kleine Bildnis von irgendeinem Reynolds'schen Urahn zu Boden, dass der

Rahmen barst. »Da siehst du, was du angerichtet hast!«, blaffte Reynolds ärgerlich. Da begriff ich wohl, dass er geisteskrank war.

Ich fuhr leise fort: »Dass Edith sich hilfesuchend an Euch richtete und was in der Folge geschah – Euer Entschluss, sie zu ermorden und John Boleyn die Schuld zuzuschieben, und der Beitrag von Sir Richard Southwell –, dies alles weiß ich von Eurem Steward und Komplizen Michael Vowell.«

Reynolds mochte geisteskrank sein, zugleich aber war er gerissen wie eh und je. »Vowell würde doch nie und nimmer dergleichen behaupten. Es brächte ihn an den Galgen.«

»Nicht, solange er im Dienste der Regierung steht«, antwortete ich. Reynolds wusste freilich nicht, dass Vowell ein Spitzel gewesen war und daher niemals die Erlaubnis erhielte, vor Gericht auszusagen. Der Alte wechselte wieder die Farbe, diesmal erbleichend. Ich drang weiter in ihn. »Vowell erzählte mir, Ihr hättet sie auf dem Grundstück Eures Nachbarn in ein seichtes Grab legen wollen, in welchem sie rasch entdeckt worden wäre, doch dann hättet Ihr darauf bestanden, sie in den Flusslauf zu stoßen und ihren Leib so schändlich zur Schau zu stellen. Dabei habt Ihr Euch das Bein verrenkt.« Ich schüttelte den Kopf. »Euer Plan hätte aufgehen können. Doch diese schwachsinnige Unternehmung ließ Zweifel entstehen an John Boleyns Schuld.«

Ich glaubte schon, der Alte werde wieder anfangen zu geifern, stattdessen neigte er mit schmalen Augen den Kopf der Wand zu, hinter der sich ein weiteres Zimmer befand, und rief: »Du hast uns doch gewiss belauscht, Barney! Wenn Shardlake damit durchkommt, werde ich hingerichtet, und das Familienvermögen fällt an den König. Jetzt ist es an dir, Junge! Du bist hierhergekommen, nachdem dein Bruder fiel, jetzt schlag zu, ihm zuliebe!«

Ich hörte die Tür zum Nebenzimmer aufschlagen, das Geräusch langsamer Schritte. Barnabas Boleyn trat ins Zimmer. Das kurze helle Haar stand ihm zu Berge, sein Gesicht war ausgezehrt, die Wangen ungeschoren, und seine Narbe hob sich deutlich ab von dem blonden Flaum. Er trug nur ein Hemd über der Hose. Doch sein kurzer, kräftiger Arm schwang dieselbe Waffe wie in Dussindale, ein messerscharfes Schwert. Die blauen Augen im bleichen Gesicht funkelten zornig. Als er den Raum betrat, fiel mir auf, dass er etwas nach links taumelte, sich dann aber fing. Ich erinnerte mich, dass die Zwillinge stets Schulter an Schulter gestanden hatten; instinktiv hatte er sich gegen den nun toten Bruder gelehnt.

Reynolds grinste, seine Miene wieder triumphierend. »Töte sie, Barney.« Er hob den Stock. »Ich erledige den Buckligen, du bekommst die anderen beiden. Schau, der Einarmige ist verletzt, stützt sich auf einen Stock.«

Barnabas hatte von einem zum anderen geblickt, wobei er Jane wie üblich übersah, wandte sich schließlich seinem Großvater zu und sagte mit ruhiger Stimme: »Gerald war der Einzige, der mich Barney nennen durfte.«

Sein Großvater funkelte düster zurück. »Was?«

»Nur Gerald.« Dann sagte er: »Du – du hast unsere Mutter getötet. Unsere Mutter, die uns doch hätte lieben sollen!«

Jane in ihrer Ecke sagte leise: »Er hat mehr getan als nur das. Er hat mit eurer Mutter verkehrt, als sie noch ein Kind war.«

Barnabas' Augen weiteten sich. Sein Großvater brüllte: »Dazu sind die Frauen doch auf der Welt, Dummkopf, ich dachte, ich hätte es dir eingebläut! Du und dein Bruder fickt die Weiber, seit ihr vierzehn seid.« Er wedelte mit dem Stock gegen uns, und seine Stimme zitterte ein klein wenig. »Mach sie fertig, oder soll ich hingerichtet werden und das Familienvermögen verlorengehen?«

»Ist mir gleich!«, schrie Barnabas jäh. Alsdann, das Schwert nach vorn gerichtet, stürmte er geradewegs auf seinen Großvater los. Der Alte hob hilflos den Stock, doch Barnabas stieß sein Schwert mit der ganzen Kraft seines kurzen, kräftigen Leibes seinem Großvater ins Herz. Die Wucht dieses Hiebes sandte den Alten rücklings gegen das Fenster. Klirrend gingen die Scheiben zu Bruch, und der Alte stürzte über die Brüstung. Barnabas hätte sein Schwert wieder herausziehen können, doch er tat es nicht – allein schien ihm nichts mehr daran gelegen, weiterzuleben. So stürzte auch er durch das Fenster, und sie schlugen gemeinsam auf die Gasse drei Stockwerke tiefer. Nicholas, Barak und ich eilten zum Fenster. Großvater und Enkelsohn lagen tot auf den Pflastersteinen von Tombland, und das Blut quoll aus ihren zerschmetterten Leibern, während die Leute zusammenliefen und auf sie hinabblickten, dann zu uns herauf.

Ich wandte mich Jane zu. Sie hatte sich nicht aus ihrer Ecke hervorgewagt, und ihr weißes Gesicht trug denselben eiskalten Ausdruck wie bei unserer ersten Begegnung im Juni.

»Potz Knochen«, sagte Nicholas.

Barak meinte: »Da geht unser letzter lebender Zeuge.«

»Nein.« Wir fuhren alle herum, als Jane aus ihrer Ecke das Wort an uns richtete. Sie tat einige Schritte in unsere Richtung. »Ich habe alles gehört«, sagte sie leise. »Und ich weiß, was er meiner Tochter angetan hat, Gott hab sie selig. Mein Leben mit ihm war die Hölle auf Erden, ich hege keinerlei Wunsch, etwas zu verhehlen. Ich werde eine Aussage vorbereiten, um die Freilassung meines Schwiegersohnes zu erwirken.« Sie hob die umwundenen Hände und lächelte grimmig. »Ihr müsst sie niederschreiben, doch ich kann, mit Müh und Not, meine Unterschrift daruntersetzen.«

KAPITEL DREIUNDACHTZIG

Die Art und Weise, wie Gawen Reynolds und Barnabas Boleyn zu Tode gekommen waren, brachte es mit sich, dass wir in den folgenden Tagen mit dem Leichenschauer zu tun hatten und erst am 3. September, fast drei Monate nach unserer Ankunft, aus Norwich abreisen konnten. Postreiter waren nun wieder unterwegs, und Barak schrieb Tamasin, er sei mit Nicholas und mir im Lager der Rebellen festgehalten worden, aber nun in Sicherheit. Ich dagegen schrieb einen sehr ausführlichen, aber behutsam formulierten Brief an Thomas Parry, in dem ich ihm das Geschehene schilderte. Die Rolle Richard Southwells sparte ich aus – ich würde ihm später unter vier Augen davon berichten. Ich hoffte, der Brief werde noch vor uns bei ihm eintreffen; da Lady Elizabeth am 7. September ihren sechzehnten Geburtstag feiern würde, wären in Hatfield die Vorbereitungen auf das Ereignis im vollen Gange.

Ich verbrachte viel Zeit mit Mousy. Dank der Fürsorge von Liz Partlett, gleichermaßen tüchtig wie warmherzig, gedieh sie prächtig. Es war schon sonderbar, dass ich in meinem Alter mit einem kleinen Kind spielte, meine Finger über den Boden krabbeln ließ, damit Mousy, auf allen vieren, danach hasche. Hie und da blickte ich verlegen zu Liz auf, doch sie lächelte mir stets nur ermunternd zu. Ein-, zweimal wurde Mousy verdrießlich, und einmal rief sie weinend nach ihrer Mama. Es tat mir in der Seele weh.

Ich ging möglichst selten in die Stadt, erfuhr aber dennoch alles Wissenswerte durch Barak und Nicholas und auch durch den Klatsch in der Herberge. Der Earl of Warwick verlängerte seinen Aufenthalt in Norwich um eine Woche, um bei weiteren Prozessen den Vorsitz zu führen, andere in Gang zu bringen und dafür zu sorgen, dass in Norfolk wieder Ruhe einkehrte. Wie ich hörte, war zwischen ihm und einigen Edelleuten ein Streit entbrannt, weil Letztere nach einer gewaltigen Hinrichtungswelle verlangten, wie im Südwesten, wo die Rebellion endgültig zerschlagen war. Warwick dagegen hatte für eine andere Strategie plädiert: Man solle die Rädelsführer richten, die gemeinen Soldaten jedoch ziehen lassen. Offenbar hatte er die Edelleute höhnisch gefragt, ob sie am Ende, wenn sie alles Volk an die Galgen gebracht hätten, selbst hinter dem Pflug einhertrotten wollten. Damit war die Sache erledigt. Dennoch wurde weiterhin täglich gehenkt.

Angeblich waren dreitausend Rebellen in Dussindale zu Tode gekommen, im Schlachtengetümmel und auch danach, bei der Jagd auf die Flüchtenden – fast die Hälfte all derer, die gekämpft hatten. Die Toten auf Warwicks Seite wurden dagegen auf unter zweihundert beziffert, doch da ich das erbitterte Hauen und Stechen mit eigenen Augen gesehen hatte, wusste ich, dass es weit mehr gewesen waren. Am Samstag, dem letzten Tag im August, blieb ich im Zimmer. Ich mied den Markt, wo die unterschiedlichsten Gegenstände feilgeboten wurden, die man den toten Rebellen abgenommen hatte – stapelweise Kleidung und Schuhe und sogar Trauringe, die man den Toten von den Fingern gezogen hatte, wie Barak erzählte. Auch Ediths Trauring mochte nun zum Verkauf stehen.

In Anwesenheit eines Notars hatte ich die eidesstattliche Aussage von Jane Reynolds zu Papier gebracht. Sie schilderte das Leben mit ihrem Ehemann, der den weiblichen Bediensteten nachgestellt und diese nicht selten auch geschändet hatte, ebenso wie die eigene Tochter. Sie sagte in ihrem Haus in Tombland aus, mit tonloser, nüchterner Stimme, selbst als sie darlegte, wie ihr eigener Enkel sich selbst und den Großvater aus dem Fenster gestürzt hatte. Ihr schmales Gesicht war dabei kalkweiß. Später erzählte mir der Notar, vor dem sie unter Schmerzen das Schriftstück unterzeichnete, dass ihr elendes Leben mit Gawen Reynolds in Norwich seit Jahren Stadtgespräch gewesen und sie allseits bedauert worden sei. Doch in die Beziehungen zwischen einem Mann und seinem Weib könne sich freilich niemand einmischen.

Ich nahm Abschied von Jane. Ich würde noch einmal zurück-kehren, sagte ich ihr, wegen der Ermittlungen gegen Reynolds und Barnabas, nur seien in der Stadt noch so viele amtliche Belange zu regeln, dass dies noch Monate dauern konnte. Ich fragte sie, ob sie weiterhin in ihrem Haus zu bleiben gedenke, worauf sie mir trostlos entgegnete: »Wohin soll ich denn gehen?« Ihre Augen füllten sich mit Tränen, und sie drehte den Kopf beiseite und winkte mich mit ihrer umwundenen Hand hinaus.

Am Tag vor unserer Abreise – es war ein milder Frühherbstmor-gen – brachte ich die Aussagen von mir, Barak, Nicholas und Jane zur Verwahrung auf die Burg. Ich musste mich innerlich wappnen, da ich wusste, dass auf dem Weg zum Eingang die Köpfe mehrerer Rebellen auf Pfähle gespießt waren, wie auch vor der Guildhall und den Stadttoren. Einer davon war John Miles. Bei seinem Anblick war ich einer Ohnmacht nah. Die Krähen hatten ihm die Augen ausge-pickt, dennoch war sein Gesicht noch zu erkennen: Die Kinnlade hing schlaff herab, und aus dem durchtrennten Hals sickerte eine stinkende Flüssigkeit. Ich schloss die Augen und fragte mich, was wohl aus seiner Frau und den Kindern in London geworden war. In der Burg überreichte ich die Schriftstücke mit zitternden Fingern dem Kanzleivorsteher, der für Baraks Entlassung gesorgt hatte. Er tat so, als hätte er mich nie zuvor gesehen. Ich war der festen Überzeu-gung, dass er einen Anteil am Verschwinden des Dokuments hatte, das im Juni Boleyns Hinrichtung aufschieben sollte. Nur würde diese Frage nie geklärt werden, wie ich wusste, obschon ich den Verdacht hegte, dass auch hinter diesem Schachzug Southwell steckte.

Nachdem ich die Schriftstücke hinterlegt hatte, nahm ich Ab-schied von John und Isabella Boleyn, beide in seiner Zelle. Boleyn wirkte erholt, die Wunden um seine Handgelenke zu leichten Blut-ergüssen verblasst wie die meinen. Noch einmal bedankte er sich überschwänglich für alles, was ich für ihn getan hatte. Isabella, prag-matisch wie immer, wollte wissen, wann mit der Begnadigung zu rechnen war.

»Schon bald, möchte ich meinen, sobald Abschriften unserer Aussagen den Protektor erreichen.« Mein Lächeln war ein wenig gezwungen nach dem, was ich vor dem Tor gesehen hatte. »Was habt Ihr nach Eurer Freilassung vor, John?«

»Ich werde Brikewell und die übrigen Ländereien veräußern und nach London ziehen«, antwortete Boleyn. »Mein Haus in London ist zu groß, ich werde es verkaufen und mir stattdessen ein kleineres zulegen.«

»Werdet Ihr Eure Güter an Southwell verkaufen?«

Boleyn zuckte hilflos mit den Schultern. »Er hat doch die Hypothek in Händen. Wenn er seine anderen Grundstücke zusammenschließen möchte, um darauf Schafe zu halten, kann ich die Schuld nur abbezahlen, indem ich ihm das Land verkaufe.«

»Er wird die Pächter auf die Straße setzen.«

»So ist es nun einmal.« Er blickte beiseite.

Einen Augenblick herrschte Schweigen. Isabella brach es, indem sie fragte: »Wollt Ihr das Kind immer noch adoptieren?«

»Ja. Seine Amme begleitet uns nach London.«

Sie streichelte ihren Bauch. »Wenn mein Kind auf der Welt ist, könnt Ihr uns gemeinsam in London besuchen. In friedlicheren Zeiten.«

»Ja, in der Tat.« Ich wechselte einen Blick mit John Boleyn und wusste irgendwie, dass dieser Besuch niemals stattfinden würde, weil er einfach nur vergessen wollte, was in Norfolk geschehen war. Abgesehen davon hatten wir nichts gemeinsam. Wir plauderten noch ein wenig. Die Zwillinge erwähnte er nicht, und ich hatte das Gefühl, dass er nie wieder über sie sprechen würde. Kurz danach sagten wir uns Lebewohl.

Ich schickte mich an, die Burg zu verlassen, vorbei an jener grässlichen Reihe von Köpfen, als jemand meinen Namen rief. Ich drehte mich um und erblickte John Flowerdew, der wie ich die schwarze Serjeantenrobe trug, unter dem Arm ein dickes Bündel Akten. Sein schmales Gesicht war zu einem triumphierenden Grinsen verzogen. Er hielt auf mich zu.

»Sieh an, Serjeant Flowerdew«, sagte ich. »Jetzt, da die Gefahr gebannt ist, seid Ihr also nach Norwich zurückgekehrt. Ich hoffe, Eure Gemahlin und die Kinder, die Ihr einfach ihrem Schicksal überlassen habt, sind wohlauf.«

Seine Miene erhärtete sich. »Das ist aber nicht Euch zu verdanken. Ich bin erst seit zwei Tagen wieder in der Stadt, habe aber schon viel in Erfahrung gebracht. Ihr sollt Euch den Rebellen unterworfen haben und Robert Kett zu Diensten gewesen sein. Seid froh, dass das Verhalten einiger Gentlemen nicht allzu genau untersucht wird.«

»Und Ihr könnt froh sein, dass Ihr aus Wymondham fliehen konntet«, sagte ich.

»Ich erinnere mich noch recht gut an jenen Tag. Ihr habt Kett verraten, dass Ihr mich aufgesucht hattet, um Euch Boleyns Geld zurückzuholen.«

»Was auch zutraf. Es hat ihn und seine Frau auf der Burg erhalten, und nun wird seine Begnadigung schon bald bewilligt.«

Flowerdew lächelte und tippte auf sein Aktenbündel. »Tja, ich habe jetzt Wichtigeres zu tun. Ich bin auf dem Weg zum Gericht. Die Herren von Norfolk verlangen Schadenersatz für all das Vieh und die anderen Güter, die ihnen jene elenden Rebellen gestohlen haben. Sie überfluten den Earl of Warwick mit Petitionen. Nun, sie erhalten ihre Entschädigungen so oder so. Und für mich ist auch ein hübsches Sümmchen dabei.«

»Ihr seid ein Unhold«, sagte ich mit bebender Stimme.

Er lachte. »Und das sagt Ihr zu mir, Ihr buckliger Feind der gottgewollten Ordnung? Ach, übrigens, Robert Kett und sein Bruder sollen morgen von der Burg in das Guildhall-Gefängnis gebracht werden und von dort aus zu ihrer Hinrichtung nach London. Anschließend wird post mortem eine Untersuchung vorgenommen, und ich werde anwesend sein, um über den Wert von Robert Ketts Land und Besitz Zeugnis abzulegen. Sie werden an den König heimfallen, und wer weiß, vielleicht wird einiges davon die Verluste der

Gentlemen kompensieren.« Er lächelte. »Ich freue mich schon darauf.«

Angewidert wandte ich mich ab und ging fort, sein knarrendes Lachen hörend, als ich erneut die Reihe abgetrennter Schädel passierte.

Tags darauf, ein weiterer milder Herbstmorgen, machten wir endlich Anstalten, Norwich zu verlassen. Doch einen schaurigen Anblick galt es noch zu ertragen. Die Pferde, die Master Theobald uns beschafft hatte, waren aus dem Stall geholt worden, und als wir aufsteigen wollten, bemerkte ich eine ungewöhnlich große Zahl Soldaten auf dem Marktplatz. Dann fiel mir ein Pferdefuhrwerk auf, begleitet von weiteren Soldaten mit Hellebarden, das auf die Guildhall zuhielt. Darin stand, die Hände auf den Rücken gebunden, Robert Kett. Er trug einen schäbigen Rock, und sein Gesicht war zerschlagen und schmutzig, doch er hielt den Blick trotzig nach vorne gerichtet, das Kinn erhoben, seine Haltung immer noch stolz. Er wurde zur Guildhall gebracht, vorbei an den Galgen und den aufgespießten Köpfen davor. Dann wurde der Wagen nach hinten gekippt, sie stießen ihn grob herunter und führten ihn hinein. Liz neben mir murmelte: »Gott behüte Euch, Captain Kett.«

Und so ritten wir aus Norwich hinaus, wobei sich Liz das Kind vor die Brust gebunden hatte. Ihr verstorbener Vater war der Gehilfe eines Hufschmieds gewesen, sie konnte daher reiten. Keiner von uns sagte ein Wort, als wir die St Stephen's Street hinunter- und zum Tor hinausritten. Außen prangte das Wappen des Bären mit dem Baumstamm, gleich daneben Arm und Oberkörper eines Rebellen, an dem flatternd schwarze Krähen pickten. Wir senkten die Köpfe. Als wir schließlich auf der Straße angelangt waren, blickte ich ein letztes Mal nach Mousehold Heath zurück, schwarz von den Feuern im Lager, jetzt kahl und leer. Einen Moment lang war mir, als hörte ich den armen Simon Scambler singen wie damals am Lagerfeuer, von dem Funken in den Nachthimmel stoben:

> *Nun erst lebe ich mir würdig,*
> *weil mein sündiges Auge*
> *das hehre Land und auch die Erde sieht,*
> *die man so vieler Ehren rühmt.*

Vorbei, dachte ich, aus und vorbei.

KAPITEL VIERUNDACHTZIG

Wir trafen am Nachmittag des 6. September in Hatfield ein. Dort war alles ruhig und friedlich. Gelbe Blätter schwebten von den Bäumen im Park, Pfauen schrien, das rote Backsteingebäude lag prächtig im sanften Schein der Herbstsonne. Als ich Liz Partlett unterwegs erzählt hatte, dass ich den Comptroller der Lady Elizabeth aufsuchen wolle, der mein Mandant sei, hatten sich ihre Augen vor Staunen geweitet, desgleichen beim Anblick von Hatfield Palace. Ich nannte meinen Namen, und die Wachen vor dem Tor schickten nach dem großgewachsenen Waliser Fowberry, der uns an jenem verregneten Junitag auf unserer Reise von London begleitet hatte, die nun Jahre zurückzuliegen schien. Ich wurde eingelassen, Nicholas, Barak und Liz mussten hingegen mit Mousy am Torhaus warten. Fowberry blickte überrascht auf Liz und das Kind und auf Barak mit seiner Eisenhand, der seinen Blick kalt erwiderte. Ein Aufsitzblock wurde herbeigeholt, und ich stieg aus dem Sattel, steif nach dem langen Ritt, und klopfte mir den Straßenstaub von der Robe, als ich Fowberry zum Haus begleitete.

Thomas Parry war in seiner Amtsstube. Er wies mir einen Platz und ließ mir einen Becher Bier bringen, ehe er sich hinsetzte und mich fast eine Minute lang betrachtete, als wäre ich ein fremdartiges Tier aus Indien. Schließlich sagte er: »Ich habe Euren Brief erhalten. Eine bemerkenswerte Geschichte.«

»Mit dieser Wendung der Ereignisse konnte niemand rechnen.«

Er hob die Augenbrauen. »Das glaube ich gern.«

»Hat Lady Elizabeth ihn gelesen?«

»Oh ja.«

»Ich hoffe, sie ist wohlauf.«

»In der Tat. Wenn auch betrübt, dass sie von ihrem Bruder, dem

König, noch kein Geburtstagsgeschenk erhalten hat. Ich sagte ihr, es werde später eintreffen. Es verdrießt sie umso mehr, als das Geschenk von Lady Mary bereits angekommen ist.« Abermals hob er seine buschigen Brauen. »Könnt Ihr Euch denken, was Mary ihr gesandt hat? Ein lateinisches Gebetbuch!« Er schüttelte den Kopf und lachte. Dann wandte er sich mir zu. »Ihr habt erwähnt, dass Mary Euch unmittelbar vor den Unruhen in Norwich nach Kenninghall rief.«

»Das ist wahr. Sie versuchte mich auszuforschen, ob die Rebellen dem traditionellen Glauben zuneigten. Ich wusste nichts darüber, und das sagte ich ihr auch.« Ich holte tief Luft. »Sir Richard Southwell war bei ihr; es gibt einiges, was ich Euch über ihn sagen sollte, aber lieber nicht zu Papier bringen wollte.« Parry neigte den Kopf zur Seite, und ich erzählte ihm die Geschichte von Southwells Verquickung mit den Morden an Edith Boleyn, an dem Schlosser und seinem Lehrjungen. Ich wüsste zudem, fuhr ich fort, dass er Robert Kett Geld zugesteckt hätte, vermutlich gegen dessen Versprechen, seine und Marys Ländereien in Ruhe zu lassen.

Parry schwieg, während er diese neue Information in sich aufnahm, und rieb sich dabei das runde Kinn. Er seufzte und sagte dann, ohne mich aus den Augen zu lassen: »Ich muss mit Lady Elizabeth darüber sprechen. Jetzt sofort. Ob darüber Stillschweigen bewahrt werden sollte oder nicht.«

»Wenn er doch aber – zu den Verschwörern gehörte, die es auf ihren Verwandten ...«

Parry fiel mir ins Wort. »Matthew, im Thronrat geht es derzeit heiß her. Wir sind so gut wie aus Schottland vertrieben, und nach diesen entsetzlichen Erhebungen und nun mit dem Krieg gegen Frankreich gibt es Menschen, die sagen, der Herzog von Somerset müsse als Protektor abgesetzt werden. Ihr könnt Euch denken, wer ihm nachfolgen soll.«

»Der Earl of Warwick?«

»Ja, aber Somerset hat noch immer Unterstützer. Ich weiß nicht, wie das Ganze ausgehen wird, aber ich sehe Schwierigkeiten auf uns zukommen. Und die Strategie der Lady Elizabeth ist es auch weiterhin, sich von der hohen Politik fernzuhalten.« Er lehnte sich zurück. »Erinnert Euch, dass Southwell von unserem verstorbenen König als ein stellvertretendes Mitglied des Rates ernannt wurde, sollte eines der übrigen Mitglieder sterben. Und vergesst nicht, dass Eure eigene Sicherheit nach diesen zwei Monaten im Rebellenlager, wo Ihr Euch mit Robert Kett zusammengetan hattet, weitgehend Glücksache ist und dem Thronrat zu verdanken. Dieser ist nämlich gewillt, allen Gentlemen zu vergeben, die gezwungen waren, den Rebellen zu helfen. Dieser Beschluss gilt nicht nur in Norfolk, sondern im ganzen Land. Sonst wären die Stadträte ihrer sämtlichen Mitglieder beraubt.« Er sah mich forschend an. »Obschon ich den Verdacht habe, dass Eure Zusammenarbeit mit Kett, auch wenn Ihr vielleicht versucht habt, seine Politik zu mäßigen, nicht gänzlich unfreiwillig geschah. Nein, sagt nichts, ich will es nicht hören. Doch mein Misstrauen ist geweckt, und anderen wird es ebenso ergehen. Richard Rich beispielsweise, welcher derzeit in Essex weilt, um dort die Rebellenführer zu richten.« Er runzelte leicht die Stirn. »Übrigens ist mir zu Ohren gekommen, dass Ihr einen Einarmigen und eine Frau mitgebracht habt, beide, wie Fowberry es nannte, Gemeine aus Norwich – und zu allem Überfluss ein kleines Kind. Wer sind diese Leute?«

»Der Mann ist mein ehemaliger Gehilfe Barak, der bei den Assisen in Norwich als Schreiber tätig war, wie ich Euch im Juni wissen ließ. Das Kind ist die Tochter meiner früheren Küchenmagd, die sich mit ihrem Ehemann in Norwich niederließ. Sie wurden beide während der Unruhen getötet. Die Frau ist eine Amme, die ich angestellt habe, denn ich beabsichtige, das Kind zu adoptieren.«

»Getötet? Dann waren sie wohl Anhänger der Rebellen?«

»Sie wurden ermordet«, sagte ich, Parrys harten Blick erwidernd.

»Wenn Ihr das Kind adoptieren wollt, müsst Ihr Euch, was seine Herkunft anbelangt, eine weniger verfängliche Geschichte ausdenken.« Er erhob sich jäh. »Ich werde Lady Elizabeth von Southwell berichten. Ihr bleibt hier.«

Es dauerte eine Stunde, ehe er zurückkam. Ich musste unterdessen an all meine Rebellenfreunde in diesem Sommer denken, die für ihre Sache gestorben waren, vor allem an den armen Simon Scambler. Ich hätte ihn mit nach London genommen und Arbeit für ihn gefunden, auch den jungen Natty. Wie sollte Parry oder irgendeiner meiner Londoner Bekannten verstehen, was ich erlebt hatte? Aber er hatte recht, ich musste mir eine neue Geschichte ausdenken, wie Josephine und Edward zu Tode gekommen waren.

Als er zurückkam, war Parry milder gestimmt. »Nun«, sagte er, »das Geburtstagsgeschenk des Königs ist eingetroffen. Lady Elizabeth ist sehr erleichtert.« Er faltete die Hände über seinem runden Bauch und sah mich forschend an. »Was Southwell anbelangt, so wird sie die Angelegenheit vielleicht William Cecil anvertrauen und ihm die Entscheidung überlassen. Sie denkt noch darüber nach.«

Ich seufzte. Sollte die Sache Cecil zu Ohren kommen, wäre alles, was er diesbezüglich unternahm, eine politische Entscheidung. Parry fügte hinzu: »Und ich soll ihm die Aussagen schicken, die Ihr mir vorgelegt habt, womit die Begnadigung eine reine Formsache sein dürfte.« Erneut sah er mich eindringlich an. »Die Lady wünscht Euch zu sehen, Blanche Parry wird in Kürze hier sein und Euch zu ihr begleiten. Achtet auf Eure Worte, Matthew. Über die Adoption bitte ich Euch zu schweigen.«

Es klopfte, und Mistress Parry trat ein. Sie knickste knapp, ihr Gesicht ausdruckslos. »Serjeant Shardlake, bitte folgt mir.«

Elizabeth saß wieder in ihrer Studierstube am Schreibtisch und machte sich Notizen. Wahrscheinlich im Hinblick auf die Geburtstagsfeierlichkeiten hatte man ihr schwarzes Gewand durch ein leuchtend rotes ersetzt, mit geschlitzten Ärmeln, die ein gelbes Futter durchscheinen ließen. Sie sah gesünder aus als im Juni und hatte ein wenig zugenommen. Mistress Parry meldete mich an und stellte sich dann hinter ihre Herrin. Elizabeth jedoch sagte, ohne aufzublicken:

»Ihr dürft gehen, Blanche. Ich möchte mit Serjeant Shardlake unter vier Augen sprechen.«

Blanche presste die Lippen aufeinander, sagte dann leise: »Wie Ihr wünscht, Mylady«, und verließ mit raschelnden Röcken das Zimmer. Elizabeth legte den Federkiel beiseite und streute behutsam Löschsand auf die feuchte Tinte. Jetzt erst blickte sie auf und lächelte leicht. Ich verneigte mich tief.

»Eine Übersetzung von Virgil, aus dem Lateinischen ins Französische. Ich habe mich schon immer gern gebildet.« Sie wies mir einen Stuhl. »Setzt Euch«, sagte sie. Ihr Blick war eindringlich, forschend. »Ihr wirkt mager, Sir.«

»Ich habe eine – schwierige Zeit hinter mir, Mylady.«

»Ich habe Euren Brief gelesen und Eure Geschichte gehört. Dann wird John Boleyn bald auf freien Fuß gesetzt. Endlich.« In ihren letzten Worten schwang ein scharfer Unterton.

»Das hoffe ich sehr, Mylady.«

»Was haltet Ihr von ihm?«

Ich überlegte. »Ein gewöhnlicher Landadeliger, der in die Fallstricke einer Verschwörung geraten ist, deren Ziel es war, sich seiner Ländereien zu bemächtigen.«

Elizabeth neigte den Kopf zur Seite. »Habe ich ein wenig Verachtung in Eurer Stimme gehört, als Ihr ihn *gewöhnlich* nanntet? Andererseits habt Ihr ja auch zwei Monate lang mit Rebellen zusammengehaust, nicht wahr?« Ihre Stimme wurde scharf.

»Mylady, ich wurde gefangen genommen. Ja, ich habe Captain Kett geholfen, doch tat ich mein Möglichstes, um sicherzustellen, dass seine Urteile nicht gegen geltendes Recht verstießen.«

Ihre Stimme wurde laut. »Seine *Urteile*. Und wer ist er, dass er sich zum Richter über seine Herren aufschwang?« Unwirsch strich sie sich eine lange rötliche Haarsträhne aus der Stirn.

»Das ist ja nun alles vorüber«, wagte ich einzuwenden.

»Vorüber! Ihr sagt, es sei vorüber!«, rief sie voller Zorn. »Nein, Serjeant Shardlake, das ist es nicht! Ihr habt Vorwürfe gegen Sir Richard Southwell erhoben. Und vielleicht beschließe ich, sie an

William Cecil weiterzureichen.« Sie beugte sich vor, und ihre braunen Augen bohrten sich in die meinen. »*Ihm* traue ich zu, eine Entscheidung zu treffen, die mich auf keinen Fall in Gefahr bringt. Gut möglich, dass er es für das Beste hält, die ganze Sache auf sich beruhen zu lassen.«

»Drei Menschen wurden ermordet, Mylady«, gab ich vorsichtig zu bedenken. »Es ist doch gewiss eine Frage der Gerechtigkeit. Über dieses Thema haben wir uns schon einmal unterhalten, nicht wahr? Und damals waren wir uns einig, dass ein jeder sie verdient.«

Elizabeth schlug mit der Faust auf den Tisch, dass ich zusammenzuckte. »Potz Pestilenz!«, rief sie aus. »Euer Umgang mit diesem Rebellenpack hat Euch unverschämt werden lassen, Sir! Gerade Ihr solltet doch wissen, dass sich die Gerechtigkeit oft der Politik unterordnen muss. Es ist und bleibt Eure Pflicht, mich zu beschützen! Stattdessen verbringt Ihr den halben Sommer in jenem Lager von Aufwieglern, dem Auswurf und Schmutz unserer Gesellschaft! Habt Ihr je daran gedacht, was für Auswirkungen es für mich haben könnte, wenn Ihr diesem Robert Kett dabei helft, seine ungeheuerlichen Rechtsbeugungen auszuspeien?«

Jetzt wallte auch in mir der Zorn auf. »Und warum, glaubt Ihr, haben sie rebelliert, diese Männer? Weil ihnen nichts anderes übrigblieb nach dem Unrecht, das ihnen seitens gieriger Grundherren und betrügerischer Beamter zugefügt wurde!« Da ich einsah, dass ich zu weit gegangen war, viel zu weit, fügte ich ruhiger hinzu: »Und ich war stets darauf bedacht, nur ja nichts zu sagen oder zu tun, was Euch hätte schaden können.«

Elizabeths Augen loderten, ihr sonst so blasses Gesicht war rot angelaufen, ihre Hände zu Fäusten geballt. Sie rief: »Beim Blute Gottes, Ihr wagt es, diese Unheilstifter in meiner Gegenwart zu verteidigen? Ich hielt Euch für einen der wenigen, denen ich inmitten all der Wölfe um mich herum vertrauen konnte, und ich habe Euch weiß Gott gut entlohnt in den vergangenen zwei Jahren!« Sie stand auf, feuerrot im Gesicht, und schrie: »Jetzt ist es genug! Ihr undankbarer Freund von Verrätern! Potz Pestilenz, hinaus! Ihr seid aus meinen Diensten entlassen! Geht!« Daraufhin griff sie nach dem Tintenfass auf ihrem Schreibpult und schleuderte es mir gegen die Brust, dass die Tinte nur so spritzte. »Hinaus!«, kreischte sie erneut. Ich stürzte zur Tür, wäre um ein Haar gestolpert, als ich mich hastig verneigte, griff nach dem Türknauf und eilte hinaus.

Im Vorzimmer hielt ich schwer atmend inne. Ich wischte mir über das tintenverschmierte Gesicht, was nur zur Folge hatte, dass nun auch meine Hände voller Tinte waren. Blanche stand dort mit Thomas Parry; sie hatte ihn vermutlich gerufen, als das Gebrüll anfing. Hinter der geschlossenen Tür vernahm ich ein unerwartetes Geräusch – Elizabeth weinte, laut und verzweifelt. Blanche warf mir einen frostigen Blick zu und ging, ihre Herrin zu trösten.

Zu meiner Überraschung lächelte Parry. »Das Tintenfass, nicht wahr?«

»Ja. Ich – ich habe mich – heftig – im Ton vergriffen. Sie hat mich entlassen.«

»Ihr hattet Glück, dass es nicht der Briefbeschwerer war. Wenn es nur das Tintenfass war, wird sie ihre Worte später bereuen. Wartet einige Monate, sie wird Euch wieder zu sich rufen. Ich kenne sie.«

Ich sagte: »Vielleicht möchte ich Lady Elizabeth nicht mehr zu Diensten sein. Sie hat sich nicht einmal bedankt, dass ich ihren Verwandten gerettet habe.«

Parry lächelte wehmütig. »Es fiel ihr nicht leicht, das Gnadengesuch einzureichen. Es hat Wellen geschlagen, müsst Ihr wissen.«

»Ich bezweifle, dass ich noch einmal zurückkomme.«

Parry schüttelte den Kopf. »Seid nicht so zimperlich, Serjeant Shardlake. Nach Eurer fragwürdigen Rolle in der Rebellion braucht Ihr eine mächtige Fürsprecherin. Sie sagt zwar, sie hätte kein Vertrauen mehr zu Euch, doch das glaube ich ihr nicht, und bedenkt, es gibt sehr wenige, die ihr Vertrauen genießen. Jetzt kommt, versuchen wir, Euch die Tinte vom Gesicht zu wischen. Ich habe das Tintenfass schon des Öfteren an den Kopf bekommen, müsst Ihr wissen.«

KAPITEL FÜNFUNDACHTZIG

Und so kehrten wir endlich nach London zurück, am frühen Nachmittag des 8. September. Ich war den gesamten Ritt über mürrisch, noch immer wütend auf Lady Elizabeth, und tat alle Fragen von Nicholas und Barak zu dem Vorfall barsch ab. Trotz der Hilfe Master Parrys waren meine Robe und meine Finger mit Tinte beschmiert. Liz Partlett hatte sich in sich selbst zurückgezogen, jedem Gespräch ausweichend; ängstlich vielleicht, da wir uns London näherten.

Auch hier waren vor den Toren Köpfe und andere Körperteile aufgespießt, schaurig anzusehen. Rebellenführer aus den kleineren Lagern, aus Essex, Sussex oder Kent und weiß Gott woher.

Wir waren allesamt müde, ich am meisten, und der Rücken tat mir entsetzlich weh. Als wir von Cornhill nach Cheapside hinunterritten, sagte Nicholas zu Liz: »Wir sind bald zu Hause. Master Shardlake hat ein schönes Haus in der Chancery Lane, und Ihr lernt seine Bediensteten kennen; gewiss werdet Ihr sie mögen.«

Ich blickte liebevoll zu Mousy hinüber, die, den Daumen im Mund, in ihrem Körbchen schlief. »In diesem Haus hat schon ihre Mutter gelebt«, sagte ich zu Liz. »Doch zunächst muss ich noch jemandem einen Besuch abstatten. Es liegt auf unserem Weg. Ich möchte nach meinem Freund Guy sehen; ich weiß nicht einmal, ob dieser brave alte Mann noch am Leben ist.«

Und so bogen wir von der Cheapside ab und ritten durch die engen Gassen in das Viertel der Apotheker. Wir erhaschten flüchtige Blicke auf die Themse, und Liz machte große Augen angesichts der Breite des Flusses. Guys Haus war still. Mit Nicholas' Hilfe stieg ich vom Pferd und klopfte an der Tür. Schritte schlurften heran, und als Francis Sybrant uns die Tür öffnete, staunte er nicht schlecht. »Master Shardlake! Master Overton! Jack Barak! Oh, Gott sei es gedankt, wir wussten nicht, was aus Euch geworden war, wir befürchteten schon, Ihr wäret von jenen Rebellen zu Tode gebracht, bis Jacks Brief an Tamasin vor zwei Tagen hier eintraf.« Er blickte verdutzt auf Liz und Mousy und sah Barak fragend an. Liz errötete.

Ich beeilte mich zu sagen: »Das Kind ist von Josephine, meiner früheren Küchenmagd. Sie und ihr Ehemann sind leider tot. Dies hier ist Goodwife Partlett, die Amme. Jetzt sagt mir, Francis, wie steht es um Dr. Malton?«

»Ein wenig besser, aber immer noch nicht bei Kräften.« Er seufzte. »Er empfängt noch keine Patienten, und ich bezweifle, dass er es jemals wieder tun wird.«

»Aber er lebt, Gott sei Dank.«

»Ja, Gott sei Dank.« Er blickte sich um, kam dann zu uns heraus und sagte leise: »Tamasin ist hier. Sie hat viel Zeit bei uns verbracht in diesem Sommer. Sie hat sich entsetzliche Sorgen gemacht ...«

»Wo ist sie?«, fragte Barak und stieg eilig vom Pferd.

»In der Küche ...«

Barak humpelte an uns vorbei ins Haus. Ich sah die offene Küchentür und Tamasins Gesicht, als sie sich umdrehte, ihre Miene erstaunt, dann entzückt. Barak nahm sie in seine Arme und schloss die Küchentür.

Nicholas half Liz vom Pferd. Francis fragte: »Ihr seid die ganze Zeit in Norfolk gewesen?«

»Ja, Francis.« Ich lächelte müde. »Es ist eine lange Geschichte.«

»Kommt mit zu Dr. Malton, er ist in seiner Schlafkammer, verbringt viel Zeit lesend in seinem Sessel, doch er kann am Stock gehen, zuweilen geht er sogar die Straße auf und ab, obschon es ihn ermüdet.«

Nicholas und ich folgten Francis den Flur entlang. Liz stand unsicher herum, und Francis schlug ihr vor, mit Mousy in der Wohnstube zu warten.

Mein alter Freund saß in seinem Sessel und las. Sein Gesicht war immer noch blass, trotzdem sah er etwas besser aus als drei Monate zuvor. Auch er war einen Moment lang verwundert, ehe er mit einem Freudenlaut aufstand und mich umarmte. »Matthew, dem Himmel sei Dank, wo bist du gewesen? Ich weiß, dass du verwundet warst, ich stand in Verbindung mit Dr. Belys, doch dann kam der Aufstand, und wir hörten wochenlang kein Wort, bis Jacks Brief an Tamasin uns erreichte.« Seine Stimme zitterte.

Ich half ihm dabei, sich hinzusetzen, und erzählte ihm kurz, was uns zugestoßen war. Er hörte gespannt zu, lehnte sich schließlich zurück und seufzte.

»Wir wussten hier in London, dass es allenthalben zu Unruhen gekommen war, das ganze Land schien davon bedroht. Man sagte uns, die Aufrührer wollten den König stürzen und alles Eigentum in Gemeingut verwandeln, wie die deutschen Rebellen vor zwanzig Jahren.«

»Nein, Guy. Die meisten wollten nur ihre Dörfer vor raffgierigen Schafbauern und Beamten bewahren. Sie vertrauten auf Somersets Reformversprechen, musst du wissen. Sie haben auf die Kommissare gewartet. Aber die kamen nicht; stattdessen schickte Somerset zwei Armeen.«

»Sie sagten auch, die Rebellen wollten die englische Messe beenden, wieder nach Rom zurückkehren.«

»Nicht in Norfolk. Wie es andernorts war, kann ich nicht beurteilen. Es gab tatsächlich auch Katholiken unter den Aufständischen, aber der Großteil war protestantisch – und alle betonten, dass sie den religiösen Wandel befürworteten, um Somerset zu gefallen. Und was haben sie jetzt davon?«

Er seufzte. »Ich weiß, dass viele Hinrichtungen stattfanden in Tyburn und dass auf allen Toren Rebellenköpfe stecken. Zum Glück kann ich nicht weit gehen; ich habe diese Dinge nie gern gesehen.«

»Dann sei froh, dass du nicht in Norwich warst in den Tagen vor unserer Abreise, Guy. Überall Rebellenköpfe. Und Tausende Tote in der Schlacht von Dussindale.«

»Die armen Seelen.« Nach kurzem Schweigen setzte er leise hinzu: »Du hattest Verständnis für sie, nicht?«

»Ja, und bekam deswegen gerade Lady Elizabeths Temperament zu spüren.«

Er blieb eine Weile still. »Und wie geht es dir?«, fragte ich schließlich.

»Ein wenig besser.« Er lächelte. »Ich glaube, meine Zeit ist doch noch nicht gekommen, obwohl ich bezweifle, dass ich mich ganz erholen werde. Es ärgert mich maßlos, dass ich nicht einmal benennen kann, was mir eigentlich fehlt. Ich werde nicht mehr als Arzt praktizieren.«

Ich sagte: »Das ist schade. Ich habe Josephines Kind bei mir.« Ich erklärte, was Mousys Eltern zugestoßen war und dass ich vorhatte, sie zu adoptieren. »Vielleicht könntest du sie dir einmal ansehen«, fügte ich vorsichtig hinzu, »nur um sicherzustellen, dass sie gesund ist. Wenn du dich dazu in der Lage fühlst.«

Er lächelte. »Also schön, es ist schließlich Josephines Baby. Bitte die Amme herein.«

Ich schickte Liz mit Mousy zu ihm und wartete mit Nicholas in der Wohnstube. »Wie geht es Guy?«, wollte er wissen.

»Etwas besser, aber ich glaube, er sitzt zu viel in seinem Zimmer.«

Er sagte, zögernd: »Euch ist unbehaglich zumute, weil Tamasin hier ist, nicht?«

»Ja, aber sie und Jack haben sich wieder versöhnt, glaube ich.« Ich sah Nicholas an. »Und wie geht es dir?«

Er kratzte sich verlegen am Kopf. »Ich hab noch immer nicht alles verdaut.«

»Ich auch nicht. Aber ich gehe wieder an die Arbeit. Du auch?«

Er lächelte. »Ja.«

»Und Mistress Kenzy?«

»Ich werde sie gehen lassen, ganz sanft.« Er lächelte traurig. »Sie wird es schon verkraften. Sie ist nichts für mich, das weiß ich jetzt.«

Ich nickte und öffnete dann leise die Tür, um in den Flur zu spähen. Die Küchentür war immer noch geschlossen, aber ich hörte leise Stimmen. Ich fragte mich, was Barak Tamasin erzählen mochte – nicht die ganze Wahrheit über seine Teilnahme an der

Rebellion, nahm ich an, und das wäre klug. Doch ich hoffte, dass die beiden endlich erkannt hatten, wie sehr sie einander brauchten. Leise machte ich die Tür wieder zu.

Einige Augenblicke später rief Francis mich wieder zu Guy. Nicholas begleitete mich. Guy hielt Mousy sanft in seinen fragilen Armen. Ich war gerührt, als sie die Hände nach mir ausstreckte und lächelte. Guy sagte: »Es ist ein feines, gesundes Kind, dank deiner Amme. Vielleicht sollte sie zur Kindsmagd befördert werden.«

»Ja«, sagte ich. »Das sollte sie wohl.« Ich lächelte Liz zu, und diese sagte still: »Danke, Sir.«

Draußen im Flur näherten sich Schritte. Ich drehte mich um. Barak und Tamasin standen in der Tür, Hand in Hand. Tamasin hatte frische Falten in ihrem hübschen Gesicht, schien aber glücklich. Beim Anblick von Liz und Mousy wurde ihr Gesicht weich. Unter ihrer Haube wies Tamasins Haar dasselbe Blond auf wie Mousys. Tamasin sagte: »Dies also ist die Kleine der armen Josephine. Wie lieb sie ist.« Sie kam herüber und streichelte Mousy über den Kopf.

Guy fügte hinzu: »Und kerngesund, weil Master Shardlake sich ihrer angenommen und Goodwife Partlett sich so fein um sie gekümmert hat.«

Tamasin wandte sich an mich. Zum ersten Mal seit drei Jahren sprach sie höflich mit mir. »Jack sagt, Ihr wollt sie adoptieren?«

»Ja.«

Sie holte tief Luft. »Wir haben noch Säuglingssachen von George und Matty, ich werde sie Euch bringen lassen. Jack hat mir erzählt, dass Ihr alle von den Rebellen ergriffen und gezwungen wurdet, für sie zu arbeiten. Er hat Euch viel zu verdanken, sagt er.« Barak hinter ihrem Rücken zwinkerte mir zu. Ich hatte ein schlechtes Gewissen, denn hätte er mich an jenem Tag nicht nach Wymondham begleitet, wäre er nicht ergriffen worden. Doch in Anbetracht seiner Stimmung zum Zeitpunkt der Erhebung hätte er sich den Rebellen vermutlich trotzdem angeschlossen.

»Tamasin«, sagte ich sanft, »ich habe immer verstanden, warum du nicht mehr mit mir sprechen wolltest, nachdem Jack meinetwegen seine Hand verloren hatte. Aber wenn du mir vergeben könntest, wäre ich der glücklichste Mensch in ganz London.«

Sie blickte mich mit ihren kornblumenblauen Augen direkt an. »Ich vergebe Euch.« Sie schluckte. »Erst wenn man fürchtet, einen Menschen verloren zu haben, erkennt man, wie viel er einem bedeutet.« Dann kam sie zu mir und umarmte mich. Guy strahlte vor Glück.

Liz, die natürlich nichts von alledem verstand, sagte still: »Bitte entschuldigt mich, es ist Zeit, dass Mousy ihre Milch bekommt.«

KAPITEL SECHSUNDACHTZIG

Das Silbergeschirr glänzte im Licht der Bienenwachskerzen, die in ihren Leuchtern auf dem Tisch standen. Wir hielten erneut ein feines Nachtmahl im Hause meines Freundes Philip Coleswyn, der Mitte der Jahreszeit gemäß ein Moorhuhn, dazu frisches Obst und Gemüse, das beste einer kargen Ernte. Im Gegensatz zu meinem letzten Abendessen hier, im Juni, waren die Läden gegen die Nacht geschlossen, und im Kamin brannte ein Feuer. Es war Ende Oktober, eineinhalb Monate nach meiner Rückkehr aus Norwich.

Die Anwesenden jedoch waren dieselben wie ehedem; ich, Philip, seine Gemahlin Ethelreda und seine schrullige alte Mutter; unser Anwaltsbruder Edward Kenzy und seine versnobte Gemahlin Laura; ihre Tochter Beatrice und Nicholas.

Das Abendessen diente dem Zweck, die beiden jungen Leute zusammenzubringen. Eine Woche zuvor hatte Philip mich in der Kanzlei besucht, wo ich mich mühte, die liegengebliebenen Fälle aufzuarbeiten, und zugleich grübelte, wo neue Arbeit aufzutreiben wäre, da der regelmäßige Fluss an Aufträgen von Elizabeth nach jener letzten Begegnung mit ihr jäh versiegt war. Ich beschloss, Barak zu bitten, der sich als Rechtsberater verdingte, mir in London ein paar Aufträge zu beschaffen. Seit Tamasin und ich uns wieder versöhnt hatten, konnte ich das offen tun.

Philip wirkte besorgt, wie viele in jenem Monat. Der Machtkampf zwischen Protektor Somerset und dem Earl of Warwick drohte in einen militärischen Konflikt auszuarten; doch am Ende hatte Somerset sein Amt aufgegeben. Deswegen jedoch war Philip nicht zu mir gekommen, sondern wegen Nicholas und Beatrice.

Er setzte sich in meiner Amtsstube nieder und strich sich den langen, seidigen Bart. »Verzeih, dass ich dich behellige, Matthew«, sagte er, ein wenig peinlich berührt. »Doch Edward Kenzy hat mich gebeten, mit dir zu sprechen. Er sagte mir, seine Frau sei ihm wie ein Terrier auf den Fersen seit eurer Rückkehr. Hast du ihn gesehen?«

»Nein, ich war die meiste Zeit hier, seit ich aus Norwich zurück bin, um Versäumtes nachzuholen.« Und zu vergessen, dachte ich, sagte es aber nicht.

Philip seufzte. »Nun, Kenzys Frau und Tochter sind überaus besorgt, weil Nicholas noch immer nicht bei ihnen vorgesprochen hat. Beatrice Kenzy hat ihm im Sommer einen Brief geschrieben, den er unbeantwortet ließ.« Die Sache war ihm sichtlich unangenehm. »Kenzy ist der Meinung, und ich muss ihm recht geben, dass sich Nicholas – angesichts der Tatsache, wie sich die Dinge zwischen den beiden entwickelt hatten – sehr ungalant verhält. Er hat mir vorgeschlagen, ein weiteres Abendessen auszurichten, damit sie einander zumindest wieder einmal begegnen.«

Ich rieb mir das Kinn. »Du hast recht, aber Nicholas – ich habe ihn auf Trab gehalten, um ihn von den erschütternden Ereignissen in Norfolk abzulenken. Außerdem war ich der Meinung gewesen, ehe wir aufbrachen, dass er mehr Interesse an Beatrice hatte als sie an ihm.«

Philip lächelte. »Wie heißt es so schön: Mit der Entfernung wächst die Liebe. Und die Mutter hegt immer noch Hoffnungen, wie mir scheint. Sie ist sehr auf Einhaltung der Anstandsregeln bedacht.«

Ich seufzte. »Ich muss dich aber warnen. Nicholas hat sich verändert. Er ist – melancholisch geworden.«

Philip sah mich an. »Genau wie du. Man spricht schon darüber, dass du Gewicht verloren hättest und stets mit einem gehetzten Blick einhergehen würdest.«

»Was wir gesehen haben, dieses Grauen, es hat mich tief getroffen, aber Nicholas noch mehr. Um ehrlich zu sein, glaube ich, dass er Beatrice beinahe vergessen hat. Doch du hast recht. Sie verdient es zu wissen, wo sie steht. An welches Datum hattest du denn gedacht?«

»Der 21. wäre uns genehm.«

»Ich spreche mit Nicholas.«

»Danke.«

»Nein, ich danke dir, Philip. Wenn ich mich recht entsinne, gab es beim letzten Mal viel zu viele Unstimmigkeiten über Glaubensfragen. Deshalb empfinde ich es als sehr großzügig von dir, diese Gesellschaft erneut zusammenzubringen.«

»Die Gespräche werden sich diesmal wohl eher um den Kampf zwischen dem Protektor und dem Earl of Warwick drehen. Gewiss werden sich alle einig darüber sein, dass der Protektor gehen musste, damit wieder Frieden herrscht im Land.«

»Wie stehen die Dinge jetzt?«

»Somerset wandert heute in den Tower. Warwick hat gesiegt.« Philip schüttelte den Kopf. »Er ist ein harter Mann; die Armen werden kein leichtes Leben haben unter ihm. Doch alles ist besser als dieser Bürgerkrieg, den viele befürchteten.«

»Und dass sie Somerset vertrauten, hat den Armen auch nichts eingebracht. Angeblich hat die Niederschlagung der Aufstände insgesamt elftausend Menschen im Land das Leben gekostet.«

Philip seufzte. »Hat es je ein Jahr wie dieses gegeben?«

»Nicht dass ich wüsste.«

Bald darauf empfahl er sich. Und ich saß da und starrte aus dem Fenster in den Innenhof von Lincoln's Inn, der jetzt mit welken Blättern übersät war. Der Earl of Warwick, erinnerte ich mich, hatte nach Dussindale Andeutungen gemacht, dass die turbulenten Zeiten noch nicht ganz vorüber seien. Und tatsächlich, im September hatten Gerüchte die Runde gemacht, dass der Großteil des Thronrates einen Regierungswechsel wünschte. Anfang Oktober hatte Somerset seine Untertanen in einer Proklamation aufgefordert, sich nach Hampton Court zu begeben, wohin er den jungen König gebracht habe, und sich kampfbereit zu halten. An die sechstausend, zumeist Londoner, hatten seinem Aufruf Folge geleistet – unglaublicherweise sahen ihn viele, trotz Dussindale, immer noch als einen Freund der Armen. Sie hatten jedoch nur die einfachsten Waffen und keinerlei Übung darin, sie zu handhaben, wogegen die Lords Russell und Herbert, Armeeführer im Kampf gegen die Rebellen im Westen, sich bei ihrer Rückkehr nach London mit ihren Streitkräften für Warwick entschieden. Somerset brachte Edward nach Windsor, doch am 9. Oktober hatte er sich geschlagen gegeben, weil er einsehen musste, dass er nicht gewinnen konnte. Der Protektor wurde abgesetzt, und die Macht ging zurück an den gesamten Thronrat, obschon wenig Zweifel bestand, dass Warwick sein Anführer würde. Einige Tage später sah ich den jungen König durch London reiten, von den Menschen bejubelt und dankbar zurückwinkend. Der arme Knabe war von seinem Onkel herumgeschoben worden wie eine Schachfigur, und obschon mir auffiel, dass er größer und sein schmales Gesicht fülliger geworden war, waren seine Züge von der Angst gezeichnet, die er in diesem Monat erlebt haben musste.

Nach meinem Gespräch mit Philip ging ich hinüber zu Nicholas. Er hatte jetzt sein eigenes Kontor und las gerade eine eidesstattliche Erklärung. Doch er sah mitgenommen aus, sein rotes Haar ungekämmt, sein Gesicht mager, dass die lange Nase stärker hervortrat, und dunkle Schatten unter den Augen. Ich erzählte ihm von Philips Besuch.

Er legte das Schriftstück beiseite und sah mich an. »Er hat recht, ich war ungalant. Aber wie schon gesagt, Beatrice ist nichts für mich.« Er seufzte tief. »Aber wer dann?«

»Irgendwann kommt die Richtige.«

Er schüttelte den Kopf. »Ich habe an meine Eltern gedacht, wie sie mich verstießen, nachdem ich mich geweigert hatte, ein Mädchen zu heiraten, das ich nicht liebte und das mich nicht liebte.«

»Es war grausam. Aber Nicholas, das liegt nun drei Jahre zurück.«

Er stand auf. »Mir war nur noch mein Status als ein Gentleman geblieben, dessen Name zwar keinen Penny wert war, der aber die richtige Erziehung genossen hatte und galante Umgangsformen besaß. Das war alles«, wiederholte er traurig. »Aber wenn ich kein wahrer Gentleman, aber auch kein Gemeiner bin, was bin ich dann?«

Ich durchquerte den Raum und fasste ihn an den Schultern. »Ein Anwalt, Nicholas, und ein guter dazu. Es soll dir fürs Erste genügen. Die Erinnerung an Norfolk ist noch frisch, ich weiß, und sie wird nie mehr ganz weichen, aber mit der Zeit ein wenig verblassen, wenn du es zulässt. Und löse den Knoten mit Beatrice so sanft wie möglich.«

Er ergriff meinen Arm. »Habt Dank.«

Ich lächelte. »Und um Himmels willen, bring dich in Ordnung, lass dir den Bart und die Haare stutzen.«

Philip hatte die Gäste so platziert, dass Beatrice und Nicholas einander gegenübersaßen. Philip saß am Kopfende der Tafel, seine Gemahlin Ethelreda ihm gegenüber, während ich zwischen Beatrice und ihrer Mutter Laura zu sitzen kam. Mir gegenüber saß einmal mehr die alte Margaret Coleswyn und neben ihr Edward Kenzy.

Das Mahl begann still, die Bemerkungen der Gäste beschränkten sich auf Komplimente zu den Speisen. Beatrice und Nicholas sprachen wenig, wobei Beatrice ihn auch nichts über seine Zeit in Norwich fragte. Schließlich sagte er: »Bedauerlicherweise konnte ich nicht schreiben, als ich fort war. Die Umstände waren sehr schwierig.«

»Ihr seid schon über einen Monat wieder da.«

»Es tut mir leid.«

Die alte Margaret Coleswyn in ihrem nüchternen schwarzen Gewand und mit dem altmodischen eckigen Hut, die offenbar den Zweck der Geselligkeit nicht verstanden hatte, wandte sich an Beatrice und sagte: »Ihr solltet Master Nicholas nicht behelligen, Jungfer. Er musste viel ertragen in all den Wochen als Gefangener jener gottlosen Rebellen. Seht ihn Euch an, er ist doch nur noch ein Schatten seiner selbst.«

Beatrice widmete sich ihrem Teller.

Ich blickte die alte Margaret an. Trotz des Standesunterschieds erinnerte sie mich an Simon Scamblers Muhme. Nach Dussindale hatte ich keinen Versuch unternommen, sie zu finden und ihr zu sagen, was aus ihrem Neffen geworden war. Sie wäre gewiss nur entrüstet gewesen, dass er vor dem Herold seinen Hintern entblößt hatte. Wann immer ich an Simon dachte, fiel es mir schwer, meine Zunge im Zaum zu halten, und jetzt sagte ich: »Die Norfolker Rebellen waren nicht gottlos. Im Lager wurde fortwährend gepredigt.«

Sie blickte mich entrüstet an. »Dann waren es keine gottesfürchtigen Prediger, denn sagte nicht unser Heiland: ›Gebt dem Kaiser, was des Kaisers ist‹? Wollt Ihr etwa Partei ergreifen für die Rebellen, Master Shardlake?«

Mit einem warnenden Blick auf mich beugte sich Edward Kenzy zu ihr hinüber. »Wisst Ihr, wie viele Wörter in der Bibel stehen, werte Mistress Coleswyn?«

Sie blickte ihn verdutzt an. »Was soll das jetzt wieder heißen?«

»Über siebenhundertundachtzigtausend. Und so viele Aussagen widersprechen einander oder bedürfen der gelehrten Auslegung. Leider greifen sich die Menschen dieser Tage nur Verse heraus, die ihnen zupasskommen.«

»Der brave Master Calvin ist ein großer Gelehrter«, versetzte sie, »und er sagte, man müsse die Armen am kurzen Zügel halten.«

Kenzy seufzte. »Ah ja, Master Calvin. Dieser Tage hört man mehr und mehr von ihm.«

»Ein besserer Gelehrter als Eure papistischen Pfaffen!«, versetzte sie.

»Mutter, nun lass gut sein«, sagte Philip, »wir wollen in Eintracht essen.« Die Alte schürzte die Lippen, widmete sich aber wieder ihrem Teller und murmelte dabei, dass es wieder Scheiterhaufen geben müsste.

Laura Kenzy warf heiter ein: »Wie ich höre, soll sich der jüngere Sohn des Earl of Warwick, Robert Dudley, mit einer Lady aus Norfolk vermählen, Mistress Amy Robsart. Sie sind sich wohl auf dem Robsart-Gut begegnet, nachdem Robert in jener wilden Schlacht gegen die Rebellen gekämpft hatte.«

»Jung gefreit, stets bereut«, sagte ihr Ehemann.

»Wir haben doch auch jung geheiratet.«

»Es gibt natürlich Ausnahmen«, erwiderte Edward, ohne eine

Miene zu verziehen. Er wandte sich mir zu. »Wusstet Ihr, Master Shardlake, dass Sir Richard Southwell in Bedrängnis ist?«

Ich merkte interessiert auf. »Nein, das wusste ich nicht. Nur dass er als vollwertiges Mitglied in den Thronrat berufen wurde, da Protektor Somerset fort ist.«

»Er steht im Verdacht, den Rebellen eine gewaltige Geldsumme zugesteckt zu haben – fünfhundert Pfund aus dem Staatssäckel. Ist Euch davon etwas zu Ohren gekommen, als Ihr im Lager gefangen wart, Matthew?«

»Nein«, log ich, obschon mir das Herz bis zum Halse pochte. Dann hatte Elizabeth also doch Cecil ins Benehmen gesetzt, und er hatte reagiert.

Philip sah mich an. »Und was ist aus dem Mann geworden, der wegen Mordes vor Gericht stand und den du und Nicholas verteidigen solltet?«

»Er wurde Ende September begnadigt.«

Beatrice blickte Nicholas an. »Dann hatte die Sache wenigstens ein Gutes«, sagte sie.

»Schon möglich«, erwiderte er und verstummte wieder.

Philip fragte: »Wie geht es der Kleinen, die du aus Norwich mitgebracht hast, Matthew?«

Ich lächelte. »Sie gedeiht unter der Fürsorge ihrer braven Amme. Ich habe den Adoptionsantrag bereits gestellt.«

»Ist sie nicht die Tochter Eurer früheren Küchenmagd?«, fragte Laura Kenzy missbilligend.

Ich erwiderte ihren Blick. »Sie ist ein kleines Kind, Mistress, allein gelassen und ohne eine Menschenseele.«

»Wenigstens erhält sie eine vornehme Erziehung. Wer weiß, vielleicht heiratet sie sogar einen Gentleman.« Sie sah zu Beatrice und Nicholas hinüber, die noch immer stumm speisten.

Und so ging es weiter, die zweite Abendgesellschaft so sonderbar wie die erste. Man kam auf die Inflation zu sprechen, die sich nach der schlechten Ernte noch verschlimmert hatte, und ob Warwick am Ende an der Spitze des Thronrates stünde. Edward Kenzy hoffte es, da er das Land mit fester Hand regieren und die Kriege gegen Frankreich und Schottland beenden würde. Was Letzteres betraf, konnte ich ihm nur beipflichten.

⚜

Auch diesmal löste sich die Gesellschaft früh auf. Die Diener brachten unsere Mäntel. Als wir uns erhoben, sagte Nicholas zu Beatrice: »Dürfte ich Euch unter vier Augen sprechen, Mistress?« Sie nickte, und die beiden verließen das Zimmer. Wir Übrigen gingen hinaus und blieben verlegen in der Diele stehen. Edward Kenzy kam zu mir herüber. Er sagte leise: »Damit wäre ihre – Beziehung wohl beendet.«

»Wahrscheinlich. Es tut mir leid.«

»Meine Frau ist außer sich, fürchte ich. Sie meint, der junge Overton habe Beatrice schlecht behandelt und das arme Kind aus der Fassung gebracht.« Plötzlich trat ein hinterlistiges Funkeln in seine Augen. »Der Junge sieht aus wie der Tod und Ihr kaum besser. Was ist dort oben in Norfolk geschehen?«

Ich hielt seinem Blick stand. »Dussindale. Ein Gemetzel, wie ich noch nie eines sah, und anschließend zahllose Hinrichtungen.«

Kenzy seufzte. »Was sollte man auch erwarten, Matthew?«

»Der Protektor hat den Menschen große Versprechungen gemacht mit seinen radikalen Reden von den Einhegungskommissionen. Die Rebellen wollten den Kommissaren dabei helfen – mit Gewalt, ich gebe es zu –, etwas in die Tat umzusetzen, was im Grunde geltendes Recht war.«

Kenzy schüttelte den Kopf. »Indem sie sich zu Richtern über ihre Herren aufschwangen, sie verprügelten und einsperrten? Haben sie wirklich geglaubt, der Protektor und sein Thronrat würden ihnen ein Mitspracherecht in Regierungsangelegenheiten zugestehen? Das wäre ja gerade so, als würde man dem Fuß gestatten, über den Kopf zu bestimmen.«

»Anfangs glaubten sie es.«

»Dann hatten sie wohl vergessen, dass dergleichen niemals gestattet werden kann und darf.« Er seufzte. »Doch vielleicht war ja das Ganze, wenn sie der Krone und dem Protektor gegenüber wirklich loyal waren, nichts weiter als ein schreckliches Missverständnis von Menschen, die zu beschränkt sind, um einzusehen, dass die gesellschaftliche Ordnung nie und nimmer verändert werden kann.«

»Nein«, sagte ich. »Der Protektor machte ihnen großzügige Angebote, während Cranmer und die Reformbischöfe England als einen kranken Körper bezeichneten, der einer Behandlung bedürfe. Selbst nach Beginn der Erhebungen forderte der Protektor die Leute zwar auf, ihre Lager aufzulösen, versprach den ländlichen Regionen aber auch Reformen und Veränderungen.« Ich sah ihn wütend an. »Bis er schließlich einen Herold nach Mousehold Heath schickte, der die Rebellen aufforderte, nach Hause zu gehen, sie übel beschimpfte und sonst nichts zu bieten hatte. Es war kein Missverständnis, es war Betrug. Wie die Menschen im Lager später sagten, hatte man ihnen zunächst viel versprochen, doch bekommen hatten sie am Ende allenfalls einen Sack voller Galgenstricke, um sich daran aufzuhängen.«

Kenzy neigte den Kopf zur Seite. »Nehmt Euch in Acht, zu wem Ihr dergleichen sagt, Matthew.«

»Das werde ich.«

Ich entschuldigte mich. Der Rauch von all den Kerzen machte die Luft stickig, und ich trat hinaus, um Atem zu schöpfen. Ich blickte hinauf zu den Sternen, als ich ganz in der Nähe eine Frau weinen hörte. Neben dem Haus befand sich ein Tor, das in den angrenzenden Garten führte, und ich öffnete es leise. Im Garten saß Beatrice Kenzy auf einer Bank, ihre Gestalt matt beleuchtet vom Licht aus den Fenstern.

»Beatrice«, sagte ich.

Sie wischte sich zornig die Tränen fort. »Was wollt Ihr?«

»Vielleicht kann ich ja helfen?«

Sie funkelte mich böse an. »Ihr habt mich doch von Anfang an nicht gemocht, oder?«

Ich setzte mich zu ihr. »Ich hatte das Gefühl, dass Ihr Nicholas am

Gängelband hieltet, zweifellos auf Geheiß Eurer Frau Mutter, vielleicht wegen der übertriebenen Vorstellung, die sie sich von meinen Beziehungen bei Hofe machte.«

Ich dachte, sie werde auf mich losgehen, stattdessen lachte sie kühl. »Ihr habt recht. Seit ich ein kleines Mädchen war, hat sie mir beigebracht, wie sich eine Frau zu gebaren hat, damit sie sich einen wohlhabenden Ehemann schnappt. Ich habe Nicholas nicht geliebt, obschon ich ihn sehr mochte und dachte, er werde einen liebevollen Ehemann abgeben. Als er mir heute Abend sagte, dass sich seine Gefühle für mich verändert hätten, obschon ich das bereits vermutet hatte, traf es mich hart: Ich hatte das Gefühl, als wäre ich weggeworfen worden. Ist das nicht töricht?«

»Ich weiß es nicht.«

Sie sprach mit einer Kraft und Gewandtheit, die ich bei ihr nicht erwartet hätte. »Nein, die Männer wissen nicht, wie es ist, eine Dame von Stand zu sein, dazu erzogen, an nichts anderes zu denken als an Kleidermoden und Haarfrisuren, wie man dümmlich oder aufreizend lächelt und den Mann auf Armlänge hält. Ich bin gut darin, habe es von klein auf gelernt. Meine Mutter glaubt, es gebe nichts Wichtigeres auf der Welt.«

»Aber Ihr wisst, dass dem nicht so ist.«

»Es ist alles – künstlich.«

Ich sagte: »Es tut mir leid, dass ich Euch verkannt habe.«

Sie schüttelte den Kopf. »Mutter hat gewiss bald weitere Gesellschaften für mich geplant. Und ich füge mich ihren Plänen, denn Ihr habt ja gesehen, wie sehr sie in der Familie das Sagen hat. Meinem Vater ist es einerlei, wenn er nur seine Ruhe hat.«

»Ihr könntet aufbegehren.«

»Das gäbe ein schönes Geschrei!«

»Vielleicht solltet Ihr zurückschreien, darauf bestehen, Eure eigene Wahl zu treffen, auf Eure Weise. Dann hätte Euer Vater keinen Frieden mehr und würde sich vielleicht sogar auf Eure Seite stellen.«

Sie lächelte unter Tränen. »Es wäre nicht so einfach. Aber ich danke Euch trotzdem.«

Ein Fenster flog auf, und Laura Kenzys Stimme flötete: »Beatrice, bist du da? Wir gehen, es ist Zeit!«

Sie stand auf, seufzte und trottete mit hängenden Schultern den Pfad entlang zur hinteren Tür des Hauses. Vor der Tür drehte sie sich noch einmal um und sagte: »Ihr adoptiert ein kleines Mädchen. Ich bitte Euch, erzieht sie nicht, wie ich erzogen wurde.«

»Das verspreche ich Euch gern.«

EPILOG

Ich stand am Fenster meiner Studierstube und sah zu, wie die Flocken herabwirbelten. Der Schneefall hatte am frühen Nachmittag eingesetzt, dazu wehte ein kräftiger Wind. Mein Gartenweg war weiß überzogen und auch die Chancery Lane dahinter. Ich blickte hinaus und dachte dabei an Robert Kett. Er war an diesem Morgen in Norwich hingerichtet worden, sein Leichnam in Ketten gelegt und dann vom Boden bis zu den Zinnen der Burg emporgehievt worden, wo er gehenkt wurde. Anschließend ließ man seine Leiche in Ketten vom Dach der Burg baumeln. Dort würde sie langsam verfaulen. Sein Bruder William war auf die gleiche Weise zu Tode gebracht worden und hing jetzt vom Glockenturm der Kirche in Wymondham.

Nach dem Mittagessen hatten Barak und Tamasin ihre zwei Kinder mitgebracht, den vierjährigen George und die zweijährige Tilda, damit sie mit Mousy spielten. Diese entwickelte sich mit ihren neun Monaten zu einem lebhaften, fröhlichen Kind, das emsig einherkrabbelte, alles inspizierte, was in ihrer Reichweite war, und die unpassendsten Dinge in den Mund steckte, obwohl Liz Partlett stets ein wachsames Auge auf sie hatte.

Barak nahm mich irgendwann beiseite und sagte: »Ich dachte, wir sollten kommen. Ich weiß ja, welcher Tag heute ist.«

»Danke«, antwortete ich still. Oberflächlich betrachtet, schien Barak weit weniger von den Ereignissen in Norfolk gezeichnet als Nicholas oder ich, doch in seinen Augen loderte zuweilen ein unbändiger Zorn.

Ich wechselte das Thema. »Hast du noch ein paar Fälle für Nick und mich aufgetrieben? Wir haben zwar genug, um über die Runden zu kommen – diese Testamentsanfechtung, die wir durch dich bekommen haben, betrifft ein Dutzend Anspruchsberechtigte, und Edward Kenzy hat letzte Woche einen großen Besitzstreit an uns weitergeleitet. Es überraschte mich, es war sehr anständig von ihm. Doch ohne die Aufträge von Lady Elizabeth sind wir auf noch mehr angewiesen.«

Er grinste frech. »Vielleicht einen saftigen Mord?«

»Darauf kann ich gerne verzichten.«

»Wie geht's unserem Rotschopf?«

»Immer noch am Grübeln. Deshalb will ich mehr Arbeit für ihn auftreiben. Doch seit der Trennung von Beatrice Kenzy geht es ein wenig bergauf.«

»Ich sehe zu, was ich tun kann. Seit Warwick fest im Sattel sitzt, reden die Leute von neuen Geschäftsideen, die sie umsetzen wollen. Dazu brauchen sie Anwälte.«

»Gut.«

Kurz darauf, als der Schnee in immer dichteren Flocken fiel, machten sie sich auf den Nachhauseweg. Ich begab mich wieder in meine Stube, um zu grübeln.

Ich hatte dem großen Schauprozess nicht beigewohnt, dem Robert und William Kett Ende November unterzogen wurden; es wäre politisch unklug gewesen. Wie ich hörte, hatten beide Männer sich in allen Punkten auf der langen Liste von Vorwürfen, die vor Gericht verlesen wurden, schuldig bekannt. Ihr Urteil lautete zunächst Hängen, Ausweiden und Vierteilen in Tyburn, doch kurz darauf fiel die Entscheidung, sie sollten in Norfolk sterben, vermutlich als Abschreckungsmaßnahme gegen weiteren Aufruhr. Ich stellte mir vor, wie man Robert Kett, einen Mann nahe der sechzig, in der bitteren Kälte langsam vom Boden in die schwindelerregende Höhe der Burgzinnen hievte. Mit Abscheu erinnerte ich mich an John Flowerdew und freute mich hämisch darauf, bei den Ermittlungen gegen ihn als Zeuge auszusagen.

Jemand klopfte leise an die Tür, und Liz kam herein, mit Mousy im Arm, die nach dem aufregenden Nachmittag tief und fest schlief. Sie lächelte mir sanft zu und sagte: »Ich dachte, Ihr möchtet Mousy vielleicht ein wenig halten.« Ich blickte in Liz' klare blaue Augen und dachte, dass auch sie sicher nicht vergessen hatte, welcher Tag heute war. Wir hatten nie über die Rolle ihres Mannes in der Rebellion gesprochen, auch nicht über die meine, und doch hatte sie meine Gefühle erraten.

»Danke, Liz«, sagte ich leise. »Das möchte ich gern. Wie aufmerksam von Euch.«

Sie sagte zögernd: »Ich wusste, dass der heutige Tag schwer sein würde.« Als sie mir das schlafende Kind übergab, berührten sich unsere Hände, und da befiel mich jäh das Verlangen, ihre weiche, runde Wärme an mich zu pressen. Liz errötete und senkte den Blick. Sie zögerte, doch als ich nichts unternahm, knickste sie und verließ den Raum.

Ich hielt Mousy an mich gedrückt und spürte, wie ihr Brustkorb sich sanft hob und senkte. Sie wurde allmählich schwerer. Ein warmes Feuer erwärmte den Raum, dennoch trat ich wieder vor das Fenster, ungeachtet des kalten Luftzugs dort, und blickte hinaus in den Schnee, der in dicken weißen Flocken fiel. Der Ostwind trieb sie vor sich her. Auch auf Mousehold Heath würde der Schnee fallen und sich auf die ausgebrannten Trümmer des großen Lagers, auf die kahlen Äste der Reformeiche und die ungekennzeichneten Massengräber Tausender tapferer Männer legen und sie mit einer weichen Decke versehen – ich dachte an den alten Hector Johnson, an Natty, Peter Bone, Toby, Simon. Ich hielt Mousy fest im Arm, aber die Wärme ihres kleinen Körpers vermochte wenig auszurichten gegen die Kälte.

DANK

Zunächst möchte ich mich bei meinem wunderbaren Agenten Antony Topping für seine Hilfe bedanken, dass *Tombland* in Druck gehen konnte. Dank auch an meine Lektorin Maria Rejt of Mantle, an Marian Reid, Liz Cowen, Josie Humber, Kate Tolley und Philippa McEwan von Pan Macmillan und an meinen Lektor in den USA, Joshua Kendall, sowie meine Agentin Jennifer Weltz.

Roz Brody, Mike Holmes, Jan King und William Shaw hatten wieder einmal sehr hilfreiche Ideen zum Manuskript. Besonderen Dank an Roz, der mich bei meinen Rechercheureisen nach Norwich begleitet hat, als ich nicht bei bester Gesundheit war.

Auch meinen Freunden in Norwich möchte ich danken – Colin Howey, Leo R. Jary, Adrian und Anne Hoare und Dr. Matt Woodcock –, für die ausgesprochen erhellenden Gespräche über das Jahr 1549. Dank an Dr. Clive Wilkins-Jones, der mich bei den Quellen beriet. Colin Howey und Stephen Critchley, der Zunftmeister der Steinmetze in Norwich, erläuterten mir die mittelalterliche Gilde, die sie wiederbelebt haben und die verdientermaßen immer größeren Zulauf erhält – danke, dass ich ein Lehrling sein durfte!

Dank auch an die Menschen, die mich zu den Orten geführt haben, die im Buch eine Rolle spielen: Adrian und Anne Hoare führten mich durch Wymondham. Will Stewart, Parkwächter auf Mousehold Heath, zeigte mir den noch erhaltenen Bereich der Heide. Die Kett's Heights Society leistet tolle Arbeit bei der Wiederherstellung der Heights, wo noch ein Mauerrest von St Michael's Chapel steht. Nick Williams führte mich in der Guildhall herum, und Rod Spokes zeigte mir die Überreste der Stadtmauer. Paul Dixon führte mich im Maid's Head herum, und Cathy Terry erklärte mir Textilien in der prächtigen Strangers' Hall.

Vielen Dank wieder einmal an Graham Brown von Fullerton's für seine Hilfe, einschließlich des Kopierens und Vergrößerns von Landkarten der Stadt Norwich aus dem 16. Jahrhundert.

C.J. Sansom
Die Schrift des Todes
Historischer Kriminalroman

Der sechste Fall für Matthew Shardlake, den Anwalt der
Königin

Tudor-London, Sommer 1546: Unerbittlich bekämpfen sich
Katholiken und Protestanten, die Jagd auf Ketzer wird
immer gnadenloser. In dieser aufgeheizten Situation wird
Matthew Shardlake in den Palast der Königin gerufen. Er
soll ein brisantes Buch wiederfinden, das sie verfasst hat
und das aus ihren Gemächern gestohlen wurde. Der Inhalt
dieses Werkes könnte sie aufs Schafott bringen. Doch bevor
er die Suche aufnimmt, wird ein Drucker tot aufgefunden.
Bei ihm findet sich eine Seite des Buches.

Roman
Aus dem Englischen von
Irmengard Gabler
768 Seiten, broschiert

Weitere Informationen finden Sie auf
www.fischerverlage.de

C.J. Sansom
Der Pfeil der Rache
Historischer Kriminalroman

Der fünfte Fall für Anwalt Matthew Shardlake.

Juni 1545: Michael Calfhill war Lehrer bei der Familie Hobbey und wurde nicht müde, auf das schreiende Unrecht hinzuweisen, das den beiden Mündeln Emma und Hugh widerfuhr. Doch nun ist er tot – erhängt. Die Ermittlungen in diesem Fall führen Matthew Shardlake nach Portsmouth, wo die gesamte englische Flotte vor Anker liegt. Gefahr und Angst liegen in der Luft, denn eine Invasion der Franzosen wird befürchtet. Als Shardlake das Geheimnis der Hobbeys zu ergründen versucht, ist auch sein Leben bedroht.

Roman
Aus dem Englischen von
Irmengard Gabler
725 Seiten, broschiert

Weitere Informationen finden Sie auf
www.fischerverlage.de